Chufo Lloréns

CATALINA

Chufo Lloréns

CATALINA

Roman

Aus dem Spanischen
von Ulrich Kunzmann

C. Bertelsmann

Die Originalausgabe erschien 2001
unter dem Titel »Catalina la fugitiva de San Benito«
im Verlag Random House Mondadori S.A., Barcelona.

MIX
Papier aus verantwortungsvollen Quellen
FSC® C014496
www.fsc.org

Verlagsgruppe Random House FSC-DEU-0100
Das für dieses Buch verwendete FSC®-zertifizierte Papier *EOS*
liefert Salzer, St. Pölten, Österreich.

1. Auflage

Umschlaggestaltung: R · M · E, Roland Eschlbeck
Satz: Uhl + Massopust, Aalen
Druck und Bindung: GGP Media GmbH, Pößneck
Printed in Germany
ISBN 978-3-570-10020-2

www.cbertelsmann.de

Dieses Buch widme ich meinen Wurzeln:
meinen Eltern und meiner Schwester Josefa,
die mir von dort aus, wo sie sind, immer geholfen haben.
Meinen drei Kindern, Adela, Santiago und Víctor,
die ich so sehr liebe.
Cristina, Nacho, Beatriz und Jacobo,
die mich als Vater ausgesucht haben.
Und meiner Frau Cris,
die die Last meines Haushalts auf sich genommen hat,
damit ich einen Traum verwirklichen konnte.

EIN HIDALGO

Stolz auf Gestalt und Person,
mit selbstherrlicher Miene wie ein König,
trägt er hoffärtig Beinkleider,
Jacke und breiten Kragen,
mögen sie auch zerschlissen sein.
Sein Degen ist ihm teurer als sein Vermögen,
er träumt von Unternehmen, die er bald vergisst.
Andächtig betet er und sündigt reichlich,
was er hinausposaunt, anstatt es zu verschweigen.
Für seine Dame zog er in den Streit,
er fand den Tod und hielt den Degen fest.
Vor seinem Tod war dies sein letzter Wille,
wenn im geschröpften Beutel etwas übrig bliebe:
ein königliches Grab mit einer Inschrift:
»Er kam zur Welt, um viel zu sein …
und wurde nichts.«

ENRIQUE LÓPEZ ALARCÓN

Vorrede

Die ehrwürdige Mutter Santiago de San Blas rang mit dem Tode. Das ganze Benediktinerkloster schien vorauszuahnen, dass das Ende nahe war. Menschen und Tiere, ja sogar die Dinge verharrten erwartungsvoll. Die Schar der anwesenden Ortsbewohner bewies, was die ehrwürdige Mutter war und bedeutete. Sie waren mit allen möglichen Fahrzeugen und Tieren zu den Klostertoren gelangt: Männer, Frauen und Kinder, Bauern, der eine oder andere kleine Hidalgo, Knechte, Diener, Lakaien der Herrenhäuser und Maultiertreiber. Niemand hatte sie benachrichtigt. Nur die Gerüchte, die sich im Wind verbreiten und den einfachen, dankbaren und reinherzigen Leuten sogleich verständlich sind, hatten sie herbeigelockt.

Unter diesen besonderen Umständen blieb die Klosterkirche offen. Fünfundzwanzig der dreiunddreißig Nonnen, aus denen die Gemeinschaft bestand, und dazu alle Novizinnen und Postulantinnen sowie die sechzehn Reklusen beteten unablässig die fünfzehn Geheimnisse des heiligen Rosenkranzes.

In der Zelle der Sterbenden beteten die übrigen Angehörigen der Gemeinschaft, wobei die Novizinnenmeisterin und der hochbetagte Priester Javier de Arriaga, ein Jesuitenpater, der Beichtvater der Nonne und Klostergeistlicher war, die Kranke aufmerksam beobachteten. Sie saßen auf einer Seite, neben dem Kopfende des Bettes, während Doktor Ruy Pablos auf der anderen Seite einen brennenden Holzspan in der rechten Hand hielt und der rechten Pupille der Sterbenden näherte, wobei er gleichzeitig mit der Daumenspitze der anderen Hand ihr oberes Lid öffnete, um zu sehen, ob sich die Pupille erweiterte. Ein Atemzug, der tiefer als die übrigen war, eine Pause, ein weiterer Atemzug, dann wurde die gesamte Luft aus der Lunge ausgestoßen und brachte ein eigentümliches Gurgeln hervor … Die Nonne und der Priester blickten einander an, und danach wandten sie sich fragend dem Arzt zu.

»Die ehrwürdige Mutter hat aufgehört zu leiden«, sagte er.

Mutter Santiago de San Blas hatte den letzten Seufzer ausgestoßen, und dennoch hatte sie Doktor Ruy Pablos' letzten Satz vollkommen klar gehört. Ihr Herz schlug nicht mehr, doch ihr blieben noch einige Bruchteile von Sekunden, um ihr Leben zu überblicken und Gott durch die Fürsprache seiner Allerheiligsten Mutter, die sie stets andächtig verehrt hatte, zum letzten Mal um Verzeihung zu bitten. Wie in einem riesigen Prisma zogen vor ihren Augen alle Situationen und Momente vorbei, in denen sie schreckliche Entscheidungen treffen musste, die sich auf sie wie auch auf andere auswirkten, deren Lebensweg sich mit dem ihren verbunden hatte. Sie dachte, dass sie zuweilen gut und zuweilen schlecht gehandelt hatte, dass jedoch der Herrgott, den sie so innig zu sehen wünschte, in seiner unendlichen Barmherzigkeit wüsste, wie er ihre Taten zu beurteilen hätte. Niemals hatte sie geglaubt, dass jemand durch eine einzige Tat verdammt oder gerettet würde... Da oben würde man zusammenrechnen und abziehen, und dann käme es auf die Endsumme an. Der Charakter prägte das Schicksal der Menschen, und niemand konnte sich seinen Charakter bei der Geburt aussuchen. Und wahrhaftig, ihr war ein höchst einzigartiger zuteil geworden! Fern, sehr fern schlug eine Glocke das Totengeläut an. Ihre Neugier und gleichermaßen ihre Hoffnung bezwangen wieder einmal ihre Angst, denn sie war sicher, dass ihre Schutzheiligen Jakobus und Blasius sie vor das Angesicht des Allerhöchsten und des ganzen himmlischen Hofstaats führen würden. Der große Augenblick rückte näher. Ihre Seele sollte dem Schöpfer begegnen... und sie fühlte nicht die geringste Furcht. Wieder läuteten die Glocken in Sankt Benedikt. Die ehrwürdige Mutter konnte den letzten Ton nicht mehr hören. Die große Glocke setzte ihr Totengeläut in der ganzen Nacht fort...

Die Geburt

»Euer Gnaden sind Vater einer weiteren Tochter.«

Als Doktor Gómez de León dies mitteilte, zitterte sein dichter Bart leicht. Vor ihm stand drohend, schwarz und gravitätisch die einschüchternde Gestalt von Don Martín de Rojo e Hinojosa.

»Seid Ihr sicher?«, fragte der Hidalgo nach.

»Wie soll ich da nicht sicher sein. Euer Gnaden verstehen gewiss, dass so etwas offensichtlich ist.«

Don Martín sah nach oben und bemühte sich, das im Raum herrschende

Halbdunkel mit seinem Blick zu durchdringen. Zwei große Ständer, die brennende Fackeln trugen, und ein gewaltiger Kandelaber mit zwölf Kerzen waren die einzigen Lichtpunkte im Zimmer, denn ein schwerer Damastsamtvorhang verhängte das einzige große Fenster, das bunte Bleiglasscheiben hatte und für Helligkeit hätte sorgen können. Schweißüberströmt und erregt ruhte Doña Beatriz de Fontes, Don Martíns Gattin, am anderen Ende des Zimmers in einem Himmelbett. Um sein Unglück vollzumachen, hatte sie ihm mit diesem Kind das vierte Mädchen geboren – und keinen männlichen Erben, der sein vornehmes, wenn auch nicht mehr allzu glanzvolles Adelsgeschlecht fortsetzen könnte. Rechts stieg aus einem großen Kupferkessel schwacher weißlicher Rauch auf, der nach Kardamom und Eukalyptus duftete. Hin und wieder ging María Luján, die Hebamme, zu diesem Kessel, legte trockene Lappen hinein und holte feuchte heraus, die sie ausdrückte und auf die Stirn der Wöchnerin breitete.

An der anderen Bettseite versorgte eine kräftige Nonne in Benediktinerinnentracht das Neugeborene, das auf einem ledernen Klapptischchen lag und sich schon über den Empfang beschwerte, den ihm die feindselige Welt bereitete. Über dem Kopfende des Bettes hing ein Bild der Heiligen Jungfrau mit dem Jesuskind im Arm. Als der Säugling abgetrocknet, gesäubert und gewickelt war, nahm ihn die Nonne in den Arm und wandte sich vertraulich an Don Martín.

»Es tut mir leid, Bruder. Aber die Ratschlüsse des Herrn sind unerforschlich … Bei unserer Geburt ist unser aller Schicksal vorgezeichnet.«

Der Hidalgo fand aus seinen geistigen Abgründen in die Welt zurück, und seine Augen hefteten sich auf das Neugeborene, obwohl sie es beinahe nicht erkannten.

»Ist sie wenigstens vollständig?«, erkundigte er sich.

»Nicht nur das, Bruder, sie hat auch eine kräftige Lunge.« Mutter Teresa, die Priorin des Benediktinerklosters, und Don Martín de Rojo waren Geschwister. »Ach! Übrigens … Seht einmal hin.«

Die Nonne trat zum Licht des großen Kandelabers, wickelte den Säugling aus und zeigte Don Martín etwas.

Er kam näher und betrachtete die Stelle, die ihm die Nonne zeigte: Unter der linken Brustwarze des Mädchens konnte man ein Zeichen erkennen, das wie ein kleines, drei scharlachrote Tränen vergießendes Auge aussah.

»Die Herkunftsmarke der Familie«, flüsterte die Priorin.

»Aber nicht an der gewöhnlichen Stelle. Was habe ich nur getan, um so viel Unglück zu verdienen?«, beklagte sich der Hidalgo.

»Wenn Euer Gnaden gestatten.« Die Stimme des Arztes war hinter ihm zu hören. Don Martín drehte sich langsam um, ohne ein Wort zu sagen, und fragend zog er die buschigen Brauen hoch. »Eure Gattin ruft Euch zu sich.«

Die Wöchnerin war sehr geschwächt und hatte tiefe Schatten unter den Augen. Sie wartete, bis die anderen näher herangetreten waren. Als Don Martín zu ihr kam, ergriff sie seine Hand, führte sie an die Lippen und küsste sie. Dann bekannte sie, als wollte sie sich entschuldigen:

»Verzeiht, Herr! Ich bin ein Ungeheuer. Ich kann keine männlichen Nachkommen gebären.«

Der Hidalgo blieb wortlos stehen, während die Stimme der Priorin von der anderen Bettseite erklang:

»Nun ruht Euch aus. Krumme Wege sind oft die gerade Straße des Herrn …«

»Die ehrwürdige Mutter hat recht«, griff Doktor Gómez de León ein, als er sah, wie heftig Doña Beatriz atmete. »Jetzt müsst Ihr neue Kräfte gewinnen, denn Euch erwartet eine harte Aufgabe.«

»Das gilt gewiss für alle«, betonte der Hidalgo und machte sich von der Hand seiner Gattin frei. Er verließ den Raum, und seine Schwester folgte ihm. Der Arzt blieb zurück und erklärte der Hebamme, welche Arzneien sie Doña Beatriz verabreichen sollte und welche Pflege der Säugling brauchte. Dessen kräftige Klagelaute ließen vermuten, dass man lediglich darauf achten musste, ihn sauber zu halten und richtig zu ernähren.

Die Rojos

Die Familie Rojo stammte aus León, und ihr altadeliges Geschlecht war ebenso vornehm wie verarmt. Vierhundert Jahre zuvor hatte ein Vorfahr Don Martíns bei der ruhmreichen Schlacht von Las Navas de Tolosa die Reiterei befehligt, und ein Ururgroßvater war Stellvertreter Portocarreros in den gefährlichen Zeiten der Eroberung Mexikos. Schicksalsschläge und unglückliche Abenteuer hatten jedoch ihre Schätze beträchtlich verringert, und die Zeiten waren schlecht. Ein großer Brand verwüstete das kleine Familienschloss, und das jetzige Herrenhaus hatte zwar massive Mauern und trug ein angesehenes Wappen, ließ sich aber nicht mit dem früheren Gutshaus vergleichen. Die Pachteinnahmen waren gering, und die Pächter bezahlten spät, schlecht oder nie. Der Niedergang hatte lange zurückreichende Wurzeln und begann nicht erst in jüngster Zeit.

Don Bernardo, Don Martíns Vater, verlor seine erste Frau Doña Catalina, ohne dass er Kinder bekommen hatte. Er war noch jung, und weil sein Haushalt und er selbst eine tüchtige Gattin brauchten, die alles erledigte, wozu er keine Lust hatte – und das war beinahe alles, ausgenommen die Jagd und das Buhlen mit allen jungen Mädchen aus seinen Ortschaften –, heiratete er in zweiter Ehe Doña Teresa de Hinojosa. Sie stammte aus einer wohlhabenden Familie, die allerdings dem niedrigen Adel angehörte. Sie brachte eine Mitgift in die Ehe ein, die sein karges Vermögen aufbesserte. Doña Teresa war eine gute Ehefrau, und sie schenkte Don Bernardo zwei Kinder: Martín war das erste, und Don Bernardo freute sich maßlos über seine Geburt; sechs Jahre später kam noch ein Mädchen, mit dem er sich abfand, ohne allzu große Freude zu bekunden. Sie wurde am Tag des heiligen Camillus geboren, und man taufte sie auf diesen Namen. Beide Kinder wuchsen mit gemeinsamen Spielen, Geheimnissen und Streichen auf, und da Camila jünger als ihr Bruder war, machte sie aus ihm ihren Abgott, ohne dass dies sie daran hinderte, beinahe immer ihre Persönlichkeit und ihren starken Charakter gegen ihn durchzusetzen. Eines Tages wollte es das Unglück, dass Don Bernardo vom Pferd stürzte, als er von einer Mädchenjagd aus der Umgebung zurückkehrte, und er bekam einen solch unheilvollen Schlag ins Genick, dass er für den Rest seines Lebens verkrüppelt und an einen Lehnstuhl gefesselt war. Sein ohnehin düsterer Charakter verbitterte sich allmählich immer mehr und wurde unerträglich. Doña Teresa blieb nichts anderes übrig, als die Verantwortung für das Gut vollständig zu übernehmen. Der Hidalgo fristete sein Leben noch fünf Jahre. Im Sessel an dem Fenster, das zum Birkenwäldchen ging, verbrachte er die Stunden, und seine Blicke verloren sich in der Ferne. Oft besuchte ihn der junge Doktor Gómez de León. Er gab sich Mühe, ihn mit seinen Späßen und den vom Hof eintreffenden Neuigkeiten zu unterhalten. Doch das war vergebliche Mühe, Don Bernardo interessierte sich für nichts. Er verfiel in tiefe Schwermut, und eines Morgens, als ihn Doña Teresa aus dem Bett heben wollte, um ihn zusammen mit einem Diener zu seinem Sessel zu bringen, entdeckte sie, dass seine ganze rechte Körperseite gelähmt war und er kaum noch atmete. Man ließ den Arzt rufen, aber es ließ sich nichts mehr machen … Man konnte ihm nur noch die Sterbesakramente spenden.

Martín war schon elf und Camila fünf Jahre alt. Mit ihrer kindlichen Intuition fanden sie heraus, dass etwas Ungewöhnliches im Haus geschah, und da offenbar niemand Zeit hatte, sich mit ihnen zu beschäftigen, schlichen sie in das dunkle Zimmer und verkrochen sich zwischen dem Schrank und dem Fensterladen, der sie beinahe vollständig verbarg. Von dort aus erlebten sie ungewöhnliche Ereignisse mit: Als Erster kam der Arzt, der mit einem langen und weiten schwarzen Obergewand bekleidet war und um den Hals eine Silberkette mit dem seine Kenntnisse beglaubigenden Medaillon trug. Ihn begleitete ein Gehilfe, der die Tasche schleppte. Der Arzt holte ein paar ekelhafte Tierchen aus einer Glasflasche und legte sie an Don Bernardos Ohren, wo sie sich bald wie kleine Ballons aufblähten. Dann erschien der Beichtvater, den Doña Teresa benachrichtigt hatte. Er beschmierte den Daumen mit dem Öl aus einer kleinen Flasche und schlug Kreuze über der Stirn, den Augen und dem Mund des Sterbenden. Dann nahm er einen Wedel und besprengte dessen ganzen Körper mit Weihwasser, wozu er ein paar Miserere betete und der Messknabe ein unheimlich klingendes Glöckchen läutete. Es war alles umsonst. Die Kinder konnten es nicht sehen, denn eine Kinderfrau brachte sie schließlich fort, doch drei Stunden später gab Don Bernardo, der große Hurenbock dieser Landstriche, dem Schöpfer seine Seele zurück. Dabei hoffte er, dass sein Gang durchs Fegefeuer dank der in seinem Testament bestellten Messen kurz sein würde, hatte er sich doch niemals für solche Örtlichkeiten interessiert, weil ihm kein Geistlicher jemals zusichern konnte, dass es in jener brennenden Glut Mädchen oder Pferde gab, was tatsächlich die beiden einzigen Themen waren, die ihn zeitlebens gefesselt hatten.

»Als wir Kinder waren, Martín, konnte ich es nie ertragen, Euch niedergedrückt zu sehen. Und jetzt kann ich das noch weniger.«

»Sprecht nicht weiter, Camila.« Wenn sie zu zweit waren, redete er sie mit ihrem Taufnamen und nicht mit ihrem Klosternamen an. »Ich brauche Euer Mitgefühl nicht. Was ich nötig habe, sind Lösungen. Ihr kennt meine Lage besser als jeder andere … Ein Hidalgo, der seinen Töchtern keine gute Mitgift geben kann, hat nicht die geringste Möglichkeit, sie zu verheiraten, und in den heutigen Zeiten und in der jetzigen Lage steht einer unverheirateten Frau in diesem Königreich kein Weg offen.«

Die Nonne vertiefte sich in ihre Grübeleien.

»Lasst mich nachdenken.«

»Nehmt Euch so viel Zeit, wie Ihr braucht. Doch nicht einmal Gott der Allmächtige kann ein Ereignis ungeschehen machen.«

»Lästert nicht, Bruder, denn Er hat uns die Möglichkeit gegeben, das Schicksal durch unsere Taten zu beeinflussen. Darin besteht der freie Wille.«

»Wenn es Euch so gefällt, meinetwegen. Aber die Dinge sind, wie sie sind. Schon seit vielen Jahren bitte ich Gott, mich mit einem männlichen Nachkommen zu segnen, doch zusammen mit dem Neugeborenen habe ich heute schon vier Mädchen.«

Die Nonne grübelte angestrengt.

»Vorläufig wissen das drei Leute außer Euch und Eurer Frau: Doktor Gómez de León, die Hebamme und ich… Ist es nicht so?«, fragte die Nonne nachdrücklich.

»Was kommt es schon darauf an«, entgegnete Don Martín zögernd.

»Doch, darauf kommt es an.«

Der Hidalgo schwieg erwartungsvoll. Schwester Teresa sprach weiter:

»María Luján hat ihre Pflicht getan. Seid großzügig ihr gegenüber… Sie ist eine Frau, die der Glanz des Geldes blendet, und diese Schwäche ist allgemein bekannt. Sie lebt weit entfernt vom Dorf, und ihr Mann schuldet Euch hohe Pachtsummen.«

»Ich verstehe nicht, worauf Ihr hinauswollt.«

»Ganz einfach. Da Ihr nicht im Geringsten sicher sein könnt, dass Eure Frau Euch später doch noch einen Sohn zur Welt bringt, ist es vielleicht notwendig, dass wir die Gelegenheit dieser Geburt nutzen.«

»Schwester, so wahr ich unseres Herrn Vaters gedenke: Ich verstehe Euch nicht.«

Die Nonne blickte rundum, lief aus dem Zimmer und wies den Hidalgo mit einer gebieterischen Geste an, ihr zu folgen. Sie blieben ungefähr eine Viertelstunde draußen.

»Habt Ihr verstanden?«

»Nicht ganz richtig.«

»Nun, jetzt müssen wir zurück. Es gibt viel zu tun.«

Mit diesen Worten wandte sich Schwester Teresa wieder zum Zimmer der Wöchnerin zurück, wobei ihre Röcke raschelten und die Kugeln des großen Rosenkranzes aus Kirschbaumholz, der am Strick ihres Ordenskleides hing, klapperten.

Im Raum herrschte weiter Halbdunkel. Alles wirkte gedämpft. Doña Beatriz lag in unruhigem Halbschlaf. Doktor Gómez de León unterhielt sich in einer Zimmerecke mit der Hebamme und gab ihr letzte Anweisungen, während er seine Tasche packte.

»María!« Die Stimme Schwester Teresas klang autoritär. »Wir müssen jetzt fort, um einen Auftrag zu erledigen. Ihr bleibt hier und kümmert Euch um das Kind. Bis der Doktor zurückkommt, darf niemand dieses Zimmer betreten. Habt Ihr verstanden?«

»Wie Ihr anweist, ehrwürdige Mutter«, antwortete die Hebamme.

»Danach bringt Euch ein Kutscher nach Hause.« Nun wandte sie sich an den Arzt: »Wenn Euer Gnaden so liebenswürdig sind …« Sie wartete einen Augenblick, bis Doktor Gómez de León zu ihr getreten war. »Don Martín und ich selbst, wir möchten uns kurz mit Euer Gnaden besprechen … Es ist eine schwierige Angelegenheit, und wir vertrauen ganz auf Eure Diskretion.«

Der Arzt wartete gespannt.

»Ich höre, Mutter Priorin.«

»Gebt acht, mein guter Doktor. Don Martín hat mir von dem Gespräch erzählt, das Ihr mit ihm über die Entbindung meiner lieben Schwägerin geführt habt.«

»Ich verstehe Euch nicht, Schwester Teresa.«

»Lasst es mich erklären. Wenn ich nicht schlecht unterrichtet bin, und berichtigt mich, falls es sich so verhält, habt Ihr erklärt, dass Ihr Euch Sorgen wegen der letzten Schwangerschaft von Doña Beatriz gemacht habt … die Euch außerdem überrascht hat. Habe ich recht?«

»Nun ja … in gewisser Hinsicht … Eure Schwägerin ist schon zweiundvierzig Jahre alt, und da sie Asthma und eine schwache Lunge hat, ist sie nicht gerade im besten Alter, um ein Kind zu bekommen, und dabei habe ich mich wohl nicht geirrt. Die Entbindung war sehr schwierig und …«

Die Nonne unterbrach ihn.

»Und eine weitere Schwangerschaft wäre undenkbar.«

»Nun ja … Sagen wir, sie wäre unangemessen, allerdings möglich. Seht doch selbst, wie die heilige Elisabeth …«

»Meine Schwägerin ist keine Base der Allerheiligsten Jungfrau Maria, und der Herrgott wirkt in den heutigen Zeiten wenige Wunder.«

Beklommen und erwartungsvoll verfolgte Don Martín das Gespräch zwischen dem Arzt und der Nonne.

»Dem, was Ihr sagt, entnehme ich, dass es vernünftig wäre, wenn mein Herr Bruder nicht versuchte, weitere Nachkommen zu haben, da es der schwachen Gesundheit seiner lieben Frau abträglich sein würde … Das ist klar.«

Der Arzt zögerte. Er konnte nicht ganz verstehen, worauf die Nonne mit ihren umständlichen Erklärungen hinauswollte.

»Ja … vielleicht … wäre es besser.«

»Dann, Doktor, kommen wir zur Sache.«

Das Kloster

Das Benediktinerkloster war zwölf Meilen von Quintanar del Castillo entfernt, und der Weg zum Kloster war nicht gerade eine römische Heerstraße. Bis zum Bachufer war er gut zu befahren, doch auf dem letzten Stück wurde er zu einem Pfad, der sich nach einem Regen in Morast verwandelte. Der Wagen quälte sich rumpelnd und mühsam voran, war bis zu den Radnaben mit Schlamm bedeckt, und die Wagenfedern ächzten wie Galeerensklaven. Das Wappenschild der Rojos an der Tür wirkte ein wenig verblasst. Vom Kutschbock aus trieb der Kutscher mit seinen Rufen und Pfiffen das Gespann an. Es bestand aus einem Fuchs und einem Apfelschimmel mittleren Alters, die bessere Zeiten erlebt hatten. Hinten, auf dem Platz des Bedienten, saß niemand. Die Jahre waren nicht für unnötigen Aufwand geeignet, und die Pachtsummen reichten nicht für Überschüsse.

Drinnen, auf dem gepolsterten Sitz aus abgeschabtem granatrotem Samt, dem ein paar Knöpfe fehlten, saßen Don Martín und die Priorin in Fahrtrichtung. Ihnen gegenüber hörte Doktor Gómez de León aufmerksam und erstaunt zu.

»Nun, mein guter Doktor, wie Ihr sehen werdet, erlaubt es der Herrgott uns Menschen, dass wir durch unsere Taten das Schicksal verändern, denn sonst wäre alles vorherbestimmt. Und Ihr werdet doch nicht an die Vorherbestimmung glauben?«

»Sprecht klar und deutlich mit mir, Señora, und redet nicht so lange um den heißen Brei herum, denn Rätselaufgaben kann ich nur schwer lösen, und um diese Zeit habe ich wenig Lust, Geheimnisse aufzuklären.«

»Hört zu. Mein lieber Bruder hat schon drei Töchter, und er braucht nicht nur einen männlichen Erben, ein viertes Mädchen würde auch für sein Vermögen eine unnütze und unerträgliche Belastung darstellen …«

»Und was lässt sich dagegen tun? Das Neugeborene ist ein Mädchen, daran ist nichts zu ändern.«

»Hier greift die Hand des Menschen ein, um das Schicksal zu zwingen, und der Herrgott hat uns gerade deshalb in diese Lage gebracht, damit wir einen neuen Anfang machen.«

»Wieder kommt Ihr mit Wortspielen.«

»Lasst mich weiterreden. Meine Schwägerin wird kein weiteres Kind bekommen … Diese Entbindung war ihre letzte Möglichkeit … Wie Ihr wisst, nehmen wir im Kloster des heiligen Benedikt arme unglückliche Frauen auf, die von irgendeinem Galan entehrt wurden, deren Eltern sie aus dem Haus geworfen haben, damit die Schande nicht ihre Familie trifft, und die bald gebären.«

»Ja und?«

»Vor einer Woche ist ein Mädchen bei der Entbindung gestorben, nachdem es ein Kind zur Welt gebracht hatte. Das Kind hat feine Haut und Gesichtszüge, und daraus kann man schließen, dass der Vater zu einer vornehmen Familie gehört. Wir haben die Mutter begraben, selbstverständlich in ungeweihter Erde, denn da sie nicht beichten wollte, ist sie natürlich im Stand der Sünde gestorben, und wir haben das Kind einer Rekluse gegeben, damit sie es zusammen mit ihrem eigenen Kind stillt, bevor wir es adoptieren lassen.«

Der Arzt achtete aufmerksam auf ihre Worte, und Don Martín, der sich am Rand des Sitzes in eine Decke gewickelt hatte, hörte nun die Erklärungen der Priorin zum zweiten Mal.

»Versteht Ihr allmählich?«

»Etwas klarer sehe ich schon«, antwortete der Arzt.

»Also, wie ich Euch vorhin gesagt habe, sind wir drei und Eure Hebamme die Einzigen, die über die Geburt heute Nacht Bescheid wissen.«

»Ihr vergesst die Mutter.«

»Nein, Doktor. Eine Frau, die gerade entbunden hat... halb betäubt von den Arzneien, die Ihr verabreicht habt, und die jetzt in tiefen Schlaf versunken ist... Sie kann ja einen bösen Traum erlebt haben und dazu noch dem Allerhöchsten überaus dankbar sein, der ihr schließlich den lang ersehnten Jungen gewährt hat. Begreift Ihr nun?«

Doktor Gómez de León nickte leicht mit dem Kopf.

»Bringen wir es zu Ende. Meine Nichte kommt ins Kloster, und dort ziehen wir sie auf. Ich werde ihr Vormund sein. An Muttermilch soll es ihr nicht fehlen. Das ist vielleicht das Einzige, wovon wir zu viel haben... Und wenn sie das richtige Alter erreicht hat, wird sie Nonne. Als vierte Tochter eines Hidalgos ist dies und nichts anderes das Schicksal, das sie erwartet hat. Stattdessen, da meine Schwägerin unmöglich noch einmal gebären darf, kann mein lieber Bruder auf diese Weise einen Jungen bekommen, der sein Leben erfreut und sein Geschlecht fortsetzt.«

Der Doktor dachte kurze Zeit nach.

»Seit vielen Jahren diene ich Eurer Familie. Ich verstehe... Ihr könnt Euch auf mein Stillschweigen verlassen.«

»Das haben wir für selbstverständlich gehalten. Was Ihr mir garantieren müsst, ist, dass auch María Luján schweigt.«

»Sie genießt mein unumschränktes Vertrauen. Außerdem, wenn Ihr Euch bei ihr etwas freigebig zeigen könntet … Sie braucht dringend Hilfe.«

»Macht Euch deshalb keine Sorgen.«

Mit diesen Worten hatte sich Don Martín vom Ende des Wagens her gemeldet.

Die Nonne griff ein.

»Freigebigkeit ist eine gottgefällige Tugend. Wir bitten Euch lediglich, dass die Hebamme nicht allzu viel über die Ereignisse redet, die sie heute Nacht erlebt hat … Allerdings wird sie im Grunde gar nichts wissen.«

»Sagt mir, wie das geschehen soll«, erkundigte sich Don Martín.

»Das ist ganz einfach. Der Junge kommt mit Euch und dem Doktor zu Euch nach Hause. Ihr wartet in Eurem Kabinett mit dem Kind, und der Doktor schickt María Luján fort. Sie kehrt in ihr Dorf zurück, in der Kutsche des Klosters. Blas, unser Gärtner, der Gott sei Dank, wie Ihr wisst, taubstumm ist, wird sie fahren … Und außerdem erhält sie einen guten Lohn. Wenn sie abgefahren ist – und erst dann –, wird mir der Doktor in Eurer Kutsche das Mädchen bringen, und danach wird der Kutscher den guten Doktor heimbegleiten. In Eurem Haus, lieber Bruder, wird es keine weiteren Geburten geben. Also hat die Hebamme keinen Grund, jemals wieder herzukommen. Nachdem sie fort ist, legt Ihr den Jungen in die Wiege Eurer Tochter, damit ihn Eure Frau dort sieht, wenn sie erwacht. Dann … vertraue ich ganz auf Euer komödiantisches Talent, das mir so gut gefallen hat, als wir Kinder waren. Außerdem muss die Magd, die Ihr heute Nacht beauftragt, den Schlaf der Mutter und des Kindes zu bewachen, überhaupt keine Komödie spielen, weil sie immer nur einen Jungen gesehen hat. Ist das Euren Gnaden klar?«

Beide nickten zustimmend.

»Seien wir in diesem Fall praktisch«, erklärte die Nonne weiter. »Wenn Ihr zum Kloster kommt, setzt Ihr mich am Haupttor ab. Dann fahrt Ihr an der Klostermauer entlang und nehmt den Jungen in Empfang, den niemand sehen wird, weil ich ihn Euch an der Tür übergebe, die in den hinteren Teil des Gartens führt, und Ihr kehrt zurück und begleitet meinen Herrn Bruder. Die Kutsche des Klosters wird Eurer Kutsche folgen. Blas, der Gärtner, fährt sie. Ich bleibe da … Es wird schon Zeit, dass ich mich zurückziehe … Ich werde die Gebete der Schwestern leiten. Für die Hin-

und Rückfahrt werdet Ihr nicht weniger als drei Stunden brauchen. Ich werde wach bleiben und auf Euch warten. Ihr lasst die Kutsche an der Außenmauer stehen, und beim Aussteigen hüllt Ihr Euch in Euren Mantel und tragt das Mädchen in den Armen. Der Schwester Pförtnerin sagt Ihr, wenn Ihr kommt, dass sie mich benachrichtigen soll. Es ist nicht das erste Mal, dass man uns mitten in der Nacht ein Kind übergibt, damit wir ihm Adoptiveltern suchen. Alle Schwestern werden glauben, dass der Junge am Morgen gestorben ist ... So etwas kommt vor ... Unser Friedhof bekommt ein weiteres kleines Grab. Der Kleine nimmt nicht mehr Platz als ein Hündchen ein, und ebendas wird im Sarg liegen. Ich kümmere mich darum, dass es ein christliches Begräbnis erhält. Zur Frühmesse ist alles vollbracht.« Die Nonne klopfte mit den Fingerknöcheln an die runde Scheibe, die den Passagierraum vom Kutschbock trennte. Mit einer Geste gab sie dem Kutscher zu verstehen, dass er anhalten und zur Wagentür kommen solle. Dieser gehorchte. »Wenn Ihr am Kloster seid, setzt Ihr mich am Tor ab. Dann fahrt Ihr an der Mauer entlang und bleibt an einem versteckten Eingang stehen, den Euch Euer Herr zeigt. Dort wartet Ihr, bis man Euch neue Anweisungen gibt.«

Alles wurde ausgeführt, wie es die Priorin angegeben hatte. Die drei drangen ins Kloster ein, als wären sie Verschwörer. Kurz danach kamen zwei von ihnen wieder heraus. Sie waren vermummt, und einer trug ein kleines Bündel im Arm.

Die Nacht und die Ereignisse gingen weiter ...

Längere Zeit später kehrte Doktor Gómez de León zum Kloster zurück. Er stieg aus der Kutsche Don Martín de Rojos aus, die diesmal von zwei Ersatzmaultieren gezogen wurde. Der Kutscher hielt die Wagentür auf, und als er dem Arzt helfen wollte, weil dieser etwas in den Händen trug, hielt ihn die heisere und sehr erschöpfte Stimme des Doktors zurück.

»Ich komme allein zurecht. Wartet hinten am Weg auf mich.«

In den Mantel gehüllt und mit müden Schritten lief er zur Drehlade an der Klosterpforte. Er läutete die Glocke und wartete. Kurz danach antwortete eine singende Stimme von innen.

»Ave Maria Purissima. Wer kommt um diese Zeit?«

»Ohne Sünde empfangen. Schwester, hier ist ein Herr. Könnt Ihr die Priorin benachrichtigen?«

»Teilt mir die Bestellung mit, damit ich sie ihr ausrichte.«

»Das kann ich nicht, Schwester. Die Angelegenheit ist ernst, und mein Auftraggeber ist eine Standesperson.« Hier veränderte sich die Stimme und bekam einen autoritären Klang. »Benachrichtigt die Priorin, habe ich Euch gesagt!«

»Ich tue es, aber dafür sind Euer Gnaden verantwortlich.«

»Genug geredet.«

Doktor Gómez de León hörte durch die dicke und mit Nägeln beschlagene Eichentür, wie sich die Schritte entfernten... Nach einer Weile folgte das Geräusch, das beim Zurückschieben der Riegel entstand, und schließlich war die Priorin kurz zu sehen, als sie ihn durch das kleine Fenster in der Mitte beobachtete, bevor der große Eisenschlüssel das letzte Schloss mit einem dumpfen Kratzen öffnete.

»Gelobt sei der Herr. Wer seid Ihr, und was führt Euch um diese Zeit in dieses heilige Haus?«

»Gelobt sei er. Es kommt nicht darauf an, wer ich bin. Ich sage Euch lediglich, dass ich ein Edelmann bin und dass mich ein Schwur daran hindert, Euch weitere Erklärungen zu geben. Man hat mich beauftragt, Euch das Kind hierzulassen.«

Die Pförtnerin lauschte.

»Ich möchte Euch nur sagen, dass es von guter Herkunft ist, aber es ist nicht angebracht, dass es bei seiner Familie aufwächst. Hier habt Ihr die Spende für ein Jahr, und von einer Vertrauensperson werdet Ihr die nächsten Beträge erhalten. Behandelt das Mädchen als etwas ganz Besonderes. Glaubt nicht, dass es ein gewöhnliches Findelkind oder eine Waise ist, die man zur Adoption freigeben kann.«

Der Arzt überreichte bei diesen Worten der Priorin des Benediktinerklosters ein kleines Bündel zusammen mit einem Lederbeutel.

Am nächsten Tag erfuhren alle Nonnen des Klosters von den Ereignissen, die sich in jener Nacht abgespielt hatten.

Ein Jahr später

Zwei große, mit Olivenkernen gefüllte Kohlenbecken erwärmten den Saal der Rojos in diesem kalten und windigen Januar. Doña Beatriz beendete gerade in einem großen Holzrahmen die Stickerei des Mantels, den sie dem heiligen Martin schuldete. Damit erfüllte sie das Versprechen, das sie dem Heiligen geleistet hatte, wenn er ihr die Gnade gewährte, ihr einen Sohn zu schenken. Der Kleine kroch über den maurischen Teppich und wusste nichts von den Sorgen, die er seinen Eltern gemacht hatte, als er auf die Welt kam. Seine Mutter hielt ihn weiterhin für etwas ganz Außerordentliches, wenn nicht für ein Wunder. Sie erinnerte sich daran, wie sie am nächsten Tag erwacht war und sich noch in dem Dämmerzustand befunden hatte, in den sie die von Doktor Gómez de León verordneten Arzneien versenkt hatten. Am Fußende des Bettes hatte ihre Kammerfrau Leonor auf einem Schemel gesessen. Und sie erinnerte sich auch daran, dass diese sie erstaunt angesehen und sie korrigiert hatte, als sie sie anwies, ihr die Tochter zu zeigen.

»Ihr wollt sagen: Euren Sohn.« Doña Beatriz hatte sie verwirrt angeblickt, und Leonor hatte nachdrücklich betont: »Gestern Nacht habt Ihr einen Jungen zur Welt gebracht.«

Ihr fiel ein, dass sie nach ihrem Mann gefragt hatte, und an mehr konnte sie sich nicht erinnern, bis sie einige Stunden später schon einen viel klareren Kopf gehabt hatte, als Don Martín bei ihr gewesen war, ihr beigestanden und gedankt hatte, dass sie den heiß ersehnten Erben auf die Welt gebracht habe. Vor ihrem inneren Auge machte er einen zufriedenen, aber nicht frohlockenden Eindruck. Und als sie angedeutet hatte, sie habe geglaubt, eine Tochter geboren zu haben, hatte er geantwortet:

»Das sind die Folgen der Entbindung und der Arzneien, die sie Euch gegeben haben, damit Ihr schlafen konntet. Euch quälten solche Sorgen, dass ich es verstehe.«

Nun betrachtete sie den kleinen Álvaro und wollte irgendeine Ähnlichkeit entdecken, doch es gelang ihr nicht. Trotzdem hatte Doña Teresa de Hinojosa, ihre Schwiegermutter, feierlich verkündet:

»Er sieht genauso aus wie Don Bernardo, mein verstorbener Mann, Gott habe ihn selig.«

Und von diesem Tag an hatten die Familienangehörigen entschieden, dass der Junge das getreue Ebenbild seines verstorbenen Großvaters Don Bernardo de Rojo war.

Leonor

Leonor war ein gutes Mädchen. Im zarten Alter von zwölf Jahren, als sie ihre Eltern verlor, war sie auf den Wunsch ihrer Tante, die schon seit Langem als Köchin im Haus arbeitete, in den Dienst der Rojos getreten.

Sie war nicht anmutig, aber etwas in ihrer Haltung rief die Aufmerksamkeit der Leute hervor. Ihr Platz war vom ersten Tag an die Küche, doch ihr natürlicher Liebreiz bewirkte, als sie fünfzehn Jahre alt war, dass Doña Beatriz nach ihr verlangte, damit sie als zweite Kammerfrau bei ihr diente. Ihre eigentlichen Pflichten bestanden darin, sich um die Wünsche ihrer Herrin zu kümmern und dafür zu sorgen, dass sie alles aufräumte, was die Mädchen bei ihren Spielen durcheinanderbrachten.

Elvira, Violante und Sancha waren drei Lausemädchen von sieben, fünf und vier Jahren, und Leonor fand ihre Freude daran, wie ein weiteres Kind an ihren Spielen und kindlichen Streichen teilzunehmen. Als Elvira, die Älteste, erste Unterrichtsstunden bei einem Hauslehrer erhielt, kümmerte sich Doña Beatriz auch um Leonors Bildung, und da diese einen lebhaften Verstand hatte, bat Doña Beatriz ihren Mann, ihre Kammerfrau am Unterricht des Mädchens teilnehmen zu lassen. Da der Altersunterschied zwischen beiden aber sehr groß und der Hauslehrer ein vielbeschäftigter Mann war, bat er um ein höheres Einkommen, weil er dem Unterricht mehr Zeit widmen müsse. Das lehnte Don Martín ab, denn seine Finanzen erlaubten ihm keinen derartigen Aufwand. Daraufhin bat die Hausherrin ihren Mann, einen Teil seiner Zeit, von der er im Übrigen genug hatte, für die Bildung des Mädchens zu verwenden.

Anfangs widersetzte sich der Hidalgo. Als jedoch seine Gattin darauf beharrte und zudem wieder schwanger wurde, wagte er es nicht, ihr Missfallen zu erregen, und gab ihren Wünschen nach. Der Unterricht fand in seinem Kabinett statt, wenn es Don Martín möglich war – oder vielmehr, wenn er Lust hatte.

»Ihr habt größeres Glück als ein Messknabe, wenn der Pfarrer vergisst, die Speisekammer abzuschließen«, herrschte die Köchin, ihre Tante, sie an, als sie die Neuigkeit erfuhr.

Leonor dachte, dass sie recht hatte, denn ihr Wissensdrang war groß, und ihre Möglichkeiten waren gering. Und so kam es, dass das Mädchen im Lauf der Zeit immer sehnsüchtiger auf jeden Nachmittag wartete, an dem der Hidalgo geruhte, ihr ein paar Brosamen seiner für sie so wertvollen Zeit zu schenken.

Don Martíns Kabinett befand sich im ersten Stock, und es beeindruckte Leonor tief, als sie es zum ersten Mal nicht betrat, um Staub zu wischen, sondern um die Buchstaben und Zahlen zu lernen. Der Hidalgo saß bequem im Sessel hinter dem Arbeitstisch mit den gedrechselten Beinen, als sie schüchtern an die Tür klopfte.

»Herein.«

Die Stimme klang tief und einschüchternd, und das Kammermädchen stieß die Tür auf und erschien im Zimmer, während es unsicher murmelte: »Ich bin es, Don Martín … Leonor …«

»Vorwärts. Bleibt nicht starr und steif stehen. Ich kann Euch die Buchstaben nicht beibringen, wenn Ihr nicht näher kommt.«

Furchtsam und unschlüssig trat das Mädchen vor, ohne dass es wusste, was es tun oder sagen sollte.

»Setzt Euch. Ihr habt keine Ahnung vom Lesen und auch nicht vom Zusammenzählen oder Abziehen … stelle ich mir vor.«

»Ich weiß nichts, Señor. Doña Beatriz hat mir gesagt, Ihr wolltet mir …«

»Mir bleibt nichts anderes übrig. Wenn ich ihr nicht den Gefallen tue, würde mein Sohn, wie sie behauptet, mit einem Muttermal zur Welt kommen … Ihr wisst ja, diese roten Flecken auf der Haut eines Neugeborenen, wenn seine Mutter ein Gelüst hatte, das nicht befriedigt wurde. Aber tretet näher. Sonst machen wir überhaupt keine Fortschritte.«

Das Mädchen kam tatsächlich näher und blieb vor dem großen Tisch stehen.

»Nehmt den Schemel dort, und setzt Euch hier neben mich. Es ist besser, wenn ich Eure Fehler verbessern kann. So muss ich nicht jedes Mal aufstehen.«

Leonor gehorchte.

So begann alles.

Die Tage folgten gleichförmig aufeinander, und nun waren sie wohl schon im dritten Unterrichtsmonat. Leonor kam zu dem Schluss, dass Don Martín nicht der Menschenfresser war, als den ihn viele ansahen. Ihr gegenüber war er vielmehr liebenswürdig und zeigte einen gewissen Sinn für Humor. Außerdem bewies er unendliche Geduld bei ihren ungeschickten Bemühungen, die Buchstaben zu erlernen. Zuweilen erlaubte er sich sogar ein paar Späße, obgleich sie bis vor Kurzem geglaubt hätte, dass er dazu unfähig sei.

An einem Nachmittag war das Haus leer. Doña Beatriz und die Mädchen waren zum Benediktinerkloster gefahren, um Mutter Teresa zu besuchen. Das Glöckchen, das nach ihr rief, erklang in der Küche …

»Geh und frage Don Martín, du hast ja Unterricht, ob er im Speisesaal oder in seinem Kabinett vespern möchte«, sagte ihre Tante, die sie manchmal duzte und dann wieder mit »Ihr« anredete.

Leonor stieg ins Studierzimmer hoch und stellte fest, dass der Hidalgo in einer ganz anderen Stimmung als sonst war. Sie richtete ihm die Frage der Köchin aus.

»Sagt Eurer Tante, dass ich heute bis zum Abendbrot nichts zu mir nehme und dass sie mir nichts bestellen sollen. Nichts ist mir lästiger, als wenn ich unterbrochen werde, sobald ich mich mit einer Aufgabe beschäftige. Wir machen wenig Fortschritte. Es wird allmählich Zeit, dass Ihr lesen könnt. Geht hinunter und sagt Bescheid. Nehmt dann Euer Schreibheft und kommt… Wir wollen sehen, ob wir heute, da wir den ganzen Nachmittag für uns haben und es keinen Krach im Haus gibt, Eure Kenntnisse mit einem Ruck voranbringen.«

Leonor erledigte den Auftrag. Als sie zurückkam, war sie bereit, die günstige Gelegenheit zu nutzen, die ihr die Vorsehung bot.

Die Luft im Raum war drückend heiß. Der gerade mit Holz gefüllte Kamin verbreitete seine Hitze im ganzen Zimmer, und der Hidalgo befahl ihr, bevor sie sich setze, solle sie die dicken Vorhänge zuziehen und die beiden sechsarmigen Kandelaber anzünden, die zusammen mit einer auf dem Tisch stehenden Öllampe das Kabinett beleuchteten.

Die ehrerbietige Furcht, die sie vor der schwarzen Gestalt des Hidalgos empfand, hatte sich dank der vertraulichen Augenblicke des Lernens in kindliche Zuneigung verwandelt, nach der sich ihr verwaistes Herz sehnte.

Alles verlief wie an den übrigen Tagen. Sie setzte sich neben ihn, und man ging noch einmal durch, was sie am letzten Nachmittag gelernt hatte. Wenn sie sich irrte, drückte die große und lauwarme Hand des Hidalgos ihre Schulter, damit sie den Satz wiederholte und den Fehler verbesserte. Es war heiß, und nur ein ganz geringer Abstand trennte die Köpfe der beiden. Plötzlich spürte Leonor, dass seine Hand über ihren Rücken glitt und ihre Taille streichelte. Don Martíns Gesicht war von der Hitze gerötet, und mehrere kleine Schweißtropfen perlten von seiner Stirn. Das Mädchen war verkrampft. Es wusste nicht, was es tun sollte, und wagte nicht, sich zu bewegen. Die Hand fuhr langsam höher. Nun knüpfte sie die Schleifen auf, die das weite Überkleid auf ihrem Rücken zuhielten… Sie las weiter… Einen Augenblick später hatte er den groben Sergestoff des sie bedeckenden Rocks zurückgezogen, und seine Hand betastete ihre jungen Brüste. Leonor war verwirrt und blieb still. Dann geschah alles ganz schnell. Sie war nackt und lag auf einem Bärenfell vor dem Kamin, und der Hidalgo, der sich auf ihr ausgestreckt hatte, atmete mühsam… Dann drang er in sie ein. Anders als sie geglaubt hatte, blutete sie überhaupt nicht, und es erschütterte sie auch nicht im Innern, ebenso wenig tat es ihr weh oder wirkte gewalttätig. Als wäre nichts gewesen, zogen sie sich hierauf wieder an, und der Unterricht ging weiter. Zwischen beiden kam es zu einem stillschweigenden Pakt. Erst zwei Stunden später, als sie sich schon entfernen wollte, sagte er:

»Verzeiht mir, aber seit vier Monaten fasse ich meine Frau nicht mehr an, und mir bleiben wenigstens noch sechs Monate übrig.«

Leonor sagte nichts. Sie zupfte sich die Kleidung zurecht und verließ das Zimmer.

Später, als es Nacht war und sie sich schon in ihrem einsamen Schlafzimmer befand, dachte sie über die Geschehnisse nach. Sie empfand echte Zuneigung zu Don Martín, und ihr Instinkt warnte sie, dass sie von all dem niemandem etwas sagen durfte, wenn sie nicht die vorteilhafte Stellung einbüßen wollte, die sie im Haus genoss. Es war nicht so schrecklich gewesen, wie es die Frauen in der Küche über »das erste Mal« vorhersagten. Als der Schlaf sie schon überwältigte, erschien vor ihren Augen jener sonderbare, purpurrote Fleck, der im Licht der Kaminflammen auf dem verschwitzten Rücken des Hidalgos glänzte, in der Höhe der rechten Schulter, und der genau wie ein kleines Auge aussah, aus dem drei Tränen flossen.

In diesen Monaten wiederholte sich so etwas noch zweimal, und immer, wenn es geschah, bat der Hidalgo am Ende um Verzeihung. Danach wurde Álvaro geboren, und es geschah nie wieder, obwohl der Lese- und Schreibunterricht weiterging.

Leonor sprach nie mit jemandem darüber.

Neun Jahre später

»Catalina! Was macht Ihr da?«

Schwester Hildefonsas Stimme ertönte in der Küche, während ihre eindrucksvolle Gestalt mit dem Messer in der Hand ihr entgegenlief, als wollte sie einen Puter köpfen.

Ohne zweimal darüber nachzudenken, nahm Catalina aus dem großen Obstkorb, der in der Speisekammer stand, eine schöne grüne Zitrone, und dann floh sie ans andere Ende des Gartens, als wäre der Teufel hinter ihr her, wobei sie wie immer darauf vertraute, dass ihre flinken Beine sie vor der Gefahr retten würden. Schwester Hildefonsa erschien an der Küchentür und sah sich nach beiden Seiten um, weil sie herausfinden wollte, wohin die kleine Diebin geflohen war. Aber alles lag friedlich und ordentlich da. Ihre massige Gestalt drehte sich langsam um die eigene Achse und kehrte in ihren inneren Herrschaftsbereich zurück, wozu sie Verwünschungen murmelte, eine Gewohnheit, die ihr vertrauter war als jene, Gebete auszustoßen. Schwester Hildefonsa herrschte über die Töpfe, und dies mit eiserner Hand, und die Einzige von allen Schwestern, der sie gestattete, in der Küche die Stimme gegen sie zu erheben, war die Priorin. Die drei Reklusen und die zwei Nonnen, die ihr halfen, hatten mit ihrer Arbeit aufgehört und verfolgten das Geschehen mit gespanntem Interesse.

»Na, was habt Ihr denn? Hat Euch ein Krampf gepackt?« Mit diesen Worten sprach sie die jungen Mädchen an. Dann wandte sie sich den Nonnen zu: »Der Herrgott wird Rechenschaft von Euch verlangen, ehrwürdige Mütter, weil Ihr die Zeit so schlecht nutzt. Denkt daran, dass man ihm auch bei den Kochtöpfen dient … Und heute ist ein Tag, der viel Arbeit bringt.«

Das ganze Kloster war in größter Aufregung, denn zu dieser Zeit kamen in jedem Jahr alle Protektoren von Sankt Benedikt zur Jahresversammlung zusammen, unter dem Vorsitz von Doktor Carrasco, dem Bischof von Astorga, der außerdem das Amt eines Provinzsekretärs des Heiligen Offiziums innehatte. Die Schwestern plagten sich fleißig, und vom Refektorium bis zum Chor glänzte alles. Man hatte die Röcke der Reklusen geflickt, den Ratssaal hergerichtet, die Höfe und Gärten gesäubert. Die Kapelle leuchtete wie nie zuvor. Sorgfältig kümmerte man sich auch um die letzte Einzelheit, denn nach der heiligen Messe und dem Segen sollten die Gäste vor der Versammlung ins Refektorium hinübergehen, um einen »frugalen« Imbiss zu sich zu nehmen: kastilische Fleischklößchensuppe, Jungtruthahnpastete, Wildschwein- und asturisches Forellenragout; als Nachtisch sollten kandierte Früchte, Marzipan aus Soria und Eigelbkonfekt von Sankt Benedikt gereicht werden, welches eine Spezialität des Klosters war, und all das wollte man reichlich mit Dueroweinen und einem den Geist stärkenden Apfellikör begießen.

Don Martín de Rojo schaukelte mit seiner alten Kutsche hin und her. Er fuhr zum Kloster. Sein Gehirn beschwor wieder einmal die Erinnerungen an Erlebnisse herauf, die nun schon zehn Jahre zurücklagen. Er vergegenwärtigte sich, was in dieser Zeit geschehen war. Anfangs hatte Doña Beatriz nicht glauben wollen, dass sie einen Jungen zur Welt gebracht hatte, aber schließlich fand sie sich trotz einiger Zweifel doch damit ab, da war ja tatsächlich der kleine Álvaro, und außerdem ließ das Zeugnis, das Doktor Gómez de León abgegeben hatte, keinen Zweifel zu, denn als sie ihm einmal andeutete, sie glaube, ein Mädchen geboren zu haben, erklärte er, so etwas komme häufig vor bei Müttern, die sich allzu viele Gedanken machten, weil sie um jeden Preis einen männlichen Erben auf die Welt bringen wollten.

Sie gab sich zufrieden und kümmerte sich um das Kind, während Don Martín aufmerksam achtgab, wie es heranwuchs, weil darin für ihn mehr als ein Grund bestand, auf die Zukunft zu hoffen, während die Gegenwart sehr dürftig aussah. Don Martín hatte es in keinem Jahr unterlassen, an der Jahresversammlung im Benediktinerkloster teilzunehmen, und er hatte es auch nicht versäumt, für den Unterhalt Catalinas, denn so hieß das Mädchen, aufzukommen, was er allerdings nur in bescheidenem Umfang leistete. Die Priorin, seine Schwester, beaufsichtigte sie und kümmerte sich darum, dass der kleine Baum gerade wuchs, und im angemessenen Alter würde das Mädchen sicherlich Nonne des Ordens werden, dessen Protektor er war.

Andere Sorgen suchten seinen Geist an diesem Morgen heim. Seine Geschäfte entwickelten sich immer ungünstiger. Die Pachtsummen seiner Ländereien hatten so sehr abgenommen, dass er nicht nur außerstande war, sein Herrenhaus zu unterhalten, sondern seine Stellung als Hidalgo geriet wegen der ihn bedrängenden Schulden auch ernsthaft in Gefahr. Das einzige positive Ereignis in dieser Zeit war, dass seine älteste Tochter Elvira einen Landedelmann geheiratet hatte und nun in einem kleinen Ort bei Sevilla lebte. Sein Schwiegersohn war ehrgeizig und klug, und Don Martín hielt es für sicher, dass er am Hofe vorwärtskommen könnte, wo sich das Ehepaar bald niederlassen wollte. Er war überzeugt, dass er von dieser Seite nur Freuden zu erwarten hatte. Auf jeden Fall hatte er einen Mund weniger zu ernähren. Seine anderen beiden Töchter und Álvaro lebten bei ihm und erhielten die christliche Erziehung, die ihrem Geschlecht und Stand entsprach, und die Zahl der Knechte und Diener war auf das geringstmögliche Maß zusammengeschmolzen, aber Jahre mit Missernten, ungünstiges Wetter, die Schafräude, die die Provinz heimsuchte, und die hohen Steuern des Königs hatten ihn gezwungen, die Genuesen um Kredite zu bitten, und nach zwei Fristverlängerungen würde er sie nun nicht zurückzahlen können.

Sein Heil lag in der Hand Doktor Carrascos, und alle Probleme ließen sich lösen, wenn es ihm gelang, zum Familiaren des Heiligen Offiziums ernannt zu werden. Dadurch würden sich seine Nöte lindern, und seine Gläubiger hätten für die Pachteinnahmen aufzukommen, die er für vier Jahre verpfändet hatte. Dann müssten sie ihm nicht nur das Eigentum an seinen Ländereien lassen, sondern wären auch noch verpflichtet, sie zu bewirtschaften und die dazugehörenden Risiken auf sich zu nehmen, denn sie wären gezwungen, in dieser Zeit zum Unterhalt seines Hauses und Gutes beizutragen und für sämtliche hierbei entstehenden Ausgaben aufzukommen, selbst für die kleinsten Kosten, sogar für seine Liebhabereien. Andererseits glaubte er, alle Voraussetzungen zu erfüllen, die die heilige Inquisition für die Ernennung ihrer Familiaren verlangte. Er war Altchrist seit acht Generationen, denn auf diese Zahl kam es an; das »andere« gehörte zu früheren Zeiten. Im Übrigen verkündete sein Wappenschild den Adel seines Geschlechts, das zwar verarmt war, aber uralte Wurzeln hatte. Mit diesen Gedanken quälte er sich, als er die Rufe des Kutschers hörte. Die Eisenringe der Räder rumpelten heftig über das Hofpflaster vor dem Eingang des Benediktinerklosters. Er zog den Ledervorhang des Fensters hoch, und vor ihm erschien die riesige Masse des alten Klosters. Die Zahl der dort abgestellten Wagen und die der Kutscher und Bediensteten zeigten ihm, dass die meisten Protektoren vor ihm eingetroffen waren. Sobald seine Kutsche stehen geblieben war, stieg der Hidalgo aus, ohne abzuwarten, dass sein Kutscher das Trittbrett herunterklappte und die Wagentür öffnete. Er selbst machte die Tür zu und wies den Kutscher an, sich hinten aufzustellen, so weit wie möglich von der prächtigen Karosse des Heiligen Offiziums entfernt, in der gewiss Doktor Carrasco hergekommen war – sein eigenes Gefährt sollte keinem ungünstigen Vergleich ausgesetzt werden, denn neben dem anderen würde es zweifellos ramponiert und schäbig, altersschwach und höchst unzuverlässig aussehen.

Der rote Hahn

»Ich habe Euch doch gesagt, dass es ganz leicht ist, Blas! Ihr packt den Hahn, und ich gebe ihm die Zitrone!«

»Das können wir nicht, Catalina. Das verdammte Vieh ist ungeheuer stark und lässt sich schlecht festhalten.«

»Zum Teufel! Seid Ihr ein Feigling! Weiß Gott! Dann mache ich es.«

Die beiden Kinder unterhielten sich hinten im unteren Garten von Sankt Benedikt. Das Kloster befand sich auf einer kleinen Hochfläche, die aus der eintönigen Landschaft ringsum herausragte. Um die romanische Kirche mit ihrem Glockenturm gruppierten sich die übrigen Bauwerke. Die Seitenmauer der Kirche grenzte an einen Klosterflügel, und die Nonnen konnten das Gotteshaus durch eine Nebentür betreten, ohne dass sie hinausgehen mussten. Die Pfarrkinder aus den umliegenden Hütten der Ackerknechte und aus den Ortschaften betraten Sankt Benedikt direkt durch den Hintereingang, dessen Tür sonst immer zugeschlossen und verriegelt war, und nur die Mesnerin öffnete sie – nach einer entsprechenden Anweisung der Priorin – für die Sonntagsmesse oder auch für große und besondere Feste. Der sich parallel an die Kirche anschließende Flügel und drei weitere umschlossen einen schönen Kreuzgang, in dessen Mitte ein Wasserbecken lag. Das Peristyl mit kleinen korinthischen Säulen, deren Kapitelle mit Akanthusblättern geschmückt waren, ermöglichte es den Nonnen, im Winter um den Hof zu laufen, selbst wenn es regnete, und sich im Sommer peripatetischen Gebeten zu widmen, selbst wenn drückende Hitze herrschte. Von dem Flügel, der der Kirche entgegengesetzt war, gingen drei parallele Gebäude aus. Im ersten waren das Refektorium und die Küche untergebracht, im mittleren die Bibliothek, das Sprechzimmer sowie die Zellen der Nonnen und der Novizinnen und im dritten der durchgehende Schlafraum der Reklusen und dazu der Gemeinschaftssaal für ihre Tätigkeiten. Zwischen diesen drei zusätzlichen Gebäudeteilen und rund um das Ganze lag der Garten. Dort, wo die kleine Hochfläche endete, stieg sie in einer kreisförmigen Terrasse zum unteren Garten hinab. Dieser wurde von einem Bach bewässert, der auch das Kloster mit Wasser versorgte und unter der hohen Mauer durch ein altes, rostiges Eisengitter nach draußen floss. Dann verlor er sich in der Ferne. Dies und zwei weitere, von großen Toren verschlossene Ausgänge waren die einzigen Öffnungen, durch die man aus der kleinen und isolierten Klosterwelt nach draußen gelangen konnte. Alle Torflügel waren aus dickem Eichenholz mit schwarzen Eisenbeschlägen, und neben den Toren befanden sich jeweils mehrere Gebäude. Am Haupttor wohnte die Schwester, die für den Zutritt und die Drehlade an der Pforte verantwortlich war. Diese Tür war gut gepflegt und geölt, weil sie der übliche Ausgang des Klosters war. Die Gebäude im hinteren Teil dienten als Aufbewahrungsort für die Ackergeräte, die zwei Reisewagen der Nonnen und ein paar Fuhrwerke, mit denen man die benachbarten Märkte aufsuchen konnte, um dort die Erzeugnisse zu verkaufen, die die Nonnen herstellten. In den Ställen standen die Pferde und das Vieh, das die Klosterangehörigen mit Wolle, Milch und Fleisch versorgte. Das dort gelegene Tor war in einem viel schlechteren Zustand, denn es wurde nur für besondere Arbeitsaufgaben benutzt.

Blasillo, der einzige Sohn des Kutschers und Gärtners der Nonnen, war Catalinas Spielgefährte. Beide waren beinahe zehn Jahre alt. Die Kinder

der Reklusen wurden an Familien, die darum baten, zur Adoption abgegeben, und falls eine Mutter ihre Zustimmung verweigerte, wurde sie aus dem Kloster weggeschickt, sobald sie sich von der Entbindung erholt hatte. Daher kam es, dass Catalina und Blas keine anderen Spielgefährten hatten.

Vom ersten Tag an wurde die Kleine durch die wohlwollende Vermittlung der Priorin zum bewunderten Spielzeug dieser guten Frauen, die ihre unbefriedigten Muttergefühle auf sie übertrugen. Catalina war anmutig und groß gewachsen, besser gesagt, für ihr Alter war sie hoch aufgeschossen. Sie hatte dunkles Haar. Ihre Augen waren blau und tief, und wenn sie vor Wut sprühten, schüchterten sie Blasillo ein. Bei den Spielen gab sie den Ton an, aber das beschwor keine Probleme herauf, denn sie entschieden sich immer für Jungenspiele: Kriege, Angriffe, Hinterhalte, Kreisel und Drehwürfel – dies allerdings nur, wenn sie nicht wie an diesem Nachmittag eine Teufelei vorbereiteten.

Neben den Pferde- und Viehställen hatten die Nonnen einen großen Hühnerstall eingerichtet, der dem Kloster Geflügel und Eier lieferte, und ein Stück weiter, an der Mauer, standen noch zwei kleinere Hühnerställe. Im ersten stolzierte majestätisch ein riesiger schwarzer Hahn: Er war ein herrliches Tier. Ein großer roter Kamm, der aufgeregt bebte und sich unter den ruckartigen Zuckungen seines Halses bewegte, schmückte seinen kleinen Kopf; zwei äußerst lebhafte und wachsame Augen glühten wie zwei Anthrazitstücke; seine Federn hatten metallische Reflexe, und er hatte eine kraftvolle Brust, einen wohlgestalten und muskulösen Körper und rote Beine; der Dreizack seiner Krallen endete hinten in zwei Sporen, die eine schreckliche Waffe bildeten. Er war ein mexikanischer Kampfhahn. Ein Statthalter Kastiliens hatte ihn dem Benediktinerkloster geschenkt. Noch etwas weiter und ganz für sich allein hielten die Nonnen einen sehr jungen roten Hahn, der ebenfalls eine stattliche Gestalt hatte und ausersehen war, den gegenwärtigen alten Herrn des Hühnerstalls zu ersetzen und zur angemessenen Zeit über die Hühner zu herrschen. Der Hahn beäugte die Kinder misstrauisch.

»Und Ihr, woher wollt Ihr wissen, dass der Hahn tobsüchtig wird, wenn man ihm Zitronensaft ins Loch spritzt?«

»Ich weiß es. Das habe ich gehört, als sie den Schwarzen gebracht haben. Der Diener des Marquis hat es dem Stallknecht gesagt.«

»Was hat er gesagt?«

»Dass sie sie dort in Neuspanien miteinander kämpfen lassen, und das mit dem Zitronensaft ist eine List, die sie anwenden, damit die Hähne in

Wut geraten … Und wartet nicht länger: Jetzt oder nie! Außerdem, das versteht Ihr sicher, ich habe doch heute Morgen nicht mit dem Feuer gespielt, als ich die Zitrone aus der Speisekammer weggeschnappt habe, damit Ihr mit Eurer Ängstlichkeit daran schuld seid, dass wir unseren Plan nicht zu Ende bringen.«

Nach diesen Worten riss Catalina die Tür zum Stall des roten Hahns auf, drang ein und zog die Tür hinter sich zu.

Der Hahn flüchtete ängstlich in den am weitesten entfernten Stallwinkel und ließ ein dumpfes Kollern hören. Das Mädchen stürzte sich auf ihn, doch der Vogel flog kurz auf und erreichte einen anderen Winkel, wozu er laut krähte. Dieser Vorgang wiederholte sich mehrmals. Das übrige Federvieh flatterte unruhig hin und her, und Blasillo lächelte belustigt.

»Das schafft Ihr nicht, Catalina.«

»Wieso nicht? Ihr werdet schon sehen. Gebt mir Euer Wams!«

»Was soll ich Euch geben, sagt Ihr? Lasst es gut sein, und gehen wir.«

»Ihr seid ein Schwachkopf. Ihr habt keinen Mut. Gebt mir das Wams, sage ich Euch!«

Schicksalsergeben zog sich Blasillo das Kleidungsstück aus, öffnete die Tür eine Handbreit und gab es ihr. Catalina nahm es, breitete es aus und ging langsam auf das Tier zu.

»Jetzt gehörst du mir, verdammtes Vieh!«

Bei diesen Worten warf sie das kleine Wams über den Vogel, der eine Sekunde reglos sitzen blieb, als er das Mädchen aus den Augen verlor. Das war sein Verderben! Gleich darauf hatte Catalina schon seine Füße festgebunden und zeigte ihn triumphierend Blasillo.

»Was sagt Ihr nun! Habe ich es geschafft oder nicht? Zum Teufel, seid Ihr ein Nichtsnutz! Und ich tue Euch einen Gefallen, wenn ich Euch nicht anders nenne.« Catalina war bereits aus dem Stall herausgekommen und brachte den Hahn in die zweckentsprechende Position: Sie steckte seinen Kopf unter ihren Unterarm und reckte den am wenigsten edlen Teil des Tieres ihrem Freund entgegen. Dann forderte sie ihn auf: »Während ich das Gefieder auseinanderziehe, schneidet Ihr die Zitrone in der Mitte durch.« Und als sie sah, dass Blas wie gelähmt wirkte, setzte sie hinzu: »Nun los! Beim Leibhaftigen! Oder muss ich alles allein machen?«

Blasillo legte die Zitrone auf einen flachen Stein, holte sein kleines Messer heraus und schnitt sie durch. Catalina sah ihm zu.

»Kommt her und schreitet zur Tat, sobald ich es Euch sage. Jetzt!«

Das Mädchen hielt den Hahn fest, und der Junge spritzte den Zitronensaft in die Öffnung, die das auseinandergezogene Gefieder freigelegt hatte.

»Schnell, macht die Tür des Schwarzen auf!«

Wie hypnotisiert gehorchte Blasillo. Mit einer raschen Bewegung warf Catalina den roten Hahn in den Stall des Mexikaners und machte die Tür schnell wieder zu. Der Schwarze prüfte den Eindringling und die Entfernung. Bei dem Roten begann die Säure zu wirken, und er flatterte wütend hin und her. Beide Tiere eröffneten eine seltsame Zeremonie: Sie streckten die Hälse zur Erde und brachten die Köpfe zusammen, die sie gleichzeitig hoben und senkten, als wären beide mit einer kurzen Schnur aneinandergebunden. Nachdem der Schwarze kurz hochgeflattert war, stürzte er sich plötzlich auf den Eindringling, die Sporen in Brusthöhe voran. Der Rote ging zu Boden, kam jedoch bald wieder hoch, obwohl er verwundet war. Nun begann ein verbissener Kampf. Die Schnäbel hackten zu, Federn und Sporen tanzten in einem tödlichen Rhythmus. Catalina und Blasillo beobachteten stumm und staunend diesen Festzug des Todes. Innerhalb weniger Minuten setzten sich die Erbanlagen des Schwarzen durch. Dieser Hahn tat nun, was seine Vorfahren zeitlebens getan hatten: Er kämpfte, um zu überleben. Der Rote taumelte und floh. Seine rote Farbe rührte jetzt eher vom Blut als von den Federn her. Er war geblendet und hüpfte unsicher. Der Schwarze machte sich bereit, sein Werk zu vollenden. Er holte Schwung mit seinen kräftigen Flügeln und stieg zu einem majestätischen und halbkreisförmigen Flug auf, um auf dem Rückgrat seines Feindes zu landen, der sich nicht mehr verteidigte … Das Ende folgte bald. Der Schwarze stieß seine Sporen in den Körper des Widersachers, und sein kräftiger Schnabel suchte nach dem Kopf des anderen. Augenblicklich hatte er ihn zu Boden gestreckt, und als sich der andere nicht mehr bewegte, stieß er ein triumphierendes Kikeriki aus, worauf alle Hühner im Stall wild durcheinanderflatterten und die Kinder, die sich nicht rührten, fassungslos staunten.

In der Küche machte sich Schwester Hildefonsa derweil bereit, zu den Hühnerställen hinunterzugehen, weil sie sehen wollte, was dort vor sich ging, denn der Triumphgesang des Schwarzen war klar und deutlich zu ihr gelangt, und das zu einer ganz unangebrachten Zeit.

Eine Nonne hatte ihn ins Kabinett der Priorin gebracht, und Don Martín wartete sehnsüchtig darauf, dass seine Schwester hereinkam. Seine Begleiterin hatte ihm erklärt, dass sie erst etwas später kommen könne, denn an einem so außergewöhnlichen Tag hatte sie ja endlos viele Aufgaben zu erledigen.

»Möchtet Ihr etwas?«

»Vielen Dank. Euer Gnaden waren sehr liebenswürdig. Nein, ich brauche nichts. Ihr könnt gehen.«

Die Nonne schloss leise wie ein Seufzer die Zedernholztür hinter sich und verschwand. Don Martín legte seinen Reisemantel nachlässig auf einen der mit großen Nägeln aus vergoldetem Messing verzierten Ledersessel, die vor dem Tisch der Priorin standen, und sah sich im Zimmer um. Es war viereckig und geräumig. Zwei schmale, nach Osten gehende Fenster ließen das Tageslicht ein. Zwischen beiden, an der sie trennenden Mauerfläche, hing ein Bild, das *Jesus und die Schriftgelehrten im Tempel* zeigte. Und hinter dem Schreibtischsessel hingen weitere zwei Bildwerke, eine Holzschnitzerei, die den heiligen Benedikt darstellte, und eine Heilige Jungfrau. In einem Regal gegenüber dem Schreibtisch befand sich dagegen eine kleine Büchersammlung mit wenigen, aber sorgfältig ausgewählten Bänden – Heiligenleben, Ordensregeln, Gebetbücher, Enzykliken und Verordnungen der Kirchenväter. Der aus großen rötlichen Steinplatten bestehende Fußboden war mit einem Teppich aus der königlichen Teppichweberei bedeckt, auf dem die sieben Todsünden dargestellt waren – gewiss das Geschenk eines Protektors des Klosters. Und schließlich stand an der Mauerfläche, an der sich die Tür befand, ein langer Wandtisch aus Eichenholz. Auf ihm lag eine schmale Tischdecke aus rotem Samt, die mit zwei Streifen aus vergoldeten Posamenten und Fransen der gleichen Farbe verziert war. In der Mitte stand eine kleine Reliquienvitrine aus Porphyr und Glas, und im Innern lag ein winziges Leinwandviereck, gewiss die Reliquie eines Heiligen. Das unverkennbare Geräusch der Schritte und das Klappern der Rosenkranzkugeln zeigten Don Martín an, dass sich die Priorin näherte. Die Tür ging auf, und Schwester Teresas Gestalt erschien an der Schwelle. Sie lächelte ihrem Bruder zu. Sie trat zu dem Hidalgo und hielt ihm das Kreuz ihres Rosenkranzes hin, damit er es küsste. Danach ging sie zu dem Sessel hinter dem Schreibtisch, setzte sich und wies den Hidalgo mit einer Geste an, sich ebenfalls zu setzen. Sobald sie es sich bequem gemacht hatten, fühlten sie sich in vertraulicher Stimmung.

»Wie geht es Euch, lieber Bruder? Ich habe mich nach Euch gesehnt.«

»Ihr seht es ja, Camila.« Er konnte sich nicht daran gewöhnen, sie im persönlichen Gespräch anders zu nennen. »Wir leben recht und schlecht dahin und bemühen uns, die Alltagsprobleme zu lösen, was schon viel bedeutet.«

»Martín, versucht nicht Gott. Ich weiß, dass Ihr drückende Sorgen habt, doch die allermeisten Christen in den Gegenden hier würden gern mit Euch tauschen.«

»Das weiß ich, Schwester. Aber meine Angelegenheiten entsprechen meinem Geschlecht und meiner Stellung. Die Knechte und Tagelöhner auf meinen Gütern leben glücklicher. Ihre Sorgen drehen sich um Essen und Buhlen, und das wird ihnen gewährt, trotz alledem.«

»Ihr seid ungerecht, Martín. Und wenn Ihr meint, dass eine Alltagskost von Kartoffeln und Rüben das Glück ausmacht, so irrt Ihr Euch, glaube ich.«

»Ihre Bedürfnisse, Ihr könnt sie ansehen, wie Ihr wollt, sind ganz andere als meine. Ich lebe unter der ständigen Last meiner Schulden. Ich habe schon die Pachteinnahmen für vier Jahre verpfändet, und entweder erreiche ich, dass mich Doktor Carrasco als Familiar des Heiligen Offiziums zulässt, oder ich weiß wirklich nicht, wohin es mit mir kommt.«

»Das liegt in Gottes Hand«, sagte die Priorin. Dann wechselte sie das Thema: »Wie geht es Doña Beatriz und Euren Kindern?«

»Ihr geht es gut, Ihr kennt sie ja. Ihre Almosen, ihre Armensuppe und die Sorge um die Kinder, die noch im Haus geblieben sind, das sind ihre Aufgaben.«

»Euch bleiben, wenn mich mein Gedächtnis nicht täuscht, Violante, Sancha und unser Álvaro, denn Elvira hat ja nach Sevilla geheiratet.« Die Priorin hatte das »unser« mit besonderer Betonung gesagt. »Übrigens, gibt es Neuigkeiten, dass sie Euch bald zum Großvater machen?«

»Noch nicht, aber ich denke mir, dass alles zu seiner Zeit kommt ... Und zu Ehren der Wahrheit muss ich sagen, dass ich einen großartigen Schwiegersohn habe und dass es ein Glück war, Elvira unter die Haube zu bringen.«

»Seht Ihr, dass Ihr Euch viel zu sehr beklagt.«

»Ich muss wirklich sagen, dass ich mich für sie sehr gefreut habe, denn es war unvorstellbar, dass der mitgiftlosen Tochter eines Landedelmanns wie mir diese Ehre zuteil würde, aber in Bezug auf meine eigene wirtschaftliche Lage ändern sich die Dinge wenig.«

»Und Violante, Sancha und Álvaro?«

»Sie tun, was ihrem Alter entspricht, wenn auch in aller Bescheidenheit. Sie haben alle einen gemeinsamen Hauslehrer. Sorgen macht mir der Junge ... Nichts, was mit Waffen zu tun hat, gefällt ihm ... Er will sich nur mit Büchern abgeben. Ich glaube, Doña Beatriz hat ihn zu sehr verzärtelt.

Er hat nicht die geringste Freude an Dingen, die einen Jungen in seinem Alter begeistern… Pferde… der Fechtsaal… Den ganzen Tag will er mit den Klassikern verbringen, und der Lehrer sagt, dass er für sein Alter sehr weit fortgeschritten ist.«

»Nicht alle Männer müssen Krieg führen. Schickt ihn nach Salamanca, wenn er das richtige Alter erreicht hat. Für einen Gelehrten gibt es viele Möglichkeiten. Es wird allmählich Zeit, dass nicht mehr nur die Geistlichen alle ›Disziplinen‹ beherrschen.«

»Und – mit welchen Mitteln schicke ich ihn nach Salamanca, Schwester?«

»Die Vögel des Himmels haben Nester, und die Füchse haben Höhlen. Der Herr sorgt selbst für sein geringstes Vögelchen.«

»Wenn Doktor Carrasco nicht das Wunder vollbringt, kann ich kaum einen Ausweg erkennen. Aber sagt mir: Was macht Catalina?«

»Über sie wollte ich mit Euch reden.«

»Ich höre Euch zu. Ich hänge an Euren Lippen.«

»Ihr habt gesagt, dass Álvaro einen ruhigen Charakter hat. Catalina stattdessen… Der Himmel steh mir bei!«

Don Martín rutschte unruhig hin und her.

»Erzählt, Camila, um Gottes willen!«

»Nun ja… Sie hat den Charakter unseres verstorbenen Vaters, Gott habe ihn selig. Die Tiere, der Fluss, die Jagd auf kleine Raubtiere, ein Kreisel, die Spiele mit Schilden und Holzschwertern… schließlich alles, was einem Lausejungen in ihrem Alter gefallen würde. Gebete und Latein kann sie hingegen kaum ertragen. Noch ist das nicht so wichtig, weil sie ein kleines Kind ist, aber wenn sie als Postulantin eintritt, bekommen wir viele Probleme. Wisst Ihr, warum ich Euch bei Eurer Ankunft warten ließ? Nun denn, die Schwester Köchin hatte mich dringend gerufen. Ich dachte, es wäre etwas mit den Küchenherden bei der Zubereitung des Mahls geschehen, das man Euch nach der Messe auftragen wird, aber als ich dort ankam, hat sie mir von der letzten Heldentat des Mädchens erzählt.«

Schwester Teresa erklärte ihrem Bruder ausführlich das Abenteuer mit den Hähnen. Der Hidalgo hörte ihr mit düsterer Miene zu, doch im Innersten freute er sich darüber.

»Schade, dass sie kein Junge ist. Die Zeit wird diesen Übereifer mäßigen. Ich habe sie Euren Händen anvertraut, und zur rechten Zeit soll sie Nonne werden. Zeigt sie mir, bevor ich abreise. Schließlich ist daran nichts Sonderbares. Ich bin ja nicht nur ihr Vormund, sondern auch ein Protektor des Klosters.«

»Dagegen ist nichts zu sagen. Übrigens, Bruder, erinnert Ihr Euch, dass Ihr als kleiner Junge Linkshänder wart?«

»Daran erinnere ich mich ganz genau, und es hat mich viel Ärger und Anstrengung gekostet, bis ich Rechtshänder wurde. Ihr wisst ja, dass die Linke die Hand Satans ist ...« Die beiden Geschwister bekreuzigten sich. »Unser Vater hat mir diese schlechte Gewohnheit mit Stockschlägen ausgetrieben. Warum sprecht Ihr davon?«

»Weil Catalina beide Hände ohne Unterschied gebraucht und mit beiden gleich geschickt ist.«

»Die Linke bringt schlechte Neigungen und schließlich Ärgernisse mit sich. Gewöhnt ihr das ab, kümmert Euch darum ... Dahinter steckt der Böse.« Sie bekreuzigten sich abermals. »Und nun, Camila, schließen wir uns den Übrigen an. Es ist Zeit für die Gebete, und ich sehe, dass sich die Protektoren gewiss mehr für das Mahl interessieren, das Ihr uns sicher vorsetzen werdet, als für den spirituellen Gehalt unserer Aufgaben. Eine Folge der Zeit und der herrschenden Stimmung, wie mir scheint.«

»Das Schlechte überträgt sich eher als das Gute, und die Sitten, die vom Hof zu uns kommen, sind in der Tat nicht gerade erbaulich.«

Die Cárdenas

Ehrerbietig stehend wartete Don Suero de Atares, dass Don Benito de Cárdenas, der Marquis von Torres Claras, von dem Schriftstück aufblickte, das seine Aufmerksamkeit fesselte. Don Suero, der zur Stellung eines Fechtmeisters aufgerückt war, hatte dem Marquis als treuer Knappe bei den Kämpfen in Flandern gedient, als das alte Regiment von Neapel unter dem Befehl Alessandro Farneses in Mecheln und Maastricht weltweites Staunen erregt hatte. Don Benito de Cárdenas ließ das Pergament auf dem Schreibtisch liegen, ergriff die Feder, tauchte sie ins Tintenfass und setzte seinen energischen Namenszug unter das Schriftstück. Dann nahm er feinen weißen Sand aus einem Kästchen und streute ihn auf seine Unterschrift. Als die Tinte trocken war, faltete er das Dokument dreimal zusammen, hielt eine kurze rote Lackstange an eine Kerzenflamme, und als der Lack weich war, ließ er einen Tropfen auf die Falte des Pergaments fallen und drückte seinen Ring darauf, um das Dokument mit dem Lack zu versiegeln und so zu gewährleisten, dass niemand das Schriftstück lesen konnte, bevor man den Lack zerriss.

»Was führt Euer Gnaden hierher, wo Ihr Euch so selten zeigt?«

Alle Ungezwungenheit und Vertraulichkeit, die Don Suero auf offenem Feld sehen ließ, wurde unter der Kassettendecke der Gemächer des Marquis von Torres Claras zu Gehemmtheit.

»Nun ja, Ihr werdet also sehen, der Fall liegt so… Ich weiß nicht, wie ich es Euer Gnaden erklären soll…«

Plötzlich blieb er stecken.

Don Benito ermunterte ihn.

»Was habt Ihr, alter Freund? Wenn Ihr Euch in Mecheln so unschlüssig benommen hättet, würde ich nicht mehr zu den Lebenden gehören.«

Der Marquis spielte auf eine abenteuerliche Episode an: Er, damals Fähnrich, wurde von einem Arkebusenschuss getroffen und lag schwer verwundet und mit gebrochenem Bein auf der Erde, während zwei Ketzer mit üblen Absichten auf ihn losstürmten. Als er schon glaubte, dass sein letztes Stündlein geschlagen habe, erschien sein treuer Knappe, der die Toledoklinge zog und die zwei Lutheraner angriff, seinen Leib zwischen ihn und den Feind warf. Den Ersten erledigte er mit einem raschen Stich in die Gurgel, und den anderen schickte er nach einem kurzen Zusammenstoß in Charons Reich, als er ihm mit einem treffsicheren Stoß den mit Fischbeinstäben versteiften Brustschutz in Herzhöhe durchbohrte. Danach, unter dem Feuer von tausend Teufelspaaren, als der Regimentstrommler das Zeichen zum geordneten schnellen Rückzug gab, hatte er noch die Courage, ihn und die Fahne mitzuschleppen, die Böschung hochzuklettern und sich wieder in die Stellung einzugliedern.

»Don Suero, ich kenne Euch doch gut, sagt mir: Welche Sorgen bedrücken Euch?«

»Euer Gnaden, seht einmal: Ihr wisst, ich verstehe vollkommen, dass Don Diego die Erziehung erhalten muss, die seiner Herkunft und Stellung entspricht, und ich weiß, dass Latein, Mathematik und die übrigen Fächer sehr wichtig sind. Aber ich glaube, dass Bruder Anselmo zu viel Zeit dafür verwendet, denn jeden Tag schränkt er mehr die Stunden ein, die mir zukommen, und wenn seine Lehren wichtig sind, so sind meine lebensnotwendig, ist doch der Umgang mit Degen, Schild, Dolch, Arkebuse und Pferd für den Soldaten wie sein tägliches Brot, und Don Diego wird ja vor allem Soldat sein. Außerdem, wenn er nach Madrid reist, sind die Straßen im Kriegszustand, und die Räuber, Raufbolde und falschen Bettler, die im Handumdrehen töten, nehmen dort überhand, und ich meine, er kann sich besser verteidigen, wenn er rasch den Degen zieht, als wenn er lateinische Brocken von sich gibt. Nun ja, jetzt habe ich es schon ausgesprochen!«

Don Suero hatte seine Rede in einem Zug beendet und wartete nervös. Der Marquis, der in sich hineinlächelte, zögerte seine Antwort ein paar Augenblicke hinaus.

»Ich verstehe, was Ihr sagen wollt, Don Suero. Macht Euch keine Sorgen. Ich werde mit Bruder Anselmo reden, damit jeder die Zeit bekommt, die ihm zusteht. Und ich weiß sicher, dass meinem Sohn Eure Lektionen viel besser als diejenigen gefallen, die ihm sein Lehrer erteilt. Übrigens, wie geht es mit dem Unterricht weiter?«

Don Sueros Augen leuchteten auf, als er über seinen Zögling sprach.

»Er ist beherzt und tapfer, er reitet schon besser als ich selbst, und beim Fechten muss ich sein Ungestüm zügeln, weil er zu schnell handeln will. Er kämpft mit Jungen, die drei oder vier Jahre älter als er sind, und er bringt sie in ernste Bedrängnis.«

Der Marquis hörte zufrieden zu. Diego war alles, was ihm auf der Welt blieb, nachdem das verfluchte Fieber seine innig geliebte Frau hinweggerafft hatte, als das Kind noch nicht einmal sechs Jahre alt war.

»Also gut, Don Suero, ich gebe Euch Gelegenheit, die Zeit nachzuholen, die man Euch schuldig ist, wie Ihr sagt.«

Der Knappe hörte aufmerksam zu.

»Ihr überbringt der Priorin von Sankt Benedikt einen Brief. Wie Ihr wisst, bin ich der oberste Protektor des Klosters, obwohl es weit von uns entfernt ist. Das war schon mein Herr Vater, Gott habe ihn selig, und darum hat man mich auf seinen Namen getauft. Don Diego begleitet Euch. Das wird sein erster großer Ausritt, und Ihr habt drei Tage, um hinzukommen, und drei für die Rückkehr, und außerdem müsst Ihr wenigstens einen Tag dortbleiben. Ihr schlaft in einem Gasthaus oder einer Herberge, wenn es so etwas gibt, und sonst auf freiem Feld. Ich will nicht, dass Ihr bei Verwandten oder Freunden übernachtet, damit der Junge die Unbequemlichkeiten und Entbehrungen solcher Reisen kennenlernt. Ihr nehmt einen Zahlungsauftrag über tausend Dukaten mit. Ihr wisst ja, die Kirche ist unersättlich … Ich kann nicht an der Versammlung teilnehmen, und wahrhaftig, das würde ich gern tun!«

Diese letzten Worte sagte Señor de Cárdenas mit einem Lächeln, doch er strahlte nicht so sehr wie Don Suero. Dieser genoss vollkommenes Glück, weil er seinen Zögling sieben Tage lang aus den Klauen Bruder Anselmos befreien konnte, der nicht gerade zu seinen Lieblingen zählte.

»Macht Euch nicht die geringsten Sorgen um Euren Brief und um Euren Sohn. Dafür setze ich mein Leben ein.«

»Das weiß ich, lieber Freund. Keinem anderen als Euch würde ich Diego bei seinem ersten Auszug in die Welt anvertrauen. Geht, Don Suero. Ihr brecht am frühen Morgen auf.«

Der Knappe verließ das Zimmer, wobei er sich respektvoll verbeugte und seinen Federhut elegant schwenkte.

Der Rat von Sankt Benedikt

Nach der Messe musste Don Martín noch zwei Aufgaben erledigen: Er wollte mit dem stets abweisenden Doktor Carrasco sprechen und Catalina sehen, was er wenigstens einmal im Jahr tat. Mit dem Ersten wollte er lieber bis nach der Mahlzeit warten, denn er kannte die Vorliebe des Provinzsekretärs der Inquisition für gutes Essen, und dessen rundliche Gestalt bestätigte diese Neigung, und deshalb hielt er es für günstiger, ihm seine Sorgen mitzuteilen, nachdem der Prälat seinen übermächtigen Appetit mit dem reichlichen Gastmahl befriedigt hatte, das die Nonnen gewiss auftischen würden. Dann würde er ihn bei einem Gläschen des besten klösterlichen Tresterbranntweins ansprechen, der – warum auch nicht? – Benediktinerlikör hieß. Als er sich hierzu entschlossen hatte, bat er seine Schwester, das Mädchen zu ihm in die Klosterbibliothek zu bringen.

Während er wartete, prüfte er kurz sein Aussehen und stellte sich vor, dass es in den Augen eines zehnjährigen Mädchens eindrucksvoll wirken musste. Die schwarze Perücke, die in Nackenhöhe gestutzt war, der Schnurr- und der Kinnbart, die deutlich hervortraten, das Wams, die Beinkleider, Strümpfe und ebenfalls schwarzen Schnallenschuhe; das einzige Weiße war seine gefältelte Halskrause, die seinen Hals umschloss und ihm das Gefühl gab, dass sein Kopf vom übrigen Körper getrennt war. Er setzte sich bequem in den Sessel am Kopfende des langen Tisches und wartete auf die Ankunft des Mädchens. Catalina trat zusammen mit der Priorin ein. Sie trug einen Rock aus blauem Sergestoff, der ihr bis zur halben Wade reichte, weiße Strümpfe und Holzschuhe. Eine widerspenstige Strähne ihres dunklen Haars sah unter ihrer Haube hervor und ringelte sich über ihre Stirn. Sie kam zu Don Martín und verbeugte sich anmutig. Ihre Miene zeigte nicht die geringste Furcht, allerdings konnte man in ihren Augen ein argwöhnisches oder misstrauisches Funkeln erraten.

»Euer Gnaden können gewiss ihr Aussehen entschuldigen, aber sie hat gerade im Garten gearbeitet, und das als Strafe, damit sie nicht aus der Übung kommt. Ich habe Euch ja schon heute Morgen das Abenteuer mit den Hähnen erzählt, um Euch meine Verspätung zu erklären.«

Schwester Teresa hatte das Feuer eröffnet.

»Was soll man mit Euch machen? Einmal im Jahr komme ich ins Kloster, ich bin Euer Vormund, und es vergeht keine Gelegenheit, seitdem Ihr Eure Vernunft gebrauchen könnt, bei der man mir nicht von einer Eurer Missetaten berichtet.«

Das Mädchen hielt seinem Blick schweigend stand, und Don Martín rutschte auf dem Sessel nervös hin und her. Die Haltung des Mädchens beunruhigte und ärgerte ihn.

»Habt Ihr schon den Leib unseres Herrn empfangen?«

»Unser Kaplan bereitet sie auf das Ereignis vor«, griff die Nonne ein, und sie fügte hinzu: »Aber über ihre Haltung habe ich auch nichts Gutes erfahren.«

»Catalina, was habt Ihr über all das zu sagen?«

Das Mädchen antwortete nicht, doch es senkte auch nicht den Kopf.

»Nun gut, beenden wir dieses Thema. Ihr werdet den Leib unseres Herrn empfangen und als Postulantin eintreten.«

»Ich will nicht Nonne werden!«

Das Mädchen hatte laut und deutlich gesprochen.

Der Hidalgo lehnte sich auf dem Sessel zurück und raufte sich den Spitzbart.

»Und was wollt Ihr werden? Falls man es wissen darf.«

»Soldat!«

Die Priorin wollte eingreifen. Don Martín hielt sie mit einer Handbewegung zurück.

»Und was wisst Ihr vom Soldatenleben?«

»Antón, ein Stallbursche bei uns, war in Flandern und hat mir und Blas davon erzählt.«

»Wer ist dieser Kerl, der dem Mädchen den Kopf mit Kriegsgeschichten verdreht, und wer ist dieser Blas?«, fragte der Hidalgo und wandte sich dabei an die ehrwürdige Mutter.

»Der Erste ist im letzten Jahr hergekommen und hilft dem Gärtner, der taubstumm ist, wie Ihr Euch gewiss erinnert. Er heißt Antón Cifuentes, und empfohlen hat ihn uns Seine Exzellenz Don Benito de Cárdenas, der Marquis von Torres Claras. Sein Vater war erster Protektor des Klosters, und nun übt er dieses Amt aus. Ich glaube, Antón war mit ihm zusammen in Flandern, und wegen seines guten Verhaltens ist er mit vielen Empfehlungsschreiben und auch mit großen Soldrückständen zurückgekommen. Er ist in Madrid herumgeirrt, bis er dem Marquis begegnete, und der hat ihn zu uns geschickt. Ich muss sagen, dass er ein guter Arbeiter ist, wenn auch, wie jeder Soldat, ein bisschen großsprecherisch und zu Heldengeschichten aufgelegt. Wenn ich seine Geschichten ernst nehmen soll, hat man den Türken in Lepanto besiegt, weil er dabei war. Und was Blasillo betrifft… Er ist der Sohn des Gärtners. Er ist genauso alt wie Catalina, und Ihr kennt ihn schon. Er lebt lange genug bei uns.«

Don Martín dachte einen Augenblick nach.

»Gut, Priorin, sagt ihm, er soll sich um seine Aufgaben kümmern und nicht die Kinder mit Kriegsgeschichten durcheinanderbringen. Was Euch betrifft…« Er sah Catalina streng an. »Ihr empfangt die heilige Kommunion und tretet als Postulantin ein. Und kein Wort mehr darüber!«

Don Martín streckte die rechte Hand aus, damit das Mädchen sie küsste. Diese Geste war keine reine Formalität. Sie verriet die Liebe, die sein Herz für dieses Mädchen empfand, in dessen Schuld er stand, wie er glaubte. Die Priorin drückte mit ihrer rechten Hand die Schulter der Kleinen, damit diese die von ihr erwartete Geste ausführte. Doch Catalina nickte kurz mit dem Kopf, drehte sich um und verließ die Bibliothek.

»Ihr seht, wie unerträglich sie ist. Sie hat ein goldenes Herz, und sie hat mein Herz geraubt, doch ihr Charakter ist genauso wie der ihres Großvaters. Denkt daran, wie unser Vater war.«

»Das weiß ich, und ich verstehe es. Aber bändigt sie, zu ihrem eigenen Besten. Sie wird nicht glücklich, wenn Ihr sie nicht für das Leben formt, das sie im Kloster führen muss, und dabei bedauere ich sehr, dass so viel Charakter und so viel Kühnheit bei einer derart kontemplativen Lebensform vergeudet werden, wie sie sich innerhalb dieser Mauern anbietet. Nun ja, Schwester, was vor zehn Jahren geschah, ist geschehen. Eine Änderung ist nicht möglich und auch nicht angebracht. Handelt darum, wie es meinen Anweisungen entspricht.«

»Wenn Ihr gestattet, bitte ich Euch, dass Ihr den Auftrag noch einmal überdenkt. Noch ist es zu früh für eine so ernste Entscheidung. Lasst sie wie ein kleines Vögelchen aufwachsen, denn das ist sie. Es gibt Zeit für alles. Vielleicht in drei oder vier Jahren. Bitte überlasst mir diese Entscheidung. Ich kenne sie besser als jeder andere, und ich kann beurteilen, wann die Frucht reif ist, damit sie Nonne wird. Vertraut mir.«

»Es soll sein, wie Ihr sagt. Aber meine Autorität darf davon keinen Schaden nehmen. Sagt ihr, dass wir miteinander gesprochen haben, dass sie vorläufig die Kommunion empfangen soll und dass ich von ihr eine ganz und gar andere Haltung erwarte. Sonst … Wenn ich das nächste Mal ins Kloster zurückkomme und Ihr mir wieder ihre Ritterromangeschichten erzählt, kenne ich kein Erbarmen. Habt Ihr verstanden?«

»Vollkommen, Martín, und ich danke Euch für Euer Vertrauen.«

Der Hidalgo und die Priorin verließen nach diesen Worten die Bibliothek.

Doktor Carrasco war gut gelaunt. Das Gastmahl hatte vorzüglich geschmeckt, und der Tag war bisher angenehm verlaufen. In einer halben Stunde würde der Rat zusammentreten, und der Sekretär würde den umständlichen Jahresbericht mit den einzelnen Haushaltskapiteln verlesen, den Ausgaben und dem Bedarf der Nonnen, die ihn so sehr langweilten, und wie in jedem Jahr würde er die Gelegenheit nutzen, um ein Schläfchen zu machen, eine altvertraute Gewohnheit, auf die er nicht einmal bei großen Feierlichkeiten verzichtete. Der Sessel neben ihm war in diesem Augenblick leer, und plötzlich tauchte dort der Mann auf, den er am wenigsten zu sehen wünschte und dessen bloße Anwesenheit ihm Jahr für Jahr unleidliche Magenschmerzen bereitete und einen Rattenschwanz von unerträglichen Erinnerungen heraufbeschwor. Don Martín, der keine Ahnung von diesen Umständen hatte, setzte sich neben ihn und erkundigte sich:

»Gestattet Ihr, dass ich mich neben Euch setze, Hochwürden?«

»Das habt Ihr schon getan«, entgegnete der Prälat finster.

»Wenn ich Euch störe …«

Doktor Carrasco verstand, dass der Ursprung seiner Abneigung verborgen bleiben musste, und änderte den Ton.

»Durchaus nicht, Don Martín. Sagt einmal … Wie geht es den Angelegenheiten Eurer Gnaden?«

Der Prälat betonte deutlich, dass er ihm das »Exzellenz« verweigerte und ihn nur mit »Euer Gnaden« anredete.

Der Hidalgo tat so, als hätte er es nicht bemerkt, und sprach weiter.

»Es geht ihnen wie den Zeiten, in denen wir leben, Exzellenz. Sie sind unbefriedigend und schwierig.«

»Pessimismus ist nicht gut für den Geist. Noch sind wir die mächtigste Nation der Erde und das unbezwingliche Bollwerk der heiligen Mutter Kirche.«

»Dessen bin ich mir bewusst, Hochwürden. Aber gerade die gewaltige Ausdehnung unserer Länder macht es erforderlich, dass eine große Zahl von Armen unsere Grenzen in der Neuen Welt wie auch in Flandern oder Italien verteidigen muss. Zusammen mit der Vertreibung der Morisken, die unser guter König Philipp III. angeordnet hat, hat dies dazu geführt, dass unser Ackerland vernachlässigt und unfruchtbar ist, und die wenigen Leute, die übrig geblieben sind, lassen sich vom Leben in den Städten verblenden. Alle wandern ab, nach Madrid, Valladolid oder Sevilla, weil sie einem schnellen und trügerischen Vermögen nachjagen, und Hidalgos wie ich brauchen Arme für die Landwirtschaft.«

»Alles, was Euer Gnaden ins Feld führen, trifft zu, doch ehe wir uns um das Materielle kümmern, müssen wir für das geistliche Wohl sorgen, und unsere Nation wird von den bösartigsten Kräften bedrängt, die in der Geschichte jemals aufgetreten sind. Im Norden drohen die teuflischen Lutheraner und Calvinisten, die der Herrgott strafen möge, und im Süden bleiben neunhundert Jahre eines heiligen Krieges immer noch lebendig, denn so viel Zeit hat es ja gekostet, die islamischen Ketzer aus diesem Land der Allerheiligsten Jungfrau Maria zu vertreiben. Darum dürfen wir nicht erlauben, dass diese falschen Neuchristen jetzt die Seelen der uns anvertrauten wahren Christen verderben. Ich dulde nicht, dass jemand in meiner Gegenwart behauptet, die Vertreibung der Morisken sei zu ihrer Zeit keine kluge Maßnahme gewesen! Und das gestatte ich noch weniger jemandem wie Euch, der durch das Amt, das er als Protektor dieses heiligen Hauses ausübt, die Pflicht hat, äußerst gewissenhaft zu sein! Für viel weniger, als Ihr erklärt, hat man Prozesse beim Heiligen Offizium eingeleitet. Und jetzt bitte ich Euch, mich zu entschuldigen, wenn Ihr nichts dagegen habt…«

Don Martín erkannte auf der Stelle, was das zu bedeuten hatte, und er verfluchte sich wegen seiner Unbesonnenheit. Wie konnte er einen solchen Fehltritt begehen, wo es doch allgemein bekannt war, dass Doktor Carrasco unbestechlich war, was die Rechtgläubigkeit, die Reinheit des Glaubens und den der römischen Kirche schuldigen strengen Gehorsam betraf?

»Verzeiht, Hochwürden. Ich habe mich nicht richtig ausgedrückt. Ich wollte nur sagen, dass junge Männer für die Feldarbeiten notwendig sind und…«

»Aber nicht um jeden Preis! Und leider sind nicht alle wie der Gärtner in diesem heiligen Haus, der taubstumm ist, wie ich gehört habe. Die Leute reden, und die schlechten Ideen wachsen wie Unkraut im Weizen, und sie sind das Feuer, das sich im trockenen Laub entzündet. Unser seliger Herr, der gute König Philipp III., vollbrachte eine heilige Tat, als er diese Eiterbeule entfernte.«

»Hochwürden, ich bin vollständig mit Euch einverstanden, und ich bitte demütig um Verzeihung, weil ich mich nicht richtig ausdrücken konnte.«

Doktor Carrasco würdigte ihn keiner Antwort. Er wandte sich dem Gast an der anderen Seite zu, womit er seine maßlose Geringschätzung bekundete. Don Martín verstand eindeutig, dass er seine Gelegenheit verpasst hatte, dass dies nicht der richtige Zeitpunkt für Bitten und Anträge war und dass er sich vorsichtig zurückziehen musste, damit der Sekretär den Fehltritt vergaß. Als er sich schon von seinem Sitz erhob, drehte sich der Bischof wie eine Viper zu ihm um und herrschte ihn an:

»Hütet Eure Zunge und gebt acht, an wen Ihr Euch wendet! Es ist unklug, dass Ihr Euch so äußert, wie Ihr es getan habt, und dankt Gott, dass ich und kein anderer Euer Zuhörer war, denn das müsst Ihr mir glauben, mein Gewissen wird mir diese Verirrung vorwerfen, und ich weiß nicht, ob ich es vermag, es zum Schweigen zu bringen. Und nun gehen wir zur Ratssitzung hinüber.«

Nach diesen Worten machte Doktor Carrasco eine angedeutete Bewegung, als wollte er aufstehen, um das Gespräch für beendet zu erklären. Don Martín verabschiedete sich sofort, während der junge Geistliche, der den Bischof bediente, eifrig herbeieilte. Der Bischof schrie ihn an, während er sich die schweißbedeckte Glatze mit einem großen Tuch abtrocknete.

»Bruder Valentín, erinnert mich morgen daran, dass ich um erschöpfende Informationen über diesen Don Martín de Rojo ersuche. Er schien mir ein allzu halbherziger und gleichgültiger Christ, als dass er die Verantwortung wahrnehmen könnte, die zu dem ihm in Sankt Benedikt übertragenen Amt gehört.«

»Hochwürden, macht Euch keine Sorgen. So wird es geschehen.«

Der Sekretär des Heiligen Offiziums war in Glaubensfragen und bei Abweichungen von der Rechtgläubigkeit unerbittlich, und das umso mehr, wenn sein persönlicher Groll hinzukam.

Die Reise

Diego de Cárdenas war glücklich. Mit seinen zwölf Jahren kam er zum ersten Mal aus dem Vaterhaus hinaus, um sechs Tage und Nächte unterwegs zum Benediktinerkloster zu sein, einen Auftrag zu erledigen und – selbstverständlich zusammen mit Don Suero de Atares, seinem lieben Hofmeister und Mentor – heimzukehren. Er bedachte die Nöte und Gefahren, die Reisende in diesen Zeiten bedrohten, und rechnete damit, dass sie in manchen Nächten im Freien schlafen mussten, und sein sprunghafter Geist beschwor deshalb Zusammenstöße mit Räubern und Banditen herauf, ohne wilde Bestien, Abenteuer, Degenstiche und Schüsse zu vergessen. Es verstand sich von selbst, dass er all dem als siegreicher Held mit heiler Haut entkam. In diesen Momenten fühlte er sich genauso, als wäre er ein Kurier des Königs. Obwohl seine Phantasie maßlos übertrieb, irrte sie sich nicht, denn auf den Nebenwegen und Pfaden, wo die Posten des königlichen Kurierdienstes nicht durchkamen, ereigneten sich regelmäßig Überfälle von Spitzbuben: Sie beraubten einsame Reisende und forderten die Autorität der heiligen Hermandad heraus – diese war damals das einzige Hindernis, das sich ihren Untaten entgegenstellte.

Don Suero, der die Zahl und den Ernst der möglichen Gefahren genau kannte, ritt wachsam, aber ruhig an der Spitze. Vor dem Sonnenaufgang waren sie von Benavente aufgebrochen. Der Hofmeister saß auf einem Falben mit einer großen Schulterhöhe. Er trug ein Wams, gefütterte Beinkleider und Stulpenstiefel aus Wildleder. An der linken Seite hatte er eine Degenkoppel umgehängt, die seine lange Toledoklinge enthielt. Rechts hatte er eine Radschlosspistole, von der er sich nie trennte, und hinten, von seinem Mantel verborgen, seine geliebte Baskenklinge. In den Schnappsack hatte er auch den Beutel mit Pulver, Lunte und Kugeln gesteckt. An seinem Sattelbaum war ein Hanfstrick festgebunden, mit dem er das Lastmaultier am Halfterriemen führte. Das Tier trug zwei Quersäcke aus Espartogras, die mit allem gefüllt waren, was man unterwegs brauchte, falls sie in einer Nacht unter freiem Himmel schlafen mussten. Als Letzter kam der kleine Diego, der auf Blesse, seinem Lieblingshengst, ritt. Das war ein schöner Rappe. Er trug den Kopf hoch und zeigte eine edle Haltung. Seinen Namen hatte er dem weißen Fleck zu verdanken, der seine Stirn schmückte. Diego trug ländliche Kleidung, die viel besser als die seines Hofmeisters, aber dem Weg angemessen war. Der Junge hatte einen weiten, mit Biberfell gefütterten Bauernmantel aus Wildleder an. Seine Pluderhosen waren geschlitzt, seine hohen Stiefel bestanden aus weichem Sämischleder, und seinen Schlapphut schmückte eine rote Feder. Allerdings trug er keine Pistole am Gürtel, wohl aber einen Degen und einen kleinen Dolch.

Es war ein heller und kalter Tag. Don Suero kannte diese Wege wie seine Westentasche. Seine Adleraugen erfassten die Hinweise, die ihm die Natur lieferte, und sein erfahrener Geist verarbeitete sie auf der Stelle. Wie das Wetter am nächsten Tag sein würde oder wie viele Pferde vor ihnen hier durchgekommen waren – nichts entging seinen umfassenden Wahrnehmungen. Er hatte geplant, am Tag durchschnittlich sieben oder acht Stunden zu reiten, je nachdem, wie schwierig der Weg war, und wenn seine Berechnungen nicht falsch waren und sich das Wetter hielt, könnten sie, wie er annahm, am Mittag des dritten Tages in Sankt Benedikt eintreffen. Die Reiseroute begann in Benavente, und hinter Astorga bog sie in Santa María del Páramo ab, wobei sie dem Lauf des Órbigo folgen sollte. In dieser ersten Nacht wollte er im Gasthaus des Blinden übernachten, das am Kreuzweg von Villaquejida lag. Sie kamen gut voran, wobei sie darauf Rücksicht nahmen, dass das Maultier eine schwere Last zu tragen hatte, und die beiden anderen Tiere passten sich seinem Tempo an. Diego gab Blesse leicht die Sporen und zwang das Tier, zu Don Sueros Falben aufzuschließen.

»Hofmeister, ich möchte Euch sagen, dass es keinen glücklicheren Menschen als mich auf der Welt gibt. Ich danke Euch überschwänglich für alles, was Ihr für mich tut, und ich will diese Reise nutzen, um alles zu lernen, was Ihr mir über die Natur und die Wege beibringen möchtet.«

»Dankbarkeit ist ein Vorzug der Wohlgesitteten, und das seid Ihr gewiss, wie auch ein guter Schüler, denn Ihr lernt alles rasch und mühelos. Aber ich wäre nicht ehrlich, wenn ich mir das Verdienst für diese Reisetage zuschriebe, weil Euer Vater und mein Herr auf den Gedanken gekommen ist, uns loszuschicken. Ich musste nur den Widerstand überwinden, den Bruder Anselmo geleistet hat. Ihr wisst ja, wie er ist…«

»Er ist eine schwere Last wie ein Mühlstein, genau das ist er, und er bemüht sich, für Unruhe in meinem Leben zu sorgen, indem er meinem Vater etwas einreden will. Er hält eisern daran fest, das Wichtigste auf der Welt seien Latein und Philosophie, aber ich will nicht Geistlicher werden.«

»Alles ist wichtig, Don Diego«, betonte der Knappe.

»Wie oft muss ich Euch sagen: Wenn wir allein sind, sollt Ihr mich nicht so feierlich anreden und mich einfach Diego nennen! Außerdem bin ich noch kein Bakkalaureus, und ich will nicht nach Salamanca.«

»Nun gut, wie Ihr wollt, Diego. Trotzdem ist alles wichtig, selbst wenn Ihr jetzt nicht so denkt. Die Mathematik ist nicht nur für Euch unentbehrlich, wenn Ihr Artillerist oder Regimentszahlmeister werden wollt, sondern noch mehr, wenn Ihr daran denkt, Brücken oder Kriegsmaschinen zu bauen oder eine Brustwehr zu errichten oder auch einen Fluss umzuleiten…«

»Kann man Wasser umleiten?«

»Das haben wir in Flandern mehr als einmal getan, und der Baumeisterberuf ist schön und wahrhaftig sehr einträglich.«

»Ich will Infanterist werden!«, erklärte der Junge voller Überzeugung.

»Das empfehle ich Euch nicht: wenig Sold und viel Ungeziefer. Man wird spät, schlecht oder nie bezahlt.«

»Und die Hauptleute?«

»Die leben schon besser. Aber habt Ihr nicht gesagt, Ihr wolltet manches lernen?«

»Das habe ich gesagt.«

»Nun, dann gebt acht.« Der Knappe zeigte auf eine Spur. »Vor uns bewegen sich drei Maultiertreiber, und ein Maultier hat ein Eisen verloren. Sie sind erst vor Kurzem hier durchgekommen, denn seht, der Kot ist noch frisch. Das hinkende Tier läuft ohne Last, und sie haben sein Gepäck einem der beiden anderen aufgeladen. Seht, die drei Abdrücke sind unterschiedlich tief, und aus der Schrittweite können wir schließen, dass die drei Tiere ungefähr gleich groß sind.«

Diego staunte.

»Wie viel Ihr wisst! Wer hat Euch so viele Dinge beigebracht?«

»Das Leben, Diego … das Leben.«

Am Mittag hielten sie bei einem Bach und brachten die Tiere zum Wasser, um sie zu tränken, und sie banden sie danach an den niedrigen Ast einer Erle. Nachdem sie den Proviant aus dem Quersack genommen hatten, setzten sie sich zum Essen auf einen Baumstumpf. Dieser diente ihnen zugleich als Tisch und Sitz. Es gab Ziegenrauchfleisch, Brot, gekochte Eier und etwas Obst.

»Ich habe noch Hunger.«

»Vor uns liegt eine lange Strecke, und es ist nicht gut, mit vollem Magen zu reiten. Uns bleiben noch drei Wegstunden. Jetzt sucht alles zusammen und werft die Obstkerne, die Eierschalen und die übrigen Abfälle in den Fluss. Niemand braucht zu wissen, dass wir hier gewesen sind.«

Sie brachen auf, sobald Diego den Auftrag erfüllt hatte. Sie ritten mehr als drei Stunden, und bevor sie den Kreuzweg erreichten, kamen sie durch ein Buchenwäldchen. Der Junge merkte es nicht, aber Don Suero entdeckte, dass sie von drei im Dickicht versteckten Augenpaaren beobachtet wurden. Kurz darauf erreichten sie das Gasthaus des Blinden, und der Knappe sprang vom Pferd.

»Rührt Euch nicht von hier fort und bewacht die Tiere. Ich sehe nach, ob wir einen Platz zum Schlafen haben und etwas zum Abendessen bekommen.«

Don Suero verschwand im Innern des alten Gebäudes und kam bald zurück. Er lächelte.

»Heute Nacht müsst Ihr mein Schnarchen ertragen. Es ist nur noch ein sauberes Zimmer für zwei Leute übrig, und wir müssen das Bett teilen.«

»Darauf kommt es nicht an, Hofmeister. Ich bin so müde, dass ich auf einem Bett aus Brennnesseln schlafen würde, wenn es notwendig sein sollte.«

»Dann gehen wir hin. Die Pferde lassen wir in den Ställen. Das ist ein sicherer Ort. Ich kenne den Blinden, und ich weiß, dass zwei seiner Söhne immer mit den Tieren zusammen schlafen.«

Diego stieg ab, nahm das Pferd am Zügel und folgte Don Suero, der den Falben und das Maultier führte. In einem entfernten Winkel fanden sie eine freie Stelle. Don Suero holte vier Maravedís aus seinem Beutel, drückte sie dem Stallburschen in die Hand, zeigte auf die Tiere und sagte:

»Ich habe mit Eurem Vater gesprochen. Sie sind den ganzen Tag gelaufen und haben mehr als neun Meilen zurückgelegt. Morgen müssen sie genauso viel laufen. Bürstet sie sorgfältig ab, gebt ihnen gutes Futter und Wasser, und schüttet ihnen neues Stroh hin. Wenn Ihr das tut, bekommt Ihr morgen noch einmal vier Geldstücke.«

Der Junge nickte zustimmend, um zu bekunden, dass er den Auftrag verstanden hatte. Er nahm die drei Tiere am Zügel und führte sie in den Stall, nachdem er abgewartet hatte, dass Don Suero den Quersack vom Rücken des Maultiers abgeschnallt und sich auf den Rücken geladen hatte. Dann verließ er den Stall, und Diego folgte ihm.

Gerade in diesem Augenblick kamen die drei Maultiertreiber mit den zwei beladenen Lasttieren und dem dritten, das ihnen hinterherhinkte. Als sie schon auf halbem Wege zwischen den Ställen und dem Gasthaus waren, erschien wieder der Stalljunge an der Tür.

»He, Señor!«

Don Suero drehte sich um.

»Euer Gnaden haben mir nicht gesagt, um welche Zeit die Tiere für den Aufbruch bereit sein sollen.«

»Wir reiten im Morgengrauen los. Haltet die Tiere für uns bereit.«

Danach liefen die beiden zum Gasthaus weiter.

»Hattet Ihr nicht gesagt, es gäbe keinen Platz mehr? Wo schlafen dann diese Leute?«

Bei diesen Worten zeigte Diego auf die Maultierführer.

»In den Ställen bei den Tieren.«

Ohne noch etwas zu sagen, lief Don Suero so schnell weiter, dass es Diego schwerfiel, ihn einzuholen. Sie betraten das Gasthaus. Nach dem kleinen Flur eröffnete ein Bogen den Zugang zum Hauptraum, wo alle Gäste auf ein paar durchgehenden Bänken an mehreren Kiefernholztischen saßen. Fettiger Dunst durchtränkte alles. Aus der Küchentür hinten kam zusammen mit dem Qualm ein Geruch nach Lammbraten. Auf der anderen Seite führte eine Treppe aus rohem Holz in den ersten Stock. Der Blinde tastete sich mit einem Stock vorwärts und kam zu Don Suero, als sähe er.

»Wollen Euer Gnaden jetzt zu Abend essen, oder wollt Ihr erst das Gepäck oben ablegen und Euch waschen?«

»Das Zweite zuerst«, antwortete der Knappe.

»Folgt mir.«

Sie liefen hinter dem Mann her, der zwar blind war, sich aber in dem Halbdunkel und auf der ramponierten Treppe besser als sie zurechtfand. Als sie oben angekommen waren, entdeckte Diego erstaunt zwölf oder vierzehn Feldbetten. Sie waren an der Wand aufgestellt, und auf ihnen lagen Matratzen, die wohl früher einmal weiß gewesen waren. Der Blinde lief weiter, und als er das Ende des Gangs erreicht hatte, blieb er vor zwei Türen stehen. Dann suchte er einen Schlüssel an einem großen Ring, der ihm vom Gürtel hing. Er steckte ihn ins Schloss der linken Tür und öffnete sie. Nun trat er mit festen und sicheren Schritten ins Zimmer, als könnte er sehen, ging zu einem kleinen Fenster und zog den schweren Vorhang aus dickem und grobem Tuch zurück, damit Licht ins Zimmer einfallen konnte. Als dies geschehen war, musterte Diego aufmerksam den kleinen Raum, der mit einem etwas breiteren Bett als die anderen draußen bescheiden eingerichtet war. Hinten standen ein Waschbecken auf einem Kiefernholzständer und ein mit Wasser gefüllter Zinkkrug. In einer Ecke entdeckte er ein Regalbrett und in der anderen einen Leuchter mit einer heruntergebrannten Kerze, die noch ein paar Stunden überleben konnte, und schließlich unter dem Bett ein angeschlagenes Nachtgeschirr, das bessere Zeiten erlebt hatte.

»Hier könnt Ihr Euch fast genau wie im Königspalast fühlen.« Der alte Spitzbube wusste, wer Don Suero war, und ebenso war ihm klar, dass er stets großzügig und mit gutem Geld bezahlte. »Unten erwartet Euch ein Eintopf oder, wenn Ihr das lieber mögt, Hasenpfeffer.«

»Wir nehmen den Hasenpfeffer«, erwiderte der Knappe, nachdem er Diego mit einem Blick befragt hatte.

Mit einer grotesken Verbeugung entfernte sich der Blinde, nachdem er Don Suero den dicken Schlüssel übergeben hatte. Als die beiden allein waren, entkleideten sie sich und wuschen sich im Becken. Dann suchte der Hofmeister im Quersack und holte einen kleinen Beutel heraus, der oben mit zwei Lederbändchen zugebunden war, und steckte ihn unter das Wams. Hierauf gingen sie in den Speisesaal hinunter. Ihr Tisch stand in einer Ecke. Die Stimmung war laut und fröhlich. Die Gäste aßen, spielten Karten oder verwickelten sich in Streitgespräche, die mehr als einmal damit endeten, dass man die Messer zog. Hinten zupfte jemand auf einer Gitarre. Als ihnen gerade eine Magd je einen Napf mit einem dampfenden Gericht hinstellte, ging die Gittertür auf. Die Maultiertreiber traten ein.

Die Reklusen

Die Zahl der Reklusen im Benediktinerkloster änderte sich manchmal, ging aber nie über fünfzehn oder zwanzig hinaus. Sie kamen ins Kloster, um ihr Kind zur Welt zu bringen. Das taten sie aus eigenem Entschluss oder auf Drängen ihrer Familie, der es nicht passte, dass sich die Schwangerschaft in ihrer Nähe entwickelte und dass die Entbindung im Haus stattfand. Wenn die Familie des Mädchens später das Neugeborene aufnahm, wofür man irgendeine Geschichte erfand, wurde es ihr übergeben; anderenfalls kümmerten sich die Nonnen darum, es unterzubringen. Immer fanden sich bereitwillige Familien, denen man die Kinder überlassen konnte, und für diese war es die beste Möglichkeit, dass sie im Lauf der Zeit zu Dienern, Pagen und Lakaien oder Kammermädchen bei wohlhabenden Leuten wurden.

Während ihres Aufenthalts im Kloster mussten die Reklusen ihre Unterhaltskosten ausgleichen, indem sie bei den Tätigkeiten halfen, die ihnen die Nonnen übertrugen, und das waren nicht gerade die angenehmsten. Außer in den kurzen Zeiten, wenn ihnen der Klosterkaplan in der Kapelle eine Predigt hielt, weil er erreichen wollte, dass ihre Seelen nicht im Höllenfeuer schmorten, verzehrten sich ihre jungen Körper in Hitze oder Kälte, wie es der Jahreszeit entsprach, bei den härtesten Arbeiten im Garten oder in den Küchen, und außerdem sahen die Nonnen sie immer vorwurfsvoller an, je voller ihre Formen und je dicker ihre Bäuche wurden, weil sich ihre Sünde dann offenbarer zeigte. Sobald sie entbunden hatten und von der Frucht ihrer sündhaften Lust getrennt waren, bestand eine übliche Lösung für ihr zukünftiges Leben darin, sie als Amme in ein gutes Haus zu schicken, damit sie ein anderes Kind säugten, entweder weil dessen Mutter keine Milch hatte oder weil ihr das Stillen keine Freude machte. Selbstverständlich fiel den Nonnen ein Teil des eingenommenen Geldes zu, um sie dafür zu bezahlen, dass sie den Frauen diese Stellung vermittelt hatten, die gewiss hohes Ansehen genoss und sehr gut entlohnt wurde. Die Novizinnen blieben vollständig getrennt von diesen Frauen, deren schlechtes Leben gefährlich und schädlich auf sie wirken musste.

Catalina war etwas Besonderes. Zum einen war sie nicht wie alle übrigen Kinder innerhalb der Klostermauern geboren, zum anderen wurde erzählt, dass man sie eines Nachts vor nunmehr schon neun Jahren hergebracht habe. Man munkelte ebenfalls, dass sie einer adligen Familie entstamme, deren Herrenhaus sich in der Nähe von León befinde, dass eine geheimnisvolle Persönlichkeit für ihren Unterhalt bezahle und dass man mit ihrer Ankunft die Ordensregeln des heiligen Benedikt übertreten habe. Dies und nichts anderes war der Grund für die ganz und gar andere Behandlung, die ihr die Nonnen zuteil werden ließen.

»Ihr habt es ja gehört, Catalina, es ist Schluss mit den Spielen und der Art, wie man Euch bis heute alles nachgesehen hat! Ihr seid kein kleines Mädchen mehr. Don Martín de Rojo, Euer Vormund, hat eine entsprechende Anweisung erteilt, und außerdem bin ich nicht bereit, noch einmal zuzulassen, dass so etwas wie gestern wieder geschieht. Die Geschichte mit den Hähnen ist unverzeihlich und dazu noch grausam! Wollt Ihr mir verraten, wer Euch solche sonderbaren Ideen in den Kopf setzt? Ist das Blasillo?«

Catalina, die bisher nicht den Mund aufgemacht hatte, blickte zur Priorin empor und antwortete nachdrücklich und entschieden:

»Blasillo ist an nichts schuld, ehrwürdige Mutter. Das habe ich mir einfallen lassen, aber ich habe nie gedacht, dass der Schwarze den Roten umbringt.«

»Ihr habt nicht gedacht …! Ihr habt nicht geglaubt …! Ihr habt Euch nicht vorgestellt …! Es ist Schluss mit den Spielen und den Rücksichten! Ihr bereitet Euch vor, um den Leib unseres Herrn zum ersten Mal zu empfangen, und bis auf Weiteres bleibt Ihr in Eurer Zelle eingesperrt und verlasst sie nicht, bis ich es sage. Schwester Úrsula bringt Euch jeden Tag das Essen und sorgt für Eure Bedürfnisse. Jetzt könnt Ihr gehen.«

»Aber bestraft nicht Blasillo! Er hat nicht …«

»Haltet sofort den Mund! Oder wollt Ihr mir sagen, was ich zu tun habe? Geht, habe ich Euch gesagt!«

Catalina verbeugte sich leicht und entfernte sich. Etwas in ihrem Innern sagte ihr, dass sich in ihrem Leben eine Tür geschlossen hatte und eine andere bald aufgehen würde.

Doktor Carrasco

Die palastartige Residenz Doktor Carrascos lag im Zentrum der Stadt Astorga, an dem Platz, den der Volksmund »Platz des Heiligen Offiziums« getauft hatte, obwohl er eigentlich nicht so hieß. Dies war vielleicht der einzige Ort im Königreich, wo sich der hochwürdigste Herr Provinzsekretär der Inquisition uneingeschränkt wohlfühlte. Ob er nun nicht gern seinen Gewohnheiten zuwiderhandelte oder ob es wegen seines massigen Leibes war, jedenfalls war es ihm höchst unangenehm, wenn er reisen und in einem fremden Bett schlafen musste. Das Einzige, was ihn an diesem Ort vielleicht störte, waren die winterlichen Wetterverhältnisse. Die Kälte war sein Feind, und seine Diener hatten die Anweisung, sie in allen Räumen zu bekämpfen, die er betreten musste. Darum brannten ständig große Holzscheite in den Kaminen des Schlafzimmers, des Kabinetts und des Speisezimmers, und alle Wände und Böden waren mit großen Gobelins und dicken Teppichen bedeckt.

Doktor Carrasco hatte einen erschöpfenden Tag hinter sich. Am frühen Morgen beriet er mit dem Polizeidirektor, danach empfing er den Oberrichter von Astorga, und schließlich kümmerte er sich um die Empfehlungen, um die ihn der Kanzler von León gebeten hatte. Als ihn die Besuche, die er für den Tag vereinbart hatte, endlich in Ruhe ließen, wollte er den Brief an den Kardinal-Primas von Toledo beantworten, der seit seiner letzten Reise zum Benediktinerkloster wartete, und endlich erledigte er die Monatsberichte, die der Großinquisitor nachdrücklich von ihm verlangt hatte und deren Abschrift er dem Nuntius Seiner Heiligkeit schickte, denn ihre Meinungsverschiedenheiten mit dem Heiligen Offizium waren wohlbekannt, und er war sehr sorgfältig darauf bedacht, »gleichzeitig Gott und dem Teufel eine Kerze anzuzünden«, für den Fall, dass sich der Wind drehen würde. Es war nie überflüssig, vorsichtig zu sein. Er wollte sich gerade in seine Privaträume zurückziehen, als ihn die Stimme seines Koadjutors in seinen Grübeleien unterbrach.

»Verzeiht, Hochwürden, wenn Ihr keine weiteren Anweisungen habt …«

»Nichts weiter … Danke, Ihr könnt Euch entfernen, Bruder Valentín.«

»Gott schütze Euch, Hochwürden.«

»Der Herr sei mit Euch.«

Der Sekretär legte eine kleine Mappe auf einen Schreibtisch, der neben dem großen Tisch Doktor Carrascos stand, und wollte hinausgehen. Als er schon dabei war, wandte er sich nach einem leisen Räuspern wieder dem Prälaten zu, um ihn noch einmal um Aufmerksamkeit zu bitten.

»Hochwürden, vorgestern habt Ihr mir gesagt, ich solle Euch daran erinnern, Informationen über einen gewissen Hidalgo einzuholen.«

»Richtig, Bruder Valentín. Ihr seid wie immer höchst gewissenhaft. Ich weiß nicht, was ich ohne Euer Gnaden anfangen würde. Schickt morgen einen Eilkurier zu Don Sebastián Fleitas de Andrade, meinem bevorzugten Familiaren, mit der Anweisung, dass er sich unverzüglich auf den Weg machen und zu uns kommen soll. Er soll Don Martín de Rojos Blutsreinheit prüfen, Ihr wisst schon, die des Ritters, der sich am Ende des Gastmahls im Speisesaal der Nonnen neben mich setzte und mich belästigte.«

»Daran erinnere ich mich vollkommen. Könnt Ihr mir angeben, wo er lebt?«

»Gewiss. Sein Herrenhaus steht in der Nähe von Quintanar del Castillo.«

Bruder Valentín merkte sich all das genau.

Der zweite Tag

Diego fuhr erschrocken aus dem Schlaf hoch. Zunächst, als er noch ganz benommen war, wusste er nicht, wo er sich befand. Dann, als er schon einen klareren Kopf hatte, streckte er den linken Arm aus, um nach seinem Hofmeister zu tasten, aber Don Suero war nicht da. Nun richtete er sich im Bett auf, und all seine fünf Sinne waren alarmiert. Das Konzert aus Schnarchen, tiefen Seufzern und Ächzen, das man immer vernimmt, wenn viele Menschen zusammengedrängt sind, gelangte durch die Tür zu ihm. Sein Blick wanderte durchs Zimmer. Don Sueros Kleidung und Waffen waren ebenfalls nicht in der kleinen Kammer. Er wusste nicht, wie spät es war. Er sah unters Bett. Dort stand das Nachtgeschirr. Sein Hofmeister war entweder hinausgegangen, um den Darm zu entleeren, oder er war vielleicht in den Stall hinuntergelaufen, um nachzusehen, ob es etwas mit den Tieren gab. Er beschloss zu warten und legte sich noch einmal hin, aber er konnte nicht wieder einschlafen. Nach dem letzten Tag tat ihm alles weh. Zum ersten Mal hatte er so viele Stunden im Sattel zugebracht. Als er sich am letzten Abend ins Bett legte, erinnerte er sich, war er wegen aller Geschehnisse des Tages so erregt, dass er seinem Hofmeister sagte, er könne in der ganzen Nacht keinen Schlaf finden. Don Suero hängte gerade die Koppel mit dem Degen und der Baskenklinge ans Kopfende des Bettes, und die Taschenpistole legte er griffbereit auf einen Schemel, der als Nachttischchen diente. Trotzdem erinnerte er sich nicht mehr, dass er ihn gehört hätte, als er sich ins Bett legte. Mit diesen Gedanken beschäftigte sich sein Geist, da ging die Tür knarrend auf, und der Knappe kam herein. Als er sah, dass Diego wach war, blickte er ihn lächelnd an.

»Habt Ihr gut geschlafen?«

Diego antwortete mit einer Frage:

»Wohin seid Ihr so heimlich verschwunden, dass ich nicht einmal gehört habe, wie Ihr Euch entfernt habt?«

»Es ist schon höchste Zeit … Aber Ihr habt so fest geschlafen, dass ich es nicht über mich gebracht habe, Euch zu wecken. Ich bin zu den Ställen hinuntergegangen, um alles vorzubereiten. Das ist jetzt erledigt. Ihr braucht Euch nur noch zu waschen und anzuziehen. Der Blinde wird uns etwas Warmes geben, und wir können losreiten. Uns erwartet ein langer Tag.«

Diego wollte aufstehen, doch eine Million heftiger Nadelstiche, und das nicht gerade in seinem edelsten Körperteil, ließ ihn vorläufig auf sein Bemühen verzichten, während ihm ein kläglicher Jammerlaut über die Lippen drang.

»Ich bin gelähmt, Don Suero, und selbst die Haare tun mir weh.«

»Und Ihr seid Soldat? Bringt mich nicht zum Lachen!«

»Das kommt, weil dieses verdammte Feldbett wie aus Stein ist, und die Wanzen haben mich belagert, als wäre ich eine Festung.«

»Wolltet Ihr nicht wissen, wie das Leben auf einem Feldzug war? Habt Ihr nicht Eurem Herrn Vater gesagt, Ihr freut Euch, dass er Euch keine Empfehlungen oder Briefe mitgibt, damit sie uns in den vornehmen Häusern von Verwandten und Freunden aufnehmen, und dass Ihr lieber das Schicksal eines Veteranen teilt? Nun, das ist gar nichts. Wenn der Herr Marquis von Torres Claras, Euer Vater, und ich all das gehabt hätten«, sagte der Knappe, während er mit der Hand auf alles ringsum zeigte, »wäre es uns in einer harten flämischen Winternacht so vorgekommen, als brächte man uns im Palast des Herzogs von Lerma höchstpersönlich unter. Auf denn, bewegt Euch, wir haben einen weiten Weg vor uns, und es wird spät!«

Nach diesen Worten packte der Knappe seine Siebensachen zusammen, ermahnte Diego, bald nachzukommen, und lief hinaus. Diego stand auf, ohne zu protestieren, ging zum Waschbecken, nahm den Zinnkrug, schüttete ihn voll und wusch sich schnell und geräuschvoll. Er trocknete sich mit einem groben Tuch ab, holte das Nachtgeschirr unter dem Feldbett hervor und erleichterte seine Blase. Dann zog er sich an, nahm seine Waffen, musterte den Raum mit einem Abschiedsblick und löschte den Docht der in einer Ecke leuchtenden Wachskerze mit einem kräftigen Pusten. Er ging hinaus. Mit vier Sprüngen gelangte er die kurze Treppe hinab und kam in den unteren Raum. Dort wartete schon sein Erzieher auf ihn. Die Männer, die kein Bett bekommen hatten, schlummerten an den Tischen und stützten sich dabei auf den Ellbogen. Der Gestank nach Schweiß, Schmutz und vielen Leibern war unentrinnbar. Während ihnen der Blinde mitteilte, dass auf dem Tisch, wo sie am vorigen Abend gegessen hatten, zwei Näpfe mit dampfendem Brei und zwei ofenfrische Brotstücke auf sie warteten, holte Don Suero seinen Beutel unter dem Wams hervor und gab dem Mann ein paar Geldstücke. Nachdem dieser sie betastet hatte, machte er eine unterwürfige Verrenkung, die eine Verbeugung sein sollte, und entfernte sich. Die beiden nahmen den Imbiss rasch zu sich, und nachdem sie sich vom Blinden verabschiedet hatten, der ihnen einen angenehmen Tag und gute Reise wünschte, gingen sie wenig später zu den Ställen hinaus. Sie hatten noch nicht das Tor erreicht, als Diego an diesem ohnehin schon glücklichen Morgen von Blesses fröhlichem Wiehern erfreut wurde, und dem schloss sich ein ernstes und kurzes Schnauben des Falben an, während das Maultier seine Ohren nach vorn und hinten warf, weil es den ihm bevorstehenden anstrengenden Tag vorausahnte. Don Suero stellte fest, dass das Tier, das am vorigen Tag hinkend hergekommen war, an einer Seite stand.

»Als ich vorhin hinuntergestiegen bin, waren alle drei da«, sagte er dem Stallknecht.

Der Junge, der die versprochenen vier Maravedís erhalten hatte, antwortete freundlich:

»Sie haben mir das Maultier zum Beschlagen dagelassen, das ein Eisen verloren hatte, und sie haben eines von unseren Tieren gemietet. Bei der Rückreise tauschen sie die beiden aus.« Als er den misstrauischen Blick des Knappen bemerkte, setzte er hinzu: »Umso schlimmer für sie, wenn sie nicht zurückkommen. Das hier«, sagte er und zeigte auf das Lasttier, »ist ein besseres Tier.«

»Sie haben Euch über uns ausgefragt?« Don Sueros Satz klang eher wie eine Bestätigung als eine Frage.

»Woher wisst Ihr das?«

»Ich weiß es nicht. Ich vermute es. So was kommt bei alten Leuten vor…«, antwortete der Hofmeister mit philosophischem Unterton.

»Nun ja… Wo Ihr es sagt… Gestern, als ich Euer Gnaden fragte, um welche Zeit ich die Tiere bereithalten solle, haben sie zugehört. Dann haben sie sich erkundigt, ob ich Euch gut kenne und ob ich ihnen mitteilen könne, wie Eure Gnaden den Vorschlag aufnehmen würden, die Reise oder einen Teil von ihr in Gesellschaft zu machen, denn sie würden ebenfalls sehr früh aufbrechen, und die Wege bis Santa María del Páramo seien gefährlich.«

»Was bringt Euch auf den Gedanken, dass wir dorthin wollen, und nicht nach Castrorubios oder einen anderen Ort?«

»Genau das habe ich ihnen geantwortet, und darum sind sie losgeritten, ohne auf Euch zu warten.«

Don Suero stand einige Zeit nachdenklich da und wechselte dann das Thema.

»Gebt dem Jungen eine Johannisbrotfrucht.«

Diego, der den Grund für so viele Fragen und Nachfragen nicht begriff, mischte sich ein.

»Was soll ich mit einer Johannisbrotfrucht machen?«

»Kaut sie und schluckt sie hinunter, dann vergehen Eure Gliederschmerzen bald.«

Der Junge kam mit der erbetenen Frucht und gab sie Don Diego. Dieser richtete sich nach dem Rat seines Hofmeisters und begann sie zu zerkauen.

»Das schmeckt mir nicht. Dann soll mir lieber der Hintern wehtun.«

»Hört auf mich und macht weiter. Später seid Ihr mir dankbar dafür.«

Der Junge kaute immer noch. Das letzte Stücke gab er allerdings seinem Pferd.

»Es hat auch Gliederschmerzen«, argumentierte er.

»Wie Ihr wollt. Aber steigt auf, es ist schon Zeit loszureiten.«

Der Junge setzte den linken Fuß in den Steigbügel, hielt sich am Sattelbogen fest und schwang sich mit einem flinken Sprung auf das Tier. Don Suero legte den Quersack auf das Maultier und band es mit dem Halfterstrick am hinteren Teil seines Sattels fest. Dann stieg auch er auf. Sie ritten los, nachdem sie sich mit einer Handbewegung vom Stallburschen verabschiedet hatten.

Der Tag dämmerte. Der Horizont färbte sich langsam purpurrot, und das Gras glänzte wie ein mit Tau benetzter silberfarbener Teppich. Die schnell dahinfliegenden Mauersegler erheiterten den Morgen, und das eigentümliche Gezwitscher der Stare machte es unmöglich, andere Töne zu hören. Plötzlich erhob sich ein Schwarm Wandergänse aus einem kleinen See. Nach einer großen Kreisbewegung flogen sie in südlicher Richtung weiter. Sie streckten die langen Hälse aus und wurden immer schneller, bis sie in der Ferne verschwanden. Diego gab seinem Pferd die Sporen, und dieses gehorchte rasch seinem Drängen und holte den Falben ein.

»Ich hätte nie geglaubt, dass der frühe Morgen so schön sein kann.«

Don Suero, der mit seinen Gedanken beschäftigt war, antwortete nicht.

»Wohin fliegen die Gänse?«

»Alle Zugvögel legen jedes Jahr denselben Weg zurück. Sie fliegen in die Klimaregion, die für sie günstig ist. Dort paaren sie sich, bekommen ihre Küken und kehren zurück... Und so geht es Jahr für Jahr.«

»Woher kennen sie den Weg?«

»Durch ihren Instinkt, Diego, ihren Instinkt. Und ich stelle mir vor, dass sich die Kenntnisse auf geheimnisvolle Weise von den Eltern auf die Kinder übertragen.«

»Warum habt Ihr den Stallburschen vor dem Aufbruch nach so vielen Dingen gefragt?«

»Wenn sich jemand für Euch interessiert und wissen will, wohin Ihr wollt und um welche Zeit Ihr aufbrecht, dann ist es gut, dass Ihr Euch bemüht, mehr über ihn herauszubekommen.«

»Ich verstehe Euch nicht.«

»Ihr habt noch genug Zeit, das zu erfahren. Aber vergesst nicht, dass im Krieg und überhaupt im Leben derjenige siegt, der am besten Bescheid weiß, denn je mehr Ihr über den anderen wisst, desto weniger werden Euch seine Reaktionen überraschen. Versteht Ihr?«

»Einigermaßen...«

»Passt auf, Diego. Wenn Ihr und ich uns im Fechtsaal des Schlosses geschlagen haben, habt Ihr reagiert, wenn Ihr den nächsten Angriff vorausgeahnt habt. Wenn Ihr richtig ratet, lenkt Ihr meine Klinge ab; wenn Ihr es nicht erkennt, erhalte ich einen Treffer. Alles besteht darin, die nächste Bewegung des Gegners zu erraten, um einen Vorteil zu erzielen. Versteht Ihr jetzt?«

»Ja, Herr Hofmeister, jetzt verstehe ich es.«

»Wenn Ihr eines Tages, in vielen Jahren, durch diese Gegenden kommt und Gänse auf dem See entdeckt, und wenn Ihr mit Eurer Armbrust oder Muskete eine Gans abschießen wollt, werdet Ihr Euch daran erinnern, dass sie nach Süden ziehen, wenn sie hochfliegen. Dann habt Ihr einen Vorteil, weil Ihr es heute gelernt habt und mehr von ihnen wisst, als sie von Euch. Noch etwas, Diego: Wie viele Ohren habt Ihr?«

»Zwei.«

»Und der Mund?«

»Ich habe nur einen.«

»Daraus ergibt sich, dass Ihr zweimal hören und nur einmal reden sollt. Wenn Ihr so handelt, wisst Ihr das Doppelte von dem anderen als er von Euch. Habt Ihr mich verstanden?«

»Wenn die Stunden bei Bruder Anselmo so wären, würde ich viel schneller lernen.«

Don Suero lächelte in sich hinein. Nun war es heller Tag geworden, und die Natur zeigte ihren ganzen Glanz. Ein Zwergadler zog langsame Kreise und beobachtete den Boden. Don Suero machte Diego darauf aufmerksam.

»Gleich greift er an«, sagte er.

In demselben Augenblick legte der Raubvogel die Flügel an und stieß im Sturzflug auf die Erde hinab. Eine Böschung nahm ihnen kurzzeitig die Sicht, doch dann konnten sie ihn plötzlich wieder sehen. Majestätisch stieg der Adler auf, und in den Fängen hielt er ein Kaninchen, das in der Luft ein letztes Mal hin und her zuckte.

»Seht, Diego, was die Überraschung ausmacht: Das Kaninchen hatte den Angriff nicht erwartet, und ihm blieb keine Zeit, sich in seinen Bau zu flüchten. Ihr müsst das Gleiche tun. Versucht immer, die Möglichkeit auszuwählen, die Euer Feind am wenigsten erwartet. Die Überraschung ist stets der halbe Sieg.«

Der Junge staunte weiter über die Lektionen seines Lehrers.

»Wie steht es mit den Gliederschmerzen?«

»Viel besser. Ich merke sie nicht mehr.«

»Je länger Ihr reitet, desto weniger spürt Ihr sie.«

Der Tag verlief glücklich für Diego, der ganz Auge und Ohr war.

»Wie weit kommen wir heute?«

»Wir werden sehen. Wir essen etwas, ohne abzusteigen. Ich überquere den Órbigo lieber bei Tage. Nach Santa María del Páramo gibt es eine Quelle … Wir entscheiden unterwegs.«

»Und warum habt Ihr es so eilig? Ich lasse mir so gern von Euch Dinge erklären, dass ich es am liebsten sähe, wenn diese Reise immer weiterginge.«

»Wenn ich Euch alles mit einem Mal erkläre, wisst Ihr so viel wie ich, und wir haben nichts mehr zu besprechen.«

Ungefähr um zwei Uhr nachmittags kamen sie zum Fluss. Er führte Hochwasser. Zum ersten Mal sah Diego, dass sein Hofmeister zögerte.

»Was gibt es, Don Suero?«

»Beim Leibhaftigen! Ich hätte schwören können, dass hier eine kleine Brücke war.«

Der alte Soldat stieg ab und untersuchte langsam das Flussufer.

»Ich habe zu Recht gesagt: ›Hier war.‹ Vor ein paar Tagen hat es Hochwasser gegeben. Seht selbst, wie weit der Fluss über die Ufer getreten ist.«

Mit einem Ast, den er vom Boden aufgehoben hatte, zeigte er auf die Schlammspur, die der Órbigo bei seinem Hochwasser hinterlassen hatte.

»Und wie kommen wir nun hinüber?«

Don Suero lächelte. In seiner rechten Hand tauchte die Baskenklinge auf. Mit ihr schnitt er die Seitentriebe des Astes ab und spitzte ihn dann an einem Ende an. Er holte den Beutel unter seinem Wams hervor und band ihn sich um den Hals. Nun sicherte er den Quersack auf dem Maultierrücken mit einer festen Schlinge. Er bestieg den Falben und nahm den Halfterstrick des Maultiers in die linke Hand und den langen Stock in die rechte, als wäre er ein Wurfspieß. Dann beobachtete er prüfend beide Flussufer.

»Jetzt, Diego, folgt mir auf der rechten Seite und entfernt Euch nicht von mir. Mein Falbe ist sehr stark und wird die Strömung für Euch abschwächen. Nun denn, Junge, los geht's, und habt keine Angst!«

»Mit Euch fahre ich zur Hölle, wenn es sein muss!«

Don Suero ließ die Zügel locker am Hals des edlen Tiers herabhängen, und mit einem Schenkeldruck trieb er das kräftige Pferd in die Strömung. Das Maultier lief ihm hinterher, als es merkte, wie heftig die Hand des Knappen zog, der gleichzeitig mit dem improvisierten Hirtenstab den Flussgrund untersuchte. Diego folgte ihm an der angegebenen Seite und gehorchte den Anweisungen seines Hofmeisters gewissenhaft. Die Strömung nahm immer mehr zu, je weiter sie zur Flussmitte vordrangen. Trotzdem verlief alles glücklich. Offenbar hatte der Knappe eine gute Stelle gewählt, um den Fluss zu durchwaten. Sie waren schon in der Mitte des Flussbettes, als das viel kleinere Pferd des Jungen plötzlich den Boden unter den Füßen verlor. Das Wasser riss ihn ein paar Meter fort. Don Suero hätte beinahe das Maultier losgelassen, um Diego zu Hilfe zu eilen, als dessen Stimme in der brausenden Strömung zu hören war.

»Lasst das Tier nicht los, Herr Hofmeister. Ich komme allein zurecht!«

Der Junge merkte, dass Blesse schwamm, langsam vorankam und die Gewalt des flüssigen Elements besiegte. Dann erreichte er festen Boden. Der Falbe gelangte ans andere Ufer, stieg aus dem Fluss und schleppte das Maultier mit, während Diego ein paar Meter weiter unten freudig herauskam.

»Hofmeister, wie habe ich mich benommen?«

»Ihr seid im Wasser so gut zurechtgekommen, dass Ihr schon nach Flandern gehen könnt«, antwortete Don Suero und betrachtete Diego mit einem Blick, in dem sich Stolz und Zärtlichkeit vermischten und der für seine steinharten Augen ungewöhnlich war.

Sie brachten ihre Pferde zu einer Waldlichtung. Der Knappe hatte entschieden, dass sie dort lagern sollten. Sie stiegen ab, befreiten die Tiere von allem Gepäck und brachten sie zum Flussufer, um sie zu tränken. Sie bürsteten sie ab und ließen sie eine Weile grasen, banden sie an einen dicken Ast und bereiteten schließlich das Lager vor. Als sie damit fertig waren, unterrichtete der Hofmeister den Jungen in der Kunst des Forellenfangs. Diego hatte immer weitere Fragen: »Warum beißen die Forellen besser an, wenn die Sonne untergeht? Warum fressen sie um diese Zeit? Warum ist es besser, die Angel an einer ruhigen und nicht sehr tiefen Stelle auszuwerfen?« Der Junge freute sich maßlos, als er nach einer Weile eine große Lachsforelle fing. Nun wurde es Abend, und Don Suero bereitete mit Gestrüpp und ein paar Ästen ein Lagerfeuer vor. Nachdem er den Fisch mit seinem Dolch ausgenommen hatte, steckte er ihn auf einen Spieß und briet ihn auf einem Stein.

»Nie habe ich etwas Köstlicheres genossen«, sagte der Junge, während er einen kräftigen Schluck Wein aus der ledernen Weinflasche des Knappen nahm.

»Das schmeckt Euch so gut, weil Ihr es Euren Mühen zu verdanken habt.«

Nachdem sie sich satt gegessen und erholt hatten, zeigte ihm Don Suero, wie man den Bettsack herrichten musste, und nachdem sie die Glut des Lagerfeuers ausgetreten hatten, so dass sie nur etwas verdeckte Glut übrig ließen, machten sie sich bereit, Seite an Seite zu schlafen.

Der Mond war aufgegangen; in der finsteren Nacht war er gerade nur eine weiße Melonenscheibe. Leises Wiehern weckte Diego. Er blickte zur

Seite und erkannte die Gestalt seines Hofmeisters. Sie war in die Decke eingewickelt, und der breitkrempige Hut verdeckte den Kopf, wohl um sich vor der vom Fluss aufsteigenden kühlen Luft zu schützen, wie Diego annahm. Plötzlich tauchten drei Schatten auf. Der erste lief zu den Pferden, und als der Falbe gerade wieherte, sprang der zweite Schatten wie eine Raubkatze los, warf sich auf Don Suero und stieß ihm den Dolch mehrmals in die Herzgegend. Der dritte Schatten stürzte sich auf Diego. Er spürte keine Angst und ergriff schnell seinen kleinen Degen, war bereit, seinen Hofmeister zu rächen und sein Leben teuer zu verkaufen. Aus dem Wald dröhnte in diesem Augenblick ein schrecklich lauter Schuss, und der Feuerblitz erhellte die Lichtung. Eine Bleikugel zerriss die Fratze des nächsten Räubers und erlaubte es dem Jungen, die Szene zu überblicken. Don Sueros Gestalt tauchte in Unterwäsche auf, und auf Diego wirkte er wie ein Racheengel. Die beiden überraschten Spitzbuben kümmerten sich nicht um ihn und rannten dem Hofmeister entgegen. Diego fühlte sich beleidigt.

»Macht Euch keine Sorgen, Sohn, denn auf der Stelle befördere ich diese Schufte ins Jenseits!«

»Lasst mich Euch helfen, Lehrer!«

Mit diesen Worten griff Diego von rechts den Schlitzohrigen an, der ihm am nächsten war. Dieser ließ Don Suero nicht aus den Augen, doch ihm blieb nichts anderes übrig, als auf die Vorstöße des Jungen zu reagieren, der ihn mit seinem Degen wie eine wütende Hornisse mit ihrem Stachel angriff.

»Empfehlt Euch dem Teufel! Weiß Gott, Eure Zeit ist abgelaufen!«, brüllte Don Suero.

Der zweite Räuber stellte sich schon dem Knappen entgegen, doch die Klinge des Jungen, die kein Scherz war, wurde ihm dermaßen gefährlich, dass er sich ihm direkt zuwenden musste. Diego wich zurück und parierte alle Stöße des anderen, der bald mit ihm fertigwerden wollte, damit er seinem Kumpan helfen konnte.

»Das ist nicht Euer Glückstag, Ihr Schurken! Zum Henker mit Euch! Diego, haltet durch, denn mein Kerl hier will schon in Charons Nachen steigen …«

Mit diesen Worten machte Don Suero einen Ausfall gegen seinen Widersacher, durchlöcherte ihm das Wams in der Herzgegend und durchbohrte ihn.

In diesem Augenblick stolperte Diego, der zurückwich, über den Stock, den Don Suero angespitzt und beim Durchwaten des Flusses benutzt hatte. Er fiel auf den Rücken und verlor dabei seinen Degen. Er hielt sich schon für ein Kind des Todes, dachte an seinen Vater und sagte sich, dass alles zu Ende war. Doch seine Hand, die sich auf die Erde stützte, nahm plötzlich heftige Wärme wahr, und sofort wurde ihm klar, was es war: ein Holzscheit des Lagerfeuers, das über und über glühte. Er dachte nicht zweimal darüber nach, packte es energisch mit der rechten Hand und schleuderte es dem Gauner ins Gesicht. Das war gar nicht nötig, denn der Griff der Baskenklinge Don Sueros sah schon aus der Brust des Spitzbuben hervor, der sich zwei- oder dreimal um sich selbst drehte und dann tot ins Lagerfeuer stürzte. Das Blut, das ihm aus der Herzgegend hervorsprudelte, tropfte auf die Glut und ließ sie wütend prasseln.

Die Strafe

Die Tür hinter Catalina wurde zweimal abgeschlossen, und das Mädchen begriff, dass damit ihre Kindheit endete. Ihr Geist erinnerte sich an nichts jenseits der Mauern Sankt Benedikts, doch ihr Wissensdurst war unbezähmbar und maßlos. Die Schritte Schwester Úrsulas entfernten sich leise auf dem Gang, und Catalina wurde sich bewusst, dass sie eingesperrt war. Im letzten Augenblick hatte die Priorin nicht ohne einen schmerzlich verschleierten Blick dem Rat Schwester Gabrielas, ihrer Rachegöttin, zugestimmt, die empfohlen hatte, das Mädchen in der Strafzelle einzusperren. Diese lag im Klosterkeller, und an ihrer Tür gab es eine kleine Drehlade, durch die man Essen hineinschieben oder das Nachtgeschirr herausholen oder eine Nachricht übermitteln konnte, so dass die dort eingesperrte Person niemanden zu sehen brauchte, wenn man sich um ihre Bedürfnisse kümmerte.

»Ehrwürdige Mutter, sagt Ihr nicht, dass sie schon groß ist? Nun, dann müsst Ihr sie auch so behandeln, ehrwürdige Mutter. Und wenn sie Postulantin wird, bekommen ein paar Tage der Meditation, des Fastens und der Zurückgezogenheit nicht nur ihrem Leib, sondern auch ihrem Geist sehr gut. Ihr werdet sehen, wie ihr Feuer verglüht und sich ihr Gemüt beruhigt.«

Die Priorin fand sich mit den Argumenten der Novizinnenmeisterin ab und erteilte ihre Genehmigung für die Maßnahme, und so war es gekommen, dass Catalina ihr kleines Schlafzimmer verlassen musste und in dieses Gefängnis gebracht wurde. Ihr praktischer Geist drängte sie, sich Klarheit über ihre neue Lage zu verschaffen. Als Erstes sah sie sich genau in dem feuchten Raum um. Die einzige Öffnung ins Freie war ein Fenster ganz oben in der nach Westen gehenden Wand, kurz vor der Decke und dicht unter den draußen liegenden Bodenplatten. Dieses Fenster war nicht nur klein, sondern auch von einem Eisengitter geschützt, das selbst den leisesten Fluchtgedanken unmöglich machte. Die Einrichtung bestand aus einem Bett, das an der entgegengesetzten Wand befestigt war, einem Schemel an einem Kiefernholztisch und darauf einer Öllampe mit ihrem Löschhorn aus poliertem Kupfer, das von einem Kettchen hing, einem Betstuhl in der Ecke und unter der Armlehne einem Exemplar der *Nachfolge Christi* des Deutschen Thomas von Kempen; gegenüber befand sich ein Kruzifix aus schwarzem Holz, und hinter der Tür stand ein Nachtstuhl mit einem Tontopf, daneben schließlich auf einem Dreifuß ein Becken mit Wasser, das für eine Katzenwäsche ausreichte.

Catalina legte sich auf das Feldbett, und die Lederriemen knirschten, als sie ihr leichtes Gewicht ertragen mussten. Sie wusste nicht, wie lange sie dort bleiben sollte. Allerdings ahnte sie, dass man zwar das Essen, das Becken und das Nachtgeschirr durch die Drehlade hin- und herschaffen konnte, aber jemand hereinkommen müsste, um den Docht der Öllampe anzuzünden, denn sie hatte nach Zunder und Feuerstein gesucht, sie aber nirgendwo gefunden. Auf jeden Fall gab ihr standhaftes Gemüt nicht nach, und sie dachte, dass sie sich in der Hand Gottes befand – oder in der des Schicksals, was auf das Gleiche hinauslief.

Es war Frühling, die Tage wurden länger, und ihre Gedanken flogen wie eine Lerche in den freien Raum hinaus, ohne dass es ein Gitter verhindern konnte. Wer war sie, und was tat sie dort? Wenn sie die Tochter einer Rekluse gewesen wäre, würde sie schon nicht mehr im Kloster sein. Blasillo, der ihr Freund und Vertrauter war, hatte ihr erklärt, sobald ein Kind im Kloster geboren werde, schaffe man es kurz danach fort. Die Priorin hatte sich unendlich oft mit ihr beschäftigt und ihr dabei eine besondere Zuneigung gezeigt … Nonnen hatten keine Kinder. Wer waren ihre Eltern? Und wenn sie dort geboren war, warum hatte man sie dann nicht an eine Familie abgegeben, wie man es mit den übrigen Kindern machte? Was lag hinter den Mauern, die den Garten umgaben? Wie war die Welt, in der dieser schwarz gekleidete Herr lebte, der sie einmal im Jahr besuchte und der auf sie einen solch strengen Eindruck machte? Warum erlaubte man ihr nie, dort hinauszugehen, während Blasillo, der in ihrem Alter war, oft nach draußen kam, wenn er den Gärtner begleitete? Blasillo! Ihr Geist schweifte ab, und ihre Gedanken bewegten sich in eine andere Richtung. Er war ihr einziger Freund, und sie war nicht bereit, dass man sie daran hinderte, ihn zu sehen, wenn sie als Novizin eintrat. Das einzig Schöne in all den Jahren, an die sie sich erinnern konnte, war ihre Freundschaft. Er war außerdem die einzige Nachrichtenquelle über die Außenwelt, die sie so sehr faszinierte. Alle Bezugspunkte und Wege hatten mit Blasillo zu tun. Wenn sie sich Ortschaften, Mühlen und Leute vorstellte, geschah es durch die Erklärungen, die ihr Blasillo gab. Dafür waren sie zu einem Pakt gelangt: Sie gab den Unterrichtsstoff an ihn weiter, den ihr Bruder Gerundio gewissenhaft vermittelte. Auf diese Weise hatten beide lesen und schreiben gelernt. Sie empfanden füreinander uneingeschränktes Verständnis, und tausend Chiffren und geheime Absprachen bewirkten, dass ihre Geheimnisse für die Älteren unverständlich waren.

Der Abend dämmerte. Niemand kam, und man hörte auch kein Geräusch. Die Glocke von Sankt Benedikt schlug neunmal, und Catalina, die schon einen Plan entworfen hatte, machte sich bereit, ihn in die Tat umzusetzen. Eines der geheimen Signale, das sie mit Blasillo für einen nächtlichen Ausbruch vereinbart hatte, bestand darin, den Ruf des Uhus nachzuahmen. Beide Kinder kannten diesen Ruf so gut, dass sie die Stimme des anderen genau heraushörten, selbst wenn andere Uhus in der Dunkelheit schrien. Catalina stand auf und ging zum Fenster. Dann legte sie die Finger zusammen an den Mund und stieß so laut, wie sie konnte, drei lange und zwei kurze Pfiffe aus, die durch die Nacht gellten. Sie wartete einige Augenblicke und lauschte aufmerksam … Nichts. Nur die gewöhnlichen Nachtgeräusche drangen zu ihr. Mehrmals wiederholte sie ihren Ruf und legte größere Abstände ein. Als sie nach einer halben Stunde schon die Hoffnung aufgab, gelangte plötzlich die Antwort Blasillos klar und deutlich zu ihr – sie nahm an, vom anderen Ende des Gartens her … Ein langer Pfiff und zwei kurze. Das Übrige war spielend leicht. Mit ihrem Signal führte sie Blasillo allmählich zu ihrem verborgenen Winkel. Der beinahe vollkommen gerundete Mond warf sein silbernes Licht über die Außenseite des Klosters und erhellte die Zelle. Auf einmal lag sie jedoch im Dunkeln: Am Fenster hatte sich zwischen sie und den Mond das unverwechselbare Schattenbild des großen Kopfes Blasillos geschoben, das fast die ganze Fensterfläche ausfüllte.

»Blasillo, Blasillo, ich bin es! Ich stecke hier drin …«

»Beim Allmächtigen! Was macht Ihr da unten?«

»Kümmert Euch jetzt nicht darum. Es kommt noch die Zeit, um darüber zu reden.«

»Also seid Ihr eingesperrt?«

»Was glaubt Ihr denn?«

»Das war wegen der Geschichte mit den Hähnen. Dann kommen sie bestimmt bald und wollen auch mich holen. Gott steh mir bei!«

»Macht Euch keine Sorgen. Ich habe gesagt, ich allein bin schuld, und Ihr habt damit nichts zu tun.«

Diese Erklärung schien den Jungen zu beruhigen.

»Was kann ich für Euch tun, Catalina?«

»Pst! Seid still! Ich habe etwas gehört.«

Das Geräusch, das die Aufmerksamkeit des Mädchens auf sich gelenkt hatte, kam von der am Boden schleifenden alten Drehlade, als sie sich um sich selbst drehte. Im Mondlicht, das wieder in den kleinen Raum fiel, da Blasillo seinen dicken Kopf vom Fenster zurückgezogen hatte, sah Catalina, dass man ihr zum Abendessen ein Stück Brot und ein Fläschchen Wasser hereinreichte. Als sie die Ohren spitzte und mitbekam, dass sich die Schritte entfernten, rief sie wieder nach ihrem Freund.

»Blasillo! Seid Ihr da?«

Wieder eilte der Schatten seinem Herrn voraus.

»Hier bin ich, Catalina.«

»Passt auf, Blas. Besorgt mir etwas zu essen. Ich will nichts von dem anrühren, was sie mir bringen, und ich verhungere bald.«

»Gleich komme ich wieder, Catalina!«

Der Schatten verschwand, und es verging einige Zeit. Nach einer Weile malte sich Catalina aus, dass ihrem Freund womöglich etwas zugestoßen sei. Darüber grübelte sie nach, als ihre ungläubigen Augen auf einmal entdeckten, dass ein an einen Faden gebundener Stoffbeutel vor ihr hinabglitt.

»Catalina, seid Ihr da?«

»Glaubt Ihr etwa, dass ich einen Spaziergang gemacht habe? Natürlich bin ich hier!«

Blasillo kümmerte sich nicht um die Stichelei.

»Im Beutel habt Ihr zu essen. Ich habe Euch gebracht, was ich erwischen konnte, und jeden Tag lasse ich für Euch mitgehen, was ich kann, und ich will versuchen, es Euch zu bringen, wenn es Nacht wird. Denkt daran, vorher rufe ich wie ein Uhu, um mich zu melden. Wenn Ihr nicht antwortet, komme ich nicht. Habt Ihr verstanden?«

»Ich bin nicht begriffsstutzig, Blas. Und jetzt hört Ihr mir zu. Wenn es noch Tag ist, macht Ihr das Rebhuhn nach, damit keiner misstrauisch wird, wenn er einen Uhu am Tag rufen hört. Jetzt könnt Ihr den Beutel wieder hochziehen.«

»Ich gehe, Catalina. Heute Nacht ist es sehr hell. Bis morgen also, und esst nicht alles. Hebt ein bisschen auf, für den Fall, dass ich nicht zurückkommen kann und Ihr wirklich fasten müsst.«

»Lebt wohl, Blas, guter Freund. Nie vergesse ich, was Ihr für mich getan habt. Geht mit Gott.«

Nach diesem letzten Satz sah Catalina, dass der Beutel wie durch einen Zaubertrick die Mauer emporschwebte, bis er ebenso wie der Schatten verschwand.

Der Plan, den sie sich ausgedacht hatte, war sehr einfach: Sie wollte den Nonnen begreiflich machen, dass sie das Essen verweigerte, indem sie das Brot und auch alles andere nicht anrührte, was man ihr durch die Drehlade schickte, und nur aus dem Wasserfläschchen trank.

Sie setzte sich aufs Feldbett und prüfte das Paket, das ihr Blasillo durch das Fenster heruntergelassen hatte. Drinnen waren ein Hühnerbein, ein Stück Mehlfladen, das mit Schweinefleisch und Tomaten gefüllt war, ein roter Apfel und zwei Feigen. Sie aß gierig, und nachdem sie die Reste in das Stück Papier gewickelt hatte, worin das Essen vorher gesteckt hatte, verbarg sie das Ganze unter dem Betstuhl. Dann legte sie sich so, wie sie war, aufs Bett. Als die Glocke von Sankt Benedikt elf Uhr schlug, ruhte Catalina in tiefem kindlichem Schlaf.

Die Reise geht weiter

»Woher habt Ihr gewusst, dass es Pferdediebe waren?«

Diego stellte immer neue Fragen.

»Weil man dem Maultier, das sie im Stall des Gasthauses zurückgelassen haben, die Ohren abgeschnitten hatte, dies aber nicht zur selben Zeit.«

»Was wollt Ihr damit sagen? Ich verstehe Euch nicht.«

»Es hat dem König gehört. Allen Reittieren, die man seinem Dienst übergibt, schneidet man ein Ohr ab, aber wenn Deserteure oder Straßenräuber, die sich als Viehdiebe betätigen, ein solches Tier erbeuten, schneiden sie ihm auch das andere Ohr ab, und wenn sie später der heiligen Hermandad begegnen, können sie behaupten, dass die Tiere ihnen gehören. Aber da man die Schnitte nicht zur selben Zeit durchgeführt hat, sehen die Narben natürlich erst gleich aus, wenn viele Monate vergangen sind. Habt Ihr jetzt verstanden?«

»Und woher habt Ihr gewusst, dass sie uns überfallen wollten?«

»Zunächst einmal: Einer von ihnen hatte eine abgeschnittene Nase. Das habe ich gesehen, als sie ins Gasthaus kamen. Das machte mich hellhörig und misstrauisch: Man schneidet keinem die Nase ab, wenn er nicht lange Finger gemacht und sich an fremdem Gut vergriffen hat.«

»Was heißt das?«

»Nun, er wurde zum Verlust seiner Nase verurteilt, weil man ihn erwischt hat, wie er abgegrast hatte. Überdies sahen sie dermaßen niederträchtig aus, dass sie eher wie Kapphänse – also Schweinediebe – und nicht wie Pferdediebe aussahen. Außerdem ruft ein Rebhuhnjunges bei Sonnenuntergang nicht nach seinen Alten. Die Naturgesetze sind unveränderlich. Nur die Menschen handeln widernatürlich. Als ich den täuschenden Lockruf hörte, habe ich darum den Falben angebunden. Wenn er nämlich eine Gefahr wittert und nicht losrennen kann, wiehert er leise und ernst. Er hat mich gewarnt. Ich habe meine Sachen unter den Mantel gesteckt und den Beutel, der die Stelle meines Kopfes einnahm, mit dem Hut zugedeckt. Danach habe ich mich im Windschatten versteckt, damit mich der Geruch nicht verrät. Den Rest wisst Ihr selbst.«

Diego kam nicht aus dem Staunen heraus.

»Niemals kann ich so vieles wissen wie Ihr!«

»Ihr könnt noch viel mehr, Diego! Außerdem hat Euch Euer Vater gerade zu diesem Zweck auf eine solche Reise geschickt.«

»Und was wird die heilige Hermandad jetzt mit ihnen tun?«

»Nun, das werdet Ihr sehen ...«

Als sie nach Horcajuelos kamen, hatte Don Suero den Verantwortlichen der Bruderschaft aufgesucht. Er stellte sich vor und erklärte ihm dann, was in der Nacht zuvor auf der Waldlichtung geschehen war.

Unverzüglich wurde eine Gruppe Bewaffneter zusammengestellt. Sie unternahmen einen Erkundungsritt, um herauszubekommen, ob die Spitzbuben allein gehandelt hatten oder ob sie über Kumpane verfügten. Außerdem sollten sie versuchen, die Reittiere zu entdecken, die möglicherweise dem König gehörten, und die Leichen der Räuber bergen, um die Ansteckungsgefahr auszuschließen, falls einer die Pest hatte, denn im Königreich gab es einige Krankheitsherde, und es galt die Anordnung, dass man verdächtige Tote verbrennen und danach fern von den Wohnorten in tiefen Massengräbern beerdigen solle.

»Aber erlaubt mir die Frage, wie es Eurer Hand geht.«

»Sie ist mir lästig, Herr Hofmeister. Umso schlimmer für sie. Nichts und niemand wird mich daran hindern, die Reise fortzusetzen.«

»Gestern habt Ihr Euch wie ein Soldat verhalten, und obwohl ich von Euch nicht weniger erwartet hatte, sollt Ihr wissen, dass nicht alle Männer so beherzt sind, ein glühendes Holzstück mit der bloßen Hand zu packen und es einem Spitzbuben ins Gesicht zu schleudern.«

»Als ich glaubte, dass sie Euch verwundet hätten, haben sich alle Höllengeister meiner Seele bemächtigt, und ich wäre imstande gewesen, eine ganze Heerschar von Teufeln zu erschlagen.«

»Das ehrt Euch, Diego, aber wenn Eure Schmerzen trotz der Behandlung zunehmen, müsst Ihr es sagen, weil ich dann Eure Wunde von einem Barbier untersuchen lasse, denn ich glaube nicht, dass wir in den Gegenden hier einen Chirurgen finden.«

»Euer Mittel hat mir sehr gutgetan. Das ist ganz gewiss nicht notwendig.«

Don Suero hatte die versengte Hand des Jungen in die Strömung des Flusses gehalten, eine Ölsalbe aufgetragen, die er einem Glasdöschen entnahm, und sie dann mit einem von einem sauberen Hemd abgerissenen Leinwandstreifen verbunden.

Auf diese Weise verging der Morgen mit Gesprächen und Ratschlägen, und als von einem Glockenturm die zweite Nachmittagsstunde eingeläutet wurde, erschien das majestätische Schattenbild von Sankt Benedikt in der Ferne. Don Suero hielt sein Tier an, und Diego machte es ihm nach, damit sie die großartige Landschaft ein paar Augenblicke genießen konnten. Dann gaben sie ihren Pferden die Sporen und ritten dem Kloster entgegen.

In diesem Moment tat dem Jungen die Hand nicht mehr weh, er merkte auch keine Gliederschmerzen mehr, und die von der Reise hervorgerufene Müdigkeit war wie weggezaubert.

Eingesperrt

Schon am Morgen war es heiß. Catalina hatte die ganze Nacht durchgeschlafen. Sie genoss den stärkenden Schlaf der Kinder, doch sobald sie die Augen aufschlug, brodelte es in ihrem Kopf wie in einem Kupferkessel, den man aufs Feuer gestellt hat. Bei der Geschichte mit den Hähnen hatte sie es übertrieben, und sie wusste genau, dass sie an diesem bösen Streich und auch an fast allen übrigen schuld war. Blasillo war manchmal ihr Handlanger und dann wieder ihr Publikum. Nur wenn man rohe Kraft für ein Unternehmen brauchte – und nur dann –, übernahm der Junge eine aktive Rolle. Er hatte zwar das gleiche Alter wie sie, aber entweder aus natürlicher Veranlagung oder weil er schon seit seinen frühesten Jahren schwere Feldarbeiten verrichten musste, um seinem taubstummen Vater zu helfen, hatte er äußerst kräftige Muskeln entwickelt, die durchaus zu einem Jungen gepasst hätten, der vier oder fünf Jahre älter als er war.

Catalina setzte sich auf das Feldbett und dachte über ihre Lage nach. Allerdings war sie kein bisschen eingeschüchtert, und sie hatte auch keine Angst vor der Zukunft. Sie war überzeugt, dass die Priorin, die der Gemeinschaft gegenüber so streng auftrat und sich trotzdem ihr gegenüber so gütig verhielt, nicht gestatten würde, dass sie lange eingesperrt blieb. Das Einzige, was ihren jungen Geist wirklich betrübte, war die offenbar unaufschiebbare Entscheidung, dass sie als Postulantin eintreten sollte, um danach Novizin zu werden. Dabei war sie sich über ihr unvermeidliches Geschick keineswegs im Unklaren, allerdings hatte sie es sich bisher als eine sehr ferne, in Nebel gehüllte Angelegenheit vorgestellt. Catalina hatte zahllose Male die Novizinnen des Klosters beobachtet, in der Kapelle bei den Abendgebeten, im Refektorium oder in den Obst- und Gemüsegärten. Doch obwohl sie wusste, dass ihr dieses Ende bevorstand, konnte sie sich nicht vorstellen, tatsächlich eines Tages wie diese Frauen gekleidet zu sein und zu leben. Trotzdem hätte es ihr nicht so sehr widerstrebt, wenn die Leiterin der zukünftigen Nonnen nicht eine in ihren Augen so verabscheuenswerte Person gewesen wäre: Schwester Gabriela de la Cruz, die Novizinnenmeisterin.

Ein Geräusch und eine Stimme rissen sie aus ihren Grübeleien. Die Drehlade bewegte sich, und die Stimme war die Mutter Úrsulas.

»Catalina! Nehmt, was ich Euch in die Lade gestellt habe, und stellt das Glas, den Teller und das schmutzige Nachtgeschirr hinein.«

Vor ihr erschienen ein Napf mit dampfender Suppe, ein großer Wasserkrug und ein Stück Brot sowie ein sauberes Nachtgeschirr und frische Wäsche. Sie nahm nur den Wasserkrug und das saubere Nachtgeschirr und stellte das schmutzige auf die kleine Drehscheibe, legte das trockene Stück Brot vom letzten Tag dazu. Danach klopfte sie mit den Fingerknöcheln zweimal kurz auf das Holz. Die Nonne drehte die Vorrichtung halb, und sogleich meldete sich Catalinas Stimme:

»Ich esse nicht und wechsle auch meine Sachen nicht, bis Ihr mich hier herausholt! Nun habt Ihr es gehört.«

»Der barmherzige Gott steh mir bei! Ihr seid verrückt!«

»Sagt es der Priorin, und wenn es Euch zu viel Mühe macht, bringt mir auch kein Wasser mehr!«

Catalina hörte, dass sich die Schritte der Nonne eilig entfernten. Dabei verhallte ihre Stimme in der Ferne, während sie den heiligen Benedikt anrief, er möge das arme Geschöpf erleuchten, das dort eingesperrt war. Als sie nichts mehr hörte, begann sie wieder zu grübeln.

Amadis von Gallien

Don Suero und Diego waren am Kloster angekommen. Die Schwester Pförtnerin musterte sie durch das Fensterchen am Tor, und nachdem sie ihre Namen genannt und mitgeteilt hatten, in wessen Auftrag sie kamen, verschwand sie, um die Priorin zu unterrichten. Diese war in ihrem Kabinett, und von drinnen hörte man mürrische Stimmen. Die Schwester Pförtnerin drückte ihr Ohr an die Tür und konnte die Stimme Mutter Teresas heraushören, die sich mit denen der Novizinnenmeisterin und Mutter Úrsulas vermischte.

»Sie weigert sich zu essen und die Kleidung zu wechseln. So wie ich es Euch sage: Das Brot hat sie nicht einmal angerührt.«

»Fasten kommt nie zur Unzeit. Es kasteit den Leib und läutert den Geist. Lasst ein paar Tage vergehen, nur ein paar, und Ihr werdet schon sehen, ob sie isst.«

Mutter Gabriela war es, die sich so äußerte.

»Wie viele Tage soll ich sie nach Eurer Meinung einsperren? Sie ist doch noch ein kleines Mädchen, und ein Körper im Wachstumsalter hat viel zu leiden, wenn man ihn nicht ernährt. Ihr braucht Euch nur in den Ortschaften hier rund ums Kloster umzusehen. Dann merkt Ihr, was Hunger und Elend bei der Natur der Kinder anrichten.«

Damit hatte die Priorin eingegriffen, wie zu hören war.

»Catalina hat ein gutes Herz. Worum es geht, ist…«

»Worum es geht, Mutter Úrsula, ist, dass Ihr so barmherzig sein sollt, den Mund zu halten!«, griff wieder Schwester Gabriela ein, und sie setzte hinzu: »Mit allem schuldigen Respekt, ehrwürdige Mutter, ich glaube, Euer Gnaden haben sie allzu nachgiebig behandelt, wenn man es nicht weichherzig nennen soll. Wenn Ihr auf mich hören wollt, so wird ein bisschen Fasten ihren Überschwang mäßigen und ihr widerspenstiges Temperament bändigen … Außerdem ist es gut, dass sie sich ans Fasten gewöhnt, wenn sie als Postulantin eintreten will.«

Die ehrwürdige Priorin wandte sich wieder an Mutter Úrsula:

»Redet ihr heute Abend noch einmal nachdrücklich zu. Führt sie mit appetitlicheren Speisen in Versuchung, und haltet mich auf dem Laufenden, was geschieht.«

»Ich glaube, Ihr irrt Euch. Ich an Eurer Stelle …«

»Ihr wollt mir vorschreiben, was ich tun muss, ehrwürdige Mutter? Vielleicht spielt Ihr Euch als Richter meiner Taten auf, oder vielleicht seid Ihr der Zeit vorausgeeilt, zu der Ihr Priorin von Sankt Benedikt werdet?«

»Auf keinen Fall, ehrwürdige Mutter …«

»Nun, dann wird nicht mehr darüber geredet. Wir vergeuden unsere Zeit. Geht an Eure Arbeiten, und lasst mich allein, ehrwürdige Mütter.«

Als die Pförtnerin voraussah, dass beide Nonnen gleich aus dem Kabinett kommen würden, klopfte sie schnell mit den Fingerknöcheln an die Tür.

»Tretet ein.«

Mutter Teresas Stimme klang erzürnt.

Die Pförtnerin trat zur Seite, um die beiden anderen Nonnen herauskommen zu lassen, und danach ging sie ins Zimmer.

»Ehrwürdige Mutter, an der Klostertür warten der Sohn von Don Benito de Cárdenas und Don Suero de Atares, sein Hofmeister. Sie kommen im Auftrag des Herrn Marquis von Torres Claras und bringen eine Nachricht für Euch, ehrwürdige Mutter. Sie bitten um Unterkunft für eine Nacht und einen Platz im Stall und Futter für ihre Tiere.«

»Lasst sie zu den Zimmern bringen, die wir für die Übernachtungen der Protektoren des Klosters eingerichtet haben. Blasillo soll ihnen als Page dienen und alle ihre Bitten erfüllen, und der Stallbursche soll sich um die Tiere kümmern. Sagt ihnen außerdem, dass ich sie sehr gern in meinem Kabinett empfangen möchte, wenn sie gegessen und sich ausgeruht haben.«

Blasillo machte sich Sorgen um Catalina. Was er auch tat, seine Gedanken beschäftigten sich immer wieder mit ihrer Lage, und er wartete ungeduldig darauf, dass er zum Fensterchen der Zelle schleichen konnte. Es bekümmerte ihn tief, dass seine Freundin dort eingesperrt war. Ihm wurde klar, dass das Mädchen den Mittelpunkt seines Lebens bildete und dass er nicht wusste, was er mit seinen freien Augenblicken anfangen sollte, wenn sie nicht da war. Die Zeit schien immerhin schneller zu vergehen, wenn er mit irgendeiner Tätigkeit beschäftigt war. Nach dem Essen nutzte er das schöne Wetter und den Mittagsschlaf seines Vaters und beschloss, für Catalina wilden Honig im Wald zu sammeln, denn er wusste, dass sie maßlos dafür schwärmte. Er ging in den Stall, band eine alte Decke auf dem Rücken seines Eselfüllens fest und legte ihm das Halfter und das Mundstück mit den langen Zügeln an, damit er es führen konnte. Mit einem raschen Sprung schwang er sich auf die Kruppe und ritt zum Abhang im unteren Garten, der zum Haupttor des Klosters führte.

Die Schwester Pförtnerin, die die Ausgänge beaufsichtigte, kümmerte sich nicht im Mindesten um ihn, da sie sich gerade mit zwei vornehmen Herren beschäftigte. Diese, so konnte man annehmen, hatten gerade eine Reise von vielen Meilen hinter sich gebracht; das bezeugten der Staub an ihrer Kleidung wie auch die aufgeblähten Nüstern und der Schaum vor dem Maul ihrer Tiere. Die Gruppe bestand aus den beiden Herren und drei Tieren, zwei Reittieren und einem Lasttier. Blasillo achtete mehr auf die Tiere als auf die Menschen. Am meisten fiel ihm der Hengst auf, den der junge Mann ritt. Das war ein Rappe mit einem weißen Fleck an der Stirn, einem kleinen Kopf und ebenmäßigem Körper. Blasillo ahnte, dass er windschnell laufen konnte. Das andere Pferd, auf dem der ältere Herr saß, war ein riesiger Falbe mit mächtiger Brust und ruhigem Wesen. In diesem Moment kratzte er mit seinem rechten Fuß leicht an den großen Steinen, die den Vorplatz am Eingang bedeckten.

Dann achtete er aufmerksamer auf die beiden Herren. Der glückliche Reiter des Rappens war bestimmt nicht älter als zehn oder zwölf Jahre. Er trug ein kupferfarbenes Wams mit einem breiten wallonischen Kragen und geschlitzten Beinkleidern, Stulpenstiefel aus Wildleder und eine Pelerine oder ein kurzes Mäntelchen, das von einer Schulter hing und ihm ein zwangloses und unbefangenes Aussehen verlieh. Der Ältere, der gerade mit der Pförtnerin sprach, war vollständig schwarz gekleidet: Ein Wildlederkoller bedeckte sein Wams; auch seine Beinkleider und seine hohen Stiefel aus Spaltleder hatten die gleiche Farbe; das einzige Weiße an seiner Kleidung war die Halskrause. Am meisten fielen Blasillo die Handschuhe des Herrn auf, die die Fingerspitzen frei ließen. Er dachte sich, sie eigneten sich, um die Zügel des Reittiers sanfter zu spüren oder den Degengriff besser zu fassen. Als Blasillo vorbeikam, wechselte er einen Blick mit dem jungen Herrn, der ihm zulächelte. Dies erstaunte Blasillo, denn er hielt sich für ein unbedeutendes Wesen, und vornehme Herrschaften achteten gewöhnlich nicht auf so etwas. Doch sogleich fand er die Beherrschung wieder und spornte sein Grautier an, das munter davontrabte. Blasillo trieb das Eselfüllen auf einen kleinen Weg, der sich kurz danach zu einem derart schmalen Pfad verengte, dass ihn die niedrigen Zweige und die Sträucher an den Beinen trafen und sie mit Kratzwunden überzogen. So gelangte er zu einem Birkenwäldchen. Er stieg vom Esel und band den Halfterstrick an einen Baumstamm. Dann holte er aus der Tasche, die er quer umgehängt hatte, die Utensilien, die er sich für sein Unternehmen verschafft hatte: ein paar alte Stulpenhandschuhe, eine Jacke mit langen Ärmeln, die er sich über den Kopf streifte und die ihm bis unter die Taille reichte, einen Gürtelstrick, um die Jacke festzubinden, zwei Gamaschen, um seine dicken Waden zu bedecken, und schließlich für den Kopf einen kleinen Sack mit zwei Löchern in Augenhöhe. Er legte alles ordentlich auf einen Stein und zog sich langsam an. Sobald er sich auf diese Weise geschützt hatte, wobei kein einziger Zentimeter seiner Haut entblößt blieb, lief er zu seinem Versteck. Dies war der Stumpf einer alten Kastanie, die lange Zeit zuvor ein Blitz gefällt hatte und deren Stamm hohl war. Dort, in diesem Versteck, war seine Honigwabe. Er hatte sie ein Jahr zuvor entdeckt und ein Loch hineingebohrt, in das er seine behandschuhte Hand stecken konnte, um manchmal seinen goldenen und süßen Schatz herauszuholen. Danach bedeckte er das Nest mit Birkenrinde – und auf Wiedersehen bis zum nächsten Mal! Die Bienen umsummten ihn geschäftig. Er, der die Gefahren dieses Unternehmens kannte, bewegte sich vorsichtig und vermied alle heftigen Gesten. Als er beim Baumstumpf angekommen war, nahm er behutsam den Rindendeckel ab und stahl den dort gespeicherten wilden Honig mit einem kleinen Spachtel. Seine Gedanken flogen zu seiner Freundin, und er meinte, dass er zwar die Bienen um die Frucht ihrer Mühen brachte, sie diese aber auch den kleinen Blüten des Landes gestohlen hatten und dass schließlich gelte: »Wer dem Diebe stiehlt die Diebesware, dem wird verziehn auf hundert Jahre.« Sein Lausbubenstreich hatte einen guten Zweck – eine Vorstellung, die von den Bienen gewiss nicht geteilt wurde. Sie summten überall wie wütende Racheengel, weil sie den Raub ahnten. Als er das Gefäß, das er aus der Tasche genommen hatte, schon beinahe gefüllt hatte, entfernte er sich, allerdings weiterhin langsam, von den gereizten Insekten. Er kam zu dem Eselfüllen, zog die Sachen aus, verstaute seine Werkzeuge und sprang wieder auf den Rücken des Tieres. Froh und glücklich, dass er etwas für Catalina hatte tun können, ritt er den

Weg zum Kloster zurück. Sobald er am Tor angekommen war, rief ihn die Pförtnerin an:

»Wo habt Ihr Euch herumgetrieben, Schlingel?«

»Ich habe einen Auftrag für meinen Vater erledigt. Außerdem bin ich hier vor nicht länger als einer Stunde durchgekommen, als Ihr, ehrwürdige Mutter, Euch mit zwei vornehmen Herren unterhalten habt. Ich dachte, Ihr hättet mich gesehen, denn mein Grauchen und ich sind ja nicht gerade durchsichtig.«

»Ihr seid ein Lästermaul, und bald beschäftige ich mich mit Euch. Macht Euch anständig zurecht, wenn Ihr das könnt, und geht zu Mutter Gabriela. Sie hat Anweisungen für Euch.«

»Barmherzige Mutter, könnt Ihr mir im Voraus sagen, worum es geht?«

»Ihr sollt den Herrschaften dienen, die Ihr gesehen habt, solange sie Gäste des Klosters sind. Und jetzt lauft schnell. Man sucht schon eine ganze Weile nach Euch.«

Unbeeindruckt trieb Blasillo den Esel an und ritt zum Stall, damit das Tier zu seinem Platz an der Krippe konnte. Dann lief er zu der Hütte, in der er wohnte. Dort wollte er seine so mühsam errungenen Schätze verstecken, sich etwas säubern und andere Sachen anziehen, die zwar ebenso alt, aber reinlich waren, um dann bei der Novizinnenmeisterin zu erscheinen, wie sie es verlangt hatte; denn mit ihr musste er anders als mit der Pförtnerin umgehen, unterschied sich doch ihr Charakter ganz von dem der anderen, deren harte Schale dahinschmolz, wenn man sie geschickt behandelte, und zu einem süßeren Honig als dem wurde, den er den Waldbienen für Catalina gestohlen hatte.

Diego ruhte in dem Schlafzimmer, das man ihm zugewiesen hatte, und wartete darauf, dass man ihm sein Gepäck brachte. Er befand sich in einem großen Zimmer mit einem gotischen Doppelfenster. Dessen zwei Rahmen waren von einer kleinen Säule getrennt, die mit einem ionischen Kapitell abschloss und die Verbindung der beiden Bogen trug. Vom Fenster aus sah der Junge den hinteren Teil der Klosterumgebung und einen großen Ausschnitt des Gartens mit dem ihn durchquerenden Bach und ganz hinten sogar einige Gebäude, die, wie er wegen ihrer Form vermutete, Pferde- und Viehställe sowie Unterkünfte der Dienerschaft waren. Der Raum war behaglich, aber klösterlich schlicht eingerichtet. Im Vergleich zur elenden Kammer im Gasthaus des Blinden, dachte er, war es allerdings geradezu das Schlafzimmer des Herzogs von Alba. Ein großes Himmelbett, eine mit gepunztem Leder bespannte dickbauchige Truhe, in der man die Wäsche aufbewahren konnte, ein Schreibschrank und zwei Armsessel aus massiver Eiche, deren Kirschholzlehnen mit Löwenpranken endeten; darin bestand das gesamte Mobiliar. Die Wände waren warm, weil sie nicht nackt waren: Ein großer Teppich bedeckte die längste Wand, und mitten an der anderen hing ein Bild des betenden Sankt Benedikt. In einem kleinen, von einem dicken Damastvorhang abgetrennten Nebenraum standen eine Zinkbadewanne, ein sehr großes Waschbecken und ein Nachtstuhl. Er stellte sich vor, dass das Schlafzimmer des Hofmeisters dem seinigen glich, aber größer war, weil es die Ecke des Gebäudes ausfüllte und von den Nonnen offensichtlich dafür bestimmt war, wichtige Gäste zu beherbergen. Selbstverständlich war es von den Räumen der Novizinnen und Postulantinnen und natürlich auch von den Schlafzimmern der Reklusen vollständig abgesondert. Man klopfte leise an der Tür, und das kündigte ihm den erwarteten Besuch an.

»Tretet ein!«

»Wenn Euer Exzellenz gestatten.«

Die Tür ging auf, und es erschien der kräftige Bursche, den er vorher auf dem Klosterhof gesehen hatte. Er war jünger als Diego, aber viel stärker. Er trug Diegos Reisebeutel über der Schulter und blieb an der Schwelle stehen, als er ihn sah.

»Herein mit Euch! Bleibt nicht an der Tür stehen … Und redet mich nicht so ehrerbietig an, macht mich nicht mit ›Euer Exzellenz‹ vorzeitig zu einem alten Mann.«

»Wie Ihr befehlt.«

»Aber kommt näher! Legt den Beutel aufs Bett.«

Blasillo tat wie ihm befohlen. Dann sprach er unbefangener weiter.

»Ich habe den Quersack im Zimmer des vornehmen Herrn gelassen, der mit Euch gekommen ist. Er sagt, ich soll Euch ausrichten, er warte darauf, dass ihn die Priorin empfangen wolle, und ich solle Eure Anweisungen für das entgegennehmen, was Ihr nötig habt.«

Diego fand sogleich Gefallen am Wesen und an der Erscheinung des Jungen.

»Wie heißt Ihr?«

»Blas, Señor. Aber man nennt mich Blasillo, damit man mich nicht mit meinem Vater verwechselt. Der heißt genauso, und er ist der Kutscher und Gärtner der Nonnen.«

»Gut, Blasillo. Als Erstes würde ich gern baden und dann etwas essen.«

»Schwester Gabriela hat das Essen schon bereit für die Zeit, wann Ihr wollt, und ich mache Euch sofort ein Bad fertig.«

Blasillo kannte die Räume ganz genau, denn immer, wenn ein Gast untergebracht wurde, diente er als Page. Er ging ins Nebenzimmer und kam gleich mit dem Krug in der Hand wieder heraus.

»Ich hole heißes Wasser und bin blitzschnell zurück.«

»Macht Euch keine Sorgen wegen des Auftrags, nach drei Tagen unterwegs kommt es mir auf eine halbe Stunde mehr oder weniger nicht an.«

»Ich bin windschnell, Sire!«

Der Junge riss die Tür auf, und nachdem er sie wieder zugeschlagen hatte, stürmte er pfeilschnell davon. Kaum hatte Diego die Wäsche, die er anziehen wollte, aufs Bett und den Rest in die Truhe gelegt, da war der Junge schon zurück. In einer Hand trug er den Krug mit dampfendem Wasser und in der anderen ein großes weißes Handtuch. Er lief zur Zinkbadewanne und schüttete die dampfende Flüssigkeit hinein. Hierauf ging er zum Kleiderständer und hängte das Handtuch auf.

»Wenn es Euch zu heiß ist, hole ich kaltes.«

Diego hatte sich ausgezogen und einen Fuß hineingesteckt.

»Nein, so ist es gut. Nehmt die schmutzige Wäsche mit und gebt sie zum Waschen. Danach kommt Ihr zurück.«

»Soll ich Euch nicht den Rücken abreiben?«

»Also gut, tut mir den Gefallen.«

Blasillo fasste die Anweisung allzu wörtlich auf. Er nahm eine Kardenwurzel, die man hierfür benutzte, tauchte sie ins Wasser und rieb sie mit der von den Nonnen hergestellten Seife ein, und nun begann er seine Aufgabe mit einem solchen Eifer, dass Diego es übel nahm.

»Beim Allmächtigen! Was versteht Ihr unter Abreiben? Ich nenne so etwas Schinden. Lasst mich allein, ich komme schon zurecht.«

»Das könnt Ihr mit dieser Hand gewiss nicht. Seid Ihr verletzt?«

»Nicht so wichtig. Nehmt die schmutzige Wäsche mit. Danach berichte ich Euch das Abenteuer mit meiner Hand, solange ich esse. Und Ihr erzählt mir Neuigkeiten von Sankt Benedikt, dessen Protektor mein Großvater war. Mein Vater ist es, und eines Tages werde ich es gewiss auch sein, wenn die Zeit gekommen ist und wenn Gott will.«

»Verzeiht, Euer Exzellenz. Ich wollte Euch nicht so kräftig abreiben. Aber ich habe mehr als genug guten Willen, und die praktischen Kenntnisse fehlen mir, denn gewöhnlich mache ich es bei Pferden, und mir ist vielleicht die Hand ausgerutscht.«

»Meinem Ross wird Eure Arbeit sicher guttun, aber mir ist es lieber, dass Ihr Euch um meine Wäsche kümmert, denn ich, das sage ich noch einmal, komme allein zurecht.«

Der Junge lief wieder los und dachte, wie glücklich er war, weil er an diesem Nachmittag mit einer so vornehmen und hochgestellten Persönlichkeit sprechen konnte, die außerdem zu seinem noch größeren Glück ungefähr in seinem Alter war. Dies ermöglichte ihm ein Gespräch, was ihm mit einem Geistlichen oder Standesherrn nie geschehen war, wie sie gewöhnlich Sankt Benedikt besuchten. All das bewirkte, dass er sich bei seinem Auftrag besondere Mühe gab, um sogleich zurückzukehren.

»Ihr sagt, sie haben Euch nachts überfallen, und Ihr habt einen von diesen Räubern überwältigt, indem Ihr ihm ein brennendes Holzscheit ins Gesicht geworfen habt?«

»Ja, so war es, und darum habe ich eine versengte Hand, wie Ihr im Bad sehen konntet.«

Beide saßen in einem kleinen, für die Protektoren bestimmten Speisesaal, und Diego ließ sich verschiedene Köstlichkeiten schmecken, die aus Schwester Hildefonsas Pfannen und Töpfen stammten: Rinderbraten, Forellenpastete, geschmorte Rebhühner mit Äpfeln, kandierte Früchte, weißen Milchpudding und das wohlbekannte Eigelbkonfekt von Sankt Benedikt.

Blasillo lauschte fasziniert. Diegos Geschichten ließen ihn ahnen, dass die Welt viel größer als die reizlose Umgebung war, die er kannte. Wie schade, dass Catalina nicht dabei war, um mit ihm gemeinsam zuzuhören! Nachdem Blasillo den Reisebericht Diegos vollständig erzählt bekommen hatte, hielt er sich für verpflichtet, etwas zu erklären, damit der andere sah, dass auch er etwas erlebte.

»Selbst wenn es Euch unmöglich vorkommt, ist das, was ich Euch erzählen möchte, doch so wahr wie das Gespräch, das ich mit Euch führe.«

»Sagt es, ich höre Euch zu.«

»Im Kloster ist ein Fräulein gefangen, und wenn es mich nicht gäbe, wäre sie verhungert.«

»Das glaube ich Euch nicht. Das hier ist ein Kloster und keine Burg mit unterirdischen Verliesen.«

»Ich schwöre es Euch beim Kreuz des heiligen Andreas!«

Diego starrte ihn ungläubig an.

»Heute Nacht muss ich ihr etwas zu essen bringen. Wenn Ihr mir nicht glaubt, könnt Ihr mich begleiten.«

»Reden wir nicht mehr darüber. Wann holt Ihr mich ab?«

»Wenn die Sonne untergeht, mache ich den Ruf des Uhus unter Eurem Fenster nach. Springt dann hinunter, es ist nicht hoch. Ihr kommt mit und könnt Euch überzeugen, dass ich Euch nicht belüge.«

»Wenn es so ist, wie Ihr sagt, gelobe ich beim Allmächtigen, dass ich sie aus ihrem Gefängnis befreie! Ich nehme den Degen und die Baskenklinge mit – und wehe dem Schurken, der sich mir entgegenstellt! Der ist so gut wie tot.«

Diego, der sich inbrünstig für den Geist der Ritterbücher begeisterte, denen er so sehr zugetan war, fühlte sich schon wie der edle Ritter Amadis von Gallien. Er rückte vom Tisch ab und erklärte Blasillo in feierlichem Ton:

»Ich will die Waffenwacht halten und mich auf das Abenteuer vorbereiten. Ich erwarte Euch, wenn es dunkel wird. Gott erbarme sich Eurer Seele, wenn Ihr mich nicht abholt!«

Und nach diesen Worten entfernte er sich mit langen Schritten.

Blasillo merkte plötzlich, dass er zu weit gegangen war, aber er dachte, dass die Würfel gefallen waren und dass er nicht mehr zurückweichen konnte. Nun setzte sich sein praktischer Geist durch. Er nahm sich die besten Speisen, die Diego nicht verzehrt hatte, und verwahrte sie, so gut er konnte, in den tiefen Taschen seines Wamses, damit er sie Catalina mitbringen konnte.

Die erste Begegnung

Catalina verzweifelte. Der Tag, an dem sie eingesperrt war, verlief langsam und zähflüssig wie Olivenöl der ersten Pressung. Ihre eintönigen Stunden wurden nur von Mutter Úrsula unterbrochen, die zweimal – am Mittag und am Abend – versuchte, durch die Drehlade Speisen in die Zelle zu bringen. Diese Speisen waren wirklich immer verführerischer, denn sie sollten ja ihr angebliches Zwangsfasten überwinden. Die Versuchung war nicht allzu groß, weil sie tatsächlich keinen Appetit hatte, und sie konnte sich die Genugtuung erlauben, das Essen unberührt auf demselben Weg zurückzuschicken. Sie hatte die Vorräte klug rationiert, die ihr Blasillo einen Tag zuvor verschafft hatte; da sie aber nichts Besseres zu tun hatte, aß sie den ganzen Tag, und in diesem Augenblick verlangte ihr junger Magen nachdrücklich, dass man ihm etwas geben sollte, obwohl um diese Zeit nichts mehr vorhanden war. Das ärgerte und beunruhigte sie. Der Abend brach herein, und das Licht wich allmählich den Schatten. Catalina nahm Feuerstein und Zunder, die man ihr nun hineingelegt hatte, und nachdem sie den Feuerstein an der Wand gerieben und den Zunder entflammt hatte, hielt sie ihn an den Docht der Öllampe und konnte ihn anzünden. Sie schützte die kleine Flamme, bis sie in ihrer hohlen Hand hochzüngelte. Da hielt sie die Lampe empor, und ein bebender gelblicher Lichtkreis überstrahlte langsam den Raum. Alles war entmutigend gleichförmig, und als sie sich schon fast ganz niedergeschlagen fühlte, erreichte sie der ferne, aber deutliche Ruf des Uhus. Catalina lief zum Fenster, legte die linke Hand mit zusammengepressten Fingern an die Lippen und antwortete mit einem besonderen Pfeifen, das die Nacht durchdrang.

Blasillo, der ein paar Minuten zuvor den Fuß des quadratischen Turms erreicht hatte, in dem das Fenster des Raums lag, wo Diego untergebracht war, antwortete mit seinem vereinbarten Ruf. Der Lehrjunge im Beruf eines fahrenden Ritters wartete unruhig auf den Tierlaut, und als er ihn hörte, schwang er sich rittlings aufs Fensterbrett. Er warf Blasillo die Koppel mit seinem Degen und seine Baskenklinge zu, band einen Strick, den er in seinem Gepäck mitgebracht hatte, an den Fuß der Säule, die das Fenster teilte, damit er sich beim Zurückkommen daran hinaufhangeln konnte, und schleuderte ihn in die Tiefe. Dann nutzte er einen Spalt im Stein und den vorspringenden Ausfluss einer kleinen Traufröhre, und nach ein paar flinken Bewegungen sprang er nach unten und stand neben dem anderen. Sobald er auf dem Boden war, legte er einen Zeigefinger auf die Lippen, um seinem Gefährten zu bekunden, er solle kein Geräusch machen, das sie verraten könnte.

»Mein Hofmeister ahnt etwas. Ich habe ihm gesagt, dass ich mich nicht wohlfühle, dass mir die Hand wehtue und ich mit Messer und Gabel nicht geschickt genug umgehen könne, um mit der Priorin zu essen, und dass ich keinen Appetit habe. Ich weiß, dass ihn mein Entschluss beunruhigt und ärgert, aber unser Plan duldete ja keinen Aufschub. Ihr seid einverstanden, nicht wahr?«

»Selbstverständlich, Señor.«

In diesem Augenblick ertönte Catalinas Antwortruf zum zweiten Mal durch die Nacht.

»Habt Ihr das gehört?«

»So wahr, wie es einen Gott gibt! Gebt mir meinen Degen und meinen Dolch, denn wir dürfen keinen Augenblick verlieren.«

Beide rannten pfeilschnell davon. Blasillo lief voran und zeigte den Weg. Diego folgte ihm auf den Fersen und versuchte, die Dunkelheit mit seinen Blicken zu durchbohren. Sie glichen zwei Verschwörern, die einen Hinterhalt fürchteten. Sie drückten sich nicht nur an die Mauer, sondern wirkten geradezu wie ein Teil von ihr, als sie um die Ecke der Seite bogen, auf der sich Catalinas Zelle befand. Am Ende der Mauer, dicht am Boden, war ein schwacher Schimmer wahrzunehmen, der aus dem Zellenfenster drang. Blasillo drehte sich zu dem anderen um.

»Wartet, bis ich Euch vom Licht aus ein Zeichen mache, und kommt dann leise näher.«

Diego stimmte mit einem schnellen Kopfnicken zu. Er hüllte sich in seinen Mantel, schmiegte sich an den Efeu der Mauer und machte sich auf eine Wartezeit bereit.

Der Junge lief voraus, und als er zum Zellenfenster kam, ließ er sich auf alle viere sinken. Catalina saß auf dem Feldbett und blickte unverwandt auf das Rechteck. Als der dicke Kopf ihres Freundes auftauchte, erglänzten und lächelten ihre Augen.

»Ich wusste, dass Ihr mich nicht im Stich lasst.«

»Wie geht es Euch, liebe Freundin? Ich konnte nicht früher kommen, ich hatte den ganzen Tag zu tun. Es ist sehr viel geschehen.«

»Erzählt mir alles, Blasillo, während Ihr mir das Essen herunterlasst, denn das wird meinen Leib ernähren, doch Eure Neuigkeiten werden meinen Geist stärken, und ich weiß nicht, was wichtiger ist.«

Blasillo nahm den Beutel von der Schulter, schob ihn zwischen die Gitterstäbe und ließ ihn wie in der vorherigen Nacht langsam am Strick nach unten gleiten. Catalina nahm den kleinen Beutel und trug ihn zu ihrem Lager, weil sie ihn dort aufmachen wollte. Blasillo wartete.

»Aber … Was sehe ich da? Was für ein Festmahl ist das?«

»Zwei hohe Herren sind ins Kloster gekommen, der Sohn des Marquis von Torres Claras, des Protektors von Sankt Benedikt, und sein Hofmeister. Mutter Gabriela hat mich als Diener zu ihm geschickt, und ich habe die Reste seiner Mahlzeit für Euch gestohlen.«

»Die Heilige Jungfrau steh mir bei! Und der Honig? Woher habt Ihr den?«

»Der ist mein Geschenk. Ich bin in den Wald gegangen, um ihn für Euch zu sammeln, und die Bienen hätten aus mir beinahe ein Nadelkissen gemacht.«

»Ihr seid mein bester Freund. Aber erzählt mir alles, während ich esse.

Vergesst keinen Punkt und kein Komma, denn morgen wird mein Tag kurzweiliger sein, wenn ich mich ablenken kann, indem ich mich an Eure Geschichte erinnere.«

Blasillo berichtete sämtliche Ereignisse, die an diesem Tag geschehen waren, wobei er die Schilderung mit zahlreichen Einfällen bereicherte und mit dem Verlangen ausschmückte, seine Freundin in Staunen zu versetzen.

»Und er hat gesagt, er möchte Euch kennenlernen, und er wolle Euch helfen.«

»Das ist doch unmöglich, Blas.« Wenn sie einen ernsten Ton anschlug, verzichtete sie auf die Koseform seines Namens. »Ich bin hier eingesperrt, und wie Ihr sagt, reist er morgen ab.«

»Aber ich bin der Zauberer Merlin, Catalina. Seht her!«

Und bei diesen Worten machte der Junge eine Geste mit der Hand.

Vor den staunenden Augen des Mädchens erschien sogleich der stattlichste junge Herr, den sie sich in ihren Träumen je hätte vorstellen können. Als Einziger ließ sich mit ihm der Erzengel Sankt Michael vergleichen, sagte sie sich, dessen Gesicht sie in der Kapelle immer verstohlen bewunderte. Bei seinem Anblick wurde sie jedenfalls beinahe ohnmächtig, und der Honigtopf fiel ihr mit lautem Getöse aus der Hand.

Die Geste des Hidalgos

»Also, ehrwürdige Mutter, ich muss Euch sagen, dass ich eine solche Ungerechtigkeit nicht mehr ertragen werde. Denn was sonst ist es, wenn man ein Kind in diesem Alter unter solch erbärmlichen Umständen einsperrt? Ich vermag nicht zu begreifen, wie ernst ihr Vergehen sein soll, dass es eine solche Strafe verdient. Zweifelt nicht daran, dass ich bei der Rückkehr von dieser Reise meinem Herrn Vater all das ausführlich berichten werde, und wer weiß, ob er es dann nicht für richtig halten wird, dem Kloster seinen Schutz zu entziehen, oder, was noch ernster sein würde, ob er nicht seinen Einfluss nutzt, damit dieses Unrecht nicht unbestraft bleibt. Ich glaube, dass ich mich eindeutig geäußert habe!«

Diego hatte sich vor die ehrwürdige Mutter gestellt und ihr seine Strafpredigt entgegengeschleudert, worüber sie erstaunt und sein ungläubig dreinblickender Hofmeister erschrocken war, während die Novizinnenmeisterin finster vor sich hinstarrte. Nach einer wohlüberlegten Pause fasste sich die Priorin wieder und machte sich bereit, dem Jungen zu antworten, ohne ihre maßvolle Haltung aufzugeben. Sie würde es nicht zulassen, dass man vor Schwester Gabriela ihre Autorität beeinträchtigte, und noch viel weniger wollte sie den Schutz und die Unterstützung einer so bekannten und hochherzigen Persönlichkeit verlieren, wie es Seine Exzellenz, der Herr Marquis von Torres Claras, war, und darum ergriff sie nun das Wort.

»Mein lieber junger Freund, mit allem schuldigen Respekt muss ich Euch sagen, dass es nichts Außergewöhnliches dabei gibt, wenn eine zukünftige Postulantin beginnt, sich an das Leben zu gewöhnen, das sie in naher Zukunft führen muss und das nicht anders als das aller Novizinnen in ihrem ersten Klosterjahr aussieht. Ihr müsst wissen: Aus einem Grund, der Euch nichts angeht und den ich niemals offenbaren werde, weil er ein mir anvertrautes Geheimnis ist, lebt dieses Mädchen seit dem Tag seiner Geburt im Kloster, während es seinem Alter entsprechend erst jetzt in Sankt Benedikt eintreten müsste. Die Kleine war der Schützling aller Schwestern. Sie haben sie verwöhnt und mit Nachsicht behandelt, und das hat bewirkt, dass uns ihr Verhalten in eine Sackgasse hineingezwungen hat und dass es zu dem Ergebnis gekommen ist, das Ihr mir so streng vorwerft. Daran ist nichts Geheimnisvolles, es entspricht lediglich der genauen Anwendung unserer Regel. Deshalb muss ich Euch sagen, dass Ihr Euch um Eure Angelegenheiten kümmern und mir überlassen solltet, was ich mit meinen Nonnen tue.«

»Ehrwürdige Mutter, ich bitte Euch, dass Ihr uns verzeiht.«

Don Suero griff ein, um aus dieser misslichen Lage würdevoll herauszukommen. Diego jedoch sagte hierauf:

»Ich bitte Euch, Señor, dass Ihr Euch mäßigt! Ich brauche keine Bürgen, und ich habe keinen Grund, um Entschuldigung zu bitten.«

Da mischte sich Schwester Gabriela in schroffem Ton ein.

»Verzeiht, Señor, aber ich glaube, Ihr habt weder das Alter noch die Kenntnisse, damit Ihr …«

»Schwester Gabriela! Don Diego braucht keine Beschützer, und ich brauche keine Vermittler.« Nun wandte sich die Priorin an Don Suero: »Gestern habt Ihr und ich beim Abendessen ein langes und gründliches Gespräch geführt, und ich habe Euch gebeten, es Seiner Exzellenz, dem Herrn Marquis von Torres Claras, mitzuteilen. Dabei habe ich Euch vollständig über die Lage des Klosters und über seine dringlichsten Bedürfnisse unterrichtet, doch wir wollen uns bemühen, noch genauer und ausführlicher zu sein, und da Don Diego wünscht, seinem Herrn Vater ein nebensächliches Ereignis mitzuteilen, von dem er nur einen winzigen Teil kennt, bitte ich Euch, ihm das Sendschreiben auszuhändigen, das ich Euch anvertrauen werde und worin er eine vollständige Erklärung für diesen bedauerlichen Zwischenfall findet.«

»Schreibt auch, wenn Ihr einverstanden seid, dass das Mädchen seit zwei Tagen keinen Bissen gegessen hat!«

Diego ließ nicht locker.

Die Priorin erblasste.

»Wenn sie nicht isst, so deshalb, weil sie sich weigert, und nicht, weil man sich um sie nicht genauso wie um alle Novizinnen und Postulantinnen dieses Klosters kümmert. Und mit allem schuldigen Respekt, Don Diego, ich glaube, dass Eure Bemerkungen überflüssig sind und dass wir schon alles besprochen haben, was es zu besprechen gab.«

Nach diesen Worten stand die Priorin auf und erklärte die Unterredung damit für beendet. Diego drehte sich auf dem Absatz um und verließ das Zimmer, ohne noch etwas zu sagen. Don Suero machte eine ungeschickte Verbeugung, als wollte er den Zwischenfall entschuldigen, ging Diego hinterher und schloss die Tür.

»Setzt Euch, Schwester Gabriela. Ich glaube, Ihr und ich, wir müssen miteinander reden.«

Die Novizinnenmeisterin setzte sich in den Sessel gegenüber der Priorin, und diese sprach unverzüglich weiter.

»Wie, wann und auf welche Art konnte Don Diego so viel über diesen bedauerlichen Vorfall erfahren, der mir von Anfang an missfallen hat?«

»Ich glaube, das ist klar, ehrwürdige Mutter. Im Kloster hatte er mit keinem anderen außer mit Blasillo zu tun. Er ist sicher schuld an Eurem Kummer.«

»Vergewissert Euch, dass es so gewesen ist, und handelt entsprechend. Ich will nicht wieder von dieser ärgerlichen und demütigenden Angelegenheit hören. Was Catalina betrifft: Bringt sie sofort in ihre Zelle zurück, und morgen soll Bruder Gerundio unverzüglich beginnen, sie zu unterrichten, damit sie den Leib Jesu zum ersten Mal empfangen kann.«

Auf dem Gang, der zu den Wohnräumen führte, konnte Don Suero den langen Schritten Diegos kaum folgen. Schließlich holte er ihn ein und hielt ihn am Arm fest.

»Bleibt einen Augenblick stehen, zum Donnerwetter, und hört mir zu!«

Diego hielt an und musterte seinen Hofmeister herausfordernd.

»Ihr seid verantwortungslos. Nie hätte ich geglaubt, dass Ihr mich in eine derart beschämende Lage bringt. Warum habt Ihr mir nicht diese ganze Geschichte erklärt, bevor ich sie in Schwester Teresas Kabinett erfahre?«

»Wisst Ihr, warum? Ich will es Euch erklären. Weil Ihr versucht hättet, mich davon abzubringen, damit ich nichts sage. Und was man mir erzählt hat und was ich mit eigenen Augen gestern Nacht gesehen habe, ist so ungerecht und maßlos, dass ich nicht zu einem Kompromiss bereit war.«

»Ihr versteht nichts von Nonnen oder Mönchen. Sie haben ein ganz eigentümliches Wesen. Sie haben ihre Regeln, und diese sind schrecklich streng. Manche Orden verlangen, dass sich ihre Angehörigen als Buße für ihre Sünden auspeitschen. Ihr und ich, wir begreifen das nicht, aber so ist es.« Don Suero änderte seinen Ton. Die Zuneigung für seinen Zögling bewirkte, dass er sich unbehaglich fühlte, wenn er ihm Vorwürfe machte. Zudem war er zugleich stolz auf die Tatkraft und den Gerechtigkeitssinn, die das Gemüt des Jungen auszeichneten. »Das kommt, weil Ihr ständig Ritterbücher lest und Euch zu viele Lanzelots vom See und Sir Gawains im Kopf herumspuken.«

»Also das sind meine Fieberphantasien, nicht wahr? Folgt mir!«

Diego drehte sich um und lief mit langen Schritten auf dem kürzesten Weg und bei Tageslicht zum Fenster der Zelle Catalinas. In geringem Abstand folgte ihm Don Suero. Diego blieb vor dem Fenster stehen und forderte den Hofmeister auf:

»Bückt Euch und überzeugt Euch selbst!«

Das machte der Lehrer. Er blickte durch das kleine Fenster.

»Was soll ich sehen?«

Nun kauerte sich auch Diego nieder. Seinen erstaunten Augen zeigte sich eine saubere und geputzte, aber vollständig leere kleine Zelle. Niemand war dort eingesperrt.

»Ich schwöre Euch, dass ich nichts begreife.«

»Und ich noch weniger, Diego. Ich noch weniger.«

Der Portugiese

Sebastián Fleitas de Andrade, ein Familiar des Heiligen Offiziums und Ritter des Alcántara-Ordens, war eine Person, die vollendet in ein Gemälde El Grecos hineingepasst hätte. Er war mehr als mager, nämlich sehnig wie Rebholz. Er hatte einen gurkenförmigen Kopf und eine gewaltige Stirn, weil er einen sehr hohen Haaransatz hatte. Unter dichten Brauen tauchten kleine und forschende blaugrüne Augen auf, die hart wie Feuerstein wirkten. Mitten im Gesicht trat eine riesige Nase hervor, die einem Raubvogelschnabel glich. Der geschlossene Mund war wie eine Linie, und vom linken Mundwinkel bis zum Ohr auf derselben Seite zog sich eine Schmarre quer über die Wange. Diese Narbe ging auf einen Streit mit einem Messerstecher zurück, dem die Freveltat schon vor vielen Jahren eingebracht hatte, dass ihn der grüne Rasen zudeckte. Das Ganze war auf beiden Seiten mit einem großen Backenbart, einem geschwungenen Schnurrbart und einem dreieckigen Kinnbart geschmückt, die dem vornehmen Herrn ein düsteres und unheimliches Aussehen gaben. Seine Haut war schneeweiß, und er hatte knochige Hände mit langen Fingern. Seine schlanke Gestalt deutete keineswegs auf Schwäche hin; er hatte ganz im Gegenteil etwas Katzenhaftes und Finsteres, wozu seine schwarze Tracht gewiss beitrug.

Don Sebastián Fleitas de Andrade kannte seine Arbeit gut. Sie verschaffte ihm nicht nur ein gutes Auskommen, sondern oft auch saftige Gewinne. Der einzige Nachteil war, dass sie nicht regelmäßig flossen. Jedenfalls war es so: Wenn das Heilige Offizium ihn auf die Spur eines Unglücklichen setzte, konnte dieser sich schon von seinen Verwandten und Freunden verabschieden. Er verfolgte ihn und jagte ihm nach, schnüffelte in seinem Leben und in dem seiner Vorfahren wie ein Bücherwurm herum, und am Ende wusste er mehr über die betreffende Person als diese selbst. Er war wie das Warzenschwein, das unermüdlich nach der Spur des Jägers sucht, wenn es verwundet wird, bis es ihn findet und tötet. Es spielte für ihn keine Rolle, wie viel Zeit es kostete, so beharrlich und unerbittlich war er; ihm war es gleich, ob es einen Monat oder drei Jahre dauerte, und ebenso, um welches Land der bekannten Welt es sich handelte, ob es sich im Frieden oder im Krieg befand, es machte ihm nichts aus. Der lange Arm der Inquisition besaß in ihm einen tüchtigen und gnadenlosen Spürhund.

An diesem Morgen empfing er in seinem Haus in Bragança einen Eilboten. Sein Diener teilte ihm mit, dass es sich um einen dringlichen Auftrag handelte, denn der Bote war von Astorga aus in rasendem Galopp herangesprengt. Don Sebastián wusste, dass er aus dieser Stadt nur Sendschreiben von Seiner Exzellenz, dem hochwürdigen Doktor Bartolomé Carrasco, erhielt, der Provinzsekretär des Heiligen Offiziums und sein bevorzugter Gönner war.

In diesem Augenblick saß Don Sebastián auf einem Nachtstuhl, und seine

Darmträgheit riet ihm, dieses prosaische Geschäft niemals zu unterbrechen, wer auch immer der neue Gast war. Er ordnete an, dass ein junger Diener ein paar Tropfen Rosenwasser im Zimmer versprühte, und danach machte er sich bereit, den Boten zu empfangen. Dieser war ein Mann in mittlerem Alter, mit gelber Haut, von kräftigem Körperbau und mit vulgären Gesichtszügen. Das Einzige, was an ihm auffiel, waren seine krummen Beine, die verrieten, wie viele Stunden seines Lebens er auf dem Pferderücken verbracht hatte. Als man ihn zu Don Sebastián geführt hatte, blieb er in vorsichtigem Abstand stehen und drehte seinen Hut in der Hand.

»Willkommen, Marcelo.« Der Portugiese kannte den Boten von anderen Aufträgen. »Wie man mir mitteilt, habt Ihr eine Botschaft für mich?«

»Ja, Exzellenz, eine dringende und persönliche.«

»Das Erste ist nicht zu übersehen.« Er hatte festgestellt, dass selbst die Augenbrauen des Mannes mit Staub bedeckt waren. »Und das Zweite habe ich geahnt, als mir mein Diener mitgeteilt hat, dass Ihr Euch geweigert habt, ihm die Botschaft zu übergeben.«

»Euer Gnaden werden mich entschuldigen. Ich führe lediglich Anweisungen aus.«

»Also gut, kürzen wir ab. Da das Schreiben aus Astorga kommt, kann es nur von Seiner Exzellenz, dem hochwürdigsten Herrn Doktor Carrasco, stammen.«

»So ist es, Señor.«

»Nun denn, wenn Ihr so liebenswürdig seid, es mir zu geben ...«

Der Mann zog einen gelblichen und versiegelten Umschlag aus der Tasche. Er ging ein paar Schritte nach vorn und überreichte ihn Don Sebastián. Dieser nahm ihn, während er zugleich mit der anderen Hand an einer Quaste zog, die am Ende einer geflochtenen violetten Schnur saß. Sie sah hinter einem Wandteppich hervor, der eine Jagdszene darstellte. In der Ferne erklang ein Glöckchen, und sogleich erschien ein junger Diener.

»Gebt diesem Mann zu essen und lasst ihn ausruhen.« Dann wandte sich Don Sebastián an den Boten und setzte hinzu: »Erholt Euch. Danach reitet Ihr mit meiner Antwort wieder los.«

Nach einem kurzen Kopfnicken ging der Mann hinter dem Diener hinaus, und als Don Sebastián allein war, nahm er einen silbernen Brieföffner von einem Seitentisch und brach den Siegellack auf. Wie jemand, der einen Ritus vollzieht, entfaltete er bedächtig das Papier und begann mit der Lektüre des Briefes.

Der Text lautete:

Astorga, am 9. Mai, Anno Domini 1629

Von Seiner Exzellenz, dem hochwürdigsten Herrn
Don Bartolomé Carrasco
An Don Sebastián Fleitas de Andrade

Lieber Freund im Herrn!
Der Grund, der mich veranlasst, Euch zu schreiben, ist kein anderer, wie Ihr gewiss schon vermutet, als die dringende Notwendigkeit, die mich zwingt, abermals Eure Dienste zu erbitten. Wenn es um ein persönliches Problem ginge, könnte man warten; da es jedoch um den Dienst an der heiligen Mutter Kirche geht, dürfen wir nur mit größter Schnelligkeit und Dringlichkeit handeln.

Damit ich Euch keine Zeit verlieren lasse, erkläre ich Euch nun die Quintessenz der Angelegenheit, so dass Ihr auf der Stelle mit der Arbeit beginnen könnt, ohne dass Ihr herkommen müsst.

Wie Ihr wisst, bin ich geistlicher Protektor des Benediktinerklosters, und Vorsitzender des Protektorenrats ist Seine Exzellenz, Señor Don Benito de Cárdenas, der Marquis von Torres Claras.

Am ersten Tag des Mai, des Monats Unserer Lieben Frau, hatten wir uns als Ordenskapitel versammelt, wie wir es gewöhnlich tun, damit die Nonnen über die Bedürfnisse des Klosters berichten und ihre Aufwendungen begründen, so dass wir im Voraus für die jährlichen Ausgaben sorgen können.

Als alle amtlichen Verrichtungen dieses Tages erledigt waren, gingen wir ins Refektorium hinüber, um die kleine Mahlzeit zu genießen, die uns die guten Mütter alljährlich vorsetzen.

Nach dem Essen setzte sich Don Martín de Rojo e Hinojosa neben mich. Er ist ein kleiner Adliger und kommt aus Quintanar del Castillo. Seine Schwester ist die jetzige Priorin des Klosters.

Ich kenne diese Familie seit vielen Jahren und hatte nie eine hohe Meinung von ihrer religiösen Inbrunst und Rechtgläubigkeit.

Mein Argwohn wurde bestätigt, als er es nach den Trinksprüchen wagte, mich in ein Gespräch zu ziehen, das bei höchst maßgeblichen Themen gefährlichen Verirrungen nahekam, während die zuständige Obrigkeit diese Fragen schon angemessen entschieden hat und es nicht angebracht ist, dass jemand ohne die entsprechende Vorbildung sich unterstehen darf, sie leichtfertig zu behandeln, denn sollten seine Worte von weniger kenntnisreichen Leuten vernommen werden, als ich es bin, so könnte das bei ihnen zu schweren sittlichen Schäden führen.

Meine Vorahnung sagt mir, dass er vielleicht in ungesunden Vermögensumständen lebt und ein Amt oder eine Stellung sucht, die seine Notlage erleichtern soll, denn er klagte maßlos über seine wirtschaftlichen Sorgen und äußerte eine abfällige Meinung über die Austreibung der Morisken, die unser früherer Monarch, Seine Majestät Philipp III., zur Verteidigung des Glaubens und mit höchst zutreffendem Urteil durchgesetzt hat.

Ich meine, dass jemand mit einer solch fragwürdigen Moral, der seine eigenen Interessen höher als die der heiligen Mutter Kirche setzt, nicht nur ohne ein Amt bleiben muss, das Verantwortung erfordert, sondern dass man ihm auch seine jetzige Stellung als Protektor von Sankt Benedikt nehmen muss, die er gewiss erhalten hat, weil seine Schwester das ist, was sie ist.

Darum ersuche ich Euch dringend, dass Ihr gründliche Nachforschungen über seine Herkunft und seine Angehörigen anstellt. Ich will herausbekommen, was er beabsichtigt, welche Überraschungen eine Untersuchung ergeben könnte, wie man sie von zuständiger Seite durchführen muss, wenn jemand in einen Ritterorden eintreten will oder irgendein bezahltes Amt oder auch eine staatliche Pfründe anstrebt. Vor allen anderen möchte ich jede Einzelheit oder jeden Umstand erfahren, der mit der Herkunft dieser Familie zu tun haben kann. Ich möchte nicht, dass man mich als einen halbherzigen oder nachlässigen Seelenhirten tadelt, wenn man etwas Unehrenhaftes erfahren sollte, denn da ich nun einmal der Bischof dieser Provinz und überdies der geistliche Verantwortliche der Gemeinschaft von Sankt Benedikt bin, wäre es unverzeihlich, wenn mir etwas Strafbares entginge.

Macht Euch deshalb unverzüglich bereit, meinen Anweisungen zu gehorchen. Außerdem bestelle ich Euch nach Astorga, wenn Euer Weg Euch in die Nähe meines Amtssitzes führt.

Ich lege Euch eine Zahlungsanweisung bei, damit Ihr sie in dem Bistum einlöst, das Euch am geeignetsten erscheint, und damit Ihr über Bargeld verfügt.

Ihr wisst nur zu gut, wie großherzig ich jenen meiner Familiaren gegenüber bin, die es verstehen, mir eifrig und sorgfältig zu dienen.

Das ist alles. Mit meinem ausdrücklichen Segen lasse ich Euch meinen Bischofsring küssen. Euer Gnaden, nehmt meinen allerväterlichsten Gruß entgegen.

Eigenhändig unterzeichnet von
BARTOLOMÉ CARRASCO
Bischof von Astorga und
Provinzsekretär des Heiligen Offiziums

Der Portugiese faltete den Brief zusammen und lächelte erfreut. Doktor Carrasco war sein großzügigster Gönner, und die Arbeit, mit der er ihn beauftragte, stimmte ihn hochzufrieden. Es war seine Daseinsberechtigung, die Halbherzigen, die verstockten Sünder, die falschen Neubekehrten und die Juden zu verfolgen, und das galt umso mehr, wenn es ihm die Gewinne einbrachte, die er für selbstverständlich hielt, sobald es sich um Doktor Carrasco handelte.

Nachdem er seine Kleidung geordnet hatte, klingelte er nach seinem Kammerdiener, damit der den Nachtstuhl forttrug und wieder Rosenwasser im Zimmer versprühte.

»Sagt Marcelo, dass er zu mir kommen soll, bevor er sich schlafen legt …«

Kurz danach erschien Marcelo Lacalle, der Eilbote des Heiligen Offiziums und königliche Kurier, bei Don Sebastián Fleitas.

»Ihr habt mich rufen lassen?«

»So ist es. Die Neuigkeiten, die Ihr mitgebracht habt, ändern meine Pläne und zwingen mich, eine andere Reihenfolge für meine Aufgaben zu finden. Und … ich fürchte, das betrifft auch Eure Aufgaben.«

»Meine Aufgaben sind die Euren, Exzellenz.«

»Gut, dann ruht Euch bei mir aus. Danach kehrt Ihr auf anderen Wegen heim. Bevor Ihr nach Hause reitet, schaut Ihr in Ponferrada und Bembibre vorbei und gebt zwei Briefe von mir ab, in denen ich die Änderung meiner Pläne begründe.«

»Es wird geschehen, wie Ihr befehlt.«

»Dann brecht auf, nachdem Ihr ausgeruht habt, und nehmt Euch da draußen in Acht.«

Marcelo, der krummbeinige Bote, nahm die Börse entgegen, die ihm der Portugiese hinhielt, verbeugte sich steif und verließ das Zimmer.

Die Menstruation

Catalina hatte zum ersten Mal ihre Regel. Sie stand vor der Priorin und ließ unerschütterlich eine Rede über sich ergehen, die sie für absurd hielt. Sie war dreizehn Jahre alt, doch ihr angeborener Verstand und vor allem ihre unermessliche Wissbegierde führten dazu, dass sie sich bei vielen Dingen auskannte, von denen andere gleichaltrige und gleichrangige Postulantinnen keine Ahnung hatten. Gewaltsam und ohne jede Erklärung hatte man Blasillo, ihren lieben Abenteuergefährten, schon vor vier Jahren von ihrer Seite gerissen. Dieses Unrecht hatte sie viele Tränen gekostet, und sie sehnte sich immer wieder nach ihm zurück, doch ihr junger und ruheloser Geist setzte sich schließlich darüber hinweg, und neue Ereignisse füllten ihren Alltag aus. Blasillos Platz – nicht in ihrem Herzen, wohl aber in ihrer Nähe – nahm nun Casilda ein, eine ungefähr dreißigjährige Rekluse, die als Siebzehnjährige nach Sankt Benedikt gekommen war, um ihr Kind zur Welt zu bringen. Danach überließ sie den Säugling guten Leuten aus ihrem Dorf, während die Familienehre sie selbst daran hinderte, dorthin zurückzukehren. Diese Leute beschwerten sich nicht, doch es fehlte ihnen am täglichen Brot, so dass ihnen Casilda alljährlich Geld schicken musste, damit sie sich um den Kleinen kümmern konnten. Deshalb suchte ihr Mutter Teresa eine adlige Familie, deren Neugeborenen sie säugte, was die eigene Mutter nicht auf sich nahm, weil sie entweder keine Milch in den Brüsten hatte oder weil es ihr nicht angenehm war, was damals im Übrigen sehr häufig geschah. Jedenfalls widmete sich Casilda vier Jahre dieser Tätigkeit, und als sie das Kind endlich entwöhnte, das im letzten Jahr gewiss schon im Stehen getrunken hatte, kehrte sie ins Kloster zurück. Dort bekam sie freie Kost und Logis für ihre Arbeit, und darum schickte sie alles, was ihr die Familie gab, der sie gedient hatte – tatsächlich wurden Ammen immer sehr gut entlohnt –, in ihr Dorf weiter, damit es für die Versorgung ihres eigenen Kindes verwandt wurde.

Casilda wurde Catalinas Lehrerin in allen Dingen des Lebens, bei denen sie diese um Rat fragte. Sie hatte eine andere Stellung als die übrigen Reklusen, so dass sie sich mit Catalina einige Aufgaben in der Küche und bei der Tierpflege teilte. Diese Arbeit hatte man Catalina zugewiesen, seitdem Blasillo fortgegangen war. Sie selbst hatte die Priorin darum gebeten, denn wie alle zukünftigen Postulantinnen musste sie ihre Zeit zwischen Gebet und Arbeit teilen.

»Wisst also, dass Euch zum ersten Mal das Stigma der Unreinheit heimgesucht hat und dass Ihr es von heute an zu Eurer Scham allmonatlich erleiden werdet. Wenn so etwas geschieht, wird das Fasten die Buße für Eure Schuld und der Schutz gegen die Euch belauernden Versuchungen sein, und am Abend, wenn Ihr ins Bett geht, und an allen Tagen, wenn in Eurem Leib die Blume des Bösen erblüht, werdet Ihr Euch den Rücken mit einer Geißel züchtigen, deren Gebrauch Euch die Novizinnenmeisterin lehren wird, und Ihr tretet erst wieder zum Altar, um den Leib des Herrn zu empfangen, wenn diese Tage vorüber sind und Ihr reinen Leibes seid. Dann, und erst dann, beichtet Ihr bei Pater Rivadeneira, damit er zugleich Euren Geist läutert. Wie Ihr wisst, wurde er nach dem Hinscheiden Bruder Gerundios, den Ihr so herzlich geliebt habt, zum Beichtvater des Klosters bestellt. Habt Ihr gehört, Catalina?«

»Ja, hochwürdigste Mutter, ich habe gehört, aber ich verstehe Euch nicht.«

»Ich habe Euch tausendmal gesagt, dass die Tugend des Gehorsams kein Verständnis benötigt! Geht an Eure Arbeiten, und lasst mich meine machen.«

»Wie Ihr gebietet, ehrwürdige Mutter.«

Catalina kniete rasch nieder und verließ das Kabinett, mit dem Rücken zur Tür, ohne die Priorin aus den Augen zu verlieren. Sie ging zu den Küchen, denn mittags half sie Casilda bei den Arbeiten, die Schwester Hildefonsa anwies. Während sie durch die langen Klostergänge lief, grübelte ihr Geist über das nach, was die ehrwürdige Mutter gesagt hatte, die sie gernhatte und der sie für die Behandlung dankbar sein musste, die sie ihr von jeher zuteil werden ließ und die sich, wie sie bemerkt hatte, von jener der Übrigen unterschied. Welche Schuld hatte sie an dem, was ihr geschah, abgesehen davon, dass sie von Bauchgrimmen gequält wurde und dieses Blut, das sie nicht in der Gewalt hatte, an ihren Oberschenkeln klebte? Welche Verantwortung kam ihr zu, dass sie sich geißeln und Buße üben sollte? Warum sollte sie dem neuen Pfarrer, den sie erst seit einigen Monaten kannte, das erzählen, was sie so tief beschämte und was nur Casilda wusste? Wie sehr sehnte sie sich nach dem alten Bruder Gerundio zurück! Wie heftig beweinte sie seinen Tod und wie tief fühlte sie sich in seiner Schuld wegen des unschätzbaren Geschenks, dass er ihr die Buchstaben und die Grundlagen des Rechnens beigebracht hatte, was ihr wiederum erlaubt hatte, Blasillo etwas beizubringen ... Wenn Bruder Gerundio nicht gestorben wäre, hätte es ihr nichts ausgemacht, ihm von ihren Nöten zu erzählen, und sie hätte das gewiss aus eigenem Antrieb getan, ohne dass es ihr die Priorin hätte befehlen müssen. Aber Pater Rivadeneira ... Das stand auf einem ganz anderen Blatt. In seinem Wesen gab es etwas Hintergründiges, was ihr nicht gefiel. Ihr Instinkt warnte sie vor etwas, er sagte ihr etwas Ungreifbares, aber unterschwellig Vorhandenes voraus. Nichts an Pater Rivadeneira gefiel ihr. Sie ertrug nicht seinen Knoblauch- und Körpergeruch, und noch weniger kam sie mit seinen erregten Atemzügen zurecht, die durchs Beichtstuhlgitter drangen, wenn ihr an bestimmten Tagen nichts anderes übrig blieb, als zu ihm zu gehen. In ihren Gedanken beleuchtete sie das Thema immer wieder von allen Seiten. Geschah nicht das Gleiche wie ihr den Kühen, Stuten und Hündinnen, wenn auch weniger häufig? Welche Schuld hatten sie? Außerdem hatte es ihr Casilda auf ganz andere Weise erklärt. Das Übel war, dass ihr dieses Missgeschick in der vergangenen Nacht während des Schlafes widerfuhr, und als sie zum Laudesgebet aufstand und ihre Zelle öffnete, wurde sie von der Novizinnenmeisterin ertappt, wie sie den Schaden beseitigen wollte, und darum konnte sie es nicht verbergen, und als danach Mutter Teresa nach ihr rufen ließ, konnte sie sich deshalb gleich denken, was dahintersteckte.

Sie kam in die Küche und sah sich suchend nach Casilda um. Diese war ganz hinten und putzte einen riesigen Berg Gemüse. Da man nichts anderes anwies, machte sich Catalina bereit, ihr zu helfen, damit sie ihr alles erzählen konnte, was sie erlebt hatte. Sie band sich eine Schürze vor die Tracht, nahm ihr Lieblingsmesser und setzte sich neben Casilda auf einen niedrigen Schemel.

»Ihr seid heute Morgen nicht zum Melken in den Stall gekommen. Ich habe mir Sorgen um Euch gemacht«, sagte Casilda, sobald sie sich gesetzt hatte.

»Ja … Ich muss Euch vieles erklären.«

Beide unterhielten sich in der Ecke, ohne von ihrer Arbeit aufzublicken, und sie versuchten, möglichst die Lippen nicht zu bewegen.

»Heute Nacht ist es mir geschehen …«

»Was ist Euch geschehen?«

»Das, wovon Ihr mir erklärt habt, dass es mir bald geschehen würde.«

Casildas Messer fiel zu Boden, was entsprechenden Lärm machte. Beide blickten sich um, aber keiner schien etwas zu merken, weil dies im allgemeinen Hin und Her der Küche und dem Kesselklappern unterging.

»Wirklich?«

»Ja, natürlich. Wirklich.«

»Wie mich das freut, Catalina! Gestern war ich die Freundin eines Mädchens, und heute bin ich die einer Frau!«

»So weit habe ich es noch nicht gebracht. Trotzdem, wie die ehrwürdige Mutter gesagt hat, bin ich offenbar an etwas Schändlichem schuld.«

»Kümmert Euch nicht darum. Wir Frauen machen alle das Gleiche durch. Auch die Nonnen. Wenn es nicht so wäre, würde kein Mensch geboren. Sie … nun ja … sie … die Nonnen brauchen dieses Blut nicht, aber es ist die Nahrung des Kindes, wenn eine Frau eines erwartet. Während der neunmonatigen Schwangerschaft kommt dieses Blut deshalb nicht, und wenn es bei einer Frau versiegt, kann sie nicht mehr gebären. Versteht Ihr mich jetzt?«

»Ein bisschen … nicht besonders gut.«

»Catalina, ich habe es Euch schon erklärt, als das Kalb geboren wurde. Die Tiere brauchen Männchen und Weibchen, um sich zu vermehren. Die Körpersäfte beider vermischen sich, und nach einiger Zeit, die bei den einzelnen Arten unterschiedlich lang ist, wird ein Kind geboren, ein Kalb oder ein Zicklein. Versteht Ihr mich jetzt?«

»Ja, das verstehe ich schon, aber … Die Heilige Jungfrau hat keinen Mann erkannt, und trotzdem …«

»Sie ist die Einzige, obwohl ich selbst das nicht begreifen kann. Die Frucht ihres Leibes war Jesus, und das war geradezu ein Wunder. Darum ist sie die Einzige.«

»Ist es schön, einen Mann zu erkennen?«

Casilda blickte sie zärtlich an.

»Wenn Ihr ihn liebt, ist es das Schönste auf der Welt. Ich meine, die vielen Leiden in diesem Jammertal haben nur wegen so etwas einen Sinn.«

»Aber – wie ist es?«

»Ich weiß nicht, wie ich es Euch erklären soll. Die Zeit bleibt stehen … Es ist ein zauberhafter Augenblick, in dem sich der Schöpfer des Menschen bedient, um einen neuen Menschen zu erschaffen, und dabei lässt er ihn auf diese Weise an seinem Werk teilhaben.«

»Aber was fühlt man?«

»Wie soll ich Euch das erklären! Ich Unglückliche! Es ist … als platzte ein Regenbogen in Eurem Bauch, als überflutete Eure Seele ein Wasserfall der Lust. Es lässt sich nicht erklären.«

Catalina staunte fassungslos. Casilda setzte ihren Gedankengang fort.

»Darum haben die Nonnen keine Kinder, weil sie Jesus heiraten und ihr Leben seinem Dienst weihen.«

»Ich will keine Nonne werden, Casilda. Ich will nur eine Frau sein! Mich hat niemand gefragt, ob ich ins Kloster gehen wollte. Ich kenne nichts als die Mauern dieses Klosters und das, was Ihr und Blasillo, über den wir so oft gesprochen haben, mir von dem erzählt habt, was es da draußen gibt.«

»Catalina!« Schwester Hildefonsas Stimme erklang aus der anderen Küchenecke. »Bereitet die Teller vor, und legt das Brot auf den Tisch im Refektorium.«

Catalina nahm die Schürze ab, legte das Messer weg und gehorchte.

Mit solchen Verrichtungen verging der Tag, und nach den letzten Gebeten zogen sich sowohl die Postulantinnen, die noch nicht die ersten Gelübde abgelegt hatten, als auch die Novizinnen in ihre Zellen zurück. Catalina hörte, wie die Riegel zuschnappten, und als ihr das Ohr sagte, dass sie an der Reihe war, denn ihre Zelle war ganz hinten neben dem Bügelraum, erschien der Schatten Mutter Gabrielas an der Türschwelle. In der rechten Hand hatte sie eine kurze Peitsche, von der sieben Stierhautstreifen ausgingen.

»Stellt Euch mit dem Rücken zu mir, Catalina, und zieht das Kleid bis zur Taille herunter. Die Priorin hat mich angewiesen, dass ich Euch zeige, wie Ihr das hier gebrauchen müsst.« Bei diesen Worten zeigte sie auf die kleine Peitsche in ihrer Hand, während ihr ein eigentümliches Lächeln über die dünnen Lippen huschte. »Ihr habt mich verstanden, nicht wahr?«

Das Mädchen gehorchte eingeschüchtert und bot der Novizinnenmeisterin den schneeweißen Rücken dar. Diese trat heran, hob die Peitsche, die sie in der rechten Hand hielt, presste die Finger um den kleinen Griff fest zusammen und machte sich bereit, den nackten Oberkörper des jungen Mädchens mit dem ersten Hieb zu treffen.

»Bringt dem Herrn diese Buße dar und bittet ihn um Vergebung für Eure Unreinheit. Auf jeden Hieb und nach meinen Rufen sollt Ihr antworten: ›*Ora pro nobis.*‹ Und vergesst nicht, dass der Meister ohne jede Schuld für uns alle gegeißelt wurde … ›*Christe eleison*‹.«

Die Nonne begann das Gebet. Die Geißel hob und senkte sich präzise und kraftvoll. Sie züchtigte die Haut, ohne sie zu zerreißen. Catalina ertrug den heftigen Schmerz und antwortete mechanisch auf die Litaneien, während ihr die Lederriemen der Peitsche zusetzten, doch über ihre Lippen kam kein einziger Seufzer. Stärker als ihr Leid und Kummer war das sie überwältigende Gefühl der Rebellion gegen die Ungerechtigkeit. Sie schirmte ihren Geist ab, um sich zu schützen und die Strafe besser auszuhalten. Sie grübelte weiter über ihr Gespräch mit Casilda. Beinahe ohne es zu merken, beschwor sie das Bild jenes schönen Knaben herauf, der an dem unseligen Tag, als man sie wegen des bösen Streichs mit den Hähnen eingesperrt hatte, wie ein himmlischer Erzengel an ihrem Zellenfenster erschienen war.

Diego de Cárdenas

Diego de Cárdenas war sechzehn Jahre alt geworden. Er war groß, schlank und kräftig, hatte einen gewandten Körper und einen kühnen Geist. Für Leibesübungen, ob sie nun auf offenem Feld oder im Fechtsaal stattfanden, hatte er viel mehr als für mühselige Geistesarbeit übrig. Die Stunden, die er mit seinem Hofmeister Don Suero de Atares verbrachte, vergingen für ihn wie im Fluge, während ihm jene, die er seinem Hauslehrer widmen musste, langsam und langweilig vorkamen. Lediglich der Wunsch, seinen Vater – den er über alles liebte und tief bewunderte – zu erfreuen, drängte ihn, die Lektionen seines Lehrers zu nutzen, indem er versuchte, die verwickelten Geheimnisse der Mathematik zu erhellen und auf den steinigen Wegen des Lateins, der Klassiker und der Philosophie vorzudringen.

An diesem Morgen stand der junge Mann vor seinem Vater im großen Saal des Schlosses, das dem Marquis in Benavente gehörte. Es war Wiege und Heimstätte von fünfzehn Generationen der Cárdenas, deren hervorragendste Persönlichkeiten – Bischöfe, Heerführer, Ratssekretäre und Statthalter Kastiliens – in würdevoller Haltung aus ihren düsteren und ernsten Rahmen auf Don Diego herabsahen, und dieser bemühte sich, seine Miene und sein stolzes Auftreten zu bewahren, mochten auch noch so viele erlauchte Vorfahren die Stirn runzeln. Don Benito trug ein samtenes Wams mit einer gefältelten Halskrause, eng anliegende Beinkleider, schwarze Strümpfe und Halbstiefel mit Silberschnallen. Er saß in dem Sessel an der Stirnseite des großen Tisches und hörte mit gespieltem Ernst den Erklärungen zu, die ihm sein Sohn gab.

»Mit allem schuldigen Respekt, Vater, ich glaube, ich verliere kostbare Zeit, und obwohl ich verstehe, dass viele Disziplinen, in denen mich Bruder Anselmo unterrichtet, eine gewisse Bedeutung haben, gibt es doch andere Dinge, die für einen Soldaten viel nützlicher sind.«

Nach einer wohlüberlegten Pause antwortete Don Benito de Cárdenas:

»Gebt gut acht, was ich Euch sage, Diego: Ob Ihr nun Soldat, Geistlicher, Oberrichter oder was auch immer werdet, denn vieles waren die Vorfahren, die vor Euch dem edlen Namen der Cárdenas Glanz verliehen, Ihr werdet sicher, wenn die Zeit gekommen ist, Marquis von Torres Claras werden, und das ist für Euch eine Verpflichtung, und zwar eine große. Außerdem werdet Ihr, wenn die Zeit hierfür reif ist, an den Hof gehen, und Ihr werdet gewiss dem großen Christen nahen, der unser König Philipp IV. ist. Dort müsst Ihr Euren Geist und Eure Kenntnisse beweisen, und Ihr werdet feststellen, dass man sich in den Sälen des Schlosses nicht prügelt… und dass man bei den Turnieren und Wettkämpfen im Palast keinen Degen und keinen Schild gebraucht, vielmehr ist dort das Wort der Pfeil, und die Muskete ist eine unwichtigere Waffe als ein Sonett. Darum dürft Ihr auf Bruder Anselmos Lektionen nicht verzichten, und zusätzlich werde ich, wenn es angebracht ist, einen Tanzlehrer einstellen, der Eure Bildung vervollständigt, und selbst wenn Ihr es nicht glaubt, wird Euch die Zeit lehren, dass eine Pavane oder ein Ruggiero, die man zwanglos mit einer vornehmen Dame tanzt, unendlich nützlicher als eine Fechtstunde und natürlich, das werdet Ihr zur richtigen Zeit erkennen, weitaus angenehmer sein kann.«

»Aber, Señor, wann gehe ich dann an den Hof?«

»Noch ist es nicht so weit, Diego. Ich sage Euch, wann. Dabei lasse ich mich tatsächlich nicht von dem Egoismus leiten, Euch bei mir zu haben, obwohl Ihr mein einziger Sohn seid und ich ein verstockter Witwer bin, vielmehr geht es mir um den größten Nutzen für Euer zukünftiges Leben.«

»Aber, Vater! Mit allem schuldigen Respekt: Ich bin schon sechzehn Jahre alt, und Alexander der Große hat in meinem Alter…«

»Alexander der Große hat in Eurem Alter nichts anderes getan, als Philipp von Mazedonien zu gehorchen, der sein Vater war. Er hat ihn mehrere Jahre zusammen mit Hephaistion, Perdikkas, Krateros und anderen eingeschlossen und täglich von Aristoteles unterrichten lassen, der, wie ich glaube, viel schwieriger und anspruchsvoller als Bruder Anselmo war, und genau das werdet Ihr tun: mir ohne Widerworte gehorchen. Geht also unverzüglich zu Eurem Schulunterricht. Es wird allmählich Zeit, dass wir solche Reden sein lassen.«

Nach diesen Worten setzte sich Don Benito de Cárdenas die Brille auf und tat so, als konzentrierte er sich ganz auf das Dokument, das er vom Tisch nahm. Allerdings beobachtete er in Wirklichkeit Diego aus den Augenwinkeln, um herauszufinden, wie dessen Haltung und Laune waren, nachdem er sich geweigert hatte, ihm seine Bitte zu erfüllen.

Der Jahrmarkt von Carrizo

Der Jahrmarkt von Carrizo de la Ribera war in der ganzen Gegend bekannt. Er wurde jedes Jahr am neunzehnten August, dem Tag des heiligen Maginus, gefeiert, und dort fanden sich nicht nur die ein, die in der Provinz etwas zu verkaufen, kaufen oder handeln hatten, sondern auch diejenigen, denen festliche Menschenmengen für ihre Geschäfte zupasskamen: Scharlatane, Zahnbrecher, Akrobaten, Verkäufer von Arzneitränken oder Wundersalben, falsche Krüppel, Bettler und die ganze wirre Schar der Gauner, Spitzbuben und Freunde fremden Eigentums, aus denen die buntscheckige Fauna der Unberittenen in diesem Spanien Philipps IV. bestand.

Zum Jahrmarkt kamen auch unverehelichte, schon etwas reifere Mädchen, deren heiratsfähiges Alter allmählich vorüberging, und dazu Witwen von mehr oder weniger angenehmem Äußeren, denn der Heilige war als Heiratsstifter berühmt.

Die Marktbuden waren nebeneinander an der Hauptstraße aufgestellt, unter den Arkaden der Häuser, und sie ließen nur dann einen freien Durchgang, wenn sich der Besitzer eines Wirtshauses, einer Garküche oder einer Spielhölle laut beschwerte, dass man die Leute daran hinderte, sein Lokal zu betreten. Manchmal gelangte man zu einer gütlichen Regelung, und dann wieder endete alles mit Schlägen, die den einen oder anderen blauen Fleck mit sich brachten, während die Ware des Kaufmanns auf dem Boden verstreut war, was die Langfinger, Börsenzwicker und Beutelschneider sogleich nutzten. Diese bedienten sich des Rummels, um im Trüben zu fischen. Wenn sie konnten, stahlen sie die auseinandergeworfenen Waren, und wenn nicht, die Beutel derjenigen, die sich abmühten, sie aufzuheben, ohne dass dies verhinderte, dass sie nicht auch versuchten, sich gegenseitig zu schaden, so dass die Geschichte oft damit endete, dass die Häscher mit dem Büttel an der Spitze auftauchten. Sie stellten die Ordnung mit Spießhieben wieder her oder nahmen die größten Unruhestifter mit.

Am Morgen, nach der Feier der Hauptmesse, holte man das Bildnis des Heiligen auf einer Sänfte heraus und trug es zum Fluss hinunter, damit er die Ernten beschützte und die Feldfrüchte vor dem Frost bewahrte. Danach ließ man die Stiere los, die von ihrem Stall bis zu dem hierfür vorbereiteten Gehege liefen, das sich neben dem Hauptplatz befand. Dort sollten am Nachmittag zwei vornehme Herren als Stierkämpfer auftreten und die Tiere töten. Die Strecke war das Vergnügen der jungen Männer, die zusammen mit den Stieren rannten, während ein lärmendes und fröhliches Publikum von den Balkonen und hinter den Planken, die den Weg der Hornträger abschirmten, alles mögliche Grünzeug und verdorbene Esswaren – Tomaten, Früchte, Eier – hinunterwarfen, wenn sie vorbeikamen, so dass die Straße bald eine unpassierbare Rutschbahn und ein Morast wurde.

Während man rannte, stieß man sich heftig an und bekam den einen oder anderen Hornstoß ab, aber man nahm es in Kauf, weil es der Ehre und dem Ruhm des Schutzheiligen diente.

Ein reicher Gutsbesitzer der Region kam für die Festkosten auf, und seine Mitbürger ehrten ihn, indem sie ihm erlaubten, bei der Prozession die Fahne des heiligen Maginus zu tragen. In früheren Zeiten fiel eine solche Ehre stets einem Adligen zu, doch wegen der dürftigen Ersparnisse vieler Hidalgos und wegen des gewaltigen Vermögens der großen Kaufleute in diesen Zeiten, der ersten Hälfte des 17. Jahrhunderts, hatten sich die Dinge grundlegend geändert, und der König hatte trotz der Beschwerden vieler Adliger Titel an Plebejer verteilt, die ihre Wappenschilde mit Dublonen und nicht mit Waffentaten vergoldeten. Berühmt war die Antwort, die der Günstling des Monarchen einem von ihnen gab. Er sagte zu ihm: »Bezahlt Eure Eitelkeit, wenn Ihr sie bewahren wollt, und lasst fremde Eitelkeit prosperieren, die überdies wohlverdient ist, denn wir alle sind Kinder des einen Gottes. Und vergesst nicht, dass dem König die Taler, die in seine Schatzkammer kommen können, viel nützlicher sind, um die Ehre Spaniens zu bewahren, als die wurmstichigen Wappen mancher Adliger, die nur auf ihren Schilden leuchten.«

Alonso Laínez hatte vom König eine Baronie erhalten. Er handelte mit Lederwaren und Stoffen, und er hatte sich entschieden, seine Geschäfte mit Katalonien zu machen, als er, da der zwölfjährige Waffenstillstand mit den Niederlanden endete, voraussah, dass der Handel mit Flandern zusammenbrechen würde. Er war ein Verwandter von Don Benito de Cárdenas, dem Marquis von Torres Claras, der ihn beim Grafen-Herzog von Olivares protegierte, als es darum ging, einen Titel zu erbitten, der danach seinem Sohn und später seinem Enkel zufallen würde, wenn es einen geben sollte. Von der dritten Generation an könnte niemand wagen, mit dessen plebejischer Herkunft zu argumentieren. In diesem Jahr war ihm nun die Ehre zuteil geworden, die Fahne des heiligen Maginus bei der Prozession zu tragen, und darum bezahlte er die Festlichkeiten. Die Stiere kamen aus Salamanca, und der Gast, der zusammen mit seinem Sohn gegen sie kämpfen sollte, war der einzige Sohn seines Gönners, des Marquis von Torres Claras.

Diego und Don Suero bildeten gemeinsam mit vier Dienern und einem Pagen eine Gruppe, die drei Tage zuvor von Benavente aufgebrochen war und am Vorabend des Festes in Carrizo ankommen wollte, um sich die Stiere anzusehen, gegen die sie antreten sollte. Dann wollten sie bei ihrem

Gastgeber, dem Verwandten seines Vaters, übernachten und dessen Sohn kennenlernen, der sein Gefährte beim Stierkampf werden sollte, und schließlich wollten sie auf dem berühmten Jahrmarkt von Carrizo de la Ribera umherlaufen. Der Reiseweg führte über Astorga, das etwa acht Meilen von Benavente entfernt war. Dort hatten sie eine Pause eingelegt, um die Nacht zu verbringen und vorher Seiner hochwürdigsten Exzellenz Don Bartolomé Carrasco, dem Provinzsekretär des Heiligen Offiziums und Ehrenvorsitzenden aller Protektorenräte der Benediktinerklöster, einen Höflichkeitsbesuch abzustatten. Die Gruppe quartierte sich im besten Wirtshaus von Astorga ein; die Diener und Reittiere – es waren neun – kamen in den Ställen unter, und Don Diego, Don Suero und der sie bedienende Page logierten in den besten Zimmern, die das Wirtshaus bieten konnte. Es befand sich neben dem Bischofspalast, und es wurde von vornehmen Geistlichen gern aufgesucht. Es verfügte über einige Bequemlichkeiten und einen Luxus, die in den für die Unterbringung von Reisenden und Pilgern zuständigen Einrichtungen ungewöhnlich waren. Die Reitergruppe blieb nicht unbemerkt; die Zahl und Qualität der Tiere, ihr prächtiges Geschirr und das Auftreten der Reiter hatten zur Folge, dass Doktor Carrasco eine halbe Stunde nach ihrer Ankunft vollständig erfahren hatte, wie viele und welche Reisende in Astorga angekommen waren. Diego und Don Suero ritten dieselben Pferde wie immer, die Diener und der Page drei gute und ausdauernde Tiere. Zwei kräftige Maultiere trugen das Gepäck auf dem Rücken. Wirklich auffällig wirkten hingegen vier edle, lebhafte und rassige arabische Reitpferde, die man für den Stierkampf besonders ausgebildet hatte. Das Mundstück ihres Zaumzeugs war an das Geschirr der Dienerpferde festgebunden. Sie schritten und tänzelten stolz und wussten genau, dass sie von Leuten bewundert wurden, die wenig daran gewöhnt waren, solch prächtige Pferde zu sehen.

Nachdem alles geregelt war und die Pferde ausruhten, denn von Astorga bis Carrizo lagen noch wenigstens vier Meilen vor ihnen, liefen Diego und sein Hofmeister zur Residenz des Provinzsekretärs. Sie wurden in einen geräumigen und prunkvollen Saal geführt. Dort saß schon ein Besucher und wartete darauf, ebenso wie sie vom Generalsekretär empfangen zu werden.

Diego konnte sich nicht erinnern, dass er in seinem jungen Leben jemanden getroffen hätte, der ihm auf den ersten Blick ein solches Unbehagen bereitete, ohne dass er wusste, warum. Der andere war groß und spindeldürr. Er hatte einen langen Hals, außerordentlich weiße Haut und eine gewaltige, hervorstehende Nase, die an einen Raubvogelschnabel erinnerte. Da sein Haaransatz weit oben lag, schwebte seine gewölbte, von sehr dichten Brauen begrenzte Stirn gleichsam wie ein Wandvorsprung über seinen blaugrünen Augen. Als Abschluss des Ganzen zog sich eine blasse Narbe vom Ohr bis zum Mundwinkel über seine linke Wange, und der lange Backenbart und der buschige Schnurrbart konnten sie kaum verbergen, so dass dieser Mensch einen unvergesslichen Eindruck hinterließ.

Ein Türhüter erschien an der Saaltür, klopfte einmal kräftig auf den Holzboden und rief den nächsten Besucher auf.

»Don Sebastián Fleitas de Andrade!«

Als der Kerl seinen Namen hörte, stand er auf, nahm seinen Mantel von der Sessellehne, hob eine Mappe vom Tisch auf, nickte leicht mit dem Kopf und folgte dem Geistlichen.

»Dem möchte man nicht gerne in einer finsteren Nacht auf einer engen Gasse begegnen ...«, kommentierte Diego.

»Er sieht wahrhaftig nicht sehr beruhigend aus ... Und er lädt auch nicht besonders dazu ein, dass man ihm sein Vermögen anvertraut. Obwohl er eine wichtige Stellung haben muss. Bedenkt, dass man ihn vor uns eingelassen hat«, stellte Don Suero fest.

Die drei Frauen

María Luján begleitete ihren Mann auf den Jahrmarkt von Carrizo. Dieser, ein Pächter Don Martín de Rojos, fuhr einen Wagen, den ein alter Maulesel zog und auf dem er alle Erzeugnisse beförderte, die er verkaufen wollte: zwei Säcke mit Kohlrüben, zwei mit Zwiebeln, einen mit grünen Äpfeln, zwei mit Eicheln gemästete Schweine und sein wertvollster Schatz: ein Säckchen mit Trüffeln, die er in einem ihm gut bekannten Waldgebiet gesammelt hatte. Jahr für Jahr suchte er dort geduldig nach ihnen, und dabei begleitete ihn ein am Strick mitgeführtes Schwein mit Maulkorb. Das Tier wühlte und scharrte im Boden, und allmählich förderte es die fleischigen und duftenden Pilze zutage, die dann auf dem Jahrmarkt einen maßlos hohen Preis erzielten. María hatte eine Familie in Carrizo, die sie innig liebte, denn sie hatte bei den vier Entbindungen der Frau geholfen. Von diesen Kindern hatten zwei Jungen und ein Mädchen überlebt. Sie wohnten an einer Ecke der Hauptstraße mit der Straße, die nach dem Bakkalaureus Fernando de Rojas benannt war, und mehrere Tage vor dem

Jahrmarkt reservierten sie, indem sie die bekannte Summe an den Büttel bezahlten, das der Hausfassade entsprechende Straßenstück, damit sie und ihr Mann am Tag vor dem Fest ihren Verkaufsstand einrichten konnten.

Leonor, die Kammerfrau von Doña Beatriz de Fontes, kam aus Quintanar del Castillo nach Carrizo. Zufrieden und hoffnungsvoll drängte sie sich hinten im Reisewagen mit weiteren zwölf Passagieren, die dasselbe Ziel erreichen wollten.

Sie war glücklich, weil sie das dem heiligen Maginus geleistete Versprechen erfüllen würde, den sie besonders verehrte, denn kurz vor ihrem dreißigsten Geburtstag und nach vielen Novenen und Gebeten hatte sie einen Ehemann bekommen – gewiss etwas spät, aber besser so als nie.

Der Mann war ein in Carrizo wohnender Witwer, der wohl beinahe vierzig Jahre alt war und einen kleinen Sohn hatte. Seines Berufes wegen musste er ständig reisen: Er war amtlicher Kurier im Gebiet von León nach Benavente oder Astorga, wenn man ihn nicht mit vertraulichen Aufträgen oder mit privaten Botendiensten ausschickte.

Leonor hatte ihn durch Casilda kennengelernt: Sie, Álvaros Amme, hatte vier Jahre bei den Rojos in Quintanar gelebt und war danach ins Benediktinerkloster zurückgekehrt, doch Leonor sah sie manchmal wieder, entweder weil sie Doña Beatriz, ihre Herrin, begleitete, wenn diese die Priorin, ihre Base, besuchte, oder weil Casilda mit deren Erlaubnis nach Quintanar reiste, um Álvaro – das Kind, das sie gesäugt hatte – zu sehen. Jedenfalls machten die beiden wie so oft einen Spaziergang, um im Auftrag von Doña Beatriz Wollen- und Seidenspitzen zu kaufen, als Marcelo, denn so hieß der Witwer, Casilda erkannte und nach ihr rief. Die Frau ging ein paar Schritte vor, und nachdem sie sich kurz unterhalten hatten, sagte sie zu ihm, sie müsse fort, weil sie mit einer Freundin hier sei und sich nicht länger aufhalten dürfe. Der Mann erkundigte sich weiter und lernte Leonor kennen. Danach kam er mehrmals wieder, und Leonor traf sich mit ihm, wofür sie das Einverständnis ihrer Herrin hatte. Der Pfarrer von Carrizo schickte später Leumundszeugnisse über ihn an den Beichtvater von Doña Beatriz, die mit dem Siegel des Heiligen Offiziums bestätigt waren und eine hervorragende Wirkung erzielten, so sehr, dass bald der voreheliche Vertrag aufgesetzt wurde, in dem es hieß, die Vermählung werde spätestens vor Weihnachten desselben Jahres stattfinden.

Leonor dachte über ihre Angelegenheiten nach, während der Wagen wegen der Löcher und Steine des Weges knarrte und holperte. Sie hatte voller Vorfreude auf diesen Tag gewartet. Sie wollte ihr Versprechen erfüllen, das sie dem Heiligen gegeben hatte, und endlich den Sohn Marcelos kennenlernen. Der Jahrmarkt war in der ganzen Gegend berühmt, und dort würde sie sich mit Casilda treffen, die auf Bitten von Doña Beatriz die Erlaubnis der Priorin eingeholt hatte herzukommen. Sie würde bei einer Familie wohnen, die ihr der Pfarrer von Carrizo vermittelt hatte. Diese Familie wollte ihr für die drei Tage einen Kupferreal berechnen, und das für ein Zimmer, das während der Festtage durchaus das Doppelte hätte einbringen können. Und zum ersten, vielleicht auch zum letzten Mal in ihrem Leben würde sie einen Stierkampf sehen, diesen wichtigsten Zeitvertreib des Madrider Hofes, den die Leute aus den kleinen Marktflecken nur vom Hörensagen kannten.

Sie versank wie die übrigen Reisenden in einen leichten Halbschlaf. Nur zwei Kinder besprachen staunend alles, was sie erblickten. In Leonors Gedanken tauchten alte Erinnerungen an jenen fernen Tag ihres Lebens auf, an dem ihr die Jungfräulichkeit geraubt wurde. Sollte sie Marcelo davon erzählen oder nicht? Sie beschloss, das Geheimnis stets für sich zu bewahren; sie hatte zu große Angst, Marcelo zu verlieren, und nur sie wusste ja, wie alles geschehen war. In all diesen Jahren hatte Don Martín nie wieder etwas bei ihr versucht. Das Frühere war ein vereinzeltes Geschehnis, und der Hidalgo hatte mehr als genug bewiesen, dass er es bereute. Leonor empfand ihm gegenüber keinen Groll, und sie war sicher, dass niemand so etwas verstehen könnte.

Der Kutscher knallte mit der Peitsche, um die Maultiere anzutreiben, und das brachte sie in die wirkliche Welt zurück. Kurz danach hielt der Wagen vor dem größten Wirtshaus von Carrizo, während die Leute laut durcheinanderschrien und der Postillion pfiff und rief. Alle stiegen aus und kümmerten sich um ihre Habseligkeiten. Leonor stand mit Korb und Bündel auf der Straße. Sie wusste, dass Marcelo nicht auf sie wartete, weil er erst am späten Abend aus León zurückkam.

Eine große Menge lief geschäftig hin und her. Dazu schrien die Fuhrleute laut, denn sie wollten sich für ihren Wagen einen Weg bahnen. Die jungen Burschen drängten sich durch, um denen, die es brauchten, die Warenballen und Pakete zu tragen und so ein paar Münzen zu verdienen. Leonor holte aus der Rocktasche einen Zettel, auf dem sie die Adresse ihres Quartiers notiert hatte. Obwohl sie sich den Text eingeprägt hatte, wollte sie ihn noch einmal nachlesen. Er lautete: »Familie von Matías Álvarez. Hauptstraße, Ecke mit der Straße des Bakkalaureus Fernando de Rojas.«

Der Tag hatte sehr früh für María Luján und für all jene begonnen, die nicht nach Carrizo gekommen waren, um sich auf dem Jahrmarkt zu vergnügen. Sobald die fröhliche Menge möglicher Käufer die Straßen überschwemmte, mussten alle, die zum Verkaufen und Handeln gekommen waren, ihre Ware ausgestellt haben. Die Verkaufsstände wurden nebeneinander aufgebaut, und im Handumdrehen, ehe man sich's versah, konnte es zu lautstarken Raufereien kommen. Die Häscher und der Büttel wurden gar nicht damit fertig, diese kriegerischen Tumulte zu beruhigen. Schließlich erreichten sie mit der Drohung, beide Kontrahenten und ihre Waren fortzubringen, dass Ruhe eintrat und man die gegenseitigen Abstände achtete.

Alles, was eine Familie benötigen konnte, ließ sich auf dem Jahrmarkt finden: Pantoffeln, leichte Schuhe, Schnürschuhe, Holzschuhe und Stiefel als Fußbekleidung, Stoffe aus Béjar, Pelzmäntel aus Valladolid und Waffen aus Toledo, Röcke, Unterjacken, Hauben, Schnüre, Bänder, krumme Messer aus Albacete und Ackergeräte aus León.

Für die landwirtschaftlichen Erzeugnisse und die Tiere hatte man besondere Plätze eingerichtet, und das war der Hauptgrund, warum María Luján ihren Mann begleitete, denn sie hatten zwei Schweine für den Verkauf gemästet, und diese konnten nicht zusammen mit den Kohlrüben, Zwiebeln und Trüffeln in dem Verkaufsstand bleiben, den María an der Ecke der Hauptstraße und der Straße des Bakkalaureus Fernando de Rojas unter den Arkaden, neben der Wand des Hauses ihrer Freunde, aufgestellt hatte. Drei Bretter aus Kiefernholz, die auf zwei Böcken lagen und mit einem Tuch bedeckt waren, das früher einmal hellrot gewesen war und durch den Gebrauch einen scharlachroten Ton angenommen hatte, dienten ihr als Auslegetisch, und darauf ordnete sie ihre Feldfrüchte an und bemühte sich, sie so verlockend wie möglich aussehen zu lassen.

Die frühesten Kunden bevölkerten allmählich die Straßen, doch schon bald schob sich eine menschliche Flutwelle wie vulkanische Lava an den Ständen vorbei, und es schien unmöglich, dass die, die stehen blieben, um zu kaufen, nicht vom Strudel der Übrigen verschlungen wurden.

María ließ ihre Ware nicht aus den Augen, denn inmitten der guten Leute bewegten sich die Taschendiebe und Beutelschneider, die alle Genossen derselben Zunft waren und unter diesen Umständen ihren Schnitt machten. Ihr Mann hatte sie gewarnt, falls ihr ein kleiner Gauner etwas stehle, solle sie den Stand nicht verlassen, denn solche Spitzbuben arbeiteten gewöhnlich als Komplizen, und wenn María dem einen nachrenne, habe sein Kumpan freies Feld. In diesem Augenblick schien die Menschenwoge gerade an ihrer Ecke stehen zu bleiben, weil sich der Ausrufer nach dem vorschriftsmäßigen Hornsignal an die Menge wenden wollte. Seine kräftige Stimme hallte in den Arkaden der Straße wider und war vollkommen klar zu hören.

»Auf Anweisung des Herrn Oberrichters und mit Zustimmung des Stadtrates wird hiermit mitgeteilt, dass die zu bestimmten Zeiten anberaumten Festakte, die man zu Ehren unseres Schutzheiligen Sankt Maginus am heutigen Tag in dieser seiner Stadt Carrizo de la Ribera durchführen wird, die folgenden sein werden:

Um neun Uhr, Hauptmesse und feierliches Tedeum in der Sankt-Maginus-Kirche.

Eine halbe Stunde nach zehn die Prozession des Heiligen. Um zwölf Uhr Eintreiben der Stiere, die Seine Exzellenz, Señor Don Alonso Laínez, geschenkt hat. Er ist der erste Fahnenträger dieses Jahres. Die Stiere werden von ihrem Stall durch die Straße der seligen María Espina bis zu den Gehegen hinter dem Hauptplatz laufen. Auf dem genannten Platz werden die edlen Herren Don Juan Laínez und Don Diego de Cárdenas um zwei Uhr gegen sie kämpfen und sie töten. Don Diego de Cárdenas ist Ehrengast der Feste. Don Suero de Atares und Don Marcos Infante sollen das Patenamt bei diesem Kampf ausüben. Um vier Uhr wird die Gesellschaft von Ignacio Pinedo, an deren Spitze die berühmte Schauspielerin Francisca Baltasara steht, auf der hierfür auf dem Vorplatz des Bischofs eingerichteten Bühne und mit der entsprechenden Erlaubnis durch die Festleitung *Das Edelfräulein des Tals*, ein Mysterienspiel von Don Pedro Calderón de la Barca, aufführen, das im März dieses Jahres vor Seiner gnädigen Majestät, unserem König Philipp IV., dessen Leben unser Herrgott viele Jahre bewahren möge, im Spielhof Corral del Príncipe von Madrid gegeben wurde. Später, am Abend, wird es auf demselben Vorplatz ein Feuerwerk geben.

Damit es bekannt wird und auf ausdrücklichen Wunsch des Herrn Oberrichters verkünde ich es in Carrizo de la Ribera am achtzehnten August dieses Jahres, dem Festtag des heiligen Maginus.«

Ein Gebrüll, das die Freude der Menge zeigte, ließ die Luft erbeben. In diesem Augenblick berührte jemand leicht die Schulter María Lujáns, und sie drehte sich um, wobei sie ihre Ware weiter aus den Augenwinkeln überwachte.

»Leonor! Welche Freude, Euch zu sehen … und welch glückliche und unerwartete Begegnung!«

Die beiden Frauen, die sich seit Jahren kannten, küssten sich und fragten gleichzeitig nach den Gründen, die sie auf den Jahrmarkt geführt hatten.

»Ich bin vor allem hergekommen, um den Sohn meines zukünftigen Ehemanns kennenzulernen.«

»Was sagt Ihr! Ihr wollt heiraten?«

Leonor erklärte María Luján die Einzelheiten ihrer Bekanntschaft mit Marcelo, dass er Witwer war und wie und wann sich alles ereignet hatte.

»Und wer ist diese Casilda, die Euch so gut als Mittlerin geholfen hat?«

»Sie war die Amme Álvaros, des Sohnes von Don Martín de Rojo und meiner Herrin Doña Beatriz de Fontes.«

»Ihr wollt mir doch nicht erklären, dass Doña Beatriz noch einmal schwanger geworden ist...«

»Nein, nein. Er ist der Sohn, den Doktor Gómez de León und Ihr schon vor ungefähr dreizehn Jahren mit auf die Welt gebracht habt.«

María stand eine Weile nachdenklich da.

»Wenn mich die Erinnerung nicht täuscht, hat Doña Beatriz ein Mädchen geboren.«

»Nein, María. Ihr habt so viele Kinder auf die Welt gebracht, dass Eure Erinnerungen durcheinandergeraten. Sie hat einen Sohn bekommen, und Casilda war seine Amme. Wenn Ihr daran zweifelt, könnt Ihr Euch vergewissern, denn sie wird heute herkommen.«

Die Luján schwieg einen Moment, dann aber beharrte sie auf ihrer Meinung:

»Nein, bei einer weniger wichtigen Entbindung könnte ich das verwechseln, aber in diesem Fall weiß ich noch, dass Doña Beatriz zu ihrem Gatten gesagt hat: ›Verzeiht, ich kann keine Söhne gebären.‹«

»Es tut mir leid, María. Euer Gedächtnis lässt Euch im Stich. Ich habe den Jungen aufgezogen und bei ihm alles getan, außer ihn zu stillen. Jetzt studiert er in Salamanca und will Bakkalaureus werden.«

María gab nicht nach.

»Leonor, ich irre mich nicht. Ich erinnere mich genau an die Nacht damals... Ich weiß sogar noch, dass der Säugling ein scharlachrotes, wie ein tränendes Auge aussehendes Muttermal unter der Brustwarze hatte.«

Nun wurde Leonor unsicher.

»Was habt Ihr? Erinnert Ihr Euch vielleicht an etwas?«

»Nein, an nichts. Der Säugling war ein Junge, daran zweifle ich nicht.«

»Also dann?«

»Nichts, María! Ihr seid mehr als hartnäckig, nämlich eigensinnig. Lasst es endlich gut sein!«

Der Stierkampf

Der Hauptplatz war zum Brechen voll. Eine Palisade aus Baumstämmen begrenzte seinen Umkreis, und dahinter drängten sich die Glücklichen auf mehreren Holzstufen. Noch weiter hinten ballte sich die Menge standhaft zusammen, um das Ereignis nicht zu verpassen. Die wohlhabenden Familien hatten Tücher und Teppiche auf die in den Platz hineinragenden Balkonsitze gelegt, um ihre Ehre angemessen zu schützen. Zwei Baldachine waren hinten an der Wand befestigt und ruhten vorn auf zwei schräg gestellten Piken, so dass sich der damastartige Stoff wie ein kleines Sonnendach ausdehnte. Sie überzogen die zwei größten Balkone des Platzes. Diese Balkone lagen einander gegenüber. Sie waren noch leer und warteten darauf, dass die Vornehmsten zum Fest kamen: Der Baldachin der Laínez war grün und der des Heiligen Offiziums schwarz. Eine aufgeregte, buntscheckige und fröhliche Menge besetzte jeden Winkel, die meisten, um sich zu vergnügen, und ein paar, um ihren Schnitt zu machen. Plötzlich ließ ein Trompetensignal den Nachmittag innehalten, und an einer Seite öffnete sich die Umzäunung, um eine Gruppe von sechs Karossen durchzulassen. Sie wurden von Vierergespannen gezogen, die auf das Prächtigste angeschirrt und geputzt waren. Zur Augenweide der Anwesenden und zum Ruhm der von ihnen vertretenen Bruderschaften und Stände umrundeten sie den Platz. Nachdem man ihnen zugejubelt hatte, verschwanden die Kutschen, nur die der Familie Laínez blieb auf dem Platz. Sie hielt vor dem mit dem grünen Baldachin geschmückten Balkon. Aus ihr stieg Don Alonso Laínez, der Ausrichter der Festlichkeiten, und ihm folgten seine Gattin, der Oberrichter der Stadt sowie die eingeladenen Damen und Herren. Sie alle setzten sich auf den Balkon, nachdem sie die hierfür geöffnete Palisade durchschritten und sich durch die Menschenmasse gedrängt hatten, die von den gekreuzten Piken der Hellebardiere zurückgehalten wurde. Grüßend winkten sie dem Publikum zu, setzten sich und warteten darauf, dass die von dem schwarzen Baldachin überzogene und dem Heiligen Offizium vorbehaltene Reihe von den Vertretern der Kirchenbehörden und den sie begleitenden Geistlichen eingenommen würde.

All das sah Diego de Cárdenas durch einen schmalen Fensterflügel im ersten Stock eines der zum Platz liegenden Häuser. Sein Gastgeber hatte ihm dieses Zimmer zugewiesen, damit er sich dort ankleiden und die Augenblicke vor dem Stierkampf ruhig und konzentriert zubringen konnte. Für ihn war dies die angstvollste Stunde seines Lebens, obwohl Don Suero wie immer versuchte, ihn zu beruhigen. Von klein auf hatte sich Diego dafür begeistert, gegen Stiere zu kämpfen, und auf freiem Feld in Salamanca und auf Viehweiden von Freunden seines Vaters sammelte er Jahr für Jahr seine ersten Erfahrungen. Er ritt wie ein Zentaur, und sein größter Wunsch war es, dass er eines Tages in der Residenz und unter den Augen des christlichen Herrschers gegen einen Stier antreten könnte. Deshalb verlor er keine Gelegenheit, sich im Kampf zu üben, denn er wusste genau, dass sich Stiere auf freiem Feld oder auf irgendeinem Platz bei Weitem nicht immer gleich verhielten. Don Suero, von dem er alles gelernt hatte und der stets mit ihm zusammen war, beteiligte sich am Kampf als Pate oder, was auf das Gleiche hinauslief, als Schutzengel. In diesem Augenblick war er damit beschäftigt, die Diener zu überwachen, die ihre Pferde für den Nachmittag bereit machten. Der andere Stierfechter sollte der Sohn des Ausrichters der Feste zu Ehren des heiligen Maginus sein, ein Junge, der etwas älter als Diego war. Er hatte ihn am letzten Abend kennengelernt, und jener hatte auf ihn einen liebenswürdigen und vornehmen Eindruck gemacht. Da fiel ihm auf, dass auf dem schwarzen Balkon eine Bewegung zu erkennen war. Mehrere Geistliche betraten ihn und ordneten sich ein. Sie verkörperten unterschiedliche Rangstufen, die er sich vorstellen konnte, weil er sah, welche Plätze sie einnahmen. Die wenigsten saßen, und die meisten standen hinter den Sitzen. Diego wunderte sich, dass der Platz rechts neben dem vornehmsten frei blieb, als wartete er auf einen besonders angesehenen Gast.

Gerade fuhr der Wagen der Sandstreuer auf den Platz, und ihm folgte der Wagen der Wassersprenger, um den Sandbelag so gut wie möglich herzurichten. Da klopften ein paar Fingerknöchel an die Zimmertür, und als sie sich öffnete, war Don Suero zu sehen.

»Nun, wie fühlt Ihr Euch? Seid Ihr bereit?«

»Ich möchte gern da unten sein und den Kampf beginnen. Solche Momente wie jetzt gefallen mir am wenigsten. Habt Ihr die Stiere gesehen?«

»Ihr müsst Euch keine Sorgen machen. Die beiden Euch zugeteilten sind gute Tiere, und außerdem war Don Juan Laínez so liebenswürdig, Euch den Vortritt zu lassen. Ihr tretet also gegen den ersten und den dritten Stier an.«

»Und der zweite und der vierte?«, fragte Diego nach, weil er sich für den Anteil interessierte, der seinem Kampfgefährten zufiel.

»Alle sind gleich. Wie Ihr verstehen werdet, hätte Señor de Laínez nicht zugelassen, dass sein Sohn zwei schwierige Tiere bekommt, während er wusste, dass Ihr als Erster wählen könnt.«

»Und die Pferde?«

»Sie sind schon bereit. Beim ersten Stier reitet Ihr auf Garduña und beim zweiten auf Barbariza. Ich habe Sigilosa als Ersatz gelassen, doch womöglich ändere ich die Reihenfolge für Euch, je nachdem, wie sich der Kampf entwickelt. Und keine Worte mehr, denn es wird spät.«

Diego trug ein ärmelloses, dunkelrotes Wams über einer weißen Unterjacke, ein bis zu den Waden reichendes, eng anliegendes Beinkleid und Stiefel. Sie waren mit dicken Ledergamaschen verstärkt und schützten seine Beine von den Knien bis zu den Füßen. Don Suero trug wie gewöhnlich Schwarz. Die einzige Freiheit, die er sich bei solchen Gelegenheiten nahm, war ein breiter »wallonischer« Kragen, der für ihn viel bequemer war, so dass er sich ungezwungener bewegen konnte. Beide trugen kurze Sporen mit Sternrädchen.

Sie nahmen die breitkrempigen Hüte. Der Diegos war grün, mit einer roten Feder und einer Schnur aus leuchtenden Steinen geschmückt, und der Don Sueros war schwarz und trug graue Milanfedern.

Sie gingen aus dem Zimmer, und über eine kleine Innentreppe stiegen sie in den Pferdehof hinunter. Die fünf Tiere mit dem Brandzeichen der Cárdenas standen auf der einen Seite und die der Laínez auf der anderen, und die dazugehörenden Stallknechte kümmerten sich um sie und putzten sie. Vom Platz drang betäubender Lärm heran, und die Wassersprenger und Sandstreuer hatten sich schon entfernt. Laínez und sein Pate gingen zu Don Diego und Don Suero, um sie zu begrüßen und ihnen viel Glück zu wünschen, während sich die Gehilfen mit dem roten Tuch in der Hand darauf vorbereiteten, nach den beiden Amtsvertretern des Präsidenten auf den Platz hinauszutreten. Diego ging zu Garduña, und das Pferd begrüßte ihn mit nervösem Wiehern, als ahnte es, dass die Stunde des Stierkampfes gekommen war. Das Tier war eine arabische Fuchsstute mit flachsfarbiger Mähne und weißen Vorderfüßen, deren langen Schwanz man mit einem grünen Band verflochten hatte und deren Sattelbogen mit der die Cárdenas bezeichnenden grauen und blauen Farbe geschmückt war. Don Suero ritt auf einem prächtig aussehenden, schwarzen Wallach, dessen Farbe seiner Kleidung glich und dessen einziger Schmuck das Familienabzeichen war. Die Tiere der Laínez wirkten ebenfalls sehr stattlich, wenn auch keines an das prächtige Aussehen des Pferdes herankam, das Diego ritt. Als die Reiter aufgesessen waren, erklangen die Trompeten und Posaunen, die Schutztür sprang auf, und vor der zusammengeströmten begeisterten Menge erschien die Toreromannschaft. Die Unberittenen traten zur Seite, und während die Amtsvertreter mit dem Hut in der Hand zum Balkon der Laínez gingen, um den symbolischen Schlüssel des Stierzwingers zu erbitten, und die Paten den Balkon des Heiligen Offiziums grüßten, umrundeten die jungen Reiter den Platz und zwangen ihre Tiere, sich aufzubäumen und zu springen, ohne sich von der Stelle zu bewegen, und plötzlich ein paar Handbreit vor der Palisade innezuhalten, was das gesamte Publikum mit inbrünstigem Gebrüll aufnahm. Als sich die zwei Amtsvertreter zurückgezogen hatten, wandten sich beide Jungen, jeder von seiner Seite aus, zum Sitz des Präsidenten und ließen ihre Pferde niederknien. So, mit dem Hut in der Hand, begrüßten sie den Oberrichter der Stadt, den Ausrichter der Festlichkeiten, ihre Freunde und Gäste. Ein weiteres Trompetensignal ertönte, und die Laínez zogen sich zurück. Es blieben zwei Unberittene übrig, außerdem Don Suero und, gegenüber der Tür des Stierzwingers, Diego, der auf seinem Pferd saß und die Lanze eingelegt hatte. Es schien, als befehle er dem Aufseher des Stierzwingers mit einer Geste der rechten Hand, die Schutztür zu öffnen.

Erwartungsvolles Schweigen trat ein. Der Aufseher der Stierzwinger öffnete das Tor, und wenige Sekunden später erschien der Stier. Es war ein herrliches Tier mit pechschwarzen Flecken und eng zusammenstehenden Hörnern. Als die Leute das Abzeichen des Züchters erkannten, wussten sie, dass sie den Bruder eines anderen Stiers vor sich hatten, der einige Jahre zuvor auf demselben Platz viel zu schaffen gegeben hatte. Da setzte heftiges Geschrei ein.

Casilda

Casilda Peribáñez war vor wenigen Stunden ins Kloster zurückgekehrt, nachdem ihr die Priorin eine lange Abwesenheit erlaubt hatte. Auf dem Rückweg hatte sie Leonor zum Haus ihrer Herrschaften begleitet und war in Quintanar del Castillo vorbeigekommen, um Doña Beatriz de Fontes zu begrüßen und nachzufragen, ob es etwas Neues von Álvaro gebe, den sie nicht gesehen hatte, seitdem er an die Universität von Salamanca gegangen war.

Die Rückfahrt im Reisewagen war für beide Frauen viel erträglicher, denn sie hatten tausend Kommentare über die drei ereignisreichen Tage abzugeben. Eines der angesprochenen Themen war die hartnäckige und eigensinnige Haltung María Lujáns, die Casilda an diesem Nachmittag kennengelernt hatte. Sie bestand darauf, dass das Kind, das Doña Beatriz de Fontes vor nunmehr schon ungefähr dreizehn Jahren zur Welt gebracht hatte, ein Mädchen und nicht der Junge war, den sie gestillt hatte. Dies erfuhr Doña Beatriz, und das erschütterte sie dermaßen, dass sie in Ohnmacht fiel und ein paar Minuten lang bewusstlos blieb. Man musste ihr einen Kräutertee einflößen, damit sie Farbe und Selbstbeherrschung wiedergewann. Leonor verfolgte das Geschehen als Zeugin, und sie sagte nichts dazu. Als Casilda zurückkehrte, sprach sie bei der Priorin vor, um ihr für das Entgegenkommen zu danken, das sie ihr erwiesen habe. Schwester Teresa, die sie gut leiden konnte, ließ sie in ihrem Kabinett Platz nehmen, damit sie ihr von der Reise berichtete.

»Wie Ihr wisst, halte ich viel von Euch. Ihr seid gut und fleißig, und ich kann nicht vergessen, dass Ihr schließlich vier Jahre lang den Sohn meines Bruders ernährt habt.«

Da berichtete ihr Casilda, ohne genau zu wissen, warum, alles über die Hebamme und deren eigensinnige Ansicht über das Geschlecht des Kindes. In diesem Augenblick änderte die Priorin ihre Haltung.

»Wer war dabei, als Ihr mit María Luján gesprochen habt?«

»Leonor, Marcelo, ihr zukünftiger Mann, und ich selbst, Mutter.«

»Und als Ihr das mit meiner Schwägerin besprochen habt, gab es da noch jemanden außer Euch und Leonor?«

»Nein, ehrwürdige Mutter, sonst niemand, aber … ich verstehe nicht, warum sich Doña Beatriz so aufregt.«

Beinahe hätte sie hinzugefügt: »Und auch nicht, warum Ihr Euch aufregt«, aber ihre Intuition sagte ihr, dass es besser war, an bestimmte Dinge nicht zu rühren.

»Kümmert Euch nicht darum. Seit der Entbindung damals ist meine Schwägerin etwas verwirrt, und manchmal hält sie wie besessen an einer Vorstellung fest. Ihr wisst besser als jeder andere, dass sie einen Jungen geboren hat. Wenn Ihr nicht sicher seid, gibt es überhaupt keine Sicherheit, und die Sicherheit ist, wie die Philosophen sagen, die Zustimmung zur Wahrheit, ohne zu befürchten, dass man sich irrt. Ist es nicht so?«

»Ihr habt recht, ehrwürdige Mutter. In den Jahren, die ich in ihrem Haus verbracht habe, versank sie manchmal in Grübeleien, ohne ihre Tätigkeit fortzusetzen, als wäre sie mit dem Kopf anderswo, aber so etwas wie gestern hatte ich nie beobachtet, und die Ohnmacht, die sie packte, war nicht normal.«

»Sie wurde also ohnmächtig?«

»So war es. Das dauerte mehrere Minuten. Aber ich habe meine Geschichte noch nicht beendet.«

»Dann kommt zum Ende!«, setzte die Priorin schroff hinzu.

Als Casilda fertig war, funkelten die Äuglein der Nonne aggressiv.

»Casilda, der Herr sieht es lieber, dass wir still sind und uns zurückhalten. All das ist sehr traurig, und keinen interessieren die Wahnvorstellungen meiner armen Schwägerin, die meinem lieben Bruder viele Leiden brachten. Bemüht Euch, dass dies unter uns bleibt, und ich wäre Euch dankbar, wenn Ihr alles, was sich auf diese traurige Angelegenheit bezieht, nur mit mir besprecht. Schließlich sind das Fragen, die allein meine Familie angehen, und der Herr wird Euer Gewissen mit jeder Indiskretion belasten, die zu Lügen oder falschen Zeugnissen führt, wie sie sich aus Eurem Leichtsinn ergeben können. Nehmt das ernst. Jetzt könnt Ihr Euch zurückziehen.«

Als Casilda das Kabinett der ehrwürdigen Mutter verließ, fühlte sie sich weitaus unsicherer, als sie es beim Hereinkommen gewesen war. Trotzdem beschloss sie, sich diese widersprüchliche Angelegenheit aus dem Kopf zu schlagen und Catalina aufzusuchen.

Seitdem das Mädchen in den Postulantenstand eingetreten war, um sich auf die Gelübde vorzubereiten, hatte sich ihr Leben ganz und gar verändert. Die Kindheit war hinter ihr zurückgeblieben, und sogar die Erinnerungen an Blasillo wurden je nach den Umständen trübe und ungenau. Sie war nicht für das Klosterleben geschaffen, aber sie sah für sich keine andere Möglichkeit. Sie ließ sich wie die Blätter in der Strömung des kleinen Bachs treiben, der durch den Garten floss und den sie durch das Metallgitter laufen sah, wenn sie zusammen mit den anderen Postulantinnen hinunterstieg, um Feldarbeiten zu erledigen. Doch dieses Wasser drang durch die Mauer, die das Kloster begrenzte, und entfernte sich irgendwohin. Ihr Leben hingegen stagnierte wie das Wasser des Staubeckens. Es war eintönig und eng begrenzt, und wie im Stauwasser tummelten sich darin Kröten. Ihr Geist weigerte sich, einen streng richtenden Gott anzuerkennen, der die von ihm selbst geschaffenen Geschöpfe bestrafte und für eine Sünde – die, so schwer sie sein mochte, zeitlich begrenzt war – zum ewigen Feuer verdammte. Ihre Innenwelt war bunt und nicht traurig und düster, wie es Schwester Gabriela, die Novizinnenmeisterin, predigte. Catalina richtete sich mechanisch und träge nach dem routinierten Verhalten der Übrigen. Sie war nicht faul und fürchtete sich nicht vor der Arbeit. Allerdings glaubte sie, dass man seine Zeit verschwendete, wenn man jede Nacht viermal aufstand, um Psalmen zu singen, die keinem nützten. Sie war entschieden nicht für das beschauliche Leben geschaffen, und unter allen Büchern, die man ihr zum Lesen gegeben hatte, waren die *Gründungen* der heiligen Teresa de Jesús das Einzige, das sie zu begeistern vermochte. Mit den übrigen Mädchen vertrug sie sich nicht schlecht, natürlich mit den einen besser als mit den anderen, denn innerhalb des Klosters gab es ebenfalls Rangordnungen, und sie gehörte nicht zu einer adligen Familie, war andererseits aber auch keine Rekluse. Sie nahm eine nicht genau zu bestimmende Zwischenstufe ein, sie war weder Fisch noch Fleisch, und darum war sie allein. So wurde von dem Tag an, als sie Blasillo verlor, Casilda zu ihrer besten Freundin. Sie wurde zu ihrer Klagemauer und außerdem ihrer einzigen Verbindung mit der Außenwelt. Die Welt, die durch die Erklärungen der Rekluse zu ihr gelangte, war jene, die sie kennenlernen und erleben wollte, und innerhalb der Klostermauern fühlte sie sich dermaßen eingeengt, dass sie zuweilen glaubte, nicht mehr atmen zu können.

Im Kloster gab es zwei unterschiedliche Positionen oder, genauer gesagt, zwei entgegengesetzte Pole: die Priorin Mutter Teresa und Pater Rivadeneira, den Priester des Klosters. Obwohl sich die Priorin ihr gegenüber streng verhielt, mochte Catalina sie gern, denn sie meinte, dass sie immer gerecht handelte, und sie bestrafte sie nie grundlos. Außerdem ahnte sie etwas Unbestimmtes, eine Strömung, die zwischen beiden pulsierte. Was nun den Beichtvater betraf… Mit inniger Zuneigung dachte sie an Bruder Gerundio zurück, dem sie so viel verdankte und dessen Tod sie tief berührte. Doch sosehr sie sich auch bemühte, etwas in ihrem Herzen zwang sie, den neuen Beichtvater der Nonnen entschieden und vollständig zurückzuweisen. Alles bei ihm weckte ihre Abwehr. Ihr gefiel nicht, wie er aussah, und auch nicht, wie er in der Beichte nachfragte, oder wie er roch und sie forschend anstarrte. Trotzdem war sie sich bewusst, dass der Mann versuchte, ihr gegenüber liebenswürdig und allen Novizinnen und Postulantinnen insgesamt gegenüber freundlich zu sein. Er nannte sie »meine Libanonzedern« und »meine Rosen von Alexandrien«. Er predigte ihnen von der Kanzel, dass sie sich natürlich benehmen und duzen sollten, wie dies die Heiligen im Himmel gewiss auch zu tun pflegten, und selbst das, was nach Meinung der Menschen schlecht scheine, sei gut, wenn man es in Gottes Namen tue. Manche Novizinnen wurden von ihm so stark beeinflusst, dass sie alles nur noch mit seinen Augen sahen, und seine größten Lieblinge trafen sich heimlich und kicherten miteinander, und sie verrieten niemandem ihre Geheimnisse.

Die Turmuhr schlug viermal, und Catalina lief zu der Weinlaube, die hinter den Waschplätzen lag, denn sie hatte eine halbe Stunde frei und sich mit Casilda verabredet. Die Frau kam pünktlich. So wie Catalina es mit Blasillo getan hatte, legte sie bestimmte Signale für ihre geheimen Treffen fest. Die Postulantinnen, die Novizinnen und die Reklusen hatten einen Tagesablauf und Räume, die vollständig voneinander getrennt waren und niemals übereinstimmten, außer beim Besuch der Kapelle. Da Casilda jedoch eine besondere Behandlung genoss und Catalina auf subtile Weise von der Priorin begünstigt wurde, ermöglichte ihnen dies flüchtige und unregelmäßige Treffen. Als Catalina ihre Freundin erblickte, sprang sie vom Rand des Beckens, das als Waschplatz diente, und lief zu ihr, wobei ihr gerafftes blaues Kleid hin und her schwang und die weißen Taubenflügel ihrer Haube im Wind flatterten. Casilda blickte sich rasch um und rannte ihr dann entgegen, und als die beiden Frauen zusammengekommen waren, gaben sie einander die Hand und drehten sich wie kleine Mädchen lachend im Kreis.

»Gott ist mein Zeuge! Wie sehr habe ich mich danach gesehnt, dass dieser Moment kommt!«

»Ich auch, Catalina, ich auch!«

Beide Freundinnen liefen zu einer Stelle, die sie sorgfältig ausgesucht hatten. Sie lag in der Weinlaube und hinter der aufgehängten Wäsche der Nonnen, die sie vor neugierigen Blicken verbarg.

»Vergleicht Euch nicht mit mir, Casilda! Ihr habt die Welt gesehen, und da es so viel anderes gab, habt Ihr gewiss wenig Zeit gefunden, die Ihr mir hättet widmen können.«

»Glaubt das nicht, mein liebes Mädchen.« Casilda gebrauchte wegen des Altersunterschieds manchmal Catalina gegenüber einen mütterlichen Ton. »Das Herz kennt keine Entfernungen, und Ihr wisst, dass ich Euch immer im Herzen trage.«

Die beiden Frauen hatten sich auf flache Steine gesetzt, die man sonst benutzte, um die Wäsche auszubreiten, damit man sie mit Holzschlägeln ausklopfen konnte.

»Erzählt mir alles, selbst das, was Ihr nicht für wichtig haltet, seitdem Ihr das Kloster verlassen habt, bis zu Eurer Rückkehr.«

»Wenn ich es nicht für Euch abkürze, werden wir nicht einmal in drei Tagen fertig.«

»Nun ja, das ist mir gleich. Wir werden schon andere freie Augenblicke finden. Aber lasst nichts Wichtiges aus. Denkt daran, dass alles für mich neu ist.«

Casilda begann ihren Bericht, der zuweilen weitschweifig und umständlich sein musste, denn manches ließ sich dem Mädchen ebenso schwer erklären, wie man Mühe hat, einem Blindgeborenen eine bestimmte Farbe zu beschreiben. Catalina begeisterte sich für die Reise, die Leute und die Ereignisse, doch als der Jahrmarkt von Carrizo, die Eröffnungsrede des Festes und die Stiere an die Reihe kamen, riss das Mädchen die Augen weit auf.

»Ja, Catalina, ja. Sie sind viel größer als die Kühe, die wir hier haben, und auch viel wilder. Aber ich kann es Euch nicht erklären, so große Mühe ich mir auch gebe.«

»Und Ihr sagt, dass der Reiter vom Pferd aus dem Stier Banderillas und Spieße ins Fleisch rammt?«

»Ja, so ist es, aber damit setzt er sich einer großen Gefahr aus, und er muss sehr mutig und tapfer sein. Bedenkt, dass wir drei Frauen und Marcelo weit hinten, auf der letzten Treppenstufe saßen, und von dort aus war ein riesiges Tier zu sehen. Ich will mir erst gar nicht vorstellen, wie es aus der Nähe sein musste.«

»Und dann?«

»Dann musste ich die Augen zumachen. Alles ging sehr schnell. Auf dem schwarzen Balkon, dem des Heiligen Offiziums, bewegte sich etwas. Ein finsterer Herr setzte sich auf einen Sessel, der frei geblieben war. Später, als alles vorbei war, sah ich ihn mir gründlicher an: Seine Haut war weiß wie die einer Mumie, und sein Teint bildete einen scharfen Gegensatz zu seiner schwarzen Kleidung. Er hatte eine hohe Stirn und darunter eine gewaltige Nase, und eine riesige Narbe zog sich ihm quer übers Gesicht. Der Reiter, der gegen den Stier kämpfte, befand sich gerade vor dem Balkon der Inquisition, und etwas lenkte ihn einen Augenblick ab. Da rannte die Bestie los. Das Pferd wich instinktiv zur Seite, bäumte sich auf und warf den Reiter zu Boden. Die Menge ließ ein ›Oh!‹ hören. Und als es schon unvermeidlich schien, dass ihn die Hörner des Tieres treffen würden, tauchte wie durch einen Zauberspruch der Reiter auf, der als Pate teilnahm. Er drängte sein Pferd zwischen den Stier und den Jungen und bewahrte ihn so vor einem schrecklichen Unglück. Die wütende Bestie stieß das Pferd mit den Hörnern und warf den Reiter herunter. Dabei wurde sein rechtes Bein unter dem Pferd vollständig eingeklemmt, und dieses konnte wegen der Wunde, die ihm der Stier beigebracht hatte, nicht mehr aufstehen; sie war so groß, dass ihm alle Gedärme aus dem Schnitt austraten. Nun glaubten wir, dass das Schlimmste eintreten würde. Die Leute schrien, und viele Frauen verdeckten sich das Gesicht mit dem Umhang, um nichts zu sehen. In diesem Moment sprang der junge Herr hoch, riss einem der Unberittenen das rote Tuch aus der Hand und rannte zu der Bestie. Nachdem er ihrem Angriff mit einer Drehung ausgewichen war, täuschte er sie mit dem Tuch und lockte sie von dem gestürzten Reiter fort. Inzwischen bildeten ein paar Hellebardiere mit eingelegten Lanzen einen Halbkreis, der einem riesengroßen Igel glich, und beschützten den Gefallenen. Andere versuchten, den Körper des Pferdes weit genug hochzuheben, damit der Mann sein übel zugerichtetes Bein unter dem Tier hervorziehen konnte.«

»Und dann?«

Catalina wagte nicht einmal zu blinzeln.

»Dann, als er sehen konnte, dass sein Schützling unerschütterlich dem Stier gegenüberstand, schrie er auf einmal wie ein Besessener: ›Nein, Diego, nein! Steigt wieder aufs Pferd!‹ Inzwischen war Don Juan Laínez auf den Platz gekommen und näherte sich, doch Don Diego de Cárdenas hob die Hand und hielt ihn zurück. Ohne dass er jemandem Zeit zum Handeln ließ, stürmte er mit seinem Degen auf den Nacken des Stiers los, der durch ein Wunder Gottes sogleich zusammenbrach, und er selbst fiel auf das Tier, während der Platz in einen Jubelschrei ausbrach …«

»Diego de Cárdenas, habt Ihr gesagt?«

»Ja, das habe ich gesagt. Wisst Ihr etwa, wer das ist?«

Ohne zu antworten, stellte Catalina die nächste Frage.

»Wisst Ihr, ob sein Vater Protektor von Sankt Benedikt ist?«

»Das weiß ich nicht, Catalina. Was ich aber weiß: dass er Marquis von Torres Claras ist und in Benavente wohnt, denn am Abend sind wir dann zu dem freien Platz gegangen und haben uns ein paar Schauspieler angesehen, und die Leute haben von nichts anderem geredet.«

»Er ist es!«, rief das Mädchen leidenschaftlich.

»Wer ist das? Catalina, bei der Heiligen Jungfrau, kommt mir nicht mit Rätseln, denn dafür reicht es bei mir bestimmt nicht.«

»Erinnert Ihr Euch, dass ich Euch tausendmal das Abenteuer mit den Hähnen erzählt habe?«

»Wie soll ich mich nicht daran erinnern!«

»Nun, gerade er war mein Ritter. Er hat es mit Mutter Teresa aufgenommen und erreicht, dass man mich aus dem Gefängnis freiließ. Sein Andenken ist das schönste Bild, das meine Augen von all den Jahren behalten haben, die ich hier drinnen verbringe.«

»Ihr überrascht mich, Catalina. Ich meine, dass Ihr wirklich nicht fürs Kloster geboren seid.«

Chirurgen

Don Suero de Atares lag zurückgelehnt auf einem Sofa. Zwei große Kissen hielten ihn halb aufgerichtet. Sein rechtes Bein, das in einem dicken Strumpf steckte, ruhte steif. Es klemmte zwischen zwei hierfür ausgehöhlten und zurechtgeschnittenen Brettern, die durch mehrere Lederstreifen fest miteinander verbunden waren. Vor ihm stand Don Benito de Cárdenas und hörte auf die Erklärungen, die Doktor Solís, ein früherer Regimentschirurg, gab. Er war herbeigeeilt, als ihn der Marquis von Torres Claras hatte rufen lassen.

»Ihr müsst Geduld haben, Don Suero, und der göttlichen Vorsehung dafür danken, dass sie mehrere Zufälle miteinander verbunden und so das Wunder ermöglicht hat.«

»Das Wunder haben Eure Hände und Eure Kenntnisse bewirkt«, entgegnete Don Benito de Cárdenas.

»Aber sagt mir«, erkundigte sich der Hofmeister, »wie lange muss ich noch so daliegen?«

»Ihr seid sehr empfindlich und ungeduldig geworden, mein Freund. Ihr könnt nichts Besseres tun, als angelehnt dazuliegen und von Euch den vielen Strapazen auszuruhen.«

Das hatte der Marquis gesagt.

»Damit die Natur wirken kann, gibt es keine bessere Medizin, als auszuruhen und sich darum zu kümmern, dass sich die Wunde nicht verunreinigt«, erklärte Solís.

Die Ereignisse in der letzten Woche hatten sich blitzschnell abgespielt. Sobald alles vorbei war, war sich Diego der Gefahr bewusst geworden, der sich beide ausgesetzt hatten. Jeder von ihnen verdankte sein Leben dem anderen. Wenn Don Suero nicht sein Tier dazwischengedrängt und es dem Opfertod ausgesetzt hätte, um eine Schutzwand zwischen dem Stier und Diego zu bilden, als dieser von seinem Pferd abgeworfen worden war, so wäre er von den Hörnern gewiss schwer verletzt worden. Und als Don Suero stürzte, hätte wiederum fast dessen letztes Stündlein geschlagen, wenn Diego den Stier nicht mit dem roten Tuch weggelockt hätte. Als die Männer das aufgeschlitzte Tier endlich unter großen Mühen von Don Sueros Körper hatten fortziehen können, brauchte man kein Chirurg zu sein, um festzustellen, dass sein Bein völlig zermalmt war. Der Arzt der Laínez erschien schnell. Er riss den Stiefel auf und sah, dass der Knochen aus dem Fleisch austrat. Er stillte das Blut mit einer Aderpresse, bedeckte die schreckliche Wunde mit Spinnweben und umwickelte das Bein mit einem Leinentuch. Diego gab einem Diener sein bestes Pferd und schickte ihn nach Benavente, wobei er ihm sagte, dass er in La Bañeza das Pferd wechseln könne. Er sollte Diegos Vater benachrichtigen. Señor de Laínez lieh ihm einen Reisewagen, und Don Suero konnte fahren, indem er sich auf eine Bank legte. Der Page pflegte ihn. Nachdem sich Diego für alle Gefälligkeiten bedankt hatte, konnte er deshalb unverzüglich aufbrechen. Er fuhr mit einem Sechsergespann Maultiere, die er mit der Peitsche in der Hand schnell laufen ließ, wobei er den Radspuren und Löchern auf dem Weg möglichst auswich. Ihn begleiteten zwei Reiter, und weitere zwei ließ er zurück. Sie sollten sich darum kümmern, mit den übrigen Tieren langsamer heimzukehren. Als sie nach Alija del Infantado kamen, teilte ihm der Page trotzdem mit, dass Don Sueros Stirn wie Höllenglut brenne.

Sobald die schlimme Neuigkeit nach Benavente gelangt war, handelte Don Benito de Cárdenas schnell und tüchtig. In Valladolid lebte zurückgezogen ein großer Chirurg, der im Dienst eines mit dem Marquis von Torres Claras befreundeten Hidalgos stand: Doktor Solís. Er kannte dessen Fähigkeiten genau, denn er hatte einst seinem direkten Befehl unterstanden, als er während des Flandernfeldzugs, vor dem zwölfjährigen Waffenstillstand, Kompaniehauptmann war. Der Mann war nicht nur geschickt, sondern hatte auch Gelegenheit gehabt, seinen Beruf regelmäßig auszuüben: Wenn es nämlich irgendwo Knochenbrüche, Fieberanfälle, Verletzungen, Infektionen, Parasiten und abgetrennte Gliedmaßen reichlich gab, so war der Krieg dieser Schauplatz, und dieser Krieg war lang und schrecklich. Don Benito de Cárdenas schickte seine zwei besten Reiter los, um ihn zu holen. Der Arzt machte sich sofort auf den Weg, und während Diego den Wagen fuhr und mit Don Suero nach Benavente kam, trafen die Leute aus der umgekehrten Richtung von Valladolid ein.

Es wurde eine lange Nacht. Don Suero lag im Delirium und gab zusammenhanglose Sätze von sich. Im unteren Teil der Schlossgalerie bereitete man den Operationssaal vor. Doktor Solís leitete die Arbeiten. Als Erstes wies er an, den Raum in helles Licht zu tauchen. Sogleich brachte man aus der Wachskammer des Schlosses zehn riesige Wachskerzen, die den kantenlosen Holztisch einrahmten, auf den man Don Suero äußerst behutsam legte. Dann befahl er, Wasser in einem großen Topf kochen zu lassen, und man sollte ihm Waschbecken und Binden aus sehr dichten Schuss- und Kettfäden bringen. Schließlich ordnete er an, dass nur der ihm helfende Bader, der mit ihm aus Valladolid gekommen war, in den Lichtkreis eintreten dürfe. Der Marquis von Torres Claras und sein Sohn, der sichtlich erschöpft war, beobachteten vom Rand des erlaubten Umkreises aus alle Handgriffe des Chirurgen und des Baders.

Der Arzt nahm zunächst alle Verbände von dem verletzten Bein des Knappen ab, tauchte es vollständig in abgekochtes Wasser und warf die blutigen Lappen in ein Becken, das der Bader hielt. Als zu sehen war, dass der blasse Knochen das geschwollene Fleisch durchbohrte und an der offenen Wunde austrat, machte Don Benito de Cárdenas ein finsteres Gesicht. Er hatte in Flandern zu viel Elend gesehen, und darum wusste er genau, dass eine solche Verletzung sehr ernst war und dass hier Wundbrand als schreckliche Gefahr drohte. Der Chirurg arbeitete schnell und sicher. Während er ein sonderbares Gerät aus einem großen Weidenkorb nahm, wies er den Bader an, den Kopf des Verletzten etwas anzuheben und ihm eine Lösung aus Laudanum, Mohn und heißem Wein mit einem kleinen Trichter in den Mund zu gießen. Der Trichter war mit einem feinen Leinentuch umwickelt, das die halb geöffneten Lippen des Knappen bedeckte. Dann griff er zu dem Gerät. Es bestand aus zwei starken Eichenholzbrettern, die zusammen die Form des Buchstabens L bildeten. Das kürzere Brett ließ sich mit einem Zapfen, der in einen Schlitz des größeren Bretts eingepasst war, hoch- und hinunterschieben. Wenn man die Vorrichtung an das Bein des Patienten anlegte und mit engen Riemen befestigte, stützte sich der Fuß daher auf das kleinere Brett und das vollständig ruhig gestellte Bein auf das größere. Am hinteren Ende des kurzen Bretts befand sich eine kräftige Schraube mit einem Griff. Sie war so angebracht, dass sie, wenn man sie drehte, das kleine Brett nach unten gleiten ließ und den Fuß zwang, ihm zu folgen, so dass sich das Bein durch die Zugkraft streckte.

Als er alles vorbereitet hatte, sagte er zu Don Benito, dass sich zwei kräftige Diener neben den Knappen stellen und ihm den Oberkörper und das gesunde Bein festhalten sollten. Sobald diese Anweisung ausgeführt war, drehte er langsam und unerbittlich an der Schraube. Don Suero erwachte aus seiner Lethargie und stieß einen entsetzlichen Schrei aus, der die Bleiglasfenster der Galerie erbeben ließ. Nun befahl der Arzt dem Bader, dem Patienten einen schmalen Gummizylinder in den Mund zu stecken, damit der Hofmeister kräftig daraufbeißen konnte. Don Suero stöhnte und machte vergebliche Versuche, sich zu bewegen, aber das war ihm unmöglich. Dann kehrte der herausstehende Knochen wie durch einen Zauberspruch ins Fleisch zurück, bis er verschwunden war. Als Doktor Solís dies erreicht hatte, säuberte er die Wunde mit dem abgekochten Wasser und bestrich sie mit einer Salbe. Nachdem er sie mit Leinentüchern verbunden hatte, schiente er sie, damit sich das Bein nicht im Geringsten bewegen konnte. Der schweißüberströmte Don Suero war offenbar ohnmächtig. Als der Arzt seine Arbeit beendet hatte, drehte er sich zu Vater und Sohn um.

»Jetzt habe ich getan, was in meiner Macht stand. Von nun an kann man nur noch beten.«

In diesem Augenblick wandte sich Don Benito an Bruder Anselmo, den Hauslehrer Diegos, der ein paar Schritte hinter den beiden stand, und befahl nachdrücklich:

»Bruder Anselmo, geht in die Kapelle und holt all Eure Reliquien. Ich hoffe, sie nützen Euch. Sonst müsst Ihr andere suchen.«

Die Tage gingen vorüber, zunächst langsam und zähflüssig wie Lampenöl. Am Anfang ließ das Fieber nicht nach. Der Knappe phantasierte und stieß zusammenhanglose Sätze hervor, die jedoch etwas mit dem erlittenen Unglück und manchmal mit Ereignissen aus den Zeiten vor der Geburt Diegos zu tun hatten. Dieser wich bei Tag und Nacht seinem Hofmeister nicht von der Seite. Der Chirurg wechselte regelmäßig die Verbände, und Bruder Anselmo hatte am Kopfende des Krankenbettes einen Reliquienschrein aufgestellt, der einen unverwesten Finger des heiligen Polykarp enthielt. Nach einer langen Woche ließ die Infektion zusammen mit dem Fieber nach. Der abgemagerte und blasse Don Suero überwand allmählich seinen apathischen Zustand. Tag für Tag flößte ihm Diego auf Anweisung des Arztes zunächst Kraftbrühen und dann gut gewürzte Suppen mit Möhren, Porree, Sellerie, Kohlrüben, Zwiebeln, Markknochen, Hühnerfleisch und Eigelb ein. Nach vielen Anstrengungen reagierte die kräftige Natur des Knappen auf die sorgfältige Pflege und überwand die Krise. Sobald die Fieberanfälle verschwanden, kam die Ungeduld.

»Zum heiligen Kuckuck! Wann nimmt man mir endlich diese Gerüste ab, und wann kann ich den Fuß auf den Boden setzen? Ich sehe aus wie ein halb fertiger Belagerungsturm.«

Der Doktor wollte antworten, doch Don Benito meldete sich gerade in dem Augenblick, als sein Sohn ins Zimmer trat.

»Warum habt Ihr es so eilig, und wohin wollt Ihr gehen? Gebt Euch zufrieden, mein Freund. Man verlangt nirgendwo nach Euch, außer in der Hölle, und wie man sieht, habt Ihr nicht die Absicht, diese Verabredung einzuhalten. Wenigstens nicht bei dieser Gelegenheit. Euer Freund Beelzebub, den Ihr so oft nennt, wird noch auf Euch warten müssen.«

Diego griff ein.

»Wahrhaftig, seid Ihr ungeduldig! Ich habe geglaubt, dass Ihr das Bein verliert, und jetzt stellt sich heraus, dass Ihr davonrennen wollt.«

»Seid unbesorgt, so leicht werdet Ihr mich nicht los«, entgegnete der Knappe und stemmte sich von den Kissen hoch.

»Die Natur ist die beste Medizin«, erklärte der Arzt dazu. »Und das Sprichwort ist eine Quelle der Weisheit: ›Ist das Bein gebrochen, leg dich ins Bett, ist der Arm gebrochen, leg ihn an die Brust.‹ Wenn nichts Neues geschieht, und dafür gibt es keinen Grund, bleibt mir nichts weiter zu tun. Außerdem rufen mich meine anderen Verpflichtungen nach Valladolid. Ich habe schon Anweisungen hinterlassen, wie Euer Bein zu pflegen ist, und ich möchte, dass Ihr in dreißig oder vierzig Tagen mit Gottes Hilfe den Besuch erwidert, den ich Euch abgestattet habe.«

»Nichts wird mir eine größere Freude sein. Eure Exzellenz, Ihr sollt wissen, dass ich zeitlebens in Eurer Schuld stehe, und wahrhaftig, ich bin ein Mann, der immer für seine Schulden einsteht.«

»Es ist meine Pflicht, Euch zu heilen, und nichts kann einem Arzt besser gefallen, als einen Kranken den Klauen der Todesgöttin zu entreißen, selbst wenn dies nur für einige Zeit ist, denn am Ende triumphiert sie ja immer.«

»Diesmal habt Ihr das Ende verzögern können. Und jetzt, wenn es nichts weiter zu sagen gibt, seid so liebenswürdig, mein guter Doktor, mit mir zu kommen, damit mein Verwalter mit Euch das Notwendige regelt, denn auf irgendeine Weise muss ich Euch für die Tage entschädigen, die ich Euch von Euren täglichen Aufgaben abgehalten habe«, sagte Don Benito.

»Wie Ihr wünscht.« Dann wandte sich der Arzt an Don Suero und setzte hinzu: »Für Euch gilt, wie gesagt: ›Mit Geduld und Zeit kommt man weit.‹«

Nach diesen Worten verließen der Marquis von Torres Claras und Doktor Solís das Zimmer. Ihnen folgte Bruder Anselmo, der in einem Winkel der Szene diskret beigewohnt hatte und sich nun bereit machte, der vom Marquis erteilten Anweisung zu gehorchen.

»Bruder Anselmo!«, brüllte der Knappe.

Die drei Männer drehten sich neugierig um.

»Wenn Ihr nicht wollt, dass ich ihn in die Brühe werfe, um sie besser zu würzen, wird es besser sein, dass Ihr den Finger hier in Eure Kapelle mitnehmt!«

Während der Mönch die Reliquie des heiligen Polykarp an sich nahm, kommentierte Don Benito lächelnd:

»Jetzt glaube ich allmählich, dass Ihr geheilt seid.«

Als die drei hinausgegangen waren, holte sich Diego einen Schemel und stellte ihn neben Don Sueros Bett. Er setzte sich und begann ein Gespräch mit ihm, denn bis zu diesem Tag hatte der Chirurg keinem Schlossbewohner erlaubt, länger als zehn Minuten mit dem Kranken zu reden, um ihn nicht zu ermüden, und noch weniger durfte man die Ereignisse während des Unglückstages in Carrizo de la Ribera erwähnen.

»Don Suero, sagt mir ehrlich, wie fühlt Ihr Euch? Ich möchte Euch gern unterhalten und zerstreuen. Wenn es nicht so ist und wenn Euch meine Plauderei anstrengt, verschwinde ich lieber auf der Stelle.«

»Nein, Sohn, nein. Bleibt hier. Nichts gefällt mir besser, als mit Euch zu reden und etwas Ordnung in meinen Gehirnkasten zu bringen, denn der ist schlecht aufgeräumt und ziemlich durcheinander. Die Ereignisse an dem Tag damals verwirren sich in meinem Gedächtnis, und die Erinnerungen kommen stoßweise, wie der Nordwind. Manche Einzelheiten entgehen mir, so dass ich ratlos dastehe. Erzählt vom Anfang bis zum Ende, Diego: Wie hat sich das Unglück abgespielt?«

»Ich ermüde Euch wirklich nicht?«

»Ich schwöre, wenn ich merke, dass ich überanstrengt bin, dann bitte ich Euch, dass Ihr das Ende der Geschichte für eine bessere Gelegenheit aufhebt.«

»Nun, dann fangen wir an.«

Don Suero machte es sich erwartungsvoll auf den Kissen bequem, während Diego seinen Bericht über den traurigen Tag begann.

»... Wir hatten schon den zweiten Stier vor uns. Er war ein großes Tier. Er hatte bestimmt ein gutes Gewicht, schwarze Flecke und einen weißen Bauch, dazu solch gewaltige Hörner, dass man Angst bekam, wenn man ihn ansah. Der vorige Stier von Laínez hatte wild angegriffen, und ich wollte, dass die Wappenfarben der Familie von Torres Claras einen glänzenden Eindruck machten. Alles ging einigermaßen gut. Auf einmal geschah etwas, was ich mir nicht verzeihe.«

»Was war es, Diego?«

»Erinnert Ihr Euch an den Menschen, dem wir im Vorsaal des Provinzsekretärs des Heiligen Offiziums begegnet sind und der so unangenehm auf uns wirkte?«

Don Suero runzelte die Brauen, als strengte er sein Gedächtnis an, und hierauf sagte er:

»Der mit dem Narbengesicht?«

»Genau der.«

»Ja, ich erinnere mich, dass Ihr erklärt habt, Ihr würdet ihm nicht gern in einer mondlosen Nacht auf einer Gasse begegnen.«

»Richtig. Nun ja, plötzlich ist er an der Tür aufgetaucht, die zum Balkon des heiligen Glaubensgerichts führte, und er hat sich auf den freien Sessel in der ersten Reihe gesetzt.«

»Und?«

»Genau das verzeihe ich mir nicht. Ich vergaß den Rat, den Ihr mir immer gegeben habt, dass man ›den Stier nicht aus den Augen verlieren darf, selbst nicht, wenn ihn die Maultiere hinausschleppen‹. Dieser Kerl sieht tatsächlich so unheimlich aus, dass ich die Fassung verlor. Da stürmte das Tier auf mich los, mein Pferd bäumte sich auf, und ich stürzte zu Boden, und hätte es Euch nicht gegeben, wäre ich nicht mehr auf dieser Erde, glaube ich.«

Langsam und ausführlich schilderte Diego seinem Hofmeister die unheilvollen Ereignisse jenes Tages. Dieser sog die Worte seines Schützlings förmlich auf. Nach einem bedeutungsschweren Schweigen fragte er schließlich:

»Und was ist mit Primoroso geschehen?«

»Man konnte nichts tun. Er ist auf der Stelle gestorben«, antwortete Diego.

»Ihm habt Ihr mehr als mir zu verdanken, dass Ihr am Leben seid.«

Zwei ungewöhnliche Tränen rannen durch die tiefen Runzeln im eisenharten Gesicht des altgedienten Soldaten.

»Bedauert es nicht, Hofmeister. Er ist im Kampf gestorben, wie es ihm gefallen hätte, wenn er es sich hätte aussuchen können. Und wenn das gute Pferd zwischen Eurem und seinem Leben hätte wählen müssen, hätte es sich gewiss dafür entschieden, Euer Leben zu retten.«

»Das weiß ich, Diego. Aber ich habe dieses Tier aufgezogen, seitdem es ein kleines Fohlen war, und es tut mir leid, dass ich nicht geschickter war, um ihm dieses Unglück zu ersparen. Nun ja, wichtig ist, dass Ihr Euch nicht verletzt habt. Wir beide haben uns offenbar gegenseitig das Leben gerettet, aber das ist kein vollkommener Tausch. Euer Leben ist jung, Ihr habt noch alles vor Euch, und ich ahne, dass viele ruhmreiche Abenteuer zu ihm gehören werden. Mein Leben hingegen ist ›ein Fluss, der ins Meer mündet‹, wie der Dichter Jorge Manrique sagt. Ich habe schon alles gesehen, alles getan. Wenn der Herr da oben es für richtig hält, mich zu rufen, muss ich ihm einen Reisesack voller Ungerechtigkeiten und Unglücke zeigen, die vielen Mitmenschen Schmerz und Leid gebracht haben. Es lohnte sich nicht, dass Ihr Euer Leben für meines aufs Spiel gesetzt habt.«

»Ich will keine solchen Lügengeschichten von Euch hören! Ihr seid der hochherzigste Mensch, den ich in meinem ganzen Leben kennengelernt habe.«

»Da Ihr mich so gernhabt, löscht bitte die Öllampe aus und lasst mich mit meinem Gewissen allein, denn mit ihm muss ich eine dringende Zwiesprache halten.«

Diego stand von dem Schemel auf und nahm die Stange mit der Metallkappe. Nachdem er die Lampenflamme damit erstickt und das Zimmer in Halbdunkel versenkt hatte, ging er hinaus.

Untersuchungen und Verdächtigungen

»Und Ihr sagt, dass der Kerl eine riesige Nase, ganz weiße Haut und eine sehr breite Stirn hat und dass sich ihm außerdem eine große Narbe quer übers Gesicht zieht?«

»So ist es, Señor, und er hat mich nicht zum ersten Mal besucht.«

»Wie kommt es, dass du mir nichts von seinem vorherigen Besuch erzählt hast?«

»Ihr wart in León, und ich habe Euch viele Tage nicht gesehen. Als Ihr zurückgekommen seid, habe ich überhaupt nicht daran gedacht, außerdem hatte ich es nicht für weiter wichtig gehalten. Dazu kam, dass er liebenswürdig war, und als er mir Fragen stellte, hat er mich mit einem sanften Dialekt angesprochen, der ähnlich wie Galicisch klang.«

Der alte Doktor raufte sich betrübt den Bart. Seit zwei Tagen besuchte er nicht seine Patienten und empfing zu Hause auch keine Kranken wegen eines hartnäckigen Katarrhs, der ihn an seinen alten Sessel fesselte. Er hatte ein zerknittertes dunkelviolettes Obergewand angezogen, das an den Ellbogen stark abgeschabt, aber aus gutem Béjar-Tuch und sehr warm war. Am Ringfinger der linken Hand trug er einen in Gold gefassten Smaragdsolitär, der auf seinen Beruf hinwies. Vor ihm stand die offensichtlich zutiefst verängstigte María Luján, die seit vielen Jahren seine treue Hebamme war und die ihn aufgesucht hatte, um ihm genau zu berichten, welche Entbindungen sie in der letzten Woche allein betreut hatte. Die Frau trug einen schwarzen Kittel und Rock und eine graue Mantille, die sie über die Schultern geworfen hatte; ihre Beine schützte sie mit Wollstrümpfen, und ihre Füße steckten in Männerhalbstiefeln, die stark abgetragen waren, sich jedoch gut eigneten, um auf schlechten Seitenwegen zu laufen.

»Beruhigt Euch, verliert nicht die Beherrschung, und behaltet einen klaren Kopf. Ihr habt nichts Strafbares getan. Ihr steht nur in meinen Diensten, und das ist kein Vergehen. Übrigens, hat sich dieser Besucher vorgestellt?«, erkundigte sich der Chirurg.

»Beim zweiten Mal ja, obwohl es gar nicht notwendig war. Wie Ihr wisst, Euer Gnaden, manche Menschen stinken, und dieser Kerl stank aus allen Knopflöchern nach Inquisition. Er stellte mir Fragen wie jemand, der berechtigt ist, so etwas zu tun, und er hat es sogar gewagt, sich in drohendem Ton auf das Glaubensgericht zu berufen.«

»María, versucht, Euch an diese Fragen zu erinnern, und sagt sie mir. Wir wollen sehen, ob wir zu zweit daraufkommen, worauf es dieser Kerl abgesehen hat. Wie Ihr wisst, reden solche Leute um den heißen Brei herum und richten sich nie direkt aufs Ziel aus, vielmehr schießen sie in die Luft und hoffen, dass eine Schrotkugel ein Tauchentchen trifft und herunterholt. Ja noch mehr, sie schießen mitten in den Schwarm, und es ist ihnen gleich, ob der eine oder der andere zu Boden stürzt.«

»Das erschreckt mich am meisten. Hoffentlich kommt es nicht so, dass sie nach etwas suchen und dann bei mir etwas entdecken, so dass ich für fremde Schuld büßen muss.«

Doktor Gómez de León verstand die Angst der armen Frau und bemühte sich, sie zu beruhigen.

»Lasst Euch nicht einschüchtern und sucht keine Zuflucht, wenn überhaupt keine Gewitterwolken drohen. Ich verbürge mich uneingeschränkt für Euren Lebenswandel. Ich habe mächtige Freunde, und ich würde Euch in keiner Notlage und unter keinen Umständen im Stich lassen, falls jemand meinen sollte, dass Ihr eine Verantwortung übernommen habt, weil Ihr meinen Anweisungen gefolgt seid. Aber ich bleibe dabei: Was hat er Euch gefragt?«

»Nun, also: Er hat mich nach meiner Arbeit gefragt. Er wollte wissen, seit wie vielen Jahren ich Euch helfe. Ich habe geantwortet, dass mich meine Mutter in dem Beruf unterrichtet hat und dass ich zuerst bei Euch war, um sie zu vertreten, wenn sie Euch nicht helfen konnte, und dass ich ihre Stelle geerbt habe, als sie starb. Dann wollte er wissen, wie viele Entbindungen wir in der Umgebung von Quintanar del Castillo betreut hatten, und als er sah, dass ich zögerte, hat er mir damit gedroht, dass man Leute, die nicht mit der Justiz zusammenarbeiteten, vor das heilige Gericht bringen müsse, und wenn ich mich weiter so hartnäckig weigerte, seien ein paar Züge mit dem Seil auf der Folterbank ein unfehlbares Mittel, um die Erinnerungen aufzufrischen.«

»Und dann?«

»Ich habe mich wirklich gefürchtet, Señor. Eure Exzellenz, verzeiht mir, aber ich bin eine arme Frau, die nichts mit der heiligen Inquisition zu tun haben will.«

Maßlos eingeschüchtert rang María Luján die Hände.

»Erzählt weiter.«

»Dann bin ich zur Schublade in einer Kommode gegangen. Dort verwahre ich ein kleines Notizbuch. Ihr wisst ja, dass ich nicht lesen und schreiben kann, aber dort trage ich mit Zeichen ein, was mir bei den Wöchnerinnen aufgefallen ist, denen ich geholfen habe, denn ich halte ja Freundschaft mit den Frauen meines Standes, und wenn ich durch die Weiler, die kleinen und großen Dörfer oder Ortschaften komme, wo sie wohnen, besuche ich sie gern und frage nach den Kindern, die ich mit auf die Welt gebracht habe.«

»Ja und?«

»Nun, seht, Señor, diese Zeichen erinnern mich an die besonderen Umstände jeder Entbindung, und das Unglück wollte es, dass eines ein Auge darstellte, aus dem drei kleine Tränen hervorrannen.«

»Was sollte dieses Zeichen bedeuten?«

»Euer Gnaden, erinnert Ihr Euch an diese Entbindung in Quintanar del Castillo, das ist schon ungefähr dreizehn oder vierzehn Jahre her, im Haus von Don Martín de Rojo e Hinojosa, als ein Mädchen mit einem Fleck unter der Brust geboren wurde?«

»Einigermaßen. Etwas spukt mir im Kopf herum, aber ich erinnere mich nicht, ob das Kind ein Junge oder ein Mädchen war, und ich weiß auch nichts von dem Fleck, den Ihr erwähnt.«

Der Doktor rutschte hin und her und versuchte, seine Unruhe zu verbergen.

»Nun, dann hört gut zu«, sprach die Hebamme weiter. »Auf dem Jahrmarkt von Carrizo de la Ribera habe ich Leonor getroffen, das Dienstmädchen von Doña Beatriz de Fontes, der Gattin Don Martíns, und als ich sie nach dem Kind fragte, behauptete sie hartnäckig, dass in der Nacht damals ein Junge und kein Mädchen zur Welt kam. Wir haben uns gestritten, aber was mich am meisten verwirrt hat, war, dass ich dort Casilda kennengelernt habe. Sie war die Amme, die das Kind gestillt hat, und sie hat auch erklärt, dass es ein Junge ist. Als ich heimkam, habe ich in meinem Notizbuch nachgesehen, und das Zeichen hat mir bestätigt, dass ich recht hatte. Außerdem war für mich aus vielen Gründen unvergesslich, was an diesem Tag geschehen ist. Dazu gehörte, dass das Herrenhaus der Rojos das Erste war, das ich in meinem Leben gesehen habe, sonst waren es immer nur Häuschen und sogar Strohhütten, höchstens ein Dorfhaus. All diese Einzelheiten helfen mir, mich an das Datum genau zu erinnern, und mich wundert, dass Ihr Euch nicht daran erinnert.«

Doktor Gómez de León war erblasst …

»Ihr müsst verstehen, wenn es für Euch viele sind, so habe ich im Lauf derart langer Jahre eine Unmenge von Kindern mit zur Welt gebracht. Eure Mutter, sie möge in Frieden ruhen, hat mir zuerst geholfen, als sie kaum sechzehn Jahre alt war, und ich habe Hunderten von Wöchnerinnen in Schlössern wie in Hütten beigestanden, und meine Erinnerungen lassen mich im Stich. Aber, sagt mir: Hat er Euch etwas zu diesem Zeichen erklärt, das Ihr dort für Euren persönlichen Gebrauch eingesetzt habt?«

»Ja. Er hat es sich lange angesehen, und dann hat er nach seiner Bedeutung gefragt.«

»Und habt Ihr ihm etwas zu diesem Problem erklärt?«

»Ich schwöre Euch bei meinem Leben, dass mir nichts über die Lippen gekommen ist! Meine Ahnung sagte mir, dass es bei solchen Leuten ratsam ist, den Mund zu halten, denn sie hören das Gras wachsen und misstrauen allem, und sie geben allen Dingen und Ereignissen einen gefährlichen Sinn, obwohl nur ein Missverständnis unter Frauen das einzige Besondere daran ist. Deshalb habe ich ihm lediglich gesagt, das sei ein Zeichen von mir, um mich daran zu erinnern, dass es meine erste Entbindung im Haus einer wichtigen Persönlichkeit war, wenn ich eines Tages eine Gefälligkeit oder eine Empfehlung brauchen könnte, und darum hätte ich dieses Auge ins Buch gemalt, und die drei Punkte sollten bedeuten, dass die Señora vorher drei Töchter geboren hatte, ich aber bei diesen Entbindungen nicht dabei war.«

»Ihr seid eine einfallsreiche und kluge Frau. ›Vorsicht ist besser als Nachsicht‹, wie es heißt. Die Chinesen sagen: ›Wir sind Herren über unser Schweigen und Sklaven für unsere Worte.‹ Ich danke Euch für Euer Vertrauen. Ihr könnt gehen. Wenn Euch ein Kranker eine Nachricht schickt, teilt es mir bitte mit, denn ich kann schon wieder arbeiten, und am Montag muss ich zusammen mit Euch unbedingt in León sein. Holt mich deshalb um acht Uhr ab, denn eine halbe Stunde später brechen wir auf.«

»Es ist gut, Doktor, aber … Ich möchte nicht gehen, ohne mein Gewissen ganz zu entlasten.«

»Was quält Euch jetzt noch?«

»Der Mann hat das Heftchen mitgenommen. Er hat gesagt, er müsse es durchsehen.«

»Und Ihr habt es ihm gegeben, ohne dass Ihr wusstet, mit welchem Recht er in Euer Haus eingedrungen ist? Ich verstehe Euch nicht, María.«

»Ich habe große Angst bekommen. Er hat sich auf das Heilige Offizium berufen. Euer Exzellenz, Ihr müsst verstehen …«

»Es ist gut, María. Geht mit Gott.«

»Gott schütze Euch … und verzeiht mir, wenn ich leichtfertig gehandelt habe.«

»Macht Euch keine Sorgen. So ist es gut. Grübelt nicht weiter darüber nach. Aber lasst mich wissen, wenn man Euch einen weiteren Besuch abstattet.«

Verbündete und Verbindungen

Don Martín de Rojo e Hinojosa rutschte unruhig auf dem Sitz der Kutsche hin und her, die ihn zum Schlösschen von Don Eduardo de Albuquerque, dem Marquis von El Basto und Grafen von Pernambuco, brachte. Mit Don Martíns Vermögen ging es immer weiter bergab, und seine Lage hatte einen wirklich beängstigenden Tiefpunkt erreicht. Obwohl dies sehr ernst war, war es doch nicht die Hauptsorge, die seine Gedanken an diesem kalten und regnerischen Madrider Herbstnachmittag beschäftigte. Die Zeiten kündigten Veränderungen an, und es war angebracht, wie ein Luchs aufzupassen und höchst behutsam zu handeln, wenn man nicht wie Don Rodrigo Calderón, der Marquis von Sieteiglesias und Graf von Oliva, enden wollte, der, als sein Gönner, der Herzog von Lerma, in Ungnade fiel, dessen Schicksal teilte, wobei der Herzog von Lerma allerdings seinen Hals vor dem Henker gerettet hatte, indem er sich den Kardinalshut aufsetzte. Don Rodrigo Calderón konnte jedoch nicht das Gleiche tun, und man hatte ihm auf der Plaza Mayor vor dem ganzen Madrider Volk die bärtige Kehle durchgeschnitten. Allerdings gab es keine Handelsbörse, Plauderrunde, Tribüne oder Klatschecke der Residenzstadt, die nicht seinen Todesmut und seine edle Haltung vor dem Henker rühmten, dem er befahl, nachdem er sich den zweiunddreißig Monate gewachsenen Bart mit der Hand hochgezogen hatte, vorn mit dem Dolch zuzustoßen, denn der Nacken sei für Bauernrüpel da.

Don Martín wusste genau, dass all jene, die den Schutz der am Hofe Philipps III. Mächtigen gesucht hatten, sich am Hofe Philipps IV. große und gefährliche Probleme einhandelten und dass die Feinde, die man sich zuzog, wenn man sich an der Spitze der Macht befand, vollständige Rache für die erlittenen Beleidigungen nahmen, sobald man die Gunst des Königs verloren hatte. Darum hatte Don Rodrigo den Nacken beugen müssen, als Mutter Mariana de San José und vor allem Pater Aliaga, der ehemalige Beichtvater Philipps III., Lügengeschichten und Verleumdungen über ihn verbreiteten. Don Martín musste sich nun sehr behutsam verhalten, damit aus dem üblen Wetter kein regelrechtes Unwetter wurde.

Der Wagen hielt vor der Tür des Schlösschens der Albuquerques. Es lag im Prado von Atocha zwischen zwei Straßen, der Calle de la Verónica und der Calle del Gobernador. Der Lakai klappte den Kutschentritt herunter und öffnete die Tür der Mietkutsche, damit der Hidalgo aussteigen konnte. Das tat Don Martín, und nachdem er in seinem Beutel gesucht hatte, gab er dem Mann vier Maravedís, was der vereinbarte Preis war. Dann schickte er ihn fort, denn eine Mietkutsche wie diese verlieh seinem Namen keinen besonderen Glanz, wenn er ohne eigenes Fahrzeug bei der Verabredung erschien. Er wartete etwas, bis der Wagen verschwand, und als er es für sicher hielt, dass niemand im Haus feststellen konnte, womit oder wie er gekommen war, stieg er die Freitreppe hinauf und schlug mit dem Türklopfer an die Tür. Während er wartete, grübelte er darüber nach, wie sich wohl die Ereignisse am Hofe entwickelt hatten. Er sagte sich, dass das Äußere weitaus wichtiger als der Inhalt war und dass man durchaus nichts sein konnte, es aber unverzeihlich war, nichts zu scheinen. Er hatte sich so gründlich in seine Gedanken vertieft, dass er es nicht einmal merkte, als die große Tür aufging und ein Diener in untadeliger Livree mit den Farben des Hauses Albuquerque erschien.

»Guten Tag, verehrter Herr. Was wünscht Ihr?«

»Ich habe eine Verabredung mit Seiner Exzellenz, dem Herrn Herzog.«

Der Diener trat zur Seite, und während er den Mantel und den Hut des Hidalgos nahm, fragte er: »Wen habe ich die Ehre anzukündigen?«

»Sagt, dass Don Martín de Rojo e Hinojosa gekommen ist.«

»Wenn Euer Gnaden so gütig wären, mir zu folgen …«

Der andere ging voran, und Don Martín lief ihm nach. Das Herrenhaus verriet den Reichtum und Rang seines Besitzers. Das ganze Mobiliar bestand aus Edelhölzern, die zum größten Teil aus Übersee stammten. Der Herzog war ja außerdem Graf von Pernambuco, und die Lästerzungen am Hofe murmelten, dass dieser Titel einem Fehltritt des Königs zu verdanken sei: So habe er eine Ehrenschuld gegenüber Albuquerque bezahlt, und dabei habe der gute Ruf der Herzogin Doña Leonor auf dem Spiel gestanden. Die Teppiche und Bilder, die die Wände schmückten, hätten den Gemächern, die der Günstling des Königs bewohnte, nicht zur Unehre gereicht. Durch eine Galerie gelangten sie in einen Raum, der, wie Don Martín wegen der Maße und Ausstattung ahnte, wahrscheinlich das Privatkabinett des Herzogs war. Ein großer Steinkamin, in dem klobige Scheite brannten, erwärmte die Umgebung, und darauf und an einer Täfelung, die mit Damast in den kombinierten Farben des Marquisats El Basto und der Grafschaft Pernambuco überzogen war, hingen zwei gekreuzte Hellebarden und eine ausgefranste und versengte Fahne des alten Regiments von Neapel. Gegenüber der Feuerstelle stand ein großer Tisch aus kubanischem Mahagoni, der Intarsien aus Rosenholz hatte, und dahinter der dazu passende große Sessel, dessen Sitz und Lehne aus Korduanleder waren. Dem Tisch gegenüber befanden sich zwei kleinere und niedrigere, für Besucher bestimmte Sessel, und rechts davon Regale mit nicht weniger als fünfzig oder sechzig Bänden. Auf dem Tisch lagen Schreibzeug und ein Kruzifix auf rotem, mit einer goldenen Borte gesäumtem Samt.

Hinter ihm waren Schritte zu hören. Don Martín de Rojo nahm Haltung an, zupfte sich das Wams zurecht, strich die Beinkleider glatt und befühlte sich die Halskrause, denn der Herzog sollte ihn mit dem würdevollen Auftreten erleben, das einem Edelmann angemessen war. Don Eduardo betrat das Zimmer und ging zuvorkommend und leutselig auf ihn zu.

»Don Martín, alter Freund! Was bringt Euch in dieses verfluchte Madrid, wenn man bei Euch zu Hause so angenehm lebt?«

Bei diesen Worten ehrte er ihn damit, dass er sich den Handschuh der rechten Hand auszog und Don Martíns Rechte drückte – eine unübliche Geste, deren Bedeutung dem Hidalgo nicht entging.

»Wie geht es Euch, Exzellenz?«

»Gut, lieber Freund, gut. Aber nehmt doch Platz. Dann kann ich das Gleiche tun. Mein Bein bringt mich nämlich seit einigen Tagen zur Raserei und erinnert mich an unsere Tage in Neapel.«

Während sich beide setzten, erinnerte sich Don Martín an den Arkebusenschuss, der den Herzog in der Nähe von Mantua traf, als er selbst dessen Kadett war.

»Plagt Euch die Wunde sehr?«, fragte er, während er es sich ebenso wie Albuquerque bequem machte.

»Das kommt aufs Wetter an. Ich habe es beobachtet: Wenn Regen zu erwarten ist, treibt sie es übler, und an manchen Tagen stößt sie mich ins Elend.«

»Was empfehlen Euch die Doktoren?«

»Euer Gnaden wissen ja: Es ist besser, sie sich vom Leibe zu halten. An den Tagen, wenn die Quälerei zu schlimm wird, lässt Doña Leonor einen Trank aus Koriander und anderen Kräutern für mich zubereiten, und ich weiß nicht genau, ob er meine Schmerzen mildert oder mich zum Einschlafen bringt. Tatsächlich schadet er mir nicht, und sie ist glücklich. Am Anfang habe ich auf den Rat des Chirurgen mit einem Amethyst und einem Topas unter der Matratze geschlafen, aber ich habe keinerlei Besserung festgestellt und darauf verzichtet.«

»Verzeiht, Exzellenz. Wie geht es Doña Leonor?«

»Gut, großartig. Ihr wisst ja, dass sie Tischdame der Königin ist, und wir sehen uns wenig, weil ihre Verrichtungen sie eng an den Palast binden, und das zu Zeiten, die nicht mit den meinen übereinstimmen.«

Don Martín merkte, dass der Herzog nicht gern über dieses Thema sprach.

»Aber sagt mir: Wie geht es Eurer Familie?«

»Gut, nun ja, wir kommen zurecht. Das Leben in der Provinz ist nicht leicht. Noch sind zwei Töchter im Haus, denn die älteste hat ja, wie Ihr wisst, in Sevilla geheiratet, und mein einziger Sohn studiert in Salamanca Latein im ersten Jahr.«

»Und Eure Vermögensangelegenheiten?«

»Schwierig, äußerst schwierig, Señor. Die Pachtsummen sind mager, und auf den besten Ackerfeldern, die ich noch besitze, hat der Rat der Mesta den Weideweg festgelegt. Nachdem alle Churro- und Merinoschafe dort auf dem Weg nach Madrid durchgezogen sind, bleibt das Land wüst wie Ödland zurück. Aber ich möchte mit Euch nicht über meine wirtschaftlichen Bedrängnisse sprechen, denn obwohl sie eine große Bürde sind, werde ich doch mit ihnen fertig.«

»Welcher Kummer quält Euch dann, den ich überwinden oder es wenigstens versuchen kann?«

Don Martín lehnte sich auf seinem Sessel zurück und begann unsicher: »Seht, Exzellenz, schon vor einiger Zeit habe ich bemerkt, dass sich jemand allzu sehr für meine Person interessiert ... Ich möchte Euch noch mehr sagen ... Nicht nur für meine Person, sondern auch für meine Familie, meine nahen oder entfernten Verwandten und sogar für meine Freunde.«

»Und was bringt Euch auf diese Vermutung?«

Don Martín zögerte mit der Antwort.

»Sprecht klar mit mir, alter Freund, denn dafür seid Ihr zu mir gekommen.«

»Nun denn, Señor, was ich Euch anvertrauen möchte, ist ein Geheimnis, und ich habe niemandem meinen Kummer verraten oder mein Geheimnis anvertraut. Nicht nur deshalb, weil das Thema kompliziert ist, sondern auch, weil es guten Leuten schaden könnte, die sich für mich eingesetzt haben.«

»Vertraut mir, Don Martín. Bei meiner Ehre schwöre ich, dass ich bis ins Grab für mich bewahre, was Ihr mir sagen wollt.«

»Gebt acht, Exzellenz. Vor einiger Zeit ist in Quintanar del Castillo ein gewisser Herr aufgetaucht, der sich eingehend nach der Familie Rojo erkundigt hat. Er hat nach unseren Lebensgewohnheiten gefragt, wie oft wir die heilige Messe besuchen, mit wem ich Umgang habe, welche Bücher ich zu Hause aufbewahre und – verzeiht, Exzellenz, denn es fällt mir nicht leicht, das zu sagen – ob ich, wenn ich nach León reise und fern von zu Hause übernachte, in die Hurenhäuser gehe oder mit einer Edelhure buhle oder mich auch der Gefälligkeiten einer festen Dame erfreue.

Doch ich bin ein frommer Christ und achte uneingeschränkt meine liebe Frau. Außerdem habe ich wirkliche Angst davor, mich mit der französischen Krankheit anzustecken, denn ich konnte den Tod eines guten Freundes und Soldaten Ihrer Majestät aus der Nähe miterleben – und ich versichere Euch, wenn die Leute wüssten, welches Ende die Unglücklichen erwartet, die sich diese Krankheit zuziehen, würden sie sich ganz anders in Acht nehmen, ehe sie sich den Damen mit kurzen Mäntelchen nähern.«

»Lieber Freund, mich erschreckt, was Ihr mir erzählt.«

Don Martín erklärte weiter:

»Damit sind meine Heimsuchungen nicht zu Ende. Mir ist außerdem zu Ohren gekommen, dass er Nachforschungen über die Familie meiner Frau angestellt und wie ein Hetzhund den Wurzeln unseres Stammbaums nachgespürt hat, dass er Pfarrkirchen aufgesucht und in Gemeinde- und Taufbüchern herumgeschnüffelt hat. Schließlich hat er alle Geheimnisse entweiht, damit er ein kritisches Licht auf die Reinheit meines Geschlechts werfen kann.«

Unmerklich hatte der Herzog den Ton einer entspannten Plauderei mit dem Hidalgo aufgegeben, und seine Haltung war nun höchst ernst und umsichtig.

»Und woher wisst Ihr das alles?«

»Nun, Señor, die Quellen, denen so üble Neuigkeiten entstammen, sind vielfältig. Ich habe befreundete Kaufleute, die mir Gefälligkeiten schuldig sind, Pächter, denen ich Schulden erlassen habe, und meinen Hausarzt, einen lebenslangen Freund meiner Familie, Doktor Gómez de León. Er vor allem hat mich gewarnt, damit ich mich in Acht nehme. Und das will ich tun.«

»Vor wem wollt Ihr Euch in Acht nehmen, Don Martín?«

»Ich bekomme Furcht, wenn ich daran denke, aber heutzutage können all diese Dinge nur von zwei Amtsgewalten ausgehen: von der des Königs und der des Heiligen Offiziums. Von der ersten ist das undenkbar. Ihr wisst besser als jeder andere, wie treu ich der Krone gedient habe und wie viele Jahre ich mein Leben unter den Fahnen Kastiliens gewagt habe. Außerdem sind die Oberrichter und Büttel viel weniger heimtückisch und viel direkter in ihrem Handeln.«

»Und die zweite? Was kann die Inquisition von Euch wollen?«

Die Stimmung hatte sich erhitzt. Die beiden Männer hatten ungewollt ihre Stimmen gedämpft und steckten zugleich ihre Köpfe zusammen.

»Tatsächlich vermag ich nicht zu begreifen, was das Heilige Offizium von mir will. Ich bin Altchrist, Protektor des Benediktinerklosters und ein treuer Sohn der heiligen Mutter Kirche. Acht Generationen Getaufter gewährleisten die Reinheit meines Bluts.«

»Hattet Ihr vielleicht Geschäfte mit jüdischen Bankiers?«

»Nein, Exzellenz. Meine Schulden habe ich bei den Genuesen.«

»Hat jemand Euch vielleicht eine lutherische Bibel geliehen?«

»Niemals, Exzellenz, niemals!«

»Wart Ihr etwa unvorsichtig in Euren Gesprächen und habt Ihr einer ungeeigneten Person gegenüber ein ungebührliches Thema angesprochen, oder habt Ihr leichtfertig über Calvin oder Melanchthon geurteilt?«

Der Hidalgo runzelte die Stirn und dachte einige Augenblicke nach.

»Einmal, Exzellenz … ein einziges Mal, bei der Jahresversammlung der Protektoren des Benediktinerklosters, das war schon vor mehreren Jahren, hatte ich einen kleinen Wortwechsel mit Doktor Carrasco über den Schaden, den die Austreibung der Morisken der Landwirtschaft gebracht hat. Damals ist er wie eine Giftnatter über mich hergefallen.«

Der Herzog von Albuquerque raufte sich mit seiner gepflegten Hand den Kinnbart und sagte ernst:

»Glaubt mir, Don Martín, aus dieser Ecke weht der Wind des Unheils. Wenn Ihr Euer Problem mit dem König hättet, könnte ich Euch eine hilfreiche Hand reichen. Ich habe einen guten Stand bei Hofe und noch mehr beim Günstling Don Gaspar de Guzmán, dem Grafen-Herzog von Olivares, doch wenn ich mich bei der heiligen Inquisition einmische, würde Euch das nicht nur nicht begünstigen, vielmehr könnte es Euer Problem verschlimmern.«

»Wenn Eure Exzellenz mir nicht helfen kann, ist es aus mit mir, wie ich vorhersehe.«

Düsteres und bedrückendes Schweigen umfing die zwei Männer. Man hörte nur das Prasseln der Holzscheite im Kamin, als der Herzog wieder das Wort ergriff.

»Ich will einmal, ein einziges Mal, etwas für Euch tun, und damit wird die Schuld ausgeglichen sein, die ich seit Neapel Euch gegenüber habe. Ich wünsche, dass Euch meine Empfehlung nützt und dass Ihr Euch vor solch widrigen Winden schützt, damit die Beleidigung und die Verleumdung, die Lieblingstöchter des Grolls und des Neids, nichts finden, wo sie zubeißen können. Ich gebe Euch ein Schreiben für Don Jerónimo de Villanueva, den Obernotar von Aragonien. Er genießt jetzt die Wertschätzung und Gunst von Bruder Antonio de Sotomayor, dem Beichtvater des Königs, denn er hat aus seinem Privatvermögen dem Orden der Benediktinerinnen von der Fleischwerdung Christi das Sankt-Placidus-Kloster geschenkt, dessen Protektor er ist und das sowohl Seine Christliche Majestät als auch der Graf-Herzog regelmäßig aufsuchen, beide allerdings aus ganz unterschiedlichen Gründen, gewiss … Es ist *Vox populi*, dass er die Priorin, Doña Ana de la Cerda, beinahe geehelicht hätte, als sie noch in der Welt lebte, und als sie den Ruf Christi vernahm, hat er sich verpflichtet, nicht nur den Bau des Klosters zu bezahlen, wie ich Euch gesagt habe, sondern auch die Unterhaltskosten der Gemeinschaft, mit der einzigen Bedingung, dass sein Palast Mauer an Mauer mit dem Gebäude der Nonnen stand und dass er jeden

Tag mit ihnen die heilige Messe hören konnte. Ich erzähle Euch diese Geschichte, damit Ihr den Grund für eine solch altruistische Geste versteht und erkennt, warum ihn der Beichtvater des Königs mit seiner besonderen Gunst auszeichnet. Für ihn ist der Brief bestimmt, in dem ich mich darauf beschränken werde, Euch zu empfehlen und mitzuteilen, dass Ihr ein geborener Hidalgo seid, dass ich Euch gut kenne und dass ich mich freuen würde, Euch einen bestimmten Gefallen zu vergelten. Lieber Freund, Euer Kummer hat gewiss eine rabenschwarze Seite. Doch ich glaube, wenn jemand etwas für Euch tun kann, so ist es Don Jerónimo de Villanueva.«

»Ich weiß nicht, wie ich Euch das vergelten kann.«

»Ihr seid mir nichts schuldig. Und ich Euch ebenso wenig. Ist das Letzte klar? Wartet einen Augenblick.«

Der Herzog stand auf und verließ den Raum. Bevor die Wasseruhr, die auf einem Regalbrett stand, eine halbe Umdrehung ausgeführt hatte, erschien ein Page und übergab Don Martín einen versiegelten Umschlag mit dem Wappen des Herzogs. Der Hidalgo nahm ihn und ging in Begleitung des Pagen auf die Straße hinaus, nachdem er Mantel und Hut geholt hatte. Es war finstere Nacht, und um diese Zeit war es nicht leicht, eine Kutsche oder Sänfte zu finden. Er dachte, dass es ihm gar nicht schlecht bekommen würde, ein bisschen zu laufen, und gedankenversunken stieg er die Calle de las Huertas zur Calle de las Carotas hinauf, wo an der Plazuela del Ángel seine Herberge lag.

Schwester Gabriela und Rivadeneira

Schwester Gabriela de la Cruz war hinterhältig, äußerst missgünstig und weltlich gesinnt. Sie war vierunddreißig Jahre alt und maßlos ehrgeizig. Als Pater Rivadeneira im Kloster eintraf, erschien er ihr als unschätzbar wertvoller Helfer und unerwarteter Verbündeter, und außerdem rechtfertigte er ihre geringen Gewissensskrupel. Der Geistliche kam aus Madrid und fühlte sich zu den Erleuchteten von Llerena hingezogen, einer Sekte, die in jüngster Zeit eine gewisse Berühmtheit bei einigen Ordensgemeinschaften erlangt hatte, und da ihm ihre Grundsätze zusagten, ließ er sich von ihnen gewinnen. Der Orden war auch Schwester Gabrielas Heerschar, und sie wünschte nichts anderes, als Stufe um Stufe in der Hierarchie aufzusteigen, um den höchsten Platz zu erreichen, und dabei konnte ihr der Mönch nützen.

Pater Rivadeneira hatte einen widersprüchlichen und ruhelosen Charakter. Seit seiner frühen Jugend kämpfte er gegen die Verlockungen des Fleisches, und seine Bußübungen waren schrecklich. Schon im Seminar eilte er tagtäglich vom einsamen Laster zur Beichte. Er versuchte alles: Fasten, Geißeln und sogar Bußgürtel. Doch je mehr er sich peinigte, desto mehr verlangte seine Libido von ihm, und von allen Seiten bedrängte ihn der Böse. Wenn er mit den übrigen Seminaristen auf freiem Feld spazierte, erkannte er selbst in den Knorren der Baumstämme Mädchenbrüste, und wenn er ein Gemälde sah, auf dem eine Frau erschien, richtete sich sein Blick unfehlbar auf ihre Schamteile. Hin und wieder nahm er Pinsel und Farben und widmete seine Mußestunden der Aufgabe, mit den großen Meistern zu wetteifern. Hierfür war er sehr begabt, und schließlich malte er stets das Gleiche: eine liegende nackte Frau. Als er sein Studium beendet hatte, bekam er eine Stelle als Vikar in der Pfarrgemeinde San Ginés, und dort wurde ihm vieles klar. Wenn er dem Pfarrer seine Nöte beichtete, maß dieser ihnen nicht die geringste Bedeutung bei. So kam er denn zu dem Schluss, dass das, was ihm widerfuhr, nicht so einzigartig war. Ans Gitter seines Beichtstuhls trat oft ein Pfaffenliebchen. Die Frau hieß María, und er tröstete sie so innig, dass er sie eines Nachts heimlich in ihrem Taubenhaus besuchte, wo sie ihre Dienste feilbot. Das Haus lag in der Calle del Olivar. Er empfand eine solch tiefe Lust, dass er seinen Instinkt nicht mehr bezwingen konnte und die Frau zur Kebse nahm, weil er sie mit keinem anderen teilen wollte, wozu ihn zum einen ein maßloses und unangebrachtes fleischliches Eigentumsverlangen trieb, denn er hatte sie ja kennengelernt, als sie das Hurengewerbe ausübte, zum anderen weil er Angst hatte, sich mit der französischen Krankheit anzustecken, hatte er doch bei seinen Besuchen in den Hospitälern sehen können, wie unglückliche Kranke einen schrecklichen Tod erlitten. Sie waren mit Eiterbeulen bedeckt, die sie sich zugezogen hatten, als sie bedenkenlos mit Winkelhuren und ausgehungerten, dick geschminkten Veteraninnen verkehrten, die für einen Napf Essen auf den Straßen ihren Leib anboten und sich keiner Gesundheitskontrolle durch den mit der Bordellaufsicht beauftragten Büttel unterziehen mussten, ganz abgesehen davon, dass man ihnen nach der Dienstleistung das Schwänzelgeld schuldig blieb und sie leer ausgingen, wenn sie nicht genau aufpassten. All das verband der Mönch mit Bußübungen und Fasten, um die Stimme seines Gewissens zu beschwichtigen. Da erfuhr er von einem Amtsbruder, dem er seine Nöte und Skrupel anvertraut hatte, dass eine besondere Versammlung stattfinden sollte, die monatlich oder alle zwei Monate im Hinterzimmer eines Speisehauses an der Calle de La Pasión, an der Ecke zur Plaza de la Cebada, einberufen wurde und bei der nur Leute zusammentrafen, die durch von Mund zu Mund weitergereichte Meldungen davon erfahren hatten. Er fand sich ganz unauffällig ein, vermummt und mit tief heruntergezogenem Hut, denn er wollte seine Tonsur nicht zeigen, und bevor er eintrat, blieb er eine Weile an der Tür stehen und beobachtete, wer herkam, und er wollte herausbekommen, welchen Rang die Verschwörer hatten. Diese trafen paarweise oder zu dritt ein, hatten sich in ihre Mäntel gehüllt und verbargen sich sorgfältig. Schließlich ging auch er hinein. Die Leute saßen auf den Bänken, und an manchen Tischen spielte man Karten. Dort blieb der Mönch stehen und tat so, als interessierte er sich für das Spiel, doch es kam ihm tatsächlich darauf an, die Kunden zu beurteilen, die nach hinten gingen und hinter einem dicken Sergevorhang verschwanden. Als er sicher war, dass er sich nicht irrte, ging er zu der verborgenen Tür. Dort erkundigte sich ein Diener, der diese Tür bewachte, nach dem Namen der Person, die ihn geschickt habe. Der Mönch berief sich auf seinen Amtsbruder. Der Lakai prüfte eine Liste und gab ihm dann den Weg frei, wobei er ihm mit einer Handbewegung eine kleine Holztreppe weit hinten zeigte, die zu einem Zwischenstock hochführte. Julián Rivadeneira folgte dem Wink des Dieners, und vor seinen Augen tauchte ein Raum auf, der nichts mit dem unteren Stockwerk zu tun hatte. Er war groß, und man hatte ihn für seinen jetzigen Verwendungszweck eingerichtet. Mehrere Bänke standen hintereinander; ihnen gegenüber erhob sich ein Podium, auf dem ein mit einem roten Damasttuch bedeckter Tisch stand, und dahinter befand sich der Armsessel des Vortragenden. Die Leute, die auf den Bänken saßen, waren bunt durcheinandergemischt. Es gab mehr Männer als Frauen und mehr Geistliche als Laien, den einen oder anderen Hidalgo, Kleinadlige, Damen in Begleitung ihrer Gesellschafterinnen und ein paar Verschleierte. Der Mönch setzte sich auf eine Bank weit hinten und wartete ungeduldig und aufgeregt. Nach einer Weile erschien der Redner, und die Anwesenden verstummten. Der Mann hatte einen dürren Leib und einen gewaltigen Kopf. Er war wohl nahe an den Fünfzigern und wie ein reisender Geistlicher gekleidet. Gleich einem Verschwörer bewegte er sich nervös und ruckartig. Er setzte sich, und als Julián Rivadeneira hochblickte, bemerkte er, dass er die Anwesenden in seinen Bann zog. Er nannte sie »liebe Brüder und Schwestern« und duzte sie, etwas bei solchen Gelegenheiten völlig Unübliches. Sogleich begann er, einige Theorien abzuhandeln, die der Mönch geradezu wie ein in der Wüste verirrter Wanderer in sich hineinschlürfte.

»Meine Lieben«, sagte er, »es erfüllt mich mit Freude, dass ihr, die ihr meiner Einladung folgt, immer mehr werdet. Seid besonnen und überlegt genau, mit wem ihr über die neue Kirche sprecht, weil der Feind lauert und viele ein Interesse daran haben, dass sich nichts verändert und alles bleibt, wie es ist. In Europa sind wir schon Tausende, und die Ströme, die von außen kommen, bringen frischen Lebenssaft und neue Ideen, die unser Herz hell erleuchten können und die ebenso wie Luther, Calvin und Melanchthon die Bibel neu gedeutet und neue Wege gefunden haben. Wir, die Illuminaten von Llerena, wollen uns nicht von der heiligen Mutter Kirche trennen, sondern in ihrem Innern einen festen Kern bilden, der viele Lehren unseres Herrn und Texte der heiligen Bibel neu ausdeutet, von denen wir glauben, dass sie schlecht übersetzt und noch schlechter ausgedeutet sind.

Und ich frage, wenn das erste, vierte und fünfte Buch Mose wichtig sind, warum dann ein so schöner Gesang auf die Liebe wie Salomos *Hohelied* nicht ebenso geachtet und behandelt wird. Hatten die Patriarchen nicht viele Ehefrauen? Hat nicht Gott ohne jede Einschränkung gesagt: ›Seid fruchtbar und mehret euch‹? Soll etwa ein Mann, wenn er seiner Frau einen dicken Bauch gemacht hat, das göttliche Gebot missachten? Die Sündenvergebung, die uns durch die Kreuzigung des Herrn gewährt wurde, ist so allumfassend, dass sie dazu gedient hat, die gegenwärtige, vergangene und zukünftige Menschheit von Schuld reinzuwaschen. Die Sünde der Menschen vermag gewiss nicht mehr als das Blut Christi. Darum sage ich euch, dass das Böse, wenn man es im Namen des Herrn tut, gut ist … und dass wir Eingeweihte uns ohne jede Förmlichkeit mit ›du‹ anreden müssen, denn so reden sich die Seligen, die Engel und die Heiligen im Paradies an.

Etwas anderes will ich euch sagen … Glaubt ihr, Gott könnte wünschen, dass sich der nach seinem Ebenbild geschaffene Mensch mithilfe der Sünde fortpflanzt? Wenn der Herr gewollt hätte, dass der Mann nicht mehr als eine Frau erkennt, hätte er es so eingerichtet, dass er nur mit dieser einen fruchtbar sein könnte. Hat unsere Mutter Eva nicht mit ihren Söhnen und haben diese nicht mit ihren Schwestern gebuhlt? Hat der Herr sie etwa bestraft, indem er sie unfruchtbar machte? Nein, tausendmal nein! Und ich will euch noch mehr sagen: Welche sind die Besten vor dem Allerhöchsten? Ich werde es euch offenbaren: jene, die ihm ihr Leben und ihre Arbeit weihen. Glaubt ihr vielleicht, der Herr möchte, dass die Besten sterben, ohne die Erde befruchtet zu haben? Nein, tausendmal nein! Ja noch mehr! Die Kinder, die aus der Vereinigung von Geistlichen und Nonnen geboren werden, gerade sie werden die Propheten des Neuen Gesetzes sein. Ich fordere euch auf, jeden Tag mehrmals zu kommunizieren. Was für ein Übel kann es mit sich bringen, mehr Gott zu essen?«

Mit Donnerstimme, verzerrter Miene und schweißüberströmtem Gesicht hatte der Prediger sein Publikum hypnotisiert. Dann beruhigte er sich langsam, und nachdem er den Anwesenden noch einmal Besonnenheit und Klugheit empfohlen hatte, zog er sich zurück.

Pater Rivadeneira hatte alles gehört, wonach er sich so viele Jahre lang gesehnt hatte, und naturgemäß kam er immer wieder zu den Versammlungen, wenn er von einer erfuhr, wobei er viele Vorsichtsmaßnahmen anwendete. Diese neue Theologie befreite seinen Geist und tröstete seine leidgeprüfte Seele, und sein bevorzugtes Thema, das sechste Gebot, hörte auf zu existieren. Er versuchte, nur Anhänger unter Leuten zu gewinnen, denen er uneingeschränkt vertraute, denn Ohren und Augen der Inquisition waren überall, und ihr Arm war lang und mächtig.

Als er im Benediktinerkloster eintraf, war er fünfundvierzig Jahre alt, und das Kloster kam ihm wie ein wunderbarer Garten vor, den man seiner Obhut anvertraute und dessen Früchte nach seinem Belieben wachsen würden, zumal die Priorin krank war und sich das Schifflein des Klosters in der Hand der Novizinnenmeisterin befand, von der er meinte, dass sie sich sehr viel leichter für seine Pläne gewinnen ließe. Seine Aufgaben bezogen sich auf drei Gruppen: die Nonnen, die Novizinnen und die Postulantinnen sowie diejenigen Reklusen, die nach der Entbindung beschlossen, im Kloster zu bleiben, weil sie entweder keinen anderen Ort aufsuchen konnten oder weil es für sie günstiger war, als Mägde im Dienst der Gemeinschaft zu bleiben. Bei diesen warf er seine Netze aus. Alle Vorteile waren auf seiner Seite: Sie waren arm und, von Ausnahmen abgesehen, völlig ungebildet. Er behandelte sie liebevoll, er hielt ihnen sanfte Predigten, und als er eine von ihnen als seine Beute ausgewählt hatte, bedrängte er sie mit kleinen Gefälligkeiten, Geschenken und dem ausdrücklichen Versprechen, dass er sich über die Vermittlung der Nonnen nach dem Aufenthaltsort ihres Kindes und der Stellung der Familie erkundigen werde, die es aufgenommen hatte, damit sie ihm ein Geschenk schicken oder es vielleicht einmal von Weitem in der Kirche oder auch bei einer Reise, die er ermöglichen wollte, sehen und auf jeden Fall gelegentlich Neuigkeiten von ihm erhalten könnte. Danach behauptete er der verantwortlichen Nonne gegenüber, er habe die Arbeit beobachtet, die die Mädchen abwechselnd leisteten, wenn sie seine Zimmer reinigten, und die fleißigste und sauberste sei Fuencisla, denn so hieß das Mädchen, und er erreichte mühelos, dass man ihr von da an immer diesen Dienst zuwies. Das Übrige war ein Kinderspiel, und dazu trug der Einfluss bei, den er auf sie ausübte, außerdem die Dankesschuld, die das junge Mädchen, wie es glaubte, ihm gegenüber hatte, ihre begierigen neunzehn Jahre und, denn man muss alles sagen, der Umstand, dass sich der Mönch zu einem unermüdlichen und erfahrenen Deckhengst entwickelt hatte. Ihre Begegnungen wurden immer häufiger und explosiver, und schließlich kam das Unvermeidliche: Fuencisla wurde schwanger.

»Wisst Ihr sicher, was Ihr sagt?«

Dies spielte sich im Kabinett des Mönchs ab. Das Mädchen stand ihm gegenüber und wischte sich die Hände an der Schürze sauber.

»Wieso soll ich es nicht sicher wissen, Pater«, antwortete das Mädchen verstört. »Ich bin völlig sicher.«

»Und wie lange ist es her, dass Euer Rosenbusch nicht geblüht hat?«

»Jetzt ist es der dritte Monat gewesen.«

Der Mönch dachte angestrengt nach, und schließlich meldete er sich wieder.

»Wir haben nur zwei Möglichkeiten.«

»Euer Hochwürden wird es sagen.«

»Die erste … aus dem Kloster fortgehen.«

»Ich habe nichts, wohin ich gehen kann.«

»Das ist Euer Problem.«

»Und die zweite?«, fragte das Mädchen mit kraftloser Stimme.

»Man muss einen Vater für das Kind suchen, das als Siebenmonatskind geboren wird. Einen Vater, der Euch natürlich gegen Euren Willen Gewalt angetan hat. Auf diese Weise werden Euch die Nonnen gestatten, im Kloster zu bleiben, und ich kann Euch weiterhelfen. Ihr bekommt Euer Kind, und ich kümmere mich ebenfalls darum, dass man es einer guten Familie übergibt. Was mich betrifft, so vergesst nicht, dass es auch mein Kind ist. Was sagt Ihr dazu?«

»Aber, Pater – und Ihr? Wie könnt Ihr erklären, dass Ihr das alles wisst?«

»Bin ich nicht etwa Euer Beichtvater? Habe ich Euch nicht mehr als tausendmal gesagt, dass das Böse gut ist, wenn man es in Gottes Namen tut? Ich werde dafür sorgen, dass meine Worte von den richtigen Ohren vernommen werden.«

»Aber, Pater, der Mann, den Ihr einer Gewalttat gegen mich bezichtigt, wird das abstreiten. Er wird sagen, das sei eine Lüge, und das überall hinausposaunen.«

»Haltet Ihr mich für so stumpfsinnig? Der Mann, den ich beschuldige, wird nie etwas abstreiten oder überhaupt reden.«

»Wie könnt Ihr das so entschieden behaupten?«

»Er ist taubstumm. Habt Ihr mich verstanden?«

Achtundvierzig Stunden später schleppten vier Büttel der heiligen Hermandad den mit Handschellen gefesselten Gärtner Blas aus dem Kloster fort. Er hatte dem Kloster beinahe fünfundzwanzig Jahre lang treu gedient.

Der Mönch war von der Lösung begeistert, die er für sein Problem gefunden hatte. Er hielt es gewissermaßen für eine lustige Geschichte, dass er ein Kind nach den Leitgedanken der Erleuchteten gezeugt hatte, und er erweiterte seine Ansprüche. Er dachte, es sei schön, ein weiteres Kind zu zeugen, dies jedoch mit einer Frau von höherer Stellung und Herkunft als einer einfachen Rekluse, und seine begehrlichen Augen blieben an einer wunderschönen jungen Postulantin hängen, die sein Herz geraubt und seine Urteilskraft verdunkelt hatte: Catalina.

Gedanken

Catalina hatte als Vierzehnjährige noch nicht ihre volle Reife erreicht, doch sie war schon eine schöne Frau. Der grobe Stoff der Benediktinertracht und die Hauben, die ihr Haar zusammenrafften, konnten ihre Schönheit nicht verbergen. Die breite Stirn, die tiefen und heiteren Augen, das vollkommene Oval des Gesichts, die gerade und wohlgestalte Nase, die fleischigen Lippen und das mit einem Grübchen geschmückte Kinn verleiteten den Geist des Mönchs und erfüllten ihn mit erotischen Träumen.

Die Kleine wusste nicht, dass sie schön war. Im Kloster gab es keine Spiegel, und nur der quecksilbrige Widerschein des Teichwassers hatte ihr gelegentlich das bebende Abbild ihres Gesichts wiedergegeben. Da sie im Benediktinerkloster geboren war, kannte sie all seine verborgenen Winkel – alle außer dem Geheimgang, der in der Sakristei begann und zu den Zimmern der Novizinnen und dem Glockenturm der Kirche führte, dessen Zugangstreppe von einer dicken, ständig abgeschlossenen Tür versperrt wurde. Jeden Nachmittag ging sie in ihren freien Augenblicken zu einer Stelle, die den Ziergarten vom Nutzgarten abgrenzte und so hoch lag, dass man von dort aus die Welt erblicken konnte, die sich hinter der Sankt Benedikt umgebenden Mauer ausbreitete. Die Kleine ließ ihren unsteten Geist schweifen, und sie fragte sich, was es wohl hinter dem Buchenwald gab, wohin das silberne Band des Baches führte, das durch den Garten floss und sich in der Ferne verlor. Die Enge des Klosters bedrückte sie, und sie war sicher, dass sie ihre Tage nicht in seinem Innern beschließen und dass ihr Leib darum nicht auf dem Nonnenfriedhof ruhen würde. Ihr ganzes Wesen verlangte nach Freiheit, und sie sehnte sich danach, neue Horizonte, neue Menschen und neue Verhältnisse kennenzulernen. Wie war es möglich, dass jedes Tierchen auf dem Feld frei war, ohne dass es die nötige Urteilsfähigkeit besaß, um seine Freiheit zu genießen, während sie, die sie so sehr herbeisehnte, sich ihrer nicht erfreuen konnte? Sie hatte lesen und schreiben gelernt durch die Lektionen Bruder Gerundios, um den sie so bittere Tränen vergoss und dem sie nie genug für die unschätzbare Wohltat würde danken können, die er ihr erwiesen hatte, als er sie alles lehrte, was er selbst wusste. Gegen die Meinung Schwester Gabrielas hatte die Priorin, die stets ihren wachen Verstand lobte, sie, wenn sie ihre Küchenarbeiten beendet hatte, der Bibliothek der Gemeinschaft und der Buchhaltung der Nonnen zugewiesen, wo sie überdies ohne Wissen der Novizinnenmeisterin die Gänsefeder mit der einen Hand genauso wie mit der anderen gebrauchte. Die Welt, die sie kennenzulernen vermochte, war jene, die ihr die Bücher zeigten, vor allem die, die sie entwenden und später in die Bibliothek zurückstellen konnte. Sie hatte das Meer nicht gesehen, doch sie wusste, dass es vorhanden war … und die Galeonen … und die großen Fische, die das Wasser bevölkerten … und die Neue Welt, die der Großadmiral Kastiliens in der Zeit der Katholischen Königin entdeckte. Ihr Geist schweifte umher und beneidete die Enten mit dem grünen Hals, die in schnellem Flug und geschlossener Formation den Himmel über dem Kloster in Richtungen durchquerten, die den jeweiligen Monaten entsprechend entgegengesetzt waren. Wohin bewegten sie sich, und warum kamen sie wieder? Warum kehrten die Störche jedes Jahr zur gleichen Zeit zurück, um auf der Kirchturmspitze von Sankt Benedikt ihr Nest zu bauen? Gerade auf jener Turmspitze, von wo aus, ohne dass sie es wusste, die kalten Augen Pater Rivadeneiras jeden Nachmittag nach ihr spähten, ganz wie die Augen eines Raubvogels sein Opfer belauern.

Schändliche Pläne

»Reden wir klar, Schwester Gabriela. Ihr wünscht inbrünstig, Priorin von Sankt Benedikt zu werden, während es mein einziger Wunsch ist, eine bestimmte Postulantin, die Euch anvertraut ist, auf den neuen Weg zu führen.«

»Ich will Euer Gnaden nicht nach ihrem Namen fragen, denn ich bin nicht stumpfsinnig, und Eure Absichten bleiben mir nicht verborgen. Doch wenn ich anerkenne, dass es mein Ehrgeiz wäre, diese Gemeinschaft zu leiten, wie könntet Ihr mir bei diesem Vorhaben helfen?«

Die beiden plauderten miteinander, während sie unter den Arkaden des Kreuzgangs um den Teich liefen.

»Gehen wir der Reihe nach vor. Erstens ist es eines der Vorrechte von Sankt Benedikt, wie Ihr wisst, dass die Nonnen beim Tod einer Priorin deren Nachfolgerin gemeinsam im Kapitel mit Zweidrittelmehrheit wählen. Ist es so? Korrigiert mich, wenn ich mich irre.«

»Ihr seid genau unterrichtet. So ist es … Und dann?«

»Nun ja. Gleich nach der Wahl muss man den Protektoren die Entscheidung der Mehrheit mitteilen, und diese schicken dem Ordensgeneral den von ihnen bestätigten Beschluss, damit er ihn dann dem Bischof übermittelt und dieser sein Plazet erteilt.«

»Was schlagt Ihr vor?«

»Ihr nehmt erstens eine hervorragende Position in der Gemeinschaft ein, und es würde nicht schwerfallen, wenn Ihr Euch ein wenig mit der Angelegenheit beschäftigt, die Zweidrittelmehrheit zu erhalten.«

»Ich glaube, Ihr vergesst eine viel größere Schwierigkeit.«

»Welche?«

»Mutter Teresa, die Priorin, weigert sich trotz ihrer Beschwerden, den Arzt zu empfangen.«

»Ihr werdet sehen, wie sich das ändert. Habt Ihr mir nicht erzählt, dass sie in letzter Zeit das Bett beschmutzt? Diese neue Prüfung, die ihr der Herr schickt, ist zu widerwärtig, als dass sie bei ihrer hartnäckigen Weigerung bleibt. Für uns ist es notwendig, dass Doktor Gómez de León zu ihr kommt und ihr ein Rezept ausstellt. Danach wird es leicht sein, das Erforderliche hinzuzufügen oder zu ändern, und nun beginnt meine Mitarbeit, damit Ihr mich zugleich bei dem Vorhaben unterstützt, von dem ich Euch erzählt habe.«

»Sprecht weiter. Ich höre Euch mit wirklichem Interesse zu.«

Pater Rivadeneira blickte sich um, damit er ausschließen konnte, dass es einen indiskreten Lauscher gab, und erklärte dann weiter: »Früher, bevor ich die Weihen erhielt, habe ich als Apothekendiener gearbeitet und den Beruf in einem Arzneiladen in Segovia erlernt.«

Die Novizinnenmeisterin beugte sich mit ihrer Haube dem Mönch entgegen und lauschte aufmerksam.

»Ehrwürdige Mutter, Ihr wisst sicher, dass es bestimmte wunderbare Arzneitränke gibt, die unterschiedliche Wirkungen haben, je nachdem, wie oft man sie verabreicht und welche Mengen man dem Kranken gibt. Ein solcher Trank wird aus der Wurzel der Brechnuss oder der Ignatiusbohne hergestellt. Der lateinische Name dieser Bohne ist *Strychnos Ignatii*, und wenn man sie angemessen dosiert, hat sie heilende Wirkung.«

»Worauf wollt Ihr hinaus?«

»Habt Geduld, Schwester Gabriela. Doch wenn man eines Nachts, natürlich aus Versehen, bei dem Rezept, das der Doktor verschrieben hat, einen Bestandteil änderte oder hinzufügte, dann …«

»Dann?«

»Dann würde der Tod schnell und sicher eintreten. Alle würden denken, der Herr habe sie vorzeitig zu sich nehmen wollen, um ihren Todeskampf abzukürzen und ihre großen Verdienste zu belohnen.«

Schwester Gabriela dachte nach und zögerte, doch der Mönch sprach weiter:

»Ihr werdet die neue Priorin von Sankt Benedikt sein, und mir verschafft Ihr, um unseren Pakt einzuhalten, Zugang zu Catalina … damit ich sie zur wahrheitsgemäßen Deutung der Heiligen Schrift führen kann.«

»Eine solche Entscheidung darf man nicht leichtfertig treffen. Gebt mir ein paar Tage.«

Die Nonne ließ sich Zeit zum Nachdenken, und zwei Wochen später kamen die beiden wieder zusammen.

»Einverstanden, aber Ihr bekommt sie erst, wenn meine Ernennung eingetroffen und bestätigt ist.«

»Das wird eine süße Wartezeit … ›Mutter Priorin‹.«

Wieder Astorga

Don Sebastián Fleitas wartete erneut im Vorzimmer des Palastes, der Amtssitz des Provinzsekretärs des Heiligen Offiziums war. Er hatte sein Pferd zu Tode gehetzt, um vor einer knappen halben Stunde in Astorga einzutreffen, und sobald er die Angelegenheit erledigt haben würde, die ihn zu Doktor Carrasco rief, wollte er nach Madrid weiterreisen, um eine Bestellung abzuholen, die er vor mehreren Monaten übermittelt hatte und für die er sich sehr interessierte. Er hatte nicht einmal Zeit gefunden, sich umzuziehen. Er trug ein gestepptes Wams aus Wildleder über einem weißen Kamisol aus feinem Wollstoff, Beinkleider aus samtartigem Taft, die in Stiefel aus flandrischem Rindsleder gestopft waren. Diese Stiefel waren bis zur Hälfte mit Gamaschen aus kräftigem Segeltuch bedeckt, wie sie von den Postkurieren benutzt wurden. Über der Schulter hing ihm sein Mantel aus Londoner Tuch. Er reckte sich in die Höhe, wozu ihn die Spitze seines Degens zwang, der auf der linken Seite aus seiner Koppel heraushing, und weiter links leuchtete das Alcántara-Kreuz. Diese Kleidung eignete sich gut, um auf den Wegen voranzukommen, doch sie war äußerst warm im Innern des Bischofspalastes, in dem stets hohe Temperaturen herrschten, weil Doktor Carrasco ständig fror, was wohlbekannt war. Im selben Augenblick, in dem Bruder Valentín das Vorzimmer betrat, um ihm mitzuteilen, dass ihn der Herr Bischof unverzüglich empfangen werde, trocknete sich der Portugiese mit einem Batisttaschentuch den Schweiß ab, der ihm reichlich von der riesigen Stirn tropfte. Er zog sich den Mantel von der Schulter, nachdem er die ihn festhaltende Schnalle aufgemacht hatte. Er warf sich den Mantel über den Arm und folgte dem Koadjutor zu den Räumen des Prälaten. Dieser empfing ihn stehend, neben seinem Kabinettstisch, rundlich, in einen dunkelvioletten, vom Hals bis zu den Füßen zugeknöpften Leibrock gepresst, den Kopf mit einer gesteppten Priestermütze aus Samt und von der gleichen Farbe bedeckt. Zum Entsetzen des Portugiesen brannten vier gewaltige Buchenscheite im Kamin. Als Don Sebastián bei dem Prälaten angekommen war, deutete er mit einer Geste an, das rechte Knie zu beugen, der Bischof aber ließ es nicht zu, fasste ihn am Arm und richtete ihn auf.

»Ihr habt zu viele Meilen im Sattel zurückgelegt, lieber Freund. Erlaubt, dass ich Euch das Protokoll erlasse.« Dabei fasste er ihn zuneigungsvoll an der Schulter und führte ihn zu den zwei Sesseln, die am Fenster standen und damit die am weitesten vom Kamin entfernte Stelle des Zimmers waren. »Ihr wisst ja: ›Allen Menschen recht getan, ist eine Kunst…‹ Glaubt nicht, dass ich Euer Hitzegefühl vergesse. Dieses Opfer bringe ich für Euch, und ich hoffe, dass es mir der Herr anrechnet, denn Ihr wisst ja, dass ich eine Frostbeule bin.«

Die beiden Männer suchten sich ihren Platz. Doktor Carrasco machte es sich auf dem Sofa bequem, und Fleitas setzte sich an den Rand eines Sessels.

»Sagt mir also, mein Freund: Wie steht es um Eure Ermittlungen?«

»Sie kommen langsam voran, Hochwürden, aber wir erreichen Fortschritte. Ihr wisst ja, das sind sehr heikle Angelegenheiten, die viel Geduld, Takt und selbstverständlich Zeit verlangen.«

»Sicher, bei solch problematischen Angelegenheiten muss man behutsam vorgehen. Aber erzählt, wir haben also ein paar Fortschritte gemacht?«

»Ich würde sagen, ja. Doch Euch ist wohlbekannt… Dinge, die bei solchen Fragen voneinander entfernt und unvereinbar scheinen, fügen sich plötzlich zusammen, und alles klärt sich auf. Überall haben wir Augen und Ohren, die uns Material übermitteln, und das müssen wir, nachdem wir es zweckgemäß ausgewählt und überprüft haben, in einem riesigen Suchbild zusammensetzen, das uns erst am Ende die richtige Perspektive des von uns vorausgeahnten Bildes liefert.«

»Und wohin führen uns bisher die Teile, die Ihr eingesetzt habt?«

»Bedenkt, Exzellenz, dabei wirken Zufall, Kenntnisse und Intuition zusammen.«

»Redet nicht länger um den heißen Brei herum, Don Sebastián. Das Einzige, was man auf dieser Erde nicht zurückholen kann, ist die Zeit, und die von uns beiden ist wichtig und knapp.«

»Gut, kommen wir zur Sache. Erstens habe ich mich damit beschäftigt, den Schritten Don Martín de Rojos nachzuspüren, und um ihn in Zugzwang zu bringen, habe ich Verwandte, Freunde und Schützlinge bedrängt. Ihr wisst ja… Wenn Ihr das Kaninchen aufscheuchen wollt, müsst Ihr das Frettchen in seinen Bau setzen. Ich habe mich nach seinem Vermögen und seiner Familie erkundigt und erfahren, dass seine Lage nicht gerade glänzend ist. Sein Herrenhaus muss dringend abgestützt werden. Dort leben seine Frau und zwei seiner Töchter. Eine weitere Tochter hat er verheiratet, sie lebt in Sevilla. Seinen Sohn hat er an der Universität Salamanca, was ihn beträchtliche Opfer kostet. Und dazu kommt noch, dass seine Ländereien vom Durchzug des Viehs in die Hauptstadt geschädigt werden, er nicht säen und nicht ernten kann, so dass ihn die Schulden erdrücken.

Ich habe in seiner Umgebung genug Druck ausgeübt, damit er sich beunruhigt und nach Madrid reist, um Unterstützung zu suchen. Mich interessierten die Menge und der Rang der Paten, die ihn am Hof unterstützen konnten. Es ist immer gut, die Macht der Gegner kennenzulernen, denen man womöglich entgegentreten muss. Bevor ich abreiste, wusste ich jedenfalls, wen er als Ersten aufsuchen würde, weil es sein Schutzherr in Neapel war, nämlich Seine Exzellenz, der Herzog von Albuquerque und Marquis von El Basto, und darum hatte ich Zeit, meine Figuren richtig zu setzen.«

»Und wie habt Ihr das Schachbrett vorbereitet, Don Sebastián?«

»Gut, denn bedenkt: ›Stärker als die Potentaten ist Herr Dukaten.‹ Eine schöne Seidenbörse mit fünfzig Silberreales hat erreicht, dass der Sekretär des Herzogs vortrefflicher und höher als ein Chorknabe singt.«

»Und was hat er gesungen?«

»Wie ich angenommen hatte, hat Don Martín den Herzog um Hilfe gebeten. Offenbar stand er seit den Zeiten des alten Regiments in seiner Schuld. Als der Herzog durchschaute, dass hinter all dem das Heilige Offizium steckte, wollte er sich nicht einmischen, doch er vergalt ihm den Gefallen und schickte ihn mit einem Empfehlungsschreiben zu Seiner Exzellenz Don Jerónimo de Villanueva, der, wie Ihr genau wisst, ein lieber Freund Seiner Majestät ist. Wieder musste ich den Beutel zücken, damit das Gold klimperte. Ich weiß bestimmt, dass der Obernotar von Aragonien mit seinen eigenen Aufgaben und denen, die ihm der König überträgt, genug beschäftigt ist und dass er ihm mitteilen ließ, sobald er könne, werde er ihm Audienz gewähren. Aber sie wird lange auf sich warten lassen. Jedenfalls erfahre ich, wann und wo sie stattfindet, und auch, was man dabei sagt.«

»Teurer Freund, Ihr habt eifrig gearbeitet.«

»Aber geduldet Euch, Exzellenz, da gibt es noch mehr. Ich habe Euch schon gesagt, dass der Zufall viel mit meiner Arbeit zu tun hat.«

»Erzählt weiter. Ich höre.«

»Gebt acht. Als ich die Leute in Don Martíns Umgebung überprüfte, stieß ich auf die Hebamme, die bei der letzten Entbindung seiner Frau dabei war. Ich habe sie zweimal besucht. Beim ersten Mal habe ich ihr mit Komplimenten und Schmeicheleien die Würmer aus der Nase gezogen. Da äußerte sich die Frau und sagte, dass der Hidalgo vier Töchter habe. Etwas roch verdächtig, denn meine Berichte stimmten nicht mit ihrer Behauptung überein, weil er tatsächlich drei Töchter und einen Sohn hat. Trotzdem sah ich ein, dass dies nicht die richtige Zeit war, um fester zuzupacken, und ich bin gegangen, ohne weiter nachzufragen.«

»Ich verstehe nicht …«

»Habt ein wenig Geduld. Ich habe ja schon gesagt, dass der Zufall in den menschlichen Angelegenheiten eine wichtige Rolle spielt.«

»Sagt lieber, die göttliche Vorsehung.«

»So soll es sein, Exzellenz. Jedenfalls wurde ich, wie ich es Euch bei meinem letzten Besuch berichtet habe, auf den Jahrmarkt von Carrizo de la Ribera geschickt, weil ich festzustellen hatte, ob die Schauspielergesellschaft, die dort auftreten sollte, das angekündigte Mysterienspiel mit der gebührenden Schicklichkeit und Ehrerbietung aufführen würde. Als Familiar des Heiligen Offiziums wurde ich eingeladen, dem Stierkampf beizuwohnen, den man zu Ehren des heiligen Maginus durchführen wollte und bei dem Don Diego de Cárdenas als Gast auftreten sollte, der übrigens viel Mut und Erfahrung gezeigt hat, als er seinem Paten das Leben rettete. Diesen hatte der Stier umgerissen, und hätte sein Zögling nicht entschlossen eingegriffen, könnte er um diese Zeit schon dem heiligen Petrus Rechenschaft geben. Ich erkannte beide wieder, weil ich sie zwei Tage zuvor, bei meinem letzten Besuch, in Eurer Residenz gesehen hatte.«

»Mir ist nicht klar, worauf Ihr hinauswollt.«

»Wartet, Exzellenz. Vom Balkon der heiligen Inquisition überblickte ich den ganzen Platz, als ich an der entferntesten Stelle auf einmal Marcelo sehen konnte, den Kurier, den Ihr mir nach Bragança geschickt habt. Er war mit der Kammerfrau von Doña Beatriz zusammen, und beide begleiteten die Hebamme der Familie Rojo e Hinojosa sowie eine Frau, die ich nicht kannte. Es stellte sich heraus, dass sie die Amme war, die Don Martíns Sohn aufgezogen hat und die eine Rekluse von Sankt Benedikt ist.«

»Woran wollen wir uns halten, Don Sebastián, Sohn oder Tochter …?«

»Ich komme schon zum Schluss. Bevor das Fest endete, habe ich mich unter die Leute gemischt, mich in meinen Mantel gehüllt, denn María Luján oder Euer Kurier hätte mich sonst gewiss erkannt. So habe ich mich an die Tür gestellt, durch die sie hinausgehen mussten. Dann habe ich mich ihnen heimlich genähert und sie in der Menge bis zu dem Vorplatz verfolgt, wo das Mysterienspiel aufgeführt werden sollte. Die drei Frauen haben den Nachmittag damit verbracht, dass sie miteinander stritten, ohne sich zu einigen: Die Amme und die Kammerfrau behaupteten, es sei ein Junge gewesen, den Doña Beatriz in der Nacht damals zur Welt gebracht habe, und die Hebamme erklärte nachdrücklich, dass es ein Mädchen gewesen sei, und außerdem erinnere sie sich daran wegen eines scharlachroten Flecks, den das Kind unter der rechten Brustwarze hätte.«

»Das ist bei Neugeborenen etwas Alltägliches.«

»Aber die Form, Exzellenz…«

»Ich verstehe Euch nicht.«

»Gebt acht… Es ist schon Jahre her, als ich dem Archiv des Heiligen Offiziums in Portugal zugeteilt war, dass mir die merkwürdige Geschichte eines Renegaten in die Hände fiel, der zu einer Familie von portugiesischen jüdischen Bankiers gehörte, den Lacri-Madei, die König Johannes III. auf dem Scheiterhaufen in Lissabon verbrennen ließ, weil sie in ihre Ketzerei zurückgefallen waren. Wie Ihr feststellen könnt, wenn Ihr den ersten Teil des Namens mit der ersten Silbe des zweiten Teils vereint, bildet Ihr das Wort ›lacrima‹, das, wie Euch wohlbekannt ist, im Lateinischen ›Träne‹ bedeutet. Dies weckte meine Neugier, und ich habe nach Angaben zu der Geschichte gesucht. Durch einen glücklichen Zufall geriet ein Band in meine Hände. Ein Mönch zeigte ihn mir. Er ist ein überaus geschickter Illuminator und sammelt die besten Arbeiten seiner Vorgänger, die ihn interessieren. Bei dieser Gelegenheit ging es um einen sehr merkwürdigen Kodex, auf dessen Rücken man deutlich die Zahl Eins sah. Von ihm machte der Mönch, dem man das Original anvertraute, im Auftrag seines Vorgesetzten, wie auf der ersten Seite zu lesen war, eine Abschrift, in der man alle Flecke sehen konnte, die dem Bösen zugeschrieben werden; derartige Flecke erschienen auf der Haut einiger verurteilter Ketzer, und sie wurden wiedergegeben, damit man sie später bei den Nachkommen dieser Leute wiedererkennen konnte, vor allem, wenn sie außereheliche fleischliche Verbindungen mit Altchristen hatten und diese Folgen nach sich zogen. Dort standen sie gezeichnet und koloriert, also ganz genau und ausführlich wiedergegeben. Und beim Buchstaben L und neben der Geschichte des erwähnten Juden konnte ich das Zeichen sehen: Es war tatsächlich ein Auge, das drei kleine karminrote Tränen weinte.«

»Ich verstehe immer noch nicht, worauf Ihr hinauswollt.«

Der Bischof rutschte unruhig hin und her.

»Exzellenz, wie die Hebamme behauptete, die Doña Beatriz de Fontes geholfen hat, hatte das Mädchen, das in der Nacht damals geboren wurde, unter der linken Brustwarze einen Fleck, der genau wie ein kleines Auge aussah, aus dem drei scharlachrote Tränen fallen. Das scheint ein allzu großer Zufall.«

»Und dann?«

»Wenige Tage später habe ich die Hebamme wieder besucht, und ich habe sie geschickt in die Zange genommen, sie kirre gemacht und ihr Notizbuch beschlagnahmt, worin sie jahrelang ihre Wöchnerinnen notierte. Neben dem Zeichen, das zur Entbindung von Doña Beatriz de Fontes gehörte, stand eine sehr primitive, aber ausreichend klare Zeichnung. Die Frau behauptete zwar, das sei ein Sinnbild, um daran zu erinnern, dass sie zum ersten Mal bei einer Entbindung in einem solch vornehmen Hause half, und weil sie nicht schreiben könne, habe sie es mit einem Auge bezeichnet, und die drei Tränen sollten angeben, dass die Familie schon drei Töchter hätte, doch ich erinnerte mich genau an das, was sie auf dem Jahrmarkt von Carrizo den anderen zwei Frauen gegenüber behauptet hatte. Ich hielt es allerdings nicht für klug, sie zu bedrängen, ohne meinem Besuch einen offiziellen Charakter gegeben zu haben, damit sie keinen allzu großen Schrecken bekam, und ich dachte, dass ich schon Gelegenheit haben würde, ihr härter zuzusetzen, wenn es sein müsste. Doch seht hier …«

Der Portugiese holte aus seiner Wamstasche ein kleines Notizbuch, das mit einem Faden geheftet war. Er schlug es an einer bestimmten Stelle auf und zeigte dem Bischof die primitive, aber sehr deutliche Skizze eines weinenden Auges.

Der Prälat erblasste.

»Fühlt Ihr Euch nicht wohl, Exzellenz?«

»Nein. Vielleicht die Kälte … Ihr wisst ja, dass ich äußerst kälteempfindlich bin. Bitte seid so liebenswürdig und zieht am Strick des Glöckchens.«

Fleitas tat dies auf der Stelle, und Bruder Valentín erschien sogleich.

»Wünscht Ihr etwas, Exzellenz?«

»So ist es, Koadjutor. Tut mir den Gefallen und bringt ein Glas heißen Weins, Ihr wisst schon, von meiner üblichen Sorte … Möchtet Ihr etwas trinken? Entschuldigt, dass ich Euch nicht früher etwas angeboten habe.«

»Nein, Exzellenz. Tausend Dank.«

Bruder Valentín verschwand und kam kurz danach mit einem kleinen Silbertablett wieder. Darauf stand ein Glas aus geschliffenem böhmischem Kristall. In seinen Facetten schillerte das Licht, das vom großen Kamin ausging, und es enthielt eine blutrote Flüssigkeit. Der Koadjutor setzte das Tablett auf das Beistelltischchen und verschwand wieder, nachdem er den Prälaten um Erlaubnis gebeten hatte. Der Bischof nahm einen Schluck, und sofort gewann er seine Fassung zurück. Bedächtig stellte er das Glas auf das Brett, und nachdem er dem Familiaren das Heftchen zurückgegeben hatte, ergriff er abermals das Wort.

»Diese Geschichte interessiert mich, Don Sebastián. Es ist möglich, und das würde mich nicht wundern, dass es in dieser Familie einen unreinen

Fleck gibt. Sicher macht Ihr weitere Fortschritte bei Euren Ermittlungen. Übrigens wird es gut sein, dass Ihr diesen Arzt besucht. Vielleicht erklärt er Euch die Dinge besser als seine Hebamme. Ich glaube, vielleicht hättet Ihr mit ihm anfangen sollen. Und wenn er nicht mitarbeiten will, bringt Ihr ihn her, und ich versichere Euch, dass er wie ein Kanarienvogel singt.«

»Verzeiht, Exzellenz, aber meine lange Erfahrung sagt mir, dass es leichter ist, den kleinen Leuten die Zunge zu lösen, denn ihre Unbildung und ihre Unkenntnis der Gesetze macht sie zugänglicher und ängstlicher, und deshalb fürchten sie sich vor denen, die, wie sie ahnen, eine wichtige Stellung haben.«

»Kennt Ihr diesen Arzt?«

»Tatsächlich, ja, Hochwürden. Es ist Doktor Gómez de León.«

»Dann besucht ihn und lasst jede andere Arbeit beiseite, die Euch das Gericht überträgt! Sagt, dass Ihr meinem direkten Befehl untersteht, und widmet Euch dieser Aufgabe mit Leib und Seele. Wenn es eine Spur jüdischen Blutes in den Adern der Familie gibt, dann will ich, dass dieses Krebsgeschwür herausgeschnitten wird. Ihr müsst mich unterrichten, ob das entehrende Zeichen ebenso bei den übrigen Nachkommen verzeichnet ist. Und ich will ein für alle Mal wissen, ob dieses Kind ein Junge oder Mädchen ist. Wenn nämlich stimmt, was die Hebamme behauptet, müssen wir jemand anderen als den suchen, der in Salamanca studiert, und all das kommt mir etwas sonderbar vor.«

Nach diesen Worten erhob sich Doktor Carrasco mühevoll vom Sofa und ging zum großen Tisch. Aus einer Schublade nahm er eine Börse, die dreißig Dukaten enthielt. Er ging zu den Sesseln zurück und gab sie dem Portugiesen.

»Verwendet davon so viel, wie notwendig ist. Feilscht nicht um den Preis. Wenn alles glücklich endet, wird man Euch großzügig belohnen.«

Der Portugiese war aufgestanden und steckte sich den Beutel in den Gürtel.

»Zweifelt nicht daran, Hochwürden, dass man Euch eifrig und sorgfältig dient. Nichts gefällt mir besser, als meine Dienste dem Manne anzubieten, der sie so großzügig zu schätzen weiß. Wenn Ihr nicht geruht, noch etwas anzuordnen …«

»Nichts weiter, lieber Freund. Nun ja, vielleicht doch. Ich möchte gern einen Blick auf diesen Kodex werfen, den Euer Freund, dieser Illuminator, verwahrt, wie Ihr sagt.«

»Ich fürchte, das wird nicht möglich sein. Ich hätte mir gewünscht, ihn

Euch bei dieser Reise mitzubringen, und ich habe versucht, ihn in Lissabon zu erreichen, um das Buch von ihm zu leihen oder es nötigenfalls zu beschlagnahmen. Aber es ist etwas Ungewöhnliches geschehen. Gebt acht, ich war in seinem Haus in Lissabon, in der Luís-de-Camões-Straße …«

»Es kümmert mich nicht, wo Euer Freund wohnt. Ich will lediglich wissen, was aus diesem verdammten Kodex geworden ist!«

Der Portugiese merkte, dass sich die Laune des Prälaten verschlechterte …

»Nun, Exzellenz, im Kodex fehlt nicht nur die erwähnte Seite, vielmehr gibt es im Register auch keinerlei Hinweis auf den Buchstaben L. Offenbar hat man das herausgerissen – als wäre es nie vorhanden gewesen.«

»Am Ende könnt Ihr noch erreichen, dass ich an Wunder glaube. Ist es nicht vielmehr so, dass Ihr Eurem Freund gegenüber den Beutel allzu fest zugehalten habt?«

»Gott weiß: Wenn ich mich rühmen darf, bei einem Auftrag übermäßig freigebig zu sein, so in Eurem Dienst.«

»Nun, dann geht mit Gott – und Weidmannsheil!«

»Gott schütze Euch.«

Der Bischof zog wieder an der Schnur, die das Glöckchen anschlagen ließ, und als Bruder Valentín erschien, wies er ihn an, Señor Fleitas de Andrade zum Ausgang zu begleiten. Als er allein war, ging er zum Schreibtisch und holte einen Taschenspiegel aus der rechten Schublade. Er knöpfte sich das Oberteil seiner violetten Soutane auf, ging zu einem an der Wand hängenden Spiegelleuchter und setzte sich so vor ihn, dass er seinen Rücken zwischen den beiden Spiegeln betrachten konnte. Dort, in Schulterhöhe, nahm er überdeutlich einen Fleck wahr, der vollkommen wie ein Auge aussah, aus dem drei scharlachrote Tränen tropften.

Der Portugiese ritt zur Hauptstadt davon, um eine persönliche Sache zu erledigen. Danach wollte er sich mit Leib und Seele den Angelegenheiten des Bischofs widmen, und das unverzüglich.

Wurzeln des Hasses (viele Jahre früher)

Die Gestalten waren selbst in kurzem Abstand schwer auseinanderzuhalten, und von dem Weg aus, den alle Wagen und Personen benutzen mussten, war es geradezu unmöglich, etwas zu erkennen. Die sechste Morgenstunde war für Reisende eine sehr frühe Zeit. In dieser Gegend gab es keine Felder und darum auch keine Bauern oder Pächter, die zu ihren Äckern gegangen wären, um den Boden zu bearbeiten.

Der kleine Friedhof lag in einem tiefen Tal zwischen Quintanar del Castillo und Río Seco de Tapia, und das verdunstende Wasser des Órbigo bewirkte, dass um diese frühe Zeit die feuchte Nachtluft und der Raureif zu niedrigem Nebel wurden, der sogar verhinderte, dass man seine Schuhspitzen sehen konnte. Er löste sich erst auf, wenn der Morgen schon weit fortgeschritten und das Tagesgestirn über den Horizont aufgestiegen war und die Luft hinreichend erwärmte.

Wäre jemand zu der Mauer gegangen, die den Friedhof und die alte Einsiedelei umgab, so hätte er eine einzigartige Szene erleben können. An dem Eisengitter, das sich am Zugang zum Innern des geweihten Bezirks befand, waren zwei Reittiere festgebunden: Das eine, ein stattlicher Falbe mit schwarzer Mähne, war ordnungsgemäß aufgezäumt; auf dem Kreuz trug es zwei Ledertaschen, wie sie sich für lange Reisen eigneten, und auf der rechten Kruppe das Brandzeichen der dem Heiligen Offizium gehörenden Tiere. Das andere Tier war ein erbärmlicher, grobschlächtiger und grindiger Esel voller Sattelwunden, mit einem Espartograsstrick als Halfter und zwei Quersäcken aus dickem Sackleinen, die als Sattel dienten und aus denen die Stiele einer Picke und einer Hacke hervorsahen. Offenbar brauchten die Gestalten, die sich im dichten Nebel verschwommen abzeichneten, sie vorläufig nicht.

Eine dieser Gestalten stand aufrecht und hielt Wache. Sie war ein angenehm aussehender, großer und kräftiger Mann. Er trug ein ärmelloses, gut gefüttertes und bis zum Hals geschlossenes Koller aus sorgfältig gegerbtem Hirschleder. Es war mit Fischbeinstangen verstärkt, die ihm zugleich als Brust- und Rückenpanzer dienten, falls ihn jemand mit einem Degen oder Dolch angreifen sollte; darunter befanden sich ein damastartiges Wams mit Puffärmeln, weite und bis zu den Knien reichende, dort mit Bändern befestigte Pluderhosen, warme Strümpfe und hohe Stiefel aus Spaltleder; die Spitze der Degenkoppel trat unter seinem Reisemantel hervor. Sein Gesicht war beinahe nicht zu erkennen, weil es von der Krempe eines Federhuts überschattet war, die es jedem neugierigen Blick entzog. Seine gesamte Kleidung sowie alles Beiwerk waren schwarz. Der andere war untersetzt und säbelbeinig, aber mit einem erstaunlich breiten Rücken, kraftvollen Schultern und Armen. Er kleidete sich wie ein Bauer und hatte auf einem Grab neben sich seinen groben, mit Schafwolle gefütterten Mantel abgelegt, damit er sich besser bewegen konnte. Sein platt gedrücktes, kein Profil aufweisendes Gesicht war mit dicken Schweißtropfen überzogen, weil er angestrengt arbeitete. Wenn ihm die Tropfen von der Stirn zum Kinn glitten, blieben manche, wie Murmeln in einem Kinderspiel, in den tiefen Narben zurück, die die Pocken auf seinem Gesicht hinterlassen hatten. Seine Kleidung bestand aus einem Wollhemd, einer Weste und einem Beinkleid aus braunem Baumwollsamt, Strümpfen aus Estamin und Gamaschen, die seine Waden schützten, und an den Füßen trug er lederne Halbstiefel.

Der große Mann leitete die Arbeiten.

»Jetzt müsst Ihr schieben!«

Der andere hatte unter der Platte, die ein frisches Grab bedeckte, eine lange Holzwalze eingeführt, nachdem er ein paar darauf liegende, verwelkte Blumen zur Seite geworfen und den Stiel eines Werkzeugs als Hebel benutzt hatte. Den Anweisungen des vornehmen Herrn folgend, stemmte er dann seine Füße gegen den Rand eines benachbarten Grabmals, beugte die Beine und benutzte sie wie zwei starke Bandeisen, drückte mit seinen schwieligen Händen auf den Stein, der auf die Walze gestützt war. Langsam glitt der Stein nun über die Walze und gab die mit Mörtel verbundenen Backsteine frei, die erst seit ein paar Wochen eingesetzt waren. Nun ging der Mann zu seinem Esel und holte einen Holzhammer, einen Espartograskorb und ein Stemmeisen aus seinem Quersack. Damit ging er zum Grab zurück, und sogleich schlug er mit dem Holzhammer auf die Spitze des Eisens, das er zwischen die Spalten der Backsteine einrammte. Der vornehme Herr blickte aufmerksam nach oben, um zu sehen, ob das Echo der Schläge, das sich an der Friedhofsmauer brach, die Aufmerksamkeit eines morgendlichen Spaziergängers erregte. Als der hämmernde Mann die Haltung des anderen sah, hielt er inne.

»Macht weiter. Hört nicht auf, wenn ich es Euch nicht befehle.«

Das Tack-tack-tack setzte sich fort, und die Ziegelstücke häuften sich am Korbboden, während das Loch immer größer wurde und die Umrisse eines dunklen Mahagonisargs auftauchten. Er war mit einem Kruzifix aus Ebenholz verziert und lediglich von dem Staub überpudert, der beim Entfernen der Backsteine auf ihn gerieselt war. Als das Loch groß genug war, wischte sich der Mann mit dem rechten Arm über die Stirn und blickte den Herrn an, weil er nach weiteren Anweisungen verlangte.

»Brecht das Schloss auf!«

»Verzeiht, Exzellenz, aber das gehörte nicht zur Abmachung.«

»Tut, was ich Euch sage!«

Der Mann spuckte sich auf die Handflächen, rieb sie mit einer mechanischen Geste aneinander und murrte:

»Ich habe nicht gern mit Toten zu schaffen. Das kostet Euch zusätzliche fünfzig Reales.«

»Ich gebe Euch hundert, aber Ihr müsst mir bei allem ohne ein Wort gehorchen.«

»Wie Ihr befehlt.«

»Dann ans Werk, verdammt noch eins!«

Der Mann nahm den Holzhammer und das Eisen, und mit einem kräftigen Schlag brach er das Schloss auf. Der Herr trat ans Grab und hob den Sargdeckel mit der behandschuhten Hand hoch. Die beiden rochen einen widerlichen Gestank, als eine Leiche auftauchte, die man in der Tracht der Tertiarier des Franziskanerordens beerdigt hatte; das bärtige und wachsbleiche Gesicht war von der braunen Kapuze des Ordens eingerahmt.

»Helft mir. Wir müssen ihn umdrehen!«

»Verzeiht, Señor, aber es bringt Unglück, wenn man einen Toten anfasst. Ich sage Euch noch einmal, dass …«

»Wir haben eine Abmachung. Die Toten werden Euch nichts tun, nehmt Euch lieber vor den Lebenden in Acht! Ihr seid eine Memme, weiß Gott! Na los, helft mir!«

Beide Männer mühten sich ab, bis sie die Leiche umdrehen konnten. Nun griff der Herr mit einer Hand unter den Mantel, und in ihr tauchte ein spitzer Dolch auf. Schnell und gewandt schlitzte er das Gewand des Toten auf, so dass er dessen Schulter entblößte. Im ungewissen Morgenlicht kauerte er sich nieder, um besser sehen zu können: Auf der Höhe der rechten Schulter nahm man deutlich an der wachsbleichen Haut einen eigenartig geformten scharlachroten Fleck wahr. Der schwarz gekleidete Herr musterte ihn gedankenversunken und höchst aufmerksam. Die Augen des Bauernlümmels blickten neugierig und dreist.

»War es das, worauf es Euch so sehr ankam?«

»Ich bezahle Euch nicht dafür, dass Ihr Fragen stellt!«

Der Mann richtete sich auf.

»Ihr bezahlt mir hundert Reales für die Arbeit und noch einmal hundert dafür, dass ich nichts von dem weitersage, was ich gesehen habe, denn ich ahne, das ist für Euch über alle Maßen wichtig.«

»Es soll sein, wie Ihr sagt. Zuerst aber helft mir.«

Der Herr legte den Dolch auf die Erde, und dann drehten beide den Toten um und klappten den Sargdeckel zu. Hierauf richteten sich die beiden auf. In den Schweinsäuglein des Bauern funkelte Gier. Da schnellte die Rechte des Schwarzgekleideten zum Gürtel, und sogleich erschien der Degen in seiner Hand. Im Blick des anderen trat Schrecken an die Stelle der Gier, und im Handumdrehen durchbohrte die Klinge das Herz des Mannes mit einem schnellen und sicheren Stoß. Dieser drehte sich um sich selbst, stürzte ins offene Grab und taumelte, während er versuchte, mit den Händen den Blutstrahl aufzuhalten, der ihm aus der Brust quoll.

»Ihr habt mir eine Mühe abgenommen, beim Allmächtigen!«

Der vornehme Herr wischte seine Degenspitze an der Kleidung des Bauern ab. Nachdem er die Waffe eingesteckt hatte, stieß er den anderen mit der Stiefelspitze weiter ins Grab hinein, so dass er ihn schließlich ganz drinnen hatte. Nun legte er Mantel und Degenkoppel ab, um bequemer und freier arbeiten zu können, und unter großen Mühen erreichte er, dass die Grabplatte auf der Walze zurückglitt, bis er sie wieder an ihrem ursprünglichen Platz eingefügt hatte. Danach hob er die Arbeitsgeräte auf und steckte sie in die Quersäcke des Esels. Schließlich nahm er seinen Mantel, seinen Degen und seinen Dolch, der auf der Erde gelegen hatte, band die Zügel des Esels an den Sattelbogen seines Reittiers, und nachdem er sich den Staub von seiner schwarzen Kleidung abgeklopft hatte, stieg er aufs Pferd und ritt davon, während sich der Nebel langsam hob und einige schüchterne Sonnenstrahlen im Osten auftauchten.

Josués Rückkehr

Josué Yed-Amircal war nach Lissabon zurückgekehrt. Er wusste, dass die Gefahr den Leuten seines Volkes von allen Seiten drohte, doch der *Shefa* wirkte in seinem Innern.

Seine Vorfahren hatten innerhalb von dreißig Tagen ihre Häuser und ihren ganzen Besitz aufgeben und fliehen müssen, und sie hatten nur deshalb unerhört hohe Abgaben zu entrichten, weil sie durch ein bestimmtes Gebiet kamen oder in einer schlechten Herberge übernachteten. Sie, die den christlichen Königen als Helfer – als ihre Bankiers, Ratgeber und allgemeine Stützen beim großen Unternehmen der Reconquista – gedient hatten, sie, die Ruhm und Ehre Toledos, der Heimstatt so vieler Kulturen, gewesen waren, hatte man übel belohnt, verraten und verleumdet. Die Familien zerstreuten sich. Manche blieben als *Anusim* in Spanien, während andere nach tausend Abenteuern und Schicksalsschlägen in Istanbul eintrafen und sich dort bei den *Aschkenasim* und den Resten der Juden niederließen, die aus *Sepharad* gekommen waren. Dort beschäftigten sie sich mit dem, was sie am besten konnten, nämlich zu arbeiten und für das Land, das sie aufgenommen hatte, Reichtümer zu schaffen.

Von seinem Vater hatte er tausendmal die Geschichte seines Urgroßvaters gehört. Die Tage vor der Diaspora hatten einen fruchtbaren Boden für Streitgespräche abgegeben, bei denen man alle zweifelhaften Fragen dieses Volkes erörterte, das andererseits große Neigung für solche Fragen zeigte und dazu verurteilt war, in alle Ewigkeit durch die Welt zu irren und nirgendwo Wurzeln zu schlagen. Eine der Familien, die sich für die Auswanderung entschieden hatten, machte unterwegs nach vielen Stunden einen Halt, und dort hörte sie, dass ein Kind hinten in ihrem Wagen weinte. Sie luden das dort gestapelte Gepäck ab, und vor ihren erstaunten Augen tauchte ein Weidenkorb mit einem Säugling darin auf, der einen starken Süßweingeruch ausströmte. Sie holten ihn aus seinem Versteck, und während ihn die Frauen wuschen und fütterten, stritten sich die Männer über die Bedeutung dieser Entdeckung. Sie kamen zu dem Schluss, dass eine Familie von denen, die sich entschieden, im Land zu bleiben und sich dem Gesetz zu unterwerfen, das sie zwang, sich zum Christentum zu bekehren, den Plan gefasst hatte, für den Fall, dass sich die Dinge nicht so entwickelten, wie sie es sich vorstellten, einen Nachkommen und damit die Saat ihres Geschlechts von der Iberischen Halbinsel in einer der sich bildenden Flüchtlingskarawanen fortzubringen, bevor die Ausreisefrist endete. Darum versteckten sie das Kind in einem Reisewagen der Auswanderer, und vorher gaben sie ihm eine reichliche Menge gezuckerten Weinmostes, damit der Kleine längere Zeit schlief und ihn sein Weinen nicht verriet, bevor sie sich weit genug entfernt hätten und es zu spät wäre, als dass es jemandem einfallen könnte zurückzufahren, um herauszufinden, wem der Säugling gehörte. Merkwürdig war, dass man in seiner Kleidung einen Schlüssel fand, der, wie man annahm, der zum Haus seiner Vorfahren sein mochte, und man wollte, dass das Kind den Schlüssel behielt, damit es, wenn es heranwuchs, erfuhr, dass sich seine Wurzeln an irgendeinem Ort in Lissabon befanden. Noch merkwürdiger war jedoch, dass man darauf eine eingravierte Inschrift lesen konnte: YED-AMIRCAL, und obwohl sich alle Familien des Viertels untereinander kannten, trug keine von ihnen diesen Namen. Die Leute, die sich um das Neugeborene kümmerten, adoptierten es, doch sie schrieben es ins große Buch mit den Buchstaben ein, die auf dem Schlüssel standen, als wäre dies sein wahrer Familienname. Als sein Urgroßvater heranwuchs und eine Familie gründete und dann sein Großvater und sein Vater das Gleiche taten, waren sie darum für die ganze jüdische Gemeinde von Istanbul die Yed-Amircals und blieben es für immer.

Sein Vater hielt an dem alten Glauben und den Sitten fest, die ihn sein Großvater gelehrt hatte. Er erinnerte sich seit seiner frühen Kindheit daran, dass man beim Jom-Kippur-Fest den über Generationen von den Vätern an die Söhne vererbten Schlüssel des Lissabonner Hauses während der ganzen Feier auf den Ehrenplatz legte und dass er für sie der Inbegriff der Schönheit und des Glücks war, das ihre Familie, wie sie ahnten, in der Vergangenheit genossen hatte, wobei sie fest daran glaubten, dass sie eines Tages dorthin zurückkehren und ihre Geschichte zurückgewinnen würden.

Josué war in Istanbul geboren, doch sein Herz gehörte nach Portugal. Die Geschichten, die sein Großvater am Feuer erzählte, ließen ihn die Diaspora erleben, als hätte er wie ein neuer Moses persönlich die Flucht seiner Angehörigen durch die Länder Europas geleitet … Und eines Nachts, er erinnerte sich, dass es ein schon viele Jahre zurückliegendes Chanukka-Fest war, beschloss er, irgendwann in das Haus seiner Vorfahren zurückzukehren.

Seitdem sich die Yed-Amircals in Istanbul niedergelassen hatten, beschäftigten sie sich mit dem An- und Verkauf alter Handschriften, wie es der Urgroßvater von der Familie erlernt hatte, die ihn adoptierte. Er gab seine Erfahrungen dann an seinen Sohn weiter, der das Gleiche tat, und so ging es immer weiter, bis zu ihnen beiden. Auf diese Weise wurden Josué und sein Bruder Elías, als ihre Zeit kam, zwei wirkliche Sachverständige für die Restaurierung und Pflege von Handschriften sowie für die Kunst, Zeichen und kabbalistische Sätze zu entziffern.

In ihren Laden, der neben der Süleyman-Moschee lag, kam eines Morgens ein Kaufmann, mit dem sie Geschäfte vereinbarten und Bekanntschaft schlossen. Dieser Mann reiste zu den Klöstern Europas und des Orients, um Bücher und Pergamente zu kaufen, die von den Mönchen als mangelhaft aufgegeben wurden, weil ihnen entweder ein Blatt fehlte oder weil ein wichtiger Teil verloren gegangen war oder auch eine radierte Stelle hatte. Diesmal bot er ihnen einen alten Band an, der aus ägyptischem Papyrus hergestellt war und sich mit den seit 1500 auf der Iberischen Halbinsel durchgeführten Autodafés beschäftigte. Sein Titel lautete: *Flecke des Teufels und andere Spuren, die dieser am Leib seiner Gläubigen hinterlässt, damit er sie auf Erden und im Jenseits unterscheiden kann.* Im Inhaltsverzeichnis stand eine Liste von Familiennamen, und einer erregte stark Josués Aufmerksamkeit – aber die Seite mit den Zeichen, die diesem Namen entsprach, war herausgerissen. Auf dem Rücken des Bandes erschien die Zahl Zwei, als wäre er der zweite Teil oder eine Abschrift und als müsste es einen ersten Teil oder ein Original geben. Alles, was ihm etwas Neues zur Geschichte dieses Themas mitzuteilen hatte, interessierte den jungen Mann außerordentlich. Nachdem er sich mit seinem Bruder beraten hatte, ließ ihn der Verdacht, der in seinen Vorstellungen entstanden war, eine Entscheidung treffen.

Noch in dieser Nacht sprach er mit seinem Vater. Unter dem Vorsitz der ehrwürdigen Persönlichkeit des Großvaters kam der Familienrat zusammen, und alle wollten ihn von seinem Plan abbringen, indem sie auf die Gefahren hinwiesen, die die Reise mit sich bringen würde, ganz abgesehen von denen, denen er allein deshalb ausgesetzt wäre, weil er zu einer verfluchten Rasse gehörte. Da er jedoch hartnäckig bei seiner Absicht blieb, beteiligten sich schließlich alle an der Aufgabe, ihm zu helfen. Als Erstes stattete man ihn mit falschen Dokumenten aus, die seine Stellung und seine Herkunft beurkundeten – etwas verhältnismäßig Einfaches für eine Familie, die sich mit der Restaurierung alter Bücher, Schriftrollen und Pergamente aller Art beschäftigte. Mit seinen Papieren sollte er sich als latein-, portugiesisch-, aramäisch- und kastilischkundiger Kopist und Büchersammler und als Handlungsreisender ausweisen. Sein neuer Name lautete Mateo Cuaresma, und das Geburtsdatum entsprach seinem wirklichen Alter von zweiunddreißig Jahren. In der letzten Nacht, als schon alle Vorbereitungen abgeschlossen waren, besuchte ihn sein Vater im Schlafzimmer.

»Da, nehmt, Sohn«, sagte er. »Zusammen mit meinem Segen gebe ich Euch den Schlüssel zum Haus unserer Vorfahren. Ich möchte gern zuverlässig wissen, wer wir sind und woher wir kommen, bevor mich der Herr ins große Haus abberuft. Wenn es die *Zedek* gibt, so weiß ich, dass sie mir gewährt, worum ich bitte.«

Und Josué Yed-Amircal, alias Mateo Cuaresma, ging auf diese Weise seinem Schicksal entgegen.

Die Reise dauerte drei lange Monate. Von Istanbul fuhr er in einem Schiff ab, das Fracht und Passagiere beförderte. Der Kapitän, ein alter zypriotischer Seemann, der seinem Vater ein paar Gefälligkeiten schuldig war, nahm ihn für einen bescheidenen Preis und unter der Bedingung an Bord, dass er dem festgelegten Kurs zustimmte und mit allen notwendigen

Zwischenlandungen einverstanden war, damit das Schiff der vorteilhaftesten Route folgen konnte. Die Fahrt durchs Marmarameer verlief gut, das Wetter war günstig, bis das Schiff mit seiner Galionsfigur in die Ägäis vorstieß. Dort bekam Josué zu spüren, was ein Seesturm ist. Als sie durch den Archipel der Eilande vor Euböa segelten, musste er im Hellegatt bleiben, ohne dass er von seiner Hängematte aufstehen konnte, so schlimm stand es um seinen Magen, und als er schon glaubte, dass das Meer nicht wilder werden könnte, bewies ihm die Fahrt um das Kap Matapan, wie sehr er sich geirrt hatte. Es kam der Moment, da er das Schlingern im Innern des Schiffes und den Gestank des von ihm selbst Erbrochenen nicht mehr aushalten konnte und zum Deck hochstieg. Alle Männer arbeiteten dort angestrengt, und das Schiff, das ein kleines Segel am Bug gesetzt und alle übrigen eingezogen hatte, stieg wahre Wasserberge hoch und hinunter. Es wirkte wie ein Wunder, dass es über den nächsten Wellenkamm hinausgelangte, und als es nach kurzem Innehalten die Talfahrt begann, bekam es eine solche Schnelligkeit, dass es einem allen Mut nahm. Es schien, als stürzte es geradewegs zu den Toren von Sitra-Ahra hinab. Wenn es umgekehrt den tiefsten Punkt eines Wellentals erreicht hatte, sich gegen den Sog wehren wollte und dabei wie ein feuchtes Holzscheit im Feuer prasselte, brach die nächste Welle darüber herein, überschwemmte das Deck mit Schaum und überspülte es von Bug bis Heck. Josué klammerte sich so gut, wie er konnte, an einer Ankerbeting fest, streckte den Kopf über den Steuerbordbug und wollte die Essensreste, die er vielleicht noch im Magen hatte, zum Meeresgrund schicken; doch er wählte die falsche Richtung und versuchte es auf der Luvseite, so dass alles, was er von sich gab, zu ihm zurückflog und sein Aussehen endgültig ruinierte. Ihm blieb nur wenig Zeit, um sich mit sich selbst zu beschäftigen. Der heftige Sturm löste eine Lastenschlinge, und als die Ladung nicht mehr richtig gestaut war, fegte ein Ballen von ungefähr hundert Pfund oder mehr über das Deck und riss einen Seemann aus Rhodos mit sich, der am Heckspiegel zerquetscht wurde. Nachdem sie ins Ionische Meer eingefahren waren, schien sich der Zorn Poseidons zu besänftigen, als wäre das Schiff einer Seeschlacht entkommen, und nach sechs weiteren Reisetagen kamen sie in Syrakus an. Dort blieben sie beinahe zwei Wochen, um die Schäden auszubessern, das Schiff abzudichten und auf günstige Winde zu warten.

Josué nutzte diesen Zwangsaufenthalt, um sich nach den Gebieten zu erkundigen, in die er reisen wollte. An vielen Abenden besuchte er die Garküchen des Hafens und bemühte sich, mit Seeleuten oder anderen, die ihres Aussehens wegen offenbar Durchreisende waren, ins Gespräch zu kommen. So erfuhr er, dass der Krieg, den Spanien in Flandern und der Pfalz führte, immer noch andauerte und dass man in Portugal nach Unabhängigkeit strebte. Die Unterdrückung seines Volkes ging anscheinend in beiden Ländern weiter, obwohl sie vielleicht etwas nachgelassen hatte. Er glaubte, dass Don Gaspar de Guzmán y Pimentel, der Herzog von Sanlúcar la Mayor und Graf von Olivares, der erste Minister des spanischen Königs, seine antisemitische Politik wohl etwas gemäßigt hatte, damit er sich an die Bankiers des jüdischen Volkes wenden konnte, die zusammen mit den Genuesen wie immer die Herren der großen Vermögen waren.

Als er eines Nachts gerade erst an Bord gestiegen war, ließ ihn der Kapitän rufen und teilte ihm mit, dass sie die Vollmondflut nutzen wollten, um nach Tunis auszulaufen. Die Nacht war so schön und das Meer so ruhig, dass er beschloss, sich nicht hinzulegen, um die Abfahrt des Schiffs anzusehen. Ungefähr um drei Uhr früh gab der Kapitän den Befehl, und der zweite Offizier begann das Manöver. Wie konnte das Meer so unterschiedlich sein? Er dachte an die Ankunft zurück, als das Schiff völlig ramponiert und das Wasser beinahe bis zum Einlaufen in den Hafen aufgewühlt und schaumbedeckt war – und jetzt war das Wasserbecken bei ihm zu Hause, wenn dort am Nachmittag die kleinen Kinder spielten, bewegter als diese ruhige Fläche, wo der schimmernde Mond einen silberfarbenen Weg in jede Richtung zeigte. Als sie am Mittag des nächsten Tages um die Spitze des Kaps Passero segelten, legte der Kapitän den genauen Kurs der zweiten Fahrthälfte fest. Da sich Josué für alles interessierte, was er nicht kannte, ging er zum Kompasshaus, um sich anzusehen, wie der Seemann seinen Weg auf dem Meer finden konnte. Der Mann hielt eine auseinandergefaltete Karte in der Hand, auf der man mühelos die Stiefelspitze, die die italienische Halbinsel war, den ganzen Norden Afrikas von Tunis bis zu den Säulen des Herakles und den südlichen Teil Iberiens erkannte. Außerdem hatte er ein Winkelmaß, von dessen Mitte eine Schnur ausging, die sich am nummerierten Rand entlangbewegte. Gegenüber schwamm in einer Ölschale eine Magnetnadel, die stets auf denselben Punkt zeigte. Der Kapitän zeigte ihm, wie einfach es war, mit diesen Geräten den genauen Küstenort zu finden, wohin das Schiff fahren sollte. Josué dachte, dass sich der Fortschritt nicht aufhalten lasse und dass es die Bestimmung der Menschen sei, die Welt zu beherrschen. Sein Volk sei auserwählt worden, um den Menschen als Führer zu dienen. Darum habe der Neid dermaßen gegen dieses Volk gewütet. Als sie sich vor Afrika befanden, segelten sie die Küste entlang und liefen die Häfen von Biserta, Algier und Oran an, wo sie bestimmte Produkte löschten und andere an Bord nahmen, ohne jemals Wasser und Proviant zu vergessen. Als sie nach Ceuta kamen, durchquerten sie die Säulen des Herakles und erreichten Cádiz. Nach einer weiteren zweitägigen Fahrt segelten sie um das Kap São Vicente, wo wieder hoch aufgewühlte See auf sie wartete, und danach fuhren sie an den Küsten Portugals entlang bis zu ihrem endgültigen Ziel. Nach zwei weiteren Zwischenlandungen und einer vierzehntägigen Fahrt kamen sie die Tejomündung hinauf und erreichten Lissabon.

Der Traum des Josué Yed-Amircal, alias Mateo Cuaresma, ging allmählich in Erfüllung.

Lissabon

Josué hatte alles im Voraus überlegt, was er nach der Ankunft am Ziel tun wollte. Auf seiner langen Reise hatte er mehr als genug Zeit, um über seine Pläne nachzudenken. Nachdem er dem Kapitän für seine Mühen gedankt und sich von ihm verabschiedet hatte, ging er über den Laufsteg, den man vom Schiff bis zum Land des Hafens ausgelegt hatte. Als Erstes mietete er eine Sänfte und wies die Träger an, ihn ins Alfama-Viertel zu bringen, denn nach langen Gesprächen mit seinem Vater war er zu dem Schluss gekommen, dass dort das Abenteuer seiner Familie begonnen hatte. Er warf seinen Reisesack in die Sänfte und machte es sich drinnen bequem. Das Schaukeln seines neuen Beförderungsmittels befreite ihn zunehmend von der Übelkeit, die ihn gepackt hatte, als er nach einer solch langen Seefahrt die Füße an Land gesetzt hatte. Drei Männer kümmerten sich um seinen Transport, zwei von ihnen trugen ihn, und der dritte lief daneben her – er nahm an, als Ersatz der anderen, damit sie sich ablösen konnten.

Josué nutzte die Gelegenheit, um Erkundigungen einzuholen. So erfuhr er, dass die meisten Häuser im ehemaligen Judenviertel mittlerweile von wohlhabenden Familien bewohnt wurden, und gewiss gab es dort die größte Zahl von Buchhändlern der Stadt. Dann bat er den Mann um die Adresse eines guten Gasthauses. Dort wollte er für ein paar Tage unterkommen, bevor er eine ihm zusagende Wohnung gefunden hätte. Nachdem sich der Mann mit dem Träger beraten hatte, der den vorderen Teil der Sänfte gepackt hielt, empfahl er ihm ein recht ordentliches Gasthaus, das offenbar ein Schwager von ihm leitete. Dort hielt der Zug an. Josué bezahlte den Transport und gab ein großzügiges Trinkgeld dazu. Dann stellte man ihn begeistert der Frau des Wirts vor, und er vereinbarte mit ihr einen Preis. Hierauf konnte er ein Zimmer im zweiten Stock beziehen, das zur Arme-Seelen-Straße ging. Selbstverständlich erledigte er alle Angelegenheiten schon mit seinem neuen Namen Mateo Cuaresma. Der Raum war sehr einfach eingerichtet, aber sauber. Nachdem Josué so viele Tage in einer Hängematte geschlafen und nach Teer, ranzigem Zwieback und Pökelfisch gerochen hatte, bekam er nun das Gefühl, ins Vaterhaus zurückgekehrt zu sein. Der Aufenthalt dort, den er ursprünglich für eine vorläufige Lösung gehalten hatte, zog sich in die Länge, was ihm recht war, denn solange er sich dort aufhielt, musste er sich nicht ums Essen oder um etwas anderes kümmern, was ihn von dem Ziel abgelenkt hätte, das er sich gesetzt hatte. Außerdem senkte der Eigentümer, der ein guter und einfacher Mann war, den Mietpreis, als sich Josué verpflichtete, längere Zeit zu bleiben, wobei er berücksichtigte, dass sein Gast immer im Voraus und mit gutem Geld bezahlte. Josués erste Beschäftigung war, durch die steilen Straßen des Viertels zu laufen und alle Buchhändler zu besuchen, die an seiner Arbeit interessiert sein konnten. Dabei bediente er sich seiner neuen Dokumente und erwies sich als Sachkenner bei den Themen, die sie bestätigen konnten.

Am Abend des vierten Tages betrat er eine kleine Werkstatt, deren Geruch ihn an den seines Arbeitszimmers in Istanbul erinnerte. Er war dort, weil ihm der Wirt seines Gasthauses die Adresse gegeben hatte. Hinter dem Ladentisch stand ein Mann mittleren Alters. Er war grauhaarig, und seine Fingerspitzen waren mit Tinte befleckt. Seine klugen Augen blickten hinter dicken Brillengläsern hervor. Mateo stellte sich vor, zeigte ihm seine Beglaubigungsschreiben und unterrichtete ihn über seine Fähigkeiten. Dann sagte er, dass er Arbeit suche, und wenn der andere jemanden kenne, der seine Dienste benötigen könnte, wäre er ihm zu tausend Dank verpflichtet. Der andere, der offenbar mit dem Gastwirt in Verbindung stand, antwortete, er möge ihm ein paar Tage Zeit lassen, und er werde ihn benachrichtigen, falls er etwas habe.

Die Tage vergingen, und als Mateo beinahe schon so weit war, sich eines Empfehlungsschreibens zu bedienen, das ihm der Patriarch der Adoptivfamilie seines Großvaters für jemanden in Lissabon mitgegeben hatte, der mit ihm in Geschäftsbeziehungen stand, ließ ihn der Buchhändler rufen.

Mateo kam und dankte dem Mann für sein Interesse. Der andere antwortete, sie hätten sich gegenseitig einen Gefallen getan, denn das habe ihm die Möglichkeit gegeben, sich einen ausgezeichneten Kunden zu verpflichten, der die Dienste eines solchen Fachmanns, wie er einer sei und wie er sich in dieser Stadt sonst sehr schwer finden lasse, benötigte. Bei diesen Worten hielt er ihm einen Zettel hin, auf dem die folgende Adresse zu lesen war: Rua das Andas, Nummer 21. Mateo fragte den Buchhändler, an welchem Tag und zu welcher Zeit er sich dort vorstellen solle, und der Mann antwortete, das könne er während des ganzen nächsten Tages tun, sein Kunde werde sich nicht von zu Hause fortrühren.

Er nahm seinen besten Anzug und vergaß dabei nicht ein Wams, dessen Schultern mit Watte gepolstert waren, so dass seine schwächliche Gestalt besser zur Geltung kam. Er zog seine schönsten Halbstiefel an, um einen guten Eindruck zu machen, und ging zu der Adresse, die ihm der Buchhändler gegeben hatte. Die Nummer 21 der genannten Straße bezeichnete ein solide gebautes Herrenhaus, an dem der Zahn der Zeit noch keine Spuren hinterlassen hatte. Es war offensichtlich, dass seine Bewohner genug wirtschaftliche Möglichkeiten und den notwendigen guten Geschmack hatten, um solche Schäden zu verhindern. Er zog an einer kleinen Kette, und irgendwo musste wohl eine Glocke ertönen, die seine Ohren nicht vernahmen, wohl aber hörte er einen Hofhund, der bellend herbeirannte, seine scharfen Fangzähne zeigte und mit seinen gewaltigen Pfoten am massiven Fuß des Gitters kratzte, hinter dem Mateo wartete. Nach einiger Zeit erschien ein Dienstmädchen, das den Hund mit seinem Namen rief und ihn beruhigte. Dann hielt sie ihn am Halsband fest, nahm ihn mit und band ihn an einen Ring neben einer kleinen Holzhütte, die wohl sein Unterschlupf war. Sie öffnete die Gittertür, machte ihm den Weg frei und fragte ihn nach seinem Namen und seiner Stellung. Dann begleitete sie ihn ins Haus, wo sie ihn in der Diele warten ließ, um ihn anzumelden. Nun wurde Mateo in einen gemütlichen Raum geführt, wo sich ein vornehmer Herr in mittleren Jahren befand. Der Mann saß hinter einem Tisch, und als er ihn erblickte, stand er schnell auf und ging in liebenswürdiger und höflicher Haltung zu ihm. Als sie sich gesetzt und sich vorgestellt hatten, erklärte er, seine große Liebe gelte den alten Büchern, und seine Büchersammlung sei eine der bedeutendsten und vollständigsten in Portugal. Und da sie inzwischen seine Kräfte überfordere, wolle er ein nach Themen und Jahren geordnetes Archiv anlegen, um seine Bestände zu ordnen und genau zu wissen, worauf er seine Bemühungen als Liebhaber und Sammler konzentrieren müsse, denn er habe einen einzigen Sohn, der Seemann von Beruf sei, und solche Probleme seien diesem vollkommen gleichgültig. Er halte sich beinahe nie in Lissabon auf, und jetzt sei er mit einer Expedition zu den überseeischen portugiesischen Kolonien unterwegs. Er hatte überall verbreitet, dass er jemanden finden wolle, der für diese Arbeit geeignet sei, und sein Buchhändler hatte ihm mitgeteilt, dass er glaube, zufällig einen solchen Mann entdeckt zu haben.

Nach dieser ausführlichen Erklärung erkundigte er sich bei Mateo nach näheren Angaben, denn er wollte wissen, wen er in sein Haus aufnahm, verbrachte er doch lange Zeit in seiner Residenz in Coimbra, weil diese Stadt ein fruchtbareres Geistesleben als Lissabon zu bieten hatte. Außerdem besaß seine Sammlung einen großen Wert. Mateo gefiel dieser Mann vom ersten Augenblick an, und sogleich nahm er seine Empfehlungsbriefe aus dem Beutel und gab sie ihm. Nachdem sich der andere die Brille aufgesetzt hatte, ging er zum Fenster und las aufmerksam. Hierauf teilte er ihm mit, wenn ihm die Arbeit zusage, sei er eingestellt. Die Bedingungen seien: anderthalb portugiesische Pfund in der Woche, sechs Arbeitstage und das Mittagessen, denn da Mateos Wohnung in einiger Entfernung lag, hätte es für ihn einen sehr großen Zeitverlust bedeutet, diesen Weg zweimal am Tag zurückzulegen. Mateo freute sich über sein Glück und nahm die vorgeschlagenen Bedingungen unverzüglich an. Etwas in seinem Innern sagte ihm, dass er auf dem richtigen Weg war. Er fragte den Mann, der Manuel Castelobranco e Antunes hieß, wann er beginnen solle. Dieser antwortete, wenn es ihm recht sei, könne er am nächsten Tag anfangen. Als er ihn zur Tür begleitete, machte er eine Bemerkung über seine Aussprache des Portugiesischen, und Mateo erklärte, er habe diese Sprache fern von seinem Vaterland erlernt. Es gab keine weiteren Fragen zu diesem Thema.

Mateo dankte *Elohim* für seinen Erfolg. Er hatte eine Arbeit gefunden, und sie führte ihn in die Welt ein, die er für seine Ermittlungen kennenlernen wollte, und dazu würde er etwas Geld verdienen, das es ihm ermöglichte, anständig zu leben, ohne dass er von seinen Angehörigen etwas erbitten musste. Außerdem hatte sein Arbeitgeber auf ihn den Eindruck eines ausgezeichneten Mannes gemacht.

Er nahm seine Arbeit am nächsten Morgen auf, und es verging einige Zeit, bis er sich seines guten Sterns vollständig bewusst wurde. Don Manuel war ein echter Bücherliebhaber, und es bedeutete ein wahres Vergnügen, Zugang zu seiner Bibliothek zu haben. Die Atmosphäre des Hauses war angenehm, das Essen vorzüglich, und sogar der Hofhund schien ihn liebgewonnen zu haben. Die Monate vergingen, und sein Arbeitgeber hielt sich immer länger von zu Hause fern. Mateo blieb als Herr und Meister allein im Haus, und obwohl seine Gestalt weiter schmächtig und äußerst mager blieb, umsorgte ihn stets das kleine Dienstmädchen, das ihn am ersten Tag empfangen hatte, und verwöhnte ihn. Mateo erriet, dass das Mädchen damit andere Pläne verfolgte.

Ein langes Jahr war schon vergangen, seitdem er diese Tätigkeit aufgenommen hatte, als ihm Don Manuel eines Morgens vorschlug, wenn es ihm recht sei, könne er aus seinem Gasthaus ausziehen und fortan in seinem Herrenhaus leben. Das Zimmer seines Sohns stand leer, und dieser würde noch mehrere Jahre fern von Portugal sein. Mateo könne viel Geld sparen, bequemer arbeiten, und wenn er selbst abwesend sei, würde er das Haus besser bewacht zurücklassen. Mateo hielt den Vorschlag für ausgezeichnet, und zwei Tage später dankte er seinen Wirtsleuten für alles, was sie für ihn getan hatten, und verabschiedete sich von ihnen. Mit einem Karren, den er mietete, wobei er staunte, wie sehr sich seine Habseligkeiten innerhalb eines Jahres vermehrt hatten, führte er den Umzug durch. In der Hand trug er ein Paket mit den beiden Gegenständen, von denen er sich niemals trennte: dem Kodex, dessen Entdeckung ihn zu dieser Reise veranlasst hatte, und dem Schlüssel zum Haus seiner Vorfahren. Zwei bedeutsame Ereignisse entschieden nun über sein Schicksal, und zu beiden kam es innerhalb kurzer Zeit. In einer Winternacht – er erinnerte sich, dass es bitterkalt war – war seine Kammer völlig dunkel, denn das Kaminfeuer war erloschen, und im Halbschlaf kam es ihm so vor, als hörte er, dass jemand die Zimmertür öffnete. Ihm blieb nicht einmal Zeit, richtig aufzuwachen, als er spürte, dass ein junger und warmer Körper zwischen seine Betttücher glitt. Mateo hatte das fünfunddreißigste Lebensjahr vollendet und seit zwei Jahren nicht mehr mit einer Frau geschlafen – er spürte den Ruf des Fleisches und fiel in Versuchung. Als alles ebenso endete, wie es begonnen hatte, stand das Mädchen auf, nahm ihr Hemd und verließ das Zimmer. Am nächsten Morgen lächelte sie glücklich, und Mateo wusste nicht, wohin er blicken sollte. Das Gleiche wiederholte sich stets Nacht für Nacht, wenn sich Don Manuel nicht in der Stadt aufhielt. Sie waren ein Liebespaar, aber tagsüber behandelten er und Isabel, denn so hieß das Mädchen, sich mit der Distanz und Achtung, die seiner Stellung entsprach. Dies verdüsterte Mateos Charakter, so dass er sich angespannt und unruhig fühlte. Einerseits begriff er, dass so etwas nicht gut war, doch andererseits … Sein Fleisch war schwach und seine Einsamkeit groß. Das andere Problem, das sein Leben veränderte, war ein unglaublich glücklicher Zufall, der ihn der Lösung all jener Fragen nahebrachte, derentwegen er seine Reise unternommen hatte.

Don Manuels Büchersammlung war vollständig geordnet und auf den neuesten Stand gebracht. Mateo hatte für ihn ein nach Themen und Jahren untergliedertes Archiv aufgebaut, und der Mann bat ihn sogar um Rat, wenn man ihm ein neues Exemplar anbot oder er eines kaufen wollte. Eines Morgens sprach er ihn an, als er gerade auf die Stehleiter gestiegen war, um das letzte Regalbrett zu erreichen, denn seine geringe Größe machte es ihm unmöglich, sich zu diesem Brett ohne ein derartiges Hilfsmittel emporzustrecken. Don Manuel teilte ihm mit, ein gut mit ihm befreundeter Geistlicher, ein Fachmann für Bücher, die Kirchenangelegenheiten oder religiöse Orden behandelten, schlage ihm oft einen Büchertausch bei Titeln vor, deren Themen den einen interessierten und den anderen nicht, und nun habe er ihn wegen der lobenden Kommentare gebeten, die er bei zahlreichen Gelegenheiten über die Person seines Archivars äußerte, ihm diesen eine Zeit lang auszuleihen, um sein Archiv etwas zu ordnen und bei ihm eine ähnliche Arbeit wie die zu leisten, die er so erfolgreich in Don Manuels Haus durchgeführt hatte. Dieser hatte nichts dagegen, ihm einen solchen Gefallen zu tun, vorausgesetzt, sein Archivar habe auch nichts einzuwenden. Mateo hielt das für einen glänzenden Vorschlag, weil er sich so ein paar Tage von seiner Versuchung fernhalten könnte, und außerdem würde er sich dann ganz dem Thema widmen, das ihn so sehr anzog und interessierte. Darum nahm er zwei Tage nach diesem Gespräch einen Teil seiner Siebensachen und zog zu dem Geistlichen.

Dieser lebte an einer Ecke der Luís-de-Camões-Straße, in einem alten Stadtteil, der früher einmal das zweite Judenviertel der Hauptstadt gewesen war. Anders als das Haus Don Manuels war dieses nicht gut erhalten, und nur seine feste Bauweise hatte verhindert, dass der Zahn der Zeit die Mauern beschädigte. Der Geistliche war ein mürrischer und wenig mitteilsamer Charakter, der ihm so verfängliche Fragen stellte, wie sie sein Arbeitgeber nie an ihn gerichtet hatte. Mateo wich geschickt aus, denn er hatte seine Lektion schon sehr gut gelernt, und zwei oder drei Tage später ließ sich der misstrauische Ordensbruder durch die Qualität seiner Arbeit überzeugen, und er erteilte ihm die notwendige Vollmacht, damit er sich mit seinen Büchern auch dann beschäftigen konnte, wenn er selbst abwesend war, was oft vorkam. In der Bibliothek herrschte allgemeine Unordnung. Genauer gesagt, das war eigentlich keine Bibliothek, sondern ein Haufen Bücher, die ohne jedes System in Holzkisten steckten. Das würde Mateo in eine mühselige Arbeit stürzen, und er sah sich gezwungen, Don Manuel zu sagen, dass seine Aufgabe viel länger als vorgesehen dauern würde. Sein neues Zimmer lag unter dem Dach und hatte bei Weitem nicht die Bequemlichkeiten wie das in dem anderen Haus. Aber das machte ihm nichts aus. Sein Werk begeisterte ihn, und so konnte er viele Themen über die dortigen Ereignisse des Jahres 1506, die ihn außerordentlich interessierten, gründlich studieren.

An einem Nachmittag bekam er die Gewissheit, dass *Ein-Sof* auf seiner Seite war. Am Boden einer der Kisten, die am schlimmsten ramponiert waren, entdeckte er, ohne so etwas im Geringsten vorauszuahnen, einen staubbedeckten Band, dessen Form ihm bekannt vorkam. Er setzte sich und blätterte ihn durch, und beinahe wäre er in Ohnmacht gefallen. In der Hand hielt er den Zwillingsband des Buches, das er in seinem Zimmer verwahrte, und dieses Exemplar trug die Nummer eins auf seinem Rücken. Instinktiv blickte er sich nach beiden Seiten um, obwohl er wusste, dass um diese Zeit niemand sonst im Haus war, und rasch versteckte er das Buch zwischen Hemd und Wams. Der nächste Morgen zog sich ihm endlos in die Länge, denn unter dem Vorwand, dass Don Manuel an diesem Nachmittag nach Coimbra fahren würde, wollte er dem Geistlichen sagen, sobald er kommen würde, dass er nach dem Mittagessen längere Zeit fortbleibe und erst zur Stunde des Abendessens zurückkomme. So machte er es, und nachdem er die Erlaubnis des Geistlichen erhalten hatte, ging er und verbarg dabei seinen Schatz wie ein Schurke in den Mantelfalten. Er kam an seinen Bestimmungsort, und Isabel öffnete ihm die Gittertür, wobei sie vom Grund ihrer Augen einen stummen Vorwurf an ihn richtete. Doch er hatte nun keine Zeit für etwas anderes, als in sein Zimmer hochzusteigen und seinen Fund zu prüfen.

Er schloss und verriegelte die Tür, trat ans Fenster und begann die Untersuchung. Er legte beide Bände nebeneinander auf ein Tischchen und verglich sie sorgfältig; der zweite Band war nicht die Fortsetzung, sondern die genaue Abschrift des ersten. Nun suchte er im ersten Band nach der Seite, die in dem Exemplar fehlte, das in Istanbul in seine Hände gelangt war. Dort waren die Flecke eingezeichnet und vollständig koloriert, die man an der Haut einiger jener Unglücklichen entdeckt hatte und die, dem Gericht des Heiligen Offiziums zufolge, Spuren des Bösen waren! Und neben jeder Zeichnung erschienen der Vorname und die Familiennamen der zum Feuertod Verurteilten. Mateo stockte das Blut in den Adern. Vor seinen erstaunten Augen befand sich das Zeichen, das sein Großvater und sein Bruder auf dem Rücken trugen. Offenkundig hatte er den Ursprung seiner Familie gefunden, selbst wenn der Name nicht übereinstimmte! Ihm blieb nicht viel Zeit, und er begann mit der Arbeit. Mit einer scharfen Klinge, die er aus einem Futteral zog, schnitt er dicht am Rand das Blatt heraus, auf dem sich die Flecke befanden, und danach tat er das Gleiche mit den Blättern des Inhaltsverzeichnisses, die sich darauf bezogen. Dann nahm er seinen Kodex, der die Nummer zwei auf dem Rücken trug, schnitt behutsam die Lederhülle auf und steckte die Blätter, die er dem im Haus des Geistlichen gefundenen Kodex entnommen hatte, höchst behutsam zwischen den harten Buchdeckel und die Hülle aus gepunztem Leder. Dann leimte und nähte er das Ganze zusammen, und hierauf hätte sich niemand vorgestellt, dass man dieses Buch nachträglich verändert hatte. Schließlich verbarg er es unter dem Beistelltisch und setzte ein großes gusseisernes Kohlenbecken darauf, damit der Leim trocknete und sich seine Arbeit ohne jeden Makel zeigte.

Als er alles fertig hatte, ging er zum Hafen. Die Schiffe, die von Lissabon ausliefen, entsprachen entweder nicht seinen Vorstellungen, weil sie eine andere Fahrtroute hatten, oder es gab auf ihnen erst viele Tage später Platz für Passagiere. Deshalb kam er zu einer Entscheidung. Er suchte den Markt für Vieh, Last- und Reittiere auf, der sich auf dem Platz des Herzogs von Moura befand, und kaufte einen Wallach, der auf ihn einen ruhigen und robusten Eindruck machte, versorgte ihn mit dem für eine lange Reise notwendigen Reitzeug und suchte ihm einen Stall für diese Nacht. Dann ging er zum Trödelmarkt, der sich hinter dem Halteplatz für Postkutschen befand, und dort erwarb er ein Pilgergewand und eine alte Karmeliterkutte mit den dazugehörenden Utensilien. Mit all dem kehrte er in Don Manuels Haus zurück, und da er sah, dass Isabel gerade durch die Gartentür hinausging, wartete er, bis das Mädchen um die Ecke gebogen war. Dann steckte er den Schlüssel ins Schloss, lief durch den kleinen Garten, wobei der Hofhund träge zusah, betrat das Haus, stieg in sein Zimmer hoch, und nachdem er festgestellt hatte, dass sich sein Fund immer noch dort befand, versteckte er die Bündel mit seinen Käufen hinten im Schrank. Hierauf nahm er den Kodex, von dem er einige Seiten gestohlen hatte, und lief zum Haus des Geistlichen.

Er betätigte das Glöckchen, und sogleich machte der Diener die Tür auf. Mateo begrüßte ihn, und der Mann, der ja wusste, dass er für seinen Herrn arbeitete, ließ ihn eintreten, ohne etwas zu fragen und beinahe ohne auf den Gruß zu antworten. Er lief schnell in die Bibliothek, zündete eine Öllampe und einen Kandelaber an und holte den Kodex aus seinem Beutel. Er legte ihn auf ein Bücherbrett hinter mehrere andere Bände, setzte sich an den Schreibtisch des Ordensbruders, schnitt mit einem Messer eine Federspitze zurecht, tauchte sie ins Tintenfass und rückte nahe an die Lampe heran. Dann begann er zu arbeiten, damit der Mann bei seiner Rückkehr feststellte, dass er eifrig beschäftigt war. Fünf Viertelstunden vergingen, und um genau acht Uhr war zu hören, dass sich der Schlüssel im Schloss drehte, was die Rückkehr des Geistlichen ankündigte. Mateo hatte in der Zeit, die er für den Mann arbeitete, viel geleistet. Als er ihm sagte, er habe ernste Nachrichten von seiner Familie erhalten, und seine Sohnespflicht zwinge ihn, nach Hause zurückzufahren, antwortete der andere, er bedauere es sehr, dass er ihn verliere, denn nie habe sich jemand so sorgfältig wie er um seine Bücher gekümmert, und er sei Don Manuel für sein Entgegenkommen zu ewigem Dank verpflichtet, weil er ihm einen solch guten Bibliothekar ausgeliehen habe, doch auf jeden Fall ehre ihn seine Haltung als Sohn und Christ. Obwohl der Mann ein großer Geizhals war, entlohnte er Mateo mehr als gut für seine Arbeit. Er sagte noch zu Mateo, wenn dieser zurückkomme, sei er bereit, ihn in seine Dienste zu nehmen, falls Don Manuel kein Interesse habe. Dann packte Mateo seine Siebensachen zusammen und kehrte in Castelobrancos Haus zurück.

Zahlreiche widersprüchliche Gefühle kämpften in seinem Herzen miteinander: Einerseits durfte er niemandem etwas sagen und musste am frühen Morgen wie ein Dieb das Haus verlassen, und andererseits wollte er sich von dem Mädchen verabschieden und ihm sagen, wenn sein Leben anders verlaufen wäre, hätten sich die Dinge vielleicht anders entwickelt, doch was zwischen ihnen beiden geschehen sei, sei von seiner Seite aus keine bloße Zerstreuung gewesen. Schließlich entschied er sich für die zweite Möglichkeit. Er hinterließ Don Manuel eine Nachricht und verabschiedete sich von dem Mädchen. Dann ging er in sein Zimmer, um seine Habseligkeiten für eine lange Reise vorzubereiten. Als Letztes vor dem Schlafengehen prüfte er den neuen Einband seines Schatzes. Nachdem er festgestellt hatte, dass der Klebstoff schon getrocknet war, schlug er das Buch auf der ersten Seite auf, bevor er es in seine Tasche steckte, und mit einer Vogelfeder schrieb er auf diese Seite einen Satz für den Fall, dass ihm durch die Wechselfälle des Schicksals etwas zustieße und die barmherzige Seele, die diesen für seine Angehörigen so bedeutsamen Band fände, ihn an den Empfänger schicken könnte.

Er entkleidete sich, löschte die Lampe und wollte sich hinlegen. Sobald der Lampendocht nicht mehr rauchte, öffnete sich die Tür, und Isabel kam herein. Mateo sollte sich sein ganzes Leben an diese letzte Nacht erinnern.

Am Morgen um fünf Uhr, als die Wagen der Wasserverkäufer noch nicht durch die Straßen fuhren, ritt der Jude Josué Yed-Amircal auf seinem Pferd in nördlicher Richtung davon, um seine Verabredung mit dem Schicksal einzuhalten. Jemand, der seine Stellung und semitische Herkunft argwöhnte und ihn verfolgte, hätte annehmen können, dass er sich naturgemäß nach Süden wenden würde, um nach einem Schiff zu suchen, das ihn nach Istanbul bringen könnte.

Das seltene Buch

Marcelo Lacalle legte einen seiner gewiss längsten Ritte zurück. Schon vor neun Tagen war er aus León aufgebrochen und hatte die Reit- und Seitenwege, Pfade und Straßen zweier Provinzen Seiner Christlichen Majestät hinter sich gelassen. Er wollte zu seinem Haus in Carrizo kommen, denn er sehnte sich nach seinem dreijährigen Sohn. Das Glück hatte ihm zugelächelt, als es ihm die Möglichkeit bot, sein Leben neu zu ordnen, da er durch die Vermittlung seiner Kindheitsfreundin Casilda Peribáñez ein gutes, fleißiges und ehrbares Mädchen kennenlernte, das bereit war, ihn zu heiraten und ihn von seiner Witwerschaft zu erlösen und außerdem bei Marcelino die Mutterstelle zu vertreten. Diese Frau war bis zum Hochzeitstag die Kammerfrau von Doña Beatriz de Fontes, der Gattin von Don Martín de Rojo. Sie hieß Leonor.

Der Tag war trübe, und bedrohlich regenschwere Wolken, die ein Gewitter voraussehen ließen, wanderten von Ost nach West über einen bleigrauen Himmel, der einen Tag voller Ärgernisse und Sorgen versprach. Seinen letzten Postauftrag hatte er in La Puebla de Sanabria erledigt. Dieser Ort befand sich auf dem Weg, dem er bei seiner Rückkehr folgen musste, zwischen Bragança, wohin er wie schon so oft geritten war, um einen Brief aus dem Bischofspalast von Astorga zu Don Sebastián Fleitas zu bringen, und Ponferrada, der letzten Station, bevor er sich auf den Rückweg nach Hause machte. Dort hatte er seinen erschöpften Gaul mit einem Klepper von unbestimmter Rasse vertauscht, der sich jedoch als bequemes und fügsames Reittier erwies.

Er war schon über Peñalva de Santiago hinaus, und da er diese abgelegene Gegend gut kannte, entschied er sich für einen Seitenweg, der ihn schneller zum Ziel bringen würde, selbst wenn er sich beim Verlassen der Hauptstraße der Gefahr aussetzte, auf eine Verbrecherbande zu stoßen, die sich damit abgab, Pilger zu überfallen, wenn sie nach Santiago de Compostela zogen, um am Grab, zu Füßen des Apostels Jakobus, zu beten und den Ablass zu gewinnen, oder wenn sie von dort zurückkehrten.

Marcelo war nicht groß, aber ein kräftiger Mann. Er hatte mächtige Schultern. Allerdings hatte er von den vielen Ritten krumme Beine, die außerdem kurz waren. Er war durchaus nicht furchtsam oder feige. Es würde nicht das erste Mal sein, dass er auf seinen Reisen mit einer Gruppe Bösewichter zusammengestoßen wäre, die er mit Knüppelhieben in die Flucht schlagen konnte.

Der Pfad war schmal, und die Äste peitschten ihm ins Gesicht. Die Waldgrenzen ließen sich nicht genau bestimmen, was es ihm schwermachte, dem Weg zu folgen. Es begann zu regnen. Große und kalte Tropfen befeuchteten ihm das Gesicht. Plötzlich, während sein Klepper die Ohren nach vorn und hinten warf, kam es ihm so vor, als vernähme er aus dem Dickicht klägliche und unregelmäßige Klagelaute, wie wenn jemand beinahe nicht mehr imstande wäre, um Hilfe zu rufen, und unbewusst diese jämmerlichen Seufzerlaute ausstieße. Marcelo hielt sein Tier an und lauschte. Die Seufzer waren rechts von ihm zu hören. Er stieg ab und nahm das Pferd am Zügel, denn er wollte sich nicht dem Wagnis aussetzen, dass man es stehlen würde, wenn er es festbände. Er drang in das Wäldchen ein, nachdem er den Degen gezogen und alle fünf Sinne angespannt hatte. Je weiter er vorankam, desto lauter erklangen die Klagerufe, ein Zeichen, dass er sich in die richtige Richtung bewegte. Allerdings waren sie nun weniger oft zu hören, was unmissverständlich darauf hindeutete, dass das Bewusstsein oder, genauer gesagt, das Leben des Rufenden allmählich erlosch. Schließlich gelangte Marcelo zu einer Lichtung, und dort lag der Mann: Es war ein kleiner, blasser und schmächtiger Ordensbruder, der im Schlamm ruhte und dessen Kopf verletzt war, was sich deutlich an einer Blutkruste zeigte, die seine Haare überzog, und ein dünner Blutstrahl rann ihm aus dem rechten Ohr. Rund um ihn war der ganze Boden aufgewühlt. Marcelo musterte die Umgebung, aber nachdem die Übeltäter ihr Ziel erreicht hatten, das lediglich darin bestand, das Opfer auszurauben, waren sie vom Ort des Verbrechens verschwunden. Nun band er sein Reittier an einen Baumstamm und nahm vom Sattelbogen eine Kalebasse, in die er mit Wasser verdünnten Wein gefüllt hatte. Er ging zu dem Mann, kniete bei ihm nieder und hob mit der einen Hand sehr behutsam seinen Kopf, während er ihm mit der anderen die Öffnung seiner primitiven Flasche an die ausgedörrten Lippen setzte; dabei hielt er ständig und für alle Fälle seinen Stoßdegen fest. Wie ein Säugling, der instinktiv nach der Brustwarze sucht, schluckte der Ordensbruder, ohne das Bewusstsein wiederzuerlangen. Dann legte Marcelo den Kopf des jungen Mannes vorsichtig auf den Boden, ging zu seinem Pferd und holte ein Stück Leinwand aus dem Reisesack, durchtränkte es mit dem Wein der Kalebasse und fuhr damit über die verletzte Stirn des Opfers. Nach und nach, ganz langsam, kam der übel Zugerichtete zu sich und starrte Marcelo ängstlich und misstrauisch an. Doch sein Geist sank in den Dämmerzustand zurück. Während der Kurier weiter geduldig die Wunde des Mannes behandelte, indem er sie mit Wein einrieb, stellte er fest, dass der Tonsurträger ein Karmeliter war und dass es in seiner Nähe zahllose, unterschiedlich große Fußspuren gab, ein sicherer Beweis, dass ihn mehrere Männer überfallen hatten. Er sah auch, dass in dem zertrampelten Bereich jene Geräte und Gegenstände verstreut waren, die die Räuber wohl für unnütz gehalten hatten; alles lag im Schmutz, rund um den kleinen Ordensbruder. Dieser wachte abermals auf und erkundigte sich mit kraftloser Stimme: »Wer seid Ihr, und wo bin ich?«

»Habt keine Angst. Ich bin ein Kurier der königlichen Post. Ihr befindet Euch an einer Nebenstraße, die von vielen Orten kommen und zu ihnen führen kann. Aber sie würde Euch vor allem nach Santiago führen oder nach Ponferrada zurückbringen.«

»Jetzt fällt es mir allmählich ein …« Der Ordensbruder atmete mühsam. »Mich haben mehrere Männer überfallen und beraubt, und dazu haben sie mich schlimm verprügelt.«

»Ich kann mir vorstellen, dass es so gewesen ist. Ich weiß nicht, was Ihr in Eurem Quersack dabeihattet, aber was sie hier zurückgelassen haben, scheint nicht allzu nützlich für Leute, die solche Übeltaten gewöhnlich begehen.«

»Meine Bücher! Sind meine Bücher da?«

Marcelo blickte sich um und wunderte sich, dass der kleine Mann in dieser Bedrängnis nur an seine Bücher dachte.

»Ein paar liegen hier herum, wie es aussieht.«

»Holt sie her, um Himmels willen!«

Der Kurier bettete den Kopf des Karmeliters sanft auf seine eigene Tasche und stand auf, um fünf Bände einzusammeln, die im Schmutz verstreut lagen.

»Hier habt Ihr Eure Bücher. Beim Allmächtigen, manche von Euch Gottesmännern sind wirklich närrisch! Da bringt man Euch beinahe um, und

Ihr macht Euch Sorgen, ob Eure Bücher, die wenig kosten, verschwunden sind oder ob man sie Euch gelassen hat.«

Und bei diesen Worten legte Marcelo dem Ordensbruder die Bände vor, nach denen er so inständig verlangt hatte.

Der Bruder hob den Kopf vom Beutel und strengte sich an, die Bücher anzusehen. Nach einer kurzen Prüfung schien er sich zu beruhigen.

Der Regen fiel immer dichter, und die Nacht würde bald hereinbrechen. Marcelo musste einen Entschluss fassen, denn es war nicht nur gefährlich, im Wald zu bleiben, sondern der Mann sah auch offenkundig übel aus und brauchte dringend ärztliche Hilfe. Der Kurier beugte sich zu ihm hinab.

»Wisst Ihr, was wir tun werden?«

Der Ordensbruder rührte sich nicht einmal.

»Wenige Meilen von hier und nicht weit von meinem üblichen Weg entfernt liegt ein Kloster Eures Ordens, in der Nähe von Palacios de Sanabria. Dorthin bringe ich Euch, und dort kann man Euch helfen.«

Diese Worte wirkten alarmierend. Der Verletzte riss die Augen auf und klammerte sich mit einer Hand an Marcelos Wams fest, während sich seine blutleeren Lippen bewegten und versuchten, etwas zu stammeln. Marcelo hielt sein Ohr an den Mund des anderen.

»Bringt mich nicht dorthin, bei allem, was Euch lieb ist! Bringt mich nicht hin!«

»Was habt Ihr? Sind das nicht Eure Mitbrüder?«

»Bringt mich nicht dorthin!«

Marcelo, der sein Leben in der Nähe von Kirchenleuten verbrachte, hatte von den Zwistigkeiten erfahren, die zwischen Orthodoxen und Reformierten bestanden, aber doch nicht so weit gingen, dass sie einem ihrer Brüder nicht geholfen hätten. Er dachte, die ablehnende Haltung des Ordensbruders sei darauf zurückzuführen, dass er nicht ein Kloster aufsuchen wollte, das zwar zu seinem Orden, jedoch zur anderen Fraktion gehörte.

»Ich bedauere Eure Streitigkeiten, aber es gibt keine andere Möglichkeit… Ich muss meinen Weg fortsetzen, und ich kann Euch nicht mitschleppen.« Er setzte nicht hinzu: »Außerdem sehe ich, dass es Euch sehr schlecht geht.«

Er holte die übrig gebliebenen Habseligkeiten des Bruders zusammen und steckte sie in seinen fadenscheinigen Beutel, den er am Sattelbaum des Pferdes festband. Dann hob er den Tonsurträger, der kaum etwas wog, vom Boden auf und legte ihn quer vor den Sattel seines Tiers. Nachdem er noch einen Blick auf das allgemeine Chaos ringsum geworfen hatte, steckte er schließlich seinen Degen ein und stieg auf. Sobald er den Weg erreicht hätte, würde er sich vom Abendstern leiten lassen, der erschienen war, als die Wolken verschwanden, und er würde die Richtung zum Karmeliterkloster einschlagen.

Das Männlein schwankte im Takt der Bewegungen des Gauls, und Marcelo hatte das Gefühl, einen Warenballen zu befördern. Nachtdunkel breitete sich aus, während der Regen nachließ. Nach einem Ritt, der eine reichliche Stunde gedauert hatte, erreichten sie das Kloster. An der Tür brannte ein Licht, und das war der einzige Hinweis, dass drinnen Leute lebten. Marcelo hatte auf dem Weg genug Zeit gehabt, einen Plan auszuarbeiten. Seine natürliche Gutherzigkeit hatte ihn gedrängt, diesem Unglücklichen zu helfen, doch er wollte keinesfalls seine Heimkehr verzögern. Er ließ das Pferd mit seiner Last in vorsichtigem Abstand von der Tür stehen und ging weiter, um das Gelände zu erkunden. Er war kaum abgestiegen, als der von seiner Last befreite Gaul unruhig tänzelte. Der Ordensbruder schlug die Augen auf und merkte, wo er sich befand. Da steckte er mit äußerster Anstrengung seine Rechte in den Beutel mit seinen Habseligkeiten und suchte tastend unter den Büchern nach dem kleinsten Band. Als er ihn entdeckte, holte er ihn heraus und ließ ihn in den Reisesack seines Retters gleiten. Dann wurde er wieder ohnmächtig. Marcelo lief zu dem Pferd zurück, lud sich die leichte Last des Männleins auf den kräftigen Rücken und brachte es zum Klostereingang. Er setzte es behutsam auf der ersten Treppenstufe ab und lehnte dessen Kopf an den Beutel mit seinen Sachen. Dann zog er kräftig dreimal an dem Strick, der den Glockenschwengel am Eingang ertönen ließ. Danach rannte er zu seinem Pferd, nahm es am Zügel und versteckte sich an der ersten Wegbiegung, um zu warten. Kurz darauf kam ein Ordensmönch aus dem Haupttor. Zunächst übersah er den Körper auf den Treppenstufen. Er blickte sich nach beiden Seiten um, und als er nichts entdeckte, wollte er ins Gebäude zurückkehren. Doch nun bemerkte er die Gestalt, die beinahe zu seinen Füßen lag. Er beugte sich über sie, und als ihm klar wurde, dass es ein Mensch war, dem es sehr schlecht ging, rannte er wie ein Besessener ins Innere des Klosters und erschien kurz darauf wieder. Diesmal begleiteten ihn drei Mitbrüder, die den Verletzten vorsichtig hochnahmen. Während sie im Innern verschwanden, blickten sie sich argwöhnisch nach beiden Seiten um, um zu sehen, ob sie die barmherzige Seele entdeckten, die ihnen diese Gabe hinterlassen hatte.

Als sich Marcelo überzeugt hatte, dass sich der Mann in Sicherheit befand und gut gepflegt wurde, stieg er wieder auf seinen Gaul und ritt davon, drang in die Nacht ein, die ihm nach seiner guten Tat viel sternenklarer vorkam.

Die Ordensleute trugen den Verletzten in die Krankenstube, und während sich die Übrigen zum Abendgebet zusammenfanden, waren zwei Brüder damit beschäftigt, die Wunden des Sterbenden zu säubern und seinen Zustand zu prüfen. Sie legten ihn auf einen Tisch und zogen ihn aus. Plötzlich blickten sich beide an, und der Größere ging, ohne ein Wort zu sagen, in die Kapelle und trat zum Betstuhl des Priors.

»Pater …«

Das Abendgebet stockte, und die ganze Gemeinschaft drehte sich wegen dieser ungewöhnlichen Unterbrechung um.

»So ungewöhnlich ist das, was Ihr mir mitteilen müsst, dass Ihr die Gebete unterbrecht?«

»Der Mann, den man uns an die Klostertür gelegt hat, ist kein Barfüßer.«

»Ach nein? Was ist er dann?«

»Er ist Jude, Hochwürden …«

»Woher wisst Ihr das?«

»Seine Vorhaut, Hochwürden. Sie ist beschnitten.«

»Was sagt Ihr mir da? Schickt unverzüglich eine Nachricht zum Heiligen Offizium!«

»Das ist nicht notwendig, Vater Prior. Er liegt im Sterben.«

Die Giftschlange

Sebastián Fleitas war in der spanischen Hauptstadt eingetroffen. Diesmal hatte ihn ein Auftrag, der nur ihn selbst betraf, nach Madrid geführt. Für den Fall, dass ihn eine Nachricht Doktor Carrascos erwartete, der als Einziger seinen Aufenthaltsort kannte, ging er zum Gebäude des Glaubensgerichts. Da es nichts Neues gab, lief er zur Nummer acht der Straße der Frommen Frauen. Vorher kam er jedoch bei den Stufen von San Felipe vorbei, die der Treffpunkt aller Klatschmäuler Madrids waren und ihm gewiss eine Gelegenheit bieten würden, die Stimmung der Leute zu prüfen und sich nebenbei über die Skandalchronik dieser Residenz zu unterrichten, die für Feste, Stierkampf und Theater lebte. Seit Langem verschlechterte sich die allgemeine Lage immer weiter, und damit das einfache Volk seine Sorgen vergaß und sich nicht um den schrecklichen Aderlass in Flandern kümmerte, war Don Gaspar de Guzmán, der Graf-Herzog von Olivares, eifrig bemüht, dem Monarchen gefällig zu sein, indem er für ihn Jagden in der Casa de Campo und Komödien im Spielhof Corral del Príncipe oder im Spielhof zum Kreuz vorbereitete, in denen die Calderona eine Hauptrolle hatte, ob sie nun vom großen Lope, von Gracián, Góngora, Cervantes oder, wie diesmal, vom Grafen von Villamediana stammten, der im neuen Theater sein der Königin gewidmetes Werk *Nikäas Ruhm* uraufführen wollte.

Viel Wasser war unter den Brücken seit dem Tag durchgeflossen, an dem der König – nach der geistlichen Lobrede Pater Jerónimo Florencios über die Schnelligkeit, mit der man gegenwärtig in den Räten Kastiliens alle Angelegenheiten erledigte, anders als in den vergangenen Zeiten, da der Herzog von Lerma das Land regierte – Don Gaspar eintreten sah. Dieser ging bescheiden zu einem Winkel, während man gerade das Tischgeschirr nach der Mahlzeit abtrug. Und nun sagte der König den magischen und ersehnten Satz: »Graf von Olivares, setzt Euren Hut auf!« Damit machte er ihn in diesem Augenblick zum Granden von Spanien. Doch seit jenem Tag waren schon viele Monate vergangen, und die Stimmung der Spanier hatte sich verändert. Die Plaudergruppen bildeten sich, und die Stammgäste scharten sich zusammen, wie es den dort behandelten Themen entsprach: Die einen redeten über die letzte Uraufführung, andere von einem Abenteuer einer bekannten Dame und die meisten vom Krieg. Der Portugiese spazierte zwischen allen hin und her, spitzte die Ohren und gab besonders acht, wenn ihm sein Spürhundinstinkt sagte, dass es irgendwo eine Neuigkeit geben könnte, die ihn interessierte. Er verbrachte einige Zeit mit diesen Aufgaben, und nachdem er auf seine neue Uhr gesehen hatte, ein Geschenk seines edlen Gönners, des Bischofs Carrasco, ging er zur Calle del Naranjo, um rechtzeitig bei seiner Verabredung zu erscheinen, denn er hasste Zuspätkommen. Die Nummer acht gehörte zur schmalen Fassade eines Hauses mit zwei sichtbaren Stockwerken und einem zurückgesetzten dritten, wie dies für nahezu alle Häuser im Viertel zutraf, die so gebaut waren, damit man weniger Steuern an die Gemeindekasse bezahlen musste. Er stieg die schmale Treppe hoch, und als er sich dem dritten Stock näherte, machte der dortige Mieter die Tür auf, bevor er ganz da war.

»Eure Schritte sind unverkennbar, Exzellenz, und das Holz der Treppe hat Euch verraten.«

»Ich habe nicht versucht, mich vor Euch zu verstecken. Wenn ich meine Freunde oder Verwandten besuche, habe ich keinen Grund, misstrauisch zu sein. Meine Vorsichtsmaßnahmen hebe ich für meine Feinde auf.«

»Fühlt Euch hier zu Hause. Ich bin Euer zuverlässigster Diener.«

Bei diesen Worten ließ der Mann den Portugiesen eintreten, wozu er eine ungeschickte und unterwürfige halbe Verbeugung machte – eigentlich sollte sie elegant sein, doch tatsächlich wirkte sie peinlich, weil der Mann ein Krüppel war und sich nur schlecht bewegen konnte.

Beide Männer gingen hinein, und der Lahme, denn dies war der Inhaber der Wohnung, schloss die Tür und lief seinem vornehmen Gast hinterher.

»Wollt Ihr etwas trinken?«

»Wirklich nicht. Ich habe es eilig, und es drängt mich sehr, dass Ihr mir Euer Kunstwerk zeigt.«

»Das war eine umfangreiche Arbeit, die meine ganze Erfahrung und Mühe verlangte.«

»Versucht nicht, Eure Verdienste bei mir herauszustreichen, Meister Pérez. Wir haben einen Preis vereinbart, und wenn ich mich recht erinnere, habt Ihr einen saftigen Vorschuss für das Arbeitsmaterial erhalten.«

»Ich beklage mich nicht, und ich will auch nicht mehr herausholen. Ich beschränke mich darauf, eine Tatsache zu nennen, denn als Erfinder liebe ich meine Arbeit, und jedes Werk, das unter meinen Händen entsteht, ist wie ein innig geliebter Sohn, der von mir geht.«

»Dann sehen wir, wie stark und schön dieser letzte Sohn geworden ist.«

Der Lahme ging ins Innere der Wohnung und zog dabei das Holzbein auf dem Dielenboden nach. Der Portugiese blieb im Zimmer und wartete darauf, das Ergebnis seines Auftrags zu begutachten.

Er kannte Meister Pérez seit vielen Jahren, als dieser wegen der Beinverletzung seine Stelle als kundiger Waffenschmied in der Schmiedeabteilung des Regiments Alessandro Farnese aufgegeben hatte und mit tausend Empfehlungsschreiben, die ihm wenig nützten, nach Madrid gegangen war. Und da es ihm das Hinken unmöglich machte, seinen Lebensunterhalt wie die meisten armen Teufel zu verdienen, die aus dem Krieg zurückkehrten, indem sie nämlich ihren Degen an den Meistbietenden vermieteten, hatte er sich mit der Tätigkeit beschäftigt, die er beherrschte, wobei er nun ganz besondere Aufträge übernahm und Kunden hatte, die so etwas bezahlen konnten.

Das Zimmer war mit allem möglichen Kram gefüllt, und es gab eigentlich nicht einmal einen erbärmlichen Schemel, auf den man sich setzen konnte, doch schon erkannte Fleitas an den rhythmischen Schritten, dass Meister Pérez mit seiner besonderen Auftragsarbeit zurückkehrte. Dieser genoss seinen triumphalen Auftritt. In den Armen hielt er, als trüge er ein zartes Kind, einen langen Gegenstand, der mit einem fadenscheinigen roten Tuch bedeckt war. Mit liebevoller und gewissenhafter Sorgfalt legte er ihn auf einen Tisch, nachdem er diesen mit dem linken Arm leer gefegt hatte. Feierlich wie ein Gaukler, der ein dörfliches Sonntagspublikum unterhält, nahm er dann die Spitze des Tuches mit der Rechten und zog es fort… Damit der Auftritt einen vollkommenen Eindruck machte, fehlte nur ein Trommelwirbel oder ein Hornsignal. Vor Don Sebastiáns Augen erschien ein langer Degen, der in der Scheide steckte und bis zur Parierstange seines Griffs von einem zweiten, allerdings schwarzen Tuch eingehüllt war, das Meister Pérez nun rasch fortzog. Als der Degen frei dalag, nahm ihn der Portugiese vorsichtig, wog ihn in der Hand und betrachtete ihn vergnügt.

»Wie gefällt er Euch?«

»Auf den ersten Blick ausgezeichnet. Aber zeigt mir, was ihn von den übrigen unterscheidet.«

»Erlaubt mir…« Sogleich nahm der Lahme den Degen in die Hände und steckte ihn sich wie ein Berufsfechter in den Gürtel. »Verzeiht die Unordnung hier, denn wir haben kaum Platz… Aber versucht, Euch in dem normalen Abstand aufzustellen, in dem sich zwei Männer schlagen.«

Fleitas tat es.

»Und nun, Señor, zieht Euren Degen, sobald ich rufe.«

Der Familiar war ein geschickter Fechter. Er schlug den Mantel zurück, damit er ihn nicht behinderte, sobald er seine Klinge entblößen musste. Gespannt wartete er auf den Ruf des anderen.

»Jetzt!«

Der Portugiese machte die übliche Bewegung, und sein Eisen bewegte sich auf der normalen Bahn, als er es herauszog. Noch hatte er nicht die Spitze aus der Scheide ziehen können, als schon die Stahlklinge des Lahmen auf den Kehlkopf des anderen zeigte.

»Erstaunlich, Meister Pérez! Erstaunlich! Zeigt mir, wie Eure Erfindung arbeitet.«

»Kommt zum Licht und seht es Euch an. Euer Exzellenz haben mich ja beauftragt, für Euch einen Degen zu erfinden, der – selbstverständlich nicht bei den Duellen zwischen edlen Herren, wohl aber bei den Schlägereien, in die ein Ehrenmann in den gegenwärtigen Zeiten auf den Straßen hineingeraten kann – einen Vorteil bietet, wenn man ihn zieht. Ist es so?«

»Genau so.«

»Nun denn, ich habe die Degenscheide in der Längsrichtung aufgeschnitten und die beiden Teile mit einem besonders sorgfältig ersonnenen und ausgeführten Scharnier verbunden, das, wie Ihr seht, verborgen bleibt und das mir viel Kopfzerbrechen bereitet hat, als ich es anbringen wollte. Mit einer Feder, die man mit dem Daumen betätigt und die an der Basis der Parierstange versteckt ist, öffnet sich nun die Scheide, wenn man ganz leicht auf die Feder drückt, als wäre diese Scheide die Schote einer grünen Bohne, und während Euer Feind gerade versucht, sein Eisen auf herkömmliche Art zu ziehen, drückt Eure Klinge, die seitlich und ohne den geringsten Umweg aus der Scheide gesprungen ist, schon an die Gurgel Eures Gegners, so wie Ihr gesehen habt, dass ich, ein armseliger und ungeübter Krüppel, es vor einem so gut vorbereiteten und geschickten Fechter wie Ihr getan habe. Wenn man dann beide Teile mit einer einzigen Hand zusammendrückt, zieht sich auch die Feder zusammen. Ihr hört ein Klicken, und Ihr könnt den Degen einstecken. Keiner könnte sagen, dass die Scheide nicht die eines üblichen Degens ist.«

»Wunderbar, Meister Pérez! Wirklich wunderbar! Ihr gestattet?«

Der Portugiese nahm die Degenscheide aus der Hand des Lahmen, öffnete und schloss sie mehrmals, ohne dass der Mechanismus irgendein Problem zeigte.

»Kann es versagen?«

»So gut wie nie. Das ist eine sehr einfache Vorrichtung, obwohl sie sorgfältig gepflegt werden muss. Wenn Ihr aber so vorsichtig seid, sie hin und wieder zu ölen, vor allem nachdem sie nass geworden ist, und wenn Ihr den Mechanismus ein paarmal betätigt, bevor Ihr den Degen einsteckt, so könnt Ihr sicher sein, dass Ihr mehr als einen Obergauner um die Ecke bringt, bevor er vom Leder zieht, und in dem unwahrscheinlichen Fall, dass es versagt, könnt Ihr die Klinge immer noch auf herkömmliche Weise entblößen.«

»Ihr habt ein großartiges Werk vollbracht, Meister Pérez. Ich will Euch eine Belohnung geben, die über das Vereinbarte hinausgeht …«

»Nein, Don Sebastián. Meine Arbeit ist sehr gut bezahlt, und obwohl ich Geld sehr dringend brauche, möchte ich Euch bitten, mir, wenn Ihr könnt, einen Gefallen zu tun.«

»Was es auch ist … Wenn ich es tun kann.«

»Diese Treppe bringt mich um … Ihr würdet mich zum glücklichsten Menschen der Welt machen, wenn Ihr mir durch Euren Einfluss einen kleinen Verschlag besorgen könntet, der in Straßenhöhe liegt und in dem ich leben und arbeiten könnte, und falls das möglich sein sollte, bei der

Plaza del Cordón, denn gleich daneben, in der Calle del Almendro, wohnt meine einzige Schwester.«

»Verlasst Euch darauf. Früher, als Ihr Euch denken könnt, habe ich für Euren Umzug gesorgt, und dort, wohin ich Euch schicke, sollen Euch keine Treppen stören.«

»Ich werde nicht lange genug leben, um Euch dafür zu danken.«

»Was den ersten Teil Eures Satzes betrifft, so gebe ich Euch recht …«

Schnell wie eine Schlange zog der Portugiese seinen heimtückisch bereit gemachten Degen und stieß ihn in die Brust des Meisters. Dieser stürzte zu Boden und rollte sich um seine eigene Achse, und während sein Holzbein gegen den Tisch schlug, nahm sein Gesicht einen überraschten Ausdruck an.

»Ich bedauere, lieber Freund, ich kann nicht das Wagnis eingehen, dass Ihr meine Auftragsarbeit an einen anderen verkauft oder dass Ihr jemandem etwas von dem erklärt, was sich hier ereignet hat.«

Dann wischte er die Spitze seiner blutbeschmierten Klinge an der Kleidung des Mannes ab und steckte den Degen fort. Der Portugiese nahm auch den anderen Degen und verließ die Wohnung. In Madrid war es Nacht geworden.

Quellen der Rachsucht

Er zog sich wieder den Leibrock an, und nachdem er sich die Soutane zugeknöpft hatte, beruhigte er sich. Doktor Carrasco legte den kleinen Spiegel aus poliertem Silber in die Schublade seines Schreibtischs zurück. Er ging zu dem Wandteppich, der Peter Paul Rubens' *Kreuzabnahme* darstellte. Er zog an der Schnur, mit der das Glöckchen betätigt wurde, und wartete. Sogleich kündigte schüchternes Klopfen an der Tür an, dass der Koadjutor gekommen war.

»Herein.«

Die Tür ging auf, und es erschien Bruder Valentíns Tonsur.

»Was wünscht Ihr, Hochwürden?«

»Ich muss an einer Angelegenheit arbeiten, die meine vollständige Aufmerksamkeit verlangt. Ich möchte, dass Ihr bis auf Weiteres alle Besuche für heute abbestellt. Nichts darf meine Geistesruhe stören. Ausnahmen sind nur ein Kurier des Generalsekretärs oder eine Nachricht vom Hofe. Habt Ihr mich verstanden?«

»Selbstverständlich, Hochwürden.«

»Dann geht ans Werk.«

Während der Geistliche die Tür schloss, ging der Bischof zum Mahagonischreibschrank, einem Geschenk des Nuntius Seiner Heiligkeit. Er zog die oberste Schublade auf, nahm einen Kasten aus duftendem Zedernholz heraus und zog eine Zigarre hervor. Er roch daran, drehte sie knisternd zwischen den Fingern und näherte sich dem Kamin, nahm ein Glutstück mit der Feuerzange und hielt es an die Zigarrenspitze. Er zog dreimal kräftig und begutachtete den glänzenden Lichtpunkt an der Zigarrenspitze, um sich zu überzeugen, dass sie gut brannte. Er stieß den Rauch aus und ging zu dem Ohrensessel, der am großen Fenster stand. Er saß bequem und schweigend da und hatte es warm, wie es ihm gefiel, und er ließ seine Gedanken schweifen.

Die letzte Nachricht, die ihm Don Sebastián Fleitas übermittelt hatte, erfüllte ihn mit Unruhe und versetzte ihn zugleich in frühere Zeiten. In seinem Geist tauchten bisher verschüttete Erinnerungen auf, die seinen glühenden Hass auf die Rojos schürten.

Seine Mutter, an die er sich so zwangsläufig und übermächtig erinnerte, wie dies den Gefühlen eines zwölfjährigen Jungen entsprach, denn in diesem Alter hatte er sie verloren, musste wohl, wie er später erfuhr, ein lebenslustiges Mädchen gewesen sein, bis ihr ein dramatisches Ereignis die Jugend raubte. Sie und ihr verwitweter Großvater lebten in einer Hütte nahe bei dem Gut Sueros. Dort war der Junge zu Hause, der ihr den Hof machte, und damals war sie sechzehn Jahre alt. Der Großvater war Pächter Don Bernardo de Rojos, der gerade Doña Teresa de Hinojosa geehelicht hatte. Vorher und danach – wie überhaupt – hatte der Hidalgo kein Glück bei seinen Angelegenheiten, denn er beschäftigte sich mit unergiebigen Aufgaben, wie etwa, Hirsche zu jagen oder mit allen Mädchen aus seinen Besitzungen, die ihm in die Hände fielen, zu buhlen, und obwohl diese Sitte im Lauf der Zeit außer Gebrauch kam, verlangte er von seinen Leuten immer noch das Recht, die erste Nacht mit ihren Töchtern zu verbringen.

Der Geist des Bischofs eilte weiter, und die Rauchspiralen seiner Zigarre machten die Luft immer drückender, während der Hass zugleich seine Erinnerungen immer schwerer bedrückte. All das hatte er später aus den Angaben gefolgert, die er nach und nach den Gesprächsfetzen entnahm, die er hörte, wenn er in den Ort ging, um einen Auftrag zu erledigen. Diese Klatschgeschichten, denen die Gevatterinnen in den Dörfern so zugetan sind, mussten ihren Ursprung in einer vertraulichen Mitteilung haben, die seine Mutter wohl irgendeiner Frau oder ihr Großvater dem Dorfpfarrer gemacht hatte. Doch er wollte seinen Gedanken nicht vorgreifen und ging der Reihe nach vor. Wie er sich zusammenreimte, erschien eines Nachmittags, als der Großvater im Wald war, der Hidalgo auf dem kleinen Feld, das sie bestellten. Seine Mutter holte gerade die Wäsche zusammen, und er fragte sie, wo der Großvater sei, denn er wolle die Pacht abholen. Das Mädchen antwortete, er sei im Wald, um Kohle zu brennen, und werde erst zum Abendbrot zurückkommen. Da sprang der Hidalgo vom Pferd und sagte, er wolle sich nur nehmen, was ihm gehöre. Dann schleifte er sie zu dem kleinen Strohschober, zerriss ihre Röcke und tat ihr Gewalt an. Hierauf erklärte er, er werde wiederkommen, um seine Schulden in Maravedís oder in Naturalien einzutreiben. Er sprang wieder in den Sattel und ritt lachend davon, ließ das Mädchen misshandelt und entehrt zurück. Als der Großvater aus dem Wald heimkam, teilte sie ihm weinend und schluchzend das Geschehene mit. Ihr Großvater war schon ein alter Mann, er war viele Pachtbeträge schuldig und konnte nichts tun. Don Bernardo de Rojo war der Herr ihres Landes und ihres Lebens.

Es verging nicht viel mehr als ein Monat, da bemerkte das Mädchen, dass es schwanger war. Sie sagte es ihrem Großvater. Dieser fürchtete um seine Ehre und wollte, dass niemand in Sueros von der Schmach erfuhr. Deshalb nahm er allen Mut zusammen und suchte Don Bernardo auf, um seine Hilfe zu erbitten. Als Einziges erreichte er, dass die Kleine als Rekluse in Sankt Benedikt eintreten durfte. Als die Schwangerschaft endete, kam es zu zwei Ereignissen: Er wurde geboren, und ihr Großvater starb an dem übergroßen Kummer, denn seine Enkelin war alles, was ihm auf der Welt blieb. Das Mädchen wusste nicht, weil es noch so jung war, was es tun und an wen es sich wenden sollte. Allerdings wusste sie sofort, dass sie sich nicht von ihrem Kind trennen und es auch nicht zur Adoption freigeben wollte. Darum sah sie sich gezwungen, das Kloster zu verlassen und ihre vertraute Heimatgegend aufzusuchen. Als sie zurückkam, entdeckte sie, dass man die Hütte und das Feld an neue Pächter übergeben hatte. Diese erlaubten ihr nicht einmal hereinzukommen und in dieser Nacht auszuruhen, obwohl sie ein Kind bei sich hatte, das kaum sechs Tage alt war. Andererseits vergaßen sie durchaus nicht, ihrem Herrn mitzuteilen, dass ein Mädchen mit bestimmten körperlichen Merkmalen zurückgekehrt sei und den Anspruch anmelde, in der Hütte zu wohnen. Da hielt sie sich an den Mann, der sie hatte heiraten wollen. Sie ging zu ihm nach Sueros. Er hatte Mitleid mit den beiden, doch er besaß keinen anderen Raum, wo er sie unterbringen konnte, als einen Schweinestall, der zufällig leer stand und der fünf Meilen vom Dorf entfernt war.

Dort in diesem versteckten Schweinestall wuchs er auf. Aber man entdeckte sie … Und an diesem Punkt begannen seine persönlichen Erinnerungen, als er vier oder fünf Jahre alt war und manchmal ein Mann auf einem großen Pferd auftauchte, der ihn aus der Hütte schickte und selbst mit seiner Mutter hineinging. Er wagte es nicht einzudringen, und hörte, während er unter dem Fensterchen oder hinter der Tür stand, wie sie seufzte und weinte. Dann kam der Mann mit aufgeknöpftem Wams und unordentlicher Kleidung heraus, stieg auf den Hengst und galoppierte wie ein Zentaur davon, ließ Angst und Jammer hinter sich zurück. Das einzige Problem war, dass er diesem Gesicht niemals bestimmte Züge geben konnte, obwohl er es Tausende Male versuchte. Er selbst war damals ungefähr fünf Jahre alt, und seine Mutter hatte wegen des harten Lebens, das sie führen musste, schon ihre jugendliche Frische verloren, als der Mann eines schönen Tages wohl eine andere Futterkrippe fand und nicht wiederkam. Nun musste sie sich mit entwürdigenden Arbeiten durchschlagen, denn eine alleinstehende Frau, die nicht als Dienstmädchen arbeiten konnte, weil sie sich um ihr Kind kümmern musste, hatte damals in der Gesellschaft sehr wenig ehrbare Möglichkeiten. Als die Frau es nicht mehr aushalten konnte, bot sie sich als ambulante Liebesdienerin feil, denn aus demselben Grund konnte sie nicht ständig in einem Hurenhaus arbeiten. Sie zog durch die Felder und teilte ihr Lager mit Pächtern, Schafscherern, Hausierern, Köhlern und jedem, der über einen Winkel oder ein Versteck in einem Schweine-, Vieh- oder Pferdestall oder auch Hühnerhof verfügte, um mit ihr buhlen zu können. Auf diese Weise steckte sie sich mit der französischen Krankheit an, die sie wenige Jahre später ins Grab bringen sollte.

Kurz vor dem Tod, und ehe sie ihn losschickte, um den Pfarrer zu holen, sagte sie ihm, nach ihrem Hingang solle er tun, was sie ihm als Letzten Willen auftrage, denn obwohl sie von ganzem Herzen wünsche, ihn wohlbehütet in einer Welt zurückzulassen, in der die Armen nicht das geringste Recht hätten, wolle sie auf keinen Fall, dass er es mit einem mächtigen Herrn aufnehme, der ihn ins Unglück stürzen und ihm empfindlich schaden könne. Darum solle er sich genau an ihre Anweisungen halten und nicht versuchen, mehr Dinge als die zu erfahren, die sie ihm bis dahin mitgeteilt habe. Ihm blieb nichts anderes übrig, als sie unter einer alten Eiche zu begraben und mit seinem Messer ein kleines Kreuz in die Rinde einer Birke einzuschneiden. Allerdings konnte er keinen Namen und kein Datum hinzusetzen, weil er das Schreiben nicht beherrschte.

Doktor Carrasco stand auf, um im großen Kamin zwei Holzscheite nachzulegen. Dann schürte er die Glut mit dem Feuerwedel, und als die Flamme schon hochzüngelte, schob er den Sessel nahe heran und setzte seine geistigen Erkundungen fort. Er erinnerte sich, dass er den Auftrag seiner Mutter ausführte, seine wenigen Habseligkeiten zusammenpackte und nach Quintanar del Castillo ging, das ungefähr zwölf Meilen von dem Grab im Waldesdickicht entfernt war. Er schlief im Freien und ernährte sich von den milden Gaben der guten Leute, und nach und nach unterrichtete er sich über das, was er wissen wollte. Eines Morgens stellte er sich an die Mauer des Herrenhauses der Rojos, drückte sich eng ans Gartentor und wartete geduldig. Weit hinten hängten zwei junge Dienstmädchen unter Gelächter und Scherzen Wäsche auf und legten die trockene Wäsche, die sie abnahmen, in einen großen Korb. Er wartete weiter. Der Morgen verging, bis sich schließlich die Gittertür öffnete und der auf einem Pferd sitzende Hidalgo am Ende des Gartenwegs auftauchte. Es war sehr warm. Er trug leichte Schuhe und lediglich Beinkleider aus Baumwollsamt, die mit Hosenträgern an den Schultern befestigt waren. Als er am Pferd vorbeilief, zitterten ihm die Beine, wie er sich erinnerte. Der Reiter hielt das Pferd an und verlangte von ihm, zur Seite zu treten, doch er blieb regungslos mitten auf dem Durchgang stehen. Schließlich fragte ihn der andere, wer er sei und was er wolle. Nun erfüllte er das Versprechen, das er seiner armen, im Sterben liegenden Mutter gegeben hatte, und wies den Mann, ohne ein Wort zu sagen, mit dem Zeigefinger auf das Zeichen hin, das er seit seiner Geburt auf dem Rücken trug. Der Hidalgo beugte sich über den Sattelbogen seines Tiers, um besser zu sehen. Zuerst machte er eine ernste Miene, dann lächelte er, und schließlich stieg er ab und begleitete ihn ins Haus, führte ihn zu den Räumen der Dienerschaft, wo man ihn mit Essen und Kleidung versorgte, und dort blieb er ein paar Wochen.

Niemand sagte ihm etwas Besonderes, und man widmete ihm auch keine übermäßige Aufmerksamkeit. Doch auf diese Weise erfuhr er viel Neues, denn es gibt keine fruchtbarere Nachrichtenbörse oder Plaudergesellschaft als die Küchen und Räume der Diener, wenn jemand zuhören will und es versteht, nicht weiter aufzufallen – und er hatte einen sehr lebhaften Geist und das anpassungsfähige Talent, sich zwischen Töpfen und Kesseln zu tarnen. So erfuhr er von Leben und Taten dieses Wüstlings und von den vielen Streichen, die man ihm zuschrieb: Don Bernardo de

Rojo verhalte sich zu seinen Pächtern despotisch und zu Untergebenen erbarmungslos, und sein sehnlichster Wunsch sei es, dass ihm seine Gattin, die sicherlich alle ihm fehlenden guten Eigenschaften habe, einen Sohn schenke. Nun erwachte in seinem Innern tiefer Hass auf diesen Mann und alles, was er verkörperte. Etwas in seinem Herzen sagte ihm, dass er der Grund für sein unglückliches Leben und den qualvollen Tod seiner armen Mutter war. Als Einziges wusste er zuverlässig, dass sein karminroter Fleck etwas mit all dem zu tun hatte. Dann überstürzten sich die Ereignisse.

Ein Monat war vergangen, als sich ein Dominikanermönch seiner annahm. Er holte ihn in das Seminar des Ordens und war während der nächsten Jahre der einzige Mensch, dem er in seinem ganzen Leben wirklich etwas zu verdanken hatte. Pater Atanasio Adama bemerkte rasch seinen äußerst scharfen Verstand und seine wunderbare Fähigkeit, sich Fakten zu merken. Als man ihn im Registerbuch eintrug, wählte man ein paar Namen, die nichts mit Rojo zu tun hatten, wohl aber waren es die, die ihm auf Anordnung des Hidalgos beigelegt wurden. Es waren nämlich die eines Verwandten, dem Don Bernardo als Gegenleistung für die rechtmäßige Adoption eine alte Schuld erließ und der ihm auf diese Weise seine Namen verlieh.

Er wuchs heran und lernte während des Noviziats so fleißig, dass er sich unter seinen Gefährten auszeichnete. Sein wunderbares Gedächtnis erstaunte die eigenen Leute und Fremde so sehr, dass er in den Ordenskapiteln mühelos ganze Passagen der biblischen Schöpfungsgeschichte vortrug, ohne einen einzigen Namen zu überspringen, und so kam es, dass man ihn, als er seine Gelübde ablegte, dem Hauptarchiv des Heiligen Offiziums zuwies. Seine Aufgabe bestand darin, all die Prozesse zu kopieren, die in irgendeiner Form genug Spuren hinterlassen hatten, damit man in ihnen Familiennamen und besondere Kennzeichen von später Geborenen verfolgen konnte, so dass man sie vom Gericht der heiligen Inquisition noch nach acht Generationen überwachen konnte. Bei dieser Suche fiel ihm eine alte Handschrift in die Hände, deren Titel lautete: *Flecke des Teufels und andere Spuren, die dieser am Leib seiner Gläubigen hinterlässt, damit er sie auf Erden und im Jenseits unterscheiden kann.* Ein Illuminator heiliger Bücher, der eine eigentümliche Begabung für diese schwierige Aufgabe besaß, hatte den Titel höchst sorgfältig und gewissenhaft gestaltet. Neben jedem vortrefflich gezeichneten und kolorierten Fleck standen die Namen desjenigen, der ihn trug, die Erklärungen zu seinem Prozess und wo, wann und warum er zum Feuertod verurteilt worden war: »Renegat«, »falscher Bekehrter« oder »*In absentia*« oder auch »Zauberei«.

Eines Morgens blieb ihm beinahe das Herz stehen… Am linken Rand des Pergaments erschien vor seinen erstaunten Augen der gleiche Fleck, den er seit seiner Geburt hinten an der Schulter hatte. Daneben stand ein Text, der vom Prozess des rückfälligen Juden berichtete. Vor mehr als zweihundert Jahren, in der Zeit des Königs Johannes III., hatte man ihn als Renegaten in Lissabon verbrannt. Er blickte sich nach beiden Seiten um, und nachdem er sich vergewissert hatte, dass er allein war, entfernte er sehr behutsam das Blatt aus dem alten Kodex und bewahrte es zwischen seinen Notizen. Seit diesem Tag trug er das Blatt bei sich als sein tiefstes Geheimnis. Allerdings stellte er fest, dass es irgendwo noch eine andere Abschrift geben musste, denn eine große, schwarz gemalte Zahl Zwei trat auf dem Rücken des Bandes deutlich hervor. Der Name des verurteilten Juden war Jacob Lacri-Madei Gonçalves.

Sein lebhafter Geist mühte sich wie ein Galeerensklave und grübelte weiter… Er war ungefähr vierundzwanzig Jahre alt und bereits Koadjutor des Bistums, als er erfuhr, dass Don Bernardo de Rojo seine sündige Seele dem Teufel übergeben hatte. Er musste sich vergewissern, dass ihn dieses maßlose Unglück durch die Schuld der Rojos heimgesucht hatte. Welchen Sinn hatte es sonst, dass ihn seine arme Mutter kurz vor dem Tod beauftragte, diesen Verdammten aufzusuchen und ihm das Mal auf seinem Rücken zu zeigen? Aber er brauchte einen klaren Beweis. Er erinnerte sich… Er bat seinen Superior um ein Plazet und ging auf eine Reise. Dafür zog er weltliche Kleidung an und nahm einige Nachforschungen und Untersuchungen vor, die ihn als Erstes über den Ort unterrichteten, wo man seinen vermutlichen und gehassten Erzeuger begraben hatte, und später erfuhr er, dass er zwei Halbgeschwister hatte, wenn sich die erste Vermutung bestätigen sollte. Nun warb er einen Gauner aus der Gegend an und ging auf den Friedhof. Dort öffnete er das Grab, drehte die Leiche um und konnte feststellen, dass der Tote genau an derselben Stelle wie er ein gleiches Mal hatte. Danach wurde die Lage schwierig. Ihm blieb nichts anderes übrig, als diesen üblen Burschen ins Jenseits zu befördern, der ihn erpressen wollte, nachdem er sich als Totengräber betätigt hatte. Und nun, nach den vielen Jahren, hatte dieser portugiesische Hetzhund – den er auf die Spur seines Halbbruders Don Martín de Rojo gesetzt hatte, um an ihm zu rächen, was er am Vater beider nicht mehr rächen konnte – überall gewühlt und gesucht und irgendwo die Abschrift des Kodex entdeckt, die er früher nicht finden konnte, womit die Zeichnung des verdammten Flecks und der Name des Verurteilten wieder auftauchten. Wie er selbst hatte jemand allerdings später das gefährliche Blatt gestohlen, das gewiss immer noch an einer bestimmten Stelle vorhanden war. Fleitas hatte es auf jeden Fall gesehen.

Er litt unter einem schrecklichen inneren Zwiespalt. Einerseits hielt sich unvergänglich in seinem tiefsten Herzen der Rachedurst gegen diese Familie, doch andererseits war er nicht daran interessiert, dass jemand in der Vergangenheit dieser verdammten Leute herumsuchte, auf die Gefahr hin, dass sich schließlich das Heilige Offizium einmischte und die Reinheit von deren Blut erforschte, denn dieser Rojo wollte ja, um sich seinen Schulden und Nöten zu entziehen, zum Familiaren der heiligen Inquisition ernannt werden, und ein Mitglied des Glaubensgerichts, das man gewiss ernennen würde, um die ausführliche Untersuchung vorzunehmen, könnte dabei auf dieses Stigma stoßen und nach seinem Ursprung forschen … und zufällig eine Verbindung zu ihm herstellen. Ungewöhnlichere und seltsamere Dinge hatte er selbst in seinem langen Leben schon festgestellt, wenn er bekehrte Juden verfolgte.

Er und er allein sollte seine Mutter rächen und die Gefahr beseitigen, die diese Familie darstellen konnte, vor allem diejenigen ihrer Mitglieder, die das entehrende Zeichen trugen. Sein eigenes Leben bot außerdem eine Fülle von Widersprüchen, und er war sich bewusst, dass seine Jugend nicht sonderlich mustergültig verlaufen war. Mehrere Leute hatten zudem seinen Fleck sehen können. Er erinnerte sich an eine Pfaffenhure, mit der er sich mehrere Jahre verlustiert hatte, während er sich in der Kirchengemeinde San Ginés aufhielt. Sie hatte ihn immer wieder im Scherz gefragt, von welcher Stierzüchterei sein Brandzeichen sei, womit sie das Mal an seinem Rücken meinte. Dazu gehörten auch alle Kammerdiener, die er in seinem Leben gehabt hatte. Und die drei Ärzte, die ihn behandelten, als er zu ihnen ging, um sich zu erkundigen, ob sich dieses Stigma auslöschen ließ. Zwei von ihnen hatten ihm geantwortet, dass es nicht gut sei, an diese Flecke zu rühren, denn manche verschlimmerten sich nach einiger Zeit zu einem Übel, das den ganzen Körper angreife und zu Kräfteverfall führe. Der Dritte hatte gesagt, wenn man solche Kleinigkeiten entfernen wolle, kämen sie an derselben Stelle in größerer Form und lebhafter gefärbt wieder. So gab es also viele, die aus Angst oder Rache seinen Makel anzeigen konnten. All das verstimmte ihn, und es zwang ihn, seine Schachzüge höchst bedächtig auszuführen, um sein Unternehmen vollenden und seine Rache befriedigen zu können und bei diesem Abenteuer nicht selbst in die von ihm gegrabene Grube zu fallen.

Der Arztbesuch

Doktor Gómez de León wartete, dass der Vorhang am Fenstergitter des Sprechzimmers der Nonnen im Benediktinerkloster aufging. Auf die Bitte seines Freundes Martín de Rojo war er bereitwillig herbeigeeilt. Diesen hatte man benachrichtigt, dass seine Schwester, die Priorin, abermals erkrankt sei. Von Weitem waren Schritte zu hören, die langsam näher kamen. Der Vorhang ging auf, und hinter dem Gitterwerk erschien die Gestalt von Schwester Gabriela de la Cruz. Sie hatte den Schleier hochgezogen und das Gesicht entblößt.

»Gott schütze Euch, Doktor.«

»Möge er Euch behüten, ehrwürdige Mutter«, antwortete dieser und erhob sich.

»Ich habe Euch durch die Vermittlung von Don Martín de Rojo rufen lassen, weil die Gesundheit der Priorin, seiner Schwester, sehr geschwächt ist, und ich sehe, dass sie jeden Tag weniger Lebensmut hat.«

»Als ich die ehrwürdige Mutter zum letzten Mal untersucht habe, hatte ich ihr, wenn ich mich richtig erinnere, ein Stärkungsmittel aus Bienenhonig und einem Wildkräuterextrakt sowie eine Diät aus Linsen und Spinat verschrieben, damit der Eisengehalt im Blut ansteigt. Aber ich fürchte, dass sie sich nicht viel um meine Vorschriften gekümmert hat.«

»Jetzt wird sie sich tatsächlich danach richten. Ich sorge persönlich dafür, dass es so ist. Doch inzwischen wird sie von anderen Übeln geplagt. Ihre Natur lässt sie während des Schlafs im Stich, und nachts macht sie ihr Bett nass.«

»Ich muss sie sehen. Aber was Ihr mir erzählt, lässt sich schlecht heilen.«

»Dann, wenn Ihr einverstanden seid, kommt und untersucht sie. Die Schwester Pförtnerin wird Euch mitnehmen und zu ihrer Zelle führen. Ich werde dort auf Euch warten.«

Nach diesen Worten stand Schwester Gabriela auf, schloss den Vorhang des Sprechzimmers und entfernte sich, um den Arzt in der Zelle der Priorin zu erwarten. Er musste sich ein paar Minuten gedulden, und dann erschien Schwester Úrsula, um ihn zu geleiten.

»Wenn Euer Gnaden so gütig sind, mir zu folgen …«

Der alte Doktor erhob sich, nahm seine Tasche und ging mit der Nonne, die vor ihm durch Hallen und Korridore bis zur Zelle der Priorin lief. Das asketische Zimmer dünstete starken Ammoniakgestank aus, den der Geruchssinn des erfahrenen Arztes sofort wahrnahm. Gómez de León legte seine Tasche auf den kleinen Tisch und trat fürsorglich ans Krankenbett. Das Gesicht der Priorin hatte sich zu einem schmerzlichen Lächeln verzogen. Sie lag auf zwei großen Kissen. Der Arzt rückte einen Schemel ans Kopfende des Bettes und sprach sie liebevoll an, wobei er sich bemühte, eine optimistische Haltung zu zeigen.

»Was gibt es, Priorin? Wie man sieht, gefällt es Euch, ehrwürdige Mutter, uns zu erschrecken.«

»Nichts würde ich weniger beabsichtigen. Wenn Ihr wüsstet, wie unangenehm es mir ist, die Übrigen zu stören …«

»Sehen wir also, welche Übel Euch plagen.«

»Ich würde sie wie Hesiod ›Die Werke und Tage‹ nennen. Das ist die Hauptsache. Aber darüber beklage ich mich nicht. Was mich wirklich bekümmert, lieber Freund, ist, dass ich meine Körperflüssigkeiten nicht beherrschen kann. Und mit den Folgen müssen meine Schwestern fertigwerden. Dazu diese Müdigkeit, die mich überwältigt – alles kommt zusammen und hindert mich daran, die Aufgaben zu erfüllen, die meinem Amt obliegen.«

»Aber wie mir Schwester Gabriela erklärt, bekommt Ihr tagsüber nicht mit dem ersten Problem zu tun.«

»Eine Priorin hat nachts viele Pflichten zu erfüllen. Dazu gehört, dass sie die Gebete der Gemeinschaft leitet. Das Unglück sucht mich heim, wenn mich der Schlaf zwischen einem Gebet und dem nächsten überwältigt. Dann lenkt mein Bewusstsein nicht meinen Leib, und mein Wille kann ihn nicht beherrschen.«

»Hat sich durch die Diät, die ich Euch verordnet habe, Euer Gesamtbefinden verbessert?«

»Es gibt ganz unterschiedliche Tage, doch nur der Herr weiß, wie sehr ich mich anstrengen muss, um Aufgaben zu erfüllen, die mich früher keine Mühe kosteten und die mir außerdem sogar Freude machten.«

»Erlaubt, ehrwürdige Mutter.«

Mit diesen Worten hielt der gute Doktor seine Hand an Mutter Teresas Gesicht. Mit der Daumenspitze drückte er ihre beiden Unterlider nach unten und beobachtete sie aufmerksam.

»Das Blut gibt Euch da drinnen nicht viel Farbe. Wir müssen etwas tun, um es zu vermehren. Überlegen wir: Wie oft bekommt Ihr nachts mit diesem unangenehmen Vorfall zu tun?«

»Dreimal, vielleicht viermal. Je nachdem.«

Der Doktor rieb sich mit einer bei ihm übliche Geste das Kinn. Er stand auf und trat vor den Schreibtisch der Priorin.

»Gestattet Ihr mir, Eure Arbeitsgeräte zu benutzen?«

»Greift zu.«

Der Arzt setzte sich. Er nahm die Gänsefeder, die dort lag, und säuberte sie gewissenhaft mit einem Lederlappen. Während er die Spitze mit einem kleinen Messer zuschnitt, erklärte er laut:

»Ehrwürdige Mutter, ich meine mit allem schuldigen Respekt, dass Ihr erstens unter einer hysterischen Hypochondrie und zweitens unter einer nächtlichen Inkontinenz leidet, außerdem habt Ihr Erstickungsanfälle. Sie sind vielleicht auf die Feuchtigkeit zurückzuführen, die das Flusswasser erzeugt, wenn es verdunstet und das Kloster durchzieht. Oder vielleicht hält auch Euer Organismus zu viel Wasser zurück, und das alles wird dadurch unterstützt, dass Euer müdes Herz die Zeit für gekommen hält, da Ihr es von seinen vielen Mühen ausruhen lasst. Gehen wir der Reihe nach vor und sprechen wir über das Erste. Tagsüber führt dieses erste Leiden zu der Trägheit, von der Ihr mir erzählt, und es bringt diese Unlust hervor, etwas zu tun, obwohl Ihr, ehrwürdige Mutter, immer sehr tatkräftig wart. Doch während der Nacht, da Ihr entspannt und wenig aufmerksam seid, beeinträchtigt es Eure Selbstbeherrschung und bewirkt, dass Euch ärgerliche und lästige Dinge widerfahren. Nun ja, sehen wir, was wir tun können.«

Der Arzt tauchte die Federspitze in ein gläsernes Tintenfass, und unter dem aufmerksamen Blick von Schwester Gabriela de la Cruz schrieb er auf ein weißes Blatt, während er leise weitersprach, als redete er mit sich selbst.

»In die Latwerge nehmen wir als Erstes Brechweinstein auf. Er wird uns helfen, die nächtlichen Schwierigkeiten zu überwinden, die Euch so schlimm belästigen. Dann setzen wir Pulver aus Spanischen Fliegen hinzu. Das wird dazu beitragen, Eure Stimmung zu heben. Dem geben wir eine Prise von einem Quecksilbermittel bei, das Euch hilft, wenn Ihr Atemnot bekommt, und das Euer erschöpftes Herz anregen wird. Schließlich vermischen wir das Ganze, damit es sich angenehm einnehmen lässt, mit Tamarindenmark und einer halben Maßkanne Wasser. Von dieser Mixtur, die sirupartig sein wird, nehmt Ihr morgens einen Esslöffel voll und einen zweiten jeden Abend vor dem Schlafen.«

Der Doktor streute ein weißes Pulver auf das Schriftstück, um die Tinte zu trocknen. Er stand auf und übergab Schwester Gabriela das Blatt. Sie setzte die Brille auf und las es sehr aufmerksam.

»Wenn Ihr es für notwendig haltet, könnt Ihr jedenfalls bei besonderen Gelegenheiten die Dosis verdoppeln. Wir wollen sehen, ob Ihr nach und nach aus dieser schlimmen Lage herauskommt. Alles, was ich Euch verschreibe, findet Ihr in der Apotheke von Santa María del Páramo oder sonst gewiss in Astorga. Hört auf mich, und seid eine gute Kranke, denn dies und nichts anderes ist jetzt Eure erste Pflicht.«

»Das müsst Ihr bestätigen, Doktor. So viele Jahre hat sie Befehle erteilt, und das lässt sie sehr schlecht gehorchen.« Mit diesen Worten meldete sich die Novizinnenmeisterin.

»Mein lieber Freund, ich werde folgsam wie eine Novizin sein. Ich wünsche nichts anderes, als mich zu erholen, damit ich meinen Schwestern besser dienen kann. Wenn Ihr mir helft, aus dieser Bedrängnis herauszukommen, werde ich Euch alle Tage meines Lebens in meine Gebete einschließen.«

»Nun gut, wenn ich Euch mit nichts weiter dienen kann, ich muss noch anderen Verpflichtungen nachkommen ...«

»Geht, geht mit Gott, und verzeiht mir die Zeit, die ich Euch geraubt habe.«

»Das und nichts anderes ist meine Arbeit, und Ihr wisst ja, dass ich immer Liebe und innige Hochachtung für Eure Familie empfunden habe, die ich seit so vielen Jahren kenne und mit meinem geringen Wissen unterstütze.«

»Wenn Ihr meinen lieben Bruder seht, sagt ihm, dass alles gut geht und dass er sich meinetwegen keine Sorgen machen soll. Ihr wisst ja, Unkraut vergeht nicht ...«

»Seid unbesorgt, Frau Priorin. Ich werde ihn nicht mit Unglücksbotschaften ängstigen, für die es keinen Grund gibt, wenn Ihr meine Anweisungen befolgt.«

Der Arzt nahm seinen Reisemantel von der Sessellehne und seine Tasche vom Schreibtisch, und er verließ den Raum zusammen mit der Novizinnenmeisterin.

Als sie schon ein Stück durch den Korridor gegangen waren, fragte Schwester Gabriela:

»Wie beurteilt Ihr ihren Zustand wirklich, Doktor?«

»Das nächtliche Problem lässt sich schwer lösen, aber daran stirbt keiner. Was mir größte Sorge macht, sind vor allem diese Erstickungsanfälle und diese Melancholie, die sie ergreift, und wir müssen sehen, ob es uns gelingt, dass sie darüber hinwegkommt, oder ob sie sich ihr noch mehr ergibt. Wenn dies geschieht, erwartet uns eine schlechte Prognose.«

Sie kamen zum Hof vor dem Haupttor. Dort stand das Pferd des Arztes.

»Aber seid Ihr nicht mit der Kutsche gekommen?«, erkundigte sich Schwester Gabriela.

»Das Wetter war heute schön, und wenn ich reite, gewinne ich so, wie die Wege sind, viel Zeit, denn manchmal nehme ich eine Abkürzung querfeldein. Außerdem klang die Nachricht, die mir Don Martín de Rojo geschickt hat, nicht gerade beruhigend, und ich hatte den Eindruck, dass sie keinen Aufschub duldete.«

»Trotzdem, in Eurem Alter ... Ihr müsst für immer das Reiten vergessen.«

»Gebt mir nicht vorzeitig das Gefühl, ein schwächlicher Greis zu sein, bevor ich mich selbst so fühle. Außerdem kennt mein Corregidor den Weg besser als ich, und manchmal habe ich sogar ein Schläfchen gemacht, und das Tier ist keinen Fußbreit vom Weg abgewichen.« Der Arzt nahm die Zügel mit der einen Hand und hielt sich mit der anderen am Sattelbogen fest. Dann setzte er den linken Fuß in den Steigbügel, stieß sich mit dem rechten Fuß vom Boden ab und stieg auf. »Zögert nicht, mich zu rufen, wenn Ihr es tun müsst.«

»Das möchte ich nicht, wenn es nicht unbedingt notwendig ist. Ich wünsche Euch eine gute Reise. Möge der Herr Euch begleiten.«

»Gott schütze Euch.«

Doktor Gómez de León gab seinem Pferd die Sporen und ritt durch das Gittertor.

Der Arzneitrank

Mutter Teresa, die Priorin von Sankt Benedikt, ruhte apathisch auf ihrem Schmerzenslager. Dabei störte sie am meisten, dass sie nicht die Liturgie dieser Nacht, die Vesper der Oktav des heiligen Benedikt, und auch nicht die der Karwoche leiten konnte, die für sie die Höhepunkte des Jahres waren. Einerseits war alles, was mit dem Schutzheiligen ihrer Gemeinschaft zu tun hatte, für sie von größter Bedeutung, und andererseits fühlte sie sich in Tod und Auferstehung viel enger als bei der Geburt mit Christus verbunden.

Der Lebensweg der Priorin hatte aus ihr eine erfahrungsreiche Frau gemacht, und obwohl sie Benediktinerin war, empfand sie stets tiefe Bewunderung für Teresa de Cepeda y Ahumada, die große Reformatorin des

Karmeliterordens, die es verstanden hatte, alle sie bedrohenden Gefahren zu überwinden, und der es durch ihre Gründungen von Barfüßern gelungen war, ihrem Orden neuen Schwung zu verleihen, was sie auf den ersten Platz unter den Nonnen des ganzen Landes erhoben hatte. Wie die von ihr bewunderte Teresa de Jesús, von der sie ihren Klosternamen übernahm, hatte sie viele Betätigungsfelder, und darum, je nachdem, womit oder mit wem sie zu tun hatte, war sie genötigt, die eine oder andere Seite ihres Charakters zu zeigen. Es war überaus schwierig, Priorin von Sankt Benedikt zu sein. Als sie auf Drängen ihres Vaters die Ordensgelübde ablegte, dachte sie, das Nonnendasein bestehe darin, ihren Oberen zu gehorchen und für das Wohl der Menschheit zu beten. Je mehr ihre Verantwortung innerhalb des Ordens wuchs, desto deutlicher erkannte sie, dass man dem Herrn auf sehr unterschiedlichen Gebieten dienen konnte, und als sie Priorin wurde, verstand sie, dass sie, damit ihre Nonnen ein dem von ihnen gewählten Ordenskleid entsprechendes Leben führen konnten, ihre Zeit für tausend weltliche Aufgaben verwenden musste: Dies begann damit, dass sie Protektoren und also Geld für den Unterhalt ihrer Gemeinschaft zu suchen hatte, dann musste sie sich bemühen, die Disziplin in einem Kloster aufrechtzuerhalten, das höchst unterschiedliche Bewohner hatte, und schließlich sollte sie sich dem einen oder anderen Mächtigen entgegenstellen, der nach Einfluss im Orden strebte oder bestimmte Ländereien des Klosters beanspruchte, das früher einmal eines der reichsten und bedeutendsten der Provinz gewesen war, obwohl es gegenwärtig eine ernste wirtschaftliche Krise durchmachte. Außerdem brachte ein Gemeinwesen, dessen Bewohner fast ausschließlich Frauen waren, schwierige Bedingungen des Zusammenlebens hervor: stets von den Übrigen getrennte Reklusen, Postulantinnen, Novizinnen, mystisch oder weltlich gesinnte Nonnen – das waren die Gruppen, bei denen sie ihre Autorität durchsetzen musste.

So kam es denn, dass wenig von jenem blutjungen Mädchen übrig blieb, das, als es ins Kloster ging, geglaubt hatte, die einzigen Pflichten der Nonnen bestünden darin zu gehorchen und zu beten. Das Leben hatte aus ihr eine Frau gemacht, die tiefe Widersprüche in sich vereinte: All ihre Taten ließen sich von einem gütigen Herzen inspirieren, doch es stand im Dienst eines höchst praktischen und entschlussfreudigen Geistes. Diese Krankheit, die ihr der Herr gesandt hatte, zwang sie ins Bett und nötigte sie ganz gegen ihren Willen, wichtige Autoritätsbereiche abzugeben und einen Teil der schweren Verantwortung, das Kloster zu leiten, der Novizinnenmeisterin aufzubürden, ohne deren unschätzbare Hilfe sie es nicht verstanden hätte, mit dieser schwierigen Lage fertigzuwerden. Schwester Gabriela kümmerte sich um sie mit lobenswerter Inbrunst und Hingabe. Sie erlaubte nicht, dass noch jemand sie pflegte, und nur Casilda, die Rekluse, die den Sohn ihres Bruders gestillt hatte und als Magd im Kloster geblieben war, und auf ihre Bitte auch noch Catalina, ihre heimliche und geliebte Nichte, betraten die Zelle, um die niedrigsten Aufgaben und die primitivsten Dienste zu erledigen.

Catalina… Immer, wenn sie Catalina sah, dachte sie daran, wie sie unzählige Male die Stimmen zum Schweigen bringen musste, die ihr Gewissen peinigten und sie an jene ferne Nacht erinnerten, die nun schon vierzehn Jahre her war, als sie sich zu der energischen Entscheidung durchrang, die beiden Kinder auszutauschen. Doch ihr praktischer Geist sagte ihr, dass sie richtig gehandelt hatte. Erstens hatte ihr geliebter Bruder den ersehnten Sohn bekommen, der sein Geschlecht fortsetzen sollte, selbst wenn dies bedeutete, dass er das Generalarchiv des Adels belügen musste. Außerdem wartete auf das Kind ein unendlich besseres Leben als jenes, das ihm eigentlich zugekommen wäre, da es ja ein Findelkind war. Was nun das Mädchen betraf… Auf jeden Fall wäre sie Nonne geworden, und besser so, denn nun wuchs die Kleine bei ihr auf. So konnte sie sich sorgfältig um sie kümmern, ohne dass sie jemals vergaß, dass das Mädchen von ihrem Blut war, und ihr Streiche vergeben, die ihr eine andere Priorin niemals verziehen hätte. Dabei zeigte Catalina schon in den frühesten Jahren einen eigensinnigen und schwierigen Charakter wie ihr Großvater, und sie war sicher, dass ihre Hand und keine andere als einzige fähig war, dieses unbändige Temperament, das sicherlich nicht für das kontemplative Leben geschaffen war, zur Vernunft zu bringen.

Ihre Erstickungsanfälle während der Nacht, die sie an ihr Bett fesselten, waren unerträglich, und ihr erschöpftes Herz wurde von der Anstrengung hart mitgenommen. Diese Anfälle ließen erst nach, wenn man ihren Oberkörper auf mehreren Kissen aufrichtete und ihr Schwester Gabriela den Arzneitrank verabreichte, den der Arzt verschrieben hatte. Zwar hatte die Novizinnenmeisterin auf ihr Drängen die Abstände zwischen den einzelnen Einnahmen verkürzt, doch die Wirkung hielt immer weniger an, und sie verlangte die Dosis des Beruhigungsmittels immer eher.

»Das kann nicht sein. Ihr müsst Euch gedulden, ehrwürdige Mutter. Der gute Doktor hat gesagt, dass man den Trank nicht missbrauchen darf.« So redete ihr Schwester Gabriela zu.

»Der gute Doktor bekommt in der Nacht keine Atemnot, und das Herz gerät ihm auch nicht wie ein erschöpftes Zugpferd aus dem Takt. Dieses beängstigende Leiden hindert mich daran, meine Pflichten zu erfüllen und Euch von denen zu entlasten, die Ihr ertragen müsst… Dazu kommt diese Inkontinenz, die mich erniedrigt.«

»Eure erste Pflicht ist, gesund zu werden. Alles Übrige ergibt sich. Aber wenn Ihr eigensinnig bleibt… Mein Gehorsamsgelübde verpflichtet mich.«

»Gebt mir… gebt mir jetzt meine Medizin und vergesst die Ärzte, die schließlich nur ein kleines bisschen mehr als wir wissen.«

»Wie Ihr befehlt, ehrwürdige Mutter.«

Schwester Gabriela ging zu dem Schreibschrank, wählte einen kleinen Schlüssel an dem Bund aus, den sie am Strick des Ordenskleides trug, und öffnete den Aufsatz des Schranks. Sie nahm ein Glas, zwei kleine Flaschen und einen Kasten aus Edelholz heraus. Als sie ihn aufmachte, war ein feines Pulver zu sehen, das metallisch und grün glänzte. Aus beiden Fläschchen goss sie etwas Flüssigkeit ins Glas, und dann gab sie mit einem kleinen Spatel die doppelte Dosis des Pulvers hinzu. Als sie alles miteinander vermischt hatte, nahm sie das Glas und ging zum Bett der Kranken. Die Priorin streckte begierig die Hände aus, nahm das Glas und trank es mit zwei großen Schlucken aus. Dann lehnte sie sich wieder aufs Bett zurück.

»Gott segne Euch. All diese barmherzigen Taten, die Ihr mir erweist, wird man Euch im Himmelreich vergelten…«

»Wie fühlt Ihr Euch jetzt, ehrwürdige Mutter?«

»Ihr schenkt mir das Leben«, antwortete die Priorin und schloss die Augen.

»Nun ruht Euch aus.«

Nachdem die Novizinnenmeisterin die Vorhänge des großen Fensters zugezogen hatte, verließ sie still das Zimmer. Über ihre Lippen huschte ein rätselhaftes Lächeln, als sie zur Sakristei lief. Dort bereitete Bruder Julián Rivadeneira gerade die Predigt vor, die er an diesem Nachmittag halten wollte.

Die Predigt

Mit herzzerreißender Geste und Donnerstimme richtete Pater Rivadeneira von der Kanzel der Kirche des Benediktinerklosters seine Predigt an die dort versammelte Gemeinschaft. Die Heiligenbilder und das große

Kruzifix in der Mitte waren mit dunkelvioletten Tüchern bedeckt, um die Trauerzeit der Karwoche feierlich hervorzuheben. Es roch nach Weihrauch und verwelkten Blumen. Die Reklusen saßen auf den ersten Bänken, dann kamen die Postulantinnen, hierauf die Novizinnen und schließlich auf drei höheren Stufenreihen und in Sesseln aus Edelholz, mit Schnitzereien, die lauter unterschiedliche Bibelszenen darstellten, zweiunddreißig der dreiunddreißig Nonnen, aus denen die Gemeinschaft bestand. Die Priorin fehlte. Schwester Gabriela hatte die Leitung übernommen. Die Kanzel war sechseckig, und auf den Seitenfeldern, die den Gläubigen zugewandt waren, prangten vier Basreliefs mit den Symbolen der vier Evangelisten: dem Löwen, dem Adler, dem Buch und dem Stier. Der Mönch mit dem braunen Ordensgewand, schweißbedeckter Glatze und verzerrter Miene hielt diese ungleichartige Frauengruppe in seinem Bann.

»... Und das erwartet all jene, die ihren Glauben nicht in den Herrn setzen, all jene, die es nicht verstanden, aus Liebe zu handeln, die Egoisten, die aus bloßer Lust und nicht aus der alles erhebenden Liebe sündigten, und die neun Höllenkreise werden sich ihrer bemächtigen, und wenn das Ende aller Zeiten gekommen ist und am Himmel kein leuchtender Stern übrig bleibt und alles undurchdringliche Dunkelheit ist ... dann hat die Ewigkeit für die Verdammten immer noch nicht begonnen! Hingegen werden jene ewig leben, die dem Weg der Erleuchteten folgen und leidenschaftlich und uneingeschränkt das große Gebot erfüllen: ›Ihr sollt einander lieben.‹ Und wir müssen uns so lieben, wie wir sind, mit unserem ganzen Sein, das nicht nur Geist ist, sondern auch sterbliches Fleisch, weil wir hier auf Erden leben und keine Engel sind und weil Gott uns so gewollt hat ... Jeder einzelne Leib ist ein Tempel des Geistes, und der Herr will, dass wir jeden dieser Tempel lieben, in denen Er wohnt. Und wir müssen das Werk Gottes mit all unserer Kraft und leidenschaftlich lieben, weil es so geschrieben steht.

Aber sorgt Euch nicht, erhebt Eure Herzen zu mir, und fürchtet Euch nicht, meine sanften Schäflein, denn ich verstehe es, die mir übertragene Herde zu hüten. Ich kann der Gärtner sein, der seine Rosen von Alexandrien pflegt und den Duft seiner Libanonzedern bewahrt, weil ich Euch alle und jede Einzelne von Euch liebe. Kommt zu mir in Eurer Einsamkeit, Euren Bedrängnissen und Zweifeln, denn meine Tür wird Tag und Nacht für Euch offen stehen, sucht doch der Böse nach einem schwachen Augenblick, um Euch anzugreifen, und mit mir zusammen werdet Ihr viel stärker sein, als wenn Ihr allein bleibt. Kommt zu mir, liebe Töchter, zu jeder

Stunde, weil ich, Euer Vater, Euer Bruder, Euer Gatte, stets auf Euch warten werde …«

Und auf diese Weise, mit einer Ansprache voll unklarer und beängstigender Andeutungen, die seine lüsternen Absichten begünstigten, beendete Pater Rivadeneira seine Predigt und erfüllte die Seelen dieser Frauen, die beinahe alle leichtgläubig waren, mit Zweifeln, falschen Hoffnungen und zwiespältigen Gefühlen.

Dann stieg der Ordensbruder die acht Stufen von der Kanzel hinunter und ließ mit seinem gewaltigen Gewicht das Holz knarren. Er trocknete sich den Schweiß mit einem riesigen Taschentuch ab, ging hinter den Hauptaltar und zur Sakristei.

Die Novizinnenmeisterin übernahm die Aufgaben der Priorin. Unter der Lehne ihres Betstuhls holte sie eine Holzklapper hervor und ließ sie ertönen. Nun gingen Mutter Úrsula und zwei weitere Nonnen zu einer Seitenkapelle. Sie nahmen ein Kruzifix. Es war mit einem dunkelvioletten, von einer schwarzen Borte gesäumten Tafttuch angemessen bedeckt. Schweigend trugen sie es in die Mitte des von einem schmiedeeisernen Gitter umschlossenen Bereichs, der zwei Öffnungen hatte, damit man über zwei Stufen zum Hauptaltar hinaufsteigen konnte. Dort lehnten sie das Christusbild an. Nun lief Mutter Gabriela weiter. Ihr folgten die ganze Gemeinschaft und die übrigen Frauen, die im Kloster lebten. Eine Nonne deckte das Tuch auf, mit dem das Ende des größeren Kreuzbalkens verhüllt war, und hob diesen vom Boden hoch. Er zeigte einen Schädel aus Elfenbein mit zwei gekreuzten Schienbeinen. Schwester Gabriela beugte sich hinunter, als sie dort angekommen war, und drückte einen Kuss auf den Schädel. Danach wischte die Nonne auf der anderen Seite mit einem ebenfalls schwarzen Seidentaschentuch die Speichelreste ab. Nach der Novizinnenmeisterin zog die ganze Gemeinschaft bis zum allerletzten Mädchen vorbei. Als die Gebete beendet waren, gingen die Frauen, weiter die Klapper betätigend, aus der Kapelle, um sich ihren persönlichen Aufgaben zu widmen.

Als alle fort waren, kehrte Schwester Gabriela in die Sakristei zurück. Pater Rivadeneira saß auf einem imposanten Sessel aus gepunztem Leder und erholte sich von dem Trancezustand, in den ihn seine apokalyptische Predigt versenkt hatte. Als er die Nonne eintreten sah, erhob er sich.

»Wie hat Euch meine Predigt gefallen, ehrwürdige Mutter?«

»Ich habe Euch schon gesagt: Ihr seid als Kanzelredner auf Wirkung bedacht und schwülstig. Aber der Text, Pater … Ich glaube, den passt Ihr allzu sehr Euren Interessen an.«

»Sagt lieber: unseren Interessen, denn meine und Eure ergänzen sich. Und vergesst nicht, dass ich schon den mir zukommenden Teil der Vereinbarung erfüllt habe und ich mich nur der Aufgabe widme, den Weg vorzubereiten, damit Ihr Euren Teil erfüllen könnt.«

»Mir scheint jedenfalls, dass Ihr eine ganz besondere Auffassung von der Gottesliebe vortragt.«

»Ich glaube felsenfest an das, was ich predige. Mein Leben war eine qualvolle Folge von Widersprüchen und Kasteiungen, bis ich wie Saulus das Licht in den Worten jenes heiligen Mannes entdeckte, der mich in der Hauptstadt zum Sonnenschein der Erleuchteten führte.«

»Nun gut, ich will versuchen, Euch zu verstehen ... denn mich leitet das Licht der innigen Sehnsucht, aus Sankt Benedikt das erste und vortrefflichste Kloster ganz Spaniens zu machen, und es bekümmert mich, wenn ich sehe, wie es in dieser Not lebt oder, genauer gesagt, stirbt, während ich die Protektoren ständig um Hilfe anflehe und ein kümmerliches Dasein friste, wo es doch früher einmal anders war und ich glaube, dass es neue Größe gewinnen kann, wenn es von der festen und sicheren Hand einer jungen Nonne geführt wird, die es auf den Weg zurückbringt, den es nie hätte verlassen dürfen. Aber dazu wird es nicht kommen, solange die Priorin nicht verschwindet.«

»Und wie steht es um die Sache?«

»Darüber wollte ich vor Eurer Predigt mit Euch sprechen, aber die Zeit reichte nicht.«

»Dann redet. Und wenn es Euch recht ist, lehnen wir die Tür an und setzen uns in aller Ruhe hin, denn die Wände haben Ohren.«

Die Nonne setzte sich auf einen der Domkirche gehörenden Sessel, der in der Sakristei darauf wartete, dass der Tischler des Klosters einen Arm reparierte, der sich gelockert hatte.

»Ich höre Euch gespannt zu, ehrwürdige Mutter.«

Die Mutter verschränkte die Arme über der Brust und steckte die Hände in die Ärmel des Ordenskleides.

»Gebt acht, mein lieber Pater: Die Schritte, die Ihr angekündigt habt, sind nach und nach vollzogen: Mutter Teresa ist schwach, der Arzneitrank erleichtert ihre Schmerzen, und sie verlangt immer häufiger nach ihm. Aber der Abschied dauert lange, und die Wartezeit wird mir unerträglich. Könntet Ihr mir nicht das Mittel besorgen, Euer Gnaden, von dem Ihr mir einmal erzählt habt, damit alles, sagen wir, schneller vor sich geht?«

Der Ordensbruder überlegte.

»Auch meine Wartezeit ist unerträglich und trotzdem angenehm. Es steht viel auf dem Spiel, doch die schließliche Belohnung ist die Mühe wert. Seid geduldig, und Ihr werdet den Augenblick inniger genießen, wenn er kommt. Wie habt Ihr das Kapitel eingestimmt?«

»Dort wird es keine Probleme geben. Ich werde mühelos eine Zweidrittelmehrheit erreichen. Aber ich bleibe dabei, Pater: Wie kann ich den Prozess beschleunigen?«

»Ihr legt doch die Dosis fest, aber wenn Ihr nicht die Geduld aufbringt, um abzuwarten, dass das Quecksilbermittel seine Wirkung tut und die häufigen Schmerzen unerträglich werden, besorge ich Euch das, wovon ich Euch erzählt habe, und das, wenn man es zweckmäßig verabreicht, ihren Hingang abkürzen wird.«

»Und wie geht das?«

»Ihr bereitet ein Glas mit ihrer Medizin vor, und Ihr setzt hinzu, was ich Euch gebe. Der Geschmack und das Aussehen werden die gleichen wie alle Tage sein, aber die Wirkung tritt unverzüglich ein. Allerdings wäre es besser, dass Ihr Geduld habt. Alles würde, sagen wir, natürlicher wirken.«

»Gebt es mir jetzt, Pater!«

»Unmöglich. Ich muss es in León oder Astorga holen. So etwas hat man nicht in irgendeinem Dorf bei der Hand. Außerdem gehörte dieser letzte Punkt nicht zu unserer Vereinbarung.«

»Ich gebe Euch einen Vorschuss.«

Der Ordensbruder blieb misstrauisch.

»Was für ein Vorschuss ist das?«

»An dem Tag, den wir absprechen, und zu der Zeit, die Euch passt, schicke ich Catalina, um den Schmutz abzuwaschen, den die Störche oben auf dem Glockenturm hinterlassen haben. Dort wird sie allein sein, und Ihr werdet sehen, wie Ihr bei ihr vorankommt.«

Das rechte Augenlid des Bruders zitterte leicht, wie es ihm widerfuhr, wenn ihn etwas nervös machte.

»Und wenn sie sich weigert hochzusteigen? Nehmen wir an, dass sie etwas ahnt oder leicht schwindlig wird.«

»Sie wird sich nicht sträuben. Ich weiß, was ich tue. Vorgestern hat Mutter Úrsula gehört, wie sie in der Küche zu dieser einfältigen Casilda sagte, was sie am liebsten auf der Welt möchte, sei, von der Turmspitze aus die Landschaft rund ums Kloster zu sehen. Zweifelt nicht daran, sie kommt.«

»Wenn Ihr erreicht, dass sie auf den Turm steigt, habt Ihr in einer Woche, was Ihr so eifrig ersehnt!«

»Das hoffe ich … Und ich möchte keinen Grund haben, Euch zu misstrauen.«

»Ihr haltet mir gegenüber Wort, und ich tue es Euch gegenüber.«

Nach diesen Worten stand die Novizinnenmeisterin von dem Sessel auf und verließ die Sakristei, wobei ihr Kleid sie anmutig umflatterte.

Die geheimnisvolle Reise

Pater Rivadeneira kam von Ponferrada zurück. Seine Reise, die er mit der Zustimmung der Novizinnenmeisterin unternommen hatte, dauerte vier Tage. Er hatte es für ungünstig gehalten, die Läden der Kräuterhändler in León und Astorga aufzusuchen, in denen er bekannt war, und dort einen Auftrag zu erledigen, der so ungewöhnlich war, dass er gewiss auffallen müsste und sich jeder Eingeweihte später daran erinnern würde.

Er war an einem Montagmorgen von Sankt Benedikt aufgebrochen und hatte das Kloster durch die Tür hinten im Garten verlassen. Er ritt auf einem großen und kräftigen Apfelschimmel, der vielleicht das beste Pferd aus den Klosterställen war. Es kümmerte ihn nicht allzu sehr, dass man ihn losreiten sah, doch er zog es vor, eine unauffällige Kleidung zu tragen, weshalb er sich auch keine geistliche Tracht ausgesucht hatte, sondern als wohlhabender Kaufmann auftrat, der seine Heimatgegend verließ, um sich nach Geschäften umzusehen. Auf dem Hinweg übernachtete er in Astorga und nutzte die Gelegenheit, um ein Lustkloster zu besuchen, das eine Äbtissin leitete, die eine alte Freundin von ihm war. Sie kannte seine heimlichen Laster und verschaffte ihm eine Puppe, die wohl noch keine fünfzehn Jahre alt war, aber schon große Erfahrungen im ältesten Gewerbe gewonnen hatte. Er verbrachte die Nacht mit ihr. Nachdem er der Kupplerin gesagt hatte, er sei gut bedient worden, und bei einer anderen Gelegenheit werde er sie noch einmal nehmen, machte er sich wieder auf den Weg, um am Nachmittag in Ponferrada einzutreffen. Als er ankam, kümmerte er sich zunächst darum, sich und sein Pferd unterzubringen. Er säuberte sich vom Staub des Weges und aß eine Kleinigkeit. Dann ging er zu einem Laden am Ortsausgang, den man ihm einmal empfohlen hatte.

Dort bedienten zwei Brüder, von denen einer verheiratet war. Seine Frau und zwei Kinder übernahmen die praktische Arbeit, die am unangenehmsten war, denn sie bestand darin, die Heilkräuter zu suchen und zu sammeln, die man richtig einweichen, vermischen und konservieren musste und die dazu dienten, die Mittel und Rezepte herzustellen, die die Apotheken, die Ärzte und in geringerem Maße die Bader bei ihnen bestellten. Rivadeneira kam zum Eingang, wobei er den Morast verwünschte, zu dem sich der Weg durch den Regen verwandelt hatte. Er meldete sich an der Gittertür, indem er das Glöckchen läutete, das dort angebracht war. Er wartete einen Augenblick, und als er gerade noch einmal läuten wollte, zeigte ihm das Geräusch von Schritten, dass jemand näher kam. Das Guckloch ging auf, und die Augen einer Frau musterten ihn von oben bis unten.

»Wer meldet sich hier?«

»Ist das der Kräuterladen der Brüder Yébenes?«, fragte nun Rivadeneira.

Als die Frau feststellte, dass der Gast einen wohlhabenden Eindruck machte, änderte sie ihre Haltung.

»Was wünschen Euer Gnaden?«

»Ich möchte einen der Brüder sprechen, die den Laden führen. Ist das möglich?«

»Wartet einen Augenblick. Ich sehe nach.«

Das Guckloch schloss sich, und die Schritte entfernten sich. Der Ordensbruder wartete an der Gittertür, ohne sich zu rühren, damit er sich nicht noch mehr beschmutzte. Die Schritte kehrten zurück. Diesmal wurden sie von anderen begleitet, die kräftiger und eindrucksvoller klangen. Schlösser und Riegel knarrten, und die Torflügel gingen auf. In der Öffnung erschien die Frau, die vorher durchs Fensterchen gesehen hatte. Nun war sie mit einem großen und gut aussehenden Mann zusammen, der ihn prüfend anblickte.

»Ihr habt nach mir gefragt, Señor?«

»Seid Ihr einer der Brüder Yébenes?«

»Zu Euren Diensten. Fermín Yébenes.«

»Kann ich hereinkommen?«

»Selbstverständlich, Señor.«

Bei diesen Worten trat der Mann zur Seite und schob auch die Frau aus dem Weg.

Sobald Rivadeneira den Laden betrat, stürmten tausend miteinander vermischte Gerüche unterschiedlicher Kräuter auf seine Nase ein. Der Ordensbruder sah sich um: Der Raum war groß und sauber. Die Säcke, Kisten, Gefäße, Truhen, Packen und alle möglichen besonderen Behälter stapelten sich ordentlich auf langen Wandregalen und zeigten, wie umfangreich und vielseitig das Geschäft der Brüder war. Der Ordensbruder erinnerte sich nicht an einen Kräuterladen oder eine Apotheke, die besser ausgestattet wären oder die sich auch nur im Entferntesten hiermit vergleichen ließen.

»Man hat mir viel Gutes von Eurem Geschäft erzählt, aber ich hatte nie geglaubt, dass man in einem weniger bedeutenden Ort als León oder selbst Astorga etwas Ähnliches finden könnte.«

»Unsere Großeltern haben das Geschäft gegründet, und wer sorgfältig nach den Schätzen sucht, die Mutter Natur aufbewahrt, muss sie dort finden, wo es sie gibt, und nicht dort, wo der Ort bedeutender ist und seine Einwohner zahlreicher sind, denn je größer die Stadt ist und je mehr Leute hin und her laufen, desto weniger Kräuter und Sträucher wachsen dort. In Ruinen gedeihen nur Trümmerpflanzen.«

»Ihr habt recht. Das trifft genau zu. Könnt Ihr mir etwas von Eurer Zeit widmen?«

»Selbstverständlich.« Dann sagte er zu der Frau: »Macht mit Eurer Arbeit weiter, Magdalena. Ich bediene den Herrn.« Er wartete einen Augenblick, bis sich die Frau entfernt hatte, und dann sprach er weiter: »Wenn Ihr so liebenswürdig seid, mir zu folgen.«

Der Mann brachte ihn in einen als Arbeitszimmer eingerichteten Raum, der nicht den geringsten Luxus aufwies, aber ordentlich und sauber wie alles war, was Rivadeneira zuvor gesehen hatte. Der Mann setzte sich hinter einen Kiefernholztisch und zeigte dem Ordensbruder, dass er ihm gegenüber Platz nehmen solle. Dann erkundigte sich der Kräuterkenner:

»Ich möchte gern erfahren, mit wem ich es zu tun habe und was mir die Ehre dieses Besuchs einbringt.«

»Was Ihr sagt, ist berechtigt, und entschuldigt, dass ich mich nicht früher vorgestellt habe. Ich heiße Isidoro Barba, und mein Beruf ist der eines Raubtierjägers. Ich beaufsichtige drei Güter des Grafen von Zarzalejos, und ich habe ein Problem, das ich mit Eurer Hilfe lösen kann, wie ich glaube.«

»Nun, Ihr werdet es mir sagen.«

»Gebt acht… Schon seit drei Monaten reißt ein Wolf das Vieh Seiner Exzellenz, und ich habe inzwischen ungefähr fünfzig Schafe verloren. Ich habe es mit Fallen und Fangeisen versucht, aber es war erfolglos. Er ist schlau wie ein Fuchs und stark wie ein Stier, und mir bleibt nur noch der Versuch übrig, ihn zu vergiften. Versteht Ihr?«

»Ich glaube, ich habe Euren Gedanken erfasst… und an welches Gift habt Ihr gedacht?«

»Mir fällt ein: Wenn ich Fleischklöße mit zu Staub zermahlener Brechnuss oder Ignatiusbohne in genügender Menge mische, kann ich ihm vielleicht den Garaus machen.«

Der Mann sah ihn spöttisch an.

»Wie ich sehe, versteht Ihr Euch auf Gifte. Eine kleine Menge *Strychnos Ignatii* kann all diese … vierfüßigen … oder zweifüßigen Raubtiere erledigen … Was Ihr für nötig haltet.«

Ohne weitere Erklärungen holte der Ordensbruder einen Beutel aus seiner Tasche, zog die ihn zusammenhaltende Schnur auf, und auf den Tisch schüttete er einen Haufen Silbermünzen, der ausgereicht hätte, um eine ganze Wagenladung irgendeines Markterzeugnisses zu kaufen.

»Es freut mich, dass Ihr mich verstanden habt. Muss ich lange warten? Zeit spielt für mich eine große Rolle, und vor mir liegt noch ein langer Weg …«

»Wenn Ihr solche Argumente vorbringt«, sagte der Mann und zeigte auf den üppigen Münzenhaufen, der auf dem Tisch glänzte, »mache ich mich sogleich ans Werk.«

Unverzüglich nahm der Kräutersammler den Beutel und steckte ihn sich in den Gürtel. Dann verließ er den Raum. Kurz danach kam er mit einem Destillierkolben zurück, den er auf einen Petroleumkocher stellte, und mit einem brennenden Holzspan zündete er ihn an. Daneben und unter seiner Öffnung brachte er eine Phiole an, und ins erste Gefäß streute er dann Pulver, das er zwei Säckchen entnahm. Etwas später brodelte die Mischung, und als sie sich verflüssigte, bildeten sich langsam ein paar Tropfen, die in die Retorte fielen.

»Wollt Ihr es flüssig oder fest haben?«

»Vielleicht besser flüssig.«

»Natürlich, das wird dem Wolf besser gefallen, ich verstehe«, antwortete Yébenes in spöttischem Ton.

»Mir gefallen Leute mit gesundem Menschenverstand. Tut Eure Arbeit, und Ihr habt einen guten Kunden auf Lebenszeit gewonnen.«

»Es ist meine Arbeit, meine Erzeugnisse zu verkaufen. Mir kommt es nicht zu, weiterzuverfolgen, was man damit macht. Mit meinen Angelegenheiten habe ich genug zu tun. Wenn Ihr zufrieden seid, ist es besser für alle.«

»Vor allem besser für Euch. Bedenklich wäre es, wenn ich aus irgendeinem Grund nicht zufrieden sein würde.«

Die Augen des Ordensbruders hatten einen stahlharten Glanz und einen unheimlichen Ausdruck angenommen, der dem Kräuterkenner nicht entging.

Der Glockenturm

Nichts konnte Catalina besser als die Anweisung gefallen, die sie an diesem Nachmittag nach dem Vesperbrot erhalten hatte. In den vierzehn Jahren ihres bisherigen Lebens war es ihr nie gelungen, die dreihundertsechzehn Stufen hochzuklettern, die an die Spitze des Glockenturms von Sankt Benedikt führten. Die Kirchentür war stets geschlossen, und dazu kamen die Türen der Sakristei und die zu der Treppe, die von der Basis des Turms zur Turmspitze aufstieg.

»Die Störche sind schon fortgezogen«, sagte Mutter Gabriela zu ihr. »Steigt im Turm hoch, und reinigt ihn von dem Vogeldreck, denn sogar die Glocken sind verschmiert.«

Catalina rannte in die Küche, um alles Notwendige für die ihr übertragene Arbeit zu holen: einen Zinkeimer, einen großen Besen, einen Schaber, alte Lappen und das Pulver, das Schwester Hildefonsa benutzte, um die Essensreste zu entfernen, die am Boden von Töpfen, Pfannen und Kesseln festklebten. Sie musste dreimal gehen. Sie ließ den Eimer für das letzte Mal, denn sie brauchte ihn ja voll Wasser. Die Tür zur Kirche und auch die zur Sakristei standen offen, jedoch nicht die Tür, die den Zugang zur Turmtreppe versperrte. Sie stellte ihre Arbeitsgeräte an die Wand und lief in die Küche zurück, um den Eimer zu holen und der Novizinnenmeisterin zu sagen, dass die dritte Tür zugeschlossen war …

»Diesen Schlüssel verwahrt der Pater. Geht zu seiner Zelle und bittet ihn darum. Sagt ihm vor allem, dass Ihr von mir kommt, dass ich Euch schicke, denn sonst würde er ihn Euch nicht geben.«

Catalina trug den mit Wasser gefüllten Eimer in die Sakristei, wobei sie wegen ihres wiegenden Gangs kleine Pfützen hinterließ. Nachdem sie den Eimer neben den anderen Geräten abgesetzt hatte, ging sie durch den parallel zur Kirche verlaufenden Gebäudeflügel, um das Zimmer des Ordensbruders aufzusuchen. Ihre Schritte dröhnten auf dem weiten Korridor, und sie lief schneller, denn dieser Teil behagte ihr nicht. Hinten befand sich die Zellentür Pater Rivadeneiras. Als Catalina sie erreicht hatte, klopfte sie kräftig mit den Fingerknöcheln.

»Wer ist da?«, fragte der Ordensbruder von innen.

»Hochwürden, ich bin es, Catalina. Schwester Gabriela schickt mich.«

Eine Pause trat ein.

»Kommt herein, meine liebe Tochter, kommt nur.«

Catalina drückte die Klinke und stieß die Tür auf. Der Bruder saß an seinem Schreibtisch. Auf seiner Knollennase tanzte eine Brille, während er ein paar Schriftstücke durchsah.

»Was kann ich für Euch tun, mein Täubchen?«

Catalina missfielen im tiefsten Innern die Namen, die der Pater den Novizinnen und Postulantinnen gab.

»Schwester Gabriela schickt mich, damit ich …«

In einem Augenblick hatte das Mädchen den Auftrag und das Problem erklärt, mit dem sie es zu tun hatte.

»Die Novizinnenmeisterin hat auch die Schlüssel zur Kirche und zur Sakristei. Den zum Glockenturm habe ich allein, und wenn Ihr einmal hochsteigen wollt, um zu meditieren, oder einfach, um Gott näher zu sein, so erbittet ihn von mir, und ich leihe ihn Euch. Vergesst nicht, liebes Mädchen, dass Ihr eines meiner Lieblingsschäflein seid.«

»Nun, wenn Ihr so liebenswürdig seid und mir den Gefallen tut …«

Bei diesen Worten streckte Catalina dem Bruder die linke Hand entgegen.

Dieser legte die Brille auf den Tisch und ging zu einem Wandschrank neben dem Bücherregal. Er nahm einen Schlüsselbund heraus, sah ihn durch und wählte einen kleinen Schlüssel aus.

»Da, nehmt, Tochter. Verliert ihn nicht, und vergesst danach nicht, ihn mir zurückzugeben.«

»Danke, Hochwürden.«

»Dankbar könnt Ihr dem Herrn für seine Güte und dafür sein, dass er Euch eine so liebliche Seele gegeben hat … und das gilt auch für ihre fleischliche Hülle, warum soll man es nicht sagen … Oder darf man etwa nichts über die Schönheit des Kelchs sagen, der die heilige Hostie aufnimmt?«

Catalina war verwirrt. Dieser Mann machte sie nervös, auch wenn er nur liebenswürdige Worte sagte.

»Wollt Ihr nicht beichten, bevor Ihr geht?«

»Nein, Pater, ich habe nicht gesündigt, und ich habe jetzt keine Zeit.«

»Wir sündigen immer, Tochter, und was Gott am meisten gefällt: dass ihm die Menschen immer wieder durch die Vermittlung jener begegnen, die wir ihn in aller Demut vertreten.«

»Das weiß ich, Pater. Aber ich muss Schwester Gabrielas Auftrag ausführen.«

»Geht, meine Tochter, geht in Frieden.«

Und der Pater gab ihr dabei den Schlüssel und ließ die rechte Hand ausgestreckt, damit das Mädchen sie küsste.

Catalina beugte das Knie und näherte die Lippen dem verschwitzten Handrücken des Bruders. Sie ließ es bei der Geste. Mit gespielter Gleichgültigkeit hob dieser die Hand etwas höher und berührte kräftig ihre Lippen. Catalina streckte sich und fuhr sich instinktiv mit den Fingern über den Mund, als wollte sie etwas wegwischen. Der Bruder tat so, als merkte er nichts.

»Geht mit Gott und handelt vorsichtig.«

»Gott schütze Euch«, antwortete Catalina beunruhigt.

Dann verließ sie den Raum, presste den Schlüssel kräftig in der Hand und stieß einen tiefen und erleichterten Seufzer aus.

Dreihundertsechzehn Stufen hatte die steile Treppe. Catalina richtete es so ein, dass ein einziger Gang genügte, um alle Geräte nach oben zu schaffen. Sie steckte sich die Lappen und das Paket mit dem Pulver in ihre tiefen Rocktaschen, den kleinen Schaber band sie wie einen kurzen Degen an ihren Gürtel, den Besen legte sie sich über die Schulter, als wäre er eine Muskete, und schließlich nahm sie den Eimer am Henkel und begann den mühsamen Aufstieg. Der Besen rieb an den Wänden entlang, weil der Treppenschacht schmal war, und der Henkel des schweren Eimers grub sich ihr in die Hand. Auf halbem Wege machte sie eine Pause, um Atem zu holen. Sie stellte den Eimer auf eine Stufe und zog ein paar Lappen aus der Tasche. Sie faltete diese mehrmals zusammen und wickelte sie um den eisernen Henkel, damit sie ihre Hand schützten, die vom Gewicht schon rote Flecke bekommen hatte. Dann wartete sie ein paar Minuten und ging weiter. Ihr Herz klopfte wild, was teilweise auf die Anstrengung und zum anderen auf die gespannte Erwartung zurückzuführen war, weil sie gleich den Blick genießen würde, der sich ihren Augen vom Glockenturm aus bieten müsste.

Das Licht wurde heller, ein unverkennbares Zeichen, dass die Treppe bald enden würde. Als sie oben angekommen war und durch die Balustrade an der Turmöffnung blickte, fühlte sie sich eingeschüchtert, und ihr Atem setzte aus, sie wagte es nicht einmal, Luft zu holen, so feierlich empfand sie diesen Augenblick. Der Besen rutschte ihr von der Schulter, und beinahe hätte sie das Wasser aus dem Eimer verschüttet, den sie mit solcher Mühe hochgeschleppt hatte. Ganz langsam, wie im Schlaf, zog sie dann den Schaber aus dem Gürtel und die Lappen und das Paket mit dem Pulver aus der Innentasche des Rocks. Hierauf stützte sie sich mit den

Händen auf die Mauer unter einer Öffnung und ließ den Blick begierig über den Horizont schweifen, ohne dass sie glauben konnte, was ihre Augen sahen: Das freie Feld war ein buntes Mosaik, der Fluss ein grünes und silbernes Band, das sich in der Ferne verlor, der Weizen eine unermessliche gelbe Fläche, die von den roten Punkten der Mohnblumen getüpfelt wurde und sich am Horizont mit der blauen Linie des Himmels vereinte. Catalina lief einmal um den ganzen Turm, und aus jedem der vier Winkel nahm sie eine andere Perspektive wahr. In einer Entfernung von ein paar Meilen erkannte sie ein Gut und weiter hinten eine große Ortschaft, die Santa María del Páramo sein musste, von der ihr Blasillo so oft erzählt hatte. Sie blickte senkrecht nach unten und sah das Kloster so, als wäre sie ein Vöglein: die Dächer der Gebäudeflügel mit den Schlafgemächern, das Quadrat des Kreuzgangs, der das Wasserbecken im Hof einrahmte, die Waschplätze und ihr Versteck am Trockenplatz, die Ställe und das Haupttor.

Von hier oben aus wirkte alles bedeutungslos und anders. Plötzlich fühlte ihre Seele, dass ihr Flügel wuchsen, und sie sehnte sich danach, weit zu fliegen, sehr weit, bis dorthin, wo die Enten mit dem grünen Hals zogen, die Jahr für Jahr im Schwarm nach Süden verschwanden. Die Seele des Mädchens weitete sich, und als sie einatmete, glaubte sie, dass mehr Luft als gewöhnlich in ihre Lunge eindrang. In diesem Moment fasste sie einen Entschluss. Sie wusste nicht, wie es geschehen würde, aber dies sollte nicht das letzte Mal sein, dass sie im Glockenturm hochsteigen wollte, und sie überlegte schon angestrengt, wie sie einen Vorwand dafür finden könnte.

Nun stellte sie sich mit dem Rücken zum Abgrund, hielt sich mit der linken Hand – ihrer geschicktesten Hand – am Rand der großen Glocke fest, beugte sich nach hinten und streckte ihren Körper in den leeren Raum hinunter, weil sie die Turmspitze sehen wollte. Oben, neben der Nadel der Wetterfahne und unter dem eisernen Hahn, entdeckte sie das Nest, zu dem alljährlich die Störche zurückkehrten. Sie durfte das Nest nicht anrühren, doch ihre Arbeit bestand darin, die ihr zugeneigten Dachziegel zu säubern. Sie waren mit Vogeldung und festgeklebten Federn verschmutzt. Vorsichtig ließ sie sich nun von der Mauer hinunter und prüfte die schmutzigen Ziegel an den anderen drei Seiten. Die beiden, die dem Nordwind ausgesetzt waren, waren weniger verschmutzt.

Catalina machte sich ans Werk. Sie schürzte sich die Röcke auf und band sie an ihrem Gürtel fest, damit sie sich freier bewegen konnte. Dann stellte sie den Eimer, den Schaber, die Lappen und das Pulver in die Maueröffnung, nahm den Besen mit einer Hand, während sie sich mit der anderen am Glockenschwengel festhielt und gewandt auf den Stein am Rand kletterte. Sie fühlte nicht den geringsten Schwindel, vielmehr genoss sie die Gefahr, die ihr Verhalten mit sich brachte. Dann tauchte sie die große Bürste des Besens in das Wasser des Eimers, streute das weiße Pulver darauf und begann unerschrocken alles abzuwischen. Das war eine mühselige Arbeit. Das schmutzige Wasser lief an der Turmkuppel nach unten und durchnässte sie. Doch sie kümmerte sich nicht darum. Niemals hatte sie ein solches Gefühl der Freiheit genossen, es war … beinahe das Glück.

Plötzlich merkte sie, dass zwei große Hände sie unter der Taille festhielten, ihr in den Hintern kniffen und sie nach innen zogen. Sie duckte den Kopf unter das Vordach, ohne den Besen loszulassen. Ihr gegenüber, von der Mühsal der dreihundertsechzehn Stufen gerötet, verschwitzt und keuchend, tauchte das Gesicht des Mönchs auf. Seine lüsternen Augen funkelten heftig. Während er sie betastete, sie umschlang und nach innen zerrte, sagte er mit heiserer Stimme und stockendem Atem:

»Bei der Heiligen Jungfrau, Catalina, wie unvorsichtig Ihr seid! Wolltet Ihr etwa davonfliegen? Wenn ich Euch nicht rechtzeitig festgehalten hätte, hättet Ihr Euch umbringen können.«

Theologische Dispute

»Ehrwürdige Mutter, Ihr irrt Euch.« So äußerte sich Pater Rivadeneira in der Bibliothek des Benediktinerklosters, und er wendete sich an Schwester Gabriela. »Ihr werdet verstehen, dass ich diese Texte nicht geschrieben habe. Ich beschränke mich darauf, sie zu erklären, mit dem gleichen Recht wie jeder andere Mönch oder Geistliche, und ich richte mich nach Leitgedanken von Apologeten, die ebenso gut oder besser vorbereitet sind als jene, die das Gegenteil behaupten.

Seht Ihr etwa nicht, wie die Jesuiten mit den Franziskanern streiten? Oder wir selbst mit den Karmelitern? Und diese sogar untereinander? Ihr wisst ja sehr gut, ehrwürdige Mutter, dass der Nuntius Seiner Heiligkeit mehrmals persönlich Ordnung zwischen den Beschuhten und den Unbeschuhten schaffen musste. Sagt mir außerdem: Welche andere Deutung lässt der Satz des Augustinus zu: ›Liebe und tu, was du willst.‹ Oder will jemand einen der vortrefflichsten Leitsterne übertreffen, der die heilige Mutter Kirche jemals erleuchtet hat? Das dreizehnte Jahrhundert liegt schon weit hinter uns, und in unserem wurde, so viel ich weiß, kein neuer

Thomas von Aquin geboren ... Und wenn unser geistlicher Oberhirte Jansenius verurteilt, der lediglich die Gedanken des heiligen Augustinus erweitert, so macht er es nicht *ex cathedra*, und ich glaube in aller Demut, dass er sich irrt.«

»Hochwürden, Ihr seid tollkühn.«

»Ich offenbare Euch nur meine Seele, denn Ihr habt mir auch die Eurige offenbart. Die Klassiker sagen: ›Vertraue dein Geheimnis jenem an, der dir zuvor das seinige offenbart hat.‹ Und wahrhaftig, Eures ist viel wichtiger! Meines entsteht und vergeht mit mir, Eures hingegen ... Übrigens, habt Ihr schon eine Entscheidung getroffen? Denn ich habe Euch ja geraten, dass es heute sein sollte.«

»Ich habe mich entschieden. Heute Nacht überschreite ich meinen Rubikon. Aber, Hochwürden, sagt einmal: Was bringt Euch zu der Vermutung, dass sich die Ereignisse so entwickeln, wie Ihr es vorhergesehen habt?«

»Bleibt ruhig und hört zu. Ihr habt ihr den Sirup jeden Abend vor dem Schlafengehen verabreicht, nicht wahr?«

»So ist es.«

»Nun denn ... Die Spanische Fliege befreit sie von der Melancholie. Der Brechweinstein hilft ihr bei ihrer Inkontinenz, und das Quecksilbermittel regt ihren Lebenswillen an, stärkt ihr erschöpftes Herz und macht sie abhängig. Es war ein Glück, dass es der alte Doktor in sein Rezept aufgenommen hat. Das Tamarindenmark, das mit dem Ganzen vermischt wird, bewirkt schließlich, dass die Lösung trinkbar wird, denn die übrigen Bestandteile haben nicht gerade einen angenehmen Geschmack.«

»Warum behauptet Ihr, dass es ein Glück war?«

»Wenn sie eine übergroße Dosis von dem Quecksilbermittel nimmt, wird es dazu beitragen, sie zu töten.«

»Und was bringt Euch zu der Vermutung, dass sie heute so etwas nehmen kann?«

»Ihr seid ungeduldig, weiß Gott! Die ehrwürdige Mutter hat gemerkt, dass ihre Melancholie abnimmt, sie bis zur Terz ihre Inkontinenz beherrscht und ihr ermattetes Herz besser reagiert, wenn sie von Euch eine Dosis des Mittels verabreicht bekommt. Heute, bei Eurem letzten Besuch, erklärt Ihr, dass Ihr von den vielen Arbeiten, die an einem für das Kloster so bedeutsamen Tag auf Euren Schultern lasten, überbeansprucht seid, und Ihr fügt hinzu, dass Ihr Euren nächtlichen Rundgang nicht machen könnt, weil Ihr im Namen der Priorin die Vesper der Oktav des heiligen

Benedikt leiten müsst. Aus diesem Grund stellt Ihr die nächste Dosis in Reichweite, damit die Person sie ihr gibt, die bei ihr Wache halten soll. Ich kenne die menschliche Natur, und ich müsste mich sehr irren, wenn Euch die Priorin nicht überraschen will, indem sie in der Kirche erscheint, und wenn sie der Wächterin nicht befiehlt, ihr vorzeitig die Dosis zu verabreichen, die Ihr vorbereitet habt und in die Ihr, ohne dass jemand es gesehen hat, ein paar Tropfen aus dieser Flasche gegossen habt.«

Bei diesen Worten erschien wie durch ein Zauberkunststück in Rivadeneiras Hand eine kleine grüne Glasflasche, die mit Lack versiegelt war.

Wie hypnotisiert streckte die Nonne ihre zitternde Hand aus und nahm das Fläschchen, als wäre es ein Juwel. Wonnevoll betrachtete sie die dunkle Flüssigkeit, die sich darin gegen das Licht erkennen ließ.

»Und dann?«, fragte sie.

»Dann ... dann tun wir genug, wenn wir rechtzeitig ankommen, um ihr die Letzte Ölung zu erteilen.«

»Darum müssen wir uns kümmern. Ich möchte nicht, dass sie ohne die Ölung ins Himmelreich eingeht.«

»Beauftragt jemanden, ihre Nachtwache zu beaufsichtigen, und sagt dieser Person, alle Bitten der Priorin zu erfüllen. Wenn Ihr das tut, müsst Ihr wissen, dass dies die Hand sein wird, die ihren Hingang erleichtert.«

Schwester Gabriela runzelte die Stirn und dachte gründlich nach.

»Und wenn die Dinge nicht so geschehen, wie Ihr annehmt?«

»Wenn man ein Spiel beginnt, kann man den Ausgang nur ahnen. Es gibt keine Sicherheit. Aber ein guter Spieler trifft meistens das Richtige, doch wir, ehrwürdige Mutter, sind keine guten Spieler ... sondern Falschspieler, die mit gezinkten Karten spielen und die einander zuzwinkern, sobald die Übrigen abgelenkt sind.«

»Das halte ich für gut, Pater, aber ich möchte nicht, dass mein Gewissen die Schuld für die Verdammnis ihrer Seele tragen muss. Ich werde sie von jemand ganz Besonderem pflegen lassen, der ihre Ruhe beaufsichtigt und uns beim geringsten auffälligen Anzeichen benachrichtigt, damit die heilige Kommunion und die Letzte Ölung rechtzeitig eintreffen.«

»Seht Ihr, wie Ihr und ich gleich sind? Erinnert Euch an den heiligen Augustinus: ›Liebe und tu, was du willst.‹ Ihr liebt das Kloster und wollt es auf den Weg leiten, der ganz nach oben führt, und daran hindert Euch nur die Priorin, aber Ihr liebt sie und wünscht, dass ihre Seele heute Nacht ins Paradies kommt und dass sie zur ewigen Ruhe in Gesellschaft der Heiligen, der Engel, der Throne und Gewalten gelangt. Dann seid auch Ihr, ehrwürdige Mutter, eine Erleuchtete.« Hier machte der Ordensbruder eine Pause. »Und Euer Teil der Vereinbarung? Denn meinen habe ich schon reichlich erfüllt.«

»Ihr müsst etwas mehr Geduld aufbringen. Ihr wisst ja, das ist eine Tugend, die dem Herrn gefällt. Wenn alles so verläuft, wie Ihr es prophezeit habt, werdet Ihr Euren Schlüssel noch in derselben Nacht des Tages bekommen, an dem das Plazet des Bischofs eintrifft, nachdem mir meine Schwestern im Ordenskapitel ihr Vertrauen ausgesprochen haben, in dieser Nacht und nicht früher, nach der Komplet. Ihr wisst ja, dass der Geheimgang von der Sakristei bis zum Korridor der Postulantinnen verläuft. Das Übrige hängt dann von Euch ab. Danach schließt Ihr die Tür ab. Macht Euch keine Sorgen, wenn sie schreien sollte. Die Priorin, die sie gegen meinen Willen immer beschützt hatte, hat ihr die Gunst erwiesen, sie neben dem Garten, in der ersten Zelle unterzubringen. Zwischen ihr und der nächsten befindet sich das Lager der Weißwäsche, und die Räume werden von zwei massiven Türen getrennt. Wenn eine Postulantin erkrankt ist und Ihr hinuntergegangen seid, um ihr die Beichte abzunehmen oder die heilige Kommunion zu erteilen, habt Ihr gewiss beobachtet, wie die Zimmer aufgeteilt sind. Wenn alles zu Ende ist, haben wir beide unsere Vereinbarung erfüllt.«

»Immer werde ich in Eurer Schuld stehen, ehrwürdige Mutter.«

»Wenn ich Priorin bin und Ihr Euren unsauberen Plan verwirklicht habt, seid Ihr mir nichts schuldig und ich Euch auch nicht. Dann wird nie mehr von dieser leidigen Angelegenheit die Rede sein. Und wenn Ihr jetzt nichts mehr zu sagen habt, so glaube ich, dass uns die Pflicht ruft.«

Beide verließen die Bibliothek, ohne noch etwas hinzuzufügen.

Kaum waren sie verschwunden, da erschien unter der Holztreppe, die zum Zwischengeschoss mit den Büchern hochführte, das erblasste Gesicht Fuencislas, die in ihrem siebenten Schwangerschaftsmonat dort versteckt war und nicht herauszukommen wagte, ein Staubtuch in der einen Hand und den Federwisch in der anderen hielt. Ungewollt und undeutlich hatte sie von dem schmutzigen Geschäft gehört, das die Novizinnenmeisterin mit dem Ordensbruder abgeschlossen hatte, der der Vater des Kindes war, das sie im Schoß trug.

»Casilda, ich schwöre Euch, dass ich mich noch nicht davon erholt habe. Nachts habe ich Albträume, und nur Euch kann ich von meinen Nöten erzählen.«

Die beiden hockten in ihrem üblichen Versteck hinter den Waschplätzen, und die auf den Leinen des Trockenplatzes aufgehängte Wäsche schützte sie vor neugierigen Blicken. Catalina hatte ihrer Freundin alles berichtet, was im Glockenturm geschehen war, seitdem sie den Schlüssel in der Sakristei abgeholt hatte, bis sie sich so energisch wie möglich aus den Händen des Ordensbruders befreite und wie eine Besessene, stolpernd und beinahe stürzend, die dreihundertsechzehn Stufen der Turmtreppe hinunterrannte.

»Bei diesem üblen Mönch wundert mich gar nichts. Allerdings verstehe ich nicht, warum er manchen seinen Willen aufzwingen muss, während ihm andere so treu ergeben sind, um allen möglichen Leichtsinn und Frevel zu begehen.«

»Ich verstehe Euch nicht, Casilda. Was meint Ihr damit?«

»Ihr seid noch sehr kindlich, Catalina. Aber das Leben hat mir sehr früh Lehrgeld abverlangt, und ich merke sofort, wenn jemand Fleisch in der Fastenzeit essen will, ohne einen Sündenablass zu haben.«

»Ich verstehe immer noch nicht …«

Casilda machte eine ungeduldige Geste.

»Seht einmal: Im Kloster leben drei verschiedene Frauengruppen zusammen … nicht wahr?«

»So ist es.«

»Nun also: Wer ist hier aus eigenem Willen und mit der wirklichen Berufung, Gott zu dienen?«

Catalina antwortete nicht.

»Ich sage es Euch. Von den Reklusen gilt das für keine. Sie alle sind junge Frauen, die die Notwendigkeit hergeführt hat, eine vorübergehende Zuflucht zu finden, um die Folgen eines Fehltritts zu erleichtern oder dem Wunsch ihrer Angehörigen zu entsprechen, sie zu entfernen, damit die Familienehre bewahrt bleibt.«

Catalina nickte, und die andere sprach weiter.

»Dann kommen die Novizinnen und die Postulantinnen. Man hat beinahe keine von ihnen gefragt, ob sie in den Orden eintreten wollte. Zwei von zehn haben es aus eigenem Wunsch getan, die anderen acht bedeuteten jedoch für ihre Familien eine allzu schwere Last, und die Mitgift einer Nonne ist viel weniger kostspielig als die einer Ehefrau. Und schließlich gibt es die Nonnen, aber auf sie gehe ich nicht ein, denn sie sind fast alle alt.«

»Ja und?«

»Seid Ihr noch nicht dahintergekommen?«

Catalina schüttelte verneinend den Kopf.

»Nun, das ist ganz einfach: Ein ungefähr vierzigjähriger Hahn mit großen Sporen kommt auf den Hühnerhof. Manche Hühner haben Angst vor ihm, weil sie weniger als nichts sind. Andere begreifen: Wenn sie ihn auf ihrer Seite haben, können sie besser leben und einigen Nutzen daraus ziehen. Was nun die Novizinnen betrifft, die sich nicht berufen fühlen … Niemandem schmeckt ein Stück Kuchen bitter, vor allem, wenn der Hunger sehr groß ist und man noch keinen Bissen probiert hat. Versteht Ihr mich nun?«

»Was Ihr sagt, ekelt mich an.«

»Nun, zum Glück für ihn gibt es wenige wie Euch. Hört Ihr etwa freitags nicht das gedämpfte Lachen im Beichtstuhl, und merkt Ihr nicht, wie sie sich beim Spaziergang komplizenhaft mit den Ellbogen anstoßen, wenn er Schwester Gabriela begleitet und ihnen über den Weg läuft?«

»Nun, da Ihr es mir sagt … Aber ich habe geglaubt, das hätte ich mir eingebildet.«

»Ihr tut besser daran, Euch in Acht zu nehmen und aufzupassen. Ich rate Euch, wachsam zu sein … Denn der Teufel schlüpft durchs Schlüsselloch, und man muss sehr stumpfsinnig oder sehr einfältig sein, wenn man nicht merkt, wie er Euch ansieht, sogar wenn er auf der Kanzel steht und predigt.«

»Jagt mir keinen Schrecken ein, ich bin schon ängstlich genug. Aber es führt dazu, dass ich mich immer ernsthafter mit meinem Plan beschäftige.«

»Spukt Euch der immer noch im Kopf herum?«

»Ich habe nie aufgehört, daran zu denken, und das noch mehr, seitdem ich vom Glockenturm aus die Welt gesehen habe.«

»Ihr seid ein Wirrkopf. Und wohin wollt Ihr gehen?«

»Das ist gleich, Casilda. Ich will nicht, dass eines Tages mein Name und ein Datum ein Holzkreuz auf dem Friedhof hinter der Kirche schmücken.«

»Aber Euer Plan ist Wahnsinn.«

»Glaubt das nicht. Ich habe unzählige Male über ihn nachgedacht, und Ihr habt mir Hilfe versprochen.«

»Ihr bekommt sie, Catalina, auch wenn es mir im Herzen wehtut. Ich weiß ja, wie sehr Ihr Euch danach sehnt, von hier fortzukommen, und Gott weiß genau, dass ich die einzige Freundin verliere, die ich hier habe, wenn es Euch gelingt. Aber reden wir jetzt nicht darüber, denn es stimmt mich traurig, und noch ist die Zeit nicht gekommen. Gehen wir ins Haus zurück, damit nicht die Glocke läutet und man uns vermisst. Unsere Treffen werden immer schwieriger. Übrigens: Was habt Ihr mit dem Schlüssel zum Turm gemacht?«

»Ich habe ihn Schwester Gabriela gegeben und dabei nichts darüber gesagt, was geschehen ist. Sie hätte mir nicht geglaubt, und ich hätte mir unnötige Sorgen bereitet.«

»Ich verstehe.«

Beide Freundinnen standen auf, schüttelten sich die Grasreste von den Röcken und entfernten sich auf getrennten Wegen, um ihre Arbeiten wiederaufzunehmen.

Die Vesper

Es war die Vesper zum Fest des heiligen Benedikt. Die Nonnen bereiteten die Kirche für die nächtlichen Gebete vor, an denen bei einer solch bedeutenden Feier außer der Gemeinschaft auch alle anderen Klosterbewohner und alle Nachbarn teilnahmen, die dem Kloster auf die eine oder andere Weise ihren Lebensunterhalt verdankten. Auf die ersten Bänke sollten sich die Reklusen setzen, dann nach zwei leeren Reihen sollten die Postulantinnen folgen, hierauf die Novizinnen und hinter ihnen zwei wachhabende Nonnen. Und dahinter sollten sich Gärtner, Stallburschen, Fuhrleute, Pächter und, noch weiter entfernt, die Einwohner der umliegenden Güter, Männer und Frauen, stehend zusammendrängen. Zuletzt sollten auf drei hohen Stufenreihen die Nonnen der Gemeinschaft kommen, deren Vorsitz im ersten Sessel der dritten Reihe Schwester Gabriela, die Novizinnenmeisterin, innehatte.

Schwester Úrsula vollendete den Blumenschmuck des Altars, während Schwester Hildefonsa de San José in der Sakristei das goldene Messgewand, die Manipel, die Albe, die heiligen Gefäße, die Messkännchen und mit größter Vorsicht die überaus kostbare Kustodie des Klosters vorbereitete. Sie bestand aus massivem Gold und Edelsteinen, von ihrer Mitte ging eine Myriade goldener Strahlen aus, die sie wie eine glänzende Sonne aussehen ließen und die den Bergkristall umgaben, der den Leib Christi bewahrte – ein Geschenk von Don Benito de Cárdenas. In diesem Augenblick betrat die Novizinnenmeisterin die Sakristei.

»Schwester Hildefonsa, gebt acht.«

Die Nonne stellte ihre Arbeit ein und wandte sich der Novizinnenmeisterin zu.

»Legt beiseite, woran Ihr gerade arbeitet, und holt Catalina. Die ehrwürdige Mutter hat ihre Anwesenheit für heute Nacht erbeten, und ich muss ihr die Anweisungen mitteilen, die der Doktor hinterlassen hat, damit man sie besser pflegen und behandeln kann.«

»Sofort, ehrwürdige Mutter.«

Die Ordensfrau verschwand, und Schwester Gabriela blickte ungewollt zu dem Wandstück, das den Geheimgang verbarg. Dieser führte von dort zur Galerie der Postulantinnen. Es vergingen mehrere Minuten. Dann klopfte es leise an die Sakristeitür.

»Tretet ein!«

Die Tür ging auf, und es erschien das Gesicht des jungen Mädchens, das von einer Haube eingerahmt war.

»Ihr habt mich rufen lassen, ehrwürdige Mutter?«

»Ja, Catalina. Kommt näher und hört gut zu.«

»Gewiss, ehrwürdige Mutter.«

»Heute Nacht ist die Oktav der wichtigsten Feier des Jahres im Sankt-Benedikt-Kloster, und ihr Höhepunkt ist das nächtliche Vespergebet. Ihr werdet bei der ehrwürdigen Mutter wachen, weil sie es so angeordnet hat. Ihr größter Wunsch ist, wenn sie sich kräftig genug fühlt, die Komplet zu leiten, wie sie es jedes Jahr getan hat, und darum müssen wir uns mit größtem Eifer bemühen. Eine halbe Stunde bevor die Feier beginnt, komme ich zu ihr, denn danach kann ich es nicht mehr, und ich mache für Euch ihre Medizin fertig, damit Ihr sie zu der von mir angegebenen Zeit verabreichen könnt. Wenn sie dann den nötigen Schwung in sich fühlt und am Gottesdienst teilnehmen möchte, unterstützt Ihr sie beim Ankleiden und reicht ihr den Arm. Ihr müsst ihr jeden Gefallen tun. Denkt daran, dass dies eine ganz besondere Nacht für sie sein kann.«

»Macht Euch keine Sorgen, ehrwürdige Mutter. So wird es geschehen.«

»Dann geht, Tochter. Euren Händen bleibt alles überlassen.«

Das Mädchen verließ die Sakristei durch die Tür zum Korridor, und

Schwester Gabriela ging durch die Tür, die zum Hauptaltar führte. Sobald sie die Kirche betreten hatte, schritt sie nach vorn und klatschte dreimal kräftig in die Hände, um die Anwesenden auf sich aufmerksam zu machen.

»Strengt Euch heute bei Euren Arbeiten ganz besonders an, denn diese Vesper wollen wir unserer Priorin und ihrer Erholung widmen. Ich möchte, dass dies eine für das Kloster unvergessliche Nacht wird.«

Danach klatschte sie noch zweimal in die Hände, und Nonnen, Novizinnen und Reklusen kehrten mit doppeltem Eifer zu ihren Aufgaben zurück.

Der unangenehme Besuch

Die Jahre vergingen nicht ohne Folgen. Jeder Tag – vor allem, wenn es regnete – plagte die rheumatischen Knochen von Doktor Gómez de León schlimmer und bewirkte, dass seine Beschwerden schmerzhafter und häufiger wurden. Schon am Morgen war es feucht, und so ging es weiter, düster und bewölkt, und er merkte, dass sein Geist mit dem Wetter übereinstimmte. Obwohl er seinen Beruf seit langen Jahren ausübte, konnte er sich nicht daran gewöhnen, den Tod gleichmütig kommen zu sehen. Eher aus Instinkt als aus Erfahrung wusste er, wann der Sensenmann jemanden bedrängte und in welchem Augenblick nichts mehr zu tun war.

Es war ein Unglückstag gewesen. Das hatte im Morgengrauen begonnen. Um halb sechs, beim ersten Hahnenschrei, klopfte man an seine Tür, und als Laurencia, die alte Haushälterin, ihn benachrichtigen wollte, war er bereits aufgestanden. Seine geübten Ohren konnten den Gesprächsfetzen, die ihn aus dem Hausflur erreichten, deutlich entnehmen, ob etwas dringend war oder warten konnte. Der Bote war ein Junge aus Río Seco de Tapia, und er hatte seinen Gaul gnadenlos abgehetzt. Ein Maultier hatte seinen Vater am Ende des Rückens mit einem Hufschlag getroffen. Der Bauernbursche hatte kaum seine Erklärungen beendet, als sich der alte Doktor schon fertig angezogen hatte. Das durchs Fenster einfallende Licht kündigte einen schlechten Tag an. Aus dem Schrank nahm er eine große, alte Pelzjacke. Er zog sie über dem Wams an, während er die kurze Treppe hinabstieg.

Laurencia erwartete ihn im Hausflur. Sie hielt eine dampfende Tasse in einer Hand und seine alte Arzttasche in der anderen. Der Junge wartete unerschütterlich im Platzregen und war vom Haar bis zu den Halbstiefeln dermaßen durchnässt, dass sich eine große Pfütze zu seinen Füßen bildete.

Sie machten sich fertig, um gleich loszureiten. Sie banden das Halfter des Gauls hinten an seine klapprige Kutsche, und er ließ dem Jungen einen Regenmantel bringen und ihn auf den Bock hochsteigen, damit er dem Kutscher den Weg zeigte. Dann machte er die Wagentür auf und setzte sich in die Kutsche. Er vergaß nicht, die Vorhänge aus geteertem Segeltuch herunterzulassen, damit das Regenwasser nicht eindringen konnte. So hatte sein Tag begonnen. Jetzt, am späten Nachmittag, kehrte er zurück, von der Arbeit, dem Regen und der Fahrt erschöpft, doch vor allem vom Gefühl des Scheiterns überwältigt, das ihn an diesem finsteren Tag ein weiteres Mal heimgesucht hatte.

Als er den Vater des Jungen untersuchte, erkannte er sofort, dass ihm der Hufschlag des Maultiers die letzten Knochen des Rückgrats zerbrochen hatte. Mit einem scharfen Stilett stach er ihn in die Fußsohlen, und er konnte feststellen, dass der Bauer nichts fühlte. Er lag auf dem Bett und wurde von heftigen Schmerzen gepeinigt. Seine Frau, die einen schwarzen, an tausend Stellen geflickten Rock trug und sich die Schultern mit einem schwarzen Wolltuch bedeckt hatte, sah verängstigt zu, wie er den Patienten untersuchte. Es ließ sich wenig tun. Er umwickelte ihn mit einem kräftigen Tuch und verschrieb ihm einen Arzneitrank, der seine Leiden mildern sollte. Obwohl er wusste, dass alles zwecklos war, sagte er den beiden, dass er ihn nach ein paar Tagen wieder besuchen werde. Er weigerte sich, etwas für den Besuch anzunehmen, doch als er zur Kutsche zurückkam, entdeckte er, dass man ein Körbchen mit Eiern unter seinen Sitz auf den Boden gestellt hatte. Arme Leute waren immer viel freigebiger als die Reichen.

Dann fuhr er zur Entbindung einer Erstgebärenden, in deren Hütte ihn schon seine Hebamme erwartete. Es war eine lange und erschöpfende Mühsal: Das Mädchen war jung und hatte ein enges Becken. In der vergangenen Nacht war die Fruchtblase geplatzt. Das Kind kam in Steißlage. Man musste eingreifen und es schließlich herausziehen. Es wurde schwächlich geboren. Nachdem man die Nabelschnur durchgeschnitten hatte, fiel es ihm sehr schwer, laut zu weinen. Als man das kleine Mädchen in Tücher packte, nachdem man es gewickelt hatte, zeigte es eine Unheil verheißende violette Farbe, weshalb ihm der alte Arzt nur eine kurze Lebensdauer voraussagte. Er überließ Mutter und Tochter der Fürsorge María Lujáns.

Schließlich fuhr er zu einem aus drei Häusern bestehenden Gut, das auf seinem Heimweg lag. Als er ankam und gerade erst aus der Kutsche stieg, konnte er das Maultier des Dorfpfarrers entdecken, der ihm zuvorgekommen war. Es ließ sich nichts weiter tun, als der Letzten Ölung beizuwohnen. Das tat ihm leid. Der Kranke war ein guter Mann und ein guter Christ, und obwohl das Ende klar vorauszusehen war, hatte er sich nicht vorgestellt, dass der Ausgang so schnell kommen würde.

Er kehrte sehr niedergeschlagen heim. Er dachte, an solchen Tagen wäre es besser, im Bett zu bleiben. Als er zu Hause eintraf, entdeckte er durch den feinen Regenschleier einen großen Rappen, der an dem dafür vorgesehenen Pfosten festgebunden war. Sein Fell glänzte wegen des Regens, und er trug gutes Sattelzeug. Als der Doktor aufmerksamer hinsah, glaubte er, rechts an der Kruppe des Tieres das Brandzeichen des Heiligen Offiziums zu erkennen.

Sobald sein Kutscher den rituellen Satz »Sevilla nach backbord, Pferd!« ausgesprochen hatte, um das Tier anzuweisen, in welche Richtung es drehen sollte, damit er direkt an der Gittertür aussteigen konnte, öffnete er die Kutschentür, zog seine alte Arzttasche nach und stieg aus. Gleich darauf schlug er mit dem Türklopfer an die Metallplatte der Tür, und das mit den rhythmischen Schlägen, die Laurencia von jeher kannte. Der alte Doktor wartete nervös unter dem kleinen Vordach, während der eintönige und unermüdliche Regen dafür sorgte, dass die beiden Traufröhren mit Chimärenkopf, die das gestaute Wasser sammelten und die unter der Balustrade hervortraten, Wasserstrahlen aus ihren Mäulern spuckten. Sie hatten zwei tiefe Pfützen in der Gartenerde gebildet. Schließlich ging die Tür auf, und die alte Magd kam mit einer Öllampe in der Hand heraus. Sie verzog das Gesicht zu einer besorgten Grimasse, die dem Arzt nicht entging.

»Was gibt es, Laurencia? Wem gehört das Pferd?«

Die Frau nahm mit der freien Hand den durchnässten Mantel des Doktors entgegen und antwortete:

»Schon seit zwei Stunden wartet ein Herr auf Euch. Ich habe ihm gesagt, ich wüsste nicht, wann Ihr zurückkommt, aber er hat entgegnet, darauf komme es ihm nicht an, und er werde warten. Er ist in Eurem Kabinett.«

Der Arzt stellte seine Tasche neben den Kleiderständer, an dem er seine Mailänder Mütze aufhängte. Nachdem er sich die weißen Haare glatt gestrichen hatte, ging er zu dem Saal, in dem er gewöhnlich seine Patienten empfing. Als er die Tür öffnete, drehte der Mann, der gerade die Bände des Bücherregals durchsah und einen in der Hand hielt, den langen Hals so, dass ihm das Licht des nächsten Armleuchters das Gesicht beschien. Sofort war dem Doktor klar, dass diese Person dieselbe war, die ihm María

Luján beschrieben hatte: Sein Auftreten, die gewölbte Stirn und vor allem die blasse Narbe verrieten ihn.

»Entschuldigt mein spätes Kommen, Euer Gnaden, aber ich musste mehrere dringende Krankenbesuche erledigen.«

»Sei's drum.« Der Unbekannte zog aus der Tasche seines schwarzen Wamses eine Uhr, sah darauf und sprach weiter: »Ich habe zwei Stunden auf Euch gewartet, und ich hätte noch zwei gewartet, wenn es notwendig gewesen wäre.«

Der Doktor schloss hinter sich die Tür und ging zu dem ungebetenen Gast.

»Es wäre besser gewesen, einen Termin zu vereinbaren. Ihr hättet Eure Zeit nicht verloren, und mir wäre ein anderer Zeitpunkt angenehmer gewesen, denn heute bin ich schlimm erschöpft, weil ich den ganzen Tag unterwegs war.«

»Was meine Zeit angeht, so braucht Ihr Euch deshalb keine Sorgen zu machen. Das Leben macht die gesamte Zeit eines Menschen aus, und meines steht im Dienst des Heiligen Offiziums, und dafür gibt es keine bestimmten Stunden.«

Der Arzt erfasste den Sinn dieser Worte.

»Vielleicht habe ich mich schlecht ausgedrückt. Ich habe es gesagt, damit ich mich besser um Euch kümmern kann. Aber setzt Euch, Exzellenz. Machen wir es uns bequem. Wollt Ihr etwas trinken?«

Rasch hatte der Portugiese die veränderte Anrede verstanden. Der Arzt war vom »Ihr« zur »Exzellenz« übergegangen.

»Wenn Ihr so liebenswürdig seid … Ein Gläschen Jerezwein würde mir gut gefallen.«

»Was Euer Exzellenz wünschen.«

Doktor Gómez de León ging zu einem Eckschrank und nahm zwei schmale Gläschen und eine Kristallkaraffe, die eine bernsteingelbe Flüssigkeit enthielt, aus dem mittleren Fach. Dann ging er zu dem Tisch, der zwischen zwei Faltstühlen stand. Einen dieser Stühle hatte schon der unangenehme Gast besetzt. Der Arzt goss die Gläser voll und bot dem unheimlichen Individuum eines an. Dann setzte er sich ihm gegenüber. Plötzlich fühlte er sich unbehaglich.

»Nun gut, Exzellenz. Sagt mir bitte, wenn es Euch recht ist, wer Ihr seid. Dafür wäre ich Euch dankbar. Ich habe die Gewohnheit, dass ich diejenigen kennenlernen möchte, die ich in meinem Haus empfange, und ich will wissen, mit wem ich gemeinsam Wein trinke.«

»So ist es richtig«, antwortete der andere, während er die Qualität und Durchsichtigkeit der Flüssigkeit prüfte, indem er sein Glas zum Leuchter hochhob. »Ich heiße Don Sebastián Fleitas de Andrade, und meine Stellung ist die eines Familiaren des Heiligen Offiziums. Wenn Ihr wollt, dass ich Euch meine Beglaubigungsschreiben zeige ...«

Bei diesen Worten griff er zu einer Mappe, die er an ein Bein seines Stuhls gelehnt hatte.

»Das ist nicht notwendig.« Es trat ein drückendes Schweigen ein. »Eure Exzellenz wird mir ja erklären, was Euch in diese abgelegene Gegend geführt hat.«

Fleitas nahm einen Schluck aus seinem Glas und antwortete auf die Frage des Arztes mit einer Gegenfrage:

»Ein ausgezeichneter Tropfen, Doktor. Er ist wohl nicht von hier?«

»Nein, er kommt tatsächlich aus Jerez. Dankbare Leute schicken ihn mir jedes Jahr aus Sevilla.«

»Ihr seid ein glücklicher Mensch, etwas wenig Alltägliches in diesen Zeiten der Undankbarkeit und des Verrats.«

Der alte Doktor rutschte unruhig auf seinem Sitz hin und her.

»Aber schließlich ... glaube ich nicht, dass Euer geduldiges Warten dazu bestimmt ist, die Qualitäten eines Glases Jerezwein zu kommentieren.«

»Nein, gewiss nicht. Doch es ist nützlich, zwischen den Leuten eine warmherzige Verbindung herzustellen, bevor man schwierige Themen behandelt.«

Die Hände des Arztes verrieten seine Nervosität. Der andere schien das nicht zu bemerken und sprach unbeeindruckt weiter:

»Ihr habt eine ausgezeichnete Bibliothek. Es ist nicht so häufig, dass man so viele und so vielfältige Bände hat: Averroes, Avicenna, Maimonides, Borgognoni.«

»Die meisten sind Nachschlagewerke.«

»Aber manche bringen gefährliche Folgen mit sich. Gebt acht, ob das nicht für diese *Moralischen Sprichwörter* Sem Tobs gilt.«

Der Portugiese blätterte in einem kleinen Band und las vor:

»*Die Rose ist nicht weniger wert,*
Weil sie im Dornbusch wächst,
Und der gute Wein nicht,
Weil ihn die Rebe hervorbringt.

Ihr wollt mir doch nicht sagen, dass diese Strophe kein Lied ist, das den Ursprung des Menschen verleugnet. Sie deutet an, dass es nicht darauf ankomme, woher jeder Einzelne stamme. Sie stellt einen Ketzer mit einem guten Christen gleich.«

»Das hängt davon ab, wie man es sehen will. Denkt daran, dass Seine Majestät hervorragenden Kaufleuten und wohlhabenden Handwerkern Adelstitel verliehen und sie damit den Großen des Reichs gleichgestellt hat, womit sie zeigen wollte, dass der bescheidene Ursprung eines Menschen kein Grund ist, ihn von den höchsten Ehren auszuschließen.«

»Ihr gefallt mir, wahrhaftig! Doktor, Ihr seid ein guter Polemiker.« Plötzlich änderte sich die Miene des Portugiesen. »Sagt mir jetzt, wie Ihr dieses Sprichwort verteidigen wollt:

Der Habicht ist nicht weniger wert,
Weil er in einem erbärmlichen Nest schlüpft,
Und die guten Ratschläge nicht,
Weil sie ein Jude erteilt.«

Das Gesicht des alten Doktors hatte sich verzerrt.

»Sem Tob hat König Peter I. seine Sprichwörter gewidmet. Deshalb glaube ich nicht, dass es in ihnen irgendetwas Schlechtes gibt ... Außerdem sind das, wie ich Euch noch einmal sage, notwendige Nachschlagewerke, um meine Kenntnisse zu erweitern. Bedenkt, dass die besten Ärzte jetzt nicht in diesen Königreichen leben.«

»Was wollt Ihr mit diesem ›Jetzt‹ andeuten?«

Gómez de León begriff, dass er sich auf unsicheres Gelände vorwagte.

»Damit will ich sagen: Als in Toledo drei Kulturen zusammenlebten, war es logisch, dass jeder Einzelne seinen Beruf bei seinen Leuten ausübte.«

»Da stimmt Ihr mit mir überein. Also müssen die Ungläubigen mit den Ungläubigen zusammen sein, und die Juden ... nein, die Juden dürfen nirgendwo sein. Sie sind ein verfluchtes Volk und müssen vaterlandslos bleiben, weil sie den Herrn gekreuzigt haben. Jerusalem wurde zweimal zerstört, und sie wurden dazu verurteilt, in einer ewigen Diaspora durch die Welt zu irren.«

»Ich habe meine Bücher von meinen Vorfahren geerbt. Sie alle haben sich der Medizin gewidmet, und die Bände, die Ihr hier seht, sind aus der Zeit, als Yosef Ferruciel, Meyr Alguades und Abiatar Ben Crescas die Ärzte am Hof von Alfons IV., Heinrich III. von Kastilien und Johannes II. von Aragonien waren, äußerst angesehene und in ihrer Zeit berühmte Heilkünstler.«

»Das war früher, als der Schmutz der protestantischen Ketzerei noch nicht die Gesundheit des einfachen Volkes gefährdet und seine Vorstellungen verseucht hatte. Dieser Martin Luther war ein verderblicher Übeltäter! Aber Gott sei Dank haben sich die Dinge geändert.« Hier bekamen seine Worte einen neuen Klang. »Ich gebe zu, dass Ihr ein kundiger Disputant seid und dass Ihr Euch der Dialektik mit seltenem Geschick bedient, aber diese Argumentation würde Euch vor einem Gericht wenig nützen. Kennt Ihr etwa nicht die Verordnung unseres Königs, die besagt, dass all jene Bücher, die abscheulich sind und auf dem *Index* stehen, durch das Feuer geläutert werden müssen, und falls sie sich im Besitz eines Christen befinden, soll er sich für sie verantworten?«

Der Arzt schwieg.

»Nun gut, lassen wir das.« Bei diesen Worten legte er das Büchlein auf den Tisch. »Kommen wir zu der Angelegenheit, die mich hergeführt hat, denn ich bin eigentlich nicht hier, um Eure Bibliothek zu überprüfen.« Der Portugiese milderte seinen Gesichtsausdruck zu so etwas wie einem angedeuteten Lächeln, und sein Ton änderte sich so sehr, dass der Arzt glaubte, der andere wolle nun liebenswürdig sein und die Gewitterwolke sei vorübergezogen. »Wenn meine Kenntnisse zutreffen, seid Ihr seit vielen Jahren der Arzt der Familie von Don Martín de Rojo e Hinojosa.«

Der Arzt wurde hellhörig.

»So ist es. Ich habe keinen Grund, das zu verheimlichen. Ich war schon der Arzt Don Bernardos, des verstorbenen Vaters, Gott habe ihn selig.«

»Nun gut, Doktor. Wie viele Kinder hatte Don Bernardo?«

»Er hat zweimal geheiratet. Die erste Frau hat ihm keine Kinder geschenkt, wohl aber die zweite. Sie hat ihn zweimal zum Vater gemacht, mit Don Martín und Camila, sie ist Nonne geworden und heute unter dem Namen Teresa de la Encarnación die Priorin des Benediktinerklosters.«

»Und was für Nachkommen hatte Don Martín?«

»Gestattet mir, mein Gedächtnis zu befragen, das in meinen Jahren nicht mehr gut ist. Oft erinnere ich mich an ganz weit Zurückliegendes, und trotzdem habe ich Lücken bei dem Nächstliegenden. Ja, gebt acht, drei Töchter und ein Junge. Elvira, die Älteste, hat geheiratet und lebt in Sevilla. Sie schickt mir jedes Jahr den Jerezwein, den Ihr gerade trinkt. Danach wurden Violante und Sancha geboren. Sie sind noch unverheiratet, so viel ich weiß, und schließlich ist der Stammhalter zur Welt gekommen. Er heißt Álvaro und studiert in Salamanca.«

»Seid Ihr sicher, dass Ihr nichts durcheinanderbringt?«

»Ganz sicher.«

»Ich habe gehört, er hätte vier Töchter bekommen.«

Als sich der Arzt das Glas zum Mund führte, um eine Atempause zum Nachdenken zu haben, erzitterte die Flüssigkeit leicht.

»Ihr seid schlecht unterrichtet. Ich war bei den Entbindungen anwesend.«

»Ihr – und wer noch?«

»Meine Hebamme heißt María Luján. Sie kann Euch bestätigen …«

»Lassen wir es vorläufig dabei. Könntet Ihr unter Eid aussagen, was Ihr mir erklärt?«

»Ist das ein Verhör?«

»Nein, nein, um Gottes willen! Mein Besuch ist freundschaftlich und vertraulich. Glaubt Ihr denn, dass ich Euch zu Hause aufgesucht hätte, wenn es nicht so wäre? Ihr wäret vom Glaubensgericht vorgeladen worden, um Eure Aussage zu machen. Aber lassen wir das. Eine letzte Frage: Könnt Ihr mir mitteilen, ob sich diese Familie durch ein Zeichen, ein besonderes Merkmal unterscheidet?«

»Mein Gedächtnis lässt schon sehr nach und reicht nicht mehr so weit. Ihr werdet verstehen, Exzellenz, während so vieler Jahre, nachdem ich so viele Leute untersucht habe …«

Fleitas stand auf und ließ den Rest Jerezwein auf dem Tisch stehen.

»Denkt nach, Doktor, denkt nach, damit es nicht so kommt, dass jemand – nicht ich, selbstverständlich – Euch helfen muss, Eure Erinnerungen aufzufrischen.«

Doktor Gómez de León fühlte sich höchst beunruhigt und stand auch auf, um den ungebetenen Gast zum Ausgang zu begleiten.

»Ich denke mir, dass Ihr nichts dagegen einzuwenden habt, wenn ich das kleine Buch Sem Tobs mitnehme. Es könnte in weniger wohlmeinende Hände als die meinigen fallen und Euch viele Probleme bereiten. Gott schütze Euch, Doktor. Ich komme bei einer besseren Gelegenheit wieder. Ruht aus und erholt Euch.«

Nun zog sich die finstere Gestalt den Mantel über und wandte sich zum Ausgang, ohne auf eine Antwort zu warten. Der Regen hatte aufgehört. Der Besucher schwang sich geschwind aufs Pferd, grüßte weit ausholend mit dem Hut und galoppierte davon, ließ Doktor Gómez de León an der Tür stehen, mit der hoch erhobenen Öllampe in der rechten Hand und einem eisigen Gefühl in den Adern.

Das bittere Ende

Schwester Teresa de la Encarnación ruhte völlig erschöpft in ihrem Bett. Sie brachte Gott ihre Leiden und Nöte dar, um das zu sühnen, was sie zeitlebens an Schlechtem getan haben mochte. Geduldig ertrug sie die Atemnot, die sie zwang, mit aufgerichtetem Oberkörper zu schlafen: Sie führte sie auf die Feuchtigkeit zurück, die der Bach zum Kloster aufsteigen ließ. Doch womit sie sich nicht abfand, war dieser Harnfluss, der sie während der Nachtwache quälte und sie daran hinderte, die nächtlichen Gebete der Gemeinschaft zu leiten. Sie verlor jeden Tag mehr den Lebensmut und fühlte sich zutiefst niedergeschlagen und kraftlos. Das von Doktor Gómez de León verordnete Mittel hatte ihr sehr wohltuend geholfen, doch seine Wirkung dauerte immer weniger lange, und sie brauchte es immer dringlicher und häufiger. Wenn sie von ihrem Lager aufstand, um im Betstuhl niederzuknien, bedeutete das für sie einen Leidensweg, und etwas in ihrem Innern sagte ihr, dass dies die letzte Oktav des heiligen Benedikt sein würde, die sie feiern könnte. Sie fürchtete sich nicht vor dem Tod, aber … Es blieb noch so viel zu tun! Sie bat den Herrgott um Demut, damit sie es ertragen konnte. Wenn sie nämlich nachts aufwachte und von ihrem eigenen Urin durchnässt war, so dass sie ihre Schwestern rufen musste, um ihre Kleidung zu wechseln, weil sie es selbst nicht tun konnte, so wurde dies zum größten Opfer, das sie Gott in ihrem ganzen Klosterleben hatte darbringen können. Damit ließen sich keine Büßerhemden, Geißelungen oder Fasttage vergleichen. Der verfluchte Stolz, den sie von Don Bernardo de Rojo, ihrem Vater, geerbt hatte, führte dazu, dass sie sich nicht damit abfand – obwohl sie es von ganzem Herzen versuchte –, ständig um diese demütigende Hilfe bitten zu müssen.

In diesen entscheidenden Stunden schweiften ihre Gedanken von einem Punkt zum anderen, und Augenblicke, Umstände und Orte ihres Lebens fielen ihr wirr durcheinander ein. Sie sah sich als ganz kleines Mädchen, wie sie mit ihrem heiß geliebten Bruder Martín im Herrenhaus von Quintanar del Castillo Komödien und Possen aufführte, die er selbst ersann und leitete. Plötzlich und überwältigend klar erschien vor ihrem geistigen Auge der traurige Tag, an dem ihr Vater starb, und ebenso kehrten die Bilder jener Nacht immer wieder, in der Catalina geboren wurde, und in dieser letzten Stunde, in der sich jeder Mensch mit sich selbst auseinandersetzt, glaubte sie weiter, dass sie richtig gehandelt hatte. Sie liebte dieses Kind innig, das gewiss den Mutterinstinkt befriedigt hatte, wie ihn jede Frau in ihrem Innern fühlt, das ihr aber auch ungeheuer viele Sorgen bereitet hatte. Vom ersten Augenblick an hatte sie sich ganz und gar verantwortlich für das Leben des Mädchens gehalten. Als Frau besaß sie all jene Vorzüge, die ihr lieber Bruder für seinen Erben so sehr ersehnt hatte: Edelmut, Unabhängigkeit, bis zum Starrsinn reichendes Festhalten an Überzeugungen, Redlichkeit, Anstand und eine ganz maßlose Lust an Gefahren und Abenteuern. Sie hatte das Zeug zu einer fragwürdigen Nonne, und an ihr war ein Hauptmann der Regimenter des flandrischen Feldzugs verloren gegangen, der den Königreichen Seiner Christlichen Majestät viele Ruhmestage gebracht hätte. Innerhalb der Klostergemeinschaft könnte sie im Lauf der Zeit eine ausgezeichnete Priorin und, warum nicht, vielleicht eine Provinzoberin werden. Was sie in diesem Moment am meisten und im tiefsten Herzen bedauerte, war, dass sie nach so vielen Mühen und Wechselfällen sicher war, bei ihrem Schleierfest nicht mehr dabei zu sein.

Es klopfte diskret an die Tür.

»Tretet ein …«

Nicht einmal sie selbst erkannte ihre eigene Stimme wieder.

»Wenn Ihr gestattet, ehrwürdige Mutter.«

Catalina stieß die Tür mit dem Fuß auf, und als sie erschien, trug sie ein Tablett mit mehreren Behältern in der Hand.

»Ehrwürdige Mutter, ich bringe Euer Abendbrot.«

»Das ist zwecklos, Catalina. Ich kann nichts essen.«

»Verzeiht, ehrwürdige Mutter … Schwester Gabriela hat mir sehr inständig ans Herz gelegt, Euch zu ermuntern, dass Ihr Euch Mühe geben sollt, besonders heute, damit Ihr vielleicht die Kraft aufbringt aufzustehen und die Komplet zu leiten.«

»Gebt mir nur die Medizin, die mir so sehr hilft. Selbst wenn Ihr es unbedingt wollt, bringe ich es nämlich nicht über mich, einen Bissen zu probieren.«

Catalina hatte das Tablett auf das Tischchen gestellt, während sie mit dem einen Arm die Kranke aufrichtete und mit der anderen Hand die Kissen aufschüttelte.

»Ich bringe Euch eine Hühnerbrühe, die alle Gewürze der Welt enthält. Ihr müsst Euch Mühe geben …«

»Besteht nicht darauf, meine Tochter. Lasst mich meine wenigen Kräfte für die Latwerge aufheben, denn sie tut mir gut, und mein Magen empört sich, wenn ich ihn zu etwas anderem zwinge.«

»Aber, Mutter, Schwester Gabriela hat gesagt …«

»Catalina! Noch bin ich die Priorin.«

»Wie Ihr befehlt.«

»So ist es besser.« Schwester Teresa flüsterte kaum noch.

Damit gaben sich beide eifrig ab, als die Zellentür aufging und die Novizinnenmeisterin lächelnd und lebensfroh erschien …

»Ehrwürdige Mutter, wie fühlt Ihr Euch? Ich möchte mir vorstellen, dass Ihr an einem so besonderen Tag bereit seid, Euch anzustrengen, um ein derart freudiges Fest gemeinsam mit Euren Schwestern zu verbringen.«

Catalina ließ sich von ihrem natürlichen Drang mitreißen und kam der Antwort der ehrwürdigen Mutter zuvor.

»Sie weigert sich, etwas von dem zu essen, was Schwester Hildefonsa für sie in der Küche so liebevoll zubereitet hat.«

»Ist das wahr, ehrwürdige Mutter?«

Mutter Teresa machte mühsam die Augen auf und rechtfertigte sich:

»Nichts könnte mich mehr freuen, als heute Nacht mit meinen Schwestern zusammen zu sein. Aber ich fürchte, dass mir die Kraft fehlt, vor allem, wenn ich sie für etwas verwende, was mir widerstrebt. Glaubt mir, Mutter, mein Leib verlangt nur nach der Medizin, die eine Zeit lang meine Schwäche mildert, und alles, was sonst meinen Magen füllt, wird meinen Zustand lediglich verschlimmern, der ohnehin schon kritisch ist.«

Die Priorin schloss die Augen nach dieser langen Tirade und lag apathisch da. Die Novizinnenmeisterin wandte sich leise und in ungewöhnlich liebenswürdigem Ton an Catalina:

»Vielleicht hat die ehrwürdige Mutter recht, und wir schaden ihr, obwohl wir aufrichtig glauben, ihr zu helfen.«

»Ich tue, was Ihr befehlt, und wenn die ehrwürdige Mutter von ihrer Krankheit geheilt wird, verspreche ich Euch ausdrücklich, dass ich versuche, mein Benehmen zu ändern. Ich … habe sie sehr lieb.«

Bei diesen letzten Worten waren die Augen des Mädchens voller Tränen.

»Es freut mich maßlos, dass Ihr Eure Haltung ändert. Ich sage Euch, was wir tun. Während ich die Medizin vorbereite, schüttelt Ihr ein bisschen ihre Bettdecken auf, ohne dass Ihr sie allzu sehr stört. Ich lasse Euch alles fertig da, und eine halbe Stunde vor der Komplet gebt Ihr den Arzneitrank, damit er zur richtigen Zeit die gewünschte Wirkung erreicht. Dann lauft Ihr in die Kirche und bittet Schwester Hildefonsa und Schwester Úrsula um Hilfe. Beide sind sehr kräftig und geschickt, und mit ihrer Hilfe kann die ehrwürdige Mutter die Treppe hochsteigen. Wir wollen sehen, ob wir alle es gemeinsam erreichen, dass es heute ihre große Nacht wird.«

»Wie Ihr meint, Mutter.«

»Dann ans Werk, Catalina.«

Die Nonne ging zu dem Wandschrank, und das Mädchen wollte höchst bereitwillig die Aufgabe erfüllen, die ihr die Novizinnenmeisterin übertragen hatte. Diese beobachtete aufmerksam aus den Augenwinkeln, ob Catalina zu ihr hinsah, aber das Mädchen war ganz in seine Arbeit vertieft. Da handelte sie rasch. Zuerst holte sie aus der tiefen Tasche ihres Ordenskleids das Fläschchen, das ihr der Mönch gegeben hatte. Sie hatte schon das Siegel entfernt, und nun nahm sie den geschliffenen Glasstöpsel heraus und goss den Inhalt in das Glas, das sie auf den Tisch gestellt hatte. Danach mischte sie den Brechweinstein, das Quecksilbermittel und das zerstoßene Tamarindenmark hinzu. Nun goss sie noch eine großzügige Portion Wasser aus einem kleinen Krug hinein und verrührte das Ganze mit einem Holzspatel. Schließlich kehrte die Arzneiflasche in ihre tiefe Tasche zurück. Catalina hatte schon ihre Arbeit beendet, und die Nonne rief sie.

»Passt auf, Tochter. Hier lasse ich den fertigen Arzneitrank für Euch stehen. Gebt der Mutter die Dosis nicht eher, selbst wenn sie Euch darum bittet, weil es darauf ankommt, dass sie gerade zur Zeit der Komplet bei ihr wirkt und dass sie in die Kirche kommen kann, denn dies ist ihr großer Wunsch. Lasst sie ausruhen, und zögert nicht, mich zu rufen, wenn Ihr mich aus irgendeinem Grund braucht.«

»Es wird alles getan, wie Ihr es angeordnet habt.«

»Dann, Catalina, gehe ich, um meine Aufgaben zu erledigen. Ihr wisst ja gar nicht, wie viel heute Nacht von Euch abhängt und wie sehr ich Euren Fähigkeiten vertraue. Ach ja! Denkt daran: Bevor Ihr das Mittel gebt, müsst Ihr alles mit dem Spatel umrühren, damit am Boden kein Rückstand bleibt.«

»Seid unbesorgt, Mutter.«

Nach diesen Worten entfernte sich die Nonne. Da alles vorbereitet war, glaubte Catalina nun, dass es am ratsamsten sein würde, wenn sich die ehrwürdige Mutter in aller Ruhe erholte, und gerade das tat sie offenbar in diesem Augenblick. Darum kauerte sich Catalina auf den Boden, ans Fußende des Bettes, lehnte sich mit dem Rücken an die Wand und umschlang die Knie mit den Armen, um den tiefen Schlaf der Priorin zu bewachen. Aber schon bald wurde sie von der Müdigkeit überwältigt, und sie versank in einen unruhigen Halbschlaf. Sie wusste nicht, wie lange ihr unsteter Dämmerzustand gedauert hatte, doch die Klosterglocke ließ sie erschrocken hochfahren, und sie sprang geschwind auf die Füße, um ihren Auftrag zu erfüllen. Sie ging zum Tisch, nahm den Spatel und rührte die Flüssigkeit um, weil sich das Medikament am Boden des Glases abgesetzt hatte. Dann legte sie den Spatel auf den Teller, trat zum Bett und berührte mit der freien Hand die Schulter der Priorin. Diese schien aus der Lethargie zu erwachen und öffnete die Augen. Als sie das Mädchen erblickte, lächelte sie.

»Ehrwürdige Mutter, Ihr müsst Euch Mühe geben. Es ist Zeit, Eure Arznei zu nehmen.«

»Ja, Tochter. Wie lange dauert es noch bis zur Komplet?«

»Mehr als eine Dreiviertelstunde, Mutter. Wenn Ihr Euch ein bisschen zurechtmacht, während ich Schwester Hildefonsa und Mutter Úrsula hole, vergeht uns die Zeit wie im Flug.«

»Warum müsst Ihr die ehrwürdigen Mütter stören?«

»Das hat die Novizinnenmeisterin angeordnet.«

»Lasst die Novizinnenmeisterin in Ruhe, lasst sie. Ich komme mit Eurer Hilfe allein zurecht. So wird die Überraschung größer sein, wenn wir beide in der Kirche erscheinen.«

»Wie Ihr wünscht. Auch ich denke, dass wir allein zurechtkommen. Aber jetzt ist es am wichtigsten, dass Ihr die Medizin einnehmt.«

Catalina half der Priorin, sich aufzurichten. Sie legte ihr den Arm um den Rücken, während sie ihr mit der anderen Hand das Glas an die Lippen hielt. Die Priorin trank langsam und mit offenkundiger Mühe. Als sie fertig war, lehnte Catalina sie wieder an die Kissen, damit sie das Glas auf den Tisch stellen konnte. Dann begann das Mädchen, die Priorin anzukleiden, was beiden große Anstrengungen abverlangte. Diese Aufgabe erschöpfte sie, und Catalina dachte kurz, dass sie ihr Vorhaben nicht vollenden könnten, doch der Wille der ehrwürdigen Mutter erwies sich als stärker, und schließlich gelang es ihr, sich aufrecht zu halten, wobei sie die linke Hand auf die Schulter des Mädchens stützte und ihren Stock mit der rechten Hand kräftig packte.

»Gehen wir, Tochter.«

So bewegten sie sich nach und nach voran, um den Korridor zu erreichen, der zur Treppe führte. Über sie gelangte man zu dem Flügel des Gebäudes, in dem sich die Kirche befand. Die Nonne atmete mühsam.

»Beeilt Euch nicht so sehr, Mutter. Wir haben mehr als genug Zeit.«

Die Priorin gab keine Antwort, weil sie keine Energie vergeuden wollte.

Unter unsäglichen Anstrengungen erreichten sie den ersten Treppenabsatz. Ihre Brust hob und senkte sich wie ein alter Blasebalg …

»Lasst mich einen Augenblick ausruhen, Tochter. Dieser alte Rumpelkasten ist ziemlich klapprig.«

Bei diesen Worten stützte sich die ehrwürdige Mutter an die Ecke des Treppengeländers.

»Vielleicht habe ich nicht richtig gehandelt, weil ich keine Hilfe erbeten hatte«, sagte das Mädchen. Sie machte sich Sorgen, als sie mit ansah, wie heftig die Nonne atmete.

Plötzlich knickte Schwester Teresa in den Knien ein und rutschte langsam nach unten, bis sie auf dem Boden lag, wobei ihre Schulter an der Wand lehnte, während die totenblasse Catalina versuchte, sie festzuhalten.

»Mutter, um Gottes willen, Mutter! Was habt Ihr? Bitte, tut mir das nicht an, Mutter!«

Der Körper der Nonne war zur Seite gesunken, ohne dass es das Mädchen verhindern konnte, und aus dem Mundwinkel rann ihr weißlicher Speichel. Catalina wusste einen Augenblick nicht, ob sie dableiben oder Hilfe holen sollte. Da bemerkte sie, dass die Nonne an ihrem Kittelärmel zog und ihr etwas sagen wollte.

»Catalina, es geht zu Ende …«

»Erschreckt mich nicht, Mutter! Erschreckt mich nicht!«

»Kommt näher, Tochter, meine Kräfte verlassen mich …«

»Mutter, bei der Allerheiligsten Jungfrau, lasst mich nicht im Stich! Was soll aus mir werden? Ach, du lieber Gott!«

»Mein Kruzifix … Catalina … mein Kruzifix!«

Catalina stürzte sich auf sie, durchsuchte den zerknitterten Rock der Nonne und fand das Kreuz aus Olivenholz, das von ihrem Gürtel herabhing. Sie legte es in die Hände der Priorin. Die Nonne hielt es sich an die Lippen und küsste es, wozu sie ein »Herr Jesus« murmelte. Catalina gab sich Mühe aufzustehen, doch die ehrwürdige Mutter zog sie zurück.

»Kommt her … liebe Tochter. Lasst mich nicht allein in dieser Not.«

Catalina konnte sie beinahe nicht hören. Sie hielt ihr Ohr an die Lippen der Sterbenden.

»Ich gehe … Die Stunde ist da … Der Herr und seine Allerheiligste Mutter wollen, dass ich zur Oktav des Heiligen bei ihnen bin.«

»Mutter … Um Gottes willen …! Werdet nicht ohnmächtig. Ihr müsst die Komplet leiten!«

»Das tue ich heute Nacht im Himmel, zusammen mit dem heiligen Benedikt, wenn es der Herr so bestimmt …«

»Mutter!«

Das Mädchen schrie beinahe.

»Seid eine gute Nonne, Catalina. Das ist der Wunsch Eures Vaters.«

Ihre Stimme war nur noch ein kraftloses Raunen.

»Ihr phantasiert, ehrwürdige Mutter, Ihr phantasiert! Ich habe keinen Vater!«

Mutter Teresa schlug die Augen auf und blickte das Mädchen mit unermesslich großer Liebe an.

»Doch, Catalina … doch!«

»Wer ist mein Vater?«

Die angstgepeinigte Stimme des Mädchens versagte.

»Euer Vater ist …«

Mehr folgte nicht. Damit war alles zu Ende. Schreckliche Krämpfe erschütterten plötzlich den Körper der Nonne.

Von diesem Moment an überstürzten sich die Ereignisse. Kaum hatte Catalina erkannt, dass die Priorin nicht mehr atmete, da eilte sie schon durch Häuser und Höfe zur Seitentür der Klosterkirche. Der Chor der Nonnengemeinschaft wurde von den Stimmen der Postulantinnen, Novizinnen, Reklusen und der Gläubigen der nächsten Güter und Dörfer verstärkt. Die Gesänge hatten in dieser Nacht einen eigentümlichen Klang, und sie wurden immer lauter, je mehr sich Catalina dem Seiteneingang des Gotteshauses näherte. Dort lief sie hinein, nahm Weihwasser aus dem Becken und bekreuzigte sich mit einer raschen und gewohnheitsmäßigen Geste. Dann lief sie zum Mittelgang. Sie kniete kurz vor dem Hauptaltar nieder, wo gerade Pater Rivadeneira in der Amtstracht dieses Feiertages die Messe zelebrierte. Sie merkte, dass sich die Blicke aller Anwesenden auf sie und auf den Sessel der Priorin richteten, der auf der höchsten Stufenreihe und am Mittelgang stand. In dieser Nacht nahm die Novizinnenmeisterin den Platz ein. Als sie sah, dass das Mädchen mit verstörtem Gesicht auftauchte, ahnte sie, dass das, was geschehen sollte, bereits eingetreten war. Sie legte ihr Gesangsbuch beiseite und beugte ihre Haube zu Catalina hinab.

»Mutter … die Priorin … Ich glaube, sie atmet nicht mehr!«

»Was sagt Ihr da?«

»Schnell, ehrwürdige Mutter, beeilt Euch, oder es bleibt keine Zeit mehr!«

Schwester Gabriela erhob sich, nahm ein Glöckchen aus dem Behälter in der Rückenlehne der Bank vor ihr und läutete sie energisch. Die Zeit blieb stehen, und alle Gesichter konzentrierten sich erwartungsvoll auf sie.

»Schwestern, betet, betet andächtig für die ehrwürdige Mutter.« Hierauf wandte sie sich an Schwester Úrsula, die sich rechts von ihr befand, und sagte ganz leise: »Ehrwürdige Mutter, die Priorin liegt im Sterben. Leitet die Gebete, solange ich abwesend bin.«

Nun stieg sie von ihrer Sitzreihe hinab und lief mit langen Schritten zum Hauptaltar, während ihr Catalina folgte, beinahe ohne sie erreichen zu können. Pater Rivadeneira, der die Zeremonie unterbrochen hatte, befand sich mitten vor dem Altar und wartete stehend auf sie. Nachdem die Novizinnenmeisterin auf der Stufe der Kommunionbank niedergekniet war, ging sie zu ihm.

»Pater, wie es scheint, hat die ehrwürdige Mutter einen Anfall erlitten. Nehmt die heiligen Öle und die Hostie, und lasst uns windschnell eilen. Ich möchte nicht dafür verantwortlich sein, dass sie vor dem Allerhöchsten nicht so erscheint, wie es einer Priorin von Sankt Benedikt angemessen ist.«

Rivadeneira machte keinerlei Bemerkung, er rannte zur Sakristei, und als er eintrat, zog er sich schon das Messgewand aus. Über der Albe legte er das Pluviale und die Manipel am Unterarm an. Er nahm die heiligen Öle und ein goldenes Kästchen, das vier geweihte Hostien enthielt. Er gab Schwester Gabriela die heiligen Öle und Catalina ein Glöckchen zusammen mit einem brennenden Handleuchter.

»Geht vor mir her bis zur Zelle und läutet leise mit der Glocke. Dann folgt Ihr, Mutter …«

»Die ehrwürdige Mutter ist nicht in ihrer Zelle. Sie ist auf dem Absatz der Treppe, die vom Sprechzimmer hinabführt.«

Der Pfarrer und die Nonne blickten sich an.

»Ihr werdet mir schon später erzählen, was sie dort macht und warum Ihr meine Anweisungen missachtet habt. Jetzt müssen wir eilig dorthin, wo es auch ist. Geht voran! Schnell!«

Die drei liefen los, durchquerten das Kloster, bis zu der Stelle, wo die Priorin zu Boden gesunken war. Catalina ging als Erste und beleuchtete den Weg. Im bebenden Schein des wandernden Leuchters zogen sich bedrohliche Schatten zusammen. So kamen sie zu dem Treppenabsatz, wo der Sensenmann das Leben der Priorin dahingemäht hatte. Sie war dort so liegen geblieben, wie das Mädchen sie zurückgelassen hatte, bevor es wie wahnsinnig davongerannt war: Sie ruhte an der Wandecke, hatte die Augen offen und umklammerte das Kruzifix, das auf ihrer Brust lag.

Schwester Gabriela beugte sich über sie, und nachdem sie die heiligen Öle auf den Boden gestellt hatte, schüttelte sie die Priorin kräftig an den Schultern.

»Ehrwürdige Mutter! Mutter … antwortet!«

Pater Rivadeneira schob sie zur Seite. Aus seiner Soutanentasche holte er den Hostienteller heraus und rieb ihn am linken Ellbogen ab, dann streckte er ihn zu Mund und Nase Mutter Teresas, und so hielt er ihn einige Zeit, während er zu Catalina sagte:

»Stellt die Lampe hier ab, und holt mehr Licht!«

Das Mädchen gehorchte und kam sogleich mit einer mehrflammigen Öllampe zurück, die den Ort in ein weitaus helleres Licht tauchte.

Nun brachte der Pater den Hostienteller nahe an die Lichtquelle heran. Man sah darauf nicht den geringsten Hauch.

»Alles ist zu Ende. Jetzt ruht sie gewiss in Gottes Schoß. Gebt mir die heiligen Öle, ich will sie salben.«

»Ihr werdet ihr die Sterbesakramente spenden …« Dann wandte sich die Novizinnenmeisterin an Catalina: »Ich will mich vor Gott nicht für die Unfähigkeit dieses leichtfertigen Mädchens verantworten.«

»Schwester Gabriela, die ehrwürdige Mutter hat ihre Seele Gott übergeben.«

»Ihr seid kein Arzt. Ihr könnt nicht sicher wissen, ob die Priorin verstorben ist.«

»Das ist eindeutig.«

»Für mich nicht so sehr.«

Catalinas Hand zitterte dermaßen, dass das Licht der Öllampe die Schattenbilder beider Gestalten an der hinteren Wand wachsen und zusammenschrumpfen ließ.

»Bringt den Leuchter her, und hört auf zu zittern, Ihr Nichtsnutz!«

Die Stimme der Novizinnenmeisterin knallte wie eine Peitsche. Catalina kam näher. Die Nonne hatte die heiligen Öle auf das innere Fensterbrett am Absatz gestellt. Sie beugte sich über den Körper der Priorin, hielt ihre Stirn mit der rechten Hand fest, während sie ihr mit der linken Hand den Unterkiefer herunterzog.

»Seht Ihr? Die Totenstarre ist noch nicht eingetreten. Ihr bleiben noch ein paar Sekunden. Spendet ihr die Kommunion!«

Pater Rivadeneira folgte ihrer Aufforderung. Er öffnete das goldene Kästchen und nahm eine Hostie heraus.

»Gebt ihr zwei! Sagt Ihr nicht immer, es sei besser, öfter zur Kommunion zu gehen, um mehr Gott zu empfangen? Dann seid konsequent! Auf diese Weise hat sie eine ausreichende Wegzehrung.«

Der Pfarrer verzichtete auf jeden Kommentar, und im schwankenden Licht der Öllampe, die von Catalina gehalten wurde, steckte er zwei heilige Hostien in den offenen Mund der Priorin.

Danach drehte sich die Novizinnenmeisterin zu Catalina um.

»Gebt mir Euren Gürtel!«

Das schrecklich verstörte Mädchen stellte die Lampe auf den Boden, und nachdem sie den Gürtelstrick aufgeknüpft hatte, gab sie ihn der Nonne. Diese nahm ihn und machte sich unerschütterlich daran, den Unterkiefer der Priorin festzubinden, so dass der Mund fest geschlossen war.

»Jetzt die Öle!«

Ohne ein Widerwort salbte der Pfarrer, während er die dazugehörigen Gebete vortrug, Stirn, Augen, Mund, Brust, Hände und Füße der Verstorbenen mit dem heiligen Öl. Als alles zu Ende war, befahl die Novizinnenmeisterin mit zischender Stimme:

»Ihr, Hochwürden, Ihr seid stärker. Ihr nehmt die Priorin unter den Armen, und Ihr, Catalina, an den Beinen. Gebt mir die Lampe, ich leuchte Euch auf dem Weg. Wir müssen sie in ihre Zelle gelegt haben, bevor die Komplet zu Ende ist. Wir lassen die Öle und die Lampe auf dem Fensterbrett. Danach kommt Ihr wieder her und holt sie.«

Der Leichenzug setzte sich in Bewegung. Schwester Gabriela ging voran und hielt die Öllampe hoch über dem Kopf. Dann kam Catalina und trug die Tote an den Knöcheln, und der mit seinem Ornat bekleidete Ordensbruder, der die Priorin unter den Achseln festhielt, schloss den Zug ab. Sehr langsam und von Pausen unterbrochen, damit sich der Pfarrer erholen konnte, denn er keuchte von der Anstrengung, durchquerten sie das verödete Kloster. So erreichten sie die leere Zelle.

Als sie die ehrwürdige Mutter schon auf ihr Bett gelegt hatten, fuhr die Novizinnenmeisterin wie ein Basilisk auf Catalina los.

»Ihr seid wirklich eine dumme Gans. Man kann Euch nicht vertrauen! Wenn ich nicht richtig zupacke, hätte die ehrwürdige Mutter durch Eure Schuld ohne die heilige Kommunion sterben können! Betet zu Gott, dass mich meine Schwestern nicht für das Amt der Priorin von Sankt Benedikt wählen … Wenn es dazu kommt, ist Schluss für Euch mit der lächerlichen Nachsicht, die Ihr so viele Jahre genossen habt. Und jetzt erzählt mir Schritt für Schritt alles, was geschehen ist und warum Ihr meinen Anweisungen nicht gehorcht habt.«

Catalina berichtete Punkt für Punkt, was sich in dieser Nacht ereignet hatte. Als sie fertig war, wandte sich die Nonne zu dem Mönch um, der verblüfft die Szene miterlebte.

»Habt Ihr diese Närrin gehört?« Dann drehte sie sich zu Catalina um: »Habe ich Euch etwa nicht gesagt, dass Ihr Schwester Úrsula und Schwester Hildefonsa um Hilfe bitten solltet? Muss ich Euch erklären, dass die ehrwürdige Mutter nicht die kleinste Anstrengung machen durfte, nachdem sie die Arznei eingenommen hatte, weil sie sonst einen Schwächeanfall bekommen konnte, wie es denn geschehen ist? Muss ich einer Tölpelin wie Euch erklären, dass die Körpersäfte durch die Anstrengung zum Herzen hinabsteigen und es stehen bleiben lassen und dass sie darum von zwei starken und tatkräftigen Nonnen zur Kirche gebracht werden sollte, damit sie nicht die geringste Strapaze auf sich nehmen musste?«

Catalina stand in einem Winkel, bedeckte sich das Gesicht mit den Händen und weinte schweigend, von der Tragödie überwältigt, die ihre Nachlässigkeit und Unerfahrenheit herbeigeführt hatten, und sie fühlte sich als das erbärmlichste und unglücklichste Wesen der Welt.

Nun wandte sich die Novizinnenmeisterin wieder an den Ordensbruder.

»Vor Gott seid Ihr Zeuge, und Ihr werdet es vor den Menschen sein, wenn es sein muss, dass diese dumme Gans womöglich am Tod der Priorin schuld war.

Ihr, Catalina, holt die heiligen Öle, die Ihr an der Treppe stehen gelassen habt. Ihr bringt sie in die Sakristei, und dann geht Ihr in Eure Zelle. Morgen erscheint Ihr nach der Messe in meinem Kabinett, und dann reden wir lange und gründlich miteinander. Habt Ihr mich verstanden? Mörderin!«

Catalina hielt sich den Mund mit dem Handrücken zu. Sie war entsetzt über die Worte, die sie soeben gehört hatte. Sie drehte sich um und schluckte die Tränen hinunter, als sie aus dem Zimmer rannte und auf den Korridor hinausstolperte.

Als sie verschwunden war, sprach Pater Rivadeneira die Novizinnenmeisterin an:

»Ihr habt mehr getan, als ich zu meinem Erstaunen erfassen kann. Wenn Euch Eure Schwestern wählen, gebt Ihr eine großartige Priorin ab.«

Schwester Gabriela verzog den Mund zu einer lächelnden Grimasse und wandte sich dem liegenden Körper Mutter Teresas zu.

»Ruht lange und in Frieden, Priorin, und seid mir dankbar, dass ich Euren Erdenweg in diesem Jammertal abgekürzt habe, damit Ihr heute zur

Oktav des heiligen Benedikt im angemessenen Zustand vor dem Herrn im Paradies erscheint.«

Sie nahm die Öllampe und ließ den kleinen Handleuchter zurück, der das Zimmer allein erhellte und neben dem Jesusbild stand. Danach begaben sich die beiden Verschwörer zur Klosterkirche.

Etwas Licht

Don Martín de Rojo nahm gewöhnlich um zehn Uhr morgens eine Tasse Brühe zu sich, von derselben Brühe, die man zum Mittagessen auftragen würde, dies aber ohne die Einlage aus Fleisch, Huhn und Gemüse, die danach die Suppe würzen würde. Normalerweise servierte man sie ihm in seinem Kabinett, doch an diesem Morgen entschied er sich, in die Küche hinunterzugehen, ohne dass er selbst ganz genau wusste, warum. Dort fand er bestätigt, was er schon vorausgesehen hatte: Seine Tochter Sancha machte sich bei den Töpfen zu schaffen, um die mehr als kritische wirtschaftliche Lage der Familie zu verbessern. Seine andere Tochter Violante hingegen kam diesen Örtlichkeiten nicht nahe, selbst wenn man ihr die Augen verbunden hätte. Der Hidalgo beugte sich über den großen Suppentopf. Dieser hing an einem Haken über dem Herdfeuer, das mit Brennholz unterhalten wurde. Der Hidalgo nahm einen Schöpflöffel in die rechte Hand und tauchte ihn in den Topf, um etwas von der würzigen und dicken, dampfenden und gelblichen Flüssigkeit herauszuholen, die er mit größter Vorsicht, um sich nicht zu verbrennen, in den Napf goss, den er in der anderen Hand hielt. Dann hängte er den Schöpflöffel fort, blies auf die Brühe, um sie abzukühlen, und ging zum großen Fenster.

Während er seinen verwahrlosten Hausgarten betrachtete, beschäftigte sich sein Geist abwechselnd mit seiner kümmerlichen wirtschaftlichen Lage und dem unweigerlich näher rückenden Tag des Schleierfestes Catalinas, bei dem sie gemeinsam mit anderen Postulantinnen ihre ersten Gelübde ablegen und die blaue Haube der Postulantinnen für ihre jetzige weiße eintauschen sollte. Zwar nicht als Vater, wohl aber als Protektor des Klosters und Vormund des Mädchens sowie drei weiterer Novizinnen würde er an der Zeremonie teilnehmen und dabei von einer Unzahl widersprüchlicher Gefühle und Empfindungen bedrängt werden. Zweifel quälten ihn. Er wusste nicht, ob jene Entscheidung, die er in einer nebelhaften Nacht vor vierzehn Jahren getroffen hatte, wirklich sinnvoll gewesen war und ob seine Tochter nur in erträglichem Maße unglücklich sein würde, wenn sie ihr Leben dem Gebet, dem Fasten und dem Opfer weihte. Aber… Wer war in diesem Jammertal schon vollkommen glücklich? Das Glück war ein exotischer und scheuer Vogel, dem der Mensch sein Leben lang nachjagte. Manchmal holte er ihn ein und warf ihm das Netz über, doch kurz darauf entfloh er wieder, und so ging es immer weiter. Diesen Versuchen widmete der Mensch all seine Bemühungen und Fähigkeiten.

Was sein Gewissen beruhigte, war die Überzeugung, dass er sich niemals seinen Verpflichtungen ihr gegenüber entzogen hatte, dass seine Zahlungen im Rahmen seiner beschränkten Möglichkeiten die richtige Höhe hatten und pünktlich erfolgten, und wenn er sich doch einmal verspätete, weil etwas Unvorhergesehenes eingetreten war, versuchte er später, dieses Missgeschick reichlich wiedergutzumachen. Catalina gegenüber hatte sich in seinem Herzen eine sonderbare Entwicklung vollzogen. Obwohl er wusste, dass Liebe ihren Sitz in den Augen hat und er das Mädchen nur einmal im Jahr sah, fühlte er sich ihr nahe und hatte sie sehr lieb, entweder weil ihn seine Schwester regelmäßig über ihre Streiche unterrichtete oder weil diese eine Entschlusskraft und einen Charakter verrieten, die er sich für seinen »Sohn« Álvaro gewünscht hätte. Jedenfalls sorgte er sich übermäßig um Catalinas Zukunft innerhalb der Klostergemeinschaft, denn die Priorin, ihre einzige Stütze und Hilfe, würde nicht ewig leben.

Das Schleierfest beschäftigte ihn zudem, weil es einen großen Aufwand mit sich brachte. Damit sollte die Mitgift der Postulantin finanziert werden, die er übernehmen wollte. Tatsächlich hatte die Familie dieser Verpflichtung nachzukommen, und wenn sie dazu nicht in der Lage war, musste die Novizin als Magd arbeiten und die bescheidensten und würdelosesten Arbeiten im Kloster verrichten, und er wollte nicht, dass seine Tochter solche Verrichtungen auf sich nehmen müsste. Dass er Vormund war, verpflichtete ihn nicht zu wirtschaftlicher Unterstützung, denn jeder Protektor wirkte als Vormund einer unterschiedlich großen Zahl von Postulantinnen und Novizinnen.

Sein Gewissen verlangte also von ihm, diese Pflicht zu erfüllen, die, wie er wusste, unumgänglich war. Wenn er nicht die beiden Säuglinge ausgetauscht hätte, um einen Erben seines Bluts zu haben, würde es das Problem nicht geben, denn dass Catalina ein natürliches Kind gewesen wäre, von denen es überreichlich viele im Königreich gab, hätte keinen Skandal und keinen Schandfleck bedeutet. Die Klöster und religiösen Orden waren voll mit natürlichen Kindern, die berühmte Namen trugen, wobei diese Namen vom eigenen Vater stammten oder von Paten verliehen wurden, weshalb sie nicht weniger vornehm wirkten, auch wenn das einfache Volk ihre wahre Herkunft nur zu gut kannte. Dieses wusste ganz genau, dass sogar der Monarch höchstpersönlich, Seine Durchlauchtigste und Christliche Majestät Philipp IV., der tatsächliche Vater von Don Juan José von Österreich war, dem Sohn, wie es hieß, den er von der hervorragenden Schauspielerin María Calderón hatte, die besser als »die Calderona« bekannt war. Allerdings machten dem Hof nahestehende Leute die ganze Geschichte noch verwickelter, indem sie behaupteten, sie wüssten aus zuverlässiger Quelle, als der König seinen Freund, den Marquis de la Torre, geschickt habe, um seiner Kebse zu sagen, der Monarch mache ihr einen Liebesantrag und ihm bleibe nichts anderes übrig, als sie abzutreten, sei diese schon im zweiten Monat schwanger gewesen, und sie solle geantwortet haben: »Nun, wenn Ihr gezwungen seid, den Laden abzutreten, wird es gut sein, dass Ihr es als guter Kaufmann mit allen Möbeln und der Ware darin tut.«

Don Martíns Problem bestand darin, dass er Álvaro als erstgeborenen Sohn und unter Eid im Generalarchiv des Adels eingetragen und so dessen Erstgeburtsrecht bestätigt hatte, und sollte diese Intrige zufällig entdeckt werden, würden sehr wohl Schmach und Schande seine Familie treffen.

Der Mittler bei allen geschäftlichen Verbindungen war stets Doktor Gómez de León, sein alter und treuer Freund, der vom ersten Augenblick an als Kurier gedient hatte und alles, was Catalina betraf, direkt mit Don Martíns Schwester, der Priorin, behandelte.

Drei Scheffel Weizen, zehn Metzen Öl, zwei Hammel, dreißig Ellen flandrischer Damast und ebenso viele Ellen Tuche aus Béjar waren für seinen geschröpften Haushalt nicht gerade gering zu schätzende Mengen und Erzeugnisse. Aber dies war die festgesetzte Mitgift für das Schleierfest einer Postulantin des Benediktinerklosters.

Dreiunddreißig Nonnen lebten im Kloster, eine für jedes Lebensjahr des Herrn, und der Regel zufolge durften sie nicht über diese Zahl hinausgehen, so dass bei Todesfällen die freien Stellen von den Novizinnen des letzten Jahres eingenommen werden konnten, und die Plätze, die diese freigaben, konnten wiederum den ältesten Postulantinnen zukommen, die das vierzehnte Lebensjahr vollendet hatten. Dies galt für Catalina.

Mit solchen Grübeleien beschäftigte sich Don Martín, als Doña Beatriz, seine Gemahlin, ihn in der Küche aufsuchte und ihm zwei Briefe gab, die die königliche Post soeben gebracht hatte: Das erste Schreiben trug ausgerechnet das Siegel des Benediktinerklosters und das zweite war mit dem Wappen des Hauses von Don Jerónimo de Villanueva gesiegelt. Auf dieses zweite hatte er in den letzten Monaten begierig gewartet.

»Ich habe nach Euch gesucht, weil ich weiß, mit welcher Ungeduld Ihr diesen Brief herbeigesehnt habt«, sagte Doña Beatriz, als sie ihm die Post gab.

»Danke, Señora. Gott gebe, dass diese Neuigkeiten die Sorgen lindern können, die dieses Haus bedrücken.«

Don Martín stellte die Tasse mit der Brühe aufs Fensterbrett und nahm die Briefe entgegen, die ihm seine Gattin gab. Sie ging zu einer Schublade, holte ein kleines Messer heraus und reichte es ihm, damit er die Siegel aufschneiden konnte. Dann zog sie sich ein paar Schritte zurück. Obwohl sie von lebhafter Neugier geplagt wurde, zwangen sie dazu die Achtung der Sitten, ihre gute Erziehung und das Protokoll.

Der Hidalgo brach das Siegel mit dem Wappen Villanuevas auf, faltete das pergamentartige Papier auseinander und las:

Gegeben zu Madrid, am 9. Mai 1635

Von Don Jerónimo de Villanueva,
Obernotar von Aragonien
An Don Martín de Rojo e Hinojosa,
Herr von Quintanar del Castillo

Lieber und verehrter Freund!
Nichts hätte mich mehr gefreut, als wenn ich Eure Bitte schneller hätte erfüllen können, umso mehr, da Don Eduardo de Albuquerque, der Marquis von El Basto, Euer Fürsprecher ist, mit dem mich eine tiefe und langjährige Freundschaft vereint. Aber die Pflichten meines Amtes zusammen mit den dringlichen Anliegen, die sich daraus ergeben, dass ich den Geschäften, die mir Seine gnädige Majestät überträgt, große Aufmerksamkeit widmen muss, haben mich bis heute daran gehindert, einen festen Termin für die Unterredung zu nennen, um die Ihr gebeten habt, die ich zugesagt habe und auf die Ihr, wie ich annehme, mit wahrer Sehnsucht wartet. Ihr sollt wissen, wenn es in meiner Macht steht, Euch eine Hilfe zu gewähren, die dazu dienen kann, um in diesen so unruhigen Zeiten, in denen wir leben müssen, etwas Ordnung in Euer Vermögen zu bringen, so zweifelt nicht, dass Ihr diese Hilfe erhalten werdet, und wenn ich dazu beitragen kann, dass Ihr Eure gegen-

wärtige Notlage erfolgreich überwindet, so werde ich mich damit zufriedengeben. Nichts gefällt mir mehr, als wenn ich die Bitten meiner Freunde erfüllen kann, und der Herr Herzog von Albuquerque ist ein Freund, und da Ihr mit ihm befreundet seid, seid Ihr es auch mit mir.

Der Tag, der für Eure Unterredung festgesetzt wurde, ist der neunzehnte Tag des jetzigen Monats Mai, des Monats Unserer Lieben Frau. Die Zeit wird fünf Uhr nachmittags und der Ort mein Palast sein, der, wie Ihr wisst und damit Ihr Euch leicht zurechtfinden könnt, neben dem Sankt-Placidus-Kloster liegt, dessen erster Protektor ich durch königliches Privileg bin.

Ich grüße Euch herzlich in der Erwartung Eures Besuchs und mit dem Wunsch, Euch in Euren Nöten ermutigt zu haben.

Unterschrift mit Namenszeichen
JERÓNIMO DE VILLANUEVA,
Obernotar von Aragonien

Don Martín stieß einen tiefen Seufzer aus, und nach dem fragenden Blick seiner Gattin antwortete er lediglich: »Gute Neuigkeiten. Ich reise am sechzehnten in die Hauptstadt.«

Dann nahm er das Messer und zerschnitt das Siegel des zweiten Briefs. Er trat etwas näher ans Fenster heran und las:

Sankt Benedikt, am 14. Mai, Anno Domini 1635

Von Schwester Gabriela de la Cruz
An Don Martín de Rojo e Hinojosa,
Herr von Quintanar del Castillo

Señor!
Die Achtung, die ich Eurer Person entgegenbringe, und die Liebe, die Ihr der Priorin, Eurer Schwester, bekundet habt, bekümmern mein Herz, weil ich Euch die traurige Neuigkeit mitteilen muss, dass der Herr nach seinem unerforschlichen Ratschluss geruht hat, Eure Schwester von den Mühsalen und Leiden dieser Welt zu befreien, als er sie in der Nacht des dritten Tages des jetzigen Monats Mai, des Monats Unserer Lieben Frau, zu sich in sein Reich rief.

Wie Ihr gut wisst, ist unsere Regel in dieser Hinsicht sehr streng und lässt nicht zu, dass jemand am Begräbnis teilnimmt, der nicht zu ihrer Ordensfamilie gehört. Das Begräbnis fand am nächsten Tag statt, und für ihre Seelenruhe hat man hundert Messen bestellt, auf die sie als Priorin, die sie gewesen ist, einen Anspruch hat, wenn man sich genau an die Ordensregel hält.

Überdies wurde das Kapitel der Schwestern abgehalten, und die ehrwürdigen Mütter haben es für richtig gehalten, diese demütige Braut Christi zur neuen Priorin zu wählen.

Man wird es den Protektoren des Klosters, zu denen Ihr gehört, am neunzehnten des Monats um zwölf Uhr mitteilen. Dies hat dazu geführt, dass man das Schleierfest der Postulantinnen auf unbestimmte Zeit zurückstellt, und hierfür werdet Ihr erneut eingeladen.

Wir beten zu unserem Herrn durch die Vermittlung des heiligen Benedikt, unseres Gründers, für Eure Exzellenz und die Gesundheit und das Glück Eurer Familie. Es grüßt Euch voller Liebe in Christo

Eure ergebene Dienerin
SCHWESTER GABRIELA DE LA CRUZ,
Priorin von Sankt Benedikt

Don Martín erbleichte und stützte sich aufs Fensterbrett.

»Was habt Ihr, lieber Gatte? Ihr seid ganz blass geworden.«

Doña Beatriz kam besorgt näher.

Eine Pause trat ein.

»Meine Schwester Camila ...«

»Was hat die Priorin?«

»Sie ist gestorben.«

»Die Barmherzige Jungfrau steh mir bei! Wann? Wie ist es geschehen?«

»Wie, das weiß ich nicht. Sie starb in der Nacht vom Dritten zum Vierten, und sie haben sie schon beerdigt, wie es die Regel verlangt. Sie laden mich für den neunzehnten dieses Monats zur Amtseinführung der neuen Priorin ein. Aber ich kann nicht teilnehmen. An demselben Tag habe ich mit Don Jerónimo Villanueva, dem Obernotar von Aragonien, die Unterredung, die ich so sehr erwartet hatte und die so wichtig für uns ist.«

Doña Beatriz legte ihre Hand fürsorglich auf den Arm ihres Gatten.

»Grämt Euch nicht. Wir können nichts mehr für sie tun, nur noch beten. Die Toten haben keine dringenden Pflichten ... die Lebenden hingegen können nicht warten, und Eure Angelegenheit duldet keinen Aufschub.«

»Das weiß ich. Aber für mich ist es ein unersetzlicher und außerdem unerwarteter Verlust.« Er fügte nicht hinzu: »Und dazu ein schwieriges Problem.«

»Ich weiß, wie lieb Ihr sie hattet. Ich habe sie ebenfalls bewundert und sehr geliebt. Sie war eine große Frau und eine große Priorin, und sie hat uns oft mit ihrem klugen Rat geholfen und außerdem ihre Freundschaften und ihren Einfluss genutzt. Ich werde sie in meine Gebete einschließen. Übrigens, wer wird die neue Priorin sein?«

»Schwester Gabriela de la Cruz.«

Doña Beatriz dachte einen Augenblick nach.

»Was beunruhigt Euch, Señora?«

»Mir sagt eine innere Stimme, dass sie uns Schwierigkeiten bringt.«

Nun versank Don Martín in tiefe Grübeleien. Nach dem Tod der Priorin, die als Einzige in sein Geheimnis eingeweiht gewesen war, bekam die Übergabe der Mitgift Catalinas wirklich komplizierte Bedingungen und Voraussetzungen.

Grundsätzliche Entscheidungen

In Catalinas Herzen hatten viele unterschiedliche Umstände zusammengewirkt, damit sie sich schließlich zu ihrer großen Entscheidung durchrang.

Vor allem wurde sie von unbändigem Freiheitsdurst und dem nicht zu unterdrückenden Verlangen verzehrt, die Welt kennenzulernen, und dazu kam, dass sie sich nicht im Geringsten zum Klosterleben berufen fühlte. Dann erfolgte der plötzliche Tod der Priorin, die sie so innig geliebt hatte und die ihr mit ihrem letzten Atemzug gestand, dass irgendwo ihr Vater lebte, ohne dass sie noch hatte sagen können, wer es war. Außerdem trug dazu die ungerechte Bürde der Schuld bei, mit der Schwester Gabriela ihre jungen Schultern belastete, indem sie Catalinas Leichtfertigkeit den Tod der ehrwürdigen Mutter zuschrieb, während es sich doch so verhielt, dass sie nichts anderes getan hatte, als allem zu gehorchen, was sie ihr aufgetragen hatte. Dazu kam, dass die Novizinnenmeisterin zum höchsten Ordensamt im Kloster ernannt wurde. Es fehlte nur noch die Bestätigung des Bischofs, und das Mädchen ahnte, dass ihr Leben innerhalb der Klostermauern sehr schwierig, wenn nicht gar unmöglich würde, sobald das Plazet eingetroffen war. Und der letzte Punkt war die widerwärtige Haltung Pater Rivadeneiras, der sie auf unerträgliche Art bedrängte und immer stürmischer belagerte.

Catalina war ein aufgewecktes Mädchen, und mit ihren vierzehn Jahren nahmen ihre Augen und Ohren manche Situationen und Momente wahr, die sie nicht verstand und die doch offensichtlich waren. Viele Reklusen und nicht wenige Novizinnen waren aus Gründen, die sich ihrem Begriffsvermögen entzogen, den Annäherungsversuchen des schlechten Mönchs gegenüber nicht unzugänglich, und sie ahnte, dass sich im Beichtstuhl, in der Sakristei oder in seinen eigenen Zimmern gewisse Dinge ereigneten.

In ihrem Innern war schon seit einiger Zeit ein Plan herangereift, und sie musste nur noch über Tag und Stunde entscheiden. Um ihn auszuführen, brauchte sie einige Hilfsmittel, mit denen sie sich langsam und geduldig versorgt hatte. Erstens ging es um männliche Kleidung; diese stellte sie zusammen, indem sie sich zum einen als geschickte Näherin betätigte und sich zum anderen auf Casildas unschätzbare Unterstützung verließ. In ihrer Zelle lagen ihre Schätze unter der Matratze verborgen: eine Jacke, ein Wams, Beinkleider, zwei Paar Strümpfe und Halbstiefel, und sie hatte ihr Nähkästchen dazugestellt. Zu guter Letzt würde Casilda sie mit Reiseproviant, etwas Geld und, was am wichtigsten war, mit ein paar hohlen Schilfrohren versorgen, wie sie an den Ufern des Bachs wuchsen, der durch den Garten floss.

Den letzten Anlass lieferte ihre Freundin. Am Morgen erschien sie mit verzerrter Miene bei ihr in der Küche und sagte, sie solle nach dem Vesperbrot auf dem Waschplatz warten, wo sie sich in ihrer freien halben Stunde treffen konnten. Catalina kam fünf Minuten früher und versteckte sich wie gewöhnlich hinter der Wäsche, die an den Leinen des Trockenplatzes hing. In der Ferne, im Garten neben dem Nonnenfriedhof, erblickte sie Schwester Gabriela, die sich vertraulich mit dem Mönch unterhielt. Noch weiter entfernt, hinter dem Friedhofsgitter, kümmerten sich Schwester Leocadia del Santo Espíritu, die neu ernannte Novizinnenmeisterin, und Schwester Úrsula um die Narzissen und Immortellen am frischen Grab der Mutter Teresa.

Ihre Gedanken schweiften umher, von der schlichten Beerdigung bis zu den Geschehnissen, die zu ihrer ungerechten Demütigung geführt hatten.

Die achtundzwanzig Nonnen, die zu dieser Zeit die Gemeinschaft bildeten, trugen unter der Leitung von Pater Rivadeneira, sich in Sechsergruppen ablösend, den bescheidenen Kiefernsarg zum Friedhof. Vor ihm liefen zwölf Novizinnen und sechzehn Reklusen. Antón Cifuentes, der den taubstummen Blas ersetzt hatte, betätigte sich als Vorarbeiter. Er war mit drei Landleuten zusammen, die im Dienst der Nonnen standen. Sie hatten schon mit Schaufeln und Hacken die Grube ausgehoben, die den Sarg aufnehmen sollte. Sie stellten ihn auf die Erde, neben das Loch. Der Ordensbruder nahm den Weihwedel, den ihm eine Nonne hinhielt, tauchte ihn in einen silbernen Kübel und besprengte den Sarg der Toten mit Weihwasser. Dann stimmte er das *De profundis* an, auf dessen Anrufungen die Gemeinschaft antwortete. Hierauf legten die vier Männer ein paar Stricke unter den Sarg, strafften die Strickenden und hoben ihn hoch, um ihn in das Loch einzuführen und langsam hinabzulassen. Als er am Boden auf zwei kleinen Holzleisten ruhte, ließen zwei der Männer die Strickenden los, während die beiden anderen weiterzogen, so dass sie unter dem Sarg hindurchglitten und auf der anderen Seite herauskamen. Während die Gemeinschaft weiterbetete, warfen sie nun mit ihren Schaufeln Tonerde auf den Sarg. Als dieser vollständig bedeckt war, rammte Antón Cifuentes ein provisorisches Holzkreuz ans Kopfende des Grabes.

Dann stellte sich Schwester Gabriela neben das Kreuz, wandte sich mit einer Lobrede auf die Tugenden der verstorbenen Priorin an die ihr gegenüberstehende Gemeinschaft.

»Schwestern«, sagte sie, »die ehrwürdige Mutter Teresa ist ins Himmelreich eingegangen, und uns überwältigen widersprüchliche Gefühle. Mit unseren irdischen Augen beweinen wir ihr Fernsein, doch unsere Seelen freuen sich, weil sie endlich ihre Pilgerschaft durch diese Welt abgeschlossen hat. Sie war eine große Frau, eine große Nonne, eine große Priorin und für mich persönlich eine große Mutter. Von ihr habe ich alles gelernt, und alle Lehren, die sie mir vermittelt hat, habe ich im tiefsten Herzen bewahrt, damit ich sie an Eure Gnaden weitergeben kann. Die letzten Worte, die ihr über die Lippen kamen und die Pater Rivadeneira bezeugen kann, waren: ›Schwester Gabriela, vollendet, was ich begonnen habe.‹ So werde ich es tun, wenn Ihr, ehrwürdige Mütter, es für richtig haltet, mir das Steuerruder unseres Hauses anzuvertrauen … In der traurigen Nacht der Oktav des heiligen Benedikt wollte sie die Komplet leiten und die, wie sie ahnte, letzte Gelegenheit nutzen, um Euch persönlich zu sagen, was ich Euch nun übermittle. Es konnte nicht sein.« Hier wandte sie sich an Catalina: »Die Verantwortungslosigkeit, Unbesonnenheit und Leichtfertigkeit einer unserer Schwestern, die sie so sehr ausgezeichnet hatte, führte dazu, dass alle Bemühungen, die man unternommen hat, um ihr Leben zu verlängern, zwecklos waren. Ihr, ehrwürdige Mütter, wisst vollkommen, was der Herr im Evangelium über die Jungfrauen sagt, die einschlafen und ihre Lampen nicht angezündet haben, um den Bräutigam zu erwarten: Sie werden an der Tür des Himmelreichs rufen, aber die Tür wird verschlossen bleiben.«

Catalina spürte, dass sich alle Blicke auf sie richteten, und ihre großen blauen Augen füllten sich mit Tränen. Sie musste sich über alle Maßen bezwingen, um nicht hinauszurennen. Sie beugte den Kopf und dachte, dass Mutter Teresa von dort, wo sie nun weilte, die gewaltige Verleumdung, die sie treffen sollte, die von ihr erlittene Demütigung und die Lügen sehen könnte, die man über die letzten Augenblicke der Priorin erzählt hatte. Das Mädchen, das sich über die Ungerechtigkeiten empörte, biss sich auf die Lippen und brachte dieses Leiden der Seele der Priorin als Opfer dar.

In diesem Moment kam Casilda. Sie rannte und war erregt. Das Mädchen lief ihr entgegen.

»Was gibt es, liebe Freundin, dass Ihr so verstört seid?«

Die Frau war viel zu atemlos, um sich zu äußern.

»Kommt zu mir. Beruhigt Euch.«

»Die Zeit reicht nicht, Catalina, die Zeit reicht nicht. Ihr müsst fliehen!«

Catalina reagierte überrascht.

»Das habe ich Euch schon immer gesagt, und Ihr habt versucht, mich davon abzubringen. Was ist Neues geschehen, damit Ihr so plötzlich Eure Meinung ändert?«

Die beiden Freundinnen setzten sich auf einen Stein.

»Gebt acht, Catalina. Fuencisla, das Mädchen, für dessen Schwangerschaft sich Blasillos Vater verantworten musste, ist heute Morgen zu mir gekommen und hat mir schluchzend und weinend gesagt, dass ihr Gewissen sie peinige und dass sie ihre unsterbliche Seele verdammen werde, denn der Gärtner sei an nichts schuld, der Ordensbruder des Klosters habe sie zur Sünde verführt, und dieser und kein anderer sei der Vater des Kindes, das sie im Schoß trage.«

Catalina starrte sie verständnislos an.

»Wie erbärmlich, entsetzlich und ungerecht man den Gärtner behandelt hat! Aber … was hat das mit mir zu tun? Ich kann es nicht ändern.«

»Wartet und hört zu. Sie will ihr schlechtes Gewissen entlasten und glaubt, wenn sie ein gutes Werk tue, das ebenso bedeutsam wie das von ihr begangene schlechte sei, werde beides ausgeglichen. Sie sagt, sie habe sich das alles selbstständig überlegt, denn offenkundig darf sie nicht den Beichtstuhl aufsuchen. Den Grund braucht man gar nicht erst zu nennen.«

»Aber … Ich verstehe Euch nicht, Casilda. Was habe ich damit zu tun …?«

»Habt noch ein wenig Geduld, ich bin gleich so weit. Neulich morgens machte Fuencisla unter der Holztreppe sauber, die im Kapitelsaal ins Zwischengeschoss führt, als Schwester Gabriela und Pater Rivadeneira hereinkamen. Fuencisla blieb dort zusammengekauert sitzen und versteckte sich in der maßlosen Panik, die ihr der Mönch einjagt, und dort konnte sie etwas Schreckliches hören, was sie beinahe nicht glauben wollte.«

»Erzählt es! Ihr spannt mich auf die Folter!«

»Ich komme schon dazu ... gleich.«

Nun berichtete Casilda ihrer Freundin von dem schrecklichen Pakt, den die beiden geschlossen hatten: das Leben der Priorin für die Jungfräulichkeit Catalinas.

»Und warum hat diese Unselige bisher nichts gesagt?«

Catalina blitzte der Zorn aus den Augen, und eine Fülle unterschiedlicher Empfindungen überwältigte die Seele des Mädchens: Angst, Wut und Ohnmacht. Jetzt verstand sie vieles, was ihrem Begriffsvermögen zuvor entgangen war.

»Das müsst Ihr einsehen ... Den Namen der Person, die man mit der Nachtwache bei der Priorin beauftragen würde, hat sie nicht gehört, weil er nicht ausgesprochen wurde, und sie konnte sich auch nicht vorstellen, wer das Opferlamm war, nach dem der Wolf verlangte. Rechnet zu all dem noch die Angst und die Eifersucht hinzu, die sie gegen jemanden empfinden konnte, den sie dafür verantwortlich machte, dass ihr der Pfarrer seinen Schutz entzog. Dann, als sich alles klar zeigte, denn man hat Euch die Schuld am Tod Mutter Teresas gegeben, hat sie sich gemeldet.

Sobald das Plazet des Bischofs eintrifft, wird sie ihm noch in derselben Nacht nach der Terz den Schlüssel übergeben, damit er in Eure Zelle eindringen kann. Wenn er sein Vorhaben ausgeführt und seine Freveltat begangen hat, wird er Euch einschließen und den Schlüssel mitnehmen, um ihn an sie zurückzugeben.«

»Aber – wie kommt er zu meiner Tür? Ihr wollt mir doch nicht sagen, dass alle Mütter ehrlos sind und diese Geschichte kennen. Wie Ihr genau wisst, kann man unmöglich die Schlafzimmer der Nonnen und Novizinnen umgehen, wenn man zu denen der Postulantinnen vordringen will.«

»Nein, Catalina. Das hat Fuencisla auch gehört: Von der Sakristei zum Schlafzimmer der Postulantinnen gibt es einen Geheimgang.«

»Gott möge sich meiner erbarmen!«

»Ihr müsst fortgehen. Besser heute als morgen. Jetzt dränge ich Euch, dass Ihr Euch dazu entschließt.«

»Es ist gut, Casilda, hört mir zu ... Ich habe schon alles verwahrt, was ich brauche: die Kleidung und die Stiefel, die Ihr mir besorgt habt. Ich brauche nur noch ein bisschen Geld, damit ich die ersten Tage überstehen kann.«

»Ich habe ja schon gesagt, dass ich Euch Geld bringen will. Ich habe etwas gespart …«

»Danke, liebe Freundin. Sonst hätte ich den Almosenstock aufgebrochen. Der Herr hätte mir verziehen.«

»Jetzt erklärt mir, Catalina: Wie kommt Ihr aus Eurer Zelle heraus?«

»Ich habe für alles gesorgt. In einer Nacht, als mich die Priorin angewiesen hat, bei ihr zu wachen, habe ich es ausgenutzt, dass sie schlief, und aus dem Lederbeutel in der ersten Schublade der Kommode einen Schlüssel gestohlen, mit dem sich die Tür zu allen Zellen des letzten Korridors öffnen lässt. Da es ein Zweitschlüssel ist, würde ihn niemand vermissen. Seht her.« Sie knöpfte das Ordenskleid auf und zeigte ihrer Freundin die Schnur, die sie sich um den Hals gebunden hatte und von der ein Schlüssel herabhing. Dabei blieb Casilda nicht der sonderbare Fleck verborgen, den das Mädchen unter dem Tuchstreifen hatte, der ihre Brüste zusammendrückte, und ungewollt schweifte sie mit ihren Gedanken zum Jahrmarkt von Carrizo ab, als María Luján ein Zeichen beschrieb, das dem glich, wie es ihre Augen in diesem Moment erblickten. Trotzdem hielt sie es für besser, jede Bemerkung hierüber zu unterlassen. »In der Nacht, wenn ich fortgehe«, erklärte Catalina weiter, »lege ich den Schlüssel für Euch unter den Stein, auf dem wir jetzt sitzen. Ihr könnt ihn wieder an seinen Platz zurückbringen, ohne dass Ihr Euch beeilen müsst, wenn Ihr einmal die Zelle der Priorin sauber macht, und sollte Euch das unmöglich sein … werft Ihr ihn in den Fluss. Das ist dann gleich.«

»Und wie kommt Ihr aus dem Kloster hinaus? Die Tore sind fest geschlossen und bewacht.«

»Gebt acht. Der Heuwagen fährt jeden Morgen nach draußen. Ihr geht zum Fluss hinunter und schneidet zwei oder drei hohle Schilfrohre ab, wie sie am Ufer wachsen. Blasillo hat mir beigebracht, damit unter Wasser zu atmen. Nach der Komplet gehe ich zu den Ställen hinunter, krieche in das Heu des Wagens und decke mich damit zu. Ich stoße mit den Schilfrohren durch das Gras und stecke sie mir in den Mund. So kann ich durch die Heuladung atmen, und wenn der Wagen irgendwo stehen bleibt, schlüpfe ich davon. Alles liegt dann in der Hand der göttlichen Vorsehung.«

Casilda dachte nach.

»Der Herr möge Eure Schritte lenken. Schlechter als im Kloster wird es

Euch nirgendwo gehen.« Sie machte eine Pause. »Ich habe einen Vetter in Valladolid, der Maultiertreiber ist. Ich weiß nicht, wohin Euch Eure Füße tragen werden, aber ich gebe Euch einen Brief mit, für den Fall, dass Ihr dort vorbeikommt. Vielleicht kann er Euch helfen …«

»Ich kann Euch nie genug für alles danken, was Ihr für mich getan habt. In meinem ganzen Leben habe ich nur drei Menschen geliebt, und zwei von ihnen habe ich schon verloren: Die Priorin ist gestorben und Blasillo fortgegangen, das ist schon beinahe fünf Jahre her, und ich habe nie wieder von ihm gehört. Nur Ihr bleibt mir … und auch Euch werde ich verlieren.«

»So etwas kann man nie sagen. Gottes Ratschlüsse sind höchst sonderbar … und krumme Wege sind oft die gerade Straße des Herrn. Wenn Ihr einmal eine Gelegenheit dazu habt, schreibt mir an die Adresse der Rojos. Tut es ohne eine Unterschrift oder einen Namen im Absender. Dort habe ich den Sohn von Don Martín und Doña Beatriz aufgezogen, und obwohl meine Freundin Leonor, die Kammerfrau der Herrin, die ich immer besucht habe, einen Postkurier geheiratet hat und nicht mehr dort wohnt, haben mich alle gern, und man wird Euren Brief für mich aufheben. Sie leben in Quintanar del Castillo.«

»Zweifelt nicht daran, dass ich versuche, mich bei Euch zu melden. Aber ich ahne, dass ich Euch nie wiedersehe.«

Beide Frauen waren aufgestanden und hielten die Tränen zurück, so gut sie konnten.

Die Flucht

Die Nacht begann im Schein eines großen, runden Mondes. Er schickte sein milchweißes Licht über das ganze Kloster und ließ die Umrisse der Dinge verschwimmen. Catalina hatte ihre Entscheidung getroffen. Die Nachrichten verbreiteten sich wie ein Lauffeuer, und alle Bewohner des alten Klosters wussten, dass das Plazet des Bischofs am Morgen eingetroffen war. Casilda hatte es ihr in der Küche heimlich mitgeteilt und ihr zugleich eine kleine zerknitterte Tasche aus grünem Samt zugesteckt, die all ihre Ersparnisse enthielt.

Die schlimme Nachricht bestürzte das Mädchen. Eine Sache war es, die Flucht zu planen, und etwas ganz anderes, sie auszuführen. Sie hatte schon alles vorbereitet, und trotzdem glaubte sie, als der Moment gekommen war, dass ihr Vorhaben wahnsinnig und unmöglich war. Jedenfalls waren die Würfel gefallen, und die in die Luft geworfene Münze fiel unfehlbar zu Boden. Die Postulantinnen nahmen gemeinsam mit den Nonnen und den Novizinnen, die schon den Schleier genommen hatten, am Kompletgebet teil; danach zogen sich die Erstgenannten zurück, während die Übrigen bis zur Terz weiter zusammenblieben. Diese knappe Stunde war die Zeit, die ihr zur Verfügung stand, um ihren Plan umzusetzen. Schwester Leocadia del Santo Espíritu, die einstweilen schon das Amt der Novizinnenmeisterin ausübte, schloss Catalinas Zelle ab und entfernte sich mit langsamen und gemessenen Schritten zur Kapelle. Das Mädchen wartete, bis das Geräusch der Schritte und das Klappern des Rosenkranzes der Nonne im Korridor entschwand, und dann handelte sie. Als Erstes hob sie die Matratze des Bettes hoch und holte alle Schätze hervor, die sie so langwierig und mühevoll zusammengetragen hatte: ein Wams, ein Paar Halbstiefel, eine weiße Unterjacke, Beinkleider aus Baumwollsamt, zwei Paar Strümpfe und einen vom häufigen Gebrauch abgenutzten Lederbeutel, in dem sie die Samttasche mit dem Geld und ihr Nähkästchen verwahrt hatte. All das hatte ihr Casilda nach und nach besorgt, und ihr geschickter Umgang mit der Nadel hatte das Übrige vollbracht. Sie legte alles ordentlich aufs Bett. Dann nahm sie sich die Haube vom Kopf, zog das Ordenskleid und den Unterrock aus. Hierauf ergriff sie mit der linken Hand die Schneiderschere, hielt sich die Strähnen ihres schwarzen Haarschopfes fest und schnitt sie ab, bis der Boden zu ihren Füßen ganz mit Haarbüscheln bedeckt war. Ohne den Tuchstreifen abzunehmen, der ihre jungen Brüste zusammendrückte, zog sie sich nun an.

Als alles fertig war, sammelte sie das abgeschnittene Haar ein und versteckte es zusammen mit ihrem Ordenskleid unter der Matratze. Hinter einer Kommode, in der sie bisher all ihre Habseligkeiten verwahrt hatte, holte sie einen kleinen Reisesack hervor, den sie sich quer umhängte. Darin hatte sie schon einige ihrer Schätze gesteckt, die für ihre Pläne unentbehrlich waren, und nun packte sie auch ihre übrigen Habseligkeiten hinein. Sie widmete diesem Raum, der bisher ihre ganze Welt dargestellt hatte, einen langen Abschiedsblick, und dann ging sie zur Tür. An ein paar Wandnägeln ließ sie die Geißeln und das Büßerhemd zurück, die ihre frühen Jahre so schlimm gequält hatten und deren Bedeutung sie andererseits nie verstand. Sie holte den Schlüssel und steckte ihn ins Schloss, und als sie mit der rechten Schulter gegen die Tür drückte, drehte sie diese langsam auf. Das Geräusch hallte im Korridor des Bügelraums nach, was für Catalina wie ein Donner inmitten eines Gewitters klang. Nichts geschah.

Nun nahm sie all ihren Mut zusammen. Sie schloss die Tür hinter sich und drehte den Schlüssel um. Mit kurzen und schnellen Schritten lief sie durch den Bügelraum und betrat den Korridor der Nonnen. Als sie die Gittertür aufmachte, vernahm sie klar und deutlich die Frauenstimmen, die von Mutter Esperanza, der Vorsängerin der Gemeinschaft, geleitet wurden und sich im Kanon mit der Stimme Pater Rivadeneiras vermischten. Dies bestätigte ihr, dass ihre Zeit zum Handeln rasend schnell vorbei wäre. Die Öllampe, die das Jesusbild an der Wand beleuchtete, erhellte ihren Weg. Als sie das Tor zum Hof erreicht hatte, machte sie es auf, und im Licht des Nachtgestirns konnte sie deutlich den Garten erkennen. Schnell wie eine kleine Feldmaus durcheilte sie den hellen Bereich und drang in den Buchsbaumtunnel ein, der zum Garten hinabführte. Instinktiv blickte sie zurück, und beinahe wäre ihr das Herz stehen geblieben. Ein Schatten verfolgte sie, dies aber schnell und ohne übermäßige Geheimnistuerei. Es war Casilda. Mit zwei großen Schritten kam die Frau zu ihr.

»Was tut Ihr hier? Seid Ihr verrückt?«

»Habt Ihr etwa geglaubt, ich würde Euch vor Eurem Aufbruch nicht mehr sehen?«

»Ich wollte Euch nichts sagen, um Euch nicht in Gefahr zu bringen.«

»Habt Ihr Euch vielleicht vorgestellt, nach den Abenteuern, die wir zusammen erlebt haben, würde ich zulassen, dass Ihr fortgeht, ohne Euch Lebewohl zu sagen?«

»Woher habt Ihr gewusst, dass ich es heute Nacht versuche?«

»Weil ich Euch genau kenne, und der Abschied auf dem Waschplatz hat mir gezeigt, dass die Sache für Euch endgültig entschieden war.«

»Ich habe Angst um Euch, Casilda! Denn Ihr müsst hier drinnen bleiben.«

»Darauf kommt es nicht an, liebe Freundin. Es wird so sein, wie Gott es will. Da, nehmt!«

»Was gebt Ihr mir?«

Catalina nahm den Brief entgegen, den ihr die Freundin hinhielt, und steckte ihn in die Tasche.

»Hier habt Ihr die Adresse meines Vetters in Valladolid. Ich muss Euch gestehen, Ihr seht so erstaunlich anders aus, dass es mich zuerst Mühe gekostet hat, Euch zu erkennen. Ihr gleicht genau einem jungen Burschen. Aber verlieren wir keine Zeit, es bleibt nur noch wenig. Gebt Euch keine Mühe, es abzulehnen: Ich komme mit Euch, bis Ihr in Eurem Versteck untergebracht seid.«

Schweigend und vorsichtig liefen die beiden Freundinnen los. Als sie zum Ende des Blättertunnels gelangten, blieben sie stehen und sahen sich aufmerksam nach links und rechts um, um sich zu vergewissern, dass sie von niemandem verfolgt wurden. Alles wirkte ruhig. Nur das Zirpen der Grillen und das Quaken der Frösche im Tümpel bei den Ställen durchbrachen die Stille der Nacht. Die sich sorgfältig verbergenden Mädchen kamen zu den Ställen. Hinten, im Dunkeln, stand der große Wagen des Klosters. In dieser Nacht war er bis oben mit Luzerne gefüllt. Die beiden Frauen gingen zu ihm.

»Jetzt ist wirklich der Augenblick des Abschieds gekommen, Casilda.«

Catalinas Augen glänzten voller Tränen.

»Wenn Ihr weint, gehe ich entweder mit Euch, oder Ihr bleibt hier.«

Catalina stellte den Reisesack auf den Boden, und die beiden Frauen umarmten sich stürmisch und verzweifelt.

»Nun los. Ich habe Euch schon lange genug aufgehalten.«

Casilda nahm von einem Wandeisen eine Holzgabel, die man zum Heuumwenden benutzte, stieß sie in den Luzernenhaufen des Wagens und legte eine Öffnung frei, die groß genug war, damit ein Mensch hineinpasste. Catalina holte die zwei hohlen Schilfrohre, die ihre Freundin am Flussrand abgeschnitten hatte, aus dem Reisesack.

Dann drückte sie sich in das Grasbett und legte ein Rohr waagerecht und das andere senkrecht. Sie gab Casilda ein Zeichen, dass sie ans Werk gehen könne. Die Frau warf ihr mit den Fingerspitzen eine Kusshand zu und bedeckte sie mit Grasschwaden. Sie nahm sich sorgfältig in Acht, damit sie die zwei kleinen Öffnungen am Ende der Schilfrohre nicht verstopfte. Als sie fertig war, legte sie ihre Handrücken auf beide Öffnungen, ging an die Seite des Wagens und sagte zu Catalina:

»Blast! Blast zuerst durchs obere und dann durchs seitliche Rohr.«

Ein sanfter und lauer Hauch kam durch die beiden Löcher und bewies, dass die Erfindung funktionierte und das Mädchen unbehindert atmen konnte.

»Wenn es Euch gut geht, bleibt nichts mehr zu tun. Lebt wohl, meine Liebe! Ich werde viel für Euch beten. Vergesst mich nicht!«

Die mitten im Luzernenhaufen liegende Catalina schmeckte an ihrem Mund den Salzgeschmack der Tränen.

Der Fehlschlag

Die Lieder der Kompletstunde waren beendet. Die Gemeinschaft der Nonnen und die Novizinnen hatten sich in ihre Zellen zurückgezogen. Pater Rivadeneira, der sich seiner zeremoniellen Gewänder entledigt hatte, blieb weiter in der Sakristei und genoss die Vorfreude des so lange herbeigesehnten und nun sich nähernden Augenblicks. Schon war alles in Schweigen und Dunkelheit gehüllt. Aus einer Schublade des Schreibschranks holte er einen Schlüssel und steckte ihn in die Soutanentasche. Danach nahm er einen dreiarmigen Leuchter und ging zur hinteren Wand. Dort suchte er mit der rechten Hand nach einer kleinen Feder, die in einer Zierleiste verborgen war. Als er auf die Feder drückte, drehte sich eine schmale Wandfläche, die so breit wie ein Mensch war, um sich selbst. Nun drang der Mönch in die schwarze Höhle ein. Er hielt den Leuchter über den Kopf und bewegte sich vorsichtig weiter. Das Licht durchdrang die Dunkelheit. Die Wände des Geheimgangs sonderten eine klebrige Feuchtigkeit ab, und die Glatze des Geistlichen glänzte, weil er schwitzte und ihn die Lüsternheit anspornte. Schließlich erreichte er das andere Ende des Gangs. Nervös betastete er die Zwischenwand. Die dort angebrachte Feder reagierte nicht, weil man sie so lange nicht benutzt hatte, doch plötzlich hörte man ein Klicken, und die Wand gab nach. Er ging weiter, bis er in den Korridor der Postulantinnen gelangte, und nun wandte er sich zu dem Zimmer mit der Weißwäsche – dort hinten befand sich die Tür zu Catalinas Zelle.

Er kam dorthin, atmete tief durch und drückte sein Ohr ans Holz: Es war nichts zu hören. Sein Traum so vieler schlafloser Nächte würde nun in Erfüllung gehen. Er zog den Schlüssel aus seiner tiefen Tasche und steckte ihn ins Schloss. Er drehte ihn behutsam um und stieß die Tür auf. Die Öllampe in der Zelle brannte weiter und erleuchtete das Bild: Da gab es nichts und niemanden! Das Bett war leer, und in dem Raum konnte sich niemand in irgendeinem Winkel verstecken, selbst wenn man so behände und schlank wie Catalina war. Zunächst fühlte er sich bestürzt, doch dann überwältigte ihn rasende Wut. Er ging auf den einfachen Bettsack zu und riss die Decke fort. Nichts! Sein Geist mühte sich wie ein Galeerensklave beim Rudern in der Schlacht. Dann konnte er sich nicht mehr beherrschen, und er kümmerte sich auch nicht mehr um den Lärm, den er womöglich machte. Er lief zur Tür, schloss sie und drehte den Schlüssel um. Nun eilte er mit langen Schritten den Weg durch den Geheimgang zurück.

Er kam in die Sakristei, und nachdem er die kleine Wandfläche geschlossen hatte, stand er schwer atmend da. Mit tausend immer unheilvolleren Gedanken ging er schließlich zu seiner Zelle. Die ehrwürdige Priorin von Sankt Benedikt sollte erfahren, wer Julián Rivadeneira y Antúnez war.

Um halb sechs Uhr morgens blieb ein mit Luzerne beladener Wagen des Klosters am Ausgang stehen. Die Schwester Pförtnerin wandte sich mit müden Schritten zum Tor und zog sehr mühsam den großen Querbalken aus Eichenholz zurück, der das Tor verschloss. Dann stieß sie die schweren Torflügel auf, um die Durchfahrt freizugeben. Mit einem langen Pfiff und mit der Peitsche knallend, trieb Antón Cifuentes das Gespann an und fuhr hinaus.

»Richte da draußen keinen allzu großen Schaden an«, erklärte die Nonne spöttisch, als der Wagen vorbeifuhr.

»Seid unbesorgt, ehrwürdige Mutter. Ich werde die Leute draußen nicht mit dem Schlechten anstecken, das hier drinnen geschieht.«

Und langsam rollte das schwer beladene Fuhrwerk hinaus in die Nacht.

Salamanca

Die Stadt brodelte. Eine lärmende und fröhliche Menge überschwemmte ihre Straßen und Plätze und durchtränkte alles mit der heiteren und jugendlichen Stimmung, die die großen Städte insgesamt beseelt, wenn sie eine Universität haben und einen buntscheckigen, vielgestaltigen und schillernden Haufen junger Leute aufnehmen. Zwar würden sich nicht alle bemühen, sich mit den dort gelehrten Wissenschaften vertraut zu machen, wohl aber würden sie die Garküchen, Bordelle und Spielhöllen heimsuchen, wo man bis weit in den Morgen Karten spielte. Salamanca, zusammen mit Alcalá de Henares Leuchtturm und Leitstern des Wissens in der Zeit des Dichterkönigs, platzte aus allen Nähten, so groß war die Zahl der Leute, die sich dort niederlassen wollten, um zu studieren, sich zu belustigen oder vornehme junge Herren kennenzulernen, deren Freundschaft ihnen zukünftig in der Hauptstadt nützlich sein könnte.

Álvaro de Rojo y de Fontes war ein Veteran. Ihn hatte die Erlaubnis überglücklich gemacht, die er im Jahr zuvor mit der höchst wertvollen Beihilfe der heiß geliebten Mutter seinem Vater abgenötigt hatte, an der Universität von Salamanca zu studieren. Als er ankam, begleitete ihn nur Matías, ein alter Hausdiener, der in besseren Zeiten als Knappe gedient hatte. Sie ritten auf zwei Maultieren von niedrigem Wuchs und noch schlechterer Erscheinung. Neben Studenten, die mit einem Gefolge von vierzig und mehr Leuten – Lehrern, Hofmeistern, Knappen, Dienern und Lakaien – aus Madrid kamen, konnte man sie als arm ansehen. Doch darum kümmerte sich Álvaro nicht im Geringsten, denn Neid war ihm schon immer fremd gewesen. Und gerade deshalb, ohne dass er es darauf abgesehen hätte, freundete er sich sogleich mit Cristóbal López-Dóriga an, dem Sohn des Marquis mit demselben Titel.

Dies traf so sehr zu, dass sie im zweiten Jahr und dank der Freigebigkeit seines Freundes beschlossen, eine gemeinsame Unterkunft zu suchen. Sie fanden sie in einem Gasthaus an der Calle de Elio Antonio de Nebrija, wo zufällig zwei reservierte Zimmer frei geblieben waren, weil die Bestellung im letzten Augenblick widerrufen wurde. In ihnen standen Schreibtische aus Salamanca, Armsessel, Betten aus Nussbaumholz mit Baldachin und Wollvorhängen, hingen Wandteppiche aus Alcaraz und Cuenca und vierflammige Öllampen. Die zwei Zimmer führten zu einem dritten, das groß genug war, um die Diener beider unterzubringen, und am Ende des Gangs befand sich das Badezimmer mit dem Nachtstuhl, der abends und zu der vom Polizeidirektor genehmigten Stunde durchs Fenster auf die Straße entleert wurde, wozu man rief: »Vorsicht, Wasser!«

Der Preis war seinem Freund recht, und dort luden sie ihre Habseligkeiten ab. Der Zufall oder das Schicksal wollte es, dass sich die beiden vom ersten Jahr an bei denselben Fächern einschrieben, so dass sie den ganzen Tag mit den gleichen Dingen beschäftigt waren. Auf diese Weise wurden sie zu unzertrennlichen Freunden. Am Morgen besuchten sie die Hörsäle, in denen Arithmetik und Latein gelehrt wurden, und am Nachmittag hatten sie Philosophie, Griechisch und Literatur. Wenn sie hinauskamen, besuchten sie den Fechtboden, wo sie sich mit dem Degen übten oder Ball spielten. Dies gefiel Álvaro überhaupt nicht, doch er tat es, um es seinem Vater recht zu machen oder um das Leben seines Freundes zu teilen. In manchen Nächten gingen sie aus und besuchten die Garküche »Zum Stier«. Dort trafen sich die Studenten, um Gitarre zu spielen und zu singen, und wer dafür weniger übrighatte, spielte Karten und veranstaltete Pharorunden. Daran beteiligte er sich nicht, weil er nicht die nötigen Mittel hatte. Anders war es mit Cristóbal, der aus der Hauptstadt kam und für diese Runden schwärmte, obwohl er die Gefahr kannte, die solche Abenteuer mit sich brachten – denn man brauchte nur einmal nicht aufzupassen, und schon blinzelte der eine Glücksspieler seinem Kumpan zu, und beide leerten dem Gimpel die Taschen aus, während dieser nie merkte, wann sie ihn in die Falle lockten, die Karten knickten oder ankratzten. So verloren die Einfaltspinsel das Geld, das ihre Familien schickten, und am Monatsende litten sie Elend und Not, was sie, wenn sie klug gewesen wären, nie mitgemacht hätten. Aber dies schien Cristóbal nicht zu kümmern, hatte er doch stets mehr als genug Geld.

An einem Abend, als sie sich an ihren üblichen Tisch setzten, kam der Wirt mit zwei Gläsern und einer Karaffe Rotwein zu ihnen.

»Der Herr dort«, sagte er und zeigte auf einen Tisch in der Ecke, »lädt Eure Gnaden zu einem Glas meines besten Weins ein.«

Nach dieser Mitteilung blickten die jungen Leute zu der angegebenen Stelle und entdeckten einen finster aussehenden und schwarz gekleideten Hidalgo, der mit einem schiefen Lächeln – wozu ihn gewiss die Narbe an der Wange zwang, das Ergebnis eines unglücklichen Abenteuers mit einem Messerstecher – das Glas hob und ihnen zuprostete, als wollte er sie zum Trinken einladen.

Unversöhnliche Verbündete

Mit hochrotem Gesicht und verzerrter Miene stritt Pater Rivadeneira mit Schwester Gabriela in deren Kabinett, das ihr als Priorin zukam.

»Ich mache Euch darauf aufmerksam, dass ich diesen Ton und die Art, wie Ihr mich anredet, nicht dulde! Vergesst nicht, dass ich die Priorin von Sankt Benedikt bin!«

»Diejenige, die offenbar vergisst, wem sie das alles zu verdanken hat, seid Ihr, ehrwürdige Mutter! Wenn ich, wie Ihr, meinen Teil des Paktes nicht erfüllt hätte, wäret Ihr in diesem Augenblick lediglich Novizinnenmeisterin.«

»Wenn Ihr mir glauben wollt, so tut es. Sonst könnt Ihr handeln, wie es Euch am besten gefällt! Wenn jemand von diesem Vorfall überrascht wurde, so war ich es. Ich begreife nicht, wie sie ihre Zelle verlassen konnte, und ich verstehe auch nicht, wie sie aus dem Kloster entkommen ist. Zuerst habe ich geglaubt, dass der Teufel dahintersteckt. Schwester Leocadia hat mir versichert, dass alle Zellen abgeschlossen wurden, und ich habe keinen Grund, daran zu zweifeln – wenn jemand zu einem neuen Amt aufsteigt, ist er ja gewöhnlich sehr eifrig. Außerdem habt Ihr selbst festgestellt, dass ihre Tür fest abgeschlossen war. Dann stellt sich die Frage, wie sie aus dem Kloster hinauskommen konnte. Keiner hat etwas gesehen, und keine Tür wurde aufgebrochen, was andererseits unmöglich wäre für ein Mädchen ihres Alters, das keine Erfahrung bei solchen Unternehmungen hat. Aber damit Ihr meine Bereitschaft seht, will ich Euch gestatten, den Brief zu lesen, den ich an Doktor Carrasco gerichtet habe, der, wie Ihr wisst, den Protektorenrat von Sankt Benedikt leitet.«

Bei diesen Worten nahm Schwester Gabriela einen Brief vom Schreibtisch und gab ihn dem Mönch. Dieser setzte sich die Brille auf und begann zu lesen, nachdem er der Nonne einen vernichtenden Blick zugeworfen hatte. Der Text des Schreibens lautete:

Sankt Benedikt, am 16. Mai 1635

An Seine Exzellenz, Hochehrwürden Don Bartolomé Carrasco,
Provinzsekretär des Heiligen Offiziums, geistlicher Protektor
des Sankt-Benedikt-Klosters
Von seiner Magd Gabriela de la Cruz

Exzellenz, Hochehrwürden!
Der Grund, Euch zu belästigen und Eure Aufmerksamkeit zu erbitten, ist ein Vorfall, der sich im Kloster ereignet hat und der mich wegen seiner Bedeutung zwingt, Euch davon in Kenntnis zu setzen, denn ich glaube, dass ich sonst eine schwere Verantwortung auf mich laden würde.

Wie Ihr wisst, wollten wir in wenigen Tagen das Schleierfest der Postulantinnen feiern, das schon stattgefunden hätte, wenn es nicht zu dem traurigen Ereignis gekommen wäre, dass Schwester Teresa verstarb, der Herr habe sie selig. Eines der Mädchen, das man mit dieser Ehre auszeichnen wollte, war Catalina Gómez, deren persönliches Leben sie von den Übrigen unterschied, denn seit ihrer Geburt blieb sie im Kloster, und die für ihren Unterhalt notwendigen Ausgaben wurden von einem geheimen und unbekannten Wohltäter bezahlt, dessen Namen die dahingegangene Priorin mit ins Grab nahm.

Nun verhält es sich so, dass das Mädchen vor drei Nächten und auf unerklärliche Weise aus dem Kloster verschwunden ist. Dieser Vorfall hat mich zu vielen Überlegungen veranlasst, und mein Geist hat mir Szenen und Ereignisse vorgeführt, die sich schließlich miteinander verbanden, feste Gestalt annahmen und mich genötigt haben, zu Schlussfolgerungen zu gelangen. Diese möchte ich Euch nun im Einzelnen und in ihrer zeitlichen Reihenfolge aufführen, wenn es mein Gedächtnis erlaubt.

Erstens: Als sie noch ein kleines Mädchen war, hat sie einen bedauerlichen Zwischenfall verursacht, der daran schuld war, dass sie mehrere Tage eingesperrt werden musste. Vermutlich hat sie durch Zauberei oder Hexenkünste in den Leib eines Hahns ein dämonisches Wesen eingeführt, das sich in einem rohen Kampf von einem anderen Artgenossen umbringen ließ, während er bis zu jenem Tage offenkundig ein fügsames Tier war, mit dem man auf dem Hühnerhof mühelos umgehen konnte.

Zweitens: Als sie das erste Mal den roten Schandfleck bekam, befahl die Priorin, dass ich selbst sie geißeln sollte, damit sie es lernte, die Zuchtrute zu gebrauchen. Dabei kam kein einziger Klagelaut über ihre Lippen, als würde sie von einer inneren Kraft unterstützt.

Drittens: Seit der frühesten Kindheit und trotz meiner Bemühungen zeigte sie stets die Neigung, die linke Hand zu gebrauchen, die, wie Ihr wisst, die Hand des bösen Geistes ist.

Viertens: Einmal hätte sie beinahe versucht, aus dem Kloster zu fliehen, indem sie vom Glockenturm davonflog, wenn nicht Pater Rivadeneira rechtzeitig eingegriffen hätte.

Fünftens: In der Nacht schließlich, als sie auf unerklärliche Weise durch Türen und Riegel hindurchschlüpfte, hinterließ sie in der Zelle als Spur ihrer Verdammnis das dichte schwarze Haupthaar, was nach meiner bescheidenen Ansicht zu dem Pakt gehört, den sie gewiss mit Satanas abgeschlossen hatte, und was dieser als Siegel und Unterpfand von ihr verlangen sollte.

Wie Ihr seht, kommen in diesem Fall viele und außergewöhnliche Ereignisse zusammen. Ich hielt es für notwendig, Euch dies zu berichten, damit Ihr im Rahmen Eurer hohen Verantwortung diejenigen Maßnahmen ergreift, die Ihr für zweckmäßig haltet.

Ohne weitere Neuigkeiten, und Euer Hochwürden stets den gebührenden Gehorsam erweisend, schickt dieses Schreiben, demütig Euren Hirtenring küssend, Eure untertänige Magd

GABRIELA DE LA CRUZ,
Priorin von Sankt Benedikt

Der Mönch setzte langsam die Brille ab und erklärte der Nonne, ohne den Brief aus der Hand zu geben:

»Nun ja … Wir wollen Euren Erklärungen vertrauen, aber es kommt mir nicht zu, Eure Probleme zu lösen. Wir haben einen Handel abgeschlossen, und ich habe meinen Teil erfüllt. Ihr hattet bestimmt, dass ich auf das

Plazet des Bischofs warten müsste, bevor Ihr Euren Teil erfüllt. Ich will Euch ein Beispiel nennen, das im Handel oft vorkommt: Stellt Euch einen Augenblick vor, dass ich Euch mit Tuch für die Herstellung von Mänteln beliefere und Euch pünktlich und gewissenhaft die Ware übergebe. Ihr verpflichtet Euch mir gegenüber, mich zu einem festgesetzten Termin zu bezahlen, und wenn der Tag kommt, argumentiert Ihr, dass Ihr Eure Zusage nicht einhalten könnt, weil man Euch gegenüber nicht Wort gehalten habe. Dann sagt mir: Wie bezahle nun ich diejenigen, die das Tuch für mich herstellen? Ihr müsst verstehen, dass ich für das Problem nicht zuständig bin. Ich stelle keine Mäntel her, ich habe Euch nur das Tuch verkauft, und ich will meine Bezahlung haben.«

»Und was für eine Lösung seht Ihr?«

»Das ist Euer Problem, nicht meines.«

»Wäre es möglich, dass Ihr Eure unzüchtigen Begierden auf jemand anderen richtet?«, erkundigte sich Schwester Gabriela in anzüglichem Ton.

»Nein, das ist nicht möglich, und meine ›unzüchtigen Begierden‹ haben Euch reichlich genützt. Ehrwürdige Mutter, Ihr wisst ganz genau, worauf ich versessen bin. Wenn Ihr die Tasche mit Eurem Geld verloren habt, müsst Ihr sie suchen. Meine Bezahlung muss wie vereinbart und nicht anders erfolgen.«

»Mir fehlen die Mittel, um nach ihr zu suchen. Ich bin Priorin von Sankt Benedikt, kein Polizeidirektor oder Oberrichter.«

»Nun, dann haltet Euch an Eure Ordensregel, und wenn Ihr keine Mittel habt, müsst Ihr sie durch Fleiß und Eifer ersetzen. Ich gebe Euch einen Monat, und, glaubt mir, es ist für Euch nicht ratsam, mir etwas schuldig zu bleiben. Ich bin ein Mann, der sich immer holt, was man ihm schuldet.«

»Ist das eine Drohung?«

»Ganz und gar nicht, Priorin. Ich habe Euch lediglich eine Tatsache genannt.«

Ohne ein weiteres Wort verließ Bruder Julián Rivadeneira y Antúnez mit großen Schritten den Raum.

Die Freiheit

Catalina lag reglos in ihrem Versteck, denn sie fürchtete, Antón Cifuentes könnte irgendwann entdecken, dass sein Wagen einen blinden Passagier mit sich führte. Sie fühlte, dass es Tag wurde, weil sanfte Helligkeit mühsam durch das zusammengepresste Gras drang. Um sich besser tarnen zu können, versuchte sie, ruhig und gleichförmig zu atmen. Die Erfindung mit den Schilfrohren hatte sich bewährt, und sie musste sich sehr anstrengen, um nicht einzuschlafen, denn die körperliche und seelische Erschöpfung reizte zusammen mit dem langsamen Rumpeln des Wagens zur Lethargie.

Sie hatte keine Ahnung, wie lange sie da drinnen verbracht hatte, als sie aus den Rufen des Fuhrmanns und der verlangsamten Fahrt schloss, dass eine Rast bevorstand. Der Wagen blieb stehen, und sie wurde sanft geschüttelt, ein untrügliches Zeichen, dass sich der Fuhrmann auf dem Kutschbock bewegte. Das Mädchen wartete, bis der Wagen völlig ruhig stand. Dann atmete sie tief durch und bewegte sehr vorsichtig die Beine, um die sie bedeckende Luzerne beiseitezuschieben. Plötzlich wurde sie vom Licht geblendet, und sie begriff, dass sie unauffällig und behutsam vorankriechen musste. Sie half sich mit den Armen, nahm ihren Reisesack und zog ihn weiter. Wenige Augenblicke später stand sie auf dem Weg. Rasch schichtete sie das Gras zu einem Haufen zusammen, um die Spur zu verwischen, die ihr Körper hinterlassen hatte. Mit einem schnellen Satz sprang sie an den rechten Wegrand und versteckte sich.

Ihr klopfte das Herz bis zum Hals, und es kam ihr so vor, als könnte es jeder fünf Meilen rundum hören. Ihre Augen hatten sich inzwischen an die Helligkeit gewöhnt, und als sie nun in den Wald eindrang, beobachtete sie ihre Umgebung aufmerksam. Ein Stück von der Stelle entfernt, wo der Wagen stehen geblieben war, entdeckte sie ein altes Haus, aus dessen Schornstein dichter schwarzer Rauch aufstieg. Neben dem Haus stand eine Hütte, die ihrer Form entsprechend wohl ein Stall war. Gerade kamen drei Männer mit lautem Gelächter aus der Tür. Jeder zog ein Maultier hinter sich her. Ihre Haltung zeigte, dass sie nicht allzu sehr damit einverstanden waren, den Weg fortzusetzen. Als sie sich bereits entfernten, bewegte sich Catalina vorsichtig weiter, um besser sehen zu können. Aus ihrem neuen Versteck entdeckte sie ein Schild, worauf in Großbuchstaben stand: GASTHAUS AM KREUZWEG. Catalina hatte vorläufig genug gesehen. Sie wollte sich im Dickicht verbergen, eine Weile ausruhen und abwarten, bis Antón Cifuentes weiterfuhr. Danach wollte sie das Gasthaus betreten, um sich zu erkundigen, wo sie sich befand und wie die wichtigste nächste Ortschaft hieß, und dorthin würde sie gehen.

Alles ringsum lag ruhig da. In diesem Augenblick wurde sie sich bewusst, dass sie frei wie eine der Wildenten war, die, wenn sie fortflogen, schnell am Himmel über Sankt Benedikt entlangzogen, und unbeschreibliche Freude überwältigte ihren Geist. Catalina drang ins Dickicht ein und suchte eine geschützte Stelle. Sie sah sich kurz um und fand eine Spalte zwischen zwei großen Felsen, die sie vor neugierigen Blicken bewahrte und außerdem mit einem weichen grünen Pflanzenteppich gepolstert war. Dort lud sie ihren Reisesack so ab, dass sie ihn als Kopfkissen benutzen konnte. Dann ließ sie sich ins Gras fallen und lehnte den Kopf darauf. Es waren nicht einmal drei Minuten vergangen, als ihr junger Körper, der von den Ereignissen der letzten Stunden erschöpft war, schon in Morpheus' fürsorglichen Armen ruhte. Sie wusste nicht, wie lange sie geschlafen hatte, doch als sie erwachte, hatte die Sonne bereits einen weiten Teil ihres Laufs zurückgelegt. Sie richtete sich rasch auf, schüttelte sich das Gras ab, das an ihrer Kleidung festklebte, nahm ihren Reisesack und lief zu dem Weg, um nachzuprüfen, ob der Wagen seine Fahrt fortgesetzt hatte.

Es war nichts zu sehen. Nur der Rauch stieg weiter aus dem Schornstein des Gasthauses. In der Umgebung war nicht die geringste Tätigkeit zu entdecken. Mit einem Sprung verließ Catalina das Dickicht und lief zu dem Häuschen. An der Tür hing von einem rostigen Nagel ein Verzeichnis der fertigen Speisen, die man drinnen genießen konnte. In diesem Moment merkte sie, dass ein wütender kleiner Wurm ihren Magen zernagte, doch sie entschied, ihre mageren Vorräte für eine schlimmere Notlage aufzuheben. Sie überlegte nicht zweimal: Sie trat durch die Gittertür ein und stand in einem nahezu leeren Raum. Zwei Männer stützten die Ellbogen auf den Tisch und schlummerten, während im Hintergrund eine Greisin mit gutmütigem Gesicht das Feuer im Kamin anfachte. Das Aussehen der Frau ermutigte sie, sich an sie zu wenden.

»Ave Maria!«, sagte das Mädchen und richtete sich nach dem altvertrauten Klosterbrauch.

Die Alte blickte hoch zu dem sonderbaren Geschöpf, das sie an der Türschwelle auf diese Weise begrüßte.

»Tretet näher, Junge, bleibt nicht dort stehen. Was wollt Ihr?«

»Ich habe Geld. Ich möchte etwas essen.«

»Habe ich Euch vielleicht gefragt, ob Ihr bezahlen könnt?«

»Nein, aber ich habe gedacht, dass Ihr womöglich misstrauisch werdet, wenn Ihr seht, wie jung ich bin.«

Die Alte näherte sich Catalina und trocknete sich die sehnigen Hände mit einem Tuch ab.

»Wie alt seid Ihr, junger Mann?«

»Sechzehn Jahre«, log das Mädchen.

»Es ist jedenfalls nicht gut, dass Ihr allen Fragen zuvorkommt und erklärt, dass Ihr Geld habt. Das interessiert keinen ehrlichen Menschen, und es ist schlecht, dass Ihr eine solch grundlose Auskunft wenig geeigneten Ohren gebt. Ihr scheint mir sehr mager zu sein. Für das Alter, das Ihr angebt, seid Ihr nicht viel, und Ihr tut gut daran, kräftig zu essen. Wenn es Euch recht ist, kann ich Euch Reste von dem geben, was ich heute Morgen gekocht habe: etwas Gemüseeintopf und Rauchfleisch vom Ziegenbock mit Roggenbrot.«

»Alles, was Ihr mir gebt, ist mir gerade recht.«

»Nun, dann setzt Euch, wo es Euch am besten gefällt. Ich hole das Essen.«

Die Frau war, als sie dies sagte, zum Herd gegangen, während sich Catalina an einen Tisch setzte, der an der Wand stand. Sie tauchte einen Kochlöffel in den dampfenden Topf, der sich dort befand, und füllte zwei reichliche Portionen, eine Mischung von Fleisch, Kohlrüben und Kartoffeln, in einen tiefen Teller. Dann schnitt sie mit einem Messer eine dicke Scheibe des angekündigten Rauchfleischs und ein großes Stück Roggenbrot ab. Gleich danach stellte sie alles vor Catalina hin und setzte sich auf einen Schemel ihr gegenüber.

»Was bringt Euch in die Gegend hier?«

»Ich will in die Hauptstadt gehen und eine gute Familie suchen, bei der ich als Page unterkomme.«

»Eine schwierige Angelegenheit ist das.«

Catalina sprach mit vollem Mund.

»Wo ich herkomme, gibt es keine Möglichkeiten für junge Leute.«

»Nun, wohin Ihr geht, erwartet Euch eine schlimme Zukunft, wenn Ihr keine Gönner habt. Die Zeiten sind schlecht, und die Not ist groß. Wie man hier sieht, wird Kastilien immer leerer, während Madrid aus allen Nähten platzt. Und … wie wollt Ihr in die Hauptstadt kommen?«

»Zu Fuß, wie ich bis hierhergekommen bin.«

»Ihr seid nicht recht bei Verstand. Wisst Ihr, was Ihr sagt?«

»Tatsächlich war ich in einem Reisewagen mit zehn anderen unterwegs, aber ich bin in einer Schänke eingeschlafen, und sie sind ohne mich weitergefahren. Dann blieb mir nichts anderes übrig, als den Weg zu Fuß fortzusetzen. Wenn ich Euch die Wahrheit sagen soll: Ich weiß nicht, wo ich jetzt bin.«

Catalina hatte den Eintopf aufgegessen. Nun tunkte sie das Brot in die Soße und vertilgte das Rauchfleisch.

»Ihr seid zwischen Santa María del Páramo und La Bañeza.«

»Und welche größere Ortschaft finde ich als nächste auf meinem Weg?«

»Ihr müsst nach Benavente hinunter und von dort nach Valladolid weiter. Aber vor Euch liegen noch viele Meilen.«

»In Valladolid habe ich Freunde. Wisst Ihr, ob hier ein Wagen durchkommt, der Reisende aufnimmt?«

Catalina erinnerte sich sehr gut an alle Geschichten, die ihr Casilda über die Außenwelt erzählt hatte, besonders über den Jahrmarkt von Carrizo de la Ribera.

»Heute ist Euer Glückstag. Die dort«, sagte die Frau und zeigte auf eine Ecke, in der zwei Männer schnarchten, »sind Fuhrleute, die immer hier haltmachen. In zwei Tagen kommen sie nach Benavente. Es sind zuverlässige Männer. Sobald sie aufwachen, kann ich sie fragen, ob sie Euch mitnehmen wollen, falls Ihr einverstanden seid.«

»Ich kann Euch niemals den Gefallen vergelten, den Ihr mir erweist.«

»Meine verstorbene Mutter, Gott habe sie selig, sagte immer: ›Wenn wir eine gute Tat vollbringen, kehrt diese auf einem anderen Weg zu uns zurück, wie ein Ball, der an einer Wand abprallt.‹«

»Glaubt Ihr, dass sie lange brauchen, bis sie aufbrechen?«

»Ich glaube, dass keine Stunde vergeht, bis sie sich auf den Weg machen. Sie werden in Villaquejida übernachten, und einen Tag später müssen sie in Benavente sein.«

»Sagt mir also, was ich Euch schulde.«

»Lasst es für die Zeit, wenn Euch das Glück in der Hauptstadt zulächelt. Erlaubt mir, dass ich mein gutes Werk vervollständige.«

»Dann sagt mir wenigstens, wie Ihr heißt.«

»Lasst es gut sein.«

Eine Stunde später fuhr Catalina, die diesmal auf einem Berg aus Säcken lag, nach Benavente, mit einem Halt auf halbem Wege. Sie war auf einen großen Wagen hinaufgestiegen, den ein Gespann von vier Maultieren zog. Die alte Frau, der die Fuhrleute offenbar eine Gefälligkeit schuldig waren, bat diese, ihren Gast mitzunehmen, und sie hatten nichts dagegen. Catalina dachte, dass ihr die Leute draußen vorläufig besser als die gefielen, die sie im Kloster zurückgelassen hatte, außer selbstverständlich Casilda.

Die Suche nach Bundesgenossen

Don Martín de Rojo e Hinojosa hatte wieder die Hauptstadt aufgesucht. Die Reise war lang und mühsam, und sie hatte mehrere Tage gedauert.

Der Hidalgo hatte den Weg im Sattel zurückgelegt. In einer Kutsche hätte es zu lange gedauert, und er hätte sich der Gefahr ausgesetzt, die Verabredung mit Don Jerónimo Villanueva zu verpassen, die er unter solchen Mühen erreicht hatte. Er hatte sich mit einem genau festgelegten Reiseplan auf den Weg gemacht, damit er die im Voraus berechnete Meilenzahl für jeden Tag einhielt und bei jeder Rast in einem bekannten Gasthaus einkehren konnte und, was noch wichtiger war, Ersatzpferde für den Fall fand, dass sein eigenes trotz der Pflege und der Ruhepausen den Weg nicht fortzusetzen vermochte. Sobald er die Angelegenheit erledigt hätte, die ihn nach Madrid führte, wollte er auf dem Rückweg zum Benediktinerkloster abbiegen, denn da er der Einladung Schwester Gabrielas nicht hatte folgen können, um zusammen mit den übrigen Protektoren des Klosters bei deren Ernennung zur Priorin dabei zu sein, hatte er auch nicht die Gelegenheit nutzen können, um am Grab seiner lieben Schwester zu beten und sich auf diese Weise von ihr zu verabschieden – eine Pflicht, die er für unerlässlich hielt, war er doch der einzige noch lebende Familienangehörige der verstorbenen Priorin.

Ein eigentümlicher Vorfall kam ihm immer wieder in den Sinn. Das war in Villaquejida gewesen. Nach seiner Rast in Astorga achtete er aufmerksam auf den Weg, weil es ihm so vorgekommen war, dass sein Rumoroso den Schritt verändert hatte. Dieser war ein edles, neun Jahre altes Tier, das ihm große Dienste geleistet hatte. Er war kräftig, hatte einen ruhigen Charakter und lief nicht sehr schnell, war jedoch unermüdlich. Er ließ ihn von einem beständigen und ruhigen Galopp zu einem langsamen Trab und gelegentlich zu einem mäßigen Schritt übergehen, damit er wieder zu Atem kam. Plötzlich blieb das Pferd stehen, ohne dass er es befohlen hatte. So etwas tat es nie ohne Grund. Er ließ es ein paar Minuten ausruhen, und dann gab er ihm vorsichtig die Sporen, weil er beobachten wollte, wie es sich verhielt. Der Hengst trat sehr behutsam mit dem rechten Vorderfuß auf. Bis nach Villaquejida blieb weniger als eine halbe Meile, und sehr langsam, um das Tier nicht zu überanstrengen, setzte er seinen Weg fort. Dort wollte er sich sorgfältig das Bein ansehen, das offenbar verletzt war, und falls er nichts entdecken könnte, würde er einen Rossarzt holen.

Wenn ihm dieser sagte, dass es nach einer Behandlung, sorgfältiger Pflege und der nächtlichen Ruhe am nächsten Tag weiterlaufen könnte, würde er sich danach richten; sonst müsste er das Tier im Poststall zurücklassen und zu seinem großen Bedauern ein anderes Tier nehmen, um sein eigenes auf dem Rückweg wieder abzuholen, und sollte er nicht auf demselben Weg zurückreiten, würde er einen Diener seines Hauses schicken, um es zu holen.

Mit diesen Gedanken beschäftigte er sich, als er auf einmal das Schild eines Gasthauses vor sich sah. In großen schwarzen Buchstaben auf rotem Grund konnte man lesen: GASTHAUS ZUM HALBMOND. Er erinnerte sich… Er sprang auf die Erde, nahm das Pferd am Zügel und führte es zu den Ställen, weil er es aufmerksam untersuchen und den dortigen Stallknecht um Hilfe bitten wollte, falls dies notwendig sein sollte. Auf einer Steinbank neben der Tür saß ein ungefähr fünfzehnjähriger Bursche, der sich eine bescheidene Mahlzeit eifrig schmecken ließ. Er war ärmlich gekleidet, trug ein kleines Wams, sehr fadenscheinige Beinkleider, Etaminstrümpfe und Halbstiefel aus rauem Wildleder, und sein Haar sah so aus, als wäre es von einem Schafscherer geschnitten worden. Als Don Martín herankam, blickte der junge Bursche hoch. In diesem Augenblick war sich Don Martín sicher, dass er diesen Blick schon früher gesehen hatte. Doch damit hörte sein Staunen nicht auf, denn die Miene des jungen Burschen zeigte, dass dieser auch ihn kannte. Als Don Martín zu ihm kam und sich erkundigte, ob es im Stall einen Platz für sein Pferd gab und ob es im Notfall möglich war, einen Kenner von Pferdekrankheiten in der Nähe zu finden, verhaspelte sich der Junge, der den Mund voller Essen hatte, und antwortete ungeschickt stotternd, er sei nicht aus dieser Gegend. Er nahm seinen abgeschabten Reisesack und lief eilig davon.

Als Don Martín in Madrid eintraf, ging ihm das alles immer noch im Kopf herum. Er suchte sich eine Unterkunft im Gasthof »Zum Hellebardier«, einem Haus, das er schon von früheren Gelegenheiten kannte und das ihm wegen seiner Preise und der guten Behandlung gefiel. Der Gasthof lag in der Calle de los Tintoreros, der »Färberstraße«. Sein Pferd Rumoroso erreichte die Hauptstadt ohne weitere Probleme, denn in Villaquejida hatte er die Ursache seiner Beschwerden entdeckt: Sie bestand in nichts anderem als einem winzigen Steinchen, das sich zwischen Huf und Hufeisen des rechten Vorderfußes eingeklemmt hatte. Er suchte eine Unterkunft für das gute Tier, weil er wollte, dass es nach dem langen Ritt und vor den vielen Meilen bis zu seiner Rückkehr in den Heimatstall sorgfältig gepflegt wurde. Dann beschloss er, sich eine Erholung zu gönnen, um gut gestimmt und ruhig der schwierigen Unterredung am nächsten Tag entgegenzusehen. Er ging in ein berühmtes Gasthaus und ließ sich ein üppiges Abendessen servieren: Kalbfleisch mit Soße, mit Creme gefüllte Blätterteigschnitten und Zuckerkügelchen. Um sich die Zeit zu vertreiben, weil er wusste, dass er in dieser Nacht schwer Schlaf finden würde, ging er hierauf in ein Gesellschaftshaus. Dort lauschte er einem philosophischen Streitgespräch über die Rivalität zwischen den Theaterhöfen Corral de la Cruz und Corral del Príncipe. Schließlich zog er sich zu einer vernünftigen Zeit zurück, denn gleich nach Sonnenuntergang füllten sich die Straßen mit rauflustigen Spitzbuben und Soldaten aus dem flandrischen Krieg, die, um ihrem Elend abzuhelfen, dem Meistbietenden ihren Degen vermieteten, und man konnte, ehe man sich's versah, in einen Streit verwickelt werden, und so etwas passte Don Martín in dieser Nacht am allerwenigsten. Endlich erreichte er seine Unterkunft. Er zog sich aus, verrichtete seine Gebete, nahm sich die Perücke ab und legte das Knebelbartfutteral an, damit er am nächsten Tag tadellos elegant aussah. Nun machte er es sich in dem weichen Bett bequem, schloss die Augen und versuchte, Schlaf zu finden. Dieser wollte jedoch nicht kommen, und er drehte sich im Bett immer wieder hin und her, ohne dass es ihm gelang. Sein Geist beschwor stets aufs Neue das Gesicht des jungen Burschen in Villaquejida herauf.

Die neue Priorin

Kutschen, Pferde, Maultiere, Kutscher und Lakaien drängten sich an den Toren des Benediktinerklosters. Es herrschte eine ungewöhnlich lebhafte Betriebsamkeit, denn außer Don Martín de Rojo waren alle Protektoren der Einladung der neuen Priorin des Klosters, Schwester Gabriela de la Cruz, gefolgt.

Manche Diener standen, und andere saßen auf den Trittbrettern der Wagen, auf Steinen oder einem Baumstumpf. Sie ließen sich das Essen schmecken, das ihnen die Nonnen gegeben hatten, und plauderten in kleinen Gruppen, erzählten einander die Abenteuer und Episoden, die sie unterwegs erlebt hatten. Ihre Herren waren ins Haus gegangen, um den Auftrag zu erfüllen, der sie hergeführt hatte, denn sie sollten ja die Entscheidung gutheißen, die die Nonnen in einem Geheimkapitel getroffen hatten und die das Plazet des Bischofs später bestätigte.

Am Morgen hatte man im Kapitelsaal verlesen, wie die einzelnen Wahlgänge verlaufen waren: Beim dritten Mal war das Amt Schwester Gabriela zuerkannt worden, als sie mehr als zwei Drittel aller Stimmen erhielt. Danach zelebrierte Doktor Carrasco ein feierliches Hochamt, wobei ihn die beiden Oberkammerherren und der Klostergeistliche, der hochwürdige Julián Rivadeneira, unterstützten. Nach einem vorzüglichen Imbiss, bei dem Schwester Hildefonsa wie immer mit ihren kulinarischen Fähigkeiten glänzen konnte, zogen sich die meisten Anwesenden allmählich zurück, während Seine Exzellenz, der Herr Sekretär des Heiligen Offiziums, zusammen mit der neuen Priorin von Sankt Benedikt deren Kabinett aufsuchte. Sobald sie eingetreten waren, schloss Schwester Gabriela die Tür hinter sich, ging zu ihrem Lehnstuhl und wartete stehend, bis Doktor Carrasco das Zimmer nicht länger inspizierte und sich auf einen der zwei Sessel setzte, die ihrem Tisch gegenüberstanden. Der Generalsekretär schien keine Eile zu haben. Endlich legte er seinen violetten Mantel auf die Lehne des Sessels, den er nicht benutzen wollte, und machte es sich in dem anderen bequem. Sogleich setzte sich auch die Priorin.

»Es sieht nicht so aus, als hättet Ihr viel verändert«, eröffnete der Prälat das Gespräch.

»Nein, vorläufig nicht. Ich musste meine Zeit für dringendere und schwierigere Angelegenheiten verwenden. Die Ordnung im Kabinett kann warten.«

»Nun gut, ich möchte, dass Ihr, ehrwürdige Mutter, mir etwas mehr über die Neuigkeiten sagt, die Ihr mir in dem Brief mitgeteilt habt, in dem Ihr mich zur heutigen Versammlung eingeladen habt.«

»Ihr meint die Flucht der Postulantin?«

»Genau das, und das nicht nur wegen des eigentlichen Vorfalls, sondern auch, weil es alles Mögliche mit Problemen zu tun haben könnte, die meiner Gerichtsbarkeit unterstehen und die Rechtgläubigkeit betreffen. Denn sollte ich dies nicht falsch verstanden haben, ahnt Ihr oder nehmt sogar an, dass der Böse dahinterstecken kann.«

»Dies ist meine bescheidene Ansicht. Im Lauf der Jahre sind allzu viele Zufälle zusammengekommen.«

»Antwortet jetzt auf meine Fragen in der Reihenfolge, wie ich sie stelle.«

»Ich höre Euch aufmerksam zu, hochwürdiger Vater, und ich will mit aller Bescheidenheit und Ehrfurcht versuchen, Euch nützlich zu sein.«

»Gut. Fangen wir an. Wer war diese Postulantin?«

»In einer Nacht vor vierzehn Jahren brachte man einen Säugling ins

Kloster, der wohl erst ein paar Stunden alt war. Schwester Teresa hat ihn vom ersten Tag an unter ihre besondere Obhut genommen. Die Schwestern behandelten das kleine Mädchen wie ein Spielzeug, und es wuchs in der Gemeinschaft auf. Wir haben immer gewusst, dass es später einmal in den Orden eintreten würde. Ich kam ins Kloster, als das Kind ungefähr fünf oder sechs Jahre alt war, und bald habe ich gemerkt, dass sein Charakter alles Mögliche war, nur nicht sanft ... ich möchte ihn eher als unmöglich bezeichnen. Trotzdem hatte ich große Schwierigkeiten, es auf den rechten Weg zu bringen, denn die Priorin unterstützte es uneingeschränkt, und Ihr, Exzellenz, wisst ja, dass ich nur das Amt der Novizinnenmeisterin ausübte.«

»Sprecht weiter. Aber erzählt mir nichts über die Vergangenheit. Beschränkt Euch auf ihre Flucht und auf Eure ganz persönliche Meinung, dass der Böse damit zu tun hat, denn das geht mich an. Wenn Ihr fertig seid, frage ich Euch Punkt für Punkt, was mein Interesse beansprucht.«

Die Nonne äußerte sich ausführlich und erklärte dem Sekretär eingehend alle Einzelheiten des Briefs, die ihn offenbar interessierten.

»Wer hat das Mädchen ins Kloster gebracht?«

»Ich habe gehört, es sei ein vermummter Herr gewesen, der seinen Namen nicht nannte und den die Priorin empfangen habe.«

»Und wem hat er das Kind übergeben?«

»Schwester Úrsula war die Pförtnerin. Sie hat die Priorin benachrichtigt.«

»Ich möchte mit der Pförtnerin sprechen.«

»Dabei werdet Ihr wenig klären. Sie ist nicht richtig bei Verstand. Sie ist sechsundachtzig Jahre alt, und in ihrem Kopf geht es wie in einem Taubenhaus zu.«

Doktor Carrasco nahm sich das Scheitelkäppchen ab und fuhr sich mit der Hand nachdenklich durchs Haar.

»Ihr habt mir alle Punkte Eures Briefs erläutert: die Hähne, ihre Neigung, die linke Hand zu gebrauchen, ihren Versuch, vom Glockenturm zu fliegen ... Trotzdem gibt es einige Unklarheiten, zu denen Ihr mir Aufschluss geben sollt. Worauf führt Ihr diese Schmerzunempfindlichkeit zurück, und in welchem Maße gebt Ihr diesem Mädchen die Schuld am Tod der Priorin?«

»Hochwürdiger Vater, an das eine erinnere ich mich, als wäre es erst gestern gewesen. Zum ersten Mal war ihr das unreine Blut gekommen, und auf meine Bitte – Gott weiß, wie viel Mühe es mich gekostet hat! – befahl

Schwester Teresa, ich solle dem Mädchen zeigen, wenn es sich in die Zelle zurückzog, wie man sich geißelt. Ich gehorchte und führte dies aus, und wahrhaftig, das habe ich gewissenhaft getan, denn es ist nötig, dass die Postulantinnen vom ersten Tag an die Bußgeißel erproben. Nun denn, sie hat den Schmerz ertragen, als würde sie von einer übernatürlichen Kraft unterstützt.«

Carrasco dachte längere Zeit nach. Dies dauerte so lange, dass die Nonne fragte:

»Habe ich mich deutlich ausgedrückt?«

»Vollkommen. Und warum beschuldigt Ihr sie, für den Tod der Priorin verantwortlich zu sein?«

»Sie war der letzte Mensch, der sie lebendig gesehen hat, und sie, nur sie, hat die festgesetzte Dosis der Latwerge erhöht, was die arme Frau das Leben gekostet hat. Schließlich, wie könnt Ihr glauben, dass ein Mensch spurlos verschwindet, indem er durch Mauern und Türen schlüpft, als wäre er ein Geist?« Hier machte die Nonne eine Pause. Dann sprach sie weiter und betonte ihre Forderung nachdrücklich: »Man muss sie finden und ins Kloster zurückbringen, damit wir ihre Seele nicht verlieren und damit sie keine guten Christen vergiftet! Man muss einen berühmten Exorzisten holen und beten, viel für sie beten. Wenn er nichts ausrichtet, wird es ein unfehlbares Zeichen der Hexerei sein. Dann wird das Heilige Offizium wissen, was es in diesem Fall tun soll.«

Nach einer abermaligen Pause erkundigte sich der Sekretär:

»Und welchen Protektor hat die Priorin mit der Vormundschaft der Postulantin beauftragt?«

»Don Martín de Rojo war mit diesem Amt beauftragt, aber das ist nichts Ungewöhnliches. Er ist es nicht nur bei Catalina, sondern auch bei drei oder vier anderen.«

»Ich habe gehört, dass es nicht sehr glänzend um seine Angelegenheiten steht. Vielleicht hat sich dieser Umstand für ihn günstig ausgewirkt: Da die Postulantin geflohen ist, hat er sich die Mitgift gespart.«

»Diese Mitgift ist freiwillig. Jede Anwärterin kann Postulantin werden, ohne dass ihr Vormund zu irgendetwas verpflichtet ist. Es kommt lediglich dazu, dass ihre Aufgaben innerhalb der Gemeinschaft etwas einfacher werden. Einer muss das ja in jedem Fall übernehmen.«

»Übrigens, Don Martín de Rojo ist heute nicht gekommen. Kennt Ihr den Grund?«

»Er hatte in der Hauptstadt eine dringende Angelegenheit zu erledigen.«

»Gerade heute, am neunzehnten …« Er machte wieder eine Pause. »Hat er von der Flucht seines Zöglings erfahren?«

»Noch nicht, Hochwürden. Auf der Rückreise wird er in Sankt Benedikt vorbeikommen, wie er mir in einem Brief mitgeteilt hat, weil er am Grab der ehrwürdigen Mutter beten möchte. Dann wollte ich es ihm mitteilen.«

»Wenn das geschehen ist, lasst mich wissen, wie er darauf reagiert hat.«

»Wie Ihr wünscht.«

Daraufhin erhob sich der Prälat und erklärte die Unterredung für beendet.

Gefährliche Begegnungen

Catalina wäre beinahe in Ohnmacht gefallen. Sie war nach Villaquejida gekommen, und die Fuhrleute boten ihr an, sie am nächsten Tag nach Benavente mitzunehmen, wenn sie sich nun um die Tiere kümmerte und in der Nacht bei ihnen im Stall schlief. Das Mädchen kam gut mit den Tieren zurecht, denn schon als kleines Mädchen hatte sie Blasillo bei solchen Arbeiten geholfen, wenn sein taubstummer Vater solche Dienste von ihm verlangte. Selbstverständlich erklärte sie sich mit der Abmachung einverstanden. Die Tiere wurden von den Männern ausgespannt, und sie übernahm ihre Pflege: Sie rieb sie ab, schüttete ihre Krippen voll, bereitete das Stroh vor und tränkte sie, wusch sich etwas in der Tränke und wollte sich von ihren Vorräten ernähren, bevor diese verdarben, außerdem wollte sie ihr knappes Taschengeld nicht angreifen.

Ihre erste Überraschung erlebte sie, als sie sich im Wasser betrachtete. Sie entdeckte ein unbekanntes Wesen, von dem sie lediglich ein paar undeutliche Gesichtszüge wiedererkannte: die gerade Nase, die klar ausgeprägten Lippen und zwei riesige schwarze Augen, die sie aus dem durchsichtigen Nass neugierig anstarrten … und das Haar … »Mein Gott, was für Haare!«, dachte sie. Sie wusste nicht, warum, doch in diesem Augenblick bestürmte sie ein Gedanke, der sie mit Spannung erfüllte: Niemals hatte sie ihren Körper vollständig gesehen; im Kloster gab es keinen Spiegel, und sie hatte keine Gelegenheit, sich im Wasser des Bachs zu betrachten. Warum wäre ihr auch so etwas eingefallen? Sie hatte keine Zeit für solche Abschweifungen, wenigstens vorläufig nicht. Sie wusch sich nicht länger und wollte etwas essen, obwohl sie nach so vielen Ereignissen eigentlich überhaupt keinen Appetit hatte.

An der Stalltür standen zwei Steinbänke, die verhindern sollten, dass ein Wagen beim Hinein- oder Herausfahren den Holzrahmen beschädigte; diese Bänke waren so groß, dass man sich daraufsetzen und von dort aus die Tiere beaufsichtigen konnte. Sie packte ihren Proviant aus und machte es sich auf dem Stein bequem. Während sie aß, beschwor ihr Geist unablässig herauf, was sie erlebt hatte. Als Erstes fiel ihr auf, dass ihr die Situationen und Umstände überhaupt nicht neu vorkamen – ob es nun an den Gesprächen lag, die sie mit Blasillo geführt hatte, oder an den Erklärungen, die ihr Casilda über die Außenwelt gegeben hatte, jedenfalls war sie keineswegs überrascht von allem, was sie in diesen zwei äußerst abwechslungsreichen Tagen kennengelernt hatte, vielmehr kam es ihr so vor, als hätte sie alles schon früher erlebt: die Leute, die Sitten, die Fahrt, die Wege, die Kleidermoden, alles war ihr insgesamt vertraut. Da entdeckte sie einen Reiter in der Ferne, den sie wegen seiner Haltung für einen Hidalgo hielt. Er ritt ein edles, sehr großes Tier, das leicht hinkte, wie sie feststellte, als es näher herankam. Sie beobachtete es weiter, und als sie die Gesichtszüge des Mannes aus der Nähe erkennen konnte, schlug ihr Herz schneller. Ihr Vormund kam geradewegs auf sie zu: Don Martín de Rojo e Hinojosa, ein Protektor von Sankt Benedikt.

Als der Hidalgo sein Pferd anhielt und sie fragte, ob sie ihm sagen könne, wo ein Tier- oder Rossarzt zu finden sei, wäre sie am liebsten in der Erde versunken, und sie wendete den Blick ab. Dann verhaspelte sie sich und stammelte eine plumpe Entschuldigung, indem sie sagte, sie komme nicht aus diesen Gegenden. Hierauf nahm sie ihren kleinen Reisesack und entfernte sich ohne ein bestimmtes Ziel, lediglich, um aus seiner Nähe zu verschwinden, obwohl er sie tatsächlich nicht wiedererkannte, wie es schien. Ein Fußweg öffnete sich rechts von ihr, und sie lief dorthin, ohne zu zögern. Nur um sich zu verbergen, drang sie in ein Birkenwäldchen ein.

Zwei widersprüchliche Gefühle kämpften in ihrer Brust: Zunächst einmal wollte sie nicht erkannt werden, und dann wollte sie nicht die Gelegenheit verpassen, in der freundlichen, sicheren und preiswerten Gesellschaft der Fuhrleute nach Benavente zu kommen. Nach wenigen Minuten entdeckte das Mädchen eine Lichtung, und dort setzte sie sich hin. Von ihrem Platz aus beobachtete sie den Stall. Die Logik sagte ihr, dass der vornehme Herr erst weiterreiten würde, wenn er das Problem mit seinem Pferd gelöst hätte. Die Sonne stand schon sehr tief, und es war unwahrscheinlich, dass er bald die von ihm gesuchte Person fand. Ob sich nun der kranke Fuß des Tieres behandeln ließ oder ob der Reiter ein anderes Pferd nahm, jedenfalls setzte niemand seinen Weg fort, wenn der Abend bevorstand, weil Reisende von vielen Gefahren bedroht wurden. Es war also vorauszusehen, dass er im Gasthaus übernachtete. Von ihrem Versteck aus sah sie, dass sich der Hidalgo mit dem Gastwirt unterhielt. Dann rief dieser einen Stallburschen, der das Pferd nahm und in den Stall führte, während der Gastwirt mit großen und weit ausladenden Gesten dem Herrn bis zur Tür des Wirtshauses vorauslief und beide im Innern verschwanden.

Catalina fasste einen Entschluss. Wenn die Nacht kam, wollte sie sich im warmen Stall schützen. Dort würde sie sich bei dem Burschen erkundigen, wie es dem Pferd ginge, ob sie den Rossarzt benachrichtigt hätten und wann dieser kommen würde. Es war logisch, dass dies nicht vor dem nächsten Tag geschehen konnte. Sie wusste, dass die Fuhrleute im ersten Morgenlicht aufbrechen wollten, denn so hatten sie es ihr gesagt. Wahrscheinlich hätte sich dann noch niemand um das hinkende Pferd gekümmert. Von der verborgenen Stelle, die sie als Schlafplatz wählen würde, wollte sie sich jedenfalls bemühen, das große Pferd im Auge zu behalten, weil von ihm abhing, was sein Herr tun würde. Sie kehrte in den Stall zurück, fand den richtigen Winkel, erkundigte sich beim Stallburschen nach dem, was sie interessierte, wickelte sich in eine Decke ein, die sie vom Wagen nahm, und versank in einen unruhigen Halbschlaf.

Ein störender Sonnenstrahl, der durch das kleine Fenster einfiel und ihr in die Augen schien, weckte sie. Feiner goldener Staub schwebte im Stall und verlieh allen Dingen einen zauberhaften und phantastischen Ton. Der Fuchs stand weiter ruhig an dem Platz, wo man ihn am Abend zuvor hingestellt hatte. Ihre Maultiere, die schon ihre Zeit vorausahnten, trampelten unruhig hin und her und erregten die übrigen Tiere. Catalina stand rasch auf, ging zur Tränke, und ein paar kurze und energische Wassergüsse weckten sie vollständig. Aus dem Reisesack nahm sie ein Stück trockenes Brot und etwas Rauchfleisch. Während sie daran knabberte, kümmerte sie sich um die Maultiere, so dass sie, als die Fuhrleute in den Stall kamen, schon sauber und zum Anspannen bereit waren.

»Ihr seid ein guter Junge. Für solche Arbeiten seid Ihr zu gebrauchen. Gerne könnt Ihr uns auch auf dem Rückweg von Benavente begleiten. Dabei könntet Ihr sogar ein paar Maravedís verdienen.«

»Immer werde ich in der Schuld Eurer Gnaden stehen, aber auf meinem Weg in die Hauptstadt möchte ich nach Valladolid weiterreisen.«

»Da liegt noch ein langer Weg vor Euch. Wenn Ihr Euren Plan ändert, bleibt unsere Vereinbarung auf jeden Fall bestehen.«

Von dem Mädchen unterstützt, spannten die Männer dann die Tiere an und machten sich auf den Weg. Sie hatten ungefähr acht Meilen zurückgelegt, als das Mädchen auf seinem aus Säcken bestehenden Aussichtsturm hörte, dass ein Pferd herangaloppierte. Sie streckte den Hals vor und sah zurück. In diesem Augenblick überholte der Fuchs, den der Hidalgo anspornte, mit wehender Mähne und ohne die geringste Behinderung durch den rechten Vorderfuß, das Maultiergespann, das in mattem Trott mühsam den Wagen zog.

Am Abend kamen sie nach Benavente. Das Mädchen wollte sich nicht ohne Bedauern von den Männern verabschieden, denn dies war ja der letzte Halt auf ihrer Fahrt, als ihr der kräftigste Fuhrmann einen Vorschlag machte, der ihr gefiel: Sie solle sich wieder, wie in der Nacht zuvor, um die Tiere kümmern, wofür sie ein Abendessen und dazu noch vier Maravedís erhalte. Sie einigten sich darauf, und der Fuhrmann streckte ihr seine riesige Hand hin. Als er ihre Hand drückte, glaubte das Mädchen einen Augenblick, dass sie ihre Hand aus Versehen in die Weinkelter gesteckt hatte, die die Nonnen im Kloster betrieben, oder dass sie, genauer gesagt, in ein Fangeisen geraten war, wie sie Blasillo gewöhnlich aufstellte, um kleine Raubtiere zu jagen.

Am Morgen, als sich Catalina mit ihrer schmerzenden Hand von diesen guten Seelen verabschiedete, die ihr so sehr geholfen hatten, stand sie plötzlich allein da in dieser für sie riesigen Ortschaft. In der Hand hielt sie vier Maravedís und einen kleinen Sack, in dem sie all ihre Habseligkeiten trug. Die Welt lag vor ihr. Tatsächlich verspürte sie keine Angst. Der Morgen war angenehm warm. Die Leute liefen zu ihren Beschäftigungen hin und her. Ein Maultier mit zwei Tonkrügen in den Satteltaschen trottete vorüber, und ein Wasserverkäufer zog es weiter. Zwei Soldaten plauderten in einem Hauseingang, und ein Barfüßermönch ließ zwei Betschwestern seinen Rosenkranz küssen. Plötzlich erinnerte sie ein stechender Schmerz in der Magengrube daran, dass sie seit dem frühen Morgen keinen Bissen zu sich genommen hatte. Nun lief sie auf der Straße weiter, um zu sehen, wie sie ihren Appetit befriedigen konnte. Ihre Schritte führten sie zu einem kleinen Platz, in dessen Mitte ein schwächlicher Wasserstrahl aus einem kleinen Brunnen rann. Dorthin ging sie. Sie legte ihr Bündel auf die Erde und wollte trinken, als sie zwischen den Arkaden des Platzes eine Garküche unter freiem Himmel entdeckte. Ein kleiner Mann verkaufte dort mit warmem Hackfleisch gefüllte Topfkuchen, die er aus einem Tontopf nahm. Aus einem großen Krug bot er außerdem ein Erfrischungsgetränk an, das aus Honigwein und Zitronenwasser bestand und das er mit einem Schöpflöffel ausschenkte. Catalina trat näher.

»Wie viel wollt Ihr für eine Portion Hackfleisch und ein Glas Honigwein haben?«

»Vier Maravedís für das Erste und zwei für das Getränk«, antwortete der Mann, wobei er die Stimme hob, denn auf seinen werbenden Ruf waren drei Kunden herbeigeeilt.

»Nun, dann seid so freundlich und gebt mir von beidem.«

Als Catalina dies sagte, holte sie ihre Tasche aus dem Reisesack und suchte den Betrag für die Bestellung zusammen.

Der Mann bereitete das Verlangte vor und stellte es auf ein als Ladentisch dienendes Holzbrett, das über zwei Böcken lag. Dann nahm er die Münzen, die ihm das Mädchen hinhielt.

»Gott schütze Euch.«

»Der Herr sei mit Euch.«

Catalina hängte sich den Reisesack um und lief auf der Straße weiter, mit dem gefüllten Topfkuchen in einer Hand und dem Getränk in der anderen. Kurz danach trieb sie ein sonderbares Gefühl, sich umzudrehen: Wenige Schritte entfernt folgten ihr lautlos die drei Männer, die dem Honigweinhändler nichts abgekauft hatten. Außer ihnen war auf der staubigen Straße kein Mensch zu sehen. Plötzlich, mit zwei langen Schritten, holten die drei Catalina ein. Der Kleinste mit dem hässlichsten Gesicht bedrohte sie:

»Her mit dem, was Ihr habt, wenn Euch Euer Leben ein bisschen lieb ist!«

Die anderen zwei kamen an beiden Seiten gefährlich näher. Catalinas Geist arbeitete wie ein Besessener. Sie war nicht bereit, ihre dürftigen Habseligkeiten auszuliefern. Sie ließ Essen und Getränk fallen und versuchte, sich mit einem schnellen Sprung in einen Hauseingang zu retten, wobei sie ihre Schätze mit beiden Händen an die Brust drückte.

»Zuerst müsst Ihr mich umbringen!«

»So soll es sein, wenn es Euch gefällt! Zum Teufel!«

Ohne noch ein Wort zu sagen, holten die drei Spitzbuben ihre Knüppel hervor, die sie unter den Mänteln versteckt hatten, und schlugen auf das Mädchen ein. Catalina brach auf dem Boden zusammen und krümmte sich, während ein Hagel von Schlägen auf ihren Kopf herabprasselte, der nun maßlos zu bluten begann, weil sich in ihrem schwarzen Haar ein großer Riss geöffnet hatte. Sie empfahl sich dem Schutz der Heiligen Jungfrau und glaubte, dass ihr letztes Stündlein geschlagen hatte. In diesem Moment bogen zwei Reiter in die staubige Straße ein. Dies war das Letzte, was ihre Augen erblickten, bevor sie das Bewusstsein verlor.

Diego und Don Suero kamen gerade vom Land zurück. Sie hatten sich auf freiem Feld in der Beizjagd geübt, und der Knappe hatte versucht, einen jungen Falken die Jagd auf Ringeltauben zu lehren. Don Suero trug noch den Stulpenhandschuh aus kräftigem Leder. Dem Tier war eine schwarze Kapuze über den Kopf gezogen, und es saß auf dem Handschuh. Als sie in eine Gasse am Rand der Ortschaft einbogen, um den Rückweg zum Herrenhaus abzukürzen, entdeckten sie plötzlich die Szene.

»Frisch drauflos, Don Suero, denn es sind wenige und noch dazu Feiglinge!«

Diego hatte den Degen gezogen und stürmte im Galopp auf die Gruppe zu. Don Suero schleuderte den mit der Kapuze bedeckten Vogel auf die Erde, rief »Sankt Jakobus, steh uns bei!« und spornte seinen Hengst an.

Eine Stunde später erwachte Catalina auf dem maurischen Sofa eines vornehmen Raums, und als Erstes erblickten ihre Augen das Gesicht eines schönen jungen Mannes, der sie nun neugierig und wohlwollend ansah. »Ich bin gestorben und im Paradies«, dachte das Mädchen. Und sie fiel wieder in Ohnmacht.

Die Unterredung mit Villanueva

Don Martín de Rojo verbrachte den Morgen damit, die Unterredung mit Villanueva vorzubereiten. Er stand zu einer angemessenen Zeit auf und machte sich langsam fertig, wobei er sich bemühte, wie ein Adliger vom Hofe und nicht wie ein Hidalgo aus der Provinz zu wirken. Er kleidete sich schwarz, wie er es gewöhnlich tat, doch er erlaubte sich eine gewisse Freiheit, die seiner strengen Tracht eine elegante und weltgewandte Note geben sollte. Er milderte seine Erscheinung, indem er eine gefältelte Halskrause aus Cambrai und dazu passende weiße Spitzenmanschetten umlegte. Hierauf band er sich die Beinkleider aus Samttaft fest und putzte sich mit blauen seidenen Kniebändern heraus; die Strümpfe ließen seine Waden dicker erscheinen, wie es den neuesten Modevorschriften entsprach, und sie wurden in schmale, mit Silberschnallen besetzte Halbstiefel gestopft, die seine Füße kleiner aussehen ließen. Er erlaubte sich den eigenwilligen Einfall, eine violette Feder an den Hut zu stecken, etwas für ihn Ungewöhnliches, und mit einer Spange hing er sich ein anmutiges und kurzes, mit portugiesischen Posamenten gesäumtes Mäntelchen über die Schulter. Der Schmuck gab diesem Kleidungsstück ein einigermaßen anspruchsvolles Aussehen, und es bedeckte die Koppel, in der sein Degen steckte. Als er sich ganz zurechtgemacht hatte, betrachtete er sich im Schrankspiegel und fühlte sich mit seiner Erscheinung zufrieden.

Die Unterredung war für den Nachmittag im Palast des Obernotars von Aragonien festgesetzt. Er hatte daran gedacht, zur Verabredung in einer Sänfte zu kommen, die er auf der Plaza de Herradores mieten wollte. Sollte er dort keine finden, würde er eine auf der Plazuela de las Descalzas Reales suchen, denn die Sänften, die sich an diesen Orten befanden, wurden von den Oberpolizeibeamten überwacht; sie hatten feste Preise, und es kam daher seltener vor, dass man begaunert wurde. Da es noch früh war und mehr als genug Zeit zur Verfügung stand, machte sich Don Martín daran, die Anzeigen und Meldungen auf den Tafeln zu lesen, die an Hauswände genagelt waren und die der Oberpolizeibeamte an die Madrider Bürger richtete. Er dachte, es sei aus vielen Gründen besser, fern vom Hof zu leben. Ohne sich zu beeilen, aber auch ohne eine Pause zu machen, lief er zu Cándidos Wirtshaus, das einen wohlberechtigten guten Ruf hatte und nicht übermäßig teuer war. Er setzte sich an einen Tisch, und sogleich kam ein Kellner, um seine Bestellung entgegenzunehmen. Er wollte einen mit Zimt vermischten Gewürzwein haben und erklärte dem Jungen, dass er mit dem Mittagessen noch etwas warten wolle, doch er solle ihm die Speisekarte bringen, denn er werde seine Mahlzeit gleich aussuchen. Don Martín richtete sich mehr nach den Beträgen, die am Rand der Liste standen, als nach der Vorzüglichkeit der Speisen. Er wählte mit Hirn und gemahlenem Pfeffer zubereitete Eier und Schafsinnereien nach Segovianer Art. Als süßen Nachtisch bestellte er Sorbet, das sich seit ein paar Jahren großer Beliebtheit bei Hofe erfreute. All das zusammen ergab sieben Vier-Maravedís-Stücke und drei zusätzliche Maravedís, und er erlaubte sich den Luxus, noch einen Apfellikör zu bestellen, der gewiss seine Lebensenergie steigern würde, was er benötigte, um seinen schwierigen Auftrag voller Elan zu bewältigen. Er genoss sein Getränk, und während sich das Wirtshaus allmählich mit Gästen füllte, ließ er seine Gedanken schweifen.

Ein stechender Schmerz suchte ihn heim, als er des Todes seiner lieben Schwester, der Priorin von Sankt Benedikt, gedachte. Von jeher hatte er sich ihr sehr nahe gefühlt. Er erinnerte sich an ihre Kinderspiele und Streiche, und er bedauerte es zutiefst, dass er bei ihrem Hingang nicht bei ihr sein konnte. Er wusste durch die Auskünfte, die ihm Doktor Gómez de León vermittelte, dass sie eine sehr schwache Gesundheit hatte, aber niemals hätte er geahnt, dass ihre letzte Stunde so nahe war. Das stimmte ihn traurig, und dazu kamen die schweren Sorgen mit Catalina. Mochte es nun an einem unklaren Verantwortungsgefühl oder an den Bekundungen ihres Charakters liegen, von denen ihm die Nonne erzählt hatte, jedenfalls empfand er für seine heimliche Tochter eine seltsame Schwäche, ohne dass dies die Liebe beeinträchtigte, die er für Álvaro im Herzen fühlte, den er aufgezogen und geliebt hatte, seitdem er in jener nun schon fernen Nacht vor beinahe fünfzehn Jahren in sein Haus gekommen war. Trotzdem, wenn es ihm möglich gewesen wäre, die Charaktereigenschaften der beiden jungen Leute zu vertauschen, hätte er es ohne Zögern getan.

Álvaros Studium verlangte große wirtschaftliche Anstrengungen von Don Martín. Er hatte Literatur und Latein in Salamanca gewählt, und er machte ausgezeichnete Fortschritte. Allerdings zeigte er nicht das mindeste Interesse für die körperlichen Disziplinen und die Leibesübungen, die für einen jungen Mann unerlässlich waren. Catalina hingegen, wie er aus den Neuigkeiten schloss, mit denen ihn die Priorin immer versorgte, wenn er ins Benediktinerkloster kam, hatte gewiss einen für den Kriegsdienst oder für ein tätiges Leben sehr geeigneten Charakter, der sich jedoch wenig mit dem Klosterdasein vertrug, wozu sie seit ihrer frühesten Kindheit bestimmt war. Der Tod Mutter Teresas stellte vieles infrage, war sie doch außer dem alten Doktor und ihm selbst der einzige Mensch, der über die geheime Herkunft des Mädchens Bescheid wusste. Die Art, wie er in Zukunft für ihren Unterhalt sorgen konnte, und dazu das Problem, die Kosten ihres Schleierfestes bereitzustellen, ohne die neue Priorin in das Geheimnis einzuweihen, was er für ganz unzweckmäßig hielt, bedeuteten für ihn ein schwieriges und vorläufig unlösbares Problem.

Das Wirtshaus wurde immer voller, und Don Martín bat um sein Essen, weil er Angst hatte, sonst zu spät zu kommen. Während er aß, beobachtete er aufmerksam die Gäste, die dort zusammenströmten: kleine Hidalgos, der eine oder andere Geistliche, mehrere Schreiber, Kaufleute, eine verschleierte Dame mit ihrer Gesellschafterin und schließlich zwei Soldaten der deutschen Wache des Königs, die sich an den freien Tisch rechts von ihm gesetzt hatten. Sie zeichneten sich durch ihr Auftreten und ihre Uniform aus. Sie waren rotblond, groß, kräftig und imposant, steckten in schachbrettartig rot und gelb – den besonderen Farben der Habsburger – gemusterten Uniformen. Da er nichts Besseres zu tun hatte, und beinahe ohne es zu merken, achtete er unversehens immer aufmerksamer auf das Gespräch, das die beiden miteinander führten. Offenbar beabsichtigte Seine Christliche Majestät, am Nachmittag das Haus seines lieben Freundes und Schützlings Don Jerónimo de Villanueva, eines Granden des Königreichs und des Obernotars von Aragonien, zu einem Arbeitstreffen aufzusuchen, und ihn würden Ihre Exzellenzen Don Luis de Haro und der Herzog von Medina de las Torres begleiten. Da sich so viele bedeutende Herrschaften versammeln sollten, fürchtete Don Martín de Rojo kurze Zeit, dass seine Unterredung nicht zustande käme, und er beschloss, für alle Fälle so bald wie möglich aufzubrechen und in der Nähe des Palastes zu warten, damit sich aus dem einen oder anderen Grund nicht irgendeine Schwierigkeit ergab und er die Verabredung verpasste, die er so lange und sehnsüchtig erwartet hatte.

Er rief den Kellner, bezahlte die Rechnung und ging los, um die Sänfte zu holen, die ihn ans Ziel seiner Reise bringen sollte. Die Plaza de Herradores lag gleich um die Ecke, und dorthin lief er. Drei Sänften warteten auf einen Fahrgast, und Don Martín trat auf die sauberste zu. Sie war schwarz, hatte ein Dach aus Korduanleder und vier goldene Pinienzapfen an den Ecken. Der Preis stand deutlich sichtbar auf einem Zettel, der am Pfosten des Haltepunkts klebte: vier Reales für den Dienst, und vier war ebenfalls die Zahl der Lakaien, die sich abwechselten, um den Reisenden zu befördern, und die ihm nun halfen hineinzusteigen. Sobald er sich im Innern zurechtgesetzt und die Adresse genannt hatte, zu der er gelangen wollte, setzte sich das Gefährt schaukelnd in Bewegung. In einer Dreiviertelstunde erreichte er sein Ziel, eine halbe Stunde vor dem für die Unterredung festgesetzten Termin. Er bezahlte den Transport, und als er aus der Sänfte stieg, beobachtete er ein eigentümliches Hin und Her, das, wie er erkannte, ungewöhnlich für diese Straße war. Sie war für den normalen Wagenverkehr gesperrt, und unzählige Späher besetzten alle Straßenwinkel, wechselten oft ihren Platz und wirbelten dabei unerträgliche Staubwolken auf. Eine gewaltige Menge von Lakaien, Pagen, Dienern und Wächtern mit den Farben Ihrer Katholischen Majestät rannte umher. Der Hauptmann einer Kompanie von Montesa-Jägern erteilte ausdrückliche Befehle, damit kein Bürger der königlichen Karosse zu nahe kam. Diese wartete mit langen Sechsergespannen, deren Federbüsche unruhig hin und her schwankten, dass der Monarch geruhte, über sie zu verfügen. Don Martín, der an dieses höfische Getümmel wenig gewöhnt war, fühlte sich unbehaglich. Er ging über die Straße, trat auf den Wachoffizier zu und erklärte ihm, wer er war und wozu er herkam. Der Offizier befahl ihm zu warten, ging zum Hauptmann und fragte ihn, was man mit dem Hidalgo tun solle. Kurz darauf kam er zurück und teilte Rojo mit, er dürfe den Palast betreten.

Don Martín ging mit bedächtigen Schritten weiter und stieg die Freitreppe langsam hoch. Als er zum Hauseingang kam, versperrten ihm zwei Hellebardiere den Weg, indem sie ihre Hellebarden kreuzten. Es folgten weitere Fragen und Erklärungen. Ein anderer Offizier bat ihn freundlich, ihm den Degen zu geben. Danach führte ihn ein Palastdiener schließlich in einen kleinen Raum, wo ihm ein Sekretär, der so lautlos wie ein Barfüßermönch auftauchte, nach kurzer Zeit mitteilte, dass Seine Exzellenz, Señor Don Jerónimo de Villanueva, ihn empfangen werde, sobald es ihm möglich sei. Der Hidalgo zog sich den Mantel aus und machte sich bereit, geduldig zu warten.

Eine Dreiviertelstunde war verstrichen, als die vornehme Persönlichkeit bei Don Martín erschien: Der Mann trug ein Wams aus flandrischem Samt, eine gefältelte Halskrause, wallonische Beinkleider, violette Strümpfe, die an silberfarbenen Kniebändern befestigt waren, eine schwarze und kurze Perücke nach der vom König eingeführten Mode, einen scharf geschnittenen Schnurr- und Kinnbart und am Ringfinger der rechten Hand einen Ring mit seinem Familienwappen, das aus dem schwarzen Onyx herausgearbeitet war, damit er Briefe und Dokumente versiegeln konnte. Sein Aussehen wirkte beeindruckend. Rojo erhob sich rasch, während die berühmte Persönlichkeit wohlwollend auf ihn zutrat.

»Ihr müsst mich entschuldigen. Die Probleme meines Amtes bedrängen mich pausenlos und unerwartet. Ihr könnt Euch nicht vorstellen, wie unangenehm es mich berührt, wenn ich weiß, dass jemand auf mich wartet.«

»Exzellenz, Ihr könnt mir gewiss den ungünstigen Zeitpunkt meiner Verabredung vergeben. Wenn es Euch unangenehm ist, kann ich an einem anderen Tag wiederkommen, wann Ihr es bestimmt.«

»Auf keinen Fall! Eigentlich müsste ich mich entschuldigen. Dazu kommt noch … Wie kann ich wissen – ich Unglücklicher! –, ob morgen ein besserer oder schlechterer Tag sein wird. Der Dienst für Seine Majestät beginnt und endet nicht zu einer festen Stunde, er ist, wann er ist und wie er ist. Dafür gibt es keinen Tag und keine Nacht. Deshalb darf ich meine Angelegenheiten nicht für Zeiten vorbehalten, in denen ich freihabe, und überdies kenne ich sie nie im Voraus. Außerdem sind Euer Gnaden ja nicht in der Residenz zu Hause, wenn ich nicht falsch unterrichtet bin.«

»Gewiss. Aber das ist kein Hinderungsgrund, wie ich betonen möchte.

Falls es Euch heute nicht recht ist, kann ich wiederkommen, wenn der Tag für Euch günstiger ist.«

»Es ist gut, wie es ist. Nehmt Platz, und lasst uns reden. Allerdings wollen wir uns so sehr sputen, wie wir können. Ich kann Euch nicht garantieren, dass wir die Sache im ersten Anlauf beenden. Wenn man nach mir verlangt, bleibt mir keine Wahl, wie Ihr verstehen könnt. Die Geschäfte des Königs erlauben keinen Aufschub.«

»Wie dem auch sei, Ihr könnt mit meiner bescheidenen Person als Eurem treuesten Diener rechnen. Natürlich verstehe ich, wie schwierig Eure Aufgabe ist.«

Beide Männer setzten sich in die Sessel aus kubanischem Mahagoniholz. Der Edelmann war so taktvoll, sich dem Hidalgo gegenüberzusetzen und nicht seinen gewöhnlichen Platz einzunehmen, damit sie nicht von dem großen, mit Aktenbündeln und Mappen gefüllten Tisch getrennt wurden.

»Gut, lieber Freund, fangt an. Bedenkt aber, dass es der Herr Herzog von Albuquerque für richtig gehalten hat, mich über Eure Bedrängnisse und Probleme zu unterrichten. Beschränkt Euch daher auf Eure Bitten. Ich werde alles tun, was ich kann, um sie zu erfüllen und so meinem guten Freund gefällig zu sein.«

»Ganz recht, Exzellenz. Ich will versuchen, mich kurz und klar zu äußern. Wie Ihr sehen werdet, haben meine Kümmernisse zwei Seiten.«

Der Hidalgo erklärte so kurz wie möglich, welche wirtschaftlichen Probleme ihn bedrängten und wie ihn das Heilige Offizium verfolgte, wofür es nach seinem Verständnis keinen Grund gab.

»Und schuld an all diesen traurigen Verwicklungen ist, wie Ihr sagt, nichts anderes als der unglückliche Satz, der sich darauf bezog, dass Arbeitskräfte auf dem Land fehlen, weil der Vater unseres Königs und Herrn, Seine Majestät, der gute Monarch Philipp III., Gott habe ihn selig, die Morisken vertrieben hat.«

»So ist es, Exzellenz, auch wenn es unmöglich scheint, dass eine solch unbedeutende Ursache derart verderbliche Folgen hat.«

»Und Ihr sagt, dass man Verwandte und Freunde belästigt hat?«

»Genau das. Doktor Gómez de León, der mit mir zeitlebens befreundete Arzt, seine Hebamme, meine Verwandten in Valladolid. Sogar mein Sohn, der in Salamanca studiert, glaubt, dass man ihn überprüft hat.«

»Aber ahnt Ihr, was sie suchen oder erreichen wollen?«

»Das weiß ich nicht, Exzellenz. Doch es ist schlecht, dass sie Erkundigungen einziehen. Diese Leute entdecken etwas, wo es gar nichts gibt, und bis sie entscheiden, dass es keinen Fall gibt, können tausend Kümmernisse und Missgeschicke geschehen, und das kleinste Übel ist nicht, dass man ein paar Jahre in eine Einzelzelle gesperrt wird, ohne dass sie einem sagen, wessen man angeklagt wird, oder ohne dass sie erklären, wer einen angezeigt hat.«

»Und welche Bitte habt Ihr, lieber Freund?«

»Eigentlich wollte ich zum Familiaren der Inquisition ernannt werden, wegen der unleugbaren Vorteile, die ein solches Amt mit sich bringt. Doch in Anbetracht der Umstände ist mein einziger Wunsch, dass man uns, mich und meine Angehörigen, nicht mehr behelligt.«

Villanueva dachte einige Augenblicke nach. Dann erhob er sich und ging im Saal mehrmals auf und ab.

»Da Ihr von dem Mann kommt, den wir beide kennen, will ich etwas mehr tun. Wir wollen sehen, ob wir diese Spürhunde von Eurer Fährte ablenken und Euch außerdem helfen können, Eure Vermögenslage zu verbessern.«

»Wenn Ihr dies tut, wird meine Dankesschuld gegenüber Euer Gnaden ewig fortdauern!«

»Ich habe gehört, dass Ihr Euch den Herrn Herzog von Albuquerque dort in Neapel lebenslänglich zu Dank verpflichtet habt. Nun gut, ich habe die Ehre, sie in seinem Namen abzutragen.«

»Ich erkläre es noch einmal, Exzellenz. Dafür kann ich mich nie genug erkenntlich zeigen!«

»Nichts gefällt mir besser, als ein Opfer den Fängen dieser Raben zu entreißen.«

»Exzellenz, um Christi willen, gebt auf Eure Worte acht!«

»Hier in meinem Haus, während der König anwesend ist …! Seid unbesorgt. Das wird niemand wagen. Es gibt eine Lösung. Sie würde Eure Wirtschaftslage verbessern und Euch außerdem von ihnen befreien.«

»Was für eine Lösung ist das?«

»Man muss erreichen, Euch zum Mitglied eines Ritterordens zu machen: Ob Calatrava, Alcántara, Montesa oder vom Heiligen Grab, darauf kommt es nicht an. Worauf es ankommt: Wenn dies gelingt, garantiert es selbst für acht Generationen Eure Reinheit des Bluts, und wenn man Ritter eines solchen Ordens ist, bringt dies dazu noch stattliche Gewinne, weil man von den üblichen Abgaben und Steuern befreit ist und weil die Verkaufssteuer, die ihre Mitglieder der Krone entrichten, viel niedriger als die ist, die die übrigen Untertanen Ihrer Christlichen Majestät bezahlen müssen. Zunächst einmal befreit es Euch aus den Händen des Heiligen Offiziums, und dann verbessert es sicherlich Eure Finanzen.«

»Exzellenz, wenn Ihr dies erreicht, macht Ihr aus mir Euren untertänigsten Diener, und selbst wenn Gott der Herr mir hundert weitere Lebensjahre vergönnte, wäre dies zu wenig Zeit, um sie Eurem Dienst zu weihen!«

»Geben wir acht, damit wir später nicht Schwierigkeiten und Ärgernisse bekommen. Euch ist gewiss bekannt, dass für Euch eine Zeit der Untersuchungen beginnt und dass man zwei Adelsprüfer ernennen wird, damit sie den Ordensräten die ihnen bekannt gewordenen Hinderungsgründe mitteilen, falls es unter Euren Vorfahren einen Morisken oder Juden oder auch lediglich einen Schreiber geben sollte.«

»Das ist mir wohlbekannt, Exzellenz. Mein Blut ist rein, und ich fürchte mich nicht davor, dass man für eine so gute Sache meinen Stammbaum selbst acht Generationen zurückverfolgt.«

»Dann verlieren wir keine weiteren Worte und machen uns ans Werk … Ihr müsst Geduld haben, denn, wie man es nie besser gesagt hat, der Vornehmen Eile braucht geraume Weile.«

Villanueva erhob sich und ging zum Ausgang des Kabinetts, womit er zeigte, dass er die Unterredung für beendet erklärte. Don Martín folgte ihm, und nachdem er hastig seinen Mantel genommen hatte, holte er ihn mit zwei langen Schritten ein. Gerade in diesem Moment öffnete ein Palastdiener die Tür und wäre beinahe mit ihnen zusammengestoßen.

»Exzellenz, Seine Majestät verlangt nach Euch. Er sagt, wenn Ihr nicht zurückkommt, erklärt er das Spiel für beendet.«

»Bestellt ihm, dass ich gleich komme.« Dann wandte er sich zu dem Hidalgo um und setzte spöttisch hinzu, als wollte er sich entschuldigen: »Seht, lieber Freund, wie schwierig und vielgestaltig der Dienst für Seine gnädige Majestät ist. Geht mit Gott. Bald werdet Ihr von mir hören.«

»Ich sage es noch einmal, Exzellenz: Meine Dankbarkeit wird ewig währen.«

»Wenn Ihr den Herzog von Albuquerque und Marquis von El Basto seht, so sagt ihm, dass ich die Schuld in seinem Namen abgetragen habe.«

»So wird es geschehen, Exzellenz.«

Don Jerónimo de Villanueva begab sich ins Innere des Palastgebäudes, während der Hidalgo Don Martín de Rojo e Hinojosa seinen Degen abholte und zur Freitreppe ging. Hoffnungsvoll glaubte er, dass es für seine

Probleme allmählich eine Lösung gab und dass seine Zukunftsaussichten, die bisher von Gewitterwolken verdüstert waren, sich nun aufheiterten. Er blickte zum Himmel empor und rief:

»Danke, Camila, liebe Schwester, wo Ihr auch immer sein mögt! In drei oder vier Tagen bete ich an Eurem Grab.«

Zur selben Zeit galoppierte ein Reiter durch das hintere Tor der Palastanlage. Er schlug die Richtung nach Bragança ein, und in seinem Quersack hatte er einen Brief, der an Don Sebastián Fleitas de Andrade gerichtet war. Der Palastdiener, der Villanueva die Bestellung des Königs überbracht hatte, sah ihm an einem Fenster nach.

Benavente

Catalina kam wieder zu Bewusstsein, als sie im Palast des Marquis von Torres Claras eintraf. Zunächst erkannte sie nicht, wohin man sie gebracht hatte. Der Kopf tat ihr schrecklich weh, und sie konnte das rechte Auge kaum öffnen. Schließlich aber setzte sich ihre Jugend durch, und die Behandlung durch einen guten Arzt und die Ruhe sorgten für den Rest. Sie betonte nachdrücklich, dass sie nur am Kopf verletzt sei, und allein darüber klagte sie, wenn man sie fragte. Sie befürchtete, dass man sie gründlich untersuchte und ihre wirkliche Geschlechtszugehörigkeit entdeckte. Außerdem musste sie eine kurz gefasste Lebensgeschichte erfinden und sie gut im Gedächtnis behalten, damit sie sich nicht irrte und nicht den einzelnen Personen unterschiedliche Dinge erzählte, wenn man sie befragte. Auf jeden Fall kamen ihr die Folgen des Schlages wie gerufen, um ihre Gedächtnislücken bei dem zu rechtfertigen, woran sie sich lieber nicht erinnern wollte.

Man hatte ihr ein bescheidenes Zimmer auf dem Dachboden des Palastes gegeben, das ihr, da sie an ihre Zelle im Benediktinerkloster gewöhnt war, wie eine königliche Wohnstätte vorkam. Als sie den kleinen Schrank in dem winzigen Zimmer aufmachte, entdeckte sie außer ihrer bescheidenen Ausstattung auch Kleidungsstücke in ihrer Größe, die zwar gebraucht waren, ihr jedoch von großem Nutzen sein konnten und die sie überdies für prächtig hielt: zwei Wämser, drei Beinkleider, Strümpfe, Halbstiefel, Kamisole, ein Büffellederkoller, eine Mailänder Mütze und einen kleinen Schlapphut mit einer Habichtsfeder. Das Zimmer hatte ein Fensterchen von der Größe einer Dachluke. Dieses Fenster ging nach Westen, und von dort aus konnte man die ganze Umgebung überblicken. Außer dem Schrank gab es noch ein Handbecken mit Wasserkanne, einen Kiefernholztisch, zwei Stühle und einen Kleiderständer.

Catalina lag auf ihrem Bett und brachte Ordnung in ihre Gedanken. Alle Episoden erschienen klar und deutlich vor ihrem inneren Auge, doch sobald sie sich an Benavente erinnerte, geriet alles durcheinander, und sie wusste nur noch, dass sie gerade etwas essen wollte, als sie von zwei oder drei Männern angegriffen wurde; danach erklangen Pferdehufe, und schließlich kamen Stille und Nichts. Dann das Erwachen! Und damit der Anblick des Gesichts, das sie in ihrer kindlichen Phantasie seit jenem Tag so oft heraufbeschworen hatte, als es der Zufall oder die Vorsehung am Kellerfenster der Kerkerzelle vorführte, wo sie Mutter Teresa höchst ungern hatte einsperren lassen, um sie für ihr Abenteuer mit Blasillo und dem Tod des roten Hahns zu bestrafen. Offenbar hatte der Schlag auf den Hinterkopf schreckliche Folgen, so sehr, dass sie mehrere Tage lang zwischen dem bewussten Zustand und dem Schlaf hin- und herschwankte. Doch allmählich ließen der Schmerz und die Bewusstseinsstörungen nach. Nun begannen die lästigen Fragen, die sie, wie geplant, umging, indem sie ihre Gedächtnislücken den erlittenen Schlägen zuschrieb. Sie erfand für sich einen Namen, Alonso Díaz. Trotzdem gelang es ihr allerdings nicht, »sich zu erinnern, wer er war, woher er kam und wohin er wollte«, als das Unglück zuschlug. Sie dachte wieder, dass ihr die Tracht Prügel im Grunde wunderbar zupasskam, weil sie so ihre Lage und ihre Herkunft verschleiern konnte.

Etwas in ihr hatte sich vollständig geändert. Ihre Gedanken wandten sich immer wieder dem Bild Diegos zu, der sich vom ersten Augenblick an für sie interessiert hatte. Ganz sicher verdankte sie ihm und dazu Don Suero ihr Leben. Jeden Tag erschien der junge Mann in ihrem Schlafzimmer, erkundigte sich nach den Fortschritten ihrer Genesung und plauderte liebenswürdig mit ihr. Der Arzt, der sie behandelte, erklärte, im Lauf der Zeit werde sie sich an immer mehr erinnern, und die Nebel, die ihr Gedächtnis verschleierten, müssten sich allmählich lichten.

Diskretes Klopfen kündigte ihr an, dass der Besuch, den sie jeden Morgen so ungeduldig erwartete, gekommen war. Die Tür öffnete sich eine Handbreit, und Don Diegos Kopf tauchte auf.

»Wollt Ihr lieber ausruhen, oder gefällt es Euch, ein Weilchen Gesellschaft zu haben?«

Das Mädchen spürte, dass sich ihr Gesicht rötete, ohne dass sie wusste, warum, und sie hatte Angst, dass Don Diego etwas merkte.

»Um Gottes willen, nein! Kommt herein. Ich habe mich schon gut erholt. Euer Besuch erfreut mich außerordentlich. Da ich hier eingeschlossen bin, wird mir der Tag sehr lang.«

Diego trat ins Zimmer, schloss die Tür hinter sich und ging zum Bett des Mädchens, wobei er einen Stuhl mit heranholte. Er setzte sich rittlings mit der Lehne nach vorn, legte die Arme darauf und begann zu plaudern.

»Sagt mir, wenn ich Euch störe und wenn Ihr mein Geplauder sattbekommt.«

»Überhaupt nicht. Was mir am besten gefällt und mich am meisten zerstreut, ist ein Gespräch mit Euch.«

»Habt Geduld. Ich habe mit meinem Herrn Vater gesprochen, und da Ihr Euch nicht daran erinnert, wer Ihr seid und woher Ihr kommt, könntet Ihr, wenn es Euch gefiele, als Page in diesem Haus dienen, bis Ihr wieder ganz gesund seid und Euch einfällt, woher Ihr kommt.«

Catalina konnte gar nicht an ihren guten Stern glauben. Sie durfte bei dem jungen Mann bleiben, und man gab ihr Unterkunft und Essen, bis sie sich erinnerte. Und dieses Erinnern hing allein von ihr ab. Dennoch hielt sie es für vernünftig, einen Einwand vorzubringen.

»Ihr wart mir gegenüber so freundlich, dass ich mich überwältigt fühle. Ich habe Euch nicht nur mein Leben zu verdanken, sondern Ihr bietet mir in Eurer Barmherzigkeit auch noch eine Zuflucht. Das darf ich nicht annehmen, es ist zu viel. Außerdem weiß ich nicht, ob ich die Arbeiten richtig ausführen könnte, die Ihr mir übertragen möchtet.«

»Macht Euch deshalb keine Sorgen, Alonso. Ich brauche einen Pagen. Dem früheren hat mein Vater wegen seines Alters eine höhere Stellung gegeben, er ist jetzt Lakai. Ihr könntet seinen bisherigen Platz einnehmen … wenn es Euch recht ist, natürlich. Sonst muss ich mir einen anderen suchen. Ihr macht auf mich einen aufgeweckten und geschickten Eindruck. Ich bin sicher, dass Ihr schnell lernt, was Ihr nicht kennt.«

»Ich weiß nicht, was ich sagen und wie ich meine Dankbarkeit ausdrücken soll. Ich kann Euch nur versichern, dass ich mich von Eurer Fürsorge überwältigt fühle.«

»Wie könnt Ihr mit Degen und Baskenklinge umgehen, Alonso?«

Catalina gewöhnte sich nicht daran, so angesprochen zu werden.

»Ich glaube, ich habe nie gelernt, sie zu gebrauchen, aber ich erinnere mich nicht. Vielleicht, wenn ich es versuche … Ich weiß auch nicht, ob ich reiten kann.«

»Nun ja, greifen wir den Ereignissen nicht vor. Gebt Euch Mühe, gesund zu werden, und dann sehen wir weiter.« Nach diesen Worten stand Diego vom Stuhl auf, um zu gehen. »Ruht aus und erholt Euch. Kein Wort mehr davon, Ihr habt ein Zuhause und ich einen Pagen. Morgen komme ich wieder, damit ich sehe, wie Ihr die Nacht verbracht habt. Erholt Euch, Alonso.«

Er ging aus dem Zimmer und schloss die Tür hinter sich. Er ließ Catalina zurück, die sich einem schönen Traum hingab.

Das Gebet am Grab

Auf dem Heimweg fühlte sich Don Martín de Rojo in einer anderen Stimmung. Für kurze Zeit glaubte er, dass sich das Rad der Fortuna zu seinen Gunsten drehte und dass die fetten Zeiten nach vielen Jahren voller Nöte und Missgeschicke angebrochen waren. Er ritt am frühen Morgen von Madrid los. Das Wetter war warm, und ein schöner Tag kündigte sich an. Sein gutes Pferd, das, wie es schien, die Heimkehr ahnte, zwang ihn, die Zügel anzuziehen, weil es sonst durch die gewundenen und steilen Straßen der Residenzstadt davongaloppiert wäre und irgendeinen zerstreuten Fußgänger oder einen Freund des Bacchus mitgerissen hätte. Die laut gerufene Losung der Wache und die Lichter der sie ankündigenden Laternen beruhigten ihn. Vier von einem Büttel befehligte Häscher kamen näher, und das war ein untrügliches Zeichen, dass der Weg von Spitzbuben, Raufbolden und Gaunerbanden frei war. Als er an ihnen vorbeikam, begrüßten sie einander, und er nutzte die glückliche Begegnung, um sich zu erkundigen, ob er auf dem richtigen Weg sei.

»Reitet in dieser Richtung weiter … ungefähr eine halbe Meile. Wenn Ihr an das Wirtshaus »Zum Raben« kommt, seht Ihr ein Kreuz, das den Weg nach Móstoles von dem nach Humera trennt, und es gibt Euch an, in welcher Richtung Ihr nach Segovia kommt. Ihr könnt Euch nicht verirren, aber Ihr tätet besser daran, eine Pause zu machen und darauf zu warten, dass die Sonne aufgeht.«

»Vielen Dank für den Rat. Vielleicht halte ich mich daran. Gott schütze Euch.«

»Der Herr sei mit Euch.«

Der Hidalgo gab seinem Tier die Sporen und ritt in den Morgen hinein.

Er wollte bis Segovia hinauf und von dort nach Valladolid weiter, um schließlich über Villamañana nach Sankt Benedikt zu kommen. Diese Reise würde er in drei oder vier Tagen hinter sich bringen, und da er es nicht eilig hatte, irgendwo einzutreffen, wollte er den friedlichen Horizont genießen, der sich vor ihm auszubreiten schien. Außerdem wollte er ruhig und langsam über die Dinge, die ihn beunruhigten, und über die Lösung nachdenken, die Don Jerónimo de Villanueva für seine Bedrängnisse und Ängste gefunden hatte.

Der Tag zog herauf, und sein Pferd trottete munter dahin. Da entdeckte er in der Ferne eine elegante Reisekutsche, die, als sie in eine Kurve einbog, ihm das prachtvoll angeschirrte Sechsergespann zeigte, das sie zog. »Darin sitzt eine wichtige Persönlichkeit«, dachte er. »Das wäre eine gute Gesellschaft für diese Reise.« Er drückte Rumoroso leicht die Sporen in die Flanken, so dass er in einen kurzen Galopp fiel und im Handumdrehen die Kutsche einholte. Die Reise ging ohne Zwischenfälle weiter, und Don Martín konnte sich kaum an eine Zeit erinnern, in der er ruhigere und fröhlichere Tage als diese erlebt hätte. Das gute Pferd schien seinen Gemütszustand zu erraten, und es trabte glücklich auf Wegen und Pfaden, weil es ahnte, dass es heimkehrte. Bei mehr als einer Gelegenheit nahm er einen ihm bekannten Nebenweg, der ihm eine Strecke von mehreren Meilen ersparte; aber er erinnerte sich an den Rat, den ihm die Wache gegeben hatte, als er die Hauptstadt verließ, und wagte es nie, die Reise fortzusetzen, sobald die Sonne unterging. Er übernachtete in besseren und schlechteren Gasthäusern, je nachdem, wie bedeutend die von ihm besuchte Ortschaft war, doch insgesamt fand er gute Herbergen für sich selbst und trockenes Stroh und gutes Futter für sein Tier. Ein einziges Missgeschick traf ihn, als er sich Medina de Río Seco näherte. Schon erblickte er die Stadt vor sich, da spürte er, dass der Sattel vom Kreuz des Pferdes rutschte. Er stieg sofort ab, überprüfte das Zaumzeug und stellte fest, dass das Loch des Sattelgurts, in dem der Dorn der Schnalle gesteckt hatte, ausgerissen war, so dass sich das eine Loch nun mit dem nächsten vereinte, was dazu führte, dass sich das Ganze lockerte und nach hinten glitt. Er besserte den Schaden vorläufig mit einem Bindfaden aus, den er für solche Notfälle im Reisesack dabeihatte. Als er in den Ort einritt, gab ihm ein Einwohner die Adresse eines guten Sattlers, den er aufsuchte und der ihm in kurzer Zeit und für wenig Geld den Gurt reparierte.

Um zehn Uhr am Morgen des fünften Tages entdeckte er in der Ferne die gewaltige Masse des Klosters. Er zügelte Rumoroso, blieb auf der Anhöhe stehen und ließ seine Gedanken schweifen: Nichts schien sich in diesen fünfzehn Jahren verändert zu haben, und trotzdem war alles anders.

Er wusste, dass er in der Schuld der Priorin stand. Immer hatte er sie eher als Schwester und nicht als Nonne angesehen, und immer hatte er, während er selbst sich damals nicht entscheiden konnte, ihr treffendes Urteil und ihre Entschlusskraft in jenem ausschlaggebenden Augenblick bewundert, der ihm zu einem Erben verhalf. Catalina würde ihr Klosterleben weiterführen, und vielleicht könnte sie eines fernen Tages die Ehre haben, das Ordensamt zu übernehmen, das Camila so würdevoll und erfolgreich ausgeübt hatte.

Vorläufig musste er jedoch ein unmittelbares Problem lösen: Mit dem Tod Mutter Teresas war das wichtigste Glied in der Kette abgerissen, über die er die Unterstützung und den pünktlichen Unterhalt des Mädchens vermittelt hatte. Die übliche Verbindung würde weiter über seinen Freund Doktor Gómez de León erhalten bleiben, doch innerhalb des Klosters würden die Dinge nicht mehr so wie früher sein, und es gefiel ihm überhaupt nicht, der neuen Priorin womöglich sein Geheimnis anvertrauen zu müssen, erst recht nicht jetzt, da die Adelsprüfer, die der Obernotar bestimmte, ihre Pflicht erfüllen und Auskünfte für seinen Eintritt in einen Ritterorden einholen würden – und jede Handlung, die auf einen sittlichen Mangel oder eine eher unwürdige Tat hindeutete, könnte den erhofften Eintritt vereiteln. Aber er wollte den Ereignissen nicht vorauseilen. Er würde ins Kloster kommen, und nachdem er der ehrwürdigen Mutter Gabriela de la Cruz seine Aufwartung gemacht hätte, wollte er einen Entschluss fassen. Er gab seinem Tier leicht die Sporen.

Dringende Angelegenheiten

Doktor Carrasco hatte Don Sebastián Fleitas de Andrade durch einen Eilkurier angewiesen, nach seinem jüngsten Besuch im Benediktinerkloster unbedingt und unverzüglich am nächsten Montag in Astorga zu erscheinen. Der Portugiese machte sich auf den Weg, sobald er die Nachricht erhielt, weil er verstand, dass ihm der Prälat etwas Dringendes mitzuteilen hatte, wobei dies eine glückliche Fügung war, denn er hatte ebenfalls Neuigkeiten, die er seinem großzügigen Gönner mitteilen musste. Diesmal reiste er über Zamora, weil er über mehr als genug Zeit verfügte und sie verwenden wollte, um sich mit einer Vertrauensperson zu unterreden, die er nach Salamanca geschickt hatte, wo sie sich Álvaro de Rojo y de Fontes nähern sollte, dessen Bekanntschaft er selbst ein paar Monate zuvor bei einem kurzen Aufenthalt gesucht hatte, bei dem er die Zeit geschickt ausgenutzt hatte, um diesem vorgestellt zu werden.

Zamora passte zu seinen Plänen, entfernte es ihn doch nicht allzu weit von Astorga, seinem Endziel, und er brachte seinen Mann, indem sie sich dort trafen, nur kurz von dessen eigentlicher Arbeit ab, die in nichts anderem bestand, als alles herauszufinden, was er über Don Martíns Sohn und auch, warum nicht, über seinen Freund und Studienkameraden López-Dóriga erfahren konnte. Der Familiar traf um zwölf Uhr in der Stadt ein, eine Stunde vor dem vereinbarten Termin, und da Mittagszeit war, ging er gleich zum vereinbarten Treffpunkt, um die Wartezeit zu nutzen und einen kleinen Imbiss einzunehmen, während der andere die letzten Meilen von Salamanca aus herbeigaloppierte. Das Wirthaus war als das des Bellido Dolfos bekannt, also nach einem Zamoraner Bürger aus dem 11. Jahrhundert benannt, der größte Kontroversen heraufbeschworen hatte und trotzdem Sebastián Fleitas zu tiefster Bewunderung veranlasste, denn er meinte, dass solche Persönlichkeiten, denen es ohne den Vorteil berühmter Familiennamen oder bedeutender Gönner gelungen war, das Schicksal eines ganzen Reichs umzugestalten, selbst wenn sie dies als Söldner getan hatten, durchaus die Achtung der Geschichte verdienten.

Das Speisehaus lag am Ende einer Sackgasse, im früheren Judenviertel. Der Familiar stieg an der Schenkentür ab, hielt sein Pferd am Zügel fest und führte es zu einem groben waagerechten Holzbalken, der dort angebracht und dafür bestimmt war, dass Reisende ihre Reittiere an ihm festbinden konnten. Hierzu nahm der Portugiese dem Tier den Kehlriemen ab, aber nicht die Kandare und das Halfter, denn das Pferd war äußerst unruhig und schwer zu lenken, wenn ihm nicht das richtige Zaumzeug angelegt war. Das Tier löschte eine reichliche Minute lang seinen Durst, und danach band sein Herr es am Balken fest. Sebastián Fleitas nahm den Reisesack vom Sattelbaum ab, lud ihn sich auf die Schulter und trat mit dem Hut in der Hand durch die Gittertür ein, während er sich die Handschuhe aus Ziegenleder auszog.

Das Lokal war halb voll. Die Gäste waren einfache Leute, die, wie er mitbekam, in der Nähe ihren Arbeiten nachgingen. Er suchte sich einen Platz an der Wand, wo er sich bequem niederlassen und alles überschauen konnte. Er stellte seinen Reisesack auf einem nahen Schemel ab, und nachdem er sich die Degenkoppel abgeschnallt und neben sich gelegt hatte, ließ er sich auf einem Hocker nieder. Dabei achtete er darauf, dass der Griff des Degens seiner rechten Hand nahe blieb. Das Warten dauerte nicht lange, und er vertrieb sich die Zeit, indem er sich aus der Flasche bediente, die ihm ein Kellner des Hauses hinstellte, sobald er sich gesetzt hatte. Er hatte die Anwesenden noch gar nicht gründlich gemustert, als er durch den dichten Rauch des Kamins die Umrisse seines in Salamanca tätigen Stellvertreters eher erriet als sah. Dieser hielt den Schlapphut in der Hand und blickte sich prüfend um, um nach dem Familiaren Ausschau zu halten. Fleitas deutete eine Geste an, und als ihn der Mann erkannte, kam er rasch zu seinem Tisch und begrüßte ihn unterwürfig.

»Nehmt Platz und entspannt Euch. Ihr kommt vor der vereinbarten Zeit.«

»Sobald ich die Nachricht Eurer Gnaden erhalten habe, bin ich aufgebrochen und auf schnellstem Wege hergekommen.«

»Ihr seid von einer Pünktlichkeit, die für die Einheimischen dieses Landes ungewöhnlich ist.«

»Ich bin lieber daran schuld, zu früh als zu spät zu kommen, zumal wenn derjenige, der auf mich wartet, eine so bedeutende und vielbeschäftigte Persönlichkeit wie Euer Gnaden ist.«

Der Portugiese ließ sich die Schmeichelei gefallen. Der Mann hing seine Sachen an einen nahen Kleiderständer und setzte sich Sebastián Fleitas gegenüber. Dieser bestellte beim Kellner das Essen für beide.

»Nun ja, Euer Gnaden haben es meiner Intuition überlassen, ohne jede Beschränkung alles zu ermitteln, was ich vermag und was die Zweifel und Unklarheiten erhellt, die eine gewisse Person bei Euch hervorruft. Deshalb habe ich dem all meine Kräfte gewidmet, und hier bringe ich die Ergebnisse meiner tage- und nächtelangen Nachforschungen und Ermittlungen.«

Nun zog der Mann ein Leinenpapier aus seiner Tasche, setzte sich die Brille auf und wollte den Text vorlesen. Gerade in diesem Augenblick stellte der Kellner das verlangte Essen vor die beiden und entfernte sich sogleich mit der Weinflasche, die der Portugiese in der Wartezeit ausgetrunken hatte. Dieser sah sich nach beiden Seiten um und erklärte:

»Habt es nicht so eilig, es gibt Zeit für alles. Ruht Euch aus und bemüht Euch, von bestimmten Dingen nicht zu reden, wenn sich indiskrete Ohren in der Nähe befinden.«

»Entschuldigt. Mein Wunsch, Euch schnell gefällig zu sein, hat mich vielleicht überstürzt und unvorsichtig handeln lassen.«

»Ihr seid entschuldigt. Ich meine, dieses Lamm ist vorzüglich. Greift tüchtig zu, und dann, beim Nachtisch, unterrichtet Ihr mich über Eure Nachforschungen.«

Der Bote nahm sich die Brille ab und steckte das Papier wieder weg. Dann widmeten sich beide Männer genussvoll und wortlos der Mahlzeit. Nach dem Hauptgang, als schon das Milchdessert aufgetragen war, das Fleitas als Abschluss des Festessens bestellt hatte, machte sich dieser bereit, die Informationen zu erbitten, die ihn so sehr interessierten, nachdem er sich abermals vergewissert hatte, dass sich niemand in ihrer Nähe herumtrieb.

»Gut, mein treuer Freund, jetzt ist der geeignete Moment. Welche Neuigkeiten könnt Ihr mir zu den Aufträgen mitteilen, die ich Euch anvertraut habe?«

Der Mann holte wieder das Papier heraus und setzte sich die Brille auf, wischte sich den fettbeschmierten Mund mit dem Unterarm ab, prüfte seine Notizen und begann seinen Vortrag.

»Nun denn, als Erstes habe ich mich nach der Adresse des Gasthauses erkundigt, wo unser Mann abgestiegen war, und ich wollte erfahren, wie viele Diener er hatte und wie ihre Stellung war. Ich habe sogleich herausbekommen, dass die wirtschaftliche Lage López-Dórigas unendlich viel günstiger als die unseres Mannes ist, denn wie Ihr wisst, sind die Diener der Mächtigen sehr hochmütig, leicht für Schmeicheleien zugänglich und eifersüchtig auf das Wappen der Familie bedacht, der sie dienen. So hat mir denn einer von ihnen für den geringen Preis einer Runde Wein gestanden, dass sein Herr für drei Viertel der Unterhaltskosten beider aufkommt und dass Don Álvaro de Rojo lediglich ein Viertel der Kosten trägt und außerdem einen einzigen Knappen mitgebracht hat, der ihm für alles dient, während der Herr meines Tischgastes nicht weniger als acht Diener zu seiner Verfügung hat, wozu der Hofmeister, Lakaien, Knappen und Pagen gehören. Was die Reittiere betrifft, so hält er sich in den Ställen eines Bauernhofs außerhalb der Stadt, denn die Studenten dürfen ja keine Pferde im Stadtgebiet haben, acht prächtige Tiere, während der von uns Überwachte mit zwei bescheidenen Maultieren nach Salamanca gekommen ist. All dem lässt sich leicht entnehmen, dass die Geschäfte der Familie Rojo nicht gerade einträglich sind und dass ihre wirtschaftliche Lage sehr unsicher ist.«

Der Portugiese sog die Worte seines Mannes förmlich in sich hinein. Er bestellte eine weitere Runde eines starken Tresterbranntweins, den man ihnen schon vorher serviert hatte, und forderte den anderen auf weiterzureden.

»Also, dann habe ich mich damit beschäftigt, für zufällige Begegnungen in den Speisehäusern und den übrigen Orten zu sorgen, die sie gewöhnlich besuchen. Sie gewöhnten sich entweder daran, mich zu sehen, oder ich konnte ihr Vertrauen gewinnen, jedenfalls knüpften wir eine Freundschaft an, nennen wir es so. Das erlaubte es mir, mich an ihren Tisch zu setzen oder sie an meinen einzuladen, und weil sich Studenten gern einladen und andere die Runden bezahlen lassen, habe ich Gebrauch von der Freiheit gemacht, die Ihr mir so großzügig eingeräumt habt, und war ihnen gegenüber wirklich freigebig. Das Vertrauen entsteht, wenn man sich häufig sieht, und wenn noch Wein dazukommt, lösen sich die Zungen, und so habe ich allmählich erfahren, was ich brauchte.

Casilda heißt die Frau, deren Milch unser Mann gesaugt hat, und jetzt ist sie Magd in Sankt Benedikt. Sie besucht oft das Haus der Rojos, und die Familie hat sie sehr lieb. Die Dienerin der Mutter Álvaro Rojos hat einen Kurier des Heiligen Offiziums geheiratet. Sie heißt Leonor, und ihr Ehemann heißt Marcelo. Sie leben in Carrizo de la Ribera, wollen sich allerdings bald in Toledo niederlassen. Und schließlich gibt es nicht den geringsten Zweifel, dass María Luján die Hebamme bei jener Entbindung wie auch bei all denen war, die Doktor Gómez de León durchführt. Sie ist mit einem Pächter der Rojos verheiratet. Das Streitgespräch, das Ihr auf dem Jahrmarkt von Carrizo gehört habt, widerspricht aus all diesen Gründen der Logik, denn die drei Frauen müssen sich offensichtlich beim Geschlecht des Kindes einig sein, das Doña Beatriz de Fontes vor nunmehr fünfzehn Jahren in Quintanar del Castillo geboren hat. Und jetzt kommt das Wichtigste: Ich kann Euch versichern, dass der Rücken des Jungen keinerlei Flecken trägt. Er ist weiß und makellos wie der eines Engels. Andererseits muss ich Euch sagen, auch wenn es nicht so wichtig ist, dass ihn der Himmel nicht für Leibesübungen oder den Waffengebrauch ausersehen hat.«

»Und wie habt Ihr all das herausgefunden?«

»Ich habe Euch ja schon gesagt, dass ich mich in die Gruppe seiner engsten Freunde einschleichen konnte, so dass sie nichts dagegen hatten, mich bei ihren Ausflügen auf den Wettkampfplatz zum Pelotaspiel oder zum Fechtsaal mitzunehmen. Das Übrige könnt Ihr Euch schon vorstellen, wir haben uns an gemeinsamen Orten umgezogen, und schließlich war es kinderleicht, ihn zu beobachten, wenn er sich für die entsprechende Leibesübung auszog, und darum kann ich Euch bestätigen, dass ich einen dermaßen eigentümlichen Fleck nirgendwo an seinem Körper gesehen habe.«

»Ihr habt gut und zuverlässig gearbeitet. Ihr kehrt nach Salamanca zurück und werdet weiterhin meine Augen und Ohren sein, so dass Ihr alles, was Ihr beobachtet und für wichtig haltet, mir unverzüglich mitteilt.«

»Euer Gnaden dürfen sicher sein, dass ich genau das tun werde.«

»Wie steht es um Eure Börse nach den Ausgaben, die Ihr hattet?«

»Noch komme ich zurecht. Eure Exzellenz haben es beim letzten Mal allzu gut gemeint.«

»Dann nehmt, das hier ist für Euch.«

Der Portugiese zog aus seinem Reisesack einen kleinen Beutel aus Korduanleder, der oben mit einem Lederbändchen zugebunden war, und hielt ihn seinem Handlanger hin. Mit einer weit ausholenden kriecherischen Geste nahm dieser den Beutel, befühlte ihn und berechnete schnell den Wert der Belohnung. Dann steckte er ihn in seinen Gürtel.

»Eure Exzellenz ist meiner bescheidenen Person gegenüber äußerst großzügig. Zweifelt nicht, dass ich Euch mit aller Kraft dienen werde.«

»Ihr habt mir immer treu gedient … Und ich hoffe, das tut Ihr auch weiter.«

Nach diesen Worten stand der Portugiese auf und erklärte die Unterredung damit für beendet. Er bezahlte dem Kellner, was sie verzehrt hatten. Er verließ das Speisehaus zusammen mit seinem in Salamanca eingesetzten Spitzel. Dieser band ihm sogar die Steigbügel des Pferdes fest, um sich ihm gefällig zu erweisen.

Glückliche Tage

Catalina erinnerte sich nicht, in ihren wenigen Jahren eine solch schöne Zeit wie die erlebt zu haben, die sie in diesen Tagen im Herrenhaus des Marquis von Torres Claras genoss. Die List mit dem Gedächtnisverlust kam ihr höchst gelegen, um Vergessen und Unkenntnis zu rechtfertigen. Wenn eine Frage sie bloßstellen konnte, wich sie ihr daher mit der Erklärung aus, es sei ihr unmöglich, sich an derlei zu erinnern. Zunehmend entdeckte sie den Zauber und die Pracht des Ortes, an dem ihr neues Leben verlief, und wenn sie sich abends ins Bett legte, konnte sie nichts, keine Tätigkeit und keine Situation, entdecken, die ihr missfallen hätten. Dennoch wunderte sie sich, wie selten sie sich an die fünfzehn in Sankt Benedikt verlebten Jahre, an ihre Ängste und Befürchtungen vor allem nach dem Tod Schwester Teresas erinnerte. Hingegen erinnerte sie sich gern an die glücklichen Augenblicke, die sie als Kind zusammen mit Blasillo und als junges Mädchen mit Casilda verbracht hatte. Sie würde sie niemals vergessen!

Nachdem sie vier Tage in ihrem Zimmer eingesperrt gewesen war, empfahl ihr der Arzt der Familie Cárdenas, sich im Freien zu bewegen und sich zu sonnen.

Sobald der Marquis erfuhr, dass sie wieder aufstehen konnte, ließ er sie zu sich rufen, weil er sie kennenlernen und etwas mehr über ihre Geschichte erfahren wollte, denn er hatte nur von dem erfahren, was sich seit dem Moment ereignet hatte, in dem sein Sohn und Don Suero sie vor dem Überfall jener Schurken retteten. Diego teilte ihr am Morgen mit, dass sein Herr Vater sie nach dem Mittagessen im Glasvorbau über dem Fechtsaal empfangen wolle. Von diesem Augenblick an wurde sie von Ängsten und Befürchtungen gequält. Unausweichlich kam die Stunde, und Catalina trat über die Schwelle des prächtigen Raums. Sie näherte sich dem Sessel, auf dem der edle Herr des Hauses saß. Da die Sonne durch die Scheiben der Glastür hinter ihm hereindrang und Cárdenas sich auf einem Podest befand, das mit kräftigem scharlachrotem Samt tapeziert war, wurde seine stattliche Erscheinung aufs Majestätischste hervorgehoben. Einen Schritt hinter dem Sessel stand ernst und ehrerbietig der schwarz gekleidete Don Suero de Atares, der Hofmeister Diegos. Er hatte sich inzwischen von dem schweren Unglück erholt, das ihm auf dem Jahrmarkt von Carrizo zugestoßen war und dessen einzige Spätfolge darin bestand, dass er nun leicht hinkte.

Don Benito lächelte gütig und streckte Catalina seine ringgeschmückte Hand entgegen, damit sie sie küsste. Das Mädchen tat es, während sie als Zeichen der Ehrfurcht und Gefolgschaft das rechte Knie vor ihm beugte.

»Erhebt Euch, Alonso. Ich glaube, das ist Euer Name.«

Der Marquis schrieb die Verwirrung Catalinas ihrer augenblicklichen Aufregung zu. Sie erkannte in ihm sofort den vornehmen Protektor von Sankt Benedikt wieder, den sie zusammen mit Blasillo so oft von einem Versteck aus heimlich beobachtet hatte. Das Mädchen richtete sich auf, und es gelang ihr nicht einmal, zu bestätigen, dass sie so hieß.

»Nun gut, man hat mir schon von Eurem Abenteuer berichtet und erklärt, dass Euch beinahe ein schweres Unglück getroffen hätte. Und man hat mir gesagt, dass Ihr Euch an ganz wenig erinnert, dass Euch nicht bewusst ist, zu welcher Familie Ihr gehört und woher Ihr kommt. Stimmt das?«

»So ist es, Exzellenz. Ich weiß, dass ich Alonso Díaz heiße, aber mir ist entfallen, was ich in Benavente zu tun hatte, woher ich stamme, wohin ich wollte und woher ich kam. Ich weiß nur, dass ich nicht mehr zu den Lebenden gehören würde, wenn es Euren Sohn und Don Suero nicht gegeben hätte.«

»Unser guter Arzt meint, dass nur genügend Ruhe Euch helfen könne, das Gedächtnis wiederzuerlangen, und dass Euer Geist sich langsam an neue Dinge erinnern werde, wie ein Buch, dessen Seiten man nach und nach aufschlage, dass es aber schlecht sei, ihm gewaltsam zuzusetzen, und dass man ihm gestatten müsse, sich zu kräftigen und sich Zeit zu lassen.«

»Das hat mir Don Diego erklärt.«

»Hat er Euch nicht auch von den Plänen erzählt, die wir mit Euch während der Zeit Eurer Genesung haben, wenn Ihr einverstanden seid?«

»Ja, Exzellenz. Er hat es mir erzählt, und ich muss Euch für die Aufmerksamkeiten und Mühen, die Ihr meiner bescheidenen Person gewidmet habt, und für die Ehre außerordentlich dankbar sein, die Ihr mir erweist, wenn Ihr mich in die Dienerschaft Eures Hauses aufnehmt.«

»Gut, kein Wort mehr darüber. Ihr tretet eine Stelle als Page bei Don Diego an. Von Don Suero erhaltet Ihr Fecht- und Reitstunden, und Bruder Anselmo unterrichtet Euch in den Grundlagen des Lateins, der Arithmetik und Grammatik. Der Arzt meint, wenn Ihr eine dieser Disziplinen von früher kennt, werdet Ihr bemerkenswerte Fortschritte erreichen. Das klärt uns dann über den Unterricht auf, den Ihr vorher erhalten habt, und vielleicht hilft es uns, Eure Vergangenheit zu erhellen. Von diesem Augenblick an gehört Ihr zu den Leuten meines Hauses.«

»Danke, Exzellenz. Ich werde Euch nicht enttäuschen.«

»Dessen bin ich sicher. Eure Haltung spricht für Euch. Durch Eure Adern fließt adliges Blut. Ich glaube entschieden, dass Ihr einem vornehmen Geschlecht entstammt. Sonst hätte ich Euch nicht die Möglichkeit angeboten, dass Ihr in meinem Dienst bleibt, ohne dass ich weiß, wer Ihr seid. Jetzt könnt Ihr Euch zurückziehen.«

Catalina beugte ungeschickt das Knie und ging mit wild klopfendem Herzen aus dem Zimmer.

Das erfüllte Versprechen

Rumorosos Hufe schlugen rhythmisch auf die Steinplatten des Vorplatzes von Sankt Benedikt. Als der Hidalgo zur Mauer gekommen war, hielt er sein Tier an, stieg ab und machte es mit dem Zügel an einem Wandring fest. Er lockerte leicht den Sattelgurt, damit es sich während des Wartens, das lange dauern würde, wie er ahnte, freier bewegen konnte. Don Martín lief zur Drehlade des Haupttors, und auf dem Weg wedelte er sich mit dem Hut den Staub herunter, der die schwarze Farbe seiner Beinkleider in Grau verwandelt hatte. Zwei kräftige Schläge des Klöppels an die Bronze der Glocke kündigten der jungen Pförtnerin seine Anwesenheit an. Diese wischte gerade mit einem feuchten Lappen die Fußbodenplatten ihres Torraums, und da sie um diese Zeit niemanden erwartete, erschrak sie und sprang rasch auf.

»Ave Maria Purissima! Wer klopft an das Tor dieses heiligen Hauses?«

»Don Martín de Rojo e Hinojosa, von Gottes Gnaden ein Protektor des Klosters.«

»Und was wünscht Ihr von den Mägden des Herrn, die hier wohnen?«

»Ruhe und Unterkunft für mich und mein Pferd. Und ich möchte, dass mich die neue Priorin empfängt.«

»Seid so gütig und wartet einen Moment. Ich werde sie um Erlaubnis bitten.«

Während die Nonne ihren Auftrag erledigte, ging Don Martín zu der Steinbank, die den Stamm einer Rosskastanie umgab. Das dichte Blätterdach des Baums bot dem Reisenden Schatten und Ruhe. Er setzte sich auf die Bank und wartete darauf, dass sich das Guckloch öffnete und der Kopf der Nonne auftauchte, um ihm zu sagen, was er tun solle. Die Luft roch nach Minze, und das geschäftige Summen der Insekten kündigte das Nahen des Frühlings an. Alles lud zur Ruhe ein, und er dachte, dass sein Seelenfrieden daran nicht unbeteiligt war. Die Natur war, so meinte er, in ihre beste Jahreszeit eingetreten. Wie oft hatte er das Leben beneidet, das diese guten Frauen da drinnen führten. Sie hatten nichts mit den prosaischen Schwierigkeiten der Welt zu tun, die die übrigen Sterblichen quälten!

Das Glöckchen klingelte, und der Kopf der Pförtnerin erschien. Sie teilte mit, dass ihn Schwester Gabriela de la Cruz im Sprechzimmer empfangen wolle. Der Hidalgo erhob sich, nahm den Mantel von der Bank und legte ihn sich über die Schultern. Dann ging er zu seinem Pferd, band ihm den

Reisesack ab und folgte der Nonne, die schon eine Seite des Eichentors aufgemacht hatte. Don Martín lief auf dem Gang weiter, und er dachte daran, dass man ihn zum ersten Mal nicht im Kabinett der Priorin empfangen würde und dass ihm außerdem nie eine Nonne vorausgegangen war, die dabei ein Glöckchen ertönen ließ. Wenige Augenblicke später gelangten sie zum Sprechzimmer, und die Nonne führte ihn hinein. Bevor sie sich zurückzog, sagte sie ihm, dass die Priorin sogleich erscheinen werde. Rojo setzte sich dem Holzgitter gegenüber, das den für Nonnen bestimmten Raum von dem für Besucher trennte. Er wartete geduldig, dass sich der Vorhang öffnete. Doch die Minuten vergingen, und die Zeit lief träge und dick wie ein Lavafluss weiter, so dass der Hidalgo schließlich anfing, nervös auf und ab zu gehen. Plötzlich hatte er das Gefühl, dass ihn jemand aus einem Winkel beobachtete, und ohne zu wissen, warum, blickte er zur hinteren Wand des Zimmers. Schwester Gabriela de la Cruz schloss sogleich das Guckloch, das in einer Zierleiste verborgen war. Von dort aus hatte sie den Gast ausgespäht. Nachdem sie sich mit einer geschickten Handbewegung die Haube zurechtgerückt hatte, zog sie an der kleinen Schnur, die den Vorhang bewegte. Sobald Don Martín dies bemerkte, setzte er sich schnell auf die Besucherbank.

»Welchem Umstand haben wir die Ehre Eures Besuchs zu verdanken?«

Die neue Priorin eröffnete schlagartig den Dialog, ohne einen Gruß vorauszuschicken.

»Seid gegrüßt, ehrwürdige Mutter«, antwortete der Adelsherr mit deutlich konventionellem Unterton. »Ich glaube, ich habe Euch in meinem Brief mitgeteilt, dass ich nach meiner Reise in die Hauptstadt nach Sankt Benedikt kommen wollte, um Euch kennenzulernen und um am Grab meiner geliebten heiligen Schwester zu beten, Gott habe sie selig, die mir eine ganz andere Behandlung zuteil werden ließ, wenn ich diesen heiligen und verehrten Ort aufgesucht habe.«

Der Ton des Hidalgos war hart und schneidend, und damit entsprach er dem, den seine Kontrahentin gebraucht hatte.

Schwester Gabriela bemerkte es sogleich und entgegnete:

»Werter Herr, ich hatte Euren plötzlichen Besuch nicht erwartet. Ich habe einen Berg unerledigter Arbeit zurückgelassen, und das habe ich alles getan, um Euch nicht zu nötigen, an einem anderen Tag wiederzukommen ... Ich bin nicht Eure Verwandte, und ich habe auch nicht die Ordensregel diktiert. Mein Auftrag besteht allein darin, dass diese Regel eingehalten wird, und ich versichere Euch, dass es von nun an so geschehen wird.«

»Ich bin Protektor dieses Klosters, und ich werde Euch nicht gestatten, dass Ihr nach dem Tod der Priorin hintergründige Anklagen gegen die Methoden erhebt, mit denen sie dieses heilige Haus leitete …! Und ich bin nicht daran gewöhnt, dass man mich im Sprechzimmer empfängt und dass eine Nonne vor mir herläuft und mit einem Glöckchen klingelt, als wäre ich ein Fremder, wo es meine Familie so viele Jahre und Mühen gekostet hat, dieses Kloster zu unterhalten!«

Seine Stimme hallte kräftig vom Gewölbe der Kassettendecke wider.

»Also, dann müsst Ihr Euch daran gewöhnen.« Im Widerspruch zu seiner Stimme war die Schwester Gabrielas nun pfeifend und düster wie das Zischen einer Schlange. »Die neue Priorin wird in ihrem Kabinett nur Seine Exzellenz, den hochwürdigsten Doktor Carrasco, oder Personen Eures Standes empfangen, vorausgesetzt, sie erscheinen wenigstens zu zweit. Dies hat die Ordensregel schon immer vorgeschrieben. Meine Wenigkeit hat es nicht erfunden. Gott möge mich davor bewahren, Mutter Teresa zu beurteilen! Da ich bedauerlicherweise nicht ihre Geistesgaben habe, muss ich mich an die Regel halten … Und Ihr könnt mir gewiss verzeihen, aber ich denke, dass Eure Schwester in letzter Zeit – sicherlich wegen ihrer Krankheit – bei der Erfüllung der verantwortlichen Aufgaben, die das Amt der Priorin mit sich bringt, beträchtlich nachgelassen hatte.«

Der Hidalgo begriff, dass er nicht den richtigen Weg gewählt hatte, und korrigierte seine Äußerungen.

»Nun gut. Es missfällt mir, Eure Bekanntschaft unter unglücklichen Umständen zu machen. Es mag sein, wie Ihr sagt. Ihr seid die neue Priorin, und die Zeiten ändern sich. Ich werde Euer Vorgehen achten. Ich beanspruche nicht, dass Ihr bei mir eine Ausnahme macht. Entschuldigt meine Antwort, aber Ihr müsst verstehen, dass mich das veränderte Verhalten mir gegenüber überrascht hat, und vergesst nicht, dass ich einen fünftägigen Ritt hinter mir habe. Ich hoffe, Ihr gestattet mir, am Grab meiner Schwester zu beten, und Ihr geruht, mich in den Nebenräumen unterzubringen, über die das Kloster verfügt, damit seine Protektoren sie nutzen können.«

Auch die Nonne hielt es für ratsam, die Atmosphäre zu entspannen.

»Zweifelt nicht, dass alles erlaubt wird, was in meiner Macht steht und nicht unserer heiligen Regel widerspricht. Einmal im Jahr könnt Ihr zu einem rechtzeitig angekündigten Zeitpunkt an ihrer Gedächtnisfeier und dem festlichen Hochamt teilnehmen, das wir ihr schuldig sind, weil sie Priorin des Ordens war.«

»Das Plazet, das Ihr mir gebt, scheint mir sehr beschränkt zu sein. Doch wenn Ihr es so entschieden habt, werde ich keine Einwände erheben. Ich verstehe, dass die Dinge von nun an anders sein werden und dass Ihr das Kloster auf Eure Art führen wollt.«

»Euer Gnaden haben es nicht richtig verstanden, oder vielleicht konnte ich mich nicht deutlich ausdrücken: Ich beabsichtige nicht, etwas auf meine Art zu tun. Die Regel lässt keinen Spielraum für Improvisationen, alles ist darin festgeschrieben, und meine Pflicht als die einer Frau mit mittelmäßigen Geistesgaben ist es, die Regel zu achten und auch von den anderen einhalten zu lassen.«

»Das ist Euer Recht, und ich verstehe es. Aber die Zeiten ändern sich, und die Gesetze müssen den Menschen und den Umständen angepasst werden. Wenn Ihr beschließt, das Kloster an die Vergangenheit festzuketten, ist das, ich wiederhole es, eine Entscheidung, die ich respektiere, aber nicht teile.«

»Was Ihr da höchst verständig äußert, lässt sich auf die Welt und die Menschen anwenden. Aber das Kloster ist eine Galeone, die fest und unwandelbar auf dem stürmischen Meer der Zeiten segelt. Und wenn wir dahingehen und die Generationen der Menschen aufeinanderfolgen, bleibt dieser Leuchtturm der Weisheit durch alle Wechselfälle und Abenteuer der Jahrhunderte unerschütterlich erhalten. Und wisst Ihr, warum? Nun, weil es eine bescheidene Priorin gegeben hat, die gleich mir und in Erfüllung ihrer Pflicht an der weisen Ordensregel wie an einem Strohhalm festhält.«

»Nun ja, Señora. Lassen wir die philosophischen Abschweifungen beiseite. Wie ich Euch gesagt habe, möchte ich, wenn Ihr es mir gestattet, ein paar Augenblicke am Grab meiner Schwester beten und danach in den Räumen ausruhen, die uns, den Protektoren des Ordens, zukommen, wenn wir im Kloster übernachten.«

»Entschuldigt, Exzellenz. Aber da gibt es noch etwas, was ich Euch erklären muss.«

»Sprecht. Ihr habt meine ganze Aufmerksamkeit.«

Schwester Gabriela machte eine lange Pause und genoss ihr Schweigen. Der Hidalgo fühlte sich unbehaglich, ohne dass er wusste, warum.

»Also, gebt acht … Auf den Tod der Priorin sind Ereignisse gefolgt, die den Frieden dieses Ortes gestört haben.«

Hier hielt Schwester Gabriela inne und achtete sorgfältig darauf, wie der Hidalgo reagierte, denn Doktor Carrasco hatte sie ja angewiesen, genau das zu tun.

»Sprecht weiter, unterbrecht Euch nicht.«

»Gut. Ihr wart Vormund eines der Mädchen, das als Postulantin den Schleier erhalten sollte.«

»Um welches Mädchen geht es? Ich bin Vormund bei mehreren.«

»Gewiss. Es heißt Catalina.«

»Was gibt es also mit Catalina?«

»Nun, was es gibt, ist, dass sich das Mädchen nicht mehr hinter den schützenden Mauern von Sankt Benedikt befindet.«

»Was wollt Ihr damit andeuten?«

»Ich deute nicht an … Ich bestätige.«

Don Martín begann zu schwitzen.

»Wenn Ihr geruht, Euch deutlich auszudrücken …«

Die neue Priorin erzählte ihm nun mit einem gewissen boshaften Unterton und Punkt für Punkt die ganze Geschichte, die sie einige Tage zuvor Doktor Carrasco berichtet hatte, und der Hidalgo hörte ihr zu, als wäre diese Geschichte ein Albtraum.

»Was Ihr erzählt, scheint mir unmöglich, und ich kann nicht verstehen, warum mir, wo ich der Vormund des Mädchens bin, Mutter Teresa nie von den vielen Anschuldigungen erzählt hat, die Ihr dem Mädchen zur Last legt und über die sie ausführlich Bescheid wissen musste, logischerweise von der schrecklichen und unglaublichen Behauptung abgesehen, dass das Mädchen schuld an ihrem Tod war.«

»Euch ist bekannt, dass die gute Priorin eine Schwäche für Catalina hatte, die sie, nach allen Indizien zu schließen, mit ihrem Leben bezahlt hat.«

»Es tut mir leid, Mutter, aber ich kann der Geschichte, die Ihr mir erzählt, keinen Glauben schenken. Erst einmal muss man dieses Mädchen finden, denn es will mir nicht in den Kopf, dass ihr Verschwinden mit irgendeiner übernatürlichen Macht zu tun hat, und wenn es zweitens den geringsten Verdacht gibt, dass der Tod meiner lieben Schwester nicht auf natürliche Ursachen zurückzuführen ist, muss man es dem Oberrichter melden, damit er den Fall dem entsprechenden Gericht überträgt, um die Umstände gründlich zu untersuchen, die bei diesem traurigen Unglück mitgewirkt haben.«

»Doktor Carrasco vertritt eine andere Ansicht. Er meint, dass sich die Kirche und nicht die Autorität des Königs mit den Klosterangelegenheiten befassen muss, und ich weiß, dass er die Sache schon dem Heiligen Offizium übertragen hat. Gebt dem Kaiser, was des Kaisers ist, und Gott, was Gottes ist …«

»Nun gut. Tut, was Ihr für richtig haltet, und ich werde tun, was, wie ich glaube, mir die Stimme meines Gewissens vorschreibt.« Don Martín stieß einen tiefen Seufzer aus und hielt den Augenblick für gekommen, die Unterredung auf wohlerzogene und diplomatische Weise zu beenden. »Wenn Euer Gnaden mir gestatten: Mein alter Leib hat viele Meilen hinter sich gebracht, und ich möchte mich zurückziehen, um mich zu erholen.«

»Ich verstehe Euch und bedaure, dass unsere Begegnung in einer so gespannten und unangemessenen Stimmung begonnen hat.«

»Seid unbesorgt. Auch meine Haltung war nicht besonders angemessen. Führt es auf den langen Weg und auf den überraschenden Empfang zurück, und dazu kam die bedrückende Vorstellung, dass ich Sankt Benedikt zum ersten Mal besuche, ohne dass meine liebe Schwester an der Spitze des Klosters steht, was mich allzu tief betrübt hat. Wenn Ihr so liebenswürdig seid, so möchte ich außerdem ihr Grab sehen, bevor ich mich zur Ruhe begebe.«

»Ich schicke Euch sofort einen Lakaien. Er wird Euch zum Friedhof hinter der Kirche begleiten und sich um Euer Gepäck kümmern. Und seid in diesem heiligen Haus willkommen, wie immer.«

Nach diesen Worten erhob sich die neue Priorin von ihrem Schemel, und auch der Hidalgo stand auf. Nun zog Schwester Gabriela an der Schnur, und als der Vorhang an seiner Schiene sacht entlangglitt, verbarg er den Augen Don Martíns das Gesicht der Nonne. Diese stand auf, und ein gitterförmiges Netz fiel auf ihr Gesicht, denn die Sonnenstrahlen drangen durch die Holzjalousie, während sich die Nonne auf dem inneren Gang des Sprechzimmers entfernte. Ihr folgte ein leises Geräusch aus Rosenkranzklappern, Ordenskleidern und Röcken.

Es waren kaum ein paar Minuten vergangen, als die Tür aufging und Antón Cifuentes erschien: Man hatte ihn rechtzeitig gerufen, und er eilte eifrig herbei, um auf die Wünsche des Hidalgos zu hören.

»Exzellenz, ich stehe zu Eurer Verfügung für alles, was Ihr anordnen wollt.«

»Ich danke Euch für Eure respektvolle Anrede, aber sie kommt mir nicht zu. Wir geben uns mit ›Euer Gnaden‹ zufrieden, das ist meiner Person angemessen. Wer seid Ihr?«

»Antón Cifuentes. Lakai, Gärtner, Kutscher und Knecht für alle Arbeiten.«

»Dann tut mir den Gefallen, nehmt meinen Reisesack und führt mich zu den Zimmern, die der Orden seinen Protektoren vorbehalten hat. Hierauf begleitet Ihr mich zu dem kleinen Friedhof, auf dem meine liebe Schwester, die frühere Priorin dieses Klosters, begraben ist.«

»Wie Ihr befehlt.«

Der Mann ging zu der Bank voraus, wo der Hidalgo sein Gepäck abgesetzt hatte. Er legte sich den Reisesack über die Schulter und bat den Hidalgo mit einem Zeichen, ihm zu folgen. Antón führte ihn über Höfe, Kreuzgänge und Korridore zu dem Turm, in dem sich die Räume für die vornehmen Besucher befanden, die die Gemeinschaft bei seltenen Gelegenheiten empfing. Er öffnete die Tür der Eckwohnung, führte den Hidalgo hinein und zeigte ihm das Innere. Diese Wohnung war die größte der vier, und sie befand sich im südwestlichen Winkel des Klosters und hatte zwei große Fenster, die sich zu zwei Außenseiten öffneten. Aber sie war nicht nur viel geräumiger und heller, sondern auch diejenige, in der fünf Jahre zuvor Don Suero de Atares untergebracht war, als er zusammen mit Diego das Benediktinerkloster besucht hatte. Antón legte den Reisesack auf einen Sessel, zeigte dem Hidalgo die zwei Zimmer, aus denen die Wohnung bestand, und fragte, ob er etwas benötige.

»Bringt mir ein Waschbecken mit Wasser und ein bisschen Obst, und wartet dann bitte im Korridor.«

Der Lakai ging hinaus, um den Auftrag zu erfüllen, und Don Martín sah sich im Zimmer um. Es war prächtig eingerichtet, wenn man die an diesem Ort herrschende Schlichtheit bedachte, und an der einzigen Wand, in der sich keine Maueröffnungen befanden, prangte ein Teppich Veroneses, auf dem man eine schöne Jungfrau sah, die mit dem rechten Fuß den Kopf eines entsetzlichen Ungeheuers zertrat, wie es der Schilderung in der Offenbarung des Johannes entsprach. Diese Darstellung bildete den Blickpunkt des Zimmers. In der Mitte stand ein Bett unter einem damastartigen Baldachin. An seinem Kopfende befand sich ein großes Holzkruzifix, das mit Goldplättchen belegt war, und im Winkel zwischen den Fenstern stand ein Eckschrank, dessen Fächer mit kleinen Bänden, die religiöse Themen behandelten, vollgestellt waren. Ein Schreibschrank und eine Kommode, ein Schemel neben dem Bett und ein langes Fußbänkchen vervollständigten außer dem Sessel, auf den der Lakai den Reisesack gelegt hatte, die Einrichtung des Zimmers. Alle Möbel waren aus Edelholz. Dann ging der Hidalgo ins Nebenzimmer hinüber. Dort befand sich alles, was für die Körperpflege notwendig war.

Der Lakai kam bereits zurück und brachte das Erbetene, dem er von sich aus ein Fläschchen des besten Klosterweins hinzugefügt hatte, und sollte es der Gast nicht vollständig austrinken, würde er sich darum kümmern, dass nicht einmal der Bodensatz in die Küche zurückkehrte. Er stellte das Tablett mit dem Obst und dem Wein auf die Kommode und schaffte Wasserbecken und Krug ins Badezimmer.

»Wenn Ihr keine weiteren Anordnungen habt, warte ich auf der Bank im Korridor und begleite Euch dann zum Nonnenfriedhof.«

»Ich lasse Euch nicht lange warten.«

Der Knecht ging hinaus, und nachdem er die Zimmertür zugemacht hatte, beschäftigte er sich damit, dass er die Landschaft betrachtete, die sich seinen Augen aus einer für ihn nicht alltäglichen Perspektive darbot.

Plötzlich entdeckte er überrascht, dass sich Pater Rivadeneira lebhaft mit Fuencisla, einer der Reklusen, unterhielt, die er mit einer Hand an den Schultern festhielt, während er ihr mit der anderen das Gesicht streichelte. Trotz der Entfernung glaubte er wahrzunehmen, dass das Mädchen weinte.

Es waren noch keine fünf Minuten vergangen, als der Hidalgo schon an der Zimmertür erschien und den Burschen aufforderte, ihn zum kleinen Friedhof von Sankt Benedikt zu begleiten. Antón verließ seinen Beobachtungsplatz. Die beiden liefen los. Der Diener ging vor dem Hidalgo, und auf diese Weise legten sie den Weg zurück, der die Gästezimmer vom kleinen Nonnenfriedhof trennte. Eine schmiedeeiserne Gittertür verschloss die Friedhofsmauer, und während der Diener sie mit einem großen Schlüssel öffnete, betrachtete Don Martín eingehend den Ort. An der Wand im Hintergrund befanden sich fünf Reihen von Grabnischen. Jede Reihe enthielt zwanzig Nischen mit gleichartigen Grabsteinen für die Nonnen, die im Lauf der Zeit verstorben waren. Ihr Klostername, das Datum ihres feierlichen Gelübdes und ihr Todestag waren die einzigen Angaben, die man auf den Marmorsteinen an ihren Gräbern lesen konnte. Rechts davon hatte eine andere, weniger prächtige Reihe die Körper der in Sankt Benedikt verstorbenen Personen aufgenommen, die im Dienst des Klosters gestanden hatten, aber keine Nonnen waren: Knechte, Reklusen, Gärtner und eine Unzahl von ehemaligen Dienern. Auf ihren Grabsteinen waren lediglich ein Name und ein Datum zu lesen. Zu Füßen dieser Nischen lagen mehrere kleine Gräber, in denen, wie der Hidalgo wegen ihrer Größe und ihres Aussehens erriet, Kinder lagen, denn viele Säuglinge, die im Kloster zur Welt kamen, wurden nicht einmal einen Monat alt. An der anderen Seite befanden sich die Gräber der Ordensbrüder und ehemaligen Priester des Klosters, die verstorben waren, während sie ihr Amt im Orden versahen. In der Mitte lagen zwei Grabreihen: hinten die der Protektoren, die vor ihrem Tod den Wunsch geäußert hatten, in Sankt Benedikt begraben zu werden, wie auch er es in seinem Testament verfügt hatte, und vorn die – alle gleich aussehenden – Gräber der Nonnen, die Priorinnen des Klosters gewesen waren. Ein großes schmiedeeisernes Kreuz stand an ihrem oberen Ende, und der Grabstein war eine schiefe Ebene. Dort konnte man ihren Klosternamen und drei Daten in eingemeißelten Buchstaben lesen: das Datum des Tages, an dem sie ihr feierliches Gelübde abgelegt hatten, das des Tages, an dem sie von ihren Mitschwestern in das höchste Amt berufen worden waren, und schließlich ihren Todestag.

Antón Cifuentes hatte inzwischen die Gittertür aufgeschlossen, und mit einer Geste forderte er den Hidalgo auf, in den Friedhof einzutreten. Dieser tat es. Dabei hielt er den Hut in der Hand, und seine Miene bekundete Respekt und Zurückhaltung. An diesem Ort vernahm man nur das Trillern der Vögel, das Säuseln des Windes zwischen den Zypressen und das Knirschen des Kiessandes unter den schweren Schritten der Stiefel Don Martíns. Als dieser zum letzten Grab gelangt war, las er mechanisch die Grabinschrift der Nonne, die in einen vorläufigen Grabstein eingemeißelt war: HIER RUHT DIE STERBLICHE HÜLLE VON MUTTER TERESA DE LA ENCARNACIÓN, DER PRIORIN VON SANKT BENEDIKT. Dann folgten die drei üblichen Zeitangaben. Die Erinnerungen überstürzten sich in Don Martíns Kopf, und in diesem Augenblick wurde ihm schmerzlich bewusst, dass seine liebe Schwester dahingegangen war und dass er sich nie wieder ihres klugen Rates, ihres treffenden Urteils und ihrer unvergleichlichen Tatkraft bedienen könnte. Eine Träne erschien in seinen Augen und rann sodann durch eine Falte seines wettergegerbten Gesichts. Antón Cifuentes achtete seine Rührung, trat beiseite und verbarg sich im Schatten einer Mauer. Der Hidalgo war jedoch so tief in seine Gedanken versunken, dass er nicht einmal bemerkte, was der Knecht tat. Die Minuten vergingen. Don Martíns Stimme erklang tief und beherrscht:

»Bei Jesus Christus schwöre ich, liebe Schwester, dass ich Euch nie vergessen werde, dass es Euch nicht an meinen Gebeten und an den Messen fehlen soll, die ich jedes Jahr zu Eurem Gedächtnis bestellen will, und dass ich nicht eher ruhen werde, bis ich die Ursache Eures Todes geklärt habe!«

Danach bekreuzigte er sich, drehte sich um und wandte sich mit so großen Schritten zum Ausgang, dass sich der Knecht Mühe geben musste, um ihm zu folgen.

Ein Jahr in Benavente

Ein Jahr war vergangen, und die Tage folgten in Catalinas Leben so ereignisreich aufeinander, dass sie sich an jedem Abend, wenn sie sich in ihr Zimmer zurückzog, wunderte, dass schon wieder ein Tag vergangen war und dass ihr die Stunden leicht und geschmeidig wie Schmetterlingsflügel durch die Finger geglitten waren. Ihr früheres Leben hatte sich in einem abgelegenen Winkel ihres Gedächtnisses verborgen, und wenn sie sich daran erinnern wollte, musste sie sich tatsächlich äußerst angestrengt konzentrieren. Wenn sie sich das Kloster und die wechselhaften Ereignisse heraufbeschwor, die ihr in seinen Mauern zugestoßen waren, kam es ihr so vor, als hätte ein anderer Mensch diese Abenteuer und Situationen erlebt und sie wäre eine bloße Zuschauerin gewesen. Sie verzieh Schwester Gabriela nicht das boshafte Verhalten, das sie ihr gegenüber gezeigt hatte, und auch nicht ihre Verleumdungen, und diese hielt sie für weitaus abscheulicher als die schändlichen Begierden Pater Rivadeneiras, den sie zwar nicht entschuldigte, wohl aber verstand. Trotz alledem meinte sie, dass die Haltung der Novizinnenmeisterin viel niederträchtiger war: Mit ihren Lügen und Verleumdungen hatte sie bewiesen, dass sie etwas mit dem Tod der Priorin zu tun und sie, Catalina, an den lüsternen schlechten Geistlichen verkauft hatte. Sie empfand Gewissensbisse, weil sie sich nicht klüger verhalten und verhindert hatte, das indirekte Werkzeug der bösen Machenschaften zu werden. Man hatte sie benutzt, und sie hatte es zugelassen! Das würde sie sich zeitlebens nicht verzeihen, und eines Tages, früher oder später, würde sie es sein, die das letzte Wort hatte. In ihrem Innern sagte ihr »ein gewisses Etwas«, dass es zwischen ihr und der verstorbenen Priorin eine eigentümliche Beziehung gegeben hatte, ein Band, das sie zu Lebzeiten der Priorin vereint hatte, und sie wusste, dass die Nonne sie auf ihre Weise geliebt hatte. Im Todeskampf fehlte ihrer Stimme ein letztes Quäntchen Kraft, damit Catalina hätte erfahren können, wer ihr Vater war. So hatte die Priorin das Geheimnis mit ins Grab genommen.

Blasillo, der getreue Blasillo, der unvergessliche Gefährte ihrer Kindheit! Wohin mochte er wohl gegangen sein? Was war aus ihm geworden? Und da war schließlich noch Casilda, ihre Freundin und Beschützerin, ihre Trostspenderin und unvergleichliche Vertraute. Sie konnte sich wohl kaum vorstellen, wie nützlich ihre Lektionen über das Leben und die Welt, in der sie sich nun bewegte, für Catalina gewesen waren. Das Mädchen war sicher, dass sie Casilda früher oder später wiedersehen würde.

Um sieben Uhr morgens war die ganze Dienerschaft des Hauses aufgestanden. Catalina räumte ihr kleines Zimmer auf, wobei sie sich sorgfältig in Acht nahm, um ihre Stellung als Frau zu verheimlichen. Dann ging sie in die Kapelle, um an der heiligen Messe teilzunehmen, die eine Dreiviertelstunde später begann und die Bruder Anselmo zelebrierte. Die Schlossherren und die gesamte Dienerschaft nahmen teil. Hierauf ging sie in die Küche hinunter, um zusammen mit den übrigen Dienern zu frühstücken und danach den Unterricht zu besuchen, den Diegos Lehrer allen Pagen des Schlosses erteilte. Dabei konnte sie dankbar und voller Zuneigung an die Lektionen zurückdenken, die sie im Kloster von Bruder Gerundio erhalten hatte und die der Grund waren, dass sie sich schnell in mehreren Disziplinen vor allen übrigen Burschen auszeichnete, was Bruder Anselmo im tiefsten Innern freute. Wiederholt erklärte er Don Benito de Cárdenas gegenüber, wie aufgeweckt und klug »der Junge« sei. Es folgte eine freie Stunde, und dann begann, was ihr von dem ganzen Tag am meisten gefiel, dass sie nämlich den Fechtsaal besuchte, wo Don Suero die Ausbildung der Pagen vervollständigte, indem er sie in der edlen Fechtkunst schulte, damit sie gleichermaßen Degen, Florett, Dolch und Schild gebrauchen lernten. Bald erwarb Catalina eine solche Geschicklichkeit, dass Don Suero sie im siebten Monat der Klasse der Älteren zuteilte, und wenn der erfahrene Knappe mit ihr bei einer Kürübung kämpfte, musste er sich vor Catalinas Degen in Acht nehmen, sobald sie ihn mit der Linken angriff, nachdem sie die Waffe rasch in die andere Hand genommen hatte.

»Diesen Kunstgriff müsst Ihr weiterentwickeln«, sagte er eines Morgens zu ihr. »Ein solcher Angriff, der für Euren Gegner unerwartet kommt, kann Euch einmal das Leben retten. Pariert mit einer Quartparade und nehmt den Degen in die andere Hand. Niemand erwartet, dass ein Verteidigungsstoß zu einem Angriff wird, und das noch auf der anderen Seite. Außerdem könnt Ihr in diesem Augenblick mit der anderen Hand nach der Baskenklinge greifen.«

Nach dem Mittagessen und dem Tafeldienst bei den Herrschaften hatte Catalina wieder eine halbe Stunde frei. Sie nutzte diese Zeit, um mit den anderen Lakaien und Pagen auf dem Landstück zu plaudern, das hinter der Küche lag. Dort freundete sie sich mit Lorenzo an, einem jungen Mann ihres Alters und Sohn eines Verwandten des Marquis, der auf Wunsch seines Vaters hergekommen war, um hier seine Ausbildung zu erhalten.

Der Nachmittag gehörte auch zu ihren bevorzugten Zeiten: Die Jungen gingen in die Ställe hinunter und lernten, mit den Tieren umzugehen. Sie putzten sie, fütterten sie und ritten auf ihnen. Auch hierbei zeichnete sich Catalina bald aus, was sie dem Unterricht Blasillos in der Tierpflege zu verdanken hatte. Sie fiel so sehr auf, dass sie an einem Abend beim Essen wieder zum Gesprächsthema wurde, als Don Suero zu Don Benito de Cárdenas sagte, dass »der Milchbart«, der andererseits bei der Wiederbelebung seines Gedächtnisses keine Fortschritte mache, offensichtlich einer adligen Familie angehöre, denn es sei unmöglich, dass er so viele Fähigkeiten an den Tag lege, ohne dass er zuvor Unterricht erhalten habe.

Nach der Arbeit in den Ställen kamen praktische Übungen, wie man als Reiter die Waffen gebrauchte. Sie brachten die Tiere auf den Übungsplatz, und dort sprangen sie in den Sattel und stiegen ab, wechselten die Gangart, galoppierten und hängten sich an den Sattelgurt neben das Pferd, verbargen den Körper vor den Blicken des Feindes, der von der anderen Seite aus zusehen konnte. Was dem Mädchen bei all dem am meisten gefiel, war das Spiel mit der Stechpuppe. Dieses bestand darin, vom Pferd aus im Galopp und mit einer Lanze auf den Schild einer Puppe loszustechen, die sich um eine Achse drehte, während sie einen kurzen Griff festhielt, von dem eine Kette herabhing. Sie endete mit einer Holzkugel, die in Kriegszeiten selbstverständlich durch eine mit Stacheln gespickte Eisenkugel ersetzt wurde. Wenn man an den kleinen Schild stieß, drehte die Puppe sich um sich selbst, so dass der angreifende Reiter, wenn er nicht geschickt war, an Kopf oder Schulter einen Schlag erhalten konnte, der ihn veranlasste, sich beim nächsten Angriff vorsichtiger zu verhalten.

Was sich das Mädchen jedenfalls am meisten wünschte, war, dass Diego auf sie achtete, und das geschah hin und wieder. Wenn er sich bei irgendeiner belanglosen Begegnung nach ihrer Gesundheit, dem Zustand ihres Gedächtnisses oder ihren körperlichen und geistigen Fortschritten erkundigte, wurde sie von einem Glücksgefühl überwältigt und konnte nachts keinen Schlaf finden.

Catalina war mit ihren fünfzehn Jahren, trotz ihrer Verkleidung und mit den kurz geschnittenen Haaren, das Ebenbild eines stattlichen Jünglings, und sie bedauerte es zutiefst, dass sie sich Diegos Augen nicht als das Mädchen darbieten durfte, das sie war.

Endlos viele Ereignisse hatten sich seit ihrer Ankunft in Benavente zugetragen, und das bedeutsamste war, dass sie sich bewusst wurde, eine Frau zu sein.

In einer Nacht, als alle Schlossbewohner außer der Wache schliefen, machte Catalina leise die Tür ihres Schlafzimmers auf, lief ins untere Stockwerk und hängte unter beträchtlichen Mühen den großen maurischen Spiegel ab, der über einer Truhe glänzte. Dann trug sie ihn in ihr Zimmer. Höchst behutsam stellte sie ihn aufs Bett und lehnte ihn an die Wand. Nun zog sie sich aus und betrachtete sich im Spiegel, was sie nie zuvor getan hatte. Das Bild, das sich ihr bot, nahm ihr den Atem. Vor ihr erschien ein unbekanntes Geschöpf: das schwarze Haar im Pagenschnitt, das vollendete Oval des Gesichts, zwei große haselnussfarbene Augen unter dem Brauenbogen und eine gerade und kleine Nase, dann die fleischigen Lippen und das Kinn, an dem ein anmutiges Grübchen prangte, all das auf einem zierlichen Hals. Bisher erinnerte sie das, allerdings auf andere Weise, an das Bild, das ihr das ruhige Wasserbecken im Nonnenkloster gezeigt hatte.

Was ihre Augen allerdings dann sahen, war für sie völlig neu und erregend. Ihre Schultern waren rund, die Arme wohlgeformt, zwei hohe und selbstsichere, mit zwei stolzen Warzen geschmückte Brüste richteten sich auf. Nun betrachtete sie den Fleck unter der rechten Brust, den sie schon beinahe vergessen hatte, seitdem sie ein kleines Mädchen war. Er sah genau wie ein winziges Auge aus, von dem drei scharlachrote Tränen hinunterrannen. Dann blickte sie auf ihren Unterleib: Er war flach und eingesunken, und weiter unten betrachtete sie den kleinen, dunklen und geheimnisvollen Busch ihres Venusbergs. Zwei lange und formvollendete Beine trugen den ganzen Körper. Ihre Füße … sie konnte sie im Spiegel nicht sehen, die aber kannte sie schon. Dann drehte sich das Mädchen langsam um und vermochte den geraden und festen Rücken zu betrachten, der auf einem hochgereckten und festen Gesäß ruhte.

In diesem Augenblick beschloss Catalina, dass sie das Leben einer echten und richtigen Frau führen wolle, und ohne dass sie den genauen Grund kannte, beschwor ihr Geist das Bild Diegos herauf.

Der junge Mann war zum Mittelpunkt ihres Daseins geworden. Sie glaubte, ihn seit dem Tag zu lieben, an dem sein Gesicht am Kellerfenster ihrer Strafzelle erschienen war. Als er sie vor der Priorin verteidigte, wie ihr Blasillo berichtete, und als er an dem für sie glücklichen Tag tapfer eingriff, nachdem die Verbrecher sie bei ihrer Ankunft in Benavente überfallen hatten, hatte das ihr Gefühl nur noch vertieft. Dieses Gefühl war also in ihrer Kindheit entstanden, doch es war in ihrem Innern ebenso gewachsen, wie ihr Körper wuchs. In diesem Augenblick fühlte sie, dass ihr das Herz gleich aus der Brust springen würde.

Was sie bei ihren Arbeiten am meisten begeisterte, war, wenn Diego oder Don Suero sie für irgendeinen Auftrag riefen, wie er auch immer aussah. Zwei Ereignisse lähmten ihr Gedächtnis. Das erste trat an einem Morgen ein, als Diego in der Galerie des Fechtsaals erschien, um zu sehen, welche Fortschritte die Pagen machten. In diesem Moment focht Catalina mit Lorenzo, dem Sohn eines Verwandten des Marquis von Torres Claras und dessen Schutzbefohlenem. Sie waren fast am Ende der Übung, als das Mädchen bemerkte, dass Don Suero in einer Ecke mit Diego plauderte. Als die beiden Fechter fertig waren, halfen sie sich gegenseitig, die Schleifen zu lösen, die die wattierten Brustpanzer am Rücken befestigten. Diese Panzer schützten sie zusammen mit den Masken vor jedem unglücklichen Stoß, und sie wollten gerade die Degen in die Tafel mit der Waffensammlung zurückstecken, als sich hinter ihnen die Stimme des Knappen meldete:

»Alonso! Legt den Panzer nicht ab. Ihr sollt mit Don Diego ein paar Gänge fechten.«

Catalina spürte, dass ihr das Blut in den Adern erstarrte, und sie hörte sich selbst reden:

»Aber, Señor, Euer Gnaden wissen, dass …«

»Verlässt Euch etwa der Mut? Ich hätte nie gedacht, dass Ihr zaghaft seid. Wenn Ihr allerdings Angst habt, soll sich Lorenzo vorbereiten.«

Catalinas Blut pulsierte wieder.

»Überhaupt nicht. Es geht nur um die Achtung, die ich Don Diego schuldig bin.«

Nun griff dieser ein.

»Im Kampf gibt es keine Herren und Pagen, Alonso. Oder denkt Ihr, dass mich jeder Ketzer als Exzellenz behandeln wird, wenn wir es mit ihnen auf dem Schlachtfeld aufnehmen? Wolle Gott, dass es bald geschieht!«

»Nein, Señor, das glaube ich nicht.«

»Nun, dann vorwärts. Je eher, desto besser.«

Jetzt griff Don Suero ein.

»Alonso, bereitet Euch mit Degen und Baskenklinge vor, während Don Diego das Gleiche tut.«

Catalina lief schon los, um sich wieder mit allem Notwendigen auszurüsten, als sie Diegos Stimme hinter sich hörte, der sich an Don Suero wandte und leise murmelte:

»Hofmeister, das ist nicht nötig, so wie ich bin … Es wird nur ein paar Minuten dauern.«

»Besser, Ihr bereitet Euch vor … Man weiß nie. Und ein Unglück kann dem Geschicktesten zustoßen.«

»Aber wo Alonso seit weniger als einem Jahr übt. Seid nicht so ängstlich.«

»Wenigstens die Maske, Diego. Ich habe schon vieles erlebt.«

»Einverstanden. Doch nur, um Euch gefällig zu sein.«

»Aus welchem Grund auch immer, jedenfalls tut es.«

Diego ging zur Waffentafel, nahm eine Maske und hielt sie sich unter den Arm. Danach probierte er mehrere Degen mit stumpfer Spitze, drückte die Klingen gegen den Dielenbogen, um sie zu biegen, und suchte die Waffe aus, die er für am besten geeignet hielt. Er stellte sich an ein Ende der langen Matte, die den Übungsplatz bezeichnete, während sich Don Suero in die Mitte und Catalina ans andere Ende stellte.

»Alonso, nehmt keine Rücksicht. Handelt so, als wäre Euer Gegner einer der Pagen, mit denen Ihr gewöhnlich fechtet. Habt Ihr verstanden?«

Das Mädchen nickte zustimmend.

»Dann, meine Herren: Stellung!«

Die beiden Kontrahenten setzten sich ihre Maske auf.

»Fertig!«

Diego und Catalina ließen ihre Klingen beim obligatorischen Gruß der Zweikämpfer aufeinandertreffen.

»Los!«

Auf den Ruf des Hofmeisters gingen die beiden in Fechtstellung: Der linke Fuß war zurückgesetzt, die Stahlspitze zeigte auf den Rivalen, und Catalina hatte den hinteren Arm erhoben und im Ellbogen gekrümmt, während Diego ihn lässig mit der Faust an die Taille gelegt hatte. Die Degenspitzen tasteten sich gegenseitig ab.

Catalina begann einen zaghaften Angriff, den Diego mit einer geschickten und leichten Bewegung des Handgelenks vereitelte. Dann kam der Konterhieb des Jungen, der sie nötigte, zwei Schritte zurückzuweichen. Catalina bekam allmählich Selbstvertrauen, und ihr jugendlicher Geist fasste das Ganze wie ein Spiel auf. Nachdem sie noch zweimal die Angriffe des Jungen pariert hatte, machte sie Finten in der Höhe seines Gesichts und rechts von ihm, und sie wartete auf seine Parade, glitt unter seiner Klinge durch und versuchte einen Treffer, den Diego meisterhaft abwehrte. Die Maske machte es zwar unmöglich, ihm ins Gesicht zu blicken, doch darin spiegelte sich eine leichte Überraschung, während er mit der Klinge in Linie zurückwich, um die Position wiederzugewinnen. Don Suero lächelte verschmitzt. Die Zeit verging, und die Kontrahenten erhitzten sich zunehmend, als der Knappe eine Pause anordnete. Beide hielten inne, und nach dem höflichen Gruß nahmen sie sich die Schutzmaske vom Gesicht und gingen zu einem Tischchen, wo Don Suero frisches Zitronenwasser aus einer Karaffe in zwei Gläser goss.

»Sehr gut, Alonso, das ist sehr gut. Ihr habt große Fortschritte erreicht.«

»Das machen Don Sueros Lektionen aus.«

»Aber nein. Er hat sich nun einmal viel Mühe gegeben und ist zweifellos für den Waffengebrauch begabt«, entgegnete der Hofmeister. »Jetzt, wenn Ihr gestattet …«

Als er das sagte, nahm er Catalina am Arm und zog sie in eine Ecke, wobei er ihr etwas ins Ohr flüsterte.

»Was ist das? Verratet Ihr mich? So etwas hätte ich nie von Euch gedacht.«

Die Stimme des jungen Marquis klang heiter und vergnügt.

»Es dient nur dem Zweck, Euch besser zu üben, ist also bloß zu Eurem Besten«, antwortete der Hofmeister in derselben Haltung.

Beide Kontrahenten standen wieder einander gegenüber und kreuzten schon ihre Klingen. Der Gang war wohl halb vorüber, als Catalina plötzlich, in einem Sekundenbruchteil, den Degen in die andere Hand nahm, das linke Bein vorstreckte und vor das rechte stellte, so dass sie die Fechtstellung wechselte und Diego auf der anderen Seite angriff. Dieser war so überrascht, dass er überstürzt zurückweichen musste und instinktiv zur Baskenklinge griff, die wie durch ein Zauberkunststück in seiner linken Hand auftauchte. Der Hofmeister lächelte. Diego war drei Schritte zurückgewichen, um den Angriff zu parieren, und er hatte den Rand der langen Matte erreicht, die den Übungsplatz begrenzte. Nach einer achtmonatigen Ausbildung war es dem Mädchen gelungen, einen tüchtigen Fechter in Bedrängnis zu bringen, der sich inzwischen von der Überraschung erholt hatte und mit unterdrückter Wut zum Gegenangriff überging, so dass sich Don Suero höchst vernünftig einmischte und den Angriff aufhielt.

»Genug für heute! Nehmt die Waffen herunter!«

Beide Kontrahenten zogen sich auf ihre Position zurück. Sie grüßten sich, indem sie ihre Klingen kreuzten, und danach nahmen sie die Masken ab.

Catalina lächelte höchst zufrieden, und auch Diego lächelte, dies jedoch etwas überrascht und bewundernd.

»Weiß Gott, Ihr habt mich überrumpelt, Alonso! Ich hätte nicht gedacht, dass Ihr so große Fortschritte erreicht habt. Ich versichere Euch, wenn Ihr so weitermacht, geht Ihr mit mir in die Hauptstadt und werdet mein Page und Knappe.«

In dieser Nacht konnte Catalina keinen Schlaf finden.

Ein zweites Ereignis veränderte tatsächlich das Leben des Mädchens und bewirkte, dass sie sich an einem Morgen plötzlich vollkommen als Frau fühlte.

Diegos Kammerdiener hatte sie gerufen und ihr mitgeteilt, sie solle dem jungen Mann den ganzen Tag persönlich dienen, denn der Page, der sonst diese Aufgabe erfüllte, war krank geworden. Catalina hielt sich für die glücklichste Frau der Welt und machte sich bereit, ihre Arbeit eifrig und sorgfältig zu leisten. Sie befand sich in der großen Küche und wartete auf das Glöckchensignal, das aus den Zimmern des jungen Marquis kommen sollte. Sie hatte schon das große Tablett mit den Speisen vorbereitet, die er gewöhnlich aß, damit sie sogleich loslaufen konnte, wenn das Zeichen ertönte. Als sie den Korridor erreichte, stellte sie das große Tablett auf einem Tischchen ab und zupfte sich die Kleidung zurecht, dann klopfte sie mit den Fingerknöcheln an die massive Tür. Eine gedehnte und schläfrige Stimme antwortete. Catalina drückte die Türklinke mit dem Unterarm herunter und stieß mit der Schulter den Türflügel auf. Sie trat in den finsteren Raum ein. Die undurchdringliche Dunkelheit erlaubte ihr eine Zeit lang nicht, irgendwelche Umrisse zu erkennen, doch nach einer Weile gewöhnten sich ihre Augen daran und nahmen die Schatten der Dinge wahr. Aus dem Himmelbett erhob sich die verschleierte Stimme Diegos.

»Zieht die Vorhänge auf, Pablo. Es wird Zeit, dass ich aufstehe.«

»Ich bin nicht Pablo, Señor. Ich bin Alonso. Euer persönlicher Page hat einen Schnupfen bekommen, und man hat mir den Dienst für Euch übertragen.«

»Es ist gut. Dann fangt also an.« Die Stimme klang etwas überrascht. »Zieht die Vorhänge auf, wie ich gesagt habe.«

Catalina lief ans andere Ende des Zimmers, nachdem sie das Tablett auf einem Klapptisch abgestellt hatte. Mit einem kräftigen Zug öffnete sie die Vorhänge. Das Sonnenlicht fiel durch die bunten Scheiben und überzog die Möbel und Wände des Zimmers mit verschiedenen Farben. Als sich das Mädchen umdrehte, sah sie, dass sich Diego aufgerichtet hatte und schon auf dem großen Bett saß, wobei seine Zehenspitzen nach den arabischen Pantoffeln aus geflochtenem Leder suchten.

»Alonso, das Badewasser habe ich gern sehr heiß. Geht es holen, und lasst nicht auf Euch warten. Mein Herr Vater hat mich in einer Dreiviertelstunde zu sich bestellt.«

Das Mädchen ging los und kam kurz danach mit zwei großen Zinnkrügen zurück, die randvoll mit Wasser gefüllt waren. Als sie wieder das Zimmer betrat, sah sie Diego nirgends, und sie nahm an, dass er ins Nebenzimmer gegangen war, das ihm als Ankleidezimmer diente, um die Kleidung auszusuchen, die er an diesem Tag anziehen wollte. Seine Stimme drang wieder zu ihr, aber diesmal klar und kurz angebunden.

»Gießt das Wasser in die Badewanne und holt das Handtuch und das Öl für die Muskeln her, das hinten im Regal steht.«

Catalina tat es, und als sie sich umdrehte, um sich zurückzuziehen, fiel sie beinahe in Ohnmacht. Vor ihr stand der junge Mann in seiner ganzen jungen und prachtvollen Nacktheit, schön wie ein heiliger Sebastian. Er kümmerte sich nicht im Geringsten um diese verfängliche Situation.

»Geht nicht fort, Alonso. Gestern habe ich im Fechtsaal eine unglückliche Bewegung gemacht, und es tut mir weh, an meinen Rücken zu fassen. Ihr müsst mir helfen und mich sanft massieren.«

Aus Catalinas Gesicht war alle Farbe entwichen, und sie begriff, dass der junge Mann bemerken würde, wie sehr sie von dieser Situation beeindruckt war. Und so geschah es auch.

»Was habt Ihr, Alonso? Habt Ihr in Eurem Leben noch keinen nackten Mann gesehen?«

»Nein, Señor … Ich meine … ja … natürlich … schon oft.«

»Also, was gibt es dann, dass Ihr erblasst und halb verstört seid?«

»Das kommt, weil ich nicht daran gewöhnt bin. Das ist nicht meine übliche Arbeit, und ich fürchte, für diese Aufgabe, mit der Ihr mich beauftragen wollt, bin ich nicht geschickt genug.«

»Macht Euch keine Sorgen. Ich sage Euch, wie Ihr meinen Rücken bearbeiten sollt.« Ohne sich weiter darum zu kümmern, glitt der junge Mann in die kleine Badewanne und setzte sich so tief hinein, dass nur sein Oberkörper und seine Knie aus dem Wasser ragten. »Stellt Euch hinter mich. Gießt Euch ein bisschen Öl aus der malvenfarbigen Flasche auf die Handflächen und verteilt es kreisförmig an meinem linken Schulterblatt. Dort habe ich eine verspannte Sehne.«

Mit zitternden Händen machte sich Catalina daran, die Anordnung auszuführen. Im tiefsten Herzen war sie froh, dass sie im Rücken des jungen Mannes stand und vor seinen Blicken bewahrt blieb. Sie nahm die angegebene Flasche, goss etwas Öl auf ihre rechte Handfläche, und nachdem sie es mit der anderen Hand verrieben hatte, legte sie beide Hände an Diegos Oberkörper. Da durchfuhr sie von den Haaren bis zu den Fußsohlen eine Entladung, als wäre sie vom Blitz getroffen, so sehr, dass sie sicher war, dass der junge Mann es bemerkt haben müsste.

Ihre Gedanken flogen zu Casilda, und sie erinnerte sich an eine der vielen Unterhaltungen, die sie im Versteck des Klosterwaschplatzes geführt hatten. Einmal hatte Casilda gesagt, wenn sie sich eines Tages im Liebesakt mit dem geliebten Wesen vereinen werde, werde sie so etwas empfinden, als explodierte ihr der Regenbogen im Bauch. Aber dazu würde es niemals kommen. Das war nur eine Ausgeburt der Phantastereien Casildas. Sie würde nie die Gelegenheit haben, sich als die Frau zu zeigen, die sie war, und sollte sich dieses Wunder doch ereignen, würde dann etwa ein Mann wie der junge Marquis von Cárdenas auf ein Mädchen achten, das nicht einmal wusste, wer ihr Vater war und welcher Familie sie angehörte?

»Mehr in der Mitte, Alonso … und nicht so hastig. Ihr müsst erreichen, dass mir das Öl durch die Poren der Rückenhaut dringt.«

Diegos Stimme weckte sie aus ihrem Tagtraum und ließ sie in die wirkliche Welt hinabsteigen. So widmete sie sich bereitwillig und so gut wie möglich ihrer Aufgabe, um diesen zauberhaften Moment ganz lange auszudehnen, denn nie wieder würde sie die Empfindungen fühlen, die an diesem Morgen in ihr erwacht waren.

Als es Abend war und sie sich in ihrem vertrauten Zimmer befand, erinnerte sie sich an jede einzelne Sekunde ihres Abenteuers, und beinahe ohne es zu merken, begann sie, als wäre sie ein Spürhund, an ihren Handflächen zu riechen, um Spuren der Wohlgerüche wiederzufinden, die die Haut des jungen Mannes verströmt hatte und die sich immer noch mit den Resten des Öls vermischten, mit dem sie seinen Oberkörper eingerieben hatte. Da durchdrang ihren ganzen Körper ein Gefühl der Wärme.

Gewitterwolken

Der Portugiese hatte sein Pferd abgehetzt, um schnell nach Astorga zu kommen, und nach einer kurzen Pause in dem Gasthaus, wo er gewöhnlich übernachtete und wo er nun die Reisekleidung ablegte und eine für diesen Anlass besser geeignete anzog, sich vom Staub der Reise befreite und einen leichten Imbiss zu sich nahm, begab er sich zum Palast des Provinzsekretärs des Heiligen Offiziums, der von seiner Herberge nicht mehr als eine halbe Meile entfernt war.

Der Palast war ein massives Gebäude, das ein ganzes Straßengeviert einnahm, und sein Aussehen war, wie es seinen Funktionen entsprach, gewaltig und sehr eindrucksvoll. An jeder Fassade hatte er einen Eingang, aber zwei der dicken Türen waren ständig geschlossen, und man benutzte nur die größte Tür als Haupteingang und die hintere Tür als Zugang für Dienstboten und zu den Kerkerzellen im Keller. Über der Haupttür erstreckte sich eine große steinerne Balkonreihe, die man benutzte, wenn der Prälat oder eine hervorragende geistliche oder weltliche Persönlichkeit das auf dem Platz davor zusammengeströmte Publikum ansprechen sollte. An beiden Seiten der Balkonreihe befand sich ein großes Fenster, und drei kleinere öffneten sich in der Höhe des zweiten Stocks. An den übrigen drei Fassaden gab es sechs große Fenster, aber keinen Balkon. An jeder Ecke erhob sich ein Turm mit Schießscharten, die zur Verteidigung des Gebäudes dienten. Sie waren so angelegt, dass ein paar Musketen und in früheren Zeiten ein paar Bogenschützen jede Menschenmenge leicht zurücktreiben konnten, die sich dem Gebäude in feindseliger Absicht näherte.

Der Portugiese legte den Weg zu Fuß zurück, weil er seine Gedanken ordnen wollte, um dem Prälaten eine zusammenhängende und genaue Darstellung all seiner Abenteuer zu bieten. Als er zur Residenz kam, wurde er vom Türsteher unverzüglich erkannt. Dieser ließ sogleich den diensthabenden Kammerherrn rufen, der allerdings wusste, dass Don Sebastián Fleitas de Andrade nicht zu den an diesem Morgen geladenen Besuchern gehörte. Trotzdem führte er ihn durch Korridore und Zimmer in den Vorsaal des Kabinetts Seiner Eminenz, denn ihm war wohlbekannt, wie sehr sie sich für diese eigenartige Persönlichkeit interessierte.

»Ihre Durchlaucht bespricht sich mit Seiner Exzellenz, dem Herrn Oberrichter der Stadt. Sobald er herauskommt, lasse ich Euch eintreten. Ihr habt gewiss schon erkannt, dass ich Euch direkt hergeführt habe, damit Ihr nicht im Besuchersaal warten müsst.«

»Ihr seid sehr liebenswürdig, und ich danke Euch für Euer Entgegenkommen. Geht mit Gott.«

»Gott schütze Euch.«

Nach diesem kurzen Gespräch kehrte der Kammerherr zu seiner Arbeit zurück und ließ den Familiaren im Zimmer stehen. Der spreizte die Beine und drückte die linke Hand auf das Degenkreuz, während er mit der rechten Hand nach der Mantelspange suchte, um den Mantel aufzumachen und auf einen Schemel zu legen. Wie gewöhnlich waren die Palasträume für seinen Geschmack allzu warm. Die Wartezeit war kurz, und der Portugiese nutzte sie, um noch einmal seine Darstellung auszufeilen. Schlüsselklirren kündigte den Sekretär im Voraus an, ehe er selbst erschien, um ihn zum Prälaten zu begleiten. Don Sebastián nahm sein Mäntelchen und ging mit dem Koadjutor. Sie schritten durch einen langen Korridor, der in regelmäßigen Abständen vom Bild eines Vertreters der spanischen Kirche gesäumt wurde, entweder eines Heiligen, eines Kardinals, eines Apologeten oder eines Prälaten, der ein Amtsvorgänger des jetzigen Sekretärs war. Sie kamen in den Salon, der als Vorraum zum Kabinett des Bischofs diente.

»Wenn Eure Exzellenz so liebenwürdig sind …«

Der Sekretär wies Fleitas mit einer Handbewegung an, vor der Tür zu warten, die von zwei jungen, als Unterkämmerer dienenden Geistlichen bewacht wurde. Der Kammerherr ging ins Kabinett und kehrte gleich wieder zurück.

»Don Sebastián, wenn Ihr bitte kommen wollt …«

Er zeigte ihm mit einer Handbewegung, dass er das große Kabinett betreten durfte.

Der Sekretär stellte eindeutig fest, wie groß das Interesse des Prälaten war, denn dieser erhob sich von seinem Sessel hinter dem großen Tisch und ging dem Besucher leutselig entgegen, streckte beide Hände zu ihm hin. Don Sebastián beugte das Knie, um den Bischofsring zu küssen, doch der Prälat nahm ihn liebevoll am Arm und nötigte ihn, sich zu erheben.

»Steht auf, lieber Freund. Wenige gibt es, die mir in den mühseligen Tagen, die wir erleben, allein durch ihre Anwesenheit mehr Freude und Ruhe bringen.«

»Ich danke für die Wertschätzung, die Ihr meiner bescheidenen Wenigkeit erweist, wenn Ihr mich ›lieber Freund‹ nennt. Ich bin ja nur ein Diener Eurer Exzellenz, der nichts anderes versucht, als seine Verpflichtungen zu erfüllen.«

»Selten sind in diesen Zeiten solche Menschen, die es verstehen, ihre Pflichten zu erfüllen. Wenn es mehr von ihnen gäbe, würde dieses Land auf politischem und militärischem Gebiet nicht auf so schlimme Abwege geraten, und es ist unser Auftrag, dass sich die Dinge, was den Glauben betrifft, anders entwickeln, und dazu tragt Ihr ohne jeden Zweifel bei.«

»Eure unverdienten Lobreden überwältigen mich.«

Dann wandten sich die beiden zu den Sesseln und dem Sofa, die unter dem großen bunten Fenster standen. Dieses ließ gedämpftes Licht ein, das den ganzen Raum durchdrang und zusammen mit dem Glanz, der von den brennenden Holzscheiten des großen Kamins ausging, eine warmherzige und vertrauliche Atmosphäre schuf. Der Prälat setzte sich ans Ende des Sofas, und nachdem er sich in seine weite Kleidung gehüllt hatte, gab er dem Portugiesen zu verstehen, er solle sich auf den Sessel an derselben Seite setzen. Der Familiar gehorchte auf der Stelle und wartete, dass Doktor Carrasco geruhte, das Gespräch zu eröffnen.

»Lieber Freund, aus zwei Gründen habe ich Euch bestellen lassen, dass Ihr mich bitte besucht.«

Der Portugiese zog die Augenbrauen hoch und zeigte eine fragende Miene.

»Erstens wollte ich die Neuigkeiten erfahren, die sich aus Euren Maßnahmen ergeben, und dann wollte ich Euch die Meldungen mitteilen, die zu mir gelangt sind und die gewiss die Schritte beeinflussen und verändern, die Ihr in Zukunft unternehmen müsst.«

»Ich höre, Hochwürden.«

»Ich möchte lieber, dass Ihr Euch zuerst äußert und mich über Eure Nachforschungen unterrichtet.«

Fleitas informierte kurz und knapp, wie es dem Prälaten gefiel, über alle Neuigkeiten, die er durch seine Denunzianten und seine eigenen Ermittlungen erhalten hatte, angefangen mit den Berichten, die ihn über die so mühsam zustande gebrachte Unterredung des Hidalgos mit Don Jerónimo de Villanueva erreicht hatten, und dazu gehörte auch sein letztes Gespräch in Zamora, im Wirtshaus von Bellido Dolfos mit seinem Informanten.

»Also bestätigt Ihr, dass der Student in Salamanca, der allem Anschein nach ein Sohn Don Martín de Rojos ist, kein Mal am Körper hat, das einem Auge ähnelt, aus dem drei scharlachrote Tränen rinnen?«

»Ganz und gar, Exzellenz. Die Person, der ich diese Angelegenheit übertragen habe, genießt mein uneingeschränktes Vertrauen, genauso, als hätte ich selbst die Untersuchung durchgeführt. Und… von dem ausgehend, was ich Euch erzählt habe, schlage ich vor, Exzellenz, dass wir sehr vorsichtig bei den Angelegenheiten sind, die wir in Gang setzen, um zu verhindern, dass unser Mann in einen Ritterorden eintreten kann. Die Unterstützung durch den Obernotar von Aragonien darf nicht unterschätzt werden… Ihr wisst ja, dass ihn Seine Majestät mit ihrer Wertschätzung und Freundschaft auszeichnet, obwohl er, wie ich Euch schon berichtet habe, bei mehreren Gelegenheiten geringschätzig über das Heilige Offizium gesprochen hat.«

»Das werden wir bedenken, Don Sebastián. Aber zweifelt nicht, dass schließlich jeder, der sich dem Heiligen Offizium entgegenstellt, überwältigt wird. Es sind schon vornehmere und berühmtere Häupter gefallen. Nicht einmal ein gekrönter Herrscher ist von unserer Macht befreit. Vergesst nie, dass uns Gott beisteht! Außerdem, lieber Freund, möchte ich Euch bitten, dass Ihr mir keine Ratschläge erteilt. Mir ist es lieber, wenn Ihr mir Tatsachen berichtet.«

Der Portugiese begriff sofort, was ihm der Prälat mit seinen Worten und seinem Ton sagen wollte, und entschied sich, die Unterredung mit dem Bericht über seinen Besuch bei Doktor Gómez de León abzuschließen.

»Verzeiht meinen Hinweis. Nur der Drang, dass unsere Mühen glücklich ihr Ziel erreichen, und der Wunsch, dass Ihr einen vollständigen Überblick über die Feinde erhaltet, mit denen Ihr zu tun bekommen könnt, haben meine Interessen geleitet. Und nun gestattet mir, dass ich Euch von meinen letzten Schritten berichte, die, wie ich glaube, nützlich gewesen sind.«

Als Don Sebastián zu diesem Punkt gelangt war, versuchte er, den schlechten Eindruck zu überspielen, den seine letzte Meinungsäußerung bei seinem Gönner hinterlassen hatte, wobei er jene Einzelheiten seines Gesprächs mit dem Arzt übertrieb und ausschmückte, die ihn begünstigten.

»... Und als ich ihn schon in die Enge getrieben hatte, hat er mir gestanden, dass sich diese Bücher immer in seinem Haus befunden und immer der Familie gehört haben. Darum glaube ich, dass man ihn unverzüglich verhaften muss.«

»Ihr sagt also, Ihr habt bei ihm die *Moralischen Sprichwörter* Sem Tobs beschlagnahmt?«

»So ist es, Exzellenz. Seht her.«

Der Portugiese zog den kleinen Band aus seiner Tasche und gab ihn dem Prälaten. Dieser prüfte ihn gründlich und suchte all jene Sprichwörter heraus, die auf irgendeine Weise das jüdische Volk rühmten.

»Ihr habt gut gearbeitet. Dieser unvorsichtige Mensch hat uns einen Vorwand auf dem Tablett geliefert. Morgen Nacht schläft er in einer Zelle, und Ihr werdet schon sehen, dass sich sein Gedächtnis auffrischt. Jetzt hört mir zu, ohne eine Kleinigkeit zu verpassen, denn was ich Euch berichte, hat viel mit Euren zukünftigen Schritten zu tun.«

Instinktiv näherte der Portugiese seinen Kopf dem des anderen. Der Prälat schilderte, ohne irgendein Detail auszulassen, die Unterredung, die er mit Schwester Gabriela über den Tod Mutter Teresas und die Flucht einer Postulantin, die dem Anschein nach alle Zeichen eines Paktes mit Satanas aufwies, aus Sankt Benedikt geführt hatte. Er bestätigte seine Erklärungen, indem er ihm den Brief zeigte, den er von der neuen Priorin erhalten hatte.

Liebesabenteuer

Catalina fühlte sich wie im Traum. Das Gefühl, das ihr Casilda so ausführlich hatte erklären wollen, als sie im Versteck am Waschplatz miteinander plauderten, hatte nichts mit der innigen Freude zu tun, die ihr junges Herz erfüllte. Sie träumte ununterbrochen von Diego. Sie bewunderte seine anmutige Erscheinung, beneidete seinen kundigen Umgang mit Pferden und seinen geschickten Gebrauch der Waffen. Im Innern malte sie sich tausend Phantasiebilder über den Tag und die Umstände aus, wenn er es merken würde, dass sie eine Frau war und sich in ihn verliebt hatte.

Ein weiteres Ereignis war zu den vielen hinzugekommen, die sich seit dem Tag, an dem sie über die Schwelle des Schlosses der Cárdenas gelangt war, günstig auf ihr Leben ausgewirkt hatten. Der Marquis hatte einen Tanzlehrer eingestellt, damit Diego diese Kunst lernte, die offenbar unentbehrlich war, um am Hofe voranzukommen. Zunächst rebellierte der junge Mann dagegen, doch als ihm sein Vater mitteilte, sobald er diese Seite seiner Erziehung beherrsche, werde er in das Pagenhaus eintreten, das Don Gaspar de Guzmán y Pimentel, der Graf-Herzog von Olivares und Günstling des Königs, vor Kurzem in Madrid für die Ausbildung und Unterweisung der vornehmen Jünglinge gegründet habe, die im Lauf der Zeit in den Dienst Seiner Majestät eintreten sollten, widmete er sich dieser Lehre, als wäre sie ein neuer Wettkampf oder eine schwer zu handhabende Waffe.

Mit dieser Aufgabe wurde ein Franzose beauftragt, der eines Tages in Benavente erschien, weil ihn ein alter Freund des Marquis von Torres Claras von der Hauptstadt aus empfohlen hatte.

Monsieur de Lagarteare, denn so hieß der Mann, war ein honigsüßer, salbungsvoller und affektierter Pariser, der einem Stück Molières entstiegen schien und der sich nach Catalinas Urteil auf extravagante und weibische Weise kleidete. Über einer spitzenbesetzten Bluse trug er einen silbern glänzenden Leibrock, aus dessen Ärmeln die Hemdmanschetten hervorsahen. Perlgraue, eng anliegende Beinkleider bedeckten seine Oberschenkel. An den Kniekehlen wurden sie von ein paar Bändchen in verschiedenen Farben abgeschlossen, und weiße Strümpfe schützten seine Waden. Die Strümpfe steckten in kleinen Lackschuhen mit Absätzen und Silberschnallen, die seinen Aufzug vervollständigten. Sobald er den Fechtsaal betrat, der als Tanzsalon diente, holte er aus einer Ecke, als wäre er ein Feldmarschall, wozu ein heimliches Lächeln über Don Sueros Lippen huschte, einen langen Stock mit einer Metallspitze, und auf dem Holzboden klopfte er damit den Takt der Melodie, die drei ebenfalls aus der Hauptstadt gekommene Musiker mit ihren Instrumenten vortrugen. Der erste spielte auf einem Klavichord, auf einer Viola da Gamba der zweite, und der dritte zupfte die Saiten einer Gitarre, Laute oder Harfe, wie es der von ihnen vorgetragenen Melodie am besten entsprach. Catalina war entzückt. Die Musik versetzte sie in den siebenten Himmel, und die Figuren, die Diego zusammen mit Monsieur de Lagarteare ausführte, wobei dieser seinen Stock hierfür auf das Podium der Musiker legte, kamen ihr zauberhaft, anmutig und elegant vor. Die Ruggieri, Pavanen und Caponas folgten ununterbrochen aufeinander, und Catalina zuckte es in den Füßen … Bis zu jenem Morgen. Die Lektion hatte vor einer guten halben Stunde begonnen, als sich Monsieur de Lagarteare von Diego löste, die Musik innehalten ließ und sagte:

»Dieggo, es ist särr *compliqué pour moi*, die Fehler zu korrigieren, ohne dass ich sie sehe. *Eh bien*, Page, kommt här!«

Catalina drehte sich um, als riefe der Lehrer jemanden, der hinter ihr stand.

»Isch rufe Euch, Alonso!«

Das Mädchen merkte, wie ihr das Blut ins Gesicht strömte.

»Ihr spielt die Rolle einer *dame de la cour* und gebt Euch Mühe, meinen Anweisungen zu folgen. Abärr, hört Ihr mir zu …? Oder habt Ihr die Hosen voll?«

Don Suero konnte sein Lachen kaum bezwingen, und Diego wartete mit einem gewissen Argwohn mitten im Saal. Catalina lief zu ihm, und dort blieb sie unbeweglich stehen und wartete auf Anweisungen. Der Lehrer wandte sich an die Musiker:

»Wir wollen einen Ruggiero spielen. Sucht die Partitur der Sonate. Das ist ein Dreiertakt.« Nun wandte er sich an das Paar: »*Allons*, Diego, fasst Alonso um die Taille, und dreht Euch in dem Rhythmus, den ich auf dem Boden klopfe, so wie Ihr's vorhin mit mir getan habt. *Messieurs*, wenn Sie so weit sind!«

Dem Mädchen schlotterten die Knie, und Diego beruhigte es.

»Seht es wie eine Fechtübung an. Mir gefällt dieser Mummenschanz auch nicht, aber ich halte es für eine nützliche Sache, wenn es mir mit dieser Maskerade gelingt, an den Hof zu kommen.«

Die Musiker setzten zum Ruggiero an. Diego und Catalina folgten dem Rhythmus, den der Stock des Franzosen auf dem Podium angab, und begannen zu tanzen, zunächst steif und angespannt, doch ein paar Takte später und nach einigen zögernden Schritten gewannen sie Haltung und Anmut, während der Franzose applaudierte und Don Suero eine neugierige Miene zog, denn er konnte nicht glauben, was seine Augen sahen.

»*Excellent*, Alonso, *excellent*! Ihr habt das Zeug zum Tänzer. Ihr sollt eine große Hilfe für mich sein, damit es uns gelingt, dass Don Diego diese Kunst erlernt.«

Und so kam es, dass Catalina durch eine Laune des Schicksals zu Diegos Tanzpartner und gleichzeitig zu einer erfahrenen und ausgezeichneten Tänzerin wurde, und dank einem noch größeren Zufall wurde sie im weiblichen Teil des Tanzes unterrichtet, zum Erstaunen Don Sueros und zur Freude des Franzosen, der glaubte, in ihr etwas ganz Besonderes entdeckt zu haben.

Die Verhaftung

Laurencia, Doktor Gómez de Leóns siebzigjährige Magd, trocknete sich zerknirscht und weinend die Hände an ihrer Schürze ab. Bei ihr war Don Martín de Rojo. Nach seiner Rückkehr aus Madrid und seinem Besuch im Kloster wollte er seinen alten Freund sprechen, um seine Meinung über den merkwürdigen Tod seiner lieben Schwester, der Priorin von Sankt Benedikt, zu erfahren. Der Hidalgo fühlte sich betrübt und fassungslos, und er wollte gar nicht den Erklärungen glauben, die ihm weinend und schluchzend die gute Frau gab.

»Es führt zu nichts, wenn Ihr Euch dermaßen aufregt. Trocknet Euch die Tränen ab und erklärt mir Punkt für Punkt und mit allen Einzelheiten, was geschehen ist.«

»Wo es doch so ist, dass ich nicht weiß, womit ich anfangen soll. Was für ein großes Unglück, Heilige Jungfrau! Was für ein großes Unglück!«

»Beherrscht Euch, Laurencia, seid ruhig. Auf diese Weise helft Ihr dem Doktor überhaupt nicht.«

Die gute Frau beruhigte sich langsam. Nach und nach hörte ihr Wimmern auf, und ihre Worte wurden etwas verständlicher.

»Nun, gebt acht, Don Martín … Es ist schon eine Woche her, dass der gute Doktor wie an jedem Morgen zu seinen Krankenbesuchen aufbrechen wollte, und er hat mich beauftragt, dem Knecht zu sagen, dass er ihm das Pferd fertig machen solle. Wie Ihr ja gut wisst, sind die Ställe hinter dem Hof. Also habe ich die Tür offen gelassen, und als ich von meiner Bestellung zurückkam, entdeckte ich vor dem Hauseingang einen geschlossenen Reisewagen, der von vier Pferden gezogen wurde. Neben dem Kutschbock standen zwei Häscher und ein Büttel. Sie fragten mich, wer ich sei, und nachdem ich meinen Namen genannt hatte, ließen sie mich ins Haus. Die Tür zum Kabinett des Doktors war angelehnt, und man hörte laute Rufe … Ich kam dorthin, und – Gott möge mir verzeihen! – ich tat etwas, was ich in meinem ganzen Leben nicht getan hatte … Ich spitzte die Ohren, und auf der Stelle erkannte ich die Stimme.«

»Welche Stimme habt Ihr erkannt?«

»Die vom letzten Mal.«

»Welches letzte Mal, Laurencia? Um Himmels willen!«

»Gebt acht, Señor …«

Die Magd berichtete nun Don Martín vom ersten Besuch, den der Portugiese vor einem Monat abgestattet hatte und bei dem er das Buch mitnahm.

»Und Ihr sagt, dass dieser Mensch eine große Narbe hatte, die ihm quer über die Wange lief?«

»Er war unheimlich, Señor … schwarz gekleidet und bleich wie der Tod.«

»Diesen Kerl hat man mir schon ein paarmal beschrieben. Beschränkt Euch auf den letzten Tag. Was habt Ihr hinter der Tür gehört?«

»Sie haben sich gestritten, Señor. Etwas haben sie über die Bücher des Doktors und über irgendwelche Verbote gesagt, die im *Index* stehen sollen. Jedenfalls kam der Mann nach einer Weile heraus und rief den Büttel. Ich hatte schreckliche Angst und getraute mich nicht einmal, ins Kabinett hineinzugehen. Die Häscher kamen und nahmen den guten Doktor mit. Sie fesselten ihn mit einem Strick, als wäre er ein Übeltäter, und steckten ihn in den Wagen. Der im schwarzen Anzug kehrte zurück, nahm mehrere Bücher aus den Regalen und steckte sie in einen großen Beutel. Dann stieg er auf sein Pferd und ritt im Galopp davon. Nun wagte ich es, zur Tür zu gehen. Der Wagen war noch nicht losgefahren. Die Häscher waren auf den hinteren Teil des Wagens geklettert, und der Büttel befahl dem Kutscher, in welche Richtung er fahren solle.«

»Konntet Ihr hören, wohin sie ihn gebracht haben?«

»Nach Astorga, habe ich gehört.«

»Was ist danach geschehen?«

»Der Doktor hat durchs Fenstergitter geblickt und zu mir gesagt, als er sah, wie durcheinander ich war: ›Weint nicht, Laurencia. In zwei oder drei Tagen bin ich zurück. Das ist nichts weiter als ein Missverständnis. Bleibt ruhig und geht zu niemandem, um von dieser Notlage zu erzählen.‹ Darum habe ich mich nicht getraut, jemanden um Hilfe zu bitten.«

»Er ist ein so treuer und guter Herr, dass er keinen seiner Freunde gefährden wollte, denn jede Bewegung, die Ihr macht, wird sogleich der Person bekannt, die sich so sehr bemüht, mir zu schaden.«

»Nun, Ihr sollt wissen, dass ich gerade heute, da alles schon eine Woche her ist, zu María Luján gehen wollte, seiner Hebamme, damit sie es erfährt und mich berät. Von überall kommen Leute und fragen nach ihm, und ich weiß schon nicht mehr, was ich sagen oder erfinden soll. Außerdem sind die drei Tage längst vorbei, und es sieht nicht danach aus, dass er zurückkommt.«

»Ihr sagt der Hebamme, dass er nach Toledo reisen musste und dass sie, soweit sie es vermöge, sich um die guten Leute, die darum bitten, kümmern solle … Verratet vorläufig nichts von dieser ganzen Intrige, bevor ich es Euch gestatte. Wie Ihr wisst, bin ich seit vielen Jahren ein Freund des Doktors …«

»Macht Euch keine Sorgen. Ich bin so lange stumm, bis Ihr mir das Reden erlaubt. Wenn Ihr einverstanden seid, schließe ich vielleicht das Haus ab und ziehe zu einer Schwester, die ich in Sueros habe. Der Doktor kennt sie. Wenn Ihr so liebenswürdig wäret, mir ein paar Zeilen zu schreiben, so würde ich sie ihm ins Kabinett legen, für den Fall, dass er in meiner Abwesenheit zurückkommt.«

»Natürlich, Laurencia. Gehen wir hinüber, wo ich besser schreiben kann.«

Der Hidalgo folgte der Frau ins Kabinett des Arztes, setzte sich an den Tisch seines Freundes, nahm eine Feder, die dort lag, tauchte sie ins Tintenfass und schrieb auf ein Blatt Leinenpapier, was die Magd tun wollte, damit der Doktor, wenn er zurückkehrte – was Don Martín für höchst unwahrscheinlich hielt –, sich wegen ihres Fehlens keine Sorgen machte.

Der Kerker

Doktor Gómez de León lag apathisch auf der Steinbank in einer der unterirdischen Kerkerzellen, die sich in den Kellern des Bischofspalastes von Astorga befanden, der ständigen Residenz des Provinzsekretärs des Heiligen Offiziums, Seiner Exzellenz, Hochwürden Don Bartolomé Carrasco. Die Zelle war finster, und die Feuchtigkeit ließ die Mauern stählern und bedrohlich glänzen. Die Gefangenen blieben hier nur kurze Zeit. Es gab lediglich acht Zellen an einem dunklen Gang. Ihn erhellte allein ein vierarmiger Leuchter, der auf einer eisernen Bodenplatte befestigt war und sich in der Gangmitte befand. Die Unglücklichen, die dorthin gelangten, mussten bald weiter, denn nachdem man sie verhört hatte, setzten sie ihre traurige Fahrt nach León, Valladolid oder Toledo fort.

Der alte Doktor verwünschte seine mangelnde Voraussicht, obwohl es eigentlich stimmte, dass jener unbedeutende Fehltritt kein ausreichender Grund sein konnte, um ihn festzunehmen, ohne ihn vorher zu einer Aussage vorzuladen. Seine Arbeit beanspruchte ihn völlig, und da er auf dem Lande lebte, hatte er sich nicht schnell genug darum gekümmert, seine Bibliothek zu säubern oder darauf zu achten, ob einer seiner Bände auf dem Index des Heiligen Offiziums stand oder nicht. Seit den Zeiten, als Sem Tob, der berühmte philosophierende Dichter von Carrión, uneingeschränkte Freiheit genoss, um seine Schriften zu verbreiten, war ein Exemplar seiner *Moralischen Sprichwörter* immer im Familienbesitz geblieben. Doch nachdem es so viele Jahre keine Anzeige gegeben hatte, was auch recht unwahrscheinlich war, hätte er niemals geglaubt, dass ihn jemand zu Hause aufsuchen würde, um ihn zu überprüfen, wenn dahinter nicht noch eine verborgene zweite Absicht gesteckt hätte. Dann hatten die Gespräche mit María Luján seinen Argwohn geweckt, und nun fiel ihm ein, dass er sich vielleicht tatsächlich wegen einiger Dinge Sorgen machen müsste.

Seine alten Knochen taten ihm weh, und seine Gelenke knirschten bei der kleinsten Bewegung. Sie hatten ihn von seinem Haus unmittelbar hierhergebracht. Nach einer Zeit, die ihm endlos vorkam, trafen sie erst nach Einbruch der Nacht in Astorga ein. Sobald die Häscher ihn aus dem Wagen holten, erkannte er die gewaltige Masse des Bischofspalastes, und ihm wurde auf der Stelle klar, dass es bei seiner Verhaftung nicht um eine Kleinigkeit ging. Er war völlig entkräftet und hatte brennenden Durst. Die hintere Tür des einschüchternden Gebäudes öffnete sich nach dem autoritären Ruf des Büttels, und es erschien eine Wache mit einer angezündeten Fackel. Sie wechselten kaum drei Worte.

»Ich bringe einen vornehmen Gast. Benachrichtigt den Kerkermeister und sagt ihm, er soll sich um ihn kümmern, wie es sich gehört. Seine Exzellenz hat besonderes Interesse an ihm.«

»Wartet hier auf mich. Ich komme gleich zurück.«

Der Mann schloss das Tor, sicherte es zusätzlich mit einem schweren Querbalken aus Eichenholz und entfernte sich. Er ließ sie im Halbdunkel stehen, das nur vom trüben Licht zweier Öllampen gemildert wurde, die kaum den kalten Gang erhellen konnten. Kurz danach klirrten Schlüssel und kündigten die Ankunft einer weiteren Person an, die zusammen mit der ersten zu ihnen kam. Es war der Zerberus des Gefängnisses, und sein Aussehen blieb seinem Amt nichts schuldig: Er war dick, verschwitzt, hatte schütteres Haar und ein paar neugierige Schweinsäuglein, die grenzenlose Habsucht bekundeten. In den Händen trug er eine Laterne, und am Gürtel hing ihm ein dicker Metallring mit einem Haufen Schlüssel.

»Was für einen Fang bringt Ihr mir heute Nacht?«, fragte er den Büttel.

»Eurer Obhut übergebe ich einen Herrn, den Ihr mit Sorgfalt behandeln müsst. Er gehört nicht zu denen, die gewöhnlich hierhergeraten. Kümmert Euch gut um ihn, und sorgt dafür, dass er nicht schwach wird.« Nun wandte er sich an den Wächter, der sie empfangen hatte: »Ihr seid Zeuge, dass der Doktor frisch und munter wie ein Fisch im Wasser ist.«

»Und ich gelobe bei meinem Leben, dass es so bleiben soll. Macht Euch nicht die geringste Sorge. Von nun an geht alles auf meine Kappe.«

»Sei's drum, ich mache mir keine Sorgen mehr ... Ihr müsst Euch Sorgen machen. Ich habe meine Arbeit beendet und lasse ihn bei Euch zurück.«

Mit diesen Worten übergab der Büttel dem schmierigen Kerl das Ende des Stricks, mit dem die Handgelenke des Gefangenen gefesselt waren. Er drehte sich um und entfernte sich zusammen mit den beiden Häschern.

Der Dicke nahm den Strick und führte den Doktor durch finstere und enge Gänge und über schmale Treppen zum Keller der Festung. Das Panorama war der Hölle Dantes würdig, und das energische Gemüt des Doktors verzagte allmählich.

»Wir sind ans Ziel gelangt«, sagte der Fettkloß, während er das rostige Schloss einer der acht Zellen öffnete, die an diesem Gang lagen. »Ihr seid heute Nacht mein einziger Gast. Habt Ihr Geld?«

Der Arzt fasste sich und gab sich Mühe, dass seine Stimme nicht die Angst verriet, die ihn bedrückte.

»Bindet mir die Hände los, wenn Ihr gern Münzen klimpern hört.«

Als der Gauner den Ton des Doktors bemerkte, fand er bestätigt, dass dieser Mann nicht zu dem gewöhnlichen Gesindel gehörte, wie man es ihm regelmäßig schickte, und dass vielleicht ein Geschäft in Aussicht stand.

»Ich hatte schon daran gedacht … Exzellenz! Ich habe auf der Stelle erkannt, dass Ihr ein vornehmer Herr seid und dass dieser ganze Zwischenfall auf einem Missverständnis beruht.«

Der Kerkermeister löste den Strick, der die Handgelenke des Arztes festgebunden hatte. Dieser massierte seine Gelenke, damit das Blut wieder pulsieren konnte, während sein Geist rasend schnell arbeitete, um die richtigen Entscheidungen zu treffen. Gómez de Leóns feiner Wahrnehmung war die kriecherische Haltung des Kerkermeisters nicht entgangen, und er beschloss, demselben Weg weiter zu folgen. Er beglückwünschte sich zu seiner alten Gewohnheit, einen Geldbeutel unter dem Wams zu verstecken, was auf seiner langen Erfahrung beruhte, Tag und Nacht Wege und Pfade zu bewältigen.

»Ihr bringt mir eine Decke, ein Kopfkissen, Essen und Wasser. Dafür gebe ich Euch zehn Maravedís.«

Die Äuglein des Kerls funkelten wie Feuersteinspitzen.

»Das ist so gut wie erledigt. Ich bringe Euch mein eigenes Essen … und das andere besorge ich Euch ganz schnell. Gestattet mir, dass ich Euch in der Wartezeit einschließen muss. Wenn es nach mir ginge, würde ich es nicht tun, aber die Vorschriften sind streng, und ich habe sie nicht verkündet.«

Nach dieser Rede wies der Mann den Arzt mit einer Geste an, in die Zelle hineinzugehen. Der Kerl drehte den Schlüssel einmal in dem verrosteten Schloss um, und dann entfernte er sich mit einem für eine Person seines Gewichts und Umfangs ungewöhnlich flinken Tempo.

Sobald der Doktor allein war, suchte er den Beutel, was ihm einigermaßen schwerfiel, weil seine Hände steif waren. Er nahm die vereinbarte Summer heraus und versteckte den Beutel dann wieder an seinem ursprünglichen Platz. Ihm blieb nicht allzu viel Zeit, sich selbst zu bemitleiden, denn kurz darauf kehrte sein Wächter mit vollgepackten Händen zurück. In der Rechten trug er ein Holztablett, auf dem sich ein Napf mit Kohlrüben- und Reissuppe, ein Brotlaib und ein Krug Wasser befanden, und in der Linken hatte er einen Eimer. Der Kerl stellte den Eimer auf den Boden, steckte den Schlüssel ins Schloss und öffnete das Gitter.

»Ich überlasse Euch mein Abendessen. Glaubt nicht, dass man Euch alle

Tage so etwas vorsetzt. Dieses Wirtshaus hat eine schlechte Küche. Ach ja! Ich habe Euch eine Decke mitgebracht, als Liebesgruß des Hauses. Und nun, wenn Ihr nichts dagegen habt …«

Mit einer aufsehenerregenden Geste streckte der Mann eine Hand aus und verlangte das Geld.

»Hier habt Ihr es.« Der Arzt verband seine Worte mit der entsprechenden Geste und legte das vereinbarte Geld in die Hand des anderen, und der Kerl starrte die Münzen an, ohne dass er es wagte, an seinen guten Stern zu glauben. »Ich halte immer meine Versprechen und erinnere mich an die Leute, die ihre Versprechen halten.«

»Ich kann Euch versichern, dass alles, was in meiner Macht steht …«

»Lasst es nun gut sein. Was ich tun will, tue ich gern allein.«

»Ich verstehe.«

Der Kerkermeister zog sich zurück und ließ den guten Arzt mit seinen tiefen Ängsten und Ungewissheiten allein. Doch sein stoischer Charakter gewann die Oberhand, und er gelangte zu der Schlussfolgerung, dass er nichts dabei gewann, wenn er den Ereignissen vorgriff, dass alles in Gottes Hand war, dass er in seinem ganzen Leben nichts Böses getan hatte und er den Bedrängnissen, die ihm das Schicksal bereitete, desto besser standhalten könnte, je stärker er ihnen entgegentrat. Und in diesem Gemütszustand streckte er sich auf der Bank aus und wollte schlafen.

Die Stimme seines Gewissens sprach klar und deutlich zu ihm. Don Martín de Rojo konnte ruhig sein. Er gehörte nicht zu den Menschen, die ihre Freunde in der Not verraten. Selbst wenn sich die Ereignisse so entwickelten, wie er es sich vorstellte, würde ihm kein Wort über die Lippen kommen, das den Hidalgo bloßstellte.

Im Gegenlicht

Vieles war im Herrenhaus der Cárdenas geschehen, und nicht alles war für Catalina gut oder verständlich. Erstens sah es ganz so aus, als entwickelte sich dieser Tanzunterricht, der ihr zunächst so sehr gefallen hatte, für sie zu einer Marter. An jedem Morgen veränderten sich ihre Gefühle, je nachdem, wer ihr Tanzpartner war …

Diego hatte sich in den Mittelpunkt ihres Lebens verwandelt. Dieses Gefühl, das an dem Tag in ihrem Herzen erwacht war, als sie seinen Kopf am Fenster der Kerkerzelle des Klosters auftauchen sah, wuchs in ihrem ganzen Wesen heran, dem im Übrigen alle Gefühlsbindungen fehlten, und es hatte die Gewalt eines Sturzbachs angenommen. Davon träumte sie nachts, und daran dachte sie tagsüber. Sie lebte durch und für die Augenblicke, die sie bei dem jungen Mann sein konnte. Wenn sie mit Diego tanzte, war sie die glücklichste Frau der Welt, aber wenn der Franzose ihre Taille umschlang, um dem Jungen zu zeigen, wie ein Tanzschritt aussah, entstand in ihrem Innern, ohne dass sie genau wusste, warum, das Gefühl wieder, das sie an dem Tag empfunden hatte, als Pater Rivadeneira im Glockenturm seine Hand an sie legte. Das wirkte sonderbar … Eigentlich war nichts geschehen, und ihre Verwirrung steigerte sich, wenn sie nachdachte und aus all dem schloss, dass der Franzose entweder durchschaut hatte, dass sie eine Frau war, oder wenn es nicht so war … dann begriff sie gar nichts. Etwas kam noch hinzu und trug dazu bei, ihre Verlegenheit zu vergrößern: das Lächeln, das die Musiker miteinander austauschten, wenn ihr der affektierte Tanzlehrer nach einer Drehung oder einer Verbeugung schmeichelte oder sogar das Gesicht tätschelte, während er mit diesem schrecklichen Akzent sagte: »*Excellent*, Alonso, *excellent*!«

Diego fühlte sich sonderbar. Sein jugendlicher Geist hatte hin und her gegrübelt, wie es sein würde, bei einer Frau zu liegen. Sein Vaterhaus war eine besondere Welt. Nachdem die Marquise, seine Mutter, zu einer Zeit gestorben war, an die er sich wegen seines damaligen Alters nicht einmal erinnerte, war die Welt, die sein Vater in seinem Umkreis gestaltete, eine Welt von Männern und Soldaten, wo das weibliche Element keine Aufnahme fand. Die einzige Frau, mit der Diego vertrauensvoll reden konnte, war Tomasa, seine alte Amme, und es hätte ihn maßlos beschämt, wenn er mit ihr irgendwelche besonderen Angelegenheiten besprochen hätte. Wenn er dagegen behutsam versucht hatte, Don Suero gegenüber ein heikles Thema zu erwähnen, hatte dieser sich mehr als er selbst beunruhigt und ihm geantwortet, »solche Sachen« müsse er mit seinem Vater besprechen. Die übrigen weiblichen Wesen, die im Haus wohnten, waren Mägde, Dienstmädchen, Wäscherinnen oder Frauen, die verschiedene Dienste leisteten, und sein Rang hinderte ihn daran, mit ihnen irgendeinen anderen Umgang als den zu haben, der ihm aufgrund seiner Stellung zustand.

Er erinnerte sich, dass er ein einziges Mal versucht hatte, sich der weiblichen Welt zu nähern … Er war wohl ungefähr elf Jahre alt, als er an einem Morgen zum See hinunterlief und ein lebhaftes Stimmengewirr aus Gelächter und lauten Rufen hörte. Er glitt zum Ufer hinab und legte sich ins Dickicht, so dass er von den hohen Ufergräsern verborgen war. Von Weitem konnte er eine Gruppe von Mädchen aus den Nachbargütern sehen, die nackt badeten. Ihre weiße und feuchte Haut glänzte, und Tausende kleiner Wassertropfen funkelten, wenn sie von den Sonnenstrahlen getroffen wurden und wenn die Mädchen miteinander schäkerten, sich bespritzten und hochsprangen, so dass ihre Brüste in einem atemberaubenden Tanz fröhlich hüpften, der bei ihm in den nächtlichen Träumen zu Pollutionen führte. Als er dies Bruder Anselmo am Sonnabend bei der üblichen Beichte sagte, wies ihn dieser so scharf zurecht, als hätte er einen Menschen umgebracht. Er drohte ihm mit dem ewigen Feuer, und nachdem er ihm erklärt hatte, dass er von ihm enttäuscht sei, dass sein Knochenmark geschädigt und er gelähmt bleiben würde, warnte er ihn, dass die Frau eine heimliche Bedrohung darstelle und dass sich Satanas hinter ihr verberge, wie er wissen müsse. All das beunruhigte Diegos Gemüt mehrere Tage lang dermaßen, dass Don Suero, der ihn so gut kannte, etwas bemerkte und Diego ihm etwas sagte. Der Knappe geriet in Zorn und hatte einen Wortwechsel mit dem Mönch, und schließlich musste, wie schon so oft, Diegos Vater eingreifen und zwischen den beiden vermitteln. Die Dinge nahmen wieder ihren normalen Verlauf, und die Aufregung ging nicht darüber hinaus. Seitdem war so viel Zeit verstrichen … Aber Diego hatte mit seinen beinahe neunzehn Jahren noch keine Frau gekannt.

Nun war etwas Neues hinzugekommen, um ihn vollständig zu verwirren. Alonso, der Page, war in seinen Lebenskreis eingetreten, und vom ersten Tag an hatte er sich für ihn verantwortlich gefühlt. Ob es nun daran lag, dass er ihm das Leben gerettet hatte oder dass er immer in seiner Nähe war, weil er seinem persönlichen Dienst zugewiesen war, jedenfalls stellte sich zwischen beiden eine ganz besondere Strömung her, und ein neues Gefühl überwältigte seinen Geist und vergrößerte womöglich noch das Chaos, das in seinem Kopf herrschte. Während sich der Junge von den Prügeln erholte, mit denen ihn jene Schurken misshandelt hatten, gewöhnte sich Diego daran, ihn in seiner Kammer zu besuchen und mit ihm immer häufiger und länger zu plaudern. Später merkte er, dass er ungeduldig auf die Gelegenheit wartete hochzusteigen und ihm Gesellschaft zu leisten. Dann folgte die Geschichte mit dem Bad: An dem Tag, als sein Kammerdiener krank war und ihn der Page ersetzte, kam es zu dem unerwarteten Problem, als er eine Massage benötigte, dass er die Hände des Jungen auf seiner Haut spürte. Seit jenem Tag suchte er nach einer Gelegenheit, dass sich so etwas öfter wiederholte. Nun fehlte nur noch dieser absurde Einfall seines Vaters, der unbedingt Tanzunterricht für ihn haben wollte, damit die Verwirrung vollständig wurde. Zu allem Überfluss verfiel der verdammte Franzose auf den sonderbaren Gedanken, sie zusammen tanzen zu lassen. Diegos Kopf wollte von den vielen Grübeleien beinahe zerspringen, und er hätte diese Verirrung der Natur gern darauf zurückgeführt, dass der Junge ein wunderschöner Halbwüchsiger war, dass ihm der erste Bart noch nicht gewachsen war und dass seine eigenen Gefühle, die sich gerade erst herausbildeten, keine Gelegenheit fanden, dies unter anderen Umständen zu tun. Schließlich musste er zugeben, dass ein Gefühl seine Seele überwältigte, das gewiss der Eifersucht sehr ähnlich sein musste, wenn er sah, wie dieser salbungsvolle und affektierte Franzose mit seinen Händen Alonso anfasste. Er wagte es nicht, sich auch nur vorzustellen, dass sich sein Hofmeister all das denken könnte, was in den heimlichsten Winkeln seines Herzens verborgen war. Schmach und Schande hätten ihn überwältigt und getötet.

All diese Umstände hatten ihn angespornt, dass er sich bei dieser Aufgabe größte Mühe gab, damit sein Vater die Lehrzeit für abgeschlossen erklärte und ihn nach Madrid schickte. Dabei wusste er, dass er einerseits glücklich aufbrechen und sich andererseits völlig niedergedrückt fühlen würde. Doch er verwarf nun ganz seine ursprüngliche Absicht, dass ihn Alonso begleiten und ihm als Page dienen sollte. Ihm war klar, dass er einen Diener verlor, der ein ausgezeichneter und gefährlicher Fechter geworden war, in der Hauptstadt Spaniens etwas sehr Wichtiges und Bedenkenswertes, doch er wollte sich unter allen Umständen von jenem verworrenen Gefühl, jenem Chaos losreißen, das seine Seele peinigte und von dem er sicher war, dass es nachlassen würde, wenn er an den Hof kam und Umgang mit jungen und hübschen Damen hatte.

Monsieur de Lagarteare erlebte gerade angenehme Zeiten. Er war mit dem Gefolge von Höflingen nach Madrid gekommen, die von Frankreich aus die Prinzessin Elisabeth von Bourbon begleitet hatten, die Königin von Spanien werden sollte, indem sie sich mit Ihrer Königlichen Hoheit, dem Prinzen Philipp, vermählte, der beim Tode seines Vaters Philipp III. den Thron besteigen würde.

Zunächst ließ er sich in der Hauptstadt als Tanzlehrer nieder, doch der nüchterne Hof der spanischen Habsburger war nicht der heitere Hof Ludwigs XIV., und dessen schwarze und düstere Gewänder unterschieden sich gründlich von der Pracht, den Perücken und dem Putz des französischen Hofes. Aber vor allem gab es etwas, was ihn zwanghaft beschäftigte und nicht glücklich sein ließ: die Inquisition. Monsieur de Lagarteare war ein Libertin, und für seinen Geschmack war es gleichgültig, ob seine Beute weiblich oder männlich war. Im süßen Frankreich bedeutete das keinen Nachteil, aber im Spanien der Habsburger schickte das Heilige Offizium Sodomiten und all jene, die sich auf die eine oder andere Weise der widernatürlichen Unzucht hingaben, auf den Scheiterhaufen. Die Gelegenheit, sich aus der Residenz zu entfernen und in die Provinz zu gehen, kam ihm wie gerufen. Er hatte ein käufliches Liebesverhältnis mit einem fünfzehnjährigen Jüngling unterhalten, dessen Vater als Bursche einer Königin der Nacht arbeitete, die bei Adligen und vornehmen Herren sehr bekannt war, und der Rüpel drohte ihm, ihn vors Glaubensgericht zu bringen, wenn er ihm nicht regelmäßig einen bestimmten Geldbetrag gebe. Er hatte ihm schon bei ein paar Gelegenheiten eine hübsche Summe abgenommen, und es sah nicht so aus, als wäre bald damit Schluss, so dass sich der Franzose unruhig fühlte und eingeschüchtert war. In dieser Lage war er, als sich ihm die Möglichkeit bot, eine Zeit lang aus Madrid zu verschwinden und in die Provinz zu gehen, um einen dörflichen kleinen Standesherrn in der edlen Tanzkunst zu unterrichten, dem sein Herr Vater offenbar feinere Manieren beibringen wollte, um ihn dann an den Hof zu schicken. Selbstverständlich packte Monsieur de Lagarteare seine Siebensachen zusammen und erschien in Benavente mit der Empfehlung eines adligen Freundes des Señor de Cárdenas.

Seine Überraschung war riesengroß, als er ein kleines Schloss vorfand, das viele Familien, bei denen er seinen Unterricht erteilt hatte, gern für sich gehabt hätten, und seine Freude verdoppelte sich, als er einen jungen Mann von der Art kennenlernte, die ihm gefiel und die sein Instinkt unverzüglich entdeckte. Der Junge war ein Bündel von Widersprüchen. Er lernte ihn im Fechtsaal des Gutshauses und bei einer ungestümen Angriffsübung kennen, die er in jenem Augenblick mit dem ausführte, der bald sein Schüler werden sollte, und er staunte, wie gewandt, meisterhaft und mühelos er focht, und das trotz der wenigen Lebensjahre, die er gewiss erst hatte. Dabei entgingen seiner feinsinnigen Wahrnehmungsgabe die zierlichen Bewegungen des Jungen nicht, sein reiner Blick und ein gewisses weibliches Element, das ihn vom ersten Moment an verführte. Wer ein guter Fechter war, war auch ein guter Tänzer, und wer ein guter Tänzer war, war auch gut in den Liebesspielen, das wusste Monsieur de Lagarteare aus Erfahrung. All dem müsste man noch den Reiz hinzufügen, jemanden darin einzuweihen, was er voller Geduld nach ein paar Bettlektionen und der unaussprechlichen Lust seiner Entjungferung zu einem Meisterwerk gestalten würde.

Der Portugiese und der Besuch

Nachdem sich Fleitas kurz in Madrid aufgehalten hatte, wo er die dringende Angelegenheit zum Abschluss brachte, die nur ihn betraf, begann er damit, die Anweisungen auszuführen, die ihm Doktor Carrasco erteilt hatte. Als Erstes ließ er Doktor Gómez de León im Kerker des Palastes des Heiligen Offiziums in Astorga einsperren, damit man ihn verhören konnte. Dann begab er sich zum Benediktinerkloster, um sich mit der Priorin zu besprechen. Das war aber nicht möglich, weil die Priorin zusammen mit dem Geistlichen der Nonnen als Abordnung unterwegs war, um Spenden bei den Protektoren des Ordens zu sammeln. Schließlich begab er sich zum Herrenhaus der Familie Rojo e Hinojosa.

Bei diesem Auftrag musste er sich sehr vorsichtig verhalten. Don Martín war kein Feigling, und Fleitas wusste genau, dass er einflussreiche Gönner hatte. In der zehnten Vormittagsstunde kam er nach Quintanar del Castillo und ritt unverzüglich zum Herrenhaus des Hidalgos.

Alle Auskünfte, die er über den Zustand seiner Finanzen erhalten hatte, ließen sich durch das Aussehen der schadhaften Fassade des Familiensitzes bestätigen. Dem Wappenschild, der das mit mehreren Wappen besetzte Haupttor schmückte, fehlte der Stein, der dem Visier des Kriegerhelms entsprach. Die Mauern hatten viele abgebröckelte Stellen, die Holzrahmen der Fenster schrien dringend nach einer Firnisschicht, und die Balkonreihe des ersten Stockwerks sah hässlich aus, weil eine Geländersäule fehlte, so dass das Ganze wie ein Mund mit einem fehlenden Zahn wirkte, und schließlich hatten zwei Traufröhren ihren Kopf verloren.

Er band sein Tier an einen Wandring, machte sich zurecht und schlug mit dem Türklopfer an die massive Eichentür, die das heruntergekommene Herrenhaus verschloss. Die Antwort ließ nicht auf sich warten. Schon bald wurde ein Riegel geräuschvoll zurückgezogen und die Klinke nach unten gedrückt. Ein Diener in fadenscheiniger Livree erschien an der Tür.

»Ist dies das Haus von Don Martín de Rojo?«

»Das ist es. Was wünscht Ihr?«

»Selbstverständlich möchte ich ihn sehen, wenn er da ist.«

»Habt Ihr eine Zeit vereinbart?«, fragte der Diener, während er zur Seite trat, damit die sonderbare Person eintreten konnte. Dann schloss er die Tür.

»Sagt ihm, Don Sebastián Fleitas de Andrade möchte ihn sprechen, und dass mich Seine Exzellenz, der Bischof von Astorga, schickt.«

»Ich werde sehen.«

Der alte Diener hinkte durch den Korridor davon, und der Portugiese blieb, wegen des unüblichen Empfangs etwas verwirrt, im Hausflur stehen. Bald kam der Mann zurück und bat ihn mitzukommen, wobei er ihm zuvor noch mitteilte, dass ihn Don Martín empfangen werde, da er jedoch seinen Besuch nicht angekündigt habe, müsse er eine Weile warten. Der Familiar sagte nichts und ließ sich in einen kleinen Raum führen, der nicht gerade luxuriös oder gemütlich aussah. Der schweigsame Diener schloss die Tür und entfernte sich.

Die Zeit verging, und Fleitas bekam allmählich schlechte Laune. Das Zimmer war eng, und außer einem kleinen runden Tisch und drei Sesseln gab es darin nichts. Als er auf seine Uhr sah und feststellte, dass er schon dreißig Minuten wartete, stand er auf und wollte gehen, doch in diesem Moment öffnete sich die Tür, und es erschien die kräftige und bedächtige Gestalt des vornehmen Herrn, der es gar nicht nötig hatte, dass man ihm den Namen des Besuchers mitteilte, um sogleich den Schergen des Bischofs Carrasco, den man ihm so oft beschrieben hatte, an seinem eigentümlichen Gesichtsausdruck zu erkennen. Dieser konnte ebenso deutlich beobachten, dass die Miene des Gastgebers keinerlei Furcht verriet, wohl aber vielleicht etwas bezähmten Zorn und grenzenlose Verachtung, was bei den von ihm Besuchten wenig alltäglich war.

Die ersten Worte des Hidalgos bestätigten den vorherigen Eindruck und klangen nicht gerade wie eine Begrüßung:

»Gewöhnlich empfange ich keine Fremden in meinem Haus, wenn sie nicht so rücksichtsvoll sind, vorher ein Treffen zu vereinbaren.«

Der Portugiese, ein scharfsinniger Kenner der menschlichen Seele, begriff sofort, dass dies nicht der Mann war, der sich einige Zeit zuvor in Sankt Benedikt bei Doktor Carrasco unsicher entschuldigt hatte, weil er eine unvorsichtige Meinung geäußert hatte, und dass es verschiedene Ursachen geben konnte, die sein Verhalten geändert hatten. Erstens schützten ihn mächtige und einflussreiche Freunde am Hofe; zweitens konnte ihn der Tod seiner Schwester, der Priorin, dermaßen bekümmert haben, dass seine stolze Wesensart, die andererseits beim kleinen Landadel weit verbreitet war, ihn nötigte, den Kopf hoch zu tragen, als schämte er sich vergangener Demütigungen, die er überwinden wollte; und schließlich diente ihm die Verhaftung seines Freundes Doktor Gómez de León als Ansporn, um sich zwangsläufig beleidigt, anmaßend und zugleich entschlossen zu benehmen und seine Würde teuer zu verkaufen, wenn der Fall eintreten und es notwendig sein sollte. Seine Haltung war die eines Mannes, der sich dem Problem stellt und entscheidet: »Wenn wir sterben müssen, wollen wir es aufrecht tun.«

Don Martín trat dem Portugiesen stolz und angespannt entgegen, und ohne den kleinsten Gruß an ihn zu richten oder ihn aufzufordern, sich zu setzen, herrschte er ihn an:

»Dieses eine Mal freue ich mich, dass das Lesen nicht zu meinen Neigungen gehört. Sonst hätte ich es nicht unterlassen, meine Bibliothek zu durchstöbern, ohne dass ich einen direkten Befehl des Gerichts gebraucht hätte. Ich hasse Leute, die als Freunde in die Häuser eintreten und sich wie Diebe benehmen. Wenn ich nicht falsch unterrichtet bin, habt Ihr Doktor Gómez de León besucht, einen alten Freund und einen der edelsten und selbstlosesten Menschen, die es in dieser üblen Welt geben kann, und Ihr habt ihn wegen einer unbedeutenden Kleinigkeit einsperren lassen, damit man ihn verhört.«

Der wendige und erfahrene Fleitas hielt es nicht für zweckmäßig, auf diese erste Herausforderung einzugehen, und lenkte das Gespräch in andere Bereiche, womit er scheinbar den Rückzug antrat.

»Es liegt nicht in meiner Hand, über jemanden zu urteilen. Mein Auftrag ist es zu informieren, und ich will Euch sagen, ich bin so gewissenhaft, dass ich, wenn ich bei meinem Bruder ein Verhalten entdeckte, das nicht mit der Rechtgläubigkeit der heiligen Mutter Kirche übereinstimmte, den gleichen Eifer zeigen würde, den ich bei allen Personen bewiesen habe, über die ich Ermittlungen anstellen musste. Außerdem bin ich wie Ihr der Meinung und glaube sicher, dass es sich gewiss um ein Missverständnis handelt und dass Euer Arzt binnen kürzester Zeit wieder seine Kranken besuchen kann.«

Don Martín fiel nicht auf den Betrug herein.

»Ihr seid zu ihm nach Hause gekommen … Es regnete … Man war so rücksichtsvoll, Euch zu gestatten, in sein Kabinett zu gehen, bis er von seinen Krankenbesuchen zurückkam. Ihr habt Eure Zeit sehr gut genutzt, wahrhaftig! Ihr habt in seinen Büchern herumgeschnüffelt, und als Ihr in dem Gespräch, das Ihr mit ihm geführt habt, keinerlei Schuld entdecken konntet, habt Ihr einen Band aus seiner Bibliothek mitgenommen, und auf einer derart schwachen Grundlage habt Ihr den Anlass zu einem Prozess konstruiert. Ich halte es für ein nicht zu rechtfertigendes Benehmen, dass man den guten Arzt seiner Freiheit beraubt hat, selbst wenn es nur vorübergehend geschieht, und das wegen eines alten Buchs, das sich seit Jahren, schon bevor es in den Index aufgenommen wurde, im Familienbesitz befand.«

»Euer Urteil über dieses Thema ist sehr abwegig, und es ehrt Euch, dass Ihr Euren Freund verteidigt. Aber Ihr sollt wissen, dass er unter keinen Umständen aufhören würde, Arzt zu sein, und ich ebenso durch meine Verantwortung als Familiar stets den Gesetzen diene, die das Heilige Offizium verkündet, und wenn es auch zutrifft, dass ich ihn nicht aus diesem Grund aufgesucht habe, konnte ich nicht darüber hinwegsehen, als ich die Sache entdeckte. Das hätte bedeutet, meinem Gewissen zuwiderzuhandeln. Überdies denke ich, wenn man von den vornehmen Herren seines Rangs und seiner Stellung nicht die genaue Einhaltung des Gesetzes verlangt und wir uns auf solche überflüssigen Bemerkungen einlassen wie ›daran erinnere ich mich nicht‹ oder ›ich wusste nicht einmal, dass das Buch auf dem Index stand‹, können wir schlecht gegen weniger gebildete und folglich weniger verantwortliche Personen auftreten. Bei Fragen, bei denen die Reinheit des Glaubens auf dem Spiel steht, bleibt uns nichts anderes übrig, als streng gewissenhaft vorzugehen.«

Den Hidalgo beeindruckte diese Rede nicht.

»Nun ja. Zeigt mir als Erstes ein Dokument, das Euch als den beglaubigt, der Ihr zu sein behauptet. Ich möchte nicht in Fehler verfallen, die mir dann unerwartete Folgen einbringen.«

Der Portugiese zog einen zerknitterten Schein aus seiner Tasche und gab ihn dem Hidalgo.

»Wie ich sehe, seid Ihr misstrauisch.«

Don Martín setzte sich die Brille auf, las den Schein und sagte dann, während er ihn zurückgab: »Ich bin nur vorsichtig. Also, machen wir es kurz. Welchen Grund hat Euer unerwarteter Besuch?«

»Gebt acht. Der hochwürdige Herr Bischof und erste Protektor von Sankt Benedikt teilt mir mit, dass offenbar eine Anwärterin, die kurz vor ihren ersten Gelübden als Postulantin stand, aus dem Kloster verschwunden ist.«

»Ja und?«

»Nun, da Euer Gnaden Vormund der Genannten ist, wisst Ihr vielleicht etwas mehr von dem, was man sich über sie erzählt.«

»Was erzählt man sich denn über sie? Damit mir klar wird, ob ich etwas mehr weiß oder nicht.«

»Also hört zu. Doktor Carrasco erhielt einen Brief der neuen Priorin, in dem sie ihn über den sonderbaren Vorfall und die Begleitumstände unterrichtete. Die Tatsachen waren diejenigen, die ich Euch nun wiedergebe.«

Der Familiar erklärte Don Martín alles, was dieser schon von Schwester Gabriela de la Cruz wusste, doch er ließ Fleitas seinen Bericht beenden, und danach erklärte er:

»Diese ganze Angelegenheit ist nicht neu für mich. Als ich von Madrid zurückkam und in Sankt Benedikt war, um das Grab meiner lieben Schwester zu besuchen, wurde sie mir Punkt für Punkt geschildert, so wie Ihr es jetzt getan habt.«

»Was könnt Ihr dann hinzufügen, was ich nicht weiß?«

»Hat man in dem Brief, den man dem Bischof schickte, nicht auch von den sonderbaren Umständen berichtet, die beim Tod meiner lieben Schwester zusammenwirkten?«

»Hiervon hat er mir nichts gesagt.«

»Nun, Ihr sollt wissen, dass ich mich nicht mit dieser weit hergeholten und unhaltbaren Theorie abfinde, dass der Tod der Mutter Priorin auf die Nachlässigkeit dieses Mädchens zurückzuführen wäre, und noch viel weniger gebe ich mich mit den schrecklichen Andeutungen zufrieden, die man verbreitet hat, dass die arme Kleine unmittelbar an dem Tod schuld war, weil sie in irgendeiner Form vom Teufel besessen sein soll. Selbstverständlich wird die Geschichte nicht damit enden, und ich darf nicht innehalten, wen es auch trifft, einen Geistlichen oder Laien, bis ich den Verantwortlichen oder sogar den Schuldigen an dieser zutiefst traurigen Angelegenheit entdeckt habe.«

»Zweifelt nicht daran, dass die Kirche der Anzeige einer solchen Tat nicht gleichgültig gegenüberstehen wird.«

»Das erwarte ich! Sonst wird sich die weltliche Macht mit der Sache beschäftigen, und es ist traurig, wenn die Männer des Königs in einem Kloster eingreifen müssen.«

»Aber Euer Gnaden wissen ja genau, dass es ein Konkordat gibt und dass sich die Kirche auf jeden Fall gewissenhaft um die Themen der Kirche kümmert.«

»Und sie wird gut daran tun, sich darum zu kümmern! Aber wer sich ganz gewiss darum kümmert, wird ihr Bruder sein, und der bin ich. Daran zweifelt nicht.«

Der Portugiese kam auf sein Thema zurück.

»Dann habt Ihr nichts mit der geflohenen Anwärterin zu tun, außer dass Ihr als ihr Vormund tätig wart?«

Don Martín de Rojo zögerte einen Moment, was dem Spürhund nicht entging.

»Überhaupt nichts. Aber ich bin sehr daran interessiert, dass sie gefunden und ins Kloster zurückgebracht wird. Sie ist ein unschuldiges Mädchen und nicht auf das Leben außerhalb der Klostermauern vorbereitet. Überdies fühle ich mich für sie verantwortlich … Ich kümmere mich ja nicht ohne Grund um ihre Ausbildung, seitdem mich meine Schwester gebeten hat, ihr Vormund zu sein.«

»Hat Euch Mutter Teresa nichts darüber gesagt, wer die Eltern des Kindes sein könnten?«

»Das wusste die ehrwürdige Mutter nicht. Ein vermummter vornehmer Herr hat das Kind in einer Nacht in Sankt Benedikt ihrer Obhut anvertraut … Und sollte sie es gewusst haben, wenn ihr dieser Mann das Geheimnis anvertraut hätte, so hätte sie nie verraten, woher das Kind kam, nicht einmal mir, der ich ihr Bruder war und den sie so sehr liebte.«

»Hat sie Euch auch nicht erzählt, wer sich um die Unterhaltskosten des Mädchens kümmerte?«

»Die Priorin war eine sehr kluge Frau, und jeder weiß, dass man bis zur Quelle zurückgelangen kann, wenn es eine Spur gibt. Catalina wurde nicht im Kloster als Tochter einer Rekluse geboren, und darum wurde sie nicht zur Adoption freigegeben. Wenn man ihre Gestalt beurteilte, konnte man unschwer erraten, dass sie gewiss aus einem adligen Haus stammte. Aber, ich sage es Euch noch einmal, sie hat mir nie eine Andeutung über die Herkunft des Kindes gemacht … Und da ich wusste, wie sie war, habe ich sie auch nie danach gefragt.«

»Hat sie Euch auch niemals etwas darüber gesagt, ob das Mädchen irgendein besonderes Kennzeichen hatte, das es erlaubte, sie mit einer Familie in Verbindung zu bringen, ohne dass sie Euch natürlich gesagt hätte, um welche Familie es sich handelte?«

Dem Hidalgo wurde in diesem Moment klar, dass alle vorherigen Fragen nur Ablenkungsmanöver waren und dass die letzte den Wesenskern und Grund seines Besuchs darstellte.

»Ich glaube, ich habe mich eindeutig ausgedrückt, was die unbedingte Diskretion meiner Schwester betraf. Entweder seid Ihr sehr schwerfällig, was ich nicht glaube, oder Ihr versucht vielleicht mit ein paar Andeutungen und Kunstgriffen, dass ich mich in Widersprüche verwickle.«

»Keineswegs … Ich beschränke mich darauf, meine Arbeit zu erledigen.« Hartnäckig und unermüdlich fragte er weiter: »Ihr habt gesagt, bevor Ihr nach Sankt Benedikt gegangen seid, habt Ihr Euch in Madrid aufgehalten. Könntet Ihr mir vielleicht den Grund für Eure Reise erklären?«

»Das könnte ich, wenn es mir passte. Aber so ist es nicht. Bezahlt man Euch nicht, damit Ihr Nachforschungen anstellt? Nun, dann tut es. Wenn Ihr es entdeckt, vergeht Euch vielleicht die Lust, meine Umgebung auszukundschaften und meine Freunde zu belästigen.«

Der Portugiese musste einsehen, dass er es mit einem harten Brocken, einem jähzornigen, Protektion genießenden Widersacher zu tun hatte.

»Der Arm der Inquisition ist lang, und sie schläft nie. Zweifelt nicht, dass sie am Ende alles erfährt, was sie interessiert. Und jetzt, wenn Ihr gestattet ...«

Fleitas deutete mit einer Geste an, dass er gehen wolle.

»Ich gestatte es Euch nicht nur, sondern ich freue mich auch, das Gespräch zu beenden. Ihr sollt wissen, es ist mir lieber, dass Prozesse vor Gericht und nicht in meinem eigenen Haus geführt werden. Mein Diener begleitet Euch sofort zum Ausgang.«

Die Abreise

Catalina war untröstlich. Sie irrte durchs Schloss wie eine arme Seele durchs Fegefeuer und verstand nicht, was ihr wie ein Verrat vorgekommen war. Diego bewies seinem Vater, dass er die Tanzstunden gut genutzt hatte und dass er sich mehr als ordentlich am Hofe behaupten konnte. So erhielt er endlich die heiß ersehnte Erlaubnis, nach Madrid aufzubrechen. Don Suero sollte ihn begleiten und für seine weitere Ausbildung im Pagenhaus unterbringen, um dann nach Benavente zurückzukehren. Alles war plötzlich und unvorhergesehen geschehen. Der Marquis von Cárdenas hatte auf Bitten seines Sohns die Tanzstunde am Samstagnachmittag besucht, und am Abend teilte ihr Lorenzo mit, dass der Aufbruch nahe bevorstand. Catalina wollte es zunächst nicht glauben. Sie nahm ihren Mut zusammen, ging zu den Zimmern des jungen Mannes und klopfte an die Tür.

»Wer ist da?«, fragte die geliebte Stimme von drinnen.

»Ich bin es, Alonso. Gestattet Ihr?«

»Tretet ein.«

Catalina öffnete die Tür und blickte hinein. Was sie entdeckte, verblüffte und verwirrte sie. Diego befand sich hinten im Schlafzimmer; das Vorzimmer war mit Gepäckstücken, Paketen und halb fertigen, überall verstreuten Koffern vollgestellt. Sie schloss die Tür und blieb mitten in diesem Durcheinander stehen, ohne dass sie wusste, was sie tun und sagen sollte, und so verharrte sie immer noch, als Diegos Kopf zwischen den beide Räume trennenden Vorhängen hervorsah. Anders als gewohnt, lächelte er nicht und wirkte nicht entspannt, als er sie in einem Ton ansprach, der ihr etwas mürrisch und ungehalten vorkam.

»Was wollt Ihr?«

Catalinas Augen füllten sich mit Tränen, und sie konnte nur stammeln: »Ihr geht?«

»Was meint Ihr, packe ich etwa zusammen, um auf die Jagd zu gehen? Ja, endlich fahre ich an den Hof.«

»Ihr hattet gesagt, dass ich mit Euch fahren solle.«

»Vielleicht später. Vorläufig müsst Ihr Eure Ausbildung als Page vervollständigen. Ihr wäret zunächst eher eine Belastung als eine Hilfe. Ich fürchte, Ihr müsst auf eine andere Gelegenheit warten.«

»Aber Ihr habt es mir versprochen!«

»Ich muss Euch keine Rechenschaft über meine Entscheidungen geben, wie Ihr gewiss versteht. Ich hatte angenommen, dass Ihr inzwischen größere Fortschritte bei Euren Kenntnissen gemacht hättet, aber Bruder Anselmo meint, dass Ihr noch nicht vorbereitet seid … Es zählt nicht nur Don Sueros Meinung. Ich muss anerkennen, dass Ihr hervorragend fechtet, vor allem wenn man berücksichtigt, dass Ihr Euch erst seit zwei Jahren damit beschäftigt. Allerdings lässt sich eindeutig feststellen, dass Ihr Euch schon früher darin geübt habt. Doch bei der Ausbildung eines Pagen, der die Vorstufe zum Ritter ist, zählen nicht nur die Leibesübungen, das Reiten und der Waffengebrauch, sondern auch, und das in beträchtlichem Umfang, die Kenntnisse in Literatur und Mathematik, und dabei leistet Ihr offensichtlich noch nicht genug.«

»Aber Bruder Anselmo hat mir gesagt, ich wäre imstande, die Rechnungsbücher des Hauses zu führen, falls es notwendig sein sollte!«

»Das hat er sicher gesagt, um Euch bei Eurem Studium anzuspornen. So etwas hat er meinem Herrn Vater nicht mitgeteilt … und er hat entschieden, dass Ihr im Schloss bleiben sollt …«

»Das begreife ich nicht. Gestattet mir, dieses Missverständnis mit Bruder Anselmo aufzuklären und mit dem Herrn Marquis zu sprechen.«

»Davor möge Euch Gott bewahren! Ihr seid nicht der Richtige, um das Schicksal zu nötigen oder zu versuchen, Leute zu korrigieren, die viel klüger als Ihr sind. Und jetzt lasst mich allein. Ich habe viel zu erledigen und wenig Zeit.«

Die Art, wie er sie behandelte, war nicht die übliche, ohne dass er sich deshalb unhöflich benommen hätte. Catalina wollte nicht glauben, was sie da gerade hörte.

»Soll ich bleiben und Euch helfen?«

Das Mädchen flehte ihn beinahe an.

»Sagt lieber meinem Kammerdiener, dass er kommen soll. Er weiß besser als Ihr, wo ich alles habe, und er hat mehr Erfahrung beim Packen.«

Catalina vermochte nicht zu antworten und entfernte sich, ohne um Erlaubnis zu bitten. Sie konnte die Tränen nicht mehr zurückhalten, und ihr verletzter Stolz erlaubte ihr nicht, vor Diego zu weinen.

Als sie den Raum verließ, blieb der junge Marquis nachdenklich zurück. Ohne dass er es zugeben wollte, wünschte er einerseits, im Vaterhaus zu bleiben und das alltägliche Leben fortzusetzen. Der Grund dafür war gewiss jenes unklare Gefühl, das er im verborgensten Winkel seines Herzens empfand und das er nicht einmal in seinen Gedanken heraufzubeschwören wagte. Andererseits war das Leben in der Residenz für ihn von jeher ein Traum, und es kam ein wichtiger Grund hinzu: Er wollte feststellen, ob der Abstand von zu Hause und der Umgang mit Damen seines Alters und Ranges jenes absurde Gefühl aus seinem Herzen verdrängte, das ihn überwältigte. Dennoch setzte etwas seinem Gewissen übermächtig zu. Zum ersten Mal brach er sein Wort und gestand sich ein, dass er Alonsos Wunschtraum, ihn an den Hof zu begleiten, unendlich oft bestärkt hatte. Und tatsächlich, wenn es nicht wegen »dieser Sache« gewesen wäre, hätte es ihm wunderbar gut gepasst, Alonso dabeizuhaben. Er war ein unbedingt treu ergebener Page, so fleißig und pünktlich, wie er keinen anderen gekannt hatte, und vor allem ein großartiger Fechter, der bei jedem Abenteuer, das ihm auf den gefährlichen Straßen Madrids zustoßen konnte, dem erfahrensten Raufbold eine schreckliche Überraschung bereitet hätte, weil er sich auf seine seltene Fähigkeit verlassen konnte, mühelos und plötzlich den Degen in die linke Hand zu nehmen.

Am Morgen des nächsten Tages und im Fackellicht setzte sich der Zug in Marsch. Beinahe alle Schlossbewohner verabschiedeten ihn auf der Freitreppe. An der Spitze befand sich der Marquis von Torres Claras, dessen Gesicht Stolz und Kummer bekundete. Zum einen war sein lieber einziger Sohn nun schon ein Mann und ging an den Hof, zum anderen blieb er, der für Leben und Freude im Haus sorgte, für lange Zeit fort, und wenn er zurückkam, würde nichts wieder wie früher sein.

Das Gefolge, das Diego begleitete, bestand aus seinem Hofmeister Don Suero, aus Lorenzo, dem Sohn eines Verwandten des Marquis, der Diego als Page dienen sollte, aus zwei Lakaien, einem Reitknecht und einem Knappen; dieser sollte sich der Dienerschaft anschließen und in Madrid bleiben, wenn Don Suero nach Benavente zurückkehrte. Sie alle waren großartig ausstaffiert und ritten auf prächtigen Pferden. Fünf Lasttiere vervollständigten die Kolonne.

Zwei Personen sahen dem Aufbruch mit unterschiedlichen Gefühlen zu. Am Fenster ihrer Dachstube und durch einen Spalt des angelehnten Fensterladens ließ sich die tränenüberströmte Catalina keine Einzelheit des traurigen Abschieds entgehen.

Am großen Fenster des Fechtsaals beobachtete Monsieur de Lagarteare, wie alle draußen zusammenkamen, um sich zu verabschieden, und wie sich die Karawane in Bewegung setzte. Alle außer Alonso waren da, ein eindeutiges Zeichen für die erfahrenen und verschlagenen Blicke Monsieur de Lagarteares, dass der Page seine eigenen Neigungen teilte und an demselben Liebeskummer wegen seines jungen Herrn litt, den er wegen des bartlosen Jünglings empfand, den er in Madrid zurücklassen musste. »Die Zeit heilt alle Wunden«, dachte er. Umso besser, dann würde es viel leichter sein, ihn zu trösten.

Fuencisla

Nichts von den Versprechungen, die Fuencisla von Pater Rivadeneira erhalten hatte, wurde eingehalten. Die junge Frau gebar ihr kleines Töchterchen an einem Morgen in der Krankenstube des Klosters. Ihr standen eine Hebamme und Schwester Guillermina – die Krankenwärterin des Klosters – bei. Zweiundsiebzig Stunden später nahm man ihr das Kind fort, und sie sah es nicht wieder. Sie glaubte, verrückt zu werden. Ihre Tränen und Bitten konnten Schwester Gabriela nicht erweichen. Sie wollte lediglich, dass man ihr das Kind vier oder fünf Monate ließe, damit sie es stillen konnte, doch ihr Flehen wurde nicht erhört. Die Priorin entgegnete, wenn sie den Säugling haben wolle, müsse sie das Kloster verlassen und aus Sankt Benedikt verschwinden.

Sie wusste nicht, wo sie hätte hingehen können, und sie hatte auch keine

Familie, um bei ihr Schutz zu suchen. Sie war mit sechzehn Jahren ins Kloster gekommen. Ein Fuhrmann hatte sie vergewaltigt, und sie war im vierten Monat schwanger. Als sie das Kind bekam, nahm man es ihr gewaltsam weg, und man sagte ihr nie, wohin das Kind gekommen war und welcher Familie man es übergeben hatte. Doch Schwester Teresa de la Encarnación bekam Mitleid und gestattete ihr, als Magd zu bleiben. Als sie gerade achtzehn Jahre alt geworden war, wurde sie durch ihre Unbildung zu einer atavistischen Angst verleitet, die sie daran hinderte, es mit der Außenwelt aufzunehmen, und wenn sie auch nur daran dachte, die schützenden Klostermauern zu verlassen, wurde sie von Schrecken gepeinigt. Was sie aber nicht ertragen konnte, war, dass man ihr abermals ein Kind wegnahm. Diesmal war sie zum Kampf bereit. Sie hatte gerade erst ihre Arbeit wiederaufgenommen, als sie den Mönch aufsuchte.

»Hochwürden, Ihr habt mir doch versprochen, dass Ihr meiner Kleinen helft, dass ich erfahren sollte, wohin sie kommt, und dass ich ihr ab und zu ein Geschenk schicken könnte und Ihr mir von ihr erzählt, was es Neues gibt!«

»Vielleicht war es, wie Ihr sagt, indes hat der Herrgott mir später und nach langem Nachdenken den Weg gezeigt, und ich als verantwortlicher Vater des Kindes habe beschlossen, dass es besser für alle sein wird, wenn Ihr es vergesst. Wenn Ihr nichts wisst, leidet Ihr weniger. Das Kind wird seinen Weg machen, Ihr den Eurigen und … ich meinen. Es wird Zeit, dass Eure Unbesonnenheit Euch selbst trifft, denn Ihr seid dafür verantwortlich, Eure Keuschheit zu behüten, und nicht mich, damit meine Sorgen noch mehr zunehmen, die ohnehin schon zahlreich und vielfältig sind.«

Mit dieser hochmütigen und zynischen Antwort schaffte sich der Mönch das Mädchen vom Halse und erledigte ein für alle Mal das Problem. Fuencisla, die ein unglückliches Geschöpf war, verließ tränenüberströmt das Kabinett.

Seit dem weit zurückliegenden Tag, als sie Casilda mitteilte, in welcher Gefahr sich Catalina befand, hatte sie nicht wieder über das Thema gesprochen. Als sich im ganzen Kloster das Gerücht verbreitete, dass eine Postulantin hatte fliehen können, hielt sie es für ausgemacht, dass ihre Warnung rechtzeitig angekommen war, und das beruhigte ihr Gewissen. Sie glaubte, der Herrgott habe es ermöglicht, dass sie die schreckliche Unterredung im Zwischenstock der Bibliothek belauschte, um diese Kleine zu retten, doch im Lauf der Zeit bemerkte sie, dass in ihrem Innern wilder Hass gegen den Schuldigen an ihrem Leid wuchs, und entweder, um ihr Gewissen zu entlasten oder um Trost zu suchen, ging sie jedenfalls beinahe zwei Jahre danach ein zweites Mal zu Casilda und erzählte ihr alles, was geschehen war und wie der Mönch sie betrogen hatte.

»Das hat er Euch gesagt?«

»So wie ich es Euch erzähle. Ich muss etwas tun – und bei meiner Tochter schwöre ich Euch, dass es nicht so bleibt, wie es ist!«

»Aber, Fuencisla, was könnt Ihr gegen den Pfarrer und die Priorin ausrichten?«

»Das weiß ich nicht, Casilda. Deshalb wende ich mich an Euch.«

»Lasst mich ein paar Tage nachdenken. Ich sage Euch bald etwas, wenn ich klarsehe und mir etwas einfällt, und dazu gehört auch, bei welcher Gelegenheit sich so etwas ausführen lässt.«

Verfängliche Fragen

Fünf Monate waren vergangen, seitdem man Doktor Gómez de León eingesperrt hatte. Zunächst hoffte er, dass diese Bedrängnis ein Kunstgriff war, damit er gestand, was, wie er ahnte, der wahre Grund seiner Verhaftung war. Da jedoch in dieser ganzen Zeit niemand zu ihm kam, um ihm etwas zu sagen, verlor er den Mut, und obwohl sich sein Geist nicht leicht einschüchtern ließ, verzweifelte er allmählich und fühlte sich zutiefst beunruhigt. Schon seit Langem hatte der Kerkermeister seine liebenswürdigen Dienstleistungen aufgegeben – sie dauerten so lange wie das Geld in seinem Beutel, und seine Lage wurde unermesslich bitter. Man gab ihm wenig Wasser, das dazu noch faulig war, und das Essen war der reinste Fraß. Trotzdem, obwohl er sehr geschwächt war, widerstand er, indem er an das viele Elend dachte, das er in seinem langen Leben als Arzt kennengelernt hatte, und in seiner Güte und Schicksalsergebenheit widmete er diese Prüfung dem gekreuzigten Christus, den er besonders andächtig verehrte.

Sein Bart war struppig und wirr gewachsen, und seine Kleidung sah ekelhaft aus. Nachts suchten ihn die Ratten und tagsüber die Läuse und anderes Ungeziefer regelmäßig heim.

An einem Morgen im fünften Monat hatte ihm der Kerkermeister einen Brei zum Frühstück gegeben. Danach sagte er zu ihm, er solle sich fertig machen, denn in höchstens einer halben Stunde werde ihn die Wache abholen. Der Doktor stand von seinem Lager auf, ging zu einem Waschbecken, das man ihm am Vorabend hineingestellt hatte, und reinigte sich. Nachdem er sich mit einem Tuch abgetrocknet hatte, dessen ursprüngliches Weiß sich an keiner Ecke mehr erkennen ließ, fuhr er sich mit den Händen durch seine spärlichen Haare, weil er trotz allem versuchen wollte, sich etwas zurechtzumachen, um anständig auszusehen und auf diese Weise seine Würde bei dem bevorstehenden Gespräch zu bewahren.

Nach einer Weile erklangen Schritte hinten im Korridor. Dann blieben sie stehen, und man hörte Stimmen, die sich mit der seines Wärters vermischten. Die Schritte bewegten sich weiter, und die Geräusche wurden lauter, bis ein paar sich nach vorn abzeichnende Schatten kleiner wurden und dem Arzt damit zeigten, dass die Männer, die ihn abholen kamen, über die Mitte des Korridors hinausgelangt waren und das Licht der Fackel, die sich dort befand, nun hinter ihnen zurückblieb. Seine müden Augen erblickten sie: Es waren zwei Wachsoldaten zusammen mit einem Geistlichen und seinem Kerkermeister. Sie kamen zu seiner Zelle, und der Wärter steckte einen der Schlüssel, die er an einem Eisenring in seinem Gürtel trug, ins Schloss des Gitters. Er öffnete die Gittertür, damit der Geistliche und die Bewaffneten eintreten konnten. Niemand sprach zu ihm, und er erbat auch keine Erklärungen. Die Wächter legten ihm Handschellen an, die durch eine kurze Kette miteinander verbunden waren. Dann zogen sie ihn aus der Zelle und folgten dem Geistlichen durch den Korridor.

Die Mauern des langen Korridors schwitzten Feuchtigkeit aus, und die Fackeln, die sie erleuchteten, prasselten, wenn sie vorüberkamen. So gelangten sie zu einer Tür am Ende des Korridors. Diese führte zu einem düsteren Zimmer, das wegen seines Aussehens den Mutigsten einschüchtern konnte. Der Raum war quadratisch. Er hatte eine gewölbte Decke, die von Rundbogen getragen wurde. Als Lichtquelle dienten wie im Korridor ein paar Fackeln, die sich in Eisenkäfigen befanden, und eine Lampe, die mit acht brennenden Kerzen besetzt war und von der Decke hing. An der hinteren Wand und neben einer Tür sah man ein Podium, das aus zwei Ebenen bestand. Es war in der Mitte höher als an den Seiten, und man stieg zu ihm über ein Treppchen hoch. Darauf standen drei Tische, die mit schwarzen Damasttüchern bedeckt waren, und zu jedem Tisch gehörte ein mit Ziernägeln beschlagener Stuhl. An der hinteren Wand hing ein Teppich mit dem Wappen des Heiligen Offiziums. Auf rotem Grund hob sich ein Kreuz ab, das auf einem Erdhügel stand und sich aus zwei rohen Baumstämmen zusammensetzte, links davon war ein Ölzweig und rechts ein umgekehrtes Schwert zu sehen. Das Ganze wurde von einem lateinischen Text eingefasst: EXSURGE, DOMINE, ET JUDICA CAUSAM TUAM. Gleich neben dem Gericht und für den Angeklagten gut sichtbar befanden sich die Überzeugungsinstrumente, denn so nannte die Inquisition jene Apparate, die sie verwendete, um den Gefangenen nahezulegen, es sei für sie die beste Lösung zu reden.

Ein Schreckensschauder lief dem alten Doktor übers Rückgrat, als er diese furchtbaren Eisen erblickte. Im Vordergrund war der Tisch zu sehen, auf dem man die Gelenke der Unglücklichen ausrenkte, die dort hingelangten. Das Gerät bestand aus Metallringen, mit denen man Hände und Füße befestigte, und aus einer großen Schraube, deren Bolzen die Gliedmaßen des Häftlings allmählich auseinanderzog, immer weiter bei jeder Drehung, so dass sie sich streckten, bis sich die Gelenke ausrenkten und die Knorpel, Muskeln und Sehnen zerrissen. An der Decke war die Blockrolle befestigt, an der man die Opfer an den Daumen aufhängte, bis ihr eigenes Gewicht und das angestaute Blut Schmerzen wie im Todeskampf verursachten. An einer Seitenwand, an mehreren Nägeln, sah man Peitschen, Ringe, Eisen mit Spitzen und andere Instrumente hängen, die keineswegs beruhigend wirkten. In einem Becken voll rot glühender Kohlen, das auf einem eisernen Dreifuß stand, wurde schließlich eine gezähnte Zange erhitzt.

Die hintere Tür ging auf, und nach einem mit einer Kapuze vermummten Henker und zwei Geistlichen erschien Seine Hochwürden, der gnädige Herr Bischof Don Bartolomé Carrasco y Maldonado, der Provinzsekretär des Heiligen Offiziums. Der Henker ging zu dem Platz, an dem seine Gerätschaften lagen, und die übrigen drei liefen zu den Stühlen, die hinter den Tischen standen. Der Herr Sekretär setzte sich in die Mitte, und die beiden Dominikaner mit ihren weißen Soutanen und ihren schwarzen Kapuzen über den Schultern nahmen die Stühle an beiden Seiten ein: Der erste Ordensbruder war rundlich und sanguinisch, und seine Knollennase wurde von blauen Äderchen durchzogen. Der zweite war länglich und dürr wie Rebholz. Doktor Gómez de León stand zwischen den beiden Bewaffneten und schwitzte reichlich.

Nachdem man ein lateinisches Gebet gesprochen und eine Altarkerze neben den Evangelien angezündet hatte, begann einer der Geistlichen, der sich rechts von dem Prälaten befand, mit dem Verhör.

»Ihr seid gewiss Doktor Don Andrés Gómez de León y de Urbina?«

»Das ist mein Name.«

»Wisst Ihr, warum Ihr vor diesem Gericht steht?«

»Ich ahne den Grund, aber ich verstehe nicht, dass es eine Schuld gibt.«

In diesem Augenblick griff der Prälat mit fester und entschiedener Stimme ein.

»Vergesst nicht, dass Ihr hier als Angeklagter, nicht als Richter steht! Beschränkt Euch darauf, die Fragen, die man Euch stellt, mit knappen Worten zu beantworten.«

Der Doktor nickte zustimmend.

Der Ordensbruder fragte weiter: »Seid Ihr Euch bewusst, dass man einige Bände, die auf dem Index stehen, unter Euren Büchern gefunden hat?«

»Ich habe schon der Person erklärt, die mich zu Hause aufgesucht hat, dass diese Bücher dort seit uralten Zeiten standen, als sie noch keine verbotenen Bücher waren.«

»Daraus folgt, dass Ihr Eure Pflicht als Altchrist nicht erfüllt habt, die Gebote der heiligen Mutter Kirche pünktlich zu befolgen und jene Bücher zu entfernen, die man in diesen Zeiten als verderblichen Unrat ansieht.«

»Ich sage Euch noch einmal, dass ich nichts von einem solchen Erfordernis wusste. Meine Aufgaben bestehen darin, eine große Zahl von Dorfbewohnern zu betreuen, die sich über viele Meilen ringsum verteilen, denn die meisten meiner Patienten wohnen auf dem Lande, und das hindert mich daran, dass ich meine Zeit für andere Aufgaben verwende. Ich verlasse das Haus, bevor die Sonne aufgeht, und manchmal komme ich zurück, wenn der Mond schon sehr hoch steht. Meine Arbeitstage sind zwölf oder vierzehn Stunden lang, und meine Kräfte sind nicht mehr die eines jungen Mannes.«

»Das darf Euch nicht abhalten, die Hauptaufgabe eines guten Christen zu erfüllen, das heißt, den rechten Glauben zu schützen.«

»Ich wiederhole, dass es ein Versehen war.«

»Ich würde vielmehr sagen, ein äußerst schweres Versehen, das Euch unheilvolle Folgen einbringen kann.«

»Wer wohnt außer Euch noch in Eurem Haus?«, griff Carrasco ein.

»Ich habe eine alte Magd, die sich um meine Bedürfnisse kümmert.«

»Habt Ihr die unsterbliche Seele dieser Frau in Gefahr gebracht, indem Ihr etwas derart Gefährliches in ihrer Reichweite ließet?«

»Laurencia ist unfähig, in meinen Büchern herumzuwühlen. Außerdem reichen ihre Kenntnisse nicht so weit, dass sie lesen könnte.«

»Und empfangt Ihr in Eurem Kabinett vielleicht nicht Eure Patienten?«

»Wenn ich sie empfange, bin ich mit ihnen zusammen.«

»Immer?«

»Immer ohne Ausnahme. Die Leute, die meine Sprechstunde besuchen, wollen von mir untersucht werden. Wenn ich nicht da bin, kommen sie an einem anderen Tag wieder oder warten in dem hierfür vorgesehenen kleinen Saal auf mich.«

»Nicht immer. Um ein naheliegendes Beispiel zu nehmen: Unser Abgesandter wurde in Euer Kabinett eingeführt, ohne dass Ihr anwesend wart.«

»Das war eine Gefälligkeit meiner Magd. Sie hat geahnt, dass es sich um eine Standesperson handelte, die nicht wegen meines Berufs mit mir sprechen wollte.«

»Daraus folgt: Wenn Euch ein Verwandter oder Freund besucht und Ihr nicht zu Hause seid, gibt es die Möglichkeit, dass man ihn in das Zimmer lässt, in dem Eure Bücher stehen.«

»Das ist sehr unwahrscheinlich, aber möglich. Es müsste ein sehr enger Angehöriger sein, damit ihn Laurencia in mein Kabinett führt.«

»Habt Ihr viele Freunde, die ein solches Vertrauen verdienen?«

Doktor Gómez de León sah voraus, dass sich der wirkliche Grund für seine Verhaftung in diesem Moment offenbaren würde.

»Um enge Freunde zu haben, muss man über freie Zeit verfügen, damit man die Freundschaften pflegen kann, und mir, Hochwürden, fehlt Zeit.«

Nun fragte der dicke Ordensbruder von der anderen Seite:

»Und wem von Euren engen Angehörigen würdet Ihr einen genügend hohen Rang zuerkennen, damit man ihm gestattet, bei Euren Büchern zu bleiben, ohne dass Ihr anwesend seid?«

Der alte Arzt zögerte, ob er Don Martín de Rojo zu seinen engen Freunden rechnen sollte oder nicht. Schließlich dachte er, dass es zweckmäßig sein würde, ihn zu nennen, denn das wusste man ohnehin, und wenn er nicht so handelte, würden sie ihn als Lügner anklagen.

»Vielleicht Doktor Solís, meinem Kollegen, der früher Arzt bei den spanischen Regimentern war, und bis zu seinem Tod Bruder Gerundio, der Beichtvater der Nonnen in Sankt Benedikt war ... Don Martín de Rojo, der sein Herrenhaus in Quintanar del Castillo hat ... und dem Marquis von Yaguas, wenn er seine Güter besucht.«

»Dieser Don Martín de Rojo ... Ihr sagt, dass er Euer Freund ist?«

»Ich bin der Arzt seiner Familie. Und, ja, er ist ein alter Freund.«

»Seid wann habt Ihr Euch um die Gesundheit seiner Familie gekümmert?«

»Ich war ein junger Arzt, der erst vor wenigen Monaten vor der Prüfungskommission bestanden hatte, als ich die Krankheit seines Herrn Vaters behandeln musste.«

Das Gesicht des Bischofs verzerrte sich unübersehbar. Da der Ordensbruder neben ihm saß, bemerkte er es nicht, wohl aber der Arzt.

»Und wer gehört alles zur Familie?«

»Ich sehe nicht, welche Beziehung das, wonach Ihr mich fragt und was andererseits öffentlich bekannt ist, mit der Verfehlung haben kann, dass ich, ohne es zu wissen, ein verbotenes Buch in meiner Bibliothek behalten hatte.«

Die Stimme des Prälaten donnerte erbarmungslos:

»Ihr wisst, dass Ihr allein deshalb ganze Jahre in einer Kerkerzelle in Toledo oder Valladolid verbringen könnt! Ich habe Euch gesagt, dass Ihr ein gewöhnlicher Angeklagter seid, der die Gesetze der heiligen Inquisition herausgefordert hat und den ich beschuldige, dieses Gericht beleidigt zu haben. Sagt mir, wer zu den Angehörigen dieser verdammten Familie gehört!«

Wenn der Bischof über dieses Thema sprach, wühlte es ihn im Innersten auf, so sehr, dass ihn die beiden Ordensbrüder etwas verwundert ansahen.

»Zu ihr gehören Don Martín, seine Gattin, Doña Beatriz de Fontes, und vier Kinder: ein Junge und drei Mädchen.«

»Seid Ihr dessen sicher, was Ihr sagt?«

Der Arzt bewahrte seine feste Haltung.

»Selbstverständlich, Hochwürden.«

»Sprecht über die verstorbene Priorin von Sankt Benedikt. Habt Ihr sie in ihrer Krankheit gepflegt?«

»Ja, Hochwürden, das habe ich getan.«

»Wie ich gehört habe, hat das Rezept, das Ihr ausgestellt habt, ihr Leben beendet, anstatt ihren Zustand zu verbessern.«

»Wenn man das Mittel, das ich verordnet hatte, richtig verabreichte, konnte es ihr nur helfen. Wenn man es falsch angewendet hat, bin ich nicht dafür verantwortlich. Hochwürdiger Vater, Ihr wisst ja, dass es keine Gifte gibt, sondern dass es immer auf die Dosis ankommt.«

»Die Priorin war die Schwester Eures Freundes Don Martín de Rojo, nicht wahr?«

»So ist es, Exzellenz.«

»Und was könnt Ihr mir über ein Mädchen sagen, eine gewisse Catalina, die die Gelübde als Postulantin ablegen sollte? Sie hat sich um die Priorin in ihrer letzten Nacht gekümmert und ist, wie es scheint, von der Erde verschluckt worden.«

Den Arzt, der nichts von dem Vorfall wusste, traf diese Neuigkeit unvorbereitet, und er erblasste sichtbar.

»Davon kann ich Euch nichts sagen. Ich weiß nicht, was geschehen ist, und man hat dort auch keinen Grund, mich darüber zu unterrichten. Ich beschränke mich in aller Bescheidenheit darauf, ins Kloster zu kommen, wenn man mich ruft, weil jemand krank ist.«

»Das lügt Ihr, und Ihr, hochwürdige Väter, seid Zeugen, dass der Angeklagte erblasst! Beim lebendigen Gott! Wir werden es verstehen, Euer Gedächtnis aufzufrischen!« Nun wandte sich der Bischof an die Ordensbrüder: »Handelt, wie es üblich ist, damit er nachdenkt. Wir wollen sehen, ob er sich beim nächsten Mal besser erinnert.«

Und nach diesen Worten stieß Doktor Carrasco seinen Stuhl heftig zur Seite, sprang auf und wollte vom Podium hinuntersteigen.

Der kleinere Ordensbruder, den die ungewöhnliche Anordnung bei einem Angeklagten erstaunte, dessen Prozess gerade erst begonnen hatte, stand ebenfalls auf, rückte mit dem Kopf an den des Bischofs heran und flüsterte ihm ins Ohr:

»Verzeiht, Hochwürden. Glaubt Ihr nicht, dass wir das Verfahren einleiten … und warten müssen, dass man Beweise liefert, bevor wir eine derart drastische Entscheidung treffen, wie Ihr sie haben wollt?«

»Ehrwürdiger Vater, Ihr wisst, dass sich viele Halbherzige der Gerechtigkeit Gottes entziehen, weil wir uns allzu streng an die gesetzlichen Vorschriften halten und gestatten, dass ein paar Winkeladvokaten die Tatsachen entstellen und man uns durch gewisse Einflussnahmen das uns übertragene Recht entreißt, eindeutige Verirrungen zu bestrafen. Es wird endlich Zeit, dass wir die Verfahren abkürzen. Der Böse gewinnt an Boden, und wir verirren uns auf legale Umwege, die lediglich die Strafe hinauszögern, die wir aussprechen müssen. Handelt so, wie ich es angeordnet habe, und überlasst mir die Verantwortung zu entscheiden! Ein Schrecken wird diesem unvernünftigen Kerl guttun, damit sich seine Erinnerungen in kurzer Zeit vervollständigen und er mehr zur Aufklärung dieser dunklen Angelegenheit beitragen kann, die schon von Weitem wie die Pest stinkt. Habt Ihr etwa nicht gesehen, dass ihm das Blut aus dem Gesicht gewichen ist, als man ihn über die Flucht dieser Anwärterin befragt hat? Gehorcht und behindert meine Entscheidungen nicht!«

Doktor Carrasco trug all diese Argumente vor, indem er eher wie eine

Schlange zischte, als dass er dem verblüfften Ordensbruder ins Ohr flüsterte. Diesem blieb nichts anderes übrig, als dass er seinem Gefährten den erteilten Befehl bestätigte, während der Bischof, der vom Podium hinuntergestiegen war, sich mit schnellen Schritten zum Ausgang wandte.

Der andere Ordensbruder nickte den neben dem Arzt stehenden Soldaten bedeutungsvoll zu. Diese packten ihn an den Armen und brachten ihn zu der Stelle, wo sich der Henker befand …

»Streckt ihm die Hand auf dem Gestell aus«, befahl der größere Ordensbruder.

Ein Soldat zog an der Kette, die die Handgelenke des Doktors fesselte, und zwang ihn, die Hände auf einen eisernen Amboss zu legen. Der andere nahm einen Strick, band ihn um seinen Körper und schlang den Strick um eine Säule.

»Um Gottes willen! Was wollt Ihr tun?«

»Was wir tun wollen, geschieht gerade um Gottes willen!«

Der Scherge nahm eine spitze Zange und näherte sie den Händen des Arztes.

»Meine Hände … Neieiein! Bei allem, was Euch lieb ist! Wenn Ihr mich zum Krüppel macht, kann ich niemanden mehr heilen!«

»Es ist besser, dass wir Eure Seele heilen. Ans Werk!«

Der Henker riss mit der spitzen Zange die Fingernägel des alten Doktors nacheinander ab. Als er beim vierten Nagel war, fiel dieser in Ohnmacht. Er wurde zum willenlosen Bündel. Man wickelte seine Hände in blutige Lappen. Eine Stunde später weckte man ihn, indem man ihm einen Eimer Wasser über dem Kopf ausschüttete, und schaffte ihn in seine Zelle zurück.

Ungeklärte Fragen

Álvaro de Rojo hatte sein Studium in Salamanca beendet, und dank seiner Unterstützung war auch Cristóbal López-Dóriga fertig geworden. Der Erste empfand unbegrenzte Bewunderung für den Zweiten, und aus diesem Grund dichtete er ihm Tugenden an und übersah seine Fehler. Álvaro war außer sich vor Freude, als der Vater Cristóbals, den dieser darum gebeten hatte, ihm als Beweis der Dankbarkeit die Gelegenheit bot, seine Ausbildung in der Hauptstadt fortzusetzen.

Die beiden ergänzten sich: Álvaro war tiefgründig, grüblerisch, fleißig, er hatte einen scharfen Verstand und liebte die schöne Literatur, während

Cristóbal fröhlich, lebhaft, leichtfertig, herzensbrecherisch und blendend auftrat, gut Gitarre und gern Karten spielte.

Álvaro kehrte zusammen mit dem alten Matías nach Quintanar del Castillo zurück, um den Hochsommer im Kreis seiner Familie zu verbringen und die väterliche Erlaubnis zu erbitten, in die Residenz zu gehen. Anschließend wollte er diese Reise vorbereiten, falls sie ihm gestattet wurde. In seiner Tasche hatte er einen Brief des Marquis von López-Dóriga mit dem Angebot, das dieser ihm gemacht hatte, damit er es mit seinem Vater besprach und der sah, dass der Vorschlag ernst gemeint war.

Álvaro hatte sich zwar fern von zu Hause aufgehalten, doch die Nöte seiner Familie waren ihm nicht verborgen geblieben. Sie zeigten sich bei allem, in den abgenutzten Möbeln, den fadenscheinigen Vorhängen, der Kleidung der Diener oder der geringen Zahl von Tieren in den Ställen. Aber es war sein Zuhause, und dort lebte auch seine Mutter, die er so innig liebte und der er so viel verdankte.

Er war glücklich und zutiefst gerührt, wenn er an die sich ihm bietende Gelegenheit dachte, nach Madrid zu gehen, doch er wünschte, dass dieser Sommer unvergesslich sein würde.

In diesem Jahr vollendete er das siebzehnte Lebensjahr, und während er als junger Bursche vier Jahre zuvor nach Salamanca aufgebrochen war, sah er sich nun schon als Mann an, und sein Titel »Bakkalaureus« verlieh ihm das Recht, mit »Don« angesprochen zu werden.

Er stand vor seinem Vater. Dieser saß in seinem uralten Sessel und las den Brief, den er ihm soeben gegeben hatte. Im Innern bedachte er das mögliche Verhalten des Hidalgos gegenüber dem Angebot, das Álvaro nicht nur für eine günstige Gelegenheit, sondern auch für eine einzigartige Chance hielt. Doch er fürchtete sich vor der Reaktion des Vaters, die gewiss von seinem unmäßigen Stolz bestimmt sein würde.

Er erinnerte sich an die endlosen Winkelzüge, die er erfinden musste, um seine kostspielige Lebensführung während des Aufenthalts in Salamanca zu rechtfertigen, die er sich mit seinem eigenen Geld nicht hätte erlauben können. Schließlich glaubte Don Martín oder tat wenigstens so, dass ihm sein Freund den Privatunterricht, den er ihm erteilte, bar bezahlte und dass dies eine für beide junge Leute vorteilhafte Vereinbarung sei. Nur deshalb gestattete er ihm, so auskömmlich zu leben, wie es ihm allein López-Dórigas Großzügigkeit ermöglicht hatte.

Sein Vater las den Brief weiter, und Álvaro ließ den Blick durchs Zimmer schweifen. Alles war gleich geblieben, aber älter und, wie es ihm vorkam, sogar kleiner geworden … Der erloschene Kamin war nicht so groß und der Saal nicht so geräumig, wie er es aus der Zeit vor seiner Abreise im Gedächtnis hatte. Seine Mutter stickte an einem Wandteppich. Sie saß nahe am Fenster, wo Don Bernardo, sein Großvater väterlicherseits, den verhängnisvollen Schlaganfall erlitten hatte. Von dort aus war der Ausblick in den Garten weiterhin so schön, wie er ihn stets in seinen Erinnerungen heraufbeschworen hatte.

Von Don Cristóbal de López-Dóriga y Olid
An Don Martín de Rojo e Hinojosa

Sehr geehrter Herr!
Die Achtung und Wertschätzung, die mein Sohn für den Euren bekundet, veranlassen mich, diesen Brief zu schreiben, um Euch eine Sache vorzutragen, die beiden Vorteile bringen kann.

Ich bezweifle nicht, dass Ihr die enge Freundschaft kennt, die zwischen den beiden jungen Leuten entstanden ist und die uns sehr gefällt. Ich glaube, dass die Dinge, die beiden nützen, uns alle erfreuen müssen.

Zahlreich sind heute die Gefahren, die unsere jungen Männer bedrohen, und ich glaube, dass ein günstiger Einfluss, der selbstverständlich von einer guten Gesellschaft vermittelt wird, von grundlegender Bedeutung ist.

Dies hat mich bewogen, Álvaro einzuladen, wenn er seine Ausbildung Eurem Willen entsprechend in der Hauptstadt abschließt, dass er während dieser Zeit in meinem Madrider Palast wohnen darf, denn so könnte er weiterhin seinen wohltuenden Einfluss auf meinen Sohn ausüben, und auf diese Weise könnte ich es ihm danken.

Es versteht sich von selbst, dass mein Haus das Eure ist und dass ich Euch ganz zur Verfügung stehe.

Unterschrift mit Namenszeichen
CRISTÓBAL LÓPEZ-DÓRIGA

»Also gut, mein Sohn. Die Hochachtung, die jene, die mit Euch Umgang haben, Euch gegenüber empfinden, erfüllt mich mit Stolz, hängt doch die Zukunft eines Mannes von seinem Ruf und seiner Ehre ab, und ich will für Euch die vortrefflichste Zukunft. Hierüber werde ich mit Eurer Mutter sprechen, denn ich weiß, dass sie gehofft hat, Ihr würdet nach Hause zurückkommen, und ich halte es nicht für gerecht, ihre stets klugen Worte unberücksichtigt zu lassen. Vorläufig haben wir einen ganzen Sommer vor uns, um nachzudenken, und ich will nichts überstürzen. Aber es wäre nicht überflüssig, dass Ihr Euren Freund einladet, ein paar Tage bei uns zu verbringen, damit wir ihn kennenlernen und er erfährt, wer wir Rojos sind.«

»Nichts könnte mich glücklicher machen, Vater«, antwortete Álvaro freudig.

Dann streckte der Hidalgo seinem Sohn die Hand hin, damit er sie küsste, und verließ das Zimmer.

»Mutter, habt Ihr zugehört?«

Kaum war der Vater fort, da ging der Junge zum Fenster.

»Sohn – wenn ich auch etwas anderes tue, achte ich doch immer auf das, was Euch betrifft.«

»Und was haltet Ihr davon, Mutter?«

»Kinder, Álvaro, sind eine Leihgabe Gottes. Ich würde eine schlechte Mutter sein, wenn ich nicht zuließe, dass Ihr auf eigenen Füßen steht, wenn ich mich wie ein Blutegel an Euer Leben klammerte und Euch am Emporkommen hinderte. Ihr sollt Euer eigenes Leben gestalten, wie es jeder Mensch tun muss, und wenn Ihr es vielleicht jetzt nicht versteht, werdet Ihr Euch erinnern, was ich Euch heute gesagt habe, wenn Euch das Leben Kinder schenkt.«

»Ihr seid die beste Mutter der Welt!«

Der Junge stürzte sich in die Arme seiner Mutter, so dass er die Wollfäden, mit denen sie arbeitete, zu Boden warf.

»Was tut Ihr, seid Ihr verrückt? Ihr zerstört meine ganze Arbeit!«

»Eure Hochherzigkeit und Selbstlosigkeit machen die größte Hoffnung meines Lebens möglich, nämlich, dass ich in die Hauptstadt gehe.«

Doña Beatriz hatte ihre Handarbeit beiseitegelegt und erwiderte die Umarmung, mit der Álvaro sie umfing.

»Setzt Euch und hört mir zu.«

Álvaro setzte sich zu seiner Mutter auf den Schemel des Spinnrockens.

»Sprecht, Mutter.«

»Gebt acht, Álvaro. Nun, da uns keiner hören kann … Ihr seid mir das Liebste auf der Welt. Ich habe Euch so sehr herbeigesehnt, dass es mir schwerfiel zu glauben, als Ihr geboren wurdet, dass ich einen Jungen geboren hatte! Mein innigster Wunsch auf dieser Welt ist, dass Ihr glücklich werdet. Ich sollte verlangen, dass Ihr hierbleibt? Jede Mutter möchte einen Sohn wie Euch an ihrer Seite haben, aber das wäre tatsächlich eine eigennützige Haltung. Ich habe ja Eure zwei Schwestern – und Gott weiß genau, dass ich zu ihrem eigenen Besten möchte, dass sie fortgehen! Außerdem leisten sie mir keine Gesellschaft. Ihr seht ja, dass sie nie mit mir zusammen nähen. Sancha hilft mir beim Kochen. Violante ist verbittert, und das merke ich deutlich. Mehr Gesellschaft hat mir meine Kammerfrau Leonor geleistet. Wie Ihr wisst, hat sie einen guten Mann geheiratet, einen Witwer mit einem Kind, und wie mir Eure Amme Casilda erzählt hat, die mich oft besucht, ist Leonor sehr glücklich, und das nicht gerade, weil sie viel Gesellschaft hat, denn er ist Postbote des Königs und Kurier des heiligen Glaubensgerichts, so dass er fast immer unterwegs ist.«

»Verzeiht, Mutter, wenn ich Euch unterbreche. Wie geht es Casilda?«

»Sie möchte Euch sehen, und dieser Sommer soll nicht vorbeigehen, ohne dass wir beide, Ihr und ich, nach Sankt Benedikt fahren, um sie zu umarmen und sie über all die guten Neuigkeiten zu unterrichten, die Euch betreffen.«

»Bitte, erzählt weiter.«

»Ich meine Euren großen Wunsch, in die Hauptstadt zu gehen. Das wundert mich überhaupt nicht, denn danach sehnen sich alle jungen Männer des Reichs. Aber behaltet Euren klaren Kopf. Ihr wollt fortgehen … irgendwohin fortgehen, und wenn es in die Hauptstadt ist, umso besser. Deshalb seid Ihr kein schlechter Sohn. Euer Leben drängt Euch, und Ihr möchtet es wie jeder junge Mann in vollen Zügen auskosten … und auf eigenen Füßen stehen. Ich, der Euch so sehr liebe, werde Euch nicht die Flügel beschneiden, und ich will kein Hindernis und keine Belastung für Euer Gewissen sein. Was aber Euer Vater gesagt hat, halte ich für eine vernünftige Maßnahme: Ladet Euren Freund ein. Es wird mir eine große Freude sein, ihn kennenzulernen.«

»Ich danke Euch tausendmal, liebe Mutter! Man kann Cristóbal unmöglich kennenlernen, ohne sich von seinem feinen Betragen, seiner Lebenslust und seinem Lächeln überwältigen zu lassen. Am Anfang mag er Euch etwas unbesonnen und launisch erscheinen, aber er ist herzensgut.«

»Wenn Ihr ihn bewundert und so gernhabt, werde ich gewiss großen Gefallen an ihm finden.«

Mutter und Sohn vereinten sich in einer zärtlichen Umarmung.

Almosen und Pläne

Schwester Gabriela und Pater Rivadeneira machten eine Rundreise. Ihr Auftrag bestand darin, die einzelnen Protektoren des Klosters zu besuchen, um Almosen und Beihilfen für Sankt Benedikt zu erbitten. Sie konnten keinen zusammenhängenden Reiseplan zusammenstellen, denn die Wohnsitze der Protektoren lagen in allzu verschiedenen Richtungen. Darum kehrten die beiden hin und wieder ins Kloster zurück, um nach einem oder mehreren Tagen wieder aufzubrechen und eine andere Richtung einzuschlagen.

Ihre Beziehung hatte sich spürbar verschlechtert. Der Ordensbruder verzieh der Priorin nicht, dass sie ihr Versprechen nicht gehalten hatte, und das Einzige, was ihn noch abwarten ließ, war die Hoffnung, dass die Schritte, die sie unternommen hatte – sie meldete den zuständigen Stellen die Flucht, und das waren Bischof Carrasco und außerdem heimlich, ohne dass dieser es wusste, die heilige Hermandad –, schließlich das erwünschte Ergebnis brachten.

Sie unternahmen diese Ausfahrten nun schon seit mehreren Monaten. Sie übernachteten in verschiedenen Klöstern, wo man sie als Gegenleistung für die Gastfreundschaft unterbrachte, die Sankt Benedikt den Brüdern und Schwestern anderer Orden bot, wenn sich diese in einer ähnlichen Lage befanden.

Diesmal ritten die zwei auf ganz unterschiedlichen Tieren: der Mönch auf dem besten Pferd des Klosters und die Nonne auf einem weißen, sehr sanften und aufgezäumten Maultier, das es ihr ermöglichte, nach Art und Gewohnheit der Frauen zu reiten.

Der Himmel war am Morgen bedeckt, und in der Ferne brauten sich Gewitterwolken zusammen. Sie waren dem Lauf des Órbigo gefolgt, kamen durch Villaquejida und näherten sich nun dem See von Negrillos. Der Weg schlängelte sich, und der Ordensbruder lenkte sein Pferd, indem er den Schritten folgte, die das Maultier der Nonne machte. Zu einem bestimmten Zeitpunkt nutzte er die Gelegenheit, dass der Weg sich an dieser Stelle verbreiterte; er drückte seinem Tier leicht die Sporen in die Weichen und zwang es, in Trab zu fallen, so dass er zum Reittier der Priorin aufschließen konnte.

»Ehrwürdige Mutter, glaubt Ihr, dass wir bei dem jetzigen Tempo heute zu unserem Ziel kommen?«

Die Nonne zog sich die Kapuze zurück, die ihr den Kopf bedeckt hatte. Sie suchte den Horizont ab und ließ ihr Urteil hören.

»Wenn uns der Regen verschont und wir keine Zeit damit verlieren müssen, dass wir uns irgendwo unterstellen, so glaube ich, dass wir diese Etappe zurücklegen, wie es im Plan vorgesehen ist.«

»Das Schlechte ist, dass die am besten ausgearbeiteten Pläne manchmal scheitern.«

Die Nonne durchschaute die Anspielung sofort.

»Hackt nicht immer auf demselben Punkt herum. Ihr wisst, dass man alles Mögliche getan hat und noch tut, damit diese ärgerliche Angelegenheit auf die für alle beste Art geklärt wird.«

»Das Bedauerliche ist: Wenn Ihr Euch eifrig um die Erfüllung unseres Paktes bemüht und mir von Anfang an vertraut hättet, wäre es nicht zu der Lage gekommen, unter der wir nun leiden.«

»Die Dinge sind, wie sie sind, und manchmal gehen die Ereignisse über unsere Erwartungen hinaus. Wer hätte sich gedacht, dass ein Mädchen von kaum vierzehn Jahren imstande wäre, einen Plan auszuhecken, der uns bis heute so sehr verwirrt und beunruhigt, dass wir das Geschehene nur begreifen können, weil wir glauben, dass der Böse hinter all dem steckt?«

Rivadeneira murmelte leise eine Bemerkung, die dazu führte, dass die Nonne hinzusetzte:

»Brummt nicht, und beklagt Euch nicht so sehr. Ich glaube nicht, dass man Euch aufgrund Eurer unglaublichen Theorien, die mich durchaus nicht überzeugen, und wegen Eurer abartigen Auslegung der Heiligen Schrift in irgendeinem Kloster das erlaubte, was ich Euch nachsehe, um vorläufig die Schuld auszugleichen, die ich Euch gegenüber auf mich genommen habe.«

»Was meint Ihr damit?«

»Ihr wisst ganz genau, was ich damit meine. Oder glaubt Ihr, dass Eure Umtriebe mit einigen Novizinnen des Klosters, die manchmal Folgen haben, wie im Fall der armen Fuencisla, von mir unbemerkt bleiben?«

»All das sind Ersatzmittel für meine getäuschten Wunschträume. Wenn ich Catalina bekommen hätte, würde ich meinen Drang auf sie beschränken, so wie sich der gute Ehemann auf die Ehefrau beschränkt. Wenn sie mir gehört hätte, wären mir die anderen Frauen des Klosters gleichgültig geworden.«

»Nun ja, lassen wir das vorläufig und kommen wir zu anderen Fragen, die ich Euch vortragen möchte und die mir im Kopf herumspuken.«

»Worum geht es?«

»Hochwürden, Ihr kennt so gut wie ich die Bedürfnisse und Nöte, unter denen das Kloster gegenwärtig leidet. Die milden Gaben der Leute mögen zwar so großzügig sein wie die Spenden einiger unserer Protektoren und lösen unsere Alltagsprobleme, doch damit wird es uns trotzdem nicht gelingen, aus Sankt Benedikt das zu machen, was es durch seine Geschichte verdient und was ich ihm wünsche, um mit früheren Glanzzeiten zu wetteifern.«

»Was Ihr sagt, halte ich für sehr gut. Aber um unsere wirtschaftliche Lage zu verbessern, fällt mir nichts anderes ein außer Spenden, Almosen und frommen Vermächtnissen.«

»Gebt acht, welchen Plan ich ausgearbeitet habe. Für ihn brauche ich Eure Hilfe.«

Der Ordensbruder zügelte sein Pferd, als sie auch ihr Maultier anhielt, und höchst aufmerksam hörte er auf die Argumente, die ihm die Priorin vortrug.

»Ihr wisst ja genau, dass die Wunder und Reliquien der Heiligen auf die Leute jeder Herkunft und Stellung ungeheuer anziehend wirken … Ist es nicht so?«

»Gewiss.«

»Ich glaube, wenn man alle Kreuzreliquien von Abteien, Klöstern, Konventen und Privatbesitzern zusammentrüge, die, wie ihre Besitzer behaupten, zum Kreuz Christi gehört haben, könnte man mit dem gesammelten Holz eine Galeone bauen.«

Der Mönch nickte lächelnd.

»Nun, also, deshalb denke ich … Warum kann nicht Sankt Benedikt seine Reliquien und Wunder haben?«

»Wahrhaftig, der Herr hat Euch mit einem geschmeidigen Verstand ausgestattet!«

»Hört aufmerksam zu. Soeben ist eine Priorin im Geruch der Heiligkeit gestorben, die zu ihren Lebzeiten vielen Menschen, hauptsächlich einfachen und leicht zu beeinflussenden Leuten, als Beispiel und Stütze gedient hat.«

»Ja und?«

»Denkt daran, dass sich am Tag ihres Todes das Gerücht verbreitete, die Glocken von Sankt Benedikt hätten zu läuten begonnen, ohne dass jemand am Seil zog. Wenn mich mein Gedächtnis nicht im Stich lässt, war es eine sehr windige Nacht, und es ist gut möglich, dass der Nordwind den

Klöppel der Hauptglocke an die Bronze schlagen ließ ... Aber die Phantasie des Volkes und das Verlangen, ein Wunder zu erleben, haben das Übrige bewirkt.«

»Erstaunlich! Ich ahne schon, worauf Ihr hinauswollt.«

»Jetzt kommt der Augenblick, zu dem Ihr eine hervorragende Rolle übernehmt. An jedem Sonn- oder Feiertag entzündet Ihr mit Euren heißen Worten die Phantasie der Dorfleute, damit sie sich allmählich einbilden, dass in ›ihrem‹ Kloster wunderbare Ereignisse geschehen. Bei den nächtlichen Gebeten der Gemeinschaft gerate ich immer wieder in Ekstase, und diese wird sich ganz unübersehbar steigern, wenn Ihr, während ich mitten in der mystischen Verzückung versunken bin, mir ein Stück des Ordenskleids oder des Kreuzes zu küssen gebt, das Mutter Teresa am Gürtel trug ...«

»In meinem ganzen Leben habe ich keinen unwiderstehlicheren Einfall gehört!«

»Nun kommt das Wichtigste. Ohne dass wir uns zu erkennen geben, verbreiten wir das Gerücht. Damit wir das Seligsprechungsverfahren der Priorin in Rom einleiten können, müssen wir eine Reihe von Wundern vorweisen ... und diese ließen sich einfacher erreichen, wenn die Leute, die sie um etwas bitten, etwas haben können, was der ehrwürdigen Mutter zu ihren Lebzeiten gehört hat.«

»Mir fehlen die Worte!«

»Jetzt, wo wir schon die Kastanien aus dem Feuer geholt haben, müssen wir dem Ganzen noch die Krone aufsetzen. Ihr macht den Leuten bei der Beichte weis, es sei sehr schwierig, eine dieser Reliquien zu ergattern, dass aber für ein Almosen, vielleicht ... dies natürlich immer unter der strengen Bedingung, dass sie uneingeschränktes Stillschweigen bewahren. Ihr werdet schnell merken, da Ihr die menschliche Natur kennt, dass wir nach kurzer Zeit mehr blauen Wollstoff kaufen müssen, damit wir Stücke des Ordenskleides der ehrwürdigen Mutter liefern können, und uns auch Papier, Tinte und Federn besorgen müssen, um die Wunder zu verzeichnen, denen die Leute beigewohnt haben, wie sie glauben werden. Ihr wisst ja, wie wenig man braucht, um die Einbildungskraft der Dörfler anzuspornen.«

»Ich finde wirklich keine Worte. Euer Geist ist eine Quelle der Bosheit.«

Mit derlei Gesprächen verbrachten sie den Tag, und auf diese Weise legten sie den Weg zurück. Als es schon Abend wurde, hielten sie ihre erschöpften Tiere vor dem Haupttor des Schlosses an, das der Marquis von Torres Claras in Benavente bewohnte.

Casildas List

In Casildas Kopf spukten viele Gedanken umher, und ihr Herz wurde von vielen Gefühlen hin und her gerissen. Sie wusste ja, dass man ihre liebe Catalina für Mutter Teresas Tod verantwortlich machen wollte, und dazu kam die Gewissheit, dass Schwester Gabriela de la Cruz und Pater Rivadeneira die wahren Schuldigen des Verbrechens waren. Um das Unrecht vollzumachen, hatte man auch noch dem armen Blas unrecht getan, dem man die Schuld in die Schuhe geschoben hatte, Fuencisla entehrt zu haben, um ihn danach der Justiz zu übergeben.

Ihr Gewissen plagte sie jede Nacht, und schließlich glaubte sie, wenn sie in dieser Sache nicht etwas unternehme, werde ihre Seele dereinst im Höllenfeuer schmoren, beging sie doch eine schwere Unterlassungssünde.

Casilda Peribáñez war eine einfache, aber keineswegs dumme Frau, und sie ließ sich einen Plan einfallen. In ihrer primitiven Schrift, die sie der seligen Mutter Teresa zu verdanken hatte, verfasste sie einen Brief an ihre Herrin Doña Beatriz de Fontes und gab ihn Antón Cifuentes mit. Er sollte ihn bei seiner nächsten Fahrt nach Quintanar del Castillo abgeben. Der Text des Briefes lautete:

Abzugeben an Doña Beatriz de Fontes

Sehr geehrte Señora!
Ich mache gegenwärtig eine Prüfung durch, die zu schwer für meine schwachen Kräfte ist, und ich muss meinen Kummer bei jemandem wie Euch loswerden, denn Ihr kennt mich genau und wisst, dass ich ein zuverlässiger Mensch bin und nichts für Fantasien übrighabe. In Sankt Benedikt sind schreckliche Dinge geschehen, und ich brauche Eure Hilfe. Lasst mich unter irgendeinem Vorwand rufen, denn sonst erlauben sie mir nicht, nach draußen zu kommen. Bitte, lasst mich in dieser Not nicht allein!

Eure treue CASILDA

Antón Cifuentes, der viel von der Magd hielt, hatte nichts dagegen, ihr den Gefallen zu tun, und so kam es, dass die heiß ersehnte Antwort nach wenigen Tagen eintraf, als Mutter Gabriela glücklicherweise abwesend war.

In solchen Fällen leitete Schwester Leocadia die Gemeinschaft, und weil sie wusste, dass Doña Beatriz de Fontes die Gattin Don Martín de Rojos und Casilda die Amme ihres Sohns gewesen war, glaubte sie, dass irgendein häusliches Problem Doña Beatriz beunruhigte und sie veranlasste, darum zu bitten, dass die Magd, die ihren Sohn gestillt hatte, in ihrem Haus in Quintanar erscheinen solle. Darum hatte sie nichts dagegen einzuwenden, dem Mädchen zu erlauben, sich auf Bitten seiner Herrin bei ihr einzufinden.

Und so kam es, dass Casilda an einem angenehm warmen Maimorgen das Kloster in einem von Antón Cifuentes gelenkten Wagen verließ, um nach Quintanar del Castillo zu fahren.

Matt erhellte die Sonne den frühen Morgen. Antón Cifuentes saß auf dem Kutschbock und trieb das Maultiergespann an. Die Tiere liefen in einem munteren Trab. Casilda saß unter der Wagenplane und dachte über die traurigen Ereignisse nach, die diese Fahrt veranlasst hatten, und sie ordnete innerlich die Dinge, die sie Doña Beatriz berichten wollte, und schloss andere aus, die zu verschweigen besser war, wie sie glaubte. Zu den ersten gehörten das Gespräch mit Fuencisla, der Name des wirklichen Verantwortlichen für die Schwangerschaft des Mädchens, die Schuldigen am Tod der Priorin und der plumpe Versuch, Catalina in die traurige Angelegenheit hineinzuziehen. Hingegen hielt sie es für zweckmäßig, nichts zu verraten, was nahelegte, dass sie mit der Flucht des Mädchens zu tun hätte, oder was man so verstehen könnte, als wüsste sie etwas von ihrem Aufenthaltsort.

Der Weg, dem sie folgten, nötigte sie, eine Furt zu suchen, um über den Fluss zu kommen, denn seit dem letzten Hochwasser hatte man die Holzbrücke nicht wiederaufgebaut, die man benutzen musste, um nach Benavides hinaufzugelangen. Obwohl sich Casilda innerlich mit vielen Dingen beschäftigte, bewunderte sie die schöne Gegend und den angenehmen Tag, der für sie ein Festtag war, denn allein dass sie aus dem Kloster herauskam, war schon ein Ereignis. Der Weg war lang, aber Antón kannte Abkürzungen und Passwege zwischen den Bergen. Die Frau vertrieb sich die Zeit, indem sie neue Landschaften genoss und lange Strecken unter der Wagenplane schlummerte.

Ungefähr um neun Uhr abends hielt der Knecht den Wagen vor dem

Gittertor des Herrenhauses der Rojos. Nachdem sich Casilda verabschiedet und ihm gedankt hatte, raffte sie ihre Siebensachen zusammen. Antón Cifuentes, der nie auf seine Eigenschaften als Veteran der spanischen Regimenter verzichtete und großsprecherisch, angeberisch und galant auftrat, antwortete: »Etwas anderes möchte ich von Euch, keine schönen Worte … und Ihr bietet mir nur Süßholz.«

Casilda, die eine handfeste, immer noch lebensfrische Person von vierunddreißig Jahren war, fiel auf das hintergründige Kompliment herein.

»Was meint Ihr damit, dass ich Euch nur ›Süßholz‹ biete?«

»Holz, Casilda, pures Holz.«

Sie lächelte, während sie ihre Habseligkeiten hinten aus dem Wagen holte, und sie erinnerte den Fuhrmann, dass er sie vier Tage später abholen solle.

Er fuhr los, während sie ihm vom Gittertor aus freundlich nachwinkte. Man hatte es schon geöffnet, und als der Wagen um die Ecke fuhr, trat sie ins alte Herrenhaus ein, wo sie die glücklichsten Jahre ihres Lebens verbracht hatte.

Sobald Doña Beatriz erfuhr, dass die frühere Amme eingetroffen war, ließ sie Casilda zu sich rufen.

Die Frau erschien. Unverzüglich kamen sie zum Thema. Doña Beatriz lauschte aufmerksam dem einfachen und klaren Bericht der Magd. Da diese schwerwiegende Dinge zu berichten hatte, ließ sie ihren Gatten benachrichtigen, damit auch er hörte, was sie gar nicht glauben wollte. Der Hidalgo betrat die Räume seiner Gattin und ersuchte Casilda, ihren Bericht, der seine Gattin so tief beunruhigt hatte, noch einmal zu beginnen.

Casilda stand dem Hidalgo gegenüber. Sie war aufgeregt. Das zeigte sich daran, dass sie verschwitzte Hände hatte und dass sie sie ständig rieb. Eingehend schilderte sie den Ablauf der vielen Ereignisse, die sie so sehr verängstigt hatten, wobei sie höchst sorgfältig darauf achtete, dass sie sich nicht irrte und, um nicht hineingezogen zu werden, nur die Dinge erklärte, die ihr nicht schadeten, wie sie es nach langem Nachdenken auf der Fahrt entschieden hatte. Deshalb behielt sie alles für sich, was mit den Ereignissen im Glockenturm zu tun hatte, damit man Catalinas Flucht nur der falschen Anklage zuschrieb, am Tod der Priorin schuld zu sein.

»Und Ihr sagt, diese Fuencisla konnte so viele grauenhafte Dinge hören, als sie unter der Treppe versteckt war, die zum Zwischengeschoss der Bibliothek führt?«

»So ist es, Señor.«

»Und warum hat sie damals nichts gesagt?«

»Vielleicht fand sie keinen, an den sie sich hätte wenden können. Außerdem wollte sie nicht dem Kind schaden, das sie unter dem Herzen trug. Dazu kam noch, dass bei diesem Gespräch niemand direkt genannt wurde und sie nicht wusste, wen die Verschwörer meinten. Ihr müsst bedenken, dass die Reklusen ein vollständig von den Postulantinnen abgesondertes Leben führen. Die Mütter sehen in ihnen eine Gefahr für die Reinheit der Jüngeren, und sie kümmern sich überaus eifrig darum, dass sie nie mit ihnen zusammenkommen und sich vermischen.«

»Welchem Umstand schreibt Ihr es zu, dass sie es Euch später gesagt hat?«

»Ich bin keine Rekluse und keine Postulantin. Sie hat manchmal die Möglichkeit, mit mir zu reden. Nach der Szene beim Begräbnis der ehrwürdigen Mutter hatte sie außerdem den Beweis, dass keine andere als Catalina für die schreckliche Opferrolle ausersehen war. All dem müssen Euer Gnaden noch die Enttäuschung hinzurechnen, die das Mädchen erlebte, als es begriff, dass ihr der Mönch jede Hilfe verweigerte, nachdem er ihre Gutgläubigkeit missbraucht hatte, und dass sie ihre Tochter nicht wiedersehen würde, so dass all ihre Hoffnungen enttäuscht waren.«

»Welches Verhältnis hattet Ihr zu der Geflohenen?«

»Ein normales. Mein Alter und mein früherer Dienst in Eurem Haus geben mir eine bestimmte Stellung im Kloster. Sonst wäre es undenkbar, dass man mir jetzt gestattet hätte, Euch aufzusuchen.«

»Warum habt Ihr dieses Wagnis auf Euch genommen?«

»Nun, Ihr wisst, Exzellenz, wie sehr ich Eure Familie achte und liebe. Die Priorin war Eure Schwester, Ihr wart der Vormund der Anwärterin, der man den Tod Mutter Teresas anlasten wollte … und ich denke mir, dass dies der Hauptgrund für ihre Flucht war.«

»Ich glaube Euch, Casilda, und ich danke Euch, dass Ihr dieses Wagnis auf Euch genommen habt. Sehen wir, worüber wir verfügen: erstens das Geständnis eines armen verzweifelten Mädchens, dessen Wort gegen das des Beichtvaters der Nonnen und der Priorin steht. So etwas lässt sich leicht persönlichem Groll oder Rachedurst zuschreiben. Ihr könnt sicher sein, dass man es nicht berücksichtigt … Dies unter der Voraussetzung, dass sie imstande ist, bei ihren Worten zu bleiben und bei der Gegenüberstellung, die ihr die heilige Inquisition ganz sicher vorschlagen wird, nicht davon abzuweichen. Ein Prozess, den man auf dieser Grundlage beginnt, hat nicht die geringste Erfolgsmöglichkeit. Das Rezept, das mein lieber Freund Doktor Gómez de León meiner Schwester ausgestellt hat, war gewiss zweckmäßig, und da er sich jetzt in einer äußerst schwierigen Notlage befindet, ist es für ihn am wenigsten günstig, die Angelegenheit aufs Tapet zu bringen. Wenn man es nämlich falsch auslegt, würde es ihm schaden und seine Lage noch mehr verschlimmern. Zum Zeitpunkt des Todes waren nur drei Personen anwesend: Eine ist geflohen, und gerade ihrem Zeugnis kommt entscheidende Bedeutung zu. Die anderen zwei werden sich in ihren Aussagen selbstverständlich unterstützen, und beide werden sich hervorragend ergänzen.«

»Dann lässt sich nichts machen?«

»Wir müssen behutsam vorgehen. Man müsste innerhalb des Klosters weitere Aussagen über das lüsterne Verhalten dieses Erleuchteten und über die ruchlosen Methoden Schwester Gabrielas sammeln, mit denen sie den Platz meiner Schwester eingenommen hat. Lasst mich gründlich nachdenken, wie man mit dieser widerwärtigen Angelegenheit am besten umgeht. Geht in Frieden, mit meinem Segen und meinem Dank für Euer Auftreten, das Euch ehrt und das wir, meine liebe Frau und ich, nie vergessen werden.«

Nach diesen Worten entfernte sich der Hidalgo und ließ die beiden Frauen allein, die weiter über ihre Angelegenheiten sprachen.

Die Hauptstadt

Nicht einmal in seinen wildesten Traumphantasien hatte sich Diego vorgestellt, wie die Entdeckung der Hauptstadt auf sein Gemüt wirken würde: die Kutschen, Wirtshäuser, Plätze, Märkte, Reittiere und vor allem der Krach. Der schreckliche Lärm, den die Leute machten, um sich zu verständigen, wenn sie sich von einer Straßenseite zur anderen etwas zuschrien, faszinierte den jungen Mann sogleich.

Don Suero schloss zu ihm auf und beobachtete belustigt aus den Augenwinkeln, wie sich Erstaunen und Begeisterung in Diegos Gesicht widerspiegelten. Die beiden ritten an der Spitze der Gruppe. Hinter ihnen kamen Lorenzo und die Lakaien. Die zwei Wagen schlossen den Zug ab.

»Nun ja. Was haltet Ihr von der Residenz?«

»Don Suero, ich bin wirklich geblendet. Wahrhaftig, ich habe zwar unendlich oft an diese Stadt gedacht, doch ich hätte mir nie vorgestellt, dass es so etwas geben könnte, wie es meine Augen nun sehen!«

»Also, noch habt Ihr gar nichts gesehen! Ihr werdet schon erleben, wie die Feste aussehen, die Theaterhöfe, die Stierkämpfe, die Prozessionen und die Plaza Mayor … Und für den Schluss könnt Ihr Euch das Königsschloss aufheben.«

»Drängt mich nicht und gebt mir Zeit, denn ich fühle mich wie einer der Bauern meines Herrn Vaters, wenn sie uns zum ersten Mal in Benavente im Schloss besucht und sich nicht einmal getraut haben, auf die Teppiche zu treten. Übrigens, Hofmeister, mein Herr Vater hat gesagt, wenn wir an den Hof kommen, würdet Ihr mir erklären, wie mein Leben fortan eingerichtet ist.«

»Wie Ihr wisst, wünscht der Herr Marquis, dass Ihr eine Stelle als Externer im Pagenhaus annehmt, das Seine Exzellenz Don Gaspar de Guzmán, der Graf-Herzog von Olivares, gegründet hat. Dort sollt Ihr Euch jeden Morgen einfinden und Euch in den Disziplinen und Manieren unterrichten lassen, die es Euch später ermöglichen, im Schloss wie ein Caballero aufzutreten. Das hier ist nicht Benavente. Der Hof ist viel strenger und das Protokoll rigoroser. Wenn man anstelle von ›Euer Exzellenz‹ irrtümlicherweise ein ›Ihr‹ setzt, kann Euch das Ärger einbringen … Und ganz zu schweigen davon, wenn Ihr den Fehler mit ›Euer Gnaden‹ oder ›Exzellenz‹ macht. Solltet Ihr so etwas tun, könnt Ihr Euch auf ein Duell gefasst machen wie Don Antonio de Oquendo, dem etwas Derartiges unterlief, als er aus der Messe im Mercedarierinnenkloster kam, was ihm beinahe einen ernsten Verdruss bereitet hätte.«

»Aber wie sieht unser Madrider Haus aus, in dem ich unterkomme? Ihr kennt es ja, nicht wahr?«

»Selbstverständlich. Ich habe Euren Vater begleitet, als er sich nach dem Tod Eurer Frau Mutter in Madrid eingerichtet hat, weil ihn die Erinnerungen in Benavente Tag und Nacht peinigten und er lieber lange Zeiten am Hof verbringen wollte. Das Haus liegt an der Ecke der Calle Barquillo und der Calle de Las Infantas. Ihm gegenüber befindet sich das Haus des Herrn Botschafters von England, das im Volksmund als ›das Haus mit den sieben Kaminen‹ bekannt ist. Das erkennt Ihr leicht. Außerdem wissen alle darüber Bescheid, und das noch mehr, seitdem der Prinz von Wales zusammen mit Lord Buckingham dort eingezogen war, als sie erreichen wollten, dass der Prinz die Infantin Doña María von Habsburg ehelichte, wobei diese Heirat schließlich doch nicht zustande kommen konnte, weil die Ehekandidaten unterschiedlichen Religionen angehörten.«

»Und wie ist unser Haus?«

»Es ist nicht wie das Schloss Eures Herrn Vaters in Benavente, aber Ihr könnt dort anständig logieren, so würdig und vornehm, wie es Eurem Namen zukommt. Es hat acht Schlafzimmer, zwei Empfangssäle, einen Winter- und einen Sommerspeisesaal, Räume für die Dienerschaft und, wenn ich mich recht erinnere, einen sehr gut geeigneten Fechtsaal in einer Galerie, die auf den Garten hinausgeht. Und natürlich gehört alles Gesinde dazu, wie es gebraucht wird, um dieses Herrenhaus angemessen zu unterhalten.«

»Und die Ställe?«

»Mit den Tieren, die wir im Zug dabeihaben, machen wir sie nicht voll. Außer den Reittieren und den Wagen können mühelos zwei Kutschen unterkommen, wie die Edelleute und die Damen sie benutzen, um die Calle Mayor oder die Promenade des Retiro-Parks zu besuchen.«

»Und dieser Fechtmeister, von dem Ihr mir so viel erzählt habt?«

»Luis de Narváez, so heißt er. Wir besuchen ihn, sobald Ihr Euch eingerichtet habt. Euer Vater will, dass Ihr nachmittags mit ihm übt, und ich versichere Euch, dass es außer Pedro Pacheco keinen Besseren gibt, nicht in Paris und nicht in Rom. Ich habe Euch schon alles beigebracht, was ich Euch beibringen konnte, und ich weiß sicher, dass er Euch als Schüler annimmt, weil Ihr der seid, der Ihr seid, und weil Ihr hervorragendes Geschick zeigt. Er ist so begehrt, dass er sich gern mehr Zeit kaufen würde, um die Nachfrage der Leute zu befriedigen, die von ihm Lektionen erhalten wollen. Übrigens, Ihr habt mir nicht erklärt, aus welchem Grund Ihr Euch entschieden habt, Alonso in Benavente zu lassen. Der Junge ist äußerst fortgeschritten und selbstständig in der Fechtkunst, und er wäre ein vorzüglicher Kontrahent für Eure Übungen und eine ausgezeichnete Hilfe als Page in Madrid gewesen.«

»Ich dachte, es wäre egoistisch von mir, wenn ich ihn mitgenommen hätte, denn seine Bildung würde unterbrochen, und für etwas derart Niederträchtiges will ich nicht verantwortlich sein.«

Don Suero, der Diego so gut kannte, bemerkte durchaus, dass sich sein Gesichtsausdruck verändert hatte, und er meinte, dass seinen Schützling vielleicht die überragende Gewandtheit des Pagen störte, der dies mit dem Degen und vor allem mit der linken Hand mehr als einmal bewiesen hatte.

Je weiter sie auf den Straßen der Hauptstadt vorankamen, desto dichter drängte sich die Menge zusammen, und es wurde immer schwieriger, sich einen Weg zu bahnen. Sie gelangten zur Hauptstraße, der Calle Mayor. Es war zwölf Uhr mittags, und die Leute blieben stehen, denn alle Glocken der Kirchen und Klöster Madrids läuteten gleichzeitig zum Angelusgebet. Schließlich kamen sie zur Puerta del Sol, und als sie in die Calle de Alcalá einbogen, schien es, als wäre nun die Menge weniger dicht. Sie liefen auf ihr hinunter und gingen dann zur Calle de Las Infantas. Kaum hatten sie diese Straße erreicht, da zeigte Don Suero Diego auf der linken Seite sieben hohe Schornsteine, die ein Haus überragten und den Gesamteindruck der Gegend prägten. Daneben erhob sich anmutig der Stadtpalast der Cárdenas.

Die unerwünschte Begegnung

Vor sieben Monaten war Diego an den Hof gegangen, und Catalina fühlte sich seitdem nicht mehr als die glücklichste Frau der Welt, sondern wie eine Seele im Fegefeuer, die schweigend in den langen Gängen des Schlosses von Benavente umherlief. Alles, was einige Monate zuvor ein unerschöpflicher Freudenquell gewesen war, verwandelte sich wie durch Zauberhand in einen unerträglichen Überdruss, eine wehmütige Leblosigkeit und zuweilen eine unbestimmte Gefahr, die sie schattenhaft bedrohte, wie sie spürte.

Don Suero, der aus Madrid zurückgekehrt war, hatte nicht ihren Neid erregen, sondern sie an Diegos neuem Leben beteiligen wollen, als er ihr alle Beschäftigungen des jungen Mannes ausführlich schilderte, und dabei ging es um das Pagenhaus, das faszinierende Leben in der Residenzstadt oder sein neues Stadthaus. All dem hörte sie zu, wobei sie nicht verbittert war, weil sie selbst diese Wunder nicht genießen konnte, sondern allein deshalb, weil sie nicht bei Diego war und sich seiner geliebten Erscheinung nicht erfreuen konnte. Nicht einmal die Neuigkeit, dass der Günstling des Königs persönlich Don Diego empfangen hatte, bereitete ihr den geringsten Kummer. Das Einzige, was in ihr unbestimmte Neugier weckte, war das Verlangen zu erfahren, wie der Fechtunterricht aussah, den der junge Mann erhielt. Don Suero erklärte, dass Don Luis de Narváez ein sehr anspruchsvoller Lehrer sei, und wenn er unterrichte, gestatte er keinerlei Nachlässigkeit. Er gebrauche alle möglichen Waffen, doch am liebsten bediene er sich des Degens. Begeistert lobte der alte Hofmeister die neue Technik, die vielfältigen Stiche und Paraden, die meisterhaften und treffsicheren Stöße. All das erregte den Geist des jungen Mädchens, und wenn sie im Fechtsaal übten, schlug sie sich so grimmig und wild, dass der Lehrer mehr als einmal den Angriff parieren musste, um sie dann zurechtzuweisen und ihr Ungestüm einzudämmen.

Eine andere Sorge, die ihr das Dasein verbitterte, war das sonderbare Betragen Monsieur de Lagarteares. Als Diego in die Hauptstadt abgereist war, bestand er darauf, ihr neuartige Tänze und neue Schritte beizubringen, wofür er die Zustimmung des Marquis von Torres Claras erhalten hatte, indem er sich des Arguments bediente, Alonso dürfe diese besondere Tanzbegabung nicht vergeuden. So lernte Catalina die Galliarde, die Spagnolette und den Turdión. Doch bald meldeten sich ihre Gefühle und Bedenken wieder. Ihr wacher Instinkt warnte sie vor den Zudringlichkeiten des Franzosen und seiner Art, sie anzufassen, die, wie sie erriet, nicht die dem Tanz angemessene war ... Denn der Lehrer hatte entweder entdeckt, dass sie eine Frau war, und wollte sie auf die gleiche Weise bedrängen, die sie schon bei Rivadeneira kennengelernt hatte, oder sie verstand nichts.

An einem Nachmittag hatte sie kurz vor dem Dunkelwerden ein Erlebnis, das all ihre Zweifel über das eigentümliche Betragen dieses schmierigen Kerls beseitigte. Der Tischwein war alle, den Don Benito de Cárdenas gewöhnlich trank, und der Kellermeister schickte sie in den Weinkeller, wo man die Fässer mit den besten Jahrgängen des Guts aufbewahrte. Sie sollte eine Karaffe mit dem Lieblingsgetränk des Marquis füllen. Catalina, die stets bereitwillig Arbeiten ausführte, die ihr halfen, das aus ihren Gedanken zu verdrängen, was sie so beharrlich heimsuchte, nahm die Kristallflasche und stieg in den Schlosskeller hinab. Dorthin führte eine Wendeltreppe, und als sie unten im Keller war, ging sie zu der massiven Tür aus Buchenholz, die den Zutritt verschloss.

Als sie vor der Tür stand, kam es ihr so vor, als hörte sie lebhafte Klagerufe durch das dicke Holz. Sie drückte das Ohr an die Tür: Kein Zweifel, da drinnen jammerte jemand. Lautlos wie ein Schatten drückte sie die Klinke herunter und blickte äußerst vorsichtig hinein. Ihr stockte das Blut in den Adern: Da hinten, zwischen zwei Fässern und auf einer Matte, stand der Franzose. Er hatte die Beinkleider ausgezogen und hielt den Oberkörper bis zur Taille mit einem Kamisol bedeckt. Unter ihm, in der Stellung, die Hunde bei der Begattung einnehmen, bückte sich einer der jungen Kellerdiener. Er hieß Tomé. Der Tanzmeister hielt ihn an den langen Haaren fest. Der leichte Luftzug, der entstanden war, als die Tür aufging, bewirkte, dass der Franzose die Anwesenheit Catalinas bemerkte. Sogleich ließ er sein Opfer los, drehte sich mit seinem schwellenden und feuchten Glied in der Hand um und sagte:

»Alonso … *Allons*, wollt Ihr's nicht versuchen?«

Das Mädchen floh wie eine vom Teufel verfolgte Seele. Sie stolperte so hastig die schmale Treppe hoch, dass sie ungewollt mit dem wertvollen Gefäß, das sie in der Hand trug, an einen Mauervorsprung schlug, so dass dieses in tausend Stücke zersprang. Catalina gelangte völlig verstört in die Küche. Dort herrschte eine solch ungewöhnliche Betriebsamkeit, dass niemand ihre Bestürzung bemerkte. Sie nahm einen Handfeger und eine Schaufel und lief zusammen mit einem Diener zu der Stelle zurück, wo die Scherben hingefallen waren. Nachdem sie alles aufgefegt hatte, bat sie den Diener, den Wein aus dem Keller zu holen. Sie kehrten in die Küche zurück. Der Diener nahm eine andere Karaffe und ging wieder in den Keller. Catalina wartete, was nun geschehen würde. Nach einer angemessenen Zeit erschien der Diener und hatte die Flasche mit der bernsteinfarbenen Flüssigkeit gefüllt, ohne dass sein Gesicht etwas Ungewöhnlicher verriet. Daraus schloss sie, dass der Lehrer und sein jämmerlicher Komplize über die zu den Höfen führende Treppe entkommen waren.

Als sie sich beruhigt hatte, erfuhr sie, was im Schloss geschah und warum an diesem Abend eine derart sonderbare und ungewöhnliche Unruhe herrschte: Señor de Cárdenas hatte Gäste.

Alle schienen sich eifrig ihren Aufgaben zu widmen. Die Köche bereiteten die Speisen vor, und der Hausverwalter erteilte Anweisungen, den Tisch für drei Gäste zu decken. Man putzte Tafelgeschirr, das zum besten des Herrenhauses gehörte, und die Gläser waren ein Geschenk des Kardinal-Primas von Toledo. Catalina erhielt den Auftrag, zusammen mit einem anderen Pagen die silberne Tafelgarnitur zu putzen und alle Bestecke durchzusehen. Die Speisenfolge sollte bestehen aus Hechtklößchensuppe, verschiedenen Arten Pökelfleisch, Wachteln in Weinsauce mit Möhren und zarten Zwiebeln, Wildschweinpastete und Milchdessert, und dazu würde man die besten Weine eingießen, die der Keller zu bieten hatte.

Catalina erriet, dass die Gäste unerwartet eingetroffen waren, denn als man sie in den Keller schickte, weil sie Don Benito de Cárdenas' Lieblingswein holen sollte, hatte es in den Küchen keine besondere Betriebsamkeit gegeben. Als sie jedoch zurückkam und das, was sie gerade mit angesehen hatte, sie in tiefe Angst versetzte, schien es, als hätte eine Katastrophe das Herrenhaus getroffen.

Man verteilte die Aufgaben, die jeder während des Abendessens ausführen sollte. Sie wurde angewiesen, den ersten Kammerdiener und den Kellermeister am Vorlegetisch zu unterstützen.

Als alles vorbereitet und überprüft war, schickte der Pagenmeister sie alle in ihre Zimmer, damit sie sich umzogen und angemessen zurechtmachten.

Catalina konnte sich innerlich nicht von der im Keller erlebten Episode losreißen, während sie sich den Anweisungen entsprechend fertig machte. Sie zog das kleine Wams und die Beinkleider an, die grau und blau gefärbt waren, wie es den Farben der Familie Cárdenas entsprach. Über den Strümpfen legte sie lederne schwarze Halbstiefel mit Silberschnallen an. Sie ordnete sich das Haar, wobei sie darauf achtete, dass ihr kurzer Haarschopf mit einer anmutigen, nach innen gedrehten Locke endete, wie es dem Brauch der jungen Pagen entsprach. Als sie die Treppe hinunterstieg, prüfte sie ihr Aussehen im großen Spiegel, fühlte sich zufrieden und lief zum Speisesaal weiter, um ihren Auftrag zu erfüllen.

Alles befand sich schon an Ort und Stelle, und man führte die letzten kleinen Verbesserungen aus. Sie nahm ihren Platz am Vorlegetisch ein, wo ein Teil der Speisen auf Tellerwärmern stand. Die Fackeln an den Wänden verbreiteten gedämpftes Licht im ganzen Raum, während zwei stämmige Lakaien die Kerzen der sechzehnarmigen Hauptlampe anzündeten. Danach würde man sie mit einer Blockrolle über dem großen Tisch hochziehen, damit sie den Gästen helles Licht spendete. Das Mädchen hatte diesem Manöver immer gern zugesehen, weil es ein Wagnis bedeutete: Einer der Männer hielt den gewaltigen Kandelaber in einer erzwungenen Position neben dem großen Tisch fest, während der andere, nachdem er die Kerzen angezündet hatte, langsam den Strick spannte, bis sich die Lampe senkrecht über dem Tisch befand, und dann zogen beide zugleich am Strick, den die Blockrolle zwang, bis zur richtigen Höhe emporzusteigen. In diesem Moment gingen sie zur Seite, ohne den Strick loszulassen, und knoteten sein Ende an einem Wandeisen mit zwei entgegengesetzten Armen fest, so dass die große Lampe nun ihr Licht über dem Tisch verteilte.

Catalina hatte diesen Vorgang und die mit ihm erzielte Wirkung stets bewundert. Das Licht konzentrierte sich über den Gästen und ließ die Lakaien und Diener im Halbdunkel, wenn sie nicht den Lichtkreis betraten.

Alles war schon vorbereitet, als sich das Mädchen am Rand des Vorlegetisches festhalten musste, um nicht ohnmächtig zu Boden zu sinken. Durch die Tür, die sich am entgegengesetzten Ende befand, traten in lebhaftem Gespräch Schwester Gabriela de la Cruz und Pater Rivadeneira ein, die Don Benito de Cárdenas begleiteten. Dieser setzte sich an das Stirnende des Tisches, und an den Seiten ließen sich die beiden Gäste nieder.

Der Abend wurde für sie zu einer lebensgefährlichen Herausforderung. Unter den wütenden Blicken des Zeremonienmeisters irrte sich Catalina bei fast allen Aufgaben, die man ihr übertrug. Als sie sich schon etwas beruhigt hatte, wurde ihr klar, dass man sie in dem Halbdunkel, in dem sie sich bewegte, schwerlich wahrnehmen und noch viel weniger erkennen könnte, wenn man berücksichtigte, dass sich ihr Äußeres in nahezu zwei Jahren beträchtlich verändert hatte und dass das Bild, das sie als angehende Postulantin geboten hatte, nichts mit dem zu tun hatte, das sie inzwischen als Page zeigte. Darum versuchte sie nun, auf das Gespräch zu hören, das die drei führten und das unterschiedliche Themen behandelte.

Zunächst sprach man von den Missgeschicken, die das Land heimsuchten, wobei man besonders auf den endlosen Krieg in Flandern und auf die sich im Königreich Portugal sowie in den Provinzen Katalonien und Aragonien äußernde Unzufriedenheit hinwies. Danach unterhielt man sich über die Ernennung des neuen Generalinquisitors Diego Serrano de Silva, der Don Andrés Valdivia ersetzen sollte. Der Ordensbruder erklärte hierauf Don Benito de Cárdenas die zwei Jahre zurückliegende sonderbare Flucht einer Anwärterin, die, wie es schien, die Erde verschlungen hatte, und wenn er etwas von ihr gehört habe, müsse er es natürlich sofort der geistlichen Behörde mitteilen, denn das Heilige Offizium verfolge sie. Schließlich kam Schwester Gabriela auf das Thema zu sprechen, das sie vor allem beschäftigte: die fehlenden Geldmittel des Klosters und die Pläne, mit denen sie Finanzen beschaffen wollte.

Das Gespräch endete mit dem Nachtisch, und der Marquis bot ihnen seine Gastfreundschaft für die Zeit an, die sie benötigten. Außerdem versprach er ihnen seine Hilfe und eine Antwort, in der er angeben werde, wie viele Dukaten er für Sankt Benedikt bestimmen wolle, was von den Nachrichten abhänge, die ihm sein Bankier spätestens in drei Tagen mitteilen werde.

Dann standen sie von der Tafel auf, und Catalina musste sich abwenden, denn die drei verließen den Speisesaal durch die Tür, die sich genau neben ihrem Platz befand.

Catalina brauchte eine ganze Stunde, um die an diesem Tag erlittenen Bedrängnisse zu verarbeiten, und nach einer zweiten Stunde des Nachdenkens kam sie zu dem Schluss, dass in dieser Nacht eine weitere Seite ihres Lebens zu Ende ging und dass ihre Entscheidung keinen Aufschub duldete. Die Gefahr, die die beiden unwillkommenen Besucher darstellten, war zu groß, zumal sie nun erfahren hatte, dass das Heilige Offizium ihre Spur verfolgte. Außerdem würde ihr eine neue Gefahr drohen, wenn sie bliebe: die unsinnige Leidenschaft, die sie in den Augen des Tanzlehrers las und die sie – wie dumm war sie doch! – bisher nicht richtig zu deuten vermocht hatte. Catalina spürte, dass der Schleier, der sie bisher daran gehindert hatte, die genauen Ausmaße der menschlichen Leidenschaften zu erkennen, sich vor ihren Augen auflöste. Von diesem Augenblick an war sie erwachsen, und dementsprechend hatte sie zu handeln.

Als Erstes musste sie ihre Flucht planen. In einem kleinen Kästchen verwahrte sie die Münzen, die sie seit dem ersten Tag von dem Lohn aufbewahrt hatte, den man ihr als Pagen gewährte. Da sie sich auf mögliche Schwierigkeiten vorbereiten wollte und keinerlei Ausgaben hatte, sparte sie diese Beträge vollständig. Sie nahm das Geld aus dem Kästchen und schüttete es aufs Bett. Die Summe betrug nahezu fünfzig Kupferreales. Sie steckte die Münzen in eine lederne Gürteltasche, ein Geschenk Diegos. Dann zog sie sich die widerstandsfähigste Kleidung an, die sie in ihrem Kleiderschrank fand. Allerdings verzichtete sie vorläufig noch auf die Stiefel, denn entscheidend war, dass sie nicht im Geringsten auffiel. Hierauf holte sie ein Blatt Papier und eine Feder, setzte sich auf einen Schemel an ihren kleinen Tisch und schrieb einen Brief an Don Benito de Cárdenas. Schließlich nahm sie den Reisesack, den sie benutzte, wenn sie mit Don Suero aufs Land gingen, und füllte ihn mit all dem, was sie als notwendig für eine lange Reise ansah. Sie hielt eine Öllampe in der Hand und versuchte, sich in den nächtlichen Geräuschen des Hauses zurechtzufinden. Sie trat in den Korridor hinaus und stieg aus dem Stockwerk, in dem ihr Schlafzimmer lag, zum Dachboden hinauf, wie sie es schon viele Male getan hatte. Dort ging sie zu einer großen, mit vergoldeten Messingnieten besetzten Rosenholztruhe, die einen gewölbten Deckel hatte und staubbedeckt in einer Ecke stand. Sie hob den Deckel und holte Frauenkleidung heraus, die, wie sie annahm, der Hausverwalter dort verwahrt hatte, um die neuen Mägde einzukleiden, die aus den umliegenden Dörfern kamen und in den Dienst des Hauses traten. Diese Kleidungsstücke waren zwar alt, doch eine arme Frau konnte sie benutzen. Äußerst vorsichtig schloss sie den gewölbten Deckel wieder, und mit den Kleidungsstücken unter einem Arm und der Öllampe in der anderen Hand kehrte sie in ihr Zimmer zurück. Dort, wo sie mehr Ruhe und Licht hatte, prüfte sie ihr Diebesgut und legte alles in den Reisesack. Ihre Beine und Füße waren nur durch die dicken Strümpfe geschützt, als sie nun wieder hinausging, sich auf das breite Treppengeländer setzte und in den Hausflur hinunterrutschte, damit nicht irgendeine Treppenstufe unter ihrem Gewicht knarrte. Sie lief zum Fechtsaal und holte aus einer Waffensammlung ihren Lieblingsdegen herunter, der die berühmte Toledaner Marke eines Hündchens trug. Aus einem Regal nahm sie eine Baskenklinge und eine kleine Pistole, und danach steckte sie das Pulver, den Ladestock und die Bleikugeln in das dazugehörende Säckchen. Sie lief auf demselben Weg zurück und gab acht, über die sechste Stufe hinwegzukommen, ohne sie zu betreten, denn sie wusste, dass diese am lautesten knarrte.

Sie lud sich den Reisesack mit ihren sämtlichen Habseligkeiten auf den Rücken, steckte sich den Degen in den Gürtel und die Baskenklinge ins Wehrgehänge, und dann nahm sie ihre Reisestiefel in die Hand. Nur erhellt vom Widerschein der Mondstrahlen, ihrer ewigen Fluchtgefährten, schlich sie zum Kabinett des Marquis. Sie öffnete dessen Ledermappe und legte ihren Brief hinein. Als sie alle Vorbereitungsarbeiten beendet hatte, ging sie durch die Küchentür auf den Hof hinaus. Sie setzte sich auf eine Stufe, zog sich die Stiefel an und lief zu den Ställen.

Im Stall stand ein Maultier, mit dem sie sich immer gut verstanden hatte. Es war ein kräftiges und edles Tier, dessen Wesen sich von dem widerspenstigen Charakter seiner Artgenossen unterschied. Das Mädchen ging zu ihm. Sie legte all ihre Sachen auf den Boden und streichelte den Hals des Tiers, um es zu beruhigen. Die dort ausruhenden Tiere kannten Catalina gut, denn sie verbrachte ja einen großen Teil ihrer Zeit mit ihnen, so dass es kein störendes Wiehern gab, das sie gefährdet hätte. Da sie außerdem die Gewohnheiten der Stallknechte kannte, war sie sicher, dass sie um diese Zeit im hinteren Zimmer in tiefstem Schlaf lagen. Von einem Wandhaken nahm sie das Halfter mit dem Mundstück und legte es dem Tier an. Dann breitete sie ihm eine kräftige Decke über die Kruppe, und darüber kam ein besonderer Sattel, mit dem man reiten und eine Last befördern konnte. Nun legte sie ihm den Gurt an, wobei sie ständig sanft zu ihm sprach. Behutsam hob sie nacheinander die Hufe an und umwickelte sie mit einem starken Tuch, wozu ein Hanfstrick gehörte, so dass sie wie Schuhe wirkten, damit die Geräusche, die das Maultier machen konnte, wenn es auf die Steinplatten des Hofes trat, niemanden weckten. Nachdem sie einen letzten Blick auf dieses innig geliebte Haus geworfen hatte, die einzige Heimstätte, die sie in ihren Jugendjahren kennengelernt hatte, stieg sie auf das Maultier und brach auf ins Unbekannte.

In dem Brief, den Don Benito de Cárdenas am nächsten Tag auf seinem Schreibtisch fand, hieß es:

Seiner Exzellenz, dem Herrn Marquis von Torres Claras

Sehr geehrter, hoher Herr!
Ich wage es, dieses Schreiben an Euch zu richten, wobei ich mich auf Eure Güte berufe, die ich so gut kenne und die Ihr mir verschwenderisch erwiesen habt.

Persönliche Umstände, die allein mich betreffen, und ein schrecklicher Kummer, weil ich erkannt habe, wer ich bin und woher ich komme, haben mich zu diesem Entschluss veranlasst, zu dem ich mich sonst nicht hätte durchringen können.

Ich möchte es wagen, Euch zu bitten, dass Ihr nichts über meine Flucht sagt und so barmherzig seid zu erklären, Ihr hättet mich nach Madrid geschickt, um einen Auftrag zu erledigen, der mich zu Don Diego führte oder wohin Ihr sonst wollt. Ich weiß, wenn ich anders gehandelt hätte, wäre ich nicht imstande gewesen, dieses liebe Haus zu verlassen.

Ich vertraue Eurem Wohlwollen, das Ihr mir so oft bewiesen habt, und werde nie vergessen, was Ihr für mich getan habt. Euer Page, der niemals die Schuld begleichen kann, die er Euch gegenüber hat, sagt Euch Lebewohl.

ALONSO DÍAZ

P.S.: Ich habe es gewagt, ein Maultier aus Euren Ställen zu nehmen. Selbstverständlich schicke ich Euch den Kaufpreis, sobald ich dazu in der Lage bin. Eines Tages werdet Ihr einen Beweis meiner Dankbarkeit erhalten.

Don Benito de Cárdenas faltete den Brief zusammen und verwahrte ihn in einer Schreibtischschublade. Ein einziger Mensch erfuhr von diesem für ihn sonderbaren Vorfall: Don Suero de Atares.

»Wie erklärt Ihr Euch, was geschehen ist?«

»Das weiß ich nicht, Señor. Das Einzige, was ich Euch sagen kann, ist, dass er einen unbändigen Freiheitsdrang hatte, und das noch mehr seit dem Tag, an dem Don Diego nach Madrid abgereist ist.«

»Was ich nicht begreifen kann: Warum hat er nicht meine Erlaubnis erbeten, um sich zu entfernen? Würdet Ihr die heilige Hermandad von seinem Abgang unterrichten oder die schmutzige Wäsche im Haus waschen?«

»Da Ihr mich fragt, antworte ich Euch auf das Erste: Alonso wusste, dass Ihr ihm wegen seiner Jugend die Erlaubnis verweigern würdet. Und auf das Zweite: Obwohl Benavente ein bedeutendes Herrenhaus ist, war es ein allzu enger Käfig für seinen Abenteuerdurst. Dem möchte ich hinzufügen, dass er zwar unbestreitbar ein Milchbart ist, dieser Sperber aber schon scharfe Krallen und einen angriffsbereiten Schnabel hat. Glaubt es mir, und macht Euch keine Sorgen um ihn. Ich möchte nicht in der Haut des Raufbolds stecken, der glaubt, er hätte es mit einem Grünschnabel zu tun, wenn er mit ihm die Klinge kreuzen will.«

Don Benito dachte eine Weile nach.

Der Hofmeister erklärte nachdrücklich:

»Bedenkt, dass er ein gutes Pferd aus den Ställen hätte mitnehmen können und dass er es nicht getan hat. Haltet es für sicher, dass er Euch den Preis des Maultiers zurückerstattet.«

»Wie Ihr gewiss versteht, kommt es am wenigsten auf das Maultier an. Es ist wirklich schade. Alonso wird ein so hervorragender Reiter sein, dass ich ihm gern das gute Pferd geschenkt hätte, das er meistens geritten hat. Aber ich möchte, dass Ihr die Stallknechte bestraft, die gestern Abend Dienst hatten. Unsere Ställe dürfen keine Freistätte für Pferde- und Viehdiebe sein.«

»Wie Ihr befehlt.«

»Sagt dem, der es hören muss, dass er mit einem Auftrag in die Hauptstadt gefahren ist. Wenn die Zeit vergeht und er nicht zurückkommt, setzt Ihr hinzu, dass er als Page im Haus meines Sohns dient.«

»Also, wenn Ihr nicht geruht, etwas anderes zu befehlen …«

»Nichts weiter. Geht an Eure Arbeit.«

Der treue Knappe verbeugte sich tief, wozu er malerisch den Hut schwang, und verließ den Raum mit einem verstohlenen Lächeln auf den Lippen.

Weitere Briefe

Don Jerónimo de Villanueva, der Obernotar von Aragonien und Protektor des Sankt-Placidus-Klosters, dessen bedeutsamster Titel jedoch der eines bevorzugten Freundes Seiner Christlichen Majestät, des Königs Philipp IV., war, befand sich in seinem privaten Kabinett. In der Hand hielt er ein dringendes Schreiben, das mit der Post des Vortages eingetroffen war. Um die Post kümmerte sich nun der Graf von Villamediana, der vor Kurzem die Ernennung zum Oberpostmeister erhalten hatte. Der Brief kam von Don Martín de Rojo, dem Hidalgo, den sein Freund, der Herzog von Albuquerque, empfohlen hatte und den er fördern wollte, um einer so wichtigen Persönlichkeit gefällig zu sein.

Am Hofe des vierten Philipp war es günstig, auf Dankbarkeit beruhende Bindungen zu schaffen, denn man musste unbedingt zu einer der Cliquen gehören, die sich die Gunst des Königs streitig machten. Einzelkämpfer waren von vornherein zum Scheitern verurteilt. Auf diese Weise entstand ein Geflecht aus Interessen und Begünstigungen, die die Einflusssphären bildeten, in denen sich die einen und die anderen bewegten.

Der Brief behandelte verschiedene Angelegenheiten, und Villanueva wollte darauf antworten, denn er hatte schon vor mehreren Tagen einige Neuigkeiten erfahren, die er dem Hidalgo mitteilen musste.

Er klingelte mit dem Glöckchen auf seinem Schreibtisch, und sogleich erschien ein Sekretär.

»Schickt mir einen Schreiber her. Ich muss einige Briefe aufsetzen.«

Der Mann nickte kurz mit dem Kopf und zog sich zurück. Wenige Augenblicke später zeigte sich der Gesuchte an der Tür. Er trug Schreibzeug unter dem Arm.

»Ihr gestattet, Exzellenz?«

Der Obernotar blickte zu dem Eintretenden auf.

»Kommt herein, Bernardo, und macht es Euch bequem. Wir haben zu tun.«

Der Mann trat über die Türschwelle und setzte sich auf einen Schemel vor den Tisch seines Herrn. Er öffnete den mit Perlmuttinkrustationen geschmückten Zedernholzdeckel seiner Schreibgarnitur, die er sich auf die Knie gelegt hatte.

Als der Mann meinte, richtig vorbereitet zu sein, hob er fragend den Blick.

»Wenn Ihr wollt, Exzellenz.«

Nun diktierte Villanueva diesen Brief:

An Don Martín de Rojo e Hinojosa,
Herrn von Quintanar del Castillo

Sehr geehrter Herr!
Die Hochachtung, die ich für Eure Exzellenz empfinde, und mein Wunsch, Eure Sorgen so weitgehend zu lindern, wie ich es vermag, veranlassen mich, Euch diesen Brief zu schreiben.

Ich habe Euer Schreiben vom 12. dieses Monats erhalten, und ich bitte

Euch, meine Verspätung nicht für Interesselosigkeit oder Nachlässigkeit zu halten. Schreibt sie vielmehr dem Umstand zu, dass die Tage sehr schnell vergehen und meine Verpflichtungen nie enden. Außerdem muss ich Euch sagen, dass ich mich erst melden wollte, wenn ich wirkliche Neuigkeiten über die Euch betreffenden Angelegenheiten erhalten hatte.

Gehen wir der Reihe nach. Erstens möchte ich Euch mitteilen, welche Fortschritte ich erreicht habe, um zu versuchen, Eure Erwartungen zu befriedigen, soweit es in meiner Macht steht.

Euch ist ja wohlbekannt, welch komplizierte Verfahren man anwendet, um die Verdienste der Anwärter zu untersuchen, die einen Platz in einem Ritterorden erhalten wollen, ob es nun um den Sankt-Jakobs-Orden, den von Calatrava, Montesa oder Alcántara geht. Wie Ihr wisst, beginnt man mit einer Prüfungsperiode, in deren Verlauf man zwei Adelsprüfer ernennt, die sich zum Wohnort des Bewerbers begeben und Erkundigungen über ihn und seine Familie einziehen müssen, was sie bei Freunden und anderen Leuten tun, die ihn seit langer Zeit kennen. Man wird seine Reinblütigkeit nachprüfen und ausforschen, ob es unter seinen Vorfahren keinen Juden oder Morisken gibt und noch viel weniger einen Rückfälligen oder Neuchristen. Alle Hindernisse, die die Prüfer finden, haben sie den Ordensräten mitzuteilen. Daher könnt Ihr Euch denken, wie wichtig es war, dass die Wahl des Adelsprüfers auf eine geeignete und uns wohlgesinnte Person fiel.

Vorläufig habe ich durch Vermittlung Don Gaspar de Guzmáns, des Günstlings des Königs, erreicht, dass Don Francisco de Úbeda einer der Adelsprüfer ist. Ich kann ihn wegen einer alten Sache lenken, und ich weiß genau, dass er sehr daran interessiert ist, mir gefällig zu sein. Ich konnte nicht verhindern, dass das Heilige Offizium den zweiten vorschlägt, obwohl ich zu erreichen hoffe, dass es ein wenigstens nicht feindlich gesonnener Mann sein wird.

Sobald ich erfahre, dass die Überprüfung beginnt, teile ich es Euch mit, damit Ihr gewarnt seid.

Nun wollen wir uns mit den sonderbaren Vorfällen beschäftigen, die Ihr mir in Eurem Brief erklärt.

Durch Eure Mitteilung hatte ich vom Tod Eurer Schwester, der Priorin von Sankt Benedikt, erfahren, und mit Bestürzung höre ich von dem Verdacht, den Ihr hegt, dass ihr Ableben nicht auf natürlichem Wege erfolgt sei. Bei solchen Dingen soll man sehr behutsam handeln, denn wir müssen nicht nur davon ausgehen, dass Eure Vertrauensperson, wie Ihr sagt, uneingeschränkt zuverlässig ist, sondern auch damit rechnen, dass wir es mit mächtigen Kräften zu tun haben, die gegen uns auftreten werden, und dass solche Angelegenheiten schwer zu beweisen sind.

Das dritte Thema, das Ihr in Eurem Schreiben behandelt, die Festnahme Doktor Gómez de Leóns, Eures lieben Freundes, durch das Heilige Offizium wegen einer geringfügigen Ursache, wie es nach meiner Auffassung der Besitz eines Exemplars der *Moralischen Sprichwörter* von Sem Tob in seiner Bibliothek ist, stellt ebenfalls ein schwieriges Problem dar, das ich auf hoher Ebene behandeln muss. Ich glaube, die geeignete Person, an die ich mich wenden sollte, ist Don Antonio de Sotomayor, der Beichtvater des Königs. Selbstverständlich werde ich die günstige Gelegenheit nutzen, um das Thema Mutter Teresas zur Sprache zu bringen, damit ich sehen kann, ob Ermittlungen in dem einen Fall auch solche im zweiten ermöglichen.

Sagt niemandem etwas von dem, was ich Euch in diesem Brief darlege, denn es ist nicht ratsam, dass derart heikle Angelegenheiten von ungeeigneten Ohren mitgehört werden.

Habt Vertrauen zu mir, weil ich niemals einen Freund in der Not allein lasse, und wartet auf meine Nachrichten.

Stets der Eurige, Euer sehr ergebener

JERÓNIMO DE VILLANUEVA,
Obernotar von Aragonien

Wunder und Ekstasen

Die Gerüchte sprachen sich in Windeseile herum, und die Nachrichten über die Geschehnisse, die sich hinter den Mauern Sankt Benedikts ereigneten, breiteten sich wie die Welle aus, die entsteht, wenn man einen Stein in das ruhige Wasser eines Teichs wirft.

Seitdem die Priorin und der Ordensbruder aus Benavente zurückgekehrt waren, hatten sie sich damit beschäftigt, ihren listigen Plan umzusetzen.

Wie es nicht anders sein konnte, leiteten sie ihr Werk im Innern des Klosters ein. So fiel die Priorin während einer Frühmesse in Trance, sie verdrehte die Augen und begann zu reden, als sagte ihr Mutter Teresa die Worte vor.

Ihre Stimme klang so, als käme sie aus dem Jenseits:

»Liebe Schwestern, dank Eurer Gebete bin ich eher vor das Angesicht des Vaters getreten, als es mir meiner Verfehlungen wegen zukam. Mein Fürsprecher war der heilige Benedikt, unter dessen Namen das Kloster geweiht ist. Haltet aus und betet. Es kommen schwere Zeiten … Aber der Orden wird sich über alle Gefahren erheben, die ihn bedrohen, und er wird wie das Licht des Leuchtturms sein, das die Seefahrer rettet. Betet und gehorcht, denn der Herr hat mir in seiner Güte erlaubt, Schwester Gabriela einzugeben, was Ihr tun sollt, und durch ihre Vermittlung werde ich Euch durch die stürmischen Gewässer der Welt leiten und Euch zur ewigen Seligkeit führen. Erinnert Euch an das Evangelium: ›Seid klug wie die Schlangen und ohne Falsch wie die Tauben.‹«

Dann stieg Pater Rivadeneira die Stufen hinab und ging zu der Bank, wo sich die verzückte Nonne befand, und in der Hand trug er dabei den Rosenkranz, der Mutter Teresa gehört hatte. Er hielt ihr das Kruzifix dieses Rosenkranzes an die Lippen und ließ es sie küssen.

»Gabriela de la Cruz!«, sagte er. »Ich rufe dich an, damit du in deine fleischliche Hülle zurückkehrst und uns erklärst, wohin du gegangen warst und wer dir die Worte diktiert hat, die du uns gerade gesagt hast. Darum bitte ich dich beim göttlichen Blut unseres Herrn …«

Die Nonne, die sich auf Schwester Leocadia stützte, schien langsam von einem fernen Ort zurückzugelangen, und mit einem seligen Lächeln, als kehrte sie soeben vom Berge Tabor heim, rief sie:

»Warum habt Ihr mit den Gebeten aufgehört, Pater? Wisst Ihr nicht, dass Beten das Einzige ist, was uns retten kann?«

»Ehrwürdige Mutter … Ihr wart weit fort. Vor ein paar Sekunden seid Ihr nicht bei uns gewesen. Wer zu uns sprach, war Mutter Teresa … durch Eure Vermittlung, selbstverständlich.«

»Sagt keine Torheiten. Warum soll der Herr die Letzte seiner Mägde auserwählen, um sich zu offenbaren? Geht, hochwürdiger Vater, beten wir die Matutin, und man soll nicht mehr über die Sache reden. Ich will nicht, dass jemand glaubt, hier im Kloster geschähen außergewöhnliche Dinge. So etwas ereignet sich nur durch die Vermittlung auserwählter Seelen, nicht durch die von Nonnen, die sich anstrengen müssen, um sich des Amtes nicht unwürdig zu erweisen, wofür sie von ihren Schwestern gewählt wurden.« Dann wandte sie sich an die Gemeinschaft: »Betet, Schwestern, und seid verschwiegen. Solche Sachen müssen immer in der Familie bleiben.«

Naturgemäß verbreitete sich die Kunde von dem Ereignis wie Tautropfen in alle vier Winde.

Sorgfältig planten beide die nächste Episode.

»Hört zu, was ich mir überlegt habe«, sagte der Ordensbruder. »Es gibt eine Postulantin, die gewiss nicht besonders reizvoll aussieht. Sie verlangt ständig nach einem Zeichen, das ihre Berufung bestätigen soll. Sie ist ein sehr leicht erregbares und wenig verständiges Mädchen.«

»Und … Was ist Euch eingefallen?«

»Hört zu. Seit dem Tag, an dem Catalina geflohen ist, habt Ihr angeordnet, dass eine Postulantin auf jedem Korridor hin- und herläuft und darauf achtet, dass nichts Ungewöhnliches geschieht und dass die Lämpchen weiterbrennen, die das Christusbild in der Nische erleuchten, neben der Stelle, wo es eine Maueröffnung gibt und wo der geheime Gang aus der Sakristei einmündet.«

»Ja und?«

»In der Nacht, die Ihr für richtig haltet und in der diese Postulantin den Wachdienst übernimmt, nähern wir uns, bis wir hinter der Mauer ihre Schritte hören. Durch die Wand und mit einer Stimme, die verzerrt klingt, was die Mauer und außerdem ein Tuch bewirken, das Ihr Euch vor den Mund legt, werdet Ihr dann so zu ihr sprechen, dass sie glaubt, Mutter Teresa wende sich an sie.«

»Aber glaubt Ihr, dass ich in der Lage bin, die Stimme nachzuahmen?«

»Gewiss. So wie Ihr es in der Kirche bei Euren Ekstasen tut. Vor allem seid Ihr von der Mauer geschützt, habt ein Tuch vor dem Mund und könnt Euch auf die schwachen Nerven des Mädchens verlassen.«

»Einverstanden. Wir führen Euren Plan durch, sobald Ihr es für richtig haltet.«

»Also, dann warte ich nur auf Eure Anweisung.«

Um ihr Vorhaben glaubhafter zu machen, mischte sich Schwester Gabriela nicht ein, als es darum ging, den Tag des Wachdienstes für Martina festzulegen, denn so hieß das Mädchen.

Nach dem Vespergottesdienst und vor der Komplet, als sich die ganze Gemeinschaft in die Zellen zurückgezogen hatte, nahmen die Priorin und ihr Komplize drei Kerzen und einen brennenden Docht, liefen durch den Geheimgang bis zu dem Ende, wo sich der Mechanismus zum Öffnen der Mauer befand, und dort warteten sie, bis die Schritte, die das Mädchen machte, ihnen zeigte, in welchem Augenblick es sich dem Christusbild näherte. Dann sagte die Nonne mit verzerrter Stimme:

»Liebe Martina! Du hast mich oft um ein Zeichen gebeten, das deine Berufung bestätigt, und ich will es dir geben, weil du ein schlichtes und den Augen des Herrn angenehmes Herz hast. Das Einzige, worum ich dich dafür bitte, ist, dass du deiner Priorin blind gehorchst. Sie weiß besser als jeder andere, was am segensreichsten ist für deine Seele. Geh zu deiner Zelle und bete zehn Ave-Maria vor dem Bild der Allerheiligsten Jungfrau. Wenn du es getan hast, kehre zum Christusbild zurück, und dir wird das Zeichen gegeben, nach dem du so sehr verlangt hast.«

Ihr Wortschwall verstummte, und die beiden hörten, wie die Füße des Mädchens durch den Korridor der Postulantinnen mehr flogen als liefen. Als sie sicher waren, dass sich das Mädchen entfernt hatte, drückte Mutter Teresa auf die Feder, die den Mauerriegel aufsperrte, und die Wand öffnete sich. Nun zündete der Mönch die drei Kerzen an, die er mitgebracht hatte, und stellte sie auf den Sockel des Bildes, so dass es in Licht getaucht wurde. Sie verschlossen die Wand wieder und warteten. Kurz darauf hörten sie die Schritte des zurückkommenden Mädchens, dann einen kräftigen Aufprall und … Stille.

Als die Gemeinschaft zum Kompletgebet in die Klosterkirche ging, teilte Schwester Leocadia, die Novizinnenmeisterin, der Priorin mit, dass eine Postulantin in Ohnmacht gefallen sei, bewusstlos im Krankensaal des Klosters liege und im Delirium nach ihr rufe.

Tarsicia, die Zigeunerin

Bevor jemand sie vermisste, würden fünf Stunden vergehen. So viel Zeit blieb Catalina, um das Schloss der Cárdenas weit hinter sich zu lassen.

Sie kannte die Gegend genau, denn sie hatte sie viele Male durchstreift, wenn sie Diego bei der Jagd begleitete, wobei sie vor allem die Falkenbeize pflegten.

Sie wollte nach Valladolid reiten und dabei über Villalpando kommen. Dort wollte sie sehen, wie sie nach Madrid weitergelangen konnte. Instinktiv und beinahe unmerklich betastete sie nun mit der linken Hand die Innentasche ihres Wamses, um nach dem Papier, das ihr Casilda gegeben hatte, mit der Adresse ihres Vetters zu suchen, der in Valladolid wohnte und Fuhrmann war.

Ein langer Weg trennte sie von ihrem endgültigen Ziel, das kein anderes als ein Schlupfwinkel in der Hauptstadt sein konnte, der es ihr ermöglichte, in Diegos Nähe zu leben. Ihn sehen und in seiner Umgebung sein zu dürfen, bedeutete für sie den Inbegriff des Glücks. Wenn sie ihr

Leben nicht an seiner Seite verbringen konnte, hatte es keinen Sinn, und nun wusste sie zum ersten Mal, wofür sie geboren war. Ihn zu lieben: Darin würde von jetzt an ihr Lebenszweck bestehen und alles andere überwiegen.

Eigentlich war dies der geheime Grund, warum sie aus der Truhe auf dem Dachboden des Schlosses Frauenkleider entwendet hatte. Ihr Herz sehnte sich danach, dass Diego sie eines Tages als Frau sehen konnte, und sie hoffte, dass er sie nach einiger Zeit, wenn ihr Haar gewachsen wäre und sie Kleider tragen könnte, nicht mit dem kleinen Kind in Verbindung bringen würde, das er im Kloster verteidigt hatte, und auch nicht mit dem jungen Burschen, dem er das Leben gerettet hatte, oder mit dem Pagen, den er danach in seinem Vaterhaus bei sich gehabt hatte.

Afrodita, ihr Maultier, lief in einem schnellen Trab, einer für das Tier bequemen Gangart, die es stundenlang durchhalten konnte, ohne erschöpft zu werden. Catalina schätzte, dass sie auf diese Weise bis zum Ende jedes Tages eine beträchtliche Meilenzahl zurücklegen konnte. Es begann zu regnen, und sie bedeckte sich mit einem Umhang, den sie aus ihrem Reisesack nahm. Sie beschloss, eine Essens- und Erholungspause zu machen, wenn sie den Fluss Sequillo erreicht hätte.

Sie war ungefähr vier Stunden unterwegs, als sie feststellte, dass die Landschaft den nahen Fluss ankündigte. Die Erlen hatten allmählich die silberfarbenen Birken ersetzt, und Wasserrauschen übertönte die übrigen Waldgeräusche. Es regnete stärker, und in einem bestimmten Augenblick glaubte sie, sie müsse ihren Ritt unterbrechen, denn das kluge Tier war in ein langsameres Tempo übergegangen, und seine Ohren zeigten, dass es unruhig war. Außerdem wurden die Sichtverhältnisse immer schlechter. Da sah sie es. Weniger als hundert Meter entfernt und zwischen den Bäumen versteckt, standen zwei sonderbar aussehende Gefährte. Ihre Deichseln waren zum Boden geneigt, und man konnte keine Spur der Tiere entdecken, die die Wagen gezogen hatten. Die Gefährte waren eigentlich zwei konventionelle, überdachte Reisewagen, deren Kutschbock sich im Freien befand. Die vier Räder waren grün angestrichen, und die hinteren waren größer als die vorderen. Ihre Dächer waren jedoch nicht wie allgemein üblich abgerundet, sondern quadratisch, etwas ausgebuchtet und viel höher als gewohnt. Darum nahm Catalina an, dass ein Mann in diesen Gefährten bequem aufrecht stehen konnte. Aus dem größeren stieg feiner Rauch auf, der durch einen flachen schwarzen, mit einer Wetterhaube bedeckten Zylinder geleitet wurde, als wäre er der Schornstein einer Hütte. Als Catalina näher herankam, entdeckte sie ein Fensterchen an der Seite des Wagens und auf dem Fensterbrett eine rechteckige Blumenschale aus Holz mit mehreren Arten von Feldkräutern und kleinen Wildblumen. Ein Wiehern verriet ihr, dass die Pferde dieser Leute die Anwesenheit Afroditas entdeckt hatten, und das laute Gebell eines Hündchens, das unter den Rädern des zweiten Gefährts hervorkam, bestätigte ihre Vermutung. Nun hielt sie es für klüger, sich bemerkbar zu machen, damit niemand denken würde, sie sei mit bösen Absichten gekommen.

»He, Leute! Ist jemand zu Hause?«

Zunächst antwortete niemand auf ihren Ruf. Das Hündchen schnupperte zutraulich an den Beinen des Maultiers. Als das Mädchen gerade noch einmal rufen wollte, öffnete sich die Tür des größeren Wagens, und es erschien der Umriss einer Frau. Catalina hätte nicht sagen können, wie alt sie sein mochte. Sie trug einen geblümten schwarzen Rock, bedeckte sich die Schultern mit einem grünen Wolltuch, hatte Strümpfe von derselben Farbe und Holzschuhe an den Füßen. Ihr graues Haar war zu einem Knoten zusammengebunden und steckte unter einem roten Kopftuch, und ihre tiefgrünen Augen blickten Catalina fest an.

»Gelobt sei der Herr«, grüßte Catalina, ohne von ihrem Maultier abzusteigen.

»Jetzt und immerdar. Was wollt Ihr, Mädchen?«

Catalina erstarrte. Niemand hatte in den letzten zwei Jahren ihr Geheimnis auch nur geahnt, und sie achtete immer sorgfältig darauf, ihre Stimme zu verstellen, damit sie nicht von ihr verraten wurde.

»Woher wisst Ihr, was ich bin, obwohl ich mich mit diesem Umhang bedeckt habe und Ihr keine Zeit hattet, mich zu beobachten?«

»Ich gebrauche nicht die Augen des Gesichts. Für manche Dinge bin ich blind … Und glaubt mir, man lernt die Leute viel besser kennen, wenn man sie mit den inneren Augen betrachtet. Aber sagt mir, was sucht Ihr?«

»Einen Unterschlupf, wo ich in Sicherheit bin, bis der Regen aufhört.«

»Lasst Euer Tier bei den anderen stehen, unter dem Laubdach, das Ihr neben dem anderen Wagen seht, und kommt herein.«

Ohne jedes weitere Wort drehte sich die Frau um und ging wieder ins Innere des sonderbaren Reisewagens.

Catalina kam nicht aus dem Staunen heraus. Sie stieg ab, nahm das Maultier am Zügel und führte es zu der angegebenen Stelle. Sogleich erblickte sie vier Tiere, die an dieser Zufluchtsstätte untergebracht waren und die sie neugierig anstarrten. Sie nahm Afrodita das Reitzeug ab, legte sich den Sattel auf die Schulter und lief zum Wagen, nachdem sie das Tier angebunden hatte. Um hineinzukommen, musste man zwei Stufen einer kleinen Treppe hochsteigen. Mit den Knöcheln der freien Hand klopfte sie an die Holztür.

»Stoßt die Tür auf. Sie ist nicht abgeschlossen.«

Catalina gehorchte. Im Innern bot sich ihr ein überraschender Anblick: In dem länglichen Raum war kein Winkel ungenutzt. An der Wand, die der Eingangstür gegenüberlag, sah man mehrere Nischen mit aufgezogenen Vorhängen. Darin lagen Strohpolster, die offenbar als Schlafstätte dienten. Hinten und unter einem offenen Fenster war ein mit einem Wachstuch bedeckter Tisch, an dem es drei Sitzplätze gab. Am anderen Ende, wo sich die Frau befand, stand ein einfallsreich konstruierter Herd, der den Rauch erzeugte, den Catalina bei ihrer Ankunft entdeckt hatte. Eine kleine, darüber angebrachte Glocke sorgte für den Rauchabzug. Daneben standen zwei Wandschränke, die mit Töpfen und verschiedenen Küchengeräten gefüllt waren.

»Legt Eure Sachen auf ein Lager und setzt Euch. Die Gastfreundschaft, die mich meine Älteren gelehrt haben, verpflichtet mich, Euch warmes Wasser, Salz und einen Platz am Feuer zu geben … wie einem Soldaten. Aber ich will etwas mehr tun. Da ich merke, dass Ihr hungrig seid, setze ich Euch einen Teller mit dem Essen vor, das ich gerade für meinen Mann und meinen Sohn gekocht habe, denn sie kommen bald zurück.«

»Könnt Ihr mir sagen, woher Ihr wisst, dass ich Hunger habe?«

»Als Ihr hereinkamt, habt Ihr mit Euren Nasenflügeln kräftig den Duft aufgesogen, der aus meiner Pfanne aufsteigt. Hier gibt es nichts anderes zu riechen. Übrigens, vorläufig und bis Ihr aufbrecht, braucht Ihr es nicht an die große Glocke zu hängen, dass Ihr eine Frau seid.«

Catalina kam immer noch nicht aus dem Staunen heraus, das ihr diese eigentümliche Frau bereitete.

»Aber legt doch Eure Sachen hin und setzt Euch. Wie heißt Ihr, woher kommt Ihr, und wohin wollt Ihr? Nun ja, wenn es Euch recht ist, mir zu antworten.«

Das Mädchen machte es sich auf einer Lagerstatt bequem, und sie berichtete einen Teil ihrer wahren Geschichte, ohne dass sie sich dessen bewusst wurde.

»Gebt acht. Ich heiße Alonso Díaz. Mein wahrer Name ist eigentlich Catalina. Ich bin die Tochter eines mittellosen Hidalgos, der sich sein ganzes Leben lang einen Jungen gewünscht hatte und der den Fortbestand seines Geschlechts in Gefahr sah, als er keinen Erben bekam. Ich wollte ihm gefallen, zog Männerkleidung an und erlernte den Soldatenberuf, und bis ihn meine Waffentaten nicht mit Ehren überhäufen, werde ich keinem verraten, dass ich eine Frau bin. Darum habe ich mich auf den Weg gemacht, um mich bei einem der Regimenter zu melden, die nach Flandern gehen. Und Ihr sollt wissen, dass bis heute niemand meinen Kunstgriff entdeckt hat.«

»Das ist eine sonderbare Geschichte. Und Euer Vater gestattet Euch, ein solches Abenteuer zu wagen?«

»Ich bin von zu Hause geflohen. Aber ich weiß genau, wenn ich zurückkomme und er erfährt, welchen Glanz ich seinem Namen verliehen habe, wird er sich freuen.«

»Nun, wenn Ihr so etwas erreichen wollt, ist das Erste, was Ihr tun müsst, dass Ihr Euch ernährt.«

Dann ging die Frau zu dem kleinen Herd, und mit einem Kochlöffel schöpfte sie eine großzügige Portion ihres Fisch- und Gemüsegerichts in einen Napf, den sie vor das Mädchen stellte. Das Essen schmeckte Catalina köstlich, denn seit dem letzten Tag hatte sie keinen Bissen zu sich genommen. Als sie ihren Appetit gestillt hatte, richtete sie nun ihre erste Frage an die Frau:

»Sagt mir, wie muss ich Euch anreden, und womit beschäftigt Ihr Euch? Nie im Leben habe ich einen Wagen gesehen, der wie eine Wohnung eingerichtet ist.«

»Ich heiße Tarsicia. Wer zum Volk meines Mannes gehört, hat eine nomadische Wesensart. Immer haben wir auf den Wegen gelebt … Wir sind keine Nesthocker. Seine Vorfahren kommen aus dem fernen Indien, und der erste Zigeuner, von dem man Kenntnis hat, stammt aus Ägypten. Aber es ist nicht ratsam, im Spanien Seiner Christlichen Majestät allzu laut über dieses Thema zu reden. Es sind schlechte Zeiten für mein Adoptivvolk.«

»Und wenn Ihr keine Felder bestellt, weil Ihr nicht an ein und derselben Stelle bleibt, wovon lebt Ihr dann?«

»Wir treiben Handel.«

»Und womit?«

»Das hängt von dem Ort ab, wo wir lagern, und von den Nöten, die uns bedrängen. Wir reparieren Töpfe und schleifen Dolche, Degen, Messer und alle Gerätschaften, die eine Schneide haben. Auf den Festen treten wir auch als Seiltänzer und Komödianten auf. Diesen Beruf hatte ich, als ich geheiratet habe.«

»Und was verkauft Ihr?«

»Freude. Wir sorgen dafür, dass die Leute ihr Elend für eine Weile vergessen.«

»Wie macht Ihr das?«

»Wir richten uns nach dem Reiseplan, den uns die Jahrmärkte der einzelnen Orte, die wir besuchen, und die heiligen Schutzpatrone der Dörfer vorzeichnen. Dort stellen mein Mann und mein Sohn zusammen mit seinem Onkel und seinen Vettern ein Zelt auf, und für ein paar Münzen zeigen wir unsere Kunstgriffe.«

»Was für Kunstgriffe sind das?«

»Ihr müsstet sie sehen, wie sie mit Keulen, Ringen und Bällen umgehen und alle möglichen Sprünge und Kapriolen ausführen. Früher hatten wir einen Affen und einen Papageien dabei, aber jetzt hat es das Heilige Offizium verboten, und diese Herrschaften darf man nicht erzürnen. Nur das Hündchen, das Ihr bei Eurer Ankunft gesehen habt, trägt zu unserer Darbietung bei. Ihr könnt Euch gar nicht vorstellen, wie viele Dinge mein Sohn das Tierchen machen lässt.«

»Und Ihr?«

»Ich singe, tanze, rezitiere … Das mache ich auf der Bühne, und dann, nach dem öffentlichen Auftritt, mache ich andere Dinge.«

»Was für Dinge?«

»Ihr fragt zu viel, aber Euer Gesicht täuscht nicht. Ich will es Euch sagen: Das hängt von den Orten und den vertrauenswürdigen Kunden ab, denn das ist eine Fähigkeit, die ich von meiner Schwiegermutter übernommen habe und die man auf Hexerei zurückführt, obwohl ich nur meinen Nächsten helfe, die mich um meine Dienste bitten, und selbstverständlich habe ich nichts mit Hexengeschichten zu tun. Allerdings bereite ich Zaubertränke vor, die man von mir haben will, um einige Übel zu überwinden oder gewisse Vorteile zu erreichen, und ich sage die Zukunft voraus, meistens erfolgreich. Wir Hellseher können weiter sehen, als es die gewöhnlichen Sterblichen tun, und darum können wir Übel verhindern, die auf noch gar nicht eingetretene Ereignisse zurückzuführen sind.«

»Ihr erstaunt mich. Aber wie macht Ihr das?«

»Ich mache nichts. Ich berichte lediglich, was meine inneren Augen sehen, und um einen größeren Eindruck zu erzielen und damit es auf die Leute tiefer wirkt, lege ich die Hände auf eine Kristallkugel. Ihr selbst habt Euch gewundert, als Ihr gekommen seid und ich erraten habe, dass Ihr eine Frau seid, und dafür brauchte ich keinen Kunstgriff.«

»Und wohin wollt Ihr jetzt fahren?«

»Ich kenne die Reiseroute nicht. Ich kann Euch nur sagen, dass wir in Valladolid haltmachen.«

Catalinas Kopf brachte so schnell wie Arkebusenschüsse neue Ideen hervor, und sie erinnerte sich an ihre glückliche Reise mit den Fuhrleuten, die ihr geholfen hatten, ohne Zwischenfälle nach Benavente zu gelangen.

»Vielleicht würdet Ihr gestatten, dass ich den Weg in Eurer Gesellschaft zurücklege? Ihr wisst ja, dass Reisen heute viele Gefahren mit sich bringen, und es würde mir nicht darauf ankommen, später an meinem Ziel anzukommen, wenn ich dafür die Reise mit Euch gemeinsam machen könnte. Außerdem bin ich nicht schwerfällig, und ich lerne schnell. Ich versichere Euch, dass ich keine Belastung sein werde.«

»Darüber kann ich Euch nichts sagen. Der Direktor der Truppe ist Florencio, mein Mann. Wenn er es genehmigt, spricht nichts dagegen.«

»Und wenn jemand von den anderen nicht dafür ist?«

»Bei den Leuten unseres Volks steht fest: Was der Patriarch sagt, duldet keine Diskussion. Sie kommen bald zurück. Außerdem gehören wir alle zu einer einzigen Familie, den Ayamontes. Mein Mann und der im anderen Wagen sind Brüder, und mein Sohn Manuel wird Violeta heiraten, seine Base. Wir Frauen äußern keine Meinung, wenn man uns nicht fragt, das heißt, was meine Schwägerin Magdalena oder ich sagen, hat keinen Einfluss auf die Entscheidung, die sie treffen. Aber, ich betone es noch einmal, Ihr müsst warten. Überlegt es Euch jedenfalls. Wenn Ihr nämlich Euer Schicksal mit dem unsrigen verbindet, müsst Ihr meinem Mann offenbaren, dass Ihr eine Frau seid, damit er entscheidet, was er für das Zweckmäßigste hält…«

»Glaubt Ihr, dass es noch lange dauert, bis sie zurückkommen?«

»Ich sage Euch, was Ihr tun sollt: Ihr bleibt bei mir, bis sie wiederkommen. Was sie auch entscheiden, die Gastfreundschaft gilt bei uns als Pflicht, und so wie Ihr ausseht, meine ich, dass Ihr schlafen müsst.«

Catalina hatte bis zu diesem Augenblick nicht gemerkt, wie groß die Müdigkeit war, die sich in ihrem Körper angestaut hatte.

»Da habt Ihr wirklich recht. Ich fühle mich wie gerädert. Wenn Ihr mir zeigt, wo, würde ich mich gern eine Weile hinlegen.«

»Kein Wort mehr. Ihr könnt Euch gleich in das Bett legen, auf dem Ihr sitzt.«

»Ich lege meinem Maultier das Halfter an und gebe ihm zu fressen. Dann komme ich sofort wieder…«

»Ihr findet Futter in einer Krippe neben dem Schutzdach. Nehmt ruhig davon.«

»Ich danke Euch noch einmal für Eure Gastfreundschaft. Ich bin gleich wieder da.«

Das Mädchen lief zum Schutzdach, und nachdem es das Maultier versorgt hatte, rannte es zurück. Die Frau holte gerade die Küchengeräte zusammen.

»Ich habe Euch schon den Bettsack aufgeschüttelt. Verliert keine Zeit und ruht Euch aus.«

Catalina zögerte keinen Augenblick. Sie legte ihren Reisesack ans Fußende des Bettes, hängte ihr Koppel an das Holz des Kopfendes, nahm ihren Dolch heraus und versteckte ihn unter dem Kopfkissen, um ihn bei der Hand zu haben. Dann zog sie den Vorhang zu und fiel in einen tiefen und stärkenden Schlaf.

Sie wusste nicht, wie viel Zeit vergangen war, seitdem sie sich zu einem Schläfchen ausgestreckt hatte, als sie von ein paar gedämpften Stimmen geweckt wurde. Ihre fünf Sinne warnten sie, und sie machte sich hinter dem Vorhang bereit, das Gespräch zu belauschen.

Das Licht, das zu ihr gelangte, war nicht das des Tages, und wegen seines gelblichen Tons und seiner Stärke wurde ihr klar, dass es von einer Öllampe oder einem Leuchter kommen musste. Da sie am frühen Morgen aus Benavente aufgebrochen und fünf Stunden lang geritten war und sich hingelegt hatte, nachdem sie mit der Zigeunerin gesprochen und von ihrer schmackhaften Mahlzeit gegessen hatte, kam sie zu dem Schluss, dass sie den ganzen Nachmittag geschlafen hatte und dass die Nacht hereingebrochen war.

»Und du sagst, dass sie herzlich und höflich ist und dass sie offenbar vor etwas flieht?«

»Das meine ich. Ja noch mehr, Ihr könnt sicher sein, dass sie Charakter hat und uns Glück bringen wird.«

Wer als Erster gesprochen und Tarsicia geduzt hatte, klang nach der befehlsgewohnten Stimme eines älteren Mannes.

»Wieso behauptest du, Frau, dass ein Flüchtling uns Glück bringen kann? Haben wir nicht schon genug Probleme?«

»Ihr wisst ja, dass ich mich gewöhnlich nicht irre, wenn ich Menschen beurteile. Ich sage Euch, dass uns mehr Vorteile als Sorgen erwarten, wenn Ihr zulasst, dass er mit uns fährt.«

»Er oder sie …«

»Gebt ihm die Gelegenheit, das zu erklären.«

»Also gut, wecke sie und sehen wir, wie dieser weiße Rabe beschaffen ist, der in unseren Käfig hineingeflogen ist.«

Catalina schloss sogleich die Augen und tat so, als sei sie tief eingeschlafen. Sie merkte, wie der Vorhang ihrer kleinen Höhle aufgezogen wurde.

»Alonso, wacht auf! Alonso!«

Während Tarsicia dies sagte, schüttelte sie Catalina sanft an der Schulter, wobei sich das Mädchen so stellte, als kehrte sie langsam aus dem Reich der Träume zurück. Dann, als merkte sie plötzlich, dass sie sich an einem fremden Ort befand, setzte sie sich aufs Lager und ließ die Füße herabhängen. Der Mann, der vor ihr stand und die Arme in die Seite stemmte, sah eindrucksvoll aus: Er war riesengroß, und seine kräftige Gestalt entsprach seinem eindrucksvollen Aussehen. Er trug braune, eng anliegende Plüschhosen, ein weißes Hemd mit Spitzenbesatz und eine mit portugiesischen Stickereien geschmückte Weste, eine rote Gürtelschärpe, aus der der Griff eines krummen Messers hervorsah, und ein Kopftuch von derselben Farbe. Er hatte Wildlederstiefel an, die ihm bis zu den Knien reichten und mit Lederbändern an den Seiten festgebunden waren. Seine Augen bekundeten mehr als alles andere Neugier.

Der Riese kam direkt zum Thema.

»Ich habe gehört, dass Ihr mit uns reisen wollt. Dafür müsst Ihr mir vieles erklären. Macht es Euch bequem, setzen wir uns an den Tisch, und erzählt mir noch einmal, was Ihr meiner Frau erklärt habt.«

Catalina gehorchte, und sie unterrichtete den Mann über ihren Lebensweg, wobei sie sich an den Leitfaden hielt, dem sie zuvor gefolgt war.

»Wo befindet sich das Haus Eures Vaters?«

»In der Nähe von San Sebastián.«

»Wie alt seid Ihr?«

»Ich bin achtzehn Jahre alt«, log sie. »Das bin ich gerade geworden«, setzte sie hinzu.

Der Mann dachte nach.

»Könnt Ihr Euren Degen gebrauchen, oder ist er noch jungfräulich?«, fragte er und zeigte auf die Waffe, die Catalina ans Kopfende ihres Lagers gehängt hatte.

»Wenn Ihr es probieren wollt…«, entgegnete Catalina hochfahrend.

Der Mann lächelte spöttisch.

»Dafür kommt die Zeit… und vielleicht eine Gelegenheit. Ihr gefallt mir, und ich muss Euch gestehen, dass das Urteil meiner Frau für mich maßgeblich ist. Ihr könnt mit uns fahren, solange es Euch recht ist. Aber bevor Ihr Euch entscheidet, muss ich Euch etwas Grundsätzliches sagen: Solange Ihr bei uns seid, tut Ihr, was ich bestimme, und an dem Tag, wenn Euch das nicht passt … könnt Ihr Euren Hut nehmen. Habe ich mich deutlich ausgedrückt?«

»Vollkommen! Und ich werde Euch ewig dankbar sein … Mein Wort als Mann … als Frau.«

»Auch darüber möchte ich mit Euch reden. Wenn nicht meine Frau wäre, hätte ich selbstverständlich nie durchschaut, was Ihr wirklich seid. Da wir über diesen Trumpf verfügen, werden wir ihn zu unserem Vorteil nutzen. Wenn es nötig ist, dass Ihr Euch wie ein junger Mann kleidet, werdet Ihr so auftreten, wie Ihr jetzt zu sein scheint, und wenn wir es wegen unserer Arbeit nötig haben, dass Ihr ein Mädchen seid, so seid Ihr es auch. Tarsicia wird Euch mit Frauenkleidung versorgen.«

»Ich habe etwas in meinem Reisesack.«

»Ihr habt wahrhaftig viele Überraschungen zu bieten. Aber ich bezweifle, dass Eure Kleider zu unserer Lebensweise passen. Es ist besser, dass Ihr Euch zweckmäßig anzieht, wenn es sein muss. Und da sich das Wetter beruhigt hat und wir eine wunderschöne Nacht haben, essen wir am Lagerfeuer. Ihr lernt meinen Sohn Manuel, meinen Bruder Tomé und seine Familie kennen.«

Bei diesen Worten stand der Riese von dem Schemel auf, auf dem er rittlings gesessen hatte, und beendete damit das Gespräch.

Catalina staunte über ihren guten Stern. Unter diesen Bedingungen könnte sie sich vor ihren Verfolgern verstecken, falls jemand nach ihr suchte. Auf keinen Fall würde man sich um eine junge Zigeunerin kümmern, die zu einer Gruppe herumziehender Akrobaten gehörte.

Die Jesuiten

Hochwürden Antonio Sotomayor, der Beichtvater des Königs, hatte auf Bitten von Don Jerónimo de Villanueva die Jesuiten Cosme Landero, Javier Gallastegui und Orlando Juárez beauftragt, eine Reihe von weiter zurückliegenden und neueren Vorfällen zu untersuchen, die sich offenbar im Benediktinerkloster in der Diözese Astorga ereignet hatten.

Eine Priorin war unter ungewöhnlichen Umständen gestorben, wie es hieß. Man hatte die Postulantin, die ihr die Arznei verabreichte, vor der ganzen Gemeinschaft beschuldigt, und nun war sie seit ein paar Jahren entflohen. Den Arzt, der ihr die Medizin verordnete, hatte das Heilige Offizium festgenommen, nach Astorga gebracht und dann nach Toledo überstellt. Es kursierte das Gerücht, dass die neue Priorin mystische Verzückungen und tiefe Ekstasen habe, und der Beichtvater der Nonnen erzählte überall von allen möglichen unbeglaubigten Wundern, ohne dass er die entsprechende Erlaubnis hatte, um über so etwas zu sprechen. Außerdem stimmten seine Predigten anscheinend nicht mit der rechtgläubigen Lehre der heiligen Mutter Kirche überein. Und zu all diesen Widersprüchen kam der Verdacht hinzu, dass man mit angeblichen Reliquien handelte und dass es einen Streit um die Vaterschaft eines Kindes gab. Beides waren allerdings in den gegenwärtigen Zeiten recht alltägliche Erscheinungen.

Die drei Geistlichen waren echte Christen, treue Nachfolger des heiligen Ignatius von Loyola und demzufolge Glaubensstreiter, die dem Heiligen Stuhl uneingeschränkt gehorchten. Aber sie sollten ihre Nachforschungen diskret und vorsichtig anstellen und alles, was sie entdeckten, unmittelbar an Sotomayor berichten. Dies lag im Interesse des Königs, der keine unmittelbaren Konflikte mit dem Gericht des Heiligen Offiziums wollte, eine Linie, der die Könige seit der harten Kontroverse folgten, die der Großvater Philipp II. mit den Dominikanern in Bezug auf Erzbischof Carranza, den Primas von Toledo, ausgetragen hatte. Diesen hatte das Ketzergericht verfolgt, und Papst Gregor VIII. hatte ihn nach einem sechzehnjährigen schrecklichen Kampf in seine Rechte wiedereingesetzt.

Cosme Landero hatte wie der Gründer seines Ordens im Heer gedient. In größter Bedrängnis und im entscheidenden Augenblick eines Gefechts hatte er geschworen, wenn er sein Leben in dieser Schicksalsstunde retten könne, werde er den Rest seiner Tage dem Dienst an Gott weihen. Er war schon als reifer Mann in den Orden eingetreten, doch sein großer Verstand und der unbedingte Gehorsam, den er seinen Vorgesetzten leistete, eine Gewohnheit, die er im Regiment angenommen hatte, ließen ihn rasch im Orden aufsteigen, und zu diesem Zeitpunkt war er einer der Vertrauten des königlichen Beichtvaters.

Pater Javier Gallastegui stammte aus Navarra. Er war stark wie ein Steinheber bei den Wettkämpfen jener Gegenden, und am Tag seines heiligen Namenspatrons unterhielt er seine Seminargefährten, indem er sich mit einem Strick eine Aderpresse am ausgestreckten rechten Unterarm anlegen ließ und sie dann zerriss, wenn er den Bizeps anspannte. Er hatte ein schlichtes und pragmatisches Gemüt, und nichts, was auch nur in einem

Punkt von seinen Grundüberzeugungen abwich, schien ihm gerecht. Außerdem war er ein tadelloser Schreiber.

Wenige Geistliche besaßen tiefgründigere Kenntnisse der rechtgläubigen Kirchenlehre als Pater Orlando Juárez. Was dies betraf, so war er redlich, treu und gewissenhaft. Er stammte aus Badajoz und hatte Pater Sotomayor nach Rom begleitet, als davon gesprochen wurde, dass er zum Ordensgeneral ernannt werden sollte. Er diente ihm dort als Sekretär, und zwischen beiden hatte sich ein vertrauliches Verhältnis herausgebildet. Pater Juárez empfand hingebungsvolle Zuneigung für den Beichtvater des Königs, und es gab keine schwierige Mission und keine gefährliche Gesandtschaft, zu denen er nicht bestimmt wurde, falls er keinen konkreten anderen Auftrag innerhalb der Gesellschaft Jesu wahrnehmen musste. Da er Extremadurer war, hatte er sich außerdem damit beschäftigt, gründlichere Kenntnisse über die häretische Sekte der Erleuchteten zu gewinnen, die in der Stadt Llerena, mitten in seiner Heimat, entstanden war.

Um von Madrid zum Kloster zu gelangen, mussten sie mehrere Reisetage auf sich nehmen. Das hatten sie in mehreren Etappen bewältigt. Ihre längsten Pausen legten sie in Segovia und Valladolid ein, während sie die Reise sonst nur für kürzere Zeit unterbrachen. Sie fuhren in einem Wagen des Ordens. Er wurde von vier Pferden gezogen, die sie an den jeweiligen Poststationen wechselten. Das ermöglichte es ihnen, den Weg verhältnismäßig schnell zurückzulegen. Sie waren schon über Santa María del Páramo hinaus und hofften, in wenigen Stunden an ihr Ziel zu gelangen. Sie unterhielten sich über das, was sie nach ihrer Meinung im Kloster vorfinden würden.

»Hochwürden, was denkt Ihr über dieses ganze Durcheinander?«

Pater Gallastegui hatte diese Frage gestellt.

»Ich möchte kein Werturteil abgeben, bevor ich die Tatsachen vollständig kennengelernt habe. Doch in den meisten Fällen, wenn wir von solchen Dingen erfahren, ist so etwas auf hysterische Nonnen zurückzuführen, die alle glauben, sie seien Teresa de Jesús. Damit meine ich natürlich die Ekstasen und Verzückungen. Über das andere möchte ich mich lieber nicht äußern, bis wir Nachforschungen angestellt und mit Leuten gesprochen haben, die hinter den Klostermauern leben. Pater Antonio de Sotomayor hat hierüber ganz klare Anweisungen gegeben. Hochwürden, denkt daran: ›Richtet Euch nach bewiesenen und konkreten Tatsachen, nicht nach Vermutungen.‹ Erinnert Ihr Euch?«

»Gewiss, aber … ›Wenn der Fluss rauscht, führt er Wasser‹, wie es in unserem Sprichwort heißt, und wie Erasmus von Rotterdam sagte: ›Kein Rauch ohne Feuer.‹ Mit weniger Gründen als denen, die uns jetzt nach Sankt Benedikt führen, sind wir nach Sevilla gegangen, und erinnert Euch, Hochwürden, was wir entdeckt haben.«

»Jede Sache ist etwas Besonderes, und jede Situation ist etwas anderes.« Das sagte Pater Juárez. »Wir dürfen in unserem Innern keinem Einfluss nachgeben, wenn wir gerecht urteilen wollen.«

Die drei Jesuiten kamen in Sankt Benedikt an und wurden in den Gemächern untergebracht, die für vornehme Besucher bestimmt waren.

Sobald Schwester Gabriela von ihrer Ankunft erfahren hatte, bestellte sie Pater Rivadeneira zu sich, um eine Verhaltenslinie vorzubereiten, die solchen Informationen entgegenwirken konnte, wie sie die hochgestellten Ordensbrüder vielleicht erhalten hatten.

Die beiden kamen im Kabinett der Priorin zusammen.

»Hochwürden, ich glaube, dass sich ein Problem ergeben hat.«

»Neuigkeiten verbreiten sich im Fluge. Ich habe schon gehört, dass Besucher eingetroffen sind.«

»Genau dieses Problem meine ich. Also, was haltet Ihr davon?«

»Vorläufig fällt mir dazu ein, dass es schlecht ist, sich wegen etwas Sorgen zu machen, was wir noch nicht kennen. Es gibt viele Themen, die sie interessieren können. Ihr und ich, wir wussten, dass so etwas früher oder später geschehen konnte. Nun gut, dieser Tag ist gekommen, und wir müssen unsere Karten geschickt ausspielen. Es kommt darauf an, dass wir beide aussagen, was wir so oft geplant haben, damit unsere Erklärungen übereinstimmen. Sie sollen das hören, was sie nach unseren Absichten erfahren sollen, und zwar in der Art, wie sie es erfahren sollen, und es darf nichts von dem bekannt werden, was Ihr und ich wissen und was ihnen verborgen bleiben muss.«

»Ihr und ich, das geht vielleicht. Aber die Übrigen?«

»Was kommt es auf die Übrigen an? Die Übrigen werden erzählen, was sie gesehen und was sie von Euch und mir erfahren haben. Ich habe ja nicht auf die Ankunft dieser Abgesandten gewartet, um die Herde vorzubereiten. Sie wissen ganz genau, was sie sagen und was sie verschweigen müssen. Ich habe ihnen die Überzeugung eingebläut, dass das Kloster ein von den Gefahren der Welt abgesondertes Eiland ist – vorausgesetzt, wir können es schützen … Und diese Sorge geht alle an, die wir in seinen Mauern leben. Beunruhigt Euch nicht. Der große Tag ist bald da. Die wunderbaren Ereignisse, die hier geschehen, benötigen die Bürgschaft dieser lästigen Besucher, damit sie bekannt werden. Zeigt jetzt keine Schwäche und tretet so energisch auf, wie Ihr es in viel weniger gefährlichen Situationen bewiesen habt.«

»Von ganzer Seele hoffe und wünsche ich, dass Eure Voraussagen zutreffen. Es wäre betrüblich, wenn unsere Bestrebungen nach all den Mühen vergeblich wären.«

»Habt Vertrauen … und zeigt die Stärke, die Ihr schon so oft an den Tag gelegt habt.«

»Macht Euch Fuencisla keine Sorgen?«

»Mit ihr habe ich mich ganz besonders beschäftigt. Sie wird nichts sagen, wenn man sie überhaupt verhört. Sie fürchtet mich, und ich habe großen Einfluss auf sie. Außerdem habe ich sie wieder in ihren Hoffnungen bestärkt. Von ihr droht keine Gefahr.«

Die Jesuiten wussten, wie sie vorzugehen hatten. Für die Befragungen richteten sie sich im Kapitelsaal ein, und in den nächsten Tagen begannen sie mit ihren Vernehmungen, wobei sie Schwester Gabriela logischerweise als Erste vorluden.

Zwar beherrschte sich die Priorin, doch sie war innerlich angespannt.

»Machen wir weiter, ehrwürdige Mutter.« Sie saßen hinter einem Tisch, an dessen Kopfende ein großes Kruzifix stand, und all ihre Mappen und Bücher lagen aufgeschlagen vor ihnen. In diesem Moment führte Pater Landero das Verhör, während sich Pater Gallastegui Notizen in einem Heft machte und Pater Juárez, der sich an den Sesselrücken lehnte, die Ellbogen auf die Armlehnen stützte und die Hände unter dem Kinn gefaltet hatte, mit halb geschlossenen Augen in seine Gedanken versunken schien. »Ihr sagt also, dass Ihr einer zukünftigen Postulantin die Obhut der seligen Priorin übertragen und sie angewiesen habt, ihr die Medizin pünktlich zur vorgeschriebenen Zeit zu verabreichen.«

»So ist es. Unvorstellbar ist allerdings, dass sie sich entschieden hat, ihr eine größere Dosis einzuflößen, was das Leben Mutter Teresas offenkundig gefährdet hat.«

»Und noch unvorstellbarer ist, dass sie es dann zugegeben hat, denn sonst hättet Ihr es ja niemals erfahren«, entgegnete der Jesuit.

»Pater Rivadeneira war Zeuge ihres Geständnisses.«

»Das ist höchst sonderbar, und noch mehr, dass sie es vor dem Pater eingestanden hat. Wer böswillig etwas tut, was er nicht darf, gibt das selten zu. Eine junge angehende Postulantin, die etwas Derartiges zugibt, ohne dass man sie unter Druck setzt, wie Ihr mir sagt, hat ein ruhiges Gewissen …

Und niemand hat ein ruhiges Gewissen, wenn durch seinen Fehlgriff die Priorin des eigenen Klosters ums Leben kommt.«

»Sie war ein leichtfertiges und verantwortungsloses Mädchen.«

»Mir kommt es sonderbar vor, dass Ihr die Aufsicht über eine so empfindliche Kranke einer Person mit solchen Fehlern anvertraut habt, wie Ihr sie nennt.«

»Das hat Mutter Teresa verlangt. Ich war nicht in der Lage, ihren Anordnungen zu widersprechen.«

»Dann schließe ich daraus, dass dieses Mädchen nicht so leichtfertig war, wenn die ehrwürdige Mutter von ihr beaufsichtigt werden wollte.«

Mit diesen Worten griff Pater Juárez ein.

»Die ehrwürdige Mutter hat dieses Mädchen stets auf unvernünftige Weise begünstigt.«

»Habt Ihr noch die Arznei, die ihr der Arzt verschrieben hat?«

»Schwester Guillermina, die Krankenwärterin, hat sie.«

»Sagt ihr dann, sie soll sie uns geben. Und was für teuflische Zeichen sind das, auf die Ihr hingewiesen habt?«

»Gebt acht, hochwürdige Väter: Sie war Linkshänderin. Ihr wisst ja, dass die Verdammten zur Linken des Herrn sein werden. Pater Rivadeneira hat sie ertappt, als sie wie ein Vogel vom Glockenturm aus fliegen wollte. Der Grund ist, wie wir ahnen, dass sich ihr Geist in sehr jungen Jahren das Wesen eines friedlichen Hahns angeeignet hat, den ein anderer Hahn durch ihre Schuld getötet hat. An dem Tag, als sie verschwand, war es, als hätte sie sich in Rauch aufgelöst… Die Zellen sind in der Nacht zwischen den einzelnen Gebetsstunden verschlossen. Als die Novizinnenmeisterin ihre Zelle aufgeschlossen hat, befand sich niemand darin. Allerdings lag da ein großes Büschel abgeschnittenes schwarzes Haar, als hätte es ein Gelübde oder eine Bezahlung des Bösen für die ihr geleistete Hilfe gegeben.«

»Habt Ihr dieses Haar?«

»Selbstverständlich, Hochwürden.«

»Auch das werdet Ihr uns übergeben.«

»Welche Beziehung gab es zwischen ihr und Mutter Teresa?«

»Wie ich gesagt habe, sie hat sie vom ersten Tag an begünstigt. Sie hat sie in der Nacht entgegengenommen, als ein vermummter Reiter sie ins Kloster brachte.«

»Also ist sie nicht die Tochter einer Rekluse?«

»Dann wäre sie zur Adoption freigegeben worden. Ihr müsst wissen, dass sie seit ihrer Geburt für das Kloster bestimmt war und dass man ihre

Pension immer pünktlich bezahlt hat. In dem Monat, als sie verschwand, hätte ich die Gelegenheit gehabt, nach dem Tod der ehrwürdigen Mutter die Person kennenzulernen, die die Zahlungen leistete. Bis dahin hat sich die Priorin persönlich um diese Angelegenheit gekümmert, und sie hat nie etwas erklärt.«

»Wer war damals die Pförtnerin?«

»Seit jenem Tag sind siebzehn Jahre vergangen. Mutter Úrsula war seinerzeit die Pförtnerin, und sie war schon recht alt. Seit zwei Jahren ist sie in einem Kloster untergebracht, in dem man die Nonnen einschließt, die ihr Zustand daran hindert, die Ordensregel zu befolgen. Schwester Úrsula ist nicht mehr ganz richtig im Kopf. Sie weiß nicht, wer sie selber ist und wie sie heißt.«

Erneut griff Pater Juárez ein.

»Ehrwürdige Mutter, wir wollen nun ein äußerst heikles Thema behandeln. Oft bedient sich der Böse dieses Mittels, um gute Seelen zu verwirren, und wir müssen es sehr genau nehmen, denn was wie ein Werk Gottes scheinen kann, ist vielleicht ein Werk des Teufels.«

»Hochwürden, ich höre.«

»Wir verfügen über Hinweise, dass Ihr, ehrwürdige Mutter, mystische Verzückungen habt oder zu haben glaubt.«

»So ist es, Hochwürden.«

»Und wenn wir nicht falsch unterrichtet sind, geschieht dies seit dem Hinscheiden der vorherigen Priorin … Ist es nicht so?«

»So ist es.«

»Gut. Erklärt uns eingehend, wann und wie Euch diese Dinge zustoßen: allein oder in der Gesellschaft Eurer Schwestern, in der Kirche oder in Eurer Zelle, am Tag oder in der Nacht. Schließlich all das, was dazu beitragen kann, diese Situation zu klären.«

Schwester Gabriela dachte kurz nach. Sie wusste, dass es von ihren Antworten abhängen konnte, ob sie ihre Wünsche durchsetzte.

»Gebt acht, ehrwürdige Väter. Seit ein paar Jahren, und ohne dass ich weiß, warum, falle ich manchmal in Trance, und wenn mir so etwas zustößt, bin ich mir nicht bewusst, was rings um mich geschieht.«

»Habt Ihr Visionen?«

»Gewiss.«

»Erklärt das.«

»Mich überkommt eine allgemeine Mattigkeit, ich erblicke nichts als selige Visionen, und ich fühle, dass mir Mutter Teresa den Weg weist.«

»Woher wisst Ihr, wer Euch zu diesen Visionen anregt?«

»Sie sind alle gut. Ich habe keinen Zweifel, woher sie kommen.«

»Ihr wisst genau, dass Luzifer oder Belial einfallsreiche Formen annehmen, um die Leichtgläubigen zu verwirren.«

In diesem Augenblick trat das anmaßende Gemüt der Nonne deutlich hervor.

»Glaubt Ihr etwa, dass ich eine unerfahrene Novizin bin!«

Pater Landero antwortete schroff:

»Was wir von Euch glauben, ist nicht Eure Sache! Wir sind hier, um gewisse Sachverhalte aufzuklären und den entsprechenden Autoritäten unsere Schlussfolgerungen mitzuteilen. Beschränkt Euch darauf zu antworten!«

»Verzeiht, Hochwürden, aber meine Visionen sind so offenkundig, dass ich nicht im Geringsten an ihnen zweifle.«

»Wir dürfen keine Zweifel haben, und wenn Ihr nicht offen mitarbeitet, können wir die Zweifel nicht klären!«

Abermals griff Pater Juárez ein, um die Gemüter zu beruhigen.

»Während Eurer Trancezustände redet Ihr anscheinend laut. Merkt Ihr das?«

»Danach berichtet man mir alles, was ich gesagt habe. Wenn es geschieht, merke ich überhaupt nichts.«

»Trotzdem seid Ihr überzeugt, dass alles, was Ihr sagt, von Mutter Teresa inspiriert wird.«

»Ich höre ihre liebe Stimme.«

»Und diese … Visionen überkommen Euch seit ihrem Tod.«

»So ist es.«

»Und demzufolge seit der Flucht der Postulantin.«

»Alles geschah eigentlich zur selben Zeit.«

»Wir haben erfahren, dass die Stimme, die Euch inspiriert, durch Eure Vermittlung Botschaften an die Gemeinschaft schickt und sie ermahnt, Euch zu gehorchen und allen Anweisungen zu folgen, die Ihr erteilt.«

»Ist es vielleicht nicht gut, dass eine Gemeinschaft ihrer Priorin gehorcht?«

»Doch, das ist es. Ungewöhnlich ist allerdings, dass eine Priorin, wenn man einmal annimmt, dass diese Visionen nicht den Ursprung haben, den Ihr annehmt, sich selbst lobt, um Ansehen bei ihren Schwestern zu gewinnen. Der böse Geist weiß, wie er denen schmeicheln muss, die er auserwählt hat, um sie aus Hochmut sündigen zu lassen.«

»Falls ich die Stimmen meiner Schwestern brauchte, um das Amt zu erhalten, das ich unverdientermaßen ausübe, wäre so etwas möglich, aber weil ich schon Priorin bin und weil ich nicht die geringste Anregung von Mutter Teresa erhalten hatte, bevor ich es wurde, sehe ich nicht ein, warum ich meine Schwestern in Christo von irgendetwas überzeugen sollte.«

Die Jesuiten sahen sich gegenseitig an. Schwester Gabriela war ganz zweifellos eine schwierige Gegnerin.

Wieder meldete sich Pater Juárez.

»Sagt uns: Nehmt Ihr irgendeinen Zaubertrank, eine Droge oder Arznei, die bei Euch Sinnestäuschungen hervorrufen können?«

»Überhaupt nicht!«

»Trinkt Ihr etwas Wein bei Euren Mahlzeiten?«

»Der einzige Wein, den ich trinke, ist der des Blutes Christi, wenn wir an ganz besonderen Tagen das heilige Abendmahl in beiderlei Gestalt empfangen.«

»Erzählt mir jetzt von den Ereignissen, die Euch, ehrwürdige Mutter, wunderbar vorkommen und die im Kloster oder in seiner Nähe aus Gründen geschehen sind, die Ihr der Vermittlung Mutter Teresas zuschreibt.«

»Das Erste ist einer Postulantin geschehen. Sie heißt Martina. Sie hatte die ehrwürdige Mutter um ein Zeichen gebeten, das ihren Glauben stärken sollte. Im Korridor mit den Schlafzimmern gibt es in einer Mauernische ein Christusbild, das stets von einem Öllämpchen beleuchtet wird. In einer Nacht, als sie wachte, denn seit Catalinas Flucht habe ich angeordnet, dass es jederzeit jemanden auf den Korridoren mit den Zellen geben sollte, in einer solchen Nacht hat sie Mutter Teresa um ein Zeichen gebeten. Martina hat uns später berichtet, was sie Euch gewiss bestätigt, wenn Ihr es für richtig haltet, sie zu Euch zu bestellen: Die ehrwürdige Mutter habe ihr gesagt, sie solle in ihre Zelle zurückkehren und zehn Ave-Maria beten, um ihre Vermittlung zu erbitten, und danach solle sie zu dem heiligen Bild zurückkehren, und dort werde sie das Zeichen empfangen. Wir waren in der Kirche, als dies geschah. Die Novizinnenmeisterin entdeckte sie ohnmächtig neben der Mauernische, und diese war von drei Kerzen hell erleuchtet, die niemand dort hätte aufstellen können, ohne dass sie es aus ihrer Zelle gesehen hätte, denn ihre Tür stand offen, und die übrigen Zellen waren verschlossen. Als wir in die Krankenstube hochgingen und sie uns das Wunder berichtete, sind der Pater, meine Wenigkeit und die Novizinnenmeisterin zum Korridor der Postulantinnen hinabgestiegen, und tatsächlich beleuchteten drei Kerzen das Bild. Der Pater hat sie verwahrt, und sie befinden sich in der Sakristei der Kirche. Hätten wir den Beweis nicht mit eigenen Augen gesehen, so hätten wir geglaubt, wie Ihr verstehen werdet, dass es Halluzinationen eines jungen Mädchens waren, das in seinem Drang, mit der ehrwürdigen Mutter zu sprechen, etwas sehen wollte, wo es nichts gab.«

Die Jesuiten sahen sich erneut an.

»Morgen lasst Ihr diese Postulantin bei uns erscheinen. Ihr habt gesagt, sie heißt Martina?«

»Richtig.«

»Und welche anderen außergewöhnlichen Ereignisse sind durch die Vermittlung der Priorin geschehen, wie Ihr glaubt?«

»Die Glocken von Sankt Benedikt haben im Augenblick ihres Todes geläutet, ohne dass jemand an den Stricken gezogen hat.«

»Meint Ihr nicht, dass der Wind etwas mit solchen Geschehnissen zu tun hat?«

»Darüber kann ich Euch nichts sagen. Zu diesem Zeitpunkt war ich bei der ehrwürdigen Mutter.«

»Was gilt nun? Habt Ihr nicht gesagt, als der Pater ihr die Letzte Ölung gab, atmete die Mutter schon nicht mehr? Wenn so etwas im Augenblick ihres Todes geschehen wäre, hätte es Euch in der Kapelle überrascht. Oder haben die Glocken vielleicht ihre Erregung zurückgehalten und so lange gewartet, bis Euer Gnaden bei der Verstorbenen war?«

»Ich will sagen, dass es in der Nacht damals war, als sich das sonderbare Läuten ereignete.«

»Das heißt, Eurer Darstellung zufolge könnte man argumentieren, dass es ein verspätetes Wunder war.«

»Womöglich war es nach Eurer Ansicht auch ein Zufall, dass die Tochter Arsenios, eines unserer Pächter, die schon beinahe zwei Jahre bettlägerig war, von ihrem Lager aufstand und jetzt so gesund ist, wie Ihr und ich es sein können, nachdem ihr Pater Rivadeneira lediglich das Kruzifix der ehrwürdigen Mutter auf die Brust gelegt hatte.«

»Wir bilden uns eine Meinung über das, was Ihr berichtet. Dieses letzte Ereignis, das wir zu gegebener Zeit prüfen werden, hat nichts mit der Geschichte von den Glocken zu tun.«

Abermals sprach nun Pater Juárez.

»Und warum war es dem Beichtvater der Gemeinschaft erlaubt, dieses Kruzifix einer Kranken aufzulegen, ohne dass er dazu ausdrückliche Anweisungen seiner Vorgesetzten hatte?«

»Wenn die Gefahr unmittelbar droht und man schon alles unternommen hat, ist es dann schlecht, alles Mögliche zu versuchen, um einen Christenmenschen zu retten?«

»Wir haben lediglich gehört, dass sie im Bett lag. Niemand hat hier erklärt, dass ihr Leben in Gefahr war. Und ein Geistlicher ist verpflichtet, so etwas mit seiner Obrigkeit zu beraten, und selbstverständlich muss er abwarten, bis das Seligsprechungsverfahren eröffnet ist. Doch all das werden wir zu gegebener Zeit mit der entsprechenden Persönlichkeit klären, und diese ist kein anderer als Pater Rivadeneira.«

Die Jesuiten blieben eine Woche in Sankt Benedikt, und sie arbeiteten methodisch und eifrig. Am dritten Tag riefen sie Pater Rivadeneira, der demütig und entgegenkommend vor ihnen erschien.

Der Tisch war diesmal mit einem roten Damasttuch bedeckt, das nach vorn über den Tischrand reichte. Auf dem Tisch stand das schwarze Kruzifix, und man sah auch die Nachschlagewerke und die pergamentartigen Papierblätter dort verstreut liegen, auf denen Pater Gallastegui die Erklärungen mitschrieb. Er setzte sich rechts hin, damit er so besser schreiben konnte. Den Mittelplatz nahm Pater Cosme Landero ein, und links kam Pater Orlando Juárez. Vor ihnen befand sich der Ordensbruder, auf einem kleinen Schemel, der den darauf Sitzenden zwang hochzublicken, wenn er sich an seine Vernehmer wandte.

»Sagt uns, Pater: In welchem Seminar habt Ihr Theologie studiert?«

»Zunächst habe ich in dem Haus studiert, das der Orden in Liébana hat, und dann habe ich mein Studium in Madrid beendet.«

Pater Landero trug die Hauptlast der Vernehmung.

»Was war die erste Berufung, nachdem Ihr Eure Vorbereitung abgeschlossen hattet?«

»Meine Vorgesetzten schickten mich in das Kolleg, das wir in Almendralejo haben, und nach einer fünfjährigen Ausbildung übernahm ich den Platz eines Koadjutors beim Pfarrer von San Martín de la Vega in Madrid. Dort blieb ich, bis man mich vor ungefähr fünf Jahren nach Sankt Benedikt geschickt hat.«

»Kanntet Ihr die Postulantin, die anscheinend unter so geheimnisvollen Umständen verschwunden ist?«

Orlando Juárez hatte diese Frage gestellt.

»Selbstverständlich, hochwürdiger Vater. Sie war eines meiner Schäflein, und außerdem hat sie mir wegen ihres widerspenstigen und sprunghaften Charakters immer mehr Sorgen als die anderen gemacht.«

»Erklärt Euch näher.«

»Gebt acht, Hochwürden. Als ich nach Sankt Benedikt kam, merkte ich sofort, dass die Priorin sie außergewöhnlich bevorzugte, was entweder an ihrer Herkunft lag, die ich nicht kannte, oder an ihrer Stellung. Auf diese Weise hat sie dazu beigetragen, dass ein Kind herangewachsen ist, dessen Charakter sehr schlecht zu dem der Übrigen passte.«

»Wie alt war sie damals ungefähr?«

»Mehr oder weniger dreizehn Jahre.«

»Habt Ihr die Priorin nicht vor diesen sonderbaren Erscheinungen gewarnt?«

»Tausendmal. Aber sie hat das Mädchen ganz ungewöhnlich begünstigt, ohne dass ich den Grund kannte.«

»Ihr gebt also zu verstehen, dass sich Mutter Teresa falsch verhalten hat?«

»Ich würde eher sagen, dass sie sich geirrt hat. Ich möchte es darauf zurückführen, dass sie damals schon sehr geschwächt war und dass sie selten in die Kirche kam, um meine Predigten zu hören. Wer die Hauptlast der Gemeinschaft zu tragen hatte, war Schwester Gabriela.«

»Und glaubt Ihr, die Reliquien einer Priorin, die sich geirrt und folglich ihre Verpflichtungen nicht erfüllt hat, könnten Wunder wirken?«

Wieder hatte Pater Landero gefragt.

Rivadeneira verhielt sich vorsichtig.

»Ich bin nicht der Richtige, um hierzu eine Meinung zu äußern. Manche Personen haben sich ein paar Fetzen der Kleidung besorgt, die ihr gehört hatten, und es heißt, dass sich daraufhin das eine oder andere außergewöhnliche Vorkommnis ereignet hat.«

»Aber Ihr habt das Kruzifix, das Mutter Teresa gehört hat, an Mutter Gabrielas Lippen gehalten, als sie eine ihrer Ekstasen hatte.«

»Die ehrwürdige Mutter hat es mir zu ihren Lebzeiten geschenkt, als sie schon sehr krank war, und in jener Bedrängnis ließ ich es Schwester Gabriela küssen, nicht deshalb, weil es der Mutter gehört hatte, sondern weil es das Kruzifix war, das ich gleich bei der Hand hatte.«

»Reden wir von zwei Problemen, die uns interessieren. Erstens von den angeblichen Wundern, die sich seit einiger Zeit in der Umgebung des Klosters ereignen und die den Gerüchten zufolge, die zu uns gelangt sind, der Vermittlung Mutter Teresas zugeschrieben werden. Offenbar habt Ihr das Kruzifix bei der Tochter eines gewissen Arsenio benutzt, der Pächter des Benediktinerklosters ist.«

»Ich sage noch einmal, es war und ist das Kruzifix, das ich immer bei mir habe. Ich habe es ihr lediglich an die Lippen gehalten, damit sie es küsste und in ihrer Bedrängnis daraus Kraft zog. Was danach geschah, entzieht sich meiner Verantwortung.«

»Von welcher Krankheit wurde sie heimgesucht?«

»Ich bin kein Arzt, und ich weiß nicht, welche Übel sie quälten. Als Einziges kann ich Euren Gnaden sagen, dass sie seit Jahren das Bett hüten musste und dass der Arzt, der sie immer behandelt hatte und der Euch folglich aufklären könnte, Doktor Gómez de León war. Das würde Euch allerdings sehr schwerfallen, denn ihn hat das Glaubensgericht festnehmen lassen, weil er auf dem Index stehende Bücher besaß.«

»Wer hat Euch gesagt, dass es aus diesem Grund war?«

»Neuigkeiten verbreiten sich in Windeseile. Vergesst nicht, der alte Doktor war viele Jahre lang der Arzt des Benediktinerklosters.«

»Ihr sagt, dass dieses junge Mädchen gesund wurde?«

Pater Juárez hatte diese Frage gestellt.

»Am Sonntag danach hat sie mit ihren Eltern die Messe besucht, und nach dem heiligen Abendmahl fiel sie vor dem Hauptaltar nieder und dankte Mutter Teresa für ihre Heilung.«

»Aus welchem Grund schreibt sie der Priorin das Wunder zu?«

»Bei allem Respekt, Hochwürden, ich glaube, dass *sie* auf diese Frage antworten muss.«

»Gut, wechseln wir das Thema. Sprecht jetzt von diesem sonderbaren Vorfall, der sich an dem Tag ereignete, als Ihr Catalina entdeckt habt, so hieß sie, glaube ich, wie sie von der Glockenturmspitze aus fliegen wollte.«

»Gebt acht, hochwürdige Väter, daran erinnere ich mich, als wäre es erst gestern gewesen. Ich habe die Gewohnheit, an manchen Nachmittagen auf die Turmspitze zu steigen, um mein Brevier zu lesen und die Nachmittagsgebete zu verrichten. Der Ausblick, den ich von dort habe, bringt mich unserem Herrgott näher und lässt mich seine Größe schauen. Nun denn, an einem Nachmittag, etwas früher oder später als fünf Uhr, lief ich dort hinauf, und wie groß war meine Überraschung, als ich ankam und Stimmen hörte, als unterhielten sich zwei Personen. Meine Vernunft sagte mir, dass so etwas unmöglich war, denn nur Schwester Gabriela und ich selbst, wir haben den Schlüssel für das Türchen in der Sakristei, wo die ungeheuer lange Treppe beginnt, die ganz nach oben führt. Vorsichtig sah ich hinaus, und ich entdeckte das Mädchen, das auf die Brüstung der kleinen Mauer am Glockenturm gestiegen war. Sie machte sich bereit, mit ausgestreckten Armen in die Tiefe zu springen.«

»Und die Stimmen, die Ihr gehört habt, wie es Euch schien … Habt Ihr etwas von dem verstanden, was sie sagten?«

»Zunächst nicht. Mir wurde nur klar, dass eine Stimme die des Mädchens war. Ich konnte sie eindeutig heraushören, und die andere war eine brüchige Männerstimme, die ihr offenbar etwas befahl.«

»Was ist dann geschehen?«

»Sie sagte ein Wort und versuchte, sich ins Leere zu stürzen.«

»Was für ein Wort?«

Rivadeneira bekreuzigte sich und machte einen deutlich erregten Eindruck.

»Sie hat den Bösen genannt.«

Die drei Jesuiten blickten einander an.

»Sprecht weiter. Was ist danach geschehen?«

»Ich habe mich auf sie gestürzt, ohne darüber nachzudenken, weil ich einen solchen Wahnsinn verhindern wollte, und als ich sie zurückhalten konnte, indem ich sie an ihrem Ordenskleid festhielt, drehte sie sich zu mir um und warf mir einen schrecklichen Blick zu, den ich in meinem Leben nicht vergessen werde. Sie wehrte sich zwar mit gewaltigen Kräften, doch ich rief den heiligen Namen Jesu an und konnte sie nach unten ziehen.«

»Wie viele Stufen hat die Treppe, die zum Glockenturm hinaufführt?«

Halb spöttisch und halb ungläubig stellte Pater Gallastegui diese Frage.

»Ich habe sie nicht gezählt, aber ich denke mir, mehr als dreihundert.«

»Und Ihr steigt sie hoch, um zu beten.«

»Das habe ich gesagt.«

Rivadeneira war leicht erblasst.

»Wie lange braucht Ihr, um hochzusteigen?«

»Ich habe mich nie damit abgegeben, auf meine Uhr zu schauen. Dieses Opfer bringe ich Gott dar.«

»Es würde mir zusagen, und ich wäre Euch zu größtem Dank verpflichtet, wenn Ihr morgen geruhen könntet, mir die schöne Aussicht von dort oben zu zeigen, die Euch so sehr gefällt.«

»Wenn Ihr es wünscht …«

»Gehen wir zu einem neuen Kapitel über. Als Ihr hinabgestiegen wart, habt Ihr da Schwester Gabriela nicht den sonderbaren Vorfall erklärt?«

»Selbstverständlich, Hochwürden, und wir haben sogleich entschieden, unseren unmittelbaren Vorgesetzten zu berichten. Doch bevor eine konkrete Maßnahme ergriffen wurde, ist das Mädchen verschwunden.«

»Erklärt, was Ihr von der Flucht haltet.«

Nun wiederholte Rivadeneira haargenau, was Schwester Gabriela gesagt hatte, was so wortwörtlich geschah, dass gerade dies den Jesuiten auffiel.

»Und Ihr habt die Antwort auf den Brief, der Doktor Carrasco geschickt wurde?«

»Ich denke mir, dass die ehrwürdige Mutter sie hat.«

»Gut, lassen wir das für den Augenblick und sprechen wir jetzt über die Texte, die Ihr bei einigen Predigten benutzt habt.«

Der Ordensbruder schwitzte in Strömen.

»Wir sind unterrichtet, dass Ihr für Eure Novizinnen und Postulantinnen Namen benutzt, die ... sagen wir ... unpassend sind.«

»Verzeiht, hochwürdige Väter. Ich glaube, dass ich meine Nonnen nach so vielen Jahren kenne. Ein Kloster ist keine öffentliche Pfarrgemeinde. Meine weiblichen Pfarrkinder sind immer dieselben. Es ist gut, ein Klima des uneingeschränkten Vertrauens zu schaffen, damit sie keine Bedenken haben, mir bei der Beichte ihre Seelen zu öffnen, und es ist gut, dass sie mich als ihren Vater ansehen.«

»Ich fürchte, dass manche Beinamen nicht für die Kanzel geeignet sind: ›Zedern des Libanon‹, ›Rosen von Alexandrien‹, ›weiße Tauben‹ und so weiter.«

Rivadeneira hatte ein hochrotes Gesicht.

»Alle Namen, die ich für meine Pfarrkinder verwende, erscheinen in der Heiligen Schrift.«

»Ihr wisst ganz genau, dass man schlichten Seelen nicht alles aus der Heiligen Schrift offenbaren darf.«

»Ich offenbare nichts. Ich benutze lediglich Ausdrücke, die in Salomos *Hohelied* vorkommen.«

»Das heißt offenbaren. Was werdet Ihr sagen, wenn Euch ein weibliches Pfarrkind nach dem Grund für solche Begriffe fragt?«

»Vielleicht war das unklug von mir. Seht darin nur das Verlangen, ihr Vertrauen stärker zu gewinnen und sie auf mich aufmerksam zu machen, wenn ich mich an sie wende. Viele von ihnen sind jung und wenig geneigt, sich zu konzentrieren. Auf diese Weise gelingt es mir, dass sie in der Kirche gespannter zuhören.«

»Kennt Ihr die Lehren der Sekte der Illuminaten oder Erleuchteten?«

»Ich habe von ihnen gehört, aber ich weiß nicht, welche Standpunkte sie möglicherweise einnehmen.«

»Man hat uns gesagt, dass Ihr beim Abendmahl manchmal jeder Nonne mehrere heilige Hostien gegeben habt.«

»Man hat Euch die Wahrheit gesagt. Wir hatten im Kloster mehrmals unter frevelhaften Diebstählen zu leiden, und man hat die heilige Hermandad benachrichtigt. Denkt nicht, dass sie unverzüglich erscheint. Das hier ist nicht Madrid oder Valladolid, wo der Büttel und die Häscher herbeieilen, wenn ein in Bedrängnis geratener Pfarrer nach ihnen ruft. Die heilige Hermandad erscheint nach ein paar Tagen, und ich, wenn ich etwas befürchtet habe, nachdem so etwas geschehen war, wollte den Leib Christi vorsorglich nicht im Tabernakel lassen, und ich hielt es für günstiger, dass die Schwestern mehr als einmal das heilige Abendmahl empfingen, um ein größeres Übel zu vermeiden. Immer wenn so etwas getan wurde, geschah es aus gutem Grund. Niemals unberechtigt! Bedenkt, dass man an so einsamen und abgelegenen Orten wie dem Kloster Entscheidungen treffen muss, die in einer Stadt sonderbar und unbesonnen wirken könnten.«

Nun griff Gallastegui ein.

»Sicher wisst Ihr genau, dass Ihr unter Eid aussagt …«

»Selbstverständlich, Hochwürden, das vergesse ich nie.«

»Also gut, fassen wir zusammen …«, erklärte Landero. »Was ist Eure persönliche Meinung über Catalina? Denn Ihr seid ja derjenige, der sie am besten kannte.«

»Es tut mir in der Seele weh, wenn ich sagen muss, was ich nun offenbare, aber zweifellos musste sie irgendwann in ihrem Leben einen Pakt mit dem Bösen schließen, und dieser hat sich ihres Geistes bemächtigt, der schon an sich widerspenstig und zu Dreistigkeiten geneigt war, die ihr das Klosterleben verbot, und für ihre Seele gab er ihr übernatürliche Kräfte, die sie benutzt hat, um aus Sankt Benedikt zu verschwinden. Ich glaube, wir haben es mit einem Fall von Hexerei zu tun, über den man *in absentia* urteilen muss.«

»Sehr gut, Pater. Man wird Euch zu einem bestimmten Zeitpunkt rufen, damit Ihr diese Meinung vor der geeigneten Persönlichkeit bestätigt. Jetzt könnt Ihr Euch zurückziehen.«

Martina, die Postulantin, die glaubte, sie hätte ein Wunder erlebt, sagte als Nächste aus. Ihr Zeugnis bestätigte vollständig, was Schwester Gabriela erklärt hatte. Ihr Pathos und ihr Verlangen, einem übernatürlichen Vorgang beigewohnt zu haben, blieben den erfahrenen Jesuiten nicht verborgen.

Als die gottesfürchtigen Männer ihre Vernehmungen aller ihnen geeignet erscheinenden Nonnen, Novizinnen und Postulantinnen beendet hatten, machten sie mit den Dienerinnen und Reklusen weiter.

Am Abend des sechsten Tages kam Casilda an die Reihe. Vorsichtig, aber entschieden betrat sie den Saal. Sie hatte sich niemals in einer ähnlichen Lage befunden, doch sie war eine starke Frau und wenig geneigt, sich einschüchtern zu lassen, und sie hatte sich sehr genau zurechtgelegt, was sie sagen und was sie verschweigen musste. Die Stimmung wirkte feierlich, doch etwas in ihrem tiefsten Innern sagte ihr, dass die Autorität dieser drei Männer über die der Priorin und des Ordensbruders hinausging. Als sie zum Schemel kam, wartete sie ruhig, dass man ihr angab, was sie tun sollte.

Pater Cosme Landero ergriff das Wort.

»Tretet näher.«

Casilda ging zu dem mit einem Damasttuch bedeckten Tisch.

»Legt Eure rechte Hand auf das Evangelium.«

Die Frau tat es.

»Schwört, dass Ihr die vollständige Wahrheit sagen werdet und dass in Eurer Seele kein Vorbehalt zurückbleibt, damit wir alles erfahren, was uns bei unseren Bemühungen helfen kann, das Wahre vom Falschen zu sondern.«

»Ich schwöre.«

»Wenn Ihr Euch so verhaltet, möge Euch der Herr belohnen, und anderenfalls soll er Rechenschaft von Euch verlangen. Setzt Euch. Sagt Euren Namen und vergesst nicht, dass das, was Ihr hier sagt, in diesem Raum bleiben muss.«

»Casilda Peribáñez, stets zu Diensten.«

»Welche Stellung habt Ihr in Sankt Benedikt?«

»Ich bin als Rekluse eingetreten und heute Magd.«

»Erklärt diesen Wechsel.«

»Nun ja, Pater, ich bin hergekommen, um mit fünfzehn Jahren ein Kind zu bekommen, und nachdem ich meine Tochter zur Adoption freigegeben hatte, hat man mich holen lassen, um den Sohn einer adligen Familie zu stillen. Seine Mutter konnte es nicht tun, und das war mein Glück.«

»Welche Familie ist das?«

»Die Rojos e Hinojosas. Ihr Herrenhaus liegt in Quintanar del Castillo.«

»Wie viel Zeit ist seit damals vergangen?«

»Ungefähr siebzehn Jahre.«

»Kanntet Ihr die Anwärterin, die, so scheint es, die Erde verschluckt hat?«

»Selbstverständlich, Hochwürden, im Grunde seit ihrer Geburt, obwohl ich sie viereinhalb Jahre nicht gesehen hatte.«

»Erklärt das näher.«

»Gebt acht. Sie kam an einem solchen Tag wie heute ins Kloster, und ich bin eine Woche nach ihrer Ankunft zu den Rojos gegangen. Als ich zurückkam, war das Mädchen schon beinahe fünf Jahre alt.«

»Wisst Ihr, wie das Mädchen nach Sankt Benedikt gekommen ist?«

»Wie Ihr gewiss versteht, haben uns nur Bruchstücke der Gespräche erreicht, die die Nonnen miteinander führten. Was zu mir gelangt ist, war, dass ein vermummter Herr sie vor die Klostertore gelegt hat, zusammen mit einem Brief, in dem ihre Herkunft erklärt wurde. Außerdem hat die Priorin sie persönlich in ihre Obhut genommen, ich denke mir, weil das Kind einem hohen Stand angehörte. Mehr kann ich darüber nicht sagen.«

»Aber Ihr habt sie gut gekannt. Wie war sie im persönlichen Umgang?«

»Ich kann Euch versichern, dass sie eine gute Christin war, die Gott fürchtete und sein heiliges Gesetz befolgte.«

»Ist Euch bekannt, dass man ihrer Nachlässigkeit die Schuld am Tod der Priorin gegeben hat?«

»Das habe ich gehört.«

»Und was meint Ihr dazu?«

»Ich habe Catalina genau gekannt. Sie war ein dankbares Mädchen. Sie erledigte verantwortungsvoll ihre Aufgaben, und sie hatte eine wohlbegründete Zuneigung zur ehrwürdigen Mutter. Nein, ich glaube nicht, dass sie mit einem solch traurigen Ereignis etwas zu tun hatte.«

»Meint Ihr, dass sie vielleicht vom Teufel besessen war?«

»Überhaupt nicht. Wenn Besessenheit darin besteht, einen widerspenstigen Geist und eine unruhige Seele zu haben, dann ist so etwas möglich. Sonst ganz und gar nicht.«

»Was meint Ihr über dieses mögliche geheimnisvolle Verschwinden, das sich niemand erklären kann?«

Bei dieser Frage verhielt sich Casilda vorsichtig.

»Ich begreife nicht, wie so etwas geschehen konnte, und ich verstehe auch nicht, wie man nachts aus dem Kloster, vom Korridor der Postulantinnen, fliehen kann, ohne dass jemand etwas merkt, aber es besteht ein himmelweiter Unterschied zwischen so etwas und der Möglichkeit, dass es bei der Sache etwas Übernatürliches gibt.«

»Und auf welchen Umstand führt Ihr die Flucht zurück?«

»Ich denke mir, dass sich ihr unbezwinglicher Geist nicht mit der Schuld abgefunden hat, die man ihr aufbürden wollte, und wenn sie etwas mit dem traurigen Ende Mutter Teresas zu tun hatte, so dies: dass man ihre Hand und ihre Gutgläubigkeit für die Absichten anderer Personen benutzt hat.«

Der Jesuit machte eine lange Pause.

»Was wollt Ihr damit andeuten?«

»Ich will gar nichts, Hochwürden. Denkt daran: Obwohl ich eine arme, ungebildete Frau bin, bin ich dreiunddreißig Jahre alt und habe vieles erlebt, was mich vor der Heuchelei und dem Ehrgeiz des Menschen gewarnt hat, wovor weder Geistliche noch Nonnen bewahrt sind.«

Pater Juárez blickte sie voller Sympathie an.

»Ihr habt wahrhaftig Mut. Habt Ihr keine Angst, solche Meinungen zu äußern?«

»Größere Angst habe ich vor der Verdammnis meiner Seele.«

»Es ist gut, Casilda Peribáñez. Fürchtet nichts. Bewahrt Schweigen über das, was hier gesagt wurde. Falls es notwendig sein sollte, wird man Euch noch einmal rufen.«

Die zwei Personen, die anschließend aussagten, waren Antón Cifuentes und Fuencisla. Der Erste tat es am Abend des Tages vor der Abreise der Jesuiten, und er stellte sich der Herausforderung mit der mutigen und barschen Haltung eines Mannes, der als Soldat in einem spanischen Regiment gedient und als solcher viel gefährlichere und schwierigere Lagen bewältigt hatte.

Zeremonie und Inszenierung waren die gleichen wie immer, mit dem Unterschied, dass ihn nichts beeindruckte. Als er bereits den Eid geleistet und seinen Namen und seine Stellung genannt hatte, begannen die Fragen.

»Antón Cifuentes, Ihr sagt, jetzt geschehen Dinge, die früher nicht geschehen sind? Was für Dinge meint Ihr, und was meint Ihr mit ›früher‹?«

»Mit ›früher‹ meine ich: zu Lebzeiten Mutter Teresas … Und wenn ich von ›Dingen‹ rede, was soll ich Euch dazu sagen, in diesen Mauern gibt es mehr Interessenkämpfe, als man sie am Hof führt, um sich beim König durchzusetzen, und man bemüht sich ehrgeiziger darum, den Kommandostab in der Hand zu halten, als dass man Lust zu Gebeten und Buße hätte.«

»Ihr glaubt, dass manche Haltungen innerhalb des Klosters von etwas anderem als der Tugend und der Verteidigung des Glaubens inspiriert werden?«

»Ich glaube, dass der Teufel heimlicher Lüsternheit umgeht und dass Luzifer ein ehrgeiziger Lehrling bei der einen oder anderen Nonne war.«

»Äußert Euch konkreter.«

»Das kann ich nicht. Ihr habt mich gefragt, und ich antworte Euch. Und ich kann nur von meinen Eindrücken reden … Aber dieser Ordensbruder kommt mir halbherziger vor als der Pater, der mit meinem Regiment in Mecheln einzog. Geht, geht und fragt die vielen Vögelchen des Herrn, die hinter den Mauern von Sankt Benedikt wohnen.«

»Wenn Ihr Euch nicht klarer äußert, nützen Euch die Doppeldeutigkeiten und Beschönigungen nichts. Werdet bitte konkret.«

»Ich bedauere, Hochwürden. Antón Cifuentes singt nicht. Meine Ehre erlaubt mir so etwas nicht, und gestattet mir, sie zu bewahren, denn mir bleibt wenig mehr. Aber fragt eine gewisse Fuencisla. Vielleicht sagt sie Euch etwas über das, worauf ich Euch hinweise.«

Mehr ließ sich nicht aus ihm herausbringen.

Angst peinigte Fuencislas Geist. Sie dachte daran, dass die Jesuiten fortgehen würden und dass sie im Kloster unter der Fuchtel der Priorin und des Ordensbruders zurückbleiben müsste, und sie fürchtete zwar den Mönch, doch sie empfand ihm gegenüber eine sonderbare Hassliebe. Außerdem hatte er ihr in letzter Zeit einige Hoffnung in Bezug auf ihre kleine Tochter gemacht. Ihr Schwung erlahmte, und sie sagte nichts, obwohl die Jesuiten sie bedrängten.

In den folgenden Tagen besuchten die Jesuiten benachbarte Güter. Sie kamen zu dem Schluss, dass es hier mehr um das Verlangen, eine eigene Heilige zu besitzen, als um Ereignisse ging, die auf Wunder zurückzuführen wären. Schließlich konnte die angebliche Heilung der Tochter eines Bauern zutreffen, sich aber auch einer Person zuschreiben lassen, die unter Halluzinationen litt. Andererseits war Pater Landero zusammen mit Rivadeneira auf den Glockenturm hinaufgestiegen, und als er sah, wie dieser erschöpft schnaufte, teilte er seinen Gefährten mit, dass der dicke Mönch nach seinem Dafürhalten nicht häufig so hoch stieg und dass es äußerst sonderbar wirkte, wenn er gerade und unabsichtlich an jenem Tag und genau im richtigen Augenblick hinaufgeklettert wäre, um die angeblich vom Teufel Besessene zu retten.

Jedenfalls reisten die Patres am Tag darauf ab. Sie hatten recht klare Vorstellungen über die Ereignisse gewonnen, die hinter den Mauern von Sankt Benedikt geschehen waren.

Zigeuner und Akrobaten

Nie vergessen sollte Catalina die Tage, die sie im Lager am Ufer des Sequillo verbrachte. Es fiel ihr schwer, all die Abenteuer für wahr zu halten, die ihr in diesen Tagen zustießen. Es erwies sich als eine glückliche Entscheidung, dass sie ihr Schicksal mit dem dieser guten Leute verbunden hatte. Niemand, überhaupt niemand, würde in dem unwahrscheinlichen Fall, dass man sie verfolgte, annehmen, dass sie mit Zigeunern zusammen war, die als fahrende Schauspieler arbeiteten, und dass sie in einem von deren Wagen saß, der über die Wege fuhr.

Dazu kam noch der Vorteil, dass sie sich je nach den Umständen als Mann, als Frau oder als Schauspielerin kleiden konnte, was es ihren Verfolgern noch schwerer machte, die gewiss nach einer Nonne oder einem Pagen suchen würden.

Ihre Bewunderung für diese großartigen Leute wuchs immer weiter, je mehr Zeit sie mit ihnen verbrachte und je mehr sie von ihrer praktischen Lebensphilosophie entdeckte.

Als sie am Morgen aufstand, erkannte nicht einmal sie selbst Afrodita wieder. Deren kastanienbraunes Haar war nun glänzend schwarz, doch als sie das Tier streicheln wollte, hielt man sie zurück und wies sie darauf hin, sie dürfe es nicht tun, bis der von ihnen benutzte, aus Gräsern bestehende Farbstoff getrocknet sei. Sogar die Sattelwunden waren verschwunden.

Während dieser zwei Wochen konnte sie alle Familienmitglieder der Ayamontes gut kennenlernen und gewöhnte sich allmählich an diese besondere Lebensform, die ihrer wissbegierigen und abenteuerlustigen Wesensart in jeder Minute besser gefiel.

In den Wagen wohnten zwei Familien. Der von Florencio, dem Mann Tarsicias, und seinem Sohn Manuel war der größere Wagen, und dort hatte man Catalina eine Ecke frei gemacht. Der kleinere Wagen war der von Tomé, dem Bruder Florencios. Er lebte dort mit seiner Frau Magdalena und seinen beiden Kindern: der älteren Violeta und dem jüngeren Curro.

Catalina lernte schnell, und wenn sie etwas nicht sofort begriff, half ihr einer von ihnen, es zu durchschauen. Auf der Stelle kam sie gut mit den jungen Leuten aus. Manuel war ein Bursche in ihrem Alter, mit einem messerscharfen Verstand und mehr als dunkelbrauner Haut, gewandt und kräftig wie eine Eiche, so dass er sich erstaunlich schnell bewegte. Violeta war eine dunkle, sommersprossige Schönheit, die ständig lachte oder sang – und Curro, was sollte man über Curro sagen, am dritten Tag war er schon ihr Freund. Was Florencios Bruder Tomé betraf, so benahmen sich er und seine Frau Magdalena vom ersten Augenblick an herzlich und offen. Aber Tarsicias hoher moralischer Rang, ihre große Lebenskenntnis und ihre Erfahrung eröffneten dem sehnsüchtigen Herzen Catalinas die Welt der Frauen, denn diese war ihr verschlossen geblieben, seitdem Casilda aus ihrem Leben verschwunden war, und das ging so weit, dass sie der Geschichte, die sie am ersten Tag erzählt hatte, Teile ihres wirklichen Lebens hinzufügte, und so kam es, dass die Zigeunerin aus ihrem Mund jede einzelne Episode und Begebenheit erfuhr, die ihr Leben geprägt hatten.

Die Tage, die sie am Fluss verbrachten, boten eine Fülle neuer Erlebnisse, und logischerweise beeindruckten manche sie mehr als andere. Morgens bereiteten die Frauen das Frühstück an einem Lagerfeuer vor, dessen Glut sie niemals löschten; wenn es nämlich nicht regnete, spielte sich ihr ganzes Leben im Freien ab. Meistens brieten sie einen Fisch von denen, die ihnen in das Netz gingen, das sie jede Nacht an einer ruhigen Stelle im Fluss auswarfen. Danach zogen die beiden älteren Männer und Manuel mit den Schleifgeräten los, um die Felder zu besuchen, wo die Bauern von früh bis spät arbeiteten und die Hirten ihre Herden weideten. Dort erhielten die Sicheln, die Scheren oder jedes krumme Messer oder auch Böttcherbeil, die es nötig hatten, eine Schneide, die ein Haar in der Luft spalten konnte.

Mittags kamen sie zurück, und nach dem Mittagessen und der heiligen Siesta probierten sie ihre Tricks und Seiltänzerkunststücke aus.

Eine Sache, die Catalinas größte Bewunderung erregte, war, dass sie sah, wie Violeta ihren Rücken an ein Brett lehnte, das an einem Baum stand, und wie Florencio und Tomé abwechselnd Messer warfen, bis sie vollständig von ihnen eingerahmt war, so dass man die Umrisse ihres Körpers auf dem Holz erkennen konnte, wenn sich das Mädchen von dem Brett entfernte.

Am zweiten Tag nach der Siesta forderte Florencio sie heraus.

»Wäret Ihr imstande, Euch an den Baum zu stellen?«

Catalina gab nicht einmal eine Antwort, sondern machte ein paar Schritte und stellte sich genau in die Lücke, die Violeta hinterlassen hatte.

»Ihr seid wagemutig, weiß Gott!«

»Das tue ich unter einer Bedingung.«

»Welche?«

»Dass Ihr mir beibringt, die Messer zu werfen.«

»Wenn das nach Eurem Geschmack ist, einverstanden. Aber Ihr sollt noch viele andere Dinge lernen, die Euch irgendwann in Eurem Leben nützen werden, wenn Ihr uns einmal verlassen habt.«

Nach diesen Worten und ohne abzuwarten, dass sich das Mädchen bereit machte, nahm Florencio ein Messer, das neben ihm auf einem Tisch lag, und mit einer schnellen Bewegung des Handgelenks warf er es neben Catalinas Hals. Es blieb vibrierend im Brett stecken.

Die Tage vergingen, und alle und jeder einzelne brachten Catalina etwas Neues, so viel, dass sie in der Abenddämmerung erschöpft auf ihren Strohsack fiel und so fest schlief, wie sie es schon lange nicht mehr gewohnt war.

Ein Vorteil dieser schwindelerregenden Lehrzeit war, dass ihr keine Zeit blieb, um nachzudenken, und so erhielt sich die Erinnerung an Diego zwar ständig weiter, aber sie verwischte sich in der Nebelwolke der täglichen Verrichtungen und peinigte sie weniger, wobei sie natürlich wusste, dass jede Minute sie ihm näher brachte.

Die Übung mit den Messern wurde zu einer zwanghaften Beschäftigung. Florencio beaufsichtigte sie dabei und verlangte bei jeder Probe mehr von ihr, und sie steigerte sich so weit, dass sie jeden Tag rund hundert Messer warf und dass sie sich beide Hände verletzte, denn sie praktizierte mit beiden.

»Nein, so erreicht Ihr nicht die Genauigkeit, die diese Übung verlangt! Bevor Ihr werft, müsst Ihr tief durchatmen. Stellt Euch vor, dass Ihr einen anderen Werfer vor Euch habt. Es ist gut, schnell zu werfen, aber noch wichtiger ist, zielsicher zu sein. Wer wirft und danebentrifft, hat keine zweite Gelegenheit. Eile ist eine schlechte Ratgeberin. Schnell zu sein bedeutet nicht, leichtsinnig zu sein.«

Eines Tages stellte sie sich nach dem Mittagessen ans Brett, nachdem sie mehr als zwei Wochen lang Übungen hinter sich hatte, damit Florencio und Tomé ihren Körper mit den Messern nachzeichneten. Da hörte sie, wie Florencio zu seinem Sohn sagte:

»Manuel, stell dich ans Brett. Ich will sehen, wie viel Mut diese Dame hat. – Wenn Euer Gnaden so liebenswürdig ist, möchte ich gern prüfen, welche Fortschritte Ihr nach so vielen Lektionen erreicht habt.«

Catalina glaubte zuerst, sie hätte sich verhört. Die Zigeuner stellten alle Tätigkeiten ein, und alle Geräusche verstummten. Alle blickten zu der Stelle, wo die drei standen. Catalina löste sich vom Brett und ging zu Florencio, während alle erwartungsvoll schwiegen. Manuel stellte sich ans Brett, ohne seinem Vater zu widersprechen.

»Bedenkt, wie sehr ich Euch vertraue. Es wäre sehr leicht gewesen, dass ich an seine Stelle trete, aber das hätte nichts mit Vertrauen zu tun. Dort steht mein Sohn. Überlegt, dass es schwieriger ist, sich an die Stelle des Werfers als an die desjenigen zu versetzen, der am Brett steht. Ihr werdet es sehr gut machen. Da, nehmt.«

Als der Zigeuner dies sagte, hielt er Catalina ein Messer hin, damit sie es am Ende der Klinge anfasste.

Keiner atmete. Tomé wollte etwas bemerken, doch sein Bruder hielt ihn mit einer Geste zurück. Am ruhigsten war Manuel. Er blickte die Gruppe mit einem angedeuteten Lächeln an, als beträfe ihn das überhaupt nicht. Catalina stellte sich in Position. Florencio schien sie mit seinen schwarzen und pfiffigen Äuglein zu durchbohren. Sie atmete tief durch, warf den Arm nach hinten, und die Zeit blieb stehen. Gleich so vielen anderen Malen flog das Messer aus ihrer Hand, durchstieß die Luft wie ein silberner Blitz und rammte sich neben den Haaren des Jungen ins Holz. Da begann sie zu zittern, und als alle Beifall klatschten, bekam sie Lust zu weinen.

Die erste Vorstellung war in Medina de Río Seco. Sie waren einen Tag zuvor am Morgen angekommen. Sie hatten die Erlaubnis des Büttels eingeholt, den Florencio gut kannte und von dem er wusste, dass er für klingende Münzen nicht unempfänglich war. Dieser wies ihnen einen freien Platz zu, auf dem gewöhnlich der Viehmarkt stattfand, und dort stellten sie ihr Zelt auf.

Sobald sie angekommen waren und die Tiere ausgespannt hatten, stellten sie die Wagen nebeneinander und legten Keile unter die Räder. Zwischen den Wagen ließen sie einen Abstand von etwa sechs oder sieben Ellen, und zwischen beide setzten sie dann vier Querbalken ein, die in symmetrische Löcher an beiden Gefährten eingepasst wurden … Als die Balken fest saßen, stellte man Böcke genau unter ihre Mitte, damit sie ebenso wie Brückenpfeiler wirkten und verhinderten, dass sich die Balken durchbogen. Dann bedeckte man sie mit einer Holzplattform, die unterwegs zerlegt und mit Stricken an den Wagendächern befestigt war. Auf diese Weise entstand eine feste Fläche zwischen den beiden Wagen, deren Boden man mit einem schwarzen Tuch bedeckte, das von einer Leiste hing. Es war mit gebogenen Nägeln an den Kutschböcken angebracht, reichte von einer Seite zur anderen und diente als Prospekt. Auf diese Weise war die Bühne im Raum zwischen den beiden Wagen fertiggestellt, wobei man die Wagentüren benutzte, um die Wagen zu betreten oder zu verlassen, so dass die Kostümwechsel für die jeweiligen Auftritte ohne Unterbrechung der Aufführung erfolgen konnten.

Bei diesen Arbeiten war selbstverständlich die ganze Kinderschar des Ortes in der Nähe. Die Kleinen boten sich an, Handreichungen zu übernehmen, die es ihnen erlaubten, nahe bei den Wagen zu sein und die Bewegungen der Schauspieler zu verfolgen, die die Vorführung vorbereiteten. Manuel, Curro, Violeta und Catalina kündigten sie am Morgen überall lautstark an, damit die Einwohner, die schon wussten, dass die Komödianten eingetroffen waren, erfuhren, um welche Zeit die Vorführung beginnen sollte.

Um halb vier hatte sich der Platz bereits gefüllt. Die Leute brachten Hocker, Schemel, alte Stühle und sogar Kissen und Tischtücher von zu Hause mit. Diese breiteten sie auf dem Boden aus, so dass sich drei oder vier Leute daraufsetzen konnten, und lange vor der vorgesehenen Anfangszeit war eine gut gefüllte Vorstellung gesichert.

Die Aufführung begann. Zuerst trat Tomé auf, begrüßte das verehrte Publikum mit seiner mächtigen Stimme und bat um Verzeihung für die Fehler, die sie vielleicht begehen könnten. Dann zog er sich in seinen Wagen zurück, und Florencio kam aus seinem heraus. Er war nach Art der alten Troubadoure gekleidet, stellte ein Pult aufs Podium und breitete bunte Bildtafeln aus, während er die traurige Geschichte von der schönen Hermesinda erklärte. Diese war von mehreren Schurken entführt worden, als sie nach Santiago pilgerte. Sie konnte fliehen, doch ihr Vater, Graf Don Julián, verstieß sie, weil er glaubte, dass sie keine Jungfrau mehr sei. Dann trat das Mädchen in ein Dominikanerinnenkloster ein, starb im Geruch der Heiligkeit und wirkte nach ihrem Dahinscheiden große Wunder. Als sich Florencio zurückzog, kamen Violeta und Manuel aus ihren Wagen und erschienen auf der Bühne. Sie waren nach Art der Damen und Herren vom Hofe kostümiert. Beide ließen sich auf ein lustiges Streitgespräch über die Vorteile ein, wenn man als Mann oder Frau geboren wurde. Während sich das Publikum laut amüsierte, kam Chula, die kleine Hündin, heraus. Sie zog Violeta am Rock und brachte sie zum Wagen. Sie nahm ihren Platz ein und antwortete auf Manuels wohlüberlegte Fragen mit einem oder zweimaligem Bellen, was einem »Ja« oder einem »Nein« entsprechen sollte, damit der Streit ein heiteres Ende fand. Als Abschluss dieses Teils sorgte Manuel dafür, dass Chula eine Reihe von Übungen ausführte, die der gewandteste Seiltänzer nicht besser dargeboten hätte. Während dieser Einlage gingen die vier jungen Leute durch das Publikum. Sie hatten ein paar Säckchen dabei und sammelten die Spenden ein, die die Dorfbewohner gern hineinsteckten, dazu die Bezahlungen in Naturalien, die sie hinzufügen wollten; bei dieser Gelegenheit nahm Curro ein Huhn entgegen.

Der zweite Teil begann mit Jongleurkunststücken, an denen sich die beiden Brüder und ihre Söhne beteiligten. Sie trugen verschiedenfarbige Kamisole und Westen, dazu enge Beinkleider, die sie nicht daran hinderten, die akrobatischen Übungen auszuführen. Diese endeten mit einer Menschenpyramide, deren letzte Etage aus dem kleinen Curro bestand. Dann kam die Glanznummer; dabei trat Catalina in Jungenkleidung als menschliche Zielscheibe auf. Sie stellte sich mit ausgestreckten Armen und gespreizten Beinen ans Brett. Florencio zeichnete mit Messerwürfen ihre Umrisse nach. Diese Übung bewirkte, dass das Publikum den Atem anhielt.

Zum Abschluss kam die ganze Gruppe auf die Bühne. Diesmal waren alle wie Andalusier gekleidet. Hinten am Vorhang stellten sich die alten Zigeuner auf, die Männer mit Gitarren, Tarsicia und Magdalena hatten Holzschälchen mit einem Band am Mittelfinger befestigt. Mit solch notdürftigen Instrumenten inszenierten sie einen Tanz. Zuerst tanzten Manuel, Violeta und Curro, doch hierauf gesellten sich ihnen nacheinander die vier Musikanten hinzu, und nun tanzten sie und spielten weiter ihre Instrumente. Rhythmus und Fröhlichkeit des Tanzfestes steigerten sich dermaßen, dass es alle Anwesenden ansteckte und sie schließlich zu diesen Klängen mitten auf dem Platz tanzten.

Die Vorstellung endete um sechs Uhr abends. Der Platz leerte sich, und alle machten sich auf den Heimweg, außer den Kindern, die weiter beobachteten, was die Komödianten taten. Da entdeckte Catalina etwas, was ihre größte Aufmerksamkeit erregte. Eine Frauengruppe und der eine oder andere junge Mann blieben bei den Wagen stehen, und Florencio ließ sie nacheinander hinein. Manuel, der zusammen mit Tomé und Curro begonnen hatte, das Zelt auseinanderzunehmen, achtete auf alles, was geschah, und als ihm sein Vater hin und wieder einen fragenden Blick zuwarf, machte er ihm heimlich ein Zeichen, das Catalina als »Es gibt nichts Neues« deutete.

Um neun Uhr war alles fertig. Die Tiere waren an ihre Wagen angespannt, und Afrodita wurde ans Ende des letzten angebunden. Sie fuhren aus dem Dorf fort, um einen abgelegenen Übernachtungsplatz zu suchen. Die Nacht war hell, und der Himmel sah aus wie ein riesiges blaues Samttuch, das ein Goldschmied mit einer Handvoll glänzender Edelsteine bestreut hätte, um sie einem mächtigen Herrn zu zeigen. Catalina und Manuel fuhren auf dem Kutschbock des zweiten Wagens, während die beiden Brüder auf dem ersten saßen. Die restliche Truppe befand sich im Innern der Wagen. Violeta und Curro schliefen in dem einen, während sich die beiden Schwägerinnen im anderen unterhielten und die Ereignisse des Tages besprachen.

Catalina lehnte sich an ihren Sitz. Sie betrachtete die Dämmerung und grübelte über tausend Vermutungen nach. Sie glaubte nicht, dass der Marquis von Torres Claras sie wegen des Maultierdiebstahls anzeigen würde, und das war schließlich das Einzige, was er ihr vorwerfen konnte, denn sie nahm nicht an, dass er überhaupt nachgeprüft hatte, ob in den Truhen der Bodenkammer etwas fehlte. Etwas anderes war es, dass man sie als undankbar und herzlos bezeichnen könnte. Trotz alledem war es unwahrscheinlich, dass die Gefahr von dieser Seite drohte. Was ihre Flucht aus dem Benediktinerkloster betraf, so stellte sie selbstverständlich im Verborgenen weiterhin ein Problem dar. Ein Beweis dafür war, dass sie zu den Angelegenheiten gehört hatte, die der Ordensbruder und die Priorin mit Señor de Cárdenas behandelt hatten.

Plötzlich fiel ihr etwas ein.

»Manuel, sagt mir, warum Ihr Wache haltet, wenn Euer Vater die Leute in den Wagen eintreten lässt, in dem sich Eure Mutter befindet.«

»Meine Mutter sagt die Zukunft voraus, und außerdem verkauft sie Liebestränke an die heiratslustigen Mädchen und Heilmittel für viele Übel. Aber so etwas ist hier und da ein Grund zu Verfolgungen, obwohl man keinem schadet. Und an manchen Orten und bei gewissen Bütteln darf ich auch nicht vorspielen, dass mich Chula versteht und mir mit Gebell antwortet, denn es ist verboten, dass ein Tier Dinge wie die Menschen tut.«

»Warum?«

»Das sind Sachen des obersten Inquisitionsgerichts.«

»Und … Ihr sagt, Eure Mutter kann erreichen, dass ein Mensch einen anderen liebt?«

»Wenn man ihr die Mittel gibt, die sie braucht, damit so etwas geschieht, kann sie es erreichen.«

»Selbst wenn die andere Person weit weg ist?«

»Es gibt viele Formeln. Der Trank wirkt auf unterschiedliche Weise.«

»Aber, mal sehen … Ist das ein Getränk? Wer soll es trinken, der Verliebte oder die Person, der man Liebe einflößen will?«

»Manchmal ist es ein Trank und manchmal das Bild des Betreffenden zusammen mit etwas, was ihm gehört hat. Ich habe Euch ja schon gesagt, dass nur sie diese Dinge weiß. Aber was ich Euch wirklich garantieren kann, ist, dass es wirkt.«

Catalina zeigte ungewöhnliches Interesse.

»Sagt mir doch, was sie braucht, damit sie …«

»Redet mit ihr, zum Donnerwetter! Ich kann Euch nichts sagen.«

Das Mädchen war verstummt, als es sah, dass Manuel ihre Zweifel wirklich nicht aufklären wollte. Da merkte sie, dass der vordere Wagen seine Maultiere langsamer laufen ließ und an den Wegrand heranfuhr. Manuel tat das Gleiche, indem er die Zügel anzog und pfiff. Plötzlich fuhr der vordere Wagen über den Straßenrand und bog in einen Pfad ein. Dieser führte durch einen Wald, in dem die silberne Rinde der Birken glänzte. Die Baumwipfel waren so dicht, dass sie das Himmelsgewölbe verbargen und Catalina nur hin und wieder einen Stern durchs Laubwerk blinken sehen konnte. Sie kamen langsamer voran. Die Wagenräder sanken in die feuchte Erde ein und zwangen die Tiere zu einer zusätzlichen Kraftanstrengung. Der eigentümliche Geruch des feuchten Erdbodens und das unverwechselbare Plätschern des Wassers kündigten dem Mädchen an, dass die pfiffigen Zigeuner, die diese abgelegenen Gegenden so gut kannten, das Ufer eines weiteren Flüsschens, das sich in den Sequillo ergoss, als Lagerplatz ausgesucht hatten. Kurz darauf wurde der Wald lichter, und sie kamen zu einer Stelle, von der aus man das sich schlängelnde silberne Wasser deutlich wahrnehmen konnte. Dort hielten sie die Wagen an.

Diego in Madrid

Diegos Leben hatte sich grundlegend verändert. Die hektische Hauptstadt hatte ihn vereinnahmt, und alles, was er entdeckte, erstaunte ihn immer stärker. Die Tage vergingen schwindelerregend schnell, und er hatte kaum Zeit gefunden, sich etwas Neues anzueignen, da verdrängte schon eine weitere Neuigkeit die vorherige.

Morgens ging er ins Pagenhaus. Dabei begleitete ihn Lorenzo, der Schutzbefohlene, der den Platz einnahm, von dem er stets geglaubt hatte, dass er Alonso zukommen sollte, und den ihm sein verworrenes Gefühl vorenthalten hatte. Dort kamen die Söhne der Vornehmen aus der Hauptstadt zusammen. Zu ihnen gehörten der aus Übersee eingetroffene Sohn eines Vizekönigs und zwei Brüder, die Neffen des Präsidenten des Italienrats, sowie weitere, wie er selbst, die aus den Provinzen angereist waren. Es gab vielfältige Unterrichtsstunden, und alle waren auf die Ausbildung der zukünftigen Edelleute ausgerichtet, die im Lauf der Zeit privilegierte Stellungen beim König einnehmen würden. Dazu gehörten die Hofetikette, die verschiedenen Speisen, die Jagden, Ringelstechen und Tänze, aber auch das Waffenhandwerk und die guten Umgangsformen und Sitten, die sich vor allem auf die Behandlung bezogen, die man den unterschiedlichen Rängen und Stufen der Persönlichkeiten schuldete – all das wurde behandelt und erlernt. Die Zahl der Schüler schwankte je nach ihren Vorlieben und dem Hauptinteresse ihrer mächtigen Väter, und aus dem gleichen Grund unterschieden sich die Gruppen nach der Zahl und Zusammensetzung der Studenten.

Ein einziges Problem ärgerte Diego, und das war die lästige Anwesenheit eines törichten und leichtfertigen jungen Witzbolds, der den normalen Fortgang jeder Tätigkeit störte und die gute Arbeit der Gruppe beeinträchtigte. Wie alle war der Betreffende der Sohn eines Vornehmen, und er erschien stets in Begleitung eines ruhigen und schüchternen Jungen, der unfehlbar über die unsinnigen Streiche des anderen lachte. Die ganze Gruppe hatte mehr als einmal unter den Folgen dieser Streiche zu leiden, da der Übeltäter nicht die Verantwortung für seine Dummheiten übernahm. Er hieß Cristóbal López-Dóriga, und sein Gefährte war der Sohn eines bescheidenen Provinzedelmanns. Er hieß Álvaro de Rojo y de Fontes.

Die Unterrichtsstunden dauerten morgens von acht bis zwölf, und sie setzten sich nach einem einfachen Essen bis vier Uhr nachmittags fort. Danach besuchte Diego die Akademie von Don Luis Narváez in der Calle de la Paz, um seine Fechtkunst zu vervollkommnen.

Gegen sechs Uhr ging er dann zusammen mit Lorenzo zu den Stufen von San Felipe, der wirklichen Neuigkeitenbörse von Madrid, um die Hofnachrichten zu lesen und bei den sich bildenden Plaudergruppen herumzulaufen. Jeder helle Kopf konnte, wenn er die Ohren spitzte, alles Wichtige erfahren, was sich in der Hauptstadt der Welt ereignete, denn das war Madrid damals, und es kam auf die einzelnen Cliquen, Runden oder Gruppen an, denen man sich näherte, wenn man etwas über den Erfolg oder das Scheitern der letzten Uraufführung im Theaterhof Corral del Príncipe, über die Entwicklung des Krieges in Flandern oder über die Liebesabenteuer und Skandale irgendeiner Hofdame erfahren wollte.

Etwas anderes, was Diego faszinierte, war die Möglichkeit, Persönlichkeiten aus der Nähe zu sehen, die ihm in Benavente völlig unwirklich erschienen waren. So etwa konnte er sich in den folgenden Monaten den Großen der Literatur nähern: An einem Tag war es Lope, an einem anderen Calderón, ein paar Schritte weiter begegnete er dem Maler und königlichen Palastmarschall Diego de Silva y Velázquez, und bei einer für ihn äußerst glücklichen Gelegenheit konnte er eine literarische Polemik zwischen Don Luis de Argote y Góngora und Don Francisco de Quevedo y Villegas, der von ihm am meisten bewunderten Persönlichkeit, miterleben, dessen – teilweise von seinem offensichtlichen Hinken verursachte – üble Launen wie dessen Brille und Fechtkunst legendär waren.

Sonnabends und sonntags erfüllte er seine Christenpflicht und ging zur heiligen Messe, beinahe immer im Kloster der Fleischwerdung Christi, das in der gleichnamigen Straße lag. Mit seinem Pagen und Freund Lorenzo ritt er dann zur Promenade der Calle Mayor oder des Buen Retiro, wo die Kutschen und aufgezäumten Gespanne an Luxus und Pracht wetteiferten. Nachmittags besuchten sie, wenn sich eine Gelegenheit dazu bot, den Theaterhof Corral del Príncipe oder den Corral de la Cruz, den »Spielhof zum Kreuz«, um eine der Komödien der zeitgenössischen Dramatiker anzusehen, die die Schauspieltruppe aufführte, die in diesem Jahr vom Rat der Spitäler und Armenhäuser engagiert worden war, um Mittel für den Unterhalt ihrer frommen Stiftungen einzunehmen.

Als sich Diego zum ersten Mal eine Komödie ansehen konnte, geschah dies unter merkwürdigen Umständen. Es war angekündigt, dass María de Córdoba auftreten werde, eine weitberühmte Schauspielerin, die *Die kluge Närrin* des großen Lope darstellen sollte. Doch Don Juan de Tasis, der Graf von Villamediana, empfand Hass gegen sie, und sein Einfluss am Hofe war, wie es hieß, nur zu gut bekannt, weil ihm die Königin ihre Zuneigung bewies. Deshalb konnte er erreichen, dass diese Komödiantin durch María Riquelme, die Ehefrau des Theaterdirektors Manuel Vallejo, ersetzt wurde.

Diego und Lorenzo waren früh genug eingetroffen, und da sie keine Eintrittskarten mehr kaufen mussten, denn sie hatten sie schon am Morgen abgeholt, vertrieben sie sich die Zeit, indem sie die Leute beobachteten, die in Kutschen, zu Pferd oder zu Fuß zum Theaterhof kamen. Die Damen stiegen mühsam aus den Wagen, weil sie von ihren prächtigen Reifröcken behindert wurden, die es ihnen beinahe unmöglich machten, schmale Türen zu durchschreiten. Die Mäntel, Degen und Federhüte störten ebenfalls den Eintritt ins Theater, so dass sich die Leute gegenseitig im Weg standen und die Verwünschungen und die »Zum Donnerwetter!« von jedem zu hören waren. Nach und nach nahmen alle ihre Plätze ein, und Diego begriff allmählich, warum sich die Leute für diese Art von Vorstellungen so leidenschaftlich begeisterten, und das nicht nur wegen der Komödie selbst, sondern auch wegen der aufsehenerregenden und bezaubernden Inszenierung des Ereignisses.

Durch die Tunnel, die die umgebenden Häuserblocks unterquerten, gelangte man zu einem Rechteck, das der eigentliche Theaterhof war. Er umfasste sowohl den Bühnenraum als auch den Zuschauerbereich, und man konnte sagen, dass ihn die gemeinsamen Innenhöfe der Häuser bildeten. Die beiden längeren Seiten waren von den Gebäuden begrenzt, in deren ersten Stockwerken sich die Räume mit Balkonen befanden, die als bevorzugte Logen dienten und für die am höchsten gestellten Personen bestimmt waren. Selbst die königliche Loge öffnete sich im oberen Stock des »Hauses der Gerber«, und danach folgten die Räume, die dem Adel und den geistlichen Orden zukamen und zu denen man durch die Haupteingänge der jeweiligen Häuser gelangte. Der Preis der zum Verkauf angebotenen Logen belief sich auf zwölf Reales, doch die Zahl der Personen, die dort unterkommen würden, war lediglich von ihrem guten Willen begrenzt, mehr oder weniger eng zusammengepfercht zu sein. Im zweiten Stock dieser Häuser gab es eine Reihe von Zimmern, deren Fenster ebenfalls zum Rechteck hinausgingen. Sie wurden an Personen einer anderen Gesellschaftsklasse vermietet, die auch sehr vermögend, allerdings von geringerer Herkunft waren. An den Enden dieses Quadrats wurde auf der einen Seite die Bühne eingerichtet. Sie befand sich auf einem Gerüst und lehnte sich an das Haus, das die vom aufzuführenden Stück benötigten Auftritte und Abgänge ermöglichte, wo die Schauspieler von ihren Garderoben kommen oder zu ihnen gehen konnten, um sich umzuziehen, wie es das Stück verlangte. Auf der anderen Seite befand sich das Frauenparadies. Unter diesem Zwischengeschoss lag ein bedeckter Raum, in dem sich die Honigweinverkäufer einfanden, die ihre Kunden mit Getränken und anderen Erfrischungen versorgten. Zwischen dieser niedrigen Loge und der Bühne wurde das eigentliche Parkett eingerichtet. Es bestand aus dem Hof der »Musketiere«, wie man das einfache Theaterpublikum nannte. Dort standen dicht gedrängt alle Männer aus dem gewöhnlichen Volk, Soldaten, Händler, Kaufleute, Raufbolde, Taschendiebe, Messerstecher, Beutelschneider und andere Freunde fremden Eigentums. Diesen Hof trennte die Rücklehne der letzten Sitzreihe von den aus sieben Bänken bestehenden Sperrsitzen ab. Dort kostete jeder Platz zehn Maravedís.

Diego und sein Freund genossen die eiskalten Erfrischungsgetränke, die ein gewisser Pablo de Charquías am Hof eingeführt hatte, denn er hatte die berühmten Eiskeller erfunden. Der Erste entschied sich für Honigwein mit Zimt und geschmolzenem Schnee und der Zweite für eine Schokolade. Sie nahmen ihre Plätze auf der letzten der sieben Bänke ein, deren Rücklehne gerade die Trennlinie bildete, hinter der sich die Menge, der wahre Richter aller Uraufführungen am Hofe, unruhig hin und her bewegte.

Nachdem man vorschriftsmäßig gewartet hatte, bis die königliche Loge besetzt war, begann die Vorstellung. Zuerst erschien eine Gruppe von Tänzern, die das verehrte Publikum mit ihren Volkstänzen aufmunterten. Das Publikum geriet in Stimmung, es äußerte sich laut und lustig. Nach dem Ende ihres Auftritts zogen sich die Tänzer zurück, und es erschien ein Individuum, das ankündigte, die erkrankte Komödiantin María de Córdoba sei durch die Riquelme ersetzt worden. Nun begann ein gewaltiger Krawall, der noch zunahm, als die »Musketiere« erkannten, dass der verkleidete und geschminkte Schauspieler, der soeben den Austausch der Schauspielerinnen angekündigt hatte, kein anderer als der Ehemann der Letztgenannten war, den die Stimme des Volkes als wissentlichen Hahnrei bezeichnete. Und nun waren alle Dämme gebrochen.

Diego wurde sich bewusst, was eine Menschenmasse bedeutete, und er begriff, dass hier die echte Autorität nicht dem gekrönten Haupt zukam, das unerschütterlich dem Schauspiel beiwohnte, sondern jener erregten, stürmischen und buntscheckigen Menge, die empört zur Königsloge hinaufsah, weil sich neben der Königin der Graf von Villamediana befand, über den viele Geschichten verbreitet wurden und den man nachdrücklich und glaubwürdig als Schuldigen an dieser Freveltat bezeichnete. Man begann, Essensreste auf die Bühne zu werfen. Die Schmährufe nahmen zu. Stiefel trampelten so laut auf den Dielenboden, dass es wie ein im Sturm brüllendes Meer klang. Der Tumult vergrößerte sich ständig. Der Schauspieler hatte sich von den Brettern zurückgezogen, und durch das »Tor der Schmiede« drangen zwei Büttel an der Spitze von sechzehn Häschern unter dem Befehl eines Oberpolizeibeamten ein, der mit den Rufen »Im Namen des Königs!« und »Im Namen des Gerichts!« versuchte, diesen Hexensabbat zu beenden.

Die Menge bedrängte Diego und Lorenzo an den Seiten, die Parkettbänke ließen ihnen vorn keinen Raum, und die Rücklehne blockierte sie hinten, so dass ihnen kein Ausweg blieb. In manchen Händen tauchten nun Degen und andere Waffen auf. Die Königsloge hatte sich geleert, und nur der eine oder andere neugierige Kopf sah hervor. Offenbar hatte man im Frauenparadies einen Haufen kleiner Mäuse losgelassen … und nun ging es dort mit den Schreien los, und die Frauen versuchten, auf die Bänke zu steigen. Die Wachen hatten nach den vorgeschriebenen Zurufen schon damit begonnen, die Ordnung auf praktische und rigorose Weise wiederherzustellen, indem sie mit den Holzschäften ihrer Hellebarden zuschlugen, während diejenigen Hiebe mit der flachen Klinge abbekamen, die nicht den Weg freigaben oder zufällig am nächsten standen.

Als sich der Tumult allmählich beruhigte und die Büttel die größten Unruhestifter abführten, glätteten sich die Wogen. Mitten auf dem Hof der »Musketiere« wurde ein Posten aufgestellt, um mögliche Handgemenge zu verhindern, und die Vorstellung konnte beginnen, ohne dass die königliche Loge wieder besetzt wurde.

Als Diego am Abend heimkehrte, fand er auf dem Tisch seines Kabinetts einen Brief seines Vaters. Darin unterrichtete er ihn ausführlich über die Flucht Alonsos und die sonderbare Mitteilung, die er hinterlassen habe. Als er fertig gelesen hatte und die Epistel noch in der Hand hielt, ließ er seine Gedanken schweifen und wurde sich bewusst, dass er jede Nacht seit seiner Abreise unfehlbar und ungewollt an die faszinierende Gestalt des Jungen gedacht hatte und dass ihn ein verworrenes Gefühl überwältigte, selbst wenn er sich weigerte, das zuzugeben.

Die Beute wird umzingelt

Fleitas hielt sich in Toledo auf. Er war gekommen, um zwei Hauptaufgaben zu erfüllen. Die erste bestand in einer Unterredung mit dem Hidalgo, den das oberste Glaubensgericht als Adelsprüfer für die Untersuchungen ernannt hatte, die im Fall von Don Martín de Rojo e Hinojosa durchgeführt werden mussten, um seinen Eintritt in den Montesa-Ritterorden zu befürworten oder abzulehnen. Die zweite Aufgabe bestand darin, Marcelo Lacalle, den Kurier des Heiligen Offiziums, zu besuchen, der jetzt dort wohnte, um seine Frau, die frühere Kammerfrau von Doña Beatriz de Fontes, über die Geschehnisse in der Nacht zu befragen, als das letzte Kind von Doña Beatriz geboren wurde.

Die Uhr am Zocodover-Platz schlug neun, als Don Sebastián unter den Arkaden des Platzes lief, um sich einem feinen und doch hartnäckigen Regen zu entziehen, der jeden, der nicht achtgab, durchnässte.

Er war schon beinahe um die Ecke der alten Straße des Judenviertels gebogen, die an der früheren Synagoge del Tránsito entlangführte, als ihn sein scharfer Instinkt warnte, dass ihm schnelle Schritte folgten. Seine Unterredung war für halb zehn angesetzt, und nichts konnte ihm weniger passen, als dass er zu spät zu einem Treffen kam.

Das Haus von Don Nuño Bastos lag an der alten Mauer, und man gelangte dorthin, nachdem man durch die Calle de los Arcos gelaufen war, die Santo-Tomé-Kirche und die Werkstatt für damaszierte Bijouterie hinter sich gelassen hatte. Von dort aus erblickte man den gesamten Bogen des Flusses, doch um zum Ziel zu gelangen, musste man ein dunkles und baumreiches Gebiet durchqueren, das sich gut für einen Hinterhalt eignete.

Fleitas vermummte sich mit seinem Mantel, lief schneller und lauschte aufmerksam, um zu erkennen, ob die Schritte, die hinter ihm erklangen, ebenfalls schneller wurden. Seine erfahrenen Ohren nahmen wahr, dass ihn zwei Leute verfolgten, und er machte sich bereit, die kommenden Ereignisse abzuwarten. Doch der Abstand blieb immer der gleiche, und die Kerle schienen es nicht eilig zu haben. Ein Licht, das an der Schwelle einer Gittertür neben einer Mauer stand, kündigte ihm an, dass das Haus, das er erreichen wollte, schon nahe war. Auf einmal tauchten aus dem Nieselregen die Umrisse eines massiven Steinhauses auf. An dessen Eingang befand sich ein Wappenschild, der von einem kleinen Schutzdach aus Schiefer überdeckt war. In dem Augenblick, als er das Wäldchen verlassen wollte, um den schwachen Lichtkreis der Lampe zu betreten, tauchte ein Kerl aus den Schatten hervor, der sich ihm in den Weg stellte.

»Wohin wollt Ihr so eilig, Sire?«

Das Aussehen des Kerls verriet sein Wesen. Alle Alarmsignale des Portugiesen meldeten sich, und sein verschlagener Geist prüfte die Lage und fasste zugleich einen Entschluss. Die Schritte hatten sich beschleunigt, und er deckte seinen Rücken, indem er sich an den Stamm eines dicht belaubten Baums lehnte, und gleichzeitig zog er langsam seinen Mantel aus und ließ ihn hinter seine rechte Schulter fallen.

Zu dem Ersten waren weitere zwei hinzugekommen, und die drei konnten nicht gerade mit den drei Grazien wetteifern: die vulgären Gesichter mit dem Aussehen, das der Wein den Anbetern des Bacchus verleiht, die fadenscheinige und von Wind und Wetter zerfressene Kleidung, all das ließ dieses Trio wie eine Gruppe von Wölfen wirken. Der Wortführer war offenbar derjenige, der ihn angesprochen hatte, und die beiden hinter ihm stellten sich an die zwei Seiten. Fleitas wusste, dass das Gehirn der Gruppe vor ihm stand, und wenn man das Gehirn lahmlegte, würde der ganze Körper leblos zurückbleiben.

»Geht mir aus dem Weg, beim Allmächtigen, wenn Ihr nicht mit Seilers Töchterlein tanzen wollt oder dass ich Euch das Lebenslicht ausblase, Ihr Haufen Schlitzohren!«

Als der Anführer das Gesicht des Portugiesen erblickte und feststellte, dass er Handschuhe ohne Fingerspitzen trug, eine bei hervorragenden Fechtern allgemein verbreitete Gewohnheit, schien er zu zögern, doch sogleich fasste er sich wieder.

»Ihr habt zu viel, und uns fehlt es an fast allem. Es ist gerecht, dass wir teilen.«

Bei diesen Worten näherten sich die drei Kerle drohend, ohne allerdings schon nach dem Degen zu greifen.

Viele Gedanken meldeten sich nun ungestüm in Fleitas' Geist: zunächst einmal, dass es kein guter Moment zum Sterben war, dann, dass ihm diese Räuberbande nicht den Beutel leeren würde, und drittens, dass er noch keine Gelegenheit gehabt hatte, die Erfindung von Meister Pérez zu erproben, und dass dies eine glänzende Möglichkeit sein könnte.

Da griff der am nächsten Stehende zu seinem Degen. Dies war sein Verderben. Er hatte noch nicht blankgezogen, als die Klinge des Portugiesen schon seine Gurgel durchbohrt hatte. Er stolperte, und sein Gesicht zeigte eine eher erstaunte als ängstliche Miene. Er ließ den Griff seiner Waffe los, die nicht aus der Scheide gelangt war, und mit beiden Händen hielt er sich die Kehle fest, weil er versuchte, das aus der riesigen Schnittwunde sprudelnde Blut einzudämmen, während er laut flehte: »Mein Gott! Kommt her zu mir! Ich will beichten!« Nachdem er sich ein paarmal um sich selbst gedreht hatte, fiel er zu Boden. Die anderen beiden, als hätten sie gesehen, wie der leibhaftige Zauberer Merlin ihren Kumpan umbrachte, näherten sich ihm unschlüssig und zögernd.

Fleitas nutzte ihre Unsicherheit, um zetermordio zu schreien.

»He, ist da jemand? Her zu mir, ihr guten Leute, das ist ein Überfall!«, rief er mit kraftvoller Stimme, die das Regenplätschern übertönte, die Nacht durchdrang und an der Steinmauer abprallte.

Die Gauner zögerten. Hinter dem Gitter tauchten bellend zwei Hofhunde auf. Schwankende Lichtbogen durchbohrten den dunklen Regen und kündigten an, dass Leute aus dem Haus auf Fleitas' Ruf herbeieilten. Plötzlich machten sich die beiden Schurken aus dem Staub, als hätten sie sich abgesprochen. Schon öffnete sich das Gitter, und die Hunde sprangen heraus und verfolgten die Verbrecher, als wüssten sie, welche Fremden sie angreifen mussten. Während die Lichtträger zu Fleitas gelangten, steckte er seine Klinge wieder in die Scheide, und nach einem leichten Druck auf das Degenkreuz kehrte sie in ihren ursprünglichen Zustand zurück. Der Regen hatte nachgelassen. Zwei Diener liefen den Hunden hinterher und riefen sie zurück, während sich der dritte um den Portugiesen kümmerte.

»Was ist Euch geschehen, Señor?«, erkundigte er sich, wobei er ihm mit der Laterne ins Gesicht leuchtete.

»Mich haben drei Schufte überfallen, als ich Don Nuño Bastos aufsuchen wollte. Ich war mit ihm um halb zehn verabredet. Ich bin Familiar des Heiligen Offiziums.«

»Haben sie Euch verletzt?«

»Überhaupt nicht … Mir blieb nichts anderes übrig, als mich zu verteidigen. Ich fürchte sehr, dass dieser Mann durch meine Schuld heute nicht gerade im Himmel bei unserem Herrgott weilt.«

Der Portugiese bekreuzigte sich, und mit einer Geste zeigte er auf die Gestalt, die ein paar Ellen weiter auf dem Boden lag.

Der Diener schwenkte die Laterne so, dass der Lichtbogen den zu Boden Gestürzten traf und sogleich die riesige Schnittwunde zeigte, durch die dem Unglücklichen das Leben entflohen war.

»Die Heilige Jungfrau steh mir bei!« Bei diesen Worten kniete er neben dem Mann nieder, um zu sehen, ob er noch atmete. »Er ist mausetot. Man muss die Streifwache benachrichtigen. Aber tretet ein, Señor. Meine Gefährten und ich selbst, wir werden uns mit diesem Missgeschick beschäftigen«, setzte der Diener hinzu, als er sich aufrichtete und sich die Knieleder seiner Beinkleider abschüttelte, um die feuchte Erde abzuklopfen, die an ihnen kleben geblieben war.

In diesem Augenblick kehrten die beiden, die die Verbrecher verfolgt hatten, mit den zusammengekoppelten Hunden zurück.

Die Gruppe ging nach drinnen. Die Rufe und Schreie hatten Señor de Bastos in die Eingangshalle gelockt und auch dafür gesorgt, dass mehr Lichter angezündet wurden.

»Don Sebastián Fleitas, zweifellos«, begrüßte ihn der Gastgeber, während er auf die Gruppe zuging, die durch den Garten kam.

»Gewiss. Als Einziges bedauere ich, dass ich verspätet eintreffe.«

Der Diener, der die Laterne trug, schilderte seinem Herrn bereits den

Vorfall, der sich vor wenigen Augenblicken unmittelbar an der Haustür ereignet hatte.

»Tretet ein, Don Sebastián, und verzeiht den Empfang, den Euch Toledo bereitet. Ich hoffe nur, dass Ihr nicht verletzt seid. Die Hand Gottes hat uns verlassen! Bedenkt bloß, in welchen Zeiten wir leben müssen!« Dann drehte er sich zu dem Diener um: »Schickt jemanden, um den Oberrichter zu benachrichtigen. Er soll einen Büttel kommen lassen! Früher ereigneten sich solche Sachen auf den Wegen. Jetzt ist die Unordnung so groß, dass man selbst in der Nähe der Stadt nicht mehr sicher ist. Aber kommt weiter, Don Sebastián, bleibt nicht stehen. Unverzüglich wird man Euch zum Bad begleiten, damit Ihr Euch herrichten könnt. Danach möchte ich Euch in meinem Kabinett empfangen.«

Der Portugiese dankte für die Aufmerksamkeiten des Hidalgos, und nachdem er sich im Bad gesäubert hatte, begleitete man ihn zu Señor de Bastos, der sich immer noch wegen der Dinge aufregte, die an seiner Haustür geschehen waren. Beide setzten sich in Sessel und nahmen ein Likörglas in die Hand. Die größten Schätze in diesem Raum waren die Bücher.

»Glücklich der Mensch, der seine Zeit damit verbringen kann, den Geist zu bilden. Ihr wisst nicht, wie sehr ich Euch beneide. Ich armer Kerl muss ständig hin und her eilen, weil ich den einen oder anderen Auftrag habe, den mir das Glaubensgericht überträgt.«

»Ein jeder von uns muss unterschiedliche Wege gehen. Wir alle bemühen uns, dort zu dienen, wofür sich unsere Fähigkeiten am besten eignen. Aber sagt mir, Don Sebastián: Wie ist es zu dem Zwischenfall gekommen?«

»Das war nicht so bedeutsam. Man hat es Euch ja gesagt. Als ich zu Eurem Haus kam, merkte ich, dass man mich verfolgte, und als ich das Wäldchen schon hinter mir ließ, ist mir der entgegengetreten, der offenbar der Obergauner der Bande war. Sie haben versucht, mich zu überfallen, aber ich hatte mehr Glück als er, und ich habe ihn daran gehindert, weiterhin in dieser Welt zu sündigen. Möge ihn Satanas in die Unterwelt aufgenommen haben!«

»Da seht Ihr, wie vorteilhaft es ist, ein Mann der Tat zu sein. Wäre mir das zugestoßen, so würde man um diese Zeit schon meine Totenfeier begehen.«

»Lassen wir diese bedauerliche Episode beiseite. Habt Ihr das Empfehlungsschreiben erhalten, das Euch Seine Exzellenz, der Hochwürdigste Doktor Carrasco, geschickt hat?«

»Gewiss. Es liegt auf meinem Tisch. Sprechen wir darüber, wenn Ihr einverstanden seid.«

»Nun denn: Es hat Hochwürden interessiert, dass Ihr zum Adelsprüfer in dem Verfahren ernannt wurdet, mit dem man jeden Zweifel in Bezug auf die möglichen Verdienste oder Makel eines Hidalgos klären will, über den ich Euch unterrichten werde, damit Ihr erfahrt, womit Ihr vielleicht zu tun bekommt.«

»Ich stehe Eurer Exzellenz ganz zur Verfügung. Ich höre.«

Der Portugiese machte es sich in seinem Sessel bequem, während der Gastgeber sein Glas füllte, das er auf den Tisch zwischen ihnen beiden gestellt hatte.

»Nun, so gebt acht. Don Martín de Rojo e Hinojosa, ein Hidalgo aus dem Kleinadel, der in Quintanar del Castillo wohnt, hat sich mithilfe von mächtigen Gönnern um die Ehre beworben, in einen der wichtigsten Ritterorden des Königreichs einzutreten, ganz gleich, ob es um den Sankt-Jakobs-Orden, den von Calatrava, Alcántara oder Montesa geht. Doktor Carrasco weiß genau, dass Rojo eine Persönlichkeit von geringem Wert ist, denn er kennt ihn gut, und das seit vielen Jahren, weil er zum Rat der Protektoren des Benediktinerklosters gehört, deren geistlichen Vorsitz Hochwürden innehat, und ihm ist klar, dass das einzige Ziel, das dieser Hidalgo mit einer solchen Ernennung verfolgt, darin besteht, sich den vielen Gläubigern zu entziehen, die die verpfändeten Güter von ihm gerichtlich einfordern. Außerdem muss ich Euch sagen, dass er ein halbherziger Christ ist und dass er sich gegen die Ausweisung von Ketzern und Juden geäußert hat, die unser guter Herrscher Philipp III. ausgeführt hat, weil dieser Hidalgo meinte, eine solche Maßnahme widerspreche seinen Interessen. All das lässt uns vermuten, dass mehr dahintersteckt und dass es, wie Hochwürden annimmt, bei seinen Vorfahren einen Schandfleck gibt, mag es sich nun um einen Morisken, Neuchristen oder etwas Ähnliches handeln. Bevor sich die Prüfer der einzelnen Orden ans Werk machen und eine solche Unehre entdecken, ist es also selbstverständlich unsere Aufgabe zu verhindern, dass so etwas geschieht, und wir müssen mit allen Mitteln erschweren, dass er sich mit seinem Anspruch durchsetzt, weil wir damit dem Wohl der Kirche dienen und diese hochberühmten Orden vor einer widernatürlichen Verseuchung bewahren, die solche verderblichen Leute mit dem einzigen Ziel anstreben, nach oben zu kommen.«

»Seid unbesorgt. Ich werde meinen ganzen Eifer in den Dienst der mir übertragenen Aufgabe stellen, damit so etwas nicht geschieht.«

»Ihr sprecht ganz zu Recht von einer ›Euch übertragenen Aufgabe‹. Und Ihr wisst nicht, wie viele Mühen dieser Auftrag gekostet hat, denn einflussreiche Gönner wollten am Hof erreichen, dass jemand diesen Auftrag ausführt, der dafür eintritt, dass dieser Rojo erreicht, was er mit so viel Eigennutz beansprucht. Nun also, Euer zukünftiger Kollege ist Don Francisco de Úbeda, und daraus könnt Ihr schon schließen, dass er den Interessen des Mannes entgegenkommt, der dieses Unternehmen begünstigt.«

»Darf ich wissen, wer ein solch ungewöhnliches Unternehmen begünstigt?«

»Vielleicht ist es besser, dass Ihr es nicht erfahrt.«

»Wenn ich mich auf das Vertrauen des Herrn Bischofs verlassen kann, hält mich nichts zurück.«

»Also, wenn es Euch lieber ist … Ich möchte Euch sagen, dass es sich um Don Jerónimo de Villanueva handelt.«

Zwischen den beiden Männern trat ein spannungsvolles Schweigen ein.

»Ihr zögert?«

»Überhaupt nicht. Aber ich muss zugeben, dass es zweckmäßig ist, höchst behutsam zu Werke zu gehen und dafür zu sorgen, dass die einzelnen Schritte maßvoll und klein sind.«

»Nun, wenn Ihr nichts einzuwenden habt … Es bleibt noch eine einzige Sache, die ich Euch sagen muss.«

Bastos blickte ihn fragend an.

»Ihr werdet mir alle Neuigkeiten berichten, die Ihr erfahrt. Hierfür könnt Ihr Euch eines uneingeschränkt vertrauenswürdigen Kuriers bedienen, der hier in der Stadt lebt.«

»Wie heißt er?«

»Marcelo Lacalle. Er wohnt in der Calle del Claustro, neben dem Kloster der Benediktinerinnen. Das ist Euer Mann.«

»Habt nicht den geringsten Zweifel, dass Ihr genau über alle Fortschritte unterrichtet werdet, die ich bei einer solch problematischen Angelegenheit erreiche.«

»Wenn Ihr nicht mehr hinzufügen wollt, kehre ich nun zu meinem Wirtshaus zurück. Ich muss in Toledo noch Verschiedenes erledigen, und spätestens morgen möchte ich nach Valladolid aufbrechen.«

Bei diesen Worten stand der Portugiese schon von seinem Sessel auf, nahm Mantel und Koppel vom Garderobenständer und machte sich zum Gehen bereit.

»Wenn ich Euer Gnaden nicht beleidige, begleiten Euch meine Diener mit Lichtern wenigstens so lange, bis Ihr über das Wäldchen hinaus seid. Ich fühle mich teilweise dafür verantwortlich, dass das Missgeschick, das Euch zugestoßen ist, Euch gerade auf dem Weg zu meinem Haus ereilt hat.«

»Einverstanden, wenn Ihr auf diese Weise etwas beruhigt seid.«

Beide verließen das Kabinett. Bastos rief zwei Diener zu sich und wies sie an, Fackeln zu nehmen und dem Portugiesen den Weg zu erleuchten.

Als der Familiar des Heiligen Offiziums an der Stelle vorbeikam, wo der arme Sünder zu Boden gestürzt war, erblickte er eine dunkle Blutlache, die als stummer Zeuge des Zwischenfalls zurückgeblieben war.

Um zehn Uhr morgens am nächsten Tag befand sich Don Sebastián Fleitas de Andrade in der gepflegten Wohnung des Kuriers und seiner Frau. Im bescheidenen Esszimmer des Paares wippte er leicht in einem Schaukelstuhl, während er einen hausgemachten Erdbeerlikör genoss, den ihm Leonor eingeschenkt hatte. Der Raum war weiß angestrichen und roch sauber. Die Möbel waren aus bescheidenem Kiefernholz. Ein ungefähr einjähriges Kind schlief in einem Binsenkorb, und ein zweites, drei- oder vierjähriges Kind störte seine Mutter, indem es sie um Erlaubnis fragte, zum Spielen in den kleinen Garten hinauszudürfen. Unter dem Rauchabzug dampfte ein Kupferkessel. Das Ehepaar stand in aufmerksamer und ehrerbietiger Haltung vor dem Portugiesen.

»Strengt Euer Gedächtnis an, Leonor, denn jede Einzelheit, die Ihr vielleicht für unwichtig haltet, kann von grundlegender Bedeutung sein.«

Die Stimme des Portugiesen klang liebenswürdig und versöhnlich, aber Marcelo war nervös. Er wusste schon längst, wie sich das Heilige Offizium verhielt, und obwohl ihm Fleitas, als er ankam, versichert hatte, dass er keinen Grund habe, irgendwelche Befürchtungen zu hegen, kannte er ganz genau die Vorgehensweise der Familiaren des Ketzergerichts, und ihm blieb nicht verborgen, dass er lediglich ein gut zu benutzendes Werkzeug war, denn Fleitas' besondere Arbeit und sein abweisender Charakter bewirkten, dass er keine Freunde hatte und dass ihn niemals ein edles Gefühl davon abbrachte, seine Ziele schließlich durchzusetzen.

»Ich versuche, mich an etwas zu erinnern. Aber Ihr müsst bedenken, dass siebzehn Jahre vergangen sind und dass mir viele kleine Einzelheiten entfallen sind.«

»Das wollen wir sehen. Gehen wir die Geschichte noch einmal durch. Woran man sich beim ersten Mal nicht erinnert, das taucht oft beim zweiten Mal aus der Finsternis hervor, wie wenn man eine Laterne im Dunkel anzündet. Versteht Ihr? Wie alt wart Ihr, als Ihr in den Dienst von Doña Beatriz de Fontes eingetreten seid?«

»Lasst mich nachdenken. Ich war im Dorf, und die Familie meines Bruders sorgte für mich, denn meinen Vater habe ich nicht kennengelernt, und meine Mutter war gestorben. Da ließ mich eine Tante rufen. Sie arbeitete als Köchin bei Don Martín de Rojo. Ich sollte als Küchenhilfe in den Dienst dieser Familie eintreten, ohne Lohn, selbstverständlich, und allein für das Essen… Ich war wohl ungefähr zwölf Jahre alt.«

»Seht Ihr, wie man das Knäuel am Faden hervorzieht? Denkt nach und sagt mir: Wann seid Ihr in den persönlichen Dienst von Doña Beatriz eingetreten?«

»Ich war wohl schon fünfzehn Jahre alt, mehr oder weniger.«

»Erinnert Ihr Euch an die Nacht der letzten Entbindung?«

»Ganz sicher. Solche Sachen vergessen wir Frauen nie.«

»Wart Ihr dabei?«

»Sicherlich nicht, ich war noch zu jung.«

»Wer hat sich um sie gekümmert?«

»Doktor Gómez de León und María Luján, seine Hebamme. Ich habe gehört…«

»Und welches Geschlecht hatte das Neugeborene?«

»Doña Beatriz hat einen Jungen geboren. Daran gibt es nicht den geringsten Zweifel.«

»Wie könnt Ihr so sicher sein, wenn Ihr sagt, dass Ihr bei der Geburt nicht dabei wart?«

»Als Don Martín aus dem Zimmer ging, um auszuruhen, ließ er mich rufen. Ich sollte bei dem Neugeborenen und der Mutter wachen.«

»Wie erklärt Ihr dann, dass Ihr Euch vor einigen Jahren auf dem Jahrmarkt von Carrizo hartnäckig mit María Luján über das Geschlecht des Säuglings gestritten habt?«

Leonor trocknete sich die Hände an der Schürze ab, während Marcelo nervös hin und her rutschte.

»Daran erinnere ich mich ganz genau. Casilda, die Amme, war Zeugin…«

»Erklärt mir nicht, was ich nur zu gut kenne. Beschränkt Euch darauf, meine Fragen zu beantworten.«

»Gut. Ich glaube, dass María womöglich etwas durcheinanderbringt, weil sie bei so vielen Entbindungen mitgeholfen hat. Aber der Säugling, den ich in der Nacht damals in einem Körbchen neben dem Bett seiner Mutter gesehen habe, war ein Junge.«

»Könnt Ihr mir sagen, ob dieser Junge oder eine seiner Schwestern einen eigentümlich Hautfleck in der Form eines tränenden Auges hatte?«

Leonor zögerte einen Moment.

»Nein, soweit ich mich erinnere.«

»Seid Ihr dessen sicher?«

»Gewiss. Die Mädchen und auch Álvaro hatten keinen scharlachroten Flecken auf der Haut.«

»Niemand hat Euch nach der Farbe gefragt. Warum sagt Ihr scharlachrot?«

Leonor war offenkundig nervös.

»Alle Muttermale haben diese Farbe, so viel ich weiß.«

»Könnt Ihr auf das Evangelium schwören, dass keines der vier Kinder den Fleck hat, von dem ich Euch erzählt habe?«

»Das schwöre ich feierlich. Keines der Kinder von Doña Beatriz de Fontes hat einen solchen Fleck.«

»Gut, lassen wir das vorläufig beiseite. War in der Nacht damals noch jemand dabei, außer dem Arzt, der Hebamme und Don Martín?«

»Von außerhalb des Hauses, wollt Ihr sagen?«

»Selbstverständlich.«

»Ich konnte einen Moment die Schwester Don Martíns sehen, die Priorin von Sankt Benedikt.«

»Aber als Ihr das Zimmer betreten habt, um bei der Wöchnerin zu wachen, war die Priorin nicht da.«

»Richtig. Nur Don Martín war da.«

»Also waren weder der Arzt noch seine Hebamme anwesend.«

»Das stimmt.«

»Erzählt jetzt weiter, was Ihr mir über diese Casilda sagen wolltet.«

»Exzellenz, vergebt mir, wenn ich darauf beharre, aber der Säugling, den ich beaufsichtigt habe, war ganz sicher ein Junge. Das wird Euch die Amme bestätigen, die ihn gestillt hat, und das war keine andere als Casilda. Doña Beatriz konnte es nicht tun. Nachdem sie es einige Tage versucht hatte und als das Kind Gewicht verlor, ist Casilda als Amme hingekommen.«

»Wisst Ihr, wo sie jetzt lebt?«

»Sie ist weiter Magd in Sankt Benedikt, und wenn sie kann, besucht sie Doña Beatriz de Fontes.«

Marcelo unterbrach sie an dieser Stelle.

»Mit allem schuldigen Respekt, wenn Ihr gestattet, Exzellenz …«

»Ich höre Euch zu.«

»Ihr kennt mich genau. Ich habe Euch gedient, und das tue ich weiter treu und gewissenhaft. Ich kenne Casilda, seitdem sie ein kleines Mädchen war. Sie hat das Dorf wegen einer traurigen Geschichte verlassen, aber sie ist eine gute und rechtschaffene Frau, und ihr verdanke ich mein Glück. Durch sie konnte ich Leonor kennenlernen. Ich verbürge mich für sie, wenn es notwendig sein sollte.«

»Glaubt mir, Marcelo, ich schätze Euch, und ich möchte nicht, dass Euch irgendetwas schadet. Verbürgt Euch für niemanden, denn niemand kann in die Seele eines anderen Menschen hineinsehen. Allein unser Herrgott weiß, wie es um einen jeden steht, und er ist ein gerechter Richter. Lassen wir das jetzt und fassen wir zusammen.« Der Portugiese wandte sich an Leonor: »Wenn Euch etwas von dem, was ich sage, nicht gefällt, teilt es mir mit. Erstens, Ihr wart ein kleines Mädchen, als Ihr in den Dienst der Rojos eingetreten seid. In der Nacht der letzten Entbindung der Herrin wart Ihr nicht anwesend, aber man hat Euch am frühen Morgen gerufen, damit Ihr bei der Wöchnerin und dem Neugeborenen wacht, und dieses war ein Junge. Als Ihr das Zimmer betreten habt, war dort nur Don Martín. Der Arzt und die Hebamme waren nicht anwesend. In der Nacht damals war die Priorin von Sankt Benedikt, die Schwester Don Martíns, eine Zeit lang im Haus, aber sie ist fortgegangen, bevor man Euch rief. Ist es so?«

»Dies ist genau das, was ich Euch sagen kann.«

»Gut, einstweilen genügt das. Erzählt nichts über diese Unterredung, denn jeder muss sich um seine Angelegenheiten kümmern.«

Nach seinen letzten Worten nahm der Portugiese Mantel und Hut und verließ das Haus, wobei ihn Marcelo bis zur Tür begleitete.

Als der Ehemann zurückkam, fragte er sie: »Warum habt Ihr Euch so aufgeregt, als er Euch zu diesem Fleck befragt hat?«

»Marcelo, diese Leute machen mir Angst.«

»Aber bis dieses Thema an die Reihe kam, habt Ihr Euch sehr gut verhalten.«

»Ich habe mich an etwas erinnert.«

»Woran?«

»Als sich Don Martín bei einem Ausritt an einem Ast gestoßen hat, bat mich Doña Beatriz, ihr zu helfen und das Becken mit heißem Wasser und Laudanum zu halten. Darin tauchte sie den Lappen ein, mit dem sie ihn abrieb. Ich erinnere mich ganz deutlich, dass der Hidalgo an der linken Schulter einen Fleck hatte, wie ihn dieser Mann beschrieben hat. Das hat mich aufgeregt, weil ich nicht wusste, ob ich es sagen oder verschweigen sollte.«

»Ihr habt richtig gehandelt. Vergesst es und erzählt es keinem weiter.«

Leonor blickte ihr kleines Kind an und dachte, dass ihr der Herrgott diese fromme Lüge vergeben würde.

Das Wildschwein

Catalina hatte gar nicht genug Zeit, um all die neuen Erfahrungen zu verarbeiten. Jeder Tag war eine Ewigkeit und jede neue Episode eine Erkenntnisquelle.

Als das Mädchen am nächsten Tag aufstand, hatten die Frauen schon das Lagerfeuer angezündet, und der kräftige Duft nach gegrilltem Fisch erinnerte sie daran, dass sie seit dem vorherigen Tag keinen Bissen gegessen hatte.

Sie griff gerade nach einem Lappen und einem Stück Seife von der Sorte, die Magdalena selbst herstellte, indem sie Tierfett mit Kaliumsalzen vermischte und das Ganze aufkochte, weil sie zum Flüsschen gehen und sich das Gesicht waschen wollte. Da klopfte Curro an die Tür, während er sie mit seinem Stimmchen eines Singvogels gedämpft rief: »Catalina! Catalina! Seid Ihr wach?«

»Kommt herein, Curro. Ich bin schon fertig.«

Der Junge öffnete die Wagentür und streckte seinen Lockenkopf durch die Öffnung.

»Ihr habt mir versprochen, dass Ihr mir beibringt, den Degen zu führen. Ich habe Euch das Fischen beigebracht! Denkt Ihr daran?«

»Ihr habt recht, ich stehe in Eurer Schuld. Wo sind die anderen?«

»Meine Mutter und meine Tante machen das Essen fertig. Die Männer sind zum Schleifen fortgegangen, und Violeta kümmert sich um die Tiere und hat mir gesagt, dass wir sie benachrichtigen sollen, sobald Ihr aufgewacht seid.«

»Warum habt Ihr mich so lange schlafen lassen?«

»Mein Vater hat meine Mutter angewiesen, dass sie Euch nicht stören soll. Gestern habt Ihr hart gearbeitet, und Ihr seid nicht daran gewöhnt. Heute habt Ihr frei. Ich denke mir, dass er Euch für uns gewinnen will, damit Ihr bei uns bleibt.«

»Ihr seid wunderbare Leute, und ich werde nie vergessen, was Ihr für mich getan habt. Trotzdem erwartet mich eine Aufgabe, der ich mich nicht entziehen kann. Aber … so weit ist es noch lange nicht. Genießen wir heute das Leben, Curro. Heute ist heute … Der Morgen tagt noch nicht.«

Catalina nahm das Koppel, das von einem Knauf am Kopfende des Bettes hing, und während sie es sich mit einer Hand umhängte, zerzauste sie Curros Locken mit der anderen. Dieser machte eine komische Verbeugung und öffnete die Tür, damit sie den Wagen verlassen konnten. Sie kamen gerade zum Lagerfeuer, als auch Violeta dort auftauchte, die inzwischen die Tiere versorgt hatte, und die drei begannen zu essen. Die Schwägerinnen hatten ein Gericht aus Fisch und Gemüse gekocht, denn ihnen war ein Fisch in das Netz gegangen, das sie in der vergangenen Nacht im Flüsschen ausgeworfen hatten. Lachend und mit Kommentaren zu dem guten Appetit der jungen Leute servierten sie ihnen auf kleinen Steinguttellern drei reichliche Portionen des duftenden Gerichts, das in weniger Zeit verschwand, als es dauert, davon zu erzählen.

»Offenbar seid Ihr mit Heißhunger aufgewacht«, erklärte Tarsicia, als sie sah, dass die jungen Leute eine Gefräßigkeit zeigten, wie sie ihrem geringen Alter entsprach.

»Gestern bin ich so müde hergekommen, dass ich mich nicht einmal an den Augenblick erinnere, als ich mich zum Schlafen ins Bett gelegt habe. An Essen habe ich da gar nicht mehr gedacht.«

»Sobald Ihr Euch an die Arbeit gewöhnt«, entgegnete Curro mit vollem Mund, »habt Ihr Zeit für alles. Wenn der Schlaf wichtig ist, ist es das Essen noch mehr. Mit leerem Magen kann ich keinen Schlaf finden.«

»Arbeit? Ihr wisst ja gar nicht, was das ist«, griff Violeta ein. »Wer war denn heute an der Reihe, sich um die Tiere zu kümmern? Ihr, jawohl. Wenn ich nicht gewesen wäre, wären sie verhungert.«

»Macht Euch keine Sorgen, Tochter, denn er wird es Euch auf der Stelle vergelten.« Das sagte Magdalena, und zu dem Jungen gewandt setzte sie hinzu: »Ihr geht in den Eichenwald und holt Brennholz … und nicht wie beim letzten Mal, als Ihr vier Holzspäne und ein bisschen dürres Laub gebracht habt. Das muss vier Tage vorhalten, denn so lange bleiben wir hier, wie Euer Vater gesagt hat, und das Feuer soll ständig brennen. Das heißt, Ihr müsst Kräfte sammeln, denn Ihr werdet viel davon brauchen.«

»Ihr sagt, dass wir erst in vier Tagen aufbrechen?«

»Das haben Florencio und mein Mann abgesprochen. Habt Ihr es etwa eilig, Catalina?«

»Nicht unbedingt. Aber ich möchte vor dem Sommerende in Madrid ankommen.«

»Zerbrecht Euch deshalb nicht den Kopf. Auch wir müssen eine Unterkunft finden, wenn das schlechte Wetter anfängt.«

Mit solchen Gesprächen verging die Zeit, als Curro nach dem Essen zum Wald lief, um seinen Auftrag zu erfüllen. Die beiden Mädchen sammelten alles schmutzige Geschirr in einen Korb und gingen zum Flüsschen, um es abzuwaschen, wobei jede den Korb an einem Henkel nahm.

»Warum kleidet Ihr Euch immer als Mann?«, erkundigte sich Violeta.

»Mein Vater wollte einen Jungen, und dann wurde ich geboren. Man hat mich wie einen Jungen erzogen, und darum kann ich mit dem Degen umgehen und reiten. Die eigentlichen Frauenarbeiten begeistern mich nicht im Geringsten. Das ist die reine Wahrheit.«

»Und … warum seid Ihr von zu Hause fortgegangen?«

»Mein Vater wurde Witwer und hat zum zweiten Mal geheiratet, und meine Stiefmutter mochte mich nicht. Sie machte mir das Leben unmöglich, und ich musste ausreißen«, log Catalina.

»Habt Ihr Familie in Madrid?«

»Nein.«

»Warum seid Ihr dann so darauf versessen, in die Hauptstadt zu kommen?«

»Es ist leichter, sich an einem Ort zu verstecken, wo viele Leute leben. Außerdem gibt es dort jemanden, den ich gern wiedersehen möchte.«

»Das ist der Grund! Ihr seid verliebt.«

»Vielleicht.«

»Und in wen?«

»Darauf kommt es nicht an! Das ist eine alte Geschichte, die keinen interessiert.«

»Ich werde Manuel heiraten, das weiß ich schon immer. Wir suchen das nicht aus, unsere Väter machen es.«

»Aber liebt Ihr ihn?«

»Was hat das schon zu bedeuten! Ich kenne ihn von jeher, und ich weiß von jeher, dass ich seine Frau sein werde. Außerdem, ja, ich liebe ihn.«

»Und er Euch?«

»Ich bin seine Base, und er sieht mich als kleines Mädchen an. Aber er weiß auch, dass ich eines Tages seine Frau sein werde.«

Sie kamen zum Fluss, und beide wollten gerade den Korb leer räumen, als sie hinter sich ein Geräusch hörten und sich umdrehten: Aus dem Wald brach ein Wildschwein von beachtlicher Größe hervor und starrte sie mit seinen Äuglein an. Es war verwundet und wütend. Der abgebrochene Schaft eines kurzen Pfeils, den eine Armbrust verschossen hatte, ragte aus seinem rechten Schulterblatt hervor. Ohne es sich zweimal zu überlegen, stürzte sich Violeta ins strömende Wasser, weil sie dachte, dass sich die Bestie nicht hineinwagen würde. Catalina richtete sich langsam auf. Das Tier hielt kurz inne. Die Schreie Violetas, die sie zur Flucht aufforderte, reizten das Wildschein, das plötzlich im eigentümlichen Schweinstrab loslief, danach den Kopf senkte und in einen eindeutigen, wenn auch hinkenden Galopp fiel. Catalina zögerte einen Augenblick. Dann griff sie nach hinten, holte die Baskenklinge hervor und wartete, dass sich das Tier näherte. Sie spürte, wie ihr das Blut in der Halsader pulsierte, doch sie nahm sich zusammen. Sie wusste, wie es ihr Florencio erklärt hatte, dass sie nur eine Gelegenheit haben würde. Sie rief sich ins Gedächtnis: »Mädchen, Eile hat nichts mit Sorgfalt zu tun.« Violetas Schreie verwirrten sie. Mit einer schnellen und mechanischen Bewegung hatte Catalina den Dolch am spitzen Ende genommen. Das Tier war schon bei ihr. Ihr Handgelenk vollzog die Drehung, die sie so oft geübt hatte, und der scharfe Dolch schwirrte aus ihrer Hand und schrieb seine Todesbotschaft in die Luft. Der Dolch flog dem Wildschwein entgegen und bohrte sich tief in die Haut des Schweins, in der Höhe seines linken Vorderbeins. Die Bestie schien das überhaupt nicht zu bemerken! Sie hatte sich schon so nahe an das Mädchen herangedrängt, dass Catalina deutlich ihre messerscharfen Hauer sehen konnte. Violetas heftiger Schrei durchschnitt die Luft. Catalina blieb kaum Zeit, sich kopfüber in den Schlamm am Flussufer zu werfen, als das Tier ungestüm und mit dem Getöse einer sechsspännigen Karosse an ihr vorbeisauste. Als es gewahr wurde, dass sein Angriff fehlgeschlagen war, drehte es sich um und stürzte sich abermals auf Catalina, die in diesem Moment aufstehen wollte und im Schlamm ausrutschte. Sie hielt ihr letztes Stündlein für gekommen, und ihre Gedanken eilten von Diego zu Mutter Teresa, wobei sie auch Blasillo und Casilda nicht vergaß. Es schien eine Lüge, dass ein paar Sekunden so lang sein konnten! Die Wirklichkeit wurde ihr wieder bewusst, als Violeta eine der schmutzigen Kasserollen, die sie zum Fluss hinuntergeschafft hatten, um sie abzuwaschen, dem Untier entgegenschleuderte, so dass sie an dessen Nacken zerschellte, woraufhin die Bestie leblos zu Catalinas Füßen rollte. Violeta stieg aus dem Wasser. Curro und die Frauen, die Violetas Schreie herbeigelockt hatten, tauchten am Rand des Eichenwaldes auf, während das Tier sein letztes Röcheln von sich gab.

Von diesem Augenblick an war alles ein Fest. Zu fünft schleppten sie, so gut sie konnten, das Wildschwein, das wohl ungefähr zwanzig oder fünfundzwanzig Arroben wiegen musste, wie Tomé später versicherte. Die Männer kamen zurück, und Catalinas Heldentat erfüllte Florencio mit Stolz – außerdem bedeutete ein derart großes Wildschwein Essen und Geld, das die schwierige Wirtschaftslage der Familie stärken würde.

»Wenn sie verwundet sind, sind sie sehr gefährlich. Es hatte sich wohl in den Eichenwald geflüchtet, weil es reichlich zu fressen hatte, wenn es dort Eicheln gab. Ihr habt Euch sehr tapfer verhalten. Wenn Ihr das Tier nicht mit dem Messer an einer so empfindlichen Stelle getroffen hättet, hätte es Euch gewiss verletzt und vielleicht getötet. Ihr habt mehr als genug verdient, dass Ihr bei uns bleiben dürft, Alonso, denn heute habt Ihr wie ein Mann gehandelt.«

Nun ging alles wie ein Ritual weiter. Sie fachten das Lagerfeuer an, schnitten den Hals des Tieres durch, nahmen Näpfe und fingen darin das Blut auf, das sie über der Flamme einkochten. Dann schnitten sie ihm die Klauen ab und brachten es auf ein großes Brett, wo es auf seinen zusammengelegten Beinen ruhte. Mit einem scharfen Messer stach Florencio in die Stelle, die den Kopf mit dem Rumpf verbindet, und dann wurde das Tier von oben bis unten am Rücken aufgebrochen. Damit begannen längere Arbeiten, um das Wildschwein zu zerteilen, Fleischstücke und Fett in seine eigenen gewaschenen Därme zu füllen und ebenso sein mit Pfeffer gewürztes Blut zu verarbeiten. Schließlich wurden seine Schinken und seine Vorderfüße eingepökelt, und man nutzte auch beinahe alle Reste. Als sie fast fertig waren, beobachtete Catalina, wie Tarsicia das Herz in einem Tuch verwahrte. Außerdem steckte sie Borsten von seinen Klauen und die Brunftrute des Tiers in unterschiedliche Büchsen.

Mit all diesen Beschäftigungen verbrachten sie den Tag, und vor dem Abendessen schafften sie die Abfälle zum Fluss und warfen sie ins Wasser. Florencio wollte nicht, dass der Blutgeruch kleine Raubtiere anlockte, die in der Nacht umherstreiften und nach Fressen suchten.

Dann erschien der Mond. In seinem blassen Licht und am wärmenden Lagerfeuer nahmen sie ihre Gitarren und die Holzschälchen, und wie Besessene tanzten sie bis in die frühen Morgenstunden.

Valladolid

Die Wagen rollten in der Septembersonne auf dem breiten Weg, der von Villanubla nach Valladolid führte. Sieben lange Monate war es her, dass Catalina aus Benavente geflohen war, doch es kam ihr so vor, als wären wenigstens drei Jahre vergangen, weil derart viele eindringliche Erlebnisse hinter ihr lagen.

Seit dem Abenteuer mit dem Wildschwein interessierte sie sich lebhaft dafür, dass ihr Tarsicia die geheimnisvollen Kunstgriffe erklärte, die sie mit Zaubertränken und geheimen Elixieren auf Bitten der jungen Mädchen und Burschen der Dörfer ausführte, damit ihr Liebesverlangen erwidert wurde.

Der Wagen holperte auf dem Weg, und die alte Zigeunerin und Catalina waren drinnen allein. Manuel fuhr im anderen Wagen, und Florencio lenkte das Gespann vom Kutschbock aus. Die beiden Frauen saßen einander gegenüber, neben dem Fenster an der hinteren Wagenseite. Die goldgelbe Abendsonne drang durch die Baumwipfel am Wegesrand und ließ das runzlige Gesicht der Zigeunerin mit Lichtern und Schatten hervortreten.

»Und Ihr heilt Liebeskummer?«

»Ich helfe bei Liebeskummer oder anderen Krankheiten, die die Ärzte nicht heilen.«

»Und warum nehmt Ihr Euch an bestimmten Orten so sehr in Acht?«

»Das Ketzergericht hat hierüber nicht die gleiche Meinung wie ich, und sobald etwas über seine Bestimmungen hinausgeht, ist es verflucht, und es verwechselt die Mittel, die ich verabreiche, mit Hexerei. Aber der Teufel hat keinen Anteil an meinen Heilmitteln.«

»Habt Ihr keine Angst, dass Euch Eure Methoden schwerwiegende Folgen einbringen?«

»Wir müssen leben, und meine Beschäftigung hilft nicht nur vielen, sondern unterstützt auch unsere Lage. Die Winter sind lang, und wenn der Schnee kommt, schrumpfen unsere Gewinne zusammen.«

»Sind Eure Mittel tatsächlich wirksam?«

»Das hängt von dem Vertrauen ab, das man zu ihnen hat. Sie schaden wohl keinem, und bei tausend Gelegenheiten sind sie eine Wohltat. Jedes Mal, wenn wir in einem kleinen oder großen Ort halten, kommt jemand auf mich zu, um mir für einen erfüllten Wunsch oder ein beseitigtes Übel zu danken. Außerdem, wenn das, worum man mich bittet, nicht zu erreichen ist, erwecke ich keine falschen Hoffnungen. Es gefällt mir nicht, jemanden zu betrügen.«

»Und was bringt Ihr meistens in Ordnung?«

»Beschwerden des Leibes oder Übel der Seele, je nachdem.«

»Habt Ihr ein Mittel, um die Liebe eines Menschen zu wecken, der gar nicht weiß, dass ihn ein anderer liebt?«

»Das kommt darauf an.«

»Worauf?«

»Unter anderem auf die Bekanntschaft und Vertrautheit, die zwischen den beiden entstehen.«

»Und wenn diese Bekanntschaft aufhört, weil das geliebte Wesen nicht weiß, welches Geschlecht der Liebende hat?«

Die Alte runzelte die Stirn.

»Das heißt, Ihr liebt einen Jungen, der glaubt, dass Ihr auch ein Junge seid, und Ihr seid von zu Hause durchgebrannt, weil er in der Hauptstadt lebt.«

Catalina errötete und schwieg einige Sekunden betroffen.

»Genau das ist mir geschehen. Aber wie seid Ihr daraufgekommen?«

»Ihr jungen Mädchen habt für mich ein durchsichtiges Herz. Am besten fangt Ihr mit dem Anfang an. Das Mittel wird umso wirksamer sein, je mehr Ihr mir erklärt.« Nach diesem Hinweis stand die Alte auf und nahm aus einem Regal zwei Metallbecher und eine Flasche. Darin war eine dunkle Flüssigkeit zu sehen, in der eine präparierte Eidechse schwamm. Sie stellte alles auf den Tisch vor ihnen und schenkte großzügige Portionen in beide Becher ein. »Trinkt, das wird Euch die Zunge lösen, damit Euch die Zurückhaltung nicht daran hindert, aufrichtig zu sein.«

Den Worten ließ sie die Tat folgen, und sie goss sich eine halbe Portion hinter die Binde.

Catalina machte es ihr nach. Eine lange Stichflamme stieß in ihre Kehle hinab. Sie musste husten und den Becher überstürzt auf den Tisch stellen, während sie mit der linken Hand versuchte, sich Luft zuzufächeln, und Tränen ihre schönen Augen trübten. Als sie endlich dazu in der Lage war, fragte sie die alte Zigeunerin:

»Aber, was habt Ihr mir eingeschenkt? Höllenfeuer?«

»Mein Schnaps löst die Zunge besser als die Folterbank des Heiligen Offiziums. Am Anfang brennt er ein bisschen, doch dann … Ihr werdet sehen, wie gut Ihr Euch fühlt. Nun ja, kommen wir wieder zu unserer Sache. Unterrichtet mich über diese schwierige Liebesgeschichte.«

Catalina trocknete sich die Tränen mit dem Handrücken ab. Sie sah ein, dass der Moment gekommen war, Tarsicia ihr Herz zu öffnen. Nun berichtete sie ihr Punkt für Punkt die Ereignisse, die ihr kurzes, aber intensives Leben geprägt hatten.

Als Catalina fertig war, sagte die Zigeunerin:

»Mädchen, bei meinem Leben, Eure Geschichte ist wirklich einzigartig! Aber ich weiß, dass Ihr aufrichtig seid, denn ich kann den Menschen ins tiefste Herz blicken, und Eures ist reines Gold. Unser Volk verehrt die Freundschaft. Tarsicia wird immer Eure Freundin sein. Und jetzt denke ich mir, dass Ihr Euch danach sehnt, nach Madrid zu kommen, je eher, desto besser, damit Ihr versuchen könnt, ihn zu finden. Ist es so?«

»Genau das möchte ich.«

»Aber wollt Ihr Euch als Page oder als Mädchen vorstellen?«

»Das weiß ich noch nicht. Was für mich aber sonnenklar ist: Wenn ich ihn nicht sehe, sterbe ich!«

Die Zigeunerin lächelte.

»Das sind Worte, mein Kind. Keiner stirbt an so etwas. Jedenfalls ist es ganz sicher, dass der Trank, den ich Euch bereite, die Nähe des Geliebten benötigt, damit er wirkt.«

»Aber … wird er mich lieben?«

»Habt es nicht so eilig, und überlegen wir in aller Ruhe. Wenn Ihr Euch als Mann vorstellt, müsst Ihr Euch sorgfältig verkleiden, damit er Euch nicht erkennt, nachdem Ihr zwei Jahre Tag für Tag mit ihm zusammengelebt habt, und außerdem würde Eure Verkleidung nur dafür gut sein, damit Ihr ihm den Trank verabreichen könnt, den ich Euch gebe. Ihr werdet ja nicht erreichen wollen, dass er sich in Euch verliebt, wenn er Euch für einen Mann hält. Um einen Lustknaben abzugeben, habt Ihr schon genug Erfahrungen mit dem französischen Tanzlehrer gesammelt, von dem Ihr mir erzählt habt.«

»Um Gottes willen, seid still! Eine solche Verirrung fällt mir bei Diego überhaupt nicht ein. Ich will mich ihm als Frau zeigen.«

»Spielt Eure Karten nicht schlecht aus und vergeudet auch keine Trümpfe. In der Liebe und im Krieg hat alles seinen Wert: Wenn es zweckmäßig ist, werdet Ihr eine Frau sein, und Ihr stellt Euch ihm als jungen Mann vor, wenn dies günstig ist.«

»Um Himmels willen, drückt Euch deutlicher aus! Ich verstehe Euch nicht.«

»Hört zu. Ihr erscheint in seinem Haus, um ihm das Maultier zurückzugeben, das Ihr seinem Vater gestohlen habt. Wie Ihr erzählt habt, wart Ihr ein freier Diener und seid ihm nichts schuldig geblieben. Ihr wart aus bloßer Dankbarkeit und aus freiem Willen in seinem Dienst, und eines schönen Tages habt Ihr Euch entschlossen, die Welt kennenzulernen, denn er hatte ja sein Versprechen gebrochen und Euch Eurem Schicksal überlassen. Wie Ihr es in Eurem Brief geschrieben habt, habt Ihr das Maultier ausgeliehen und wollt es zurückgeben. Nun gut, falls er Euch wieder als Page nehmen möchte, dürft Ihr nicht zustimmen, sosehr Euch der Gedanke verlocken mag. Dann könntet Ihr ihm nämlich schwerlich offenbaren, dass Ihr eine Frau seid. Versteht Ihr allmählich, worauf ich hinauswill?«

»Ich habe schon genug Mühe, Euch zu folgen. Ihr habt mich ganz geblendet.«

»Machen wir weiter. Wenn er schon weiß, dass Ihr in der Hauptstadt seid, kann es ihn nicht wundern, wenn er Euch bei irgendeiner Gelegenheit oder aus irgendeinem Grund wiedersieht. Auf diese Weise habt Ihr die Möglichkeit, den Trank zu benutzen, dessen Vorbereitung ich Euch beibringe. Ein Teil unseres Plans ist also entworfen. Gehen wir nun zum zweiten Teil über: Ihr sehnt Euch danach, dass er sich leidenschaftlich in Euch verliebt, nicht wahr?«

Catalina bekam tellergroße Augen und nickte zustimmend.

»Soweit ich es verstanden habe, wisst Ihr nicht, wo Ihr in der Hauptstadt leben sollt.«

»Ich kenne dort niemanden.«

»Ihr könnt auch nicht in einem Gasthaus oder einer Herberge absteigen, denn Ihr habt mir gesagt, dass Eure jetzige Rolle Euch mit der Familie Cárdenas in Verbindung bringt, und das ist für Euch vorläufig nicht ratsam … Außerdem würde es Euch eine hübsche Stange Geld kosten, und davon habt Ihr nicht viel, denn abgesehen von der Summe, die Ihr hinter dem lockeren Wandbrett aufhebt, wo Euer Bett angelehnt ist, besitzt Ihr nichts. Nicht wahr?«

»Aber – woher wisst Ihr das alles?«

»Es würde mir schlecht ergehen, wenn ich nicht alle Winkel meines Hauses kenne«, sagte die Zigeunerin lächelnd. »Nun weiter. Ich gebe Euch zwei Briefe mit. Der erste ist für eine Frau, die Euch bei sich zu Hause aufnehmen wird, denn sie schuldet mir einen großen Gefallen, und sie ist meine Freundin. Dort wird ganz gewiss niemand auf den Gedanken kommen, nach Euch zu suchen …«

»Sagt mir, wie es sich damit verhält.«

»Sie ist eine Veteranin, die in der Calle de los Francos einem Taubenhaus vorsteht. Ihr tretet in Ihre Dienste als Kammerdiener. Ihr bekommt gutes Geld und das Essen, und wenn ich ihr das mitteile, lässt sie Euch hinaus und hinein, wann es Euch passt, und dieses Amt nützt Euch als Schutzschirm, wenn die Streifwache kommt, denn sie hat immer sehr gute Beziehungen zum Arzt der Mädchen und zu den Bütteln, die die Straße schützen, und sie bezahlt sie gewöhnlich in natura. Dass Ihr ein Mann seid, bewahrt Euch vor allen üblen Absichten. Könnt Ihr mir folgen?«

»Sprecht nur weiter«, sagte das Mädchen und schluckte mühsam den Speichel hinunter.

»Gehen wir zum zweiten Brief über. Ihr seid sehr talentiert für diesen Beruf, und bei Gelegenheit könntet Ihr eine gute Schauspielerin abgeben: Ihr redet munter drauflos, Ihr singt und tanzt sehr gut, und falls es in dem Schauspiel nötig ist, könnt Ihr auch einen ausgezeichneten Fechter spielen. Außerdem könnt Ihr unterschiedslos als Mann oder Frau auftreten. Früher war das nicht gestattet, aber seitdem Francisca Baltasara es vor nunmehr schon zwei Jahren getan hat, hat man es jetzt erlaubt.«

»Worauf wollt Ihr hinaus?«

»Hört zu, wir sind gleich so weit. Es gibt einen Ort, den Diego ganz sicher früher oder später besucht.«

»Welcher Ort ist das?«

»Der Theaterhof Corral del Príncipe.«

»Ja und?«

»Nun, Ihr werdet dort sein und nehmt an einem Zwischenspiel, einem Tanz oder einer Komödie teil.«

»Was sagt Ihr da?«

»Was Ihr hört. Wenn Ihr eine männliche Rolle spielt und er Euch sieht, wird er denken, dass Ihr Euren Lebensunterhalt am Hofe verdienen müsst. Und wenn Ihr als Frau auftretet … Schauspielerinnen sind für Männer besonders anziehend, seht Euch doch an, was mit der Calderona geschehen ist. Wenn er Euch auf einer Bühne sieht, müsstet Ihr schon ein sehr schlechtes Weib sein, wenn Ihr nicht erreicht, dass er am Ausgang auf Euch wartet.«

»Aber seid Ihr verrückt? Wie soll ich erreichen, dass man mich in einer Schauspielertruppe einstellt?«

»Die Truppe, die für diese Spielzeit engagiert ist und die der Kommissar der Theaterhöfe bestätigt hat, im Einvernehmen mit der Eigentümerin des Ortes, der Bruderschaft der Heiligen Jungfrau der Einsamkeit, ist die

Truppe von Pedro de la Rosa. Er ist mein Freund und hat mir seine glückliche Heirat zu verdanken, denn mit einem meiner übernatürlichen Mittel hat er seine Frau erobert. Zweifelt nicht, dass er Euch prüfen wird, wenn Ihr ihm den zweiten Brief überreicht, den ich Euch mitgebe, und wenn Ihr ihm auch nur ein bisschen vorspielt, seid Ihr eingestellt.«

»Lasst mir eine Atempause, weil ich nicht imstande bin, mir alles einzuprägen, was Ihr sagt.«

»Wartet, ich bin noch nicht fertig. Die Truppe Pedro de la Rosas ist die Schauspielergruppe, die die meisten Privatvorstellungen gibt. Es ist leicht möglich, dass Ihr bei irgendeiner Gelegenheit Eurem Geliebten im Herrenhaus eines Adligen begegnet, und wenn Ihr ihm nahe seid, wird Euch Euer Vorhaben mühelos gelingen.«

»Sagt mir, Tarsicia, wie werde ich so etwas tun – und was muss ich tun?«

Die Komödiantin ging zum Wandschrank, holte ein paar Büchsen heraus und öffnete einen versteckten doppelten Boden. Dort zog sie ein paar Papierblätter hervor, die sie zum Tisch trug.

»Sehen wir nach.« Sie suchte in dem Häufchen, nahm ein Blatt heraus und prüfte es näher. Dann blickte sie zu dem Mädchen hoch und erklärte: »Ihr müsst zwei kleine Figuren aus dem Wachs einer Kerze formen, die zuvor eine Hochzeitszeremonie in einer Kirche erleuchtet hatte: Die eine soll als Frau und die andere als Mann gestaltet sein.«

»Woher bekomme ich eine Kerze mit diesen Eigenschaften?«

»Aus jeder Madrider Kirche. Es geht nur darum, dass Ihr Euer Gewissen beruhigt, indem Ihr ein Almosen in die Armenbüchse legt. Und sie müssen so groß sein, dass Ihr sie in einer Tasche verstecken könnt. Habt Ihr etwas, was ihm gehört hat oder was er wenigstens berührt hat?«

»Lasst mich nachdenken. Ja! Das Büffellederkoller. Das hat er mir geschenkt, und vorher hat er es getragen … und auch eine Tasche.«

»Vortrefflich. Ihr schneidet ein paar kleine Fäden von dem einen oder anderen ab und bindet sie ans Handgelenk, wenn das Wachs noch weich ist.«

»Was noch?«

»Dann drückt Ihr ein paar von Euren Schamhaaren in die kleine männliche Figur, und wenn Eure Periode kommt, taucht Ihr einen Lappen in Euer Monatsblut und streicht damit über beide Figuren.«

Catalina errötete bis zu den Augenbrauen, was der Zigeunerin nicht entging.

»Wollt Ihr seine Liebe gewinnen oder nicht?«

»Doch, doch, selbstverständlich will ich!«

»Nun, Zierereien sind schlechte Ratgeberinnen, wenn man wichtige Entscheidungen treffen will. Wenn Ihr die Figuren fertiggestellt habt, lasst Ihr sie bei Vollmond eine ganze Nacht im Freien stehen.«

»Und wenn ich alles ausgeführt habe, was Ihr mir sagt, was muss ich dann tun?«

»Jetzt kommt der schwierigste Augenblick. Ihr müsst dafür sorgen, dass die Frauenfigur so nahe wie möglich bei ihm ist, damit der Einfluss des Zaubers am mächtigsten wirkt. Das wird nun von Eurem Geschick abhängen. Und Ihr müsst ihn mit der männlichen Figur berühren und sie dann unter Eure Matratze stecken und darauf schlafen. Wenn Euch das gelingt, dürft Ihr nicht zweifeln, dass er Euch gehören wird.«

»Mir … fürs ganze Leben?«

»Das kann die Magie nicht garantieren … Dabei wirkt sie schlecht. Es wird besser sein, dass Ihr Euch der Waffen bedient, die die Natur den Frauen gibt.«

»Was für Waffen meint Ihr?«

»Zwei davon habt Ihr unter dem Mieder und eine zwischen den Beinen. Habt Ihr noch nicht gemerkt, wohin die Männer blicken, wenn Ihr auf den Brettern steht und einen Ausschnitt habt, der ein bisschen von der Rille zwischen Euren Brüsten sehen lässt?«

Catalina errötete wieder, diesmal bis zu den Haarspitzen, und um sich aus der Bedrängnis zu befreien, wechselte sie das Thema.

»Nie kann ich Euch vergelten, was Ihr für mich getan habt. Gottes Vorsehung beschützt mich. Immer begegne ich guten Menschen.«

»Nicht immer. In Eurem Leben gibt es eine Menge übler Begegnungen. Aber der Herrgott wollte, dass Eure Seele rein bleibt, und er hat Euch die Fähigkeit gegeben, Schlimmes zu vergessen: den Pfarrer im Kloster, die schlechte Nonne, den Franzosen und die Gauner, die Euch in Benavente beinahe umgebracht hätten.«

Der Wagen rollte auf dem staubigen Weg langsam weiter, und Catalina nutzte dies, um der Zigeunerin tausend Fragen zu stellen.

»Tarsicia, Ihr habt keine so dunkle Haut wie die anderen. Wie Ihr mir gesagt habt, kommt Ihr woandersher. Warum sagt Ihr nicht, woher?«

»Die jungen Leute glauben, dass wir Alten schon alt geboren wurden. Ich war auch einmal achtzehn Jahre alt, und Florencio war der stattlichste Mann, den Ihr Euch vorstellen könnt. Ich habe ihn auf dem Jahrmarkt von Cascales kennengelernt. Ich war mit den Schauspielern dort hingekommen, denn ich war immer mit Wanderbühnen unterwegs, und er war mit der Familie der Ayamontes eingetroffen, die Vieh auf dem Jahrmarkt kaufen und verkaufen wollten. Daran erinnere ich mich, als wäre es gestern gewesen.

Als wir auftraten, ließ er mich nicht aus den Augen, und mir fiel er mehr als alle anderen auf, weil er ein rotes Tuch um den Kopf gebunden hatte. Am Abend machten wir einen Spaziergang, und wir traten in ein Speisehaus ein, um etwas zu essen. Die Männer bringen das durcheinander, und wenn sie eine Komödiantin sehen, glauben sie, dass alle Buhlerinnen sind, und ein Soldat wurde mir gegenüber frech. Florencio war dabei. Es kam zu mehr als einem Wortwechsel. Sie liefen auf die Straße, und sie verabredeten sich auf einem freien Feld. Der andere zog den Degen, und mein Mann hat ihn mit einem Messerstich getötet. Er durfte keine Minute verlieren, wenn er nicht wollte, dass ihn die Häscher fingen und ihm einen unseligen Tod bereiteten. Also musste er noch in dieser Nacht verschwinden, und ich, wo ich damals vielleicht Euer Alter hatte, überlegte nicht zweimal: In derselben Nacht floh ich mit ihm auf dem Wagen seiner Eltern. Wenige Tage danach haben wir eine Zigeunerhochzeit gefeiert, und seitdem lebe ich, wie es seinen Sitten entspricht.«

»Und habt Ihr Euch angepasst?«

»Ich habe mich ihm und er sich mir angepasst. Als er mich kennenlernte, konnte er nur mit Messern umgehen und sie werfen, wie er es Euch beigebracht hat. Niemals war er auf eine Bühne gestiegen. Das habe ich ihm gezeigt, und andererseits hat es auf der Welt keine Frau mit einem besseren Mann gegeben. Seine Familie hat mich vom ersten Tag an aufgenommen, und ich habe mich vollkommen an ihre nomadische Lebensweise gewöhnt. Alles, was ich weiß, hat mich seine Mutter gelehrt. Die Zigeuner übermitteln ihre Kenntnisse von Generation zu Generation, und sie hat mir beigebracht, was sie weiß.«

»Auch die Tränke und die Magie?«

»Auch das. Solche Dinge lassen sich zum Guten oder zum Schlechten verwenden, und sie hat mich gelehrt, immer Gutes zu tun.«

»Warum habt Ihr manches von dem Wildschwein aufgehoben, das wir getötet haben?«

»Ich habe im Wagen vieles versteckt, was ich brauche, um die Sorgen der Leute zu erleichtern, die sich an mich wenden, und wenn sich mir eine Gelegenheit bietet, mich mit etwas zu versorgen, was mir zukünftig nützen kann, so bewahre ich es auf.«

»Und warum habt Ihr es versteckt?«

»Das Ketzergericht hat überall Augen und Ohren. Von vielen Dingen, die ich aufhebe, kann man einen schlechten Gebrauch machen, und das Heilige Offizium kümmert sich nicht um feine Unterschiede. Sollte man mich entdecken, so bekäme ich vielleicht Probleme.«

»Und warum werft Ihr nicht alles in den Fluss, wenn so etwas geschehen kann?«

»Das habe ich Euch schon gesagt, weil es zu unserem Lebensunterhalt beiträgt. Wollt Ihr meine Schätze sehen?«

Catalina nickte zustimmend. Die Zigeunerin stand auf. Sie zog ein Bodenbrett zurück und legte so einen doppelten Boden frei. In kleinen Gruppen aufgereiht, gab es dort eine gewaltige Menge von Töpfen und Behältern, die eine oder andere Phiole, eine Retorte und ein kleines Öfchen.

Catalina zeigte mit dem Finger auf das Behältnis, das die Rute des Wildschweins enthielt.

»Und wozu könnt Ihr dieses ekelhafte Ding gebrauchen?«

»Ihr seid noch sehr jung, Mädchen. In einem bestimmten Alter können viele Männer nicht mehr bei einer Frau liegen, und das quält sie unsäglich. Dann erzeugt eine zermahlene und mit Terpentin vermischte Wildschweinrute eine aphrodisische Wirkung. Und glaubt ja nicht, dass allein die Männer sich um dieses Mittel bemühen. Viele Frauen haben keine Erfüllung gefunden. Sie kommen zu mir und bitten mich um etwas, damit ihr Mann sie befriedigt. Versteht Ihr?«

»Nicht ganz.«

»Im Lauf der Zeit versteht Ihr es schon.«

Tarsicia lächelte, während sie das Brett an seinen Platz legte und das Versteck zudeckte.

Es war schon Nacht, als sie in Valladolid ankamen. Dort sollten sich ihre Wege trennen.

Catalina wollte sich mit allen Kräften bemühen, den Vetter Casildas zu finden, und wenn es möglich sein sollte, wollte sie ihr über seine Vermittlung eine Nachricht schicken. Danach würde sie auf Afroditas Rücken nach Madrid aufbrechen, während die Zigeuner in Tordesillas, Segovia und Ávila haltmachen sollten.

Der Wagen rollte langsam durch eine dunkle Gasse weiter, als Catalina das Wachstuch vor dem seitlichen Wagenfenster hochhob und einen Mann entdeckte, der dort lief. Er verhüllte sich das Gesicht mit einem schwarzen Mantel, doch im schwankenden Licht einer Laterne zog er plötzlich den Mantel zurück. Catalina konnte in ihrem ganzen Leben nicht dieses bleiche Gesicht vergessen, das von einer hässlichen Narbe zerschnitten wurde.

Eine Frage der Ehre

Der Portugiese hielt sich in Valladolid auf. Vom Pisuerga und vom Esgueva gewiegt, träumte die Stadt wehmütig von vergangenen Zeiten. Obwohl die Residenz nach Madrid verlegt war, bewahrte Valladolid noch den Stil und Rang alter imperialer Glanzzeiten, die den Dingen nur von den Jahren und der Patina verliehen werden. Dabei trauerte es der Pracht nach, die ihm Philipp III., der Vater des jetzigen Herrschers, gegeben hatte, als er es länger als ein Jahrfünft wieder zur Reichshauptstadt machte.

Fleitas war aus Toledo hergekommen, nachdem er sich dort mit mehreren Angelegenheiten beschäftigt hatte. Er hatte sich mit Don Nuño Bastos getroffen. Dann hatte er sich um zuverlässige Informationen über das letzte Kind von Don Martín und Doña Beatriz de Fontes bemüht. Als Drittes hatte ihm sein Aufenthalt die Möglichkeit geboten, die erstaunliche Wirksamkeit der einfallsreichen Erfindung des Meisters Pérez zu erproben.

Er kam am Kloster der Königlichen Wonnen vorbei und lief zur Warenbörse der Gerber, hinter der sich das Gericht des Heiligen Offiziums anschloss.

Dieses befand sich in einem Gebäude, dessen Architektur von der sparsamen Linienführung des berühmten Juan de Herrera beeinflusst war, und wenn man es zum ersten Mal erblickte, wirkte es einschüchternd. Nichts daran war zu viel, es gab keinerlei Zugeständnisse an Verzierungen, und keine Form war abgerundet. Am Eingang und über dem Frontispiz des großen Tors thronte das in Stein gehauene Wappen des Glaubensgerichts, das von einem Spruch umgeben war: EXSURGE, DOMINE, ET JUDICA CAUSAM TUAM, Psalm 74, und an beiden Seiten des Eingangs befand sich ein Wächterhäuschen. Don Sebastián wandte sich zum nächsten und sprach den Hellebardier an, der dort Dienst hatte.

»Seid so liebenswürdig und benachrichtigt den Offizier an der Tür.«

»Wen habe ich die Ehre anzumelden?«

»Ich bin Don Sebastián Fleitas de Andrade, ein Familiar der heiligen Inquisition, und ich unterstehe dem direkten Befehl des Provinzials des Heiligen Offiziums, Seiner Exzellenz, Hochwürden Don Bartolomé Carrasco.

Ich möchte die Person sprechen, die für den Empfang der Besucher verantwortlich ist.«

Als der Posten einen solch pompösen Titel hörte, nahm er Haltung an. Er schärfte seinem Kameraden ein, sich um die Tür zu kümmern, und entfernte sich ins Innere des Gebäudes, nachdem er den Portugiesen gebeten hatte, so gütig zu sein und einen Augenblick zu warten. Fleitas de Andrade spazierte kurze Zeit über den Platz, während gerade zwei sonderbare, grün angestrichene Wagen in die Seitenstraße einbogen, die zum Gerberplatz führte. Der Hellebardier kam zusammen mit einem Kammerherrn zurück. Der Portugiese ging zu den beiden und stellte sich noch einmal vor.

»Wenn Ihr so gütig seid, mich zu begleiten …«

Die zwei liefen los und betraten das schmucklose Gebäude, wobei der Ordensbruder den Weg zeigte. Sie kamen durch ein Labyrinth von Gängen, die an unendlich vielen kleinen Räumen vorbeiführten. Dort arbeiteten viele Schreiber, die Archive konsultierten und Papiere ausfüllten. Schließlich gelangten sie zu einem möblierten Saal, der nicht den geringsten Luxus aufwies. Der Ordensbruder blieb vor der Tür stehen und forderte den Besucher auf, den Raum zu betreten, was er mit einer Geste unterstrich. Dieser Raum war bezeichnend für einen Mann, der sich mit Leib und Seele seiner Arbeit widmete, und er eignete sich kaum, um Besuche zu empfangen. Das ganze Mobiliar war schwarz. Der einzige Farbfleck war das dunkelviolette Tuch, das die Lenden des Gekreuzigten verhüllte. Er hing an der hinteren Wand des Kabinetts und beherrschte das Zimmer. Der Tisch und die Sessel waren in venezianischem Stil, und ihre sanft gewundenen Beine waren untereinander mit gekrümmten Eisen verbunden. Die Wände verschwanden buchstäblich hinter den Bergen von Aktenbündeln, die sich in den Bücherregalen häuften, und auf dem Tisch sah man neben den Schreibutensilien lediglich ein Kupferglöckchen.

»Wenn Sie so gütig sind, einen Augenblick zu warten, wird Euch Bruder Crisóstomo unverzüglich empfangen.«

Fleitas machte eine höfliche Verbeugung und betrat den kleinen Saal, ohne ein Wort hinzuzufügen. Er setzte sich bequem in einen Sessel und wartete darauf, dass ihn der besagte Bruder Crisóstomo begrüßte. Einige Minuten vergingen, und ein paar flinke und hüpfende Schritte wie die eines Vogels kündigten den geübten Ohren des Portugiesen an, dass sich ein federleichter Mensch auf dem Gang näherte. Tatsächlich trat einen Moment später ein kleiner Ordensbruder durch die Tür ein. Er trug Riemensandalen und das schwarz-weiße Ordenskleid der Dominikaner. Er war verkümmert und spindeldürr, und seine von einer vollständig weißen Haarkrone geschmückte Glatze verlieh ihm das Aussehen eines exotischen Vogels. Fleitas stand auf und begrüßte ihn, und der Dominikaner streckte ihm das Kreuz hin, das er am Ende seines Gürtelstricks trug, damit der andere es küsste.

»Don Sebastián Fleitas, wenn ich mich nicht irre …«

»Zu Euren Diensten.«

»Macht es Euch bitte bequem.« Bei diesen Worten ging der Mönch um den Tisch, um sich zu setzen, was auch sein Besucher tat. Sobald er seinen Platz eingenommen hatte, verschränkte er die Arme über der mageren Brust und sprach weiter: »Welchem Umstand habe ich das Vergnügen zu verdanken, Neuigkeiten von Doktor Carrasco, meinem lieben Vorgesetzten, zu erhalten?«

»Hört gut zu, Hochwürden. Der Doktor lässt Euch grüßen und bittet mich, Euch diesen Brief zu übergeben.«

Don Sebastián streckte ihm einen versiegelten Umschlag über den Tisch hin.

Der Ordensbruder nahm ihn in die rechte Hand, während er mit der linken nach seiner Brille griff, die auf der Mappe lag. Er setzte sie sich auf die spitze Nase. Dann schnitt er das Lacksiegel mit einem Brieföffner auf und rückte näher zum Licht des auf dem Tisch stehenden Kandelabers. Er las aufmerksam, während der Portugiese wartete. Als er fertig war, legte er den Brief bedächtig auf den Schreibtisch und nahm sich die Brille ab. Er rieb sich mit Daumen und Zeigefinger sanft den Nasenrücken.

»Ich erinnere mich genau an den Fall. Er ist vor ungefähr zwei Jahren hergekommen, und man hat uns absolute Diskretion über dieses Thema nahegelegt. Wie üblich wurde für diese ganze Zeit strenge Einzelhaft verordnet, und wenn ich mich nicht falsch erinnere, ist er im zweiten Keller untergebracht.«

»Wisst Ihr, ob er etwas über seine Haft geäußert hat?«

»Also, das ist ein besonderer Fall. Alle sagen zuerst, dass ein Irrtum vorliege und dass sie vollkommen unschuldig seien. Danach schreien sie und empören sich, und schließlich finden sie sich ab und warten. Um der Wahrheit die Ehre zu geben, muss ich sagen, dass dieser Gómez de León nicht den kleinsten Zwischenfall provoziert hat. Er hat sich in ein würdevolles Schweigen zurückgezogen und versucht nicht, mit anderen zu reden, nicht einmal mit den Gefängniswärtern.«

»Wie ist sein Gesundheitszustand?«

»Das Gefängnis hilft keinem. Aber ich erinnere mich genau an seinen Fall, weil er anders als viele andere seine Haft bemerkenswert standhaft erträgt, und sein Geist verzagt vorläufig nicht.«

»Nun gut, Ihr habt ja schon den Brief gelesen. Ich muss ihn sehen.«

»Und wo soll das geschehen? In seiner Zelle oder in einem der gerade unbenutzten Verhörräume?«

Fleitas überlegte kurz.

»Wenn es sich einrichten lässt, möchte ich ihn beobachten, ohne dass er mich sieht. Danach will ich in einem der Säle, die Ihr meint, mit ihm sprechen.«

»Das ist möglich. Ihr könnt ihn heimlich beobachten durch eine Luke, die sich hierfür öffnen lässt, und selbstverständlich ohne dass er weiß, dass er beobachtet wird.«

»Dann verlieren wir keine Zeit, wenn Ihr einverstanden seid.«

»Wie es Euch gefällt.«

Bruder Crisóstomo setzte sich wieder seine Brille auf. Dann erhob er sich, ging zum Bücherregal rechts von ihm und nahm ein Aktenbündel von einem Brett. Nachdem er es geprüft hatte, schlug er ein paar Angaben in einem der Aktenumschläge nach. Er klingelte mit dem Glöckchen, das auf seinem Schreibtisch stand. Nach wenigen Sekunden erschien der Sekretär, der Fleitas zum Kabinett geführt hatte.

»Ihr begleitet den Herrn zum Korridor der Wachmannschaft und öffnet ihm die Luke, die der Zelle Nummer neun entspricht. Wenn er es dann anordnet, führt Ihr ihn in den Gerichtssaal im Keller und teilt dem diensthabenden Wärter mit, er soll den Insassen der Zelle, die ich Euch genannt habe, in den genannten Saal bringen. Habt Ihr verstanden?«

»Vollkommen, Hochwürden.«

»Dann ans Werk.« Zu Fleitas gewandt, setzte er hinzu: »Exzellenz, wenn Ihr so liebenswürdig seid. Mein Gehilfe wird Euch führen.«

Der Portugiese nahm Mantel und Degen, verabschiedete sich von dem wie ein Vögelchen aussehenden Mönchlein und folgte dem Koadjutor durch die verwinkelten Korridore des Gebäudes. Dieser brachte ihn zwei Stockwerke nach unten zu einem Raum, an dessen einer Wand man eine Reihe von nummerierten Klappen sah, die alle mit Eisendeckeln gesichert waren. Der Mann ging zu der mit der Nummer neun, machte das Fensterchen frei und blickte hindurch. Danach trat er zurück und gab dem Portugiesen zu verstehen, dass er hindurchsehen konnte.

Fleitas beugte sich über das getarnte Guckloch, das die Form eines umgekehrten Trichters hatte, und er konnte ein Bild betrachten, das selbst für seine an menschliches Elend gewöhnten Augen beeindruckend war. Die Zelle lag in unheimlichem Dunkel. Das einzige Licht, das in sie eindrang, war das einer Fackel, die in einen eisernen Ständer an der Wand des Korridors gesteckt war, auf dem die Wärter liefen, um den Gefangenen etwas zu bringen oder etwas aus ihren Zellen zu holen. Das einzige Mobiliar der Zelle war eine Steinbank, auf der eine äußerst dünne, mit Stroh gefüllte Matratze lag. Darauf ruhte der alte Arzt. Seine Augen starrten in eine unbestimmte Weite. Sein Körper war zwar immer mager gewesen, aber jetzt war er ausgemergelt, und er verschwand unter der Hülle seiner heruntergekommenen und fadenscheinigen Kleidungsstücke. Der struppige und ungepflegte Bart reichte ihm bis zur Taille, und seine Hände waren mit zwei schmutzigen Lappen von unbestimmbarer Farbe verbunden. Sein Körper schien kurz vor dem Zusammenbruch zu stehen, nicht jedoch sein Geist. Das Bild vermittelte einen würdevollen Eindruck, und man konnte sagen, ohne dass man befürchten musste, sich zu irren, dass er nicht wie ein Besiegter aussah. Den Portugiesen überraschte dieser Anblick, denn es war nicht der übliche bei den Gefangenen des Ketzergerichts: Die Angst bedrängte sie, weil sie nicht wussten, wer sie angezeigt hatte, welchen Grund es dafür gab, was ihnen hier drinnen geschehen würde und wann man sie zu einer Aussage rufen sollte. Dazu kam die Tatsache, dass sie sich selbst der Vergehen bezichtigen mussten, die sie angeblich begangen hatten, damit sie nicht die Wissbegierde und das Interesse enttäuschten, die ihnen das Heilige Offizium entgegenbrachte. All das trug zum psychischen Zusammenbruch des Häftlings bei, ganz zu schweigen von der Angst vor körperlichen Leiden, die die mögliche und allgemein bekannte Anwendung von Folter mit sich brachte.

Die Prüfung dauerte mehrere Minuten, und als der Familiar sein Interesse befriedigt hatte, drehte er sich zu seinem Begleiter um: »Bringt mich zum Verhörsaal, und dann soll man den Gefangenen holen.«

»Seid so freundlich und folgt mir …«

Der Portugiese ging einen Teil des Weges zurück. Man führte ihn eine schmale Treppe zu einem Saal im dritten Kellergeschoss hinunter. Dort wurden sonst einleitende Vernehmungen durchgeführt, und er sah zwar feierlich und einschüchternd aus, aber in ihm gab es keine Instrumente oder Mechanismen, die der Folter dienten.

»Wartet bitte. Ich werde sogleich den Befehl erteilen, dass man den Gefangenen bringt.«

Fleitas stimmte mit einem kurzen Kopfnicken zu, und sobald der Diener den Raum verlassen hatte, setzte er sich auf einen der drei Sessel, die sich hinter dem auf einem Podium stehenden Gerichtstisch befanden. Er musste nicht lange warten. Schon kündigten ihm Schritte an, dass sich mehr als eine Person näherten ... Es erschien der Diener, dann der Gefangene, dessen Hände und Füße mit Ketten gefesselt waren, und den Marsch schloss ein Hellebardier der Wache ab.

»Hier habt Ihr ihn, Exzellenz. Befehlt Ihr noch etwas?«

»Ihr könnt Euch zurückziehen.« Fleitas wandte sich an den Soldaten: »Ihr auch. Ich möchte mit dem Gefangenen allein bleiben. Aber nehmt ihm vorher die Ketten ab. Der Doktor und ich sind alte Bekannte, und ich weiß genau, dass er ein Ehrenmann ist und nicht versuchen wird zu fliehen.«

»Wie Ihr befehlt.«

Diener und Soldat gehorchten der Anweisung des Portugiesen. Sie gingen und ließen den Jäger mit seiner Beute allein. Beide Männer warfen sich prüfende Blicke zu: In den Augen des Ersten funkelte Geringschätzung, die des Zweiten wirkten gleichmütig.

»Wie lange habe ich nichts von Euch gehört, lieber Freund! Ich wollte Euch schon seit vielen Tagen besuchen, aber Ihr kennt das ja, die Arbeiten folgen ohne Unterbrechung aufeinander, und die Tage vergehen, beinahe ohne dass man es merkt ... dann ist ein Monat vorbei ... und schließlich ein Jahr. Setzt Euch doch, guter Freund. Ich sehe, dass Ihr Euch nicht wohl genug fühlt, um zu stehen.«

Der Doktor rieb sich die Handgelenke, die ihn schmerzten, weil die Eisen sie gedrückt hatten. Er sah überrascht, dass der Portugiese vom Podium herabstieg und ihn am Arm nahm, um ihn zu einem kleinen Schemel zu begleiten, der etwas weiter hinten stand. Er half ihm, sich zu setzen, bevor er wieder seinen Platz oben auf dem Podium einnahm.

»Ich glaube, dass Ihr eine bittere Prüfung durchmacht. Sie ließe sich erleichtern, wenn Ihr ein wenig mitarbeiten wolltet.«

Dem alten Doktor fiel es sehr schwer, die Wörter zu verbinden, und darum äußerte er sich zunächst unbeholfen und zögernd:

»Ich weiß nicht, warum ich hier bin, und ich glaube auch nicht, dass es einen Grund für diese schlimmste Strafe gibt. Sie trifft einen Mann, der sein ganzes Leben nur der Aufgabe gewidmet hat, seinen Nächsten Gutes zu tun, und der nichts unternommen hat, um ein derartiges Unrecht zu verdienen. Und Ihr sollt wissen, wenn eines Tages die Gerechtigkeit in vollem Licht erstrahlt, werde ich Euch diese Schuld zur Last legen.«

»Ich freue mich, dass ich Euch so reden höre, denn daran sehe ich, dass Eure innere Kraft nicht gebrochen ist. Aber ich muss Euch daran erinnern, dass nicht ich es war, der unter Eure Bücher einen Band gestellt hat, der auf dem Index steht. Und denkt auch daran, dass meine Arbeit darin besteht, die Rechtsbrüche anzuprangern, die ich bei den mir anvertrauten Aufträgen feststelle. Anderen steht es zu, Gesetze zu erlassen und zu sagen, was gut ist oder was vor Gericht gehört.«

»Obwohl man mir reichlich Zeit gegeben hat, um darüber nachzudenken, halte ich es weiter für ganz ungerecht, dass man aus einem solchen Grund das Leben eines Mannes ruinieren darf, der jedenfalls eine Warnung und, wenn Ihr mich drängt, eine Buße oder eine Ermahnung verdient haben könnte, aber niemals die Strafe, dass man mich seit bald zwei Jahren in diesem üblen Loch einsperrt und isoliert. Und für noch ungerechter halte ich das, was man mit meinen Händen gemacht hat.«

»Was soll das heißen, Doktor?«

Der Arzt nahm sich langsam die schmutzigen Lappen ab, die seine Hände bedeckt hatten, und zeigte zwei eiternde und schwarzblaue Gliedmaßen, die einen entsetzlichen Anblick boten und ekelerregend stanken.

»Wie Ihr gewiss versteht, können diese Hände nur noch wenig tun, um ein Übel zu erleichtern oder einen neuen Christenmenschen zur Welt zu bringen.«

Fleitas hielt sich ein parfümiertes Taschentuch an die dicke Nase und spielte eine übertriebene, aber wohlberechnete Geste des Abscheus vor.

»Welch bedauerliches Geschehnis, Doktor! Seht, wohin Euch Eure starrköpfige Haltung gebracht hat.«

»Ich verstehe nicht, was Ihr meint. In meiner Familie hat man mir beigebracht, mich immer an die Regeln zu halten, die mir mein Gewissen und meine Ehre vorschreiben.«

»Manchmal haben beide einen übermäßig hohen Preis. Zu Eurem eigenen Besten müsstet Ihr nachgiebiger sein.«

»Und … worin besteht diese Nachgiebigkeit, die Ihr mir empfehlt?«

»Bedenkt, Ihr seid in dieser traurigen Lage wegen eines Vergehens, das vom Heiligen Offizium vollkommen klar bestimmt wird. Aber dabei fällt mir ein, wenn Ihr über eine andere Angelegenheit aussagen solltet, die von großem Interesse für Seine Exzellenz, den Provinzsekretär, ist, würde es vielleicht möglich sein, Euren unverzeihlichen Fehler beiseitezulassen, und zusammen mit Eurer Hebamme könntet Ihr Euer menschenfreundliches Werk fortsetzen.«

»Was für eine andere Angelegenheit ist das, über die ich sprechen sollte?«

»Habt Ihr nicht erwähnt, dass Ihr eine weitere Aufgabe habt, nämlich die, Kinder zur Welt zu bringen?«

»Das habe ich gesagt.«

»Nun, es scheint, dass es eine Unklarheit in Bezug auf eine Entbindung gibt, bei der Ihr schon vor vielen Jahren in Quintanar del Castillo mitgeholfen habt.«

»In dem Städtchen dort habe ich bei allen Entbindungen der Frau von Don Martín de Rojo und bei einigen der Frauen auf seinen Gütern mitgeholfen.«

»Ich meine die Erstgenannte.«

»Und was wollt Ihr wissen?«

Der alte Arzt ahnte bereits, woher der Wind wehte.

»Es geht um die letzte Geburt. Offenbar gibt es widersprüchliche Meinungen darüber, ob Doña Beatriz einen Jungen oder ein Mädchen zur Welt gebracht hat.«

»Ihr letztes Kind war zweifellos ein Junge.«

»Ihr scheint sehr sicher zu sein. Eure Hebamme hat das Gegenteil behauptet …«

»Dann muss sie etwas verwechseln. Diese Frau hat so viele Christenmenschen zur Welt gebracht, dass ihr Gedächtnis nachlässt.«

»Und wenn ich Euch sagte, dass sie so sorgfältig war, sich Notizen über ihre Wöchnerinnen zu machen, was würdet Ihr dann antworten?«

»Nun, ich würde Euch antworten, dass sie sich an dem Tag damals geirrt hat.«

»Habt Ihr hierüber keine Zweifel?«

»Die Familie Rojo ist mit mir befreundet, seitdem ich gerade meine Zulassung als Arzt erhalten hatte und Don Bernardo pflegte, den Vater, Gott habe ihn selig, und ich weiß noch genau, wie sehr sich Don Martín gewünscht hat, dass seine Frau einen Jungen bekommen sollte, wie es auch geschah, nachdem sie drei Mädchen geboren hatte.«

»Wer war außer Euch und Eurer Hebamme in der Nacht damals im Haus von Don Martín de Rojo dabei?«

Der alte Doktor ging nicht in die Falle.

»Seine Schwester, die Priorin von Sankt Benedikt, die immer bei den Entbindungen ihrer Schwägerin anwesend war. Sie ist aufgebrochen, sobald das Kind auf der Welt war.«

»Hattet Ihr erfahren, dass man in derselben Nacht damals ihrer Obhut ein anderes Kind im Kloster übergeben hat?«

»Mein Kopf taugt nicht für so viele Labyrinthe. An irgendetwas glaube ich mich zu erinnern.«

»Strengt Euer Gedächtnis an. Zum Kloster kommen entehrte Mädchen, die entbinden und danach die Frucht ihrer Sünde den Nonnen überlassen, damit sie Familien als Adoptiveltern suchen, die sich um das Kind kümmern können. Aber nicht so alltäglich ist es, dass man Neugeborene in Sankt Benedikt lässt.«

»Es ist nicht alltäglich, aber es ist mehr als einmal vorgekommen.«

»Ihr wart der Arzt der Nonnen, nicht wahr?«

»Gewiss.«

»Und die Oberin hat Euch nicht über diesen sonderbaren Vorfall unterrichtet?«

»Ich habe das Kloster nur aufgesucht, wenn man mich benachrichtigte, dass jemand meine bescheidenen Kenntnisse benötigte. Von diesem Vorfall bis zu meinem Besuch bei einer Nonne sind womöglich Wochen oder vielleicht Monate vergangen, und dann war das Ereignis nichts Neues mehr, und Mutter Teresa hat mir vielleicht überhaupt nichts erklärt. Außerdem hatte sie ja keinen Grund, es zu tun.«

»Gut, lassen wir das. Habt Ihr eine Anwärterin gekannt, die Catalina hieß?«

»So weit reichen meine Erinnerungen nicht. Wie Ihr gewiss versteht, erinnere ich mich nicht an die Namen aller Nonnen, Novizinnen, Postulantinnen und Anwärterinnen, die in Sankt Benedikt lebten.«

»Habt Ihr erfahren, dass nach dem Tod der früheren Priorin eine Anwärterin aus dem Kloster geflohen ist?«

»Etwas habe ich davon gehört.«

»Und wer, hat man Euch gesagt, war diejenige, die geflohen ist?«

»Ich erinnere mich nicht an ihren Namen. Aber selbst wenn man ihn mir gesagt hätte, könnte ich mich schwerlich an sie erinnern.«

»Und wisst Ihr etwa nicht, dass sie genauso alt wie der Sohn ist, den Don Martín de Rojo bekommen hat?«

»Ich erkläre Euch noch einmal, dass ich Euch über dieses ganze Durcheinander nichts sagen kann. Außerdem, was hat das miteinander zu tun?«

»Wisst Ihr auch nicht, dass sie gerade zu der Zeit geflohen ist, als die Priorin gestorben war, für deren Tod man sie übrigens verantwortlich macht?«

»Ich weiß nichts, und darum, ich wiederhole mich, kann ich Euch nichts sagen.«

»Das ist bedauerlich. Der Herr Provinzsekretär hat den Verdacht, dass sich hinter all dem etwas verbirgt und dass die Rojos etwas damit zu tun haben, die außerdem keine Altchristen und keine vertrauenswürdigen Leute sind.«

»Seine Hochwürden täuscht sich.« Bei dem alten Arzt meldete sich der Ehrbegriff, und seine langjährige Freundschaft mit Don Martín ließ sich nicht beirren, nicht einmal unter diesen äußerst schlimmen Umständen, unter denen sein Leben auf dem Spiel stand. »Es gibt keinen besseren Menschen und keinen besseren Hidalgo als Don Martín.«

»Erinnert Ihr Euch, dass Ihr einmal auf der Haut eines Eurer Patienten einen scharlachroten Fleck gesehen habt, der die Form eines Auges hatte, aus dem drei Tränen tropften?«

Der Doktor zögerte einen Moment, was dem Portugiesen nicht entging.

»Ich habe in meinem Leben gewiss Tausende von Muttermalen oder Leberflecken in den verschiedensten Formen und Färbungen gesehen. Avicenna sagt in seinem *Buch der Heilung*, in der Abteilung ›Äußere Zeichen und Flüssigkeitsabsonderungen, die innere Krankheiten des Körpers ankündigen‹, wenn sie nicht schwarz oder gefärbt und vor allem dick seien, komme ihnen keine Bedeutung zu, und darum beachte ich sie nicht. Wenn sie von der Art sind, die ich Euch beschreibe, kann man überdies nichts tun, wenn sie sich ungestüm entwickeln.«

»Nennt Ihr mir wieder einen verbotenen Autor?«

»Als ich ihn studierte, war er es nicht.«

»Es ist gut, Doktor. Ich sehe schon, Ihr wollt Euch nicht helfen lassen. Was von nun an geschieht, entzieht sich meinen Möglichkeiten. Gern hätte ich Euch beigestanden, aber Euer Eigensinn ist grenzenlos.«

»Gott weiß, dass man mir ein Unrecht antut. Jemand wird sein Gewissen mit diesem Frevel belasten.«

»Ich bedaure, was Euch geschieht. Aber vergesst nicht, dass es Euch noch viel schlimmer gehen kann.«

»Ich bin in Gottes Hand.«

»Nun, wenn Ihr Euch darauf versteift, lasst Euch von Ihm beschützen.«

Nachdem Don Sebastián Fleitas de Andrade seine letzte, verschleierte Drohung ausgestoßen hatte, erhob er sich und erklärte damit das Gespräch für beendet. Er läutete mit dem Glöckchen, das auf dem Tisch stand, und als die Wächter eintraten, gab er einen barschen Befehl, der wie ein Peitschenhieb in den Ohren des Arztes widerhallte.

»Nehmt ihn mit!«

Sie legten dem alten Doktor wieder Ketten an. Er stand mühsam auf und ging zwischen den Wächtern hinaus, wobei er die Fußeisen nachschleifte. Er war sich bewusst, dass er gerade sein Todesurteil unterschrieben hatte.

Drei Briefe

Liebe Freundin!

Ihr könnt Euch gar nicht vorstellen, wie sehr ich an Euch denke und wie mein Herz geblutet hat, weil Ihr nicht da seid. So gern würde ich bei Euch sein und Euch berichten, wie viele unglaubliche Dinge ich in dieser Zeit erlebt habe! Wie Ihr gewiss ahnt, bin ich schon in die Stadt gekommen, in der Euer Vetter lebt. Ich bin zu dem Haus gegangen, das Ihr mir genannt habt, und dort war er. Ich habe ihm den Brief gegeben, damit er ihn an Euch weiterleitet, und er hat mir gesagt, dass Ihr ihn spätestens in zwei Wochen erhaltet.

Wenn Ihr mich sehen könntet, würdet Ihr mich nicht wiedererkennen. Ich setze meine Reise fort, und sobald ich an mein endgültiges Ziel gelange, übermittle ich Euch einen Brief auf demselben Weg, denn das habe ich mit Eurem Vetter schon vereinbart.

Das Leben ist viel reizvoller, als ich es mir eingebildet habe, und alles, was Ihr mir darüber erzählt habt, was Verliebtsein bedeutet, ist mir schon geschehen. Ich habe einen wunderbaren Menschen kennengelernt, genauer gesagt, ich habe ihn wiedergetroffen. Das war der unglaublichste Zufall, der eintreten kann, und das bestätigt mir, dass es die göttliche Vorsehung gibt, weil es sonst unmöglich wäre, dass so etwas geschieht. Jetzt reise ich zu ihm, und meine Freude ist unbeschreiblich. Ihr glaubt vielleicht, dass ich nicht ganz gescheit bin, aber vorläufig kann ich Euch nicht mehr sagen.

Ich bin ein geschickter Fechter geworden, und außerdem habe ich andere Fähigkeiten erworben, die mir in dem neuen Leben, das vor mir liegt, sehr nützlich sein werden.

Ich würde alles Mögliche dafür hergeben, wenn ich bei Euch sein und Euch unzählig viele Dinge erklären könnte, die sich in einem Brief sehr schwer aussprechen lassen. Doch mein Herz sagt mir, dass der Tag kommt, an dem mein Wunsch erfüllt wird.

Wenn Ihr diesen Brief erhaltet, schickt die Antwort an Euren Vetter. Ich übermittle ihm meine Adresse (sobald ich eine habe), und auf diesem Weg kann ich von Euch hören. Erzählt mir viel über Eure Welt und die Leute dort, Ihr versteht mich schon.

Ich liebe Euch von ganzem Herzen und vermisse Euch. Lasst Euch brüderlich umarmen von Eurem Freund

ALONSO DÍAZ

Madrid, den 16. September 1638

Von Don Jerónimo de Villanueva
An Don Martín de Rojo

Verehrter und lieber Freund!
Es ist mir eine Freude, mich an Euch mit Neuigkeiten über die uns beschäftigenden Angelegenheiten zu wenden.

Durch die guten Dienste des Paters Antonio de Sotomayor, des Beichtvaters Seiner Majestät, haben wir erreicht, dass eine Abordnung, die aus drei Patres der Gesellschaft Jesu von erprobter Redlichkeit besteht, das Benediktinerkloster aufgesucht hat, um mehrere uns außerordentlich interessierende Fragen zu untersuchen und darüber zu berichten. Ich gebe Euch ihre Schlussfolgerungen nicht wieder, weil dies zu weit führen würde. Doch was Euch betrifft, muss ich Euch sagen, dass es den Verdacht gibt, der Tod der früheren Priorin, Eurer lieben Schwester, sei nicht ganz so natürlich gewesen, wie er es sein sollte, und es ist offenbar auch so, dass man eine frühere Anwärterin beschuldigen wollte, deren Vormund Ihr wart und die ihre einfachen Gelübde in den Tagen ablegen sollte, als sie verschwand.

In den Gegenden dort kursiert das Gerücht, dass es durch die Vermittlung Eurer Schwester zu wunderbaren Geschehnissen komme. Die hochwürdigen Patres haben dies mit Argwohn aufgenommen und schreiben es eher der Einfalt der guten Leute und dem Verlangen bestimmter Personen zu, im Kloster über eine Heilige zu verfügen.

All dies veranlasst mich zu dem Versuch, jenen Freund von Euch aus seiner traurigen Lage zu befreien, habt Ihr mich doch so eindringlich gebeten, für ihn alles zu tun, was ich kann. Denn da Doktor Gómez de León der Klosterarzt war, wird seine Zeugenaussage über vieles, was dort geschehen ist, von entscheidender Bedeutung sein. Vorläufig unternehme ich Schritte mit dem Ziel, dass sein Fall aus den Händen des Heiligen Offiziums in die Zuständigkeit der königlichen Autorität übergeht. Wenn uns dies gelingt, werden wir sogleich weiter tätig sein und uns bemühen, seine Lage zu klären. Ein solches Unternehmen ist nicht unausführbar, wohl aber langwierig und beschwerlich. In Bezug auf die Möglichkeit, dass Ihr in einen Ritterorden eintretet, muss ich Euch ferner sagen: Nach vielen Bemühungen hat man erreicht, dass einer der Adelsprüfer uns wohlgesonnen ist. Dabei handelt es sich um Don Francisco de Úbeda, einen rechtschaffenen Mann, der dem Monarchen uneingeschränkt und erwiesenermaßen treu und außerdem ein Verwandter meiner Familie ist. Wir möchten nicht das Gleiche über den anderen sagen, den das Ketzergericht durchgesetzt hat, ohne dass wir es verhindern konnten. Er heißt Don Nuño Bastos, und Ihr müsst sehr vorsichtig mit ihm umgehen, denn er ist hinterlistig und intrigant, aber geschickt und eifrig auf seine Amtsbefugnisse bedacht.

Wie Ihr aus meinen Mitteilungen ersehen könnt, sind Eure Angelegenheiten nicht in Vergessenheit geraten. Seid sicher, dass wir alles uns Mögliche unternehmen, um Eure Wünsche zu erfüllen.

Das ist alles. Übermittelt bitte unserem gemeinsamen Freund, dem Herrn Herzog von Albuquerque, unsere herzlichsten Grüße. Ich verbleibe mit vorzüglicher Hochachtung

Unterschrift mit Namenszeichen
JERÓNIMO DE VILLANUEVA,
Obernotar von Aragonien

Madrid, den 22. September 1638

Seiner Exzellenz Señor Don Benito de Cárdenas,
Marquis von Torres Claras
Benavente

Lieber Vater!
Ich möchte Euren Brief vom August dieses Jahres beantworten, denn selbst auf die Gefahr hin, dass Ihr mich als schlechten Sohn tadelt, muss ich Euch sagen, dass die Tage hier am Hof vergehen, ohne dass man es spürt. Ich bin von meinen Verpflichtungen und von den vielen und neuen Erfahrungen derart über-

mäßig beansprucht, dass ich dies von einem Tag auf den anderen verschoben habe, bis mich das Gewissen darauf hingewiesen hat, dass die heutige Nacht nicht vorübergehen darf, ohne dass ich meiner Pflicht nachgekommen bin.

Ich weiß nicht einmal, womit ich beginnen soll, weil ich Euch so vieles zu erzählen habe. Zuerst möchte ich Euch sagen, dass meine Ausbildung im Pagenhaus so weitergeht, wie es die vornehmen Namen verdienen, die Ihr mir gegeben habt. Ich bin der Erste bei zwei von den fünf Lehrfächern, und ich kann sagen, dass ich bei den drei anderen einen würdigen Platz behaupte. Ich lege Euch die Briefe meiner Lehrer bei. Sie beweisen alles, was ich Euch schon erklärt habe. Eine einzige Wolke trübt meine Freude, und obwohl ich Euch schon früher von dem Problem erzählt habe, ist es so unangenehm geworden, dass ich wieder darauf zurückkomme, denn es nimmt ernste Formen an. Es geht um die Anwesenheit eines leichtsinnigen und prahlerischen Studenten in meiner Gruppe. Er heißt Cristóbal López-Dóriga. Seine Wesensart und seine Methoden, mit denen er der Gruppe schadet, empören mich, und ich nehme an, dass ich früher oder später einen Zusammenstoß mit ihm haben werde. Seinen witzigen Streichen applaudiert Álvaro de Rojo wie ein Hofnarr, ein kleiner Geck, dem die Lästerzungen die akademischen Leistungen des anderen zuschreiben, denn auf diese Weise will er ihm Schutz und Hilfe vergelten. Ich habe mich schon zweimal mit ihm gestritten, und ich fürchte, dass das dritte Mal nahe ist. Nun ja, ich werde die Ratschläge meines alten Hofmeisters befolgen und mich bemühen, einem unglücklichen Abenteuer aus dem Wege zu gehen. Wie geht es Don Suero? Und Tomasa, meiner lieben Amme? Und Bruder Anselmo, nimmt er alles immer noch so übergenau wie immer?

Wie Ihr wisst, besuche ich nachmittags die Unterrichtsstunden, die der Fechtmeister Don Luis de Narváez gibt. Bei den Madrider Plaudergesellschaften wird erzählt, dass er zusammen mit Pacheco der größte Fechtkünstler in der ganzen Residenz ist. Allerdings muss ich sagen, um der Wahrheit die Ehre zu geben, dass ich unter den Schülern noch keinen Rivalen gefunden habe, dessen Schnelligkeit und Meisterschaft sich mit meinem früheren Pagen Alonso Díaz vergleichen ließe. Neulich habe ich Don Luis von ihm und von seiner Begabung erzählt, die Linke zu gebrauchen. Er hat geantwortet, für jemanden, der sich darauf verstehe, sei so etwas ein großer Vorteil bei Zweikämpfen, wirke es doch höchst verwirrend, sollte der Gegner mitten im Angriff, wenn man schon glaube, dessen schwachen Punkt gefunden zu haben, die Fechtstellung wechseln und an der anderen Seite zustoßen.

Die Art, wie er aus unserem Haus verschwunden ist, kann ich mir übrigens immer noch nicht erklären, obwohl schon zwei Jahre vergangen sind. Ich bin mir sicher, dass er uns seine Taten eines schönen Tages zufriedenstellend erklärt und den Grund für sein sonderbares Verhalten nennt. Manchmal denke ich, dass ihn vielleicht der schreckliche Schlag, den man ihm auf den Kopf gegeben hat und der ihn daran hinderte, sich an Dinge aus seiner Vergangenheit zu erinnern, beeinträchtigt hat.

Ich muss Euch eine wichtige Neuigkeit melden, die ich für das Ende aufgehoben habe. Neulich habe ich am Nachmittag im Theaterhof Corral del Príncipe die Uraufführung des Stücks *Jedem Narren gefällt seine Kappe* von Antonio Hurtado de Mendoza besucht, und die Schauspielerin Elena Osorio spielte die weibliche Hauptrolle. Dieser Autor nennt sie »Gala« in seinen Gedichten, und er ist ihr Geliebter, wie die bösen Zungen in Madrid behaupten. Nun, ich stand zusammen mit Lorenzo an der letzten Sperrsitzreihe, wohin wir uns gewöhnlich stellen, als Don Antonio de Mendoza zu uns kam, der Euer Waffengefährte war und dessen wunderschöne Tochter zusammen mit ihrer Gesellschafterin in einer prächtigen Kutsche auf der Calle Mayor spazieren fährt. Er sprach von Eurer gemeinsamen Zeit in Italien und sagte mir dann, dass ich Euer getreues Ebenbild aus der Zeit sei, als Ihr mein jetziges Alter hattet. Er hat uns für Samstagabend in sein Schloss eingeladen, wo die Truppe der Osorio zu Ehren eines seiner Verwandten, der Vizekönig in Neuspanien war, für eine beschränkte Zahl von Gästen einen Ausschnitt aus *Die kluge Närrin* aufführen wird, und dann wird es in seinen Sälen einen Ball geben, an dem das ganze vornehme Madrid teilnehmen soll. Jetzt verstehe ich Euch, wenn Ihr sagtet, es sei wichtiger, dass man sich bei einer Pavane oder einem Ruggiero gut bewegen könne, als dass man vielleicht mit der Stechpuppe übe. Ich muss sogar voller Dankbarkeit an die Lektionen dieses Stutzers Monsieur de Lagarteare zurückdenken! In meinem nächsten Brief werde ich Euch gewiss berichten, wie ich dieses gefährliche Wagnis bestanden habe.

Nun ja, lieber Vater, diesmal habe ich also meine Pflicht erfüllt. Ich hoffe, unserem Namen gerecht zu werden und das Wappen von Torres Claras zu ehren, aber ich muss Euch gestehen, dass mich ein Duell mit Degen weniger als die schwere Prüfung beunruhigen würde, der ich mich am nächsten Sonnabend unterziehen muss.

Ich küsse Euch die Hand und verabschiede mich voller Dankbarkeit und Respekt wie immer.

Euer Sohn, der Euch bewundert und liebt,

DIEGO

PS: Ich mache mir Sorgen wegen Blesse, der schon alt ist. Der Tierarzt hat ihn untersucht, und er kann die Krankheit nicht finden, die ihn quält. Wenn es ihm weiter so geht, würde ich es wagen, Euch zu bitten, dass Ihr Don Suero gestattet, in die Hauptstadt zu kommen. So viel ich weiß, ist er der Mensch auf der Welt, der am meisten von Pferden und Heilmitteln versteht.

Endlich Madrid!

Als Catalina in Valladolid eingetroffen war, suchte sie Casildas Vetter auf. Sie musste auf ihn warten, denn er, der als Maultiertreiber begonnen und es durch fleißige Arbeit zum selbstständigen Fuhrmann gebracht hatte, war gerade unterwegs und verteilte eine Ladung Pelzjacken und andere warme Kleidungsstücke. Die Großhändler in Burgos hatten danach verlangt, weil sie sich auf den nächsten Winter vorbereiten wollten. Er würde frühestens in zwei Tagen zurückkehren. Catalina vertrieb sich die Wartezeit, indem sie sich bei den Zigeunern aufhielt und sie bei ihren alltäglichen Beschäftigungen begleitete, wie etwa beim Schleifen von Sicheln und anderen Schneideinstrumenten, und sie sah sich in der schönen Stadt um. Endlich, nach fünf Tagen, kam der Mann. Sie stellte sich ihm vor und erklärte, von wem sie geschickt wurde. Dann konnte sie ihm den Brief übergeben, den sie für Casilda geschrieben hatte, und ihm erklären, wo und wem er ihn aushändigen sollte. Sie achtete sorgfältig darauf, nichts hineinzuschreiben, was ihre Freundin hätte gefährden können und was auf ihre Spur geführt und gezeigt hätte, wohin sie wollte. Rafael Peribáñez, so hieß der Mann, äußerte große Freude, dass er Neues von seiner Base erfuhr, und er erklärte Alonso, dass sie in ihrer Kindheit mehr als Geschwister gewesen wären und dass man sie ihm eines Tages entrissen hätte, und niemand habe ihm viele Jahre lang etwas von ihr berichtet. Nun sei er verheiratet und habe drei Kinder, zwei Jungen und ein Mädchen. Catalina kam es so vor, als wäre dieses Mädchen die getreuliche Wiedergeburt Casildas.

Sie luden sie zum Essen ein, und Catalina schenkte ihnen einen der Wildschweinschinken. Diese guten Leute wollten Casilda ehren, indem sie den Gast an ihrer Stelle bewirteten. Sie ließen sie so viel und eine solche Fülle von köstlichen Speisen essen, dass sie sich in der Nacht sterbenselend fühlte, Tarsicia ihr eine Kräutermixtur bereiten musste und ihr am nächsten Tag nichts anderes übrig blieb, als das Bett zu hüten.

Sie verbrachte ihre letzten Nächte mit der Familie der Ayamontes, die ihre Wagen vor der Stadt abgestellt hatten. Als sie sich wieder erholte und ihre Freunde die Reise fortsetzen mussten, verabschiedete sie sich tieftraurig von ihnen und machte sich auch zum Aufbruch bereit.

Bevor sie sich verabschiedeten, gab ihr Tarsicia die Adresse der Freundin, die Catalina in der Hauptstadt aufsuchen sollte, und zwei Briefe, einen für die Freundin und den anderen für den Schauspieler Pedro de la Rosa, dazu ein paar Notizen, in denen die Mengen und Stoffe genau bezeichnet wurden, die sie mischen sollte, um das von ihr ersehnte Ergebnis zu erreichen, mit der höchst nachdrücklichen Empfehlung, dass sie sich dabei besonders vorsichtig verhalten solle, damit sie nicht in falsche Hände gerieten.

Auch Florencio wollte ihr etwas schenken. Dieses Geschenk war ein ganz eigentümlicher Dolch, der wegen seiner Form und seines Gewichts viel sicherer und weiter als die üblichen Dolche flog. Er riet ihr, dass sie ihn in Madrid stets bei sich tragen und im Stiefelschaft verstecken sollte. Außerdem legte er, obwohl das Mädchen protestierte, eine kleine Geldsumme hinzu, die Catalina, wie er meinte, durch ihre Arbeit verdient habe.

Als Catalina sah, dass die Wagen losfuhren, überkam sie ein trauriges Gefühl der Einsamkeit und Verlassenheit. Sie beruhigte sich, als sie Curro zum Abschied zuwinkte, der an der hinteren Öffnung des zweiten Wagens untröstlich weinte. Schließlich verschwand sein Bild in der Ferne. Nun fasste sie sich und machte sich auf den Weg.

Catalina hatte schon vergessen, was es bedeutete, auf Afroditas Rücken die Wege zu bewältigen, und die ersten Meilen richteten ihren Körper übel zu und ließen die Gelenke knirschen. Sie hatte es nicht eilig und passte das Tempo der natürlichen Gangart des Tieres an. Sie wollte nach Segovia reiten, um dann über Manzanares del Real und Colmenar Viejo nach Madrid zu gelangen. Da sie nun über ausreichend Geld verfügte, machte sie dort halt, wo es ihr am besten gefiel, und sie kümmerte sich darum, dass das Tier keine unnötigen Strapazen oder irgendein Missgeschick erduldete. Sie kehrte in den am besten aussehenden Wirts- und Speisehäusern ein und bemühte sich, genug Geld in der Wamstasche zu haben und so nicht die Münzen zu zeigen, die sie in ihrer Gürteltasche trug. Die Erfahrung, die sie in der Gegend von Benavente gemacht hatte, war ihr noch frisch in Erinnerung, und sie wollte keine Wiederholung herausfordern.

Zum Schlafen setzte sie sich ans Feuer und wickelte sich in ihren Mantel. Sie ruhte aus, ohne sich »für alle Fälle« das Büffellederkoller auszuziehen, das ihr Diego geschenkt hatte, und selbstverständlich steckte ihr neuer Dolch verborgen im Stiefelschaft.

Am Abend des dritten Tages wurde sie von der Müdigkeit überwältigt und entschloss sich, in einem Gasthaus ein Zimmer zu nehmen. Dabei wusste sie, dass der Schutzbrief, den ihr die Cárdenas ausgestellt hatten, damit sie sich in Benavente und den umliegenden Dörfern frei bewegen konnte, und in dem bestätigt wurde, dass der Inhaber ein Page der Familie war, sie vor jedem unerwarteten Zusammenstoß oder jeder ungesunden Neugier bewahrte. Am Abend des vierten Tages, als alle Glocken der Stadt zur Vesper läuteten, ritt sie auf ihrem Maultier in die innig herbeigesehnte Residenz ein.

Sie war tief beeindruckt. Nichts ließ sich mit dem Hof des Dichterkönigs vergleichen. Sie fühlte sich in innerster Seele heftiger erschüttert als bei ihrer Flucht aus dem Kloster.

Sie kam über die Brücke Puente de Segovia, um nach Madrid hineinzugelangen, und als sie sich in der Calle de Toledo erkundigte, sagte man ihr, sie müsse zur Plazuela del Ángel, um auf die Calle de los Francos einzubiegen. Dort befanden sich die angesehensten Bordelle von Madrid, unter denen das Haus der Solera, das berühmteste von allen, den ersten Rang einnahm. Das Wetter war angenehm, und die Passanten liefen geschäftig hin und her. Männer und Frauen aller Alters- und Gesellschaftsklassen vermischten sich in einem geradezu höllischen Durcheinander. Niemals hatte sie eine so große und buntscheckige Menge gesehen: Händler, Geistliche, Studenten, Hidalgos, Lakaien, Häscher, Dirnen mit kurzen Mäntelchen, Soldaten, verschleierte Damen mit ihren Gesellschafterinnen und vor allem Bettler, eine gewaltige Menge von bedürftigen Krüppeln, manche von ihnen alte Soldaten mit einer kleinen Ledertafel um den Hals, auf der man den Grund für ihre Invalidität und das mehr oder weniger ehrenvolle Ereignis lesen konnte, das sie herbeigeführt hatte. Sie überfluteten die Straßen und zerrten frech an der Kleidung der Passanten, wobei sie eine milde Gabe oder ein Almosen eher hochmütig verlangten, als dass sie darum bettelten. Einige taten es, indem sie mit ausgestreckter Hand den Karossen nachliefen, und manchmal wagten sie es sogar, auf die Trittbretter der Wagen zu steigen, obwohl die Kutscher sie mit Peitschenhieben bedrohten, und andere forderten vom Boden aus eine Spende und wiesen ihre eiternden Wunden und ihre Gliederstümpfe wie ruhmreiche Trophäen vor.

Plötzlich wurde der gedämpfte Klang eines Glöckchens vernehmbar, und bei seinem magisch wirkenden Ton blieben die Leute genau an der Stelle stehen, wo sie sich in diesem Moment befanden, und viele knieten im Straßenschmutz nieder, ohne dass sie Zeit hatten, ein Tuch oder auch nur einen schlechten Lappen auf den Boden zu legen, um ihre Kleidung vor Flecken und Schäden zu schützen. Catalina stieg von Afrodita ab und hielt sie am Halfterstrick fest, damit das verängstigte Tier nicht davonstürmte. Sie kniete ebenfalls nieder und wartete, weil sie sehen wollte, was die Menge innehalten ließ. Als sie beobachtete, dass alle Männer den Hut abnahmen, zog auch sie ihre Mailänder Mütze, die sie unterwegs getragen hatte. Der Glöckchenklang näherte sich, und nun konnte sie sechs Messknaben sehen, die einen Geistlichen begleiteten. Dieser hatte einen Chorrock über der Soutane angezogen, und er trug das Allerheiligste, das von einem kleinen Baldachin geschützt wurde. Vier Messknaben hielten diesen Baldachin, während ein fünfter einen Weihrauchkessel hin- und herschwenkte und der sechste mit dem Glöckchen läutete. Offensichtlich kamen sie von einem hochgestellten Sterbenden oder gingen zu ihm, um ihm beizustehen. Als alles vorbei war, beseelte sich das starre Bild mit neuem Leben, und alle setzten sich wieder in Bewegung. »Das ist ein sonderbares Volk, das ohne Rücksicht und Maß sündigt und das trotzdem wie gelähmt verharrt, wenn das Allerheiligste vorbeikommt«, dachte das Mädchen.

Sie stieg auf ihr Maultier, trieb es mit den Fersen an und ritt weiter. Sie wich der Menschenflut so gut aus, wie sie konnte. Nun wollte sie zu der Adresse gelangen, die ihr Tarsicia auf einen Zettel geschrieben hatte und die folgendermaßen lautete: »María Cordero. Arme-Seelen-Straße, an der Ecke mit der Calle de los Francos (neben der Schmiede).«

Das Haus war ein zweistöckiges Gebäude, das nicht zu seiner Umgebung passte. Dies war vielleicht auf seine eigentümliche Bauart in einem Viertel wie diesem zurückzuführen. Ringsum standen niedrige Häuser oder einfache Läden, die nicht in die Höhe ragten. An der hinteren Seite gehörte noch ein Stück Land dazu. An der Tür leuchtete eine Laterne mit rot bemalten Gläsern, und an den Türklopfer war ein Lappen von derselben Farbe gebunden. Sie pries die Ware an, die man dort feilbot.

Catalina stieg ab. Sie band Afrodita an einen hierfür bestimmten Wandring, lud sich den Reisesack auf den Rücken und ging zur Tür. In deren Mitte war eine Inschrift zu lesen: »Hier könnt ihr Ruhe finden.« Sie hob die Hand, packte den Türklopfer und schlug entschlossen an die Tür. Von drinnen hörte man Gelächter und laute Rufe. Das junge Mädchen dachte schon, dass sich niemand um ihr Klopfen kümmern würde, doch einen Augenblick später konnte sie durch die Tür hören, dass sich Schritte näherten. Eine Stimme sagte:

»Dorotea, es klopft! Jemand soll hingehen.«

Die Tür ging auf, und vor Catalina erschien ein zerzaustes und fröhliches, etwas mehr als zwanzig Jahre altes Mädchen, das ein Getränk in der Hand hielt und eine Bluse mit tiefem Ausschnitt trug. Es grüßte mit einer anmutigen Verbeugung und sagte mit lallender Stimme:

»Wer ist durch den Garten hereingekommen? Dies ist das Haus María Corderos. Hier könnt Ihr Ruhe finden.«

Catalina wunderte sich über diesen Empfang, doch sie fasste sich sofort wieder und antwortete:

»Ist sie zu Hause?«

»Es kommt darauf an, wer Ihr seid und welchen Auftrag Ihr habt, schöner Jüngling, was Ihr gewiss versteht.«

»Sagt ihr, dass ich ihr Neuigkeiten von ihrer Freundin Tarsicia und einen Brief bringe.«

»Seid so freundlich und gebt ihn mir, ich reiche ihn an sie weiter.«

»Das tue ich nicht. Ich muss ihn persönlich übergeben.«

»Dann seid so gütig und wartet. Aber kommt herein! Bleibt nicht dort stehen, denn der Zephir, der um diese Zeit von den Bergen herunterweht, ist sehr heimtückisch und wirbelt schädliche Ausdünstungen auf. Es wäre jammerschade, wenn ein junger Bursche wie Ihr krank würde. Sagt mir jedenfalls, wie Ihr heißt.«

»Mein Name wird ihr nichts sagen. Aber meldet ihr, dass Alonso Díaz wartet.«

»Gleich kündige ich Euch an.« Das dreiste Mädchen machte eine komische Verbeugung, und während sie das Glas an die Lippen führte, lief sie ins Innere des Gebäudes, wobei sie etwas schwankte und spöttisch rief: »María, Euch sucht der Hidalgo Alonso Díaz. Bestimmt ist er ein entfernter Verwandter des großen Cid!«

Als sie durch die Tür trat, nahm der Lärm beträchtlich zu. Catalina hörte nun deutlich Männer- und Frauenstimmen. Das laute Fest fand am Ende des langen Korridors statt. Er ging von dem Hausflur aus, wo das lustige Mädchen sie zurückgelassen hatte. Catalina stellte den Reisesack auf den Boden, setzte sich auf eine rot bemalte, an der Wand lehnende Holzbank und wartete. Es war noch nicht viel Zeit vergangen, als sie sah, dass eine Matrone durch den Korridor kam, deren Gesicht ihr sogleich ein Gefühl herzlicher Zuneigung eingab. Sie trug, als hätte sie sich als Hofdame kostümiert, einen prächtigen kobaltblauen Reifrock aus sündhaft teurem Brokat, der ihre rundliche Gestalt noch umfangreicher erscheinen ließ, wenn das möglich gewesen wäre. Ein geschlossenes, mit Fransen besetztes Mieder sollte ihre gewaltige Brust bändigen, und die Puffärmel sorgten dafür, dass ihre kurzen und lebhaft gestikulierenden Arme wie Spanferkelschinken wirkten. Sie hatte hochgestecktes Haar, und an den Seiten hingen lange Korkenzieherlocken herab, die von ihrer barocken Perücke ausgingen. Während sie in ihren Pantoffeln mit den dicken Korkabsätzen lief und die Füße von dem langen Rock beinahe ganz verborgen waren, schien es, als glitte diese Masse auf versteckten Rädchen und würde nur von den kräftigen Stößen angetrieben, mit denen ein riesiger Fächer an ihre Brust schlug.

Mit zwei Wellenbewegungen gelangte sie zu Catalina und fuhr sie unvermittelt an, ohne sich überhaupt vorzustellen:

»Ihr habt wirklich Neuigkeiten für mich von Tarsicia?«

»Das ist so sicher, wie ich hier vor Euch stehe.«

»Ist das eine große Freude! Dann seid so gut und kommt mit, denn in diesem verdammten Haus kann man nicht einmal in Ruhe sprechen.«

Catalina stand auf und nahm ihren Reisesack wieder hoch, als die Türglocke erneut läutete. María Cordero öffnete die Tür, und an der Schwelle erschienen drei Herren. Zwei von ihnen sahen elegant aus, und der dritte wirkte würdig, aber bescheidener: Die beiden Ersten trugen Samtwämser, Beinkleider, wallonische Schlitzkragen, hohe Stiefel aus bestem Leder und von vorzüglicher Machart, über die Schulter gelegte Mäntel und Federhüte, und der Dritte kleidete sich altmodischer, aber deshalb nicht weniger anständig und keineswegs ungepflegt.

»Willkommen, Herr Fähnrich und Eure Kameraden!«, grüßte schmeichlerisch die Herrin des öffentlichen Hauses. »Wie selten Ihr Euch sehen lasst! Mehr als ein halbes Jahr habt Ihr Euch nicht blicken lassen, damit ich Eurer Einsamkeit abhelfe. Was ist schuld an diesem Treubruch? Habt Ihr am Krieg in der Pfalz teilgenommen?«

Der Militär zwirbelte sich lächelnd den Schnurrbart, legte die Hand an das Degenkreuz und antwortete:

»Liebe María, der Waffendienst verlangt sklavischen Gehorsam. Ich bin dem verpflichtet, der mich bezahlt, besser gesagt, der mich bezahlen müsste, doch die Gewohnheit zu gehorchen ist so tief verwurzelt, dass wir uns selten mit dem Gedanken aufhalten, ob unsere Börse auf dem neuesten Stand ist.«

Die Cordero lächelte.

»Dann müsst Ihr wissen: In meinem Haus wird nicht geborgt, und wenn

Ihr keine guten Maravedís mitbringt, gibt es kein Geschäft... denn meine Ware ist teuer und isst jeden Tag Fleisch.«

»Macht Euch keine Sorgen. Ich kenne die Sitten des Hauses genau. Das bisschen Geld, das ich habe, soll Euch gehören. Lasst ihn zu Euch hinein, den Fähnrich Matías Campuzano, und auch seine Freunde Don Cristóbal López-Dóriga und Don Álvaro de Rojo, denen ich Euer Haus als das anständigste in ganz Madrid empfohlen habe!«

Dabei betonte er besonders das mit dem »anständigsten« Haus. Er machte seinen Mantel auf und zeigte eine am Gürtel befestigte, gut gefüllte Börse. Mit einer leichten Handbewegung ließ er sie fröhlich klimpern, was die Augen María Corderos zu einem freudigen Funkeln veranlasste.

»Hört Ihr, wie süß das klingt?«

»Ihr wisst nur zu gut, dass ich in diesen Klang verliebt bin, mein guter Fähnrich! Kommt, kommt, und ergreift Besitz von Eurem Haus!«

Und mit einer Verbeugung, die die Unterröcke ihres Reifrocks rascheln ließ, trat die Cordero beiseite, damit die Besucher durchtreten konnten.

»Teresa, Eulalia, Enriqueta! Kommt und empfangt unsere verehrten Gäste!«

Von hinten kamen drei lärmende Mädchen, die sich an die Arme der Besucher hängten und sie mit schlüpfrigen Späßen und unterdrücktem Gelächter nötigten, durch den Korridor zu laufen.

Catalina kam nicht aus dem Staunen heraus. Ohne dass ihr Zeit zum Reagieren blieb, herrschte die Bordellwirtin sie an:

»Ihr werdet mir gewiss verzeihen, aber das Geschäft lässt keine Wartezeit zu. Seid so gut und kommt mit.«

Und der Fleischberg glitt wie eine Galeone über das stürmische Meer. Er verschwand viel schneller auf dem Korridor, als man es von einer Fregatte mit ihrer Tonnage erwarten konnte. Catalina folgte ihr so schnell wie sie konnte, und plötzlich stand sie in einem Raum, der völlig überladen war – man könnte sagen, dass er wie seine Herrin wirkte. Diese schloss die Fensterläden, damit keiner sie von der Straße aus beobachten konnte. Das Zimmer glich einem maurischen Salon: Alles war voller Kissen, Räucherpfannen, gemusterter Damastvorhänge und niedriger Möbel mit Inkrustationen aus Perlmutt und falschen Edelsteinen.

»Macht es Euch bequem, Alonso. Ich hoffe, dass man uns nicht stört. In diesem Haus gibt es schon seit Langem keine Ruhe und keinen Frieden mehr. Die guten Zeiten der hohen Herren sind zu Ende, und heute besetzt der Pöbel die Straßen, und sosehr unsereins auch kämpft und sich Mühe gibt, die schlechten Manieren und die aufsehenerregenden Sitten dringen in die anständigen Häuser ein und vergiften alles. Aber ich schwöre bei Satanas, dass ich mehr als einem die männlichen Schmuckstücke abschneide, wenn sie uns unterbrechen!«

Die beiden setzten sich, die massige Herrin in einen Sessel, der ihre Schinkenrollen aufnehmen konnte, und Catalina auf den Boden, auf eine weiche Unterlage aus Kissen.

»Nun gut, mein Lieber, was für Neuigkeiten habt Ihr von meiner Freundin, die ich seit so langer Zeit nicht gesehen habe und die ich nie vergessen kann?«

Das Mädchen steckte die Hand in die Gürteltasche und zog den Brief heraus. Sie gab ihn der Frau und sagte dazu:

»Lest ihn, und danach antworte ich Euch auf alle Fragen, die Ihr mir stellen wollt.«

María Cordero nahm das Schreiben in ihre rundlichen Hände, riss den Umschlag auf und begann die Lektüre. Ihre lebhaften Augen eilten über die eng geschriebenen Zeilen, die ihr Tarsicia schickte, und hin und wieder blickte sie hoch und musterte Catalina aufmerksam.

»Eure Geschichte ist unglaublich. Jedenfalls muss ich Euch sagen, dass Ihr an der richtigen Stelle seid. Tarsicia ist der Mensch, dem ich mein größtes Glück zu verdanken habe. Hat sie Euch nicht gesagt, warum ich in ihrer Schuld stehe?«

»Ich weiß nur, dass Ihr Tarsicias Freundin seid und dass ich Euch vertrauen kann.«

»Ihr verdanke ich das Leben meines einzigen Sohns. Hätte es sie nicht gegeben, wäre er nicht auf der Welt. Aber darauf kommt es jetzt nicht an. Reden wir von dem, was uns betrifft. Das heißt, obwohl Ihr als Mann gekleidet seid, seid Ihr ein Mädchen und aus einem Kloster geflohen, wo Ihr ernste Probleme hattet. Das ist die eine Seite. Andererseits sucht man im schlimmsten Fall nach Euch, weil Ihr aus dem Haus eines Adligen geflohen seid, in dem Ihr Eure zwei letzten Lebensjahre verbracht habt. Ist es so?«

»Mehr oder weniger. Aber erlaubt mir, das zu erklären.«

Innerhalb einer Stunde unterrichtete Catalina diese gute Frau über ihr Leben und ihre Abenteuer.

»Ich habe Euch mein Herz ausgeschüttet, weil mir Tarsicia gesagt hat, dass ich Euch uneingeschränkt vertrauen kann, und weil ich wusste, seitdem ich Euch gesehen habe, dass ich es tun konnte.«

»Eher soll mich das Ketzergericht abführen, als dass ich das Vertrauen enttäusche, das mir Tarsicia entgegengebracht hat. Aber denken wir gründlich nach, was für Euch am günstigsten ist. Erstens versteht es sich von selbst, dass Ihr hier eine Unterkunft in der Hauptstadt habt. Darauf könnt Ihr Euch verlassen. Bei mir wird Euch keiner suchen, und sollte es doch jemand tun, so haben wir Freunde, die einflussreich genug sind, damit sie jeden Schwachkopf abschrecken, der seine Nase in Dinge stecken möchte, die ihn nichts angehen. Was mein Laden verkauft, ist ja eine diskrete Ware, und es hat keinen zu interessieren, wer sie genießt. Alle, die hierherkommen, befinden sich in meiner Hand, und alle sind mir die eine oder andere Gefälligkeit schuldig. Ganz Madrid hat schon dieses Haus besucht. Meine Mädchen sind Edelhuren, keine Straßenschwalben, und ich bin nicht irgendeine Herbergsmutter.

Vorläufig und um Fragen zu vermeiden, denn meine Lieblinge sind sehr neugierig, werdet Ihr Alonso Díaz sein und als Bursche in meinen Dienst treten, wie es Tarsicia in ihrem Brief empfiehlt. Auf diese Weise könnt Ihr hinaus und herein, wie es Euch passt, denn niemand kümmert sich um die Besorgungen und Aufträge, mit denen ich Euch losschicke. Wenn wir es für günstig halten, können wir unter die Leute bringen, dass Ihr eine Frau seid. Jedenfalls gibt es in dem Haus hier einen Hintereingang, den man manchmal aus Diskretion benutzen muss. Dabei kommt man durch einen Laden, der mir gehört, und tritt auf die Calle de los Francos hinaus, ohne dass die Nachbarn oder ein Neugieriger deshalb vermuten kann, dass jemand, der dort heraustritt, unbedingt aus dieser Wohnung kommen muss. Das sage ich für den Fall, dass Ihr in einer Nacht in Frauenkleidung hinausgehen oder eintreten müsst. Denkt ebenfalls darüber nach, ob es für Euch gut ist, Euch Eurem Geliebten zu zeigen. Wie Tarsicia meine ich, dass Ihr es unter dem Vorwand tun könntet, das Maultier zurückzugeben. Es ist ja keine Sünde, dass man sich die Welt ansehen will, und wenn Ihr das Tier zurückbringt, seid Ihr niemandem etwas schuldig, und man wird erkennen, dass Ihr ehrlich seid. Deshalb wird man Euch nicht auf die Galeeren schicken! Allerdings glaube ich, es wäre besser, dass Ihr Euch zuvor an die Hauptstadt gewöhnt, indem Ihr Euch hier und da umseht und die Schritte unternehmt, die Ihr machen wollt, wie Ihr mir erzählt habt. Ihr möchtet gern, wie Ihr sagt, Don Pedro Pacheco kennenlernen: Lasst mich das machen. Ich weiß, wer zu ihm vordringen kann, und der Meister wird Euch ein Gespräch nicht verwehren. Allerdings muss es an dem Tag sein, den ich Euch sage.«

So unterhielten sich die beiden Frauen weiter, bis die Zeit fürs Abendessen kam. María Cordero nutzte die Mahlzeit, um Catalina den Pflegetöchtern vorzustellen, die gerade nicht beschäftigt waren, und ihnen zu sagen, dass Alonso Díaz von diesem Abend an als Bursche in ihrem Dienst stehe.

In der Nacht, als Catalina allein in dem kleinen Zimmer lag, das man ihr vorläufig zugewiesen hatte, dachte sie über die vielen neuen Erfahrungen ihres Lebens nach.

Sie kam zu dem Schluss, dass der Schein oft trügt und dass sie bei einfachen Leuten, deren Berufe schlecht angesehen waren, in letzter Zeit so manchen gefunden hatte, der sich seinen Mitmenschen gegenüber viel würdiger und hilfreicher als andere verhielt, deren vornehme Titel allein schon auf Rechtschaffenheit und gute Gefühle hinzuweisen schienen. Eine Priorin und ein Ordensbruder waren ihre boshaften Feinde, während die Wirtin eines Freudenhauses und eine Komödiantin, die sich mit Hexerei abgab, sich als vorzügliche Menschen erwiesen hatten. Das war ein vielsagender Widerspruch.

Schlechte Träume

Trübes Licht kündigte den Morgen an, und die typischen Geräusche eines erwachenden Ortes drangen in das wohlig warme Dunkel seines Schlafzimmers ein. Die Wagen holperten über das Straßenpflaster, und die Geräusche ihrer Räder vermischten sich mit den Flüchen und Schreien der Fuhrleute, dem Knallen ihrer Peitschen auf dem Rücken der Tiere und auch mit den Rufen der Hausierer, die sich dem harten Beruf widmeten, ihre Waren von Tür zu Tür anzupreisen. Die Damastvorhänge, die sich dicht an die Fensterläden anschlossen, dämpften alles, was zu seinen Ohren gelangte. Bevor er die Kerzen seines Leuchters löschte, ließ er in jeder Nacht, selbst im Sommer, den großen Kamin bis oben füllen, und die letzten glühenden Aschereste, die noch brannten, strahlten rötliche Reflexe in der Dunkelheit aus.

Seine Exzellenz, der hochwürdigste Herr Bischof Don Bartolomé Carrasco, der Provinzsekretär des Heiligen Offiziums, wälzte sich unruhig in seinem Himmelbett hin und her. Ihn bedrängte derselbe schreckliche Albtraum, der sich unausbleiblich Nacht für Nacht wiederholte.

Das Glaubensgericht hatte Gründe, eine Nonne zu verfolgen, die durch das Eingreifen des Leibhaftigen aus dem Kloster geflohen war, und als man sie entkleidete, um sie zu foltern, tauchte an ihrem Leib ein scharlachroter Fleck auf, der einem tränenden Auge ähnelte, und als man in den Archiven der heiligen Inquisition nachforschte, zeigte sich, dass man einen solchen Fleck ebenfalls am Rücken eines in Lissabon verbrannten rückfälligen Juden entdeckt hatte. Er wusste nicht, warum, aber die Inquisitoren drehten sich zu ihm um und zeigten mit dem Finger auf ihn. Jemand hatte ihn angezeigt. Auf der Stelle riss man ihm die Kleidungsstücke herunter, und alle wiesen auf seinen Schandfleck. Nun setzten sie ihm die entehrende Büßermütze auf, stießen ihn zum rauchenden Scheiterhaufen, wozu Don Martín de Rojo, der Sohn des verhassten Schänders seiner Mutter, immerzu lachte und lachte, während er ihm das Kreuz des Montesa-Ordens hinhielt, das er sich trotz der von ihm ergriffenen Vorsichtsmaßnahmen auf hinterhältige Weise angeeignet hatte, und er sagte zu ihm: »Behauptet Ihr nicht, dass Ihr ständig friert? Nun, dann wärmt Euch!« In diesem Augenblick wachte er unfehlbar auf, in eiskalten, klebrigen Schweiß gebadet.

Der Prälat richtete sich auf, als würde er von einer Feder getrieben, und bemühte sich, seine erregten Atemzüge zu mäßigen. Als es ihm gelungen war, drehte er sich um und zog an der Schnur, die ein fernes Glöckchen läuten ließ. Dieser Ton benachrichtigte Bruder Valentín, dass er unverzüglich ins Zimmer des Prälaten kommen musste. Diskretes Klopfen kündigte die Anwesenheit des Koadjutors an, der, als er hörte, dass er eintreten durfte, den kreisrund geschorenen Kopf durch die Türöffnung streckte.

»Gestattet Ihr, Hochwürden?«

»Kommt herein.«

»Hochwürden, habt Ihr geruht?«

»Wenig und schlecht.«

»Warum?«

Während der Ordensbruder sprach, zog er die Vorhänge auf, und allmählich drängte das Licht die Finsternis zurück.

»Die Kälte … die verdammte Kälte in diesem Zimmer lässt meine armen Knochen erstarren. Schürt gründlich das Feuer im Kamin, während ich die Brühe im Bett trinke. Hoffentlich wird mir warm, bevor ich aufstehe.«

»Soll ich Euch die Schokolade und die gerösteten Brotschnitten auch im Bett servieren?«

»Nein, das nehme ich danach, am Kamin. Wenn ich nach dem Aufstehen nichts esse, bin ich zu nichts zu gebrauchen.«

»Nun, Hochwürden, heute habt Ihr einen mühevollen Vormittag.«

»Am meisten interessiert mich der angekündigte Besuch von Don Sebastián Fleitas de Andrade.«

»Den habt Ihr für halb zwölf Uhr vorgesehen.«

»Um welche Zeit habe ich den nächsten?«

»Um zwölf, Hochwürden.«

»Sagt ihn ab.«

»Aber, Hochwürden, den Besuch, den Don Clemente Salvatierra erbeten hat, haben wir schon zweimal verschoben.«

»Ich habe gesagt, Ihr sollt ihn streichen! Die Unterredung mit meinem Familiaren ist sehr kompliziert, und sie wird so lange dauern, wie es notwendig ist. Ich will nicht, dass mich die Uhr drängt.«

»Wie Ihr befehlt, Hochwürden.«

Der Ordensbruder ging hinaus, nachdem er den Kamin mit Holz vollgeschichtet hatte. Kurz darauf kam er mit einem Tablett zurück. Er brachte eine große Tasse dampfender Brühe, die er auf das Nachttischchen stellte, und dazu eine kleine Schokoladentasse mit einem Tellerchen gerösteter Brotschnitten. Das trug er zu einem Klapptisch, den er neben dem am Feuer stehenden Sessel aufgestellt hatte.

»Hochwürden, wünscht Ihr, dass ich dableibe und Euch beim Ankleiden helfe?«

»Geht und kommt in einer halben Stunde wieder. Wartet, bis meine alten Knochen geölt und geschmiert worden sind.«

»Wie Ihr befehlt, Hochwürden.«

Nach seinem »frugalen« Imbiss wartete Doktor Carrasco, der sich schon seine Amtsinsignien angelegt hatte, stehend in seinem Kabinett, wie er es gewöhnlich tat, dass sein lieber Freund und Familiar Don Sebastián Fleitas de Andrade zu ihm gebracht würde.

Kaum war der Portugiese zusammen mit Bruder Valentín über die Schwelle des Zimmers getreten, da konnte Doktor Carrasco an seinem Gesichtsausdruck und durch seine hastigen Atemzüge erkennen, dass etwas nicht in Ordnung war …

»Was ist mit Euch, lieber Freund, denn an Eurer Miene sehe ich, dass Euch eine Sorge quält?«

Der Portugiese kam überstürzt zu seinem Platz, beugte das Knie und küsste den Bischofsring.

»Meine Neuigkeiten sind diesmal nicht ganz so gut, wie ich Sie Euch gern mitteilen würde.«

»Erhebt Euch, und setzen wir uns. Übereilung nützt nichts. Bewahrt Eure Seelenruhe.«

Die beiden Männer nahmen ihre gewohnten Plätze ein. Der Koadjutor stellte eine Weinflasche und geschliffene Gläser auf den Tisch. Dann zog er sich diskret zurück und machte die Tür hinter sich zu. Der Familiar atmete tief ein und begann nach Worten zu suchen.

»Gebt acht, Hochwürden. Die Sache ist … Ich weiß nicht, womit ich beginnen soll.«

»Kommt zum Thema und macht es kurz. Ihr wisst ja, dass ich kein Freund von langen Umschweifen bin.«

»Nun gut. Als Erstes muss ich Euch sagen, dass ich alle Erkundigungen eingeholt habe, die Ihr mir aufgetragen habt und die sich folgendermaßen zusammenfassen lassen.«

»Erzählt weiter.«

»Zunächst habe ich Don Nuño Bastos zu Hause besucht. Ich habe Euren Wunsch klar vorgetragen, dass Don Martín de Rojos Antrag auf Eintritt in einen Ritterorden sehr langsam und umständlich behandelt werden und in einer Sackgasse enden soll. Don Nuño hat diesen Hinweis verstanden, und ich habe ihn ebenfalls unterrichtet, dass Don Francisco de Úbeda, der zweite Adelsprüfer, der nicht gerade ein Laie bei solchen Themen ist, mit allen Mitteln das Gegenteil versuchen wird, um seinem Gönner gefällig zu sein, der kein anderer als Don Jerónimo de Villanueva ist. Darum habe ich ihm eingeschärft, dass er höchst vorsichtig zu Werke gehen muss.

Dann habe ich die ehemalige Kammerfrau von Doña Beatriz de Fontes besucht. Sie heißt Leonor und ist jetzt mit unserem Kurier Marcelo Lacalle verheiratet. Ich hatte den Eindruck, dass sie eine ehrbare Frau ist und die Wahrheit sagt. Sie erklärt, dass das letzte Kind aus der Ehe von Doña Beatriz de Fontes und Don Martín de Rojo ein Junge war, nämlich der, der in Salamanca studiert hat und nun in Madrid wohnt, als Schutzbefohlener im Haus der López-Dórigas. Er besucht das Pagenhaus und teilt das Leben des ältesten Sohnes dieser Familie, der übrigens, meinen Informationen zufolge, flatterhaft, leichtsinnig und etwas liederlich ist – selbstverständlich nicht gerade eine vorbildliche Gesellschaft. Nun kommt ein besonderer Umstand, auf den ich Euch hinweisen möchte: Offenbar war Mutter Teresa, die frühere Priorin von Sankt Benedikt und, wie Ihr wisst, Schwester Don Martín de Rojos, in der Nacht, als das Kind geboren wurde, im Haus anwesend, und um die gleiche Zeit hat jemand ein Mädchen im Kloster abgegeben, das im Lauf der Zeit eine Anwärterin wurde und später, vor nun mehr als zwei Jahren, geflohen ist. Denkt daran, dass entehrte Frauen nach Sankt Benedikt kommen, um dort zu entbinden, aber selten lässt man ein Kind unter solchen Umständen dort, und es ist sonderbar, dass Mutter Teresa es bevorzugt und begünstigt hat, wenn es hierfür nicht einen gewichtigen Grund gegeben hätte. Das Alter des Mädchens stimmt mit dem des Sohnes von Doña Beatriz überein. Außerdem war Don Martín de Rojo ihr Vormund, wobei es allerdings zutrifft, dass jeder Vormund mehrere Mündel hat. Das scheint mir alles ein viel zu großer Zufall zu sein.«

»Habt Ihr ihn besucht?«

»Gewiss, bevor ich nach Toledo gegangen bin. Aber er ließ sich nicht beirren, und er weiß, wie mir schien, dass er von einflussreichen Persönlichkeiten unterstützt wird. Er hat mir gesagt, dass er Vormund mehrerer Anwärterinnen ist. Außerdem muss ich Euch sagen, dass er nicht mit der Begründung einverstanden ist, die man ihm zum Tod seiner Schwester gegeben hat, und dass er auf keinen Fall anerkennt, dass der Geflohenen die geringste Schuld an ihrem Tod zukommt.«

»Wer hat in der bewussten Nacht das Kind an der Klostertür entgegengenommen?«

»Mutter Úrsula.«

»Habt Ihr sie befragt?«

»Sie hat schon ein sehr hohes Alter, und außerdem ist sie wirr im Kopf ... Sie sagt kein vernünftiges Wort.«

»Und wer kümmerte sich in Sankt Benedikt um die Kosten für den Unterhalt dieses Mädchens?«

»Mutter Teresa hat diese Angelegenheit persönlich erledigt. Schwester Gabriela de la Cruz glaubte, als die ehrwürdige Mutter gestorben war und sie selbst Priorin wurde, dass sie nun erfahren könnte, wer für den Unterhalt des Mädchens sorgte, doch die Nonne ist ja gleich nach dem Tod der früheren Priorin geflohen, so dass derjenige, der die jährliche Bezahlung leisten musste, nicht nach Sankt Benedikt gekommen ist, denn Gerüchte verbreiten sich schnell. Das alles habe ich dem Brief entnommen, den mir Schwester Gabriela als Antwort geschickt hat. Wenn Ihr ihn lesen wollt ...«

Der Portugiese holte einen Brief aus seinem Beutel und übergab ihn dem Prälaten. Dieser legte ihn auf den Tisch, damit er ihn später geruhsam in seinem Kabinett lesen konnte.

»Seid Ihr noch nicht in Sankt Benedikt gewesen?«

»Selbstverständlich, Exzellenz. Aber die ehrwürdige Mutter und der Priester der Nonnen waren unterwegs, weil sie Spenden für das Kloster sammelten. Doch vor dem Monatsende bin ich wieder dort. Lasst mich den Faden meines Berichts wiederaufnehmen: Leonor, die Kammerfrau von Doña Beatriz de Fontes, versichert, dass keines der Kinder, die ihre Herrin zur Welt gebracht hat, einen Fleck oder ein Muttermal hat, die dem ähneln, was Ihr so angelegentlich entdecken wollt.«

»Dann müsst Ihr diese Nonne finden, und jetzt mehr denn je! Die Hebamme hat erklärt, dass ein Mädchen geboren wurde, und in ihrem Büchlein hat sie diesen Fleck eingezeichnet, wofür sie einen verlogenen Vorwand anführt. Wenn die Kinder ausgetauscht wurden, müssen wir es wissen. Es ist gefährlich, dass ein Mensch mit solch verdächtigen Sitten in den Reichen Ihrer Christlichen Majestät frei herumläuft! Habe ich mich klar ausgedrückt?«

Der Portugiese erblasste. Noch hatte er nicht die schlimmste Nachricht mitgeteilt, und wie es aussah, ergriff den Provinzsekretär allmählich ein furchterregender Zorn. Er beschloss, den Stier bei den Hörnern zu packen.

»Hochwürden, was nun kommt, ist nicht meiner Person anzulasten, aber ich sehe mich gezwungen, Euch eine schlechte Neuigkeit mitzuteilen.«

»Kommen wir zum Ende. Heute ist offenbar nicht mein Tag! Rückt heraus damit, was es auch sei!«

»Vor kaum achtundvierzig Stunden sind in Valladolid Männer des Königs erschienen, und in seinem Namen haben sie Doktor Gómez de León mitgenommen. Offenbar haben sie ihn in ein Gefängnis der Hauptstadt gebracht, so dass er sich außerhalb unserer Zuständigkeit befindet.«

Der Prälat gab dem Tischchen, das die zwei Männer trennte, einen heftigen Fußtritt. Die Gläser und die Flasche, die Bruder Valentín hingestellt hatte, und der dort liegende Brief flogen durch die Luft.

»Bei den Seelen im Fegefeuer schwöre ich, dass jemand für diese Freveltat büßen wird!«

Der Portugiese schluckte seinen Speichel hinunter, und sein dicker Adamsapfel bewegte sich auffällig von oben nach unten.

Die Wege kreuzen sich

Álvaro de Rojo war nicht glücklich. Er empfand tiefe Dankbarkeit für alle Gefälligkeiten, die ihm die Familie der López-Dórigas erwies, doch die Hauptstadt erdrückte ihn, und die Verpflichtungen, die zu der Aufgabe gehörten, Cristóbals Wächter zu sein, bedeuteten für ihn offenkundig eine schwere Bürde.

Die ruhigen Tage, die er in Salamanca dem Studium gewidmet hatte, waren vorbei, und obwohl er gern das Pagenhaus besuchte, verletzten ihn die Haltung, die sein Freund dort an den Tag legte, und seine Rivalität mit Diego de Cárdenas, einem anderen Schüler. Deshalb machte ihm die vorteilhafte Stellung, die er dort einnahm, keine Freude. Er hatte die moralische Verpflichtung, seinem Gönner stets recht zu geben, doch sein natürlicher Gerechtigkeitssinn und sein redliches Urteil führten dazu, dass ihm dies bei unendlich vielen Gelegenheiten reichlich widerstrebte.

Ebenso wie in Salamanca gefielen ihm die langen Stunden des Studiums und die Unterrichtslektionen, in denen sich seine glänzende Dialektik beweisen konnte, weitaus mehr als Waffentaten, Reitstunden und Leibesübungen. Jedenfalls fehlte er keinen einzigen Tag bei allen Lehrfächern, und das nicht nur, um seinem Freund zu gefallen, sondern auch, weil er verstand, dass ihn sein Vater dafür nach Madrid geschickt hatte.

Allerdings fühlte er, dass die nächtlichen Ausflüge seine Kräfte überanstrengten. Cristóbal verließ das Herrenhaus immer, wenn es ihm sein alter Vater gestattete, durch den Haupteingang, und wenn ihnen der alte Graf seine Erlaubnis verweigerte, bediente er sich aller möglicher Ausflüchte, entwischte entweder durch die Stalltür oder ließ sich an einem kleinen Balkon herunter.

In letzter Zeit hatte er sich an einen gewissen Fähnrich Matías Campuzano angeschlossen, den man wegen seines undisziplinierten Verhaltens aus dem Regiment ausgestoßen hatte und der allen üblen, für den Kriegerstand typischen Lastern ergeben war. Wenn seine Heldentaten auch nur dem vierten Teil dessen entsprochen hätten, was er lauthals verkündete, wäre jeder andere neben ihm lediglich ein angehender Soldat gewesen.

Damals rühmte er sich, der Häuptling einer Bruderschaft von Raufbolden zu sein, die, wie er sagte, stets bereitwillig seinem Befehl gehorchten. Daran mochte wohl etwas wahr sein, denn bei einigen Gelegenheiten, wenn die Lage die schützende Anwesenheit von Bewaffneten verlangte, tauchten wie durch ein Zauberkunststück zwei verdächtig aussehende Kerle auf, deren bloße Miene einschüchterte. Sie stellten sich neben ihn und zeigten unmissverständlich, dass sie aus einem bestimmten Grund gekommen waren.

Er hatte zwei unbestreitbare Vorzüge: Der erste war, dass er sich Cristóbal gefällig erweisen konnte, indem er ihm stets sagte, was dieser hören wollte, und der zweite bestand darin, dass er erriet, was der Erstgeborene der Familie López-Dóriga in jeder Nacht unternehmen wollte.

Ihr üblicher Weg führte sie von den Spielhöllen, wo man sich dem Gebetbuch des Teufels widmete, zu den vornehmsten Bordellen der Hauptstadt.

Ihr Ausgangspunkt war unfehlbar ein Speisehaus in der Calle de la Merced. Dort scharte sich eine buntscheckige Kundschaft zusammen. Sie bestand aus Kaufleuten, dem einen oder anderen verkappten Geistlichen, mehr als einer Gelegenheitshure und vor allem Soldaten im Zwangsurlaub, die ihre Degen dem Meistbietenden für bestimmte Aufträge vermieteten und auf diese Weise ihren Beutel auffrischten, der Not litt, weil die Staatskasse die Schulden nicht pünktlich bezahlte, die sie ihnen gegenüber seit den Feldzügen in Flandern und Italien hatte.

Das Speisehaus hieß »Der Rote Uhu«, und es wurde von einem Paar geleitet, das in den gefährlichsten Situationen zurechtkommen konnte, ohne dass es die Streifwache rufen musste. Der Mann hatte tausend Berufe ausgeübt, bis er sich für den des Gastwirts entschied: Hirt, Schafscherer, Fuhrmann und sogar Viehdieb, wenn es die Gelegenheit verlangte. Sie war die Tochter eines Fleischers und einer Küchenmagd, hatte als Fischverkäuferin auf dem Strohmarkt gearbeitet und hielt hinter dem Schanktisch einen Knüppel bereit, der hervorkam, wenn sich ein Verlierer im Kartenspiel weigerte, seine Schulden zu begleichen, wofür er das Argument benutzte, er werde bezahlen, sobald ihn der Graf-Herzog gebührend entlohne, oder wenn an einem Tisch ein Tumult ausbrach. Dann sprang »die Gervasia« hoch, denn so nannte man den Stock, den sie in ihrem Versteck aufbewahrte, und mehr als eine Beule konnte die Wirksamkeit des Instruments bestätigen.

Das halb unterirdische Lokal war früher ein Gewürzladen. Man stieg zu ihm über eine kurze Treppe hinab. Sie führte zu einem Raum, dessen Gewölbedecke von vier Säulen getragen wurde, die durch Bogen miteinander verbunden waren. Das Ganze bestand aus Backsteinen. Hinten befand sich der Schanktisch, und danach kam eine Tür. Über den ganzen übrigen Raum verteilten sich Bänke und Tische.

Fähnrich Campuzano hatte die Gewohnheit, jeden Abend in derselben Ecke neben dem Schanktisch auf sie zu warten. Er hatte einen Becher Fuselwein vor sich auf dem Tisch stehen, und unter seinem dünnen Schnurrbart zeichnete sich ein zynisches Lächeln ab. Von dort aus gingen sie zu einer Spelunke in der Calle de los Abades, wo man Karten spielte, doch zuvor bezahlte Cristóbal unfehlbar die Runden des Fähnrichs. Je nachdem, wie hoch die Gewinne oder Verluste ausfielen, blieben sie mehr oder weniger lange, und gegen Mitternacht zogen sie schließlich zum Bordell der María Cordero weiter. Dort hatte sich Cristóbal vor einigen Monaten blindlings in eine hübsche Hure verliebt, die sich Dorotea nannte. Er beschützte und beschenkte sie, und er wurde jedes Mal ungeheuer wütend, wenn das Mädchen beschäftigt war.

Álvaro durchlitt tiefe Seelenpein, bis sie ins Herrenhaus zurückkehrten. Die Madrider Straßen waren sehr gefährlich, und zu einer bestimmten Zeit folgte in jeder Nacht ein Überfall auf den anderen. In den letzten Monaten hatten sie zwei unglückliche Abenteuer bestehen müssen. Beim ersten hatte der Fähnrich einen Schurken verwundet, der ihnen gemeinsam mit anderen die Geldbeutel abnehmen wollte. Die Schreie und das Klingenklirren lockten die Häscher herbei, die sie festnahmen. Dank der Unterstützung des alten Grafen konnten sie am nächsten Tag aus ihrer peinlichen Lage herauskommen. Zu dem zweiten Zwischenfall kam es in einer Nacht, als Matías Campuzano, der offenbar ein Abenteuer mit einer Ehefrau hatte, deren Gatte oft unterwegs war, diese besuchen wollte, ohne dass die Laterne, die sie anzündete, um die Abwesenheit ihres Mannes anzukündigen, an der üblichen Stelle leuchtete. Campuzano glaubte, dass der Wind die Laterne ausgelöscht hätte, denn am Morgen hatte sie ihm bei der Messe einen Zettel zugesteckt, auf dem sie mitteilte, dass sie in der nächsten Nacht allein sein werde. Er kletterte auf die Brüstung des kleinen Balkons, und als er schon drinnen war, eilte der Ehemann – der wohl etwas argwöhnte und unerwartet zurückgekommen war, weshalb die Schöne ihre Laterne nicht angezündet hatte –, vom Lärm alarmiert, herbei. Ein Pistolenschuss ertönte, und der Fähnrich sprang auf die Straße, wobei er so wenig Glück hatte, dass er sich einen Fußknöchel verstauchte. Die drei mussten sich aus dem Staub machen, während sich die Straße mit flackernden Lichtern füllte und die Streifwache herzurannte.

Als Catalina nachts ankam, entdeckte sie dieses Trio im Haus María Corderos, und dies war die Lebensweise, zu der Álvaro von den Umständen gezwungen wurde und die ihm dermaßen zuwider war.

Das Mädchen ließ mehrere Tage vergehen, bevor es seinen wohlüberlegten Entschluss verwirklichte. Zunächst wollte sich Catalina an das neue Leben gewöhnen, das im Übrigen so viele Besonderheiten aufwies, dass sie sich vorläufig überwältigt fühlte.

Obwohl sich ihre Weltsicht seit ihren Zeiten in Sankt Benedikt vollständig verändert hatte, kostete es sie eine ungeheure Überwindung, sich daran zu gewöhnen, in der Gesellschaft dieser Mädchen zu leben, die ihren Leib so feilboten wie jemand, der Gewürzkräuter verkauft. Dies traf umso mehr zu, als man sie wie einen jungen Burschen behandelte und sie die dreisten Späße hinnehmen musste, mit denen man sie überschüttete. Noch erinnerte sie sich beschämt an die Nacht des dritten Tages, als sie durch den Korridor zur Küche lief und Dorotea versuchte, ihr zwischen die Beine zu greifen, wozu sie sagte: »Du Grünschnabel! Wem soll das da eines Tages gehören?« Zum Glück fuhr María Cordero dazwischen und befahl ihren Mädchen, sie in Ruhe zu lassen. »Jedenfalls«, sagte sie zu ihr, »wird es besser sein, dass Ihr Euch die Hosen ausstopft, damit diese Kleinen, die ungeheuer pfiffig sind, nicht glauben, dass Ihr ein Kastrat seid. Bedenkt, dass Euch auch die Stimme nicht unterstützt, wie man sagen muss.« Seitdem steckte sich Catalina ein kleines Paket in den Beinschlitz, das sie aus einem Stück Baumwollzeug zusammengerollt hatte.

Sie befreite das Maultier von der künstlichen Farbe. Sie glaubte, dass es besser wäre, wenn sie sich allmählich an die Sitten der Hauptstadt gewöhnte, bevor sie Diego aufsuchte. Sie holte den Brief heraus, den ihr Tarsicia für Pedro de la Rosa mitgegeben hatte, erkundigte sich nach seiner Adresse und ging zu ihm.

Der Mann wohnte in einem bescheidenen Haus an der Calle del Lobo, dessen Hinterhof auf die Frauenabteilung des Theaters Corral del Príncipe hinausging. Das war für ihn sehr praktisch, denn in diesem Jahr war seine Truppe für eine halbe Spielzeit engagiert. Catalina band Afrodita neben anderen Reittieren fest und gab einem jungen Burschen ein Geldstück, damit er auf das Maultier aufpasste, wobei sie ihm eine weitere Münze versprach, nachdem sie zurückgekehrt wäre. Dann vergewisserte sie sich, dass die Adresse mit der übereinstimmte, die ihr die Zigeunerin auf den Zettel geschrieben hatte. Sie suchte nach einem Türklopfer, und da es keinen gab, klopfte sie mit den Knöcheln an die Tür. Von drinnen antwortete eine Stimme: »Ich komme gleich!« Kurz danach öffnete sich die Tür, und eine etwas über dreißig Jahre alte Frau streckte den Kopf heraus. Sie stemmte die Hände in die Seiten und herrschte Catalina an:

»Wer seid Ihr?«

»Ich heiße Alonso Díaz und bringe eine Nachricht für Don Pedro de la Rosa.«

»Gebt sie mir. Ich überbringe sie ihm.«

Catalina zögerte kurz. Danach griff sie zu ihrer Gürteltasche, holte den

Brief heraus und reichte ihn der Frau. Sie nahm ihn, lehnte die Tür an und ging hinein, ohne eine Antwort zu geben. Catalina vertrieb sich die Zeit, indem sie zusah, wie der Junge, der ihr Maultier bewachte, ihm eine Johannisbrotfrucht gab, und auf einmal merkte sie, dass sich jemand hinter ihr befand. Sie wollte sich gerade umdrehen, als eine so nachdrückliche und wohlklingende Stimme, wie sie noch keine andere gehört hatte, sie liebenswürdig anredete:

»Wer ist der Bote, der mir Neuigkeiten von einer so innig geliebten Freundin bringt?«

Catalina drehte sich ganz um und stand vor einem Mann mit einer überdurchschnittlichen Gestalt. Er sah sie freundlich und neugierig an.

»Ich heiße Alonso Díaz, wie man Euch gewiss schon gesagt hat, und ich möchte, wie es im Brief heißt, den man Euch übergeben hat, dass Ihr mir ein paar Minuten Eurer kostbaren Zeit widmet.«

»Willkommen in meinem Haus, das für Tarsicias Freunde immer offen steht.«

Mit diesen Worten trat er zur Seite und forderte sie auf einzutreten.

Catalina ging hinein und wartete, bis ihr der Mann voranschritt und den Weg zeigte.

Der Schauspieler führte sie in eine verglaste Galerie, von der aus man einen Teil des Theaterhofs sehen konnte, und er lud sie ein, sich auf eine Art Diwan zu setzen, während er sich auf einem gegenüberstehenden geblümten Kanapee niederließ. Daneben waren einzelne Blätter zu sehen, die mit dicht gedrängten Schriftzügen bedeckt und mit Streichungen und Korrekturen befleckt waren.

»Entschuldigt das Durcheinander, aber in zwei Wochen führen wir ein Stück zum ersten Mal auf, und jede Minute ist nützlich, um so viel Text auswendig zu lernen.«

»Ihr müsst mich entschuldigen. Ich raube Euch Eure wertvolle Zeit.«

»Bevor Ihr mir erklärt, was Euch hergeführt hat, erzählt mir bitte, wenn es Euch recht ist, was es Neues von Tarsicia und ihren Leuten gibt, wann und wo Ihr sie gesehen habt und wie es ihnen geht. Es ist schon so lange her, dass ich nichts von ihr gehört habe.«

Catalina erzählte bereitwillig alles, was ihrer Freundin später nicht schaden konnte und was sie selbst in einem günstigen Licht zeigte, damit sie ihre Ziele erreichen konnte.

»Unterhalb von Benavente bin ich mit den Ayamontes zusammengetroffen. Ich wollte die Welt kennenlernen und bis Madrid gelangen. Ich begeistere mich für das Schauspiel, und dafür kam ich ihnen gerade recht. Sie waren so gut, dass sie mich in ihren Kreis aufgenommen und mir alles beigebracht haben, was ich weiß.«

»Tarsicia hieß früher Francisca Arnedillo. Sie hätte eine große Karriere als Schauspielerin gemacht. Als ich anfing, konnte sie jede Rolle spielen, die nach einer jungen Dame verlangte. Doch sie wurde von der Krankheit befallen, die alle irgendwann einmal im Leben befällt. Sie verließ die Hauptstadt, stieg in einen erbärmlichen Wagen von Zigeunern ein und richtete sich fortan nach deren Gesetzen und Sitten. So ist die Liebe.« Der Mann zögerte einen Augenblick und machte eine Pause. »Ich bin der Familie Arnedillo verpflichtet, weil ich ihretwegen zum ersten Mal auf einer Bühne aufgetreten bin, und besonders Francisca verdanke ich es, dass ich meine Frau kennengelernt habe. Aber das wäre jetzt eine lange Geschichte. Also machen wir weiter. Wie geht es ihrem Sohn und ihrem Mann?«

»Ich habe mich in Valladolid von ihnen getrennt. Der ganzen Familie und auch ihren Verwandten geht es sehr gut. Ich habe viel von ihnen gelernt, vor allem von Tarsicia und Florencio.«

»Jetzt sagt mir: Was kann ich für Euch tun?«

Catalina schwieg kurz und überlegte. Bei diesem Mann fühlte sie sich ebenso wie bei María Cordero. Er hatte einen freimütigen Blick und ein herzliches Wesen. Darum beschloss sie, ihm ihr Herz ein Stückchen zu offenbaren und ihm gerade so viel zu erzählen, wie es ihren Plänen nützte.

»Gebt acht: Als ich bei den Ayamontes zum ersten Mal als Schauspielerin auftrat, kamen sie zu dem Schluss, weil ihr Personenzettel so klein war und weil sie ihr Repertoire erweitern wollten, dass es vorteilhaft wäre, wenn ich manchmal Frauenrollen und dann wieder Männerrollen übernähme. Hierfür kleidete ich mich entweder als Mann oder als Frau. Als ich mich von ihnen trennte, hielt es Tarsicia für günstig, dass ich meine Reise in Männerkleidung fortsetzte. Die Wege sind ja schon an sich gefährlich, doch sie sind es noch mehr für eine einsame junge Frau. Ihrem Rat folgend, habe ich also mein wirkliches Geschlecht getarnt, und seitdem kleide ich mich auf der Straße gewöhnlich als Mann, obwohl ich nun schon in Madrid eingetroffen bin.«

Der Schauspieler musterte sie eindringlich und kritisch …

»Das halte ich für einen hervorragenden Kunstgriff, der Franciscas Scharfsinn würdig ist. Nun, Ihr wollt mir also sagen, dass Ihr ein Mädchen seid?«

»So ist es. Am meisten verrät mich die Stimme. Habt Ihr das nicht bemerkt?«

»Ich muss zugeben, ich habe mich täuschen lassen. Tarsicias Brief hat mich voreingenommen, denn darin stellt sie mir einen gewissen Alonso Díaz vor, und außerdem seid Ihr sehr angemessen gekleidet. Wenn Ihr Euch auf der Bühne so wie im Leben verwandeln könnt, gebt Ihr gewiss eine gute Schauspielerin ab.«

»Wollt Ihr mir dann helfen?«

Das Mädchen bettelte mit den Augen.

»Mit einem solchen Empfehlungsbrief bin ich dazu verpflichtet. Danach wird sich zeigen, ob sich Eure Fähigkeiten hierfür eignen.«

Der vortreffliche Komödiant Pedro de la Rosa lächelte.

»Am Donnerstag warte ich um die gleiche Zeit auf Euch. Wir gehen zusammen in den Theaterhof, und dort möchte ich Euch prüfen. Das könnte ich hier tun, doch auf einer Bühne sind die Dinge ganz anders. Außerdem habt Ihr unterschiedliche Talente, wie Ihr sagt, und ich möchte sehen, wofür Ihr Euch besser eignet: Ich will, dass Ihr ein Lobgedicht aufsagt, eine Sarabande oder eine Chaconne tanzt und dass Ihr selbstverständlich auch singt.«

»Soll ich in Männer- oder Frauenkleidung kommen?«

»Das ist gleich. Ich möchte Euch in beidem prüfen, und in den Schneiderräumen habe ich alle möglichen Kostüme.«

»Dann möchte ich Euch nicht mehr Zeit rauben. Ihr sollt wissen, selbst wenn ich nicht zur Schauspielerin tauge, könnt Ihr mit meiner ewigen Dankbarkeit rechnen.«

Catalina stand zur selben Zeit wie der große Schauspieler auf.

»Seid pünktlich.«

»Wenn ich zu spät komme, müsst Ihr darauf gefasst sein, dass man mich umgebracht hat.«

Pedro de la Rosa begleitete das freudestrahlende Mädchen zur Tür. Nachdem er sich mit einer freundlichen Handbewegung von ihr verabschiedet hatte, ging er ins Haus zurück, ohne dass ihm seine außerordentliche Erfahrung den geringsten Zweifel ließ, dass dieses Mädchen das Zeug zu einer zukünftigen Schauspielerin hatte.

Catalina dachte, dies sei ihr Glückstag: »Frisch gewagt ist halb gewonnen.« Sie richtete sich weiter nach den Anweisungen María Corderos, die die Verabredung für sie vereinbart hatte. Sie holte Afrodita und gab dem Jungen die versprochene Münze. Dann ritt sie zur Akademie von Pedro Pacheco. Sie befand sich in der Umgebung des Hauptplatzes und nahe bei dem sogenannten »Bäckerhaus« – der Casa de la Panadería –, wo im ersten Stockwerk an Stierkampf- oder Festtagen die Loge der Königsfamilie eingerichtet wurde. Beinahe ohne es zu merken, stand sie im Flur des Hauses, in dem der hoch angesehene Lehrer seine Lektionen gab. Zu beiden Seiten befand sich eine Fackel in einem Eisenkäfig. Sie konnten angezündet werden, sobald es dunkel wurde. Hinten rechts stand eine Pförtnerloge, die in diesem Augenblick zu Catalinas Glück leer war. Das brachte sie zu der Vermutung, dass ihr guter Stern sie weiter beschützte. Etwas entfernt stieg eine breite hölzerne Freitreppe zum ersten Stock empor. Am Beginn der Balustrade erhob sich eine Statue. Sie stellte ein Kind dar, das eine Laterne hielt. Catalina nahm an, dass damit die Treppe erleuchtet wurde, wenn der Abend kam. Sie überlegte nicht lange und stieg rasch hoch, bis sie vor einer Tür stand. An ihr trat ein Quadrat aus emailliertem Metall hervor, auf dem man lesen konnte: PEDRO PACHECO. FECHTLEHRER.

Hinter Catalina stiegen zwei junge Gecken hoch. Sie hatten sich in ein lebhaftes Gespräch vertieft. Ohne sich um ihre Anwesenheit zu kümmern, liefen sie an ihr vorbei. Sie benutzten den Türklopfer nicht, sondern stießen die Tür auf und betraten die Wohnung. Unter dem Druck einer Feder schloss sich die Tür wieder, doch sie war nun kein Hindernis mehr: Catalina stieß sie ebenfalls auf. Sie betrat einen sehr geräumigen Flur mit holzverkleideten Wänden und einer Kassettendecke. Dort blieb sie einen Augenblick stehen, während sie von Weitem den geliebten Klang der zusammenstoßenden Klingen hörte, und ihr Herz schlug wieder im normalen Rhythmus. Ein Lakai trat auf sie zu.

»Was wünscht Ihr?«

»Ich suche Don Pedro Pacheco.«

»Und wer sucht ihn?«

Aus seinem Ton war leichte Übellaunigkeit herauszuhören.

»Sagt ihm, der Hidalgo Alonso Díaz.«

»Und woher kommt der Hidalgo?«

Der Lakai zog eine ganz und gar spöttische Miene, als er Catalinas Kleidung begutachtete, die für Hofsitten etwas provinziell wirkte, während er gewohnt war, mit Stutzern und Söhnen hochadliger Herren umzugehen. Catalina wollte schon grob reagieren, als sie hinter sich das Quietschen einer aufgehenden Tür hörte, während eine Stimme sagte:

»Der Hidalgo Alonso Díaz ist heute mit mir verabredet. Jemand, der einen Degen mit dieser Marke im Gürtel trägt, muss außerdem ein Edelmann sein.«

Catalina erinnerte sich, dass die berühmte Marke des Hündchens unten an ihrem Degengriff schimmerte, und sie bewunderte den großen Scharfblick des Sprechenden. Sie drehte sich um und entdeckte hinter sich einen Herrn mit edlen Zügen, der einen grauen Kinn- und Knebelbart trug und dessen Hände außerordentlich lange Finger hatten. Sein Oberkörper war mit einem offenen und durchgeschwitzten Kamisol bedeckt, das eine Halskrause hatte. An den Beinen trug er geschlitzte Pluderhosen, schwarze Strümpfe und hohe Wildlederstiefel.

»María Cordero hat mir ausgerichtet, dass Ihr mich sehen wollt. Warum?«

»Ich habe gehört, dass Ihr einer der besten Fechtlehrer Madrids seid.«

»Man hat Euch schlecht unterrichtet: der beste. Aber wer hat Euch so etwas erzählt?«

»Wenn man aus der Provinz kommt, muss man als Erstes, damit man sich in der Hauptstadt zurechtfindet, zu den Plaudergruppen gehen, die sich an den Stufen von San Felipe bilden.«

»Darum kümmert Euch nicht, das sind die Redereien von Müßiggängern. Doch nun erzählt mir, junger Mann: Wer seid Ihr, und woher kommt Ihr?«

»Ich bin aus Valladolid gekommen und suche einen Platz als Schutzbefohlener im Regiment. Ich gehöre zur Familie der Díaz Enríquez und möchte in Eurer Schule üben. Ich kann Eure Stunden bezahlen, und weil ich genau weiß, dass so etwas recht schwer ist, habe ich mich um Paten bemüht, damit sie mich bei Euer Gnaden einführen.«

Der Lehrer warf ihr einen neugierigen und etwas skeptischen Blick zu.

»Eure Familie kommt mir bekannt vor, obwohl ich sie nicht persönlich kenne. Und es geht nicht um Geld. Das ist zwar wichtig, aber nicht alles.«

»Also?«

»Die Lektionen hier sind für erfahrene Fechter. Ich weiß nicht, wie weit Ihr seid.«

»Erprobt mich.«

»Das ist mir ein Herr, der sich seiner Fähigkeiten sicher ist! Merkt Euch, Arnulfo, dass Ihr niemanden nach seinem Aussehen beurteilen dürft.« Das sagte er zu dem Diener, der Catalina empfangen hatte. »Wir werden sehen, was Ihr ausrichten könnt, wenn Ihr einen Degen in der Hand haltet. Folgt mir.«

Mit großen Schritten lief der Lehrer in den Fechtsaal hinüber, von dem die Klänge ausgingen, die bei dem Mädchen alte Erinnerungen geweckt hatten. Dort übten sich mehrere Fechterpaare. Im Hintergrund entdeckte

Catalina die beiden jungen Männer, die ihr auf dem Treppenabsatz vorausgeeilt waren. Die Wände waren mit Waffensammlungen behängt.

Der Lehrer unterbrach den Unterricht.

»Meine Herren, seid so liebenswürdig und hört mir einen Augenblick zu. Ein neuer Anwärter möchte in die Akademie eintreten, und ich muss seine Fähigkeiten prüfen. Macht den Teppich in der Mitte frei.« Dann wandte er sich an Catalina: »Entledigt Euch Eurer Sachen und nehmt aus der Waffensammlung dort einen stumpfen Degen. Zieht einen Brustschutz, eine Maske und einen Stulpenhandschuh an.« Während sie seinen Anweisungen gehorchte, sprach der Lehrer weiter: »Mal sehen. Ihr, Nicolás, macht Euch fertig! Ihr stellt Euch unserem jungen Anwärter, damit er zeigt, was er kann.«

Catalina beobachtete diesen Nicolás aus den Augenwinkeln. Er war einer der jungen Männer, die sich am Eingang vorgedrängt hatten. Er mochte ungefähr zweiundzwanzig Jahre alt sein und starrte sie halb neugierig und halb unverschämt an. Als sich beide Kontrahenten vorbereitet hatten, rief der Lehrer sie in die Mitte des großen Kampfteppichs, während sich die Übrigen auf ein paar kleine Stufen setzten, die sich an einer Seite der langen Galerie befanden. Catalina vernahm das verworrene Gemurmel der Zuschauer, die einen ungleichen Kampf erwarteten, denn dieser Nicolás war einer der talentiertesten Schüler der Klasse.

Pedro Pachecos Stimme erdröhnte in dem weiten Raum.

»Meine Herren, das ist eine Fechtübung. Kämpft, wie es einer Übung entspricht. Es geht nicht um ein Duell oder eine Herausforderung auf der Straße.«

Die ganze Nervenspannung, die Catalina bis zu diesem Moment gepeinigt hatte, verschwand wie durch einen Zaubertrick, als sie mit zwei raschen Bewegungen die Biegsamkeit und Kraft ihres Stoßdegens erprobte, indem sie ihn durch die Luft zischen ließ. Sie fühlte sich in die Galerie von Benavente zurückversetzt, als sie mit Don Suero übte und sicher war, dass sie ein sehr hohes Maß an Fechtkunst beherrschte. Schweigen trat ein – ein düsteres und erwartungsvolles Schweigen. Das ganze Publikum stand auf der Seite ihres Gegners.

Don Pedro grüßte mit seinem Kurzdegen die Degen der beiden, indem er ihn hochstreckte, bevor er die Genehmigung für den Beginn des Wettkampfes erteilte. Plötzlich senkte sich seine Waffe. Beide Kontrahenten traten ein paar Schritte zurück und gingen in Fechtstellung. Die abgestumpften Spitzen der Stoßdegen prüften einander. Catalina hielt den linken Arm nach unten gebeugt und legte die Hand an die Taille. Diese Gewohnheit hatte sie von Don Suero übernommen, denn so konnte sie schneller zu dem Dolch greifen, den sie meistens am Rücken trug – selbst wenn so etwas hier logischerweise nicht notwendig war. Ihr Rivale streckte den gleichen Arm hoch und ließ mit einer leicht selbstgefälligen Geste seine ungeniert gekrümmte Hand auf den Kopf sinken, wobei er Catalina mit halb zusammengekniffenen Augen verdrossen beobachtete. Plötzlich griff er an. Er machte zwei rasche Schritte nach vorn und wollte die Brust des Mädchens mit dem Ende seines abgestumpften Degens treffen. Sie zog sich gewandt zurück, während sie den Stoß nach außen ablenkte und mit einer geschickten Finte das verlorene Terrain zurückgewann. Dann griff sie an. Sie prüfte den anderen, um seine schwachen Punkte zu erkunden. Sie merkte, dass er Schwächen zeigte, wenn er einen Stoß nach links unten parieren musste. Das prägte sie sich gut ein und setzte den Angriff fort. Je mehr Zeit verging, desto mehr verstummten die geflüsterten Kommentare, und ihr Gegner, den die stählerne Degenspitze des Mädchens wie eine Stechfliege bedrängte, schwitzte reichlich.

Catalina blickte kurz zu dem Lehrer hinüber und merkte, dass sich Überraschung in seinem Gesicht spiegelte. Es waren ungefähr drei oder vier Minuten vergangen, als Don Pedro Pacheco seinen Kurzdegen hob, um den Wettkämpfern eine Atempause zu gönnen. Catalina wollte gerade ihre Deckung aufgeben, als der andere angriff. Das war ein wenig ritterlicher Überfall, beinahe ein Regelverstoß, der das Mädchen empörte. Der Lehrer hielt weiter den Kurzdegen hoch, und trotzdem gab ihr Gegner, der in diesem angespannten Moment geblendet war, den Angriff nicht auf. Sie beschloss, etwas zu tun, was sie ursprünglich nicht gewollt hatte: Mit einer äußerst geschickten und unvorhersehbaren Bewegung nahm sie den Degen in die andere Hand, während sie den linken Fuß vor den rechten setzte und auf diese Weise die Deckung wechselte. Wie immer, wenn sie diese Bewegung ausführte, ließ sich ihr Rivale überraschen, und von nun an war er ein Spielzeug in ihren Händen. Mit zwei präzisen Finten und nach einem Scheinangriff erreichte sie, dass sie ihn in der Höhe des Herzens treffen konnte. Der junge Mann blieb einen Moment stehen, und der Lehrer nutzte das, um seine Klinge zwischen die beiden zu strecken. Dazu sagte er:

»Die Waffen nieder, meine Herren! Das ist zu Ende.«

»Das war ein schmutziges Manöver!«, rief Nicolás und wollte weitermachen.

»Ich sage lieber nichts dazu!«, entgegnete der Lehrer. »Es ist Schluss! Grüßt Euch, und legt die Waffen ab! Und Ihr, seid so gut und folgt mir«, setzte er hinzu, wobei er sich an Catalina wandte.

Nachdem das Mädchen die Ausrüstung abgelegt hatte, steckte es den Degen unter den Arm und trat auf Nicolás zu.

»Ich bitte Euch um Entschuldigung. Das ist im Eifer des Gefechts geschehen.«

Der junge Mann reagierte.

»Auch ich entschuldige mich. Es wird mir eine große Freude sein, mit Euch zu üben und diesen wunderbaren Stoß zu erlernen.«

»So ist es schon besser«, setzte Don Pedro hinzu. »Und nun, meine Herren, kehrt wieder zu Euren Übungen zurück. Und Ihr kommt mit.«

Catalina legte überstürzt den stumpfen Degen, den Stulpenhandschuh und die Maske auf einen Tisch und folgte Don Pedro, nachdem sie ihr Degenkoppel, den Mantel und die Mailänder Mütze an sich genommen hatte.

Der Fechtlehrer brachte sie in einen kleinen Raum, der als Kabinett diente. Er setzte sich auf einen Diwan und forderte sie mit einer Geste auf, sich ebenfalls zu setzen.

»Beim lebendigen Gott, ich schwöre Euch, dass ich in meinem ganzen Leben keinen solchen Stoß gesehen habe! Wo habt Ihr den gelernt?«

»Nun, Señor, das hat mein Vater entschieden, als er sah, dass ich Linkshänder war, was eher einen Vorteil als etwas anderes bedeutete. Deshalb hat er diesen Mangel, wenn Ihr ihn so nennen wollt, nicht korrigiert, sondern seit meiner frühen Kindheit auch noch gefördert, zuerst bei Ballspielen und dann beim Waffengebrauch.«

»Seid dankbar, dass Ihr einen so klugen Vater habt. Ihr müsst wissen, dass er Euch ein unbezahlbares Geschenk gemacht hat. Ein solcher Kunstgriff lässt sich sehr schwer einüben, wenn er nicht von Natur aus gegeben ist, und ich biete Euch ein Geschäft an.«

Catalina wartete mit aufmerksamem Blick, ohne einen Gesichtsmuskel zu verziehen.

»Alonso, ich nehme Euch als Gehilfen. Ihr sollt in meiner Akademie unterrichten. Ihr werdet keinem außer mir diesen Stoß beibringen. Ich gebe Euch dafür einen Lohn und zeige Euch Angriffe und Verteidigungen, die niemand kennt. Passt Euch mein Angebot?«

Das Mädchen stand sprachlos da.

»Ihr macht mich *zur* glücklichsten Jungen der Welt.« Die Aufregung verleitete sie zu diesem Irrtum. »Ihr braucht mich nicht zu bezahlen. Ich habe nur einen Zweifel: Meine Verpflichtungen beschränken meine Zeit, und ich weiß nicht, ob ich mich an einen festen Stundenplan halten kann.«

»Wir richten uns darauf ein. Ich habe größtes Interesse daran, dass Ihr mein Angebot annehmt. Ich bezahle Euch stundenweise. Ihr kommt her, wenn es Euch möglich ist, und Ihr habt keine vorgeschriebene Stundenzahl.«

»Dann nehme ich nicht nur gern an, sondern bin Euch auch außerordentlich dankbar. Wenn es Euch recht ist, könnt Ihr mit mir vorläufig am Montag- und Mittwochmorgen rechnen.«

»Ausgezeichnet. Ich hoffe, dass unsere Zusammenarbeit für uns beide von Nutzen ist. Um das zu feiern, schenke ich Euch etwas, was ich im letzten Lehrjahr nur meinen geübtesten Schülern gebe.«

Der Fechtlehrer ging zu einem schönen Schreibschrank, der in einem Winkel des Zimmers stand. Er öffnete eine Schublade und nahm etwas heraus, was Catalina von ihrem Platz aus nicht sehen konnte.

»Nehmt.«

Als er dies sagte, gab er Catalina ein Paar Handschuhe ohne Fingerspitzen, wie die großen Fechter sie trugen.

»Ihr erweist mir eine unverdiente Ehre.«

»Überhaupt nicht! Jemand, der einen Degen mit der Marke des Hündchens am Gürtel trägt und von María Cordero kommt, hat das und mehr verdient.«

Mit diesem Satz beendete Don Pedro Pacheco das Gespräch, während Catalina immer noch staunte. Sie konnte gar nicht glauben, wie viele günstige Ereignisse ihren Weg begleitet hatten, seitdem sie in die Hauptstadt gekommen war.

Der Abschied

Don Martín de Rojo befand sich in Madrid. Er war spornstreichs herbeigeeilt, nachdem er die wunderbare Nachricht erhalten hatte, die ihm sein Gönner Don Jerónimo de Villanueva auf dem Postweg schickte, dass Doktor Gómez de León, sein treuer Freund, aus den Klauen des Heiligen Offiziums gerettet und in ein Zimmer des Madrider Spitals Unserer Lieben Frau von der Gottesliebe gebracht worden war, wo er auf die Entscheidung des Königs wartete. Dort bemühte er sich, sich von seinem äußerst geschwächten Zustand zu erholen.

Don Martín de Rojo blieb nicht einmal Zeit, sich vorzubereiten. Er verließ sein Gut, nachdem er seiner Gattin all seine Aufgaben übertragen hatte, und ritt in die Hauptstadt. Er wollte seinen Aufenthalt nutzen, um Álvaro zu besuchen, und falls sich hierzu eine Gelegenheit bot, wollte er sich im Palast des Obernotars melden, um ihm für alles zu danken, was er für ihn getan hatte und immer noch tat. Allerdings hielt er diese Möglichkeit für einigermaßen unwahrscheinlich, da dieser hohe Herr bekanntlich ständig unter Zeitmangel litt.

Wie üblich stieg er im Gasthof »Zum Hellebardier« ab, und nachdem er dafür gesorgt hatte, dass man sich gut um sein Pferd kümmerte, zog er sich um und ließ eine Sänfte rufen. Er wollte, dass man ihn zum Gebäude der frommen Stiftung brachte.

Die Strecke beanspruchte eine Stunde. Wenn man sich nämlich um vier Uhr nachmittags durch Madrid bewegte, war dies selbst für Fußgänger ein recht mühsames Unterfangen.

Als er ans Ziel gelangt war, bezahlte er die Fahrt und stand vor einem uralten Ziegelbauwerk, dessen Türen zur Calle del Niño gingen. Eine Nonne versah das Amt der Pförtnerin, und an sie wandte sich der Hidalgo.

»Schwester, könntet Ihr so liebenswürdig sein und mich über jemanden unterrichten, der hier vor Kurzem eingeliefert wurde?«

»Könnt Ihr mir seinen Namen sagen?«

»Don Andrés Gómez de León y Urbina.«

Die Nonne setzte sich die Brille auf und sah in einem Aktenbündel nach.

»Tatsächlich. Er wurde vor anderthalb Wochen eingeliefert, und es sind keine Besucher gestattet.«

»Ich glaube, dieser Geleitbrief wird alle Schwierigkeiten beseitigen.«

Rojo hielt der Nonne ein Dokument hin, das ihm sein mächtiger Gönner übermittelt hatte.

Die Frau nahm das Papier in die Hand, und als sie das Siegel erblickte, das seine Herkunft verbürgte, mäßigte sie ihre Ablehnung.

»Habt Ihr eine Urkunde, die bestätigt, dass Ihr die Person seid, der in diesem Schriftstück der Zutritt gestattet wird?«

Der Hidalgo suchte in seiner Tasche und fand das Dokument, das seine letzte Steuerzahlung bestätigte.

»Da, nehmt. Ist das ausreichend?«

Die Nonne las das Dokument aufmerksam. Sie blickte zu ihm hoch, läutete ein Glöckchen und sagte:

»Man wird Euch jetzt begleiten.«

Nach diesem letzten Satz wandte sich die Schwester wieder ihren Aufgaben zu, während der Hidalgo nervös in der Vorhalle auf und ab lief und auf seinen Führer wartete.

Dieser kam, und es stellte sich heraus, dass es eine junge Nonne war. Sie arbeitete als Krankenschwester und trug einen Kittel aus weißer Serge. Sie hatte keine Haube auf, sondern das Haar helmartig hochgesteckt. Sie ging zu dem Tisch, an dem die Schwester Pförtnerin saß, wechselte mit ihr ein paar Worte und sprach dann den Hidalgo an:

»Seid so gütig und folgt mir. Ich bringe Euch zu dem Kranken.«

Beide liefen los und kamen in dem großen Gebäude durch ein Labyrinth aus Treppen und Gängen. Don Martín musste sich anstrengen, um den schnellen Schritten des Mädchens zu folgen.

In den großen Sälen standen lange Reihen von Feldbetten. Ekelerregender Gestank durchdrang alles, trotz der sehr hohen Raumdecken und der vielen Räucherpfannen, in denen man grüne Zweige, Sassafras und Chinawurzel verbrannte. Die Klagen, die Jammerlaute und auch die Flüche und Stoßgebete vermischten sich in einem schmerzerfüllten und vibrierenden Stimmengewirr. Allein die Vorstellung, dass sich sein Freund in einem dieser erbärmlichen Säle befinden konnte, entsetzte den Hidalgo. Schließlich blieb die Krankenschwester vor der verschlossenen Tür eines Zimmers stehen. Sie machte eine Geste mit der Hand, damit Don Martín stehen blieb, und streckte den Kopf durch die Tür. Dann drehte sie sich um.

»Hier ist es. Ihr könnt eintreten. Es geht ihm sehr schlecht. Gerade ist er ein bisschen eingeschlummert. Ihr habt eine halbe Stunde. Dann komme ich und hole Euch ab.«

Nach diesen kurzen Hinweisen ging sie den Korridor weiter, leicht und zart wie ein geflügelter Engel.

Don Martín de Rojo e Hinojosa, ein Mann von erprobtem Mut, der in seinem Soldatenleben höchst gefährliche Abenteuer bestanden hatte, musste alle ihm verbliebenen inneren Kräfte zusammennehmen, um diese Tür aufzumachen.

Der drinnen herrschende Dämmerzustand hinderte ihn zunächst daran, irgendetwas zu erkennen. Dann gewöhnten sich seine Augen allmählich an die Dunkelheit, und er erriet ein Feldbett mehr, als er es sah. Aus den Decken ragte ein Kopf hervor, der keinen Körper zu haben schien, so leichenhaft schmal war er. Ohne das kleinste Geräusch stellte er sich neben ihn, und in dem von oben durch eine Deckenöffnung eindringenden Licht konnte er, während der gleichsam schwebende Kopf die Augen geschlossen hielt, eingehend das Gesicht des Mannes betrachten, der so viele Jahre lang der Hausarzt seiner Familie gewesen war.

Mein Gott, was hatten sie mit ihm gemacht! Die vergangene Zeit und das Elend hatten die edlen Züge seines lieben Freundes mit unauslöschlichen Spuren geprägt. Der fast ganz kahle Kopf, die zerfurchte Stirn, die riesigen Ohren, die spitze Nase, der zu einem bitteren, krankhaften Lachen verzogene Mund, der schüttere und zottige Bart und die weiße, pergamentartige Haut, die der einer Leiche glich … Plötzlich öffneten sich die Augen und schienen ihn anzublicken. Don Martín erschrak. Diese früher unruhigen und lebensprühenden Augen waren zwei tiefe und tote Abgründe, die ihn anstarrten, ohne ihn zu erkennen. Der Hidalgo wechselte den Platz, damit ihm die schwache, durchs Fensterchen fallende Helligkeit ins Gesicht leuchtete. Der verlorene und wirre Blick des alten Doktors folgte ihm, und am Grund der Augen blitzte ein Lichtfunke auf. Eine sehnige und bebende Klaue kam unter der Decke hervor und streckte sich ihm entgegen. Der Hidalgo nahm sie in seine Hände und drückte sie sanft, wobei er das Gefühl hatte, dass er die Kralle eines großen Vogels ergriff. Nun bemerkte er, dass sich die trockenen Lippen bewegten, und er vernahm ein dumpfes und beinahe unhörbares Röcheln. Es vermischte sich mit einem Gurgeln, das die Atemluft hervorbrachte, wenn sie mühevoll aus der Lunge drang.

»Ihr seid es? Der Herrgott hat in seiner Barmherzigkeit meine Gebete erhört!«

»Und auch meine Gebete, lieber Freund, auch meine!«

Nun schien dieses menschliche Wrack neues Leben zu gewinnen, und sogar seine Stimme wurde deutlicher.

»Es ist Euch gelungen, mich aus der Hölle zu holen, allerdings nur, damit ich in Frieden sterben kann.«

»Erzählt keinen Unsinn. Ich habe alle mir möglichen Mittel eingesetzt, um das zu erreichen, und ich hoffe, dass es nicht zu spät gewesen ist.«

Die Kralle drückte die Hand des Hidalgos.

»Sie haben es auf Euch abgesehen, lieber Freund! Sie wollen Euch entehren, sie wollen Eurer Familie schaden. Mir ist nichts über die Lippen gekommen, was für Euch nachteilig sein könnte. Bischof Carrasco ist Euer erklärter Feind.« Der Arzt schwitzte übermäßig. »Sie vermuten, dass Euer Sohn gar nicht von Euch ist … und sie wollen beweisen, dass Ihr gelogen habt, als Ihr ihn als Euer Kind ins Adelsbuch eingetragen habt. Ich weiß nicht, was sie damit bezwecken. Von Catalina wissen sie nichts … obwohl sie etwas argwöhnen. Nehmt Euch in Acht!«

Nach der äußersten Anstrengung, mit der er diese Worte zwischen Keuchen und krampfhaftem Gurgeln hervorgestoßen hatte, hielt der alte Doktor inne und atmete aufgeregt. Don Martín wusste nicht, was er tun sollte. Seine Hand wurde leicht gedrückt, was ihm ankündigte, dass der Kranke noch etwas hinzufügen wollte, und er näherte sein Ohr den Lippen des Sterbenden.

»Der Notar von Astorga hat mein Testament. Kümmert Euch darum, dass man meine alte Magd Laurencia und meine Hebamme María Luján versorgt. Ihr seid mein Testamentsvollstrecker.« Wieder stockte er. Die Hand des Arztes, der man die Nägel herausgerissen hatte, drückte mit äußerster Anstrengung die seines Freundes. »Ich will beichten! Lasst mich nicht als Sünder sterben!«

»Was sagt Ihr! Ihr werdet nicht jetzt sterben!«

»Der Herrgott hat mir in seiner Güte gewährt, worum ich ihn im Marterhaus so inständig gebeten hatte: dass ich Euch warnen und frei und im Stand der Gnade sterben kann. Hindert nun Ihr mich nicht daran! Holt einen Geistlichen!«

Don Martín ließ seine Hand los und lief schreiend auf den Gang hinaus.

»Einen Mönch, um Gottes willen. Ein Sterbender bittet um die Beichte. Schnell, einen Pfarrer!«

Auf dem Korridor eilte schon die kleine Nonne herbei, die ihn begleitet hatte. Sie blieb stehen und rief:

»Ich hole ihn!«

Sie drehte sich um und rannte davon.

Der Hidalgo ging zum Bett seines Freundes zurück, ergriff dessen Hand und sagte sanft:

»Ihr werdet gesund. Ihr braucht überhaupt keinen Beichtvater. Ihr habt in Eurem ganzen Leben keinem Menschen etwas zuleide getan.«

Seine Atmung war noch erregter und unregelmäßiger geworden. Der schmale Brustkasten hob und senkte sich maßlos.

»Ich habe gesündigt. Allein das Blut unseres Herrgotts kann mich erretten, wenn ich meine schweren Verfehlungen beichte. Bitte, lieber Freund, ruft einen Mönch!«

»Er kommt schon.«

Kaum hatte er das gesagt, da öffnete sich die Tür, und die kleine Nonne trat ein. Sie lief vor einem Franziskaner, der sich sogleich neben den Kranken stellte und liebevoll seine Hand ergriff, während sich der Hidalgo in einen Winkel des Zimmers zurückzog. Der Mönch sagte ein Gebet und beugte sich dann zu den trockenen Lippen des alten Doktors hinab, dessen Worte nur er vernahm. Nach einer Weile stand er auf, segnete den Sterbenden und sprach ihn von seinen Sünden frei. Er holte eine heilige Hostie aus einem Metallkästchen und legte sie in seinen halb geöffneten Mund. Dann nahm er das Salböl und salbte den Kranken, wobei ihm die Nonne beistand. Schließlich verließ er das Zimmer, denn schon verlangte ein anderer Kranker nach seiner Hilfe für die letzte Reise.

Als beide hinausgegangen waren, setzte sich der Hidalgo auf das Bett neben seinen treuen Freund und hielt seine sehnige Hand. Das Gesicht, das bis vor einem Augenblick verkrampfte Gesicht, strahlte Frieden aus. Das durchs Fensterchen einfallende Licht wirkte subtiler. So verging längere Zeit. Dann öffneten sich die Augenlider, und sein Blick schien sich zu bemühen, das Bild des Hidalgos festzuhalten. Seine Hand wurde leicht gedrückt, und das veranlasste ihn, auf das zu achten, was ihm der Sterbende mitteilen wollte. Er murmelte:

»Jetzt kann ich in Frieden gehen. Ich danke Euch für Eure Freundschaft während all dieser Jahre!«

Und mit diesen Worten übergab der alte Arzt seine Seele dem Schöpfer.

Das Theater

In Catalinas Leben folgten die Ereignisse ununterbrochen aufeinander. Die Prüfung, die Don Pedro de la Rosa mit ihr vornahm, um ihre schauspielerischen Fähigkeiten zu beurteilen, fiel zufriedenstellend aus. Sie kam an dem vereinbarten Morgen zu ihm, und zusammen mit ihm ging sie zum Corral del Príncipe. Dort probten gerade die Schauspieler seiner Truppe, die in zwei Wochen ein Stück von Francisco de Rojas Zorrilla mit dem Titel *Jedem, was ihm zusteht* zum ersten Mal aufführen sollten. Catalina wurde allen als eine Anwärterin vorgestellt, die sich der Truppe anschließen sollte, um sich auszuprobieren. Sie könne sowohl die Rollen eines jungen Mannes als auch eines Mädchens spielen, und außerdem singe und tanze sie so stilvoll und anmutig, wie sie es von Leuten erlernt habe, die das Wesen der Kunst im Blut hätten. Der ersten Schauspielerin Ana de Andrade kam diese Hilfe wie gerufen, weil sie ihr einen Teil der Darbietung abnahm, der ihr nicht übermäßig gefiel.

Sobald Catalina auf der Bühne erschienen war, begriff sie, dass dies etwas ganz anderes als die Vorstellungen bedeutete, die sie mit der Truppe der Ayamontes in den kleinen Orten gegeben hatte. Der Anblick des leeren Innenhofs war überwältigend. Sie wollte nicht einmal daran denken, wie es hier aussehen müsste, wenn er mit Menschen gefüllt wäre.

Bevor Don Pedro die Probe begann, erklärte er ihr, wie eine Vorstellung vor sich ging, damit sie erkannte, wo sie am besten mitwirken konnte. Als Erstes ließ er eine Gruppe von Musikern auftreten, darunter einen Lautenspieler, der das Publikum in Stimmung bringen sollte, während es seine Plätze einnahm. Dann kam das Lobgedicht, das meistens der dienstälteste Schauspieler der Truppe vortrug und in dem man gewöhnlich das Thema des aufgeführten Schauspiels erklärte und um Verzeihung für die Fehler bat, die man vielleicht begehen würde. Dies richtete sich vor allem an den Hof der »Musketiere«, also das Parterre des einfachen Theaterpublikums, und an den Olymp der Frauen, denn dies war der Senat, von dem Erfolg oder Scheitern einer Vorstellung abhing. Dann wurde das Hauptstück aufgeführt, und zwischen den Akten fügte man ein sogenanntes Zwischenspiel oder auch Tänze mit Kastagnettenbegleitung ein, die am Ende des Schauspiels wiederholt wurden.

Catalina sagte ihrem Mentor, sie sei in der Lage, mehrere Aufgaben von denen zu übernehmen, die er ihr erläutert habe, und daraufhin prüfte er sie. Zuerst las sie einen Text vor, dann rezitierte sie einen Monolog, den ihr Florencio beigebracht hatte, und schließlich sang sie, wobei einer der Gitarristen sie begleitete, ein wehmütiges Lied, und dazu gab sie den Rhythmus mit Kastagnetten aus gebranntem Ton an, die, wie sie meinte, sich viel wirkungsvoller, leichter und eindrucksvoller als die hohlen Muschelschalen verwenden ließen, die Tarsicia und Magdalena benutzten.

»Was gut ist, muss man auch so nennen«, sagte Don Pedro, als diejenigen, die ihre Mitspieler werden sollten, freundlich Beifall klatschten und Ana sich begeistert äußerte. »Ihr werdet in unserem nächsten Schauspiel zum ersten Mal auftreten. Ihr probt zwei Wochen und übernehmt eine kleine Rolle im Zwischenspiel, und am Ende singt Ihr eine Chaconne. Kennt Ihr eine, deren Refrain das Publikum mitsingen kann?«

»Tarsicia hat mir eine beigebracht. Vielleicht kennt Ihr sie: ›Andallo, Andallo, ein Küken bist du und willst ein Hahn sein‹.«

»Nein, das kenne ich nicht. Warum singt Ihr sie nicht vor?«

»Ich weiß, wie sie geht.«

Mit diesen Worten meldete sich Juanito der Stutzer, der Gitarrist der Truppe, der dabei auf dem Schallkörper der Gitarre einen Rhythmus angab, während er zugleich die Saiten erklingen ließ.

Catalina passte sich seinem Takt an, indem sie in die Hände klatschte, und sie begann, so kunstvoll und fröhlich zu tanzen, dass der Beifall diesmal tatsächlich keine Höflichkeitsgeste war.

»Großartig! Ich stelle mir vor, wie Ihr mit richtigen Frauenkleidern tanzt. Ich sage Euch einen großen Erfolg voraus«, bekannte der berühmte Schauspieler am Ende.

Drei gründliche und lange Proben gewöhnten sie an die neue Kleidung. Dann kam der Tag ihres heiß ersehnten Debüts.

Pedro de la Rosa hatte am Ende entschieden, dass sie nur eine kurze Rolle in dem Zwischenspiel übernehmen und dass sie am Schluss des Stücks auftreten sollte, um die Chaconne zu singen und zu tanzen, die ihre Mitspieler bei der Probe so begeistert aufgenommen hatten.

Catalina zitterte wie Espenlaub. Der Theaterhof füllte sich zunehmend, und der Lärm der unruhigen Menge gelangte bis zu ihrer Garderobe, wobei er von dem dicken Stoff gefiltert wurde, der den Bühnenzugang vollständig verdeckte. Als sie sich schon angekleidet hatte und ihre Gestalt im großen Spiegel betrachtete, der am Ausgang der Garderoben stand, erkannte sie sich nicht wieder. Vor sich sah sie eine schöne Frau mit langen Locken und tiefen, schwarzen, mit Kohlestift umrandeten Augen, die übertrieben rote, mit korinthroter Ölpaste hervorgehobene Lippen hatte. Ein geschlossenes blaues Mieder schmiegte sich an ihren wunderschönen Körper, und ein Reifrock aus grünem Taft bedeckte ihre langen und wohlgeformten Beine. Plötzlich wollte sie sehen, was sich auf der anderen Vorhangseite so lebhaft tummelte. Sie stieg auf die zugehängte Bühne und blickte durch die Vorhangfalten.

Sie war so tief beeindruckt, dass sie sich einen Augenblick lang nicht für fähig hielt, auf der Bühne aufzutreten. Die Farbenpracht der »Musketiere« war so groß, das sie zunächst für nichts anderes Augen hatte. Dort, hinter dem Strick, der die erste Sperrsitzreihe abtrennte, standen dicht gedrängt Schneider, Raufbolde, Soldaten, Schreiber, Schuster, Wundärzte, Apotheker, Gauner, Spielhöllenbesitzer, Musikanten, Dichter und vor allem Studenten, endlos viele Studenten. Am Arm trugen sie die bunten Bänder, die ihre verschiedenen Studiengänge bezeichneten.

Nachdem sie eine Weile zugeschaut hatte, beruhigte sie sich und beobachtete nun gründlicher die einzelnen Teile des Theaterhofs. Die Königsloge war noch geschlossen. Catalina blickte sich suchend nach ihrer Freundin um. Sie konnte den einzigen Menschen entdecken, den sie zu ihrer Vorstellung eingeladen hatte: María Cordero ließ im Frauenparadies ihren üppigen Busen auf der ersten Lehne ruhen und nahm zwei Plätze ein, weil sie auf einem einzelnen nicht genug Raum hatte. Nervöser als Catalina selbst wartete sie auf den Auftritt des Mädchens, damit sie sich die Hände wund klatschen konnte. Dann blickte Catalina zu den ersten Bänken hinunter… Beinahe blieb ihr das Herz stehen: Zwischen einem Militär, der den Dienstgrad eines Fähnrichs hatte, und zwei jungen Männern saß Don Martín de Rojo e Hinojosa, ihr Vormund von Sankt Benedikt. Zunächst dachte sie an Flucht, dann aber nahm sie sich zusammen und dachte, nachdem er sie über drei Jahre nicht gesehen hatte, während sie nun eine Perücke trug und wie ein Farbkasten geschminkt war und sich außerdem an einem völlig unerwarteten Ort befand, wäre es eigentlich unmöglich, dass er sie wiedererkannte.

Auf einmal spürte sie, dass jemand sie fortzog. Es war Juanito der Stutzer, der ihr zu verstehen gab, dass sie sich zurückziehen musste, weil man den Vorhang aufziehen wollte, damit man die Rampenlichter anzünden konnte. Das Publikum sah, dass die Vorstellung bald anfangen würde, und es verstummte allmählich, weil die Dochte der kleinen Lichter, die sich in polierten Messingschirmen spiegelten, zu brennen begannen und die Musiker eine gefällige Passacaglia anstimmten.

Alles entwickelte sich in den üblichen Bahnen. Der erste Teil ging ohne Zwischenfälle vor sich, und Catalina debütierte, indem sie im Zwischenspiel auftrat, wobei sie ihre Aufgabe angemessen erfüllte. Auch der zweite Teil machte gute Fortschritte. Doch plötzlich sagte der jugendliche Liebhaber, der einen kurz vor der Heirat stehenden Hidalgo darstellte, einen schrecklichen Satz: Seine Braut, die er für eine Jungfrau gehalten habe, täusche ihn, weil man sie geschändet habe und ihre Jungfräulichkeit verloren sei. Mit einer derartigen Dreistigkeit fand sich der Hof der »Musketiere« nicht ab, denn hier stand die Ehre eines Caballeros auf dem Spiel, und ihr Sittlichkeitsempfinden war verletzt. Catalina, die sich gerade in ihrer Kabine für die Chaconne-Nummer umzog, hörte etwas, als näherte sich der Donner eines fernen Gewitters. Zunächst glaubte sie, dass ein plötzlicher Wolkenbruch losgeplatzt wäre, wie sie in Madrid am Sommerende so häufig vorkamen. Dann hörte sie die Rufe ihrer Gefährten und das Kommen und Gehen der Leute, die vom Keller zum Bühnenstockwerk liefen. Sie stieg ebenfalls hinauf, und an einer Seite konnte sie beobachten, wie die Männer diesen Tumult veranstalteten, indem sie mit ihren Stöcken und den Beschlägen ihrer Degenscheiden auf den Dielenboden schlugen. Der Krach war ohrenbetäubend. Catalinas Gefährten zogen sich zurück, wobei sie sich, so gut sie konnten, vor der über sie hereinprasselnden Sintflut aus Gemüse, trockenen Früchten und zerbrochenen Ziegeln deckten. Über dieses Getöse erhob sich die befehlsgewohnte Stimme Don Pedro de la Rosas. Er rief: »Zum Ende, kommen wir zum Ende! Die Musiker auf die Bühne!« Neben ihm erschien, ohne dass man wusste, woher, verstört und mit der Gitarre in der Hand, Juanito der Stutzer. Man hatte ihn wie jemanden, der aufs Schafott steigt, auf die Bühne gestoßen. Ihn begleiteten drei weitere Musiker, und sie alle zusammen spielten den einschmeichelnden Rhythmus der Chaconne. »Geht nach draußen! Sie gehören alle Euch!«, brüllte ihr Don Pedro ins Ohr.

Catalina merkte nicht einmal, was sie tat. Sie erinnerte sich an die Nacht, als die Zigeuner den ganzen Dorfplatz auf die Beine brachten, und sie stürzte auf die Bühne wie jemand, der sich in einen wasserreichen Fluss wirft. Sie begann, so zu singen und zu tanzen, wie sie es nie zuvor getan hatte. Zunächst reagierten die Leute überrascht. Dann warfen sie keine Gegenstände mehr auf die Bühne, und im Frauenparadies begann die donnernde und kräftige Stimme María Corderos, den Refrain mitzusingen. Das Publikum beteiligte sich allmählich am Fest. Nun verwandelte sich der ohrenbetäubende und unbeherrschte Lärm, den das Füßetrampeln hervorgebracht hatte, in einen geordneten Rhythmus, und die Füße trommelten auf den Holzboden in dem Takt, den die Gitarre des Stutzers angab. Das Wunder war eingetreten. Catalinas anrührende und gefühlvolle Stimme beherrschte die Lage ebenso wie die Tarsicias in jener schon fernen Nacht. Nach einem Tanzlied kam das nächste und dann noch eines und wieder eines. Schließlich überflutete ein dröhnender Beifallssturm den ganzen Theaterhof.

Catalina wagte es, zur Königsloge hinüberzublicken, und sie konnte sehen, dass Seine Majestät, König Philipp IV., mit der behandschuhten Hand schwach auf das Balkongeländer klopfte. Das versetzte die Zuschauer vollends in Hochstimmung. Dann war alles zu Ende.

Das erhitzte und hingebungsvolle Publikum verließ langsam das Theater. Man kommentierte die Ereignisse dieser besonderen Veranstaltung. Die Truppe applaudierte Catalina und klopfte ihr auf die Schulter. Ana de Andrade sagte mit ihrer angenehmen Stimme:

»Mädchen, Ihr werdet niemals wissen, was Ihr in dieser Nacht erreicht habt.«

Von der Tür kam ein Pförtner mit zwei Karten in der Hand. Wer sie geschrieben hatte, durfte sich ein beträchtliches Verdienst anrechnen: Es war nicht leicht, sich unter diesen Umständen mit einer Feder, Tinte und Papier zu versorgen, um eine Nachricht zu schreiben. Auf dem ersten Zettel konnte sie lesen: »Werde ich die Ehre haben, Euch eines Tages allein zu sehen?«, und unterschrieben hatte ein gewisser Fähnrich Campuzano. Sie erinnerte sich an die dünkelhafte Persönlichkeit, die sie in der Nacht gesehen hatte, als sie María Cordero kennenlernte.

Das zweite Papier bewirkte, dass sich Catalina an die Wand ihrer Garderobe stützen musste. Nachdem sie den Umschlag aufgerissen hatte, las sie: »Heute habe ich erfahren, wie die Engel im Himmel sind. Ihr werdet von mir hören«, und unterschrieben hatte es Diego de Cárdenas.

Die Wiederbegegnung

Seit dem denkwürdigen Tag ihres Debüts war beinahe ein Monat vergangen, und in dieser ganzen Zeit hatte Catalina darüber nachgedacht, was sie tun solle. Obwohl ihr Herz sehnlich danach verlangte, Diego wiederzusehen, riet ihr der Verstand zur Vorsicht.

Nachdem sie das Briefchen im Theaterhof erhalten hatte, trat all die angestaute Liebe, die sie so viele Jahre lang zurückgehalten hatte, wie ein Sturzbach über die Ufer, und ihr Verlangen, ihn wiederzusehen, überwältigte sie. Darüber sprach sie mit María Cordero, die sie mit größter Achtung behandelte, seitdem sie ihren Triumph im Theaterhof miterlebt hatte. Sie riet, ihre Erscheinung eines jungen Mannes auszuprägen, denn es wäre nicht ratsam, vor dem jungen Marquis von Torres Claras als jener Page zu erscheinen, den er in Benavente zurückgelassen hatte, und vor allem dürfe sie nicht der Versuchung nachgeben, erneut die Gastfreundschaft anzunehmen, die er ihr gewiss anbieten werde. Dann könnte sie ja nicht ihr jetziges Doppelleben fortsetzen, gleichzeitig im Theater spielen und an den Fechtstunden teilnehmen. Wenn sie sich einverstanden erklärt hätte, in seinem Palast zu leben, würde es ihr zwar wunderbar gut gefallen, ihn zu jeder Zeit sehen zu können, hingegen müsste sich ihr dann die Schwierigkeit stellen, dass sie sich nicht als die Frau zeigen konnte, die sie war.

»Tretet abweisend und geheimnisvoll auf. Er darf nicht wissen, wo Ihr lebt und was er für Euer Leben bedeutet. So etwas spornt die Männer an. Leichte Eroberungen haben die Liebe niemals für lange Zeit festgehalten. Wenn Ihr Euch so verhaltet und ihn sehen wollt, bleibt Euch immer die Möglichkeit, Euch als Mann gekleidet dort einzustellen, wo er gewöhnlich hinkommt, und zweifelt nicht, dass Eure Tarnung gut ist. Wenn Ihr meine Mädchen täuschen konntet, wie viel leichter wird es dann sein, einen verliebten Galan hinters Licht zu führen, der nichts anderes wünscht, als etwas von seiner Geliebten zu erfahren… wenn es Euch gelingt, Euch zu Eurem eigenen Boten zu machen! Versteht Ihr mich allmählich?«

Als Catalina den Kopf schüttelte, sprach sie weiter.

»Wie, glaubt Ihr, würde er Alonso Díaz empfangen, wenn dieser ihm Botschaften von der Schauspielerin übermittelt, die gerade in der Truppe von Don Pedro de la Rosa triumphiert und der er ein Briefchen geschickt hat?«

Diese klugen Argumente zeigten Catalina, dass sich ihr eine ganze Vielfalt von Möglichkeiten eröffnete, um ihrem Geliebten zu nahen, und sie fasste einen Entschluss. Sie zog ihre beste Festkleidung an, klebte sich einen kleinen Schnurrbart und einen Kinnbart an, so dass sie einen reiferen Eindruck machte, und sie übte längere Zeit, ihre Stimme zu verstellen, wie es ihr Don Pedro de la Rosa beigebracht hatte. Nervös wie ein falscher Zeuge ritt sie sodann auf Afrodita zum Haus mit den sieben Kaminen, denn María Cordero hatte ihr mitgeteilt, dass die von ihr gesuchte Adresse sich gleich daneben befand.

Sie traf um vier Uhr nachmittags ein, band das Maultier an das Eisengitter, das den Schlossgarten umgab, und lief bebend zur Gittertür. Sie wollte gerade den Türklopfer betätigen, als die Tür aufging und Lorenzo erschien, der Schutzbefohlene der Familie Cárdenas, der seinen Platz an Diegos Seite eingenommen hatte und der, als er sie sah, womöglich noch überraschter als sie selbst war.

»Bei allen Teufeln! Wenn mich meine Augen nicht täuschen, habe ich ja den leibhaftigen Alonso Díaz vor mir.«

»Tatsächlich, Eure Augen täuschen Euch nicht. Ist Don Diego zu Hause?«

»Aber woher seid Ihr gekommen?«, erkundigte sich der andere, ohne auf die Frage zu antworten, die ihm Catalina gestellt hatte.

»Ich habe einen langen Weg zurückgelegt, um hierherzukommen. Seid so gütig, und gebt Don Diego Bescheid. Sagt ihm, dass sein Page Alonso gekommen sei, um ihm das Maultier zurückzugeben, das ich schon vor einiger Zeit von seinem Herrn Vater ausgeliehen habe.«

Catalina konnte es sich nicht versagen, Lorenzo etwas schroff zu antworten, obwohl er nicht die geringste Schuld an dem hatte, was sie als einen Eingriff in ihre Rechte ansah.

»Kommt herein, wenn Ihr wollt. Sofort melde ich Euren Besuch.«

»Ich fühle mich hier wohl. Ich weiß nicht, ob man mich wohlwollend empfängt oder mich festnimmt.«

»Dann wartet einen Augenblick.«

Der junge Mann lief ins Innere des Herrenhauses, und Catalina blieb im überdachten Hauseingang stehen. Sie hatte Angst, dass ihr Herzklopfen sie verriet. Kurz darauf konnte sie die Stimmen der beiden jungen Leute hören, die eilig zurückkehrten, und dann sah sie Diegos geliebtes Bild vor sich auftauchen, das sich in ihren Erinnerungen verwischt hatte, weil sie so oft daran dachte. Wie sehr hatte er sich verändert! Er war weitaus mehr ein Mann als bei seiner Abreise! Sein Auftreten wirkte edel. Sein Haar war dunkler, und der Kinn- und Schnurrbart ließen ihn viel reifer erscheinen. O Gott, wie schön er war!

»Das könnt Ihr doch gar nicht sein!«

Seine schmeichelnde und etwas heisere Stimme war dieselbe wie immer.

Catalina musste sich mühevoll zusammennehmen. Sie dachte schon, bevor er bei ihr sein würde, wäre sie in Ohnmacht gefallen. Diego machte einen letzten großen Schritt, nahm sie in die Arme und umschlang sie fest.

»Um Christi willen! Wie sehr habt Ihr uns leiden lassen! Alonso, Junge! Woher kommt Ihr, und wohin wart Ihr in dieser ganzen Zeit verschwunden?«

Catalina hätte gewünscht, dass sich dieser Augenblick ewig fortsetzte. Sie spürte, wie Diego sie an den Schultern nahm und langsam von sich löste, indem er die Umarmung lockerte und ihr aufmerksam ins Gesicht blickte.

»Ich bin aus Benavente geflohen. Ich habe mich an allen möglichen Orten herumgetrieben. Ich wollte die Welt kennenlernen, und ich wusste, wenn ich Euren Herrn Vater um Erlaubnis fragte, würde er mir sie womöglich unter dem Vorwand verweigern, dass ich noch den Unterricht bei Bruder Anselmo brauchte.«

Catalina spielte indirekt auf die Entschuldigung an, die Diego vorgebracht hatte, um sie nicht in die Hauptstadt mitzunehmen.

Diego tat so, als hätte er die Anspielung nicht verstanden.

»Wie sehr Ihr Euch irrt. In meinem Haus hat man Euch nie wie einen Diener behandelt, der in der Schuld seines Herrn steht. Mein Vater hätte auf vernünftige Gründe gehört.«

»Ich weiß, was Ihr meint. Ich habe ja ein Maultier mitgenommen, aber ich hatte die eindeutige Botschaft hinterlassen, dass ich es zurückgeben wolle. Und das war auch teilweise der Grund meines Besuchs. Dort, ans

Gitter gebunden, steht Afrodita für Euch bereit. Sagt mir, wenn ich etwas bezahlen soll, weil ich sie benutzt habe. Wenn Ihr nun wollt, dass mich die Häscher fortbringen, braucht Ihr sie nur zu benachrichtigen.«

»Ihr redet Unsinn, Alonso. Ich weiß genau, dass sich mein Vater unendlich freuen wird, wenn er erfährt, dass Ihr zurückgekommen seid. Ihr wisst ja, dass er Euch gernhatte, und Ihr seid nicht gerecht, wenn Ihr so redet. Aber gehen wir hinein. Ich möchte gern etwas über Eure Abenteuer erfahren. Nun ja, wenn es Euch gefällt, uns davon zu erzählen.«

Catalina zögerte kurz. Sie hatte geplant, das Maultier dazulassen und ihren Unmut über das zu zeigen, was sie für einen Wortbruch Diegos hielt. Doch stärker war der innige Wunsch, bei ihm zu sein und Einzelheiten über sein Leben zu erfahren. Beinahe ohne dass sie es merkte, saß sie auf einmal in der Pergola des Gartens hinter dem Haus und erzählte den Teil ihrer Abenteuer, den sie erklären wollte und konnte.

»Ich verstehe Euren Ärger, und ich bedaure Eure Enttäuschung. Ihr wart sehr jung, und ich glaubte, es wäre egoistisch von mir, Euch aus Eurem Studium zu reißen, um Euch in meinem Dienst zu behalten, ohne dass Ihr Eure Ausbildung abgeschlossen hättet. Aber da Ihr Euch nun einmal entschlossen habt, in der Hauptstadt zu leben, können wir weiterführen, was wir nicht beendet hatten, und wenn Ihr nichts dagegen habt, ist dies hier selbstverständlich Euer Zuhause.«

Wie schwer fiel es ihr, auf dieses Angebot zu verzichten! Aber María Corderos Warnungen klangen ihr nachdrücklich in den Ohren.

»Dafür bin ich Euch unendlich dankbar. Doch nun ist schon die Zeit gekommen, dass ich es lerne, auf eigenen Füßen zu stehen, ohne den fürsorglichen Schutz Eures berühmten Namens. Außerdem glaube ich, wenn ich in der Hauptstadt herumkomme und viele Leute sehe, kann vielleicht ein Lichtstrahl mein Gedächtnis erhellen und mir helfen, mich daran zu erinnern, wer ich bin und woher ich komme.«

»Gut, wenn es Euch so gefällt. Ich verstehe Eure lobenswerte Absicht, doch Ihr sollt wissen: Wenn Ihr etwas braucht, könnt Ihr immer mit mir rechnen. Sagt mir, Alonso, wo wohnt Ihr?«

Catalina nahm sich in Acht.

»Vorläufig bei einem Freund, aber ich ziehe sehr bald um.«

»Wo kann ich Euch dann finden, wenn ich Euch suche?«

»Montags und mittwochs gebe ich Fechtunterricht in der Akademie von Don Pedro Pacheco.«

»Ihr könnt Euch nicht vorstellen, wie sehr mir gefällt, was Ihr sagt. Ich habe nachmittags Unterricht in der Akademie von Luis Narváez. Seit Benavente habe ich mich danach gesehnt, mit Euch zu fechten. In Madrid habe ich noch keinen Gegner gefunden, der mich so wie Ihr in die Enge treibt. Ich denke, eines Tages können wir in Eurer Akademie oder in meiner mit Degen oder Florett fechten.«

»Es wird mir eine Freude sein.«

Nun nahm Diego eine freundschaftliche und vertrauliche Haltung ein.

»Sagt mir, Alonso, was haltet Ihr von den Damen in der Residenz? Ihr seid ja kein Milchbart mehr.«

Catalina konnte sich gegen eine so unerwartete Frage nicht wehren.

»Ihr macht mir doch nicht weis, dass Ihr kein Auge auf ein Täubchen geworfen habt, wo man so viele göttliche Wesen auf den Promenaden der Hauptstadt sieht!«

»Tatsächlich hatte ich keine Zeit und keine Möglichkeiten. Wie Ihr gewiss versteht, da ich auf einem Maultier ritt, hatte ich wenig Aussichten, einen glänzenden Eindruck zu machen.«

»Das regeln wir auf der Stelle. Folgt mir.«

Diego stand zusammen mit Lorenzo auf und ging zum anderen Ende des Gartens, bis zu einem rechteckigen Gebäude.

Sie gingen hinein, und Catalina erblickte eine Reihe von prächtigen Tieren, die der königlichen Ställe würdig gewesen wären. Am Eingang und rechts standen die Tiere, die zu den Gespannen gehörten: vier Füchse und vier Falben, deren Schwänze und Mähnen auf die gleiche Art gestutzt waren. Dann kamen die von den Dienern benutzten Tiere, und sie stellte fest, dass ihr Maultier schon bei ihnen eingereiht war. Es sah sie an, als fragte es sich, was es unter so vielen edlen Geschöpfen zu suchen habe. Gegenüber standen die Pferde, die Diego für Stierkämpfe und zum Reiten benutzte. Catalina erkannte Blesse wieder, der hinten in einem besonderen Abteil stand. Ob er schon vierzehn Jahre alt war? Als er sie entdeckte, wieherte er freudig.

»Ihr habt ja den ganzen Pferdestall aus Benavente in die Hauptstadt gebracht.«

»Fast. Mein Wunschtraum ist, eines Tages in der Residenz und vor Seiner Majestät an einem Stierkampf teilzunehmen. Mein Vater hat mir meine Pferde geschickt, und außerdem ein paar andere, die Ihr nicht kennengelernt habt.«

»Und was macht Blesse in einem besonderen Abteil?«

»Er ist krank. Man konnte mir nicht sagen, was er hat. Ich habe Don

Suero benachrichtigt, damit er herkommt. Er kennt sich von allen Menschen am besten mit Pferden aus …«

Catalina ging zu dem Pferd und drückte ihren Kopf an den des edlen Tieres. Zugleich streichelte sie seinen Hals, bis er ein dankbares Schnauben hören ließ.

»Seht nur! Selbst er freut sich, Euch wiederzusehen. Tiere sind sehr klug. Blesse drückt alles aus, was man hier zu Hause empfindet. Aber nun wollen wir zum Teil über die Enttäuschung hinweghelfen, die ich Euch bereitet habe. Bernabé!«, rief Diego.

Ein Reitknecht unterbrach seine Arbeit und ging zu seinem Herrn.

»Sattelt Boabdil und legt ihm das Zaumzeug für Spazierritte an.«

Catalina blickte verständnislos, während Lorenzo unverhohlen lächelte.

Der Stallbursche verschwand, um alles zu holen, was man zum Aufzäumen eines Pferdes brauchte.

»Kommt mit.«

Das Mädchen folgte beunruhigt dem jungen Mann. Er blieb vor dem Abteil eines vollständig schwarzen, prächtig aussehenden spanisch-arabischen Hengstes stehen.

»Das, Alonso, ist das Tier, das ich reite, wenn ich Blesse nicht benutzen kann. Es ist fünf Jahre alt, und mein Vater hat es mir geschenkt, als ich im ersten Jahr meines Aufenthalts in Madrid alle Fächer im Pagenhaus bestanden habe. Don Suero hat es ausgesucht, und er hat es von dem Gestüt des Grafen de los Tornos gekauft, der einer der besten Stierkämpfer der Hauptstadt ist. Nun ist es mein Geschenk, um unsere Wiederbegegnung zu feiern, als ein Zeichen der Wertschätzung, die meine Familie immer für Euch empfand, und damit Ihr den Verdruss vergesst, den Euch meine ungeschickte Entscheidung ungewollt bereitet hat, Euch in Benavente zurückzulassen. Nehmt es in meinem Namen und in dem meines Vaters an, der meine Entscheidung gewiss begrüßen wird.«

Catalina stand sprachlos da und wusste nicht, was sie tun sollte.

»Señor, ich kann unmöglich dieses Geschenk annehmen, denn es kommt mir nicht im Geringsten zu. Das tut mir leid, und ich danke Euch außerordentlich für Eure Absicht, aber nachdem ich Euch ein Maultier gestohlen habe und aus Eurem Haus geflohen bin, verdiene ich diese Behandlung nicht …«

»Lasst die höflichen Manieren bleiben und denkt daran: Wenn Ihr mein Geschenk verschmäht, habe ich das so zu verstehen, dass Ihr meine Beleidigung nicht vergessen habt.«

»Es ist gut«, antwortete sie. »In diesem Fall bin ich einverstanden. Nie werde ich den geringsten Groll gegen die Familie hegen, die mich aufgenommen hat und der ich mein Leben verdanke.«

»Eure Hand darauf, Alonso. Schließen wir unseren Pakt ab.« Mit diesen Worten streckte Diego de Cárdenas dem Mädchen seine Hand hin, und sie erwiderte seine Geste. »Und nun, Alonso, wollen wir unseren Frieden besiegeln. Ich lade Euch ein, eine der zauberhaftesten und reizendsten Frauen zu sehen, die Ihr jemals kennengelernt habt.«

»Und wer ist dieses Wunder?«

»Ich will aufrichtig zu Euch sein. Seit meiner Ankunft in der Hauptstadt haben mich zwei Damen beeindruckt, und das sage ich Euch von Mann zu Mann: Elena de Mendoza, deren Haus ich auf Einladung ihres Herrn Vaters zweimal besucht habe, und Clara Arnedillo, die Schauspielerin, die ich schon früher erwähnt habe. Sie singt und tanzt in der Truppe von Pedro de la Rosa. Ich möchte, dass Ihr sie zusammen mit mir seht und ihr applaudiert.«

Catalina brachte kein Wort hervor.

Das Mädchen verabschiedete sich zärtlich von Afrodita und kehrte zum Haus María Corderos zurück, als es schon Abend wurde. In ihrem Kopf herrschte schlimmes Durcheinander. Sie hatte festgestellt, dass ihre Liebe zu Diego nicht abgenommen hatte, vielmehr hatte sie sich, als sie ihn sah, in ihrer Brust wie ein Vulkanausbruch ausgebreitet. Dann hatte sie das prächtige Pferd als Geschenk angenommen, auf dem sie nun ritt und bei dessen Schritten sich die Kenner umsahen. Außerdem wusste sie nicht, wie sie sich aus der Bedrängnis herauswinden konnte, in die sie geraten war, als sie sich verpflichtet hatte, ins Theater zu gehen, um gemeinsam mit Diego »sich selbst zu sehen«. Schließlich hatte ein bisher unbekanntes Gefühl sie im Innersten gepeinigt, als sie erfuhr, dass eine vornehme Dame in die Gefühlswelt ihres Geliebten eingedrungen war. Wer mochte wohl diese Elena de Mendoza sein, von der er mit solchen Lobesworten gesprochen hatte? Ein Gedanke hatte sich in ihrem Kopf herausgebildet und nahm allmählich feste Gestalt an: Sie musste jede Gelegenheit nutzen, die das Schicksal bereithielt, um den Zauber anzuwenden, den ihr Tarsicia beigebracht hatte … und je näher sie sich bei Diego befand, desto besser könnte sie ihren Plan verwirklichen.

Was sie in diesem Augenblick nicht wusste: Das ihr in der Hauptstadt zugeteilte Maß des Glücks hatte sich jedenfalls in nichts aufgelöst, und schwarze Gewitterwolken zogen sich über ihr zusammen. Das sich nähernde Unwetter hatte einen Namen: Sebastián Fleitas de Andrade.

Ironie des Schicksals

Seit Fleitas' Besuch lebte Leonor in Unruhe. Oft hatte sie hierüber mit Marcelo gesprochen. Zwar erklärte ihr Ehemann, er kenne den Portugiesen seit Langem, und sie solle keine Angst haben, doch ihr Instinkt warnte sie vor einer nebelhaften Gefahr. Das Leben hatte es gut mit ihr gemeint, und sie wünschte nicht, dass jemand die Ruhe ihrer Tage störte. Bisher hatte sich ihre ganze Welt darauf beschränkt, sich um ihren Mann zu kümmern und auf ihre Söhne aufzupassen, denn das waren sie für Leonor gleichermaßen, weil sie den eigenen ebenso wie den liebte, den Marcelo aus seiner vorherigen Ehe mitgebracht hatte. Ein Kind war ein Jahr und das andere fünfeinhalb Jahre alt, und sie machten ihre Lebensfreude aus.

Ihr Haus war ein bescheidenes Heim, wie so viele andere in dieser Stadt, die verarmte, seitdem sie nicht mehr die Residenz wie unter Karl V. war, weil man diese nach Madrid verlegt hatte. Drei Wirtschaftszweige ernährten die Stadt: erstens ihre blühende Pelzindustrie. Diese Pelze waren mit Schafwolle gefüttert und bei den vornehmen Leuten in jüngster Zeit beliebt, allerdings wurde das Futter nun durch wertvolleres Pelzwerk ersetzt, wie etwa Fuchs, Ginsterkatze und Biber. Der zweite Zweig waren die Schmieden, die viele Familien ernährten. Der dort hergestellte Stahl gehörte zum besten der Welt, und man konnte den Waffenfabriken gar nicht genug liefern. Schließlich kam die Fabrikation von Damaststoffen hinzu.

Unendlich viele Male hatte sie Marcelo gebeten, er solle den höchst aufopferungsvollen und gefährlichen Postdienst aufgeben und versuchen, in eine dieser Handwerksgesellschaften einzutreten, damit er länger zu Hause bleiben und so seine Kinder heranwachsen sehen könne. Vorläufig aber waren ihre Versuche erfolglos geblieben.

Leonor hatte wenige Freundinnen und verbrachte ihre Zeit damit, sich um die Kinder zu kümmern und einen kleinen Garten zu bestellen, der hinter ihrer Wohnung lag und ihr Gemüse, Tomaten und Salat lieferte, die sie nicht verkaufte, sondern für den eigenen Haushalt verwandte. Vor Kurzem hatte sie ein kleines Geschäft vorbereitet: Da sie in der Mitte ihres Gärtchens einen Maulbeerbaum hatte, hatte sie sich entschlossen, Seidenraupen zu züchten, und sie träumte davon, dass sie im Lauf der Zeit mit ihnen Handel treiben und den Handwerkern, die Damaststoffe herstellten, ihre Seide verkaufen könnte.

Der Nachmittag war warm, und sie hängte die Wäsche an den Leinen auf, die sie hierfür am Ende der Anbaufläche ausgespannt hatte. Sie erwartete, dass ihr Mann in der Nacht heimkehrte.

Als aus dem Hausinnern nicht das geringste Geräusch kam, fühlte sie sich besorgt, denn ihr älterer Sohn hatte einen kleinen Freund eingeladen, und das Fehlen von Geräuschen beunruhigte sie mehr, als wenn sie gehört hätte, dass sich die beiden balgten oder miteinander stritten. Ihr Kleiner lag ruhig und glücklich in seinem Binsenkorb unter dem Maulbeerbaum; also konnte von dieser Seite keine Gefahr drohen. Doch die Erfahrung sagte ihr, dass ein langes Schweigen ein Vorspiel war und dass sich etwas Geheimnisvolles zusammenbraute. Sie ließ den Korb im Schatten des Baums stehen und ging ins Haus, nachdem sie sich die Hände an der Schürze abgetrocknet hatte. Im Wohnzimmer war niemand. Dann hörte sie, dass die beiden in ihrem Schlafzimmer flüsterten. Sie schlich auf Zehenspitzen heran und überraschte sie. Sie saßen auf dem Boden und hatten die Lederhülle des einzigen Buches aufgerissen, das sie im Haus hatten und das der Stolz ihres Mannes war, denn niemand in der Nachbarschaft hatte auch eines. Ihr Schrei ließ die beiden erstarren.

»Was macht ihr da, ihr Spitzbuben? Kann ich euch nicht allein lassen, ohne dass ihr etwas anstellt?«

Sie wollte sich schon den Schuh ausziehen, um den Verschwörern eine gute Tracht Prügel zu verabreichen, als beide beinahe unter ihren Röcken davonschlüpften und die Straßentür erreichten.

Leonor bückte sich, nahm den ramponierten Band liebevoll in die Hände und trug ihn zum Küchentisch, weil sie versuchen wollte, den Schaden so gut wie möglich auszubessern. Wie sehr sich Marcelo ärgern würde! Er hatte das Buch schon vor der Hochzeit besessen, und die Geschichte war recht merkwürdig: Bei einer seiner letzten Reisen entdeckte er einen Mönch, den ein paar Strolche sehr übel zugerichtet hatten und den er, obwohl er dagegen protestierte, an der Tür eines Karmeliterklosters zurücklassen musste, damit ihn die Ordensbrüder aufnahmen und pflegten, denn seine Lage erlaubte ihm nichts anderes. Als er schon viele Meilen weitergaloppiert war, fand er am Boden seines Reisesacks den Band, den der Sterbende gewiss hineingelegt hatte. Es wäre absurd gewesen zurückzureiten, außerdem hätte er dann übermäßig viele Erklärungen abgeben müssen. Also beschloss er, das Buch zu behalten, denn es war so gut wie unmöglich, es seinem Herrn zurückzugeben. Als er schon mit Leonor verheiratet war, erzählte er ihr die sonderbare Geschichte, und stets sah er den Band als etwas Wertvolles und Einzigartiges an.

Leonor prüfte den Schaden. Sie hatten die lederne Hülle abgelöst, doch es fehlte offenbar kein Blatt. Auf der ersten Seite konnte sie den geheimnisvollen Text lesen, der schon so oft ihre Aufmerksamkeit gefesselt hatte: »Unter der Haut hausen die beiden Fälscherinnen zusammen, das Leben und der Tod«, und die Unterschrift lautete: Yed-Amircal. Sie legte den Band auf den Tisch und lief in den Garten, um ihren kleinen Sohn zu holen, denn der Nachmittag ging schon zu Ende, und die vom Fluss aufsteigende Abendkälte war ungesund. Sie grübelte hin und her, wie sie etwas tun könnte, um den Kummer zu lindern, den Marcelo empfinden würde, und durch eine Gedankenverbindung kam sie darauf, die Silbergegenstände zu putzen, die zusammen mit der Handschrift ihr wertvollster Besitz waren: ein schönes Tablett, das Hochzeitsgeschenk von Doña Beatriz de Fontes, das zu der großzügigen, von Don Martín für sie bestimmten Mitgift hinzukam, außerdem ein Schnupftabakkästchen und ein Handleuchter. Sie suchte die geeigneten Hilfsmittel und fing an zu arbeiten. Sie begann mit dem Tablett, und als sie es glänzend poliert hatte, stellte sie es senkrecht auf den Tisch und lehnte es an die Wand. Dann machte sie mit dem Übrigen weiter. Nach einer halben Stunde glänzte alles. Nun nahm sie die alte Handschrift. Sie öffnete sie unbewusst an der Lederhülle und sah sie in dem Tablett gespiegelt. An der Lederhülle klebend, zwischen ihr und dem Pappdeckel trat ein beschriebenes Blatt hervor, das unlesbar wirkte, weil die Buchstaben verkehrt herum waren. Als sie schon das Buch umdrehen wollte, stellte sie fest, dass die Unterschrift dieselbe wie die draußen war, dass sie sich jedoch, wenn sie so erschien, nicht nur lesen ließ, sondern auch etwas anderes sagte: »Yed-Amircal« wurde zu »Lacrima-Dey«. Nun drehte sie das Buch um, und sie überflog diesen Text: »Wanderer! Diese Handschrift gehört der Familie der Yed-Amircal, Buchhändler in Istanbul, am Suleiman-Platz Nummer 13. Wenn du eine gottesfürchtige Seele bist, schicke das Buch an sie weiter. Und wenn du so handelst, möge der Gott Israels die Schritte segnen, die du in dieser Welt machst.«

Leonor erschrak und schloss instinktiv die Haustür. Sie hatte jenen unangenehmen Kerl noch frisch in Erinnerung, der unbequeme Fragen stellte, und sie kannte die schrecklichen Folgen, die es einbringen konnte, wenn man auch nur im Geringsten mit jüdischen Themen zu tun hatte. Dann lief sie zum Tisch zurück und holte äußerst vorsichtig das einzelne Blatt heraus, das zwischen der von ihrem Sohn abgerissenen Lederhülle und dem Pappdeckel steckte. Als das Papier vor ihr lag, drehte sie es um und sah eine Reihe von Namen, und neben jedem einzelnen gab es eine höchst meisterhaft und sorgfältig ausgeführte Zeichnung: Neben dem Namen »Lacrima-Dey« sah man einen scharlachrot gefärbten Fleck, der die Form eines Auges hatte, aus dem drei Tränen flossen. Dieses Bild erinnerte sie an einen weit zurückliegenden Tag, als sie fünfzehn Jahre alt war und vom Leben nur wusste, was sie aus den Gesprächen der Dienerinnen des Hauses herausgehört hatte. Außerdem hatte sich Don Martín ihr gegenüber stets sehr wohlwollend verhalten, und ihm hatte sie es ja zu verdanken, dass sie lesen und schreiben konnte. Aber der Fleck war gewiss der gleiche, den er an der Schulter hatte und den sie dreimal im Lichtschein des Kamins deutlich erkennen konnte. Da sie diesen Fleck jedoch unter ganz besonderen Umständen gesehen hatte, durfte sie niemals hierüber zu jemandem sprechen und auch nicht zugeben, als María Luján so etwas auf dem Jahrmarkt von Carrizo behauptete, dass sie einen ähnlichen Fleck bei einem anderen Menschen gesehen hatte.

Sie legte das Blatt wieder hinein und schloss das Buch. Dann steckte sie es in einen großen Topf, den sie in einem Wandschrank verwahrte. Sie nahm ein Umschlagetuch und warf es sich über die Schultern. Sie wollte ihren älteren Sohn suchen, der sich sicher im Haus seines kleinen Freundes versteckt hatte. Allerdings dachte sie nun nicht mehr im Geringsten daran, ihn zu bestrafen oder auch nur auszuzanken. Sie grübelte angestrengt, und plötzlich verstand sie den Satz auf der ersten Seite. Wenn jemand diesen Text unter der Lederhülle des Buches entdeckte, ging es um Tod oder Leben.

Labyrinthe

Der Portugiese folgte den kategorischen Anweisungen Seiner Hochwürden des Bischofs Carrasco und hatte sich auf den Weg nach Sankt Benedikt gemacht, als er über seine Informanten erfahren hatte, dass Doktor Gómez de León gestorben war.

Er hatte ja schon mit der Hebamme und der ehemaligen Kammerfrau von Doña Beatriz de Fontes gesprochen, und nun fehlte noch ein Besuch bei Casilda Peribáñez. Danach musste er diese verdammte Nonne aufspüren, die, wie es schien, vom Erdboden verschwunden war.

Fleitas hatte die Lage geprüft und war zu einigen unwiderlegbaren Schlussfolgerungen gelangt. Wenn die Hebamme behauptete, dass das letzte Kind von Doña Beatriz de Fontes ein Mädchen war, während die Dienerin und die Amme das Gegenteil erklärten, konnte das an zwei Gründen liegen: Der erste war, dass jemand log, was wenig wahrscheinlich wirkte, weil ein solcher Betrug keine von ihnen begünstigt hätte, und zweitens konnten alle drei gutgläubig handeln, das heißt, jede von ihnen beharrte auf dem, was sie für die Wahrheit hielt.

Bei der Entbindung war die Hebamme als Einzige dabei, und was sie damals in den Armen hielt, war ein Mädchen. Als die Kammerfrau eintrat, um bei der Wöchnerin zu wachen, war das Kind, das in dem Körbchen schlief, unbestreitbar ein Junge, und dessen war sich die Frau Marcelo Lacalles ganz sicher. Darum sagte ihm seine gute Nase eines Spürhundes, dass man das Kind in diesem kurzen Zeitraum ausgetauscht hatte. Wem nützte dieser Tausch? Zweifellos Don Martín de Rojo, der ihn zugelassen hatte, und es war offensichtlich, dass das Endergebnis des ganzen Durcheinanders darin bestand, dass die Amme schließlich einen Jungen gestillt hatte.

Noch offensichtlicher wirkte, dass der Hidalgo der Einzige war, der sich vor, während und nach der Entbindung dort aufgehalten hatte und der folglich über alles, was in jener Nacht geschah, genau Bescheid wusste. Wer waren seine Komplizen? Gewiss sein Freund, der vor Kurzem verstorbene Doktor Gómez de León, und seine liebe Schwester, die ehemalige Priorin.

Fleitas fragte sich, ob der eigenartige Tod Mutter Teresas wohl etwas mit einer Meinungsverschiedenheit zwischen den beiden zu tun hätte.

Er war am Abend des vorherigen Tages eingetroffen und hatte seine Beglaubigungsschreiben vorgelegt. Danach hatte man ihn eingeladen, im Kloster zu übernachten. Er nahm zusammen mit der Gemeinschaft an der Frühmesse und den Laudes teil, und nachdem er sich ausführlich mit der Priorin unterhalten hatte, kam er zu dem Schluss, dass die Person, die ihm die meisten Angaben über die entflohene Postulantin liefern konnte, Hochwürden Julián Rivadeneira, der Mönch des Klosters, war.

Sie hatten sich im Garten am Bachufer verabredet, nach dem Mittagessen. Sobald sie die ersten Worte gewechselt hatten, wurde beiden klar, dass der eine wie der andere zur Wolfsrasse und nicht zu den Schafen gehörte.

Die braune Kutte des Mönchs und die schwarze Kleidung des Portugiesen spiegelten sich im ruhigen Wasserstrom, während die zwei am Ufer entlangspazierten.

»Wie Ihr gewiss versteht, Exzellenz: Ich habe Schwester Gabriela vom ersten Tag an gewarnt, dass es unbedingt notwendig ist, den Aufenthaltsort dieses verirrten Schafes herauszufinden, und das nicht nur, damit man es in seine Hürde zurückbringt, sondern auch, um die Gefahr abzuwenden, die es für die Reinheit des Glaubens bedeutet, dass es sich da draußen herumtreibt und unschuldige Geschöpfe verseucht.«

»Und was hat man hierfür unternommen?«

»Dazu gehörte als Erstes, dass man Seine Hochwürden benachrichtigt hat. Aber ich meine, dass man das Problem zunächst nicht für so wichtig hielt, wie man es offenbar schließlich erkannte. Nun, wenn es auf mich angekommen wäre, hätte ich so viele Mittel eingesetzt, wie man brauchte. Ich kenne die teuflischen Fähigkeiten dieses Mädchens, obwohl ich verstehe, dass man zunächst glaubte, es handle sich lediglich um die Flucht einer Nonne, vielleicht wegen einer Liebschaft oder wegen anderer Kleinigkeiten, die gewöhnlich zusammenkommen, wenn so etwas geschieht, und das unglücklicherweise allzu häufig in der heutigen Zeit.«

»Ich weiß genau, dass Seine hochwürdigste Exzellenz das Verfahren eingeleitet und den traurigen Vorfall unverzüglich den zuständigen Behörden gemeldet hat, damit man die richtigen Maßnahmen ergreifen konnte.«

Fleitas ließ nicht zu, dass ein Bruchteil der Schuld den Leibrock seines großzügigen Gönners befleckte.

Rivadeneira begriff, dass er sich vielleicht seinen Wünschen hingegeben und sich allzu ungestüm geäußert hatte, und er trat den Rückzug an.

»Um Gottes willen, versteht mich doch! Ich habe nichts gegen die Rechtschaffenheit und den Eifer des hervorragenden Protektors dieses Klosters einzuwenden. Aber Ihr und ich, wir sind uns im Klaren, mit welch bürokratischer Langsamkeit sich solche Verfahren hinziehen: Während die zweckdienlichen Berichte herausgegeben werden, die Postboten ihre Strecken zurücklegen und man die entsprechenden Befehle erteilt, vergehen Monate, diese werden zu Jahren, und die Feinde des Glaubens haben Zeit, sich zu wappnen und zu verbergen, und dann ist alles viel schwieriger.«

»In diesem Punkt muss ich Euch recht geben. Sagt mir, hochwürdiger Vater: Wie war diese Catalina?«

»Meint Ihr das Aussehen oder den Geist?«

»Beides. Alles hilft, die Vorstellung zu gestalten, die ich mir von ihrer Persönlichkeit machen muss, wenn ich sie finden will.«

»Zunächst möchte ich über ihren Geist reden, denn Ihr wisst ja: Wir alle sind wie das Bewusstsein, das uns beseelt.«

»Ich höre.«

»Bereits als kleines Kind zeigte sie sich so widerspenstig und rebellisch, wie es ihrem geringen Alter nicht entsprach. Schwester Gabriela kann Euch

Anekdoten und Einzelheiten über ihren Charakter erzählen, die nicht zu einem jungen Mädchen passen. Schon immer war sie Linkshänderin, und die Linke ist ja, wie Ihr wisst, die Hand Luzifers. Manchmal schien es, als verließe ihr Geist den Leib, und sie war gleichsam abwesend. Allein ihre Gegenwart vermochte es, die friedliche Natur der Haustiere unseres Herrn in einen verderblichen Instinkt zu verwandeln. Ihr Verschwinden und ihre Flucht lassen sich nicht mit menschlichen Begriffen erklären, und was sie in ihrer Zelle zurückließ, beseitigt jeden Zweifel: Bekanntlich war eine Strähne ihres schwarzen Haares der Lohn, den sie Satanas für seine Hilfe übergab.«

Die beiden Männer bekreuzigten sich.

»Und was könnt Ihr mir über ihr Aussehen sagen?«

Rivadeneiras Augen leuchteten auf.

»Sie war mehr als schlank, wie eine Gerte. Ihre hellblauen Augen nahmen das halbe Gesicht ein, ihr Haar war schwarz und seidig … Sie lächelte bezaubernd, und ihre Haut war wie Alabaster.«

»Anscheinend kanntet Ihr sie gut, Hochwürden.«

Der Mund des Portugiesen verzog sich wegen der über die Wange laufenden Narbe zu einer schiefen Grimasse, die ein Lächeln sein sollte. Der andere begriff, dass er bei seiner Beschreibung vielleicht zu weit gegangen war.

»Ich würde alle meine Schafe mit derselben Leidenschaft schildern.«

»Ich verstehe.«

»Ich kann sie Euch zeichnen!«

Der Portugiese blickte ihn misstrauisch an.

»Was wollt Ihr damit andeuten?«

»Ich deute nicht an, Exzellenz, ich bestätige! Die Malerei ist eine meiner Liebhabereien. Die Bilder, die Ihr im Refektorium gesehen habt, sind mein Werk.«

»Und Ihr wäret imstande, sie aus dem Gedächtnis zu malen?«

»Das wäre kein Gemälde des Palastmarschalls Diego de Silva y Velázquez, wohl aber bin ich in der Lage, eine Skizze anzufertigen, die ihre zarten Gesichtszüge wiedergibt.«

»Nun, dann macht Euch unverzüglich ans Werk. Es wird für mich und meine Mitarbeiter eine große Hilfe sein, wenn wir endlich das Gesicht der Person kennen, die wir so eifrig suchen. Da Ihr so genau über sie Bescheid wisst und derjenige seid, der sie am besten identifizieren kann, fällt mir ein, dass es gut wäre, wenn ich von Seiner Hochwürden das Plazet einholen würde, damit Ihr mit mir in die Hauptstadt geht, denn das ist gewiss der Ort, wo jeder, der sich verbergen will, den besten Unterschlupf findet. Bei solchen Problemen kommt es ganz entscheidend darauf an, dass wir den Schritten des Hirschkalbs vorauseilen, wenn wir das Wild erlegen wollen.«

»Nichts könnte mir besser gefallen.«

»Dann, hochwürdiger Vater, fertigt Eure Skizze an und bereitet Euer Gepäck vor. Ich übernehme die Verantwortung für diese Entscheidung. Ich schicke einen Boten nach Astorga, der die Erlaubnis des Prälaten erbitten soll.«

»Und wenn er etwa ablehnt?«

»Lasst mich nur machen. Nun erklärt mir: Wie ist diese Casilda, die ich befragen soll?«

Die beiden Männer hatten das Ende des Gartens erreicht und standen an der hinteren Mauer, neben dem Trockenplatz der Wäsche.

»Dort habt Ihr sie«, sagte der Mönch und zeigte auf eine kräftige Frau, die mit hochgestreiften Ärmeln gerade die Wäsche der Nonnen an die Leinen hängte.

Der Portugiese musterte sie mit seinem bedächtigen Blick.

»Ich meine ihren Charakter.«

»Sie ist hart und energisch, wie ihre Erscheinung. Sie lässt sich nicht leicht erschrecken. Wenn Ihr sie vernehmt, werdet Ihr feststellen, dass sie Eurem Blick standhält.«

Eine Viertelstunde später wurde Casilda zu dem Familiaren gerufen, der im Sprechzimmer auf sie wartete.

Neuigkeiten verbreiteten sich wie ein Lauffeuer durch die Klosterwände. Als der Portugiese die Frau zu sich bestellte, wusste sie schon, dass einen Tag zuvor ein Mitglied des Heiligen Offiziums eingetroffen war und dass es sich nach Catalina erkundigte. Casilda hatte immer vorausgesehen, dass so etwas irgendwann geschehen würde, und sie hatte sich tausendmal auf diesen Fall vorbereitet. Seit dem Jahrmarkt von Carrizo war Antón Cifuentes ihr Vertrauter. Andererseits hatte Fuencisla mehr als einmal versucht, sie über die Flucht des Mädchens auszuhorchen, ohne dass sie etwas preisgab. Sie trat ruhig, aber zurückhaltend auf, als sie zum Sprechzimmer kam. Sie klopfte mit den Fingerknöcheln an die Tür und wartete auf den Ruf, der ihr das Eintreten erlaubte.

Hinten saß die unheimliche Gestalt an dem Tisch, wo die Priorin die Novizinnen an den Tagen überwachte, wenn sie von ihren Angehörigen besucht wurden. Sie wirkte beeindruckend. Außer ihrer gefältelten Halskrause, die weiß war, hatte ihre ganze übrige Kleidung eine vollkommen schwarze Farbe. Ihr Gesicht war blass, und sie hatte blaugrüne Augen, die denen eines Blinden ähnelten. Was an dem Gesamtanblick aber am meisten beeindruckte, war die Narbe, die sich vom Ohr bis zum Mundwinkel über ihre Wange zog.

»Setzt Euch!«

Casilda trat zum Tisch vor und setzte sich auf einen kleinen Stuhl.

»Euer Name?«

»Casilda Peribáñez, zu Euren Diensten.«

»Wie lange seid Ihr schon in diesen schützenden Mauern?«

»Ungefähr vierzehn oder fünfzehn Jahre.«

Der Portugiese drückte sich einen Kneifer auf die riesige Nase und las in einigen Papieren, die er vor sich liegen hatte.

»Meine Unterlagen sagen etwas anderes. Hier heißt es: achtzehn.«

»Ich war gerade erst eingetreten und hatte mein Kind bekommen, als ich vier Jahre wieder nach draußen ging, wenn ich mich nicht irre, um den Sohn von Don Martín de Rojo und Doña Beatriz de Fontes zu stillen. Ich dachte, Eure Exzellenz meinte die Jahre, die ich hier drinnen sozusagen hintereinander verbracht habe.«

»Wir wollen uns mit Eurer Erklärung zufriedengeben. Sagt mir: Wie alt war das Kind, das Ihr gestillt habt, als Ihr in den Dienst dieser Familie eingetreten seid?«

»Álvaro war wohl nicht älter als fünf oder sechs Tage.«

»Und wie alt wart Ihr damals?«

»Ich war noch keine sechzehn Jahr alt.«

»Und wer hat dafür gesorgt, dass Ihr bei dieser Familie untergekommen seid?«

»Die ehrwürdige Mutter Teresa, Gott habe sie selig.«

»Habt Ihr Euch nicht über diese Geschichte gewundert?«

»Eigentlich nicht, Exzellenz. Ich bin nicht die Erste und nicht die Letzte, die Sankt Benedikt verlässt, um ein anderes Kind zu ernähren, und weil die ehrwürdige Mutter die Schwester Don Martíns war, hat es mich nicht im Geringsten erstaunt.«

»Ihr habt die Nonne gekannt, die vor fast vier Jahren aus Sankt Benedikt geflohen ist, wenn mich meine Unterlagen nicht irreführen.«

»Wir alle haben Catalina gekannt.«

»Kommt mir nicht mit Ausflüchten! Ihr habt sie besonders gut gekannt.«

»Wenn man unter ›besonders gut‹ versteht, dass wir beide die Anweisungen Schwester Hildefonsas in der Küche ausführen mussten, dann habt Ihr vielleicht recht. Ich gebe zu, dass ich mehr Stunden mit ihr als mit den Übrigen verbracht habe.«

»Und logischerweise habt Ihr gewiss über vieles gesprochen.«

»Ihr kennt die Klosterregel nicht. Wir konnten ganze Stunden nebeneinander sitzen und Gemüse putzen, aber es ist nicht erlaubt, während der Arbeit zu sprechen.«

»Ein enges Zusammensein führt allerdings zu einem vertraulichen Verhältnis, und folglich war es leichter, wie Ihr anerkennen werdet, dass zwischen Euch beiden eher ein Gefühl der Freundschaft entstand, als es bei einer anderen im Kloster der Fall war.«

»Sie war Anwärterin und ich eine Magd. Wir hatten keine andere Gemeinsamkeit außer der Küche, und meine Probleme und Erlebnisse waren wegen des unterschiedlichen Alters ganz anders als ihre.«

»Kommen wir zu einer anderen Frage. Als Ihr von den Rojos zurückgekehrt seid und Ihr Euch wieder der Disziplin von Sankt Benedikt unterworfen habt, hat es Euch da nicht erstaunt, dass Ihr hinter den Klostermauern ein vierjähriges Kind vorgefunden habt? Hierher kommen nur Sünderinnen, um zu entbinden, aber keiner von diesen Säuglingen bleibt im Kloster. Alle werden Familien übergeben, die sich um sie kümmern. Worauf führt Ihr zurück, dass Catalina hiergeblieben war?«

»Ich bin eine arme Magd, die genug Arbeit hat, wenn sie sich um ihre Angelegenheiten kümmert. Ich würde Euch belügen, wenn ich Euch sagte, dass ich nicht die Geschichte von der Nacht gehört habe, als man ein Kind an der Tür von Sankt Benedikt abgelegt hat. Doch mir blieb hierfür wenig Zeit, weil ich drei oder vier Tage später zu den Rojos gegangen bin, um als Amme zu dienen, und als ich zurückkam, war das Mädchen schon viereinhalb Jahre alt.«

»Genauso alt wie Euer Pflegekind. Ist das kein merkwürdiger Zufall?«

»Vielleicht, aber alle Tage werden Kinder geboren, und deshalb darf man darin keine Zufälle sehen wollen.«

»Warum habt Ihr Euch dann vor ein paar Jahren mit der Hebamme von Doktor Gómez de León und mit der Kammerfrau von Doña Beatriz auf dem Jahrmarkt von Carrizo de la Ribera gestritten, ob das Kind, das Don Martíns Ehefrau bekommen hatte und das Ihr gestillt habt, ein Junge oder ein Mädchen war?«

Auf diese Frage war Casilda nicht vorbereitet. Sie hatte sie nicht erwartet, doch sie reagierte rasch, und sie hielt es nicht für klug, die Tatsache zu leugnen.

»Ich sehe nicht, dass dieses Gespräch etwas damit zu tun hat, dass eine Anwärterin aus diesem Kloster geflohen ist. Ich weiß nicht, was María Luján in den Sinn gekommen ist, aber ich kann Euch versichern, dass sie sich irrt. Nachdem ich einem Kind so lange die Brust gegeben habe, habe ich nicht den geringsten Zweifel über sein Geschlecht, wie Ihr verstehen werdet.«

»Und da Ihr es gerade erwähnt... Wie ist es Eurer Meinung nach möglich, dass das Mädchen ohne jede Mithilfe entkommen ist? Glaubt Ihr, dass der Böse etwas mit alldem zu tun hatte?«

»Nichts lässt mich vermuten, dass sie eine Beziehung zu den Mächten des Bösen hätte.«

»Als Ihr von Eurer Arbeit bei den Rojos zurückgekehrt seid und dieses Mädchen vier Jahre alt war, hat Euch dann Mutter Teresa nicht zufällig beauftragt, dass Ihr Euch um sie kümmern solltet?«

»Überhaupt nicht. Was ich Euch allerdings sagen kann: Ihr kleiner Spielkamerad war der Sohn des Gärtners. Mit ihm war sie als kleines Mädchen immer zusammen. Er hieß Blasillo.«

»Wo ist dieser Blasillo jetzt?«

»Das weiß ich nicht. Ich kann Euch lediglich sagen, dass man ihn hinausgeworfen hatte, lange bevor sie aus dem Kloster verschwand.«

»Warum hat man ihn weggeschickt?«

Casilda dachte, es würde zu nichts führen, so etwas zu verschweigen, und dieser Kerl müsste es auf jeden Fall erfahren. Außerdem könnte das ihrer Freundin nicht schaden, wo sie auch war.

»Man hat behauptet, als sie einmal in der Strafzelle saß, habe er den Sohn eines der adligen Protektoren des Klosters zu ihrem Gefängnis geführt, und weil dieser das Mädchen verteidigte, habe er der Priorin Sorgen gemacht. Darum wurde er hinausgeworfen.«

Der Portugiese merkte sich diese Geschichte. Später wollte er darüber mit Schwester Gabriela reden.

»Habt Ihr nicht zufällig etwas von einem scharlachroten Mal gehört, das sie offenbar irgendwo am Körper hatte?«

»So etwas habe ich nie gehört.«

»Es ist gut. Vorläufig könnt Ihr Euch entfernen.«

Zwei Tage später, nachdem Fleitas von Schwester Gabriela de la Crüz mehr über den Zwischenfall erfahren hatte, zu dem es bei dem Besuch von

Diego de Cárdenas und seinem Hofmeister in Sankt Benedikt gekommen war, brach der Familiar nach Benavente auf. Bei sich trug er die Skizze des Gesichts Catalinas, das Pater Rivadeneira geschickt und wirklichkeitsgetreu wiedergegeben hatte. Er wies ihn an, dass sie sich in Madrid treffen müssten, sobald das Plazet des Bischofs kommen würde. In Benavente wollte Fleitas den Marquis von Torres Claras besuchen und feststellen, ob dieses verdammte Mädchen zufällig im Schloss der Cárdenas untergekommen war, um dort Schutz und Unterschlupf zu suchen.

Geheimkorrespondenz

Erster Brief

Von Don Diego de Cárdenas, seinem Sohn,
an Seine Exzellenz, den Herrn Marquis von Torres Claras
Benavente

Lieber Vater!
Dieser Brief geht dem voraus, den ich Euch gewöhnlich einmal im Monat schicke, denn ein besonderes Ereignis verdient so etwas, und ich denke mir, dass es Euch wie mir außer der Überraschung große Freude bereiten wird, wenn ich es Euch erkläre.

Neulich wollte Lorenzo am Nachmittag gerade ein Florett abholen, das er in der Waffenhandlung von Pedro Arnaldo bestellt hatte. Er öffnete die Tür – und wer, was meint Ihr, stand davor? Nun, kein anderer als unser Page Alonso Díaz, der mich in der Hauptstadt aufgesucht hat, weil er mir das Maultier zurückgeben wollte, das er aus Euren Ställen in Benavente mitgenommen hatte.

Lorenzo hat sich genauso wie ich gefreut. Ich würde sagen, Alonso ist viel reifer und erfahrener geworden. Wenn man mit ihm spricht, merkt man schnell, dass man nicht mehr den Milchbart vor sich hat, der er war, als er bei uns lebte. Er hat sich sogar bereit erklärt, einen Betrag zu bezahlen, den Ihr als angemessen anseht, um Euch für die Benutzung oder die Leihgebühr des Tieres während dieser Zeit zu entschädigen. Selbstverständlich habe ich ihm nicht nur die Schuld erlassen, sondern ihm auch eines meiner Pferde geschenkt. Ich weiß nicht, ob Ihr das gutheißen werdet, aber ich habe es im Namen von uns beiden getan. Ich erinnerte mich an die guten Dienste, die er geleistet hat, an die Zuneigung, die Ihr ihm gegenüber bekundet habt, und vor allem daran, dass ich glaube, ihm wegen der großen Enttäuschung etwas schuldig zu sein, die ich ihm ungewollt zugefügt hatte, als ich ihn nicht an den Hof mitnahm, obwohl ich es ihm unendlich viele Male versprochen hatte, womit ich ihm offenbar großen Kummer bereitet habe.

Wenn er hier in Madrid eine Gelegenheit haben will, seine Lage zu verbessern, denn er sucht nach seinen Wurzeln und bemüht sich, seine Vergangenheit zurückzugewinnen, so wird ihm das nicht gelingen, wenn er auf einem Maultier reitet.

Wie es nicht anders sein konnte, bot ich ihm Gastfreundschaft und Unterkunft in meinem Haus an. Aber er will auf eigenen Füßen stehen, was ich für richtig halte. Er hat mir nicht gesagt, wo er lebt, denn er hat noch keine feste Adresse, doch ich weiß, dass er Fechtstunden in der Akademie von Pedro Pacheco gibt. Das wundert mich nicht, denn in den zwei Jahren, die seit meiner Abreise aus Benavente vergangen sind, habe ich noch keinen geschickteren und schnelleren Fechter als Don Alonso gefunden. Ich glaube, der Herrgott gibt jedem besondere Fähigkeiten, und gewiss hat er Alonso mit einem eigentümlichen Sinn für diese Kunst und mit einer Gewandtheit ausgestattet, die hier in Madrid Aufsehen erregen werden, wie ich weiß.

In der nächsten Woche, wenn auch der Karneval gefeiert wird, bin ich wieder zu der Abendgesellschaft und dem Maskenball eingeladen, die von den Mendozas veranstaltet werden. Wie gewöhnlich wird in der Nacht eine Schauspielertruppe bei einer dieser Privatvorstellungen auftreten, die heute so sehr in Mode sind.

Sagt Don Suero, er soll mir mitteilen, wann er seine angekündigte Reise in die Hauptstadt antritt, weil er versuchen will, das Fieber zu heilen, unter dem Blesse leidet. Ich möchte gern mit ihm den Theaterhof Corral del Príncipe besuchen, damit er sehen kann, wie anmutig und talentiert eine Frau auftritt, die in der Truppe von Pedro de la Rosa die Kunst Terpsichores revolutioniert hat. Sie heißt Clara Arnedillo, und wenn man nicht im Voraus Eintrittskarten kauft, kann man unmöglich welche bekommen.

Nun denn, lieber Vater, empfangt zusammen mit meinen besten Wünschen für meinen Hofmeister, meine Amme Tomasa und Bruder Anselmo die hochachtungsvollsten Grüße Eures Sohnes, der nie die Namen vergisst, die er trägt und die er ehren möchte, wonach ihn von ganzem Herzen verlangt.

DIEGO

Zweiter Brief

Von Don Nuño Bastos, Adelsprüfer im Fall von Don Martín de Rojo
An Don Sebastián Fleitas de Andrade, Familiar des Heiligen Offiziums
Zweitschrift an Seine Hochwürden Don Bartolomé Carrasco

Werter Herr!
Ihr habt geruht, mir Marcelo Lacalle als Boten zu nennen, und durch seine Vermittlung möchte ich Euch über die Schritte unterrichten, die bisher in der Angelegenheit von Don Martín de Rojo e Hinojosa unternommen wurden, womit Ihr mich beauftragt habt und wofür Seine Hochwürdige Exzellenz so großes Interesse gezeigt hat.

Ich bin in die Provinz gereist, in der er von jeher gewirkt hat, und ich habe Angaben über sein Leben, über das seiner Ahnen und aller Menschen zusammengetragen, die mit ihm oder seinen Vorfahren zu tun haben konnten.

Ich habe mich in Pfarreien erkundigt, habe Taufregister, Adelsarchive und alle Unterlagen oder mündlichen Informationen geprüft, die sich auf die Ermittlungen auswirken konnten, um zu verhindern, dass er sein Ziel erreicht. Bisher scheint jedoch kein Schatten den Glanz seiner Namen zu trüben.

Ein Umstand begünstigt jedoch die Wünsche Seiner Hochwürden: Wie Ihr wisst, sind nicht weniger als acht Namen notwendig, die die Reinblütigkeit eines Hidalgos beglaubigen, damit dieser sich rühmen darf, ein Altchrist zu sein. Wir sind glücklicherweise auf einen Zweig der Rojos gestoßen, der zwar nichts mit dem Hidalgo zu tun hat, für uns aber sehr nützlich sein kann, denn mündlichen Überlieferungen zufolge war der Urgroßvater ein Maultiervermieter, und er hatte sein Geschäft an der Plaza del Conde de Fuensalida in Segovia, mit dem erschwerenden Umstand, und das ist sehr vorteilhaft für die Absichten Seiner Hochwürden, dass man ihn Den Mauren nannte, ein Beiname, der sicher seine Gründe hatte.

Wenn es uns gelingt, diese Familie mit der seinigen zusammenzubringen, haben wir ein unüberwindliches Hindernis gegen seine Absichten. Ich will jedenfalls weitere Ermittlungen durchführen, und Ihr dürft es für sicher halten, dass ich alles tue, was in meinen schwachen Kräften steht, damit Don Martín de Rojo seinen Anspruch nicht durchsetzt.

Stets die Anweisungen Eurer Exzellenz erwartend, verabschiedet sich Euer treuer Diener

NUÑO BASTOS

Marcelo Lacalle kehrte nach Hause zurück. Er hatte die Anweisung erhalten, im Herrenhaus von Don Nuño Bastos zu erscheinen, um Briefe entgegenzunehmen, die für Don Sebastián Fleitas de Andrade und für Seine Exzellenz Bischof Carrasco, den Provinzsekretär des Heiligen Offiziums, bestimmt waren. Der Besuch des Portugiesen hatte ihn in einen Zustand der Unruhe versetzt, wie er ihn bisher nicht kannte, und Leonors zufällige Entdeckung unter der Lederhülle des Buches steigerte seine Erregung aufs Äußerste. Er hatte zwei Kinder und eine gute Frau, er musste für ihre Sicherheit sorgen, und obwohl er seine Frau nicht alarmieren wollte, wusste er ganz genau, welche Komplikationen sich aus dem Besuch eines Familiaren des Heiligen Offiziums ergeben konnten, wenn so einer mit dem Herumschnüffeln begann.

Don Nuño Bastos, der Adelsprüfer, versiegelte beide Dokumente, und nachdem er ihm eingeschärft hatte, so bald wie möglich aufzubrechen, verabschiedete er ihn.

Er kam nach Hause, verriegelte die Tür und wies seine Frau an, die Kinder zu Bett zu bringen. Dann setzte er sich an den Küchentisch und machte sich bereit, etwas auszuführen, was er von einem alten Postboten gelernt hatte. Bisher hätte er sich nicht träumen lassen, dass er jemals so etwas tun müsste.

Zuerst holte er mehrere Umschläge aus seiner Tasche und dann den, der an den Portugiesen adressiert war. Er legte ihn auf die Tischplatte, ging zum Wandschrank und suchte eine Kiste, in der er seine Schätze verwahrte, wozu eine dünne Asbesttafel, ein Messer, eine Darmsaite, Lack und Gummiarabikum gehörten. Er nahm das Messer, packte es am Griff und hielt es über das Herdfeuer, um es zu erhitzen. Mit dem Messer machte er nun ein kleines Loch in die Asbesttafel, das er erweiterte, bis es die Größe des Siegels hatte. Dann legte er die Asbesttafel so auf das Pergament, dass nur der rote Lack durch das Loch hervorsah. Nun bearbeitete er sehr behutsam die Ränder des Siegels mit der heißen Klingenspitze, und diese glitt weiter, wobei sie sich auf den Asbest stützte, so dass das Pergament nicht von der Hitze beschädigt wurde. Als sich der Rand des Lacks ablöste, nahm er die Schnur und zog sie unter der abgetrennten Kante durch. Dann fuhr er damit hin und her, als wäre sie eine kleine Säge, bis sich schließlich der noch weiche Lack ganz ablöste, ohne Risse zu bekommen, und das Band freigab, das ihn festhielt.

Er faltete den an den Portugiesen adressierten Brief auseinander und las ihn. Er rief seine Frau und ließ sie ebenfalls das Dokument lesen. Sie beschlossen, den Text abzuschreiben und die Kopie unter der Lederhülle der alten Handschrift zu verwahren, für den Fall, dass sie ihnen einmal von Nutzen sein könnte, um sich Don Martíns Wohlwollen zu verdienen. Hierauf erhitzte Marcelo die Stahlklinge seines Messers erneut, und er benutzte sie, um das Gummiarabikum mit dem roten Lack zu vermischen. Er bestrich den unteren Teil des abgelösten Siegels mit dieser Mischung und legte es wieder an seinen ursprünglichen Platz, drückte fest mit einem Lappen darauf, bis es erneut festklebte. Nun verwahrte er beide Dokumente und stellte seine Werkzeugkiste fort. Er beschloss, am nächsten Tag aufzubrechen.

Die Privatvorstellung

Don Pedro de la Rosa hatte es ihr eine Woche zuvor mitgeteilt.

»Catalina, am nächsten Sonnabend geben wir eine Privatvorstellung.«

»Und was heißt das?«

»Man engagiert uns in einem Palast des Madrider Hochadels, und in der Nacht führen wir ein kurzes Stück auf, das sich leicht darbieten lässt, zum Beispiel ein Zwischenspiel. Dann wird gesungen und getanzt. Den Adligen gefällt es außerordentlich, sich als Plebejer aufzuspielen, und anstelle der höfischen Tänze wagen sie sich an Lumpentänze. Zum Schluss lassen sie mich Ausschnitte aus Stücken vortragen, die ihnen am besten gefallen, und unfehlbar bitten sie mich immer um den Sigismund in *Das Leben ein Traum*. Danach geben sie uns meistens ein Abendessen, so etwas kommt uns Schauspielern ja immer zupass, und an manchen Orten schenken sie uns sogar noch etwas.«

»Soll ich hingehen?«

»Selbstverständlich, Catalina. Die große Glanznummer ist die Sarabande oder die Capona. Man würde es mir nicht verzeihen, wenn Ihr die nicht tanzt. Außerdem lässt sich die Bühne ganz leicht aufbauen: vier Stühle, zwei Prospekte, die Gitarren und die Laute. Der Stutzer und Ihr, Ihr beide bringt sie um den Verstand.«

Und so kam es, dass die Schauspieler nach dem Ende der Vorstellung im Theaterhof die notwendige Ausstattung auf einen Frachtwagen luden und zum Herrenhaus der Mendozas fuhren. Eine Steinmauer umgab das stattliche Gebäude, und der Lakai, der die Türen beaufsichtigte, schickte sie zum Kücheneingang, denn gerade wurde das ganze Haus festlich herausgeputzt. Das Wachs, womit die Diener den Parkettbelag der Treppe und der Korridore einrieben, machte ihn unbegehbar, bis man ihn mit Plüschlappen zum Glänzen gebracht hatte, damit das gefirnisste Holz wie ein Spiegel leuchtete, wenn man die Kerzen der großen Kandelaber und die Öllampen anzündete.

Als der Wagen am Dienstboteneingang stehen blieb, warteten dort schon drei Diener, um die großen Körbe fortzubringen. Catalina nahm einen kleinen ledernen Handkoffer mit ihren Schminkutensilien in die Hand, von dem sie sich nie trennte. Sie folgte Don Pedro und Ana de Andrade, der ersten Schauspielerin, und betrat das Gebäude. Die Küche erinnerte sie wegen ihrer Größe an die des Klosters, allerdings nicht so sehr wegen ihres prächtigen Aussehens oder der Zahl der Leute, die sich um sie kümmerten, und auch nicht wegen der vielen unterschiedlichen Speisen, die dort zu sehen waren. Vier Köche beaufsichtigten die Herde, sie versorgten die Kochtöpfe, denen unbeschreibliche Düfte entstiegen. Zwei mit Spritzbeuteln ausgestattete Konditoren legten letzte Hand an eine riesige Geburtstagstorte, die auf einem Tisch prangte. Sie stellten Schleifen und Girlanden aus Sahne her, und an der Spitze befestigten sie eine Eins und eine Acht aus Honigkuchen. Zahllose Küchenjungen und Gehilfen wimmelten geschäftig umher. Wie eifrige Ameisen kamen und gingen sie zwischen den Vorlegetischen und der Vorratskammer. Sie trugen die verschiedensten Speisen: gebratene Fasane mit Federschmuck, Spanferkel mit Äpfeln im Maul, Langusten und Hummer, die auf riesigen, mit Austern getüpfelten Silbertabletts wie zu einem rituellen Tanz aufgestellt waren.

Als Catalina inmitten von derart prächtigen Leckerbissen so eilig umherlief, hatte sie jedoch keine Zeit, auf die dort gezeigten kulinarischen Wunder zu achten. An der Tür blieb sie stehen, um ihr Köfferchen in die andere Hand zu nehmen.

Die Diener schafften inzwischen die großen Weidenkörbe in die hierfür vorgesehenen Zimmer hinauf. Don Pedro besichtigte zusammen mit Ana de Andrade den Ort, an dem die Vorstellung stattfinden sollte. Catalina nutzte nun die Gelegenheit, um diesen festlichen Rahmen zu bestaunen. Damit verglichen war das Schloss von Torres Claras ein klägliches und plumpes Grabmal, zum einen, weil es eine von Männern bestimmte Welt war, zum anderen, weil es sich weitab von der Residenz befand und deren Moden und Sitten erst mit großer Verspätung dorthin gelangten.

Im Glanz eines riesigen Kronleuchters mit mehr als zweihundert Kerzen zeigte sich ein Saal aus weißem Marmor und Kristall, der wohl nicht weniger als achtzig Ellen lang und vierzig breit war. Die Wände bestanden aus Spiegeln, damit die über vierzig Wandleuchten ihr Licht in ihnen vervielfachen konnten. Am Ende des Raums ragte ein etwas erhöhtes und von zwei Säulen eingerahmtes Podium empor. Dort sollte die Vorstellung stattfinden, und dort stand gerade Ana de Andrade und unterhielt sich mit einem Mann. Catalina vermutete, dass es der Zeremonienmeister war. Pedro de la Rosa, der sich in der Saalmitte befand, klatschte nun zweimal kräftig in die Hände, um das Echo zu prüfen, das die hohe Gewölbedecke zurückwarf. Da ihm seine Gefährtin einen beunruhigten Blick zuwarf, erklärte er:

»Macht Euch keine Sorgen. Wenn der Raum mit vielen Leuten gefüllt ist, die dicken Samt und prächtigen Brokat tragen, wird dieser unangenehme Nachhall beträchtlich gedämpft.«

Man brachte sie in zwei große Räume, die ihnen als Garderobe dienen sollten: die Frauen auf der einen Seite und die Männer auf der anderen.

Catalina konnte ihre Nervosität nicht verbergen. Ana de Andrade munterte sie auf.

»Lasst Euch nicht einschüchtern. Das ist eine Bande von eingebildeten Laffen. Wir sind bloß ein Vorwand. Sie kommen, um sich gegenseitig zu sehen, damit sie danach übereinander lästern können.«

»Ich danke Euch für Eure Unterstützung. Aber nie habe ich einen ähnlichen festlichen Rahmen gesehen, und ich will nicht einmal daran denken, wie es hier aussehen muss, wenn es voller Leute ist.«

»Stellt Euch vor, dass Ihr im Theaterhof seid.«

»Dort sind sie weiter entfernt, und die Bühne ist höher. Wenn sie hier einen solchen Aufruhr beginnen wie damals im Theater, könnten sie auf die Bühne stürmen.«

»Fürchtet nichts. Diese Leute lassen sich nicht so gehen wie das Volk. Reiche machen keine Revolution, und wisst Ihr, warum?«

»Nein.«

»Weil sie keinen Hunger haben.«

Catalina ließ sich von dieser treffenden Bemerkung beruhigen und wollte nun mit dem Schminken beginnen.

Die Zeit verging langsam. Als sich die Frauen zurechtgemacht hatten, gingen sie in den Raum der Männer hinüber, wo diese die Gitarren und die Laute stimmten. Von Weitem klang die Kammermusik eines Streichquintetts herüber, und ein Kammerherr klopfte an die Tür, um ihnen mitzuteilen, dass sie in ungefähr zehn Minuten auftreten sollten. Zuerst wollten sie ein kurzes Stück von Gabriel Téllez aufführen, der seine Werke unter dem Namen Tirso de Molina veröffentlichte. Dann sollte der Lautenspieler auftreten, damit Ana de Andrade genug Zeit hatte, sich umzuziehen. Im Anschluss daran sollte sie die Jácaras von Escarramán singen, und hierauf würde Don Pedro zwei Ausschnitte aus Calderóns *Das Leben ein Traum* vortragen. Schließlich sollte die ganze Musikgruppe auftreten, und Catalina könnte, begleitet von Gitarren, Tonkastagnetten, Tamburinen und Mandolinen, eine Chaconne singen und tanzen.

Als die Vorstellung begann, verbarg sich das Mädchen zusammen mit dem Stutzer zwischen den Säulen des Treppengeländers. Von dort aus konnte sie die Bühne und auch den großen Saal überblicken. Als sie ihn sah, stockte sie und fuhr ihren Gefährten an:

»Ich trete nicht auf! Mir zittern die Beine.«

»Macht Euch keine Sorgen. Sie beißen nicht. Wenn Ihr anfangt, merkt Ihr, wie schnell sie warm werden.«

Die Vorstellung ging weiter, ohne dass etwas Besonderes geschah, und Catalina beobachtete aufmerksam die Damen und Herren, die den prächtigen Saal füllten, wobei alle elegante Masken trugen, die die Augen der Männer und einen Teil des Gesichts der Frauen verbargen. Niemals hatte sie so viel Reichtum und Pracht auf einem Fleck vereint gesehen! Es wimmelte von aufsehenerregenden Reifröcken und auch von luxuriösen Kleidern. An den Einschnitten der Puff- und Schlitzärmel waren andere prächtige und auffällig gefärbte Stoffe zu sehen. Die Wämser der Männer, die Pluderhosen, die Beinkleider, die mit verzierten Bändern befestigten Strümpfe und die Stiefel wetteiferten miteinander an Reichtum und Eleganz. Dann glaubte sie, *ihn* zu sehen. Ihr stockte das Blut in den Adern! Dort, dicht an der Wand, in einer Haltung, die sie nur zu gut kannte, auch wenn eine schwarze Larve seinen Blick verbarg, lässig an eine kleine dorische Säule gelehnt, die eine Jägerin Diana stützte, er selbst herrlich wie ein Gott des Olymps, stand Diego de Cárdenas, der zukünftige Marquis von Torres Claras.

Auf einmal klopfte der Kammerherr dreimal mit seinem langen Zeremonienstab auf den Dielenboden, und dies ließ die Vorstellung innehalten. Kraftvoll erklang seine Stimme und kündigte die erlauchten Gäste an. Alle Blicke trafen sich am Eingang. Feierlich, mit unverhülltem Gesicht und dem maßvollen Auftreten eines Mannes, der weiß, dass er den höchsten Rang hat, erschien zusammen mit seiner Tochter María und seinem Schwiegersohn, dem Marquis von Toral, der allmächtige Günstling des

Königs Don Gaspar de Guzmán y Pimentel, der Graf-Herzog von Olivares.

Catalina erwachte aus ihrem Trancezustand. Die Vorstellung ging weiter, und sie hatte Zeit, sich wieder zu fassen, so dass sie ihre Beobachtungen fortsetzen konnte. An Diegos Seite stand eine makellos weiß gekleidete junge Dame, die wunderschön sein musste, wie man es durch ihre silberglänzende, mit Edelsteinen geschmückte Maske erriet. Sie dachte, das sei Elena de Mendoza, die Tochter des Adligen, der das Fest ausrichtete und ihre Geburtstagsfeier nutzte, um sie in der Gesellschaft vorzustellen.

Der Stutzer machte sie darauf aufmerksam: Das Stück war zu Ende, und der Auftritt des Lautenspielers dauerte nicht lange. Ihnen blieb nur so viel Zeit, um sich vorzubereiten, wie Ana de Andrade für ihre Lieder brauchte. Beinahe ohne sich dessen bewusst zu werden, stand Catalina schließlich vor diesem vornehmen Publikum. Sie hielt es für das Beste, sich ihrer Haut zu wehren, und von der Kapelle begleitet sang und tanzte sie, wobei sie sich vorstellte, sie sei zusammen mit den Ayamontes auf irgendeinem Jahrmarkt. Deshalb ahmte sie die Kunstgriffe nach, die die Ayamontes benutzten, um das Publikum zu begeistern. Der Beifall erklang jedes Mal unermüdlich weiter, wenn sie ein Lied beendete, und man ließ sie nicht von der Bühne abtreten. Schließlich machte ihnen Don Pedro de la Rosa ein Zeichen von der Seite der improvisierten Bühne, und sie nutzten ein Lied, das sich hierfür eignete, und stiegen alle im Rhythmus der Gitarren und Tamburine vom Podium hinab.

Während des Auftritts arbeitete Catalinas Kopf mit aller Kraft, und allmählich legte sie sich einen Plan zurecht, der zwar gewagt war, ihr aber möglich erschien.

Ana de Andrade zog sich neben ihr um, während Pedro de la Rosa die Vorstellung abschloss, indem er wie vorgesehen den Monolog des gefangenen Sigismund vortrug; die unsterblichen Verse Calderóns, die mit »Ich Armer, weh! Wie bin ich zu beklagen!« begannen, gelangten deutlich zu der Stelle, an der sich die beiden Frauen befanden. Bei ihrem Plan würde sie sich gewiss auf die Komplizenschaft der großen Schauspielerin verlassen können, der Catalina vom ersten Tag an sympathisch gewesen war.

»Señora, Ihr müsst mir helfen.«

Ana blickte sie überrascht an.

»Und welche Hilfe braucht Ihr von mir?«

»Dort unten steht der Mann, um dessentwillen ich in die Residenz kam und den ich von ganzem Herzen liebe. Ich möchte beim Tanz hierbleiben und die Gelegenheit nutzen, dass ich bei ihm sein und mein Gesicht verbergen kann.«

Die Schauspielerin, die schon die vierzig erreicht hatte, blickte sie mit dem Wohlwollen an, mit dem eine ältere Frau, die derartige Bedrängnisse längst hinter sich hat, ein so junges Mädchen ansieht.

»Ich glaube, Eure Absicht lässt sich unmöglich ausführen.«

»Warum sagt Ihr so etwas?«

»Weil der Günstling des Königs auf dem Fest erschienen ist.«

»Und was hat das damit zu tun?«

»Ihr seid neu am Hof. Vor über einem Jahr wurde eine Verordnung erlassen, die die Benutzung von Masken während der Soupers verbietet, an denen Seine Exzellenz, der Graf-Herzog von Olivares, teilnimmt.«

»Warum?«

»Das ist eine Frage der Sicherheit. Man hat erzählt, Männer des Kardinals Richelieu hätten versucht, ihn zu ermorden.«

»Und?«

»Wenn die Gäste in den Speisesaal hinübergehen, müssen alle ihr Gesicht entblößt haben. Masken sind nur bis zum Ende des Tanzes erlaubt. Das weiß ich, weil es schon früher so gewesen ist, als ich dabei war.«

»Señora, bitte, helft mir! Dem Saaleingang gegenüber steht eine große Uhr. Ich werde mich vorsehen! Bevor sie in den Speisesaal wechseln, bin ich verschwunden.«

»Geht davon aus, dass man viel sorgfältiger als gewöhnlich achtgibt.«

»Ich flehe Euch an!«

Die Frau zögerte.

»Einverstanden. Ich weiß nicht, was Don Pedro sagen wird, aber verlasst Euch auf mich. Ich weiß genau, was es heißt, an Liebeskummer zu leiden. Allerdings begreife ich nicht ganz, wie Ihr Euren Plan ausführen wollt.«

»Doña Ana, immer werde ich Euch lieben! Hört zu, mein Plan ist ganz einfach. Wenn Ihr mir ein Kostüm und eine Perücke leiht, benutze ich beides. In meinen Sachen habe ich die Maske dabei, die ich aufsetze, wenn ich als junger Mann gekleidet bin und zusammen mit Euch die Fluchtszene aus *Die Angel der Fenisa* spiele. Wenn Ihr fortgeht, verstecke ich meine Männerkleidung unter dem Bett hier, ziehe das Kleid an, das Ihr mir leiht, und gehe in den Saal hinunter. Beim Tanz werde ich dem Mann nahe sein, den ich liebe. Dann gehe ich wieder in dieses Zimmer hoch, ziehe mich um und nutze die Möglichkeit, dass ich unter der Maske nicht erkannt werde, so dass ich wie jeder Gast, der das Fest verlässt, mich durch den Hauptausgang entfernen kann. Meine Frauenkleider lasse ich im Schrank hängen. Morgen schicke ich einen Boten, um sie abzuholen, und ich gebe als Begründung an, dass die große Ana de Andrade ein Kleid vergessen hat. Was haltet Ihr von meiner Idee?«

»Wahrhaftig! Wie kühn die Jugend ist. Ich hatte schon vergessen, wozu eine verliebte Frau fähig ist. Ihr könnt mit meiner Hilfe rechnen. Aber sagt Don Pedro nichts. Darum kümmere ich mich. Wenn er hochkommt, erkläre ich ihm, dass Ihr Euch nicht wohlgefühlt habt und nach Hause gegangen seid.«

Catalina jubelte. Sie stürzte zu Ana de Andrade und umarmte sie.

»Nie kann ich Euch für diesen Gefallen genug danken!«

»Das braucht Ihr nicht. Auch ich war einmal achtzehn Jahre alt.«

Die beiden Komplizinnen machten sich ans Werk. Als Erstes holte Catalina ihre Männersachen aus dem Weidenkorb, wozu auch Koppel und Degen gehörten. Sie verwünschte sich, weil sie nicht das Zaubermittel vorbereitet hatte, das ihr Tarsicia mitgegeben hatte. Sie versteckte alles unter dem großen Bett, während Ana das am jugendlichsten wirkende Kleid heraussuchte. Beide Frauen hatten eine ähnliche Gestalt; die Andrade, die immer jung aussehen wollte, damit sie die Rollen junger Mädchen spielen konnte, achtete sorgfältig auf ihre Figur. Dann zog Catalina die geliehenen Sachen an und ließ sich dabei von der anderen Frau helfen, und die Andrade half ihr auch, sich wieder zu schminken und sich eine turmhohe Perücke aufzusetzen. Als das Werk vollendet war, trat sie etwas von dem Mädchen zurück und musterte sie kritisch.

»Ihr seid wunderschön! Seht Euch an!«

Bei diesen Worten nahm sie Catalina an den Schultern und führte sie vor den großen Spiegel.

Catalina erkannte sich zuerst nicht wieder. Ihr gegenüber, im silbern schimmernden Spiegelglas, befand sich eine begehrenswerte Frau, die älter als sie selbst wirkte und sorgfältig geschminkt war.

»Der Beifall sagt uns, wann Don Pedro zum Ende gekommen ist. Dann gehe ich in seine Garderobe hinüber und teile ihm mit, dass Ihr fortgegangen seid, weil Ihr Euch nicht wohlgefühlt habt. Während Ihr Euch im Dienstbotenzimmer versteckt, lasse ich von den Dienern die Weidenkörbe holen. Wenn wir kurz vor dem Aufbruch stehen, komme ich zurück, als hätte ich etwas vergessen, um Euch zu benachrichtigen, dass Ihr in zehn Minuten aus Eurem Versteck hervorkommen und zum Tanz hinuntergehen könnt. Und dann … möge Euch Gott schützen! Morgen erzählt Ihr mir, wie Euer Abenteuer ausgegangen ist.«

Fleitas gegen Cárdenas

Sebastián Fleitas de Andrade kam in Benavente an. Nach einem Gespräch mit Don Benito de Cárdenas wollte er nach Bragança zurückkehren.

Er hatte sein Heim schon seit vielen Monaten nicht mehr betreten, und er wollte nach Hause und sich um seine Angelegenheiten kümmern, bevor er wieder in die Hauptstadt aufbrach, um nach dieser verdammten Nonne zu suchen.

Als er nach Astorga kam, informierte er als Erstes Doktor Carrasco über alle Schritte und Reisen, und er zeigte ihm die Skizze, die Rivadeneira mit solchem Geschick gezeichnet hatte. Nachdem der Bischof sie sorgfältig angesehen hatte, befahl er Fleitas, unverzüglich das Schloss des Marquis von Torres Claras aufzusuchen, um auch diesem hohen Herrn die Zeichnung zu zeigen und ihn zu befragen. Der Bischof gab Fleitas die Erlaubnis, dass er sich dann in Bragança erholen dürfe, bis der verdammte Schmerz, der ihn plagte, nachließ.

Ein Hexenschuss war der Grund, dass er dieses eine Mal die Reise in einer bequemen Kutsche unternahm. Sie wurde von einem Sechsergespann Pferde gezogen, die ihm sein Freund und Gönner zur Verfügung gestellt hatte.

Ihm kam der Gedanke, dass er vielleicht alt wurde. Wie anders war es, auf diese Weise zu reisen! Es war ein sonniger Nachmittag, und der Wagen war eine luxuriöse zweisitzige Kutsche. Die dreifachen Blattfedern dämpften die Erschütterungen, wenn der Wagen durch ein Loch oder eine Spur fuhr, und da die Kutsche leicht war, konnte das starke Gespann sie in Windeseile ziehen. Der Portugiese machte es sich bequem und ließ seine Gedanken schweifen.

Endlich hatte er das Gesicht dieses verdammten Mädchens kennengelernt! Sobald er nach Madrid kam, wollte er einen Maler beauftragen, mehrere Kopien anzufertigen. Damit könnte er seine Spürhunde auf die Fährte der Flüchtigen setzen.

Er ahnte, dass der Hass, den sein Gönner gegen die Familie Rojo bekundete, tiefe Wurzeln hatte, deren Kenntnis ihm entging und die sich in der Nacht der Zeiten verloren. Wenn er ihm Waffen für seine Rache liefern wollte, hatte er auf zwei Linien vorzugehen: Erstens musste er alles Mögliche unternehmen, damit es Don Martín niemals gelang, in einen Orden einzutreten, der ihn von Abgaben und Steuern befreien und ihn außerdem der Zuständigkeit vieler Gerichte entziehen würde. Zweitens musste er einen Umstand entdecken, der den Namen dieses Mannes entehrte. Wenn er beweisen konnte, dass das entflohene Mädchen etwas mit ihm zu tun hatte und dass sein Sohn vielleicht gar nicht seiner war, würde das bedeuten, dass er das Generalarchiv des Adels belogen hatte, und sein Name würde von einem unauslöschlichen Schandfleck besudelt. Doch er ahnte auch, dass hinter all dem noch mehr steckte.

Die Rufe des Kutschers und das Quietschen der Bremsklötze zeigten ihm, dass sie am Ziel waren. Er zog den Fenstervorhang hoch, und vor sich sah er ein schlichtes Gebäude, dessen edler Ursprung sich in den Feldern des steinernen Wappens widerspiegelte, das den oberen Teil des Eingangs schmückte. Der Portugiese nahm seinen Stock mit dem Elfenbeingriff, und als der Kutscher die Tür öffnete und das Trittbrett herunterklappte, stieg er mit langsamen und sorgfältig berechneten Bewegungen aus.

»Lasst die Tiere trinken, und dann teile ich Euch mit, ob wir hier übernachten oder bis zum nächsten Gasthaus weiterfahren, das wir in Benavente finden.«

»Wie Euer Exzellenz befehlen.«

Fleitas hinkte zur Eingangstür, während der Lakai das Leitpferd am Zügel nahm und es zum Hintereingang – dort befanden sich die Ställe – laufen ließ, so dass es die übrigen Pferde des Gespanns mitzog.

Er betätigte den Türklopfer, und nach einer kurzen Wartezeit öffnete ein mit dem graublauen Rock der Torres Claras tadellos gekleideter Verwalter die Gittertür.

»Don Benito de Cárdenas?«

»Wen darf ich melden?«

»Sagt ihm, dass ein Sendbote des Heiligen Offiziums eingetroffen ist.«

»Wenn Ihr so gütig seid, mir zu folgen ...«

Der Verwalter führte ihn in einen prächtig möblierten Saal.

»Mein Bein ist Euch für diese Liebenswürdigkeit dankbar«, sagte der Portugiese, während er sich erschöpft auf ein bequemes Sofa fallen ließ.

»Ich habe schon gesehen, dass Euch ein Übel plagt. Ich benachrichtige den Herrn Marquis.«

Der Mann lief im Haus weiter und ließ den besonderen Gast in dem Saal zurück, in dem vornehme Besucher warteten.

Alles ringsum bekundete Rang und Reichtum des Marquis. Fleitas, der unendlich viele Adelshäuser besucht hatte und rasch Echtes von Künstlichem unterschied, bemerkte sogleich, dass hier nicht das Gleiche wie in vielen Herrenhäusern der Residenz geschah, die scheinen wollten, was sie nicht waren: Das Holz, die Gegenstände, die die Schrankbretter schmückten, die Wappen an der Decke, alles wirkte durch und durch echt, reich, ernst und geschmackvoll. Er erprobte sein bestes Lächeln, das nicht über eine schiefe Grimasse hinauskam, und er beschloss, sich behutsam zu verhalten, denn der hohe Herr hatte so etwas sicher verdient.

Schon ertönten Schritte auf dem Korridor und kündigten an, dass der Mann, der ihn empfangen hatte, zurückkehrte.

»Don Benito de Cárdenas erwartet Euch in seinem Zimmer. Wenn Ihr mich begleiten wollt ...«

Fleitas erhob sich mühsam und folgte dem Verwalter, der nun langsamer ging, damit der andere leichter mit ihm Schritt halten konnte. So kamen sie durch Säle und Korridore, bis sie zu dem Raum gelangten, in dem ihn der Marquis erwartete. Bei ihm war ein Hidalgo mit strengen Gesichtszügen und pergamentartiger Haut, den man ihm mit dem Namen Don Suero de Atares als den Knappen und Vertrauten von Señor de Cárdenas vorstellte. Der Mann erkannte Fleitas auf der Stelle wieder.

»Willkommen in meinem Haus, Don Sebastián. Aber setzt Euch. Man hat mir erzählt, dass Euch das Laufen schwerfällt.«

Don Benito hatte ihn zuvorkommend und mitten im Saal stehend erwartet. Nun lud er ihn mit einer weit ausholenden Geste ein, sich neben ihm auf einem bequemen Diwan niederzulassen. Während sich der Portugiese setzte, erklärte er seine Leiden.

»Gern würde ich meine Beschwerden rechtfertigen, indem ich sie mit einer Ruhmestat begründe, aber ein erbärmlicher Schmerz, wie er einen Alten heimsucht, hat mich dienstunfähig gemacht.«

»Beklagt Euch nicht, ich würde gern mein Bein gegen das Eurige tauschen. Euch plagt ein vorübergehendes Übel, meines hingegen ist lebenslänglich.«

Das hatte Don Suero geantwortet, der nach dem Unglückstag von Carrizo mit einem Bein hinkte.

Es kam dem Portugiesen darauf an, eine herzliche Stimmung zu schaffen, die zum Zweck seiner Reise nach Benavente passte.

»Aber Eure Heldentat verdient es, dass man sie künftigen Generationen am Kaminfeuer schildert. Mein Übel hingegen ist eine erbärmliche Sache.«

»Und woher wisst Ihr, dass das Abenteuer, das dazu geführt hat, dass Don Suero nun hinkt, eine ruhmreiche Heldentat war?«, erkundigte sich Don Benito.

»Ich war in Carrizo dabei, als Don Sueros Wagemut Eurem Sohn das Leben gerettet hat.«

»Was Ihr nicht sagt! Welch ein Zufall«, erklärte Don Benito.

Die drei kommentierten nun die Wechselfälle jenes Tages, der inzwischen fünf Jahre zurücklag. Bei diesem Gespräch entspannte sich schließlich die Atmosphäre, wozu der vortreffliche Likör beitrug, den ein Diener einschenkte.

»Das Gespräch mit Euch ist uns sehr angenehm. Aber sagt mir, Don Sebastián: Was hat Euch hergeführt?«

»Wie Ihr wisst, Exzellenz, sind wir Familiaren lediglich bescheidene Untergebene des Gerichts des Heiligen Offiziums, und es steht uns nicht zu, die Anweisungen aufzuklären, die wir von unseren Vorgesetzten erhalten.«

»Wir wollen nichts beurteilen. Stets werden wir dem gehorchen, was das Glaubensgericht von uns verlangt.«

»Nun gut. Es ist so, dass wir seit drei Jahren einer Postulantin auf der Spur sind, die unter seltsamen Umständen aus Sankt Benedikt geflohen ist und der man unheilbringende Kräfte zuschreibt. Da das Glaubensgericht annimmt, dass ihr Fall der Zuständigkeit des Heiligen Offiziums unterliegt und dass ihr Umgang mit einfachen Leuten das Seelenheil dieser Menschen gefährden könnte, hat es sich auf die Suche nach ihr gemacht, um seine heilige Pflicht zu erfüllen. Aber das Mädchen hat es verstanden, wie ein Aal zu entschlüpfen, und anscheinend ist es wie vom Erdboden verschwunden.«

»Wir hatten schon Gelegenheit, über diesen Vorfall zu sprechen, als vor etwa einem Jahr die ehrwürdige Schwester Gabriela, die jetzige Priorin, und Bruder Julián Rivadeneira hier waren. Aber warum wendet Ihr Euch an mich? Was können wir wissen?«

»Exzellenz, meine Nachforschungen sind bloße Routine: Ich bin verpflichtet, alle Protektoren von Sankt Benedikt aufzusuchen. Andererseits gibt es berechtigte Zweifel über die Absichten der Renegatin: Hoffentlich war es nicht so, dass sie das barmherzige Auftreten Eures Sohnes falsch verstanden hat. Dieser hatte sich ja nach den elementarsten Normen der christlichen Nächstenliebe gerichtet und war noch sehr jung und unerfahren, als er bei Schwester Teresa de la Encarnación für sie eintrat. Es könnte jedenfalls sein, dass sie versucht hat, einen Unterschlupf in der Nähe Eures

Hauses zu finden. Außerdem hat sie offenbar die Wohltaten schlecht vergolten, die ihr die Priorin mit vollen Händen zuteil werden ließ, denn sie hat bei deren Tod mitgewirkt, war sie doch die letzte Person, die in der Nacht bei ihr war, als sie noch lebte, weshalb wir auch glauben, dass dieses Ereignis ihre Flucht veranlasst haben kann.«

»Ihr bestürzt mich.«

Nun griff Don Suero ein. Er wandte sich an den Marquis.

»Ich erinnere mich genau an diese Geschichte. Wisst Ihr nicht mehr, dass ich Euch die näheren Umstände erklärt habe, als ich aus Sankt Benedikt zurückkam? Ein junges Mädchen, das noch nicht einmal Postulantin war, hatte sich einen Streich mit ein paar Hähnen erlaubt. Dafür wurde sie bestraft, und ein junger Knecht der Nonnen brachte Don Diego zu ihrer Gefängniszelle. Don Diego hielt sich nun für einen Helden aus den Ritterbüchern, die er so leidenschaftlich verehrte, und brach eine Lanze für das Mädchen, indem er sich gegen die Priorin stellte.«

Der Portugiese ließ sich von seinem Eifer hinreißen.

»Dieses junge Mädchen, das Ihr so mitleidig beurteilt, ist eine Ausgeburt Satans!«

Don Suero verzog keine Miene.

»Das halte ich für eine Übertreibung und das Geschwätz hysterischer Nonnen. Soweit ich es verstehen konnte, kam mir das eher wie ein Streich von kleinen Kindern vor.«

»Ihr habt keine ausreichenden Begründungen für ein solches Urteil und könnt auch nicht beanspruchen, Euch in diesen Fragen auszukennen, als wäret Ihr ein Theologe oder einer der Patres, die sich mit den Angelegenheiten des Bösen beschäftigen!«

Don Benito griff ein, weil ihm nicht gefiel, welche Wendung das bisher freundliche Gespräch nahm.

»Haltet Frieden, meine Herren. Zweifelt nicht, Don Sebastián, dass wir Euch bei allem helfen, was in unserer Macht steht, damit Ihr Euren Auftrag ausführen könnt. Und Ihr, Don Suero, mäßigt Euch. Werft kein schlechtes Licht auf die sprichwörtliche Gastfreundschaft, derer sich die Familie Cárdenas stets gerühmt hat. Doch ich bleibe dabei, Don Sebastián: Ich weiß nicht, womit wir helfen können.«

Der Portugiese sah ein, dass er zu weit gegangen war, und dies widersprach seinen Interessen.

»Verzeiht, dass ich mich ereifert habe, aber bei Angelegenheiten, die nur das heilige Glaubensgericht etwas angehen, läuft mir die Galle über.«

Don Suero hielt sich zurück und wurde sich im Innern klar, dass ihm dieser Mensch nicht gefiel.

Der andere sprach weiter.

»Nun, es ist für mich sehr schwierig, jemanden zu suchen, dessen Gesicht ich nie erblickt habe, und das Gleiche gilt, wenn ich andere auf seine Spur setze. Doch die göttliche Vorsehung ist mir zu Hilfe gekommen, und zwar so, dass jemand, der die Gesuchte genau kannte und der ein besonderes Talent als Porträtmaler besitzt, mir eine Skizze gegeben hat, auf der man ihre Gesichtszüge vollkommen klar erkennt. Seht.«

Der Portugiese holte das von Rivadeneira gezeichnete kleine Bild aus seiner Tasche und gab es Don Benito. Dieser reichte es an Don Suero weiter, während er aufstand.

»Gestattet mir, dass ich meine Brille hole. Das Alter kennt keine Gnade, und ohne sie bin ich rettungsloser als ein Blinder verloren.«

Während der Knappe aufmerksam die Zeichnung betrachtete, ging der Marquis zu seinem Schreibtisch, um seine Stielbrille zu holen. Als er gerade zurückkam, hörte er die Stimme des Hofmeisters, der in einem ungewöhnlichen und etwas manierierten Ton sagte: »Niemand, der dieser Person ähnelt, ist in Benavente vorbeigekommen. Nicht wahr, Don Benito?«

Der Marquis von Torres Claras nahm die Skizze in die Hand und betrachtete sie neugierig. Nun begriff er, warum sein Knappe in diesem Ton gesprochen hatte, der auch dem Portugiesen nicht entgangen war.

Nach dem Abendessen, als sich Fleitas in die Räume zurückgezogen hatte, die ihm der Marquis in seiner Gastfreundlichkeit angeboten hatte, kamen die beiden Männer in Don Benitos Privatzimmer zusammen.

»Habt Ihr die außerordentliche Ähnlichkeit bemerkt?«

»Natürlich. Das ist erstaunlich! Aber warum habt Ihr mir durch Eure Ausdrucksweise zu verstehen gegeben, dass wir dies vor dem Mann geheim halten sollen?«

»Verzeiht, aber er hat etwas an sich, was mir nicht gefällt: Was mit dem Mädchen und mit Diego geschehen ist, war eine Kindergeschichte, und dieser Kerl hat es so aufgenommen, als wollten wir über die Jungfräulichkeit Marias streiten. Jetzt, da Alonso Díaz aufgetaucht ist, wie uns Don Diego in seinem letzten Brief berichtet, möchte ich nicht, dass wir ihm Probleme bereiten, weil wir dem Kerl von dieser unglaublichen Ähnlichkeit erzählen. Ich hatte mit unserem Pagen zwei Jahre lang zu tun, und trotz der sonderbaren Umstände seiner Abreise darf ich versichern, dass er ein Ehrenmann ist.«

»Aber habt Ihr bemerkt, dass er gerade zu der Zeit aufgebrochen ist, als Schwester Gabriela und der Mönch zu uns gekommen sind?«

Don Suero dachte nach.

Am nächsten Morgen brach der Portugiese nach Bragança auf. Als man sich von ihm verabschiedete, hielt man sich korrekt an die Regeln der guten Manieren, doch Don Suero konnte nicht vermeiden, dass ihm dieser undurchsichtige Kerl im Innersten zuwider war. Vom ersten Augenblick an hatte er sich genau an ihn erinnert, an ihre erste Begegnung im Vorsaal des Bischofs von Astorga, als Diego sagte: »Dem möchte ich nicht gerne in einer finsteren Nacht auf einer engen Gasse begegnen.«

Die Masken

Ana de Andrade war schon zurückgekommen und hatte angekündigt, dass die Schauspieler sogleich aufbrechen wollten. Sie wünschte Catalina alles Glück der Welt und ging.

Sobald Catalina allein war, wurde sie von Zweifeln befallen, und sie dachte, dass ihr Plan eine undurchführbare Verrücktheit war. Doch ihr blieben zwei Möglichkeiten: Entweder kleidete sie sich als Mann, setzte die Maske auf und lief zum Ausgang, oder sie verschob ihren Aufbruch auf später und versuchte, zum Fest hinunterzugehen. Wenn man ihr Manöver entdeckte, würden die Folgen nicht allzu schlimm sein. Sie errang als Schauspielerin allmählich ein gewisses Ansehen und hatte eine ganze Schar von Bewunderern, die sich für sie verwenden würden, wenn so etwas geschah. Darum beschloss sie, sich weiter voranzuwagen. Allerdings veränderte sie ihren Plan, wie es den Neuigkeiten entsprach, die ihr Ana mitgeteilt hatte. Sie holte ihre Männerkleidung unter dem großen Bett hervor und legte sie in den Schrank. Sollte man sie nun finden, so ließe sich dies lediglich darauf zurückführen, dass die Andrade etwas vergessen hätte, denn für manche Darstellungen verkleidete diese sich als Mann.

Als Catalina alle Vorbereitungen abgeschlossen hatte, sah sie sich zum letzten Mal im Spiegel an. Dann machte sie geräuschlos die Tür auf, und sofort hörte sie deutlich und viel lauter die Musik, die das Streichquintett auf dem Podium spielte, wo kurz zuvor die Vorstellung stattgefunden hatte. Catalina blickte die Treppe hinunter und betrachtete den riesigen Saal, wo die Paare in heiteren und vielfältigen Kombinationen dem Rhythmus folgten, den die Musiker angaben, wobei sie die Partner wechselten und sich flüchtig und malerisch voreinander verbeugten. Nach einem Gruß fassten sie sich an den Händen und schritten durch den ganzen Saal, wobei sie einander die Köpfe entgegenstreckten und die Herren den Damen schmeichelten. Diese verbargen ihre Lippen mit dem Fächer, den sie in der anderen Hand hielten, und antworteten auf die Komplimente mit einem Lächeln, das unter ihrer Maske hervorleuchtete, oder sie flüsterten dem verliebten Mann sogar ein ermutigendes Wort ins Ohr.

Catalina reckte sich so hoch, wie sie konnte, und nahm eine würdevolle Haltung an. Dann stieg sie auf der breiten und weißen Marmortreppe hinab. Das Kleid, das ihr Ana de Andrade geliehen hatte, betonte ihre Figur und ließ ihren Busen herausfordernd in dem Balkon aus Spitzen erscheinen, der das Mieder abschloss und ihren tiefen Ausschnitt einfasste. Ihre Hand lag auf dem Treppengeländer, und ihr Fächer verhüllte kokett und geheimnisvoll zugleich ihr staunenerregend schönes Gesicht. Zwanzig Augenpaare waren auf sie gerichtet, und kaum hatte sie den letzten Absatz erreicht, als sich ihr schon zwei Herren entgegenstürzten, um sie mit tausend Komplimenten und Schmeicheleien zum Tanz zu bitten.

Lächelnd und undurchschaubar wartete Catalina, wobei sie in dem Spiegel ihr gegenüber darauf achtete, dass die Reihe der Tänzer vorüberschritt, bis sich Diegos Partnerin an vorletzter Stelle befand. Nun lud sie mit schmeichlerischer und wohlberechneter Miene einen honigsüßen jungen Laffen dazu ein, sie an der Hand zu nehmen und sich genau hinter Diego und seiner Partnerin der langen Schlange der Tänzer anzuschließen. Ihr herausgeputzter Begleiter sagte ihr, während sie voranschritten, tausendundeine Schmeichelei über ihre Schönheit und darüber, dass er sein Leben hergeben würde, wenn er den kleinsten Blick auf ihre Augen erhaschen dürfte … Catalina hörte ihn nicht einmal, weil sie aufmerksam auf die große Uhr und darauf achtete, dass sie, wenn sie ans Ende der Reihe käme und die Partner getauscht würden, an Diegos Hand zum Anfang der Reihe zurückkehren müsste. Die Tänzer gelangten in Vierergruppen zum Saalende, und dort nahmen sie den Partnertausch vor. Hinter Catalina hatte sich ein dicker und verschwitzter Caballero eingereiht. Er führte eine Dame an der Hand, die eine Maske in der Gestalt einer Fledermaus mit ausgebreiteten Flügeln trug. Da jagte ihr ein Schauder über das Rückgrat: Vor ihr hatte sich ein Paar aus der Reihe zurückgezogen, und wenn ihr Gott nicht beistand, würde sie von der anderen Saalseite zurückkehren, indem sie dem Dicken die Hand reichte, während Diego es zusammen mit der Fledermausdame tun würde. Ihr komödiantisches Talent rettete die

Situation. Mit einem geschickten Stolperschritt spielte sie vor, dass sie einen Schuh verloren hätte. Sie entschuldigte sich, trat aus der Reihe und schloss sich ihr einen Platz weiter erneut an. Endlich, nach so vielen dramatischen Wendungen und Gefahren, kam der magische Augenblick!

Nach einer anmutigen Verbeugung ließ Diego die Hand Elena de Mendozas los und schritt hinter ihr vorbei auf Catalina zu, die ihren Herrn ebenfalls verabschiedet hatte. Sobald er ihre Hand ergriff, eilte sie im Geist zu den glücklichen Tagen von Benavente zurück. Sie hatte es erreicht! Sie war in der Residenz und tanzte mit ihrem Geliebten.

»Als ich Euch auf der Treppe gesehen habe, habe ich mir gesagt: ›Woher ist eine solche Schönheit gekommen, dass ich sie bisher auf dem Fest nicht entdeckt habe?‹«

Diego hatte gesprochen, und seine Stimme bestätigte Catalina, dass sein Instinkt ihn trotz ihrer Maske nicht getäuscht hatte.

»Nun, ich würde es wagen, Euch zu sagen, dass ich gewiss eine der ersten Damen gewesen bin, die heute Nacht den Saal betreten haben.«

»So groß kann meine Schwerfälligkeit unmöglich sein. Ihr täuscht mich. Niemand kann Euch sehen, ohne auf Euch zu achten. Sagt mir, Señora: Wer seid Ihr? Ich bin sicher, dass mir Eure Stimme nicht unbekannt ist, und ich habe das Gefühl, dass Ihr mir mehr als einmal nahe wart.«

»Vielleicht, aber wenn es so ist, bekümmert es mich, dass Euch ein kleines Stoffstück mein Bild so sehr verschleiert, dass Ihr mich nicht wiedererkennt.«

»Seid nicht grausam, schöne Dame. Wenn Ihr mir die Gunst erweist, dass Ihr Euch zu erkennen gebt, sage auch ich Euch, wer ich bin.«

»Ein solcher Tausch interessiert mich nicht. Ich biete niemals für etwas, was ich schon habe.«

»Was meint Ihr damit?«

»Ich meine, dass mir Eure Maske gar nichts verbirgt. Ihr seid ganz gewiss Don Diego de Cárdenas.«

»Bei meinem Leben! Ihr habt erraten, wer ich bin, und Ihr kennt meinen Namen!«

»Eine Maske verbirgt wenig, wenn man jemanden gut kennt.«

»Señora, Ihr seid bei diesem Spiel im Vorteil. Ihr kennt mich, und ich kann nicht herausbekommen, wo ich Eure schöne Stimme schon gehört habe. Ich bitte Euch, spielt nicht mit mir. Habt Erbarmen!«

Die Reihe rückte vor, und dann gelangten sie zum entgegengesetzten Saalende. Mit einer graziösen Kopfbewegung löste sich Catalina nun von seiner Hand und trennte sich von Diego, um die Hand des nächsten Herrn zu ergreifen. Diego kam nicht aus dem Staunen heraus, und als er sich verbeugte, geriet er beinahe aus dem Takt. Der Tanz ging weiter, und sie wusste, dass der junge Mann sie nicht aus den Augen ließ. Die Zeit verging, und der Kammerherr stellte sich an die Tür, um die Personen zu nennen, wenn sie in den Speisesaal gingen.

Sie überlegte aufgeregt, um eine Möglichkeit zu finden, wie sie verschwinden konnte, ohne dass man sie verfolgte. Bei der dritten Kreisbewegung befand sie sich gerade in der Mitte der Reihe und Diego mit seiner Partnerin an deren Ende. Nun setzte sie ihren Plan um. Sie wartete, bis sie hinter ihn gelangte, und als es ganz unwahrscheinlich war, dass er sie sehen konnte, entschuldigte sie sich höflich bei ihrem Tanzpartner. Sie machte es sich zunutze, dass sie den Anfang der Treppe erreicht hatte, entfernte sich aus der Reihe und stieg die Treppe hoch, wobei sie damit rechnete, dass Diego noch nicht zum Ende gekommen war und nicht die geringste Möglichkeit hatte, sie zu sehen. Ihr blieben ein paar Sekunden. In würdevoller Haltung stieg sie zum ersten Stock empor, als wäre sie eine Dame, die ins Putzzimmer ginge, um sich die Frisur zu ordnen oder sich zu schminken. Als sie oben angekommen war, versteckte sie sich hinter einer Säule und spähte hinunter: Diego machte einen wirklich verzweifelten Eindruck und suchte mit dem Blick nach ihr, kümmerte sich nicht um Elena de Mendoza, die etwas von ihm verlangte. Dann endete der Tanz, und als der nächste begann, sah sie, dass er durch den Saal lief und beinahe gewaltsam Masken beiseiteschob, um durch die Tür zum Speisesaal zu verschwinden.

Catalina lief nun zu dem Zimmer, das ihr vor der Vorstellung als Garderobe gedient hatte. Sie dachte, die Anwesenheit des Ministerpräsidenten werde die Wache zu größerer Strenge zwingen. Darum wandelte sie ihren Plan etwas ab. Sie nahm die Perücke herunter und wischte sich die Schminke ab. Dann klebte sie sich Schnurr- und Kinnbart an, und schließlich zog sie die Männerkleidung an, die sie in den Schrank gelegt hatte. Sie glaubte, es wäre leichter, durch die Küchentür zu verschwinden und dabei das Kleid der Andrade mitzunehmen, so als wäre sie gekommen, um es zu holen. Catalina verließ also das Zimmer und lief zu den Küchen. Die Musik war verstummt, und durch die Korridore strömten unendlich viele Leute. Mit dem Kleiderbündel bewegte sie sich zur Dienstbotentreppe; die Überwachung war tatsächlich viel strenger als bei ihrer Ankunft. Auf dem Treppenabsatz hielt ein Hellebardier sie an, der sah, dass sie sich von den übrigen Gästen unterschied und ein in ein weißes Leintuch gehülltes Paket unter dem Arm trug.

»Verzeiht, mein Herr. Was tragt Ihr da, und wohin wollt Ihr?«

»Ich bin der Page von Doña Ana de Andrade. Sie hat eines ihrer Kleider vergessen, und sie hat mich geschickt, um es zu holen.«

»Könnt Ihr mir das zeigen?«

»Gewiss.«

Bei diesen Worten zog Catalina das Tuch zurück, mit dem das Kleid bedeckt war, und der Wächter konnte sehen, dass sie nicht log.

»Verzeiht die Störung. Ihr könnt weiter. Geht nicht durch die Säle, sondern verlasst das Haus durch die Dienstbotenräume.«

»Dort bin ich hereingekommen. Genau das wollte ich tun. Ich wünsche Euch eine angenehme Wache.«

Catalina verabschiedete sich und wollte ihren Weg fortsetzen.

Plötzlich erstarrte ihr das Blut in den Adern. Aus dem Erdgeschoss stieg der verzweifelte Diego de Cárdenas gerade die Treppe hoch, auf der sie sich befand. Wie ein Schiffbrüchiger auf einem Floß sah er sich Hilfe suchend nach beiden Seiten um. Eine Begegnung war unvermeidlich.

»Um Gottes willen! Wo kommt Ihr her, Alonso?«

Beinahe hätte das Mädchen vergessen, die Stimme zu verstellen. Der Hellebardier sah vom Treppenabsatz aus mit einem gewissen Misstrauen zu.

»Ich arbeite für Doña Ana de Andrade. Sie hat ein Kleid vergessen und mich geschickt, es zu holen.«

»Gott steh mir bei, ist das ein glücklicher Zufall! Ihr kennt gewiss Clara Arnedillo, das Mädchen, das ganz Madrid den Kopf verdreht hat?«

»Natürlich kenne ich sie, obwohl ich noch keine Gelegenheit hatte, mit ihr zu reden. Ich bin vor Kurzem in die Truppe eingetreten. Sie engagieren mich nur, wenn sie etwas zu befördern haben, weil sie irgendeine Privatvorstellung geben müssen. Damit verdiene ich ein bisschen Geld, aber ich bin nicht fest angestellt.«

»Selbstverständlich! Wie konnte ich nur so dumm sein? Das war ihre Stimme!«

»Ich verstehe Euch nicht, Don Diego.«

»Alonso, wir waren gerade bei der Galliarde, nachdem Don Pedro de la Rosa etwas vorgetragen hatte, und bei einem Wechsel habe ich dann das unglaublichste Mädchen, das Ihr Euch vorstellen könnt, als Partnerin bekommen. Ihre Stimme war mir bekannt, und jetzt begreife ich. Sie war der

Clara Arnedillos sehr ähnlich, obwohl ich das nicht ganz sicher weiß, weil ich sie beinahe immer nur singen gehört habe.«

»Das halte ich für unwahrscheinlich. Als man mich geschickt hat, das abzuholen, was Doña Ana de Andrade vergessen hatte, standen beide Frauen am Eingang des Theaterhofs. Sie sind zusammen mit Don Pedro in der Kutsche abgefahren, sobald die Vorstellung zu Ende war.«

»Ihr habt recht. Ich kann nicht richtig überlegen, weil mich das Ereignis so außerordentlich beeindruckt hat. Wie sollte sie mich erkennen, wo sie mich doch nie gesehen hat? Aber mir fällt gerade ein, dass Ihr mir vielleicht helfen könnt.«

»Ich weiß nicht, wie.«

»Gebt acht. In der Nacht, als sie im Príncipe ihren Triumph feierte, habe ich ihr am Ende ein Briefchen geschickt, und bei der nächsten Premiere wollte ich ihr einen Rosenstrauß verehren. Warum tretet Ihr nicht als mein Vermittler auf und ermöglicht mir, sie kennenzulernen? Alonso, lieber Freund, dann bin ich Euch ewig dankbar.«

»Nun ja. Ich weiß nicht, was ich Euch sagen soll. Lasst mich nachdenken, wie ich es einrichten kann, und Ihr werdet dann von mir hören.«

»Habt Ihr schon eine feste Adresse?«

»Bald ist es so weit. Noch habe ich eine vorläufige Unterkunft, wie ich Euch gesagt habe.«

»Was ist mit Boabdil?«

»Ihr seid zu weit gegangen, Señor. Ich verdiene ein solch edles Pferd nicht.«

»Also gut. Ich erwarte, von Euch zu hören. Ach ja! Ich habe übrigens meinem Herrn Vater geschrieben und ihm mitgeteilt, dass Ihr aufgetaucht seid. Er hat seine unendliche Freude geäußert und es begrüßt, dass ich Euch im Namen von uns beiden das Pferd geschenkt habe. In der nächsten Woche trifft Don Suero in Madrid ein, weil er Blesse kurieren will. Kommt doch an einem Nachmittag vorbei. Er wird sich freuen, Euch wiederzusehen.«

»Ich werde mich bemühen. Auch ich möchte ihn sehr gern begrüßen.«

»Nun, Alonso, ich habe Euch viel Zeit geraubt. Verzeiht mir.«

»Macht Euch keine Sorgen. Es gefällt mir immer, Euch zu sehen. Gott schütze Euch.«

»Gott bewahre Euch.«

Catalina ging. Sie glaubte, dass ihre zitternden Beine sie verraten würden. Sie kam durch die Küchen, in denen das geschäftige Hin und Her mitten beim Abendessen womöglich noch lebhafter als bei ihrer Ankunft war, und sie erreichte die Straßentür. Die Umgebung des Schlosses war erleuchtet, und sie lief weiter, weil sie sehen wollte, ob ihr die Nachtluft innere Klarheit verschaffte. Er hatte sie »das unglaublichste Mädchen« genannt, und das war sie.

Die Schlinge zieht sich zusammen

Der Portugiese hatte sich mit Rivadeneira im Madrider Amtssitz des Heiligen Offiziums getroffen. Der Mönch war am letzten Nachmittag aus Sankt Benedikt angekommen. Vorher hatte er den Dominikaner, den ihm der Bischof von Astorga zugeschickt hatte, in seine Aufgaben eingewiesen, damit er ihn als geistlichen Hirten der Gemeinschaft ablösen konnte. Der Portugiese hatte seine persönlichen Angelegenheiten in Bragança geklärt und war zwei Wochen zuvor eingetroffen, um seine Pläne in Gang zu setzen. Dazu gehörte, dass die Kopisten, die das Glaubensgericht bestimmte, ihre anspruchsvolle Aufgabe begannen. Das Ergebnis war sehenswert, und als Rivadeneira erschien, verfügte der Portugiese über fünf Skizzen, die das Gesicht der entflohenen Nonne getreulich wiedergaben.

Sie trafen sich am Morgen. Fleitas instruierte gerade eine Gruppe von Individuen, die sich fortan damit beschäftigen sollten, die verschiedenen Orte, Ämter und Berufe gründlich zu prüfen, die etwas mit Personen zu tun haben könnten, die sich verbergen oder in der Residenz ihre Persönlichkeit ändern wollten.

»Eure Gnaden werden paarweise gehen und jeden Winkel von denen, die ich Euch angegeben habe, sorgfältig inspizieren. Wenn Ihr etwas entdeckt, eine Person oder eine zuverlässige Spur, sollt Ihr es mir berichten, bevor Ihr zur Tat schreitet, damit wir im Voraus die entsprechenden Überprüfungen vornehmen. Ich will, dass nichts übersehen wird: Wirtshäuser, Garküchen, Herbergen, Pensionen, Lokale und so weiter. Vergesst außerdem nicht, dass Ihr die Augen immer weit offen halten sollt und mich benachrichtigt, wenn Ihr irgendeine Ähnlichkeit feststellt. Schließt keine Möglichkeit aus. Der Teufel nimmt tausend unterschiedliche Gestalten an, um Euch zu verwirren. Geht nicht davon aus, dass die Renegatin als Nonne erscheint. Erwartet alles Mögliche, nur das nicht. Habt Ihr mich verstanden?«

Alle Versammelten nickten zustimmend. Sie nahmen die Zeichnungen, die das Gesicht der entflohenen Postulantin darstellten, und gingen los. Sie teilten die Hauptstadt untereinander in verschiedene Gebiete auf, und jedes einzelne der festgelegten Paare übernahm eines.

»Das sind meine Spürhunde, Hochwürden. Ich habe sie unter vielen ausgewählt und ihre Witterung und Tüchtigkeit bei vielen Gelegenheiten erprobt. Wenn die Nonne lebt und in Madrid ist, finden wir sie früher oder später. Inzwischen besuchen Ihr und ich andere Orte, die weniger logisch zu ihr passen und die sich darum eher für einen Flüchtling eignen, der weiß, dass man anderswo nach ihm suchen muss.«

Nach der kurzzeitigen Begegnung lebte Catalina wie auf einer Wolke. So oft hatte sie es erträumt, und nun war es ihr gelungen, dass Diego sie als Frau kennenlernte. Ihr Leben in der Hauptstadt hatte eine gewisse Routine angenommen, und ihre Gewohnheiten hatten sich gefestigt. Die an zwei Wochentagen erteilten Lektionen in Don Pedro Pachecos Akademie setzten sich fort, und ihre größte Belohnung waren – mehr als das Geld, das sie verdienen konnte – die Stunden, die ihr der Lehrer gab. Don Pedro kam zu dem Schluss, dass die offenbare Fähigkeit, den Degen mit beiden Händen zu führen, eher ein Naturtalent als etwas war, was man sich durch Übung aneignen konnte. Im Messerwerfen versuchte sie sich in dem Stall, den ihr die Cordero genannt hatte, um früher Afrodita und nun Boabdil unterzubringen.

Ihre einstige enge Welt innerhalb der Mauern von Sankt Benedikt hatte sich erweitert, und das offenkundige Abbild des menschlichen Elends, das die Existenz aller Leute umgab, die sich im Madrid der spanischen Habsburger bewegten, ließ sie Personen und Umständen gegenüber tolerant werden, mit denen sie sich früher nie abgefunden hätte, denn sie hätte nicht einmal versucht, sie zu verstehen.

Die Mädchen im Bordell erzählten ihr, als wollten sie sich rechtfertigen, aus welchen Gründen sie in diese Lage geraten waren, und Catalina erkannte, dass sie in den meisten Fällen von Elend und Heuchelei dazu verdammt wurden, wobei man sich danach ihre Not zunutze machte. So war es gekommen, dass sich diese armen Frauen dem ältesten Gewerbe der Welt zuwandten, und jede hatte sich unter Umständen der Unzucht ergeben, unter denen ihr kein anderer Ausweg blieb.

Dorotea, das Mädchen, das ihr in der ersten Nacht aufgemacht hatte, war ihre Freundin geworden, und am Morgen, während sich alle damit beschäftigten, das Haus aufzuräumen, erklärte sie ihr die notwendigen Vorbedingungen, die ein Mädchen erfüllen musste, damit sie die Erlaubnis erhielt, als Dirne zu arbeiten. Erstens musste sie volle zwölf Jahre alt sein, was sich leicht klären ließ, wenn man vor dem Richter stand, vor dem man zu erscheinen hatte; dann durfte sie keine Angehörigen und auch sonst niemanden haben, der sich um sie kümmern konnte, und sie musste erklären, dass sie sich aus eigenem Willen und ohne Druck vonseiten eines anderen anbiete, um dieses Gewerbe auszuüben. Hierauf, nach einer kurzen und eintönigen Belehrung über die Gefahren, die dieses schmähliche Gewerbe für ihre Seele bedeute, und nach einer oberflächlichen Leibesinspektion durch einen Arzt, um festzustellen, dass sie keine venerischen Pestbeulen oder andere Zeichen aufwies, die darauf hindeuteten, dass sie von der französischen Krankheit oder einem anderen ansteckenden Übel befallen wäre, erhielt sie die Erlaubnis, in einen von einem Herbergsvater oder einer Herbergsmutter geleiteten Puff einzutreten. Allerdings zwang man sie, einmal jährlich zur Predigt zu gehen. Dort ermahnte man sie, dieses Leben aufzugeben, und sagte ihnen dabei Schreckliches für ihr Seelenheil voraus. Diejenigen, die sich von dem Gewerbe lossagen wollten, das waren die wenigsten, traten in ein Kloster ein, um ihre Reue zu bekräftigen, und die Übrigen setzten ihren Weg womöglich mit noch größerer Begeisterung fort.

Catalina hielt es zunächst für unmöglich, dass es etwas Derartiges gab, doch als sie begriffen hatte, was die Lasterhaftigkeit der Männer und die Schutzlosigkeit vieler Frauen tatsächlich bedeutete, kam sie so weit, diese armen und unglücklichen Wesen zu verstehen und zu lieben, die andererseits oft so wirkten, als wären sie heiter und mit ihrem Beruf einverstanden – selbstverständlich, wenn man in einem Haus wie diesem arbeitete, das zu den angesehensten der Hauptstadt gehörte und in dem die Behandlung ausgezeichnet war, wie es der Schönheit und Jugend seiner Mädchen und dem hilfreichen und offenen Charakter María Corderos entsprach.

»Und stößt es Euch nicht ab, Euch jeden Tag mit Leuten einzulassen, die Euch womöglich nicht gefallen oder Euch sogar widerwärtig sind?«

Das sagte Catalina, die sich auf der zum Garten gehenden Galerie des Hauses niedergelassen hatte und wie jeden Morgen mit Dorotea plauderte.

»So etwas geschieht fast nie, und wenn wir uns so verhalten, ist es immer aus eigenem Willen. María zwingt uns zu nichts. Allerdings wissen wir, was wir am Monatsende bezahlen müssen, damit wir im Haus bleiben dürfen, und wenn der siebenundzwanzigste oder achtundzwanzigste kommt und wir unseren Beitrag nicht geleistet haben, dann muss jede entscheiden, welchen weniger angenehmen Kunden sie annimmt, um ihre

Unterkunft zu sichern. Ihr müsst begreifen, das hier ist keine Wohltätigkeitseinrichtung.«

»Also habe ich das so zu verstehen, dass Ihr die Männer aussuchen dürft, die zu Euch kommen?«

»Je mehr Zeit vergeht, desto sorgfältiger wählen wir unsere Kunden aus, und sie selbst nehmen gewöhnlich immer wieder das eine oder andere Mädchen, wenn sie uns besuchen.«

»Und geschieht es nicht, dass sich ein Mädchen auch einmal verliebt?«

»Das ist ein schlimmes Problem, das schlimmste, das eine Frau erleben kann. Wenn so etwas geschieht, macht die Unglückliche schließlich das Gleiche wie hier, aber ohne zu kassieren, und sie endet damit, dass sie das Gewerbe einer Lumpendirne anstelle von dem einer Edelhure ausübt.«

»Womit beschäftigt Ihr Euch, während Ihr wartet und nichts zu tun habt?«

»Wir können uns frei in unserem Zimmer aufhalten, bis uns María ruft, dass wir in den Salon hinunterkommen sollen, um etwas Erfrischendes zu trinken oder in des Teufels Gebetbuch zu blättern.«

»Und dieses Laster hat viele Anhänger?«

»Was glaubt Ihr? Manche Kunden kommen her, um mit einer Frau zusammen zu sein, und wenn sie anfangen zu spielen, vergessen sie alles andere. Manchmal führt die Partie sogar zu einem Duell. Stellt Euch vor, zuweilen sieht es hier eher wie in einer Spielhölle als in einem Freudenhaus aus. María hat Angst davor, weil man weiß, wie solche Abenteuer beginnen, aber nie, wie sie enden, und sie erlaubt nur vertrauenswürdigen Leuten mit gut gefüllter Börse, hier zu spielen. Schlimm wird es, wenn das Geld, das hier hin und her wandert, berufsmäßige Falschspieler herbeilockt, die die Karten zinken oder falsch mischen und mit einem Kiebitz zusammenarbeiten. Wenn nämlich der Gerupfte den Trick durchschaut, kann die Partie damit enden, dass man die Degen zieht. Mehr als einmal musste man den Büttel rufen.«

»Streitet man sich nicht aus Eifersucht?«

»Manchmal. Ihr wisst ja, wenn es um die Ehre geht und Wein dazukommt, entsteht eine explosive Mischung. Gerade jetzt kann ich es mit so etwas zu tun bekommen, denn ich bin in eine unangenehme Lage geraten.«

»In was für eine?«

»Ein bezaubernder junger Mann hat sich in mich verliebt. Er gefällt mir, und er möchte mich aus dem Gewerbe herausholen. Ich soll seine Kebse werden und das Haus verlassen. Aber das gefällt mir nicht, und ich vertraue auch nicht darauf, dass er mich nicht sitzen lässt, wenn er mich für sich allein hat. Das allerdings stimmt, er gefällt mir, er ist jung, schön und ein Schmeichler. Aber er soll mich lieber öfter hier besuchen, wo ich von den starken Armen Marías geschützt bin. Allerdings ist er auch gewalttätig und erträgt es nicht, dass ich beschäftigt bin, wenn er kommt, und ich fürchte, dass es eines Nachts zu einem Streit kommt, der als Schlägerei endet.«

»Wie heißt er?«

»Er heißt Cristóbal de López-Dóriga, und er kommt immer zusammen mit einem Fähnrich, der als Raufbold und Speichellecker bekannt ist, und mit einem anderen jungen und zurückhaltenden Herrn, dem das Abenteuer nicht gefällt, das kann man meilenweit sehen.«

»An die drei erinnere ich mich ganz genau. An dem Tag, als ich in dieses Haus kam, haben sie an die Tür geklopft.«

Seiner Exzellenz Señor Don Benito de Cárdenas,
Marquis von Torres Claras
Benavente

Lieber Vater!
Es freut mich, dass Ihr, wenn Ihr dieses Schreiben erhaltet, Euch von der Erkrankung erholt habt, die Euch in der letzten Woche ans Bett gefesselt hatte und die, wie mir Don Suero mitteilt, auf den Regen zurückzuführen ist, der Euch durchnässt hatte, als Ihr beide ausgeritten seid, um Falken aufsteigen zu lassen. Ich danke Euch aus tiefstem Herzen, dass Ihr mir Don Suero geschickt habt, denn sonst sehe ich keine Möglichkeit, wie man die Fieberanfälle bekämpfen kann, die Blesse heimsuchen und die mich wegen seines Alters sehr beunruhigen.

In der Hauptstadt ist das Leben so stürmisch wie immer. Wie Ihr an den Urkunden sehen könnt, die man Euch aus dem Pagenhaus schickt, verläuft mein Studium so, wie es unserer Namen würdig ist, und ich glaube, dass Ihr keinen Grund zur Klage habt.

Ich werde Euch nun einige Eindrücke von dem wunderbaren Fest schildern, das Euer Freund, Señor de Mendoza, ausgerichtet hat und bei dem ich etwas Bemerkenswertes erlebt habe, was ich Euch berichten möchte.

In den Plaudergruppen der Residenz hatte sich herumgesprochen, dass dort Don Gaspar de Guzmán, der Graf-Herzog von Olivares, der Günstling des Königs, erscheinen könnte. Da es ein Maskenball war, hatte man allen Gästen mitgeteilt, wenn der hohe Besuch kommen sollte, müssten wir die Masken abnehmen, sobald wir in den Saal hinübergingen, wo das Souper serviert wurde, denn seit einiger Zeit verbreitet sich in Madrid wie ein Lauffeuer das Gerücht, dass der lange Arm des Kardinals von Richelieu dem Günstling nach dem Leben trachten könnte.

Der Kammerherr meldete die Ankunft des Grafen-Herzogs, als der Auftritt der Schauspieler halb vorüber war und sich alle das Inkognito der Masken zunutze machen wollten. Das Orchester kündigte den vorletzten Tanz an, und ich machte mich bereit, die Kenntnisse vorzuführen, die ich bei Monsieur de Lagarteare erworben hatte. Ich tanzte mit der Gastgeberin Elena de Mendoza, die an diesem Tag in die Gesellschaft eingeführt wurde, als bei einem der Wechsel des Tanzes eine Dame an meine Seite gelangte, deren Stimme mir bekannt war. Sie sprach mich mit Worten an, die zu verstehen gaben, dass sie mich ebenfalls kannte, und zwar gut und seit Langem. Sosehr ich mich auch anstrengte, ich konnte nicht herausfinden, wer sie war, und bei einer weiteren Kreisbewegung verschwand sie wie durch einen Zaubertrick von meiner Seite. Ich suchte in allen mir zugänglichen Winkeln des Hauses eifrig nach ihr – nichts: Sie war verschwunden, als hätte sie sich in Luft aufgelöst. Als wäre das noch zu wenig, bin ich auf einer Treppe mit unserem Freund Alonso Díaz zusammengetroffen, der offenbar der Truppe Don Pedro de la Rosas hilft, wenn es etwas zu befördern gibt. Denkt nicht nach dem, was ich Euch erzähle, dass ich eine Wetterfahne bin, aber zu den Schauspielerinnen, die sich in dieser Spielzeit in Madrid großer Berühmtheit erfreuen, gehört eine gewisse Clara Arnedillo, die wunderschön singt und tanzt und die ich herzlich gern kennenlernen wollte. Sie spielt in dieser Schauspielertruppe mit. Nun ja, Alonso kann mir als Vermittler dienen, obwohl er sie noch nicht gut kennt, weil er gerade erst mit seiner Arbeit begonnen hat.

Ich habe ihm gesagt, dass Don Suero in diesem Monat nach Madrid kommt, und wir haben vereinbart, dass er uns besucht, denn er möchte ihn gern begrüßen. Dann will ich mit ihm absprechen, dass er mir am Ende einer Vorstellung im Corral del Príncipe eine Unterredung mit der Schauspielerin ermöglicht. Ich kann mir gar nicht vorstellen, wie stolz ich meinen Gefährten gegenüber auftreten werde, wenn mir dies gelingt. Zweifelt nicht, lieber Vater, dass meine Bewunderung rein künstlerische Gründe hat und dass ich mich als ein Ehrenmann verhalten werde.

Die Geschichte mit der unbekannten Dame raubt mir den Schlaf und hat mich so sehr verwirrt, dass ich mich überhaupt nicht um die wunderschöne

Elena de Mendoza gekümmert habe. Ihr denkt gewiss, das seien Jugendträume. Vielleicht, aber … wie schön sie sind!

Nun denn, lieber Vater, Lorenzo wundert sich, wenn ich ihm die Briefe vorlese, die ich Euch schicke, aber entweder weil Ihr mich immer sehr natürlich erzogen habt oder weil ich meine Mutter nie kennengelernt habe und darum Euch immer sehr nahe war, jedenfalls fühle ich mich manchmal so sehr als Euer Freund und Gefährte und nicht nur als Euer Sohn. Ich hoffe, dass ich Euch mit meinen Problemen nicht allzu viel aufgebürdet habe, aber ich habe die Notwendigkeit empfunden, Euch alles zu erzählen, was mir geschieht.

Seid Euch der Zuneigung und der ewigen Dankbarkeit Eures Sohnes gewiss, der Euch verehrt,

DIEGO

Catalina hatte Tarsicias Anweisungen genau befolgt. Sie verschaffte sich alle Bestandteile, die ihr die Zigeunerin angegeben hatte, um ihren Zauber vorzubereiten. Sie nahm an einer Frühmesse teil, die in der Pfarrkirche von El Carmen zelebriert wurde, und unverhofft erlebte sie eine Hochzeit mit. Sie richtete es so ein, dass sie nahe beim Altar war, und als sich der Hochzeitszug entfernte und bevor der Sakristan alle Kerzen wegnahm, um sie ins Kerzenlager der Pfarrkirche zurückzubringen, betätigte sie sich als Kirchendieb und eignete sich eine der kleinen Kerzen an, die eine Ecke erleuchteten, löschte sie aus und steckte sie in ihren Reisesack. Um ihr Gewissen zu erleichtern, ging sie zum Almosenkasten und entrichtete ihren Obolus. Als sie in María Corderos Haus zurückgekehrt war, schloss sie sich in ihrem Zimmer ein. Sie stellte die Kerze auf einen kleinen Zinnteller. Mit zwei Holzspänen und dem Feuerstein, den sie beim Zubehör der in Benavente gestohlenen kleinen Pistole verwahrte, machte sie Feuer. Sie ließ die Kerze schmelzen, damit sie formbar wurde. Sie zog den Docht heraus und ließ sie etwas abkühlen, um sie besser bearbeiten zu können. Als sie das Wachs formen konnte, stellte sie geschickt zwei fingergroße Puppen her, einen Mann und eine Frau. In der Brusthöhe der Frau drückte sie ein paar Fädchen hinein. Sie hatte sie aus dem Büffellederkoller gezogen, das ihr Diego früher einmal geschenkt hatte, und in den Mann drückte sie ein Haar hinein, das sie sich vom Schamhügel abgerissen hatte. Nun blieb ihr nur noch übrig, auf Vollmond und ihre Periode zu warten. Sobald dies zusammentraf, richtete sie sich weiter getreulich nach den Anweisungen der

Zigeunerin, und um Diego mit ihren Figürchen zu besuchen, nutzte sie den Vorwand, dass sie Don Suero begrüßen wolle.

Sie sattelte Boabdil und ritt quer durch Madrid zum Haus mit den sieben Kaminen, dem das Stadtschloss der Cárdenas gegenüberlag. Sie hatte sich schon einen Plan ausgedacht, und es hing allein von ihrem Geschick und ihrer Kühnheit ab, ihn zu verwirklichen.

Sie kam zu dem Eisengitter, das das Herrenhaus umgab. Neben der Gittertür band sie Boabdil fest. Er wieherte aufgeregt, als er erkannte, dass sein alter Stall nahe war. Dann ging Catalina auf dem Kiesweg bis zur Eingangstür und meldete sich mit dem Türklopfer. Sie wartete einige Zeit, die ihr ewig vorkam. Dann ging die große Tür auf, und an der Schwelle erschien ein Verwalter, dessen Rock die Farben Grau und Blau des Marquis von Torres Claras trug.

Catalina verlieh ihrer Stimme größte Würde und Autorität. Sie schüttelte ihre Handschuhe ab, indem sie sie an die Oberschenkel schlug, und dabei rief sie:

»Einen guten Tag wünsche ich. Seid so liebenswürdig und teilt Don Diego de Cárdenas mit, dass Don Alonso Díaz gekommen ist.«

Als der Diener die selbstsichere Haltung des Besuchers sah, wagte er es nicht, ihn am Eingang stehen zu lassen.

»Wenn Ihr so gütig seid, wartet Ihr auf meinen Herrn besser im Saal als hier unter freiem Himmel.«

»Wie Ihr wollt.«

Der Mann brachte sie in ein zum Garten liegendes Zimmer.

»Hier fühlt Ihr Euch wohler. Ich melde Euch an.«

Der Lakai verschwand, und Catalina wartete mit klopfendem Herzen, dass seine Schritte hinten im Korridor verhallten. Als sie sicher wusste, dass sie allein war, holte sie eines der Figürchen aus ihrer Tasche und steckte es in ihre Wamstasche, während sie wie jemand, der ein bestimmtes Buch suchen oder die dort vorhandenen Bände neugierig betrachten will, zum Bücherregal ging. Sie sah sich nach beiden Seiten um und spähte auch durch die Glastür in den Garten … Sie entdeckte niemanden. Dann handelte sie schnell. Sie holte die Puppe aus der Tasche, stieg auf eine Trittleiter und stellte das Figürchen auf das oberste Regalbrett, hinter einen dicken Band der *Bekenntnisse* des heiligen Augustinus. Dann stieg sie rasch hinunter. Sie strich sich die Kleidung glatt und erwartete die Ankunft der Gastgeber.

Schon näherten sich laute Stimmen auf dem Korridor. Ihr Herz klopfte schneller. Diegos geliebte Stimme übertönte die tiefere Don Sueros. Die beiden erschienen an der Bibliothekstür, bevor sie eine bestimmte Haltung einnehmen oder planen konnte, wie sie auf den Gruß des alten Hofmeisters reagieren sollte.

»Bei Beelzebub, Junge, Ihr habt mir die größte Freude dieses Winters bereitet!« Der Knappe hatte die Stelle erreicht, wo Catalina wartend stand, und er umarmte sie mit aller Kraft. »Bei meinem Leben! Was für eine merkwürdige Art hattet Ihr, Euch zu verabschieden!«

Catalina kam wieder zu sich. Sie konnte sich der Anziehungskraft dieser väterlichen Gestalt nicht entziehen, die in ihr alte Gefühle wiedererweckte. Sie verstellte ihre Stimme, denn sie wollte ihrer Antwort einen reifen und ausgeglichenen Ton geben, doch ihre Gefühle überwältigten sie.

»Wie sehr habe ich mich nach Euch gesehnt, und wie sehr muss ich Euch danken, Don Suero!« Sie vermischte Wahrheit und Lüge, als sie hinzusetzte: »Da meine Erinnerungen noch im Halbdunkel liegen, nähert sich Euer Bild am meisten der Gestalt des Vaters, an den ich mich nicht erinnere oder den ich nicht hatte.«

»Ihr ehrt mich, Alonso. Aber mit Euch hat man alles getan, was gut gesinnte Leute tun müssen, wenn sie als barmherzige Samariter, die den Lehren des Evangeliums folgen, jemanden unterwegs entdecken, der sich in einer schlimmen Notlage befindet. Alles, was danach geschah, habt Ihr mit Eurem edlen Auftreten und Eurer Arbeit verdient. Man hat Euch nichts grundlos gewährt.«

»Ihr seid mir gegenüber wie immer zu gütig. Aber ich weiß, dass ich Euch außer dem Leben auch alles verdanke, was ich bin.«

»Lasst die Liebenswürdigkeiten beiseite, und machen wir es uns bequem. Wir gewinnen nichts dabei, wenn wir uns stehend unterhalten.«

Während sie sich setzten, erklärte Don Suero:

»Wäre ich Euch außerhalb des Hauses begegnet und hätte man mir nicht gesagt, dass Ihr da seid, so bezweifle ich, ob ich Euch auf der Straße wiedererkannt hätte. Ihr habt Euch gründlich verändert, Alonso, und der Schnurr- und Kinnbart lassen Euch viel älter erscheinen. Übrigens will ich Euch etwas berichten, was kurz vor meiner Abreise in Benavente geschehen ist, und das wird Euer Interesse wecken, glaube ich.«

»Meint Ihr die Geschichte mit der Zeichnung?«, griff Diego ein.

»Gewiss.«

»Erzählt es Alonso, denn das hat Euch ja so sehr beunruhigt, und dabei geht es um ihn.«

»Was soll das heißen?«

»Gebt acht: Wenige Tage vor meiner Abreise erschien ein Familiar des Glaubensgerichts in Benavente. Er hat ein so auffallendes Aussehen, dass ich ihn nur zu erwähnen brauchte, damit sich Diego sogleich an ihn erinnerte. Wir sahen ihn zum ersten Mal im Vorsaal des Bischofs von Astorga, vor den unglücklichen Ereignissen auf dem Jahrmarkt von Carrizo de la Ribera, wo er, wenn auch indirekt, die Ursache war, dass ich fast ein Bein verloren hätte.«

»Ihr spannt mich auf die Folter. Aber was habe ich damit zu tun?«

»Vor ein paar Jahren ist offenbar eine Anwärterin aus dem Benediktinerkloster geflohen, dessen vornehmster Protektor der Herr Marquis von Torres Claras ist, und das Heilige Offizium verfolgt sie wegen irgendwelcher Geschichten, dass sie vom Teufel besessen sein soll. Und diese Geschichten haben, wie sie behaupten, etwas mit dem Tod der früheren Priorin zu tun.«

Trotz ihrer Verkleidung und des Schnurrbarts, der ihre Regungen verbarg, war sich Catalina bewusst, dass ihr das Blut aus dem Gesicht wich.

»Ich begreife nicht, warum mich diese Geschichte interessieren soll.«

»Lasst Don Suero weitererzählen, und Ihr werdet schon sehen«, erklärte Diego.

»Jedenfalls scheint dieser Kerl die Häuser aller Protektoren zu besuchen, um nachzuprüfen, ob die Postulantin bei einem von ihnen untergeschlüpft ist. Und da es schwierig ist, dass man ein Gesicht in Erinnerung behält, das man vielleicht einmal im Jahr gesehen hat, hat er eine Skizze bei sich, die das Gesicht der Geflohenen deutlich zeigt, und diese Zeichnung hat der Mönch des Klosters, der hochwürdige Pater Rivadeneira, angefertigt.«

»Ich verstehe immer noch nicht«, hörte sie sich selbst mit kraftloser Stimme sagen.

»Dazu komme ich jetzt. Als ich die Zeichnung betrachtet habe, erkannte ich sofort, dass sie eine bemerkenswerte Ähnlichkeit mit Euch in der Zeit hatte, als Ihr nach Benavente gekommen seid … obwohl ich zugeben muss, dass sich Euer Aussehen gründlich verändert hat, weil Ihr nun mehr ein Mann geworden seid.«

Catalina wusste nicht, was sie sagen sollte, und beinahe auch nicht, wohin sie blicken sollte.

»Solche Dinge kommen manchmal vor. Die Gesichter und die Gesichtszüge wiederholen sich«, murmelte sie.

»Jedenfalls muss ich Euch sagen, dass dieser Mensch bei seinem Besuch in Benavente nichts herausbekommen hat. Seine Miene und sein schroffes

Auftreten gefielen Don Benito nicht, und mir auch nicht, denn an ihn habe ich eine unangenehme Erinnerung.« Bei diesen Worten klopfte er sich mit der Rechten an das Knie seines verletzten Beins. »Obwohl wir etwas über diese außerordentliche Ähnlichkeit hätten sagen können, haben wir deshalb nichts dazu erklärt. Diegos Brief war schon angekommen und hatte berichtet, dass Ihr wieder aufgetaucht seid. Wir dachten, weil Ihr das Gedächtnis durch einen Schlag verloren habt, dessen Zeugen Diego und ich gerade in der betreffenden Zeit waren, könnte es Euch schaden, wenn man Euch die Ähnlichkeit mit einer geflohenen Nonne vorhielte. Darum ist der Kerl mit leeren Händen abgezogen.«

»Wenn sein Charakter auch nur etwas mit seinem Gesicht übereinstimmt, verstehe ich, dass Ihr ihn Euch vom Halse geschafft habt«, meinte Diego, und zu Catalina gewandt setzte er hinzu: »Ich habe ihn einmal aus der Nähe gesehen, an einem Nachmittag im Bischofspalast von Astorga, und das habe ich nicht vergessen: Die Narbe, die sich ihm quer übers Gesicht zog, hat mich beim Jahrmarkt von Carrizo so erschreckt, dass ich vom Pferd stürzte.«

Catalina wollte von diesem Thema fortkommen, das sie in Schwierigkeiten bringen konnte, und mit größter Mühe ließ sie sich etwas anderes einfallen.

»Sprechen wir von Euch, Don Suero. Wie ich feststelle, seht Ihr prächtig aus.«

»Meine Sorgen lasse ich mir nicht anmerken. Ich kann mich nicht beklagen. Als Einziges setzt mir dieses verdammte Bein schlimm zu, sobald die Luft feucht ist.«

»Beklagt Euch nicht, Hofmeister.«

Sie plauderten eine gute Stunde. Catalina erklärte noch einmal, warum sie aus Benavente fortgegangen war, als wäre sie ein heimlicher Dieb, der sich nachts davonschleicht.

»Dabei irrt Ihr Euch, Alonso. Don Benito hätte auf Eure Argumente gehört und Euch ganz gewiss gestattet fortzugehen.«

»Das habe ich Euch schon gesagt«, betonte Diego, und er setzte hinzu, als wäre er ein alter Mann: »Die Jugend macht Fehler und lässt sich zu vielen Dummheiten hinreißen, die sie später bereut. Aber lassen wir das. Das Vergangene ist vorbei. Alonso, ich möchte meinen Hofmeister in den Corral del Príncipe bei der nächsten Uraufführung mitnehmen, und Ihr müsst dafür sorgen, dass ich die Arnedillo kennenlerne.«

»Kommt mit Lorenzo. Am nächsten Sonnabend wird eine Komödie von

Don Juan Ruiz de Alarcón aufgeführt. Sie heißt *Der Weber von Segovia*. Wenn Ihr einverstanden seid, habe ich schon eine Möglichkeit gefunden, damit Ihr sie sprechen könnt.«

»Was wollt Ihr damit sagen, Alonso?«

»Was Ihr hört. Ich habe sie kennengelernt und ihr Vertrauen gewonnen. Sie ist zwar eine zurückhaltende Frau, die nach der Vorstellung gewöhnlich niemanden sieht, doch ich werde es so einrichten, dass Ihr ein paar Augenblicke mit ihr sprechen könnt.«

»Wenn Euch das gelingt, stehe ich für immer in Eurer Schuld!«

»So viel hat es nicht zu bedeuten, weiß Gott! Junge Mädchen gibt es in diesem gesegneten Land mehr als Kaninchen, und denkt daran, wie viele es davon in Spanien gibt«, mischte sich Don Suero ein.

»Ich schwöre Euch, eine andere wie sie gibt es nicht!«

Als das Mädchen mit diesen Lobesworten von sich reden hörte, empfand sie solche Freude, dass sie ganz berauscht war.

»Nun, dann reden wir nicht mehr davon. Nach der Vorstellung wartet Ihr am Stand der Honigweinverkäufer, der sich unter dem Frauenparadies befindet, und ich sage Euch, an welchem Ort und wann Ihr sie sehen könnt.«

Der Abend war hereingebrochen, und Catalina dachte, dass nun der Moment gekommen war, um die wichtigste Aufgabe abzuschließen, die sie zu Diego geführt hatte.

»Also, Don Suero, da Ihr Euch nicht ins Theater begeben wollt, werde ich versuchen, Euch zu sehen, bevor Ihr nach Benavente abreist. Es ist spät geworden, und ich muss fort.«

Catalina stand auf.

»Wir begleiten Euch.«

»Würdet Ihr mir erlauben, Afrodita zu sehen, bevor ich gehe?«

»Selbstverständlich, Alonso.«

»Wenn Ihr gestattet, ziehe ich mich zurück. Bis bald, Alonso. Nehmt Euch in Acht! Denn Madrid ist nicht Benavente«, sagte der Hofmeister, während er davonhinkte.

»Hier entlang ist der Weg kürzer.«

Diego war zu der Tür gekommen, die zum Garten führte. Er öffnete sie und forderte Catalina auf hinauszutreten.

»Vorwärts, Alonso.«

»Nach Euch.«

»Wie Ihr wollt.«

In dem Augenblick, als Diego vortrat, um über die Schwelle zu treten, holte das Mädchen höchst behutsam das Wachsfigürchen aus der Tasche und strich damit sanft über den Rücken des Geliebten.

Als sie dann auf Boabdils Rücken zum Haus María Corderos ritt, grübelte sie besorgt, weil sie wusste, dass ein gefährlicher Feind ihre Zukunft bedrohte.

Gute Absichten

Schwester Gabriela de la Cruz hatte einen dringenden Brief von Doña Beatriz de Fontes mit einer Bitte erhalten, die sie, wie sie meinte, nicht abschlagen durfte: Sie ersuchte sie um die Erlaubnis, Casilda zu ihr nach Hause zu schicken. Seit dem Besuch der Jesuiten waren ein paar dunkle Wolken aufgezogen, und es schien nicht ratsam, sich Feinde zu machen. Pater Rivadeneira war in die Reichshauptstadt gereist, wohin ihn Señor de Fleitas bestellt hatte, und um das Seelenheil der Gemeinde kümmerte sich ein Dominikaner, der sich darauf beschränkte, der Form halber seine Pflicht zu erfüllen, doch die reihenweise aufeinanderfolgenden Verzückungen und Ekstasen, für die der Pater und die Priorin gemeinsam sorgten, waren vorläufig unterbrochen, denn es hätte sich als ungünstig erwiesen, die mit dem Mönch getroffenen Absprachen an Dritte zu verraten. Die braven Leute in der Gegend glaubten felsenfest, dass die eingebildeten Wunder, die sie auf das Eingreifen Mutter Teresas zurückführten, den Gegenständen zu verdanken waren, die ihnen Rivadeneira für gutes Geld im Beichtstuhl zusteckte und die der Priorin zu ihren Lebzeiten gehört hatten.

Man wies die Magd an, sich unverzüglich im Herrenhaus der Rojos einzufinden. Das Mädchen fuhr im Reisewagen des Klosters los, und zwei Stunden später setzte Antón Cifuentes sie dort an der Tür ab.

Dass die gütige Dame um ihre Anwesenheit bat, lag daran, dass ihre frühere Kammerfrau von Toledo zu ihr nach Hause gekommen war, um sie zu besuchen, und sie hatte ihrer Herrin nahegelegt, die beiden Freundinnen möglichst zusammenzubringen.

Leonor, die einen Tag eher eingetroffen war, wartete schon auf sie. Nachdem sie die Señora begrüßt hatte, verging der Nachmittag damit, dass sie sich mit den wenigen Dienstboten unterhielt, die noch im Dienst dieser verarmten Familie verblieben waren, und nach dem Abendessen waren beide in dem Schlafzimmer, das sie miteinander teilten und das früher Leonor gehört hatte. Es lag im letzten Stockwerk des Hauses, und die Frauen konnten sich nur in der Mitte aufrecht hinstellen, denn das Satteldach reichte an den Seiten steil nach unten, so dass lediglich die beiden an der Wand stehenden Feldbetten hineinpassten, auf denen die beiden lagen, um ausgiebig zu plaudern.

»Wie sehr es mich freut, Euch zu sehen, Leonor. Wie steht es um Eure Angelegenheiten? Ich fühle mich für Euer Glück verantwortlich. Wie verhält sich Marcelo Euch gegenüber? Warum wolltet Ihr mich so dringend sehen?«

»Alles läuft gut. Euch habe ich es zu verdanken, dass ich einen guten Mann als Gatten habe, der sich verantwortlich fühlt und seine Kinder liebt. Wir haben von nichts zu viel, aber uns fehlt auch nichts, und das ist in den jetzigen Zeiten schon mehr als genug. Und wie geht es Euch?«

»Mein Leben verläuft immer in denselben Geleisen, wie Ihr Euch denken könnt. Wenn ich aus irgendeinem Grund das Kloster verlasse, ist das ein Ereignis für mich, und noch viel mehr, wenn ich in dieses geliebte Haus komme. Hier habe ich die besten Jahre meines Lebens verbracht, zusammen mit Euch, als ich Álvaro stillte, und der einzige Mensch, der meine Tage in Sankt Benedikt aufgeheitert hat, ist nicht mehr im Kloster.«

»Ihr meint gewiss Mutter Teresa?«

»Nein, Leonor. Die alte Priorin war eine ausgezeichnete, allerdings harte Frau, die uns aber immer das Leben erleichtern wollte, nur dass ihr Alter und ihre Stellung nicht zuließen, dass sie ihre freien Augenblicke und ihre Vertraulichkeiten mit mir teilte.«

»Wer dann?«

»Habt Ihr gehört, dass eine Anwärterin des Klosters geflohen ist?«

»Etwas habe ich erfahren. Ich glaube, das war eines der Mündel Don Martíns.«

»Nun, sie war meine Freundin und Vertraute in Sankt Benedikt, und außer mit Euch habe ich mit ihr die meisten Gespräche geführt.«

»Man hat sogar behauptet, dass ihre Flucht etwas mit dem Tod der ehrwürdigen Mutter zu tun hatte, wie ich mich zu erinnern glaube.«

»Märchen und Lügen! Ich kann Euch versichern, dass sie das ehrlichste und unschuldigste Mädchen war, das ich kennengelernt habe. Es ist aber so, dass in einer Gemeinschaft von so vielen Frauen Neid und Groll entstehen. Dies und nichts anderes war der Grund, dass sie fortgegangen ist.«

»Hat sie Euch über ihre Pläne unterrichtet?«

»Ich kann Euch nur sagen, dass sie einen unermesslich großen Freiheitsdrang hatte und dass sie nicht für das Klosterleben geboren war. Eines schönen Tages verschwand sie, und niemand kann sich erklären, wie ihr das gelungen ist. Aber lassen wir das, und sagt mir, warum Ihr mich gerufen habt.«

Leonor stützte sich auf das Bett und blickte ihre Freundin fest an.

»Es ist einiges vorgefallen, was mich beunruhigt, und der einzige Mensch, an den ich mich wenden kann, seid Ihr.«

Casilda erfasste, dass alles Bisherige nur ein Vorspiel gewesen war, und das Gesicht ihrer Freundin machte ihr Sorgen.

»Was geht vor, Leonor?«

Die andere rutschte aufgeregt hin und her.

»Ich weiß nicht, womit ich beginnen soll.«

»Ich bin Eure Freundin. Redet ganz offen.«

Casilda hatte sich aufgerichtet, und da sie mit dem Kopf an die Dachschräge stieß, nahm sie ein Kissen, legte es auf den Boden, setzte sich darauf und lehnte den Rücken ans Bett, während sie die Knie mit den Armen umfasste.

»Also, hört zu: Ich habe Angst. Das Ketzergericht hat mich zu Hause besucht.«

»Was sagt Ihr da? Zu Hause? Und warum?«

»Genau das habe ich mich gefragt, und da ich glaube, dass Ihr der einzige Mensch seid, bei dem ich meine Sorgen loswerden kann, habe ich Euch deshalb holen lassen. Erinnert Ihr Euch an den finsteren Kerl, den wir in Carrizo de la Ribera auf der Tribüne des Heiligen Offiziums gesehen haben, als wir zusammen mit María Luján den Stierkampf besucht haben?«

»Meint Ihr den mit dem zerschnittenen Gesicht?«

»Genau den. Nun, der hat mich besucht.«

»Er war auch in Sankt Benedikt und hat Ermittlungen angestellt.«

»Hat er auch mit Euch gesprochen?«

Beide Frauen besprachen gründlich alle Fragen, die ihnen der Portugiese gestellt hatte, und wollten herausbekommen, worin sie übereinstimmten. Nun erklärte Leonor ganz offen:

»Wie es aussieht, interessiert ihn jedenfalls am meisten ein bestimmtes Zeichen, von dem uns María Luján schon in Carrizo erzählt hat und bei dem ich auch etwas zu sagen hätte. Aber ich wollte heiraten, und das war für mich etwas so Lebenswichtiges, dass ich mich damals nicht getraut habe.«

»Ihr spannt mich auf die Folter. Was ist denn so wichtig, dass es sogar Eure Ehe gefährden konnte?«

»Gebt acht: Dieser Mann hat uns beiden von einem Zeichen erzählt, das scharlachrot war und die Form eines tränenden Auges hatte. Also, ich habe dieses Mal wirklich gesehen, und ich muss Euch sagen, es ist so eigenartig, dass man es unmöglich mit einem anderen verwechseln kann.«

Casilda wollte noch nicht verraten, dass auch sie dieses Zeichen kannte, wobei sie es damals bei dem Treffen in Carrizo allerdings noch nicht gesehen hatte.

Leonor erzählte weiter:

»Deshalb habe ich sehr gut verstanden, warum Doña Beatriz ohnmächtig wurde, als Ihr den Vorfall erzählt habt. Dann habe ich mir Klarheit verschafft.«

»Erzählt endlich.«

»Was ich Euch jetzt gestehe, ist das Geheimste und Wichtigste in meinem Leben. Ich vertraue Euch und Eurer Freundschaft. Aber mich drückt das Gewissen, und ich möchte mich von der Last befreien, die mich überwältigt. Wenn ich es Euch nicht erkläre, würdet Ihr andererseits nicht verstehen, warum ich mich fürchte. Casilda, ich liebe diese Familie von ganzem Herzen, und obwohl es Euch sonderbar vorkommen mag, empfinde ich eine besondere Zärtlichkeit für Don Martín.«

»Wenn man gut gesinnt ist, empfindet man Dankbarkeit. Warum soll es mir sonderbar vorkommen, dass Ihr die Familie liebt, die Euch aufgenommen und ernährt hat?«

»Ich meine ganz besonders Don Martín.«

»Ich weiß nicht, worauf Ihr hinauswollt.«

»Habt Geduld. Ihr habt gewiss gemerkt, wie eifrig der Familiar herausbekommen wollte, ob das Kind, das Doña Beatriz geboren hat, ein Junge oder ein Mädchen war, und wie eindeutig sich María Luján hierzu erklärt hat.«

»Das weiß ich ja, aber gerade wir haben nicht den geringsten Zweifel, dass es ein Junge war.«

»Gewiss. Doch ich muss Euch etwas sagen.«

Casilda warf ihr einen fragenden Blick zu.

»Ich habe den Fleck gesehen, von dem dieser Portugiese gesprochen hat. Und ich habe ihn ganz deutlich bei einem anderen gesehen.«

Casilda erinnerte sich in diesem Augenblick an Catalinas Kamisol, das über ihrem Bauch offenstand und unter der Binde, die ihre Brust bedeckte, und neben dem Schlüssel, der von ihrem Hals herabhing, das scharlachrote Mal zeigte.

»Und wer hat ein solches Mal?«

»Don Martín.«

»Don Martín? Woher wisst Ihr das?«

»Ich könnte Euch anlügen, wie ich es bei meinem Mann getan habe, der sah, dass mich die Fragen des Familiaren ganz durcheinanderbrachten, und dem ich sagte, dass ich einmal Doña Beatriz geholfen habe, ihren Mann einzureiben, der sich an einem Ast gestoßen hatte, als er mit einem Pferd galoppiert war. Aber die Schuld lastet auf meinem Gewissen und verbrennt mich. Ich muss von etwas sprechen, was vor vielen Jahren geschehen ist, und das kann ich nur mit Euch.«

»Um Gottes willen, redet endlich offen!«

»Gebt acht. Ich war ein junges Mädchen, und weil Doña Beatriz, die damals schwanger war, so sehr darauf bestand, verpflichtete sich Don Martín, mir Lesen und Schreiben beizubringen.«

»Ja und?«

»Also, an einem Nachmittag war sie mit ihren drei Töchtern nach Sankt Benedikt gefahren, um ihre Schwägerin, die Nonne, zu besuchen. Zur üblichen Zeit ging ich wegen des Unterrichts zu Don Martíns Kabinett hoch. Es war kalt, und der große Kamin war angezündet. Meine Stunden hatten zwei Monate zuvor begonnen, und niemand würde dazukommen, wenn der Herr nicht ausdrücklich nach jemandem rief. Er setzte mich neben sich, und als ich reagieren wollte, knöpfte er mir schon den Rock am Rücken auf.«

»Was erzählt Ihr mir da?«

»Ich blieb still wie ein Vögelchen sitzen, das von einer Schlange hypnotisiert wird. Beinahe ohne dass ich wusste, wie mir geschah, lag ich dann auf dem Teppich vor dem Kaminfeuer, nackt und mit ihm eng umschlungen. Er hat mich besessen, Casilda. Aber das war kein verletzendes oder gewaltsames Erlebnis. Ich habe nicht einmal geblutet. Ich empfand für ihn eine töchterliche Liebe, und ich war völlig unerfahren. Das hat sich zweimal wiederholt. Am Ende hat er immer geweint, mich um Verzeihung gebeten und sein schwaches Fleisch verflucht. Er hat mir gesagt, er könne nicht mit seiner Frau zusammenkommen, weil sie in diesem Zustand sei, und nachdem Álvaro geboren war, hat sich diese Geschichte nicht wiederholt. Aber …«

»Aber was?«

»Im flackernden Licht der Kaminflammen habe ich klar und unmissverständlich das scharlachrote Zeichen an seiner Haut wahrgenommen. Darum wurde Doña Beatriz beinahe ohnmächtig, als María Luján behauptete, sie hätte ein Mädchen mit diesem Zeichen geboren, und das hat mich überhaupt nicht gewundert.«

»Habt Ihr niemals Abneigung gegen den gespürt, der Euch ins Unglück gestürzt hat?«

»Die Dinge unterscheiden sich je nach den Personen und den Umständen. Es war eine Schwäche von ihm, doch er hat sich mir gegenüber gut und großmütig verhalten. Er war damals ein Mann in der Vollkraft seiner Jahre. Er war nicht der Greis, der ein Mädchen entjungfert. Außerdem geschah es nicht aus Bosheit. Er hat es aus Schwäche getan, und die Versuchung war stärker als er. Darum habe ich wegen dieser Sache keinen Groll im Herzen bewahrt, und ich empfinde für ihn weiterhin dieselbe Tochterliebe wie früher. Aber weil ich damals und auch später nie jemandem davon erzählt habe, musste ich es Euch unbedingt anvertrauen, damit Ihr versteht, was ich Euch nun berichten will.«

Casildas Gedanken sprangen lebhaft hin und her, so dass sich in ihrem Kopf gleichzeitig tausend Fragen überstürzten.

»Aber sagt mir, bevor Ihr weitererzählt: Ist das, was Ihr berichtet, kurze Zeit vor meiner Ankunft in diesem Haus geschehen?«

»Zum letzten Mal ist es zwei Monate vor der Geburt des Kindes geschehen, und danach hat er mich immer respektiert und war geradezu übertrieben gut zu mir. Wenn man berücksichtigt, wie es jetzt um sein Vermögen steht, war er äußerst großzügig bei meiner Mitgift, als ich heiratete, und außerdem hat er sich angeboten, mir als Pate zu dienen.«

»Hat Marcelo in Eurer Hochzeitsnacht nichts gemerkt?«

»Es waren schon viele Jahre vergangen, und weil ich dazu noch nie wieder mit einem Mann zu tun gehabt hatte und ich befürchtete, ihn zu verlieren, hat mir eine alte Frau, die damals im Haus wohnte, eine Zigeunerin empfohlen, die jedes Jahr zu den Festen nach Benavente kam und die Jungfernhäutchen mit großem Geschick wiederherstellte. An sie habe ich mich gewandt, sobald die Wagen der Zigeuner im Ort auftauchten. Sie hieß Tarsicia, und sie beruhigte mich, als sie sagte, so etwas geschehe den meisten Bräuten, und sie wies mich an, am nächsten Tag wiederzukommen. Als es so weit war, gab sie mir eine Salbe, die ich jeden Abend in meinem Innern auftragen sollte, und einen oder anderthalb Monate später sollte sich das Häutchen geschlossen haben. Sie sagte, das könne mir nicht im Geringsten schaden, es bestehe aus zusammenziehenden Feldkräutern, und selbst jemand mit größter Erfahrung werde es nicht merken. Dies ist das einzige Mal, dass ich Marcelo betrogen habe, und das tat ich, weil ich ihn liebte und ihn um nichts auf der Welt verlieren wollte. Außerdem glaube ich, dass ein vierzehnjähriges Mädchen, dem so etwas geschieht, wenig Schuld haben kann.«

»Euer Fall ist wirklich nicht alltäglich. Viele Männer entehren einfache Mädchen in diesem Land, aber wenige empfinden Gewissensbisse und sind so anständig, danach wie Don Martín zu handeln. Nachdem Ihr Eure Geschichte bei mir abgeladen habt, sagt mir nun, Leonor: Was ist geschehen, damit Ihr es jetzt getan habt?«

»Zuvor möchte ich wissen, ob Ihr mich für schlecht haltet oder ob Ihr das Gleiche getan hättet.«

»Haltet es für sicher, dass Ihr nicht schlecht seid. Ob ich das Gleiche getan hätte, kann ich Euch nicht sagen. Wir Menschen sind unterschiedlich, und der gleiche Samen bringt in unterschiedlichen Böden nicht die gleichen Früchte hervor. Aber seid unbesorgt, ich verstehe Euch, und ich weiß genau, wie Eure Lage ist. Marcelo hat eine ausgezeichnete Ehefrau. Und jetzt erzählt weiter.«

»Nun, ein Zufall oder die göttliche Vorsehung hat es ermöglicht, dass ich ganz deutlich zwei Tatsachen erkenne: Die erste ist, dass jemand, der große Macht besitzt, das Verderben der Rojos will, und als Zweites hat er die Herkunft des scharlachroten Flecks entdeckt, der den Familiaren offenbar so stark beschäftigt.«

»Ihr spannt mich immer noch auf die Folter!«

Nun erklärte ihr Leonor die ganze Geschichte von dem Buch, das Marcelo in seinem Reisesack nach jenem Ritt entdeckt hatte, bei dem er einem Karmeliter half, von ihrer zufälligen Entdeckung, als ihr ältester Sohn beim Spiel mit seinem kleinen Freund die Hülle aufgerissen hatte, und von dem großen Wunder, das eingetreten war, als sich das Bild der zerrissenen Hülle in dem frisch polierten Silbertablett spiegelte.

»Und da erschien vor meinen staunenden Augen der Fleck, den Don Martín hat. Er stammte von einem jüdischen Renegaten, den die Inquisition vor vielen Jahren in Lissabon verbrannt hatte. Darum verfolgen sie ihn und wollen seinen Untergang. Ein handgreiflicher Beweis für das, was ich Euch sage, sind die Briefe, die Marcelo nach Bragança und Astorga bringen musste und von denen er aus Vorsicht eine Abschrift hergestellt hat. Ein gewisser Nuño Bastos schickt sie. Man hat ihn zum Adelsprüfer ernannt, damit Don Martíns Wunsch, einem Ritterorden beizutreten, keinen Erfolg hat.«

Casilda dachte kurz nach. Sie kombinierte einige Angaben und zog daraus die entsprechenden Schlüsse.

Leonor unterbrach ihre Grübeleien:

»Gebt acht auf das, was ich Euch sage.« Die Frau stand vom Bett auf, ging zu ihrem Reisesack und nahm ein Buch heraus, mit dem sie zu Casilda zurückkam. »Die jüdische Familie, der dieser Band gehört, lebt in Istanbul, und vielleicht waren das, wie Marcelo meint, aus Portugal vertriebene Sephardim. Wie Ihr lesen könnt, heißt sie Yed-Amircal. Aber seht jetzt.«

Leonor gab ihr nun das Blatt, das aus der alten Handschrift herausgerissen war und auf dem man deutlich den farbigen Fleck sah, den, wie sie versicherte, Don Martín trug und den Casilda sogleich wiedererkannte, weil sie ihn auch an Catalinas Körper entdeckt hatte. Daneben standen die Geschichte des auf dem Scheiterhaufen verbrannten Juden und seine Namen: »Lacrima-Dei«.

»Passt auf, Casilda, lest verkehrt herum: ›Yed-Amircal‹.«

»La-cri-ma-Dei«, buchstabierte die Dienerin langsam.

»Versteht Ihr jetzt, was ich Euch sagen wollte?«

»Ich begreife, dass ein Vorfahr Don Martíns auf dem Scheiterhaufen verbrannt wurde und dass ihm das Heilige Offizium auf der Spur ist.«

»Ich gehe noch weiter. Aus einem mir unbekannten Grund argwöhnen sie, dass Álvaro nicht der Sohn Don Martíns ist und dass es irgendwo jemanden gibt, der es möglicherweise ist, aber ich kann mir nicht vorstellen, warum sie den verdammten Beweis für dieses Wundmal suchen, das natürlich Elvira und Sancha, Violante und Álvaro nicht haben.«

»Aber in der Nacht damals wurde ein Junge geboren«, sagte Casilda unsicher.

»Als ich das Zimmer betrat, um dem Ruf Don Martíns zu folgen, lag ein Junge im Körbchen, der, den Ihr dann gestillt habt, aber … ich war bei der Entbindung nicht dabei, und María war es.«

»Was deutet Ihr an?«

»Ich deute nicht an. Ich kombiniere, dass jemand die Kinder austauschen konnte, wobei ich nicht verstehe, warum. Und dass man mit heimtückischen und betrügerischen Mitteln das Unglück dieser Familie will, zeigt sich andererseits deutlich durch das Schriftstück, das Marcelo abgeschrieben hat und in dem man Don Martín eine Verwandtschaft mit unwürdigen Leuten zuschreiben will, die er gar nicht hat. Dies ist aber auch der Beweis, dass sie noch nichts gefunden haben, was sie ihm zur Last legen können.«

Ein Gedanke brach sich langsam Bahn in Casildas Kopf: Die aus dem Benediktinerkloster geflohene Catalina war die Tochter Don Martín de Rojos. Aber davon sagte sie Leonor nichts.

»Und was soll ich jetzt tun, liebe Freundin?«

»Marcelo hat uneingeschränktes Vertrauen zu Euch. Unser Haus ist sehr klein, und er hat Angst, dort derart wichtige belastende Dokumente aufzubewahren, von denen er sich aber auch nicht trennen will. ›Man weiß nie‹, sagt er, ›woher der Wind wehen kann.‹ Er hat mir aufgetragen, Euch zu bitten, sie in Sankt Benedikt aufzuheben, und wenn uns etwas zustößt, sollt Ihr damit tun, was Ihr für ratsam haltet.«

Casilda stimmte zu. Sie dachte, dass all dies eines Tages nützlich sein und auch Catalina helfen könnte.

Das Stelldichein

Catalina tat in der ganzen Nacht kein Auge zu. Die Nerven peinigten sie, und sie hatten größere Macht als jeder vernünftige Gedanke. Sie wusste, dass sie an diesem Tag als Frau mit Diego sprechen würde, ohne Ausflüchte, Masken oder etwas anderes, was ihr Äußeres verbergen konnte, und das beunruhigte sie und wühlte sie innerlich auf. Und wenn er sie erkannte? Und wenn sie ihm mager und unansehnlich schien? Und wenn ihm ihre natürliche Stimme missfiel oder sie ihn an die verstellte Stimme Alonsos erinnerte? Ob das Zaubermittel der Wachspuppe, die sie auf sein Bücherregal gestellt hatte, gewirkt hatte? Diese letzte Frage erinnerte sie daran, dass sie unter ihrer Matratze das andere Figürchen verwahrt hatte. Zu ihrer Unsicherheit kam die Furcht hinzu, dass das Heilige Offizium auf ihrer Spur war. Dies war ein verschwommener und bedrohlicher Schatten, und an mehr als einem Morgen erwachte sie schweißüberströmt, weil sie glaubte, dass Meuchelmörder an ihre Tür klopften. Sie hatte María Cordero ihr Geheimnis anvertraut, und wie gewöhnlich erteilte sie einen klugen Rat, der auf ihrer Erfahrung und Menschenkenntnis beruhte: Sie solle vorsichtig sein und nicht der Versuchung erliegen, die geheimnisvolle Aura zu beseitigen, die ihre Person umgab.

»Ihr müsst Euch so zurechtmachen, dass es für ihn nicht die geringste

Möglichkeit gibt, Euch wiederzuerkennen. Vergesst nicht, dass er Euch immer als Mann gesehen hat, und er hat nicht die geringste Ahnung von etwas anderem. Ja noch mehr: Ihr müsst es so einrichten, dass eines Tages ›Alonso‹ wie auch ›Clara‹ vor ihm erscheinen, so dass er sicher glaubt, er verdanke dem einen die Anwesenheit der anderen. Umso überzeugter wird er sein, dass es sich um zwei Personen handelt. Wenn Ihr wollt, begleite ich Euch an diesem Tag ins Theater, um Euch Zeit zu lassen und Euch zu helfen, die Kleidung zu wechseln.«

»Das würde mir bestimmt eine große Hilfe sein.«

»Und wann findet das große Ereignis statt?«

»Am nächsten Sonnabend haben wir die Premiere eines Stücks von Juan Ruiz de Alarcón. Ich trete nur im ersten Akt auf. Wir bereiten die Kleidung und die Perücke vor, die ich benutzen will. Sobald mein Auftritt zu Ende ist, gehe ich zum Honigweinstand hinunter, der unter dem Frauenparadies liegt. Dort bespreche ich mich mit Diego und teile ihm mit, wo und wann sein Treffen mit Clara Arnedillo stattfindet.«

»Dann geht Ihr in Eure Garderobe, und schneller, als ich es erzähle, sorgen wir für Euren Kostümwechsel.«

»Gebe Gott, dass mein Zauber bei ihm gewirkt hat!«

»Der beste Zauber wird Eure Schönheit sein. Wenn Ihr mich machen lasst, so versichere ich Euch, dass Ihr in Eurem ganzen Leben niemals schöner gewesen seid.«

Und der Sonnabend kam.

Die Cordero und Alonso gingen schon sehr früh zum Theaterhof. Quer durch Madrid ließen sie sich im Wagen der Frau zum Hintereingang des Theaters bringen, wo sie ausstiegen. Wie gewöhnlich balgte sich ein Haufen Gassenjungen darum, das Gepäck schleppen zu dürfen, um ein paar Geldstücke zu verdienen.

»Seid ruhig, ihr Flegel! Ihr schafft es noch, dass ich auf die Erde falle! Lasst mich in Frieden!«

Das rief María, während sie, um sich von diesem Gesindel zu befreien, eine Handvoll Münzen weit fortwarf. Die Jungen stürzten sich darauf wie Fliegen auf den Honig.

Als der Weg frei war, schlüpften die beiden Frauen durch den Hintereingang des Theaterhofs. Dabei hielten sie die Beutel fest, in denen sie das Kostüm und die Accessoires trugen, die Catalina benutzen sollte. Sie stiegen die enge Treppe hinauf, die zur hinteren Bühnenseite führte. Die Frau ächzte und bemühte sich, den schnellen Schritten des Mädchens auf den schmalen Stufen zu folgen. Diese knarrten jämmerlich unter ihren Füßen, während ihr weiter Reifrock kaum hindurchpasste. Schließlich hatten sie den Aufstieg bewältigt. Die Cordero legte die Gepäckstücke, die sie trug, auf den Boden und schnappte nach Luft, während sie ihre wissbegierigen Blicke ringsum schweifen ließ, um eine ihr fremde Welt zu inspizieren. Vor ihr öffnete sich ein Gang, in dem man an beiden Seiten die Türen von ein paar Zellen sehen konnte. Sie dienten als Theatergarderoben für die Angehörigen der Truppe. Hinten befanden sich die reicher verzierten und größeren Räume Don Pedro de la Rosas und Ana de Andrades. Alle waren grün angestrichen, und auf kleinen Pappschildern standen die Namen der Inhaber.

»Kommt weiter, María! Meine Garderobe liegt am Ende. Ihr wirkt ja wie eine staunende Provinzlerin.«

»Ich wirke nicht nur so. Ich bin es, was all das hier betrifft.«

»Kommt, legen wir das Gepäck in meine Kammer. Dann zeige ich Euch die Bühne von innen, und Ihr könnt auf den Hof hinaussehen, bevor die Türen geöffnet werden und die Leute hereinkommen.«

Die dicke Frau rannte durch den Gang, weil sie darauf brannte, diese Zauberwelt kennenzulernen. Sie legte die Reisesäcke und die Pakete an die Stelle, die ihr Catalina angab, und bevor sie wieder aus dem Verschlag hinausging, hatte sie Zeit, sich im Raum umzusehen: Er war ungefähr viereinhalb Ellen lang und etwas mehr als drei Ellen breit. Ein Quecksilberspiegel leuchtete auf einem Holzbrett, das als niedriges Regal für die Perücken und Schminkdosen diente, und an einem vierarmigen Garderobenständer konnte man die Kleidungsstücke unterbringen, die für die verschiedenen Rollen notwendig waren. An der Holzwand hing eine Öllampe, die ihre Flamme mit einem polierten, konkaven Messingspiegelchen vervielfachte. Ihr blasses Licht verbreitete sich im ganzen Raum.

»Beeilt Euch, María! Wenn Ihr nicht aufwacht, habe ich nicht genug Zeit, Euch alles zu zeigen.«

»Haltet ein bisschen still. Das hier ist so aufregend. Ich habe immer schon davon geträumt, einmal in einem Theaterhof sein zu dürfen, so nahe bei Schauspielern, die ich bewundere.«

Catalina ging zur Bühne, die María riesig vorkam, so sehr, dass die Frau wie angewurzelt an dem großen Vorhang stehen blieb, der den Hintergrund verhüllte.

»Kommt näher, María. Dort, wo Ihr steht, könnt Ihr nicht überblicken, was es hier alles gibt!«

Die Frau trat mit schüchternen Schritten zu ihr heran.

»Von hier aus sprecht und singt Ihr?«

»Von wo sonst?«

»Ich würde stumm dastehen. Ich kann mir überhaupt nicht vorstellen, wie das hier sein muss, wenn es voll ist.«

Die Frau musterte alles: das Parterre, das Frauenparadies, die Stufenreihe, die Logen.

»Seht, dort hinten, unter dem für Frauen reservierten Olymp, verkauft man die Getränke. Dort wird Diego auf mich warten.«

»Gehen wir zurück in Eure Garderobe. Dort können wir uns besser unterhalten.«

Allmählich trafen die Schauspieler ein. Sie begrüßten Catalina und musterten erstaunt ihre dickleibige Begleiterin. Als sie in Catalinas Kämmerchen eingetreten waren, verriegelten sie die Tür. Bis zum Beginn der Vorstellung blieben noch anderthalb Stunden.

»Sehen wir uns den Plan an, Catalina.« Die Cordero hatte sich breit auf einen Schemel gesetzt und fächelte sich das Gesicht mit ihrem in aller Eile hochgestreiften Unterrock. »Wir haben besprochen, dass Alonso nach der Vorstellung hinunterkommt, um Diego zu suchen und ihm zu sagen, wann und wo er Clara Arnedillo treffen kann. Nicht wahr?«

»So ist es.«

»Nun gut. Dann sagt Ihr ihm, dass Clara sich von ihrer Gesellschafterin zu der Verabredung begleiten lässt. Das wird ihn nicht erstaunen, vielmehr verleiht es Euch Ansehen und einen guten Ruf. Der Ort wird ein Speisehaus sein, das in der Pasaje del Gato liegt. Sein Name, der deutlich sichtbar an der Tür steht, ist »Die Ecke des Eremiten«. Das ist ein unauffälliger Treffpunkt. Wegen der übermäßig hohen Preise gibt es wenige Gäste, und ich weiß genau, dass in Bedrängnis geratene Damen und galante Herren dort zusammenkommen. Ich erscheine als Gesellschafterin und verdecke mein Gesicht mit dem Umlegetuch. Dann gehe ich zu dem Herrn und tue so, als ließe ich mich, wie es üblich ist, dafür bestechen, dass ich eine Weile weggehe. Ihr wartet inzwischen in der von uns gemieteten Sänfte, mit geschlossenen Vorhängen. Dann tretet Ihr ein, und dabei kann ich Euch nun nicht mehr raten, wie Ihr Euch verhalten sollt. Ich möchte Euch nur sagen, dass Ihr hierfür nicht mehr als eine Stunde habt, und wenn die Zeit vorbei ist, hole ich Euch ab.«

»Nur eine Stunde?«

»Es ist nicht gut, wenn er Euch am ersten Tag für leicht zugänglich hält.

Lasst mich nur machen. Wenn ich eine Sache verstehe, so die, Männer zu erregen.«

Seit dem letzten Donnerstag war Diego wie von Sinnen. In den Unterrichtsstunden im Pagenhaus passte er nicht auf, was ihm eine harte Rüge seines Vormunds einbrachte. Auch bei der Fechtlektion am Nachmittag machte er nichts richtig. Alonsos Briefchen war am vorherigen Morgen angekommen, und es enthielt klare und präzise Anweisungen: Nach dem Ende der Premiere sollte er sich am Honigweinstand einfinden.

Am Sonnabend machte er sich äußerst sorgfältig zurecht und ging zu dem Häuschen, in dem die Eintrittskarten verkauft wurden. Er kaufte sich einen Platz, der sich in der letzten Stufenreihe befand. So würde er sich während der ganzen Vorstellung nahe bei der Stelle befinden, wo er sich Alonsos Mitteilung zufolge am Ende mit ihm treffen sollte, um weitere Anweisungen zu erhalten, wann, wo und wie das Stelldichein stattfinden würde. Lorenzo erbot sich, ihn zu begleiten, doch er lehnte den Vorschlag ab und wollte lieber allein hingehen.

Anderthalb Stunden vor dem Beginn der Vorstellung überschwemmte eine buntscheckige Menge die Umgebung. Sie wollte in den Theaterhof eindringen oder sich als Beutelschneider betätigen, um sich auf Kosten der Unaufmerksamen zu bereichern. Die Kutschen trafen nacheinander ein, und die Lakaien hatten größte Mühe, die Trittbretter auszuklappen, damit die Damen und Herren, die in den Kutschen gekommen waren, aussteigen konnten. Die Ungeduld der Kutscher verschaffte sich in Schreien und Schimpfkanonaden Luft. Die Bettler stellten ihr Elend zur Schau und forderten die Anwesenden auf, sich ihnen gegenüber barmherzig zu zeigen, und in ihrem Blick lag dabei ein gewisser Stolz, wie er denjenigen beseelt, der weiß, dass er einem Christen den Eintritt ins Himmelreich ermöglicht. Überall waren Rufe und Verwünschungen zu hören. Die Logen kosteten die hohe Summe von fünf Kupferreales, aber in ihrem Innern nahmen sie so viele auf, wie bereit waren, Unbequemlichkeit und Enge zu teilen, und der Weiterverkauf von Karten florierte prächtig, was so weit ging, dass ein Stehplatz im Parterre der Musketiere, der eigentlich acht Maravedís kostete, nun für dreizehn verkauft wurde.

Diego hatte sein Pferd in einem der hierfür vorgesehenen Ställe untergebracht und war zu seinem Platz gegangen, der sich am Rand der hufeisenförmigen Stufenreihe befand. Daneben schloss sich der Honigweinstand an. Diego war schlimmer aufgeregt als ein falscher Zeuge, schließlich bewunderte er die schöne Schauspielerin seit dem Tag, als er sie zum ersten Mal hatte auftreten sehen.

Er stellte sich in die Schlange der Leute, die ins Parterre wollten, und rückte langsam voran, ohne die Hand von seiner Gürteltasche zu nehmen. Zwei Häscher, die unter dem Kommando eines Büttels standen, sorgten dafür, dass das Publikum geordnet hineinströmte und dass niemand seine Stellung missbrauchte, um sich vorzudrängen. Nachdem er geduldig gewartet hatte, brachte er den Eingangstunnel hinter sich und gelangte in den Hof, wo die Menge schon hin und her wogte. Er umrundete das Parterre und lief zum Ende der Stufenreihe, wo sich sein Platz befand. Die Leute, die vor der Vorstellung ein Getränk zu sich nehmen wollten, drängten sich um den Verkaufstisch, der aus ein paar Brettern auf einer Stütze bestand. Man stieß und bedrohte sich gegenseitig. Ein Glöckchen ertönte und kündigte an, dass die Vorstellung bald beginnen würde, und langsam räumte man das Gelände. Diego, dessen Platz sich gerade in dieser Ecke befand, konnte sich endlich setzen und einem der eindrucksvollsten Nachmittage seines Lebens entgegensehen.

Er hatte sich bislang nicht um solche Abenteuer bemüht, aber sie ergaben sich von selbst, und wenn ihm auch zwei einen bitteren Nachgeschmack hinterließen, hatten sie ihn doch über manches aufgeklärt.

Das erste, das er erlebt hatte, geschah in einer Kutsche auf der Promenade im Retiro-Park: Eine Dame des Hofes, die für ihre Liebesabenteuer berühmt war und einen bemerkenswert nachsichtigen Ehemann hatte, schickte ihm ein Briefchen ins Pagenhaus und bestellte ihn zu einer bestimmten Zeit an einen bestimmten Ort. Obwohl er Bedenken hatte, erschien er. Ein Wagen hielt neben ihm, und die Tür ging auf. Das war seine erste Erfahrung, die sich noch ein paarmal wiederholte. Während der Kutscher sein Gespann langsam laufen ließ, übernahm die Dame angesichts seiner offensichtlichen Ahnungslosigkeit halb amüsiert und halb belehrend die Leitung der Operationen und entjungferte ihn. Ein zweites Mal geschah es in seinem Haus mit einem lebhaften und schäkernden Mädchen, der Tochter eines Gärtners, die eines Nachts durch die zum Garten führende Galerietür in sein Schlafzimmer schlüpfte, wobei sie genau wusste, was sie suchte und wozu sie dorthin kam. Diesmal wandte er die Lehren an, die er von der Hofdame erhalten hatte, und das Mädchen war zufrieden – aber er nicht, denn er begriff, dass so etwas keine Liebe, sondern eine bloße Erleichterung des Fleisches war, und dass es ihn zwar befriedigte, jedoch nichts mit dem zu tun hatte, was er vom Leben erwartete.

Das dritte Mal war etwas anderes: Auf einem Fest bei den Mendozas nahm ihn Elena an die Hand. Sie brachte ihn heimlich von dem Ort fort, wo sich die Gäste befanden, und führte ihn in den Wintergarten. Dort tändelten die beiden jungen Leute, widmeten sich ihren Liebesspielen und küssten sich, bis die Vorsicht sie nötigte, zurückzukehren, bevor ihre Abwesenheit allgemein bekannt und unentschuldbar wurde. Er trat durch die Tür wieder ein, die sie beim Hinausgehen benutzt hatten, sie dagegen erschien kurz danach am Fuß der zum ersten Stock führenden Treppe, als hätte sie sich nach dem Tanz gerade zurechtgemacht und herausgeputzt. Von diesem Tag bewahrte er tatsächlich angenehme Erinnerungen.

Die Vorstellung hatte begonnen. Man hatte das Lobgedicht vorgetragen, und die Hälfte des ersten Aktes war vorbei. Da erschien sie auf der Bühne. Die Zunge klebte Diego am Gaumen, und er konnte nicht schlucken. Er wollte gar nicht begreifen, dass er schon bald allein mit diesem göttlichen Geschöpf plaudern sollte. Als der erste Schrecken vorüber war, beobachtete er sie aufmerksam: Sie war hochgewachsen und wunderschön, hatte tiefblaue Augen, eine gerade Nase, eine herausfordernde Miene und eine anmutige Haltung. Alles an ihr verriet, dass sie gewiss eine dem Adelsstand angehörende Frau war.

Gerade in diesem Augenblick holte in einer Loge des Heiligen Offiziums ein grober Kerl mit verschlagenem Blick eine kleine Zeichnung aus seiner Tasche. Darauf war ein mit einer Haube bedeckter Mädchenkopf zu sehen, und er musterte ihn aufmerksam.

Der Weber von Segovia ging zu Ende, und Catalina kam diesmal wie vorgesehen nicht wieder auf die Bühne, denn die Andrade hatte ein paar Tänze einstudiert, in denen sie allein auftreten würde, so dass sich das Mädchen in aller Ruhe abschminken, die Perücke abnehmen und zu Alonso werden konnte, indem sie sich zurechtmachte und höchst sorgfältig Schnurr- und Kinnbart anklebte.

María Cordero bemühte sich vergebens, sie zu beruhigen:

»Wenn Ihr nicht wisst, wo Euch der Kopf steht, könnt Ihr leicht einen Fehler begehen, und dann könnt Ihr Eure Hoffnungen begraben! Tut mir den Gefallen, beruhigt Euch, und handelt so, wie ich es Euch geraten habe.«

»Macht Euch keine Sorgen. Sobald ich anfange, werde ich noch stärker als auf der Bühne überzeugen.«

»Probieren wir es. Steht auf, damit ich Euch sehen kann.«

Das Mädchen gehorchte der Aufforderung, und María überprüfte ihre Erscheinung von oben bis unten.

»So seid Ihr ein schöner junger Mann. Euer Auftreten bereitet mir keine Sorgen, denn wenn es Euch in dieser ganzen Zeit gelungen ist, meine Mädchen zu täuschen, so beherrscht Ihr Eure Rolle vollendet. Vergesst aber nicht, Eure Stimme zu verstellen. Heute ist Eure Feuerprobe. Niemals habt Ihr Eure zwei Rollen vor ein und derselben Person dargestellt, und das gleich nacheinander. Ihr müsst Euch größte Mühe geben, hängt doch vom heutigen Tag so vieles ab. Ach! Vergesst nicht, ihm zu sagen, dass seine Wartezeit etwas länger dauern wird. Ihr müsst Euch ja als Frau kleiden, und zwischen ihm und Euch wird es nicht den Abstand geben, der Euch vom Publikum trennt, wenn Ihr auftretet. Also müssen wir äußerst vorsichtig sein. Sobald das hier zu Ende ist und Ihr zu Eurer Verabredung geht, nutze ich die Zeit, um mir das Aussehen einer ehrbaren Gesellschafterin zu geben … die aber etwas von einer Kupplerin hat … wie beinahe alle«, setzte sie hinzu.

Der Beifall des Publikums kündigte an, dass das Stück zu Ende war. Alonso machte sich bereit. Sein aufmerksames Ohr erfasste, dass sich die Türen der Verschläge, die als Garderoben dienten, nacheinander schlossen. Zwar hatten die Gefährten des Mädchens oft erlebt, dass es sich bald als Frau und dann wieder als Mann kleidete. Und dennoch verhielt sich Catalina lieber vorsichtig, für den Fall, dass jemand sie so rasch nacheinander als Mann und als Frau gekleidet weggehen sah. Sie blickte von der inneren Bühnenseite ins Parterre und stellte fest, dass der Weg in ein paar Minuten frei sein würde. Im Hintergrund, neben dem Honigweinstand, konnte sie das Schattenbild des geliebten Mannes wahrnehmen, und ihr Herz krampfte sich zusammen.

Sobald das Publikum hinausging, stellte sich Diego neben den Honigweinverkäufer, ganz wie Alonso ihn angewiesen hatte. Die Minuten vergingen, und es kam ihm so vor, als wäre seine Uhr stehen geblieben. Auf einmal entdeckte er im Gegenlicht das Bild seines ehemaligen Pagen. Der stieg gerade die kleine Treppe hinab, die zu den ersten Bänken führte, und lief in seine Richtung.

»Gott schütze Euch, Alonso. Ich dachte schon, Ihr würdet nicht kommen, so sehnsüchtig möchte ich wissen, ob Ihr das Treffen vereinbart habt.«

Catalina betrachtete ihn und genoss den so oft erträumten Moment, in dem Diego seine Sehnsucht äußerte, sie zu sehen. Sie achtete sorgfältig auf ihre Stimme, um keinen Fehler zu begehen, wie es ihr María Cordero geraten hatte.

»Ich soll Euch gute Neuigkeiten ausrichten.«

»Ich brenne vor Ungeduld! Redet!«

»Ihr sollt Clara Arnedillo in der »Ecke des Eremiten« erwarten. Sie liegt in der Pasaje del Gato, neben der Plaza de Santa Cecilia.«

»Wann?«

»In anderthalb oder höchstens zwei Stunden.«

»Danke, lieber Freund! Wenn ich nicht gestorben bin, werde ich dort sein!«

»Ich muss Euch etwas erklären.«

»Was denn?«

»Clara geht mit ihrer Gesellschafterin überallhin, wie es einer Dame ihres Rangs entspricht. Ich rate Euch, dass Ihr Euch dieser Frau gegenüber großzügig zeigt. Ihr wisst ja, wie solche Frauen sind …«

»Macht Euch keine Sorgen. Sie soll nicht unzufrieden sein.«

»Nun, dann habe ich Euch nichts mehr zu sagen. Ich möchte Euch lediglich viel Glück wünschen.«

»Alonso, Ihr müsst wissen, dass Ihr mit meiner ewigen Dankbarkeit rechnen könnt.«

»Ich stehe Euch immer zu Diensten. Ihr werdet mir schon erzählen, wie es Euch ergangen ist.«

»Kommt bei mir vorbei, wann Ihr möchtet, und ich berichte Euch von meinem Treffen.«

»Dann Gott befohlen – und möge Euch Amor helfen.«

»Noch einmal danke, lieber Freund!«

Alonso entfernte sich zum Inneren des Theaterhofs, und Diego ging zur Straße, nachdem er sich den Hut ins Gesicht gedrückt und den Mantel genommen hatte.

Catalina kam in den ersten Stock. Sie knüpfte sich das Wams auf und zog sich das Degenkoppel über den Kopf. María erwartete sie gleich an der Garderobentür mit der vorbereiteten Kleidung.

»Wie war es? Habt Ihr es ihm ausgerichtet?«

»Es ist schon alles in Gang gesetzt … Nun kann ich nicht mehr zurück. Ich habe Angst, María!«

»Bleibt ruhig. Das wird Eure große Nacht. Jetzt kleiden wir Euch an.«

Die Kleidung, die Catalina ausgesucht hatte, war nicht übertrieben vornehm, sondern ließ sich als das ansehen, was eine elegante, an die höfischen Verhältnisse gewöhnte Dame anziehen konnte. Den Körper bedeckte ein enges, dekolletiertes Kleid mit tabakbraunen Puffärmeln, durch deren Schlitze ein damastartiger innerer Stoff von hellerem Braun hervortrat. Der Ausschnitt ließ ihre hohen Brüste kühn und aufreizend erscheinen, und der Reifrock erweiterte sich an der Taille, wozu ihn das Weidengestell zwang. An den Füßen trug Catalina Damenschuhe. Sie hatten fünf Sohlen und waren mit Korduanleder gefüttert, so dass sie größer aussah. Als sie vollständig angezogen war, setzte die Cordero ihr noch die Perücke auf. Unter den drei möglichen wählten sie eine wunderschöne aus, die ihr Ana de Andrade geliehen hatte: An den Seiten fielen Korkenzieherlocken herab, und dazu kam eine Stirnlocke. Bunte Bänder krönten sie. Bevor María ihr erlaubte, sich im Spiegel zu betrachten, schminkte sie das Mädchen, und dafür verwendete sie ihre ganze Kunstfertigkeit: Die Brauen, die Augen, die Wangen, alles wurde behandelt. Dann trat sie von Catalina zurück und musterte sie eindringlich.

»Dreht Euch um, und seht Euch im Spiegel an. Sagt mir: Erkennt Ihr Euch wieder?«

Catalina wollte sich gerade abwenden, weil sie glaubte, dass das Bild im Spiegel das einer anderen war, die hinter ihr stand.

»Mein Gott! Wie gut Ihr Euch darauf versteht! Nicht einmal ich selbst erkenne mich wieder. Wie soll mich dann jemand erkennen, der mich nur einmal gesehen hat, und das mit einer Maske?«

»Gut. Haltet Euch nicht auf, es ist schon beinahe eine Stunde vergangen. Bedeckt den Kopf mit dem Umhang, und gehen wir. Je eher, desto besser.«

Catalina verhüllte sich den Kopf mit der Mantille, und dann nahm sie den Muff, der im Regal lag. Die beiden Frauen gingen durch die Hintertür hinaus. Sie mieteten eine Sänfte für zwei Insassen. Da sie so aufgeregt waren, bemerkten sie nicht, dass ihnen ein Reiter in kurzem Abstand folgte.

Die vier Träger wechselten sich ab, um die zwei Frauen zu befördern, und das taten sie oft, weil die Gesellschafterin so viel wog. Der Führer ging voran und bahnte den Weg. Dabei hatte er den Hut abgesetzt, wie es üblich war. Der Weg dauerte eine gute halbe Stunde, und als es Abend wurde, kamen sie zur Pasaje del Gato. María brauchte den Männern nicht den genauen Ort anzugeben: In einer Entfernung, die keine zehn kastilischen Ellen betragen mochte, kündigte ein grün angemaltes Holzschildchen mit schwarz hervorgehobenen, gotischen Lettern an: »Die Ecke des Eremiten«.

Die Sänfte hielt an, und die Gesellschafterin stieg aus, nachdem einer der Lakaien Bremsklötze unter die Stangen gelegt hatte, damit der Tragsessel nicht schaukelte, wenn er von der Last befreit wurde. Das wunderte die Lakaien nicht, denn es war üblich, dass derlei Frauen mit den Annäherungsmanövern begannen, das war im Madrid Philipps IV. etwas Alltägliches.

Als die Gesellschaftsdame auf der Straße stand, hob sie den Vorhang, der das Gesicht der Schönen verbarg, und sagte:

»Rührt Euch nicht fort, bis ich zurück bin.«

Aus dem Innern kam keine Stimme, und die dicke Frau ging zur Tür des Lokals, wobei sie mit ihren mächtigen Hinterbacken aufsehenerregend wackelte.

»Zum Donnerwetter! Wenn dieser Hintern eine Galeone wäre, hätte ich nichts dagegen, dass man mich zu den Galeeren verurteilt«, kommentierte leise und spöttisch einer der Männer, während er sich mit einem schmutzigen Taschentuch den Schweiß abwischte, der ihm reichlich von der Stirn tropfte.

Die Gesellschafterin ging durch die Gittertür. Zunächst musste sie warten, bis sich ihre an das helle Tageslicht gewöhnten Augen an dieses Dunkel anpassten. Als sich ihre Äuglein ein wenig auf den herrschenden Dämmerzustand eingerichtet hatten, konnte sie einen Herrn entdecken, der ihr aus seiner Ecke zuwinkte.

Die Frau ging zu dem jungen Mann, und dieser stand in zuvorkommender und rücksichtsvoller Haltung auf.

»Ihr seid gewiss Clara Arnedillos Gesellschaftsdame.«

»Und Ihr seid Don Diego de Cárdenas.«

»Gnädige Frau, bitte setzt Euch und trinkt, was Euch gefällt, denn heute Nachmittag ist es sehr heiß in Madrid. He, Wirt!«

Auf den Ruf des jungen Burschen kam diensteifrig ein Mann herbei, der über seinen Sachen eine Schürze von unbestimmbarer Farbe trug. Daran trocknete er sich die Hände ab, die ganz wie ein Bündel Blutwürste aussahen.

»Was wünscht Ihr, Señora?«

Die Cordero sah, dass Diego ein Glas Anislikör mit Eis trank:

»Das Gleiche wie der Herr.«

»Sofort, Señora.«

Der Mann entfernte sich, um das Bestellte zu holen, und die Gesellschafterin ergriff das Wort:

»Glaubt ja nicht, dass ich ein solches Gebräu regelmäßig trinke, aber die Hitze heute ist wirklich drückend, und dazu bin ich ungeheuer aufgeregt, weil ich weiß, dass ich etwas tue, was mich meine Stellung kosten kann. Deshalb habe ich unerträglichen Durst.«

»Meinetwegen müsst Ihr Euch keine Sorgen machen. Ihr könnt Euch auf meine Diskretion verlassen. Wenn Ihr nichts verratet, kann schwerlich jemand erfahren, was hier vor sich geht. Außerdem, wer kümmert sich darum, wenn sich zwei Leute an einem öffentlichen Ort sehen? Dazu werden sie ja von niemandem gezwungen, und beide sind volljährig.«

»Don Pedro de la Rosa hat den Schauspielerinnen seiner Truppe ausdrücklich verboten, sich mit Unbekannten an öffentlichen Orten zu verabreden. Er sagt, es sei gut, wenn sie für ihre Bewunderer unerreichbar bleiben. Auf diese Weise werden sie von ihnen angehimmelt, und eine geheimnisvolle Aura umgibt sie. Seht, wie unerreichbar die Sterne des Firmaments sind, und gerade deshalb sind sie noch geheimnisvoller.«

»Aber jeder kann seine Begleiter und Freunde frei wählen. Sklaverei sollte man anderen Rassen und Landstrichen überlassen.«

»Nun ja, kommen wir zu unserer Angelegenheit. Ich wollte lediglich feststellen, wie viel ich aufs Spiel setze.«

Diego erinnerte sich an Alonsos Worte und beschloss, der Frau die allerbeste Medizin zu verabreichen: Er griff zum Gürtel und legte eine Lederbörse auf den Tisch, die das unverwechselbare Geklingel guten Geldes von sich gab. Die Äuglein der Gesellschafterin funkelten wild.

»Ich glaube, dieses Heilmittel wird Euch helfen, Eure Angst zu beruhigen. Falls Ihr Eure Arbeit verlieren solltet, würdet Ihr damit während einer langen Zeit Eure Probleme lindern können, bis Ihr eine neue Stellung findet.«

Die Frau ließ mit einer schnellen Bewegung die Börse in ihrer tiefen Rocktasche verschwinden, und sie atmete offenbar erleichtert auf.

»Verehrter Herr, Ihr seid sehr großzügig, und es gefällt mir, wenn ich sehe, wie Ihr meine Mühe würdigt. Doña Clara wird Euch kennenlernen, aber Ihr müsst wissen, dass ich sie nach einer Stunde wieder abhole. Ich kann Euch keine Minute mehr bewilligen.«

»Jede Zeit, die Ihr mir gönnt, würde mir zu kurz vorkommen, selbst wenn es die Ewigkeit wäre.«

»Ihr seid ein galanter und liebenswürdiger Edelmann. Davon gibt es in den heutigen Zeiten nicht mehr viele. Ach, wenn man noch einmal achtzehn Jahre alt sein könnte! Was würde ich für ein Stelldichein wie das heutige tun!«

»Señora, seitdem ich Clara zum ersten Mal gesehen habe, kenne ich keine Ruhe und keinen Frieden. Ihr müsst wissen, dass heute für mich ein Traum in Erfüllung geht. Sagt ihr, dass ich sogar meinem Vater in einem Brief von ihr erzählt habe.«

»Nun, wir werden sehen, ob ich Euch helfe aufzuwachen. Ich hole sie. Wenn sie durch diese Tür hereinkommt, habe ich ihr schon mitgeteilt, wo Ihr sitzt. Rührt Euch nicht fort, sie kommt zu Euch.«

Der Wirt war mit einem Glas, dem zerstoßenen Eis und dem Likör gekommen, den die Gesellschafterin bestellt hatte. Er schenkte aus der Flasche eine großzügige Portion ein, die die Frau noch schneller hinunterstürzte, als sie die Geldbörse hatte verschwinden lassen.

»Verzeiht. Ich weiß ja, dass dies nicht die Art ist, wie eine Dame einen Likör genießt, aber die Zeit drängt, und wenn ich mich nicht beeile, überrascht uns der Abend.«

»Das verstehe ich, und macht Euch keine Sorgen. Ich kann sogleich erkennen, was eine vornehme Dame ist, und Ihr seid zweifellos eine«, erklärte Diego und stand auf, um den Abgang der schwergewichtigen Frau zu beschleunigen.

Die Cordero zerschmolz wie ein Zuckerstück, als sie die Schmeichelei des jungen Mannes hörte. Sie machte sich zum Aufbruch bereit und sah sich fortan als willfährige Kupplerin des Paares.

»Denkt daran: eine Stunde.«

Und die gewaltige Galeone machte die Taue los und segelte in Richtung Straße davon.

Die Doppelsänfte ruhte auf ihren Bremsklötzen, und die Lakaien warteten. Sie schwatzten in einer Gruppe neben einer der Tragestangen. María kam zu ihnen. Sie schob den Fenstervorhang des Gefährts hoch und teilte Catalina leise die Neuigkeit mit.

»Habt Ihr einen guten Geschmack, bei meinem Leben! Seit vielen Jahren habe ich keinen so galanten jungen Mann wie Euren Bewunderer kennengelernt.«

»Das habe ich Euch schon gesagt. Ich kenne ihn seit Langem, und vom ersten Tag an hat er sich mir gegenüber wie ein Edelmann verhalten. Verlieren wir keine Zeit. Sagt mir, was ich tun soll.«

»Ihr geht hinein, und das Lokal hat seine Qualitäten, wie Ihr feststellen werdet. Ihr werdet keine Rüpel und keine Taugenichtse sehen. Der Preis sorgt für die Auswahl der Gäste. Euer Bewunderer sitzt an dem großen Fenster rechts, und er wartet auf Euch wie die Felder auf den Mairegen. Ich sehe mich ein bisschen in Madrid um, wofür ich die Gelegenheit nutze, dass wir die Sänfte gemietet haben, selbst wenn sich diese Spitzbuben abrackern müssen.« Dabei zeigte sie auf die Lakaien. »Nach einer Stunde hole ich Euch ab. Es wäre ja nicht gut, dass Ihr Euch beim ersten Stelldichein leicht zugänglich zeigt. In dieser Zeit müsst Ihr das tun, was Euch Euer weiblicher Instinkt eingibt. Seitdem die Welt besteht, braucht man das keiner Frau beizubringen. Jetzt geht und verliert keine Zeit.«

Catalina stieg aus der Sänfte, wobei ihr die Frau half. Sie bedeckte sich mit dem Umlegetuch und steckte die Hände in den Muff, so dass kein einziger Zentimeter ihrer Haut offen zu sehen war. So betrat sie die »Ecke des Eremiten«. Zunächst ging es ihr wie zuvor der Gesellschaftsdame, doch als sich ihre Augen an das Zwielicht gewöhnten, erkannte sie sogleich die Gestalt des jungen Mannes, der am Fenster sehnsüchtig auf sie wartete.

Mit zurückhaltenden Schritten und wild klopfendem Herzen trat Catalina heran.

Gerade in diesem Augenblick öffnete ein Mann die Tür der Konditorei und setzte sich in einen weit entfernten Winkel, den beiden gegenüber.

Diego war aufgestanden. Als das Mädchen zu ihm kam, zog sie die rechte Hand aus dem Muff und reichte sie ihm zum Handkuss, während sie das Gesicht noch mit dem Tuch verhüllt hatte, das ihren Kopf bedeckte. Der Junge ergriff ihre Hand und führte sie an seine Lippen, wobei er zugleich weiter versuchte, ihre Gesichtszüge zu erraten.

»Mag es sein, dass der Himmel heute Nachmittag auf die Erde hinabgestiegen ist, Señora?«

»So wird es sein, wenn es Euch so scheint.«

Ohne ihre Hand freizugeben, ließ Diego sie neben sich auf die Bank an der Wand setzen. Sie verzog den Mund zu einem koketten Schmollen und machte sich unter dem Vorwand, dass sie sich das Tuch aus dem Gesicht ziehen wollte, von Diego los. Catalina konnte kaum ein Wort hervorbringen, so überwältigt fühlte sie sich. Doch als er ihr Gesicht ohne die verhüllende Mantille betrachtete, glaubte er, ein Engel habe ihn an diesem Nachmittag besucht.

»Denkt nicht, weil ich eine Schauspielerin bin, kümmerte ich mich gewöhnlich um die Briefchen und Verabredungen, mit denen man mich jeden Tag im Theater belagert. Trotzdem muss ich Euch gestehen, Euer Brief von meinem ersten Tag im Theaterhof hat nicht nur meiner weiblichen Eitelkeit geschmeichelt, sondern auch meine Neugier geweckt, und das wurde von den Lobesworten bestärkt, die der gute Alonso Díaz für Euch gefunden hat, und dazu kam die Geschichte, die er mir erzählt hat, über Euer Verhalten ihm gegenüber.«

»Nun, jedenfalls seid Ihr hier, und ich fühle, dass ich einer der glücklichsten Menschen der Residenz bin. Ich bin Euren Schritten gefolgt, seitdem Ihr im Príncipe debütiert habt, und glaubt mir, wenn ich Euch sage, dass es in Madrid keinen größeren, inbrünstigeren und hingebungsvolleren Bewunderer Eurer Kunst als mich gibt.«

»Wie klug Ihr seid, und wie gut Ihr mit Frauen umgehen könnt! Wie genau Ihr wisst, dass eine Frau einen Monat ohne Essen, zwei Wochen ohne Trinken und nur eine Stunde ohne Schmeicheleien auskommen kann. Komplimente sind den Ohren einer Frau immer angenehm. Dass Ihr aber meine Kunst bewundert, gefällt mir am meisten.«

Diego lauschte ihrer wohlklingenden Stimme, und er bemühte sich, Klarheit im Durcheinander seiner Erinnerungen zu gewinnen.

»Eure Stimme, Señora … ist nicht dieselbe, die von der Bühne herunterklingt. Ich habe das Gefühl, als hätte ich sie schon früher gehört, und das … ganz nahe bei mir.«

»Vielleicht.«

Nach und nach wurde Catalina selbstsicherer. Die Wärme im Lokal und der starke Eindruck dieses Augenblicks bewirkten, dass sich ihre Wangen röteten, wovon sie noch schöner wurde.

Der Wirt eilte beflissen herbei und erkundigte sich, ob die Señora etwas zu sich nehmen wolle.

»Habt Ihr Schokolade?«

»Die beste von ganz Madrid!«

»Nun, dann nehme ich eine Tasse.«

»Auf der Stelle, Señora.«

Sobald sich der Mann entfernte, nahm Diego das Gespräch wieder an der Stelle auf, wo es unterbrochen war.

»Was wollt Ihr mit diesem ›Vielleicht‹ andeuten?«

Catalina genoss den Moment und die Verwirrung des jungen Mannes.

»Damit meine ich, dass ich womöglich in Eurer Nähe war und zu Euch gesprochen habe, aber Ihr habt nicht auf meine unbedeutende Person geachtet.«

»So etwas ist unmöglich! Ich habe Euch nur oben auf der Bühne gesehen.«

»Das stimmt womöglich nicht.«

»Bei allem, was Euch lieb ist, Señora! Spielt nicht mit mir!«

Diego starrte sie so eindringlich an, dass sich sein Blick nur mit dem des schwarz gekleideten Mannes vergleichen ließ, der nach ihr hereingekommen war: Das Gesicht, der Winkel des Kinns, das Profil ihrer Wangenknochen und der schlanke Hals waren ihm vage vertraut.

»Habt Mitleid mit mir!«

»Vielleicht bei einem Ball. Strengt Euer Gedächtnis an.«

»Verzeiht, ich war nur … Aber ja! Ihr wart die Dame, die mich beim Maskenball im Haus der Mendozas mit Namen angeredet hat und nach der ich dann wie ein Verzweifelter gesucht habe! Doch wie habt Ihr meinen Namen erfahren?«

Catalina lächelte gönnerhaft und genoss diesen beinahe zauberischen Moment.

»Nun, ich habe gehört, dass Alonso mit Don Pedro de la Rosa von Euch gesprochen hat, und ich habe gesehen, wie er von oben an der Treppe zu Euch hinabzeigte. Sogleich habe ich bei Eurem Namen an das Briefchen gedacht, das Ihr mir am ersten Tag geschickt hattet. Eure Geschichte hat meine weibliche Neugier geweckt, doch als der Kammerherr den Grafen-Herzog ankündigte und allen Gästen erklärte, sie hätten die Maske abzulegen, wenn sie in die Speisesäle hinübergingen, musste ich mich entfernen, weil man sonst meine List entdeckt hätte. Ich bin durch die Tür hinausgegangen, durch die ich gekommen war, als ich das Herrenhaus betrat, und die von den Schmierenkomödianten meistens benutzt wird, nämlich die Küchentür.«

»Redet keinen Unsinn, wo Ihr doch nur zu gut wisst, dass Euch ganz Madrid zu Füßen liegt.«

»Nun, auch wenn Ihr es nicht glaubt: Ich habe viele Sohlen im Staub der Wege des Königreichs abgelaufen.«

Die Zeit verging im Fluge, und als sich beide in größte Begeisterung versetzt hatten, kam María Cordero schon zurück.

»Verzeiht, Señora, aber es ist Zeit. Ihr wisst ja, dass wir uns nicht verspäten dürfen. Wenn jemand argwöhnt, dass ich Euch dieses Treffen ermöglicht habe, bin ich verloren.«

»Wir gehen schon, María. Tatsächlich war Don Diegos Gesellschaft höchst anregend.«

Nach diesen Worten stand das Mädchen auf und wollte sich entfernen.

»Darf ich hoffen, Euch wiederzusehen?«

Auch Diego war aufgestanden.

»Vielleicht … Versucht es. Uns Schauspielerinnen begeistern die Beharrlichkeit und der Eifer unserer Bewunderer.«

»Dann rechnet damit, dass Ihr Euch nicht von mir befreien könnt.«

»Wollt Ihr die Schokolade stehen lassen?«

Die Gesellschafterin zeigte auf die unberührte Tasse, die auf dem Tisch stand und eiskalt geworden war.

»Ich habe sie nicht probiert, weil wir uns so angeregt unterhalten haben.«

»Es ist schade, solch wunderbaren Nektar zu vergeuden.«

Ohne sich lange zu besinnen, trank die Cordero die Tasse mit zwei Schlucken aus.

»Dann lebt wohl, Don Diego. Es war ein sehr angenehmer Nachmittag.«

»Clara, Euer hingebungsvollster Bewunderer wartet auf die Gelegenheit, Euch wiederzusehen, und er findet nur ein neues Leben, wenn dies geschieht.«

»Alonso wird Euch ausrichten, was es Neues von mir gibt.«

»Ich denke mir, Ihr lasst nicht zu, dass ich Euch begleite.«

Catalina wollte wieder etwas sagen, doch die andere Frau meldete sich.

»Auf keinen Fall. Es ist besser und sicherer, dass wir allein fortgehen.«

Diego küsste die Hand, die ihm Catalina hinhielt, und nachdem sie ihr Tuch umgelegt und den Muff genommen hatte, verließ sie das Lokal, und die kleinen Trippelschritte der Cordero folgten ihr. Sogleich trat auch der Mann, der im Winkel gesessen hatte, hinter ihnen auf die dunkel gewordene Straße hinaus, während ihm Diego den Rücken zudrehte, um die Zeche zu bezahlen.

Die Sänfte rückte mühsam voran und bahnte sich einen Weg durch die Leute, die noch um diese Zeit auf den Straßen liefen, wobei die einen heimkehrten und die anderen mit ihrem nächtlichen Streifzug begannen. Unterwegs begegneten sie Fußgängern, Kutschen, Sänften, weiteren Tragsesseln und Reitern. Manche Pferde trugen zwei Reiter. Wenn es nämlich dämmerte, nahmen solche Herren, die bei den geplanten Abenteuern mit Schwierigkeiten rechneten, gewöhnlich einen zuverlässigen und bis an die Zähne bewaffneten Diener auf der Kruppe mit, der als Knappe wirken und ihren Rücken beschützen sollte, falls jemand während ihres Abenteuers heimtückisch versuchte, sie treulos, ja vielleicht mit einer Bande anzugreifen.

Der Lakai, der den Marsch eröffnete, trug eine brennende Laterne, rief laut und verlangte, durchgelassen zu werden, während die beiden Frauen im Innern der Sänfte, von den heruntergelassenen Vorhängen in ihrer Zweisamkeit geschützt, hitzig die Ereignisse kommentierten, die sich an diesem für Catalina unvergesslichen Nachmittag zugetragen hatten. Je weiter sie sich aus dem Stadtzentrum entfernten, desto mehr ließ der Verkehr nach und desto schneller wurde das Tempo.

Dem vermummten Schnüffler des Heiligen Offiziums fiel es jedenfalls nicht schwer, die Sänfte zu verfolgen. Das machte er zu Fuß, denn als Reiter hätte er die großen Schritte des Tiers zurückhalten müssen, und seine Verfolgung wäre viel auffälliger gewesen.

Catalina konnte sich vor Freude gar nicht fassen, und überstürzt erklärte sie der Cordero alle Einzelheiten des Treffens.

»Und Eure Verkleidung war so vollkommen, dass Ihr sicher sein könnt, er hat in keinem Augenblick gezeigt, Alonso wiedererkannt zu haben.«

»Wenn sich ein Mann zum ersten Mal mit seiner Geliebten trifft, sieht er nur, was er sehen will.«

»Vorher stellte ich mir vor, dass er ein liebenswürdiger Caballero ist, aber ich hatte immer mit ihm in meiner falschen Stellung als Mann zu tun. Jetzt kann ich Euch sagen, dass er der wunderbarste Mensch ist, den es auf Erden gibt.«

»Ich könnte Euch sagen, dass die Liebe alle beide blind macht, aber ich glaube, dass Ihr Glück haben werdet. Ich kenne mich ja aus, wenn es darum geht, Männer zu beurteilen, und ich darf Euch sagen, ich glaube, Ihr habt einen außergewöhnlichen Menschen entdeckt.«

»Aber – was wird aus dieser wunderschönen Liebe werden, María? Er wird mich immer nur als eine Schauspielerin ansehen, mit der er sich die Zeit vertreiben kann.«

»Das Leben ist sehr lang, Mädchen, und es ist mehr wert, die heimliche Geliebte eines Mannes als eine gelangweilte Ehefrau zu sein, die den gesellschaftlichen Konventionen gehorchen muss. Oder glaubt Ihr, die Königin würde nicht mit María Calderón tauschen?«

»Aber, María, ich möchte von dem Mann, den ich liebe, Kinder haben!«

»Dafür braucht man kein Papier und keinen Segen eines Paters. Die Natur wirkt immer.«

Die Sänfte hielt in der Calle Cantarranas. Das war die Adresse, die die Cordero dem Führer der Lakaien angegeben hatte. Damit hatte sie nichts anderes als die Passage genannt, die am hinteren Teil ihres Hauses begann, während dieses selbst in der Calle de los Francos lag und noch mehr als zwanzig Ellen von der Tür entfernt war, an der Catalina gewöhnlich ankam und neben der auch Boabdil untergebracht war. Während die Gesellschafterin den Preis für die Beförderung bezahlte, erklärte sie Catalina, da sie Frauenkleidung trage, sei es das Beste, durch diese Tür hineinzugehen. Dann solle sich das Mädchen direkt in ihr Zimmer begeben, ohne das untere Stockwerk zu durchqueren. Auf diese Weise war es wenig wahrscheinlich, dass eines der Mädchen sie sehen konnte, und sollte es doch geschehen, hätte sie sich nicht gewundert, wäre es doch nicht das erste Mal, dass eine vornehme Dame vermummt ins Bordell kam, um sich diskret mit einem Caballero zu treffen, schließlich genoss die Vorsicht, mit der die Cordero auftrat, wenn sie sich als Kupplerin betätigte, in ganz Madrid einen sagenhaften Ruf.

Als sich die leere Sänfte bereits entfernte, hielt die Gesellschafterin das Mädchen am Arm zurück.

»Lasst sie sich ein Stück entfernen. Es ist nicht angebracht, dass jemand erfährt, wo wir hineingehen.«

Die Träger liefen los. Die dicke Dame hielt sich am Arm des Mädchens fest, und sie verwünschte das Pflaster und die Pfützen. Auf der Strecke von der Stelle, wo sie sich befanden, bis zum Stalleingang leuchtete eine kümmerliche Laterne, die sich tapfer bemühte, die Dunkelheit dieses Straßenstücks zu überwinden.

Als sie dort angekommen waren, wurden sie plötzlich von einer rauen Stimme zurückgehalten:

»Bleibt stehen, meine Damen!«

»Wer sagt das?«

»Das Glaubensgericht. Nun denn, ergebt Euch!«

Der Kerl trat in den dürftigen Lichtkreis, und als Catalina ihn sah, erkannte sie sofort den Mann, der ihnen gegenüber in der »Ecke des Eremiten« gesessen hatte. Die Gesellschafterin wurde von einem unbezwinglichen Zittern ergriffen. In seiner Rechten hielt er den Degen, und in der Linken trug er ein Bildchen, auf dem man aus dieser Entfernung nichts erkennen konnte. Der Mann blickte abwechselnd auf Catalinas Gesicht und auf die Skizze, die er in der Hand hielt.

»Macht keinen Schritt weiter! Wir glauben nicht, dass Ihr ein redlicher Diener des Heiligen Offiziums seid. Um diese Zeit und in dunkler Nacht gibt sich die heilige Inquisition nicht damit ab, zwei arme Frauen festzunehmen, die gerade heimkehren. Wir glauben Euch nicht!«

»Ihr werdet Gelegenheit haben, das festzustellen, wenn man Euch in einer Kerkerzelle einsperrt.«

»Ich habe Euch gesagt, kommt nicht näher!«

Der Mann kümmerte sich nicht um den Ruf des Mädchens und rückte unerbittlich zu ihnen vor. María Cordero war einer Ohnmacht nahe. Auf einmal tauchte in Catalinas Hand ein kurzer Dolch auf, den sie am Klingenende gepackt hielt. Er besaß eine ganz besondere Form und hatte bis zu diesem Augenblick im Muff des schönen Mädchens versteckt geruht. Diesmal klang ihre Stimme bedrohlich und warnend:

»Wenn Ihr noch einen einzigen Schritt macht, seid Ihr ein toter Mann!«

Überrascht blieb der Angesprochene kurze Zeit stehen, aber dann lief er nicht nur weiter, sondern beschleunigte sogar seine Schritte. Nun geschah alles innerhalb einer Sekunde. Als María hinsehen wollte, war das eigentümliche Messer schon losgeschnellt, nachdem Catalina das Handgelenk leicht bewegt hatte, und sein perlmutterfarbener Griff steckte im Hals des Mannes. Er ließ seinen Degen und das Bild los, das er in der anderen Hand gehalten hatte, und versuchte mit beiden Händen, sich das Messer herauszuziehen, während sich in seinen Augen die Überraschung eines Mannes spiegelte, der nicht glauben kann, was gerade geschieht. Hierauf stolperte er ein paarmal und brach vor den Füßen der Gesellschafterin zusammen, die beinahe auf ihn gestürzt wäre. Die Frau erblasste und musste sich an Catalina festhalten. Mit einer Entschlossenheit, die gar nicht zu ihrem Alter passte, erteilte sie Befehle:

»Um Gottes willen, María! Steht nicht einfach da! Helft mir!«

Bei diesen Worten kniete sie nieder und zog ihren Dolch aus der Kehle des Mannes. Ein dunkler Blutstrahl sprudelte aus der Wunde und befleckte ihm Koller und Wams, während ein scharfes Keuchen zu hören war. Dann wurde es still. Catalina nahm die Zeichnung in die Hand und hielt sie näher zum Licht. María sah ihr über die Schulter.

»Das seid Ihr! Der Herrgott steh uns bei!«

»Noch ein Grund, dass uns die Panik nicht beherrschen darf. Helft mir!«

Augenblicklich umwickelte Catalina den Hals des Mannes mit ihrem eigenen Mantel, um die Blutung aufzuhalten. Außerdem wollte sie so erreichen, dass das blutige Rinnsal das Straßenpflaster so wenig wie möglich besudelte. Dann packten die beiden Frauen den Kerl an den Beinen und zogen ihn so weit fort, wie sie konnten. Sie ließen ihn an einer vier Häuser von dort entfernten Stelle liegen, wo sich zwei Gassen vereinigten. Glücklicherweise begegneten sie niemandem. María schnaufte wie ein Blasebalg, und am Ende musste sie sich an die Mauer lehnen, um nicht zu fallen.

»Vorwärts, María, wir hatten großes Glück! Wir müssen verschwinden, bevor uns jemand entdeckt.«

Wie verstohlene Schatten liefen die beiden, den Schutz der Hauswände suchend, mit unordentlichen und blutbefleckten Kleidern zum Hintereingang des Bordells. Sobald sie eingetreten waren, wechselten sie kein einziges Wort mehr miteinander. Jede von ihnen rannte in ihr Zimmer.

Catalina schloss die Tür ab. Nun zitterte sie wirklich und lehnte sich an die Wand. Sie hatte einen Menschen getötet! So etwas hatte nichts mit einer Fechtstunde oder einer Kampfübung zu tun. Ihre Hand hatte einen Mann ins Jenseits befördert, und sie war dafür verantwortlich. Langsam hielt sie die Zeichnung an das Licht des Kerzenhalters und betrachtete sie eingehend: Das war sie, sie sah etwas jünger aus und hatte den Kopf mit der Haube der Anwärterinnen von Sankt Benedikt bedeckt. Wie eine Schlafwandlerin und beinahe unbewusst entkleidete sie sich, goss das Waschbecken voll und rieb sich Hände und Arme ab, um das Blut des Häschers zu beseitigen. Nun nahm sie die blutbefleckten Kleidungsstücke, stopfte sie in einen Korb und versteckte diesen unter dem Bett. Es war kaum wahrscheinlich, dass etwas geschah, wenigstens während der nächsten Tage. Der Mann lag weit genug entfernt auf der Straße, und womöglich fand ihn die Streifwache erst am folgenden Tag.

Sie zog sich als Alonso an, drückte Schnurr- und Kinnbart fest und ging durch die Stalltür auf die Straße hinaus, ohne das geringste Geräusch zu machen. Dort nahm sie ein paar Lappen, einen Kehrbesen und einen kleinen Eimer, den sie mit Wasser füllte. Sie schüttete ein Pulver hinzu, das sie benutzte, um den Boden zu putzen. Dann blickte sie auf die Gasse hinaus, wo der Kerl in ein schlechteres Leben eingegangen war. Sie suchte den Horizont ab. Es war niemand zu sehen. Sie ging nach draußen und lief zu der Stelle, wo das Unglück geschehen war. Eifrig und schnell beseitigte sie nun die Blutspuren. Dann näherte sie sich dem Toten und verwischte die wenigen Indizien, die sie hinterlassen hatte. Alles war unverändert, und der Mann lag kalt und reglos in derselben Haltung. Als alles so war, wie sie es haben wollte, kehrte sie auf demselben Weg ins Haus zurück, und nachdem sie das Putzzeug weggestellt hatte, ging sie in ihr Zimmer. Sie zog sich nackt aus und legte sich ins Bett.

Der Schlaf ließ auf sich warten. An diesem Tag hatte sich so viel ereignet, und immer wieder dachte sie an den schrecklichen Vorfall dieser Nacht und an die drohende Gefahr, die sich daraus ergab. Am nächsten Tag würde sie überlegen, was zu tun war. Da erinnerte sich ihr verliebtes Herz an alle Sätze und jedes einzelne Wort, die Diego gesagt hatte. Schließlich überwältigte sie der Schlaf, und sie versank in einem schwarzen Albtraum, der sie in der Nacht mehrmals aufwachen ließ.

Antón und Casilda

Casilda und Antón hatten am Ende des vergangenen Sommers geheiratet. Beide waren fleißig, und außerdem hatte der Marquis von Torres Claras, der erste Wohltäter des Klosters, Antón empfohlen, so dass die Nonnen es für gut hielten, wenn die beiden als Verwalter angestellt würden. Man wies ihnen offiziell das Haus zu, das Antón wegen seines Amtes als Vergünstigung bewohnen durfte und in dem früher Blasillo und sein Vater, der Taubstumme, gelebt hatten. Es stand am Ende des unteren Gartens, neben den Ställen.

Alles hatte damit begonnen, dass Casilda die Scherze und die Dreistigkeit des früheren Soldaten gefielen, und nach mehreren Fahrten und vielen Plaudereien in den langen Stunden, die sie gemeinsam auf dem Kutschbock des Reisewagens der Nonnen verbrachten, als sie all seine Kampfgeschichten und Waffentaten anhörte, kam sie zu dem Schluss, dass sich trotz seiner Märchen und Hirngespinste hinter dieser Fassade eines Raufbolds und Eisenbeißers ein großmütiges Herz und ein guter Mensch verbargen. Casilda hatte schon die fünfunddreißig vollendet, und ihr Körper zeigte ihr, dass sie bald kein zweites Kind mehr bekommen könnte, und gerade danach sehnte sie sich. Alles entschied sich bei der letzten Rückfahrt zum Kloster. Die Formalitäten waren schnell erledigt, und der Dominikaner, der Rivadeneira vorübergehend ersetzt hatte, traute sie eines Morgens in der Klosterkapelle, ohne dass weitere Schritte erforderlich waren.

Sobald die beiden Mann und Frau waren, klärte ihn Casilda über ihre Geheimnisse auf, wozu die Flucht ihrer Freundin und deren Verlangen gehörten, etwas über ihre Herkunft zu erfahren, und das ging mit dem Tod Mutter Teresas weiter und endete mit dem, was Leonor herausgefunden hatte. Antón ahnte, wie gefährlich es war, den Brief und die alte Handschrift aufzubewahren. Er brachte eine Klappe am Boden des Schranks an, wo er seine Tischlerwerkzeuge aufbewahrte, und nachdem er alles in ein Stück Segeltuch eingewickelt hatte, um das gefährliche Bündel vor Feuchtigkeit und Rattenbissen zu schützen, legte er es dorthin und verstellte den Deckel des Verstecks mit zwei Pappkisten voller Nägel. Dort sollte das kompromittierende Material liegen bleiben, bis der Moment gekommen war, es an die Person zu schicken, die, wie er glaubte, der Empfänger sein musste. Dann beschloss er, bei der ersten Gelegenheit, die sich ihm bei einer Reise nach Valladolid bot, den Vetter Casildas zu besuchen, um in direkte Verbindung mit Catalina zu treten, falls von ihr wieder ein an seine Frau gerichteter Brief ankam. Bei jeder Reise, die ihn in diese Gegend führte, wollte er hinkommen, um zu sehen, ob es einen neuen Brief gab und ob man durch ihn vielleicht erfahren konnte, wo sich das Mädchen aufhielt. Antón empfand eine besondere Abneigung gegen den Ordensbruder und die Priorin und hatte mehr als einmal die unsauberen Manöver des Mönchs gegenüber der armen Fuencisla beobachtet. Darum glaubte er felsenfest alles, was ihm Casilda berichtete, und wie es seinem ungestümen Charakter entsprach, machte er sich bereit, jeder Gefahr entgegenzutreten, die seine neue Familie und im weiteren Sinne alles, was seine Frau liebte, bedrohen könnte.

Ein Bäcker, dessen Bäckerei sich in der Calle de los Francos befand, entdeckte, als er gerade nach Hause ging, um sechs Uhr morgens die Leiche. Schnell benachrichtigte er die Streifwache, und die Häscher fuhren unverzüglich dorthin, in einem Wagen, der lediglich eine von einem Maulesel gezogene Plattform mit vier Rädern war. Sie luden den Toten auf und brachten ihn nach einer oberflächlichen Untersuchung zum Rathaus des Viertels. Dort legten sie ihn auf einen Tisch, damit der Büttel den Arzt und den Richter benachrichtigte und beide den Tod bescheinigten, um daraufhin die erforderlichen Schritte einzuleiten und die Ursachen dieses Ablebens zu ermitteln.

Dies wurde mit bemerkenswerter Schnelligkeit erledigt, denn jede Nacht kamen in den Räumen der Polizei kaum weniger als fünf oder sechs Leichen zusammen, die Folge all der nächtlichen Überfälle, Duelle oder Schlägereien. Der Richter hatte jedoch den Eindruck, dass dieser Mann sein Leben nicht bei einem gewöhnlichen Streit verloren hatte und dass es auch nicht um einen Überfall von mehreren Spitzbuben gegangen war, denn in seinem Beutel fand man einen beträchtlichen Geldbetrag, der sonst verschwunden wäre. In seiner Gürteltasche entdeckte man außerdem ein Dokument, das den Toten als einen Mann auswies, der dem Heiligen Offizium unterstellt war. Und da solche Probleme gewöhnlich ernste Scherereien mit sich brachten, wenn sie nicht mit größtem Feingefühl behandelt wurden, beschloss er, sogleich das Ketzergericht zu benachrichtigen, denn er wusste genau, dass man dem Kaiser geben musste, was des Kaisers war, und Gott, was Gottes war.

Er schickte einen Boten zum Hauptsitz der Inquisition. Dieser nahm das Dokument mit, das man in der Tasche des Toten gefunden hatte, und bevor sich der Arzt und er entfernen konnten, hielt schon eine geschlossene Kutsche vor der Tür des Gebäudes. Noch während sich der Kutscher bemühte, das Pferdegespann vollständig zum Stehen zu bringen, stiegen drei Personen aus der Kutsche: ein hochgewachsener Kerl, dessen Gesicht von einer riesigen Narbe zerschnitten war, ein Mönch und ein stellvertretender Untersuchungsrichter des Heiligen Offiziums, den der Richter schon von früheren Gelegenheiten her kannte. Die drei traten unter großem Getöse ein, und sofort übernahm der Mann mit der Narbe das Kommando und führte das große Wort.

»Ich heiße Sebastián Fleitas de Andrade, und ich übe das Amt eines Familiaren des Heiligen Offiziums aus. Mich begleiten Pater Rivadeneira und der Stellvertreter, den Ihr kennt, wie ich glaube. Seid Ihr der mit der Untersuchung beauftragte Richter?«

»Allerdings. Da ich gesehen habe, dass der Verstorbene etwas mit der heiligen Inquisition zu tun hatte, hielt ich es für angebracht, sofort einen Boten zu schicken.«

»Ihr habt gehandelt, wie es Vorschrift ist, und das spricht für Eure Rechtschaffenheit und Fähigkeit. Können wir den Toten sehen?«

»Natürlich. Folgt mir.«

Die drei Neuankömmlinge schlossen sich Richter und Arzt an, und sie liefen durch einen schmalen Gang. So gingen sie an mehreren Türen vorbei, und der Richter blieb vor der vierten stehen.

»Wenn jemand keinen sehr starken Charakter hat, ist es besser, dass er draußen wartet. Der Anblick ist für jemanden, der nicht daran gewöhnt ist, nicht gerade angenehm.«

»Wenn es Euch nichts ausmacht, wäre es mir lieber …« Das hatte Rivadeneira gesagt.

»Ihr kommt mit. Vier Augen, die die Angelegenheit kennen, sehen mehr als zwei. Ihr wollt mir doch nicht weismachen, dass Euch solche Dinge erschrecken.«

»Wie Ihr befehlt«, sagte der Mönch schicksalsergeben.

Der Stellvertreter blieb stumm. Die vier Männer traten ein, und der Arzt lief vor ihnen. Die Decke und die Wände waren weiß gekalkt. Sieben Marmortische reihten sich an der gegenüberliegenden Wand aneinander, und auf fünf Tischen lagen Leichen, vier Männer und eine Frau, die vollständig nackt waren. Der Richter ging zum zweiten Tisch. Die Übrigen traten näher und umringten den Tisch. Das Gesicht des Mönchs war weißer als der Kalk an der Wand.

»Habt Ihr ihn gekannt?«, fragte der Richter.

»Selbstverständlich. Ihr habt sehr vernünftig gehandelt. Er ist einer der Männer des Glaubensgerichts und war einem wichtigen Fall auf der Spur. Wo habt Ihr ihn gefunden?«

»Ein Bäcker hat ihn entdeckt …«

»Ich habe Euch gefragt, wo.«

Der Ton des Portugiesen war barsch und bedrohlich.

»Gegenüber dem Portal Nummer neun an der Pasaje de las Acacias. Dort lag er.«

»Keiner hat etwas gehört?«

»Der Büttel hat die Nachbarn befragt, und keiner scheint etwas gehört zu haben.«

»Was ist die Todesursache?«

Nun war der Arzt an den Tisch herangetreten.

»Man hat ihm mit einem schrecklichen Messerstich die Halsader durchtrennt, offenbar mit einem Messer, das eine sehr breite Klinge hat«, sagte er. »Eine solche Wunde ist nicht alltäglich, wenigstens habe ich noch nie so eine gesehen. Er muss sofort tot gewesen sein. Es war aber jemand auch maßlos daran interessiert, dass er nicht allzu sehr blutete. Das veranlasst mich zu der Schlussfolgerung, dass der, der ihn tötete, es an einem anderen Ort getan hat, und als er ihn wegbrachte, wollte er keine Blutspur hinterlassen, und darum hat er den Hals des Toten mit dessen eigenem Mantel umwickelt, als er ihn fortschaffte.«

Nun meldete sich wieder der Richter:

»In der Gegend gibt es viele Bordelle und übel beleumundete Häuser. Es könnte sich durchaus um einen Streit unter Kunden handeln.«

»In diesem Fall ist das nicht wahrscheinlich. Habt Ihr seine Habseligkeiten untersucht?«

»Ja, Exzellenz. Alles ist hier. Man hat nichts angefasst, außer dem Dokument, das ich Euch geschickt habe.«

Alle Sachen des Toten lagen auf einem anderen Tisch, und Fleitas überprüfte sie gründlich, wobei er feststellte, dass die Zeichnung, die der Tote gewiss bei sich tragen musste, verschwunden war.

Der Portugiese wandte sich an den Stellvertreter:

»Ich hatte ganz eindeutig angewiesen, dass die Verfolger paarweise auftreten sollten! Ihr werdet mir erklären müssen, wo sich der Mann befunden hat, der gemeinsam mit dem Toten diese Überwachung vornehmen sollte! Ich muss wissen, ob sie sich getrennt haben, weil sie zwei Personen verfolgten, und wo sie vorher waren! Seid Euch im Klaren, dass von seinen Sachen nur das fehlt, was den Verfolgten und keinen anderen interessieren konnte. Also ist es sehr wahrscheinlich, dass er die gesuchte Person gefunden hat. Wenn dieser Regelverstoß wegen einer dienstlichen Notwendigkeit geschehen ist, kann ich ihn verstehen. Wenn er aber aus Nachlässigkeit oder Selbstgefälligkeit geschehen ist, muss der Verantwortliche die Folgen zu spüren bekommen, und ich schwöre Euch, dass er genug Zeit haben wird, in einer Zelle darüber nachzudenken!«

Plötzlich drehte sich der Portugiese um, weil Rivadeneira laut würgte. Der Mönch konnte den Brechreiz nicht beherrschen und übergab sich in einem Winkel.

»Ihr könnt Euch nicht vorstellen, Lorenzo, was für eine besondere Frau Clara Arnedillo ist.«

Diego und Lorenzo unterhielten sich im großen Hof des Pagenhauses. In der Pause zwischen zwei Unterrichtsstunden spazierten sie auf und ab.

»Ihr sagt also, dass Ihr sie nicht nach Hause begleitet habt und dass Ihr sie gehen ließet, ohne herauszubekommen, wo sie wohnt?«

»Das war nicht ratsam. Es hätte ihre Gesellschaftsdame bloßgestellt, und außerdem weiß ich, dass ich sie im Theaterhof finden kann. Wenn ich Alonso sehe, will ich ihn mit aller Kraft umarmen. Ich bin der glücklichste Mensch von ganz Madrid.«

»Offenbar seid Ihr dieser Frau blind ergeben.«

»Sie ist eine Dame, Lorenzo. Ihre Art, sich zu äußern, ihre natürliche Eleganz und vor allem die Würde, die von ihrer Person ausgeht, machen aus ihr etwas Besonderes. Ich habe Euch ja schon erzählt, was ich fühlte, als ich mit ihr bei den Mendozas tanzte, ohne dass ich ahnte, wer es war.«

»Habt Ihr vereinbart, sie wiederzusehen?«

»Nicht ausdrücklich. Aber ich weiß, dass ich sie wiedersehe.«

»Nehmt dieses Abenteuer nicht allzu ernst, damit es für Euch nicht übel ausgeht.«

»Mein Herz schlägt und lebt für sie seit dem Augenblick, in dem ich sie gesprochen habe.«

»Seid nicht unvernünftig. So etwas würde Euer Vater niemals zulassen.«

»Mein Herr Vater muss sich mit den Tatsachen abfinden, sonst verliert er mich.«

»Ihr erzählt unsinnige Geschichten, und das Treffen hat Euch verblendet. Vergeudet nicht Euer Leben für eine Frau vom Theater.«

Sie waren mitten im Hof stehen geblieben, und Diego starrte Lorenzo auf eine Weise an, die diesen erstaunte.

»Ich bitte Euch, dass Ihr mir nicht in diesem Ton von ihr sprecht. Tatsächlich muss ich Euch sagen, dass mein Leben ohne sie keinen Sinn hat, und wenn sich mein Herr Vater widersetzen und sie mich verschmähen sollte, würde ich mich als Soldat in einem Regiment anwerben lassen und nach Flandern gehen.«

»Ihr seid verrückt. Vor ein paar Wochen habt Ihr mir gesagt, dass Doña Elena de Mendoza ein bezauberndes Mädchen sei.«

»Und ich glaube weiter, dass sie eine großartige Frau sein wird, aber sie ist noch ein junges Mädchen, und meine Gefühle für sie waren eine Mischung aus Zärtlichkeit und Bewunderung. Was mein Herz für Clara Arnedillo empfindet, kann ich nicht mit Worten erklären. An dem Tag, wenn Euch so etwas geschieht, werdet Ihr es verstehen.«

Die Glocke erklang und kündigte den Wiederbeginn der Lehrstunden an. Die beiden jungen Leute gingen zu dem Raum, in dem der Lateinunterricht stattfand. Als sie eintraten, setzte Diego hinzu:

»Ich will warten, bis Alonso am Donnerstag ins Haus kommt und mir mitteilt, was es Neues gibt. Auf jeden Fall lade ich Euch für den nächsten Sonnabend ein, sie im Theater zu sehen. Dann stelle ich sie Euch vor, und Ihr werdet alles verstehen, was ich Euch gesagt habe.«

Das Leben ändert sich

Catalina hatte die Woche mit Grübeleien verbracht. Sie redete unaufhörlich mit María Cordero, die sich nicht von dem sie peinigenden Schrecken erholen konnte, und die beiden mussten einige Tatsachen anerkennen: Erstens hatte dieser Häscher sie ganz sicher im Theaterhof aufgestöbert und sie gewiss identifiziert, als sie in Frauenkleidung auftrat. Da man nicht mit Sicherheit annehmen konnte, dass nur er sie entdeckt hatte, ergab sich durchaus die Möglichkeit, dass ihr weitere Spürhunde auf den Fersen waren. Also war es ratsam, dass sie sich von Don Pedro de la Rosa und Ana de Andrade verabschiedete, vorläufig nicht wieder Frauenkleidung anzog und noch viel weniger auf der Bühne auftrat, ja sich dem Theaterhof nicht einmal näherte. Sie war überzeugt, dass man sie mithilfe der Zeichnung erkennen könnte und dass womöglich mehrere Personen ein Exemplar davon hätten. Daher verlangte die Lage, dass sie sich fürs Erste nur noch als

Mann kleidete, Schnurr- und Kinnbart trug und für alle Alonso war, der Bursche María Corderos, und Clara Arnedillo musste bis auf Weiteres ungesehen verschwinden.

Eine weitere Sorge, die sie beunruhigte, war, dass sie um jeden Preis wissen musste, wie viele Schergen des Heiligen Offiziums ihr bis zur »Ecke des Eremiten« gefolgt waren. Wenn es nämlich einen zweiten Verfolger gegeben hatte, konnte Diego einer Untersuchung ausgesetzt und belästigt werden, und das galt noch mehr nach dem tragischen Ende des ersten Spürhundes, dessen Tod zweifellos zu einer schrecklichen Hetzjagd führen würde.

Das Ganze stellte für sie ein vorläufig unlösbares Problem dar. Nach dem ersten Treffen mit Diego sehnte sich ihr Herz vor allem danach, ihn wiederzusehen, und zwar als das, was sie wirklich war, als Frau. Hierfür fühlte sie sich fähig, jeder Gefahr zu trotzen und jeden unbesonnenen Streich zu begehen.

All diese Zweifel würde sie mit María besprechen, sobald sie den Brief fertig hatte, den sie Casilda schicken wollte, wie sie an diesem Nachmittag beschlossen hatte. Endlich konnte sie ihr eine Adresse angeben, damit auch Casilda ihr Nachrichten über alles zukommen ließ, was seit ihrer Trennung geschehen war.

Señor Rafael Peribáñez
Arme-Seelen-Straße, ohne Nr.
Valladolid

Sehr geehrter, hoch geschätzter Freund!
Ich wünsche, dass Ihr wie auch Eure Familie, wenn Ihr diesen Brief erhaltet, Euch sorgloser Gesundheit erfreut und dass sich all Eure Angelegenheiten gut und günstig entwickeln. Ich bitte Euch, mit den geeigneten Mitteln dafür zu sorgen, das beiliegende Schreiben so bald wie möglich an Eure Base Casilda weiterzuleiten, denn bisher hatte ich keine Möglichkeit zu schreiben und ihr eine feste Adresse anzugeben, damit sie antworten kann.

Ich danke Euch im Voraus und bitte Euch um Verzeihung, weil ich Euch so viele Mühen mache. Empfangt meine herzlichsten Grüße.

ALONSO DÍAZ

In diesem Umschlag lag der versiegelte Brief an ihre Freundin.

An
Casilda Peribáñez

Liebste und unvergessliche Freundin!
Endlich kann ich mich mit Euch in Verbindung setzen und Euch eine Adresse angeben, an die Ihr Eure Briefe schicken könnt! Dort wird man sie entgegennehmen und mir übergeben.

Glaubt mir, in dieser Zeit sind so viele Dinge geschehen, dass ich nicht weiß, womit ich beginnen soll.

Endlich bin ich nach Madrid gekommen und habe mich in der Residenz eingerichtet. Ich wohne in einem Gasthaus. Es wird von vielen Leuten besucht, die kommen und gehen. Mir ist es lieber, dass Ihr mir nicht hierher schreibt, denn Eure Briefe könnten verloren gehen und in weniger geeignete Hände fallen. Die wichtigste Aufgabe, um derentwillen ich nach Madrid gekommen war, habe ich in der vergangenen Woche verwirklicht, ich habe meinen angebeteten Liebsten gesehen, und das Stelldichein war unvergesslich. Wie gut verstehe ich jetzt einige Sätze, die Ihr gesagt habt! Ich möchte Euch nur verraten: Als ich auf das Treffen wartete und wusste, dass es näher rückte, schien es, als flatterten tausend Schmetterlinge in meinem Bauch. Wenn Ihr nach Madrid kommen und mich besuchen könntet, wäre ich Euch mein ganzes Leben dankbar! Es ist unmöglich, in einem knappen Brief alle unglaublichen Ereignisse wiederzugeben, die ich in dieser Zeit erlebt habe und die andererseits so eng miteinander verbunden sind, dass es nicht möglich ist, Euch von einem zu berichten, wenn ich Euch nicht zuvor über die anderen unterrichtet habe. Nichts auf der Welt ersehne ich so sehr wie ein Wiedersehen mit Euch.

Wenn Ihr mir schreibt oder mich aufsucht, wendet Euch an die Adresse, die ich Euch gebe, denn das ist zwar nicht meine Wohnung, doch ich gehe oft dorthin, und man wird Eure Briefe für mich aufheben: Fechtschule von Don Pedro Pacheco. Heilig-Kreuz-Straße, Nummer 13, an der Plaza Mayor, Madrid. Das ist ein weitbekannter Ort, und wenn Ihr in der Umgebung danach fragt, wird man Euch Auskunft geben.

Ich grüße Euch von ganzem Herzen. Euer ergebener Freund

ALONSO DÍAZ

Sobald sie den Brief beendet hatte, sattelte sie Boabdil und ritt zum Posthaus, damit ihr Brief mit dem ersten Boten nach Valladolid gelangte. Dieses Haus befand sich an der Ecke der Plaza del Sol und der Calle de los Areneros. Zum Oberpostmeister des Königreichs hatte man damals den Grafen von Villamediana ernannt, von dem man behauptete, dass er mit seiner Stellung als Theaterautor den ehrenvollen Titel des Liebhabers der Königin verbinde und dass diese, um ihn zu begünstigen, intrigiert habe, damit man ihm ein so gut honoriertes Amt übertrug.

Sie bezahlte die Postgebühren und wandte sich zu den Stufen von San Felipe, um zu hören, was man in der wichtigsten Neuigkeitenbörse von Madrid erzählte. Sie stellte das Pferd in einem nahen Stall unter und ging zum Portal der Kirche. Je näher sie kam, desto zahlreicher wurden die Plaudergruppen, und Alonso trieb sich bei ihnen herum, um einen Teil der Gespräche mit anzuhören. Diese improvisierten Klatschgesellschaften befanden sich immer an denselben Stellen, so dass jemand, der die neuesten Gerüchte über galante Abenteuer hören wollte, eine andere Ecke als der aufsuchte, der sich für Stierkampf und Ringelstechen begeisterte, und wieder eine andere Ecke war die, zu der jene kamen, die über die letzte Theaterpremiere oder über die Lage des Krieges in Flandern reden und dozieren wollten.

Catalina wollte sich schon zurückziehen, als sie einen Gesprächsfetzen vernahm, der sie veranlasste, sich den Hut ins Gesicht zu drücken und an die Gruppe heranzutreten, die über ein bestimmtes Thema redete. Seit dem unheilvollen Zusammenstoß peinigte sie der Gedanke, dass jemand sie irgendwo und irgendwann starr ansah, aus seiner Tasche eine Zeichnung wie die herauszog, die sie versteckt hatte, dieses Bild mit ihrem Gesicht verglich und sie drohend aufforderte, sich gefangen zu geben.

»Ich versichere Euch, dass sich das Ketzergericht im Kriegszustand befindet. Ich würde nicht gern in der Haut des Verrückten stecken, der eine solche Übeltat begangen hat.«

»Und Ihr sagt, das war nahe bei der Calle de los Francos?«

»Ein paar Ellen weiter, und aus zuverlässiger Quelle weiß ich, dass sie schon bald mit den Durchsuchungen und Verhören beginnen werden. Ihr wisst ja, sie nehmen alles hin, solange man nicht einen von ihnen anrührt, aber wenn das geschieht, sind sie nicht zum Nachgeben bereit und lassen nicht locker, bis sie den Wahnsinnigen entdecken, der es gewagt hat, sie herauszufordern.«

»Das ist eine schwierige Aufgabe. In dem Viertel dort gibt es viel Gedränge. Wenn es Abend wird, findet sich da eine gewaltige Menge von Sündern ein, die sich der Fleischeslust hingeben wollen, und nicht wenige von ihnen spielen sich tagsüber als fromme und sittsame Menschen auf. Und ich glaube auch, dass diese Geschichte mit einer Abrechnung zu tun hat und dass hinter all dem irgendein Weiberrock steckt.«

»Vergesst Ihr, dass der Tote ein Diener des Heiligen Offiziums war?«

»Das ist ein haltloses Argument. Oder wisst Ihr nicht, wie viele Weiber den Kirchenleuten treu ergeben sind?«

»Meint Ihr wirklich eine Abrechnung, oder denkt Ihr an ein Duell?«, mischte sich ein Dritter ein.

»Es könnte sein, wie Ihr sagt, denn diese Gasse ist gewiss die einzige im ganzen Viertel, auf der wenige Leute durchkommen. Aber es heißt, die Halswunde, die der Tote hatte, komme möglicherweise nicht von einem Degen, sondern von einer viel breiteren und kürzeren Klinge.«

»Und Ihr? Wie kommt es, dass Ihr so gut unterrichtet seid?«

»Der Arzt, der den Totenschein ausgestellt hat, ist mit einer Base meiner Frau verheiratet, und er hat mir gesagt, dass er in all seinen Berufsjahren niemals einen solchen Messerhieb gesehen habe.«

Mehr musste Catalina nicht hören. Mit noch tiefer ins Gesicht gedrücktem Hut schlüpfte sie zwischen den Plaudergruppen durch und lief zu Boabdil, der sie mit fröhlichem Wiehern empfing. Sie ritt zum Haus der Cordero. Sie musste in Ruhe nachdenken und mit der Frau reden, der sie unter keinen Umständen schaden wollte.

Sie kam an, als die Uhr der Kirche der Terziarinnen des heiligen Franziskus achtmal schlug. Wie gewohnt ritt sie zum Stall am Hintereingang, um ihr Pferd abzuzäumen, damit es sich erholen konnte.

Als sie die Innentreppe hochstieg und in die Diele des Hauses kam, ahnte sie, dass ihr eine aufregende Nacht bevorstand. Obwohl es noch früh war, waren die Räume schon überfüllt. Laute Rufe erklangen, und die Leute drängten sich an der Tür, ohne auf vernünftiges Zureden zu hören oder abzuwarten, bis die, die drinnen waren, herauskamen. Alonso wich dem Lärm aus und lief zu Marías Zimmern, die sich im ersten Stock befanden. Seitdem es in jener abenteuerlichen Nacht einen Toten gegeben hatte, hatte sie ihr offenherziges Wesen verloren und war geradezu ängstlich und verschüchtert. An einem solchen Tag hätte sie sich sonst gewiss im Empfangszimmer aufgehalten und bei ihren Gästen für Ordnung gesorgt. Catalina klopfte an ihre Tür und bat leise um die Erlaubnis, eintreten zu dürfen.

»María, ich bin es, Alonso! Gestattet Ihr?«

Einen Augenblick danach ging die Tür auf, und die Frau streckte furchtsam den Kopf hervor. Nachdem sie sich vergewissert hatte, dass sonst niemand auf dem Flur war, wich sie zurück und lud sie zum Eintreten ein.

Catalina konnte sich nie an den Zauber dieses überladenen Raums gewöhnen. Ein eigentümlicher Weihrauchduft, der von einer Räucherpfanne aufstieg und sich mit etwas vermischte, was ihr entging, überlagerte diesmal alles andere. María setzte sich in ihren Lehnstuhl und ließ Catalina auf den Kissen Platz nehmen.

»Wonach riecht das hier, María?«

»Das ist gut für die Nerven. Es beruhigt und vertreibt die bösen Geister.«

»Fühlt Ihr Euch wohl? Warum seid Ihr nicht heruntergekommen, wo es doch heute Abend so lebhaft zugeht?«

»Das wollte ich gleich tun. Macht Euch keine Sorgen, mir geht es gut. Habt Ihr etwas erfahren? Wisst Ihr etwas Neues?«

»Deshalb wollte ich Euch sehen.«

»Ich höre.«

»Ich bin zu den Stufen von San Felipe gegangen, und dort habe ich etwas gehört, was Ihr erfahren sollt.«

María fächelte sich lebhaft Luft zu. Dafür benutzte sie einen breiten Fächer aus Marabufedern.

»Was habt Ihr gehört?«

»Darum geht es nicht. Wirklich wichtig ist, dass das Ketzergericht die Bewohner der Gegend vernehmen wird. Sie wollen sehen, ob sie eine Spur finden, die über die Ereignisse der Nacht neulich aufklären, und ich denke, es wäre besser, dass ich meine Sachen packe und vorläufig verschwinde.«

Die Frau dachte einen Augenblick nach.

»Das halte ich aus mehreren Gründen für nicht ratsam. Erstens mag María Cordero zwar eine verteufelte Angst haben, trotzdem aber lässt sie ihre Freunde nicht im Stich, und zweitens würde man gewiss erfahren, dass Ihr gerade jetzt verschwindet, und das wäre verdächtig und schwer zu erklären. Also schlagt Euch diesen Gedanken aus dem Kopf, denn er bringt keinen Nutzen.«

»María, ich glaube, es war meine Pflicht, Euch das zu sagen.«

»Das habt Ihr erledigt, aber vergesst die Sache. Sie bringt wirklich keinen Nutzen. Allerdings müsst Ihr Euch nun mehr als je zuvor in Acht nehmen, und vor allem darf keines meiner Mädchen etwas ahnen. Es wäre verhängnisvoll, wenn eine von ihnen argwöhnte, dass etwas nicht stimmt, und den falschen Leuten die Geschichte erzählte, dass jemand viele Tage lang hier gelebt hat, der ohne einen offensichtlichen Grund verheimlicht hat, dass er eine Frau ist. Ein Kopfkissen macht ja die Menschen mitteilsam. Habt Ihr verstanden?«

»Habt keine Angst. Aber wer wird Euch anzeigen und Euch schaden, da Ihr doch für sie alle wie eine Mutter seid?«

»Ihr seid sehr jung und wisst nichts von den Abgründen der Frauenseele: Eifersucht, Neid und Missgeschicke suchen sie in regelmäßigen Abständen heim, das ist wie eine Monatsblutung, und was sie heute für eine Verirrung halten, sehen sie morgen als würdig und vertretbar an. Ich sage es noch einmal, benehmt Euch äußerst vorsichtig und verratet keinem Euer Geheimnis.«

»Macht Euch keine Sorgen. Über meine Lippen wird nichts kommen, was Euch schaden kann.«

Plötzlich drang gewaltiger Lärm aus dem hinteren Teil des Erdgeschosses. Die beiden Frauen rannten zur Treppe.

Im Erdgeschoss herrschte ein unbeschreiblicher Tumult. Die Leute draußen wollten eintreten, und die drinnen wollten offenbar vor etwas fliehen. Auf einmal kamen Eulalia und Enriqueta zu der Stelle, wo die Cordero und Catalina standen. Halb hysterisch versuchten sie, das Geschehene zu erklären.

»Doña María, Alonso, um Gottes willen! Kommt, oder er bringt sie um!«

Catalina packte Enriqueta an den Schultern und fragte nachdrücklich:

»Wen wird man umbringen?«

»Dorotea! Wenn Ihr sie ihm nicht aus den Händen reißt, ist sie tot!«

»Wem aus den Händen? Beim Allmächtigen!«

»Diesem Wahnsinnigen, Don Cristóbal López-Dóriga!«

Mehr musste Catalina nicht hören. Gegen den Strom kämpfte sie sich durch die Menge zum großen Saal, und während sie mit heftigen Stößen die Leute abwehrte, die aus dem Gewühl fliehen wollten, konnte sie überblicken, was dort vor sich ging. Der Saal hatte Kreisform. An der Wand sah man Gruppen von Sofas und Sesseln, und dazwischen standen Figurengruppen, die griechische und römische Themen darstellten und so angeordnet waren, dass jeder, der sich dort befand, ein Gespräch führen konnte, ohne seinen Nachbarn zu stören oder von ihm gestört zu werden. Die meisten Sitze waren inzwischen geräumt, weil sich in der Mitte des Zimmers ein wahres Tohuwabohu abspielte.

Catalina sah, dass ein ihr den Rücken zukehrender Mann mit der flachen Klinge grausam auf eine Gestalt einschlug, die wimmernd zu seinen Füßen kauerte und versuchte, sich das Gesicht mit den Armen zu bedecken. Ein anderer Kerl lehnte an einer griechischen Säule. Diese hatte noch kurz zuvor die Statue eines Mannes getragen, der eine der Sabinerinnen raubte. Der Kerl strich sich lächelnd den Schnurrbart, während ein Dritter dem Wutausbruch seines Gefährten mit bleichem Gesicht beiwohnte. Als Catalina erkannte, dass Dorotea die wimmernde Gestalt war, überlegte sie nicht lange. Gerade in dem Augenblick, als der rundliche Leib der Cordero an der Saaltür auftauchte und sie sich bei dem Anblick entsetzt beide Hände vors Gesicht schlug, stürzte sich Alonso auf den ahnungslosen Angreifer und stieß ihn mit einem gewaltigen Hieb von dem armen Mädchen weg, dessen Schluchzen einen Henker gerührt hätte. López-Dóriga erholte sich von der Überraschung, Fähnrich Campuzano zog seinen Degen, und der Dritte sah ruhig zu, ohne dass er wusste, was er tun sollte. Die verkleidete Catalina half unterdessen Dorotea, sich aufzurichten. Sie rannte stolpernd davon und flüchtete sich in María Corderos Arme. Alles ging ganz schnell. Cristóbal, der zu Boden gestürzt war, stand auf und zog ebenfalls den Degen. Als Catalina gerade ebenfalls ziehen wollte, unterbrach ein Hauptmann, der Montesa-Jäger, der sich im Raum befand, mit kräftiger Stimme die Szene.

»Haltet die Eisen ruhig! Meine Herren, benehmt Euch, wie es gesittete Edelleute tun müssen! Ein Bordell ist nicht der richtige Ort für Duelle, und das ist auch nicht die richtige Zeit. Was ist hier vorgefallen?«

Die Montesa-Jäger waren zusammen mit den Deutschen eine der angesehensten Wachen des Königs, und darum beachtete man den Ruf des Hauptmanns, und die Klingen kehrten in die Scheiden zurück.

»Wenn ein Ehrenmann von einer erbärmlichen Hure schändlich betrogen wird, ist es gerecht, dass er ihr eine Lektion erteilt, ohne dass sich jemand einmischt, der sich als Hüter fremder Ehre aufspielt!«

Das hatte Cristóbal López-Dóriga gesagt.

»Kaum ein Ehrenmann ist wohl der, der es öffentlich mit einer armen Frau aufnimmt!«

Catalinas Wesen trat rasch hervor, wenn sie sich einem Unrecht gegenübersah.

»Dafür müsst Ihr geradestehen, oder Ihr müsst Euch berichtigen!«

Nun hatte der Fähnrich eingegriffen.

»Wann Ihr wollt, und wo Ihr wollt!«

Der Hauptmann erklärte versöhnlich und nachdrücklich:

»Meine Herren, ich glaube, die Sache lohnt nicht, dass man so weit geht, und sie lässt sich mit einer Erklärung in Ordnung bringen.«

»Die Erklärung gebe ich Euch am Sonntag um elf Uhr nachts, wenn es Euch recht ist, an der Mauer der Einsiedelei des Schutzengels, am Ufer des Manzanares!«

Catalina hörte sich selbst sagen:

»Macht Euch keine Sorgen, ich werde nicht fehlen!«

»Wie ist Euer werter Name?«

»Ich heiße Alonso Díaz. Und Ihr?«

»Cristóbal López-Dóriga.«

»Und ich bin Fähnrich Matías Campuzano. Nehmt einen Sekundanten mit. Das werde ich bei Don Cristóbal sein.«

»Meine Herren, haltet Ruhe!«, griff der Hauptmann abermals ein.

»Ich danke Euch für Euer Eingreifen, aber Ihr könnt das Unvermeidliche nicht verhindern.«

»Dann schlage ich Euch vor, dass es bis zur ersten Wunde dauern soll«, drängte der Montesa-Jäger hartnäckig.

»Ihr meint es gut, Hauptmann, aber ich gebe mich nicht zu einem grotesken Betrug her, und ich lasse auch keine unpassenden Widerrufe gelten«, entgegnete Cristóbal, und zu Catalina gewandt setzte er hinzu: »Ich denke mir, dass der edle Ritter und Rächer der Bedrängten einverstanden ist und dass ihm nicht das Herz zur Tat fehlt.«

»Gewiss, und dann werden wir sehen, wer zu viel oder zu wenig Herz hat.«

»Dann reden wir nicht weiter, denn noch mehr Worte sind hier nur überflüssig. Bis zum Sonntag.«

López-Dóriga nahm Hut und Mantel, verließ den Saal und stürmte, Gift und Galle speiend, wie eine Furie durch den Gang. Ihm folgten der Fähnrich und der verängstigte Álvaro de Rojo, wobei sich die Reihen der Gaffer wie Wachs vor einem heißen Messer öffneten und sie durchließen.

Als sie gegangen waren, glätteten sich die Wogen, und die Leute widmeten sich wieder ihrer Fleischeslust, wobei sie kommentierten, was soeben geschehen war.

Catalina blieb in der Ecke stehen und wurde sich der ganzen Bedeutung des Ereignisses bewusst, als man ihr leicht auf die Schulter tippte und sie damit in die Gegenwart zurückversetzte.

»Caballero, ich bin Hauptmann Contreras, und ich möchte Euch sagen, dass Ihr richtig gehandelt habt. Selbst wenn eine Frau sich diesem Gewerbe widmet, ist sie doch stets ein wehrloses Wesen. Und ich möchte hinzufügen, wenn mich mein Amt und meine Stellung nicht daran hinderten, würde ich gern Euer Sekundant sein.«

»Señor, ich danke Euch für Eure Worte und Eure Absicht, aber ich habe schon einen Sekundanten. Auf jeden Fall danke ich Euch noch einmal.«

Catalina schlug leicht die Hacken zusammen und ging ins obere Stockwerk. Dorthin hatte man Dorotea gebracht, und man verband ihr gerade die Wunden, die sie sich bei dem unseligen Abenteuer zugezogen hatte. Das Mädchen zitterte immer noch vor Schrecken und sah aus wie das Leiden Christi: Ihr Gesicht war mit blauen Flecken und Schrammen überzogen, und sie konnte das linke Auge kaum aufmachen. María Cordero und Enriqueta legten ihr Leinenlappen auf die Wunden, nachdem sie diese in das Wasser eines Beckens getaucht hatten, das Eulalia hielt.

»Heilige Muttergottes, wie sie Euch zugerichtet haben!«, rief die Cordero. »Aber was hat bloß zu einem solchen Aufruhr geführt?«

Dorotea brachte die verschwollenen Lippen kaum auseinander, um sich verständlich zu machen.

»Ich habe gerade den Weinhändler begrüßt, der Teresa einmal im Monat besucht und der auf seinen Reisen meistens durch mein Heimatdorf kommt. Beim letzten Mal habe ich ihn halb im Spaß gebeten, dass er ein bisschen Schmalzgebäck mitbringen soll, und er hat es ernst genommen. Als er mir das Paket gab, hat er mir ohne jeden Hintergedanken das Kinn gestreichelt. Da hat dieser Fähnrich, der mit ihm zusammen ist, laut gelacht und meinen Gast einen Hahnrei genannt, und als ich zu ihm zurückgegangen bin, hat er mich vor aller Augen geschlagen, und wenn Alonso nicht gewesen wäre, hätte er mich umgebracht. Au! Ihr tut mir weh.«

»Das müsst Ihr aushalten. Würdet Ihr nicht immer mit den Männern herumspielen, könnte Euch so etwas nicht geschehen.«

»Ich darf Euch versichern, dass sie diesmal nichts getan hat, um so etwas zu verdienen. Aber seht Euch an, wie er ihr Gesicht zugerichtet hat!«, griff Enriqueta ein.

»Alonso, danke, weil Ihr mein Leben gerettet habt.«

Catalina, die bisher schweigend zugehört hatte, sagte hierauf:

»Er hat mich zum Duell herausgefordert … am Sonntag.«

Die beiden Frauen, die die Wunden verbanden, hielten inne, und alle drei wendeten sich Catalina zu:

»Was sagt Ihr da?«

»Was Ihr hört.«

»Aber das ist unglaublich. Ich denke mir, dass Ihr nicht hingeht«, rief María.

»Das lässt sich nicht ändern. Jetzt ist Montag. Ich habe fünf Tage, um mir einen Sekundanten zu suchen. Ich habe mich noch nie duelliert. Der andere wollte nicht, dass es nur bis zur ersten Wunde ausgetragen wird. Wenn Gott keine Abhilfe schafft, habe ich am Sonntag auf dumme Weise einen Menschen getötet, oder man hat mich getötet.«

Dorotea begann zu wimmern: »Heilige Jungfrau, was habe ich angerichtet!«

»Ihr seid nicht schuld daran. Dieser Kerl war immer ein Protz und ein Großmaul«, rief die Cordero. »Aber damit haben wir ein Problem, das sich schwer lösen lässt.«

Dorotea stand auf. Ihr Gesicht war mit einer weißen Salbe bestrichen. Enriqueta hielt sie am Arm fest, denn als sie aufstand, schwankte sie, als wäre es ihr übel.

»Seid so gut und lasst uns allein. Alonso und ich, wir müssen miteinander reden.«

»Alonso, ich liebe Euch.«

Dorotea, die sehr zierlich war, erhob sich auf die Schuhspitzen und drückte Catalina einen Kuss ins Gesicht, so dass es nun mit einem Strich überzogen war, der wie weiße Schminke aussah. Die beiden anderen gingen, und danach verriegelte María die Tür.

»Ich danke Euch für das, was Ihr für dieses Mädchen getan habt, das diesmal keinerlei Schuld hatte. Aber ich wusste, dass früher oder später etwas Derartiges geschehen musste. Sie ist sehr unbesonnen und kokett, und man darf die Männer nicht eifersüchtig machen. Ich glaube, am besten ist, dass Ihr eine Zeit lang verschwindet. Ich werde sagen, dass ...«

»Sagt nichts. Ich werde mich schlagen.«

Die Cordero setzte sich in ihren Lehnstuhl und fächelte sich Luft zu.

»He, seid Ihr verrückt? Wisst Ihr, dass Euer Leben bei diesem Abenteuer auf dem Spiel steht?«

»Das weiß ich genau, doch so ist es nun einmal.«

»Er kann Euch umbringen! Oder Ihr müsst ihn umbringen. Außerdem sind Duelle verboten.«

»Jedes Leben ist im Buch des Schicksals eingetragen. Aber es darf nicht sein, dass ich wie ein Feigling fliehe. Das könnt Ihr vergessen.«

»Hört einmal zu. Ich habe einflussreiche Freunde. Ich kann mich an sie wenden und ...«

»Lasst es gut sein. Wirklich, María, ich möchte lieber, dass wir von etwas anderem reden. Ich brauche Euren Rat. Ich weiß, dass ich mich nicht wieder als Frau kleiden dürfte. Doch ich finde mich nicht damit ab, dass ich das Wagnis eingehe, aus dieser Welt zu scheiden, ohne dass ich Diego noch einmal gesehen habe, und ich will den Plan mit Euch besprechen, den ich mir gerade zurechtlege.«

Die Frau starrte sie fragend an.

»Alonso wird ihn zu Hause aufsuchen und ihn bitten, ihm als Sekundant bei dem Duell zu dienen. Das geht nicht anders. Ich kenne sonst keinen in Madrid, zu dem ich genug Vertrauen habe, dass ich ihn um so etwas bitten könnte.«

»Habt Ihr an Pacheco gedacht?«

»Unmöglich. Er ist ein überall bekannter Fechtmeister. Er darf niemandem als Sekundant dienen.« Catalina ließ sich nicht beirren: »Dann will ich die Gelegenheit nutzen und Diego sagen, dass ich weiß, wo Clara Arnedillo wohnt, und wenn man ihre Gesellschaftsdame mit einer großzügigen Spende belohne, werde sie in dem Augenblick verschwinden, da er zu Besuch kommt. Wenn ich erfahren kann, was er wirklich fühlt, und wenn ich ihn wiedersehe, mag es auch nur noch ein einziges Mal sein, und der Sensenmann holt mich dann am Sonntag, so werde ich zufrieden sterben.«

»All das kommt mir wie reiner Wahnsinn vor. Aber … Was wollt Ihr von mir?«

»Also, María, Ihr müsst wieder meine Gesellschaftsdame sein, und außerdem brauche ich einen diskreten und ehrbaren Ort, der sich als meine Wohnung ausgeben lässt. Ihr kennt doch so viele Leute. Könnt Ihr mir so etwas beschaffen?«

Die Frau sagte einige Zeit kein Wort.

»Lasst mich nachdenken. Ich habe eine verwitwete Freundin von tadellosem Ruf, die mir einen Gefallen schuldig ist. Ihr Angetrauter ist in meinem Haus an einem Herzanfall gestorben, während er mit einer jungen Mulattin buhlte, einem feurigen Mädchen, das im Gefolge eines Vizekönigs aus Amerika gekommen war. Ich habe den Toten in eine Kutsche gesteckt, nachdem ich ihn angezogen und zurechtgemacht hatte, und dann habe ich ihn nach Hause geschafft, als wäre er ein Betrunkener. So konnte sie vor ihren Kindern das Gesicht wahren, und jedes Jahr schickt sie mir zu Weihnachten ein Geschenk. Ihre Wohnung liegt in einem unauffälligen Viertel, und die Nachbarn sind einwandfrei. Ich bin mir sicher, dass sie mir ihre Schlüssel gibt und die ganze Zeit, die Ihr braucht, etwas außerhalb ihrer Wohnung zu tun hat.«

»Das ist die einzige Bitte, die ich an Euch habe. Und macht Euch keine Sorgen um mich. Ich werde es schon schaffen, aus der Gefahr herauszukommen. Ich werde immer in Eurer Schuld stehen, María, ich danke Euch noch einmal. Erkundigt Euch, ob es am Donnerstag möglich sein könnte. Morgen arbeiten wir meinen Plan weiter aus. Ruht Euch aus.«

»Gute Nacht.«

María Cordero setzte sich mit der dankbaren Witwe in Verbindung, die inzwischen einen neuen Mann gefunden hatte. Sie überließ ihr das Haus nicht nur für einen Nachmittag, sondern so lange, wie sie es brauchen wollte, weil sie es nicht mehr bewohnte, nachdem sie zu ihrem frisch gebackenen Ehemann gezogen war. Dies brachte Catalina dazu, ihre Pläne zu ändern.

Doktor Carrasco erhält einen Brief

An Seine Exzellenz, den hochwürdigsten Herrn
Don Bartolomé Carrasco,
Provinzsekretär des Heiligen Offiziums
Astorga, Bischofspalast

Hochwürdigste Exzellenz!
Bis heute habe ich meine Antwort auf Euer letztes Schreiben aufgeschoben, denn ich wollte abwarten, bis ich Euch Neuigkeiten mitteilen konnte, die Ihr, wie ich hoffe, als gut anseht.

Unsere Schlinge zieht sich zusammen, und ich glaube, dass dem Wild immer weniger Handlungsspielraum bleibt. Das Wildschwein dringt in das Labyrinth der Treibjagd ein, und bald wird es keinen Ausweg mehr finden. Erinnert Ihr Euch, dass ich Euch einmal erklärt habe, dass die einzelnen Teile eines Suchbildes unter bestimmten Umständen von allein an ihren Platz rücken? Nun denn, ein Fehler unserer Leute war diesmal ein entscheidender Anhaltspunkt, damit wir bei unserem Unternehmen weiter vorankamen, und das zu einem Zeitpunkt, als wir recht unsicher waren, wie ich Euch bekennen muss. In meinem letzten Brief hatte ich Euch ja mitgeteilt, dass ich zehn meiner besten Spürhunde auf die Fährte der Renegatin gesetzt hatte. Sie sollten paarweise jedem Hinweis folgen, der sich aus der Skizze ihres Gesichts ergab, denn jedem Paar hatte ich eine davon mitgegeben.

Nun wurde einer dieser Männer eines Morgens tot in einer Gasse aufgefunden, mit einem wirklich grauenhaften Schnitt in der Kehle. Sobald ich davon erfuhr, nahm ich die entsprechenden Ermittlungen vor, um den Grund herauszubekommen, falls es einen gab, mit dem sich rechtfertigen ließ, dass das Opfer zum Todeszeitpunkt allein war. Der zweite Mann, der ihm zugeteilt war, wurde nachdrücklich verhört, und er gestand, dass ihn der Betreffende an jenem Nachmittag gebeten hatte, eine Pause bei der Arbeit zu machen, denn er hatte eine Eintrittskarte für den Theaterhof Corral del Príncipe erhalten und wollte der Premiere eines Stücks von Juan Ruiz de Alarcón mit dem Titel *Der Weber von Segovia* beiwohnen. Dies war der einzige Ort, an dem unser Mann an jenem Nachmittag ganz bestimmt gewesen war, und dort haben wir unsere Nachforschungen begonnen. Dabei müssen wir berücksichtigen, dass wir bei der Leiche zusammen mit ihren Habseligkeiten die Theaterkarte entdeckten und dass lediglich die Zeichnung fehlte, die der hochwürdige Pater Rivadeneira vom Gesicht der Geflohenen angefertigt hatte. Obwohl wir eifrig danach suchten, fanden wir sie nicht, und daraus schlossen wir, dass dieses Bild das Einzige war, was den Mörder interessiert hatte, und das konnte kein anderer als die Nonne oder eine ihr ergebene Person sein.

Fassen wir zusammen: Wir wussten, dass es bedeutete, eine Stecknadel in einem Heuhaufen zu suchen, doch unsere Ausdauer und Methode haben uns große Erfolge gebracht. Die Frauen, die das Theater besuchen, setzen sich ins sogenannte Paradies, und das Licht, das zu ihnen gelangt, ist schwach und beeinträchtigt von der Entfernung von dort bis zu dem Balkonsitz, wo sich der Platz unseres Mannes befand, wie wir sicher wissen (weil wir die Karte in seiner Tasche gefunden haben). Darum war es unlogisch, dass er dort etwas gesucht hätte. Wohin blickt also jemand, der so großes Interesse an einer Vorstellung hat und der seine Pflicht vernachlässigt, nur um eine Aufführung mitzuerleben? Sicher auf die Bühne. Und wer weiß alles, was damit zu tun hat, wenn es nicht der Unternehmer der Schauspieltruppe ist? Darum habe ich schließlich Don Pedro de la Rosa besucht. Er empfing mich mit der Vorsicht und Furcht, die das Bild des Glaubensgerichts bei Schauspielern und anderem liederlichen Volk weckt, die kein ganz reines Gewissen haben. Und nun kam uns die Hand der göttlichen Vorsehung zu Hilfe. Es stellte sich heraus, dass sich eine Schauspielerin der Truppe am Tag nach dieser Vorstellung ohne jeden offensichtlichen Grund verabschiedet hat und dass sie – welch sonderbarer Zufall! – gleichermaßen erfolgreich und vortrefflich Frauen- und Männerrollen spielte. Wie ich bei ihren Gefährten ermittelt habe, verließ sie das Theater manchmal in der Kleidung eines Mannes und dann wieder im

Frauenkostüm. Mir blieb nichts anderes übrig, als drei Tage lang und getrennt voneinander Don Pedro de la Rosa und die erste Schauspielerin Ana de Andrade gründlich zu verhören. Und nun, Hochwürden, werdet Ihr feststellen, dass Euer bescheidener Diener die Gunsterweise reichlich verdient, mit denen Ihr ihn so sehr überhäuft. Ana de Andrade gestand, dass die Namen, die die Betreffende benutzt, Clara Arnedillo beziehungsweise Alonso Díaz sind, wenn sie sich als Frau oder als Mann kleidet, und obwohl niemand ihre tatsächliche Adresse kannte, konnte ich erfahren, dass sich ihr Geliebter auf dem Fest befand, das vor etwas mehr als einem Monat die Familie Mendoza ausgerichtet hat und an dem der Favorit des Königs teilnahm. Dabei half ihr die Andrade, wie sie gestanden hat, als Frau gekleidet sich ihrem Galan zu nähern (dessen Name ihr nicht mitgeteilt wurde), und hierfür lieh sie ihr eigene Kleidungsstücke und Schmuck.

Nun will ich Euch im Einzelnen aufführen, welche Schritte ich ausführen werde, um den Aufenthaltsort und die möglichen Kumpane der Renegatin zu entdecken. Ich möchte äußerst behutsam vorgehen, denn wahrscheinlich kommen wir einem Mächtigen ins Gehege, und ich will nicht, dass wir durch allzu große Eile das Ziel verfehlen und den Fisch, der mit dieser Geschichte zu tun hat, durch die Maschen schlüpfen lassen.

Ich habe von einer zuverlässigen, dem Innenministerium zugeteilten und außerdem gut entlohnten Person die Gästeliste dieses Festes erbeten. Man hatte ja eine Abschrift der Liste einreichen müssen, damit das betreffende Ministerium die Gäste namentlich bestätigte, weil es wusste, dass der Ministerpräsident erscheinen wollte. Darunter wird sich zweifellos die Person befinden, die die Nonne als ihren Geliebten bezeichnet und die sie in Madrid aufsuchen wollte, eine sündhafte Verbindung, wie Ihr sehen könnt, die die sittliche Wesensart der Renegatin eindeutig verrät. Sobald man mir die Aufstellung übergibt, werde ich sie nach Familien, Altersgruppen und Stellungen genau überprüfen, bis ich den Betreffenden herausfinde, der ein Kumpan der Geflohenen oder ihr Geliebter sein könnte. Und wenn man erst einmal eine Spur hat, entdeckt man den Zusammenhang … Früher oder später wird er uns zu ihr führen. Seht, wie einfach und doch unfehlbar dieser Plan ist, und ich bin mir gewiss, wenn wir Geduld haben und nicht das Wild aufscheuchen, wird er die erwünschten Resultate bringen.

Ohne mehr für heute küsse ich Euren Hirtenring,

SEBASTIÁN FLEITAS DE ANDRADE,
Familiar des Heiligen Offiziums

Vorbereitungen (Mittwoch)

Alonso saß in einem bequemen Korbsessel, Diego de Cárdenas gegenüber, in der Gartenlaube des Herrenhauses. Mit einem Röhrchen schlürfte er eine köstliche und erfrischende Orangeade. Er führte einen äußerst schwierigen doppelten Auftrag aus.

»Ich kann Euch sagen, wo Clara Arnedillo wohnt, und ich möchte persönlich hinzufügen, dass sie morgen Nachmittag zu Hause ist, denn sie hat die Truppe im Corral del Príncipe aus Gründen, die sich meiner Kenntnis entziehen, vorläufig verlassen, und ich sage Euch auch, dass man Eure Anwesenheit freudig begrüßen würde.«

»Ihr macht mich zum Glücklichsten aller Sterblichen. Aber wie könnt Ihr begründen, was Ihr sagt?«

»Am Tag nach Eurem Stelldichein habe ich mit ihrer Gesellschaftsdame gesprochen, und da sie wusste, dass ich dazu beigetragen hatte, ist sie mir entgegengekommen und hat mir gesagt, Ihr wäret ein liebenswürdiger Herr und dazu noch großzügig, wie sie hinzugefügt hat. So etwas könnte sie nicht behaupten, wenn ihre Herrin nicht das Gleiche meinte, und sie hat auch gewissermaßen nebenbei erwähnt, dass diese in den kommenden Tagen nicht das Haus verlassen werde, weil sie etwas Halsschmerzen habe, die sie daran hinderten, aufzutreten. Ganz unvermittelt hat sie mir mitgeteilt, dass sie in der Calle de la Flor wohnen, in der Nummer vierundzwanzig, gleich neben einem berühmten Gesellschaftshaus, und von fünf bis acht Uhr abends gehe sie, die Gesellschaftsdame, gewöhnlich im Viertel spazieren. Wie Ihr feststellen könnt, ließen sich keine eindeutigeren Angaben finden. Offenbar hat Euer Geld sie in eine leicht verständliche Begeisterung versetzt.«

»Alonso, mein Freund! Immer werde ich in Eurer Schuld stehen. Glaubt Ihr, dass diese Mitteilung von der Gesellschafterin oder von Clara selbst ausgeht?«

»Was soll ich Armer dazu sagen! Offenkundig ist allerdings: Wenn ihrer Herrin Eure Gesellschaft nicht gefiele, so glaube ich, dass es die Gesellschaftsdame nicht wagen würde, Euch so unmissverständlich einzuladen.«

»Soll das heißen, es ist möglich, dass dieser Wink von ihr ausging?«

»Fasst es so auf, wie es Euch am angemessensten erscheint.«

»Alonso, ich fühle mich im siebenten Himmel! Vor Sehnsucht sterbe ich bis zum Donnerstag.«

»Nun, es ist möglich, dass mich so etwas am Sonntag trifft.«
Diegos Miene veränderte sich.
»Ich verstehe Euch nicht. Was wollt Ihr damit sagen?«
»Weil ich neulich eine Dame verteidigt habe, Don Diego, wurde ich von einem Herrn zum Duell herausgefordert, und ich fürchte, die Sache ist unwiderruflich.«
»Aber erzählt es mir! Wie war das?«
Catalina musste die Szene und die Dame verändern:
»Gebt acht, Señor. Am Theaterausgang hat dieser Kerl eine mir bekannte Dame beleidigt, die in dem Viertel wohnt, und mir blieb nichts anderes übrig, als sie zu verteidigen.«
»Und dann?«
»Er hat mich vor Zeugen herausgefordert, und dem konnte ich mich nicht entziehen.«
»Ich nehme an, bei einem solch unbedeutenden Anlass soll es bis zur ersten Wunde dauern.«
»So müsste es allem Anschein nach sein, aber der Begleiter, der als Sekundant dienen wollte, hat gesagt, er gebe sich nicht für einen Blödsinn her, und der Kampf müsse auf Leben und Tod sein.«
»Ihr erstaunt mich. Und wo soll das Duell stattfinden?«
»An der Mauer des Friedhofs, der an die Einsiedelei des Schutzengels grenzt, am rechten Ufer des Manzanares. Es soll am Sonntagabend stattfinden.«
»Das halte ich für Irrsinn. Glaubt Ihr, es wäre zwecklos, wenn ich als Vermittler auftrete?«
»Verliert damit nicht Eure Zeit. Er hat sich öffentlich gedemütigt gefühlt, und so etwas verzeiht man nicht.«
»Darf man wissen, wer ein solch ehrversessener Caballero ist?«
»Ihr werdet ihn nicht kennen. Er heißt Cristóbal López-Dóriga, und sein Begleiter nennt sich Matías Campuzano. Ich habe gehört, dass er als Fähnrich wegen einer hässlichen Angelegenheit aus dem Regiment ausgestoßen wurde.«
Plötzlich machte Diego ein ganz anderes Gesicht.
»Die kenne ich beide gut. Sie sind Raufbolde und Intriganten, und jetzt sage ich Euch gleich, dass Ihr gewiss gute Gründe hattet, ihnen einen Strich durch die Rechnung zu machen. Sagt mir: War nicht auch ein unauffälliger und schüchterner junger Mann bei ihnen, der sicherlich nichts mit der Sache zu tun hatte?«

»Das stimmt. Aber ich kenne seinen Namen nicht«, log Catalina.

»Den sage ich Euch. Er heißt Álvaro de Rojo, und er ist der Sohn eines Provinzadligen, der in Quintanar del Castillo lebt und Martín de Rojo heißt.«

Catalina schwieg einige Zeit. Sie hatte Álvaro zum ersten Mal in der Nacht gesehen, als sie in María Corderos Haus kam, und damals brachte sie ihn nicht mit ihrem Vormund von Sankt Benedikt in Verbindung. Nun kam heraus, dass er dessen Sohn war. Diegos Stimme riss sie aus ihren Grübeleien.

»Sie besuchen zusammen mit mir den Unterricht im Pagenhaus, und sie sind der einzige Wermutstropfen, den ich hier in der Hauptstadt kosten muss. Sagt mir, Alonso: Wer wird Euer Sekundant bei diesem Kampf sein?«

»Niemand. Ich habe keinen, der gut genug mit mir bekannt ist, damit ich ihn darum bitten könnte.«

»Nun, dann habt Ihr jetzt jemanden, und das aus vielen Gründen. Erstens, weil ich es Euch schuldig bin. Zweitens, weil Euer Gegner so ist, wie er ist, weshalb ich genau weiß, dass das Recht auf Eurer Seite ist, und drittens vergeltet Ihr es mir, weil Ihr der Bote meines Glücks seid, während ich mich Euch gegenüber so schlecht benommen hatte.«

»Ich weiß nicht, was ich Euch sagen soll. Ich danke Euch von ganzem Herzen. Es hätte mich gedemütigt, wenn ich bei einem solch gefährlichen Kampf erschienen wäre, ohne die erforderlichen Bedingungen zu erfüllen.«

»Dankt mir nicht. Ich weiß, dass die Angelegenheit nicht angenehm ist, und ich schlage Euch vor, dass Ihr den Kampf nach dem ersten Blut beendet. Doch um nichts auf der Welt möchte ich die Lektion verpassen, die dieser unverschämte Kerl erhält.«

Die Schicksalswoche

Es war Mittwochabend, und Catalina ritt unmittelbar vom Herrenhaus der Familie Cárdenas zum Haus in der Calle de la Flor, das ihr María angegeben hatte. Ihr Kopf drohte angesichts der vielen vergangenen und bevorstehenden Ereignisse zu zerspringen.

Das Haus in der Calle de la Flor unterschied sich nicht von denen in seiner Umgebung. Es hatte nur ein Stockwerk, und daneben befand sich ein kleiner Pferdestall. Zwei grün angestrichene Türen gingen nach draußen, die eine für Menschen und die andere für Tiere. Das flache Dach war von einer Balustrade umgeben. Man gelangte über eine Innentreppe dort hinauf. Auf der Dachterrasse konnte man Wäsche aufhängen, und in den warmen Sommernächten konnte man hier nach dem Abendessen auch ausgiebig plaudern, wozu man sich unter ein Rohrgeflecht setzte, das sich in einer der zur Straße hin liegenden Ecken befand. Catalina stieg ab, nahm Boabdil am Zügel und stieß die Stalltür auf. Sie musste den leichten Widerstand des Tiers überwinden, das den Ort nicht kannte und sich sträubte hineinzugehen und sich einer Krippe zu nähern, die nicht die seinige war. Das Mädchen tätschelte ihm mit der behandschuhten Hand den Hals, redete ihm zärtlich und flüsternd zu, und so erreichte sie, dass sich das Tier an den ihm zugewiesenen Platz stellte. Sie nahm ihm das Zaumzeug ab und schüttete die Krippe mit Futter voll. Dann ging sie durch ein Türchen in der Nebenwand zum Haus.

María Cordero betätigte sich eifrig in der Küche, und als sie hörte, dass der Türriegel des Stalls knarrte, rieb sie sich die rundlichen Hände an ihrer breiten Schürze ab und ging ins Wohnzimmer.

»Willkommen im Haus, Catalina! Erzählt: Habt Ihr schon einen Sekundanten?«

»Macht Euch keine Sorgen. Am Sonntag bin ich nicht allein. Diego wird mich begleiten.«

»Meine Kerze für den heiligen Paschalis Bailón hat Wunder gewirkt! Gott sei gelobt!« Mit einer weiten Geste zeigte die Frau auf alles ringsum und fragte: »Was haltet Ihr von Eurer neuen Wohnung?«

»Ihr gebt mir ja nicht einmal Zeit, dass ich mich zurechtfinde. Aber mir kommt sie gewiss wunderbar vor.«

Sie trat näher und drückte zwei Küsse auf die Pausbacken der Gesellschafterin, die die Nase rümpfte, als sie an ihr roch.

»Um Gottes willen! Ihr stinkt wie ein Stallbursche! Sobald ich Euch Eure Räume gezeigt habe, stecke ich Euch in die Badewanne und reiße Euch die Haut in Fetzen herunter. Mal sehen, ob ich es schaffe, dass Ihr wie eine Dame riecht. Nichts versetzt einen Caballero in größeren Schrecken als der Gestank eines Wirtshausmädchens.«

Die gute Frau zeigte dem Mädchen die Räume des Hauses mit demselben Stolz, als wäre sie selbst die Eigentümerin. Die größten Räume, die auf die Calle de la Flor hinausgingen, waren ein Kabinett, das Esszimmer und ein anschließendes kleines Wohnzimmer. Drei Schlafzimmer, das Bedientenzimmer und die Küche gingen mit ihren Fenstern auf ein Gärtchen hinter dem Haus hinaus, von dem aus man ebenfalls in den Stall kommen konnte und an dessen hinterem Ende sich ein Waschplatz befand. Alle Möbel hatten eine gute Qualität, zeigten allerdings keinen Luxus und keine übertriebene Pracht. Das ließ darauf schließen, dass die Person, die das Haus eingerichtet hatte, Gemütlichkeit liebte und sich einer sorgenfreien wirtschaftlichen Lage erfreute.

»Ihr seid eine allerliebste Freundin. Aber während ich mich für das Abendessen zurechtmache, möchte ich Euch über einige Dinge befragen, für die Ihr wegen Eurer Lebenserfahrung und Eurer Kenntnisse genau die Richtige seid, um mich zu beraten.«

»Ihr könnt auf mich zählen, wenn es in meiner Macht steht. Aber Ihr müsst wissen, dass jede Frau derlei persönliche Angelegenheiten selbst regeln muss. Jetzt lassen wir Euch ein Bad einlaufen, und ich werde ein Öl ins Wasser gießen, dessen Duft die Männer wie Rossäpfel den Pillendreher anzieht.«

»Euer Vergleich überzeugt mich nicht ganz, und außerdem komme ich schon allein zurecht.«

»Nun, dann zieht er wie der Honig die Fliegen an, wenn Euch das besser gefällt… Aber ich möchte Eure Haut pflegen. Sie soll duften wie Jasmin in einer Sommernacht und sanft wie Seide sein. Und seid nicht so übertrieben sittsam. Wenn ich in meinem Leben etwas reichlich gesehen habe, so waren es splitternackte Mädchen. In mein Haus ist keine eingetreten, die ich nicht überprüft habe, und der Arzt hat keine einzige Untersuchung meiner Kleinen vorgenommen, bei der ich nicht dabei war. Also kein Wort mehr. Geht ins Bedientenzimmer. Ich mache gleich das Wasser warm, damit ich die Sitzbadewanne vollgießen kann.«

Catalina erinnerte sich in diesem Augenblick an den Tag, als sie Diego half und seinen Kammerdiener ersetzte. Es kam ihr so vor, als wäre inzwischen ein Jahrhundert vergangen. Sie entkleidete sich, wobei sie gewisse Befürchtungen hatte. María lief eifrig hin und her und füllte die Zinkbadewanne mit heißem Wasser, das sie aus der Küche herbeischaffte. Als sich Catalina ganz ausgezogen hatte, warf sie sich ein großes Handtuch über die Schulter. Dann setzte sie sich aufs Bett und versenkte sich in tiefe Grübeleien. Als María sah, dass sie nicht kam, ging sie zu ihr.

»Worauf wartet Ihr? Das Wasser wird kalt.«

»María, Ihr seid eine erfahrene Frau und kennt alle Abenteuer meines Lebens, seitdem ich in die Hauptstadt gekommen bin. Ich weiß, ich kann niemals danach streben, dass Diego mich für etwas anderes als seine Geliebte hält. Meint Ihr, ich sollte mich ihm hingeben, obwohl ich weiß, dass der Sonntag vielleicht der letzte Tag meines Lebens sein wird? Soll ich ihm sagen, wer ich wirklich bin? Soll ich ihm erklären, wer Alonso Díaz ist?«

Die Frau setzte sich neben sie und legte ihren Arm um Catalinas Schultern.

»Catalina, ich habe wenig Bildung, und all meine Kenntnisse verdanke ich der Schule des Lebens … Eine Frau weiß, welchem Mann sie ihre Jungfräulichkeit hinzugeben hat, wenn ihr die Gnade zuteil wird, selbst darüber entscheiden zu dürfen, was ein echtes und recht seltenes Privileg im Spanien dieser Tage ist.

Eure weibliche Intuition wird Euch morgen sagen, was Ihr tun müsst. Mein einziger Rat ist, dass Ihr die wunderbarste aller Erinnerungen gewinnt und dass dies der schönste Augenblick Eures Lebens sein wird. Ob Ihr ihm nun sagen sollt, wer Ihr wirklich seid, und wenn man dazu noch bedenkt, dass er Euch in der Sonntagnacht als Sekundant bei einem Duell dienen soll, so glaube ich, dass Ihr ihn besser nicht in eine solch gewaltige Verwirrung stürzen dürft, denn so etwas könnte sich in einer derart gefährlichen und bedenklichen Lage nachteilig auswirken. Lasst es so: Catalina soll Catalina sein, und Alonso Díaz soll Alonso Díaz sein.«

Das Mädchen grübelte. Die Cordero zog ihr das Handtuch fort und fügte hinzu:

»Wir wollen Euch baden. Sonst wird das Wasser kalt.«

Das Licht des Kandelabers, der auf der Kommode stand, beschien die glatte Haut Catalinas, als diese aufstand. Die Frau nahm sie an der Hand und führte sie, denn in diesem Augenblick war Catalina wie abwesend, und als die Cordero zur Badtür kam, stellte sie Catalina ins Licht.

»Die Heilige Jungfrau steh mir bei! Was sehen meine Augen?«

Catalina kam wieder zu sich, und als sie sich ihrer Nacktheit bewusst wurde, versuchte sie, Brüste und Bauch mit den Armen zu bedecken.

»Lasst diese Schamhaftigkeit, Mädchen!« Bei diesen Worten zog die Cordero Catalinas Unterarm zurück, der die Brust bedeckte. »Tretet ins Licht, lasst mich sehen!«

»Was macht Euch dermaßen neugierig?«

»Bei den Hörnern Beelzebubs! Dieser Fleck, Catalina! Der ist unverwechselbar. Den habe ich vor vielen Jahren schon einmal gesehen.«

Die gute Frau wies mit dem Zeigefinger auf das Mal, das Catalina unter der Brust hatte.

»Seht, es ist wie ein winziges Auge, das drei Tränen vergießt.«

»Das ganze Leben war es dort und ist mit mir zusammen gewachsen.«

»Aber das ist kein gewöhnliches Muttermal, und ich kann mich ganz lebhaft daran erinnern!«

»Was sagt Ihr mir da?«

»Lasst es mich Euch erzählen.«

»Ich höre.«

Catalina deckte sich wieder mit dem großen Tuch zu und setzte sich auf eine Bank, die im Zimmer stand. Die Gesellschafterin steckte inzwischen ihre Hand ins Wasser der Badewanne, um die Temperatur zu prüfen.

»Nicht so wichtig. Später schütte ich heißes Wasser hinzu. Passt auf.«

Die Frau setzte sich neben sie und begann ihre Geschichte.

»Ich war damals sehr jung, wohl nicht älter als sechzehn, da erlaubte mir der Büttel, als Hure im Haus einer Herbergsmutter zu arbeiten, die sich um mich kümmern wollte, als Gegenleistung dafür, dass ich ihr einen Teil meiner Gewinne überließ. Nach Fronleichnam war es Sitte, dass wir, alle Mädchen, die sich mit diesem uralten Gewerbe beschäftigten, die Kirche der Fleischwerdung besuchten, wo uns ein Dominikaner von der Kanzel aus geißeln wollte, um uns auf den rechten Weg zurückzuführen. Selbstverständlich erreichte er keine großen Erfolge, und darum gab es nicht viele Bekehrungen. Wir hatten beinahe alle Geschmack an dem Beruf gefunden, und es war weniger mühsam, die Beine breitzumachen, als auf den Straßen zu betteln. Ganz gleich, ein paar erinnerten sich an die Ratschläge und Lehren ihrer Mütter, und andere wussten, dass so etwas gern gesehen wurde, jedenfalls war es Sitte in diesen Tagen, ans Gitter des Beichtstuhls zu treten und seine Schuld zu bekennen, um ein neues Kapitel zu beginnen und natürlich wieder mit dem gleichen Leben anzufangen.

Ich mit meinen sechzehn Jahren machte es wie alle und wartete vor einem der Verschläge, bis ich an die Reihe kam. Ich kniete nieder, und hinter dem Fenstergitter drang eine tiefe und wohlklingende Stimme hervor, die mich entzückte. Wie hat alles angefangen? Das weiß ich gar nicht. Ich kann Euch nur sagen, dass ich den Mönch von da an oft als Priesterliebchen aufsuchte, so dass ich meistens jeden Tag beichtete und schließlich seine Pfäffin wurde. Ich war drei Jahre mit ihm zusammen, bis er befördert wurde, und ich muss sagen, dass er mir gegenüber immer großzügig, allerdings auch grausam und launisch war. Einmal lernte ich einen Mann kennen, der mich heiraten wollte, obwohl er mein Gewerbe kannte. Da hat mir der andere eine solche Tracht Prügel gegeben, dass ich immer noch Wundmale zurückbehalte.«

»Aber was hat Eure Geschichte mit dem Mal zu tun, das ich habe?«

»Ich komme gleich darauf, habt Geduld. Wie Ihr verstehen werdet, habe ich es im Lauf von drei Jahren unendlich oft und an unendlich vielen Orten mit ihm getrieben, bei Tageslicht und in der Nacht, in seinem Haus und in dem Hühnerstall, wo ich mein Gewerbe ausübte. Jedenfalls konnte ich seinen Körper gründlich und uneingeschränkt kennenlernen. Nun ja, an seinem Rücken und in Schulterhöhe konnte ich immer wieder das Zeichen sehen, das gleiche, das auch Ihr habt, und obwohl er mir sagte, er weine wegen meiner Ausschweifungen mit drei Augen anstatt nur mit den beiden, mit denen ein anderer Mensch weinen könne, empfahl er mir jedenfalls hierüber absolute Verschwiegenheit, besser gesagt, er verlangte sie von mir, und ich sollte über dieses sein Geheimnis niemals mit jemandem reden.«

»Seid Ihr sicher, dass es wie mein Zeichen war?«

Ohne sich um Etikette zu kümmern, zog ihr die Frau das Handtuch fort, beugte sich vor und betrachtete aufmerksam das eigentümliche Zeichen, das unter Catalinas Brust glänzte.

»Es war genau so, die Größe, die scharlachrote Farbe und die Form eines tränenden Auges.« Die Frau richtete sich auf. »Ihr könnt mir glauben, dass es das gleiche ist.«

»Und wo ist dieser Mönch heute?«

»Oh! Er hat es sehr weit gebracht! Er war als Sekretär einer höchst bedeutenden Persönlichkeit in Rom. Als er zurückkam, hat er mich noch einige Zeit besucht. Dann verschwand er aus meinem Leben, aber ich habe immer wieder Neues über ihn erfahren, indem ich mich selbstverständlich diskret erkundigte. Jetzt ist er Bischof von Astorga und Provinzsekretär des Ketzergerichts.«

Donnerstagmorgen

In dieser Nacht konnte Catalina kein Auge schließen, so viele Empfindungen drängten sich in ihrer Brust zusammen.

Sie erwachte, und als sie an der Bettdecke zog, stieg ein eigentümlicher Wohlgeruch von ihrem Körper auf und erinnerte sie an das Bad, das ihr María am vorherigen Abend eingelassen hatte. Nun merkte sie, dass sie sich in einem ungewohnten Raum und in einem Bett befand, das nicht ihres war. Die Geräusche, die aus der Küche kamen, zeigten, dass sich ihre

Gesellschafterin schon am Herd zu schaffen machte. Catalina stand auf und wusch sich. Nachdem sie sich als Alonso zurechtgemacht hatte, ging sie in die Küche.

»Wie habt Ihr geschlafen?«

»Schlecht und wenig, María.«

»Also, dann entspannt Euch. Nichts schadet der Schönheit mehr als fehlende Ruhe und seelische Angst. Wohin wollt Ihr in diesem Kostüm?«

»Ich habe beschlossen, meine Fechtkenntnisse aufzufrischen, ich gehe in die Akademie Don Pedro Pachecos, um mit ihm zu üben. In drei Tagen werde ich erfahren, wie es wirklich um meine Fähigkeiten steht, und ich möchte gern, dass ich später davon erzählen kann.«

»Das halte ich für gut. Aber vergesst nicht, dass Ihr heute Nachmittag eine andere Verabredung habt und dass Catalina dann sehr schön sein muss.«

»Macht Euch keine Sorgen. Daran werde ich am meisten denken.«

»Setzt Euch, ich habe Euch einen besonderen Imbiss vorbereitet.«

»Ich habe keinen Hunger, María. Mir fehlt der Appetit.«

»Ihr müsst essen. Ich stehe nicht am frühen Morgen auf und mache mir solch eine Arbeit, damit Ihr dann meine Mühe gering schätzt.«

»Einverstanden. Aber stopft mich nicht mit Essen voll. Dann kann ich den Degen nicht richtig halten, um einen Angriff auszuführen.«

Das Mädchen setzte sich an den Küchentisch, und María stellte ihr die Speisen hin, die sie vorbereitet hatte. Um nicht diskutieren zu müssen und keine Geringschätzung zu bekunden, nahm Catalina ein bisschen von allem, und dann entschuldigte sie sich unter dem Vorwand, dass es für Leibesübungen nicht gut sei, einen vollen Magen zu haben. Catalina gab ihr zwei Küsse, die sie daran hinderten, ihr zu widersprechen, und ging durch die Gartentür zum Stall, wo Boabdil auf sie wartete.

Madrid kam ihr an diesem Morgen anders vor. Die Straßen waren wie immer voller Leute, die lärmend und geschäftig ihren Verrichtungen nachgingen, doch in ihrem Kopf herrschte eine unheilvolle und lastende Stille, die ihr unendlich viele Probleme ankündigte und sie daran hinderte, auch nur das Glockenläuten zu hören, das um diese Zeit erklang. Boabdil bahnte sich langsam einen Weg durch das Gewühl, und Catalina nutzte es, wenn in ihrer Richtung eine prächtige Karosse vorbeifuhr, um hinter ihr zu reiten und schneller voranzukommen. Der Weg vom Haus der Witwe zu Pachecos Fechtakademie war nicht kurz. Während der langen Strecke hing Catalina ihren Gedanken nach. Als Frau war sie bisher nie allein mit einem Mann in einem Zimmer gewesen und noch viel weniger mit dem, von dem sie seit ihren Mädchentagen geträumt hatte. Was würde geschehen? War es möglich, dass er sie wiedererkannte? Wie würde er sich betragen? Könnte er ihren Wunschträumen gerecht werden? Alles beschäftigte sie zwanghaft und hinderte sie daran, sich klare Vorstellungen über die anderen, äußerst wichtigen Fragen zu machen, die sie nicht weniger betrafen. Das Geheimnis, das ihr María anvertraut hatte, verwirrte sie sehr… Was hatte der Bischof von Astorga mit ihr zu tun? Wer hatte den Häscher auf ihre Spur gesetzt, der in seiner Tasche eine Zeichnung von ihr trug und den sie ins Jenseits hatte befördern müssen? Schließlich wurde sie von dem Gedanken heimgesucht, dass sie am Sonntag, wenn sie nicht starb, gewiss einen anderen Christenmenschen vor den ewigen Richter geschickt haben würde.

Als Catalina die Tür der Fechtakademie öffnete, drang der vertraute Klang von aufeinandertreffenden Klingen zu ihr. Don Pedro kam ihr eilig entgegen. Er hatte einen Degen unter den Arm geklemmt und zog sich den Handschuh von der rechten Hand.

»Weiß Gott, Ihr seid schwer aufzuspüren, Alonso! Wo zum Teufel hattet Ihr Euch versteckt? Ich dachte schon, Ihr taucht überhaupt nicht mehr in diesem Haus auf.«

»Ich war sehr beschäftigt, weil ich umgezogen bin, und das und andere Probleme haben meine ganze Zeit beansprucht.«

»Ihr werdet in der Akademie immer gebraucht, aber diesmal ging es mir um Euch. Vor ein paar Tagen ist ein kleines Paket für Euch eingetroffen. Es ist mit Bindfäden verschnürt und versiegelt. Der Bote hat mir erklärt, es sei für Euch von größter Bedeutung.«

Die Augen des Mädchens funkelten vor Zufriedenheit, denn sie begriff, dass so etwas nur von *einem* Menschen kommen konnte.

»Könnt Ihr es mir geben?«

»Selbstverständlich. Kommt in mein Kabinett.«

Catalina folgte dem Lehrer, und als er ins Kabinett eingetreten war, holte er ein Päckchen hervor und gab es dem Mädchen.

»Nehmt Euch so viel Zeit, wie Ihr braucht. Hier stört Euch keiner. Wenn Ihr fertig seid, erwarte ich Euch im Fechtsaal.«

Der Lehrer verließ den Raum und schloss die Tür hinter sich.

Catalina starrte das Paket ungläubig an und genoss den Augenblick, da sie Neuigkeiten von ihrer Freundin erfahren würde, deren Bild sie in ihrem Herzen treu bewahrte. Sie machte es sich in einem der großen Sessel bequem, die am Tisch standen, und höchst behutsam entfernte sie mit einem Brieföffner den Lack von der Verpackung. Als sie den dünnen Karton abnahm, der das Päckchen umschloss, tauchte ein kleiner Band mit Lederdeckeln auf, und darauf lag zusammengefaltet ein Brief.

Der Text des Briefes lautete:

Lieber Alonso!

Ich denke mir, dass Eure Angelegenheiten, wenn Ihr diesen Brief erhaltet, sich so entwickeln, wie es Euren so oft geäußerten Wünschen entspricht, für die Ihr so hartnäckig gekämpft habt. Stets ist es mir eine Freude, Neues von Euch zu erfahren, obwohl ich verstehe, dass Ihr Euch nur selten melden könnt, weil dies mit großen Schwierigkeiten verbunden ist.

Es sind viele Tage vergangen, ohne dass ich Euch antworten konnte, denn bisher wusste ich nicht, wohin ich meine Antwort schicken konnte. Meine Zeit ist knapp, und der Weg, auf den ich Euch diesen Brief zukommen lassen wollte, musste ganz zuverlässig sein, weil er ein großes Wagnis bedeutete, wie Ihr bald sehen werdet.

Erstens möchte ich Euch sagen, dass ich Antón Cifuentes geheiratet habe. Er ist ein guter Mensch, und für mich war es ein Glück, denn nun kann ich nicht nur mit jemandem zusammenleben, sondern kann auch noch, wenn Gott will, ein Kind haben, und außerdem bin ich der eisernen Zuchtrute Schwester Gabrielas entkommen, deren Art, das Kloster zu führen, sich so sehr von der Mutter Teresas unterscheidet, die in Frieden ruhen möge. Jetzt wohne ich in dem Haus hinten, neben dem Ausgang des unteren Gartens, und obwohl ich für die Nonnen arbeite, muss ich nicht in den Küchen dabei sein und nehme auch keine Befehle von jemandem entgegen. Solange mit der Wäsche alles in Ordnung ist und alles rechtzeitig fertig wird, sagt mir niemand, wie ich etwas zu tun habe.

Nun möchte ich Euch über die letzten Ereignisse unterrichten, die, wie ich glaube, für Euch von Interesse sind.

Leonor hat endlich diesen Kurier geheiratet, von dem ich Euch nach dem Tag in Carrizo de la Ribera erzählt habe und der beinahe immer die Post nach Portugal befördert hatte, so dass er oft auf den Wegen von Astorga nach Bragança gekommen ist. Vor einiger Zeit hat sie mich holen lassen. Ich habe sie in ihrem alten Haus besucht, und dort haben wir Neuigkeiten ausgetauscht. Nun komme ich unmittelbar zu dem, was Euch betrifft, wie ich glaube.

Einmal vor ihrer Hochzeit hat ihr jetziger Ehemann jedenfalls einem Sterbenden geholfen, den mehrere Verbrecher übel zugerichtet und auf eine Lichtung neben einem Waldweg geworfen hatten. Der Mönch, denn das war der Betreffende, gehörte zum Karmeliterorden. Marcelo, so heißt Leonors Mann, sagte ihm, er wolle ihn zu einem nahen, ihm bekannten Karmeliterkloster schaffen. Dagegen versuchte sich der Mönch zu wehren, was Marcelo auf die in diesen Tagen so weit verbreiteten Kämpfe zwischen beschuhten und unbeschuhten Karmelitern zurückführte. Er legte ihn quer über den Sattelbogen und brachte ihn zur Tür des Klosters, wo er ihn mitten in der Nacht absetzte, nachdem er geläutet hatte, damit sich jemand um ihn kümmerte. Aus einem Versteck beobachtete er, dass der Mann hineingeholt wurde. Dann widmete sich Marcelo wieder seiner Aufgabe, und es hätte ihm nicht gepasst, Erklärungen zu der Geschichte abzugeben, was ihm nur Probleme oder eine Verspätung einbringen konnte.

Als er am Ziel angekommen war und die Reisesäcke ausleerte, entdeckte er, dass man ihm eine alte Handschrift hineingesteckt hatte. Sie hatte offenbar einem Kopisten oder Illuminator gehört, der für das Ketzergericht arbeitete, und sie war gewiss später in die Hand des Mönchs geraten. Marcelo hat die Handschrift lange Zeit als einen seiner wenigen Schätze aufbewahrt. Das Schicksal wollte es, dass ihre Lederhülle teilweise aufgerissen wurde, und so konnte Leonor feststellen, dass ein aus einem anderen Buch gerissenes Blatt darin versteckt war. Darauf waren deutlich gezeichnet und koloriert die Flecken zu erkennen, die man auf der Haut von durch das Heilige Offizium verurteilten Juden gefunden hatte. Einer dieser Flecken, wie Ihr dem Dokument entnehmen könnt, das ich Euch beilege, gleicht genau dem, den Ihr habt. Es war der Fleck eines Rabbiners mit Namen Lacrima-Dei, der vor über zweihundert Jahren in Lissabon verbrannt wurde und dessen rückwärts gelesener Name zu »Yed-Amircal« wird. Das ist derjenige, der auf der ersten Seite der Handschrift steht.

Catalina war schweißgebadet.

Nun gebt gut acht! Ich darf Euch nicht sagen, woher ich dies weiß, aber ich kann Euch versichern, dass Don Martín de Rojo, dessen Amt in Sankt Benedikt Ihr nur zu gut kennt, an einer Schulter ebenfalls dieses Zeichen hat, das gewiss unverwechselbar ist, weil es keinem anderen gleicht und, wie das Eurige, ein scharlachrotes Auge ist, aus dem drei kleine Tränen rinnen. Kombiniert die einzelnen Tatsachen, und bedenkt das, was Euch bei einer solch außergewöhnlichen Geschichte betrifft. All das wirkt in gewisser Hinsicht zusammen, um Eure Herkunft aufzuklären, worum Ihr Euch so verzweifelt bemüht.

Einen weiteren merkwürdigen Umstand, der damit zusammenhängt, will ich Euch nun berichten, und der Brief, den ich Euch außerdem schicke, verbürgt seine Glaubwürdigkeit. Daraus könnt Ihr entnehmen, welch eifriges Interesse offenbar Don Bartolomé Carrasco, der Provinzsekretär des Glaubensgerichts, daran hat zu verhindern, dass Don Martín de Rojo in einen Ritterorden eintreten kann. Dieser Brief war in zwei Exemplaren vorhanden: Das eine war an den Bischof und das andere an den Herrn mit dem Narbengesicht adressiert, dessen bloße Anwesenheit bei dem Stierkampf in Carrizo de la Ribera dazu führte, dass Don Diego de Cárdenas vom Pferd stürzte und seinem Hofmeister ein schweres Unglück zustieß. Ich kann nicht ganz verstehen, welcher Hass hinter so vielen Intrigen steckt, aber ich weiß genau, dass der gute Doktor Gómez de León nach zweijähriger Haft in den Kerkern der Inquisition gestorben ist und dass der Mann mit dem Narbengesicht in Sankt Benedikt war und Fragen über die Flucht »dieser Anwärterin« gestellt hat, die er als Besessene beschimpfte und der er die Schuld am Tod Mutter Teresas zuschrieb.

Marcelo ist Bote des Heiligen Offiziums, und Leonor hat Angst, dass das Glaubensgericht sie noch einmal aufsucht. Da ihre beiden Kinder für sie das ganze Lebensglück bedeuten, hat sie mich gebeten, ich solle all diese Dokumente aufbewahren, für den Fall, dass sie ihr eines Tages dazu dienen könnten, sich gegen irgendeine Intrige zu verteidigen, oder dass sie, falls dies notwendig sein sollte, der Familie helfen könnten, die so viel für sie getan hat. Deshalb hat sie mir das alles gegeben, damit ich es aufhebe. Aber Antón meint, dass sie zu gefährlich seien, als dass man sie in Sankt Benedikt aufheben dürfe, und andererseits glaube ich, dass sie Euch mehr als jeden anderen interessieren.

Ich weiß nicht, ob ich richtig gehandelt habe, als ich Euch mit so vielen Sorgen belastete, doch ich denke, dass Euch all das bei Euren Bemühungen helfen kann. Verzeiht mir, wenn es nicht so sein sollte, und entledigt Euch dann all dessen, was ich Euch schicke. Zweifelt jedenfalls nicht an meiner Aufrichtigkeit und an der Liebe, die ich für Euch empfinde.

Sonst gibt es nichts Neues. Lasst Euch umarmen von Eurer guten Freundin

CASILDA PERIBÁÑEZ

P. S.: Rivadeneira hält sich schon einen Monat in der Hauptstadt auf, und er ist dorthin gefahren, nachdem er die Zeichnung einer Euch wohlbekannten Person angefertigt hatte. (Dies weiß ich von Fuencisla, die seine Räume sauber macht und die weiter in Hassliebe mit ihm verbunden ist.)

Catalina las den Brief dreimal. Dann schlug sie den kleinen Kodex auf und sah sich die Widmung oben auf der ersten Seite an, worin der Eigentümer des Buches seine Dankbarkeit äußerte, wenn man es an seine Familie in Istanbul zurückerstattete. Tatsächlich verwandelte sich sein Name, wie Casilda erklärt hatte, wenn man ihn rückwärts las: »Yed-Amircal« wurde zu »Lacrima-Dei«. Danach prüfte sie sorgfältig das Blatt, auf dem eindeutige Zeichnungen aller betreffenden Muttermale zu sehen waren, und neben jedem einzelnen stand der Name derjenigen, die dieses Zeichen getragen hatten. Dort war auch ihr eigenes Mal unmissverständlich abgebildet: ein kleines scharlachrotes Auge, aus dem drei Tränen rannen. Ihr Blick schweifte über die Dächer von Madrid, und im Innern verknüpfte sie die einzelnen Tatsachen, bis sie allmählich eine Gesamtvorstellung gewann. In all ihren Lebensjahren hatte sie nicht so viele Informationen wie die erhalten, die sie in diesen Tagen zusammentrug, und nach dem Streit mit López-Dóriga schien es nun, als stürzte der Himmel über ihr ein.

Drei Personen trugen das scharlachrote Zeichen, und eine von ihnen verfolgte unerbittlich die anderen zwei. In ihrem Kopf formte sich allmählich das Bild des Mannes, der ihr Vater sein könnte. Gleichzeitig stellte sich jedoch ein Problem. Der Sohn von Don Martín de Rojo, den Casilda gestillt hatte, war genauso alt wie sie, und deshalb erwies es sich als unmöglich, dass der Hidalgo ihr Vater war … wenn Doña Beatriz de Fontes keine Zwillinge geboren hatte, was völlig undenkbar war, denn davon hätten Casilda oder Leonor erfahren.

Plötzlich, so schien es, wurden ihre Gedanken von einer klaren Vorstellung erleuchtet. Sie war möglicherweise eine natürliche Tochter des Hidalgos, und als solche hatte man sie im Benediktinerkloster abgegeben und der Obhut der Priorin anvertraut, die sich ihr gegenüber so fürsorglich verhielt. Gerade an dem Morgen, als der Sohn des Hidalgos zur Welt kam, gab ein vermummter Herr sie im Kloster ab, ohne ihre Herkunft zu erklären. Die einzige Person, die das Geheimnis kannte, hatte es ins Grab mitgenommen. Alles war höchst sonderbar. Als Einziges war sicher, dass sie Vorsichtsmaßnahmen für den Fall ergreifen musste, wenn ihr Schicksal am Sonntagabend eine tragische Wendung nahm. Außerdem erinnerte sie sich, dass Rivadeneira unzählige Male seine Staffelei in allen möglichen Ecken des Klosters aufgestellt und gemalt hatte. Der Zeichner, der das Bild gemalt hatte, das sie aus der Tasche des Häschers herausholte, den man ihr nachgeschickt hatte, konnte also kein anderer als der Mönch sein, denn niemand sonst wäre in der Lage gewesen, sie aus dem Gedächtnis zu malen, und dass das Ketzergericht dieses Bild hatte, bewies, dass Bischof Carrasco der Anstifter der ganzen Geschichte war. Ohne seine Zustimmung hätte sich der Mönch niemals mit dieser Aufgabe beschäftigt. All das wurde von der Nachschrift in Casildas Brief bestätigt.

Langsam legte sie sich einen Plan zurecht. Sie verpackte die Handschrift wieder, und dazu gehörte das Blatt mit den Zeichen, die sich an der Haut der vor mehr als sieben oder acht Generationen auf dem Scheiterhaufen in Lissabon verbrannten Juden befunden hatten. Dann ging sie zu Don Pedro, der gerade den Unterricht der begabtesten Schüler leitete. Als er sie sah, übertrug er dem Besten die Leitung und ging zu ihr.

Als er ihre verstörte Miene sah, erkundigte er sich:

»Was gibt es, Alonso? Schlechte Neuigkeiten?«

»Sie sind eher beunruhigend. Ich brauche Eure Hilfe.«

»Darauf könnt Ihr Euch verlassen. Aber es wird besser sein, dass Ihr es mir im Kabinett erklärt.«

Als sie dort eingetreten waren, setzten sich beide, und Don Pedro meinte, während er sich die Lederhandschuhe auszog, mit denen er stets seine Unterrichtsstunden erteilte:

»Nun, so äußert Euch, lieber Freund.«

»Also, Meister, die Neuigkeiten, die ich erfahren habe, sind für mich so etwas wie eine Überlebensversicherung für den Fall, dass ich mir die Finger verbrenne.«

»Und welche Rolle habe ich bei dieser Geschichte?«

»Ich möchte, dass Ihr das Paket, das Ihr mir gegeben habt, an einem sicheren Ort verwahrt. Falls ich es aus irgendeinem Grund nicht abholen kann, käme jemand, den ich schicken würde, und sagte Euch, was Ihr tun sollt.«

»Wie erkenne ich Euren Boten?«

»Wir vereinbaren ein Losungswort.«

»Welches?«

»Erinnert Ihr Euch, dass Euch am ersten Tag die Marke meines Degens auffiel?«

»Sicher. Die Marke des Hündchens ist ja die einer Familie berühmter Toledaner Waffenschmiede.«

»Nun denn, die Person, die in meinem Namen kommt, wird Euch meine Anweisungen mit den Worten übermitteln: ›Ich komme von jemandem, der an der Marke des Hündchens interessiert ist.‹ Ich bitte Euch, tut, was er oder sie dann sagt.«

»Ihr könnt ruhig sein. So wird es geschehen. Aber warum bedrängen Euch solche Ängste?«

»Eigentlich wollte ich Euch nichts davon sagen, aber da die Würfel nun einmal gefallen sind, möchte ich Euch mein Geheimnis anvertrauen.«

»Ihr macht mir Sorgen, Alonso. Was geht hier vor?«

»Meister, heute bin ich gekommen, um zu üben, weil ich am Sonntagabend ein Duell habe.«

»Was sagt Ihr da?«

»Was Ihr hört, und … es soll nicht mit der ersten Wunde enden.«

Don Pedro Pachecos Gesicht verfinsterte sich.

»Wisst Ihr, was Ihr da sagt?«

»Es tut mir wirklich leid, aber das zu verhindern, lag nicht in meiner Macht.«

»Habt Ihr versucht festzulegen, dass es mit der ersten Wunde endet?«

»Das habe ich versucht, Meister. Aber es war unmöglich.«

»Das Schlimmste von allem ist, dass sie Euch töten können, obwohl das nicht leicht sein wird. Aber Ihr wisst nicht, was es heißt, einen Christenmenschen zu töten, wenn man sich Auge in Auge gegenübersteht!«

Catalina wartete einen Augenblick mit der Antwort, und beinahe hätte sie ihm gesagt, dass sie sehr wohl wusste, was es hieß, einen Menschen zu töten.

»Es lag nicht in meiner Macht, das zu verhindern.«

Der Meister zog die Augenbrauen hoch.

»In meiner Gegenwart hat man eine mir befreundete Dame schwer beleidigt, die eine solche Behandlung nicht verdient hatte.«

»Dann verstehe ich es. Und wer hat Euch herausgefordert?«

»Don Cristóbal López-Dóriga. Kennt Ihr ihn?«

»Sein Name ist mir bekannt, aber ich kann mich nicht genau erinnern. Und sein Sekundant?«

»Ich glaube, er war Fähnrich in einem Regiment. Er heißt Matías Campuzano.«

Der Gesichtsausdruck des Meisters veränderte sich auf der Stelle.

»Seid äußerst vorsichtig. Er ist eine Giftnatter. Ich musste ihn aus meiner Akademie hinauswerfen. Habt Ihr einen Sekundanten?«

»Ich habe einen, aber ich möchte seinen Namen lieber geheim halten.«

»Werden sich die Sekundanten auch schlagen?«

»Das glaube ich nicht, aber möglich wäre es.«

»Wenn Ihr das nicht ganz geklärt habt, kann ich Euer Sekundant sein.«

»Vielen Dank, Meister. Aber ich weiß, dass Euer Beruf so etwas nicht erlaubt. Ihr würdet Schüler verlieren, und wenn es bekannt würde, könnte es verhängnisvolle Folgen für Euch haben. Die Männer des Königs könnten Euch sogar festnehmen.«

»Ein guter Mantel, der einen vollständig verhüllt, und die Sache ist geregelt. Wo trefft Ihr Euch?«

»Am Sonntag, um Punkt elf Uhr nachts, am Ufer des Manzanares, an der Mauer des alten Friedhofs, der neben der Einsiedelei des Schutzengels liegt.«

»Gestattet, dass ich darauf bestehe. Ich weiß ja nicht, wer Euer Sekundant ist, aber von dem Spitzbuben, den Ihr gegen Euch habt, lässt sich jede Art von Schurkenstreich erwarten.«

»Danke, nein, Don Pedro. Tausend Dank, trotzdem nein. Was ich von Euch brauche, ist die Gefälligkeit, um die ich Euch gebeten habe.«

»Darauf könnt Ihr Euch verlassen. Aber am Montagmorgen will ich Euch lebendig hier haben, damit Ihr mir das Abenteuer erklärt.«

»Macht Euch keine Sorgen. Was mich betrifft, so will ich mit allen Mitteln versuchen, Euch den Gefallen zu tun. Ich schätze Alonso Díaz viel zu sehr, als dass ich zulasse, dass ihm etwas Unangenehmes zustößt.«

»Alonso, gebraucht die Linke, wenn Ihr in Bedrängnis geratet. Habt keine Bedenken.« Der Meister war offensichtlich beunruhigt. »Und jetzt üben wir eine Weile, wenn Ihr einverstanden seid.«

»Dafür bin ich gekommen.«

»Dann tun wir es.«

Don Pedro Pacheco stand auf, und nachdem er das Paket in einem Eisenkasten verwahrt hatte, der hinter einem Bild mit einer Fechtszene versteckt war, verließ er den Raum. Alonso folgte ihm.

Donnerstagnacht

Diego kam zur Nummer vierundzwanzig der Calle de la Flor. Er band sein Pferd an einem Wandring fest und ging zu einer grün angestrichenen Tür, die, wie Alonso erklärt hatte, zum Haus gehörte. Seine Hand packte nervös den Türklopfer und schlug ihn kräftig an die Tür. Er lauschte aufmerksam und wartete auf die Schritte, die die sich nähernde Person ankündigen würden. Er musste nicht allzu lange warten. Sogleich ging die Gittertür auf, und es erschien die rundliche und üppige Gestalt María Corderos.

»Wie kommt es, dass Ihr hier seid, guter Herr? Welchem Umstand ist die Überraschung dieses unerwarteten Besuchs zu verdanken?«

Ihre Lautstärke war übertrieben, als habe sie es darauf abgesehen, von einer weiter entfernten Person gehört zu werden. Diego ging auf das Spiel ein.

»Amor ist ein hartnäckiger Spürhund, und ich habe nicht eher Ruhe gegeben, bis ich das Haus entdeckte, in dem Doña Clara Arnedillo wohnt, und auf die Gefahr hin, unhöflich zu erscheinen, habe ich es gewagt, herzukommen, denn im Corral del Príncipe konnte mir niemand mitteilen, wo sie sich aufhält. Offenbar wird sich Don Pedro de la Rosa eine Zeit lang nicht in Madrid aufhalten, und ich machte mir Sorgen, ob der Dame etwas Schlimmes zugestoßen war. In dieser Stadt Madrid kommen ja jeden Tag unangenehme Dinge vor, und uns allen droht Gefahr.«

»Ängstigt Euch nicht. Clara geht es sehr gut, und sie wird Euch für Eure Sorgen dankbar sein. Aber kommt herein, bleibt nicht am Eingang stehen!«

Die rundliche Gestalt der Gesellschaftsdame wich zurück, so dass Diego freien Zugang hatte, und er trat nun mit dem Hut in der Hand ein.

»Seid willkommen in Eurem Haus. Wenn Ihr gestattet, melde ich meiner Herrin, dass Ihr da seid.«

»Bittet sie um Verzeihung für mein Eindringen und sagt ihr, wenn sie meinen Besuch für unpassend hält, verschwinde ich auf der Stelle.«

»Keine Sorge. Heute wollte sie nicht aus dem Haus gehen, denn sie hat eine Halsentzündung, und sie wird entzückt sein, dass sich ein so guter Herr an uns erinnert hat.«

Bei diesen Worten deutete sie ein komplizenhaftes Augenzwinkern an.

Die Gesellschafterin verließ den Raum und verschwand durch die Tür im Hintergrund. Sie ließ Diego nervös und glücklich zurück, weil der

Grund seiner Sorgen unverzüglich auftauchen würde. Der Hut drehte sich unablässig in seinen Händen, und um seinen Geist zu beruhigen, lief er mit kurzen und beherrschten Schritten im Zimmer auf und ab.

Catalina hatte größte Sorgfalt auf ihr Äußeres gelegt. Die Cordero hatte sie in der vorherigen Nacht mit Jasminessenz parfümiert, ihre Haut mit Mandelöl eingerieben und mit Gurkenscheiben belegt, mit Gummiarabikum enthaart und geschminkt und ihre Wangenknochen mit Zinnober und Rouge hervorgehoben. Sie hatte sich eine einfache und bequeme Perücke aufgesetzt. Ein Scheitel teilte ihre Haarflut, die mit Henna behandelt war, wovon sie eine rotbraune Tönung annahm. An beiden Seiten hing das Haar glatt bis zu den Schläfen hinunter, um sich dann in kurzen Ringellocken aufzulösen, die Catalinas wunderschönes Gesicht einrahmten. Ein enges schwarzes Mieder umgab ihren Körper bis zur Taille. Ihr quadratisches Dekolleté betonte ihre strahlenden Brüste, und ein weiter, geblümter, mit einer kirschfarbenen Überschürze geschmückter Rock senkte sich bis zu den feinen Schuhen hinab.

Als das Mädchen an der Tür erschien, stockte dem jungen Mann der Atem. Er eilte zu ihr und verbeugte sich höflich, und während er den Hut anmutig durch die Luft schwenkte, küsste er die Hand, die sie ihm hinhielt.

»Don Diego, welch angenehme Überraschung! Wie habt Ihr mein Haus gefunden, obwohl doch beinahe niemand in Madrid weiß, wo ich lebe?«

»Señora, das Verlangen, Euch wiederzusehen, hat mich zu Nachforschungen gedrängt und mich so dreist werden lassen, dass ich es wage, Euch zu besuchen.«

In diesem Augenblick erschien die füllige Gestalt der Cordero an der Küchentür, und sie fragte ihre Herrin mit honigsüßer Stimme:

»Bleibt Don Diego zum Abendessen bei uns, oder hat er andere Verpflichtungen?«

»Wenn es Euch gefällt und man Euch nicht woanders benötigt, wird es mir ein Vergnügen sein, unser bescheidenes Mahl mit Euch zu teilen«, sagte Catalina.

»Ich bin nur gekommen, um mich zu erkundigen, wie es Euch geht, denn niemand konnte mir etwas über Eure Gnaden mitteilen.«

»Soll das heißen, dass Ihr unsere Einladung nicht annehmen könnt?«

»Um Gottes willen, Señora! Ich wage es nicht einmal, daran zu denken, dass ich eine solche Aufmerksamkeit verdiene, und natürlich wüsste ich heute Abend nichts Besseres zu tun, als Euch Gesellschaft zu leisten. Nicht einmal, wenn ich an die Tafel des Königs eingeladen wäre, wäre dies ein Hindernis, um bei Euch zu bleiben an diesem Abend … und an allen Abenden.«

»Ihr seid sehr liebenswürdig. Aber etwas sagt mir, dass Ihr wohl alle Damen so behandelt.«

Als Diego antworten wollte, fiel ihm die Cordero ins Wort:

»Wenn Ihr einverstanden seid, Señora, decke ich für das Abendessen auf dem Tisch im Garten, denn der Abend lädt hierzu ein. Es sind noch drei Tage bis zum Vollmond, und heute wird es eine Sternennacht geben.«

»Das gefällt mir gut, María. Unser Herr Don Diego kann sehen, dass unsere Gastfreundschaft zwar bescheiden ist, man ihn aber nirgendwo sonst mit größerer Zuneigung und Fürsorge empfängt.«

Diego fühlte sich überwältigt und wusste nicht, was er sagen sollte.

»Señora, es ist für mich das schönste Geschenk, das Abendessen in Eurer Gesellschaft zu genießen.«

»Dann, Doña Clara, trage ich Euch in der kleinen Bibliothek einen leichten Imbiss auf, während ich alles vorbereite.«

»Einverstanden, María.« Nun wandte sie sich an Diego. »Wenn Ihr so liebenswürdig seid …«

Catalina ging zu dem kleinen Raum und lud den jungen Mann ein, ihr zu folgen. Sie schwebte in den Wolken. Ihr wurde klar, dass dies vielleicht das einzige Mal in ihrem Leben war, bei dem sie mit ihm allein sein konnte, und dass sich der so inbrünstig erträumte Moment näherte … Was ihr das Leben danach noch bieten könnte, falls es überhaupt mehr für sie bereithalten sollte, würde sie als ein Geschenk ansehen. Sie war zur Welt gekommen, um Diego zu lieben, und da sie ihm keinen vornehmen Namen zu bieten hatte, dachte sie an nichts, was darüber hinausging. Wenn sie nach der Sonntagnacht am Leben bleiben sollte, würde sie alle Minuten, die er ihr als seiner Freundin, Konkubine oder Geliebten widmete, für eine Gnade des Schicksals halten.

Diego konnte immer noch nicht ganz an seinen guten Stern glauben. Dieses göttliche Geschöpf blendete ihn. Da war eine der am meisten bewunderten Frauen Madrids, und sie würde den Abend gemeinsam mit ihm verbringen. Seine Jugend kannte keine Hindernisse, und wenn seine Liebe erwidert wurde, war er bereit, ihr überallhin zu folgen und mit ihr zusammen ein neues Leben in einer anderen Stadt und, wenn es sein musste, in einem anderen Land zu beginnen, selbst wenn er sich der Gefahr aussetzte, seinem lieben Vater zu missfallen, der, wenn er sie kennenlernte, gewiss seine Entscheidung verstehen und ihm verzeihen würde.

Sobald sich die beiden jungen Leute in dem kleinen Raum niedergelassen hatten, fingen sie ein Gespräch über alle Ereignisse und Gerüchte an, die es in der Residenz gab. Diego wollte mehr von Catalina erfahren, was ihre Familie und ihr Leben betraf, bevor sie sich der Theaterkunst gewidmet hatte.

»Ach, Don Diego! Mein Leben ist bedeutungslos. Ich habe nichts besonders Wichtiges erlebt und keine Abenteuer zu erzählen. Schon meine Eltern waren Schauspieler, und wie es logisch ist, bedeuteten die Bretter gewiss mein Schicksal. Als Einziges kann ich Euch sagen, dass ich das Glück hatte, einen guten Lehrer zu finden, der mir die Buchstaben beibrachte und mich für das Lesen begeisterte, denn wie Ihr wisst, ist das bei den Frauen in diesen Zeiten selten.«

María Cordero kam herein. Sie brachte für beide einen Imbiss und teilte ihnen mit, dass das Abendessen in einer Stunde fertig sein werde und dass sie es auf dem Gartentisch auftragen wolle.

Die Minuten vergingen für beide wie ein Atemzug, und Diego konnte kaum glauben, dass sie in so kurzer Zeit über so viele und so unterschiedliche Dinge sprachen und dass sich zwischen ihnen ein solches Vertrauen herstellte, dass es ihm schien, während sie aufstanden, um in den Garten zu gehen, als kenne er diese schöne Frau schon von jeher. Der Tisch stand im Hintergrund, unter dem Laubengang, und eine Gruppe von Hammersträuchern durchduftete die Umgebung. Ein vierarmiger Leuchter auf einem hohen Dreifuß erhellte die Szene. Der Tisch war zurückhaltend und geschmackvoll gedeckt, wie Catalina die Gesellschaftsdame angewiesen hatte.

Diego half dem Mädchen, Platz zu nehmen, und er setzte sich ihr gegenüber. Keiner der beiden glaubte, was er erlebte. Das Essen war frugal, aber köstlich. María hatte als Vorgericht eine Gemüsesuppe gekocht, in der würzige Fleischklößchen schwammen. Dann brachte sie eine mit Lachs gefüllte Pastete, und den Abschluss bildeten Rebhühner in Jägersoße. Zum Nachtisch gab es Zimteis mit Erdbeersirup, und zu allen Gerichten wurden Weine aus der Duero-Ebene eingeschenkt. Der Wein und die Plaudereien hatten schließlich beide entspannt und ein wenig beschwingt.

»Clara, wollt Ihr mir glauben, dass ich es so empfinde, als sei ich schon eine ganze Reihe von Jahren mit Euch bekannt und verbunden?«

»Mir geht es genauso, Diego.«

Hinten im Garten stand eine Sitzbank bei einer Rosenpflanzung. Daneben hatte die Cordero Tee und eine Korbflasche mit Kirschlikör auf einen Klapptisch gestellt.

»Wenn Ihr nichts dagegen habt, Mädchen, ziehe ich mich jetzt zurück. Ich habe unerträgliche Kopfschmerzen. Räumt nichts auf. Das erledige ich morgen. Entschuldigt mich bitte, Don Diego.«

»Macht Euch keine Sorgen. Ich kümmere mich um Eure Herrin. Ich wünsche Euch gute Besserung.«

Die Frau ging, und Catalina lud ihren Verehrer ein, in die Ecke mit den Rosensträuchern umzuziehen. Ein rötlicher, beinahe kreisrunder Mond erhellte die Nacht, und der Garten verströmte Rosendüfte, die alles ringsum verzauberten. Zuerst schwiegen sie, ohne dass sie es wagten, die Magie des Augenblicks zu stören. Dann ließ sich Diego hören.

»Clara, ich weiß nicht, womit ich beginnen soll, weil ich Euch etwas erklären will, ohne dass Ihr denkt, dass ich den Verstand verloren habe oder gedankenlos bin.«

Das Mädchen wagte nicht einmal, Atem zu holen.

»Redet, lieber Freund, ohne Furcht und Scheu. Dies ist eine einzigartige Nacht.«

Diego nahm die Flasche mit dem Kirschlikör. Nachdem er ein paar Tropfen in Catalinas Glas gegossen hatte, machte er sein eigenes voll und leerte es in einem Zug.

»Clara, ich bin kein Höfling und habe auch keine Erfahrung bei solchen Abenteuern. Bis vor drei Jahren war ich nicht aus Benavente herausgekommen, und die Hauptstadt war für mich ein unbekanntes Feld. Was ich Euch sagen will, wird Euch vielleicht veranlassen, eine oberflächliche Vorstellung von meiner Person zu bekommen. Aber ich schwöre Euch bei dem, was mir am teuersten ist, beim Leben meines Vaters, dass es wahr ist!«

Catalina genoss diesen wunderbaren Augenblick, um den sie sich so hartnäckig bemüht hatte.

»Ich höre, Diego. Seid unbesorgt, ich werde mir kein vorzeitiges Urteil über Eure Worte bilden. Redet freimütig.«

»Clara, ich liebe Euch! Seitdem ich Euch zum ersten Mal gesehen und Euch den Brief geschickt hatte, habe ich ständig an Euch gedacht. Ihr seid die Grundlage und die Qual meines Lebens, und wenn Ihr das wunderschöne Gefühl, das in meinem Herzen entstanden ist, nicht erwidert, so bringe ich mich um, glaube ich.«

Catalina wünschte, dass diese Minute ewig dauerte, dass die Zeit stehen bliebe und die Sterne am Firmament in ihrer Bahn innehielten.

»Was Ihr sagt, schmeichelt mir. Aber Ihr wisst nicht, wer ich bin, und

Ihr habt erst wenige Worte mit mir gewechselt. Wie könnt Ihr Eurer Gefühle sicher sein?«

»Glaubt Ihr an das Schicksal, Clara? Ich glaube daran, und meines und das Eure sind in den Sternen des Firmaments vereint.« Diego hatte sich ihr genähert. Er legte ihr den rechten Arm auf den Rücken und umschlang ihre Schultern, während er mit der linken Hand auf das Himmelsgewölbe zeigte. »Seht, das Sternbild dort ist Pegasus und das daneben Andromeda. Sie sind dort, seitdem es das Weltall gibt, und sie sind dazu bestimmt, von den ältesten Zeiten bis zum Ende der Tage zusammenzubleiben. Für unsere Schicksale gilt das Gleiche.«

Catalina wagte nicht, sich zu rühren, um den Zauber nicht zu zerstören. Diego ließ die Hand sinken, die zu den Sternen gezeigt hatte. Er fasste Catalina am Kinn und zwang sie, ihm ihr Gesicht zuzuwenden. Nun küsste er sie. Es war ein endloser Augenblick. Dann wich Diego etwas zurück und blickte sie eindringlich an.

»Heiratet mich, Clara! Ich kenne einen Mönch, der uns morgen früh für immer vereinen wird.«

Nun hatte er den Arm von ihren Schultern zurückgezogen und ergriff ihre Hände.

Catalina musste ihre letzten Kräfte zusammennehmen.

»Diego, auch ich liebe Euch, und Ihr wisst gar nicht, wie sehr! Meine Familie gehört nicht zum Adel, und es wäre egoistisch von mir, wenn ich Euch mit Eurem Vater entzweite, den Ihr so sehr liebt, und wenn ich mir den Wahnsinn dieser Nacht zunutze machte.«

»Wenn Ihr mich liebt, bin ich zu allem bereit!«

»Ich will Euch beweisen, wie sehr ich Euch liebe, aber ich bin nicht bereit, dass Ihr Euer Leben für einen schönen Traum opfert, den Ihr bald bereuen könntet. Obwohl ich zur Theaterwelt gehöre, bin ich eine anständige Frau und habe bisher meine Ehre bewahrt. Wenn Ihr wollt, biete ich Euch heute Nacht meine Jungfräulichkeit an … ohne dass Ihr zu etwas verpflichtet seid. Es ist das größte Geschenk, das eine Frau einem Mann geben kann. Diese Woche ist für mich von entscheidender Bedeutung. Ich werde Euch antworten, wenn Ihr am nächsten Donnerstag immer noch dasselbe denkt, nachdem Ihr mich besessen habt.«

Diego staunte.

»Clara, ich wage nicht einmal, das zu denken, was Ihr mir gesagt habt! Liebt Ihr mich so sehr?«

»Jetzt werdet Ihr es sehen. Diego, kommt.«

Das Mädchen stand entschlossen von der Bank auf und nahm Diego an der Hand. Er folgte ihr, als wäre er von einem Elixier behext. Sie gingen in das kleine Wohnzimmer. Catalina zeigte zur Wasseruhr, die auf dem Kaminsims stand.

»Kommt in mein Zimmer, wenn das Wasser der Uhr zehnmal das Gefäß gewechselt hat.«

Diego wollte nicht glauben, was er gerade erlebte. Catalina verschwand hinter der Tür des Raums, der sich auf der rechten Seite befand.

Nach der angegebenen Zeit klopfte er an die Tür. Er erhielt keine Antwort. Er drückte die Klinke herunter und stieß die Tür sanft auf. Auf dem Bett, wunderbar nackt, lag Catalina lächelnd, zaghaft und erwartungsvoll. Diego zog sich aus, während er sich dem Brautbett nahte. Als er bereits neben ihr lag, flüsterte er ihr zu.

»Ich heirate Euch, das schwöre ich!«

Sie legte ihm den Zeigefinger auf die Lippen.

»Pst! Redet jetzt nicht.«

Dann liebten sie sich wie zwei Wahnsinnige bis zum frühen Morgen.

Als der Tag graute, begleitete Catalina Diego zur Tür, wo er sie abermals auf die Lippen küsste und sagte:

»Es soll so sein, wie Ihr wollt. Am Donnerstag, Clara, bitte ich Euch noch einmal, dass Ihr mich heiratet.«

»Ihr könnt Euch gar nicht vorstellen, wie weit der Donnerstag ist. Leben wir mit der Erinnerung an diese Nacht …«

Diego runzelte die Stirn, weil er nicht verstand, was das Mädchen sagen wollte, hob dann aber die Hand, um ihr Lebewohl zu sagen. Danach sprang er auf Blesses Rücken.

Catalina drehte sich um, trat ins Haus und machte die Tür hinter sich zu. Dann lehnte sie sich an die Tür und weinte Tränen, die unsagbare Freude und grenzenlose Angst zugleich bekundeten.

Das Duell

Trotz der Verordnungen, die der Graf-Herzog von Olivares im Namen des Königs veröffentlicht hatte, hatte sich der Brauch, sich aus den belanglosesten Gründen zu duellieren, nicht aus der Hauptstadt verbannen lassen: Ob man eine Dame ansah oder nicht, ein »Ihr« anstelle von »Eure Exzellenz« gebrauchte, jemandem gegenüber in der Öffentlichkeit geringschätzig auftrat, den Diener eines anderen misshandelte – jeder Grund reichte aus, um dem Beleidiger seine Sekundanten zu schicken.

Die Zweikämpfe konnten bis zur ersten Wunde dauern oder auf Leben und Tod ausgeführt werden. Der Herausgeforderte wählte die Art der Waffen, mit denen man sich schlagen wollte, und in bestimmten Fällen sehr schwerer Beleidigungen forderten sich auch die Sekundanten heraus. Es gab mehrere für solche Vorgänge bestimmte Orte, und die Oberpolizeibeamten kannten sie alle, doch wenn die Streifwache nicht ausdrücklich benachrichtigt wurde, ließ sie sich auch nicht blicken und gestattete, dass die Leute ihre Meinungsverschiedenheiten auf diese unkomplizierte Weise ohne lästige offizielle Eingriffe austrugen.

Einer der Lieblingsorte für solche Affären war eine Lichtung; sie begann an der Wand eines Friedhofs, der sich an die Mauer der Einsiedelei des Schutzengels anschloss, am rechten Ufer des Manzanares. Der Vorzug dieses Ortes bestand zunächst darin, dass er ein gutes Stück vom Stadtzentrum entfernt lag. Außerdem konnten zwei Personen, die an den Ecken des Friedhofs standen und von dem dortigen Korkeichenwald verdeckt wurden, die Wege überblicken, auf denen sich vielleicht die Streifwache näherte. So blieb ihnen genug Zeit, die Kontrahenten zu warnen, falls die Wache tatsächlich einmal auftauchte.

Es war eine tiefschwarze Nacht. Alonso und Diego ritten in gemessenem Tempo zu der Verabredung. Obwohl Catalina bewusst war, dass womöglich schon bald alles zu Ende sein würde, konnte sie sich nicht von der Erinnerung an ihre Liebesnacht losreißen. Immer wieder musste sie an Casildas Worte denken: »Es ist, als platzte ein Regenbogen in Eurem Bauch.«

Beide unterhielten sich auf dem Weg zu dem bevorstehenden Duell. Diego drängte, auf ein derart unsicheres Abenteuer zu verzichten und sich zu entschuldigen. Außerdem erklärte er, welch lautere und tiefe Gefühle er für Clara Arnedillo empfinde.

Als Catalina ihn reden hörte, frohlockte sie und dachte, dass dies gewiss kein geeigneter Grund sei, um bei dem bevorstehenden Duell zu sterben.

»Morgen, wenn das alles vorüber ist, zieht Ihr in den Palast um. Ich will Euch in der Nähe haben, Alonso, und Euch jeden Tag für mein Glück danken.«

»Vorausgesetzt, es gibt ein Morgen für mich. Ganz sicher habe ich Angst.«

»Erlaubt Ihr mir, dass ich an Eurer Stelle Erklärungen abgebe und versuche, diese Katastrophe zu verhindern? Ich bin bereit, mich vor dem

Schurken zu demütigen, um Euch vor einer solchen Bedrängnis zu bewahren.«

»Es ist zu spät, Diego. Die Würfel sind gefallen: Was sein muss, wird sein.«

Die Pferde hatten schon den Fluss hinter sich gelassen, und in der Ferne nahm man die Schatten von drei Leuten wahr.

»Gebt acht. Offenbar sind sie uns zuvorgekommen.«

Es fiel Catalina unter diesen Umständen schwer, daran zu denken, dass sie ihre Stimme verstellen musste. Diese Nacht schien wenig geeignet für das Abenteuer, deren Hauptperson sie werden sollte. Rührung überwältigte sie, und eine Vielzahl von Gedanken, die nichts mit diesem Moment zu tun hatten und trotzdem wunderbar waren, störten sie gerade jetzt, da sie größte Konzentration erreichen musste.

Sie banden ihre Pferde an die Äste eines Baums mitten im Wald und näherten sich der Lichtung im Korkeichengehölz, wo milchweißes Mondlicht die Szene erhellte.

Cristóbal López-Dóriga und der Fähnrich Matías Campuzano warteten vermummt in der Mitte des Geländes, auf dem sich das Drama abspielen sollte. Etwas weiter entfernt nahm man die Gestalt eines Geistlichen wahr, der die Kapuze über das Gesicht gezogen hatte.

»Willkommen, meine Herren«, begann Campuzano. »Wenn Ihr einverstanden seid, schreiten wir sofort zur Tat, um so schnell wie möglich mit dieser bedauerlichen Angelegenheit fertig zu werden.«

Nun machten beide Kontrahenten ihr Gesicht frei und entledigten sich ihrer Mäntel, was gleichzeitig auch die Sekundanten taten. Cristóbal zeigte sich überrascht, als er seinen Studiengefährten aus dem Pagenhaus erkannte.

»Ich wusste nicht, Señor, dass Ihr solche Freundschaften habt«, herrschte er ihn an und zeigte auf Alonso.

»Ich habe sie nicht nur, sondern ich sehe sie auch als eine Ehre an. Aber gestattet mir als Eurem Studienkameraden vorzuschlagen, dass eine Erklärung diesen Kampf vielleicht verhindern könnte.«

»Ihr verliert Eure Zeit. Die Beleidigung war öffentlich, und meine Ehre lässt sich nur mit Blut reinwaschen.«

»Dann gestattet, dass das erste fließende Blut Eure Ehre wiederherstellt und die Dinge wieder wie zuvor sind.«

»Man muss viel Blut vergießen, damit alles wieder wie zuvor wird. Wir haben öffentlich erklärt, dass dieser Kampf auf Leben und Tod ausgetragen wird, und dann muss er auf Leben und Tod sein! Also verlieren wir keine Zeit mehr, und kommen wir zur Sache! Außer wenn Euer Zögling den Schwanz einzieht…«, setzte er spöttisch hinzu.

»Euer Mund ist wie immer ein Dreckloch. In kürzester Zeit wird man Euch Manieren beibringen, wenn Ihr es so haben wollt«, antwortete Diego.

»Meine Herren, legen wir den Ort des Treffens fest, damit nicht etwa die Streifwache auf der Bühne erscheint«, griff Campuzano ein.

»Was schlagt Ihr vor?«, fragte Diego.

»Wenn es Euch recht ist, gehen wir beide, Ihr und ich, zu den Ecken der Friedhofsmauer, nachdem Euer Fechter eine Waffe gewählt hat. An beiden Ecken hängen zwei Laternen, so dass wir uns von Weitem erkennen können. Wenn die Streifwache erscheinen sollte, genügt ein Pfiff desjenigen, der sie zuerst sieht, damit der andere herbeikommt, das Duell unterbricht und uns Zeit lässt, auf die Pferde zu steigen und davonzustürmen. Seid Ihr einverstanden?«

»Einverstanden.« Diego wandte sich an die zukünftigen Duellanten: »Wer von Euch beiden stehen bleibt, soll zweimal pfeifen, und wir beide«, damit meinte er Campuzano und sich selbst, »eilen sodann schnell herbei und versuchen, dem Verletzten zu helfen, ganz gleich, wer es ist.«

Nun wandte sich der Fähnrich an den schweigenden Mönch:

»Wenn einer der beiden zu Boden fällt, geht Ihr zu ihm und gewährt ihm unverzüglich die Vergebung seiner Sünden. Habt Ihr verstanden?«

Der Mönch nickte zustimmend mit dem Kopf.

»Tretet vorläufig zur Seite, bis Eure Dienste benötigt werden. Und nun kommen wir zur Wahl der Waffen. Was sagt Ihr?«, fragte er, wobei er sich Alonso zuwandte.

»Degen.«

»Ich habe den Eindruck, dass der Eure noch jungfräulich ist«, beleidigte ihn López-Dóriga abermals.

»Gleich habt Ihr Gelegenheit, das nachzuprüfen«, entgegnete Alonso.

»Haltet ein, meine Herren, und regelt Eure Streitigkeiten, wenn wir uns auf unsere Plätze begeben haben! Damit es nicht so kommt, dass uns die Streifwache in die Suppe spuckt. Wenn Ihr einverstanden seid, Don Diego, können wir gehen.«

Diego umarmte Catalina und wünschte ihr Glück. Dann entfernte er sich zusammen mit Campuzano, weil sich ja jeder der beiden an ein Ende der Friedhofsmauer stellen wollte. Die beiden kamen zur Laterne der Ecke, die dem Ersten zugeteilt war, und dort blieb Diego stehen. Der Fähnrich ging weiter und lief an der Friedhofsmauer entlang. Er bog um die Mauerecke und erreichte die andere Laterne. Diego beobachtete, wie sich der Schatten seines Hutes auf dem Boden abzeichnete. Der Mond drang durch die Wolkenfelder. Ein sanfter Wind hatte sich erhoben. Er kündigte Regen an und blies aus der den Duellanten entgegengesetzten Richtung. Wenn er sich nicht änderte, würde er verhindern, dass der Lärm der aufeinandertreffenden Klingen bis zu ihm gelangte.

Diego gegenüber befand sich ein freier Raum, der das den Friedhof umgebende Gehölz begrenzte. Dort mündete der Weg ein, der durch einen Buchenwald nach Madrid führte. Unmöglich konnte sich jemand nähern, ohne entdeckt zu werden. Der Schatten, den der Hut des Fähnrichs warf, vergrößerte oder verkleinerte sich, je nachdem, ob dieser, während er wartend umherlief, sich dem Laternenlicht näherte oder von ihm entfernte.

»Seid Ihr bereit? Wir wollen so schnell wie möglich mit dieser verdammten Geschichte fertig werden.«

Cristóbals Stimme gellte durch die Nacht.

»Ich glaube, es ist eine Torheit, dass einer von uns beiden wegen einer Bagatelle sterben oder schwer verwundet werden soll.«

»Wenn Ihr vor Zeugen Eure Furcht eingesteht und mich um Verzeihung bittet, kann ich das in Erwägung ziehen.«

»Es kommt mir nicht darauf an, Euch um Entschuldigung zu bitten, aber eine Angst einzugestehen, die ich nicht habe … das könnt Ihr vergessen.«

»Nun, dann … En garde!«

Sie zogen die Degen, und nach dem Fechtergruß begannen sie, im Mondschein ihren silberglänzenden, kreisenden Todestanz auszuführen. Auf die gekalkte Friedhofsmauer zeichnete er das Ebenbild eines chinesischen Schattenspiels. Beide Kontrahenten drehten sich und erprobten die Klingen, wie zwei Tänzer, die die Schritte einer Trauerpavane vorführten. Catalina war bereit, sich ehrlich zu schlagen, ohne sich des beinahe unfehlbaren Mittels zu bedienen, ihre geschickte linke Hand zu gebrauchen.

Unter diesen außergewöhnlichen Umständen bewegte sich ihr Geist auf eigentümlichen Bahnen, und ihr Leben zog höchst deutlich und eindringlich an ihrem inneren Auge vorüber. Alles vermischte sich in ihrem Kopf zu einer wahnwitzigen Sarabande und wollte seinen Platz behaupten. Doch über alle anderen Gestalten erhob sich Diego, und wie die Cordero gesagt hatte, würde die Liebesnacht mit ihm ihren letzten Augenblick beseelen, wenn er denn kommen sollte. Das Mädchen hatte sich in zwei unterschiedliche Personen aufgespalten: Alonso, der sich gerade in einem auf Leben und Tod geführten Duell schlug und sonderbar ruhig war, und Catalina, die sich träumerisch aller faszinierenden, in der letzten Woche geschehenen Ereignisse erinnerte.

Diego blickte vom Buchenwäldchen auf den unsteten Schatten des Hutes, der immer wieder an der Laterne vorbeihuschte.

Die beiden Rivalen hatten inzwischen ihre Klingen erprobt und drehten sich nun wie zwei Marionetten auf einem Karussell. Cristóbal war nicht ungeschickt, doch Catalina entdeckte nach mehreren Angriffen und Verteidigungen seine schwachen Punkte und wusste, dass sie ihm weit überlegen war. In einem bestimmten Moment, als sich beide, nachdem Alonso soeben einen Ausfall López-Dórigas mit einer Quartparade abgelenkt hatte, einander gegenüber befanden, herrschte Alonso seinen heftig keuchenden Gegner an:

»Wenn Ihr wollt, lassen wir diese absurde Geschichte bleiben, und ich bitte Euch vor Eurem Sekundanten und dem Mönch, der Euch begleitet, um Entschuldigung.«

»Verteidigt Euch!«, schrie der andere, während er versuchte, eine Finte nach rechts oben auszuführen, weswegen er nun einen Schritt zur Seite machte.

Alonso band dessen Klinge in der Primposition, und beide Gesichter drängten sich zusammen, während die Klingenspitzen zum Mond zeigten. López-Dóriga sprang zurück, und zugleich stieß er einen leisen Pfiff aus, der Catalina überraschte. Aus dem Dickicht des Korkeichenwaldes flog ein Dolch hervor, der sich in die Schulter des Mädchens bohrte, über dem Büffellederkoller, das Diego ihr früher einmal geschenkt hatte und dessen Kragen fehlte, weil sie ihn so erfolgreich für etwas anderes verwendet hatte. Nach dem Dolch tauchte der Mönch mit hochgekrempelter Soutane auf. Er hatte sich die Kapuze aus dem Gesicht gestreift und den Degen gezogen. Der Kerl war einer der Spitzbuben, die Campuzano immer begleiteten, und er bedrängte das Mädchen von links.

Zuerst war Catalina überrascht, doch sie fasste sich sofort wieder und machte sich bereit, ihr Leben teuer zu verkaufen. Aus der Wunde floss Blut, aber vorläufig konnte sie ihren Arm weiter bewegen. Auf einmal wich sie während des Kampfes katzenhaft zurück, bückte sich und holte aus ihrem Stiefelschaft den Dolch, den ihr Florencio geschenkt hatte, und blitzschnell und so treffsicher, wie die Kobra ein Opfer angreift, warf sie ihn. Schon sah der Dolchgriff aus der Kehle des Meuchelmörders hervor, der stolperte, niederkniete und in dem Blut erstickte, das aus der Wunde sprudelte.

»Ihr seid ein Schurke, weiß Gott. Ihr seid es nicht wert, Euch mit einem Ehrenmann zu schlagen!«

In diesem Augenblick geschahen zwei Dinge: Erstens erschien Catalinas Degen wie durch einen Zaubertrick in ihrer linken Hand, und der zweite Zaubertrick bestand darin, dass Fähnrich Campuzano mit dem Degen in der Hand an der Südecke der Friedhofsmauer auftauchte. Catalina zögerte kurz, und beinahe hätte sie um Hilfe gerufen. Das Blut durchnässte langsam ihr Koller. Ihr Geist mühte sich wie ein aus Leibeskräften rudernder Galeerensklave, und sie handelte, bevor der neue Gegner in das Duell eingreifen konnte: Sie machte eine Finte nach unten, und López-Dóriga, den die Wendung der Dinge überraschte, senkte die Klinge, während Catalinas Klinge einen Halbkreis beschrieb, die unterlegene Position vermied und den anderen in der Höhe des Herzens mit einem Ausfall angriff. Als Campuzano zu ihr kam, stürzte López-Dóriga tot zu Boden.

Diego versuchte, die sich vor ihm verdichtende Dunkelheit mit den Augen zu durchbohren. In diesem Moment wurde sie von einem Blitz des immer noch trockenen Gewitters erhellt, das sich nicht entschließen konnte, Regen zu bringen. Er überwachte weiter das langsame Hin und Her des Hutschattens an der anderen Ecke. Seine Nerven lagen blank. Er vertraute Alonso blindlings, doch er wusste genau, dass eine Übung im Fechtsaal von Benavente etwas ganz anderes als ein Duell auf Leben und Tod war. In diesem Moment glaubte er, dass ihn seine Sinne täuschten, denn der Wind trug den herzzerreißenden Ruf einer Stimme zu ihm, die angstvoll seinen Namen nannte, und ein mitleiderregendes »Diego, zu mir!« hallte an der Friedhofsmauer wider. Aber … das war ja Clara Arnedillos Stimme!

Schweißtropfen perlten reichlich von Catalinas Stirn. Sie hatte zwei Männer getötet, und nun stellte sie fest, dass der Blutverlust ihre Kräfte empfindlich schwächte. Campuzano war überrascht, doch er griff sie geschickt und unbarmherzig an, und sie konnte ihre Rechte nicht gebrauchen, nicht einmal, um den Körper im Gleichgewicht zu halten. Sie kämpfte in der Defensive mit der linken Hand, was den Fähnrich verwirrte. In diesem Augenblick sah sie, dass sich der Raufbold mit der linken Hand an den Rücken griff und die Baskenklinge hervorzog. Nun war sie einer Ohnmacht nahe und vergaß in der Bedrängnis, ihre Stimme zu verstellen. Sie stieß einen langen Schrei aus, der die Stille der Nacht zerriss, und bat um Hilfe.

Diego glaubte, dass ihm sein Geist einen grausamen Streich spielte, weil er so oft an Clara gedacht hatte. Doch dann rannte er wie ein Besessener zu der Stelle, wo sich das Drama abspielte. Als er um die Mauerecke bog, wollte er seinen eigenen Augen nicht trauen: Alonso lag rücklings auf dem Boden, neben der großen, aus der Erde herausragenden Wurzel eines Baums. Er hielt den Degen in der linken Hand, und mit den Bügeln am Gefäß parierte er in dieser unangenehmen Position die wütenden Angriffe des Fähnrichs. Nahe daneben lagen zwei Gestalten auf der Erde: López-Dóriga und ein Unbekannter, aus dessen Hals der Griff eines sonderbaren Dolchs herausragte, während ein Blutstrahl aus der klaffenden Wunde rann und das Gras tränkte. Sein Gesicht war unter einer braunen Kapuze verborgen, und sein Degen lag ein paar Meter entfernt. Diego dachte keine Sekunde nach. Er griff nach seiner Waffe und stürzte sich auf Campuzano, der einen durchdringenden Pfiff ausstieß, während er sich verteidigte. Die beiden Männer kämpften ungestüm miteinander. Plötzlich tauchte ein vermummter Reiter auf. Er führte ein weiteres Pferd am Zügel, das er zwischen die beiden Kontrahenten lenkte. Der Fähnrich sprang in den Sattel des Tiers und gab ihm die Sporen, während er noch den Degen in der Hand hielt und jähzornig hervorstieß:

»Wir haben später Gelegenheit, uns zu sehen, Señor de Cárdenas! Vorwärts, Don Álvaro!«

Dann galoppierten beide davon.

Diego ließ seinen Degen fallen und bückte sich zu Alonso hinab, der ohnmächtig im Gras ruhte. Durch den Schweiß des Kampfgewühls hatten sich Schnurr- und Kinnbart vom Gesicht gelöst, und dieses zeigte sich nun unbehaart, ebenso wie es in Benavente gewesen war, wie er sich erinnerte, und auch der kurze Haarschopf sah nass aus und klebte am Gesicht fest. Er kümmerte sich nicht um diese Einzelheiten, sondern knöpfte das Wams auf und löste das Büffellederkoller, weil er sehen wollte, ob er das Blut stillen konnte. Zwischen den Wolken tauchte das Mondlicht hervor und vertrieb das Gewitter, das schließlich nicht losgebrochen war. Eine junge und schwellende Brust mit einer dunklen Rose an der Spitze erschien vor seinen erstaunten Augen. Abermals betrachtete er das Gesicht der Ohnmächtigen und strich dann behutsam die zusätzlichen Haare beiseite, die es entstellten.

Langsam bahnte sich eine Erinnerung den Weg durch die Nebel seines Gedächtnisses: das Gesichtchen der Postulantin, für die er sich viele Jahre zuvor in Sankt Benedikt eingesetzt hatte, war jenes, das in diesem Augenblick gleichsam schlafend vor ihm ruhte. Das war Alonso! Sie war der Page, für den er, wie er glaubte, eine ungesunde Leidenschaft empfunden hatte! Aber … war die Stimme, die ihn in dieser Nacht gerufen hatte, nicht die Clara Arnedillos? Er strengte seine Phantasie an, um sich dieses Gesicht vorzustellen, wie es vom langen Haar einer Perücke eingerahmt war, und nun erhellten sich seine Vorstellungen schlagartig. Plötzlich begriff er alles.

Die drei Personen waren ein und dieselbe! Rasch prüfte er alle Teile des Suchbildes und ordnete sie an ihrem Platz ein. Die Postulantin, die, wie ihm Don Suero berichtet hatte, aus Sankt Benedikt geflohen war, hatte sich, als sie nach Benavente gekommen war, in Alonso verwandelt, seinen Pagen, und als dieser nach Madrid kam, war er abwechselnd Alonso und jene Clara Arnedillo gewesen, in die er sich leidenschaftlich verliebt hatte. Er betrachtete sie eingehend, während er ihr Wams ganz öffnete und das Büffellederkoller entfernte, damit er das Blut stillen und sehen konnte, ob man den Dolch herausziehen sollte oder nicht. Catalina schlug langsam die Augen auf.

»Diego, Ihr seid rechtzeitig gekommen.« In diesem schicksalhaften Moment war es ihre eigene Stimme. »Drei Männer haben mich überfallen. Hättet Ihr nicht eingegriffen, wäre ich tot.«

»Macht Euch deshalb keine Gedanken. Wichtig ist, dass Ihr aufs Pferd steigen könnt, damit wir zu einem Wundarzt reiten, der Euch die Wunde verbindet.«

Nun wurde sich das Mädchen bewusst, dass sie nackt war, und sie versuchte, sich mit dem gesunden Arm zu bedecken.

»Lasst es sein, Catalina. Wenn ich mich nämlich genau erinnere, ist das Euer Name. Alles, was ich Euch in der Donnerstagnacht gesagt habe, gilt auch heute, ob Ihr nun Clara Arnedillo, Catalina oder sogar Alonso Díaz heißt. Ich liebe Euch über alle Grenzen hinweg. Ihr habt das ganze Leben vor Euch, um mir eine Menge Dinge zu erklären. Am dringendsten ist jetzt, dass man Euch verbindet.«

Diego deckte ihre Blöße wieder zu, und nachdem er ihr einen sanften Kuss auf die Lippen gedrückt hatte, lehnte er sie behutsam an die Baumwurzel, über die sie gestolpert war. Im Gesicht des Mädchens spiegelten sich unendlicher Frieden und der Ausdruck des vollkommensten Glücks. Diego steckte den Degen ein und lief zum Korkeichenwald, um die Pferde zu holen. Als er sich schon ein Stück entfernt hatte, kehrte er um, weil er herangaloppierende Pferde hörte.

Fleitas und Rivadeneira eilten der Gruppe von Häschern voraus, die unter dem Befehl eines Büttels standen. Sie waren in der Lichtung abgestiegen, auf der sich die Kämpfe abgespielt hatten. Als Diego wieder zurückkam, kauerten sie bei Catalina und untersuchten ihre Brustwunde, wozu der Portugiese sagte:

»Seht Ihr, lieber Freund, wie man das Knäuel am Faden hervorzieht? Hier habt Ihr Eure Nonne, und Seine Exzellenz, der hochwürdigste Herr Bischof von Astorga, hat das Zeichen, nach dem er so ungestüm verlangt hat.«

Dabei zeigte er auf das kleine Auge mit den drei scharlachroten Tränen, das sich unter der Brust des Mädchens befand.

Catalina war wieder zu sich gekommen und hörte alles, was man sagte. Doch sie war nicht in der Lage, einen einzigen Muskel zu bewegen, so groß war ihr Entsetzen über das Schmarrengesicht des Portugiesen und über den Klosterbruder, vor dem sie so viele Jahre geflohen war.

»Haltet inne, wenn Eure Gnaden nicht wollen, dass es zu einem Unglück kommt!«

Diegos Stimme durchbrach die nächtliche Stille wie Peitschenknall.

Langsam stand der Portugiese auf und antwortete spöttisch:

»Welch unerwartete Überraschung. Don Diego de Cárdenas erscheint wie eine arme Seele auf dem Friedhof, rein zufällig, denke ich mir, mitten in der Nacht.«

»Meine Anwesenheit hier hat nichts Zufälliges, und Ihr seid nicht der Richtige, um bei einer Angelegenheit zwischen Ehrenmännern einzugreifen, über die nur der König urteilen darf.«

»Ihr irrt Euch, Señor. Vielleicht wisst Ihr es nicht, aber Ihr habt jemanden beschützt, der vor dem Heiligen Offizium geflohen und außerdem vom Teufel besessen ist, wie Ihr es schon einmal getan habt … obwohl Ihr damals noch sehr kindlich wart.«

Rivadeneira war niedergekniet und betrachtete eingehend den Fleck unter Catalinas Brust.

»Mönch, deckt sie zu und rührt sie nicht an!«

»Mischt Euch dabei nicht ein! Der Pater muss seine Pflicht erfüllen.«

Catalina hatte viel Blut verloren. Sie hörte immer noch alles, was man sagte, doch sie sah der Szene zu, als wäre sie gar nicht die Hauptperson. In der Ferne nahm man allmählich einige Lichtpunkte wahr. Das waren Fackeln, die gewiss von sich nähernden Leuten des Königs getragen wurden. Auch Diego hatte sie entdeckt.

»Auf der Stelle lade ich den Verletzten auf ein Pferd und reite davon.«

»Das ist kein Verletzter, Señor, sondern eine Verletzte, und das werdet Ihr nicht tun.«

»Wer soll mich daran hindern?«

»Zwingt mich nicht, Don Diego. Das geht Euch nichts an.«

Die Hand des Portugiesen lag auf seinem Degengefäß.

Da stieß die am Boden liegende Catalina einen schrecklichen Schrei aus, der durch die Nacht gellte. Diegos Degen war kaum zur Hälfte aus der Scheide hinausgelangt, als ihm Fleitas' Klingenspitze schon in die Brust stieß und das Herz durchbohrte.

Fähnrich Campuzano lenkte sein Pferd zum »Roten Uhu«. Ihm folgte der verstörte Álvaro, der sich kaum im Sattel halten konnte. Sie stiegen in der Liebe-Gottes-Straße ab, vor der Holzstange, an der man die Tiere festbinden konnte. Der Fähnrich schüttelte den Staub des Ritts ab, als sie das Speisehaus betraten. Die Atmosphäre drinnen war die übliche. Campuzano, dem Álvaro ständig folgte, ging zu dem Tisch in der Ecke, an dem sie gewöhnlich Platz nahmen. Der Gastwirt kam fürsorglich zu ihnen und verschwand, nachdem er ihnen zwei Gläser eines Rachenputzerweins hingestellt hatte, den der Fähnrich immer bestellte.

»Ihr seht ja, wie alles zu Ende gegangen ist. Und Ihr seid Zeuge, dass ich ihn gewarnt hatte.«

»Aber seid Ihr sicher, dass Cristóbal tot war?«

»Der Degenstoß war unbedingt tödlich. Nichts wäre geschehen, wenn er die Entschuldigung dieses Alonso Díaz angenommen hätte, der ein schrecklicher Fechter war, wie mich meine Informanten unterrichtet hatten.«

»Ich bin verzweifelt, und ich gebe mir teilweise die Schuld an dem, was geschehen ist.«

»Dafür habt Ihr keinen Grund. Ihr habt gewissenhaft den Teil des Plans ausgeführt, der Euch zugewiesen war, und Ihr habt mich unter der Laterne ersetzt, damit ich zum Kampfplatz eilen und Cristóbal helfen konnte, ohne dass der Sekundant von Alonso Díaz die Veränderung bemerkt hat. Wer zu lange gewartet hat, das Zeichen zu geben, war er, und das hat ihn das Leben gekostet, genauso den Spitzbuben, der sich als Messerwerfer aufspielte und es sich in seiner Unfähigkeit eingehandelt hat, dass Alonsos Dolch schließlich in seiner Kehle steckte. Ihr, das sage ich noch einmal, habt keinen Grund, Euch die Schuld an irgendetwas zu geben.«

»Ihr tröstet mich nicht, Campuzano. Cristóbal war mein bester Freund und derjenige, der mir in meinem Leben am meisten geholfen hat.«

»Nun, es liegt in Eurer Hand, seinen Tod zu rächen.«

Álvaro de Rojos Augen leuchteten auf.

»Was soll ich tun?«

Der Fähnrich, der Álvaros furchtsamen und leicht zu beeinflussenden Charakter genau kannte, kippte einen ausgiebigen Schluck Wein hinunter, und nachdem er sich die Schnurrbartspitzen mit dem Rücken seiner behandschuhten Hand abgewischt hatte, sprach er weiter:

»Cristóbal war der einzige Sohn des alten Marquis von López-Dóriga, der früher Oberintendant im Justizrat des Königreichs war, wo er immer noch gute Freunde hat, und obwohl ihm die dummen und leichtsinnigen Streiche des Sohns missfielen, für die Ihr und ich auch ein wenig verantwortlich sind, lässt sich nicht bestreiten, dass er eine maßlose Liebe für seinen Sohn empfand.«

»Ja und?«

»Ihr kehrt nach Hause zurück und teilt unterwegs dem alten Marquis mit, dass ein gewisser Alonso Díaz, ein Freund von Don Diego de Cárdenas, seinem Sohn einen unverzeihlichen Schimpf angetan habe. Er habe es in der Öffentlichkeit gewagt, die Reinheit seines Blutes und den Glanz seines Namens anzuzweifeln, so dass Cristóbal kein anderer Ausweg geblieben sei, als sich zu schlagen. Um seinen Vater nicht zu beunruhigen, habe er ihm nichts gesagt, doch man habe kein Duell vorbereitet, sondern Cristóbal offensichtlich eine Falle gestellt. Sie hätten zu dritt gegen ihn gekämpft, und er habe zwar einen von ihnen erledigt und einen Zweiten verwundet, doch der Dritte habe ihn heimtückisch und ehrlos umgebracht. Er sei in dem Moment geflohen, als Ihr kamt, denn da er Eure geringen Fähigkeiten im Waffengebrauch kannte, habe er Euch eine Stunde später bestellt, um Euch nicht zu schaden, denn er habe ja geglaubt, dass es ein Duell unter Ehrenmännern sein würde. Als Ihr kamt, sei alles zu Ende gewesen, und Euch sei nur noch übrig geblieben, Cristóbals letzte Momente mitzuerleben. Als Ihr seinen Zustand gesehen habt, dem es noch vergönnt gewesen sei, Euch das Vorgefallene zu berichten, wäret Ihr dann losgeritten, um einen Arzt zu holen und dazu die Streifwache von dem Hinterhalt zu unterrichten, damit die Freveltat gesühnt würde.

Das Ergebnis wird sein, dass sich der Marquis in seinem Zorn rächen will und den verletzten Alonso Díaz sowie Diego de Cárdenas verfolgt. Auf diese Weise könnt Ihr Eurem Freund einen letzten Dienst erweisen und seinen Tod vergelten.«

Álvaro de Rojo dachte kurz nach. Dann antwortete er mit Tränen in den Augen:

»Ich werde tun, was Ihr sagt, und wenn mein Zeugnis dazu dient, dass der, der ihn öffentlich beleidigt hat, und außerdem sein Freund gehängt werden, kommt es mir nicht darauf an, die Wahrheit zu entstellen, denn für dieses Unglück ist der zuerst verantwortlich, der sich als Verteidiger dieser Buhlerin aufgespielt hat.«

Um sich Probleme zu ersparen, war Campuzano fähig, seine Seele dem Teufel zu verkaufen, und er bestätigte:

»Ihr seid ein Ehrenmann und ein wahrer Freund. Verlasst Euch auf meine Hilfe. Wenn der alte Marquis Euer Wort anzweifelt, werde ich sagen, dass mir Cristóbal das Gleiche erklärt hat, was die Schmach betrifft, mit der man ihn beleidigt hat. Aber es ist nicht ratsam, dass Ihr mich ohne Not nennt, denn mein Ruf könnte Cristóbal schaden.«

Nach diesen Worten widmeten sich beide ihren Plänen: Campuzano wollte sich einen Zeitvertreib für die Nachtstunden suchen, und Álvaro, ein Ebenbild der Verzweiflung und Hilflosigkeit, wollte ausführen, was er als seine Pflicht dem toten Freund gegenüber ansah.

Von Don Sebastián Fleitas de Andrade
An Seine Hochwürden Don Bartolomé Carrasco,
Provinzsekretär des Heiligen Offiziums
Astorga

Lieber Gönner und Freund!
Es ist mir sehr angenehm, Euch mitzuteilen, dass die Aufgabe, die Ihr mir übertragen habt, auf die ich so viel Eifer verwandt und der ich so viel Zeit gewidmet habe, beinahe vollendet ist.

Wie ich es Euch in meinem letzten Brief erklärt habe, erbat ich von einer befreundeten und dem Innenministerium zugeteilten Person die Teilnehmerliste des Festes, das Señor de Mendoza anlässlich des Geburtstages seiner Tochter ausgerichtet hatte und zu dem mehr als tausend Gäste kamen, und da der Favorit des Königs daran teilnehmen wollte, musste ja die Liste der Vorschrift entsprechend dem Ministerium vorgelegt und genehmigt werden.

Nachdem ich die Namen mehr als tausendmal überprüft und nach Familien und Altersgruppen geordnet hatte, fand ich die Person heraus, die, wie sich die Andrade ausdrückte, der »Geliebte« unserer Nonne sein konnte, und das war kein anderer als der Sohn des Marquis von Cárdenas, der auf der erwähnten Liste stand. Ich hege nicht den geringsten Zweifel, dass die Anwärterin Catalina Gómez unter dem falschen Namen Alonso Díaz für mehr als zwei Jahre bei ihm in Benavente untergekommen war, wobei sie sich als

Page ausgab. Dies und nichts anderes war der Grund für die sonderbare Reaktion, die Don Suero de Atares zeigte, als er die Zeichnung sah, die Pater Rivadeneira von ihrem Gesicht angefertigt hatte und auf der er zweifellos das Gesicht des oben genannten Pagen erkannte.

Dieses ganze Knäuel von Widersprüchen löste ich am Freitag auf. Von diesem Tag an ließ ich das Stadthaus der Cárdenas heimlich überwachen und wartete darauf, dass sich die Gesuchte in der Nähe blicken ließe oder dass der Betreffende zu einem Stelldichein mit seiner Geliebten ginge und uns so zu ihr führte – Ihr wisst ja, dass Liebe in der Jugend mehr vermag als ein ganzes Ochsengespann, wie das Sprichwort sagt.

Jedenfalls geschah bis zum Abend des Sonntags nichts, doch an diesem Tag kamen die beiden zu später Stunde zusammen, wobei sie sich als Alonso Díaz verkleidet hatte. Als man mir berichtete, wohin sie sich begaben, nahm ich sogleich an, dass es sich um ein Duell handelte, denn der Ort ließ keinen Zweifel zu. Sobald es mir möglich war und nachdem ich eine Meldung losgeschickt hatte, die die Streifwache mit der entsprechenden Verspätung erreichen sollte, machte ich mich zusammen mit Rivadeneira, der alles Erforderliche bezeugen kann, dorthin auf den Weg.

Als wir eintrafen, war schon alles zu Ende. Der Mond beleuchtete eine Höllenszene: Catalina oder Alonso, wie Ihr sie auch nennen wollt, lag auf dem Boden, und ein Messer steckte in ihrer Schulter. Rundum war alles blutgetränkt und ein Bild des Jammers: Zwei Tote waren dort zu sehen, dem ersten ragte ein Dolch aus dem Hals, und wegen des Aussehens der Wunde kann ich Euch versichern, dass derselbe Dolch unseren Mann in der Nähe der Calle de los Francos getötet hat, und der andere Tote war, wie sich herausstellte, der einzige Sohn des Marquis von López-Dóriga. Ihn hatte ein Degenstoß genau in die Brust getroffen. Die Gesuchte lag mit offenem Wams da, und darum ließ sich erkennen, dass sie eine Frau war. Ich kann Euch versichern, dass sie unter der rechten Brust das Zeichen trägt, nach dem wir so ungestüm gesucht haben. Gerade in diesem Moment tauchte Don Diego de Cárdenas aus dem Dickicht auf und wollte die Frau fortbringen, wogegen wir selbstverständlich einschreiten mussten. Das taten wir, und er zog den Degen, so dass ich gezwungen war, das Gleiche zu tun und ihn bei einem unglücklichen Zusammenstoß zu töten.

Schon sah man die Fackeln der Streifwache in der Ferne, und ich musste rasch handeln. Ich suchte in der Tasche der Verletzten, die in Ohnmacht gefallen war, und entdeckte darin einen Zettel mit einer Adresse. Diese bezeichnete einen Ort, der übrigens sehr nahe bei der Stelle ist, wo unser Mann getötet wurde. Als der Büttel mit den Häschern kam, stellte ich mich vor und erklärte, dass ich die Person sei, die das Duell im Voraus angezeigt hätte und dass wir unglücklicherweise zu spät hingekommen seien. Die Hufspuren auf der Erde verrieten, dass noch mehr Personen an dem Kampf beteiligt waren. Doch die auf dem Boden liegende Frau hatte zweifellos den einen Mann mit dem Degen und den anderen mit dem Dolch getötet, denn das hatten Pater Rivadeneira und ich, allerdings aus der Ferne, miterlebt, weil der Mond so hell leuchtete. Was den Tod von Diego de Cárdenas betraf, so habe ich als Grund dafür die Wahrheit genannt, das heißt, dass mir nichts anderes übrig blieb, als seinen Angriff abzuweisen, weil er die Verletzte fortbringen und somit versuchen wollte, sie dem Arm der Gerechtigkeit zu entziehen.

Nun will ich Euch etwas mitteilen, was ich für interessant halte. Die Streifwache brachte die betreffende Person ins Arme-Seelen-Spital, das ja so bewacht wird, als wäre es ein Gefängnis. Ich habe drohende Andeutungen gemacht, sie sollten den Wundärzten mitteilen, die den Dolch aus der Wunde ziehen mussten, dass diese mit ihrem Leben dafür hafteten, das Leben der Nonne nicht zu gefährden, denn sie sei vor dem Heiligen Offizium geflohen und habe außerdem mehrere Verbrechen gegen die Krone begangen, und darum wisse man noch nicht, welche Gerichtsbarkeit für sie zuständig sein werde.

Ich erkläre Euch das alles für den Fall, dass Ihr es für ratsam haltet, den Männern des Königs die schmutzige Arbeit zu überlassen. Auf diese Weise können wir uns eine höchst lästige Angelegenheit vom Halse schaffen, ohne uns die Hände zu beflecken, denn da Don Diego de Cárdenas umgekommen ist, will sich sein Vater möglicherweise rächen, und ich glaube, es wird besser sein, sich von all diesen Problemen fernzuhalten. Wir sind ja nur an der Nonne interessiert, und man wird es so darstellen, dass die Streifwache bereits hatte eingreifen müssen, als wir am Ort eingetroffen sind. Da man der Nonne den Prozess macht, wird ihr Wort natürlich wenig zählen, und eine großzügige Spende, die wir an den Büttel und die Häscher verteilen, gewährleistet uns, dass sie bei dem Gerichtsverfahren, falls es eines geben wird, bereitwillig aussagen, sie hätten sich gezwungen gesehen, Cárdenas zu töten, weil er sich der Autorität des Königs widersetzt und den Degen gezogen habe.

Da wir das Pferd, das der Nonne gehörte, frei laufen ließen, führte es uns zu einem Stall neben einem in Madrid weit bekannten Hurenhaus, dessen Besitzerin inzwischen schon als Komplizin festgenommen worden ist. Die dahinter liegende Gasse ist der Ort, wo unser Mann getötet wurde, und er starb, ich sage es noch einmal, an einer Halswunde, die ihm mit demselben Dolch zugefügt wurde, der auch das Individuum am Platz des Duells getötet hat. Als wir ihre Wohnung durchsuchten, fanden wir einen offenkundigen Beweis für ihren Umgang mit dem Bösen: Unter ihrer Matratze entdeckten wir ein verstecktes Figürchen, wie man sie so häufig benutzt, um Hexereien und magische Beschwörungen auszuführen.

Exzellenz, ich erwarte Eure diesbezüglichen Entscheidungen.

Ich werde Euch auch weiterhin unterrichten, wie es um die Gesundheit der Nonne steht, für den Fall, dass Ihr sie aufsuchen wollt, wo sie Euch doch so viel Kopfzerbrechen bereitet hat.

Es verabschiedet sich und küsst Euren Hirtenring, Euer ergebener Diener,

SEBASTIÁN FLEITAS DE ANDRADE

Der Schmerz der Eltern

Don Benito de Cárdenas war mit einem Mal zehn Jahre älter geworden. Dieser kräftige und lebhafte Mann hatte sich in einen Greis verwandelt, der sich nur noch darum kümmerte, die Ehre seiner Familie reinzuwaschen und alles aufzudecken, was sich bei jenem traurigen Abenteuer ereignet hatte, bei dem sein einziger Sohn ums Leben gekommen war.

Don Suero de Atares war in Benavente angekommen. Er leitete den Zug, der den entseelten Körper seines Zöglings zurückbrachte. Das Trauergefolge bestand aus dem von vier Pferden gezogenen und von zwei Kutschern gelenkten Leichenwagen, zwei Reitknechten, die sich bei der Arbeit abwechselten und den Wagen begleiteten, dazu fünf Reitern, die zum Hof der Cárdenas gehörten, dem Kaplan und Lorenzo, dem Schutzbefohlenen. Sie waren fünf Tage zuvor aus Madrid aufgebrochen. Ein Bote hatte Don Benito die Meldung über das Vorgefallene überbracht. Er war zwei Tage nach dem traurigen Ereignis eingetroffen. Der Marquis war seinem Sohn bis Villalpando entgegengekommen. Dort zog er sich in ein Wirtshaus zurück und verließ sein Zimmer erst, als man ihm mitteilte, dass der Zug ankam. Dann stieg er auf sein Pferd und näherte sich dem Zug.

Es war ein schrecklicher Augenblick. Der Greis umarmte den Sarg mit den sterblichen Überresten des jungen Mannes. Der Kaplan und Don Suero mussten sich gemeinsam anstrengen, ihn loszureißen. Am nächsten Tag wurden die sterblichen Reste von Diego de Cárdenas, der in der Blüte des Lebens gestorben war, neben seiner Mutter in einer einfachen und andächtigen Zeremonie auf dem kleinen Friedhof des Palastes von Benavente beerdigt. Der Marquis hatte nur seine nächsten Angehörigen und seine treuesten Vasallen eingeladen.

Nach der Zeremonie kamen der Marquis und der Hofmeister in der Schlossbibliothek zusammen: Beide trugen strenges Schwarz, wovon sich nur das rote Calatravakreuz auf der Brust des Marquis abhob, und im Innern hingen sie schwarzen Gedanken nach. Don Benito de Cárdenas sehnte sich nach Gerechtigkeit und Don Suero de Atares nach Rache.

»Wie gesagt, Señor, den Brief habe ich am Montagmorgen auf dem Schreibtisch des Kabinetts gefunden.«

Auf dem Tisch lag ein geöffneter Brief. Der Marquis setzte sich die Brille auf und las ihn zum hundertsten Mal. Darin hieß es:

Lieber Hofmeister!
Die Umstände haben mir eine Gelegenheit geboten, die Lehren des Edelmuts und der Ritterlichkeit anzuwenden, die Ihr mir so viele Jahre lang eingeprägt habt.

Alonso Díaz musste einschreiten, um eine Dame zu verteidigen. Ein Caballero hatte sie schwer beleidigt, und wegen seines Verhaltens verdient er diese Bezeichnung eigentlich gar nicht. Jedenfalls bat er mich, wenn es mir recht sei, ihm als Sekundanten bei einem derart ernsten Kampf zu dienen. Wie Ihr gewiss versteht, durfte ich das nicht ablehnen, und so gut Ihr die Gründe auch kennt, möchte ich sie Euch doch wiederholen. Erstens glaube ich, dass ich immer in seiner Schuld stand, weil ich ihn in Benavente zurückließ, nachdem ich ihm bei tausend Gelegenheiten zugesichert hatte, dass er mit uns nach Madrid gehen würde. Und zweitens verdanke ich ihm mein Glück, denn er hat mir die Begegnung mit der Dame meiner Träume ermöglicht, für die mein liebendes Herz Tag und Nacht schlägt, seitdem ich sie kennengelernt habe. Noch ist nicht die Zeit gekommen, Euch ihren Namen zu nennen, doch sobald dies möglich ist, werdet Ihr und mein Herr Vater die Ersten sein, die ihn erfahren. Jetzt werde ich Euch nur sagen, dass ich in der Donnerstagnacht die wahre Liebe erfahren habe, und wenn ich nun sterben sollte, hätte sich der Gang durch diese Welt gelohnt.

Ich hoffe, dass Ihr diesen Brief nie zu lesen bekommt. Wenn ich heute Morgen zurückkomme, werde ich ihn selbst vernichten. Anderenfalls ist etwas Schlimmes geschehen. Sollte es so sein, danke ich Euch für alles, was Ihr stets für mich getan habt, und ich beauftrage Euch, dass Ihr meinem Herrn

Vater sagt, nie habe ein Hidalgo einen besseren Vater gehabt … und dass ich ihn liebe.

Nehmt den Ausdruck meiner ganzen Achtung und Zuneigung entgegen,

DIEGO

Der Marquis setzte sich die Brille ab und trocknete eine heimliche Träne mit einem Batisttaschentuch.

»Und jetzt, Don Suero, sprecht mit mir, als wäre alles neu, und lasst keine Einzelheit aus, denn jedes kleine Vergessen könnte sich verhängnisvoll auswirken. Wie ich Euch gesagt habe, möchte ich in die Hauptstadt gehen und all die Dinge klären, die im Dunkeln liegen, und ich will nicht eher Ruhe geben, bis Gerechtigkeit geübt wird. Ich will die Verbindungen zu allen Freunden und alle Beziehungen nutzen, die ich niemals belästigt habe und die in meiner Schuld stehen.«

»Ich fange noch einmal mit dem Anfang an. Am Donnerstagmorgen kehrte Diego in einer Hochstimmung heim, die ich früher nie bei ihm erlebt hatte. Ich erkundigte mich, was ihn so glücklich mache, und er antwortete, die Zeit zum Reden sei noch nicht gekommen, aber bald könne er mir sein Geheimnis anvertrauen. Ich dachte, es handele sich um ein jugendliches Liebesabenteuer, und ich hielt es für nicht weiter wichtig. Dabei vermutete ich, dass es womöglich etwas mit der schönen Doña Elena de Mendoza zu tun hätte, von der er mir einmal erzählt hatte.

Der Freitag und der Sonnabend vergingen, und Don Diego verbrachte diese Tage in einem ungewöhnlichen, unruhigen und aufgeregten Zustand. Das zwang mich, ihn abermals zu fragen, was ihm fehle. Er antwortete, bald komme es zu wichtigen Ereignissen, und seine tatsächliche Großjährigkeit sei nahe. Am Montagmorgen werde er sich als echten Caballero ansehen. Am Abend fragte ich Lorenzo, weil ich irgendeine Angabe herausfinden wollte, die mir einen Hinweis liefern konnte, aber der Junge, das kann ich Euch versichern, wusste nichts. Als Nächstes kam der Brief, den Ihr schon gelesen habt.«

»Erklärt mir noch einmal alle Schritte, die Ihr am Montag unternommen habt, nachdem Ihr den Brief gelesen habt.«

»Als Erstes bin ich zu Diegos Zimmer hochgestiegen, weil ich sehen wollte, ob er schlief. Das Bett war unberührt, und offensichtlich hatte er nicht darin gelegen. Dann ging ich zu Lorenzo, weil ich erfahren wollte, ob er mir etwas erklären konnte, was ich nicht wusste, oder ob er vielleicht ein

Liebesabenteuer Eures Sohns verbergen wollte … Aber das Papier war wie Feuer in meinen Händen. Als ich mich vergewissert hatte, dass er nichts von all dem wusste, ließ ich die Pferde satteln. Ich ritt mit Lorenzo zur Einsiedelei des Schutzengels, und hinter der Friedhofsmauer konnte ich die Spuren des Kampfes entdecken. Dort hatte eher ein Scharmützel als ein Duell stattgefunden: Es gab viele und unterschiedliche Hufspuren, und an drei Stellen sah man Blutreste.«

»Und dann?«

»Dann ritt ich zusammen mit Lorenzo zum Stadtoberrichter, und nachdem ich durch vierzig Kanzleien gekommen war und gesagt hatte, wer ich war, empfing mich der Büttel, der beauftragt war, die Vorkommnisse zu bearbeiten, die sich in der Nacht ereignet hatten. Dort erfuhr ich von dem schrecklichen Unglück und den sonderbaren Begleitumständen, die dabei mitwirkten und von denen ich Euch erzählt habe.«

»Kümmert Euch nicht darum. Wiederholt es mir noch einmal.«

»Offenbar gab es ein Duell zwischen Alonso Díaz und Cristóbal López-Dóriga. Über ihn hat Euch Diego schon ein paarmal erzählt, und ganz gewiss konnte er ihn nicht ausstehen. Cristóbal wurde getötet. Ein anderes Individuum, das anscheinend eine niedrigere Stellung hatte, starb ebenfalls. Es hatte ein von Weitem geworfenes Messer abbekommen, und ein Dritter, ich vermute, der Sekundant López-Dórigas, ist verschwunden, nachdem er beide angegriffen und die Streifwache benachrichtigt hatte. Diese letzten Umstände sind allerdings nur Vermutungen von mir. Wie ich es Euch erklärt habe, stürzte Alonso Díaz verletzt zu Boden, und Euer Sohn wollte ihn fortbringen, ich denke mir, damit ihn ein Arzt behandeln konnte, und dabei stellte er sich gegen die Männer des Königs. Bei diesem Kampf haben sie Diego getötet.

Als der Büttel die Verletzung Alonsos untersuchte, stellte sich heraus, dass er gar kein Mann war. Weil sie seine Brust entblößten, um den Blutfluss zu stillen, entdeckten sie sofort, dass er eine Frau war. Später erfuhr man, dass sie die aus Sankt Benedikt entflohene Anwärterin war, der wir hier in Benavente mehr als zwei Jahre lang einen Unterschlupf als Pagen gegeben hatten und die uns in Madrid oft besuchte, wobei sie immer als Alonso auftrat. Diego hatte ihr Boabdil geschenkt. Das heißt, die außergewöhnliche Ähnlichkeit, die Ihr und ich bei der von diesem Portugiesen mitgebrachten Zeichnung festgestellt haben, war gar keine Ähnlichkeit, sondern es handelte sich um ein und dieselbe Person.

Ob Euer Sohn als Sekundant des Duells gekommen war und wusste, dass Alonso eine Frau war, oder ob er aufrichtig glaubte, dass es Alonso Díaz war, das werden wir erst erfahren, wenn wir mit diesem Mädchen reden können. Das ist ein recht schwieriges Unternehmen, denn das Heilige Offizium hat sich ja eingemischt, und solange sie seiner Gerichtsbarkeit untersteht, werden sie sich alle erdenkliche Mühe geben, damit sie ohne Verbindung nach draußen bleibt, bis ihre Ermittlungen abgeschlossen sind, und sie halten sie im Arme-Seelen-Spital fest, wo sie so bewacht und beaufsichtigt wird, als handelte es sich um den leibhaftigen Rodrigo Calderón vor der Hinrichtung.«

»Mir kommt das alles so ungewöhnlich vor, dass ich die Sache nicht glauben würde, wenn wir es hier nicht erlebt hätten.« Nun machte der alte Marquis eine Pause. »Wir müssen uns bemühen, dieses Mädchen zu sehen, weil sie der einzige Mensch ist, der zuverlässig weiß, was dort vorgefallen ist, und mag sie eine Nonne oder Alonso Díaz sein, so weiß ich doch, dass sie uns beide, was ihr edles Herz betrifft, in all der Zeit nicht getäuscht hat und dass sie eine ehrenwerte Person ist, die es nicht über sich bringt, bei einer solch ernsten Sache zu lügen, umso mehr, wenn sie weiß, dass mein Sohn ihretwegen gestorben ist, denn es zeigt sich klar, dass der Streit mit ihr ausgetragen wurde, ob sie nun Mann oder Frau war, und dass Diego ihr dabei geholfen hat.

Macht die Reisekutsche fertig, Don Suero, denn wir werden unverzüglich nach Madrid aufbrechen, und ich werde mich nicht eher zufriedengeben, bis ich den Schuldigen am Tod meines Sohns finde, wenn es einen gibt, und sollte er in seiner Jugend und Unerfahrenheit die Torheit begangen haben, sich der Streifwache entgegenzustellen, und hätte er bei diesem Zusammenstoß den Tod gefunden, so will ich es zuverlässig wissen, weil ich sonst nicht in Frieden sterben kann.«

Der Knappe stand langsam auf.

»Ich gehe und führe Eure Anweisungen aus. Aber ich schwöre beim Allmächtigen, dass der Mörder Diegos, wer es auch ist, mit seinem Leben bezahlen wird! Ich weiß nicht, wie ich das erreiche, doch Ihr dürft es für sicher halten, dass nichts und niemand mich daran hindern wird, mit Alonso zu reden.«

So nannte er ihn immer noch.

Ein königlicher Intendant war am Dienstagmorgen eingetroffen, um dem Marquis von López-Dóriga im Namen des Privatkabinetts des Grafen-Herzogs von Olivares sein Beileid auszusprechen. Er bedauerte das traurige Ereignis und versicherte, dass der Arm der Gerechtigkeit so weit reichen werde, wie es erforderlich sein sollte, und er werde nicht innehalten, bis der einzige Schuldige, der sich in Haft befinde, bestraft worden sei, denn die beiden anderen seien tot: Der eine sei auf der Stelle gestorben, weil er einen Messerstich in den Hals bekommen habe, und der andere habe den Tod gefunden, als er versuchte, sich der Streifwache entgegenzustellen, um seinen verletzten Kumpan zu beschützen, der sich außerdem als ein übel beleumundetes Individuum erwies, denn das Gericht des Heiligen Offiziums habe ihn ebenfalls gesucht. Sein Sohn Cristóbal habe zwar den Fehler begangen, sich an einem Duell zu beteiligen, was von mehreren königlichen Verordnungen verboten sei, doch man habe ihn in einen schändlichen Hinterhalt gelockt, den man im Schutz der Nacht heimtückisch geplant habe.

Da sich Nachrichten in Madrid wie im Flug verbreiteten, erfuhr Álvaro die letzten Neuigkeiten und passte seine Darstellung den Umständen an.

Nach den Begräbnisfeierlichkeiten spielte sich am Mittwoch die folgende Szene bei den López-Dórigas ab.

Álvaro de Rojo y de Fontes, den die Ereignisse überwältigten, stand zitternd vor dem alten Marquis López-Dóriga und erzählte aufs Neue die Version der Geschehnisse, die Fähnrich Campuzano erdacht und später etwas abgewandelt hatte, als er erfuhr, dass sich Diego de Cárdenas der Streifwache entgegengestellt und den Tod gefunden hatte.

»Ich versichere Euch, Señor, dass man nichts weiter tun konnte. Das war eine unselige Falle, die dieser Alonso Díaz, ein weiterer Kerl und Diego de Cárdenas gestellt hatten. Dieser Letzte war unser Gefährte im Pagenhaus. Cristóbal wollte mit dem Degen den guten Ruf und den Glanz Eures Namens beschützen, den man öffentlich entehrt hatte, und das wollte er bei einem Duell tun, das, wie er annahm, unter Ehrenmännern ausgetragen würde. Aber die anderen kamen ihm zuvor, und er geriet in einen Hinterhalt.

Ich kam zu der Zeit, die er mir angegeben hatte, um ihm als Sekundant beizustehen. Doch als ich eintraf, war es schon zu spät, und ich konnte nur noch die Katastrophe sehen. Ich ritt fort, weil Cristóbal tot dalag und es zu nichts geführt hätte, wenn ich mich im Kampf hätte töten lassen, war ich doch gegen die zwei Verräter unterlegen, die sich noch auf den Beinen hielten. Euer Sohn hatte sich offenbar wie ein Löwe verteidigt. Er hatte den einen verwundet und den Dritten erledigt, indem er dessen Kehle mit seiner Baskenklinge traf. Es war zu spät, etwas für Cristóbal zu tun, und mir blieb nur übrig, Hilfe zu holen und der Bote zu sein, der zwar schlechte Neuigkeiten überbringt, aber Euch die Wahrheit mitteilt.«

López-Dóriga hörte Álvaros Erklärung im Sommerhäuschen seines Schlosses. Wegen seines Gichtleidens hielt er ein Bein ausgestreckt und legte einen Fuß auf einen Hocker. Mit bedächtigen Gesten strich sich der Adlige durch den weißen Bart. Dann sagte er:

»Seit Montagmorgen grübele ich darüber nach. Ich kann nicht begreifen, dass ein Caballero seinen Gefährten zurücklässt, weil er zu Boden gestürzt ist, ohne dass er sich vergewissert, ob er tot ist, und selbst dann nicht. Und Ihr konntet nicht sicher sein. Ihr habt mich enttäuscht, Álvaro. Hättet Ihr dort ausgeharrt, so hättet Ihr meinem Sohn vielleicht das Leben gerettet. Er atmete offenbar noch, als die Streifwache kam.

Ich bin schon sehr alt, und warum soll ich es verschweigen, ich hatte ein solches Ende befürchtet. Das liederliche Leben, das Ihr geführt habt, und die schlechte Gesellschaft, denn man erfährt alles, wenn man es nur will, mit der Ihr zu tun hattet, ließen etwas Ähnliches erwarten. Alte Sünden werfen lange Schatten, wie es im Sprichwort heißt. Ich spüre einen brennenden Schmerz in meinem alten Herzen, und ich verstehe nicht, dass es noch nicht ermattet ist. Ihr werdet dieses Haus verlassen. Es ist mir unmöglich, Eure Anwesenheit noch zu ertragen. Zur Gerichtsverhandlung wird man Euch vorladen, doch selbst auf die Gefahr hin, meinen Namen zu entehren, bitte ich Euch, nicht zu lügen. Und nun nennt dem Verwalter die Adresse, wo Ihr unterkommen wollt, in Madrid oder bei Euren Eltern in Quintanar, und befreit mich von der Bürde Eurer Gegenwart.«

Und mit einer kraftlosen Handbewegung erklärte der alte Hidalgo die Unterredung für beendet.

Eine neue Catalina kam zur Welt

Der Nebel in ihrem Kopf löste sich nicht auf, und Catalina wusste nicht, ob sie wachte oder träumte. Wirklichkeit und Tagtraum vermischten sich in ihrem Geist. Schweißbedeckt und erregt dämmerte sie vor sich hin. Sie lag auf einem Strohsack in einer Zelle des Arme-Seelen-Spitals, das eher ein Kerker als ein Spital war, und ihre Tür wurde nicht nur von der königlichen Wache, sondern auch von zwei Familiaren des Heiligen Offiziums beaufsichtigt. Sie hatten den ausdrücklichen Befehl, niemanden außer dem Arzt eintreten zu lassen, der sie behandelt hatte, um die in ihrer Schulter feststeckende Dolchklinge herauszuholen. Außerdem durften die Nonnen hereinkommen, die ihm halfen. Dann und wann trat eine Schwester ein, die ihren Verband nachsah und ihr einen bitteren Absud zu trinken gab, der sie noch tiefer in ihre Lethargie versenkte. Ihre Gedanken schwangen wie ein Pendel von einer Erinnerung zur anderen. Einerseits weigerte sie sich, die letzte Szene des Dramas hinzunehmen, und ihre Erinnerungen standen still, wenn sie an das Bild dachte, wie Diegos Brust vom Degen des Portugiesen durchbohrt wurde, ohne dass er auch nur Zeit gehabt hätte, seinen Degen zu ziehen, und andererseits schwelgte sie freudig in den Erinnerungen an die Ereignisse, die im Haus der Witwe geschehen waren. Alle Einzelheiten dieses Tages zogen langsam und klar an ihrem gepeinigten Geist vorbei.

Sie hatte viel Blut verloren und war sehr geschwächt. Plötzlich glaubte sie, Schritte und die Stimmen mehrerer Personen wahrzunehmen, die sich ihrer Zelle näherten. Als die Tür bereits aufging, hielt sie die Augen geschlossen und tat so, als wäre sie noch immer bewusstlos. Fleitas, Rivadeneira und ein Arzt drangen in den Raum ein und gingen zu ihrem Lager.

»Sie wird durchkommen. Trotz des Blutverlustes bleibt sie am Leben.«

Der Arzt gab seine Prognose mit neutraler Stimme ab.

»Umso besser für Euch. Die Betrügerin muss leben. Sie muss vor Gericht gestellt werden und das Urteil auf sich nehmen. Am wahrscheinlichsten ist, dass sie stirbt. Aber nicht jetzt. Dem Heiligen Offizium gefällt es, wenn die Regeln eingehalten werden.«

Der Portugiese führte das große Wort.

»Knöpft ihr Hemd auf. Wir müssen etwas nachprüfen.«

Nun wandte sich Rivadeneira an den Arzt.

Catalina spürte, dass ihr jemand das grobe Hemd aufknöpfte und dass eine kalte und feuchte Hand ihre linke Brust betastete und nach oben drückte. Wieder ertönte die Stimme des Portugiesen in dem isolierten Raum.

»Das Zeichen ist sonnenklar. Der hochwürdigste Herr Bischof wird zufrieden sein. Diese Geschichte steht kurz vor dem Ende, aber das werden wir nicht zu den Euch schon bekannten Beweisen hinzufügen. Die Anordnung Seiner Exzellenz ist eindeutig. Das Besuchsverbot bleibt weiter bestehen. Ihr werdet mir mitteilen, wenn ein Unbefugter versuchen sollte, mit der Eingesperrten in Verbindung zu treten. Habt Ihr verstanden?«

»Selbstverständlich.«

»Und denkt daran, sie muss wieder gesund werden. Ohne einen guten

Angeklagten gibt es kein gutes Gerichtsverfahren, und dieses soll ein warnendes Beispiel für Nonnen und Mönche werden, die vom Pfad des Gehorsams abweichen und auf den Irrwegen der Hexerei und der weltlichen Lüste wandeln. Diese Frau muss offene Rechnungen mit der Kirche und mit dem König begleichen. Die Anklagen gegen sie sind erdrückend.

Sie hat einen Diener des Glaubensgerichts und zwei Männer im Duell ermordet, und wie Ihr wisst, ist das Duell eine von Seiner Majestät verbotene Unsitte. Außerdem hat sie dafür frevelhafte Künste verwandt, denn sie hat einen Gefährten so sehr in Brunst versetzt, dass er, um sie zu verteidigen, die Streifwache heimtückisch angriff, und dieser blieb nichts anderes übrig, als den Angriff zurückzuschlagen. Das kostete den Unglücklichen das Leben. Es war ein junger Mann aus dem Provinzadel, der Diego de Cárdenas hieß. Pater Rivadeneira kann alles bestätigen, was ich Euch sage. Don Álvaro de Rojo war Zeuge des Kampfes, und das waren auch die Männer des Büttels, die sie festnehmen wollten. Noch wissen wir nicht, welcher Gerichtsbarkeit sie unterliegen wird, aber haltet es für sicher, dass eine geflohene Nonne mit dieser Lebensgeschichte wenige oder keine Verteidigungsmöglichkeiten hat. Und nun gehen wir.«

Der Arzt knöpfte Catalinas Hemd wieder zu, und die drei Männer verließen den Raum.

Als sich die Tür schloss und ihr das Knarren des Schlüssels bestätigte, dass sie wieder allein war, schlug Catalina die Augen auf. Eine Träne wollte hervorrinnen, doch sie bemühte sich, sie zurückzuhalten, denn Weinen würde sie am Denken hindern und zu nichts führen. Ihre Gedanken wiesen immer noch große Lücken auf, aber die letzten Worte, die sie gehört hatte, brachten sie auf den richtigen Weg und halfen ihr, sich über alle Missgeschicke klar zu werden, die sie schon getroffen hatten oder die ihr offenbar noch bevorstanden. Ganz eindeutig war, dass der Provinzsekretär des Heiligen Offiziums und Bischof von Astorga nicht wünschte, dass das scharlachrote Mal bekannt würde. Nichts, was sie erwartete, machte ihr noch etwas aus. Diego war tot. Das war ein gemeiner und feiger Mord, dessen machtlose Zeugin sie gewesen war, ebenso wie es ihr an dem Tag geschah, als Mutter Teresa starb. Ein trauriges und grausames Schicksal, das sie dazu verurteilte, das Ende derjenigen mitzuerleben, die sie am innigsten liebte, ohne dass sie etwas tun konnte, um es zu verhindern!

Bitterkeit überwältigte ihren Geist. Sie war bereit, in dieser Nacht zu sterben, und sie hatte sich an den Gedanken gewöhnt, dass es dazu kommen könnte. Dass aber Diego etwas zustieß, und das durch ihre Schuld, das wollte sie nicht hinnehmen, und das würde sie sich auch nicht verzeihen, solange es noch einen Funken Leben in ihr gab. Vor ihrem geistigen Auge erschienen wieder die Bilder der Donnerstagnacht, und wie es ihr Casilda verkündet hatte, nur für jene Augenblicke hatte es sich gelohnt zu leben. Leben! Dies war das Zauberwort, woran sie sich mit Klauen und Zähnen klammerte. Zwei Dinge beschäftigten sie zwanghaft: Zum einen wollte sie den guten Namen ihres Geliebten wiederherstellen und seinen Tod rächen und darüber hinaus für die Bestrafung derjenigen sorgen, die mit ihren schlimmen Ränken, ihren Taten oder Beziehungen erreicht hatten, dass ihr Leben eine unablässige Suche und eine Kette von Missgeschicken war. Dies musste ihr Mut machen, um weiterzuleben! Darüber hinaus war nichts anderes mehr wichtig.

Die Verurteilung

Alle Parteien brachten ihre Verbindungen ins Spiel. López-Dóriga hatte sich zwar schon aus der Öffentlichkeit zurückgezogen, doch er bewahrte sich wichtige Freunde in den Gerichtshöfen, weil er, bis er in den Ruhestand getreten war, hohe Ämter ausgeübt hatte. Der Tod seines Sohns hatte ihn schwer getroffen, und die Zeugenaussagen des Büttels und von drei Häschern der Streifwache hatten ihn, der so gesetzestreu war, endgültig überzeugt. Nun klammerte er sich an die Version, die Álvaro de Rojo geliefert hatte, obwohl er ahnte, dass sie nicht der Wahrheit entsprach, und seines zerrissenen Herzens bemächtigte sich eher Rachsucht als Gerechtigkeitsstreben.

Der Marquis von Torres Claras und Don Suero de Atares richteten sich in Madrid ein und begannen ihren besonderen Leidensweg, indem sie Verwandte und Freunde besuchten, um die Umstände zu klären, unter denen Diego ums Leben gekommen war, und so die Schmach zu tilgen, die seinen Namen befleckt hatte. Obwohl sie es mit allen Mitteln erreichen wollten, war es ihnen unmöglich, Alonso oder Catalina zu sprechen, denn er oder sie war ja der einzige Mensch, der über die Ereignisse jener schrecklichen Nacht aufklären konnte.

Die Verbindungen des Provinzsekretärs des Heiligen Offiziums, des mächtigen Doktor Carrascos, und die Lebensumstände Catalinas sorgten schließlich dafür, dass sich die Waage zu ihren Ungunsten neigte und dass sie von der ganzen Schwere des Gesetzes getroffen wurde. Sie war eine aus dem Kloster geflohene Nonne, und außerdem gab man ihr die Schuld am Tod einer Priorin. Obwohl sie eine Nonne war, hatte sie als Schauspielerin in einem Theaterhof debütiert, und gegen die Anklage, dass sie einen Mann des Glaubensgerichts getötet habe, hatte sie zur Verzweiflung ihres jungen und unerfahrenen Anwalts, den man ihr von Amts wegen zuteilte, nicht einmal geruht, sich zu verteidigen. Außerdem hatte man sie der Hexerei angeklagt und beschuldigt, Zaubermittel herzustellen, und um das Maß vollzumachen, hatte sie als Mann gekleidet und zusammen mit lauter Dirnen in einem übel beleumundeten Haus gelebt, wofür man sie auch noch abartiger Liebesbeziehungen und widernatürlicher Unzucht bezichtigte, und dann kam der Tod zweier Männer bei einem vorgetäuschten Duell. Die Gerichtssitzungen dauerten mehrere Monate, doch am Ende wirkte die Beweislast übermächtig, und Catalina Gómez alias Alonso Díaz wurde verurteilt, auf Befehl des Königs am Galgen zu sterben. Damit hatte auch ihr Komplize Diego de Cárdenas seine Ehre verloren.

Der Prozess war hauptsächliches Gesprächsthema in der Hauptstadt, solange er dauerte. Während man dann auf das Urteil wartete, vergaßen ihn die Leute, und andere Fragen beschäftigten nun vor allem Gerichte und Plätze, denn im Madrid des Dichterkönigs gab es jeden Tag neue Ereignisse, und die Verurteilung eines Häftlings war keine Nachricht, die sich lange an der Tagesordnung hielt.

Als sie sich von ihrer Verletzung erholt hatte, wurde sie in einer Kerkerzelle der Hauptstadt eingesperrt, und außer ihrem jungen Anwalt, der ein Gnadengesuch beim König eingereicht hatte, durfte niemand zu ihr kommen.

Catalina war geheilt und hatte trotz der Monate, die sie dort eingesperrt verbrachte, neue Kräfte gewonnen. Offenbar war jemand in höchstem Maße daran interessiert, dass sie vollkommen gesund zum Tag der letzten Bewährungsprobe gelangte. Deshalb bekam sie nicht die übliche Verpflegung der Häftlinge, und ihre Zelle, die am Ende des Gebäudes lag, hatte alle Tage eine halbe Stunde Sonnenschein, der, wenn keine Wolke am Himmel war, durch die Gitterstäbe des Fensterchens hereindrang. Unausbleiblich versetzte ihr Geist sie an einen anderen Ort und in eine andere Zeit, und immer hoffte sie, dass an irgendeinem Tag hinter diesem Fenster Diegos geliebtes Gesicht auftauchen würde. Ebenso unausbleiblich füllten sich ihre Augen mit Tränen.

Ihre Zeit verging mit Nachdenken und Lesen, denn der junge Anwalt, der sie verteidigt hatte, besorgte ihr ein *Leben der heiligen Teresa de Jesús* und auf ihre Bitte ein Exemplar von Heliodors *Geschichte von den treuen Liebenden Theagenes und Charikleia*. Dieses Buch schmuggelte er in seiner Kleidung versteckt und mit dem Einverständnis des Gefängniswärters, den ein Beutel mit Maravedís bestochen hatte, in die Zelle, denn er war sich bewusst, dass man unter diesen Umständen nur noch warten und beten konnte. Sie befand sich in der Hand des Allerhöchsten, und er würde für alles sorgen.

Und es kam der gefürchtete Tag.

Am Morgen erschien in ihrer Zelle ein Sekretär des Justizministeriums. Ihn begleiteten ein königlicher Notar und zwei Schreiber.

Als die Abordnung zum Ende des Korridors gelangte, wo Catalinas Zelle lag, war sie sicher, dass sie ihretwegen kamen. Es war Abend. Das Licht der Fackeln durchdrang die Dunkelheit, und die Schritte näherten sich. Als sie bei Catalina eintrafen, versteckte sie das Buch unter ihrem Bett und setzte sich darauf, bevor die anderen ihre Tür geöffnet hatten. Das Kreischen der zurückgeschobenen Riegel schien ihr diesmal unheimlicher als je zuvor. Die Tür drehte sich in den Angeln, und die Vertreter des Gerichts traten ein. Ihnen gingen zwei Bewaffnete und zwei Fackelträger voraus. Alle bildeten einen Halbkreis in dem kleinen Raum. Dann forderte der Notar sie auf, sich zu erheben. Catalina gehorchte, und nun faltete der Justizsekretär eine Schriftrolle auseinander, die er bei sich hatte.

»Wir verlesen jetzt das Urteil, das im Verfahren der Krone gegen die Person, die sich selbst Catalina Gómez nennt, am neunten Mai im Jahr des Herrn sechzehnhundertvierzig erlassen wurde.

Ich, Pedro del Corral, Auditor des Kastilienrates, Oberrichter am Gericht für Majestätsverbrechen, erkläre gemeinsam mit den Beisitzern Rafael de la Virgen und Matías Montañés:

Ich muss das in diesem Verfahren gegen die Person, die sich selbst Catalina Gómez nennt, eine ehemalige Postulantin des Benediktinerklosters im Kirchenbezirk Astorga, erlassene Urteil für die folgenden Verbrechen verlesen und verlese es.

Erstens: Als die Verurteilte von ihrer Oberin, Schwester Gabriela de la Cruz, und vom Klosterkaplan, Bruder Julián Rivadeneira, angeklagt wurde, den Tod der früheren Priorin, Schwester Teresa de la Encarnación, verschuldet zu haben, floh sie aus diesem Kloster, wobei sie Männerkleidung trug und sich in der Residenz Seiner Christlichen Majestät im Gewerbe einer Schauspielerin betätigte, wodurch sie längere Zeit mehrere Gutgläubige täuschen konnte.

Zweitens: Da sie die Fechtkunst in der Akademie Don Pedro Pachecos erlernt hatte, der niemals erfuhr, dass sie eine Frau war, und da sie den Umstand nutzte, sich der Hand des Bösen geschickt bedienen zu können, tötete sie einen Diener des Glaubensgerichts, indem sie ihm mit ihrem Dolch einen mehr als einen Zoll langen Stich versetzte.

Drittens: Zusammen mit Don Diego de Cárdenas y Enríquez, dem Sohn des Marquis von Torres Claras, den sie überzeugte, ihr als Sekundant bei einem angeblichen Duell zu dienen, aus dem beide einen Hinterhalt machten, wurde Don Cristóbal López-Dóriga ebenfalls getötet, der, als er sich verteidigte, außerdem einen Spießgesellen töten musste, der sie bei dem Abenteuer begleitete und für dessen Tod sie mittelbar verantwortlich ist.

Viertens: Die betreffende Person, und das ist am schwerwiegendsten, beging widernatürliche Unzucht mit anderen Frauen im Hurenhaus einer gewissen María Cordero, die für Verheimlichung und Begünstigung ebenfalls verurteilt wurde. Sie wird eine fünfjährige Gefängnishaft verbüßen.

Für das an dritter Stelle genannte Verbrechen wird diese Catalina Gómez dazu verurteilt, am Galgen zu sterben, für die beiden erstgenannten zu fünfzehn Jahren Gefängnis und Verbannung vom Hofe und für das vierte, dass ihr Leib verbrannt und ihre Asche in alle Richtungen verstreut wird, so dass sie nicht in geweihter Erde ruhen darf.

Das Urteil wird in der vorgesehenen Frist und Form vollstreckt, ohne dass eine Berufung oder ein Gnadengesuch zugelassen sind. Ihr werdet zum Schafott gebracht und dabei ein Halseisen tragen. Der Galgen wird auf dem Hauptplatz an dem Tag und zu der Stunde aufgestellt, die noch festzulegen sind, und bevor man das Urteil vollstreckt, habt Ihr das Recht zu einer einzigen Bitte.

Gegeben zu Madrid am Tage des …«

Catalina sagte nichts. Die Mitglieder der finsteren Abordnung fügten kein einziges Wort hinzu, sondern zogen sich zurück, und ein schreckliches und unheildrohendes Schweigen bemächtigte sich der Zelle.

Die Leute drängten sich an beiden Seiten der Straßen, auf denen der Zug entlangkommen sollte.

Die Hinrichtung von Verurteilten war in Madrid ein Fest, an dem das ganze Volk teilnahm. Die Garküchen, die den Zuschauern unter freiem Himmel Essen und Trinken anboten, die Tische der Falschspieler, die die Unvorsichtigen in Versuchung führten, und die der Trödler standen in einer ununterbrochenen Reihe. Die Menge war in Feststimmung, und man begrüßte alles, was die Monotonie des Alltags unterbrach und es ermöglichte, einen zusätzlichen Lohn zu verdienen. Eine dreifache Hinrichtung wie diese ließ sich mit einer guten Karwochenprozession oder einem Stierkampf vergleichen. Die Kaufleute priesen laut ihre Waren, und Kinderscharen rannten zwischen den Verkaufsständen umher, stürzten manche um und nutzten den Tumult, um zu stehlen, was sie erreichen konnten. Die Beutelschneider kamen auf ihre Kosten, und die festliche Stimmung prägte alles. Das Volk von Madrid vergnügte sich.

Der Zug verließ um Punkt neun Uhr früh das Gefängnis der Hauptstadt durch das große Tor.

Den Marsch eröffnete eine Kompanie Montesa-Jäger. Sie waren mit den vorschriftsmäßigen Piken und mit Armbrüsten bewaffnet. Die Kompanie würde es übernehmen, jeden von der Menge herausgeforderten Streit zu unterdrücken, falls es einen gäbe. Am Hauptplatz würde sie dann die Richtstätte umstellen. Hierauf kamen in offenen Sänften, getragen von Lakaien in schachbrettartig rot und schwarz gemusterten Livreen, wie sie das Justizministerium bezeichneten, die neun Richter. Sie trugen schwarze Talare und bedeckten den Kopf mit dem amtlichen Barett. Sie hatten die entsprechenden Gerichtsverfahren geleitet. Nun folgte der Gefängniswagen, der von einem Gespann aus vier Maultieren gezogen wurde. Hinter seinen dicken Gitterstäben konnte man die drei Verurteilten sehen. Ihr Kopf war mit der schmachvollen Büßermütze bedeckt, was den Pöbel zu Beschimpfungen und Spott reizte, und ihre Hände waren auf dem Rücken zusammengebunden. Hinter dem Wagen schritt eine Gruppe von Mönchen mit einem hoch erhobenen Kreuz. Sie wurden von drei den Verurteilten zugewiesenen Beichtvätern angeführt, die ihnen in letzter Minute die Sakramente erteilen sollten, falls sie darum baten. Den Zug schlossen zwanzig Häscher des Madrider Amtsgerichts ab. Sie waren mit langen Knüppeln bewaffnet, und als ihre Befehlshaber liefen zwei Büttel voran.

Catalina, die ein Halseisen tragen musste, lehnte den Rücken an die Gitterstäbe des hinteren Wagenteils. Sie hatte sich in ihr Inneres zurückgezogen und war für alles ringsum unzugänglich, als wäre sie eine bloße Zuschauerin des Ereignisses und nicht die Hauptperson. Ihre beiden Leidensgefährten saßen auf dem Boden, krümmten sich zusammen und versuchten, das Gesicht zwischen den Knien zu verbergen, wozu sie weinten und fluchten. Die brüllende Menge verhöhnte die Wageninsassen mit Witzen, faulen Eiern und Früchten.

Nach einer langen Strecke gelangte der Zug auf den Hauptplatz.

Das Rechteck des Platzes war für das große Ereignis vorbereitet. In der Mitte ragte das hohe Schafott empor, zu dem man auf einer senkrechten Leiter hinaufstieg, und oben befanden sich in gleichen Abständen drei Galgen mit den dazugehörigen und schreckenerregenden Stricken und den ebenfalls dazugehörigen Schlingen, und daneben standen drei kurze Leitern. Der ganze Bereich wurde von einem dicken Seil abgesperrt, das als Begrenzung diente, um die schreiende Masse zurückzuhalten, und im Abstand von jeweils fünf Ellen achtete ein beleibter Soldat der deutschen Wachkompanie des Königs darauf, dass sich die Menge nicht ungebührlich benahm.

In der Mitte der längeren Seite des Rechtecks, die auf das »Bäckerhaus« hinausging, erhob sich die Präsidentenloge unter einem Thronhimmel in Rot und Gelb, den Farben der spanischen Habsburger, und dort waren drei unterschiedliche Stufen zu sehen: Die höchste kam dem König zu, die zweite den Kammerherren, die der Familie des Monarchen und den Granden von Spanien zugewiesen wurden, wenn diese eingeladen waren, der Hinrichtung beizuwohnen, und die dritte der Kirche, die bei dieser Gelegenheit vom Nuntius Seiner Heiligkeit vertreten wurde. Neben diesem Gerüst und in einer geringeren Höhe erhob sich die von einem schwarzen Baldachin überdeckte Tribüne der drei Richter. Von dort aus sollte der Hauptrichter das entsprechende Zeichen geben, damit das Urteil vollstreckt würde. Die königliche Tribüne wurde von der Privatwache Seiner Majestät beaufsichtigt, den Espinosa-Jägern mit litzenbesetztem Wams, roten Pluderhosen und Samtärmeln, Lanze, Schild und Pistole.

Alle Balkone der Häuser, die zum Platz hin lagen, waren mit Wandteppichen, Fahnen und Wimpeln geschmückt, um die Justiz des Königs zu feiern, und sogar auf den Dächern sah man Leute, die hinaufgeklettert waren, damit sie das Ereignis nicht verpassten.

Hinter den drei Galgen erschienen drei Kapuzenträger, die die Arme über der Brust gekreuzt hielten. Einer von ihnen, der am mittleren Galgen, hatte eine beeindruckende Gestalt. Das Ritual war immer das gleiche: Der Henker zwang den Verurteilten, nachdem er ihm den Kopf entblößt und das Halseisen abgenommen hatte, die ersten Sprossen der Leiter hochzusteigen, während er selbst sich hinter ihn stellte. Er legte ihm die Schlinge um den Hals und wartete das Zeichen des Hauptrichters ab, das darin bestand, ein schwarzes Tuch hervorzuziehen und es an das Geländer seiner Loge zu hängen. Dann stieß der Henker die kleine Leiter mit dem Fuß um, so dass der Verurteilte am Strick hing, und sofort setzte er sich rittlings auf den Rücken des Unglücklichen. Damit wurde die Last viel größer, und der Tod trat viel schneller ein, weil sich die Wirbel ausrenkten. Man nannte diese Methode, das Ritual auszuführen, »den Reiter machen«, und das Volk belohnte mit Beifall und Schreien denjenigen, der seine Aufgabe am besten erfüllte.

Bis der Wagen zum Schafott gelangte und stehen blieb, war sich Catalina gar nicht bewusst, dass sie sterben musste. Die Menge brüllte, und die Wache stellte sich rund um das Brettergerüst auf, um zu verhindern, dass ein Wirrkopf das von dem dicken Strick gebildete Hindernis übersprang, sich auf die Verurteilten stürzte und die Übrigen mitriss. Die Unglücklichen sollten so sterben, wie es die Gesetze vorschrieben, und nicht von der Menge tot getrampelt werden. Die hintere Tür des Gefährts öffnete sich. Die Verurteilten stiegen hinunter, wobei ihnen die Wächter halfen. Neben jeden von ihnen trat ein Mönch, der bis zum letzten Augenblick bereit sein würde, ihnen beizustehen. Catalina wurde zu der Leiter gestoßen, die aufs Gerüst führte. Sie hörte nicht einmal das Gebrüll der Menge. Sie hatte sich weiterhin in sich selbst zurückgezogen und von diesem Geschehen abgesondert, als ginge nichts von all dem sie an. Ihre Leidensgefährten weinten, urinierten, stießen Flüche und Verwünschungen aus und ließen sich von zwei Wächtern mitschleppen, die sie unter den Armen packten, denn sie waren nicht in der Lage, die fünf Sprossen, die sie ins Jenseits führen sollten, allein hochzusteigen. Ein Trommel- und Paukenwirbel und die Klänge von Posaunen und Trompeten kündigten an, dass die Königsloge in diesem Moment besetzt wurde.

Die Menge wandte ihre Aufmerksamkeit kurzzeitig von den Verurteilten ab und konzentrierte sich auf den Monarchen, so dass anstelle von Schmähungen und Buhrufen nun Beifallklatschen und -rufe zu hören waren, die Philipp IV. galten. Schwarz gekleidet und, wie für ihn bezeichnend, majestätisch-feierlich und unerschütterlich, grüßte er sein Volk mit einer angedeuteten Geste seiner Rechten. Alle Adligen warteten, dass er sich auf seinen Thron setzte, und danach nahmen auch die anderen Platz.

Die Szene auf der Richtstätte hatte innegehalten. Nun belebte sie sich wieder, und jeder widmete sich seiner Aufgabe. Die Verurteilten, die der Gerichtsbarkeit des Königs und nicht der des Heiligen Offiziums unterstanden, hatten die Möglichkeit gehabt, ihre Rechnung mit Gott zu begleichen, doch die zwei Leidensgefährten des Mädchens hatten diese Möglichkeit verschmäht und lehnten sich wütend gegen ihr trauriges Schicksal auf. Catalina sah alles gleichgültig an. Sie wusste, dass sie sterben würde, und sie hoffte, dass ihr der Schöpfer einen Platz bei Diego geben wollte, wo es auch immer wäre. In diesen schrecklichen Momenten dachte sie an nichts anderes. Der Pöbel tobte weiter, und die Dinge spielten sich so ab, als wäre all das eine Generalprobe für den Tod.

Jeder Henker beschäftigte sich mit einem Verurteilten, und sie merkte, dass sich der für sie zuständige hinter ihr zu schaffen machte. Der ihr zugeteilte Mönch betete leise neben ihr.

Catalina kümmerte sich um nichts mehr. Es war ihr endgültig gelungen, sich von allem abzukapseln.

Plötzlich strömte ihr das Blut lebhaft durch die Adern, als würde es von einer Mühle angetrieben. An ihrem Ohr hatte der riesige Henker deutlich und scharf den Ruf des Uhus ausgestoßen: zwei lange Pfiffe und einen kurzen. Bei der Allerheiligsten Jungfrau Maria! Dieser Riese war Blasillo, ihr lieber Spielgefährte aus Sankt Benedikt. Auf welchen Bahnen war wohl sein Leben verlaufen, dass er in diesem tragischen Augenblick dort erschien, als wäre er ihr Schutzengel? Sie hätte alles Mögliche dafür hergegeben, wenn sie sich hätte umdrehen und sein Gesicht betrachten können. Aber das war unmöglich, denn selbst wenn sie sich umblicken könnte, war er doch unter der schwarzen Kapuze verborgen, wie sie zu seinem Beruf gehörte.

Blasillo, ihr Kindheitsfreund, war tatsächlich der Henker, der ihr in diesem Augenblick ein paar kurze und klare Sätze ins Ohr raunte, während er heimlich mit einem Stilett die Lederriemen durchschnitt, mit denen ihre Handgelenke gefesselt waren! Schnell und unmissverständlich vernahm sie seine Worte, und langsam durchstießen sie den Nebel, der ihren Geist umfing. Nachdem sie zugehört hatte, machte sie sich bereit, ihre letzte Karte auszuspielen.

Ein Gerichtsbeamter trat auf sie zu. Mit Donnerstimme gab er seine eintönige und vorgeschriebene Litanei von sich:

»Catalina Gómez, wegen Eurer bewiesenen Verbrechen werdet Ihr sterben. Es ist eine Gnade des Königs, dass Ihr, bevor der Henker das Urteil vollstreckt, das Recht habt, Euren letzten Willen zu äußern, und wenn man ihn erfüllen kann, soll es geschehen.«

Catalina hörte sich daraufhin selbst mit energischer und eigentümlich maßvoller Stimme reden:

»Ich möchte im Schoß der Kirche sterben, der ich durch meine Taufe angehöre und die ich nie verlassen wollte. Ich bitte, dass man mir die heilige Kommunion spendet und dass ich den Leib Christi empfangen darf, wie man es mich als Mädchen gelehrt hat. Mein Beichtvater ist Zeuge, dass ich meine Seele heute Morgen mit ihrem Schöpfer versöhnt habe ...«

Der Gerichtsbeamte sah den neben ihr stehenden Mönch an, und dieser nickte zustimmend. Dann blickte er zu der Loge hinüber, wo sich die drei Richter befanden, und der Hauptrichter blickte nun zur Loge des Königs. Dieser beugte leicht, als ein beinahe nicht wahrnehmbares Zeichen, das majestätische Haupt.

In solchen Momenten war es Sitte, dass die Menge das letzte Zwiegespräch des Verurteilten mit seinen Richtern stumm anhörte. Das Schweigen wirkte eindrucksvoll.

»Einverstanden«, sagte der Gerichtsbeamte zum Henker. »Tut Euer Werk. Und Ihr, Mönch, spendet ihr die Kommunion.«

Catalina spürte, wie Blasillo näher kam und ihr die Büßermütze und außerdem das Halseisen abnahm, denn dieses entehrende Zeichen eignete sich nicht, wenn man den Leib des Herrn empfing. Dann kniete sie erwartungsvoll nieder. Ein Gemurmel griff in der Menge um sich:

»Das ist die Arnedillo! Das ist Clara Arnedillo!«

Der Ruf pflanzte sich von den ersten Reihen zu den hinteren fort, und das Murmeln nahm zu und breitete sich, unaufhaltsam wie das Wasser eines Sturzbachs, in der Menge weiter aus.

Mit dem Hostienkelch in den Händen stieg der Mönch schon die Leiter hoch. Ihn begleiteten zwei Messgehilfen, der eine trug ein Glöckchen und der andere einen Hostienteller aus vergoldetem Metall. Die Stille war gestört. Der etwas verwirrte Dominikaner spendete der Verurteilten die heilige Kommunion und zog sich danach zurück. Nun kam es zu einem explosionsartigen Vorgang. Catalina stand auf, wobei ihr die Fesseln von den Handgelenken fielen. Unverzüglich nahm sie sich die heilige Hostie aus dem Mund. Sie hielt sie in der Hand, hob sie hoch und zeigte sie der Menge. Dann wandte sie sich zur Loge des Königs und rief:

»Niemand darf es wagen, mich anzurühren oder mir etwas Böses anzutun! Ich berufe mich auf den Schutz der Kirche!«

Der Lärm schwoll gewaltig an. Die Leute kreischten, drängten sich und verlangten, man solle eine ihrer Lieblingsschauspielerinnen freilassen, die sie, als die Büßermütze abgenommen war, wiedererkannt hatten, obwohl man ihr das Haar kurz geschoren hatte. Die deutsche Wache umstellte die Königsloge. Die Montesa-Jäger konnten die tobende Menge nur mit größter Mühe zurückhalten.

Philipp IV. wollte sich in diesem Augenblick von seinem Thronsitz zurückziehen, als die Stimme der Beschuldigten den Tumult übertönte. Sie rief:

»Señor, ich bitte nicht um Gnade. Ich bitte um Gerechtigkeit!«

Ein an sechs Stangen befestigter Baldachin, der von ebenso vielen Mönchen getragen wurde, näherte sich der Treppe der Richtstätte, und eine Gruppe von Häschern kam ebenfalls heran, um die Trägerin des mystischen Leibes zu umringen. Die Massen drangen vor.

Da ließ sich Catalinas Stimme in diesem allgemeinen Durcheinander vernehmen, und sie wurde auch dem Gerichtsbeamten hörbar, der ihr die öffentliche Genehmigung vorgelesen hatte, einen letzten Willen zu äußern.

»Bringt mich unverzüglich in ein Kirchenasyl!«

»Ihr seid wahnsinnig geworden! Was wollt Ihr erreichen?«

»Das geht Euch nichts an! Der Hals, den man abdrücken wollte, war meiner! Lasst mich zur Jesuitenkirche bringen, oder ich werfe den mystischen Leib auf den Boden, und das soll Euer Gewissen belasten!«

»Tut das nicht!« Nun wandte sich der Gerichtsbeamte an einen Hauptmann der Montesa-Jäger und forderte ihn auf: »Ihr haftet mir mit Eurem Leben dafür, wenn dieses Mädchen nicht heil und gesund zum Jesuitenkollegium kommt. Niemand darf wagen, sie anzurühren!«

Catalina stieg die Leiter hinunter und stellte sich unter den Baldachin. Die Leute traten beiseite, als sie vorbeikam. Manche knieten nieder, und die anderen bekreuzigten sich, ebenso, wie es das erste Mal geschehen war, als sie in die Residenz kam und sah, dass die Sterbesakramente vorbeigetragen wurden. Catalina hätte sich gern zu Blasillo umgedreht und ihn geküsst. Das durfte nicht sein. Jedenfalls konnte sie es nicht unterlassen, ihm einen zurückhaltenden und kurzen Blick zuzuwerfen. Er blieb unerschütterlich hinten auf dem Schafott stehen und hatte die kräftigen Arme über der Brust gekreuzt. Doch Catalina schien es, als sähe sie eine Träne durch die Löcher seiner Kapuze glänzen.

Ein Leutnant der deutschen Wache durchschaute, dass der Henker diesen Plan ausgeheckt hatte, denn er war der Einzige, der sich der Verurteilten in dieser Schicksalsminute hatte nähern und sie losbinden können. Schnell stieg er die Leiter hoch und wandte sich zu Blasillo. Dieser handelte auf der Stelle. Er blickte zu Catalina hinüber, die sich unter dem improvisierten Baldachin von der Richtstätte entfernte, und dachte, dass er seinen Auftrag erfüllt hatte. Seine einzige Hoffnung war, von dem Blutgerüst zu springen und zu versuchen, den Strick zu erreichen, der den Pöbel von den Wachen trennte, und im schreienden Getümmel zu verschwinden. Das Problem war der freie Raum, der zwischen dem Gerüst und der brüllenden Menge lag. Er hatte keine Zeit zum Nachdenken, darum nahm er Anlauf und sprang ins Leere. Das Gerüst war zweieinhalb Ellen hoch. Das Glück ließ ihn im Stich, und bei seinem Fall brach er sich jämmerlich den linken Knöchel. Er richtete sich so gut auf, wie er konnte, und hinkte durch dieses Niemandsland, wobei er wie ein Kranich auf seinem gesunden Bein hüpfte. Schon gelangte er zu dem Strick, der ihn von der Rettung trennte …

Einige Wachen achteten auf das, was vor dem Schafott geschah, wo der Baldachin bereits den äußeren Umkreis des Platzes erreichte, und sie konzentrierten sich ausschließlich auf die Gestalt Catalinas, die die heilige Hostie in den hoch erhobenen Händen hielt. Die anderen wendeten sich der Menge entgegen, um sie zu überwachen. Darum drehten sie dem Schafott den Rücken zu und achteten nicht auf den Mann, der durch den offenen Raum hinkte. Der Leutnant, der aufs Gerüst gestiegen war, um ihn festzunehmen, ließ sich jedoch keine Einzelheit der Flucht entgehen. Schließlich beugte er sich über den Rand der Plattform und entriss einem der zu den Montesa-Jägern gehörenden Armbrustschützen die Waffe. Er ging mit berufsmäßiger Kaltblütigkeit vor: Er nahm die Armbrust und spannte sie. Blasillo hatte den Strick erreicht und konnte das verletzte Bein auf die andere Seite bringen. Da schickte die Armbrust ihre todbringende Botschaft. Der Pfeil drang zwischen Blasillos Schulterblättern ein und durchbrach sein Brustbein, so dass die Pfeilspitze aus der Brust hervorsah.

Als der massige Körper des treuen Freundes Catalinas auf den Boden sank, sprudelte ihm ein gewaltiger Blutstrom aus dem Mund und ergoss sich über das Pflaster des Platzes.

In der Freistätte

Im Jahrhundert des Dichterkönigs waren die Autorität des Königs und die des Papstes vollständig voneinander getrennt. Beide Mächte wachten eifersüchtig über ihre Vorrechte. Sie gaben keinen Fußbreit Boden auf, und mehr denn je galt die Maxime des Evangeliums: »Gebt dem Kaiser, was des Kaisers ist, und Gott, was Gottes ist.«

Der Brauch, Zuflucht in einer kirchlichen Freistätte zu suchen, war eine recht verbreitete Methode und wurde von Raufbolden, Duellanten und anderen vor der Justiz Geflohenen genutzt, die sich als gerettet ansehen konnten, wenn sie in die Mauern eines Klosters oder einer Kirche gelangten. Niemand hätte es gewagt, dort einzudringen und sie festzunehmen, weil ihm dann die Strafe der Exkommunikation drohte, und die Boten zwischen Rom und dem christlichen König reisten regelmäßig hin und her, sobald etwas Derartiges geschah. Solange man die Schuld des Flüchtlings aufklärte und erörterte, welche Gerichtsbarkeit für ihn zuständig war, konnten Monate und sogar Jahre vergehen, was ausreichte, damit die Angelegenheit nicht mehr Thema von Klatsch und Plaudereien war und ihre Aktualität einbüßte.

Diese Situation hatte zu einer sonderbaren Regelung geführt. Tagsüber empfingen die dortigen Flüchtlinge oft Besuche, spielten Karten und vertrieben sich die Zeit, wie es ihnen am besten gefiel, doch wenn die Nacht anbrach, nutzten sie unsaubere Absprachen mit der Streifwache, gingen auf die Straße hinaus und spazierten durch das nächtliche Madrid, ohne belästigt zu werden, und wenn der Morgen graute, fanden sie sich wieder in ihrem Unterschlupf ein.

Catalinas Gang zum wenige Häuservierecke vom Schloss entfernten Jesuitenkollegium verlief aufregend, aber ohne Zwischenfälle. Der von den Wächtern umringte Baldachin kam über Straßen und Plätze inmitten einer dichten Menge, die ihr applaudierte und zujubelte, und immer wenn sich das Mädchen mit der heiligen Hostie näherte, fiel man wortlos zu ihren Füßen auf die Knie. Ein Sendbote war vom Hauptplatz aufgebrochen, um dem Provinzial der Gesellschaft Jesu mitzuteilen, was gleich geschehen werde, damit sich die Geistlichen vorbereiteten. Pater Cosme Landero wartete an der Tür der Kirche vom Heiligen Herzen Jesu auf die Ankunft des Zugs, und ihn begleitete eine Gruppe von Jesuiten.

Catalinas Kräfte schwanden, und sie glaubte, sie sei nicht mehr in der

Lage, die Kirche zu erreichen. Alle Begleitumstände dieses unheilvollen Tages zogen an ihrem inneren Auge vorbei.

Der Baldachin bog um die Ecke. Er gelangte, immer noch von der deutschen Wache umringt, zur Tür des Gotteshauses und blieb vor der Freitreppe stehen. Catalina stieg sofort die abgetretenen Steinstufen empor. Der Jesuit ging ihr mit ausgestreckten Händen entgegen.

»Es tut mir leid, Pater, aber ich übergebe die geweihte Hostie erst, wenn wir uns im Innern der Kirche befinden.«

»Wie Ihr wollt, liebe Tochter. Nun denn, kommt herein, das Haus Gottes ist immer für die geöffnet, die unter den Verfolgungen der Justiz leiden. Unser Herr hat mit seinem Leiden und Tod alle Gefangenen der Welt geehrt. Nur Gott kann das Herz beurteilen, das die Taten der Menschen leitet.«

Nach dieser feierlichen Rede ging der Pater beiseite, damit Catalina die Kirche betreten konnte.

Zwei von einem Fähnrich angeführte Wachen stiegen in diesem Moment die Freitreppe hoch, doch der Jesuit hielt sie mit einer autoritären Geste zurück.

»Bleibt stehen, meine Herren! Ihr habt mehr als Eure Pflicht getan. Niemand darf es wagen, über diese Türschwelle zu treten! Hier endet die Autorität des Königs, und es beginnt die des Heiligen Vaters, wie es das Konkordat bestimmt!«

Die Soldaten hielten an, und der Priester folgte dem Mädchen und ging hinein.

Sobald Catalina im Gotteshaus war, übergab sie die geweihte Hostie und sank vor dem Hauptaltar entkräftet auf die Knie. Der Jesuit öffnete inzwischen das Türchen des Sakramentshäuschens, holte ein geweihtes Gefäß heraus und legte die Hostie hinein. Dann kniete er neben dem Mädchen nieder und betete mit lauter Stimme.

Die Kirche füllte sich mit Neugierigen, die von dem Vorfall herbeigelockt wurden und die Heldin des Geschehens aus der Nähe sehen wollten. Die Jesuiten hatten den Bitten ihres Oberen gehorcht. Sie bildeten einen Kreis um sie und brachten sie ins Innere des Klosters, um mögliche Zwischenfälle zu vermeiden.

Die Gesellschaft Jesu verfügte über gewaltige Macht und erregte großen Neid. Jene hatte ihren Ursprung im Vatikan, denn die Gesellschaft fügte zu den Gelübden anderer Orden das des absoluten Gehorsams gegenüber dem Heiligen Vater hinzu, und darum setzte sie sich bei unzähligen Gelegenheiten über die Vermittlung des Nuntius mit den Dominikanern auseinander, die das Rückgrat des Heiligen Offiziums bildeten. Und der Neid rührte daher, dass der von Ignatius von Loyola gegründete Orden einen militärischen Aufbau hatte, der jenem der spanischen Regimenter ähnelte, und darum genoss er hohes Ansehen beim Adel, und immer häufiger traten ihm nachgeborene Söhne großer Familien bei, was zu einem entsprechenden Einfluss ihrer Eltern und Freunde am Hof und beim Monarchen führte. Ihr Kollegium nahm ein ganzes Häuserviereck ein, und dort vereinten sich ihre Kirche, die Schlafsäle der Gemeinschaft, der Speisesaal, die Studiensäle, die Bibliothek, die Küchen, das Seminar der jungen Männer, der Krankensaal und die Kreuzgänge.

Catalina folgte Pater Landero durch die Korridore. Er hatte sie eingeladen, in sein Kabinett zu kommen, damit sie ausführlich über dieses Ereignis sprechen konnten, das ganz Madrid in Aufruhr versetzt hatte. Der Raum war imposant, und daran konnte man Reichtum und Macht des Ordens ermessen. Hinter dem Kabinett Pater Landeros und durch ein großes Bleiglasfenster, auf dem man die Gestalt eines Jesuiten sehen konnte, der einen Eingeborenen in einem Bach taufte, drang Licht ein. Die Möbel waren geschmackvoll und aus sehr edlem Holz, und niemals hatte Catalina eine solche Menge von Büchern erblickt, wie sie hier in Regalen aufgereiht waren.

An den Seitenwänden konnte man vier große Gemälde Pachecos des Älteren bewundern: rechts Sankt Ignatius von Loyola, den Gründer, und Diego Laínez, den zweiten General der Gesellschaft, und links Francisco Javier, den Apostel Japans, und Francisco de Borja. Dieser war zunächst die rechte Hand des Kaisers Karl V. und trat dann in den Orden ein, nachdem er im Auftrag seines Herrn die tote Kaiserin Isabella auf ihrer letzten Reise bis Sevilla begleitet hatte, um die vorgeschriebene Pflicht zu erfüllen, den Sarg zu öffnen und sich zu vergewissern, dass der Leichnam, den man beerdigen wollte, wirklich jener der Herrscherin war; und als er sah, wie diese Schönheit von den Würmern zerfressen wurde, trat er in den Orden ein und äußerte den unsterblichen Satz, der in die Lebensbeschreibung des Heiligen einging: »Nie werde ich einem Herrn dienen, der sterben kann.«

Der Raum hatte eine prächtige Kassettendecke, und das Ganze stellte ein Muster geschmackvoller Schlichtheit dar. Pater Cosme Landero nahm Platz und zeigte Catalina, dass sie sich ihm gegenübersetzen sollte.

»Meine liebe Tochter, Ihr habt eine sehr bittere Schicksalsstunde überstanden, und wenn Ihr jetzt nicht in der Lage seid, Euch zu äußern, sprechen wir zu einem anderen Zeitpunkt miteinander. Ihr seid wahrhaftig ein mutiges Mädchen, und wenige Männer hätten an Eurer Stelle eine solche Standhaftigkeit gezeigt und wären fähig gewesen, das zu tun, was Ihr getan habt.«

»Nein, Pater. Es ist nun alles vorbei. Jetzt fühle ich Ruhe. Ich muss Euch sagen, dass es mir nicht darauf ankam, das Leben zu verlieren, doch bevor ich gehe, habe ich eine Aufgabe zu erfüllen. Und ich schwöre bei Gott, dass ich sie erfüllen werde!«

»Beruhigt Euch! Wenn eine Beichte Eure Angst besänftigt, bin ich bereit, Euch sogleich anzuhören.«

»Ich habe am letzten Morgen gebeichtet, als ich dachte, dass ich sterben würde. Aber es hat mir nichts genützt. Sosehr ich mich auch bemühe, der Hass wohnt in meinem Herzen.«

»Gott schickt uns Prüfungen, die wir nicht verstehen und die uns ungerecht vorkommen. Doch Er weiß, warum Er es tut, obwohl uns seine Wege manchmal unbegreiflich scheinen.«

»Ein Gott, der zulässt, dass die Unwürdigen siegen und dass die Guten vernichtet werden, will mir nicht in den Kopf.«

»Ihr seid verstört, meine Tochter, und das verstehe ich. Aber warum beruhigt Ihr Euch nicht und erzählt mir die Geschichte von Anfang an?«

Allmählich befreite sich Catalina von ihrer Angst und vertraute sodann ihre Erlebnisse der Geduld dieses heiligen Mannes an: ihre Kindheit, die übertriebene Fürsorge Mutter Teresas, ihr ruheloser Drang, die eigene Herkunft zu entdecken, die Anfeindungen der Novizinnenmeisterin, die lüsternen Nachstellungen des Paters Rivadeneira, die Geschichte des taubstummen Blas, Blasillo, Casilda, Fuencisla, der Tod ihrer Gönnerin, den die zwei Verschwörer herbeigeführt hatten und den man ihren jungen Schultern aufbürdete, ihre Flucht, bei der sie sich als junger Mann verkleidete, ihr Leben als Page in Benavente, ihre leidenschaftliche Liebe zu Diego, die Lehrzeit in der Fechtkunst, ihre zweite Flucht, weil sie befürchtete, von der Priorin und dem Mönch entdeckt zu werden, die Akrobaten, ihr Eintreffen in Madrid auf der Suche nach ihrem Geliebten, ihre Unterkunft im Haus der Cordero, ihr Auftreten im Theaterhof Corral del Príncipe unter der Leitung von Don Pedro de la Rosa, ihre Stunden im Fechtsaal Don Pedro Pachecos, der Tod des Häschers, der sie gefangen nehmen wollte, und vor allem ihre große Liebe, die sie verlor, nachdem sie sie gerade erst entdeckt hatte, der Tag des Duells und der Tod derjenigen, die sie heimtückisch umbringen wollten, und schließlich ihre Verhaftung und die vielen Lügen, die man gegen sie ausheckte und die sie direkt aufs Schafott führten. Über alle genannten Bilder herrschte die finstere Gestalt dieses Familiaren des Glaubensgerichtes, der zu ihrem Todfeind geworden war und dessen Gesicht, das eine riesige Schmarre von oben bis unten durchschnitt, sie jede Nacht in ihren Albträumen heimsuchte.

Bei all dem gab sie sorgfältig acht, nichts von der Geschichte des scharlachroten Muttermals zu verraten, das der Grund war, warum Don Bartolomé Carrasco, der Bischof von Astorga, so erbarmungslos und nachdrücklich befohlen hatte, sie zu verfolgen und zugrunde zu richten. Drei lange Stunden schilderte sie ihr Leben. Alles sprudelte mit der unaufhaltsamen Kraft eines über die Ufer getretenen Flusses aus ihrer leidgeprüften Seele hervor. Am Ende fühlte sie sich erleichtert. Ein gewaltiges Gewicht schien von ihren Schultern zu verschwinden, und ein Sturzbach von Tränen trat ihr aus den Augen.

»Was Ihr mir erzählt habt, ist schrecklich. Jetzt kniet nieder. Ich will Euch die Absolution erteilen. Alles, was Ihr mir berichtet habt, betrachte ich als Beichtgeheimnis. Anderenfalls wäre ich zum Handeln verpflichtet, und das könnte Euch schaden. Es ist meine Pflicht, jene Dinge zu offenbaren, die gegen die Gesetze verstoßen. Das erspart mir nur das unverletzliche Beichtgeheimnis.«

»Aber, Pater, mir fehlt der Besserungsvorsatz. Ich will nicht eher Ruhe geben, bis ich mein Ziel erreicht habe. Das bin ich allen schuldig, die um meinetwillen gelitten haben: Diego de Cárdenas und Blasillo sind meinetwegen umgekommen, ich habe drei Männer getötet, was ich nicht bereuen kann, weil es um ihr oder um mein Leben ging, und drei Menschen sind durch meine Schuld eingesperrt.«

»Es ist gut, meine Tochter. Wenn Ihr keinen Besserungsvorsatz habt und Eure Sünden nicht bereut, kann ich Euch vorläufig keine Absolution erteilen. Aber es sei eindeutig festgestellt, dass ich Euch in der Beichte angehört habe.«

Der Scharfsinn des Jesuiten hatte sich deutlich gezeigt, und nun begann er, im Hintergrund die Fäden zu ziehen, weil er dieses Unrecht wiedergutmachen wollte, und hierfür bat er Bruder Antonio de Sotomayor, den Beichtvater des Königs, um eine Audienz.

Der Vorfall erregte solches Aufsehen, dass die staatliche Obrigkeit ihre Überwachung in der Umgebung der Jesuitenkirche verstärkte, womit sie das Leben der Flüchtlinge in der Kirche erschwerte. Da Pater Cosme Landero befürchtete, dass einer dieser Schurken dem Mädchen nach dem Leben trachten könnte, erlaubte er ihr, in einen kleinen Raum einzuziehen, der sich neben dem Holzschuppen befand.

Andererseits ging das Leben weiter, und nach einigen Monaten hatte sich die Aufmerksamkeit des einfachen Volkes anderen Themen zugewandt, ob es sich nun um die nächste Uraufführung des großen Lope oder um die neue Darstellung der Karwochenprozession durch die Bruderschaft des Heiligen Grabes handelte.

Catalina verbrachte die Tage, indem sie über ihre Kümmernisse nachdachte und ihren Geist in dieser stillen und friedlichen Atmosphäre beruhigte, wo sie sich zum ersten Mal seit langer Zeit vor jeder Heimsuchung oder Intrige sicher fühlte. Der Kummer über ihre verlorene Liebe wurde allmählich von einem unbändigen Gerechtigkeitsverlangen verdrängt. Es kam nicht mehr darauf an, was mit ihr geschah. Doch die Erinnerungen an Diego, die sie nachts heimsuchten, waren manchmal so übermächtig, dass es schien, als durchbohrte ihr ein heftiger Schmerz die Seite, während sie glaubte, dass sie wieder bei ihm lag. Innerlich fasste sie alles zusammen, was sie bis jetzt erfahren hatte, und langsam gewann sie Klarheit aus all der Dunkelheit und den Zweifeln, die ihren Geist gepeinigt hatten. Damit sie ihr Unternehmen ausführen konnte, musste sie aus dieser Klausur entkommen, und das war vorläufig unmöglich.

Voller Kummer dachte sie auch an Blasillos Tod zurück, und ihre Seele wurde von einem unermesslichen Gefühl der Dankbarkeit für diesen einfachen und urwüchsigen Menschen überwältigt, dessen gutes Herz ihn getrieben hatte, sein Leben für die Freundin aus Kindertagen zu opfern. Wie war er wohl dorthin gelangt? Auf welchen sonderbaren Wegen war sein Leben verlaufen, dass er im letzten Moment ihr begegnete und sein Leben für das ihre hingab?

Ihr Geist sprang von einem Gedanken zum anderen, oftmals ohne dass es einen Zusammenhang gab. Offenbar hatten drei Menschen das scharlachrote Wundmal: Don Martín de Rojo, sie selbst und Don Bartolomé Carrasco, der Bischof von Astorga und Provinzsekretär des Heiligen Offiziums. Und dieser litt anscheinend unter der Vorstellung, dass er von einem auf dem Scheiterhaufen verbrannten Juden abstammte, was eindeutig zu den Verfolgungen geführt hatte, denen sie und Don Martín de Rojo ausgesetzt waren. Andererseits kam sie immer mehr zu der Überzeugung, dass Letzterer ihr Vater war, denn es ließ sich ja nicht bestreiten, dass die Priorin, seine verstorbene Schwester, sie auf ihre Weise fürsorglich beschützt hatte. Wer aber war ihre Mutter? Das blieb ihr verborgen, denn Doña Beatriz de Fontes, Don Martíns Gattin, hatte in jenen Tagen einen Knaben geboren, nämlich Don Álvaro de Rojo, der am Tag ihres Gerichtsverfahrens eine falsche und verlogene Aussage gegen sie abgegeben hatte. Sie musste unbedingt ihr bequemes Gefängnis verlassen! Sie hatte allzu viele Dinge aufzuklären!

Einer der Orte, an den sich Catalina am liebsten zurückzog, um nachzudenken, war die Bank neben dem Springbrunnen des Kreuzgangs. An einem Nachmittag, als sie sich schon seit vier Monaten in den schützenden Klostermauern aufhielt, sah sie, dass auf dem Gang die unverwechselbare Gestalt Pater Landeros herankam. Ihn begleitete ein schwarz gekleideter Herr, dessen Bild ihr vage vertraut war. Zunächst zögerte sie, doch nachdem sich die beiden weiter genähert hatten, bekam sie heftiges Herzklopfen, als sie die strenge Gestalt von Don Suero de Atares erkannte, dem ehemaligen Hofmeister Diegos. Das Mädchen stand auf, um ihn zu begrüßen. Als die beiden Männer zu ihr gelangt waren, trat jedoch ein verlegenes Schweigen ein. Don Suero hatte sie immer als Alonso Díaz angesprochen, und ihr neues Erscheinungsbild machte ihn befangen, weil er nicht wusste, wie er sie nennen sollte.

»Catalina, ihr habt einen vornehmen Besucher«, sagte der Pater.

»Wie geht es Euch, Alonso?«

»Wie sehr mich das freut, Don Suero! Das ist meine einzige Freude, seitdem der hochwürdige Vater so gütig war, mich aufzunehmen.«

»Ich lasse Euch beide allein. Meine Pflichten rufen mich, und ich glaube, dass Eure Gnaden unendlich viele Fragen zu klären haben.«

Der Jesuit zog sich zurück, so dass der alte Hofmeister und Catalina einander gegenüberstanden.

»Verzeiht, aber ich weiß nicht, wie ich Euch nennen soll.«

Don Suero hatte das Eis gebrochen.

»Nennt mich, wie Ihr wollt. Ich bin so glücklich, Euch wiederzusehen, dass Formalitäten ganz nebensächlich sind. Aber setzen wir uns doch, Don Suero. Wir haben so viel zu besprechen!«

Beide blickten einander weiter an, während sie sich auf die Holzbank setzten.

»Obwohl wir alle einen hohen Preis bezahlt haben, freue ich mich außerordentlich, Euch am Leben zu sehen … Catalina.«

»Wie geht es dem Herrn Marquis von Torres Claras?«

»Wie Ihr Euch denken könnt, ist er zutiefst bekümmert. Sein Kopf büßt die Vernunft ein und verfällt jeden Tag schlimmer dem Wahn. Diego war das, was er auf dieser Welt am meisten liebte, und sein Tod hat ihn zehn Jahre altern lassen. Aber ich führe hier einen Auftrag von ihm aus, und trotz allem, was vorgefallen ist, hat er nie an Euch gezweifelt und nie anerkannt, dass Ihr so wäret, wie man es den Leuten weismachen wollte. Erzählt mir alles, Catalina. Nun ist schon alles gleich, und uns bleibt als Einziges übrig zu versuchen, dass die Justiz all dieses Unrecht wiedergutmacht.«

Abermals schilderte das Mädchen ihre Geschichte. Don Suero unterbrach sie hin und wieder, wenn er bestimmte Punkte klären wollte.

»... Darum bin ich aus Sankt Benedikt geflohen. Ich sollte die Schuld am Tod der Priorin übernehmen, während es doch so war, dass ich sie immer geliebt habe.«

»Aber als Diego und ich Euch vor den Schlägern, diesen Spitzbuben, gerettet haben, wart Ihr schon als junger Mann gekleidet.«

»Wie sollte ich sonst auf den Wegen herumlaufen? Vielleicht im Nonnengewand?«

»Ich verstehe Euch. Aber warum habt Ihr nicht erklärt, was Ihr wirklich seid, als wir Euch aufgenommen haben?«

»Nach den Prügeln konnte ich mehrere Tage nicht vernünftig denken. Und dann hatte ich Angst. Das ist die Wahrheit. Im Schloss konnte ich nicht in den Dienst einer Dame treten, weil es keine gab. Mir gefielen die Küchenarbeiten der Frauen nicht. Was mich begeisterte, waren Fechten und Waffen, und damit ich all das lernen durfte, hatte ich mich als junger Mann auszugeben. So wollte ich erreichen, dass man mich als Pagen zuließ. Außerdem war es unwahrscheinlich, dass mich jemand in dieser Verkleidung suchen würde, denn man verfolgte ja eine Anwärterin.«

»Aber es kommt einem dennoch unmöglich vor.«

»Hätte ich mit Frauen zu tun gehabt, vielleicht. Doch ich hatte ja meistens mit Männern zu tun, und niemand ahnte, wer ich wirklich bin. Außerdem glaube ich, dass ich ein guter Lehrling aller Kriegskünste war. Stimmt das nicht?«

»Erzählt weiter.«

»Jedenfalls habe ich Euch nicht belogen, als ich Euch sagte, dass ich meine Herkunft nicht kenne. Nicht einmal heute kenne ich sie. Ich hatte Angst, dass Ihr mich nicht im Schloss haben wolltet, wenn ich zugab, dass ich es nicht wusste, und ich konnte nirgends hingehen.«

»Ich verstehe.«

»Don Suero, dann hat mir das Herz einen schlechten Streich gespielt, und ich habe mich wie ein kleines Mädchen in Don Diego verliebt. Damit begannen all meine Übel. Und als er beschloss, mich in Benavente zurückzulassen, nachdem er mir eigentlich versprochen hatte, mich nach Madrid mitzunehmen, glaubte ich, wahnsinnig zu werden.«

»Jetzt sehe ich bei vielem klarer.«

»Bedenkt, dass ich glücklich war, wenn ich ihn sah, und der Gipfel des Glücks kam, als der Marquis diesen geckenhaften Tanzlehrer einstellte. Wenn mich Diego um die Taille fasste, befriedigte das meinen größten Wunschtraum und versetzte mich in den siebten Himmel. Aber dann geschah das Undenkbare. An einem Unglückstag seid Ihr zur Hauptstadt abgereist und habt mich allein gelassen. Darauf kamen Schwester Gabriela und der Mönch aus Sankt Benedikt nach Benavente, und ich hatte Angst, entdeckt zu werden. Deshalb bin ich fortgegangen. Monatelang war ich mit einer Akrobatentruppe zusammen und habe viel von ihr gelernt, unter anderem, mit verstellter Stimme zu sprechen, um Männerrollen zu spielen, und Messer zu werfen.«

»Nach und nach wird mir alles klar, Catalina.«

»Dann habe ich eifrig nach Diego gesucht und mich mit allen Mitteln bemüht, dass er mich als Frau kennenlernte.«

»Wahrhaftig, das habt Ihr erreicht!«

»Lasst mich weitererzählen. Ich spielte Don Pedro de la Rosa etwas vor, und ich hatte das Glück, dass ich im Theaterhof Corral del Príncipe erfolgreich war. Diego war in der Nacht damals dort, und er hat mir ein Briefchen geschickt, das ich immer noch aufbewahre.«

Dann schilderte Catalina ihre Begegnung im Haus der Mendozas und die Verabredung am Theaterausgang, den Tod des Häschers, der sie durch die Zeichnung erkannt hatte und sie festnehmen wollte, hierauf das dumme Duell, wie man ihnen eine Falle stellte und wie Diego sein Leben für sie hingab.

Der alte Lehrer blickte zu Boden und sagte:

»Ich glaube, ich bin Euch etwas schuldig, Catalina.«

Und er gab dem Mädchen den Brief, den der junge Mann seinem Hofmeister für den Fall hinterlassen hatte, dass ihm in dieser unheilvollen Nacht etwas geschehen sollte.

Das Mädchen nahm das Papier andächtig in die Hand und las es. Am Ende waren ihre schönen Augen tränenüberströmt. Don Suero achtete ihren Schmerz und wollte zuerst das lange Schweigen nicht unterbrechen.

»So grausam ist das Leben: Uns hat es einen Sohn entrissen und Euch Euren Geliebten. Man kann nichts mehr tun.«

Catalina trocknete sich die Tränen mit einem Tuch ab, das sie aus dem Ärmel zog, und fiel Don Suero ins Wort.

»Man kann nicht nur, sondern man muss sogar. Ich habe wenigstens eine zweifache Schuld abzutragen, und das will ich tun.«

»Ich verstehe: Ihr seid Diego etwas schuldig. Und wem noch?«

»Dem, der mir das Leben gerettet hat.«

»Wie Ihr verstehen werdet, hatte ich nicht genügend Mut, um bei Eurer Hinrichtung zu erscheinen. Aber ganz Madrid hat über das Ereignis gesprochen.«

»Kennt Ihr die Lebensgeschichte meines Retters?«

»Gewiss. Die Geschichte hat sich wie im Flug verbreitet. Der Henker, dem Ihr es verdankt, dass Ihr noch auf der Welt seid, hat sein Gewerbe offenbar im Regiment der Lombardei gelernt. In ganz jungen Jahren ließ er sich als Paukenschläger in der Kompanie von Hauptmann Contreras anwerben, als dieser Truppen aushob, und er gab ein falsches Alter an, damit ihn die Aufseher annahmen, denn er hatte noch nicht das achtzehnte Lebensjahr vollendet. Er war in der Pfalz und in Flandern, und nach Madrid kam er mit einem Schreiben des Marquis von Leiva, das für ihn den Platz eines Henkers beanspruchte, falls es einen gab, denn er hatte dieses Amt schon in Breda mit einzigartigem Geschick ausgeübt. Es war ein Platz frei, und er bekam ihn. Diesmal sollte er zum ersten Mal jemanden hängen. Und diese Geschichte hat sich in den Plaudergruppen der Hauptstadt verbreitet, obwohl sich niemand erklären kann, warum er Euch das Leben retten wollte, womit er sein eigenes aufs Spiel setzte, was ja auch geschehen ist …

Und was wollt Ihr nun tun, Catalina?«

»Als Erstes möchte ich hier hinauskommen, und das kann ich, wenn Ihr mir helft. Ich hatte viel Zeit zum Nachdenken. Und dann möchte ich einige Rechnungen mit verschiedenen Leuten begleichen.«

»Die Überwachung wird nicht unterbrochen, obwohl schon mehrere Monate seit dem Vorfall vergangen sind. Eure Tat war allzu aufsehenerregend, und nachts gibt es immer noch zwei Runden der Streifwache, die den Auftrag haben, die Türen der Jesuitenkirche zu bewachen.«

»Mein Plan ist einfach, Don Suero, und wenn Ihr tut, was ich sage, bin ich in der nächsten Woche außerhalb dieser Mauern.«

»Verlasst Euch auf mich, Catalina, was auch geschieht. Das bin ich Diego schuldig.«

Verschwörer

Als ihm Catalina ihren Plan erklärt hatte, schickte Don Suero als Erstes einen Boten nach Benavente, um Don Benito de Cárdenas' Genehmigung zu erbitten, und sobald diese in Madrid eingetroffen war, machte er sich auf den Weg.

Don Suero de Atares stieg die Treppe zum Fechtsaal Don Pedro Pachecos hoch, und dabei wiederholte er sich das Losungswort, das er ihm nennen musste, damit dieser wusste, dass er von Catalina kam.

»Ist Don Pedro Pacheco zu Hause?«

Don Sueros Auftreten zeigte dem Lakaien, dass der Besucher eine wichtige Persönlichkeit war.

»Wen darf ich melden?«

»Don Suero de Atares, aus dem Haus des Marquis de Torres Claras.«

»Seid so gütig, einen Augenblick zu warten.«

Der Diener verschwand hinter dem dicken Vorhang, der das Ende des Korridors verdeckte, und kurz darauf kehrte er zurück. Ihm folgte der Fechtlehrer, der es trotz seiner sechzig Jahre mit jedem Jüngling aufnehmen konnte. Die tägliche Praxis in einer derart harten Disziplin hatte seinen schon an sich hageren Körper vollkommen durchgebildet. Als er vor dem Hofmeister erschien, trug er enge Hosen, feine Wildlederstiefel und ein bequemes weites Hemd mit Spitzenbesatz, das es ihm erlaubte, sich ganz ungezwungen zu bewegen. Wie üblich, hatte er sich ein Florett unter den Arm geklemmt.

»Entschuldigt, verehrter Herr. Ich bin nicht angemessen gekleidet. Aber wenn ich unterrichte, habe ich keine Zeit, mich umzuziehen, wenn man mir einen Besuch ankündigt.«

»Ich muss mich entschuldigen. Es ist keine gute Erziehung, wenn man jemand anderen besucht, ohne sich vorher gebührend anzumelden und eine Zeit zu vereinbaren. Aber die Angelegenheit erlaubte keinen Aufschub.« Nun bemühte sich Don Suero, langsam und deutlich zu sprechen. »Ich komme von jemandem, der an der Marke des Hündchens interessiert ist.«

Don Pedro Pacheco sah sich aufmerksam nach beiden Seiten um, und als er feststellte, dass sich niemand in der Nähe befand, antwortete er:

»Weiß Gott, wie sehr es mich danach verlangte, Neuigkeiten aus erster Hand von Alonso zu erfahren! Es gibt so viele Gerüchte, die sich in Madrid verbreiten, dass man die Wahrheit schwer von den Phantasiegeschichten der Leute unterscheiden kann. Wie geht es ihm, und was ist Wahres an dem, was man behauptet?«

»Die Ereignisse haben mich ebenso überrascht wie Euch. Jedenfalls hat Alonso ein Doppelleben geführt, wozu ihn die Umstände gezwungen haben. Sein wahrer Name ist Catalina, und logischerweise ist er eine Frau.«

»Gehen wir in mein Kabinett. Dort haben wir es bequemer. Kommt mit.«

Der Fechtmeister ging los, und Don Suero folgte ihm bis zu dessen Privatkabinett.

»Nehmt Platz und erzählt.«

Der Hofmeister setzte sich in einen der zwei Sessel, die dem Tisch gegenüberstanden, während der Hausherr zu einer Kommode aus Eichenholz ging, die in einem Winkel des Raums stand. Er nahm zwei Gläser und eine Flasche Tresterbranntwein heraus, die er zwischen die beiden stellte, und nachdem er sich in den anderen Sessel gesetzt hatte, schenkte er die Gläser großzügig voll.

»Erzählt mir bitte alles von Anfang an.«

Der Hofmeister lehnte sich bequem in seinem Sessel zurück und begann mit der unglaublichen Geschichte. Der Fechtlehrer sog seine Worte förmlich auf.

Der Abend dämmerte, und als es die beiden bemerkten, hatte sich das durchs Fenster einfallende natürliche Licht schon vor der Dunkelheit zurückgezogen. Der Lehrer füllte Don Sueros Glas nach, bis dieser ein Zeichen mit der Hand machte, dass der andere aufhören sollte. Dann erhob er sich und zündete die Öllampe an, die auf dem Kaminsims stand. Als der Hofmeister nach weiteren anderthalb Stunden seine Erklärungen abschloss, blieben die beiden eine Zeit lang still und nachdenklich sitzen.

Schließlich meldete sich der Lehrer:

»Ich bin verpflichtet, jede Bitte zu erfüllen, die Ihr mir im Namen Alonsos oder Catalinas oder auch Clara Arnedillos, oder wie immer Ihr sie nennen wollt, vortragt. Ich fühle mich zutiefst schuldig.«

»Ihr und schuldig? Warum sagt Ihr so etwas?«

»Alonso, nun ja, Catalina hat mir die Bedingungen dieses Duells erklärt. Ich kannte den Ort, den Tag und die Stunde, und ich wusste auch, dass dieser Fähnrich Campuzano ein durchtriebenes Schlitzohr ist. Im Grunde habe ich nicht geglaubt, dass es ein blutiges Ende nimmt. ›Eine Sache von jungen Leuten, von Studenten‹, dachte ich. Niemals hätte ich vorausgesehen, wie ernst dieser Kampf war.

Ich hätte hingehen und mich dort verstecken müssen, um zu sehen, wie sich die Sache entwickelte. Wenn es nötig geworden wäre, hätte ich hervorspringen und Alonso verteidigen müssen. Aber er trat dermaßen selbstsicher auf, und ich hatte so großes Vertrauen in seine Fechtkunst, dass ich glaubte, vielleicht sollte ich eher den anderen beschützen. Niemals wäre mir eingefallen, dass diese Sache auf solche Weise enden würde. Glaubt mir, Don Suero, ich habe dem Mädchen gegenüber eine Schuld abzutragen. Was soll ich tun?«

Beide Männer steckten instinktiv die Köpfe zusammen, als wären sie zwei Verschwörer. Don Suero beschrieb nun Don Pedro eingehend den Plan, den sich Catalina ausgedacht hatte.

Danach verließ er das Haus und wandte sich zu einem berühmten Hurenhaus in der Calle de los Francos. Er klopfte an die Tür wie irgendein Kunde, und eine Frau mittleren Alters kam heraus, um ihn zu empfangen.

»Ist Dorotea da?«, fragte er.

Der Plan

Es war dichte Nacht. Die Umgebung des Jesuitenklosters wurde von zwei Streifwachen beaufsichtigt. Jede bestand aus vier Männern und wurde von einem Wachtmeister angeführt. Sie sicherten die zwei Türen des Gebäudes. An jeder Ecke sah man oben einen kleinen Eisenkorb. Darin stand eine mit Öl gefüllte Schale, in der ein brennender Docht aus zusammengedrehter und durchtränkter Baumwolle schwamm. Doch das so erzeugte Licht durchdrang kaum die nächtliche Finsternis.

Ein kleiner und abgezehrter Mönch von denen, die ein Schweigegelübde abgelegt hatten, mit dem sie bezeichnenden dunkelvioletten Gürtel, der braunen Kapuze über dem Gesicht und in den Ärmeln steckenden Händen, näherte sich der Haupttür mit langsamen und gemessenen Schritten.

Der Wachtmeister, der die Streifwache an der Haupttür befehligte, schritt ihm entgegen:

»Es ist schon spät, Pater. Wenn Ihr ins Kloster geht, könnt Ihr erst am Morgen wieder herauskommen.«

Der kleine Mönch trennte die Arme voneinander, steckte die rechte

Hand in die tiefe Tasche seiner Kutte und zog einen Zettel heraus, den er dem Soldaten gab. Dieser ging zum Lichtkreis und las:

> Bruder Crescencio von der Kongregation des heiligen Bruno besucht heute Nacht das Jesuitenkollegium, um Salböl zu erbitten, denn in unserer Gemeinschaft liegt ein Sterbender, der, wenn Gott keine Abhilfe schafft, seine Seele vor dem Morgengrauen aushauchen wird.
>
> Und ich genehmige es, damit es jede Obrigkeit feststellen kann, die es wünscht.
>
> *Der Abt*
> *EMILIO DE LA CRUZ*

Der Wachtmeister las das Schreiben, gab dem Mönch das Papier zurück und gestattete ihm mit einem Kopfnicken, hineinzugehen.

Der schmächtige Mönch neigte kurz den Kopf mit der Kapuze, um auf dessen Entgegenkommen zu antworten, und dann verschwand er durch die Kirchentür.

Zwei Straßen weiter waren drei vermummte Herren von ihren Tieren abgestiegen und hatten sie angebunden. Zwei von ihnen hielten das Gesicht hinter einer Maske versteckt. Sie nahmen eine kurze Besprechung vor.

»Gehen wir noch einmal alles durch. Um Punkt zwölf Uhr beginnen Don Pedro und ich unser Duell, und unsere Degen werden laut klirren. Dann kommt Ihr eilig zur Hintertür der Kirche, ruft um Hilfe und erklärt, Ihr hättet zwei Herren gesehen, die sich schlagen. Merkt Ihr Euch alles, was ich Euch sage, Lorenzo?«

Lorenzo, der Schutzbefohlene der Familie Cárdenas, der Diegos Page gewesen war, stimmte zu und sprach weiter:

»Ich verlange Hilfe von der Streifwache und führe sie hierher. Das werden nicht mehr als vier schläfrige Wachsoldaten sein, die wenig Lust haben, sich auf Kämpfe einzulassen.«

Nun ergriff Don Pedro Pacheco das Wort:

»Dann überwältigen wir sie oder halten sie eine Zeit lang fest, bevor wir auf die Pferde steigen und uns aus dem Staub machen.«

Don Suero ergänzte:

»Die vier Männer der anderen Streifwache haben sich gewiss zwischen den zwei Türen verteilt, und ihr Anführer wird sich mehr um seine Kameraden kümmern, als dass er die Asylanten in der Kirche überwacht. Inzwischen hat Catalina gewiss schon mit Dorotea die Kleidung getauscht und wird in Mönchstracht durch die Haupttür hinausgehen. Danach, Don Pedro, kommen wir alle bei Euch zusammen.«

Dorotea war schon in der Kirche. Sie befolgte Don Sueros Anweisungen und wandte sich zu einer Seitenkapelle, wo sich der Altar des Heiligen Herzens Jesu befand. Dort kniete sie in einem im Halbdunkel liegenden Beichtstuhl nieder. Aus dem Innern begrüßte sie eine Stimme.

»Ave Maria Purissima, Dorotea.«

»Ohne Sünde empfangen, Alonso ... Verzeihung, Catalina.«

Dorotea seufzte.

»Wie sehr habe ich Euretwegen gelitten. Als ich erfuhr, dass man Euch durch meine Schuld hängen wollte, glaubte ich, den Verstand zu verlieren. Don Suero hat mir alles erzählt. Ich bin für Euer Unglück verantwortlich.«

Dorotea hatte sich die Kapuze etwas aus dem Gesicht gezogen, und Catalina konnte durchs Fenstergitter ihre tränenüberströmten Augen sehen.

»Das Schicksal steht in den Sternen: Was geschehen sollte, ist geschehen. Macht Euch deshalb keine Vorwürfe. Ich musste zu dieser List greifen, weil es in dieser Kirche viele Augen und Ohren gibt. Hier können wir reden, ohne dass man uns stört, und damit kann ich Euch alle Einzelheiten meines Plans mitteilen. Ihr werdet sehen, Dorotea, das hier ist der Unterschlupf vieler Schelme, und es ist ratsam, Vorsichtsmaßnahmen zu ergreifen.«

»Ich tue alles, worum Ihr mich bittet.«

»Ihr tauscht mit mir die Kleidung. Ihr geht in die Kammer des Beichtstuhls und zieht die Kutte aus, die Ihr über Euren Kleidern tragt, und lasst sie im Beichtstuhl liegen. Dann tauschen wir unseren Platz: Ich gehe hinein, und Ihr tut so, als müsstet Ihr Buße tun. Mehr als einmal habe ich hier eine Ehebrecherin gesehen, die spät in der Nacht versucht, mit Gott ins Reine zu kommen. Dann verkleide ich mich, und um Punkt zwölf Uhr wird draußen ein lauter Tumult losbrechen. In diesem Augenblick laufe ich auf die Straße und verschwinde in der Dunkelheit. Ihr verbringt die Nacht hier, und morgen, nach der ersten Messe, geht Ihr nach Hause, ohne dass Euch jemand belästigt. Habt Ihr mich verstanden?«

»Das habe ich. Ich bin bereit, wenn Ihr es sagt.«

»Nun, ans Werk.«

Während sich Dorotea in dem engen Raum die Mönchskutte auszog, sprach sie weiter durchs Fenstergitter:

»Wisst Ihr, wer mich besucht und sich angeboten hat, zu Euren Gunsten auszusagen, um zu bestätigen, dass Ihr zum Duell herausgefordert wurdet, dass Ihr keine Schuld hattet und den anderen auch nicht provoziert habt?«

»Wer?«

»Hauptmann Contreras, ein alter Freund María Corderos, der in der unseligen Nacht damals im Haus war und den ganzen Vorfall miterlebt hat. Übrigens hatte er Euren Henker in seiner Kompanie in Flandern, und er behauptet, dass er ein rechtschaffener Mann war.«

»Das weiß ich sicher, und was ich tun will, geschieht auch zu seinem Gedächtnis. Dankt dem Hauptmann in meinem Namen, und erkundigt Euch, wo er wohnt. Womöglich kann ich später sein Angebot nutzen. Seid Ihr bereit?«

»Ihr könnt hereinkommen. Ich lege die Kutte auf die Bank.«

Aus der Kammer war Kleiderrascheln zu hören, und nachdem Dorotea in ihrer Frauenkleidung herausgekommen war, betrat Catalina den Beichtstuhl, um sich in einen harmlosen Mönch zu verwandeln.

Beinahe gleich danach kündigte die Turmuhr der Jesuitenkirche die zwölfte Stunde an.

Von den dicken Mauern gedämpft, gelangten zu ihnen die Geräusche aufeinandertreffender Degen und die Hilfeschreie eines Mannes, der auf der Straße rannte und sich der Kirche näherte.

Lorenzo lief auf die Streifwache zu, die den Hintereingang des Gotteshauses bewachte, und rief:

»Bitte helft! Hier bringen sich gerade zwei Herren um! Soldaten, zu mir!«

Der Wachtmeister, der die Gruppe an der anderen Tür anführte, erteilte seinen Männern einen schroffen Befehl, den Hilfesuchenden zu begleiten. Die vier Häscher liefen ihm nach.

»Wo ist der Kampf?«, fragte der Mann, der die anderen führte und neben Lorenzo lief.

»Gleich hier, in der San-Ginés-Gasse.«

Die Wache bog in die Gasse ein, die Lorenzo angegeben hatte, und im spärlichen Licht der Ecklaterne erblickten sie zwei Männer, die sich wütend schlugen.

»Haltet ein, Caballeros! Im Namen des Königs!«

Die Raufbolde kümmerten sich nicht um die Aufforderung, und die Wache ging mit dem Degen in der Hand auf sie zu.

In diesem Moment wendeten die beiden Männer ihre Klingen gegen die vier Soldaten, und diese sahen sich zu ihrer Überraschung von zwei Degen herausgefordert, die weitaus geschickter als ihre vier eingesetzt wurden. Sogleich mussten sie in die Defensive gehen.

Der Fechtlehrer stürmte gegen die zwei los, die ihm zugefallen waren. Mit geschickten Bewegungen drängte er den Ersten gegen einen Abfalleimer und zwang ihn mit zwei Finten, sich auf den Eimer zu setzen, ohne dass es ihm möglich war, aus einer so wenig glanzvollen Lage herauszukommen. Dann wandte er sich gegen den anderen. Dieser war ein alter Soldat, dessen schnellfüßige Jahre schon seit Langem vorüber waren. Er griff ihn an der Ecke der Gasse an, und als er ihn zu einer engen, offenstehenden Haustür getrieben hatte, drang er auf ihn ein, bedeckte ihm das Gesicht mit seinem eigenen Mantel und versetzte ihm mit seinem Degenknauf einen so heftigen Schlag auf den Kopf, dass er ihn außer Gefecht setzte.

Don Suero musste sich inzwischen den beiden Übrigen entgegenstellen: Der eine lag schon auf dem Boden mit dem Degen daneben, packte eine Hand mit der anderen und versuchte, das Blut zu stillen, das aus einer kleinen Wunde rann. Als er sah, dass der andere Maskierte auf seinen Kameraden zulief, der noch aufrecht stand, begann er, laut um Hilfe zu schreien. Sein Ruf ertönte gerade, als Lorenzo bei dem anderen Wachposten eintraf und um größere Unterstützung bat. Der Wachtmeister zögerte einen Augenblick, und nachdem er ein paar Worte mit dem Büttel gewechselt hatte, schickten sie zwei der ihnen noch verbleibenden Männer los, um ihren Kameraden beizustehen.

Mit der braunen Kutte bekleidet, schaute Catalina aus der Kirchentür heraus. Sie sah sich nach beiden Seiten um, und dann lief sie mit langsamen Schritten über den Platz. Als sie schon die Hälfte des Weges zurückgelegt hatte, wurde sie von einer drohenden Stimme zurückgehalten:

»Im Namen des Königs, bleibt stehen!«

Das Blut stockte ihr in den Adern, während sich Schritte näherten. Wenn man sie entdeckte, konnte sie diesmal sicher sein, den Tod zu finden!

»Also, Bruder: das Losungswort!«

Sie wollte gerade den Degen ziehen, den sie in der Kleidung verborgen hatte und den ihr die Freundin mitgegeben hatte, als hinter ihr die Stimme des Wachtmeisters ertönte, der vorher Dorotea hatte hineingehen sehen:

»Lasst ihn laufen. Das ist ein Mönch, dem ich vorhin gestattet hatte, hineinzugehen. Jemand in seinem Kloster stirbt, und er hat Salböl geholt.«

»Es ist gut, Bruder. Ihr könnt gehen.«

Catalina setzte ihren Weg fort, und nachdem sie um die Ecke gebogen war, lief sie zum Haus Don Pedro Pachecos.

Als die Soldaten der Verstärkung kamen, entdeckten sie eine Überraschung: Der Herr, der um Hilfe gebeten und sie geholt hatte, hatte ebenfalls den Degen gezogen und griff sie erbarmungslos an. Es war ein kurzer und ungleicher Kampf. Die Männer der Streifwache gerieten sogleich in eine unterlegene Situation, und als sich die drei Angreifer in Richtung auf ihre Pferde zurückzogen, beschlossen die anderen, vom Kampf abzulassen. Sie hoben den verletzten Kameraden auf und halfen dem, der in den Eimer gefallen war, wieder hinauszukommen, und aus der Tür taumelte übel zugerichtet und halb bewusstlos der, den Don Pedro Pacheco mit seinem Degenknauf geschlagen hatte. Gedemütigt und besiegt kehrte nun die Truppe zu ihren Winterquartieren an der Kirchentür zurück und trug an ihrer Kleidung die Spuren des überstandenen Kampfes und des ehrenrührigen Rückzugs.

Die Karten werden aufgedeckt

Als die Verschwörer zu Don Pedro Pachecos Haus kamen, wartete Catalina am Eingang. Sie hatte sich versteckt, um sich vor neugierigen und unpassenden Blicken zu schützen. Die vier waren gerade erst eingetroffen, als sie sich schon in den Armen lagen, um sich gegenseitig zu beglückwünschen, dass ihr Unternehmen ein glückliches Ende gefunden hatte.

Don Suero de Atares brachte sie zur Wirklichkeit des Augenblicks zurück:

»Lassen wir die Gefühlsäußerungen, meine Herren! Für Umarmungen kommt noch die Zeit. Gehen wir hoch in Eure Wohnung, Don Pedro, und setzen wir uns zusammen, damit wir den zweiten Teil des Plans vorbereiten, der mir, aufrichtig gesagt, sehr viel ungewisser als der erste Teil vorkommt.«

Die vier folgten in einer Reihe dem Hausherrn und stiegen die Treppe hinauf. Als sie auf dem Absatz standen, schloss Don Pedro die Wohnungstür auf. Drinnen legten die Verschwörer ihre Mäntel und Catalina die Kartäuserkutte ab.

»Gehen wir in mein Kabinett.«

Don Pedro ging voran und leuchtete den übrigen Verschwörern. Alle suchten sich einen Platz: Don Pedro hinter dem Tisch, Catalina und Don Suero in den vorderen Sesseln, Lorenzo auf einem Schemel.

»Meine Herren, als Erstes möchte ich Euch für alles danken, was Ihr für mich getan habt, wobei Ihr Euer Leben aufs Spiel gesetzt habt.«

»Lasst es gut sein, Alonso … Verzeiht, aber es fällt mir schwer, Euch Catalina zu nennen«, unterbrach Don Pedro.

»Ich glaube, Don Suero und ich haben es außer für Euch auch zum Gedenken an Don Diego getan. Wenn wir Euch helfen, seinen guten Namen wiederherzustellen, entlastet das unser Gewissen.«

So äußerte sich Lorenzo, der Schutzbefohlene der Familie Cárdenas, den es empörte, dass die Richter den Tod seines Freundes als ehrlos verunglimpft hatten.

»Also kommen wir zur Sache. Wann wollt Ihr aufbrechen, Catalina?«

»Don Suero, ich glaube, es ist günstig, wenn ich nachts unterwegs bin und tagsüber ausruhe.«

»Wir drei haben beschlossen, dass Euch Lorenzo begleitet. Die Wege sind gefährlich, und nachts noch viel mehr. Er wird Euch bei diesem Abenteuer als Knappe dienen und sich um Euch und die Pferde kümmern. Ich bleibe in Benavente, aber bis dorthin reise ich zusammen mit Euch. Nachdem ich Don Benito de Cárdenas gesehen und versucht habe, ihm all das einigermaßen zu erklären, kehre ich nach Madrid zurück.«

»Das halte ich für gut, und ich danke Euch, dass Ihr mir Gesellschaft leistet. Allerdings muss ich diese Angelegenheit allein klären, wenn wir in Astorga angekommen sind. Das ist, wie soll ich es nennen, eine persönliche Sache.«

»Ihr erlaubt nicht, dass ich Euch begleite?«

Don Pedro hatte diese Frage gestellt.

»Ihr habt ja hier eine schwierige Aufgabe zu erledigen. Ihr wisst schon: Wenn Ihr in zehn Tagen nichts von uns gehört habt, erwartet Pater Landero, der Rektor der Jesuiten, dass Ihr ihm das Paket gebt, das ich Euch dagelassen habe, damit Ihr es aufbewahrt, und er schickt es dann zusammen mit einem erklärenden Brief persönlich an Bruder Antonio de Sotomayor, den Beichtvater des Königs. Don Pedro, darin besteht der Kern unseres Plans, und wir haben keine andere Lebensversicherung, wenn sich die Dinge schlecht entwickeln.«

»Macht Euch keine Sorgen. So wird es geschehen. Wann wollt Ihr aufbrechen?«

»Auf der Stelle. Ich möchte mich nur umziehen, und dann reite ich los.«

Die drei Männer sahen sich an.

»Nun, dann gehen wir. Möge Euch das Glück hold sein.«

Alle standen auf, und während Catalina Männerkleidung anzog, ging Lorenzo in den Stall hinunter, um die Pferde bereit zu machen.

Der Hofmeister hatte sich nach dem nächtlichen Duell darauf berufen, dass die dort entdeckten Pferde der Familie Cárdenas gehörten, und er hatte Blesse und Boabdil zurückerhalten und sie in den Ställen des Herrenhauses in der Calle Barquillo untergestellt. In dieser Nacht hatte er Boabdil in den Stall Don Pedro Pachecos gebracht, bevor sie losgeritten waren, um Catalina herauszuholen. Lorenzo hatte dafür Blesse, das Pferd Diegos, und er Laureado, ein neues Pferd, genommen.

Catalina bat Don Pedro um Schreibzeug, bevor sie aufbrachen. Höchst sorgfältig und mit zwei unterschiedlichen Tinten kopierte sie den ein Auge darstellenden scharlachroten Fleck und die drei Tränen von dem Blatt, das in der Hülle der alten Handschrift gesteckt hatte. Dann verwahrte sie alles in ihrer Gürteltasche, und als sich die drei mit allem Notwendigen versorgt hatten, machten sie sich zum Aufbruch bereit.

Don Pedro Pacheco hatte beschlossen, sie bis zur Stadtgrenze zu begleiten. Die vier Verschwörer ritten los. Lorenzo hatte Afrodita am Sattelbogen seines Pferdes angebunden. Sie trug das leichte Gepäck der drei Reisenden. Nachdem sie fünf Jahre hin- und hergelaufen war, kehrte sie nun zu ihrem Stall nach Benavente zurück.

Als sie zu dem Holzkreuz kamen, das die Stadtgrenze bezeichnete und von dem die Straße nach Segovia ausging, hielt Don Pedro Pacheco sein Pferd an.

»Gott schütze Euch, Catalina.«

»Er möge Euren Wunsch erhören. Es wird Zeit, dass er den Guten hilft. Danke für alles, Don Pedro. Ich stehe in Eurer Schuld!«

»Ihr seid mir nichts schuldig. Aber ich möchte Euch wiedersehen, Alonso. Enttäuscht mich nicht.«

»Macht Euch keine Sorgen. Daran bin ich ebenso wie Ihr interessiert. Lebt wohl, guter Freund. Bis bald.«

Nachdem er ihnen zum Abschied zugewinkt hatte, gaben die drei Reisenden ihren Tieren die Sporen und verschwanden in der Nacht.

Wiederbegegnung mit der Vergangenheit

Sie kamen langsam voran. Sie ritten nachts, und tagsüber suchten sie Zuflucht in einem Wald oder Dickicht. Sie bemühten sich, abweichende Strecken und Nebenwege zu benutzen, ohne sich von der festgelegten Richtung zu entfernen. Es war unwahrscheinlich, dass es die heilige Hermandad auf sie abgesehen hatte, denn sie hatten ja auf offenem Feld kein Verbrechen begangen, und man konnte kaum annehmen, dass die städtischen Behörden Catalinas Flucht aus der Jesuitenkirche gemeldet hatten, falls sie überhaupt schon davon wussten.

Die Strecke, die sie bis Benavente ausgewählt hatten, führte über Arévalo, Medina del Campo, Tordesillas und Medina de Río Seco. Catalina entdeckte während des Ritts, welche praktischen Wissensschätze sich in Don Sueros Geist angesammelt hatten, und sie malte sich tausendmal aus, wie wohl Diegos erster Ausritt gewesen sein mochte, als er mit seinem Hofmeister zum Benediktinerkloster unterwegs war.

Sie bemühten sich, Etappen von nicht mehr als zehn Meilen zurückzulegen, um die Pferde nicht zu überanstrengen, denn sie wollten keine Poststation aufsuchen und die Tiere nicht wechseln. Sie lagerten an günstigen Stellen, wo es möglichst einen Bach oder wenigstens ein Rinnsal in der Nähe gab, an dem sie die Tiere tränken, selbst trinken und sich waschen, außerdem eine Forelle oder eine Barbe angeln konnten. Ebenso jagten sie manchmal ein Kaninchen oder einen Hasen, und einmal traf Don Suero mit seiner Armbrust eine Ente, die hinter ihren Gefährten zurückblieb, als der Schwarm losgeflogen war. Wenn sie unterwegs ein einsames Landhaus entdeckten, ritt Don Suero oder Lorenzo voraus und kaufte Essen oder alles sonst Notwendige.

So kamen sie am Abend des fünften Tages nach Benavente. Catalina war zutiefst beeindruckt, als sie wieder vor dem Herrenhaus der Cárdenas stand. Ihren Geist suchten zahllose Erinnerungen heim, und ihr Herz blutete, weil all diese Erinnerungen von der Gestalt ihres Geliebten beherrscht wurden.

Alle hatten schon von den Ereignissen gehört und sahen Alonso mit besonderem Respekt an. Da sie nun die Geschichte kannten und wussten, dass sich hinter dessen äußerer Erscheinung eine Frau verbarg, erstaunten sie die Schilderungen ihrer tapferen Taten, die hierhergelangt waren, noch viel mehr, weckten ihre Bewunderung und ein Gefühl der Solidarität und des Stolzes, weil sie wussten, dass diese Frau ebenso wie sie zum Haus der Familie Cárdenas gehörte.

Don Suero ging voraus, um den Marquis zu begrüßen, und kurz danach erschien er in der Bibliothek, wo Catalina und Lorenzo warteten, um ihnen mitzuteilen, dass Don Benito de Cárdenas sie in der Galerie erwartete, die zum Fechtsaal führte. Das Herz des Mädchens klopfte heftig, als sollte sie wieder vor ein Gericht gestellt werden. Sie liefen durch Korridore und Säle, und alle Ecken, Bilder und Skulpturen vergegenwärtigten dem Mädchen alte Erinnerungen. Am Ende der verglasten Galerie saß Don Benito de Cárdenas, der Marquis von Torres Claras, in einem Armsessel, die Beine in eine Decke gewickelt und die Füße auf einen niedrigen Schemel gestützt.

Dieser Mann, an dessen stattliche und lebensprühende Erscheinung sie sich erinnerte, war nach dem unersetzlichen Verlust und dem ungerechten Urteilsspruch zu einem Greis mit abwesendem Blick geworden, dessen Hand sichtbar zitterte, als sie das Knie beugte, um sie zu küssen. Nach der ehrerbietigen Begrüßung blieben Lorenzo und sie in höflichem Abstand stehen und warteten darauf, dass der Marquis das Wort an sie richtete.

Zunächst schien der Edelmann nicht zu verstehen, was vor sich ging. Dann aber richtete er seinen Blick auf sie und entdeckte offenbar ihre Anwesenheit.

»Warum habt Ihr mich getäuscht, Alonso? Habe ich Euch nicht meine uneingeschränkte Gastfreundschaft angeboten, als Ihr in dieses Haus gekommen seid?«

Die überraschte Catalina fand zunächst nicht die richtigen Worte, um zu antworten.

»Ich war erschrocken und ratlos, Señor. Ich war sehr jung. Ich wusste nicht, wer ich war, und trotzdem wusste ich, dass man mich verfolgte.«

Der alte Marquis wechselte sprunghaft das Thema:

»Liebt Ihr meinen Sohn sehr?«

Catalina begriff, dass sich der Geist des alten Mannes weigerte, die Wahrheit zu erfassen, und sich an die Vergangenheit klammerte.

»Von ganzem Herzen, Señor!«

»Er ist jetzt nicht hier und kommt erst in ein paar Tagen zurück … Aber ich weiß, dass er mir dankbar ist, wenn ich Euch so behandele, als wäre er bei uns. Man hat mir einen Brief von ihm gezeigt, und ich habe mit Don Suero gesprochen. Ich weiß genau, dass Ihr es verdient. Seid willkommen.

Ruht Euch bis zum Abendessen aus, das wird in einer Stunde sein. Erholt Euch im großen Schlafzimmer im ersten Stock. Man erwartet Euch.«

Señor de Cárdenas vermischte Vergangenheit und Gegenwart, und er vereinte Alonso, Catalina und Clara Arnedillo in einer einzigen Person.

Der Marquis kehrte wieder in seine innere Welt zurück und kümmerte sich nicht um Lorenzos Anwesenheit, mit dem er kein einziges Wort wechselte.

Als sie den Raum verlassen hatten, wandte sich Catalina vorwurfsvoll an Don Suero.

»Warum habt Ihr mich nicht auf diese Lage aufmerksam gemacht?«

»Ich wusste es nicht, Catalina. Als ich ihm das Unglück mitteilte, überließ er sich seinem Schmerz, aber er war ebenso klar im Kopf wie ich. Das kam erst später. Der Arzt, der ihn behandelt, hat mir gesagt, dass sein Geist sich im Lauf der Tage geweigert habe, die Wirklichkeit anzuerkennen, und dass er in einer falschen Welt lebe, die er sich geschaffen hat und die er nicht verlassen will. Er sagt, am ratsamsten sei es, auf ihn einzugehen, und wenn viel Zeit vergehe, könne er sich vielleicht erholen, obwohl es nicht sicher sei und er immer Gedächtnislücken haben werde, so dass er manchmal glaubt, dass Diego lebt, und dann wieder anerkennt, dass er tot ist.«

Catalina war untröstlich.

»Don Suero, warum bringe ich denen, die mich geliebt haben, so viel Leid?«

»Das Leben ist, wie es ist, Catalina. Es besteht aus Licht und Schatten. Wir können nichts tun, um unser Schicksal abzuwenden, und wahrhaftig, Euer Schicksal ist wirklich kompliziert! Ich verstehe Eure Angst. Aber tröstet Euch, auf Regen folgt unausweichlich Sonnenschein, und die Zeit ist nahe, in der Ihr Ruhe findet. Nun geht hoch in die Zimmer des ersten Stocks. Dorthin hat man Eure Sachen gebracht, und dort erwartet man Euch, um Euch beim Umkleiden zu helfen.«

Die drei trennten sich, und Catalina ging verwundert zu den Räumen, die ihr der Hofmeister angegeben hatte. Sie stieß die erste Tür auf und trat ein. Das Zimmer war aufgeräumt, doch sogleich merkte man, dass hier eine Frau gewohnt hatte. Hinten kam eine Alte hervor, die ihr schluchzend in die Arme fiel.

»Welch schlimmes Unglück, Alonso! Tausendmal lieber wäre es mir gewesen, wenn ich gestorben wäre! Was hat ein altes Weib noch auf der Erde verloren, während das Unglück einen jungen Mann wie Diego dahinrafft, und das in einem Alter, als ihm das Leben noch alles schuldig war?«

Tomasa, Diegos alte Amme, hatte das Mädchen verzweifelt umarmt.

Catalina fasste sie zärtlich an den Schultern und lief mit ihr zum Fußende des Bettes, wo sie sich hinsetzten.

»Tomasa, wie sehr freut es mich, Euch wiederzusehen! Ich kann nicht mehr weinen. In diesen Monaten sind meine Tränen vertrocknet.«

»Auch ich freue mich, dass Ihr zurückgekommen seid. Hier wird über alles geredet, und Neuigkeiten verbreiten sich in Windeseile. Ihr habt außergewöhnlichen Mut und Charakter bewiesen. Das ist eine Ehre für dieses Haus. Aber soll ich Euch etwas sagen?«

Die Amme trocknete sich die Augen mit dem Schürzenrand ab und starrte Catalina an.

»Was meint Ihr, Amme?«

»Immer wusste ich, dass es mit Alonso etwas Sonderbares auf sich hatte. Und ich merkte auch, ebenso wie Monsieur de Lagarteare, dieser Wüstling, dass Diego in seinem Herzen Euch gegenüber ein widersprüchliches Gefühl bewahrte. Da er glaubte, dass Ihr ein junger Mann wärt und dass er sein Gefühl nicht eingestehen dürfe, ist er nach Madrid gegangen und hat Euch hier gelassen.«

Catalinas Gedanken gewannen Klarheit, und plötzlich begriff sie vieles.

»Amme, Ihr könnt Euch nicht vorstellen, welche Wohltat Ihr mir erwiesen habt und wie dankbar ich Euch für das bin, was Ihr mir gesagt habt. Hat Euch Diego vielleicht etwas verraten?«

»Wir haben nie über diese Angelegenheit gesprochen. Aber vergesst nicht, dass ich ihn an meinen Brüsten gestillt habe und er mir gar nichts sagen musste, damit ich wusste, was sein Herz fühlte.«

Catalina umarmte die Frau fest.

»Amme, ich liebe Euch!«

Als sie sich voneinander lösten, ließ sich die alte Dienerin alle Ereignisse erklären, denn sie sagte, sie wolle es aus erster Hand erfahren, damit sie auf diese Weise den vielen Gerüchten entgegentreten könne, die man sich in den Küchen erzähle. Als Catalina alles berichtet hatte, begann sie mit ihren Fragen.

»Übrigens, was ist aus dem Franzosen geworden?«

»Erinnert Ihr Euch an Cosme, den schweigsamen jungen Mann, der die Weinkeller beaufsichtigte?«

»Natürlich, an ihn erinnere ich mich genau.«

»Nun, an einem Morgen, als der Kellermeister hinunterstieg, um den

Wein für die Mahlzeit des Marquis auszusuchen, entdeckte er seine nackte Leiche neben der Kelter.«

»Was erzählt Ihr mir da?«

»Das ist noch nicht alles. Zwei Tage danach fand man die Leiche des Franzosen. Sie hing an einem Strick vom Ast einer Korkeiche in dem Gehölz hinter dem Garten.«

»Ihr macht mich sprachlos.«

Catalina dachte an die brutale Szene zurück, die sie im Keller des Palastes erlebt hatte. Doch davon sagte sie der Amme nichts, sondern wechselte das Thema.

»Und wie geht es Don Benito wirklich?«

»Er hat gute und schlechte Zeiten. An manchen Tagen lässt er ein zusätzliches Gedeck auflegen, weil er sagt, er hoffe, dass Diego von der Jagd zurückgekehrt sei, und andere Tage verbringt er in der Galerie, wo er Euch empfangen hat, und blickt den Lindenweg hinunter. Don Suero hat ihm nach Diegos Tod erklärt, dass sein Sohn Euch geliebt hat und dass er Euch in Sankt Benedikt kennengelernt hatte, als Ihr ein kleines Mädchen wart, dass er Euch in Madrid gesehen hat, ohne Euch wiederzuerkennen, weil Ihr als eine andere Person aufgetreten seid, die Clara hieß … Wenn er Euch meint, spricht er manchmal von Alonso und manchmal von Catalina. Nie wieder wird er der Alte sein!«

»Wie viel Kummer habe ich diesem Haus gebracht, Amme!«

»Das seid nicht Ihr gewesen. Das Leben ist, wie es ist, und wir können nichts tun, um die Ratschlüsse des Allerhöchsten zu ändern.« Sie waren ans große Fenster getreten. »Glaubt Ihr, dass die Blätter, die dort unten umherwirbeln, etwas anderes tun können, als dass sie sich drehen, weil sie von der Kraft des Windes getrieben werden?«

»Ich verstehe Euch, Amme. Selbst wenn Ihr es nicht glaubt, Eure Worte trösten mich und besänftigen meinen Geist.«

»Nun, ich meine, der Herr Marquis wünscht, dass ihm als Trost dienen soll, was Ihr tut.«

»Und was ist das?«

»Kommt mit.«

Eine Stunde später erschien Catalina im großen Speisesaal des Palastes. Eine verzierte Perücke bedeckte ihren Kopf. Sie hatte sich mit einem eleganten kirschroten, etwas unmodernen Kleid herausgeputzt, und an ihrem Hals hing ein wunderschönes Rubinkollier, das Diegos Mutter gehört hatte. Als Don Benito de Cárdenas sie eintreten sah, leuchtete sein

Gesicht auf, und er erhob sich, um ihr, obwohl er hinkte, seinen Arm anzubieten und sie zu ihrem Platz am großen Tisch zu führen, an dem Catalina fünf Jahre zuvor Schwester Gabriela bedient hatte.

Man hatte vier Gedecke aufgelegt. Don Benito setzte sich ans Kopfende, Catalina nahm rechts von ihm und Don Suero links von ihm Platz. Neben dem Mädchen gab es einen weiteren Platz für einen vierten Gast. Dorthin setzte sich niemand. Zum Beginn des Abendessens erhob der Marquis sein Glas und brachte einen Trinkspruch auf die glückliche Heimkehr seines Sohnes aus. Als Catalina sah, dass der Hofmeister auf ihn einging, tat sie es ebenfalls. Dann geriet alles zum Chaos. Don Benito sprach gleichzeitig über die Gegenwart und die Vergangenheit, und oft wandte er sich zu dem Platz, auf dem Diego saß, wie er sich vorstellte. Ebenso sprach er Catalina an, als wäre sie Alonso. Der Abend war qualvoll und traurig. Die Diener spielten mit, wenn man ihnen befahl, die Gläser oder Diegos Teller nachzufüllen, »denn dieses Gericht gehörte immer zu seinen Lieblingsspeisen«. Der Gipfel war erreicht, als sich Don Benito am Ende der Mahlzeit an sie wandte, als wäre sie die Marquise, und ihr mitteilte, sie könne sich zurückziehen, Diego, Don Suero und er wollten in die Bibliothek hinübergehen, um Zigarren zu rauchen und ein Gläschen Likör zu trinken, denn sie hätten Dinge zu besprechen, die nur die Herren angingen.

Catalina entfernte sich. Ihr tat das Herz weh, und beinahe konnte sie in der ganzen Nacht kein Auge zutun. Am frühen Morgen wurde sie nur von Don Suero verabschiedet, als sie zusammen mit Lorenzo nach Astorga aufbrach. Sie ritt auf Boabdil, der sich inzwischen erholt hatte.

Auge in Auge

Sie brauchten zwei Tage, bis sie in der Bischofsstadt ankamen. Am ersten Tag übernachteten sie in der Nähe von La Bañeza, und am zweiten Tag waren sie zur Essenszeit schon in der Umgebung der hochedlen Stadt, die in römischer Zeit Asturica hieß. Unterwegs dachte Catalina weiter über ihre Pläne nach, und während des Essens im Wirtshaus teilte sie Lorenzo mit, was sie vorhatte. Allerdings verriet sie ihm nur das, was ihn direkt betraf.

»Keiner weiß, dass ich hergekommen bin und dass ich jemanden bei mir habe. Darum wird sich niemand für Euch interessieren, und keiner wird Euch belästigen. Morgen früh besuche ich den, den ich sehen muss. Die Unterredung kann lange dauern, muss sich aber in einem bestimmten

Rahmen halten. Wenn ich am Abend nicht zurückgekommen bin, packt Ihr die Sachen und brecht mit den beiden Pferden nach Madrid auf. Dort sagt Ihr Don Suero, dass man mich festgehalten hat. Er weiß dann schon, was er tun muss, und wo dies geschehen soll. Habt Ihr verstanden?«

»Gewiss, Catalina. Aber ich wäre noch zufriedener, wenn Ihr mir weitere Erklärungen gebt.«

»Die braucht Ihr nicht. Je weniger Ihr wisst, desto weniger seid Ihr gefährdet, und unter der Folter sagt man weniger, wenn man weniger weiß. Aber ich bitte Euch, dass Ihr nicht mit der Rückkehr wartet. Wenn ich am Abend nicht wieder da bin, brauche ich Euch nicht mehr als Knappen auf dem Rückweg, weil es dann für mich keinen Rückweg gibt.«

»Aber …«

»Lasst es gut sein, Lorenzo. So ist es besser.«

Catalina schlief schlecht. Ihr Leben stand auf Messers Schneide. Am frühen Morgen stand sie auf. Die Nerven hatten es ihr in der ganzen Nacht nicht erlaubt, richtig auszuruhen, und als die Glocken erklangen, um die erste Messe anzukündigen, wurde sie von etwas in ihrem Innern getrieben, in die nächste Kirche zu gehen, um ein wenig Seelenfrieden zu finden. Die Leute strömten herein, und sie zog sich in die letzte Bank zurück. Nachdem sie einige Augenblicke gebetet hatte, ließ sie alle Ereignisse und Personen vor ihrem inneren Auge vorüberziehen, die ihren Weg auf dieser Erde geprägt hatten. Sie wollte Gott für ihre vielen Fehler um Verzeihung bitten, doch sie dachte, dass sie trotz ihrer guten Vorsätze nicht fähig war, die erlittenen Beleidigungen und Beschimpfungen zu vergessen, und wenn es noch ihretwegen wäre … Trotzdem, worauf sie nicht verzichtete, war, die Schmach zu tilgen, die den Namen ihres Geliebten befleckt hatte, und seine heimtückische Ermordung zu rächen. Sie wollte nicht eher ruhen, bis sie das erreicht hatte.

Die Uhr im Glockenturm der Sankt-Martial-Kirche schlug neunmal. Sie hatte eine einfache Tracht angelegt, die einem jungen Herrn aus irgendeiner Adelsfamilie gehören konnte und mit der Don Suero sie in Benavente versorgt hatte. So lief sie zum Palast des Provinzsekretärs des Heiligen Offiziums, der sich im Zentrum Astorgas befand. Wenige Leute kamen um diese Zeit über den Platz, und Catalina ging zur Haupttür, wo wie üblich ein Hellebardier wachte. Als sie sich näherte, hielt der Mann in seinem rhythmischen Rundgang inne und stellte sich vor sie hin, wobei er die Hellebarde von der Schulter nahm.

»Was wünscht Ihr?«

»Ich möchte Seine Hochwürden sehen, den Herrn Sekretär des Heiligen Offiziums.«

»Habt Ihr Tag und Stunde vereinbart?«

»Eigentlich nicht.«

»Wieso glaubt Ihr dann, dass er Euch empfangen kann?«

»Das ist nicht Eure Sache.«

Sie steckte die Hand in die Tasche und hielt dem Mann einen versiegelten Brief hin.

Der Wächter wurde unsicher, da dieser junge Mann so selbstbewusst auftrat. Dann lief er zur Tür und erschien zusammen mit einem Geistlichen wieder.

»Was wünscht Ihr?«

»Ich möchte Seine Exzellenz sehen, den Hochwürdigsten Herrn Don Bartolomé Carrasco.«

»Seid Ihr vorgeladen?«

»Ich habe kein Gespräch vereinbart.«

»Und wer seid Ihr, wenn Ihr ihn sehen wollt?«

Die Stimme des Mönchs klang spöttisch und ätzend.

»Das geht Euch nichts an. Ihr sollt ihm als Einziges diesen Brief übergeben.«

Der Mönch zögerte.

»Wenn Ihr nicht wünscht, dass man Euch zu den Missionen nach Übersee schickt, wo die Indios, wie ich gehört habe, ihren Göttern die Herzen ihrer Feinde darbringen.«

»Gebt mir den Brief und wartet an der Tür.«

Der Mann verschwand im Gebäude, und Catalina musste ihre Nerven beherrschen, während sie am Eingang auf und ab spazierte.

Der September hatte kaum begonnen, da erwärmten schon die Kamine im Bischofspalast die einzelnen Säle. Der Mönch lief durch die Räume, die zwischen dem Eingang und dem Kabinett Doktor Carrascos im ersten Stock lagen, und klopfte diskret an die Tür.

Aus dem Innern erklang eine tiefe Stimme.

»Vorwärts, tretet ein.«

Der Mönch machte die Tür auf und steckte den geschorenen Kopf durch die Öffnung.

»Darf ich eintreten, hochwürdiger Vater?«

Doktor Carrasco blickte von dem Schriftstück auf, das er gerade durchlas, und rief:

»Ich habe Euch schon meine Erlaubnis gegeben!«

Der Mönch ging auf den Prälaten zu und streckte ihm den versiegelten Umschlag über den Tisch hin.

»Was gebt Ihr mir da?«

»Hochwürden, am Eingang steht ein vornehm aussehender junger Mann, der Euch sprechen will, ohne dass er eine Unterredung vereinbart hat. Ich habe ihm gesagt, so etwas sei unmöglich, und er hat mich gebeten, dass ich Euch diesen Umschlag gebe. Dazu hat er erklärt, dass er auf eine Antwort warte.«

Während der Provinzsekretär den Siegellack des Umschlags mit einem Brieföffner aufriss, antwortete er:

»Ihr wisst ja, dass so etwas nicht geht. Schickt ihn unverzüglich fort… Wartet!«

Der Prälat hatte das Blatt auseinandergefaltet und begann, reichlich zu schwitzen.

»Hochwürden, fühlt Ihr Euch unwohl?«

Der Bischof starrte auf das Blatt und atmete heftig.

»Lasst ihn hereinkommen! Begleitet ihn hierher!«

Überrascht verließ der Mönch den Raum, und Don Bartolomé Carrasco blieb allein. Seine Blicke wandten sich nicht von dem Bogen ab, den er vor sich hatte. Vor seinen verblüfften Augen, die gar nicht glauben wollten, was sie sahen, erschien klar und unmissverständlich das scharlachrote Zeichen, das gleiche, das er in Schulterhöhe auf dem Rücken hatte.

Catalina lief durch die Säle des Bischofspalastes. Sie folgte dem Mönch, dessen Ton sich von dem Augenblick an veränderte, als der Prälat die Erlaubnis erteilt hatte, dass der Besucher zu ihm kommen durfte, ohne ein Gespräch vereinbart zu haben. Unendlich viele Gedanken überstürzten sich in ihrem Geist, der von Zweifeln gepeinigt wurde: Ob sie diesen Ort lebend verlassen könnte? Müsste sie in dieser Nacht im Kerker des Palastes schlafen? Würde der Bischof ihren Forderungen nachgeben?

Für mehr blieb keine Zeit. Fast ohne es zu merken, stand sie vor der riesigen, mit Nägeln verzierten Tür, die den Zugang zum Kabinett des Prälaten bildete.

»Wartet hier einen Moment, wenn es Euch nichts ausmacht.«

Der Koadjutor klopfte diskret und betrat den Raum. Beinahe sofort kam er wieder heraus.

»Ihr könnt eintreten. Seine Hochwürden erwartet Euch.«

Catalina atmete tief ein. Sie legte die linke Hand auf den Degenknauf.

Sie dachte, dass der Würfel gefallen war, und machte einen Schritt nach vorn.

Mitten im Raum, beleibt und einem Schlaganfall nahe, mit einem vor Hitze und Angst hochroten Gesicht, befand sich der Bischof. Die Tür schloss sich hinter Catalina, und der Mann ergriff das Wort: »Wenn Ihr derjenige seid, den ich vermute, so ist Eure Dreistigkeit größer als meine Geduld.«

»Ich weiß nicht, für wen Ihr mich haltet. Aber damit Euch kein Zweifel bleibt, erkläre ich Euch, dass derjenige vor Euch steht, den Ihr grausam verfolgt habt, seitdem ich versucht hatte, mein Leben zu retten, indem ich aus Sankt Benedikt floh.«

»Euer Hochmut hindert Euch wohl daran zu bedenken, dass ich wichtige Gründe haben muss, wenn ich Euch so hartnäckig verfolgt habe? Und wenn Ihr freiwillig herkommt, um Euch in die Höhle des Löwen zu begeben, muss doch unverzüglich geschehen, dass ich die Wache rufe und Euch in meinen Kerkern einsperre, während ich darauf warte, dass ich Euch wieder den Leuten des Königs ausliefern kann, und das mit noch mehr Anklagepunkten, als sie Euch vor Eurer Ankunft belasteten?«

»Das werdet Ihr nicht tun.«

»Und was bringt Euch zu dieser Vermutung?«

»Ein Fuchs ist so schlau, dass er seine möglichen Opfer respektiert. Glaubt nicht, dass ich eine dumme Gans bin, wenn ich Euch besuche, wo ich doch weiß, wie sehr Ihr mir schaden wolltet, ohne dass ich mich abgesichert hätte.«

»Ihr weckt meine Neugier. Es kommt mir nicht auf ein paar Minuten an, die Euer Ende auf sich warten lässt. Machen wir es uns am Kamin bequem.«

Mit großen Schritten lief der Bischof zum Ende des Raums, und Catalina folgte ihm. Sie setzten sich in zwei einander gegenüberstehende, weiche Ledersessel, und als der Bischof seinen gewaltigen Leib in dem untergebracht hatte, der dem Fenster am nächsten stand, fragte er:

»Wollt Ihr mir erklären, was für ein alberner Scherz es sein soll, dass Ihr mir ein Blatt mit einer kabbalistischen Zeichnung darauf übergebt?«

»Mit allem Respekt, Hochwürden, ich glaube nicht, dass dies eine solche Albernheit ist, wenn Ihr mich empfangen habt, ohne dass wir uns zuvor verabredet hatten.«

Es klopfte kurz an die Tür, und der Mönch steckte wieder den Kopf herein.

Zornig erklang die Stimme des Prälaten.

»Ich will nicht unterbrochen werden, bis ich Euch rufe! Habt Ihr verstanden, Dummkopf?«

Das Männchen zog sich sofort zurück, und Catalina begriff, dass der Bischof trotz seiner vorgetäuschten Selbstsicherheit von innerer Unruhe geplagt wurde.

»Ich höre Euch zu. Sagt, was Ihr zu sagen habt, und machen wir ein für alle Mal Schluss mit diesem Theater.«

»Also, gebt acht. Die Geschichte ist sehr lang und umständlich, und ich möchte Euch nicht ermüden. Offenbar stammen wir beide von einem gemeinsamen Ursprung und einer ganz besonderen Familie ab.«

Der Bischof rutschte unruhig hin und her.

»Erzählt weiter. Ich weiß nicht, worauf Ihr hinauswollt.«

»Ihr und ich, wir haben an unserem Körper ein eigentümliches Zeichen, ein kleines Auge, das drei scharlachrote Tränen weint. Das verbürgt, was ich sage, und diese Herkunft ist in den heutigen Zeiten nicht sehr vorteilhaft.«

»Ich weiß nicht, was Ihr meint.«

Über die Stirn des Prälaten rannen Schweißströme.

»Vielleicht wollt Ihr lieber vom Kamin abrücken …«

»Erzählt weiter, habe ich gesagt!«

»Hebt nicht die Stimme. Ich ertrage es nicht, dass man mich anschreit!«

Doktor Carrasco staunte fassungslos.

»Ich höre«, sagte er ruhig.

Catalina ahnte, dass sich das Spiel zu ihren Gunsten entschied.

»Dieses Zeichen ist das eines Juden, der in Lissabon, zur Zeit des Königs Johannes, auf dem Scheiterhaufen verbrannt wurde. Das ist jetzt mehr als zweihundert Jahre her.«

»Und was hat das mit mir zu tun?«

»Mit Euch und mit mir. Dasselbe Zeichen tragen wir, Ihr und ich, in unserer Haut eingeprägt.«

»Ihr mögt Euren Körper kennen, aber meinen nicht. Was bringt Euch dazu, einen solchen Unsinn zu behaupten?«

»Solltet Ihr zufällig glauben, dass ich zu Euch gekommen bin, ohne dass ich mich sicher von dem überzeugt habe, was ich erkläre, so haltet Ihr mich für wahnsinnig, und das trifft nicht zu. Ihr tragt dieses entehrende Mal, und dafür finden sich Zeugen … Dabei gibt es einen Unterschied zu mir.«

»Was für ein Unterschied?«

Die Stimme des Bischofs klang unsicher und leise.

»Für Euch ist es wichtig, was Euch geschehen kann, und mir ist es gleich. Mein Leben ist zugrunde gerichtet und hat keinen Sinn. Ich habe schon auf einem Blutgerüst gestanden, und es kommt mir nicht darauf an, dorthin zurückzukehren. Euch hingegen ist das Leben über alle Maßen wichtig, und ich stelle mir vor, dass die Strafe schrecklich wäre für einen Prälaten, der so viele Jahre lang das Heilige Offizium getäuscht hat. Das Ketzergericht ist unerbittlich mit den eigenen Leuten, wenn es von ihnen verraten wird.«

Der Provinzsekretär war wachsbleich.

»Nehmen wir einmal an, dass es so wäre. Was hindert mich daran, Euch in eine Zelle einzusperren und dafür zu sorgen, dass Ihr das Licht nie wiederseht?«

»Ihr missachtet meinen Verstand, und das ist für Euch nicht ratsam. Wenn manche Leute in der Hauptstadt nach einer bestimmten Zahl von Tagen nichts von mir hören, wird eine unmissverständlich bebilderte Handschrift, die die Geschichte der Familie Lacrima-Dei darstellt, in die Hände des königlichen Beichtvaters, Seiner Hochwürden Antonio de Sotomayor, geraten, zusammen mit einem Brief, der alles erklärt, was mit dieser Familie zu tun hat, und der auch das Zeichen enthält, das sie auf den Scheiterhaufen gebracht hat und das ihre Nachkommen zu erkennen gibt, zu denen offenkundig wir beide, Ihr und ich, gehören, außerdem andere Personen, die ich Euch noch nennen werde.«

»Wo habt Ihr Euch diese Handschrift beschafft?«

»Das geht Euch nichts an, Hochwürden.«

»Ihr seid Satanas!«

»Dafür hat man mich schon einmal verurteilt.«

»Was für einen Handel schlagt Ihr vor?«

»Jetzt scheint Ihr mir vernünftiger zu sein. An dem Tag und zu der Stunde, die Ihr mir sagt, komme ich in Euren Palast zurück, und Ihr habt dann jemanden vorgeladen, mit dem ich einige Fragen klären muss.«

»Wen meint Ihr?«

»Euren Familiaren Don Sebastián Fleitas de Andrade. Das ist das Erste. Dann unternehmt Ihr die nötigen Schritte, damit mein Fall revidiert wird. Ich bringe die entsprechenden Beweise mit, um meine Unschuld und den guten Namen von Don Diego de Cárdenas wiederherzustellen.«

»Noch etwas?«

»Ja, es bleiben ein paar ungeklärte Fragen übrig. Ihr lasst fortan die Familie von Don Martín de Rojo in Ruhe. Aus zwei Gründen ahne ich, dass er mein wahrer Vater ist. Der erste ist sein Alter, selbst wenn ich eine uneheliche Tochter bin, denn offensichtlich hat er mich außerhalb seiner Ehe gezeugt. Der zweite Grund ist, dass Ihr mich erbarmungslos verfolgt habt … was Ihr nicht getan hättet, wenn Ihr mein Vater wäret.«

Der Bischof war ein gebrochener Mann.

»Wenn ich alles tue, was Ihr von mir verlangt, und wenn es mir gelingt, dass Ihr mir verzeiht, übergebt Ihr mir dann diese Handschrift?«

»Ich habe nicht von Verzeihung gesprochen. Ich habe davon gesprochen, dass mein Fall neu behandelt und ein gerechtes Urteil gefällt wird.«

»Einverstanden. Gebt Ihr mir sie dann?«

»Sie wird wie ein Damoklesschwert über Eurem und meinem Haupt schweben, solange wir leben. Aber wenn Ihr mich nicht angreift, habt Ihr keinen Grund, Euch Sorgen zu machen. Ich habe tatsächlich eine Ehre.«

»Und wie kann ich Euch vertrauen?«

»Euch bleibt nichts anderes übrig …«

Der Bischof dachte lange nach.

»Einverstanden. Kommt am nächsten Dienstag um vier Uhr nachmittags hierher. Don Sebastián wird Euch erwarten.«

»Ich werde nicht ausbleiben, Exzellenz.«

Catalina stand auf, und der Prälat deutete mit einer Geste an, dass er sie zur Tür begleiten wollte.

»Macht Euch keine Umstände, ich kenne den Weg.«

Gewissensbisse

Álvaro saß im Saal des Hauses der Rojos, in Quintanar del Castillo, seinem Vater gegenüber, mit zerknirschtem Gesicht und in der Ferne verlorenem Blick. Die Kunde von dem, was vor einigen Monaten in Madrid geschehen war, hatte sich im ganzen Königreich wie ein Lauffeuer verbreitet, und die Leute sprachen unablässig von dem ungewöhnlichen Vorfall, dessen Hauptperson die aus Sankt Benedikt geflohene Nonne war.

Diese Episode hatte Don Martín zutiefst beeindruckt, so sehr, dass Doña Beatriz de Fontes, seine Gattin, schon um seine Gesundheit fürchtete. Álvaro, der Sohn der beiden, war ins Herrenhaus zurückgekehrt, nachdem er während des Gerichtsverfahrens gegen die Nonne ausgesagt hatte, und er irrte wie eine arme Seele durch die Gänge des alten Hauses. Einen Tag zuvor war Casilda Peribáñez, seine ehemalige Amme, hier eingetroffen, und das hatte zu einer Reihe von Ereignissen geführt.

Die Frau kam am Morgen aus Sankt Benedikt, um ihre ehemalige Herrin zu besuchen, und ihr wurde die stets angenehme Überraschung zuteil, ihren lieben Pflegling im Haus vorzufinden. Beide freuten sich darüber, denn Álvaro schätzte seine Amme sehr.

Nach dem Essen fanden beide auf der Bank im kleinen Garten zusammen, wo die Schlossherrin ihre Rosensträucher zog. Dort schüttete Álvaro ihr sein Herz aus: Die Gewissensbisse brachten ihn um, und er wusste tatsächlich nicht, was er mit seinem Leben anfangen sollte. Casilda wollte ihn trösten, wie sie es tat, wenn er ihr als Kind seine mutwilligen Streiche gebeichtet hatte, und sie riet ihm, ihr seinen Kummer vollständig anzuvertrauen. Álvaro, der zutiefst verbittert war, seitdem er die falsche Zeugenaussage gemacht hatte, erzählte ihr Punkt für Punkt alle Einzelheiten der Geschichte, und Casilda war bestürzt.

»Ich kannte das Mädchen, das, wie sich herausstellte, dieser Alonso Díaz war, seit seinen Tagen im Kloster gut. Und ich darf Euch versichern, was dieser erbärmliche Fähnrich Campuzano auch behaupten mag, dass sie unfähig ist, treulos zu handeln und das Unrecht zu begehen, mit dem Ihr sie belastet habt.«

»Ich weiß, dass ich sehr schlecht gehandelt habe. Und glaubt mir, Amme, die Gewissensbisse lassen mich nicht in Ruhe. Aber da gibt es noch mehr.«

»Erzählt mir alles, Álvaro. Wenn Ihr es nicht tut, kann ich Euch nicht helfen.«

»Amme, das Leben, das ich nach dem Willen meines Herrn Vaters führen soll, sagt mir überhaupt nicht zu. Ich will mich den Minoriten des heiligen Franziskus anschließen und meine Zeit dem Gebet, dem Studium und der Nächstenhilfe widmen. Und ich weiß wirklich nicht, wie ich es ihm sagen soll.«

»Habt Ihr mit Eurer Mutter gesprochen?«

»Sie macht sich solche Sorgen um den Zustand meines Vaters, dass ich es noch nicht gewagt habe, mit ihr zu reden.«

»Das tue ich, wenn Ihr es mir gestattet. Aber Ihr müsst die Wahrheit sagen und versuchen, den Schaden wiedergutzumachen, den Ihr anderen Leuten zugefügt habt. Versteht Ihr? Ihr könnt schlecht ein klösterliches Leben beginnen, solange Ihr nicht Euer Gewissen von der Last der Schuld erleichtert. Ich werde Euch den Weg vorbereiten. Aber glaubt mir, Ihr müsst mit Eurer Mutter reden, und sie wird sich dann an Euren Vater wenden. Lasst zu, dass ich Euch helfe!«

»Es soll sein, wie Ihr sagt, Casilda. Wie immer kann ich mich bei Euch ausweinen.«

So kam es, dass Álvaro am Tag nach diesem Gespräch vor Don Martín de Rojo stand und eine wahrheitsgemäße Erklärung für alles Vorgefallene gab: Sie widersprach dem, was er bei seiner Ankunft behauptet hatte.

Don Martín verbrachte die Tage in demselben Sessel, den vorher sein Vater Don Bernardo de Rojo benutzt hatte, und er saß an demselben großen Fenster. Der Tod seines Freundes, des Doktors Gómez de León, hatte ihm einen tiefen Schmerz zugefügt, der nun noch von den Ereignissen verschlimmert wurde, die Catalina in Madrid zugestoßen waren und für die er sich verantwortlich hielt.

Als ihm sein Sohn offenbarte, wie die Dinge wirklich geschehen waren, wurde sein Geist von vielen widersprüchlichen Gefühlen überwältigt: Einerseits ergab sich daraus die Notwendigkeit, Catalinas Schuldlosigkeit an dem hauptsächlichen Verbrechen zu beweisen, um dessentwillen sie von der Justiz des Königs verfolgt wurde, und das war ja gerade der heimtückische und hinterhältige Mord an Cristóbal López-Dóriga. Alles Übrige ließ sich bestreiten und wiedergutmachen. Andererseits war es ganz sicher, dass sein lieber Álvaro mit seiner falschen Aussage den Eckstein geliefert hatte, auf dem die Anklage aufbaute, die seine wahre Tochter zum Galgen geführt hatte.

Gleichzeitig schien eine schwarze Hand jeden Versuch zu behindern, der seine wirtschaftliche Lage erleichtert hätte. Man könnte sagen, dass er die Talsohle erreicht hatte.

»Ich schreibe Señor de Villanueva. Ihr kehrt mit mir nach Madrid zurück, sobald ich Nachricht von ihm habe, und Ihr macht das Unrecht wieder gut, indem Ihr die Wahrheit sagt, wie es einem Ehrenmann angemessen ist. Wenn Ihr diese Rechnung beglichen habt und danach in ein Kloster eintreten wollt, habt Ihr meine Erlaubnis.«

Die Stunde der Entscheidung

Und der Dienstag kam. Catalina erteilte Lorenzo beim Frühstück die letzten Anweisungen.

»Meine Verabredung ist am Nachmittag um vier Uhr. Wenn ich morgen früh nicht zurückgekommen bin, wisst Ihr schon, was Ihr tun sollt. Reist tagsüber, denn Ihr seid ja allein, und wenn Ihr nach Benavente kommt, lasst dort mein Pferd und Afrodita. Verlangt eine Eskorte, die Euch nach Madrid begleiten soll. Es ist viel zu wichtig, dass Ihr ankommt, als dass Ihr unterwegs auf ein Hindernis stoßt.«

Lorenzo hatte zuvor Catalina wieder einmal gebeten, ihn umfassender zu unterrichten, und da ihm dies nicht gelang, bestand er nicht darauf.

Um drei Uhr stieg Catalina in ihr Zimmer hoch und versorgte sich angemessen für das Unternehmen, das sie ausführen wollte. Sie bekleidete sich mit geschlitzten schwarzen Hosen und korinthroten Strümpfen, die in ihre hohen Stiefel gestopft wurden, und über dem Kamisol legte sie ein Büffellederkoller an, das ihr Don Suero gegeben hatte und das vom ebenfalls schwarzen Wams bedeckt wurde, und das Ganze schloss sie mit einem breiten Spitzenkragen und Spitzenmanschetten ab. Danach zog sie die Handschuhe ohne Fingerspitzen an, die ihr ermöglichten, den Degengriff unmittelbar zu berühren. Sie nahm das Degenkoppel und hängte es sich quer über. Schließlich steckte sie ihre Toledoklinge – ein letztes Geschenk Pedro Pachecos – in die Scheide. Sie verabschiedete sich von Lorenzo und nahm ihren ebenfalls schwarzen Hut, der mit einem Atlasband und einer grünen Feder geschmückt war, und so ging sie zum Bischofspalast.

Als die Glocken viermal läuteten, kam sie zur Tür, und dort erwartete sie derselbe Mönch, der sich am ersten Tag um sie gekümmert hatte. Diesmal war seine Haltung weitaus ehrerbietiger und höflicher als bei ihrer letzten Begegnung.

»Seine Hochwürden empfängt Euch in ihren Räumen und hat mich angewiesen, dass ich Euch unverzüglich hinführe, sobald Ihr angekommen seid.«

»Der Bischof ist sehr liebenswürdig.«

Sie gingen ins Innere, und Catalina fühlte sich eingeschüchtert, als sie dem Geistlichen hinterherlief, weil sie daran dachte, dass diese Dreistigkeit sie das Leben kosten konnte. Doch so hatte sie es entschieden, denn Diego de Cárdenas' Ehre stand höher als alles andere, und ihre Liebe rief nach Rache.

Sie kamen durch mehrere Säle, stiegen die große Mitteltreppe aus weißem Marmor hoch und gelangten zu der großen Tür, die das Kabinett Don Bartolomé Carrascos abschloss. Der Koadjutor klopfte mit den Fingerknöcheln, und von innen wurde ihm erlaubt, einzutreten, so dass er Catalina im Vorsaal kurz allein warten ließ.

Das Herz des Mädchens klopfte so wild, dass sie sich nach beiden Seiten umsah, weil sie befürchtete, dass jemand ihr Herzklopfen hören könnte. Doch schon öffnete sich wieder die Tür, und der kleine Mönch forderte sie auf hereinzukommen. Catalina atmete tief durch, und mit einem großen Schritt trat sie ins Kabinett.

Der Bischof erwartete sie stehend mitten im Raum. Er wirkte eindrucksvoll. Er trug einen eng anliegenden, dunkelvioletten Überrock, und den Kopf hatte er mit einem Scheitelkäppchen von derselben Farbe bedeckt. Seine Miene verriet nicht das leiseste Gefühl, und selbstverständlich hatte er den verstörten Gesichtsausdruck überwunden, den er beim letzten Mal gezeigt hatte.

»Ich sehe, dass Ihr pünktlich seid.«

»Darauf achte ich sehr, wenn es darum geht, meine Ehre reinzuwaschen.«

Der Mönch hatte die Tür geschlossen, und die beiden waren allein.

»Ich sehe Euren Gast nicht.«

»Macht Euch keine Sorgen. Ich weiß genau, dass er schon in Astorga angekommen ist und bald erscheinen wird.«

»Nachdem ich den Tod am Galgen erwartet hatte, gibt es wenige Dinge, die mir Sorgen machen. Außerdem müsst Ihr größeres Interesse als ich daran haben, dass diese Unterredung stattfindet.«

»Allerdings. Ich werde meinen Teil der Vereinbarung erfüllen, und ich erwarte, dass Ihr das Gleiche tut. Vergesst nicht, dass Don Sebastián nur seine Pflicht getan hat. Die Zeit heilt alle Wunden.«

»Fast alle. Nichts heilt die Erinnerung an den Verrat und die Wahnsinnstaten.«

»Das Evangelium gebietet uns, unseren Feinden bis zu siebzig mal sieben mal zu vergeben.«

»Exzellenz, fügt nicht den Zynismus zu Euren Tugenden hinzu.«

Wieder klopfte es an die Tür.

»Wartet einen Augenblick!«, sagte der Bischof. »Geht in meine Privatbibliothek hinüber. Niemand wird Euch stören, denn man kommt nur durch dieses Kabinett hinein. Dort könnt Ihr Euch in aller Ruhe unterhalten.« Bartolomé Carrasco zeigte Catalina eine kleine Tür im Hintergrund, am anderen Ende des Raums. »Denkt daran, Don Sebastián weiß nicht, dass Ihr ihn erwartet.«

»Haltet mich nicht für so einfältig. Nichts werdet Ihr eiliger tun, als ihm mitzuteilen, dass ich ihn erwarte, falls Ihr es ihm noch nicht verraten habt. Aber das kümmert mich nicht.«

»Was wisst Ihr von den komplizierten Entscheidungen, zu denen die Diplomatie der Kirche unter manchen Umständen zwingt?«

Der Bischof begleitete Catalina zum Nebenzimmer, und nachdem sie eingetreten war, schloss er die Tür.

Das Zimmer war geräumig. Es hatte eine Kassettendecke, und die Wände waren mit Büchern und Dokumenten vollgestellt. Ein großer Tisch in der Mitte mit Sesseln ringsum nahm einen beträchtlichen Teil des Platzes ein, und eine hohe Glastür ließ Tageslicht durch. Der Kamin hinten war wie alle Kamine des Palastes angezündet, und darin brannten ein paar gewaltige Holzscheite. Zwischen dem Tisch und dem Fenster lag ein langer und schmaler Teppich, und an dem Ende, das dem Kamin am nächsten war, stand ein Lesepult, das auf einen eisernen Dreifuß mit breiten Füßen montiert war. Darauf sah man einen aufgeschlagenen, schweren Band, und daneben befand sich ein Ständer mit einer großen, erloschenen Kerze, die wohl das notwendige Licht liefern sollte, wenn ein Mönch dort lesen wollte.

Die Tür ging auf, und an der Schwelle erschien die aufsehenerregende Gestalt des Portugiesen, den der Bischof begleitete.

»Don Sebastián, dies ist der unerwartete Besuch, von dem ich Euch erzählt habe und der mich veranlasst hat, Euch aus Bragança kommen zu lassen. Ich hoffe, dass die Unterredung für alle vorteilhaft ist und dass Ihr Eure Meinungsverschiedenheiten als Ehrenmänner löst. Wenn sich Eure Gnaden in Bezug auf die Maßnahmen geeinigt haben, die in Zukunft zu ergreifen sind, kommt Ihr in mein Kabinett. Ich warte auf Euch.«

Fleitas' Miene täuschte nicht. Er machte ein überraschtes Gesicht. Auf den ersten Blick war zu erkennen, dass ihm der Bischof nichts über den Besucher gesagt hatte, der ihn erwartete. Der Prälat zog sich zurück, schloss die Tür und ließ sie allein.

Den Moment prägte eine unglaubliche Spannung. Dort standen der Jäger und seine Beute einander gegenüber und blickten sich in die Augen. Catalina beobachtete das schiefe Lächeln dieses Mannes, die riesige Narbe an der Wange, seine blaugrünen Augen, und es kam ihr so vor, als versagten ihre Kräfte. Sie wusste, dass sich ein schrecklicher Gegner vor ihr befand. Doch jetzt durfte sie nicht zurückweichen.

Der Portugiese eröffnete das Feuer. Als er sich von der Überraschung erholt hatte, zog er sich langsam die Handschuhe aus und ging zum Tisch.

»Ich freue mich, Euch wiederzusehen, Alonso Díaz oder Catalina Gómez, oder wie Ihr zum Teufel heißen mögt.«

»Ich kann nicht das Gleiche sagen. Aber es war notwendig.«

»Ihr gehört in einen Kerker, doch offenbar habt Ihr mir etwas zu sagen, bevor Ihr wieder in die Zelle einzieht.«

»Gewiss. Im Lauf meines Lebens habe ich vielleicht viele Fehler gemacht, und ich bin bereit, dafür zu bezahlen. Was ich aber nicht hinnehme, sind Lügen und Täuschungen und dass Ihr die Ehre anderer mit falschen Zeugenaussagen und weiteren Gemeinheiten besudeln wolltet.«

»Ich weiß nicht, was Ihr meint.«

»Das wisst Ihr ganz genau! Ich wurde zum Duell herausgefordert, und man hat mich in einen Hinterhalt gelockt. Ich bin nicht zusammen mit einem Häscher hingegangen, im Gegenteil: Ich wurde von mehr als einem Feind überfallen und heimtückisch angegriffen, und Ihr habt mit ein paar käuflichen und korrupten Wachsoldaten einen Scheinprozess inszeniert, bei dem ich mit falschen Beweisen verurteilt wurde. Aber wegen all dem seid Ihr nicht hier.«

Der Portugiese lächelte.

»Sagt, was Ihr zu sagen habt, falls es noch etwas gibt, denn Euch bleibt wenig Zeit.«

»Es bleibt noch die Hauptsache: Ihr habt nicht nur einen untadeligen Ehrenmann heimtückisch getötet, sondern wolltet auch noch die Erinnerungen an ihn beschmutzen, indem Ihr ihm Schändlichkeiten vorwarft, die er unmöglich begehen konnte.«

»Ihr redet sicher von Don Diego de Cárdenas.«

»Gewiss.«

»Wie Ihr wisst, wurden die Beweise in Eurem Verfahren von Leuten des Königs vorgebracht, mit denen ich nichts zu tun habe. Das Heilige Offizium war daran nicht beteiligt. Man hat Euch nicht angeklagt, eine Hexe zu sein, auch nicht, dass Ihr Linkshänderin seid, oder wegen der Umstände Eurer Flucht aus Sankt Benedikt. Aber sie haben zum Auftreten Eures Kumpans überzeugend ausgesagt. Ihr wart verwundet und womöglich leicht bewusstlos. Doch ich wurde angegriffen, und ich hatte keinen anderen Ausweg, als mich zu verteidigen. Es ging um sein Leben oder meines, und Ihr werdet verstehen, dass mir keine Wahl blieb.«

»Ihr lügt als der Schurke, der Ihr seid!«

Das Gesicht des Portugiesen wurde so blass wie die Narbe, die sich ihm über die Wange zog.

»Ihr sollt mit dem Degen für das einstehen, was Ihr behauptet habt!«

»Dazu bin ich hergekommen!«

»Nun, wann Ihr wollt und wo Ihr wollt!«

»Hier und jetzt!«

Catalina trat zurück, damit Fleitas sich an das Teppichende stellen konnte, das am weitesten vom Kamin entfernt war. Sie ging zum anderen Ende und streifte sich die Handschuhe über. Fleitas zog langsam das Wams aus, als wäre es ihm ein Vergnügen, und stand im Hemd da.

»Ihr habt einen passenden Ort ausgesucht, Alonso. Das hier wirkt wie der Fechtsaal einer Akademie. Welche Waffe wählt Ihr?«

»Degen.«

»Einverstanden, wir werden uns wie Ehrenmänner schlagen, die die Regeln eines Duells respektieren, und …«

»Versucht nicht, mich zu überrumpeln, denn ich kenne Eure Verschlagenheit.«

Sebastián Fleitas, der schon seine Hand auf den Degenkorb gelegt hatte, zeigte sich getroffen.

»Ich brauche keinen Kunstgriff, um einen Spitzbuben wie Euch zu schlagen!«

»Dann gebt Ihr zu, dass Ihr so etwas tatsächlich benutzt habt, um Diego de Cárdenas zu ermorden?«

»Geht in Fechtstellung, und machen wir Schluss mit dieser Maskerade!«

Der Familiar zog den Degen, und Catalina machte es ihm nach. Die beiden Gegner maßen ihre Kräfte, nachdem sie sich in Kampfposition auf den langen Teppich gestellt hatten. Der Eindruck, den der Portugiese erweckte, war schrecklich. Zu seiner Achtung gebietenden Erscheinung kam sein übermäßig langer Arm, und dieser wurde von einem dementsprechenden Degen ergänzt. Das Mädchen ahnte, dass es sich in eine üble Lage gebracht hatte und dass das Abenteuer seine Kräfte überstieg. Der erste Angriff kam. Fleitas griff von unten an, und in einem schnellen Übergang bot er das Profil dar, beugte das rechte Knie und fiel gegen seinen Widersacher aus. Catalina wich geschickt zur Seite und vereitelte den Angriff. Sie antwortete mit einer Finte nach Art Pedro Pachecos, die den anderen zwang, drei Schritte zurückzuweichen und wieder Haltung anzunehmen.

In diesem Moment erschien Doktor Carrasco, da ihn das Degenklirren anlockte. Er hatte geräuschlos die Tür geöffnet. Die Kontrahenten sahen ihn kurz aus den Augenwinkeln an, und dann konzentrierten sie sich wieder ganz auf ihren Kampf. Der Bischof schloss die Tür und lehnte sich mit der Schulter daran, wobei er die Bewegungen der Rivalen aufmerksam verfolgte. Man hörte nur das Geräusch der Klingen, wenn sie zusammenstießen, und das kräftige Schnaufen des Familiaren. Catalina erkannte plötzlich, dass sie verloren war, wenn sie nicht unter die Deckung des Portugiesen gelangte und wenn es ihm gelang, sie auf Distanz zu halten. Da bediente sie sich ihres unfehlbaren Manövers. Rasch nahm sie den Degen in die andere Hand, und nach einer Finte griff sie ihren Gegner auf der anderen Seite an. Fleitas wurde unsicher und wich überstürzt zurück. Das nutzte sie und streckte ihre Linke unter die Deckung des anderen, fiel gegen ihn aus und spürte eindeutig, dass ihre Degenspitze ins Fleisch getroffen hatte. Sie wich einen Schritt zurück, um ihren Angriff zu erneuern, und in einem Sekundenbruchteil bemerkte sie, dass ihr Rivale die linke Hand an die andere Schulter gelegt hatte. Als er sie zurückzog, starrte er die Hand erstaunt an: Sie war voller Blut.

Der Portugiese stieß einen Fluch aus:

»Zum Henker mit Euch! Diese Schmach werdet Ihr teuer bezahlen!«

Wie durch einen Zaubertrick war in seiner linken Hand eine Baskenklinge aufgetaucht.

»Ihr seid ein ehrloser Schuft! Unser Duell war mit Degen.«

Sie war zurückgewichen und stand am großen Lesepult, als sie die tückischen Absichten ihres Feindes erriet. Dieser stürmte gegen sie vor und griff sie mit beiden Waffen an. Der Dolch hätte sie beinahe verwundet, als sie durch eine rasche Bewegung mit dem halben Körper hinter das dort stehende dicke Lesepult auswich. Die Klinge stieß auf das Holz des massiven Pults und sprang dem Portugiesen aus der Hand, fiel unter den Tisch und lag damit außer Reichweite der beiden Kontrahenten. Nach einem Scheinangriff sah sich Catalina gezwungen zurückzuweichen, denn der Familiar stürzte wie ein verwundeter Stier auf sie zu. Sie machte eine Finte und wollte einen Schwingungshieb ausführen. Da zersprang ihre Degenklinge, als sie heftig gegen das Eisen des Kerzenständers prallte, während sie zugleich über ein Bein des Dreifußes stolperte, der das Pult trug, so dass sie rücklings gegen den Kaminrahmen fiel.

Catalina dachte, dass ihre letzte Stunde gekommen wäre. Sie blickte zu ihrer Hand und sah den Degenkorb ohne Klinge. Dann hob sie die Augen zu dem Portugiesen und konnte beobachten, dass ein scheußliches Lächeln seinen Mund zu einer düsteren Grimasse verzerrte. Alles würde in einem Moment zu Ende sein. Aus ihrer liegenden Position sah das Zimmer ganz anders aus. Sie betrachtete die gerundeten Tischbeine, und die Tischplatte hinderte sie daran, die Gestalt des Bischofs auf der anderen Seite vollständig zu erkennen.

Fleitas machte sich bereit, sie hinzurichten, als Catalina plötzlich aus den Augenwinkeln entdeckte, dass ein dunkelvioletter Halbstiefel unter einer Soutane von derselben Farbe hervorkam und den zu Boden gefallenen Dolch des Familiaren, der an die andere Seite des großen Tisches gerutscht war, zu ihr hinstieß. Das geschah in Sekundenbruchteilen. Fleitas stürzte wie von einem Katapult geschleudert auf Catalina zu, während ihm der Dolch, den sie schon in der Hand gehalten hatte, entgegenflog. Der Mann und der Dolch prallten auf halber Strecke zusammen. Als der Portugiese auf das Mädchen fiel, war er tot.

Catalina befreite sich von dieser Last und stand auf. Doktor Carrasco beobachtete sie mit zynischen Blicken.

»Wahrhaftig … Ich verstehe Euch nicht!«

»Das sind Fragen der hohen Politik. Für mich und damit für das Heilige Offizium ist es vorteilhaft, dass Ihr nach Madrid kommen könnt, bevor fünf Tage um sind. Ich habe schon angefangen, unsere Vereinbarung einzuhalten. Das beweist meine Aufrichtigkeit. Nun erfüllt Euren Teil.« Der Bischof zeigte auf den Toten. »Ich bin Zeuge, dass Ihr Euch in meiner Gegenwart gestritten habt und dass er als Erster den Degen gezogen hat. Das sind Belanglosigkeiten, Dinge, die zuweilen geschehen, die Euch aber nicht im Geringsten schaden werden. Wenn man außerdem unsere Vereinbarung bedenkt, stellte er«, dabei zeigte er auf den Toten, »einen unbequemen Zeugen dar.«

Das Ende des Tunnels

Als Catalina das feierliche Versprechen eingelöst hatte, das sie sich selbst nach Diegos Tod gegeben hatte, fühlte sie sich leer. Zusammen mit Lorenzo kehrte sie in die Hauptstadt zurück und stellte fest, dass neue Ereignisse die Aufmerksamkeit der Leute auf sich gelenkt hatten und dass ihr Fall in den Hintergrund getreten war. Den spanischen Truppen war das Glück nicht hold. Außer dem ewigen Krieg in Flandern herrschte in Katalonien eine aufrührerische Stimmung, und darüber sprach man in den Plaudergesellschaften auf den Stufen von San Felipe. Um ihren Plan abzurunden, fehlten nur noch zwei Dinge. Der Fürsprache wichtiger Persönlichkeiten wie des Señor de Villanueva, des Obernotars von Aragonien und Protektors des Sankt-Placidus-Klosters, sowie des Herzogs von Albuquerque und vor allem dem Einfluss des Bischofs Carrasco war es zu verdanken, dass die Revision ihres Prozesses begann. Álvaro de Rojo erklärte nun, dass er seine frühere Zeugenaussage widerrufe. Hauptmann Contreras, der als Zeuge den Vorfall im Hause María Corderos miterlebt hatte, unterstützte Catalina. Und dem Fähnrich Campuzano, den der Marquis von López-Dóriga auf Drängen Don Martín de Rojos angezeigt hatte, löste das Seil der Folterbank die Zunge, so dass er gestand. All das wirkte zusammen, damit das Urteil revidiert wurde und der König sie außerdem begnadigte. Catalina war frei, und die Ehre von Diego de Cárdenas war wiederhergestellt. Nun besuchte sie María Cordero im Frauengefängnis La Trinidad. Catalina konnte sie umarmen und ihr versprechen, dass sie alles unternehmen werde, was in ihrer Macht stehe, um eine Wiederaufnahme des Verfahrens zu erreichen und sie dort herauszuholen. Danach besuchte sie Don Pedro de la Rosa, dessen Gesundheit stark angegriffen war, wie sie feststellte. Sie dankte ihm für alle Nöte, die er um ihretwillen durchgemacht hatte. Sie wollte auch die Andrade besuchen, diese genoss aber gerade den Schutz eines einflussreichen Mannes und hatte Madrid verlassen. Nun verabschiedete sie sich von Don Pedro Pacheco, einem ihrer treuen Freunde, und schließlich ging sie in die Calle de los Francos, um Dorotea zu umarmen.

Nachdem sie alles Notwendige erledigt hatte, was sie bisher in der Hauptstadt zurückhielt, machte sie sich zusammen mit Don Suero auf den Weg nach Quintanar del Castillo. Als sie in diese Gegend kam, beschwor die Nähe von Sankt Benedikt in ihr traurige Erinnerungen herauf. Sie konnte Blasillo nicht vergessen, denn ihm hatte sie ja ihr Leben zu verdanken. Dann dachte sie an Casilda und nahm sich vor, sie bald zu besuchen.

Sie trafen an einem Morgen ein. Catalina stieg in einem Gasthaus ab und ging danach zum Herrenhaus des Hidalgos. Sie bat Don Suero, im Gasthof auf sie zu warten, denn diesen letzten Besuch wollte sie allein machen.

Ein Lakai öffnete ihr die Tür. Als sie ihm sagte, wer sie war, brachte man sie in das kleine Zimmer, das sich neben Don Martíns Kabinett befand. Catalina ging unter dem Bogen hindurch, der beide Zimmer trennte, und vor ihr sah sie einen alt gewordenen Mann. Ihr einstiger Vormund im Benediktinerkloster schien ein anderer Mensch zu sein. Als sie in ihrer Männerkleidung herantrat, ging er zu ihr und nahm sie in die Arme, ohne ein Wort zu sagen. Dann ließ er sie zurücktreten und blickte sie fest an … Man brauchte nicht viele Worte.

»Wie stolz ich mich auf Euch fühle, liebe Tochter, ohne dass ich es verdient habe!«

Catalina betrachtete die grauen, von unendlich vielen Runzeln umgebenen Augen, die sie zärtlich anblickten, und da wusste sie, dass der Hidalgo ihr Vater war.

Beide setzten sich aufs Sofa. Zunächst redete keiner von beiden, dann aber tauschten sie eine ganze Flut von Fragen und Antworten aus. Der Hidalgo hielt es nicht für angebracht, Álvaro mit seiner Tochter zu entzweien, denn das hätte zu nichts Gutem führen können, und begnügte sich mit einer Halbwahrheit.

»Ja, Catalina, Ihr seid meine Tochter. Ich habe Euch als uneheliches Kind bekommen, und Eure Mutter ist bei der Entbindung gestorben, obwohl sich mein Arzt, Doktor Gómez de León, aufmerksam um sie gekümmert hat. Was konnte ich anderes tun, als Euch meiner lieben Schwester zu übergeben, damit sie für Euch sorgte? Darum solltet Ihr ins Kloster eintreten, wenn Ihr die Großjährigkeit erreicht hättet, und ich hätte Euch weiter mit allem Notwendigen versorgen können, wie ich es immer getan habe, und ich hätte Euch auch jedes Jahr gesehen.«

»Warum habt Ihr mir das nicht früher gesagt? Es hat mich so sehr danach verlangt zu erfahren, wer ich bin und woher ich komme!«

»Ich wollte es Euch sagen, wenn Ihr den Schleier genommen hättet, aber der Tod meiner Schwester und Eure Flucht haben all meine Pläne umgestoßen.«

»Warum wollte mir Euer Sohn so sehr schaden?«

»Nehmt es ihm nicht übel. Zu meinem Kummer ist er schwach und leicht zu beeinflussen. Die Gefälligkeiten und die Persönlichkeit Don Cristóbal López-Dórigas haben ihn geblendet. Verzeiht ihm! Darum bitte ich Euch. Seine Reue und sein Widerruf haben verdient, dass Ihr ihm vergebt. Seine Gewissensbisse haben ihn bewogen, den Minoritenbrüdern des heiligen Franziskus beizutreten.«

Catalina dachte einen Augenblick nach.

»Aber erzählt doch. Ihr habt so viel zu erklären!«

Nun schilderte sie Don Martín alle Episoden ihres Lebens. Das war, als bliebe diese Seite unbeschrieben zurück. Nie zuvor hatte sie so großen inneren Frieden gefunden.

»... Und macht Euch keine Sorgen, denn für die Schuldigen am Tod meiner Tante und Eurer Schwester ist die Stunde der Strafe gekommen. Das gehört zu meiner Vereinbarung mit dem Bischof.«

Tatsächlich beschäftigte sich eine gemeinsame Abordnung der Jesuiten, die Bruder Antonio de Sotomayor, der Beichtvater des Königs, geschickt hatte, und des Heiligen Offiziums gründlich mit den inneren Angelegenheiten des Benediktinerklosters, und ebenso wie früher alle Nonnen und Novizinnen von dem Mönch hypnotisiert schienen, kam es nun zu einer entgegengesetzten Haltung, die immer weiter um sich griff. Die Beschuldigungen folgten ununterbrochen aufeinander, und am heftigsten äußerte sich Fuencisla, der Rivadeneira ihre Tochter weggenommen hatte. Entscheidend war, dass man den Gang an der Sakristei entdeckte, und ebenso wirkte die Erklärung von Antón Cifuentes, dem Ehemann Casildas, der die schändlichen Manöver tausendmal beobachtet hatte. Alles kam heraus: der Tod Mutter Teresas, die unbesonnene Haltung gegenüber Blas, dem Taubstummen, die falschen Wunder, die Predigten der Erleuchteten… Als Schwester Gabriela und der Mönch sahen, dass man sie unter Druck setzte, fielen sie wie Drachen übereinander her. Bischof Carrasco schürte die Hassgefühle aus der Ferne, um die beiden mit gegenseitigen Anklagen aufeinanderzuhetzen. Es wurde ein abschreckendes Urteil gefällt, damit der schlechte Samen keine Nachahmer in anderen Klöstern fand. Beinahe alle Nonnen wurden auf die Gemeinschaften anderer Häuser des Ordens aufgeteilt, und in dieses Benediktinerkloster zog eine neue Gruppe von Frauen ein. Rivadeneira wurde von den priesterlichen Aufgaben entbunden und in dem Kerker eingesperrt, den das Heilige Offizium in Zamora hatte. Man hatte Schwester Gabriela wieder zu einer einfachen Nonne gemacht und in ein anderes Kloster geschickt, das sie ohne eine ausdrückliche Anweisung des Bischofs nicht verlassen durfte, und dort sollte sie zeitlebens eingesperrt bleiben.

Nachdem Catalina das Versprechen erfüllt hatte, den guten Namen Diegos wiederherzustellen, trat sie ins Kloster ein. Señor de Cárdenas, der sich ein wenig erholt hatte und ihr Pate wurde, stellte ihre Mitgift. Bei der Zeremonie anwesend waren Don Martín und seine Gattin Doña Beatriz de Fontes, ihre Schwestern Sancha, Violante und Elvira, die mit ihrem Mann und ihrem Sohn aus Sevilla gekommen war, Don Suero de Atares und Don Pedro Pacheco, dazu auch Leonor und Casilda mit ihren Männern und Kindern.

Als Catalina an die Reihe kam und vor dem Altar kniete, wurde sie von Pater Arriaga gefragt, welche Namen sie wählte, damit man sie in ihrem neuen Stand ansprechen konnte, und sie antwortete klar und entschieden:

»Von heute an und bis zum Ende meiner Tage will ich als Schwester

Santiago de San Blas bekannt sein, denn dies sind die beiden Namen, die ich am meisten geliebt habe.«

Don Martín de Rojos Augen glänzten, weil er daran dachte, wie glücklich seine Schwester gewesen wäre, wenn sie so lange gelebt hätte, um dieser Zeremonie beiwohnen zu können, und er glaubte, dass seine Familie im Lauf der Jahre dem Orden vielleicht eine weitere Priorin geben konnte.

Abschließende Vorrede

Die ehrwürdige Mutter Santiago de San Blas rang mit dem Tode. Das ganze Benediktinerkloster schien vorauszuahnen, dass das Ende nahe war. Menschen und Tiere, ja sogar die Dinge verharrten erwartungsvoll. Die Schar der anwesenden Ortsbewohner bewies, was die ehrwürdige Mutter war und bedeutete. Sie waren mit allen möglichen Fahrzeugen und Tieren zu den Klostertoren gelangt: Männer, Frauen und Kinder, Bauern, der eine oder andere kleine Hidalgo, Knechte, Diener, Lakaien der Herrenhäuser und Maultiertreiber. Niemand hatte sie benachrichtigt. Nur die Gerüchte, die sich im Wind verbreiten und den einfachen, dankbaren und reinherzigen Leuten sogleich verständlich sind, hatten sie herbeigelockt.

Unter diesen besonderen Umständen blieb die Klosterkirche offen. Fünfundzwanzig der dreiunddreißig Nonnen, aus denen die Gemeinschaft bestand, und dazu alle Novizinnen und Postulantinnen sowie die sechzehn Reklusen beteten unablässig die fünfzehn Geheimnisse des heiligen Rosenkranzes.

In der Zelle der Sterbenden beteten die übrigen Angehörigen der Gemeinschaft, wobei die Novizinnenmeisterin und der hochbetagte Priester Javier de Arriaga, ein Jesuitenpater, der Beichtvater der Nonne und Klostergeistlicher war, die Kranke aufmerksam beobachteten. Sie saßen auf einer Seite, neben dem Kopfende des Bettes, während Doktor Ruy Pablos auf der anderen Seite einen brennenden Holzspan in der rechten Hand hielt und der rechten Pupille der Sterbenden näherte, wobei er gleichzeitig mit der Daumenspitze der anderen Hand ihr oberes Lid öffnete, um zu sehen, ob sich die Pupille erweiterte. Ein Atemzug, der tiefer als die übrigen war, eine Pause, ein weiterer Atemzug, dann wurde die gesamte Luft aus der Lunge ausgestoßen und brachte ein eigentümliches Gurgeln hervor … Die Nonne und der Priester blickten einander an, und danach wandten sie sich fragend dem Arzt zu.

»Die ehrwürdige Mutter hat aufgehört zu leiden«, sagte er.

Mutter Santiago de San Blas hatte den letzten Seufzer ausgestoßen, und dennoch hatte sie Doktor Ruy Pablos' letzten Satz vollkommen klar gehört. Ihr Herz schlug nicht mehr, doch ihr blieben noch einige Bruchteile von Sekunden, um ihr Leben zu überblicken und Gott durch die Fürsprache seiner Allerheiligsten Mutter, die sie stets andächtig verehrt hatte, zum letzten Mal um Verzeihung zu bitten. Wie in einem riesigen Prisma zogen vor ihren Augen alle Situationen und Momente vorbei, in denen sie schreckliche Entscheidungen treffen musste, die sich auf sie wie auch auf andere auswirkten, deren Lebensweg sich mit dem ihren verbunden hatte. Sie dachte, dass sie zuweilen gut und zuweilen schlecht gehandelt hatte, dass jedoch der Herrgott, den sie so innig zu sehen wünschte, in seiner unendlichen Barmherzigkeit wüsste, wie er ihre Taten zu beurteilen hätte. Niemals hatte sie geglaubt, dass jemand durch eine einzige Tat verdammt oder gerettet würde … Da oben würde man zusammenrechnen und abziehen, und dann käme es auf die Endsumme an. Der Charakter prägte das Schicksal der Menschen, und niemand konnte sich seinen Charakter bei der Geburt aussuchen. Und wahrhaftig, ihr war ein höchst einzigartiger zuteil geworden! Fern, sehr fern schlug eine Glocke das Totengeläut an. Ihre Neugier und gleichermaßen ihre Hoffnung bezwangen wieder einmal ihre Angst, denn sie war sicher, dass ihre Schutzheiligen Jakobus und Blasius sie vor das Angesicht des Allerhöchsten und des ganzen himmlischen Hofstaats führen würden. Der große Augenblick rückte näher. Ihre Seele sollte dem Schöpfer begegnen … und sie fühlte nicht die geringste Furcht. Wieder läuteten die Glocken in Sankt Benedikt. Die ehrwürdige Mutter konnte den letzten Ton nicht mehr hören. Die große Glocke setzte ihr Totengeläut in der ganzen Nacht fort …

NACHTRAG

Vierundzwanzig Tage nach dem Tod der ehrwürdigen Mutter erhielt der alte Jude Elías Yed-Amircal in seinem Istanbuler Haus ein versiegeltes Paket, das aus Madrid eingetroffen war.

Er nahm eine Schere und brach die Siegel auf… Seinen verblüfften Augen zeigte sich der alte Kodex, den sein Bruder Josué, der vor über vierzig Jahren nach Lissabon gegangen war, mitgenommen hatte. Auf die erste Seite hatte dieser eigenhändig einen Text geschrieben, in dem er die Person segnete, die die Handschrift finden würde, und sie bat, das Buch seinen Herren zu übersenden. Außerdem lag das Blatt dabei, das bei Josués Abreise gefehlt hatte und auf dem das scharlachrote Zeichen erschien, das er, sein schon verstorbener Großvater und zwei seiner Kinder auf dem Rücken trugen, und daneben stand ein Name: LACRIMA DEI.

DANKSAGUNG

Ich danke Pilar Soler und ihren Mitarbeitern. Ihre Anmerkungen und Hinweise zu Arzneimitteln der damaligen Zeit waren für mich von unschätzbarem Wert.

Dir, Nenuca Daganzo, meiner bevorzugten Abschreiberin, danke ich hiermit für dein Interesse.

Doktor Juan Antonio Vanrrell, der mich bei allen Themen der Seefahrt beraten hat.

Doktor Jorge Barbat, meinem Schwager, der mich in die Welt der Informatik eingeführt hat.

Carlos Suris, der mir als Pferdekenner geholfen hat.

José Fabra y Amparo. Danke für alles.

Jaime Iturriaga. Dir verdanke ich die Welt der spanischen Habsburger mit dem Madrid Philipps IV. – das war für mich eine Offenbarung.

Den Lesern des Manuskripts. Für ihre wertvolle Zeit und ihre guten Ratschläge.

Lucía Lafita.

Cristina Valentí.

Ana Mercadal.

Elena Gibernau.

Juana Bruguera.

Juan Carlos Calero.

Enrique Illa.

Andrés de Muller Barbat.

Für das, was ich aus all diesen Informationen gemacht habe, bin ich allein verantwortlich.

ANHANG

ANMERKUNG DES AUTORS

Ich habe mir zwei Freiheiten erlaubt, die ich gleich hier erklären möchte, um die an diesem Thema Interessierten nicht zu enttäuschen. Erstens habe ich einige historische Daten verändert, damit die Ereignisse meiner Geschichte besser miteinander übereinstimmen. Zweitens habe ich mich darum bemüht, dass meine Personen die Sprache der damaligen Zeit in einem Maße gebrauchen, dass sie verständlich bleibt. Um die Darstellung angemessener zu gestalten, habe ich ihr ein Kolorit gegeben, wie es der Zeit entspricht, in der diese Personen gelebt haben.

PERSONENVERZEICHNIS

ADAMA, Atanasio: Dominikaner, Mentor des späteren Bischofs Carrasco.

ANDRADE, Ana de: Schauspielerin, Freundin Catalinas.

ANSELMO, Bruder: Hauslehrer von Diego de Cárdenas.

ARNEDILLO, Clara: Schauspielerin in Madrid.

ARRIAGA, Javier de: Beichtvater der Mutter Santiago de San Blas.

ATARES, Suero de: Vertrauter von Don Benito de Cárdenas und Hofmeister von dessen Sohn Diego.

AVICENNA: arabischer Arzt und Philosoph (980–1037), Verfasser von *Das Buch der Heilung* und *Kanon der Heilkunde*.

AYAMONTE, Florencio: Mitglied der Zigeunerfamilie, die Catalina bei sich aufnahm. Mann von Tarsicia.

AYAMONTE, Manuel: Sohn des Vorigen.

AYAMONTE, Tomé: Bruder Florencios.

BASTOS, Nuño: Adelsprüfer im Fall von Don Martín de Rojo.

BLAS: taubstummer Gärtner im Benediktinerkloster.

BLASILLO: Sohn des Vorigen. Spielgefährte Catalinas.

BOURBON, Isabella (Elisabeth) von: spätere Frau Philipps IV.

BUCKINGHAM, Lord: begleitete 1622 den Prinzen von Wales, als dieser nach Madrid reiste, um die Hand der Infantin María zu erringen.

CALDERÓN, María: »die Calderona«, Geliebte Philipps IV. und Mutter von Juan José von Österreich.

CALDERÓN DE LA BARCA, Pedro: Schauspieldichter. Verfasser des Mysterienspiels *Das Edelfräulein des Tals*, das auf dem Kirchweihfest von Carrizo aufgeführt wurde.

CALDERÓN, Rodrigo: Marquis von Sieteiglesias und Graf von Oliva.

CAMPUZANO, Matías: Freund von Cristóbal López-Dóriga.

CÁRDENAS, Benito de: Marquis von Torres Claras. Vater Diegos.

CÁRDENAS Y ENRÍQUEZ, Diego de: Sohn des Vorigen.

CARRASCO Y MALDONADO, Bartolomé: Bischof von Astorga und Provinzsekretär der Inquisition, des Heiligen Offiziums.

CASTELOBRANCO E ANTUNES, Manuel: Lissabonner Gelehrter und Büchersammler.

CEPEDA Y AHUMADA, Teresa: Heilige, reformierte den Karmeliterorden.

CERVANTES SAAVEDRA, Miguel de: Autor des *Don Quijote*.

CIFUENTES, Antón: Diener im Benediktinerkloster. Verheiratet mit Casilda Peribáñez.

CONTRERAS: Hauptmann.

CORDERO, María: Bordellwirtin und Freundin Tarsicias.

CÓRDOBA, María de: Schauspielerin.

CRISÓSTOMO, Bruder: Dominikaner des Heiligen Offiziums.

CRUZ, Schwester Gabriela de la: Novizinnenmeisterin im Benediktinerkloster. Dann Priorin.

CUARESMA, Mateo: falscher Name von Josué Yed-Amircal.

DÍAZ ALONSO: Page von Diego de Cárdenas in Benavente.

DOROTEA: Prostituierte im Bordell María Corderos.

FLEITAS DE ANDRADE, Sebastián: Portugiese, Familiar des Heiligen Offiziums. Ritter des Alcántara-Ordens.

FLORENCIO, Jerónimo: Geistlicher.

FONTES, Beatriz de: Gattin von Don Martín de Rojo e Hinojosa.

GALLASTEGUI, Javier: Jesuit.

GERUNDIO, Bruder: Kaplan des Benediktinerklosters. Pater Rivadeneira wurde sein Nachfolger.

GÓMEZ, Catalina: die Heldin des Romans.

GÓMEZ DE LEÓN Y URBINA, Andrés: Arzt. Opfer der Inquisition.

GÓNGORA Y ARGOTE, Luis de: Dichter.

GUILLERMINA, Schwester: Krankenwärterin im Benediktinerkloster.

GUZMÁN Y PIMENTEL, Gaspar de: Herzog von Sanlúcar la Mayor und Graf von Olivares (dann Graf-Herzog). Günstling Philipps IV.

HILDEFONSA, Schwester: Köchin im Benediktinerkloster.

HURTADO DE MENDOZA, Antonio: Autor von *Jedem Narren gefällt seine Kappe*.

JUÁREZ, Orlando: Jesuit.

LACALLE, Marcelino: Sohn von Marcelo Lacalle.

LACALLE, Marcelo: Bote der Inquisition, in zweiter Ehe mit Leonor verheiratet.

LACRIMA-DEI GONÇALVES, Jacob: zum Feuertod verurteilter Jude, Vorfahre der Rojos.

LAGARTEARE: Tanzlehrer Diegos.

LAÍNEZ, Alonso: Kaufmann, der eine Baronie erhielt, Verwandter von Don Benito de Cárdenas.

LANDERO, Cosme: Provinzial der Jesuiten in Madrid.

LAURENCIA: siebzigjährige Haushälterin von Doktor Gómez de León.

LEONOR: Frau von Marcelo Lacalle. Kammerfrau von Doña Beatriz de Fontes.

LÓPEZ-DÓRIGA, Cristóbal: Sohn des Marquis von López-Dóriga. Freund von Álvaro Rojo.

LORENZO: Schutzbefohlener der Familie Cárdenas.

LUJÁN, María: Hebamme im Dienst von Doktor Gómez de León.

LUTHER, Martin: deutscher Oberketzer.

MENDOZA, Antonio de: Adliger, Vater der schönen Elena.

NARVÁEZ, Luis: Fechtlehrer von Diego de Cárdenas.

NAZARIO, Andrea: italienischer Architekt, entwarf den Bischofspalast in Astorga.

OQUENDO, Antonio de: Seemann aus dem Baskenland.

OSORIO, Elena: Schauspielerin.

PACHECO, Pedro: Fechtmeister in Madrid.

PÉREZ, Meister: Waffenmeister.

PERIBÁÑEZ, Casilda: Rekluse im Benediktinerkloster und Freundin Catalinas.

PERIBÁÑEZ, Rafael: Vetter Casildas. Fuhrmann.

PHILIPP III.: König von Spanien (1598–1621).

PHILIPP IV.: König von Spanien (1621–1665).

QUEVEDO Y VILLEGAS, Francisco de: Dichter und Dramatiker.

RICHELIEU: französischer Kardinal, Feind von Olivares.

RIQUELME, María: Schauspielerin, Frau Manuel Vallejos.

RIVADENEIRA Y ANTÚNEZ, Julián: zweiter Kaplan des Benediktinerklosters.

ROJAS ZORRILLA, Francisco de: Dramatiker, Autor von *Jedem, was ihm zusteht*.

ROJO, Bernardo de: Vater von Don Martín und Doña Camila.

ROJO, Elvira de: Tochter von Don Martín de Rojo.

ROJO, Sancha de: Tochter von Don Martín de Rojo.

ROJO, Violante de: Tochter von Don Martín de Rojo.

ROJO E HINOJOSA, Martín de: Adliger und Protektor des Benediktinerklosters. Vormund Catalinas.

ROJO E HINOJOSA, Camila de: Schwester des Vorigen. Priorin des Benediktinerklosters.

ROJO Y DE FONTES, Álvaro: Sohn von Don Martín.

ROSA, Pedro de la: Schauspieler in Madrid, Freund Tarsicias.

RUIZ DE ALARCÓN, Juan: Schauspieldichter.

SANTIAGO DE SAN BLAS, Mutter: letzte Priorin des Benediktinerklosters.

SANTO ESPÍRITU, Leocadia del: neue Novizinnenmeisterin im Benediktinerkloster.

SILVA Y VELÁZQUEZ, Diego de: Maler und königlicher Palastmarschall.

SOLÍS, Doktor: Chirurg im Ruhestand, lebt in Valladolid.

SOTOMAYOR, Bruder Antonio de: Beichtvater des Königs.

TARSICIA: Zigeunerin, Frau von Florencio Ayamonte.

TÉLLEZ, Gabriel: Schauspielautor. Auch unter dem Namen Tirso de Molina bekannt.

TOB, Sem: jüdischer Schriftsteller, Autor der *Moralischen Sprichwörter*.

TORAL, Marquis von: Schwiegersohn des Grafen von Olivares.

TORNOS, Graf de los: einer der besten Stierkämpfer Madrids.

ÚBEDA, Francisco de: Adelsprüfer der Militärorden.

ÚRSULA, Mutter: Nonne des Benediktinerklosters.

VEGA CARPIO, Félix Lope de: Dichter und Schauspielautor.

VILLAMEDIANA, Graf von: Don Juan de Tasis. Angeblicher Geliebter der Königin.

VILLANUEVA, Jerónimo de: Obernotar von Aragonien.

YÉBENES, Fermín: Kräuterhändler in Ponferrada.

YED-AMIRCAL, Elías: Istanbuler Jude.

YED-AMIRCAL, Josué: Bruder des Vorigen.

GLOSSAR

Albe Weißes Untergewand des Priesters.

Anusim Rabbinische Bezeichnung für jüdische Zwangsbekehrte.

Armensuppe Suppe, die an bestimmten Klöstern verteilt wurde. Dorthin kamen einzelne Damen, um den Mönchen oder Nonnen bei dieser Arbeit zu helfen.

Aschkenasim Bezeichnung für die mittel- und osteuropäischen Juden.

Bakkalaureus (lat.: »der Belorbeerte«) Bereits im Mittelalter der niedrigste akademische Grad unter dem des Doktors.

Bellido Dolfos Name des Mannes, der König Don Sancho II. von Kastilien vor den Toren Zamoras tötete (1072) und damit indirekt veranlasste, dass der Cid in der Santa-Gadea-Kirche von Burgos dem zukünftigen König Alfons VI. abverlangte, einen Eid zu schwören, dass er nichts mit der Ermordung seines Bruders zu tun habe. Dolfos' Tat wurde von den Kastiliern als Verrat, von den gegnerischen Leonesen als patriotische Handlung angesehen.

Boabdil (Abu Abdallah, Muhammad XII.) Eigentlich Name des letzten maurischen Königs von Granada, der die Stadt 1492 den spanischen Königen übergab.

Calderona María Calderón (1611–1646), »die Calderona«, berühmte Schauspielerin und Geliebte Philipps IV.

Casa de Campo (span.: »Landhaus«) König Philipp II. ließ ein westlich der Hauptstadt gelegenes Landhaus zum Jagdschlösschen ausbauen. Das nach diesem Landhaus benannte ehemalige Jagdrevier des spanischen Königshauses ist heute der größte Park Madrids.

Chanukka-Fest Jüdisches Fest der Tempelweihe; es erinnert an den Sieg der Makkabäer.

Christe eleison (griech.: »Christus, erbarme dich!«) Liturgischer Bittruf in der katholischen Messe.

Cid Rodrigo Díaz de Vivar (um 1043–1099), der halb legendäre spanische Nationalheld im Kampf gegen die Mauren, der Valencia eroberte und zur Hauptperson des »Liedes von meinem Cid« wurde.

De profundis (lat.: »Aus der Tiefe [rufe ich, Herr, zu dir]«) Psalm 129 bzw. 130,1. Der sogenannte sechste Bußpsalm; wird im katholischen Begräbnisritus vorgetragen.

Dichterkönig Schmeichelhafter Beiname Philipps IV., weil er für seine Leselust und Bibliophilie bekannt war und das Theaterleben förderte. (Er hat allerdings selbst – trotz anderslautender Gerüchte – nie Verse veröffentlicht.)

Ein-Sof (hebr.: »ohne Ende«, »das Unendliche«) »Licht des Unendlichen«, der unendliche Gott, wie er in der Welt enthalten ist.

Elisabeth Mutter Johannes' des Täufers, die ihn erst in vorgerücktem Alter gebar (Lukas, 1).

Elohim (hebr.) Einer der Namen Gottes bei den Juden.

Erleuchtete (span.: *Alumbrados*, lat.: *Illuminati*) Im 16. Jahrhundert entstandene mystische Bewegung, die unter anderem in der Stadt Llerena (Extremadura) wirkte und franziskanische sowie häretische Anregungen, wahrscheinlich auch reformatorische Ideen übernahm. Die »Erleuchteten« betonten die Vereinigung der Seele mit Gott, wozu Ekstasen und Visionen gehören sollten. Ihre Prediger legten manchen Frauen als Buße auf, sich ihnen nach der Beichte hinzugeben, um den neuen Messias zu zeugen. Diese von der Inquisition verfolgte Bewegung wurde im 17. Jahrhundert unterdrückt.

Escarramán Berühmter Vertreter der Unterwelt aus der Zeit des Cervantes. Er wurde in vielen Romanzen besungen.

ex cathedra (lat.: »vom [Päpstlichen] Stuhl«) Päpstliche Entscheidungen *ex cathedra* in Glaubens- und Sittenfragen sind nach katholischer Lehre unfehlbar.

Exsurge, domine, et judica causam tuam. (lat.: »Erhebe dich, o Herr, und richte deine Sache.«) Wahlspruch der Inquisition nach Psalm 74,22, der den bewussten Stolz des heiligen Glaubensgerichts wiedergibt, eine gerechte Sache zu vertreten.

Familiar Familiaren, »Vertraute«: Laienhelfer des Heiligen Offiziums, besonders in Spanien. Diese »Polizisten« der Inquisition mussten viel weniger Steuern als andere Bürger bezahlen und durften Waffen tragen; eine Ernennung zum Familiaren bedeutete so viel wie eine Bestätigung der rechtmäßigen adligen Herkunft. »Die Geheimagenten, Spitzel, Spione rekrutierten sich aus den verschiedensten Schichten der Gesellschaft. Man konnte sie selbst im königlichen Gefolge finden, unter den Adligen und unter den einfachen Leuten. (…) Sie begleiteten die Opfer der Inquisition bis zum Scheiterhaufen, halfen, diese anzuzünden, warfen Reisig ins Feuer. (…) Die Familiaren genossen wie alle im Dienst der Inquisition Stehenden Straffreiheit. (…) Sie unterstanden weder weltlichen noch geistlichen Gerichten.« (J. R. Grigulevič, *Ketzer – Hexen – Inquisitoren. Geschichte der Inquisition*).

Galliarde Ausgelassener und kecker Werbetanz des 16. und 17. Jahrhunderts, der pantomimisch ausgeführt wurde.

Gawain Einer der berühmtesten Ritter der Tafelrunde des Königs Artus. In der mittelalterlichen englischen Ritterromanze *Sir Gawain und der Grüne Ritter* werden Gawains Ausfahrten, Taten – unter anderem sein Kampf mit dem Grünen Ritter – und Gewissensnöte geschildert.

Hermandad Die heilige Hermandad (span.: »Bruderschaft«): Eine spanische Wegepolizei; paramilitärische Organisation zur Sicherung des Landfriedens und zur Bekämpfung des Verbrecherwesens.

Hidalgo Spanischer Landedelmann. Während des Kampfes gegen die Muslime waren diese Kleinadligen ein aktives Element, in späteren Zeiten verarmten sie jedoch – man denke an *Don Quijote.*

Illuminator So nannte sich der Mönch, der die Initialen (großen Anfangsbuchstaben) der Handschriften ausmalte.

in absentia (lat.: »In Abwesenheit«) Verurteilung eines Flüchtigen, der symbolisch verbrannt wurde, ehe man ihn gefangen nehmen konnte.

Index Liste der von der römischen Kirche verbotenen Bücher.

Jácaras Gesungene volkstümliche und meist heitere Romanzen, in denen Episoden aus dem Gaunerleben geschildert werden.

Jom Kippur Der große Versöhnungstag; das höchste jüdische Fest.

Kirchenasyl Wenn ein Verbrecher oder vor der Justiz Geflohener eine Kirche betreten konnte, sah man ihn als unantastbar an. Nichts und niemand durfte zu ihm vordringen.

Kustodie Behälter zur Aufbewahrung der Hostie.

Lanzelot vom See Neben Gawain der berühmteste der zwölf Ritter der Tafelrunde am Hof des Königs Artus. Seine bedingungslose, ehebrecherische Liebe gilt Ginevra, der Gemahlin des Königs.

Las Navas de Tolosa Südspanische Ortschaft. Hier errangen die Könige von Kastilien, Aragonien und Navarra im Jahr 1212 einen bedeutenden Sieg gegen die muslimischen Almohaden.

Lepanto Italienischer Name einer griechischen Stadt am Golf von Korinth (griech.: Naupaktos). In der Seeschlacht von Lepanto siegte 1571 der spanische Befehlshaber Don Juan de Austria über die türkische Flotte.

Lerma Francisco de Sandoval y Rojas, Herzog von Lerma (1550–1625): Günstling des Königs Philipp III., leitete zwanzig Jahre lang die spanische Politik.

Manipel Früher zur Amtstracht des Priesters gehörendes Taschentuch, später gestickter Tuchstreifen am linken Unterarm.

Mesta Seit dem 13. Jahrhundert Verein der Wanderherdenbesitzer und Viehzüchter; der Rat der Mesta legte die Wege fest, denen die Hirten und ihre Schafe bis nach Madrid folgen mussten.

Morisken Bezeichnung für die vor allem in Landwirtschaft und Handwerk tätigen Mauren, die im christlichen Spanien zurückgeblieben waren. 1609 ordnete Philipp III. die gewaltsame Austreibung von mehreren hunderttausend Morisken an, was zur Verödung ganzer Landstriche führte.

Neuspanien Name Mexikos in der Kolonialzeit.

Novizin Nonne während der Probezeit.

Olivares Gaspar de Guzmán, Graf-Herzog von Olivares (1587–1645). Von 1621 bis 1643 Erster Minister des Königs Philipp IV. Er versuchte, die spanische Staatsmacht zu zentralisieren, was zu Aufständen in Katalonien und Andalusien und zur Unabhängigkeit Portugals führte. Im Kampf mit Frankreich musste er mehrere Niederlagen hinnehmen. Er wurde 1643 durch eine Hofintrige gestürzt und verbannt.

Ora pro nobis (lat.: »Bitte für uns!«) Anrufung der Heiligen in den Litaneien der katholischen Kirche.

Palastmarschall Sehr wichtiges Hofamt, dessen Aufgabe es war, für die Unterkunft des Königs, seiner Familie und der bedeutendsten Höflinge zu sorgen, wenn der Hof auf Reisen ging. Velázquez bewarb sich erfolgreich um dieses Amt, weil es sehr gut dotiert war, obwohl es ihn oft am Malen hinderte. Reisen dauerten damals Monate, und unmäßig groß war stets die Menge der Wagen und Tiere, die man für das Gepäck benötigte, das die Würde des Königs verlangte. Berühmt ist in dieser Hinsicht die Reise des spanischen Hofstaats zur Fasaneninsel (Fuenterrabía) anlässlich der Hochzeit der Infantin Maria Theresia mit Ludwig XIV. von Frankreich.

Pavane Höfischer spanischer Schreittanz, der sich über ganz Europa verbreitete und im 16. und 17. Jahrhundert seine Blütezeit erlebte.

Philipp IV. (1605–1665), seit 1621 König von Spanien. Mehr als zwanzig Jahre lang überließ er die Regierung seinem Günstling, dem Grafen-Herzog von Olivares. Unter seiner Herrschaft ging die spanische Hegemonie in Europa endgültig verloren. Trotz des politischen Niedergangs kam es zu einer Hochblüte von Literatur, Theater und Kunst. Vgl. auch *Dichterkönig.*

Pluviale (lat.: »Regenmantel«) Offener Überwurf (mit Kapuze) des katholischen Priesters.

Portocarrero Alonso Hernández Portocarrero, Waffengefährte von Hernán Cortés bei der Eroberung Mexikos.

Postulantin Anwärterin auf ein Leben im Kloster. Sie trägt in der Regel noch Zivilkleidung, nimmt am Tagesablauf des Ordens teil, kann aber (heute) jederzeit gehen. Die nächste Stufe nach dem Postulat ist das Noviziat, dann folgen die Gelübde.

Reconquista (spanisch und portugiesisch: die »Rückeroberung«) Der Kampf der christlichen Nordreiche gegen die arabische Herrschaft (711–1492).

Reinblütigkeit Um ein »Altchrist« zu sein, musste man die Bedingung erfüllen, acht vollkommen »reine« Generationen nachzuweisen, also keine Juden, Morisken oder Angehörige eines als entehrend angesehenen Berufs unter seinen Vorfahren zu haben; selbst wenn es um einen Schreiber ging, benötigte man eine päpstliche Dispens. Die »Reinheit des Blutes« war für bestimmte Ämter eine äußerst wichtige Voraussetzung.

Reklusen oder *Inklusen* (»Eingeschlossene«) Frauen, die in einem Kloster eingeschlossen, von der Welt zurückgezogen, ein Leben der Buße führten. Hier insbesondere Frauen, die ein uneheliches Kind zur Welt gebracht hatten.

Rodrigo Calderón Günstling des Herzogs von Lerma, der die Politik Philipps III. leitete. Als sein Gönner in Ungnade fiel, wurde Rodrigo Calderón in dessen Sturz hineingezogen und 1621 hingerichtet. Seine Tapferkeit auf dem Schafott führte zu der Redewendung: »Tapferer als Don Rodrigo am Galgen«, und sein Prozess war Stadtgespräch in Madrid.

Ruggiero Ursprünglich ein italienischer Tanz.

Schleierfest Erste Gelübde der Postulantinnen.

Schutz der Kirche Catalina wollte sagen, als sie erklärte: »Ich berufe mich auf den Schutz der Kirche!«, dass sie die heilige Hostie in der Hand hielt und somit diese selbst, also unantastbar war. (Das ist eine historisch belegte Tatsache.)

Sepharad Hebräischer Name für die Pyrenäenhalbinsel; daher die Bezeichnung *Sephardim* für die spanisch-portugiesischen und orientalischen Juden (im Unterschied zu den *Aschkenasim*).

Shefa (hebr.) Die göttliche Lebenskraft, die in unsere Welt hinabsteigt.

Sitra-Ahra (hebr.) In der Kabbala: »die andere Seite«, die Welt des Bösen, der bösen Mächte.

Throne und Gewalten Nach mittelalterlicher Vorstellung zwei der neun Engelschöre.

Turdión Spanischer, der Galliarde ähnlicher Tanz.

Zedek (hebr.) Göttliche Gerechtigkeit.